中國文學發達史

中華書局印行

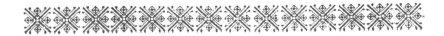

著作權執照

茲據中華書局代位經理姚志崇聲請註冊
中國文學發達史經依法審
查應准註冊合行發給台內著
字第陸零捌號執照
計開

右給台灣中華書局 姚志崇 收執

內政部長

中華民國 日

中國文學發達史　目錄

下篇

第三十章　清代的小說……一〇五八

中國文學發達史

第一章 殷商社會與巫術文學

一 卜辭中的古代社會與原始文學的狀況

中國的歷史，史記開始於黃帝；尚書開始於堯舜。照這史事的記載，我國在五千多年前，就呈現着光輝燦爛的文化了。近數十年來，經考古學者古史學者之研究，我國最初有文字記錄的時代，是商朝。這些最古的文字，就是四十年前發現的寫刻在龜甲同牛骨上的卜辭。

卜辭的發現，完全出於偶然。一八九八——九年間，河南安陽縣小屯村的農民在耕地的時候，無意中在土下發掘了無數的龜甲和獸骨，上面都刻着極原始的文字。開始由於古董商的收集，後來漸漸爲考古學者所注意，於是搜羅研究的傳佈，在中國近代的讀書界，引起了大大的注意。就是日本歐美的學者，也都在研究搜羅。日本的林泰輔（曾編印龜甲獸骨文字二卷，）歐美的戈林(S. Conling)、查耳芳(F. H. Chalfant)、何普金(L. C. Hopkins)諸氏，都是這方面的有名人物。何普金曾著有骨上所雕的一首葬歌和一家系圖一文，戈林曾寫過一篇河南所出之奇骨。他說他專門爲採辦甲骨，前後到中國來過三次。可見海外學者對於這些骨片的興趣了。

在中國，前有劉鐵雲、羅振玉的搜羅，後有中央研究院大規模的發掘，（民國十七年），於是出土的材料，更加豐富，研究的人更是一天天多起來了。在這方面成績最優良的，我們不得不推舉羅振玉、王國維、董作賓諸人。他們都是努力於文字內容以及殷商制度的考釋，而獲得不少成就。近些年來，也有人利用這些古代文字的材料，去探討我國古代社會的物質文化與精神文化。他們在這方面都得到了良好的成績。

經許多學者的考證研究，斷定這些在龜甲獸骨上刻的古體文字，大部份是殷商王朝用爲占卜的文辭，其時代大約是從盤庚到帝乙，（約當西曆紀元前一四〇一年至前一一五五年）正是商朝後期的重要文獻。由於這些文獻的考察，我們對於商代的社會組織經濟情形以及精神文化各方面，可以得到下面那樣粗淺的認識。

一、經濟狀況　因爲龜甲獸骨上的刻字，不是石器所能行的，並且在殷墟中，還發現了雕鏤的象牙，這都證明商朝是到了青銅器時代。如果前人所發現的那些商代的鐘鼎彝器有幾樣可靠的話，那更無須辯證了。但在甲骨文字內，到現在還沒有發現鐵的痕跡。鐵的使用，是由青銅器進步，到了周朝才出現的。因此我們可以說商代的生產工具是青銅器，但同時也還使用石器，因爲在殷墟的古物中，還有石器的遺留。據古史的記載，商朝自契至盤庚前後遷都多次，盤庚以後遷徙的事就少了。可知盤庚以前正過着遊牧民族的生活，逐水草而居，爲了生活上的要求，不得不時常遷動。所以盤庚遷都的時候，曾對人民說：『先王有服，恪謹天命。茲猶不常寧，不常厥邑，於今五邦。』所謂不常寧，不常厥邑，這正說明遷徙的原因，多半是由於經濟生活的關係。到了盤庚時代，農業漸漸發達，生產的形式有所改變，生活比較固定，自那時以後，就不必像從前那樣東遷西徙了。在卜辭內有禾黍桑絲農穡疇畯等字。並且占卜風雨和豐年的事體也很多，（據羅振玉所輯卜辭一一六九條，卜風雨者一一二，卜年者三四。）這都是說明農業在當日已經發達，一般人民對於農事是很關心的了。關於畜牧，在商朝已到了極蕃盛的時代，在卜辭中，知道馬牛羊鷄犬豕已成爲家畜，並且都作爲犧牲之用，可知畜牧在當日盛行的狀況。因此我們可以說，商代的生產是由畜牧經濟而入於農業經濟的。

二、社會組織　商朝的社會組織，似乎還沒有達到完全國家的形式，主要是以氏族爲單位。各族都有其獨立的組織，由各族的大聯合，而成爲一個部族的集團。卜辭中的王，便是這集團的領袖。商族在當時的各族中，力量最大，成爲部族集團的首腦。考察古史記載，知道商朝王室對於各諸侯只是聯盟的關係，還沒有達到中央集權的統治關係。王國維說：『自殷以前，天子諸侯君臣之分未定也。故當夏后之世，而殷之王亥、王恆，累葉稱王。……蓋諸侯之於天子，猶後世諸侯之於盟主，未有君臣之分也。』（殷商制度論）未有君臣之分，這正表示國家制度還沒有完全形成。王氏又說：『周之滅殷，滅國五十；又其遺民，或遷之雒邑，或分之魯衛諸國。』（殷商制度論）這種事實在左傳及史記殷本紀中都記載得很淸楚。有事是整族擔任，國亡全族都變爲亡民，這種滅國遷民的事實，正是殷人的社會尚爲氏族組織的證明。但是在商朝，特別是盤庚以後的社會狀況，因農業經濟的發展，氏族的組織漸趨於分解，而有變爲家族的傾向，私有財產制度，也就在這時候開始發生。卜辭中已有『錫貝』的記事，當時的王侯，既能以貨貝物品賜予其臣下，那麼氏族的公物已成爲王侯的私產，臣民也已經得有私產的權利了。同時因產業生產發達的結果，種族間的爭奪交涉必趨於頻繁，於是乎王侯的權力也必日益强大。當時的社會組織這樣分化發展到最高度的時候，於是氏族社會的原始民主制，變爲氏族首領的專權獨裁了。由王國維氏研究的結果，商朝的帝系，還沒有完全的嫡庶制。他說：『商之繼統法，以弟及爲主，而以子繼輔之，無弟然後傳子。自湯至於帝辛，三十帝中，以弟繼兄者，凡十四帝。其傳子者，多爲弟之子，而罕傳兄之子。蓋嫡庶長幼之制，商無有也。』兄終弟及，無弟傳子，正說明由氏族制度轉變到家族制度的情形。同時由這種世襲制度的實行，足知當日最高領袖，已有强大的權力，國家的形式已開始萌芽。因此，我們可以說，商朝的社會，是由氏族社會走到國家形態的過渡時代。正式的國家規模，是到了次代的周朝，才建立起來的。

三、精神文化　講到商代的精神文化，首先得注意宗教。當日的宗教觀念，還完全在巫術與迷信的時代。至於宗法倫理觀念的反映於宗教，是到了周朝才產生的。所謂庶物崇拜的多神思想，正是當時人民的信仰。因爲尚鬼敬神，所以無論大小的事，都須取決於占卜。『殷人尊神，率民以事神，先鬼而後禮，周人尊禮尚施，事鬼敬神而遠之。』（禮記表記篇）這種宗教觀念的進展，是表現得非常顯明的。宇宙萬物的種種現象，對於初民實在無往而不神秘。所謂天神地祇人鬼，無非都是因於懷疑恐懼敬仰而生出來的一種精神狀態。因爲敬畏，自然就會生出祭祀祈禱的事情來，這樣，疑難既可得着解決，心靈也可得着慰安。在這種狀態下，溝通神鬼人事的巫祝占卜的專門人才便出現了。這種人在當時的社會內，是最高的智識階級，是精神文化的權威，是教育藝術的掌管和經營的代表。國語楚語中說：『古者民神不雜。民之精爽不攜貳者，而又能齊肅衷正，其知能上下比義，其聖能光遠宣朗，其明能光照之，其聰能聽徹之，如是則明神降之。在男曰覡，在女曰巫。』韋昭注云：「覡見鬼者也。』說文云：『巫祝也，女能事無形以舞降神者也。』男覡女巫是擔任溝通人神意志的職務，他們的地位很高，有支配人事的權力。在初民社會內，這些見鬼事神的術士，同時，就是政治上的領袖，後來社會的組織發生變化，神權思想的衰落與人權思想的興起，於是術士漸漸地變爲帝王的附庸了。人們以爲帝王是極其尊嚴，術士是極其卑賤，其實術士正是野蠻時代的帝王，帝王也只是文明時代的術士而已。在完全屈服於神鬼的恐懼下的上古人民的心目中，對於祭祀祈禱一類的事，自然看作是無上的莊嚴與重要的。在一一六九條的卜辭內，關於祭祀的有五三八條之多，巫史二字也見於卜辭，並且在商朝的臣僚中，有巫咸巫賢這一類的名字。由於這些，我們便可推想所謂巫史卜筮之類，在當時是占着多麼重要的地位。因爲祭祀祈禱以及獻媚神鬼的種種儀式的舉行，於是音樂唱歌跳舞的各種藝術，都帶着實用的功能，在祭壇下面發展起來了。

宗教思想以外，我們要注意的是商朝的文字，究竟發達到了什麼階段。我國文字創始的傳說，戰國間人一致承認是倉頡。荀子解蔽篇，韓非子五蠹篇和呂氏春秋的君守篇，都有倉頡作書的記載。倉頡究竟是什麼時候人，他們都沒有說，可知這只是一種傳說。我們要知道文字是起源於圖畫，日積月累地進化，以至於完成，決非一人的才力所能創造。最初的形式，文字與圖畫不能分開，漸漸進化，於是作爲記載的符號的文字與純粹成爲美術的繪畫，各自獨立。可知文字的形成，是需要一個長久的時期。上古各時代中的文化的高低，可由其文字發展的階段表現出來。商朝雖有了文字，但還沒有達到完成的地步。甲骨上所刻的，據商承祚的殷虛文字類編，可識的有七百八十九字，及最近孫海波的甲骨文編出，可識的有一千零六字。合着不可識的，大約共有二千之譜。但在這些字裏，十之七八是圖畫形式的象形文字。許愼說：『依類象形謂之文，形聲相益謂之字。』那末甲骨文字大半都是依類象形的文。同時一字有數種或多至數十種的寫法。字體的構成，或倒或橫或左或右或正或反。文句的構成，或橫行直行，或左讀右讀，沒有規律固定的形式。可知商代的文字，尙在創造形成的途中。至於卜辭上的記載，都非常簡略拙劣，辭藻的修飾，更是談不上的。

由於上面這些敍述，我們知道商朝是一個由畜牧經濟轉到農業經濟的石銅器併用時代。社會組織是氏族社會的末期，而私有財產及國家制度都已開始萌芽。文字尙在形成的途中，宗敎思想正爲庶物崇拜的巫術所統治。因此，我們可以得一個結論，中國的信史，是應該從商朝開始的。我國的文學史也應該從這時候，開始他的第一章。

我們要明瞭了商代的社會基礎和文化思想的眞實情形以後，才有充分的權利來否認中國古籍上所記載的商代的和它以前的文獻的眞實性。不要說黃帝時代的素問陰符，就是堯典禹貢以及商書商頌。也都是殷商以後的著述，我們只要從思想文字以及經濟生產各方面去考察，便可得着眞確的證明，像那些煩瑣的辯證，實在是多餘的了。我們試想，商朝末期的社會組織與精神生產都還是那麼幼稚，如何在它的前面，能產生像堯典禹貢那種表現着宗法的倫理觀念與完整的國家形式的文明社會呢？卜辭上面的文字還在形成的途中，記載的文句是那麼的粗劣，在殷商以前如何能產生像堯典禹貢那麼典雅的散文，又如何能產生像擊壤，康衢，卿雲，南風那樣的詩歌呢？古代的散文，尙書內雖有虞夏商書，單篇的嚴可均也輯了不少。古代的韻文，詩經內有商頌，馮惟訥詩紀中所輯的古詩，數目也很多。但這些多是不可靠的材料。我們可以大膽地說，在殷商時代，還沒有成文的文學。上面所列擧的文獻，都是周代或是周代以後的作品。到現在還只能依着卜辭，去推測殷商時代的文學狀況。

文學的創始，無論誰都知道是歌謠。但歌謠最初的形式，是同音樂跳舞混合在一起，不容易分開。蟲鳴鳥語，可以說是音樂，也可以說是歌謠。漸漸的進化，較爲完備的樂器與文字出現以後，於是音樂與詩歌才分成爲獨立的藝術，由於跳舞，而演化爲戲曲。我們可以這樣說：藝術最古的形態，是跳舞，音樂與詩歌。這三種東西是互相溶合在一塊的。就我國的古籍，可以證明，每提到詩歌時，也都是把詩樂舞三者合着來說明。在那裏形成着不可分離的聯繫。

『人喜則斯陶，陶斯咏，咏斯猶，猶斯舞矣。』（檀弓）

『詩言其志也，歌詠其聲也，舞動其容也，三者本於心，然後樂器從之。』（樂記）

『詩者志之所之也。在心爲志，發言爲詩，情動於中而形於言，言之不足故嗟歎之，嗟歎之不足故咏歌之，咏歌之不足，不知手之舞之足之蹈之也。情發於聲，聲成文，謂之音。』（毛詩序）

這些裏面所講的，雖有偏重心理的發展忽略社會的根源的缺點，但將詩歌音樂舞蹈三者連合起來的事，是相當正確的。呂氏春秋古樂篇說：『昔葛天氏之樂，三人操牛尾投足以歌八闋。』這雖是一種傳說，然初民藝術的形態，確是這種樣子。那種一面唱歌一面操着牛尾跳舞的神情和姿態，正合着初民的風味。

藝術的起源，有其歷史和理論的根據，就歷史而言，主要的有宗教說和功利說。主宗教說的，以爲藝術起源於古代人民祭神的器物和歌舞。主功利說的，以爲藝術發源於古代人民製造的生活用具。就理論而言，主要的有遊戲說、表現說、模倣說和實用說等。主遊戲說的，認爲藝術發之於人類遊戲的心理。主表現和模倣說的，認爲藝術出於人類表現和模倣的本能，即謂人類先天具有藝術活動的稟賦。主實用說的，認爲藝術是由實用目的而產生。這些說法，各有其論點。此外，尚有學者主張藝術的起源，純由於勞動。如德國人畢海爾（Bücher）對於音樂詩歌與勞動的關係，他這樣說：『在那發達的最初階段上，勞動、音樂、詩歌是緊密的相結合着的。然而這三位一體的基礎要素，却是勞動，其餘的兩要素，僅有從屬的意義。』其所持的意見，認爲藝術純起源於勞動，似未免偏頗。

文字詩歌的發生雖是較遲，口頭的歌辭是與音樂跳舞同時起來的。孔穎達在毛詩正義內，也說過音樂起源便是詩歌起源的話。我們以此爲根據，來看看卜辭。卜辭中雖無詩字，但樂舞之字却很多，樂器已有鼓磬與龠，還有小笙之和與大簫之言。這些東西，都是用於祭祀。可知商代的樂舞已經到了相當高的程度。在這種情況下，因此我們可以斷定在殷商時代，一定有不少的祭祀祈禱的口頭歌辭。只因當代文字的不完備，無法記載下來，就都這樣失傳了。卜辭以外，也有人將商末的鐘鼎彝器上的文字，來作爲研究原始文學的材料的。但這些金屬器物的眞實性，有的還成問題，暫置不論。

二 周易與巫術文學

卜辭以後，我們要作爲上古文學的重要資料的，便是周易。古代雖有伏犧畫卦，文王作卦辭，周公作爻辭的傳說，這自然是靠不住的。關於周易的時代，經近人的種種考證，一致證明是商末周初。至於作者問題，我們知道他是一本卜筮的書，決非一人所作，大概是日積月累，由那些巫卜之流編纂而成。周易與卜辭，在其社會的意義上，在其本身的性質上，是相同的。即其體例，亦有許多相似之處。所不同者，周易無論在方法組織方面，在意識文字方面，是帶着進步的姿態而出現的。至於周易中所表現的社會文化的狀態，也較在卜辭中所表現的大爲進步。

一、父系家族制度的完成　在卜辭中已有父系家族制度的萌芽的徵象，到了周易，這情形大爲進步。由『納婦吉』，（蒙九二）『得妾以其子』，（鼎初六）『歸妹以娣』（歸妹初九）『子克家』，（蒙九二）這些文句看來，知道當日男子可以娶妻蓄妾，女子可以出嫁，兒子可以承家了。這都是父系家族制度的有力的證明。可知周易時代，母系制度已經衰落了。

二、國家的形式較爲完備　在周易內，已經有天子國君王公諸侯武人巫史種種的名稱。如『公用享於天子』，（大有九三）『大君有令，開國承家。』，（師上六）『觀國之光，利用賓於王』，（觀六四）『武人爲於大君』（履九二）等等，都是有力的例證。可知當時的政治組織相當完備，確具有正式國家的初步規模。這時候比起由氏族社會的末期移轉於國家雛形的卜辭時代來，是大爲進步了。

三、農業工商方面　在周易中所表現的，也較卜辭中所表現的大爲進展。周易中雖關於農事的材料不甚多見，但由工商業方面的進步，是可作爲農業發達的暗示的。工藝方面，有大車，有精美的獵器酒器和祭器。商人也有了，有貨物交易了，可知在商代已萌芽的私有財產制度，在當時已完全成立了。

四、宗教思想　在周易中也有了顯明的進化。庶物崇拜的痕跡雖仍是殘存着，由『自天之佑，吉无不利』，（大有上九）『用亨於帝』（益六二）這些句子看來，至尊的天帝觀念是已經有了。祖先崇拜是跟着父系家長制與私有財產制起來的。如『王假有廟』，這正好作爲祖先崇拜的說明。其他如音樂跳舞文字方面，比起卜辭時代，都有很大的進步。不過這些藝術，無一不是適應當代的物質生產而與時代生活是發生密切的關係的。無論樂歌舞蹈，大都是用於祭祀祈禱和祝捷。這與以魔術迷信和戰爭爲生活基調的當代社會正相適合。這時代的藝術的社會機能，還正在履行他的巫術的使命。

我們不能說周易是一部迷信的卜筮書，就放棄了他在文學史上的價值。他實在是卜辭時代走到詩經時代的唯一橋梁。由那樣拙劣的卜辭文字，如何能一步便跳到那樣成熟的詩經？無論在思想與文字的進化上，我們覺得周易實在是這過渡時代最適當的產物。一部迷信的卜筮書，表面上似乎沒有文學上的價值，但我們要知道，那時代的藝術，正是用作迷信魔術的宣傳工具，在他的成就上，只能做到這一點。在那裏面，自然談不到倫理教養的意識與純粹唯美的藝術，便是高尙的宗教觀念，也還沒有。佛理采在他的名著藝術社會學第二章內，說明藝術的社會機能時，他將藝術的發展，分爲巫術的宗教的教育的純粹藝術的四個階段的事，實在是非常正確的。明白了這一點，我們如果說周易是巫術文學的代表，也就沒有什麼可怪了。

卜辭中的文句，雖偶有較長的記載，大半都是下面那種簡樸的形式。

一　癸亥卜貞王旬亡畎在五月彤日小甲。

二　癸未子卜貞我不吉出。

三　戊寅子卜有它戊寅子卜亡它。

四　其獲其獲。

上面隨便列舉幾條作一個例，使我們知道卜辭上的文句的構造是這麼的幼稚。但是到了周易，文字的進步是極大的。爻辭中已經有許多很有詩意的韻文了。

——屯如邅如，
　　乘馬班如。
　　匪寇，婚媾。（屯六二）

——賁如皤如，
　　白馬翰如。
　　匪寇，婚媾。（賁六四）

——乘馬班如，

泣血漣如。（屯上六）

無論在描寫上，在音節上，都不能不算是好的小詩。同時在這些文字裏，當代的社會生活，也表現得活躍如畫。男子威風凜凜地騎着白馬，跑到女人家裏去，人家以爲他是强盜，等到女人被他搶去了，才明白他是爲婚姻問題而來的。女的被挾在馬上，還泣血漣如地傷心地哭着，把那一幕搶婚的情景，活活地呈現在我們的眼前，這種情形，正是周易時代男娶女嫁的家庭制度形成以後的一種普遍現象。就是到了現在，許多野蠻民族內，還能見到這種掠奪婚姻的事實。

——女承筐，无實。

士刲羊，无血。（歸妹上六）

這是一首有情有景的牧歌。在廣大的牧場上，一男一女快樂地作着工。男的翦羊毛，女的用籃子盛着，用十個字把那情景表現得活躍如畫，那手法是多麼經濟，那情景是多麼美麗。

——鳴鶴在陰，其子和之。

吾有好爵，吾與爾靡之（中孚九二）

這完全是一首比興的抒情詩歌了。聽着一對雌雄的鶴的唱和，因而起興，於是這一對男女也說出『我有好酒來共醉一下罷』的情話了。在藝術的成就上，就是放到詩經的國風裏去，也是毫無愧色的。

——明夷于飛，垂其翼。

君子于行，三日不食。（明夷初九）

這也是一首比興的詩歌。詩中所表現的，似乎是描寫一個旅客在途中所受的飢餓的艱苦。見着天空垂翼不停的飛鳥，自己已經有三天沒吃東西，自然是會感着一種悲傷的。『浮雲遊子意，落日故人情，』上面那位君子，是帶着這樣的情感的罷。明夷兩字，前人雖有種種解釋，我想在這種地方，把他看作是一種鳥，無論如何是正確的。像上面這些例子，雖說把他們放在卜筮的書裏，作爲巫術迷信的裝飾，還沒有得到獨立的文學生命，但我們從其形式修辭和情感上看起來，實在都成爲很好的詩歌了。由這時代再走到詩經，在詩歌進化的過程上，無論從那一點看來，都是非常合理的。如果一步由卜辭就跳到詩經，那發展就過於突進了。

由上面的敍述，我們可以得到下面那樣的結論：

一、文學正與其他的藝術一樣，都是由於人類的需要而產生。決不能離開當日的社會生活而獨立存在與發展。這種狀態，在文學的原始時代，表現得更是明顯，所以藝術是生活的附庸，無論他的社會使命，是巫術的、宗教的、或是教育的，總是脫不了實用的功能。

二、由於卜辭對於商代的社會基礎與精神文化的考察，知道中國的有文字時代，應從商代開始。詩歌與音樂跳舞在最初的階段，是一種混合的藝術。由於卜辭中的音樂跳舞之盛，我們可以斷定商代一定有很多的口頭歌辭，只因爲文字不完備，沒有記載下來。至於古籍中載錄的那些殷商的和他以前的典雅的散文和韻文，自然都是尙待研究的材料了。

三、周易雖是一本迷信的卜筮書，因爲當代的藝術，正在巫術的統治時代，所以他在中國的文學史上，是要作爲卜辭與詩經的過渡時代的重要文獻來考察的。

四、卜辭的記載，雖是那麼拙劣，在那裏確已呈現着原始散文的雛形。到了周易，文句較爲進步了，於是由此便走到了尙書。

第二章　周詩發展的趨勢

一　詩經時代的社會形態

農業經濟在殷商時代的中葉，雖已開始其發展，然作爲社會生產的主業，則始於西周。我們由大雅中的生民公劉綿綿瓜瓞諸敍事詩看來，周民族似乎是農業的發明者，同時也暗示着他們是靠着農業而興盛起來的民族。生民篇中所表現后稷的出生是那麼神奇，從小就懂得各種農產物的種植，這大概是一位農神，而後來周民族作爲自己的祖先的罷。再如公劉的居豳，古公亶父的居岐山，都因爲從事農業而得到發展進步的事，大概是可靠的。到了文王時代，農業更加發達，財力日益豐富。史記周本紀上說文王『遵后稷公劉之業，則古公王季之法，而敎化大行，』這正是農業經濟助長社會發展的說明。他於是先把四周的犬戎密須耆國崇侯虎諸部落征服，進一步向中原發展，由岐山遷於豐邑，實行翦商了。這種事業到他的兒子武王，便得到了成功，而建立了周代的天下。

由上述的史事看來，知道周代的農業，並非滅商以後，由商代承襲過來而呈現着突然的發展的。在文王以前，他們的祖先，在關中一帶的肥地，便從事農業的生產。因爲有那種好的地理環境，所以農業的進步是比較快的。史記貨殖列傳云：『關中膏壤，沃野千里。自虞夏之貢，以爲上田。而公劉適邠，大王王季在岐，文王作豐，武王治鎬，故其民猶有先王之遺風，好稼穡，植五穀。』這裏所講的虞夏之貢，雖不可信，但那些地方宜於農業，却是實情。由此我們可以知道周代初期的農業，一面是憑着祖先的經驗，與好的地理環境，一面再從那些和他們發生交涉的部族學習農耕的方法，到後來再加以被征服的民族的勞力的輔助，於是到了豐鎬時代，農業便達到了高度發展的形態。國家的規模因以形成，財力因以豐富，進一步開始翦商的重大任務了。因爲發展農業得到了這種好處，所以周公在周書無逸篇內，一面是贊頌祖先們重農的功業，同時又告誡子弟要知道稼穡的艱難，努力求進步，不要荒廢了這門業務。在周詩內的七月，南山，楚茨，甫田，大田，豐年，良耜；周書內的金縢，梓材，康誥，洛誥，無逸諸篇裏，都有農事的記載。或記農民的生活，或記農民的祭祀，或說明農業與國家的關係。比起卜辭周易時代的情形來，這時候眞可算是農業的茂盛時代。隨着農業的發展，工藝和商業自然也跟着走上繁昌之途了。

由於周人的不斷努力，形成了周朝精神的、物質的、社會的種種文化，而爲中國文化建立了一個完美的基礎。貴族政治，父權的家族制度，土地的私有與封賜，貴族地主與農民階層的形成，都是這時候政治社會上的特徵。作爲擁護天子地位的天神教，鞏固父權地位的祖先教，帶着倫理的政治的觀念，在宗教思想中出現了。比起卜辭時代那種庶物崇拜的巫術迷信的觀念來，這時候的宗教思想，已經走入人本的禮治的進步的階段了。禮記祭義篇中，將這種思想的進化，說得很正確。

『宰我曰：聞鬼神之名，不知其所謂。子曰：氣也者神之盛也，魄也者鬼之盛也。合鬼與神，教之至也。……明命鬼神，以爲黔首，則百衆以畏，萬民以服。聖人以是爲未足也；築爲宮室，設爲宗祧，以別親疏遠邇。敎民反古復始，不忘其所由生也。衆之服自此，故聽且速也。』

一樣稱爲宗教，一樣是敬神畏鬼，因爲時代社會的關係，其中所表現的思想觀念，却有明顯的差別。在宗教發展的最初階段，因人民對於自然界的神秘現象與死者靈魂的恐怖，因而發生神鬼的觀念，當日的祭祀，不過是享鬼敬神，藉以減少畏懼之情。到了後來，聰明的政治家，利用這種迷信去畏服黔首，統治家族，更進一步而發生反古復始的高尙的感情。到這時候，宗教是漸漸地脫離了巫術的迷信，而披上了倫理的政治的衣裳，出現於文化的舞台了。周公在周書君奭篇中所說的『天不可信，我道惟寧王德延，』這正是聰明政治家利用宗教統治的明白的口供。禮記表記上說：『殷人尊神，率民以事神，先鬼而後禮。……周人尊禮尙施，事鬼敬神而遠之。』一個是先鬼而後禮，一個是事鬼敬神而遠之，那種宗教思想進化的形跡，眞是一語道破了。

我們如果依照美國考古學者莫爾干(Morgan)對於古代社會分期的意見，把殷商時代看作是野蠻時代的末期，那末西周時代在中國歷史上，確是文明的時代了。王國維氏在殷商制度論中說：『中國政治與文化之變革，莫劇於殷周之際。殷周間之大變革，自其表面而言之，不過一家一姓之興亡，與都邑之移轉。自其裏言之，則舊制度廢而新制度興，舊文化廢而新文化興。……欲觀周之所以定天下，必自其制度始矣。周人制度之大異於商者，一曰立子立嫡之制，由是而生宗法及喪服之制，並由是而有封建子弟之制，君天子臣諸侯之制。二曰廟數之制。三曰同姓不婚之制。此數者皆周之所以綱紀天下，其旨則在納上下於道德，而合天子諸侯卿大夫士庶民以成一道德團體。』（觀堂集林卷十）

他在這裏所指出的與殷商不同的如國家家族以及宗教男女間的種種制度，正是西周時代的文明。社會基礎進展到了這種階段，人民的生活情感，自然是日趨於豐富繁雜，思辨的智力，也發達起來了。在這種情況之下，自然產生足以代表那個時代，同時，足以表現那個時代的文學作品，就是到現在還保存着的那三百零五篇的詩經。詩經這部書，整個表現了周朝的政治、經濟、社會、宗教、道德、思想、教育、愛情，簡直是一部研究古代史的最好資料。

詩經本爲三百十一篇，其中南陔，白華，華黍，由庚，崇丘，由儀六篇爲笙詩，有聲無辭，故現存的詩只有三百零五篇了。這些詩我們雖無法考證每篇的時代，但就其全體而言，約起於周初（西元前一一二二年）止於春秋中期，（西元前五七〇年）這三百多篇詩，是前後代表着五百多年的長時代。在這其中有成康時代的宗教詩，有厲平時代的敍事詩社會詩，有宮庭的宴獵詩，有民間的情歌舞曲。在這一個長的時期中，政治上起伏變化的事實是很多的。成康兩代，天下安定，史稱刑措不用者四十年，可稱爲周代的黃金時代。昭穆以後，國勢漸衰。厲王的被逐，幽王的被殺，平王的東遷，都是有名的史事。東遷以後，王朝的威望日弱，諸侯吞併，夷狄交侵，社會上呈現出一個極度紊亂的局面。由平王四十九年起，而入於春秋時期。這些興亡治亂之跡，在三百多篇詩裏，反映着非常明顯的影子。在思想方面，我們也可看出一種進化的痕跡。周初去古未遠，神鬼的至尊觀念，還能堅固地統治人們的心靈。當時的文學，正是那些爲宗教服務的舞歌。那代表的便是周頌。後來社會進化，人事日繁，產業發達與政治權力的進展，那些支配的貴族，在生活滿足之外，便逐漸想到那些聲色的娛樂。於是文學便由宗教的領域，走進人事的領域。大小雅中的那些宴會詩田獵詩便是極好的代表。再如那些記載民族英雄的敍事詩，也是屬於這一類的作品，厲幽以後，國勢日非。戰亂財窮，人心怨亂，昔日尊嚴的宗教觀念，在人心中起了動搖，無論對於天神或是人主，都發出怨恨的呼聲了。古人稱爲變風變雅的那些作品，正好作爲這種呼聲的代表。在這些呼聲中，表現了神權的衰落與人性的覺醒。我們研究詩經的時候，必得要留意這種思想進展的過程。不用說，在這種進程中，文學的藝術，也是跟着進化的。

二　詩經與樂舞的關係

我們現在都知道詩經是我國最古的優秀的文學作品，但它們在當日的社會機能，大部分却是音樂與跳舞的附庸，還沒有得到獨立的文學的生命。孔子說：『吾自衞反魯，然後樂正，雅頌各得其所。』（論語子罕篇），墨子也說過『儒者誦詩三百，絃詩三百，歌詩三百，舞詩三百』的話。（公孟篇），他又在非儒篇內，把『弦歌鼓舞以聚徒，務趨翔之節以觀衆』的事，當作孔子的罪名。史記孔子世家云：『三百五篇，孔子皆絃歌之，以求合韶武雅頌之音。』詩之可篇，見於周官，詩之可管，見於二禮，詩之可簫，見於國語。由此可知詩經在古代與音樂跳舞的關係的密切了。因此有許多人把詩經便看是古代的樂經。明代的劉濂在樂經元義中說：『六經缺樂經，古今有是論矣。愚謂樂經不缺，三百篇者樂經也，世儒未之深考耳』。（律呂精義內篇五引）鄭樵在樂府總序中說：

『古之達禮三，一曰燕，二曰享，三曰祀。所謂吉凶軍賓嘉，皆主此三者以成禮。古之達樂三，一曰風，二曰雅，三曰頌。所謂金石絲竹匏土革木，皆主此三者以成樂。禮樂相須以爲用，禮非樂不行，樂非禮不舉。自后夔以來，樂以詩爲本，詩以聲爲用，八音六律爲之羽翼耳。仲尼編詩，爲燕享祀之時用以歌，而非用以說義也。古之詩今之辭曲也。若不能歌之，但能誦其文而說其義可乎？不幸腐儒之說起，齊魯韓毛各爲序訓而以說相高，漢朝又立之學官，以義理相授，遂使聲歌之音，湮沒無聞。然當漢之初，去三代未遠，雖經生學者不識詩，而太樂氏以聲歌肄業，往往仲尼三百篇，瞽吏之徒例能歌也。奈義理之說既勝，則聲歌之學日微。』（通志樂略）

鄭樵這段話，自然是極有見識的。他能認識詩經在當日只有樂舞的地位，與享燕祭祀的功能。應該從聲歌上去研究詩，不應該從義理上去研究詩。義理之說勝，聲歌之學日微，於是三百篇的眞面目便湮沒了。詩經只是一些附庸於樂譜與舞蹈的辭曲，雖說不能從那裏面去追求倫理的道德，然其中所表現的時代影子却是很顯明的。但是他那麼狠狠地責備那些以義訓相高的腐儒，却又過於拘泥。因爲藝術本身的發展，是隨着社會生活而進化，同時藝術對於社會人類的功用及其意義的解釋，也是跟着每一個時代的代表思想爲其標準的。在儒家思想獨尊的漢代，詩經是必得脫離樂舞的領域而入於義理的領域的。然而也就因爲這樣，使它的地位提高了，得以保持了他的生命，使許多古代民間的情歌豔曲，作了中國聖賢的傳道書。

詩樂的關係這麼密切，在這裏就引起了一個爲詩合樂還是爲樂作詩的問題。據我們現在的推測，時代愈是古遠的作品，他與樂舞的關係愈是密切。如頌以及雅中的一部，大都是當代的樂官與貴族界的知識份子爲樂而作的歌辭。南風諸作，時代較遲，則爲民間的歌謠，採集以後經樂官再來配樂，或者有些在民間已有樂譜再經樂官們加以審定的。元朝的吳澂，也有近似的意見。他在校定詩經序中說：

『國風乃國中男女道其情思之辭，人心自然之樂也。故先王采以入樂，而被之絃歌。朝庭之樂歌曰雅，宗廟之樂曰頌，於燕饗焉用之，於朝會焉用之，於享祀焉用之，因是樂之施於是事而作爲辭也。然則風因詩而爲樂，雅頌因樂而爲詩，詩之先後於樂不同，其爲歌辭一也。』

他這種意見，在大體上我們是贊同的。風因詩而爲樂，雅頌因樂而爲詩，無論從那些作品的性質上看，或從其實用的功能上看，都是極正確的結論。不過我們在這裏要附加一句，二雅中一部份的諷刺詩，未必是因樂而爲詩的朝庭樂歌。關於這一點，古人曾提出過詩經有入樂與不入樂之分的意見。宋程大昌在詩論中曾推論二南雅頌爲樂詩，國風爲徒詩。顧炎武在日知錄內，對於這問題，也發表過很好的意見。他說：

『鐘鼓之詩曰：以雅以南。子曰：雅頌各得其所。夫二南也，豳之七月也，小雅正十六篇，大雅正十八篇，頌也，詩之入樂者也。邶以下十二國之附於二南之後，而謂之風，鴟鴞以下六篇之附於豳而亦謂之豳，六月以下五十八篇之附於小雅，民勞以下十三篇之附於大雅而謂之變雅，詩之不入樂者也。』（論詩）

說變風不入樂，雖近乎武斷。但變雅的入樂，確是可疑的。那些諷刺朝政表現怨恨社會心理的社會詩，在音樂的效用上，是要失去其功利的性質的。如何能同那些莊嚴典雅的祭祀燕饗的作品同列於朝庭的樂章呢？我們大膽地推測，這些詩篇確已脫離了樂舞的關係，是那些沒落的貴族或朝廷中的憂國傷時的知識份子所創作的一些感傷雜亂的作品。這些作品，帶着很濃厚的從宗教觀念中解脫出來的個人性與社會性。與其放在雅內，是不如放在風裏還較爲妥當的。至於顧氏所說國風不能入樂的意見，我們也不能苟同。其中或有一部份是如此，但那內面許多美麗的新婚歌祝賀歌農歌祭歌等，經採集以後，配合着樂譜來歌唱的事，是無疑的罷。由上面那些敍述看來，我們可以知道古代的詩經，因爲與音樂跳舞緊緊地接合着，發生實用的效果，而保持其生命。到了後來，樂譜的亡失以及音樂跳舞的進化與分離，使得那些歌辭單獨地存在，得到了文學的價値，落到儒家的手裏，又成爲聖賢們傳道的經典，青年們的倫理教科書了。

三　宗教詩的產生

宗教詩以周頌爲代表，雅中的祭祀詩，也屬於這一類。周頌是詩經中最古的一部份，他在藝術的形態上，還沒有脫離歌辭音樂跳舞的混合形式。在藝術的功用上，正履行着宗教的使命。詩大序說：『頌者美盛德之形容，以其成功告於神明者也。』鄭樵說：『陳三頌之音，所以侑祭也。』（通志樂略）又說：『宗廟之音曰頌。』（昆蟲草木略序）他們這些話，都是從宗教的功利的觀點，去說明頌詩的內容與性質。就形態言者，則有阮元的釋頌，爲精當的意見。

『頌之訓為美德者，餘義也，頌之訓為形容者本義也。且頌字卽容字也。……所謂周頌，若曰周之樣子，無深義也。何以三頌有樣，而風雅無樣也？風雅但絃歌笙間，賓主及歌者皆不必因此而為舞容。惟三頌各章皆有舞容，故稱為頌。若元以後戲曲，歌者舞者與樂器全動作也。風雅則但若南宋人之歌詞彈詞而已，不必鼓舞應鏗鏘之節也。』（揅經堂集）

他在這裏，從體製上形態上來說明頌只是一種樂舞歌辭混合起來的舞歌，實在是一種過人之見。這些作品，從其性質上講，與其說是詩，還不如說他是戲曲。如維清，酌，桓，賚，般諸篇，都是象舞武舞的歌辭。表演的時候，在奏樂歌唱之中，跳舞一定是占着很重要的部份。此外如清廟，維天之命諸篇，祀農的詩如豐年載芟諸篇，想必都是那一類的舞歌。除音樂以外，一定還得伴着跳舞的。這些載歌載舞的情形，在小雅國風裏，也還保留着一些影子。

『有酒湑我，無酒酤我。坎坎鼓我，蹲蹲舞我。』（小雅伐木）

『籥舞笙歌，樂既和奏。……舍其坐遷，屢舞僊僊』（小雅賓之初筵）

『坎其擊鼓，宛丘之下。無冬無夏，値其鷺羽。』（陳風宛丘）

『子仲之子，婆娑其下。……不績其麻，市也婆娑。』（陳風東門之枌）

這裏所表現的，或是朋友的宴會，我是男女的團聚，那種笙歌伴奏婆娑起舞的情形，活躍地呈現在我們的眼前。可知除了頌詩以外，就是在風雅中，也還殘存樂舞混合的形態。不過，所謂頌詩那種東西，是以舞容為其主要的條件的。前章說到過，藝術最初的形態，是詩歌音樂跳舞三者互相溶合在一塊的話；在這裏是得着證明了。因此，頌這種作品，在文學史上是要看作中國的詩歌與戲曲的共同源流了。

周頌的年代，正代表着武成康昭的西周盛世。鄭樵說：『周頌者其作在周公攝政，成王即位之初非也。頌有在武王時作者，有在昭王時作者。必以此拘詩，所以多滯也。』這話是對的。最早的如清廟維淸諸篇，成於武王時，最遲者如執競爲昭王時作。可見周頌的時期，前後有一百餘年，正當西紀元前十二世紀末至十一世紀末的時代。在這一個時期中，貴族地主與農民的交涉，似乎還建築在比較和平的基礎上，衝突的程度，還不十分利害，因此那時候的民衆社會生活，也還比較安定。那種理想的井田制度，我們雖不敢相信。但由『雨我公田，遂及我私，』（大田）和『倬彼甫田，歲取十千，』（甫田）這些文句看來，還可想見當日地主農民的合作關係，農民的生活，並不十分困苦。所以周頌內的一些農詩，都還充滿着和平的互助的情味。

『噫嘻成王。既昭假爾。率時農夫。播厥百穀。駿發爾私。終三十里。亦服爾耕。十千維耦。』（周頌噫嘻）

『豐年多黍多稌。亦有高廩。萬億及秭。爲酒爲醴。烝畀祖妣。以洽百禮。降福孔皆。』（周頌豐年）

在這些酬農神祭社稷的詩裏，當日的農民生活，我們還可窺見其餘影。再如臣工，載芟，良耜諸篇，更是活躍地反映着農民耕作的姿態，及其和平快樂的生活。史書上稱這個時代爲周之盛世，大概是要從這種經濟方面來解釋的。封建的君主政治與父權的家族制度出現以後，於是萬物本乎天人本乎祖的尊祖敬天的宗教觀念因以確立，天上最尊嚴的是上帝，地上最尊嚴的是天子。陰間最有權力的是祖先，陽間最有權力的是家長。這兩種觀念互相結合推演，祖先也可以配天，於是形成一種上帝祖先的混合宗教，家庭組織便成爲政治上的主要原素，宗法精神遂成爲國家政治上的主要精神了。中庸上說：『明乎郊社之禮，禘嘗之義，治國其如示諸掌乎！』孟子中也說：『天下之本在國，國之本在家，』眞可以道出此中的內幕了。在這種宗教思想統治全部人心的時代，祭祀祈禱那一類的事，自然都帶着嚴肅的意義，而日趨於進步之途，無論藝術哲學，都得屈服於宗教意識之下，在祭壇下面得着其發展的生命了。

『思文后稷。克配彼天。立我蒸民。**莫匪爾極。貽我來牟。**帝命率育。無此疆爾界。陳常于時夏。』（周頌思文）

『維天之命。於穆不已。於乎不顯。文王之德之純。假以溢我。我其收之。駿惠我文王。曾孫篤之。』（周頌、維天之命）

『昊天有成命。二后受之。成王不敢康。夙夜基命宥密。於緝熙。單厥心。肆其靖之。』（周頌昊天有成命）

『時邁其邦。昊天其子之。實右序有周。薄言震之。莫不震疊。懷柔百神。及河喬嶽。允王維后。明昭有周。式序在位。載戢干戈。載櫜弓矢。我求懿德。肆于時夏。允王保之。』（周

頌時邁）

『文王在上。於昭于天。周雖舊邦。其命維新。有周不顯。帝命不時。文王陟降。在帝左右。』（大雅文王）

『下武維周。世有哲王。三后在天。王配于京。王配于京。世德作求。永言配命。成王之孚。』（大雅下武）

『維此文王。小心翼翼。昭事上帝。聿懷多福。厥德不回。以受方國。天監在下。有命既集。文王初載。天作之合。在洽之陽。在渭之涘。文王嘉止。大邦有子。』（大雅大明）

說來說去，自然就只是這一套。然而對於上帝的敬畏，對於祖先的贊頌，在當日的人心中，是呈現着虔誠的宗教的感情的。這種簡樸無華，乾枯無味的文句，在現在看來，當然沒有什麼文學藝術的價值，然而在文學史的發展上，任何國的文學，都要經過這一個重要的宗教階段。因爲這一類作品，正履行着他的社會使命，而適合於當代的社會生活與意識。正如佛理采所說：『在封建的農業的與神權的社會組織上，藝術從巫術的行動，變爲宗教的儀式，同時又繼續演其實用的社會的功利的任務了。』（藝術社會學）我們如果把周易看作是巫術文學，那末頌雅中的舞曲祭歌，正是從巫術的行動變爲宗教儀式的作品。無論其爲巫術的行動或是宗教的儀式，在實用的功利的任務上，同是履行着一定的社會機能。

同這種宗教詩歌的性質相同的，還有商頌與魯頌。魯頌是前七世紀的作品，這是大家都知道的事。關於商頌的時代問題，有在這裏稍稍敍述的必要。照毛詩序的意見，商頌是周代樂官保管的殷商樂章。如果這些話可靠，那末在周易以前的卜辭時代，這種作品便產生了。在文字的歷史與文學思想的發展上，這都是不可能的。在國語魯語和史記宋世家中，或是暗示，或是明說，都以商頌爲宋詩。近代魏源王國維諸人，更從地名國名以及文句的形態各方面研究，都得到了商頌是宋詩的確證。其眞確的時間，雖很難斷定，說是前八七世紀之間的作品，大體上是不錯的罷。因爲他們產生的時代，比起周頌來要遲晚那麼多，在文字的技巧上，受了風雅的影響，較之周頌，自然是較爲進步些了。由其內容與實用的功能上說，雖仍是屬於宗教的詩歌，但在文學的發展史上，已失去了周頌的時代性與重要性，那不過是周頌的擬作，同後代那些轉相摹擬的郊祀宴饗的樂章，是一類的東西了。

四　宗教詩的演進

在文學發展的過程上，經過了巫術的行動與宗教的儀式兩個階段以後，必然是要走上人事的階段的。產業發達與社會進化，致支配者的地位日趨於尊嚴，宗教觀念日益被支配者利用着而作爲政治上統治的工具了。像從前那樣，無論思想生活或是藝術各方面。全要作爲宗教的附庸的事，到這時候是不得不發生變化了。把那些祀神祭祖的事情做好了以後，自己也就漸漸地想到了聲色的娛樂。從前藝術是負着禱神媚祖的使命，現在是進於娛人的社會的任務了。這種現象，我們由二雅中許多宴會詩田獵詩，便可以得到說明。這些詩的年代，正與前期的那些宗教詩歌，是緊緊地接續着的。

毛詩序說：『雅者正也，言王政之所由廢興也。政有大小，故有小雅焉，有大雅焉。』用這種抽象的後日儒家的意見來解釋雅，自然是不合理的。大雅中所表現的未必是大政，小雅中所表現的未必就是小政，這是非常明顯的事。鄭樵所說的『宗廟之音曰頌，朝廷之音曰雅，』比起詩序的意見，要合理多了。他在這裏，正好說明了藝術的進展，是由宗教的階段進入於人事的階段的。雖說現存的雅詩中，看去不全是朝廷之音，（其中也有宗教詩社會詩），這或者由於後人編纂時，竄亂了次序，或者因爲合樂的關係，全都歸在那樂律相同的範圍了。朱子說：『正小雅燕饗之樂也，正大雅朝會之樂，受釐陳戒之詞也。及其變也，則事未必同，而各以其詩附之。』（詩集傳）他這種說明，很近情理。他所講的燕饗朝會之樂，自然是雅詩中的正宗，要這樣才能顯出宗廟與朝廷，宗教與人事的界限。

『呦呦鹿鳴，食野之苹。我有嘉賓，鼓瑟吹笙。吹笙鼓簧，承筐是將。人之好我，示我周行。

呦呦鹿鳴，食野之蒿，我有嘉賓，德音孔昭。視民不恌，君子是則是傚。我有旨酒，嘉賓式燕以敖。

呦呦鹿鳴，食野之芩。我有嘉賓，鼓瑟鼓琴，鼓瑟鼓琴，和樂且湛。我有旨酒，以燕樂嘉賓之心。』（小雅鹿鳴）

『湛湛露斯，匪陽不晞。厭厭夜飲，不醉無歸。

湛湛露斯，在彼豐草。厭厭夜飲，在宗載考。
湛湛露斯，在彼杞棘。顯允君子，莫不令德。
其桐其椅，其實離離。豈弟君子，莫不令儀。』（小雅湛露）

『我車既攻，我馬既同。四牡龐龐，駕言徂東。
田車既好，四牡孔阜。東有甫草，駕言行狩。
之子于苗，選徒囂囂。建旐設旄，搏獸于敖。
駕彼四牡，四牡奕奕。赤芾金舃，會同有繹。
決拾既佽，弓矢既調。射夫既同，助我舉柴。
四黃既駕，兩驂不猗。不失其馳，舍矢如破。
蕭蕭馬鳴，悠悠旆旌。徒御不驚，大庖不盈。
之子于征，有聞無聲。允矣君子，展也大成』（小雅車攻）

『吉日維戊，既伯既禱。田車既好，四牡孔阜。升彼大阜，從其羣醜。
吉日庚午，既差我馬。獸之所同，麀鹿麌麌。漆沮之從，天子之所。
瞻彼中原，其祁孔有。儦儦俟俟，或羣或友。悉率左右，以燕天子。
既張我弓，既挾我矢。發彼小豝，殪此大兕。以御賓客，且以酌醴。』（小雅吉日）

在這些詩裏，或詠宴會，或歌田獵，不僅他們的內容情感和那些宗教詩是完全不同，就在文字的藝術上，也是表現着明顯的進步。如『呦呦鹿鳴』的音調的和諧，『蕭蕭馬鳴』的意境的雄放，都是前一期的作品所沒有的。在這些詩中所出現的已不是上帝祖宗，只是天子君子嘉賓一類的人物。鐘鼓琴瑟已不是娛神鬼的，而成爲娛人的音樂了。再如彤弓，頍弁，菁菁者莪，常棣諸篇，都是充滿着人的生活與人的感情的作品。像伐木那篇對於宴會的情狀的描寫，那是更爲生動的。朋友聚會起來，吃肉飲酒，奏的奏樂，跳的跳舞，完全是人的世界，不是神的世界了。像靈台中所描寫的，百姓們造起亭台樓閣來，內面養着麀鹿魚鳥，安置着大鼓大鐘，那都是帝王的娛樂品，絕不是神鬼的娛樂品。不用說，那帝王不一定便是文王，是那些有權有勢的統治階層。於是就從這時候起，人從神鬼的手裏，分得了一部份享受藝術的特權。不過，無論是爲神的，或是爲人的，藝術仍是離不開他的實用的功利的任務。

兒孫們在人間做了帝王，得了無上尊嚴的權力與地位，過着幸福的生活，對於祖先們的紀念，除了帶着誠虔的宗教情緒舉行莊嚴的祭祀以外，到這時候，漸漸地有進一步的表現了。把祖先們創造國家的功業，和種種奮鬬的歷史，交織着神話傳說的材料，有意地記述下來，一面作爲統治者的楷模，一面爲不忘記祖先的功德而傳給後代子孫們以祖先的影子，這自然是必要的。在這種要求之下，於是民族英雄的史詩，接着宗教詩而出現了。無論從任何方面說，這是一種人的事業，而不是神的事業。很明顯的超越了宗教的階段，而帶有濃厚的歷史觀念了。在藝術的社會機能上，這些詩自然是要和那些歌詠宴會田獵的作品同類看待的。如大雅中的生民公劉綿綿瓜瓞，皇矣大明五篇，可稱爲這種民族史詩的代表作。這五篇詩從后稷，公劉，古公亶父敍到文王武王。周朝的開國史，在這些詩中展開了一個系統的線索，而作爲後代歷史家的重要材料。

生民是敍述后稷的歷史，是一首傳說的史詩。說姜嫄禱神求子，後來因踏着上帝走過的脚步便懷孕了，生下來了后稷。大概是恐怕這孩子不吉利，或者因爲當日重女輕男的觀念，對於這孩子不歡喜，把他丢在路上，牛羊乳他，丢在冰塊上，鳥翼護他，於是得以養成。后稷生來就有種植之志，一長成人，便發明了農業，瓜果豆麥都知道耕種。後來就在有邰地方成家立業，建立周民族的基礎。而他自己便成爲周的始祖，農業之神了。這首充滿了神話傳說的詩，雖不能作爲信史，但原始社會的影子，却保存得很濃厚。在初民的母系社會裏，人民只知有母不知有父，所以這裏只提出母親的名字姜嫄來。說他父親是帝嚳，（史記周本紀）那是後人創造的事了。因爲當時是母系社會，自然有重女輕男的習俗，姜嫄既是禱神求子，生下了后稷又把他丢去，恐怕就是輕男之故。

公劉傳說是后稷的曾孫，是周民族中一位有名的英雄。在公劉篇內敍述他帶着糧食兵器開疆闢土，組織國家的歷史。開始是說他到了胥地，經營耕種，很是發達。後來又到百泉，又到豳谷。於是便在那裏定住下來了。產業人口日繁，他便做了那一個部族的領袖。建宮室，練軍隊，定田賦，成立了國家的規模。生民篇中的后稷，完全是一位農神，公劉却是一個遊牧時代的民族英雄。在那詩裏，活現着一位族長，率領着全族的人民，帶着糧食器具在外面過着流浪生活的影子。公劉這個人或許是一種傳說，但在詩人的筆下，確是表現着相當的眞實性的。

古公亶父是公劉的十世孫，文王的祖父。周民族自公劉以後，似乎有中衰之象，到古公亶父才復興起來。綿綿瓜瓞一篇，是敘述他遷居岐下一直到文王受命的歷史。我將他抄在下面，作一個例。

『綿綿瓜瓞，民之初生。自土沮漆，古公亶父。陶復陶穴，未有家室。
古公亶父，來朝走馬。率西水滸，至於岐下。爰及姜女，聿來胥宇。
周原膴膴，堇荼如飴。爰始爰謀，爰契我龜。曰止曰時，築室于茲。
迺慰迺止，迺左迺右。迺疆迺理，迺宣迺畝。自西徂東，周爰執事。
乃召司空，乃召司徒。俾立室家，其繩則直。縮版以載，作廟翼翼。
捄之陾陾，度之薨薨。築之登登，削屢馮馮。百堵皆興，鼛鼓弗勝。
迺立皋門，皋門有伉。迺立應門，應門將將。迺立冢士，戎醜攸行。
肆不殄厥慍，亦不隕厥問。柞棫拔矣，行道兌矣。混夷駾矣，維其喙矣。
虞芮質厥成，文王蹶厥生。予曰有疏附；予曰有先後。予曰有奔奏，予曰有禦侮。』（大雅綿）

在史詩中這是最好的一篇。文字的技巧、音節和結構，都是很成功的。一二章寫他從豳地遷居到岐下來，同姜女結婚。三四章寫他看見岐下這塊肥沃的土地，於是築室定居，從事農產。五六七章寫他看見情形很順利，於是大修宗廟宮室，委任官吏，打算在那裏創業了。七八章敘他建國滅夷，最後是文王受命。這樣結構謹嚴描寫生動的敘事詩，在三百篇裏是不再見的。此外如皇矣是記文王，大明是記武王，我們無須在這裏多加敘述了。小雅中也有幾篇這樣的史詩，大都是記述當日的戰事。如出車記厲王時南仲的征伐玁狁，采芑，江漢，六月，常武諸篇，大都是記述宣王時代同蠻荊淮夷玁狁淮徐諸部落戰爭的事蹟。比起大雅中那些詩來，這自然是時代較後的作品了。如果把這些史詩按照次序地排列着，那末東遷以前的周民族歷史，可以看出一個系統來。同時，在中國古代的文學史上，向來缺少敘事詩的那一頁，現在我們要用這些作品來塡補了。（江漢常武見大雅，依其內容，應與采芑六月同列小雅中。）

五　社會詩的產生

古時，由於產業之發達與社會之演進，專制政治益見敗壞，貴族地主與平民間的相互關係乃趨惡化。爭城奪地的戰爭也就更頻繁了。當日的人民，對於政治上所負的義務，除了物質方面的貢租以外，（如布疋、獸皮、酒、米之類）最重要的，便是力租。力租是包括兵役與勞動。築城造園，營建宮殿，都是當日民間對於統治者所擔負的工作。農民以其擔負之過重，生活日益困苦，自不待說；並且漸漸發出對於統治者的怨恨與反抗的情感了。自厲王被逐至平王東遷，這一個時代的政治社會與思想，都起了激烈的動搖。反映着這種動搖的影子的，是那些變風變雅中的社會詩。這些詩失去了宗教詩的莊嚴，宴會田獵詩的快樂與威武，塗滿了社會雜亂的黑暗的色彩。由神鬼帝王的階段，再進一步而轉入於社會民衆的階段了。

由七月詩中所表現的農夫生活，表面上似乎是安樂和平，內面却是很苦痛的。看他們一年四季沒有休息的時候，男的耕田，女的織布。田中耕種出來的穀米，機上織出來的布帛，山林中打獵打來的獸皮，都要貢獻給公家。自己是無衣無褐地受着寒冷，吃的是一些苦菜，餓着肚皮。『我朱孔揚，爲公子裳，』『取彼狐狸，爲公子裘，』這些公子自然便是那些不事生產的貴族剝削者。『春日遲遲，采蘩祁祁。女心傷悲，殆及公子同歸。』這明明是寫那些貴族公子，在春光明媚之下，看中了年青貌美的採桑女子，就實行搶奪着回去的情形。由『何以卒歲，』『女心傷悲』這種輕描淡寫的詩句，將當日農民生活的困苦，表現得非常明白。詩序說七月爲周公陳王業之作，自然是後人的附會。這明明是一首描寫西周中葉時代的農民詩。

『彼有旨酒，又有嘉殽。洽比其鄰，婚姻孔云。念我獨兮，憂心慇慇。

『佌佌彼有屋，蔌蔌方有穀。民今之無祿，天夭是椓。哿矣富人，哀我惸獨。』(小雅正月)

『人有土田，女反有之。人有民人，女覆奪之。此宜無罪，女反收之。彼宜有罪，女覆說之。』(大雅瞻卬)

『昊天疾威，天篤降喪。瘨我飢饉，民卒流亡。』(大雅召旻)

『陟彼北山，言采其杞。偕偕士子，朝夕從事。王事靡盬，憂我父母。

溥天之下，莫非王土。率土之濱，莫非王臣。大夫不均，我從事獨賢。

四牡彭彭，王事傍傍。嘉我未老，鮮我方將。旅力方剛，經營四方。

或燕燕居息，或盡瘁事國。或息偃在牀，或不已于行。
或不知叫號，或慘慘劬勞。或棲遲偃仰，或王事鞅掌。
或湛樂飲酒，或慘慘畏咎。或出入風議，或靡事不爲。』（小雅北山）

在這些詩句裏，當日貧富勞力不均的種種情狀，是反映得多麼明顯。坐食的貴族地主，不務正業，專事剝削農民的勞働生產，以圖自己的奢侈享樂。吃好的穿好的，同美麗的女人結婚，强奪人民和田地。這種不合理的生活，是不能長久下去的。只要一有機會，革命就隨時都會起來。厲王幽王和平王時代的種種悲慘的命運，雖也有許多政治上的關係，但民衆的叛離與反抗，却是其中一個最大的原因。

對於民衆的待遇既是那麼不平均，民衆的生活又是那麼困苦；再加以連年不斷的戰爭，强迫着人民離開家室，荒棄農事，於是民衆的生活，只有陷於破滅的絕境。對於統治者的態度就難免現出更怨恨更惡劣的情感了。現在再舉出幾首詩來：

『何草不黃！何日不行！何人不將！經營四方。
何草不玄！何日不矜！哀我征夫，獨爲匪民！
匪兕匪虎，率彼曠野。哀我征夫，朝夕不暇。
有芃者狐，率彼幽草。有棧之車，行彼周道。』（小雅、何草不黃）

『昔我往矣，黍稷方華。今我來思，雨雪載途。王事多艱，不遑啓居。豈不懷歸，畏此簡

書。』（小雅出車）

『采薇采薇，薇亦作止。曰歸曰歸，歲亦莫止。靡室靡家，玁狁之故。不違啓居，玁狁之故。……

昔我往矣，楊柳依依。今我來思，雨雪霏霏。行道遲遲，載渴載飢。我心傷悲，莫知我哀。』（小雅采薇）

『擊鼓其鏜，踴躍用兵。土國城漕，我獨南行。
從孫子仲，平陳與宋。不我以歸，憂心有忡。
爰居爰處，爰喪其馬。于以求之？于林之下。
死生契濶，與子成說。執子之手，與子偕老。
于嗟濶兮，不我活兮。于嗟洵兮，不我信兮。』（邶風擊鼓）

『伯兮朅兮，邦之桀兮。伯也執殳，爲王前驅。
自伯之東，首如飛蓬。豈無膏沐，誰適爲容。
其雨其雨，杲杲日出。願言思伯，甘心首疾。
焉得諼草，言樹之背。願言思伯，使我心痗。』（衞風伯兮）

在這些詩裏，人民非戰的情緒，表現得非常深刻。或寫征人的怨恨與歎息，或寫少婦的悲苦與相思。用着清麗的文句，和諧的音調，歌詠那些日常生活的瑣事與細密深沉的情感，反映出民衆的强烈意識來。我們讀了以後，當日社會生活的雜亂和民間那種妻離子散的影子，都活現在我們的眼前了。

『彼黍離離，彼稷之苗。行邁靡靡，中心搖搖。知我者謂我心憂，不知我者謂我何求。悠悠蒼天，此何人哉！』（王風黍離。）

『有兎爰爰，雉離於羅。我生之初尚無爲，我生之後，逢此百罹，尚寐無吪。』（王風兎爰）

『式微式微，胡不歸？微君之故，胡爲乎中露。式微式微，胡不歸？微君子躬，胡爲乎泥中。』（邶風式微）

『東人之子，職勞不來。西人之子，粲粲衣服。舟人之子，熊羆是裘。私人之子，百僚是試。』（小雅大東）

在這種政治黑暗社會紊亂人民困窮的狀態下，自然是要走到國破家亡的地步的。有的看見禾黍，發出國破的悲吟，有的生逢亂世，發出傷時的哀感。舊的貴族漸漸沒落，新的有資產者露出頭面來了。從前的貴族，有些窮得連飯也找不着吃，暴發戶都穿上漂亮的衣服，爬上政治的舞台了。政治狀況和社會生活起了這麼大的變動，思想上自然是要跟着發生動搖的。貧窮的那樣的貧窮，富貴的那樣富貴，享樂的那麼享樂，勞苦的那麼勞苦，未必都是天帝和祖先們的意思。同樣是一個人，爲什麼待遇相差這麼遠。在這種思考之下，懷疑的思想，是必然要產生的。懷疑思想的產生，使得從前那種無上尊嚴的敬天尊祖的宗教觀念，不得不發生動搖了。宗教觀念的動搖，接着便是人性的覺醒。天帝靠不住了，祖先靠不住了，一切都靠不住了，無論什麼都得靠自己。因爲自己是一個人，人纔眞是有意志有思想有能力的動物。人權的思想就在這個懷疑時代萌芽了。於是乎文藝通過了宗教的儀式，和統治者的娛樂的階段，而爲全社會全民衆服務了。詩序派所說的美刺，並不是完全無理的，這時代的詩人，已放棄了神鬼與君主的範圍，張着兩眼，在直視着全民衆全社會的生活了。由那些詩我們可以聽出民衆心靈的呼聲，可以看出民衆狀態的影子。

『浩浩昊天，不駿其德。降喪飢饉，斬伐四國。昊天疾威，弗慮弗圖。舍彼有罪，既伏其辜。若此無罪，淪胥以鋪。』（小雅雨無止。）

『昊天不傭，降此鞠訩。昊天不惠，降此大戾。』（小雅節南山）

『出自北門，憂心殷殷。終窶且貧，莫如我艱。已焉哉，天實爲之，謂之何哉！』（邶風北門）

從前那種尊嚴的天帝，現在在人們的心靈中，起了激烈的動搖了。接連地發生着天災人禍，使得百姓們無以爲生，可見天帝只是一個沒有意志沒有靈驗的偶像，還信仰他尊敬他畏懼他幹什麼呢？於是怨恨的怨恨，責罵的責罵，比起當初那種『臨下有赫，監視四方』的皇天上帝來，現在這種可憐的狀態，眞令人有式微之歎了。

『維桑與梓，必恭敬止。靡瞻匪父，靡依匪母。不屬於毛，不離於裏。天之生我，我辰安在。』（小雅小弁）

『父母生我，胡俾我瘉。不自我先，不自我後。好言自口，莠言自口，憂心愈愈，是以有

侮。』（小雅正月）

不僅對於上帝的信仰，起了動搖，連對於祖先的崇拜也發生懷疑了。從前把祖先看作是一個家族的保護神，所以那樣鄭重地去祭祀。一到亂世，他什麼事都不管，才知道從前是受了騙。他的本領，正如上帝一樣都是靠不住的。在宗教觀念動搖懷疑思想興起的時代中，便發現了個人的存在。『匪兕匪虎，率彼曠野。』『哀我征夫，獨爲匪民』（何草不黃）人不是老虎，也不是野牛，如何老是在曠野上供人驅遣呢？『下民之孽，匪降自天。噂沓背憎，職競由人』（十月之交）這眞是無神論者對於人權思想所發表的大胆宣言。天帝沒有權威和本領，任何事物要得到眞解決眞建設，非靠個人的力量不可。在這種狀態下，於是『天道遠人道邇，』『民爲貴君爲輕』的人權思想漸漸地滋長起來，神鬼的尊嚴，不得不趨於衰落了。孔子的不語怪力亂神的現實主義哲學，也就是在這種空氣下形成的。

文學的發展，經過了宗教的儀式與君主貴族娛樂的階段，而入於社會生活及民衆感情的表現時，這進步是極大的。並且他對於社會與人生，也擔負着更大的任務了。他已經同音樂跳舞完全離開，而得着獨立發展的機能。像這些歌詠離亂諷刺朝政反抗統治階層懷疑宗教觀念的作品，決不會配合音樂來作爲什麼朝庭之音的罷。『家父作誦，以究王訩』（大雅節南山，）『寺人孟子，作爲此詩，凡百君子，敬而聽之』（小雅巷伯）『心之憂矣，我歌且謠』（魏風園有桃）『吉甫作誦，以贈申伯』（大雅崧高，）由這些話，我們可以知道作者都是有所爲而作，或是贊美，或是諷刺，已經把作者的思想人格放進到作品裏，同從前那些專爲媚神媚鬼媚人的作品比起來，這些詩是帶了濃厚的個人性與社會性了。在藝術上，無論形式與辭藻，那進步的痕跡，也是非常顯然的。形式的整齊，音節的調和，文字的修飾，描寫的細緻，都不是前階段的作品所可比擬的了。他們本身已得到了藝術的存在性，而同時更加强了他們的社會使命與實用機能。就從這時候起，文學改變了過去作爲樂舞的附庸地位，而成爲和樂舞並行的獨立的藝術了。

六　抒情詩

抒情詩在口頭文學時代便有了的。大概男女的關係變得比較複雜的時候，這種詩的情感和文字也就變得比較美麗。在羅威(R. H. Lowie)著的『我們是文明嗎？(Are We Civilized?)』一書裏，介紹了許多野蠻民族的抒情詩。他說那種詩是和宗教詩同時發展的，他的產生，甚至還在宗教詩以前。不過因爲他們只是放在口頭歌唱，作爲男女求愛的一種媒介，與其說是詩，毋寧說是音樂。後來由社會文化與人類關係的逐漸進展，於是音樂的抒情詩逐漸變爲文字的抒情詩。他這種意見，自然是正確的。我們現在看各國的文學史，常覺得宗教詩的發展，都在抒情詩的前面，這原因便是前者充滿了宗教性的實用功能，有祭司術士和統治階層的保管和發揮。後者是個人的，缺少那種積極的功利的任務，因此不容易保存。等到口頭的抒情詩，變爲文字的抒情詩而出現的時候，那已經由神的世界進入人的世界，在文學的發展上，也已經走過宗教詩的階段了。明白了這一點，我們才可以相信國風二南中一類的抒情詩，是詩經時代最後的產品。

二南和國風中的作品，十之八九是抒情詩。他們是三百篇裏面最精采的一部分。詩序說：『上以風化下，下以風刺上。主文而譎諫，言之者無罪，聞之者足戒，故曰風。』這自然是儒家的倫理哲學興起以後的一種解釋。在國風時代，那些作品，還只含有個人主義的特徵，和履行着男女性愛的任務。在這一點，朱子的解釋，是最適當的。『凡詩之所謂風者，多同於里巷歌謠之作，所謂男女相與詠歌，各言其情者也。』（詩集傳序）他在這裏說明了兩點：一，風是民間的歌謠。二，風的內容，大都是男女言情之作。他這種解釋，使我們認清了風詩的活躍的生命，由此可知道詩序上所說的，確是後人有意披上去的一件外衣了。其次關於周南召南，古人也各有不同之見。多數人以地言南，故南詩屬於國風。另一些人如宋代王質（詩總聞）程大昌（考古編）之流，則主張南是一種樂名，可與風雅頌並列，故詩應分南風雅頌四部。這種意見雖極新奇，到了清朝如陳啓源在毛詩稽古編中，魏源在詩古微中，都發出反駁的意見。這種是非我們是無法判斷的，因爲雙方都有他的理由，好在這些問題，對於這些作品的文學價值，並無關重要。胡承琪說：

『南以地言者，乃采詩編部之名也。以音言者，又入樂時編部之名也。二者不同，而亦不相悖。』（毛詩後箋）

他這種雙方顧到的方法，可算是最取巧的了。不過無論怎樣，二南詩的產地，是在江漢一帶的南方，其內容作風與時代，同國風中的作品，是同一範圍的事，是無可懷疑的。南風中的詩篇，除了極少數的例外，全是民間的情詩。正如鄭樵所說，國風是風土之音。宗廟朝庭的作品，都是一些莊嚴典雅的文句，在創作時，受了思想束縛的限制，缺少情感的生命與活躍的人性。民歌完全是個人的自由的創作，與熱烈情感的表現。在那些作品裏，跳動着活躍的生命，充滿了血肉和種種喜怒哀樂的情緒，因此到了現在，那些詩的藝術性與感染性一點沒有損失。

『采采卷耳，不盈頃筐。嗟我懷人，寘彼周行。
陟彼崔嵬，我馬虺隤。我姑酌彼金罍，維以不永懷。
陟彼高岡，我馬玄黃。我姑酌彼兕觥，維以不永傷。
陟彼砠矣，我馬瘏矣。我僕痡矣，云何吁矣。』（周南卷耳）

『野有死麕，白茅包之。有女懷春，吉士誘之。
林有樸樕，野有死鹿。白茅純束，有女如玉。
舒而脫脫兮，無感我帨兮，無使尨也吠。』（召南野有死麕）

鷄既鳴矣，朝既盈矣。匪鷄則鳴，蒼蠅之聲。
東方明矣，朝既昌矣。匪東方則明，月出之光。
蟲飛薨薨，甘與子同夢。會且歸矣，無庶予子憎。』（齊風鷄鳴）

『彼狡童兮，不與我言兮。維子之故，使我不能餐兮。
彼狡童兮，不與我食兮。維子之故，使我不能息兮。』（鄭風狡童）

『青青子衿，悠悠我心，縱我不往，子寧不嗣音。

青青子佩，悠悠我思。縱我不往，子寧不來。

挑兮達兮，在城闕兮。一日不見，如三月兮。』（鄭風子衿）

『野有蔓草，零露溥兮。有美一人，淸揚婉兮。邂逅相遇，適我願兮。

野有蔓草，零露瀼瀼。有美一人，婉如淸揚。邂逅相遇，與子偕藏。』（鄭風野有蔓草）

這些詩的意義，雖在詩序中有種種附會的解釋，其實都是非當淺顯的。思婦懷人，吉士求愛，春宵苦短之歡，美人相思之苦，在美麗的文字和調和的音韻中，巧妙地表現出來。情感是那麽豐富，生命是那麽活躍，比起那些帶了神鬼氣味的宗廟詩，富貴氣味的朝庭詩來，這些美麗的民歌，自然更能使我們瞭解和愛好。在藝術的價値上，比起前階段的作品來，那明顯的進步，就是門外漢也是看得出來的。在三百篇中，社會詩和抒情詩，是最重要的兩部分。由社會詩可以看出當日社會生活的全影，由這些戀歌，可以體會當日浪漫的人性和男女心靈的活動，然而也就從這裏開始了社會文學與個人文學的分野。個人文學的發展，漸漸傾向於唯美的浪漫的路上去，有超越現實社會的現象。因此，文學便逐漸失去其實用的社會功能，而一步步地變爲純粹的藝術了。

七　餘　論

這些浪漫性的情詩，在後代以道德哲學爲基礎的儒家的眼裏，是不能重視的。他們不能放棄文學的實用功能與敎化主義而只以藝術的成就爲文學的最高目的。所以到了東漢儒家思想在學術界成了權威的時候，就產生了衞宏的詩序。後漢書儒林傳裏說：『衞宏從曼卿受學，因作毛詩之序，善得風雅之旨，於今行於世。』在這裏，把詩序的作者時代及主旨，都說得非常明白，本來是什麼問題也沒有的。而後代儒家要故意抬高詩序的地位，也就是要抬高詩經在經典中的地位，於是發生什麼大序是孔子所作，又有什麼是卜商毛亨合作的種種謬說了。到了現在，幾乎人人都知道這種騙局，連說明的必要也是沒有了的。然而在過去二千年中，詩經的價值與意義，全包含在詩序裏面，詩經本身的文學價值，却完全降爲詩序的附庸的事，我們是必得注意的。

我們要知道，在孔子時，詩經這一部書，是作爲倫理學的課本的。他們要在那內面，學習作人爲政的大道理。由當日各國外交使節的賦詩的風氣看來，在春秋時代，詩經早已失去了他本身的文學地位，而成爲一本政治上社會上最有用的百科全書了。由孔子的『思無邪』與『雅頌各得其所』兩句話，因而演成聖人刪詩之說，更進一步而演成漢儒詩序的曲解，於是所有的情詩戀歌，都變爲倫理詩諷刺詩了。關於這一點，大家都認爲是詩經的厄運，其實在文學思潮的發展上，這是一種必然的無可避免的過程。藝術的思潮，不能獨立進展，他必得和每一個時代的學術思想的主流，取着一致的步調。在那種宗教衰頹倫理哲學興起的潮流內，文學是不得不改變其原來的意義的。於是由從前的宗教歌，宴會歌，戀愛歌，都變爲人民的道德教育學了。我們要明白這種文學思潮的過程，才會知道詩序產生的必然性及其穩固的社會基礎。

我們要在這裏附帶說一句的，便是那古今不決的采詩問題。國語周語中說：『爲民者宣之使言，故天子聽政，使公卿至於列士獻詩。』禮記王制中說：『天子五年一巡守……命太師陳詩以觀民風。』漢書藝文志也說：『古有采詩之官，王者所以觀風俗知得失自考正也。』又食貨志也說：『孟春之月，羣居者將散，行人振木鐸行於路以采詩，獻之太師，比其音律，以聞於天子。』這些史料，除國語外，雖大都出於漢人，但一致都承認有采詩這件事。所說的獻詩陳詩與采詩，名詞雖有些不同，意義上是差不多的。因此二千年來，對此問題，幾乎無人懷疑。唯有清人崔述在讀風偶識裏，對於這一點，獨持着相反的意見。他說：『余按克商以後，下逮陳靈，近五百年。何以前三百年所采殊少，後二百年所采甚多？周之諸侯千八百國，何以獨此九國有風可采，而其餘皆無之？……則此言出於後人臆度無疑也。』崔述的懷疑精神我們一向是欽佩的，但這次所持的理論，却非常薄弱。前三百年的詩少，後二百年的詩多，這正是文學發展史上進化的合理現象。他把前三百年的與後二百年的精神文化狀態看作是相等，把前三百年與後二百年的人類的創作力也看作是相等，那實在是完全缺乏常識，而發出這種幼稚的理論。至於說只有九國之風而未及一千八百國者，那更是可笑了。所謂一千八百國那個數目，是非常不可靠的。我們知道在西周時代，必然存在着不少的部落，在那些部落裏，大半都是淺化民族，還够不上成爲一個文化單位。當時文化單位的代表，自然是只限於那幾個與周朝封建政治有關係的大國。加以樂史之流，編詩正樂時，在文字的選擇，與樂章的配合上，必然要經過嚴厲的淘汰，結果只能取其幾個代表國家的作品的事，並沒有什麼可怪可疑的了。照現在詩經所代表的地域，有陝西甘肅河南山東河北湖北這麼廣濶的地帶。凡是周朝及其封建國家權力所及的地方，都包括在內面。在交通不便的古代，若沒有專人如樂史之流辦理這種事體，很難得把各地的詩歌集成一本書來。不如宗廟朝庭之樂的雅頌大半是樂官貴族文士的製作，但國風中那些歌謠，恐怕是非靠采集不可了。不過在采集的動機上，似乎是屬於音樂的關係，與政治無關。至於那些借此觀民風知得失的高調理論，把詩歌和政治緊緊結合起來的事，那一定是後代儒家的增飾。我們用這種觀點來解釋采詩，是比較合乎情理的。就是後來春秋末年以及戰國時代詩歌的中絕的那一個問題，也只好從這一方面來求解答了。

詩經所代表的，是一個五百多年的長時代，那些作品決非一人或是一個時代輯成的。由多少人由各時代慢慢地收集起來，方成爲現在這麽樣的一本集子。最古的是周頌，其次是大雅小雅，再其次是商頌魯頌國風和二南了。在那一個長期的時代中，無論政治狀態社會生活以及宗教思想各方面的演變，在這許多詩篇裏，都留下了明顯的痕跡。在文字的藝術上，那進步的發展，也是非常明顯的。時代愈晚的作品，文字愈是美麗，描寫愈是細緻，形式愈是整齊，音調愈是和諧，社會的意識與個人的性情也愈是豐富與複雜，這些都是無須舉例來說明的了。詩經中的文句，雖是用着自二字至九字的雜言，但四言却是詩經的正格。我們可以說詩經是中國四言詩的代表。後代如韋孟仲長統曹操嵇康陶潛雖都曾努力作過四言詩，那只是尾聲餘影，在詩經以後的中國詩壇，已經沒有四言詩的地位了。由雜言進而爲四言爲五七言，這是中國詩歌在形式上發展的歷史線，在這種地方，也可看出文學進化的狀態來。後代的拜古詩人，多不明瞭這種進化的狀態，對於詩的創作或批評，總歡喜以詩經來作爲範本，連那文氣句法和形式，也照樣的摹擬着，而反於沾沾自喜，這眞是愚妄之極。

第三章　詩的衰落與散文的勃興

一　散文興起的原因

春秋戰國在中國歷史上，是一個大大的轉變時代。無論經濟狀況政治制度和社會組織，都起了激烈的動搖。在這動盪的大時代中，文化思想，却呈現了活躍進步的現象。在文學的發展史上，有一個明顯的事實，那便是詩的衰頹與散文的勃興。記載歷史事實的和表現哲學思想的散文，代替了詩歌的地位。由那些歷史的哲學的文字，建立了中國散文的典型。

這種現象的產生，並不是偶然的，他有他的社會演變的背景，和文學本身發展的必然性。這種必然性，正是文學給予人類社會的一種實用的功能的表現。在文學的工作還未脫離實用的功能完全走向藝術的個人的階段的古代，這種表現也就更加明顯。因此許多人研究中國文學史的時候，在這一時期只集中注意力於韻文的詩騷，而把這時代發展起來的散文，只看作是歷史哲學的材料，從文學史上强暴地割去的事，實在是大膽之極。

要知道每一種文學的產生，都有它的社會根源。所謂社會的根源是政治、經濟、道德、宗教、思想、教育、血統等等因素所組成的複雜體。我們研究文學的人，一定要把這種社會根源清清楚楚地追究出來，才能知道每一種文學的產生，都是必然的，而不是偶然的。一般的文學研究者，只注意文學的形式，而忽略了文學的所以根源，產生了偏見。假如我們把文學內所表現的政治、經濟、道德、宗教、思想、教育等因素去掉，所謂文學，也就不知道剩些什麼了。然這些因素，非常複雜，彼此的影響，也非常微妙，如不細心追尋，你就無法發現它們的根源。就拿生產工具來說，這好像是一種微微不足道的因素，但如果我們切實追究一下，就可以發現它的影響，例如鐵器的使用，就可以影響人類的生活。

「一農之事必有一耜一銚一鎌一鎒一椎一銍，然後成爲農。一車必有一斤一鋸一釭一鑽一鑿一銶一軻，然後成爲車。一女必有一刀一錐一箴一鉥，然後成爲女。」（管子輕重乙篇）

「許子以釜甑爨，以鐵耕乎？」（孟子）

「楚人宛鉅鐵鉇，慘如蠭蠆」（荀子議兵篇）

「夫矢來有鄉，則積鐵以備一鄉。矢來無鄉，則爲鐵室以盡備之。」（韓非子內儲說上七術篇）

管子是僞書，他所說的鐵器在春秋時代，已在社會上普遍應用，並且設有鐵官的事，自不可靠，但看作戰國時代的事實是極可能的。我們知道戰國末年，鐵器不僅製成了各種農業工藝的器具，並且擴充到兵器了。江淹在銅劍讚序中說：「古者以銅爲兵，春秋迄於戰國，戰國迄於秦時，攻爭紛亂，兵革互興，銅既不克給，故以鐵足之。鑄銅甚難，求鐵甚易，故銅兵轉少，鐵兵轉多。」他這些話是極可靠的事實。因鐵器的普遍使用，直接是促進農業生產以及手工業的發達，間接是促進商業的進展與都市的繁榮。出產品大量的增加，商業自然是跟着興盛，從前的城市，不過是封建諸侯防禦侵略的堡壘，到了春秋戰國時代，都變爲工商業的集中地，和文化交通的中心點了。如河南的大梁，陝西的咸陽，直隸的邯鄲，山東的臨淄，都是當日有名的都市。

『臨淄之中七萬戶……甚富而實。其民無不吹竽鼓瑟彈琴擊筑鬭鷄狗博蹋鞠者。臨淄之途，車轂擊，人肩摩，連衽成帷，擧袂成幕，揮汗成雨。家給人足，志高氣揚。』（戰國策）

『齊宣王喜文學遊說之士，……七十六人皆賜列士如上大夫，不治而議論。是以齊稷下學士復盛，且數百千人。』（史記田敬仲世家）

像這種百業匯集文化集中的都市，決不是西周時代所能產生的。我們再讀一讀史記的貨殖傳，更可知道當日都會發達的眞實情況。商業一發達，新興的富商巨賈，與貨幣制度便應運而生。如陶朱猗頓子貢之流，都是以經商致富的大財主。再如鄭弦高的退秦兵，呂不韋的奪政權，都證明商人勢力在政治地位上的抬頭。就是當時的君主，也知道商業有利可圖，尤其是注意人人必用的鹽鐵。漢書食貨志說：「秦用商鞅之法，……鹽鐵之利，二十倍於古。」由這些史料，知道當日商業經濟發展的重要性。而商人的勢力也因此一天天的擴張起來。

因爲商業的發達，這種新的因素，又使中國文化上發生了很大的變化。因爲農業生產力的進展，增加了土地的利潤，於是有錢有勢的人，都注意到這方面去。因此便形成武力掠奪土地金錢收買土地的狂熱現象。春秋時代尚有一百餘國，到戰國時只有七國了，這都是當日掠奪土地的戰爭的結果。孟子說：「今之事君者曰，我能爲君辟土地，充府庫，今之所謂良臣，古之所謂民賊也。」不管是良臣或是民賊，總之掠奪土地確是當日的戰爭的根源。孟子說：「春秋無義戰」，眞是一針見血了。土地掠奪與公田制度的破壞，引起私人大地主的產生。商業資本的興起，使得商人階級在政治上抬頭。前漢書食貨志說：「商鞅壞井田，開阡陌……王制遂滅，僭差無度，庶人之富者鉅萬。」又貨殖傳說：「及周室衰，禮法墮，……稼穡之民少，商旅之民多。穀不足而貨有餘。於是商通難得之貨，工作無用之器，士設反道之行，以追時好而取世資。……禮義不足以拘君子，刑戮不足以威小人。富者土木被文錦，犬馬餘肉粟。而貧者短褐不完，哈菽飲水。其爲編戶齊民，同列以財力相君。雖爲僕虜，猶亡慍色。」這裏所說的，便是因當日經濟制度的變動，促進封建政治的崩潰，舊貴族的衰落，以及新的官僚政治的形成。同時是說明在商業資本的發展下，農民所受的痛苦。

我們只要看左傳國語國策這些史書，便可知當日政界人物的興替，比起西周時代的封建狀況，是完全改觀了。卿相降爲皁隸者有之，布衣執政者有之。富商大賈鷄鳴狗盜之徒都擠上政治舞臺，於是舊日的貴族王孫，不得不作式微之歎了。從前的學術文化，原爲貴族們所專有，因當日兼併爭亂之結果，平民階層中，加入了不少的沒落貴族。當時的孔子，也只好敎書餬口，於是學問得到傳播普及的機會。加之商業繁榮大都市的產生，於是交通日趨便利，而那些都市便成爲會集文人的淵藪，各方人士可以互相交換智識，而促進文化思想的興隆。這些現象，我們在古史裏，都可以找到豐富的例證。

在當日經濟政治制度以及社會組織起了空前的崩壞的過程中，社會上各種人們，面對着那種動搖不定的現實，自然會生出來各種不同的思想。有守舊的，有趨新的，有調和折衷的，於是產生了偉大的諸子哲學時代。孟子說：「聖王不作，諸侯放恣，處士橫議。」莊子天下篇說：「天下大亂，聖賢不明，道德不一，天下多得一察焉以自好。譬如耳目鼻口，皆有所明，不能相通，猶百家衆技也，皆有所長，時有所用。雖然，不該不徧，一曲之士也，判天地之美，析萬物之理，察古人之全，寡能備於天地之美，稱神明之容，是故內聖外王之道，闇而不明，鬱而不發。天下之人，各爲其所欲焉，以自爲方。」他們雖一致說着「聖王不作」「賢聖不明」的話，但當日學術思想的發達，却是實在的事情。這一些思想家，每個人都要盡力的發表他心中的意見，並且這些意見，已經不是過去封建時代那種神權政治的簡單的理論，而是一種複雜的人本的現實主義的哲學。這種哲學，想用詩歌的形式表現，是不可能的，非得借用宜於說理的散文不可。於是散文代替詩歌的地位，而走上勃興之途了。

其次，春秋戰國時代，國與國的吞併，人與人的殺戮，舊貴族的沒落，新人物的興起，這種種興亡盛衰的事蹟，在政治史上，都演着劇烈的變化。所謂「臣弑其君者有之，子弑其父者有之」，這都是實在的事。於是有些人，從道德的或是從歷史的立場，對於那些興亡盛衰的人類史蹟，都記載下來了。要做這繁雜的工作，也不是詩歌的形式所能擔任的，因此記事的歷史散文，同哲學家的散文一樣，侵奪了詩歌的地位。在這種情形下，在過去曾盛極一時的詩歌，不得不走上衰落之途了。「詩亡而後春秋作」這句話，雖是代表着美刺的道義的意味，其實在由詩歌走到散文的文學發展史上，確實是有幾分合理的。佛理采（Y. M. Friche）在歐洲文學發展史中論意大利小說說：『意大利的有產文化漸次發達及確立起來，中世紀的詩歌的型態和樣式，都不得不隨之而消滅。在商業都市的環境中，詩歌已把位置讓與散文小說了。中世紀的詩歌的特質，是唯心的象徵主義，連詩歌的主題也離不了宗教。但到了現在，作家們已成了現實主義者，他們所描寫的，乃是不含寓言意味的現實的事件及現實的人物了。』他這裏所講的是小說，但從詩歌的形式變爲散文的形式，從宗教的象徵主義變爲人本的現實主義，却完全是相同的。因此，我們考察中國古代的文學發展時，對於這種重要變遷的過程，萬不可忽視，尤其要注意的，是造成那種變遷的各種因素。春秋戰國時代散文的興盛與完成，在中國文學史上，確實是一件重大的事。

二 歷史散文

尚書是中國最古的歷史，也是中國最古的散文。他雖說一向被稱爲經，論其本質，正如春秋一樣，實實在在是一本歷史。所謂左史記言，右史記事，言爲尚書，事爲春秋，正說明了這兩本書的本質。現存的尚書，包括虞夏商周四時代，其來源有今古文之分。古文尚書之僞，經古今學者的努力證明，我們自然是不相信了。但是今文尚書的二十八篇，也有許多問題。在本書的首章裏，我們早已從經濟政治文化思想的基礎上，證明一切託名虞夏的文籍，都是後人的僞造，所以堯典皐陶謨禹貢，自然是靠不住的了。就是商書也和商頌一樣，或許也是宋人的作品。因此我們可以推斷，尚書裏面沒有西周以前的作品。要這樣，我們才可以看出中國的散文，由卜辭金石文走到尚書的發展的合理性。

尚書中最早的作品，不得不推周誥。正如周頌是周初的詩歌代表一樣，周誥正是周初的散文代表。現在人讀起來，佶屈聱牙，不容易懂，其實並非此中有奧妙的道理，也並非作者的文章特別高深。原因是周誥中的文辭，全是用當時的口語記錄的文告和講演。記錄以後，一直沒有什麼變動，於是那種言語漸漸隨時代而殭化了。周頌中的詩篇，雖說時代差不多，那些究竟是可歌可唱的東西，隨時變遷，寫定較遲，所以也就比較容易懂了，傅孟眞氏對於這一點，曾有很好的意見。他說：

「周誥最難懂，不是因爲他格外的文，恰恰反面，周頌是很白話的。又不必一定因爲他是格外的古，周頌有一部分比周誥後不很多，竟比較容易懂些了。乃是因爲春秋戰國以來演進成的文言，一直經秦漢傳下來者，不和尚書接氣。故後人自少誦習春秋戰國以來書者，感覺這個前段之在外。周誥既是當時的白話，也應是當時宗周上級社會的標準語。照理詩經中的雅頌，應當和他沒大分別，然而頗不然者，固然也許西周的詩流傳到東周，字句有通俗化的變遷。不過從周誥周詩看來，大約不在一個方言系統之中。周誥或者是周人初葉的語言，周詩之中已用成周列國的通語。宗周謂周室舊都，成周謂新營之洛邑，此分別在春秋戰國時尚清楚。」

他這些意見，我們是贊同的。我們要知道，像周誥那種佈告和講演的文辭是有時間性的，記錄下來以後，就漸漸地殭化了。詩歌是口耳相傳的東西，他能夠因人因地流傳下去，可以由宗周的語言，變爲成周列國的通語，因此他比較能保存着活的生命。這一點想是無可懷疑的了。至於堯典禹貢以及商書諸篇，無論從其文字的藝術，和那裏面所表現的經濟狀況與倫理思想看來，都出自周誥以後，在這裏不必再說。

「王若曰。猷。大誥爾多邦。越爾御事。弗弔。天降割於我家。不少延。洪惟我幼冲人。嗣無疆大歷服。弗造哲，迪民康。矧曰其有能格知天命。已。予惟小子。若涉淵水。予惟往，求朕攸濟。敷賁。敷前人受命。茲不忘大功。予不敢閉于天降威用。寧王遺我大寶龜。紹天明。卽命曰。有大艱于西土。西土人亦不靜。越茲蠢。殷小腆，誕敢紀其敍。天降威。知我國有疵。民不康。曰。予復反鄙我周邦……」

這是大誥中的一段，是武庚叛變周公東征時的一篇文告。全篇中天命吉卜寶龜之言，層見疊出，正反映出周初時代的神權思想。現在看來，這些文字已經沒有什麼意義，但從卜辭進展到這地步，也還是需要相當的時候。這種文字作爲周時初葉的散文出現，在發展史上自然是合理的。明乎此更可相信虞夏商書是晚出之作。

在歷史上進一步的表現，成爲有系統的編年體的，便是那有名的春秋。春秋也同尙書一樣，被稱爲經的，尤其成爲今經文家重視的古籍。孟子說：「世衰道微，邪說暴行有作。臣弑其君者有之，子弑其父者有之。孔子懼，作春秋。春秋天子之事也。是故孔子曰，知我者其惟春秋乎，罪我者其惟春秋乎！」因爲春秋是出于孔子，因此後代人都把他看作是一本含有微言大義的思想書或是道德書，把他看作是定名分制法度的工具。莊子天下篇說的「春秋以道名分」，便是這個意思。於是許多經師賢哲，都在那裏面去硏討微言大義，倒把列國的史事不予重視了。

春秋的文句雖是簡短，前人竟有譏爲斷爛朝報者，但在文字的技術及史事的編排上，比起尚書來，都有明顯的進步。使我們讀了，對於當代諸國的事實，得到一個系統的印象。在造句用字上，都從尚書的文體中演變進化出來，日趨于簡練平淺，建立了新散文的基礎。

「二年春，王正月，戊申。宋督弒其君與夷，及其大夫孔父。滕子來朝。三月，公會齊侯陳侯鄭伯于稷，以成宋亂。夏四月，取郜大鼎于宋。戊申，納于大廟。秋七月，紀侯來朝。蔡侯鄭伯會于鄧。九月入杞。公及戎盟于唐。冬公至自唐。」（桓公）

一年的史事，包括在這八十五個字裏，簡短極了，這只能算是一個歷史的大綱。但在當日貧弱的物質文化的環境之下，這種大綱式的歷史，却是帶着最進步的姿態而出現的。因爲這種官書，無論從當日的歷史觀念或是社會生活看來，都表現一種最適合環境的樣式。從文字的技術上講，比起尚書來，那進步是顯然的：一個是殭化的語句，一個是平淺而有生命的新興散文。

到了戰國時代，隨着社會文化與文學觀念的發展，歷史的散文，呈現着高度的進步。如國語左傳戰國策諸書，都是當日歷史散文中最優秀的作品。左傳與國策，更爲後代散文家所重視，幾乎成爲學習散文的教科書。

關於左傳的著作及其本身的眞僞問題，我們無法在這裏作較詳的敍述。古說左傳爲孔子弟子魯人左丘明解經之作，此說雖不可靠，但近代疑古學者說左傳全爲劉歆僞造，也難成立。前者見於史記十二諸侯年表及漢書藝文志，後者則以康有爲氏爲最有力的代表。我們放棄今古文家的成見，平心而論，左傳的作者，是一位戰國時代最優秀的散文家，他決計不是孔子的弟子。他寫這本書的目的，並不是爲解經而作，是純從歷史家的立場，採取春秋的大綱，再參考當時的史籍，而成就了這本偉大的作品。因此裏面有合經者，有不合經者。這正是當日史學觀念的進步，表示不能滿意於春秋式的史書，而不得不另有所表現了。到了漢朝，在劉歆的手中，在史事方面或有所增減的事，想也是免不了的。但這不能便說是完全出于劉歆的僞造。無論如何，我們必得承認左傳的時代是戰國，作者是失名了。他在歷史散文的地位上，是成爲上承尙書春秋，而下開國策史記的重要橋梁。而是戰國時代無可否認的最優秀的散文作品。

左傳無論在記言記事方面，都表現了極高的成績。用着平淺流利的文句，把當日複雜的事蹟，巧妙的言語，活躍地記載或表現出來。使我們現在讀了，還能親切地感着到當日政治舞臺的狀況，和舞臺人物的種種面貌動作和性情。一直到現在，他還保持着他活躍的散文的生命。如「呂相絕秦」，「燭之武退秦師」，「臧孫諫君納鼎」，「僖伯諫君觀魚」，「季札觀樂」，「王孫論鼎」，都能用委婉曲折的文章，表達當日巧妙的詞令。再如城濮之戰，殽之戰，邲之戰，鄢陵之戰，都是用最簡練的文句，記敍繁複的史事，而成爲敍事文中的傑作。劉知幾說：「左氏之敍事也。述行師則簿領盈視，哤聒沸騰。論備火則區分在目，修飾峻整。言勝捷則收穫都盡，記奔放則披靡橫前，申盟誓則慷慨有餘，稱譎詐則欺誣可見，談恩惠則煦如春日，紀嚴切則凛若秋霜，敍興邦則滋味無量，陳亡國則淒涼可憫。或腴辭潤簡牘，或美句入詠歌。跌宕而不羣，縱橫而自得。若斯才者，殆將工侔造化，思涉鬼神，著述罕聞，古今卓絕。」（史通雜說上）他這種純粹從文學的立場上來估量左傳的價值，確是很有見解的。我們必得承認：左傳除了歷史的價值以外，他在中國散文史上，還有其堅固的地位。

『九月甲午，晉侯秦伯圍鄭，以其無禮于晉，且貳于楚也。晉軍函陵，秦軍氾南。佚之狐言于鄭伯曰：「國危矣，若使燭之武見秦君，師必退。」公從之，辭曰：「臣之壯也，猶不如人，今老矣，無能爲也已。」公曰：「吾不能早用子，今急而求子，是寡人之過也。然鄭亡，子亦有不利焉。」許之。夜縋而出，見秦伯曰：「秦晉圍鄭，鄭既知亡矣。若亡鄭而有益于君，敢以煩執事？越國以鄙遠，君知其難也。焉用亡鄭以陪鄰？鄰之厚，君之薄也。若舍鄭以爲東道主，行李之往來，共其乏困，君亦無所害。且君嘗爲晉君賜矣，許君焦瑕，朝濟而夕設版焉，君之所知也。夫晉，何厭之有，既東封鄭，又欲肆其西封。若不闕秦，將焉取之？闕秦以利晉，唯君圖之。」秦伯說，與鄭人盟。』（燭之武退秦師）

這可作歷史讀，尤可作美妙的小品文讀。用字造句是多麼簡練，又是多麼生動。後人每以左傳的文字失之浮誇，有文勝于質的弊病，這都是那些死守六經爲文章的正統的迷古派的胡言。不知道他們所說的浮誇與文勝於質，正是中國散文的藝術的進步。一定要佶屈聱牙的尚書，簡略斷爛的春秋，才是蒼老，才是質勝于文，這是多麼退化的觀念呢？像左傳這樣的文字，不正是適合於戰國時代的環境嗎？由尚書春秋到左傳，那散文發展的痕跡，不是極明顯極合理的嗎？

左傳以外，我們得注意的，便是那表現縱橫捭闔之術的國策。漢志有戰國策三十三篇，今有三十三卷，無作者名氏，爲劉向裒合排比而成。劉氏序云：「戰國之時，君德淺薄，爲之謀策者，不得不因勢而爲資，據時而爲畫。故其謀扶急持傾，爲一切之權，雖不可以臨國教，化兵革，亦救急之勢也。皆高才秀士，度時君之所能行，出奇筴異智，轉危爲安，運亡爲存，亦可喜，皆可觀。」他在這裏說明了當日時代性的特質，同時也就說明了國策文字的特質。蘇秦合縱，張儀連橫，范雎相秦，魯連解紛，鄒忌的幽默，淳于髡的諷刺，眞可謂盡鼓舌搖脣之能事，極縱橫辯說的大觀了。而其文字無不委曲達情，微婉盡意。章學誠說：「戰國者縱橫之世也。縱橫之學，本于古者行人之官。觀春秋之辭命，列國大夫，聘問諸侯，出使專對，蓋欲文其言以達旨而已。至戰國而抵掌揣摩，騰說以取富貴，其辭敷張而揚厲，變其本而加恢奇焉，不可謂非行辭命之極也。孔子曰：誦詩三百，授之以政，不達，使于四方，不能專對，雖多亦奚以爲。是則比興之旨，諷諭之義，固行人之所肄也。縱橫者流，推而衍之，是以能委折而入情，微婉而善諷也。九流之學，承官曲于六典，雖或原于書易春秋，其質多本于禮教，爲其體之有所該也。及其出而用世，必兼縱橫，所以文其質也。古之文質合于一，至戰國而各具之，質當其用也。必兼縱橫之辭以文之，周衰文弊之效也。故曰，戰國者縱橫之世也。」（詩教上）他在這裏說明了在縱橫的戰國時代，隨着言語辭令的需要與進步，文字必然要發展到文質各具的階段去。所謂文質各具，便是說文章除其內容以外，文字本身的藝術，已達到獨立存在的階段了。因此我們到現在，覺得那裏面所說的道理，都淺薄無聊，然因其文字的美妙流利，引人入勝，仍是歡喜讀他。章氏雖說是周衰文弊之效，然而在散文的發展史上，這自然是進步的現象，是文盛的現象。宋李格非說：『戰國策所載，大抵皆從橫捭闔譎誑相軋傾奪之說也。其事淺陋不足道，然而人讀之，則必尙其說之工，而忘其事之陋者，文辭之勝移之而已。』他這種議論，眞是再確切也沒有了。這種文字對於後代散文家發生很大的影響，自不用說，便是漢代的賦家，也深深地感染着他的影響。

『鄒忌修八尺有餘，而形貌昳麗，朝服衣冠，窺鏡，謂其妻曰：「我孰與城北徐公美？」其妻曰：「君美甚，徐公何能及君也。」城北徐公，齊國之美麗者也。忌不自信，而復問其妾曰：「吾孰與徐公美？」妾曰：「徐公何能及君也。」旦日，客從外來，與坐談，問之客曰：「吾與徐公孰美？」客曰：「徐公不若君之美也。」明日徐公來，孰視之，自以爲不如，窺鏡而自視，又弗如遠甚。暮寢而思之，曰：「吾妻之美我者，私我也。妾之美我者，畏我也。客之美我者，欲有求於我也。」』

這種幽默諷刺的文字，現在讀起來，也是覺得津津有味的。無論對於大小問題，或是旁述，或是直敘，總使讀者如置身會談的座中，言語形貌，全都感到親切有味。其結論雖有時令人感到淺薄，但其文字無不羽毛豐滿，氣勢縱橫，引人入勝。這是文字藝術的進步，也就是文字力量的動人。歷史的散文，到了左傳國策，確是達到極高的成就了。

三　哲理散文

我國古代的哲理散文，當以老子論語爲最早。此二書出，在中國的文化界，才有所謂私人著述的作品。不用說，老子與論語不是老子孔子手寫的，只是他們的門徒記下來的一種語錄。這種簡約的語錄，在我國哲理散文史上，却有極重要的地位。老子的時代問題，在近年來，發生了劇烈的動搖。如老聃，李耳，老彭，太史儋，老萊子諸人，究竟是一是二，也是議論紛紛，無法斷定。我們在這裏不得不避去那些乾枯的敍述與考證。平心而論，現存的老子這本書，究其思想的複雜矛盾，一定是完成于戰國道法家的增益。就其文字的體裁看來，許多韻文的部份，似乎也是受了騷體的影響，好像是戰國末葉的作品。因此引起許多學者對於老子本人的懷疑。但我們客觀的推測，覺得老子確爲春秋時代的人物，在其時並還有原本老子的存在。現存的老子，是由原本增補而成，老子原有的思想一部分被保存着，其他如陰陽家法術家之言，後來也都混雜進去，所以無論思想或是文體，都形成現在那種矛盾複雜的樣子了。我們如果肯承認這一個論點，那末在論語之前，是有過老子那末一本書的。

『老聃曰：知其雄，守其雌，爲天下谿。知其白，守其辱，爲天下谷。人皆取先，己獨取後。曰：受天下之垢，人皆取實，己獨取虛。無藏也，故有餘巋然而有餘。其行身也徐而不費，無爲也而笑巧。人皆求福，己獨求全。曰：苟免于咎，以深爲根，以約爲紀。曰：堅則毀矣，銳則挫矣，常寬容于物，不削于人，可謂至極。』（莊子天下篇）

莊子天下篇內所引的各家之言，一向爲學者認爲比較可靠。但這裏所引的老子，和現今的老子，不甚一致。因此，我們很可相信這些文句是出于老子的原本，而現存的老子是改本了。在這些文句裏，正表現了純正的道家思想，並且與論語式的簡約的文體，也正相適合。

論語是古代初期的哲理散文中一部最可靠的書。其中的一部分，（如堯曰等）雖也有可疑之處，但對於他本身的眞實性，却毫無損傷。書中的文句，都是三言兩語，各自獨立，不相連貫。這正與春秋的文字，有些相像。因爲當時的物質條件的貧弱，無論在歷史或是哲學上的表現，都只能做到大綱的形式。詳細情形，一切都待於口語的解說。因此，我們讀論語的時候，時常有一種突然而來忽然而止的感覺。這固然是因爲散文尙在發展的途中，但最大的原因，還是在當日人類生活的簡單，和文書工具的貧弱，關於這一點，由春秋的歷史文，老子論語的哲理文，都是簡約的文句，節段的形式，還沒有達到單篇的式樣看來，這是很可證明的。

老孔時代，正是中國哲學思想發育的初期，還沒有走到諸子爭鳴彼此辯論的時代。因此在他們的文字裏，多是說明文的形式，而不是論辯文的形式。他們所講的一言一語，雖俱有可論辯之處，然而在當日思想發動的初期，所謂理論的鬬爭，還沒有產生。只要用那種平鋪直敍的說明文字，便够表明他們的思想。到了戰國的諸子爭鳴時代，思想的宣傳與鬬爭，蓬勃地發展起來，任何派的思想家要發表文字，非帶着爭鬬的論辯的形式不可了。因爲思想的發展，文字也跟着發展起來，於是第二期的哲學散文，帶着長篇大論的姿態，諷寓犀利的辭句而出現了。在墨子孟子莊子荀子韓非諸書的文字裏，文章的氣勢格調雖各有不同，所表現的思想雖各不同，然都帶着論辯的爭鬬的形式的事，却是一致的。

論辯的散文，是由墨子而開始的。我們在這裏，沒有時候討論他的哲學思想，但在中國散文的發展史上，墨子却有重要的地位。這並不是說墨子中的文字，有多麼美妙，有了不得的藝術的成就。其重要處，是中國議論辯證的文體，由他開始，並且他對於論辯文的方法的要旨，發表了許多重要的意見。我們讀過他的非攻非命明鬼尙同諸篇，知道他是一個條理謹嚴的議論家，這些文字都是最謹嚴最明快的論辯文。後世的論辯文，幾乎都逃不出他的式樣與方法。墨子的籍貫與時代，一直到現在，還不能得着確切的解答。有說他是宋人楚人或是魯人，這個問題，恐怕永遠是一個問題。我們從各種古書上所載的事蹟看來，說墨子是孔孟之間的人，大概是可靠的。

我們知道墨子是一個苦行的富有同情心的宗教家。所以他講兼愛非攻，信鬼神信天志。同時他又是澈底的功利主義者，因此他主張薄葬非樂。這些思想反映到文學上，變成了尙質與實用的文學觀。他的文字雖不華美，然而無不條理謹嚴說理明暢。在我國古代學術界中，墨學最講究方法，開名學之先導。較之歐洲的邏輯，印度之因明，雖無其精深細密，然却有些近似，故其學說之立論，都是採取首尾一貫的論理形式。因此，他的文字，也就成爲最謹嚴最有條理的論辯文了。他說：

『凡出言談，則不可不先立儀而言，若不先立儀而言，譬之猶運鈞之上而立朝夕者也。我以爲雖有朝夕之辯，必將終未可得而從定也。是故言有三法。何謂三法？曰有考之者，有原之者，有用之者。惡乎考之？考先聖大王之事。惡乎原之？察衆之耳目之請。惡乎用之？發而爲政乎國，察萬民而觀之。此謂三法也。』（非命下）

所謂立儀，便是說要有一種準則和一個要旨。如非命非攻，那便是一篇的準則和要旨，令人看了一目瞭然。所謂三表法，便是一種層次分明的論理方法，考之者是說要求證于古事，原之者是說要求證于現實，用之者是說要求證于實際的應用。他所講的雖是一種講學立論的方法，同時也就是做論辯文的方法。用這方法作論辯文，是有條有理，決沒有前後矛盾層次紊亂的弊病。在墨子許多篇中，都是這種方法的應用，而得到了很好的成績。我們讀讀非命明鬼，就可以知道了。

小取篇是出于墨子還是出于別墨，現在雖是問題，在那裏面所講的論辯方法，比上述的三表，發揮得更爲詳盡。所謂「辟，侔，援，推，」固然是講學立論的重要方法，同時在修辭學的理論上，也有極重要的貢獻。小取篇說：

『辟也者舉也物而以明之也。侔也者比辭而俱行也。援也者，曰子然，我奚獨不可以然也。推也者，以其所不取之同，于其所取予之也。是猶謂也者同也，吾豈謂也者異也。』

辟是譬喻，是一種舉他物以明此物的譬喻法。侔是辭義齊等之意，是一種用他辭襯托此辭的比辭法。援是援例的推論，推是歸納的論斷。他這種論辯的方法，實有科學的精神。因此在古代哲學的方法論中，實以墨家爲最完密。後來如惠施公孫龍這一派的辯者，都是承繼這一個系統而發揚光大起來，就是其餘各派的哲學家，也莫不接受這種方法論的影響。如孟子莊子荀子雖口口聲聲反對墨派，然無一不顯出墨派名學的影響的事，是非常明顯的。這種名學的方法，用之於講學立論，固然是極有好處，用之於論辯文，其結果是更好的。像非攻那樣有力的文章，其層次條理，都是辟侔援推各種方法的應用而已。以後如莊孟韓荀以及後來各家的議論文字，都在採取這些方法。因此，我們不能以墨子書中的樸質文字缺少文采，而忽視他們在中國散文史上的地位。至於由老子論語的片段的說明文，變爲墨子的長篇的論辯文，其發展的過程，也是極合理的。

在當代的儒家裏面，以孟子爲最有文采。孟子雖是倡仁義，法先王，拒楊墨，反縱橫，然而他自己却也逃不出當日流行的縱橫家的風氣。其門人公都子對他說：「外人皆稱夫子好辯。」他回答說：「予豈好辯哉，不得已也。」可知孟子也是一個論辯家。在那個諸子爭鳴縱橫捭闔的時代，各種學術思想如春潮般的湧起，你如果有所主張，自然非對四圍的論敵加以排擊不可。「豈好辯哉？不得已也。」這兩句話，却是孟子的實情。因此，在當代的學術思想界中任何學派，無論寫文講話，都採取鬭爭論辯的形式了。

孟子的文章不僅文采華瞻，尤以氣勝。他自己曾說：「我善養吾浩然之氣。」這裏所說的氣，似乎與文章沒有什麼關係。但孟子却能在立論行文時，注重文章的氣勢，增加文章的力量。關於這一點，成爲後人論文的一種標準。文章的氣勢好，就是理論稍稍薄弱，也還能引人入勝，先聲奪人。我們現在讀孟子的文章，就有這種感覺。不待細細思考他的內容，便已爲那種一瀉不止的滔滔雄辯的文氣吸引住了。可知氣勢對於文章確是很重要的。後代如賈誼蘇東坡的議論文字，也都是以氣勢見長。韓愈說：

「氣，水也。言，浮物也。水大而物之浮者大小畢浮。氣之與言猶是也。氣盛則言之短長與

聲之高下者皆宜。」（答李翊書）

蘇轍也說：

『孟子曰：「我善養吾浩然之氣。」今觀其文章，寬厚弘博，充乎天地之間，稱其氣之小大。太史公行天下，周覽四海名山大川，與燕趙間豪俊交遊，故其文疎蕩頗有奇氣。此二子者豈嘗執筆學如此之文哉。其氣充乎其中，而溢乎其貌，動乎其言，而見乎其文而不自知也。』（上樞密韓太尉書）

可知後代的論文家都歡喜講氣勢。在曹丕的典論論文裏，他以氣作爲論文的標準的事，是大家都知道的。文心雕龍裏，也有養氣的專篇。到了桐城派所講的陰陽剛柔，那就更是精密完備了。

其次是孟子所講的「知言。」他說：「詖辭知其所蔽，淫辭知其所陷，邪辭知其所離，遁辭知其所窮。」（公孫丑章）這裏所說的是一種知人之言而知人之情的體會。既然能知人之言自然也能知己之言。這種本領，用之於批評固然是重要，用之於創作，也同樣的重要。眞是知言之人，在自己立論造文的時候，才會對於文辭得到巧妙的選擇與應用。墨子告訴我們論辯的方法，是偏於外表的形式。孟子所講的養氣和知言，是屬於內在的修練。在孟子的文字裏，許多地方也採用墨子中的「辟侔援推的方法」，但因其氣勢辭藻的長處，所以我們總覺得讀墨子的文有些乾枯晦澀，不能如孟子中的文字能那樣給我們波瀾反覆辭鋒犀利的趣味。如梁惠王的言仁義，滕文公的闢楊墨，告子的辨性善，離婁的法先王，都是氣勢縱橫文采美麗的絕妙文字。他行文的主旨，雖都很嚴正，然而偶爾舉例取譬之時，時時露出一種幽默，使人得到輕鬆的歡樂與會心的微笑。如牽牛過堂，齊人妻妾諸段，實在是巧妙，然而又是無上的滑稽與諷刺。這也可以說是戰國文體的一般特色。歷史散文中如左傳國策，哲學散文中如墨子莊子，也常可找出這種例子。蘇洵在上歐陽內翰書中說：「孟子之文，語約而意盡，不爲巉刻斬絕之言，而其鋒不可犯。」這眞可說是知人之論。

莊子是戰國時代的大思想家，同時也是最優秀的散文家。他有絕出的天才，超人的想像，高尚的人格與浪漫的感情。文字到了他的手裏，成了活動的玩具，顚來倒去，離奇曲折，創造了一種特有的文體。這樣的文體，在中國有了二千多年，從沒有一個人能夠模擬能夠學得像樣。他的文章也採取各種論辯的方法，然又氣勢縱橫，辭藻華麗，一點也不板滯。同時他又不顧一切的規矩，使用豐富的字彙，倒裝重疊的句法，奇怪的字眼，巧妙的寓言，使他的文字，格外靈活，格外新奇，格外有力量。墨子的文失之沉滯，孟子的文失之顯露，莊子的文却沒有這種弊病。偶爾翻閱，自然覺得有些艱苦，但當你字義和意思瞭解以後，反覆熟讀，你自然會感到一種驚奇，一種愉悅。爲什麼一樣的文字，到了他的筆下，能夠組織得那麼新奇，表現得那麼聰明。眞是汪洋恣肆，機趣橫生，信手拈來，都成妙語。

『以謬悠之說，荒唐之言，無端崖之辭，時恣肆而不儻，不以觭見之也。以天下爲沈濁，不可與莊語，以卮言爲曼衍，以重言爲眞，以寓言爲廣。獨與天地精神往來，而不敖倪于萬物，不譴是非，以與世俗處。其書雖瓌瑋，而連犿無傷也；其辭雖參差，而諔詭可觀。彼其充實不可以已。上與造物者遊，而下與外死生無終始者爲友。其於本也，宏大而辟，深閎而肆。其於宗也，可謂調適而上遂矣。雖然，其應於化而解於物也，其理不竭，其來不蛻，芒乎昧乎，未之盡者。』（天下篇）

這一段評論莊子的哲學思想與人生態度，固然是極其精當，然而看作他的文學的批評，也是非常確切的。要懂得他的人生態度，才能懂得他的文章，才能瞭解他爲什麼不歡喜用那種辭嚴義正的莊語，偏要採用那種寓言巵言等類的荒唐謬悠的言語。也就因爲這些言語，使他的文字格外顯得新奇有味輕飄無痕。「依乎天理，因其固然。」是他說明庖丁解牛的秘訣，也就是他的人生哲學的根底。同時，也就是他的文字藝術的精義。他的文字的雄奇與奔躍，後代無人能比得上他。只有李太白的古詩，差可比擬而已。正如太白的詩不可模擬與學習一樣，莊子的散文也是不許旁人模擬學習的。我們只要讀讀逍遙齊物諸篇，便會知道他散文技術的高妙，而不得不承認他在散文史上創立了一種特殊的文體。並且這一種特殊的文體，成了他的私有物，一直沒有在任何人的筆底下出現過。史記說：「莊子者蒙人也，名周。周嘗爲蒙漆園吏。與梁惠王齊宣王同時，其學無所不闚。然其要本歸於老子之言，故其著書十餘萬言，大抵率寓言也。作漁父，盜跖，胠篋，以詆訾孔子之徒，以明老子之術。畏累虛，亢桑子之屬，皆空語無事實。然善屬書離辭，指事類情，用剽剝儒墨，雖當世宿學，不能自解免也。其言洸洋自恣以適己，故自王公大人，不能器之。」（莊子列傳）他對於莊子的哲學思想及其文字的內容，雖稍有微辭，但對於他的文章藝術的贊揚，却是極精當的論見。

其次如荀子文的樸質簡約，韓非文的深刻明切，雖各有其特色，但終不能創出一個特殊的範疇。他們在思想史上，自有其堅固不拔的地位，在散文史上，無論就文體的形式，文字的辭藻，都只是承流，而沒有什麼開創的發展了。話雖如此，然荀子的勸學，性惡，禮論，樂論，非十二子，韓非的孤憤，說難，顯學，五蠹諸篇，在他們的作品中，都是帶着鬬爭論辯的形式，深刻鋒利的筆鋒而出現的有力的文字。司馬遷說韓非口吃不善言談而善於寫文，這話想是不錯的。至於荀子的賦以及他與中國辭賦的關係，要留在後面再說。

春秋戰國時代散文發展的過程，同着當代的物質文化與精神文化的發展，是取着一致的步調。由古代的尚書到春秋以至於國語左傳和國策，這是一條分明的歷史散文發展的路線。由老子，論語到墨子，孟子，莊子以及荀，韓諸子，這又是一條分明的哲學散文發展的路線。隨着物質文化與精神文化的進步，文章的質與量，形式與內容，修辭與佈局，也都跟着進步。可知文字的藝術，雖稱爲精神的高貴產物，然欲求其脫離時代意識與物質條件的基礎，實在是不可能的。我們試看在西周春秋和戰國的文字中，無論是歷史的或是哲學的，其形式和技巧，不都是有一個共同的特質嗎？這一種稱爲時代性的共同的特質，是一般研究文學史的人們不得不注意的。

戰國時代的散文，由歷史的左傳國策與哲學的墨孟莊韓諸子的出現，已達到成熟的地步，而完成了中國古代散文的典型。在這些作品中，已埋藏着各種文體的種子等待後人去培植創造。關於這一點，史學家章學誠氏是早已說過了。

『周衰文弊，六藝道息，而諸子爭鳴。蓋至戰國而文章之變盡，至戰國而著述之事專，至戰國而後世之文體備。故論文於戰國，而升降盛衰之故可知也。……後世之文，其體皆備於戰國，何謂也？曰：子史衰而文集之體盛，著作衰而辭章之學興。文集者辭章不專家，而萃聚文墨以爲蛇龍之菹也。後賢承而不廢者，江河導而其勢不容復遏也。經學不專家，而文集有經義，史學不專家，而文集有傳記。立言不專家，而文集有論辯。後世之文集，舍經義與傳記論辯之三體，其餘莫非辭章之屬也。而辭章實備於戰國，承其流而代變其體製焉。學者不知而溯摯虞所裒之流別，甚且以蕭梁文選舉爲辭章之祖也，其亦不知古今流別之義矣。今卽文選諸體，以徵戰國之賅備。京都諸賦，蘇張縱橫六國，侈陳形勢之遺也。上林羽獵，安陵之從田，龍陽之同釣也。客難解嘲，屈原之漁夫卜居，莊周之惠施問難也。韓非儲說，比事徵偶，連珠之所肇也。而或以爲始於傅毅之徒，非其質矣。孟子問齊王之大欲，歷舉輕煖肥甘聲音采色。七林之所啓也。而或以爲創之枚乘，忘其祖矣。鄒陽辨謗于梁王，江淹陳辭於建平，蘇秦之自解忠信而獲罪也。過秦，王命，六代，辨亡諸論，抑揚往復，詩人諷諭之旨，孟荀所以稱述先王儆時君也。淮南賓客，梁苑辭人，原嘗申陵之盛舉也。東方司馬侍從於西京，徐陳應劉徵逐於鄴下，談天雕龍之奇觀也。遇有深沉，時有得失，畸才彙於末世，利祿萃其性靈，廊廟山林，江湖魏闕，曠世而相感，不知悲喜之何從，文人情深於詩騷，古今一也。』（詩教上）

詩教是一篇有見解有力量的大文章，他的短處，是缺少文學進化的觀念，未能將戰國文章興盛的原因說明，其長處在他能夠拋棄六經諸子的思想系統，純粹從文體上說明文章的淵源流變，實是高人一等。前人死守着經子的藩籬，不敢跨過半步，而只以文選爲辭章之祖，這實在是違反文學發展史的錯誤觀念。他說『辭章實備於戰國，承其流而代變其體製焉，』眞可謂知古今流別之義矣。還有一些新人死守着純文學的範圍，只論着詩經離騷一類的韻文，敍述當代文學的時候，把這些歷史哲學的散文，毫不顧惜地全部一刀割去，這在中國文學整體的發展史上，眞是造成了無可補救的缺陷。

第四章　南方的新興文學

一　楚辭的產生及其特質

南方的新興文學是楚辭，楚辭是楚地的詩歌，是戰國時代南方文學的總集。宋黃伯思翼騷序云：『屈宋諸騷，皆書楚語，作楚聲，紀楚地，名楚物，故謂之楚辭。若『些只羌誶，蹇紛侘傺，』者楚語也。悲壯頓挫，或韻或否者，楚聲也。沅湘江澧修門夏首者，楚地也。蘭茝荃藥蕙若芷蘅者，楚物也。』（見陳振孫直齋書錄解題引）他這種從詩歌的風格內容言語以及地域各方面來解釋楚辭的意義是極其精當的。所以我們可以說楚辭是楚地的詩歌，正如詩經是北方韻文的代表一樣，他恰好是南方韻文的代表。

『楚辭』這名稱，在西漢武宣時代，便已流行。漢書朱買臣傳說：『會邑子嚴助貴幸，薦買臣，召見說春秋，言楚辭，帝甚悅之。』又王褒傳說：『宣帝時修武帝故事，講論六藝羣書，博盡奇異之好。徵能爲楚辭九江被公，召見誦讀。』可知在西漢時代，楚辭已爲一種專門學問，與六藝並列，同爲帝王所愛重，士大夫善此者，可以干祿見用。他們那時所指的楚辭，一定是限於戰國時代屈宋的作品。但到了劉向，便把那範圍擴大了，只以體裁相同爲標準，除屈宋以外，再加上東方朔莊忌淮南小山王褒諸人和他自己的作品，合爲一集，名爲楚辭。現在劉向的原書是失傳了，可以看到的只有王逸的楚辭章句。王本或是根據劉本，再又把自己的九思加了進去。到了朱熹的楚辭集注，唐宋人的模擬作品也入了選，於是楚辭的範圍，更是廣大了，楚辭的眞面目眞精神都破壞無餘了。我們今天要討論的楚辭範圍，是那種眞能代表戰國時代南方文學的楚辭，漢以下的作品，都得一概割愛。

我們決定了楚辭的範圍，進一步要討論的，便是楚辭這種文學，究竟同北方的中原文化，有沒有發生過什麼淵源的關係。換一句話說，南方的楚辭，是獨立生成的呢？還是受過北方詩經的影響。要解答這一個問題，我們得先知道楚國在政治文化上，同北方的中原，發生過什麼交涉。楚國的祖先，據說是黃帝的後裔，鬻熊是文王之師，熊繹在成王時代，封於楚蠻。這些話，恐怕只是一種傳說，若眞是事實，我們也可想到熊繹一家人到南方以後，一定也是蠻化了的。正如吳太伯仲雍之流奔到荆蠻，便斷髮文身，同蠻人完全同化了。因此在北方的君主諸侯看來，楚國只是南方的野蠻民族。如小雅采芑說『蠢爾蠻荆，大邦爲讐。……顯允方叔，征伐玁狁，蠻荆來威。』這是周宣王南征楚國的敍事詩。荆上加一蠻字，同北方的野族玁狁對舉，很可知道北方漢族對於楚人的輕視態度。再如魯頌閟宮，說：『戎狄是膺，荆舒是懲。』北方的戎狄，南方的荆舒，一概看作野蠻民族，而加以膺懲的事，這口氣是更大的。不僅中原人的態度是如此，就是楚國人自己，也承認自己是蠻夷。如史記楚世家說：『熊渠曰：我蠻夷也，不與中國之號謚。……楚伐隨，隨曰：「我無罪。」楚曰：我蠻夷也。今諸侯皆爲叛，相侵或相殺，我有敝甲，欲以觀中國之政，請王室尊吾號。』自己稱蠻夷，對方稱中國，這更可證明楚國在南方是一種獨立的民族，與周民族無關。在中國古代的民族中，商周秦楚是四個異族的代表。

楚國在江淮流域一帶，與西周時代直接保存殷商文化的宋國很相接近，於是殷文化由宋傳染到楚國來的事是極可能的。殷商滅亡以後，他的文化分爲兩個支流，一支在北方周人的手下溶和發展，另一支則在宋楚的南方保存。由此，我們可以說，楚國雖被稱爲蠻夷，其文化的來源，是與周民族同源於殷商，並非全由於周化，但是後來因爲中原經濟政治的進步，北方的中原文化呈現着高度的發展，而成爲中國古代文化界的中心與正統。無論從那方面講，南方文化是較爲落後的。

楚國在西周時代，努力的擴展地盤，到了春秋，軍事政治都有了進步，於是開始向北方進攻了。楚莊王是五霸之一，觀兵問鼎，聲威赫赫，昔日稱爲荆蠻的楚人，也在中原的政治舞臺上露了頭角，而握着操縱政治的大權了。當時長江一帶的大小國家，都先後合併於楚。所謂『周之子孫封於江漢之間者，楚盡滅之。』『漢陽諸姬，楚實盡之。』都是眞實的情形。這樣一來，楚的版圖擴大了幾倍，自不必說，最要緊的是在文化方面增進了許多新原素新份子新力量，促進南北文化的調和與發展。稱雄爭霸，遠交近攻，於是南北諸侯的交涉日趨頻繁，會盟聘問的事也日益加多了。中原較高的文物制度思想文化，自然會爲南方的民族大量吸收。到了戰國，這種南北文化匯流的現象更是明顯。許多南方學者，到北方去留學，北方的人士，也都到南方來遊歷。在思想的系統上，雖不免偶有衝突之處，但南北文化的互相溝通互相溶合的事，是無可否認的。一部詩經，在春秋時代是私塾的課本，是列國使臣的教科書，我們只要看看當日外交界的賦詩歌詩事件的流行，便可明瞭。但在那時候，楚國君臣上下，很多人都能引用詩經來談話了。

——左傳宣公十二年，孫叔引小雅六月，楚子引周頌時邁。

成公二年，子重引大雅文王。

襄公二十七年，楚薳罷賦既醉。

昭公三年，楚子賦吉日。

昭公七年，芋尹無宇引小雅北山。

昭公十二年，子華引逸詩祈招。

昭公二十三年，沈尹戌引大雅文王。

昭公二十四年，沈尹戌引大雅桑柔。

或是談話引詩，或是盟會賦詩，君臣上下，成了一種風氣。可知一部詩經在春秋後期就從北方移植到南方來了。這種移植，開始是應用於實際的外交辭令方面，但詩經究竟是一部詩歌，是一部北方文學的代表，其結果是要影響於南方文學的事，自然是無可疑的。在這種環境之下，說楚辭那種文學完全與詩經沒有發生過關係，實在是過於武斷。

再在文字的組織上，我們也可看出詩經楚辭的淵源關係。一些人以爲『兮』『些』『也』等助詞的使用，成爲楚辭的特質，而使他變成一種獨特新奇的體裁，其實這見解是不妥當的。這些助詞，在詩經裏全都用過了。『兮』這個字，是楚辭中用得最多的。然而在詩經中也最常見。周南召南是江漢一帶的南方詩，我們不必講他，就在其餘的十三國風裏，也是普遍地使用着。如邶風的日月，綠衣，旄丘和擊鼓，鄘風中的君子偕老；衞風中的伯兮與淇奧；王風中的采葛；鄭風中的緇衣；齊風中的還，甫田，東方之日和猗嗟；魏風中的十畝之間，伐檀和陟岵；唐風中的綢繆，無衣和葛生；秦風中的黃鳥；陳風中的月出和宛丘；檜風中的匪風和素冠；曹風中的鳲鳩和候人；豳風中的九罭。在這些詩裏，全都使用着『兮』字。有每句用者，有隔句或隔二三句不等而用者。有用於字尾者，也有用於句中者，眞是五花八門各式全備了。可知兮字的使用，在古代的韻文方面是普遍於全國，無分於南北的界限。不過到了楚辭，用得較爲廣泛較爲整齊而已。然而我們不能因這種廣泛化與整齊化，便目爲楚辭獨創的新文體，這只是一種韻文進展的必然現象。

『也』字，在詩經裏也是到處用着，一點也不新奇，到了戰國，散文家用得更是普遍，這是無須舉例的了。『些』字雖在詩經裏找不出，但他在意義上，正如『兮』『思』一樣，是一個虛助詞。所以我們可以確信，楚辭的『些』字和周頌賚與周南漢廣的『思』字是一個系統。

『文王既勤止，我應受之，敷時繹思。
我徂維求定，時周之命，於繹思。』（賚）

南有喬木，不可休思，漢有遊女，不可求思。
漢之廣矣，不可泳思。江之永矣，不可方思。』（漢廣）

這樣排列的讀着，便知道招魂的體裁和這完全相似。『些』『思』二字的用法，也完全是一樣了。

從這些地方看來，楚辭確是受着詩經的影響。在中國古代詩歌的發展史上，說楚辭是承繼着詩經的系統的事，也是合理的了。

話雖如此，詩經和楚辭在作風上却有明顯的差異。因爲這種差異，劃明了南北文學的界限。其差異的重要性，並不在於篇章的長短與語句的參差，而在於由人事的社會的寫實文學轉變到象徵的個人的浪漫文學。浪漫的色彩，在詩經裏並不是完全沒有。如陳風二南中的小詩，也孕育着熱烈的感情，但究竟缺少那種象徵和幻想的質素，終於不能使人感到浪漫文學那種特有的神秘情味。在楚辭裏，這情形完全是兩樣的。表現個人的歷史和情感不用說，就是一切的神鬼巫覡，也都披着美麗的衣裳帶着浪漫的情緒而出現了。我們讀完了詩經，再讀讀楚辭，你立刻會感到置身於兩個完全不同的世界。一個是我們日常接觸的現實社會，一個是富於幻想的神秘森林，不僅人的思想情感是如此，神的思想情感也是如此。至如雙方所用的文字無論形式修辭以及音調各方面，都非常適合於這兩個不同的世界的表現，使這兩個世界的色彩格外分明。

我們要說明楚辭這種特異性的成因，若僅賴於作者的天才與個性這類抽象的解釋是不够的。我們必得要從地域宗教和音樂各方面，去追求根源，才可得到圓滿的解答。

一、地域的　地方性對於藝術的關係，在交通便利文化接觸頻繁的現代，其重要性自然是減輕了，但在交通阻隔的古代，這種關係我們却是不能忽視的。地域對於藝術的影響，有兩個重要的方面。一個是因地方的風土氣候及經濟狀況不同，影響到作家的氣質情感與思想而使作品現出不同的顏色。其次因自然界各種的山水花木的情狀與種類的不同，影響到作家所選用的材料，而使作品的情調全異其趣。一首或是一幅描寫塞北的雪景和描寫着細柳新桃的江南風景的詩畫對比的時候，任何沒有藝術修養的人，都能辨別那種不同的情調。在中國的古代，無論哲學，文藝都有南宗北派之分，並不是無理的事。楚國在江淮一帶的南方，是一塊得天獨厚的地帶。土壤肥沃，物產豐饒，雨水便利，風景清秀，處處都與北方不同。物質生活，處境較優，精神方面，容易離開實際與質樸，而趨於玄虛與愛美。這種現象反映到哲學或是文藝方面，都可得到同樣的影響。劉師培說：『大抵北方之地，土厚水深，其間多尚實際。南方之地，水勢浩洋，民生其地，多尚虛無。民崇實際，故所作之文，不外記事析理二端。民尚虛無，故所作之文，多為言志抒情之作。』不用說，北方也有言志抒情之作，南方也有記事析理之文，其中的色彩，畢竟是兩樣。試把墨莊並讀，詩騷對比，雖同樣是文，同樣是詩，那情調的差異，不是顯然的嗎？我們再看在楚辭裏出現的那些名山大川，奇花香草，都是那地帶特有的產品，供給當地作家許多美麗的材料，在那作品的畫面，染上了種種新奇的顏色。劉勰說：『山林皐壤，實文思之奧府。屈平所以能洞鑒風騷之情者，抑亦江山之助乎？』（物色）王夫之也說：『楚，澤國也。其南沅湘之交，抑山國也。疊波曠宇，以蕩遙情，而迫之以崟嶔戍削之幽菀，故推岩無涯，而天采矗發，江山光怪之氣莫能掩抑。』（楚辭通釋序例）可知文學與自然界的關係是很大的。在交通阻隔的古代，那自然界的地方性的界限，更覺得鮮明。

二、宗教的　初期的文學，本是宗教的附庸，他與音樂跳舞混為一體，替宗教服務，後來隨着時代的進展，漸漸與宗教脫離，成爲一種獨立的藝術。他們彼此間的關係與影響，在第一章裏已敍述過了。任何民族初期的宗教，只是一種巫術，一種迷信。在我們現在看來，那種不成爲宗教的巫術與迷信裏，却蘊藏着眞誠的宗教的感情。愈是野蠻的民族，迷信的風氣愈是利害。從卜辭上考察起來，殷人除了天帝祖宗之外，把日月風雲山水都視爲神靈，一切大小事件，都要用龜卜來請命於神鬼。到了西周，宗教的觀念進步了。由庶物崇拜到天帝至尊，由先鬼而後禮到事鬼神而遠之，這中間確是隔着相當的路程的。到了春秋戰國，經了儒家的人本主義與道家的自然主義的思想的衝洗，在當日的學術思想界中，除了墨家之外，神鬼的信仰是非常的淡薄了。但在中原諸侯視爲文化落後的蠻族的楚國，巫術迷信的宗教風氣，却是非常的流行。一方面固然是導源於殷商文化的移植，同時也因爲楚國文化的低落和那種高山大澤雲煙變幻的自然環境，以及那些富於超越現實思想的人民，宜於那種神鬼思想與迷信習慣的發育與成長。漢書地理志說『楚人信巫鬼而重淫祀。』王逸也說：『昔楚國南郢之邑，沅湘之間，其俗信鬼而好祠。其祠必作歌樂鼓舞以樂諸神。』（九歌序）可知信神鬼，重祭祀，是楚國人民一般的信念。所謂男覡女巫，一面是神靈的代表，傳達神靈的意志，同時又是人民的代表，藉歌舞以媚神，替人們祈禱，以免災凶。這自然是一種低級宗教性的巫術與庶物崇拜的迷信。然而在這種巫術與迷信中，却孕育着無限的神話與傳說，以及種種神奇的故事，養成着超現實的玄想與象徵，成長着美麗的歌辭，與悅耳的音樂。這一些都成了楚辭文學中的特徵，正是楚辭能成爲浪漫文學的重要基礎。九歌中的巫靈，離騷中的天堂，招魂中的地獄，天問中的玄想，都是明顯的標記。對於這些美麗的詩篇，我們必得在宗教性質的基礎上，才可尋出他們的根柢。

三、音樂的　上古時代，詩歌音樂是分不開的。唱奏的時候是音樂，把那些辭句寫下來便是詩歌。在樂歌發展的初期，大概都是以詩合樂，後來便發生先有了詩再來合樂的事了。如頌詩與國風便是明顯的例。不過無論以詩合樂或是以樂合詩，詩總要受音樂的束縛，故每每在詩的字句上，可以找出有增補的痕跡。所謂『詩言志，歌永言，聲依永，律和聲』這話便是說明詩樂不能分離的關係。季札觀樂的時候，由他發表的那些議論看來，在他的腦子裏，詩經除了音樂的地位以外，是沒有半點文學的地位的，到了戰國中葉，因樂器的進步，散文的興盛，詩歌形於衰落，音樂獨立發展起來了。楚國本是一個文化落後的民族，一切的發展都比較遲緩，當北方的儒墨哲學大爲流行的時候，南方人的頭腦還正被一種巫風迷信統治着。敬神祭鬼的事體多，文學樂舞還在密切合作的階段。楚國沒有周代朝庭那種莊嚴典麗的雅樂，他們的音樂，只是他們本國的土樂。左傳成公九年傳云：『晉侯觀於軍府，見鍾儀，問之曰：南冠而縶者誰也？有司對曰：鄭人所獻楚囚也。使與之琴，操南音。……文子曰：楚囚，君子也。樂操土風，不忘舊也。』南音就是楚調，是與北樂不同而自有其情調的一種俗樂。呂氏春秋云：『禹行水，見塗山之女。禹未之遇，而巡省南土。塗山氏之女乃命其妾候禹於塗山之陽。女乃作歌曰：「侯人兮猗。」實始作爲南音，周公及召公取風焉，以爲周南召南。』(音初篇)這自然是後人僞造的一種傳說，但是由此，至少可以看出南音北音是有分明不同的情味。我們要說明楚調的特徵，那便是呂氏春秋侈樂篇所說的「楚之衰也，作爲巫音」的巫音。他說巫音起於楚的衰落，這種觀念是錯誤的，正如古人說左傳國策是亂世衰世之文一樣。其實巫音是楚國樂歌最初的根柢，也是他最大的特色。巫音是一種富於神秘性與想像力的音樂，是一種雖沒有雅樂的莊嚴典重而却是變化曲折悅耳動聽的音樂。這種音樂，對於楚國詩歌，發生極大的影響。九歌諸篇，便是當時巫歌的辭句，他們最初的生命，是依附於音樂舞蹈，還沒有完全達於獨立的形態。至如屈宋的作品，雖不一定可歌，但是深深地染受着巫歌的影響的。

二　九歌

二南我們雖不能說一定就是楚風，但那些作品的生產地帶，是接近於江漢一帶的南方，是無可疑的事。在這種意義上，我們要把二南看作是楚辭的先聲也是可以的。詩經的年代，是起自前十一世紀初止於前六世紀初年，楚辭的出現是在前四三世紀之間。二南是平王東遷以後的詩，那末從二南到楚辭中間還隔着一個相當長的時期。在這個時期中，楚詩一定是有不少的，想都失傳了。現在保存在古籍中的一些南方歌謠，大半不可靠，如說苑至公篇的子文歌，正諫篇的楚人歌，史記滑稽傳的優孟歌，風土記的越歌謠，吳越春秋的漁夫歌，或在文字上，或在內容上，都有可疑之處，我們不能拿來做眞實的史料。現在把幾首比較可靠的寫在後面，也可以看出楚辭以前的南方詩歌發展的痕跡。

一　越人歌　（前六世紀中期）

『今夕何夕兮，中搴洲流。今日何日兮，得與王子同舟。蒙羞被好兮，不訾羞恥。

心幾煩而不絕兮，得知王子。山有木兮木有枝，心悅君兮君不知。』（說苑善說篇）

這是中國第一首譯詩。鄂君子晳泛舟河中，打槳的越人用越語三十一個字所唱的歌辭，因爲鄂君聽不懂，請人用楚語譯出，成爲一首這麼美麗的情詩。這首詩雖也出於說苑，但由其附錄着原文的事體看來，似乎是可靠的。

二　徐人歌　（前六世紀下半期）

延陵季子兮不忘故，脫千金之劍兮帶丘墓。（新序節士篇）

雖說只有短短的兩句，却是一首極好的民歌。延陵季子北遊時，路過徐國，徐君很愛慕他身上帶的那一把寶劍，季子看出徐君的心思，預備南反時再送給他，誰知他回家時，徐君已死於楚，於是季子把那劍掛在死者墓地的樹上而走了。這一首小詩，便是徐人感着季子的情義而發出來的眞情流露的歌謠。

三　接輿歌　（前五世紀初期）

鳳兮鳳兮，何德之衰。往者不可諫，來者猶可追。已而已而，今之從政者殆而。』（論語微子）

四　孺子歌　（同上）

『滄浪之水淸兮，可以濯我纓。滄浪之水濁兮，可以濯我足。』（孟子離婁）

這兩篇一見於論語，一見於孟子。不僅詩歌的格調近於南方，其中所表現的思想，也正是南方道家自然主義的思想。在莊子的人間世篇裏，也引過接輿歌，雖文字有些不同，大概他用文言來修改過，因此喪失了民歌的特色。論語中的接輿歌一定是原作那是無可疑的。孺子歌雖見於孟子，但由孟子引孔子「清斯濯纓，濁斯濯足」的話看來，這歌一定也是孔子聽見的。所以這篇是與接輿歌同時的作品。

雖說只有幾首短短的民歌，然因此也可看出楚辭以前的南方文學的情況。他們都漸漸的脫離了詩經的形式，無論其風格或其中表現的思想，都成爲南方特有的情調了。這些作品，我們可以看作是楚辭的先聲。等到九歌的出現，楚辭便正式成立了。九歌是屈原以前的作品，他是楚國宮庭的宗教舞歌，也就是一種樂歌舞蹈混成的歌劇。他的年代，大概是前五世紀，或許還要遲一點。

古人都以九歌爲屈原所作，始見於王逸的楚辭章句。他說：『九歌者屈原之所作也。昔楚國南郢之邑，沅湘之間，其俗信鬼而好祠，其祠必作歌樂鼓舞以樂諸神。屈原放逐竄伏其域，懷憂苦毒，愁思沸鬱，出見俗人祭祀之禮，歌舞之樂，其詞鄙陋，因爲作九歌。』他這種意見，後人沒有懷疑過，到了朱熹，才提出來一點修正。他在楚辭集注中說：『荆蠻陋俗，詞既鄙俚，而其陰陽人鬼之間，又不能無褻慢荒淫之雜。原既放逐，見而感之，故頗爲更定其詞，去其泰甚。而又因彼事神之心，以寄吾忠君愛國眷戀不忘之意。』他在這裏承認原來本有九歌，因辭句有褻慢荒淫之病，屈原因此將他修改過一遍。這算是把九歌的主權開放了一半，他這種意見，較之王逸是合理多了。但是他那種忠君愛國的消極觀念，却又把九歌的生命壓死了。一直到近人胡適之氏，才把九歌的主權與生命完全開放出來。他在讀楚辭裏說『九歌與屈原的傳說絕無關係，細看內容，這幾篇大概是最古之作，是當時湘江民族的宗教歌舞。』這雖是一種永遠不能證實的論見，（正如王逸說是屈原所作無法證實一樣）却是合情近理，令人相信。我們對於古代無法考證的文獻，也只能採取那種合情近理的論見，來作爲敍述時的標準。我們可以這樣想：屈原的眞實作品，無不是以他個人爲中心，所表現的全是那一個人的憂鬱苦悶懷疑與幻滅。這種情緒在他的作品裏是一貫的，因此造成他那種特有的個人主義的感傷情調。九歌完全是一種宗教作品，雖說其中充滿了浪漫的成分，究竟是非個人的而是實用的社會的。九歌與屈原的作品，其體裁雖是相同，但細究其內容與情調，却有明顯的差異。如果這兩種全異其趣的作品，定要說是一人所作，那確實是一種不合情理的事。

近人都說九歌是民間的祭歌，又因爲其中有許多言情言愛的話，把他分成兩組：一組爲祭歌，一組爲戀歌，這種意見也不圓滿，難得使人相信。我們要知道：在兩千五百年前文化落後的楚國平民，有沒有程度寫出這種美麗的詩歌來。這種可能性無論如何是沒有的。至於說祭歌裏不應該雜有情愛相思的言語，那是忽視了楚國當日的浪漫性的宗教與民俗的習慣。同時犯了用今日的文化眼光去批評古代事實的錯誤觀念。先明白了這兩點，對於九歌，我們才可眞實的了解。

九歌是楚國的宮廷舞曲，是一套完整的歌劇。他在楚國的地位正如周頌在周朝的地位。九歌是樂曲名，不是數目名。離騷上說：『啓九辯與九歌兮，夏康娛以自縱。』天問篇說：『啓棘賓帝，九辯九歌。』可知九辯九歌都是一種古代的樂名，解作數目字如什麼九功九德一類的話，都是後人的意思。

明乎此，九歌的篇目完全不成問題，古人種種紛歧的意見，都可在此地一筆勾銷了。楚的宗教迷信，比起周來，是全異其趣的。他充滿了浪漫神秘的成分，敬奉的神鬼，是各樣各色都有，因爲神鬼的類別不同，他們的性質也就生出了差異。天神日神是比較莊嚴，追悼死亡的戰士是較爲悲壯。女神（或是愛神）自然是要艷麗柔情了。湘君湘夫人不管他們是不是舜帝的妃子，或是湘江的女神，總之在傳說中，他們的本身就充滿了紅情綠意的浪漫史。或者他們在當日人們的心眼裏便成爲愛神也說不定。對於這種神的措辭和表演，說一點情愛，加一點香豔的色彩，自然是極合理的事。山鬼河伯恐怕就是我們湖南鄉下所迷信的山妖與水妖。妖就是妖精，他能變男變女，美男美女都要受他的害。一直到現在，鄉下的愚夫愚婦，還是迷信着，少女一有異狀，父母就疑心是山妖或是水妖迷了，請道士登壇使法，什麼桃枝，什麼狗血，鬧得熱鬧非凡，口裏唸的都是一些淫辭浪語，好像這樣做了，那些妖精就會逃開似的。二千五百年後的今天，還是如此，我們就可想像當日楚國的宮廷要替婦女們除災免禍，祭祀山妖水怪的事，自然也是一個重要的節目了。在九歌裏，湘君，湘夫人，河伯，山鬼四篇的浪漫的氣氛最濃厚，我想只有這樣解釋才是較爲圓滿的。

九歌是一套完整的宗教歌劇。在那裏面有各種樂器，有跳舞，有唱辭，有佈景，有各種各樣活動的巫覡，場面非常熱鬧，範圍非常廣泛。大概在一個什麼重要典禮的紀念日，才表演這偉大的歌劇。第一場是尊貴的天神，（東皇太一）其次是雲神，（雲中君）這兩場較爲莊重，於是接着來兩個戀愛故事的場面。（湘君，湘夫人）下面又是較爲莊重的命神與日神，（大司命，少司命，東君）接着又是兩個香豔的場面。（河伯，山鬼）最後一場，是追悼陣亡將士的靈魂，那是一個最悲壯的收場。（國殤）禮魂是全劇的尾聲，是用着合樂合舞合唱的熱鬧的空氣收場的。『成禮兮會鼓，傳芭兮代舞，姱女倡兮容與，』在這三句裏我們可以想像到那合樂合歌合舞的最後一節，是多麼的熱鬧。像這種大規模的典禮，大規模的表演，決非民間所能有，一定是屬於宮廷的。因爲是屬於宮廷，才能那麼完整的保留下來。若是民間各地的巫歌，恐怕早已失傳了。

九歌雖是一套歌劇，但是除去其音樂跳舞的成分，剩下來的歌辭，就成爲代表南方文學的美麗的詩篇，屈原作品的先導了。文字的美麗，音調的和諧，神秘的色彩，豐富的想像，奠定了南方浪漫文學的基礎。

『橫流涕兮潺湲，隱思君兮悱惻。桂櫂兮蘭枻，斲冰兮積雪。采薜荔兮水中，搴芙蓉兮木末。心不同兮媒勞，恩不甚兮輕絕。』（湘君）

『帝子降兮北渚，目眇眇兮愁予。嫋嫋兮秋風，洞庭波兮木葉下。登白蘋兮騁望，與佳期兮夕張。鳥何萃兮蘋中，罾何爲兮木上，沅有芷兮澧有蘭，思公子兮未敢言。』（湘夫人）

『秋蘭兮青青，綠葉兮紫莖。滿堂兮美人，忽獨與予兮目成。入不言兮出不辭，乘回風兮載雲旗。悲莫悲兮生別離，樂莫樂兮新相知。』（少司命）

『操吳戈兮被犀甲，車錯轂兮短兵接。旌蔽日兮敵若雲，矢交墜兮士爭先。凌余陣兮躐余行，左驂殪兮右刃傷，……出不入兮往不反，平原忽兮路超遠。帶長劍兮挾秦弓，首雖離兮

心不懲。(國殤)

或敍戰事，或寫風景，或言相思，或道離別，然無不委婉曲折，體貼入微。他這種藝術的價值，一直到現在還保持着活躍的高貴的生命。像這樣辭句秀美理想高潔的作品，自然是出於當日最有學問最有天才的貴族作家之手，可惜他們的名姓失傳了。如果說他們一定是民間的歌謠，那實在是過於違反情理了。朱子畢竟是聰明人，他看到了這一點，只好說原來是民間的歌謠，後來經屈原修改過的，這麼輕輕一句，就把這漏洞塡滿了。

三　屈原及其作品

屈原(西曆紀元前三四三——前二八五年?)是中國文學史上一位偉大的詩人。他是楚國的貴族，有廣博的學問，豐富的想像與情感，南方特有的浪漫神秘的氣質以及傑出的創作天才。因爲古史的記載不詳；他的生死年月，很難確定，到現在還是人各一說。但我們可以說，屈原是前四世紀後期到前三世紀初期的人物。這時代正是戰國的末年，離秦帝國的統一，不過五六十年了。這時候是中國學術思想界蓬勃發展光華燦爛的時代，也是各國軍事政治爭鬬最利害縱橫風氣最流行的時代。當代有名的學者，稍前於屈原的有商鞅，申不害，宋鈃，孟軻，惠施，莊周，陳良，許行諸人，比他稍後的有鄒衍，公孫龍荀況和韓非。那稱爲縱橫家的雙璧的蘇秦與張儀，更和他的一生有密切的關係。他這時候沒有走上哲學的路，將政治工作失敗以後的全部精神，貢獻於文學，我想這原因大半在他的性格方面。他是一個多疑善感的殉情者，缺少道家的曠達，墨家的刻苦，和孔孟的行爲哲學的奮鬬精神。加以他少年得志，一旦遭受着重大的打擊，就不容易自拔，於是牢騷鬱積，發洩於詩歌，而成爲千古的文人了。班固說他露才揚己，想就是從這方面着眼的。然而也就從他起，中國的純文學才脫離了一切的羈絆，而步入了獨立發展的機運。

屈原的家世，我們不清楚。他自己說他老子是伯庸，大概是可靠的。至於離騷中的女嬃，有說是他的姊妹，有說是他的妻妾，這都是想像之詞，無法證實。據水經注引宜都記云：『秭歸蓋楚子熊繹之始國，而屈原之鄉里也。原田宅於今具存。』秭歸是巫峽鄰近居山傍水的一個小縣，走過三峽的人，總會知道那地方的風景絕美，壯麗中有清秀，雄偉中有情趣。山聲水影，都是自然界絕妙的音樂和圖畫。這種音樂和圖畫，對於屈原的文學成就，自然會有一種影響。他在二十五六歲，便做了懷王的左徒，那是他一生最得意的時候。年紀青，權位高，懷王又寵信他。正如史記本傳所說：『入則與王圖議國事，以出號令，出則接遇賓客，應對諸侯。』這樣年少得志，自然就有人妒忌他陷害他，從此以後，懷王對他不大相信，漸漸和他疏遠了。後來雖還到齊國去辦過外交，做過三閭大夫，懷王末年曾一度放逐他於漢北，想是可靠的。頃襄王初年，他又召回在朝，不久因政見不合，又被放逐到江南，他知道前途絕望，東飄西蕩不少年月，最後下了死的決心，投在離長沙不遠的汨羅江自殺了。他那時候是一個六十左右的老人。

我們要瞭解屈原的作品，必先知道他的政治地位的變遷對於他的生活情感所發生的關係。屈原時代，當時雖號稱七國，但實際上最有力量的只有秦楚齊三強。這三強各以地勢的優越，都想爭雄稱霸，一統天下。在這種局面下，楚國的外交政策，形成兩條最明顯的路線。一條是親齊線，屈原，陳軫，昭睢主之。另一條是親秦線，上官大夫靳尚，令尹子蘭主之，再加以懷王的寵姬鄭袖，也站在靳尚子蘭一邊，因此親秦的勢力，遠在親齊之上。兼之懷王貪懦無能，毫無見識，老是聽兒子寵姬的話，弄得國事日非，結果把自己一條命也送了。屈原在政治地位上的升沉得失，全起伏於那兩個勢力消長之間。

我試列一個最簡單的屈原年表如下：

懷王十一年	楚爲從約長，時屈原爲左徒，年約二十六歲。
一三至一五年	屈原因草憲令事，被讒去左徒職，仍在朝廷。
十六年	秦許楚地，楚絕齊。屈原此時已去職，無法進諫。史記本傳亦未載進諫之事。近人陸侃如氏疑此時屈原因諫放逐，不確。
十七年	秦大敗楚，懷王復用屈原使齊。
十八年	使齊返，諫釋張儀。本傳云：『不復在位，使齊。』言屈原不復在左徒之位，正在出使之時也。此次進諫，深得懷王信任，大約任三閭大夫在此時。
二四年	楚秦聯婚，屈原未諫，本傳亦未載進諫之事。近人游國恩氏疑其必諫，遂斷定屈原放逐於是年，不確。
三十年	懷王將入秦，屈原諫不聽，放逐於漢北。作抽思離騷天問諸篇。

頃襄王三年或四年　秦楚絕交，屈原歸朝。

六年或七年　秦楚復交，屈原再放江南。招魂，思美人，哀郢，涉江，懷沙諸篇，俱爲放逐以後的作品，約卒於頃襄王十四年左右。

上面這個表雖是簡略，但事實却很淸楚，屈原一生被放逐兩次，這是可靠的。其要點便是放逐的時間。懷王十六年與二十四年兩說，都是想當然的，不能令人相信。第一次的放逐於漢北，應當在懷王三十年。三十年以前，屈原與懷王的關係，只是疏遠而不見重用。本傳所說的『王怒而疏屈平，』『屈平既絀，』『屈平既疏，』都是暗示着這種事實。就是使齊與任三閭大夫，也都是不能看作是重用的。屈原的進諫，本傳上只載着兩次，一次是諫釋張儀，一次是諫懷王入秦。前者懷王信任了他，自然不會放逐。後者是一件比失地更重要的事，是關係動搖國本的重大問題。當時親齊親秦兩派，一定起了激烈的鬬爭。楚世家中有昭睢的諫，本傳中有屈原的諫。結果是親秦派勝利，屈原就在這時候，放逐到漢北去了。關於這一點，本傳上有一段話很可注意。『懷王欲行。屈平曰：秦虎狼之國，不可信，不如無行。……懷王卒行。……竟死於秦而歸葬。長子頃襄王立，以其弟子蘭爲令尹。楚人既咎子蘭以勸懷王入秦而不返也。屈平既嫉之，雖放流，睠顧楚國，繫心懷王，不忘欲反。……其存君興國而欲覆之，一篇之中三致意焉。』在這一段話裏，暗示着我們三件最重要的事。第一懷王客死秦國時，屈原正在放逐之中。『雖放流』即是雖在放流之間，亦無日不恨子蘭而睠念楚國也。這一短句是重要關鍵。可知屈原第一次放逐，必在懷王三十年間。其次『一篇之中三致意焉，』是指的離騷，這明明告訴我們離騷是第一次放逐漢北之作。抽思有漢北懷南之句，也可斷定是同時作品。其三，我們細讀屈原列傳，作者敍到懷王歸葬頃襄王繼立時，接着下了一大段批評，他在那裏把懷王的事體，和懷王與屈原的關係，告了一個段落。到後面接着敍述頃襄王放逐屈原於江南的事，那層次是很分明的。可知屈原的被放，一在懷王末年，一在頃襄王初年，是較爲可信的了。大概懷王客死秦國以後，親秦派受了全國人民的非難，有組織各黨政治內閣的必要，屈原想就在這機運中召了回來。等到後來親秦政策復活，於是他又失勢而被逐了。這種情形在楚世家裏有一段文字，給我們重要的暗示。『懷王卒於秦，秦歸其喪於楚，楚人皆憐之，如悲親戚。諸侯由是不直秦，秦楚絕。六年……楚乃謀復與秦平。七年楚迎婦於秦，秦楚復平。』所謂『秦楚絕』的那幾年，是屈原被召回朝的時候。六年或七年，秦楚復平，是他放逐江南的時候，這樣解釋，我想是相當合理的。

關於屈原作品眞僞的考證，實在是一件艱難而又危險的事。因一字之疑一句之失，就斷定某篇非某人所作，難免有武斷之嫌。我們只好取其可信者論之，可疑者缺之的態度，比較安心。屈原列傳中所說的離騷，天問，招魂，哀郢和懷沙五篇，我們可以不必去懷疑，再如抽思，涉江，思美人三篇，都有作者放逐時路程地點的記載，想非後人所僞託。其如九歌已在上文敍述過，不必再論。再如惜誓，橘誦，悲回風，惜往日諸篇，都在可疑之列。遠遊模倣離騷，其中所表現的遊仙思想，似乎要到漢代才有那麼成熟。卜居漁父，開篇都有『屈原既放』一句，非屈原自作之語氣，其文體已是漢代的散文賦，決非出自屈原。大招模倣招魂，想係後人作着弔屈原的。這幾篇作品的年代，最早的也在戰國初秦之際，遲的恐怕已經到漢朝了。

抽思，離騷，天問是屈原第一次放逐漢北的作品。

『有鳥自南兮，來集漢北。好姱佳麗兮，牉獨處此異域。既惸獨而不羣兮，又無良媒在其側。道卓遠而日忘兮，願自申而不得。望北山而流涕兮，臨流水而太息。望孟夏而短夜兮，何晦明之若歲。』

這是抽思中的一節。前六句是寫他自己放逐異域孤苦零仃的生活心境，後六句是寫懷王北上以後，表示自己眷戀不忘的情感。道遠者懷王之道，望北山者望君也。他一面眷念着北上的君王，同時又懷戀着南方的故都。『惟郢都之遼遠兮，魂一夕而九逝。曾不知路之曲直兮，南指月與列星。』這些都是夢寐哀思的好句子。因爲他心中積壓着鄉愁國恨，和種種痛苦的感情，所以發生這抽思的哀怨了。

離騷就是牢騷，是屈原作品中最偉大的一篇。描寫一個苦悶的靈魂的追求與毀滅。上天下地，入水登山，極其浪漫之能事。篇幅之長，文字之美，幻想的豐富，象徵的美麗，懷鄉愛國之情，生死離別之感，再加以神話奇聞，夾雜敍述，成爲中國浪漫詩歌中的傑作。離騷的精神，大體上有一點像哥德的浮士德。不過浮士德中的前途是光明的，離騷是幻滅而已。

『紛吾既有此內美兮，又重之以脩能。扈江離與辟芷兮，紉秋蘭以爲佩。汨余若將不及兮，恐年歲之不吾與。朝搴阰之木蘭兮，夕攬洲之宿莽。日月忽其不淹兮，春與秋其代序。惟草木之零落兮，恐美人之遲暮。……余既滋蘭之九畹兮，又樹蕙之百畝。畦留夷與揭車兮，雜杜衡與芳芷。冀枝葉之峻茂兮，願竢時乎吾將刈。雖萎絕其亦何傷兮，哀衆芳之蕪穢。衆皆競進以貪婪兮，憑不厭乎求索。羌內恕己以量人兮，各興心而嫉妒。忽馳騖以追逐兮，非余心之所急。老冉冉其將至兮，恐修名之不立。朝飲木蘭之墜露兮，夕餐秋菊之落英。苟余情其信姱以練要兮，長顑頷亦何傷。擥木根以結茝兮，貫薜荔之落蘂。矯菌桂以紉蘭兮，索胡繩之纚纚。謇吾法乎前修兮，非世俗之所服。雖不周於今之人兮，願依彭咸之遺則。哀民生之多艱兮，長太息以掩涕。余雖好修姱以鞿羈兮，謇朝誶而夕替。既替余以蕙纕兮，又申之以擥茝。亦余心之所善兮，雖九死其猶未悔。怨靈脩之浩蕩兮，終不察夫民心。衆女嫉余之蛾眉兮，謠諑謂余以善淫。因時俗之工巧兮，偭規矩而改錯。背繩墨以追曲兮，競周容以爲度。……』

這些都是離騷中最美麗或是最沉痛的句子。在這些句子裏，充分地表現出屈原偉大的人格和高潔的感情。他那種憂國傷民的救世心，嫉俗厭世的正義感，都是出自眞情，絕非那些身在江湖心懷魏闕滿口忠君愛國的僞善者所可比擬。近人因其中有『濟湘沅以南征兮』一句，疑此篇爲屈原放逐江南時所作，此說不可信。離騷後半篇，全是作者想像雲遊之詞，故所舉事實，多爲神話古事。湘沅南征就舜陳辭之句，正與朝發蒼梧，夕至縣圃，飲馬咸池，總轡扶桑諸事，是同樣性質。明乎此，問題便沒有了。

天問是屈原作品中最奇怪的一篇。無論內容形式與情調，都與屈原其他的作品不同。但這篇文章，却給我們兩個暗示。其一，作者一定是富於懷疑精神而心靈又有無限苦痛的人。其次，作者一定是一個博聞强記的學者。他腦袋裏蘊藏着許多天文地理的自然知識，遠古的史事神話，以及北方儒家所傳說的歷史人物。屈原恰好有這兩種資格，史記又說天問是他所作，想是可靠的了。這篇文字在漢代已爲讀書人士所難瞭解。王逸在天問序中說：『屈原放逐，憂心愁悴，彷徨山澤，經歷陵陸，嗟號旻昊，仰天歎息。見楚有先王之廟及公卿祠堂，圖畫天地山川神靈，琦瑋僑佹，及古賢聖怪物行事。周流罷倦，休息其下，仰見圖畫，因書其壁，呵而問之，以洩憤懣，舒寫愁思。楚人哀惜屈原，因共論述，故其文義不次序云爾。』他對於屈原作天問的心境的表白是對的，但那種事實，很不可靠。先王廟宇公卿祠堂，何至於在江南放逐之野外，廟壁祠牆，又何能任意塗寫。衡之情理，極不可信。我想這篇怪文，一定是屈原放逐以後，憂鬱彷徨，精神上起了激烈的動搖，舊信仰完全崩潰，因此對於自然界的現象，古代的歷史政跡，宗教的信仰，以及自己的人生觀念，都起了懷疑，而發出來種種的問題了。正是司馬遷所說的苦極呼天人窮反本的意思。篇中雖無放逐之言，流竄之苦，但全文中却表現一個正陷於懷疑破滅途中的最苦悶的靈魂。這一個靈魂，恰好是屈原的靈魂。天問難讀，自古已然，其難並不在文字的艱深，而在於我們缺少古史的知識。近年因卜辭的出現，彼此參證，已偶有所發現了。在純文學的立場上看來，天問的價值是低的，但在古史的研究上，他却有較高的地位。篇中保藏着無數的古代史料和神話傳說，我想將來總有完全開發的一天。

『招魂，思美人，哀郢，涉江，懷沙是屈原再放江南的作品。』

招魂，王逸說是宋玉所作，古人多從之。王說：『招魂者宋玉之所作也。……宋玉憐哀屈原忠而斥棄，愁懣山澤，魂魄放佚，厥命將落，故作招魂，欲以復其精神，延其年壽。……』因為這種意見，頗近情理，故古人棄史記屈作之說而從王說了。到了林雲銘才以屈原自招的議論，推倒王逸的意見。他說：『是篇自千數百年來，皆以宋玉所作。王逸茫然無考據，遂序於其端。……後世相沿不改，無非以世俗招魂，皆出他人之口。不知古人以文滑稽，無所不可，且有生而自祭者。則原被放之後，苦無可宣洩，借題寄意，亦不嫌其為自招也。……玩篇首自敍，篇末亂辭，皆不用君字而用朕字吾字，斷非出於他人口吻。……故余決其為原自作者，以首尾自敍、亂辭及太史公傳贊之語，確有可據也。』（楚辭燈）這兩說雖各有理由，但俱不能全信。我覺得這一篇，應當是屈原放逐江南為招懷王之魂而作的。細味全文，首節與亂辭中的朕吾是指作者自述之辭，其他的或君或王，是指的死者。觀中間一大段招詞，是作者託巫陽之口所表現的招魂的本意。那中間所稱的君，也都是指懷王而言。其言宮室之偉，陳設之美，女樂的富麗，肴饌之珍奇，這些都合於國王的身分。若看作是屈原的自招，他的生活身世，同這些物質環境是缺少統一性的。並且他再放江南時，懷王客死異域，後雖歸葬楚國。但恐其魂流落國外，故有招魂之作。這種事實，比起自招來也較為合理。這篇作品，我想是應當這樣解釋的。

思美人亦為紀念懷王之作，作抽思時懷王尚未死，故有惸獨無羣無媒在側之歎。到了思美人，懷王已死，始有媒絕路阻之語。欲抒哀情，只好寄言於浮雲，致辭於歸鳥了。幽明的懸隔，文字的輕重，都有痕跡可尋。如『吾將蕩志而愉樂兮，遵江夏以娛憂。』『吾且儃佪以娛憂兮，觀南人之變態，』『獨煢煢而南行兮，思彭咸之故也，』在這些句子裏，明明是說他到了江南。所謂南人之變態，是洞庭湖濱野蠻的南人。前人謂此篇作於漢北，南人變態是指郢都朝庭之士，這全是一種誤解。

哀郢，涉江在屈原生活史的研究上，是兩篇極重要的文字。在這裏面，他告訴了我們放逐江南的地點和流浪的路程。那些地點和路程，都合於實際的事實，決非雲遊想像之詞，所以更覺可貴。在涉江裏，他說他雖開了郢都，順江東下，先到現在華容附近的夏首，過洞庭而到漢口。（夏浦）或者更東行，到過江西的陵陽。他在漢口住了很久，爲紀念他這次的流浪生活，在回憶中寫成了哀郢。

『皇天之不純命兮，何百姓之震愆。民離散而相失兮，方仲春而東遷。去故鄉而就遠兮，遵江夏以流亡。……過夏首而西浮兮，顧龍門而不見。……將運舟而下浮兮，上洞庭而下江。去終古之所居兮，今逍遙而來東。羌靈魂之欲歸兮，何須臾而忘返。背夏浦而西思兮，哀故都之日遠！』

這路線很分明，時令也很清楚。春天離開郢都，經過夏首洞庭而至夏浦。路程日遠，鄉愁日深，所表現出來的情緒也更憂鬱。在夏浦是否眞的住了九年，（中有『至今九年何不復』之句）但滯留了一個長的時期是可信的。他在那裏總期待着一個召回故都的機會，終於是絕望了。亂曰：『曼余目以流觀兮，冀壹反之何時。鳥飛返故鄉，狐死必首丘。信非吾罪而棄逐兮，何日夜而忘之。』這是他表明就是要死也願意死在故鄉的痛苦的希望。他現在的情感遠不如往日的勇壯，是日趨於哀傷與悲苦了。

涉江是敍他從湖北入湖南的經歷。先由武昌（鄂渚）動身，入洞庭，濟沅水，經枉陼辰陽而至溆浦。這路程確是相當遼遠的。所以一時乘舟，一時騎馬，精神物質方面受痛苦的事，自不待說了。『哀南夷之莫吾知兮，且余將濟乎江湘。乘鄂渚而反顧兮，款秋冬之緒風。步余馬兮上皐，邸余車兮方林。乘舲船於上沅兮，齊吳榜而擊汰。船容與而不進兮，回水而凝滯。朝發枉陼兮，夕宿辰陽。苟余心之端直兮，雖僻遠其何傷。入溆浦余儃佪兮，迷不知吾所如。』這旅途生活的描寫非常生動，其情其景，如在目前。大概因經過多年的放逐與打擊，心地比較空虛，憂怨的情感也淡薄了。所以這篇文字表現得比較曠達，說出『苟余心之端直兮，雖僻遠其何傷』的自寬自解的論調。

懷沙是敍他從西南的溆浦到東北的汨羅的作品，大概是他的絕命詞了。滿紙憤慨怨恨，比任何篇都要激烈。如『變白以爲黑兮，倒上以爲下。鳳凰在笯兮，鷄鶩翔舞。』『邑犬羣吠兮，吠所怪也。非俊疑傑兮，固庸態也』諸句，已經由憤慨而入於謾罵了。他知道他召回故都的事已完全絕望，無須再留餘地，索性痛快地發出這激烈的言論，把那般得志的小人，一齊罵倒了。他在前面幾篇裏，也時常說出追踪彭咸的話，那只是一種打算，或許還有讓避之路，到了懷沙才眞的下了死的決心。『知死不可讓，願勿愛兮。明告君子，吾將以爲類兮。』這是他下了死的決心以後，向世人告別的詞，文句雖是簡短迫切，而其表現的感情，實在是沉痛已極。

屈原在政治上是失敗的，這種失敗的命運，成就了他偉大的文學作品。他有富厚的北方學術的根秖；古代的神話傳說，堯舜禹湯文武的政治功績，他都很熟習。儒家的忠義哲學，道家那種求解脫的自由精神，在他的腦裏，也曾播下或深或淺的種子。再加以南方特有的自然環境與宗教迷信，才成就了這千古特出的詩人，成就了這個人主義的浪漫文學。有了他，建立了中國純文學獨立發展的基礎。後代的才人，都從他的作品中，取得了豐富的雨露，去創造或是營養他們自己的作品。劉勰在辨騷中說：『其敍情怨，則鬱伊而易感，述離居則愴快而難懷，論山水則循聲而得貌，言節候則披衣而見時。是以枚賈追風以入麗，馬揚沿波而得奇。其衣被詞人，非一代也。故才高者菀其鴻裁，中巧者獵其豔詞，吟諷者銜其山川，童蒙者拾其香草。若能憑軾以倚雅頌，懸轡以御楚篇，酌奇而不失其貞，翫華而不墜其實，則顧盼可以驅詞力，欬唾可以窮文致，亦不復乞靈於長卿，假寵於子淵矣。』他這一段，可算是知人之論。

屈原在文學上最大的功績，一是詩律的解放，一是詩風的轉變。詩經的句子雖是長短不齊，大體上是以四言爲正格，二雅中雖有較長之篇，畢竟是少數。到了南方的九歌，詩體的解放開了端，等到屈原出來，才正式成就了詩體的新型式。他運用着楚國的方言白話與南方歌謠中的自然韻律，寫成了許多的雄大詩篇。這種新體裁，後人或稱爲騷，或稱爲賦，那都是多此一舉，其實他們都是自由體的新詩。其次是詩風的轉變。是由寫實的詩風，變到浪漫的詩風。屈原把幻想情感象徵神秘種種要素，儘量灌注到詩歌內去，使詩歌的生命格外豐富美麗，格外有情趣。在班固那般人看來，覺得他有離經背史之處，其實這正是他的文學的特色。劉勰謂屈原的作品，有詭異譎怪狷狹荒淫四事異於經典，

（見辨騷。）不知這四點，却正是他的浪漫文學的生命。

湯姆生（J. A. Thomson）在他的科學概論首章裏，曾把人類分爲行動的感情的思考的三個主要的類型。在這三種類型裏，可以看出三種不同的心性，便是適於實踐的，適於感情活動的，和適於理智探討的三種心性。這樣看來，屈原恰好是第二種類型的代表。因爲他那種多感的心性將一切事件的發展，都委之於感情，一旦遇了挫折，便無法自拔，愈走愈迷，最後完全陷於絕望與幻滅，只好投入死的懷抱了。梁啓超氏說：『屈原一身，同時含有矛盾兩極之思想，彼對於現社會極端的戀愛，又極端厭惡。他有冰冷的頭腦，能剖析哲理，又有滾熱的感情，終日自煎自焚。彼絕不肯同化於惡社會，其力又不能感化惡社會，故終其身與惡社會鬬，最後力竭而自殺。彼兩種矛盾性日日交戰於胸中，結果所產煩悶爲自身所不能擔荷而自殺，彼之自殺，實其個性最猛烈最純潔之全部表現。非有此奇特之個性不能產此文學，亦惟以最後一死能使其人格與文學永不死也。』（楚辭解題）這見解眞是確切極了。托爾斯泰說：『人生的殉教者，藝術的聖徒，』這兩句話，應該刻在屈原的墓碑上。

四　宋玉

屈宋並稱，自古已然。宋就是宋玉，與唐勒景差之徒，同爲屈派的南方詩人。漢書藝文志載唐勒賦四篇，但不見於楚辭章句，景差賦連藝文志中也沒有載，可知東漢時他倆的作品都已失傳了。現在可以供我們研究的，只有宋玉一人。不過我們要想弄淸楚宋玉的生平歷史，簡直是一件不可能的事。

因爲古書中供給我們的材料，完全是一堆糊塗爛賬。史記上說宋玉是屈原的後輩，王逸九辯序說屈原是宋玉的先生，新序雜事第一說宋玉見過楚威王，同書雜事第五，又說他事楚襄王，北堂書鈔卷三十三宋玉集序又說他事楚懷王。威王懷王襄王是祖孫三代，時代是相當久遠的，眞令人無法相信。細看起來，只有史記上一段，較爲近情。他說：『屈原既死之後，楚有宋玉，唐勒，景差之徒者，皆好辭而以賦見稱，然皆祖屈原之從容辭令。』因此我們要勉强去推斷宋玉的生死年代，實在是一件愚笨的事。我們知道他是戰國末年的一位天才詩人，他的作風，是屈原的浪漫文學的承繼者。到了宋玉，中國的詩歌，完全脫離了社會的使命與實用的功能，而趨於澈底的個人主義與純藝術化了。

提到宋玉的作品，也是一篇糊塗賬，漢書藝文志載宋賦十六篇。現在流傳的有楚辭章句中的九辯與招魂，（招魂已見前論）文選中的風賦，高唐賦，神女賦，登徒子好色賦，與對楚王問；古文苑中的笛賦，大言賦，小言賦，釣賦，舞賦，諷賦。古文苑成書最晚，其眞實性本不可靠，文選所載各篇，其中敍事行文，多有可疑之處，最重要的是那種散文賦體，在漢初尙未完全形成，戰國更不會產生了。如此說來，宋玉的作品，可靠的只有九辯一篇。

九辯正如九歌一樣，是古代的樂名。與漢人摹倣楚辭而作的九懷，九歎的意義是不同的。取古樂名來抒寫自己的情緒，正與魏晉人用樂府古題的作品相像。因此九辯只是完整的一篇，把他分爲九章（朱子）或是十章，（洪興祖）都是多此一舉。九辯是中國第一篇無病呻吟的好文章，是一篇澈底個人主義化的唯美作品。他完全離開社會的關係，只是窮苦文人在秋風的寒冷飢餓中的哀怨。在九辯裏已經喪失了在屈原作品中所反映出來的政治社會的影子。因了這篇作品，在後代不知道產生了多少自怨自悲的濫調文章。凡是窮愁潦倒懷才不遇的文人，都自比宋玉，傷春悲秋，多愁善感，成了文人必要的條件。在九辯的前一小段裏，連用着『蕭瑟，』『憭慄，』『泬寥，』『憯悽，』『愴怳，』『懭悢，』『坎廩，』『廓落，』『惆悵，』『寂漠，』『淹留』這些哀怨的字眼。令人讀去，確是有陰寒落魄之感的。然而這些字眼，便成爲後代無病呻吟的文人的濫調。覺得亂堆着這種字眼，便能成爲哀感頑豔的妙文。這一點不僅影響後代的文風，連健全的人性，也是要發生影響的。不用說，這自然沒有責備宋玉的道理，要負責任的，還是那些後代不肖的子孫。

王逸在九辯序中說宋玉是屈原的弟子，因爲閔惜其師忠而放逐，故作此篇以述其志，這也是想像之詞。屈宋作品的動機，有全異其趣之處。關於這一點，近人陸侃如氏，有一段很精當的議論。他說：『宋玉的牢騷，與屈原絕不相同。屈原是楚之同姓，休戚相關。突然被讒而去，不得發展他的政治才能，自然是悲憤不能自已。宋玉却是一個窮鄉僻野的貧士，間關跋涉，謀個溫飽，不能如願，所以發之於詩歌。一個是失敗的政治家，一個是落魄的文人。懂得了這個分別，方能了解九辯的內容與技術。』（詩史）屈原的情感，是由理想破滅中所產出的憤激與沉痛。宋玉的感情只是一種由飢餓與自然環境所釀成的哀愁。『全家盡在寒風裏，九月衣裳未剪裁，』作九辯的宋玉，同歌詠着這些詩句的黃仲則，正是一流人物。

無論怎樣說，九辯在藝術上的進步是很顯然的。音調比前人的作品更覺和諧，用字更覺深刻，描寫更覺細緻。中國文學到了宋玉確實達到了純藝術的階段。

『悲哉秋之爲氣也。蕭瑟兮草木搖落而變衰。憭慄兮若在遠行。登山臨水送將歸。泬寥兮天高而氣清。寂寥兮收潦而水清。……坎廩兮貧士失職而志不平。廓落兮羈旅而無友生。惆悵兮而私自憐。燕翩翩其辭歸兮。蟬寂漠而無聲。鴈廱廱而南遊兮。鵾鷄啁哳而悲鳴。獨申旦而不寐兮，哀蟋蟀之宵征。時亹亹而過中兮，蹇淹留而無成。』

他這一段對於秋天的描寫，確是極成功的文字。在那內面有聲音，有顏色，有情調，有感慨，從這些彩色內，襯托一個失業文人的窮苦的心境，引起讀者無限的同情。再如他在末段十四句中，連用十二次疊字，藉以增强音律美與文字美的效果，這是他在藝術上表現的特色。宋玉雖不一定是屈原的弟子，但熟讀過屈原的作品而深受其影響的事是無可疑的。在九辯中，我們可以抄出許多摹擬甚至於是抄襲屈原作品中的文句，這便是有力的證明。

第五章　秦代文學

一　秦民族文學的發展及其特性

秦和楚一樣，是周族以外的獨立民族。他的先世，史記秦本紀上說是顓頊之後裔，並且敍述得有聲有色，但觀其內容，却是神話與傳說的成分居多。他的文化是落後的，發展是很遲的。前十世紀末年周孝王時代，他們的酋長非子，還在渭水之間爲周王牧馬。到後來才封給他一塊小地，定邑於秦，奉嬴氏之祀，號曰嬴秦。這一個新興的民族，以勇武善戰的特質，在政治地位上，成就了迅速的發展。襄公時代因爲抵抗犬戎護送平王東遷有功，平王乃賜以岐西之地，封爲諸侯。於是興高采烈，用馬牛羊各三頭，大祭其天帝，組織正式的國家，同中原諸侯才發生外交上的種種交涉。不用說，從這時候起，他們可以大量的吸收中原的文化。所以到了襄公之子文公十三年，才有史以紀事。從此以後，他們在政治上的發展，是更快了。春秋時代，穆公稱霸，戰國時代，孝公爲七雄之長。經惠文武昭襄數世，蒙故業，因遺策，連敗六國之師，漢中巴蜀之地，亦入其版圖，因此國勢日益富強。到了始皇，先滅韓趙魏，次滅楚燕，最後滅齊，於是便產生了「六王畢，四海一」的秦帝國的新局面。這新局面他們曾想盡了方法來維持鞏固，不料這個費盡了氣力從六國手裏奪取來的新帝國，不到三十年，便在農民的鉏櫌白梃底下消滅了。

秦國在穆公時代，雖已建立了穩固的地位，但在政治經濟上發生了革命的變更，由此而奠定統一中國的政治勢力的基礎，實起於孝公之世的商鞅變法。商鞅變法，在中國古代政治史上，或是社會經濟史上，都是驚人的事件。他因爲要適應當代政治勢力的發展，增加國庫的收入，實行君主集權的制度，於是他實行了廢井田開阡陌的土地政策，增收人口稅的財源政策以及嚴厲推行的連保的鄉黨組織與貴族人民平等的法律制度。這些新政的推行，都是秦國日趨富强的因素。鹽鐵論云：『昔商鞅相秦，外設百倍之利，收山澤之稅，國富民强，器械完飾。』這種情形自然是眞實的。商鞅無疑是秦帝國的功臣，但是因爲他的政策，不利於當日的貴族，所以孝公一死，他就遭遇着車裂的慘運了。貴族勢力畢竟成了最後的哀蟬，商君的思想與政策却是政治社會上不可挽回的趨勢。他自己雖是慘死了，他的新政仍是繼續活着的。我們試看自孝公到秦始皇，一直是法家政治，因爲這種政治，終於成就了秦帝國大一統的偉業。

法家是徹底的功利主義者，對文化界不重視。他們輕視學術，鄙棄文藝，一味講求富國强兵的道理，以圖擴充地盤，推行嚴格的刑法，以圖鞏固君權。這種法治思想，在戰國末年及秦代，溶合各派思想的傾向，而成爲學術思想界中的主流。這種思潮的興起，並非偶然的。戰國中葉以後，土地政策的改變，小農經濟的發達，商業的蓄積，大地主的產生，都日趨於激烈。因爲文化的形成是有機的，牽一髮而動全身的，一種因素的改變，往往使其他因素也行改變。當時的社會基層既然起了變動，因而政治制度也跟着變化。如貴族的崩潰，士人的抬頭，君主的集權，官僚政治的興起，學術思想的改變，都成了自然的現象。貴族失去了早日的經濟支配力，士人已握了政界的重權，於是除了一國的君主以外，官吏與人民已經沒有血統的差別。從前封建時代所奉行的『禮不下庶人，刑不上大夫』的話，現在已不能運用了。在這時候，以國法爲官民共同遵守的規律的事，便適應着需要而產生了。在這種環境之下，所以戰國末年的學者，都有趨於法治主義的傾向，這是時代的趨勢所使然。

荀子雖稱儒家的大師，他的思想却是由儒至法的橋梁。由荀子到韓非李斯，不過前進一步而已。他雖是倡說人治尊重學術，但他却又是重刑主義與思想統制的主張者。王制篇說：『聽政之大分，以善至者待之以禮，以不善至者待之以刑。兩者分別，則賢不肖不雜，是非不亂。賢不肖不雜則英傑至，是非不亂則國家治。』又正論篇說：『一物失稱，亂之端也。夫德不稱位，能不稱官，賞不當功，罰不當罪，不祥莫大焉。夫征暴誅悍，治之盛也。殺人者死，傷人者刑，是百王之所同也。刑稱罪則治，不稱罪則亂。故治則刑重，亂則刑輕。犯治之罪固重，犯亂之刑固輕也。』他這種重刑主義，雖名爲禮治的輔助，然與法家所講的嚴刑峻法，却一點也沒有分別。再看他對於思想的統制，其言論更是激烈。正名篇說：『凡邪說辟言之離正道而擅作者，無不類於三惑者矣。故明君知其分，而不與辨也。夫民易一以道，而不可與共故，故明君臨之以勢，道之以道，申之以令，章之以論，禁之以刑，故其民之化道也如神，辨勢惡用矣哉。』非十二子篇說：『一天下，財萬物，長養人民，兼利天下，通達之屬，莫不從服。六說者立息，十二子者遷化，則是聖人之得勢者，舜禹也。今夫仁人也，將何務哉。上則法舜禹之制，下則法仲尼子弓之義，以務息十二子之說，於是則天下之害除，仁人之事畢，聖王之跡著矣。』他所說的三惑是惑於用名以亂名，惑於用實以亂名，惑於用名以亂實。六說是它囂魏牟的縱慾，陳仲史鰌的高蹈，墨子宋鈃的兼愛，愼到田駢的法度，惠施鄧析的詭辯，子思孟軻的五行。他認爲這些都是思想界的異端，是離叛正道的邪說辟言，必得一概禁絕。要實行嚴格的思想統制，才能達到天下太平聖人得勢的地步。我們看了他這種極端的思想，便會瞭解他那兩位弟子韓非與李斯成爲法治思想的建立者或是實行者的事，一點沒有什麼可怪了。由荀子的禁三惑非六說到始皇時代的焚書坑儒，那思想與行動，不正是一貫的嗎？

口吃的韓非雖是死得不明不白，他的思想却完全實現在他老同學李斯的手下。始皇三四年，淳于越請封子弟功臣，李斯上書說：『古者天下散亂，莫能相一，是以諸侯並作，語皆道古以害今，飾虛言以亂實。人善其所私學，以非上所建立。今陛下並有天下，辨白黑而定一尊，而私學乃相與非法敎之制。聞令下，各以其私學議之。入則心非，出則巷議，非主以爲名，異趣以爲高，率羣下以造謗。如此不禁，則主勢降乎上，黨與成於下。禁之便。臣請諸有文學詩書百家語者，蠲除去之，令到滿三十日弗去，黥爲城旦。所不去者，醫藥卜筮種樹之書。若有欲學者，以吏爲師。始皇可其議，收去詩書百家之語，以愚百姓，使天下無以古非今。明法度，定律令，同文書。』（史記李斯傳）秦始皇和李斯後人都把他們看作是罪大惡極的人，這都是受了儒家的宣傳，其實他們却是極有眼光有手腕的革命政治家，他們的思想與方法，都是維持政權統治國家的必要辦法。在戰國末年，這種政治思想，是正適合於那個時代的潮流。焚書坑儒說出來雖是似乎有點野蠻，其實這套把戲，一直被歷代的君王所採用，不過方法名義稍有不同，然其效果却沒有兩樣。就是現在最殘暴的共產集團，每天都在那裏焚書坑儒，其野蠻殘酷，有十倍於始皇時代，一般人似乎都可原諒，這情形實在可痛恨的。說穿了，也就知道李斯輩並不是什麼特別的惡人。他實行明法度定律令同文書的政策，都是非常有價值的工作，他溶合商鞅荀子韓非諸人的政治思想，作了一個具體的表現。

法家在政治上雖是收了巨大的效果，但對於妨礙學術思想的自由與純文藝的發展是要負其責任的。商君的薄六蝨，韓非的非五蠹，是大家都知道的事實。文心雕龍中云：『五蠹六蝨，嚴於秦令。』就是荀子也說過『凡言不合先王，不順禮義，謂之姦言』的激烈話。（見非相篇）一個勇武好戰完全在這種政治環境下面孕育成長出來的秦民族，欲求其在純文藝方面有多大的成就，實在是一件難事。加之秦帝國的壽命是那麼短促，自然不容易產生什麼大作家大作品來的。

詩經中的秦風十篇，可稱是秦民族最早的詩歌。大概是西東周之交的作品。因爲他們那種好戰尙武的民族性，在那些詩裏，多敍車馬田狩之事，或贊美戰士，或描寫軍容。其音節無不悲壯激昂。漢書地理志云：『安定北地上郡西河皆迫近戎狄，修習戰備，高上氣力，以射獵爲先。故秦詩曰：『王于興師，修我甲兵，與子偕行。』（無衣篇）及車鄰駟鐵小戎之篇，皆言車馬田狩之事。』再如黃鳥權輿諸篇，雖非兵戎之詩，然其音調一樣高昂悲壯，也是秦聲的本色。唯有蒹葭一篇，却是情韻纏綿音調哀婉的抒情詩，其藝術亦在上列諸章之上。『蒹葭蒼蒼，白露爲霜。所謂伊人，在水一方。溯洄從之，道阻且長。遡游從之，宛在水中央。』這是多麼美麗的句子又是多麼有情致的意境。這篇詩在秦風裏，自然是要稱爲傑作的。

尙書中的秦誓一篇，（西紀元前六二七年）可算是秦民族存在的最早的散文。秦穆公侵鄭時，爲晉師大敗於崤。穆公悔過，兼戒羣臣，作秦誓。從前的誓，都是誓師之辭，這一篇是罪己式的作品。文字通達簡練，動人聽聞。如『我心之憂，日月逾邁，若云弗來』，數句，頗饒詩意。可知東周時代，秦民族的文化程度，已相當的發達了。

石鼓文共有十篇，唐初始出土，現存北平國子監。但其時代的考證，爲古今學者所爭辯。有主周成王時者，（宋程大昌）有主周宣王時者，（唐韓愈），有主秦襄公至獻公時者，（近人馬衡）有主秦文公時者，（近人羅振玉）有主秦惠文王至始皇時者，（宋鄭樵）有主漢代者，（淸武億）有主後周者，（淸萬斯同。）衆說紛紜，各持己見。因此對於石鼓文的本身，反使我們起了懷疑。其內容大半敍述游獵，亦有祝頌燕飮之作。其文體頗近雅頌，但其藝術，遠比不上秦風。如果我們承認石鼓文出於秦風之後，那末他們在文學發展史上，自然是沒有什麼重要的地位。

秦代統一以後，其壽命非常短促，在文學方面，自然不會有多大的成就。但荀子的賦李斯的銘，我們却是必得注意的。荀子雖是趙人，史記上說：『趙氏之先與秦共祖』，並且史記本傳及鹽鐵論毀學篇都說李斯相秦，荀子還在世。那末荀子是死在始皇帝統一六國以後。可知無論從世系或從年代上講，荀子的文學，是可以放在秦代文學這個範圍以內的。

二　荀子的賦

荀卿名况，是北方的大儒。他的生死年代，已不可考。大約生於前四世紀末年，死於前三世紀末年，是一個活到將近百歲的老人。他曾遊學於齊，稱爲學術界的領袖，後因不得志，去楚，春申君以爲蘭陵令。春申君死而荀卿廢，嫉濁世之政，亡國亂君相屬，因發憤著書而死，葬於蘭陵。他在儒家學說的傳授上，占有重要的地位，毛魯韓詩左傳穀梁皆其所傳，猶長於禮。我們現在沒有時候敍述他的哲學思想，只要知道他是以孔學爲本，再適合當代政治社會變遷的趨勢，加以補充修正而建立了一種新儒學。

荀子雖久居楚國，楚辭並沒有給他深刻的影響。因爲他根本就是一個輕視純文藝的道統者。他說：『多言而類，聖人也。少言而法，君子也。多少無法而流湎，然雖辯，小人也。故勞力而不當民務，謂之姦事，勞知而不律先王，謂之姦心，辯說譬喻，齊給便利，而不順禮義，謂之姦說。此三姦者，聖王之所禁也。』（非十二子）他持着這種功用倫理主義的態度，像楚辭那種個人主義的浪漫文學，他當然是要看不起的。在他的作品裏，或是論文，或是詩賦，正與戰國時代的諸子一樣，完全是站在學術思想的立場上而表現出來的。換言之，他的寫文作賦，不是爲了文學的藝術，而是要宣傳他的思想。『嫉濁世之政，亡國亂君相屬』，這是他著書的最大動機。我們明乎此，便可瞭解荀子雖久居楚國，其作品並沒有染上楚辭的作風，而仍是承繼北方文學的直接系統。

漢書藝文志列孫卿賦十篇（孫卿卽荀卿，避漢宣帝諱改。）今荀子的賦篇中只有禮賦知賦雲賦蠶賦箴賦五篇和佹詩二章。又漢志列成相雜辭十一篇，無作者姓名。現荀子集中有成相三篇。那末漢志的成相雜辭中，或有荀子的作品。班固云：『大儒孫卿及楚賢臣屈原，離讒憂國，皆作賦以諷，咸有惻隱古詩之義。』可知古人是把他們兩人看作爲辭賦之祖的了。屈原的作品，楚人稱爲辭，其實就是一種新體詩。眞正以賦名篇的，則起於荀子。他的賦篇的藝術雖不甚高明，然在賦的發展史上，是占有重要的地位的事，是無可疑的了。抒情，說理，詠物，本爲文學的三大主流。屈宋的作品偏於抒情，荀子的作品，說理詠物兼而有之。對於後代賦的發展，給予以重大的影響。

『爰有大物，非絲非帛，文理成章。非日非月，爲天下明。生者以壽，死者以葬，城郭以固，三軍以强。粹而王，駁而伯，無一焉而亡。臣愚不識，敢請之王。王曰：此夫文而不采者與？簡然易知而致有理者與？君子所敬而小人所不者與？性不得則若禽獸，性得之則甚雅似者與？匹夫隆之，則爲聖人，諸侯隆之，則一四海者與？致明而約，甚順而體，請歸之禮。』（禮賦）

這種作品同離騷九辯並讀，我們便立刻體會到兩種不同的情調。禮賦是一種訴之於理智的散文賦，離騷九辯却是動人情感音韻和諧的長篇新體詩。在禮賦中，很明顯的缺少詩歌所必有的那種韻律情感和整齊的美質。他同漢代的散文賦，形式已很接近。他的問答形式，成爲漢代賦家普遍採用的形式。由他這種作品的變化發展，演成漢代的詠物賦（如王褒的洞簫賦）與說理賦（如張衡的思玄）以及那些長篇的散文賦。我們如果仔細分析漢賦的文體與品質，便知道荀子的地位，並不在屈宋之下。試看幾個漢賦的代表作家的作品，如司馬相如的子虛上林，揚雄的羽獵長楊，班固的兩都諸篇，無論其形式與作風，都是從荀賦變化發揚出來的。至於那些屈宋派的作品，大都是楚辭的模擬，我們只要讀了淮南小山的招隱士，東方朔的七諫，嚴忌的哀時令，王褒的九懷，劉向的九歎，王逸的九思諸篇，便會知道這些東西，無論內容形式以及情感文字方面，都只是楚辭的尾聲餘響，毫不能給我們一點新奇刺激之感了。因為楚辭體的作品，在屈宋的筆下，已達到極高的成就，到了漢朝，已成為強弩之末，沒有什麼新創的特色了。

荀子在他的賦裏，並沒有重視文學的成就。其表面雖是詠物，其內容還是說理。他主要的目的，是要把禮、智、雲、蠶、箴，這五種具體的或是抽象的物的形狀與功用加以暗示式的說明。他這種態度，正如他寫他的論文時候所取的態度一樣，是抱着不反先王之言不背禮義的要旨的。所不同者，他採取了一種詩文混合的新體裁。他在這裏，自然是一種嘗試，嘗試的目的，無非是想把自己的思想，更普遍地宣傳出去。他的成相辭也就是想把高深的思想，裝在通俗的文字裏的。如果說屈原宋玉的創作態度是文學的，荀子的態度完全是學術的教育的了。到了漢代的賦家，接受荀子嘗試過的粗具規模的新體裁，拋棄了他那種學術家教育家的態度，完全從文學的立場上來創造建築，於是號稱六義附庸的賦，變為漢代文學界的主要部門，成就了光輝燦爛的歷史了。

成相辭是荀子一種宣傳道義賢良的通俗文學。他的體裁，非詩非賦也非散文，大概是當日流行的一種歌謠式的自由體。成相二字的意義，古今學者，各有解釋。王引之說：『相者治也，成相者成此治也。請成相者請言成治之方也。成功在相，稍爲近之。』（讀書雜志八之八）這意義雖是明顯，但似乎過於曲折。東坡志林云：『卿子書有韻語者，其言鄙近。成相者，蓋古歌謠之名也。』把成相解作是古代歌謠之名，確是一個卓見。盧文紹云：『禮記：治亂以相，相乃樂器，所謂春牘。又古者瞽必有相。審此篇音節，卽後世彈詞之祖。篇首卽稱『如瞽無相，何倀倀』，義已明矣。首句『請成相』，言請奏此曲也。漢志成相雜辭惜不傳，大約託於瞽矇誦諷之辭，亦古詩之流也。』（荀子集解）俞樾說：『此相字卽曲禮『舂不相』之相。鄭注曰：相謂送杵聲。蓋古人於勞役之事，必爲謳歌以相勸勉，亦舉大木者呼邪許之比，其樂曲卽謂之相，『請成相』者，請成此曲也。』（諸子平議十五）我們可以知道成相辭雖不能說一定就是彈詞之祖，他說他們是受了當日民間歌謠的影響，把治國爲政的人君大道，寫在通俗的文體中，要達到規箴教訓的目的，與現今的彈詞道情一類的作品大體相同的事，是絕無可疑的了。

成相辭共分五篇（首篇分爲二，『凡成相辨法方』起，另成一篇。）其中敍述的無非是尙賢勸學爲君治國的道理。在前三篇裏，敍述了不少的賢君如堯舜等人暴君如桀紂等人的史事，第四篇言世亂之因，末篇言治國之術。他是想用通俗的民歌體裁，來傳佈他的哲學。因爲那種佈教傳道的氣味過濃，在文字的技術上，較之賦篇，是更要低弱了。

『請成相，世之殃。愚闇愚闇墮賢良。人主無賢，如瞽無相何倀倀。

世之衰，讒人歸。比干見刳箕子累。武王誅之，呂尙招麾殷民懷。
世之禍，惡賢士。子胥見殺百里徙。穆公任之，强配五伯六卿施。
世之愚，惡大儒。逆斥不通孔子拘。展禽三絀，春申道綴基畢輸。
請牧基，賢者師，堯在萬世如見之。讒人罔極，險陂傾側此之疑。
基必施，辨賢能。文武之道同伏戲。由之者治，不由者亂，何疑爲？』

這完全是一種歌謠或道情式的調子。我想一定可以伴着簡單的樂器來歌唱。裏面所說的雖都是一些賢德聖道，但其中夾雜着許多歷史故事，聽者也會感着興味的。這種調子是舊有的，還是荀子新創的，我們無法知道，但他想把他的思想通俗化文章歌謠化，却是一件很明顯的事。

佹詩二篇，可稱是荀子的詩，然其中也雜有許多散文的調子。他的內容，正和他的賦篇和成相辭一樣，也還是表現那套國家興亡的意見。『天下不治，請陳佹詩。』由這開篇兩句，就可領悟其中的消息了。荀子本是一個帶有法家傾向的儒家，他重視正統的儒家思想與實際的功用。他說過『凡言不合先王，不順禮義，謂之姦言』的話，所以在他的作品裏，他這種思想始終是一貫的。他輕視那些重情感逞想像的浪漫文學。他把文學看作是一種教訓宣傳的工具，不能讓他變爲那種不合先王不順禮義的姦言。由他這種觀念演變下去，就成爲後世徵聖崇經的載道文學。同時，我們更可瞭解在儒家思想一統的漢代，爲什麼抒情文學那麼消沉，賦倒是在美刺的帷幕下，大大地發達起來的原因了。

三　李斯的銘

李斯雖是一個嚴格的法治主義者，然而他却是一個富於文采的才人。大概因爲他生長於文風極盛的南方，受了那文學空氣的陶染。我們試讀他那篇有名的諫逐客書，便會知道他的文字藝術的高妙，鋪陳排比，氣勢奔放，上承縱橫之遺，下開漢賦之漸，不僅是秦代散文的傑作，同時也可看出當日散文賦化的徵象。這種徵象，到了賈誼的過秦論，是表現得更具體更成熟了。

李斯死於西元前二〇八年，生年不可考。他是一個不甘寂寞熱心富貴利祿的人，同蘇秦正是一流人物。他先從荀卿學帝王之術，後來看見楚國不足成大事，乃西入秦。辭荀卿曰：『斯聞得時無怠。今萬乘方爭時，遊者主事。今秦王欲吞天下，稱帝而治，此布衣馳騖之時，而游說者之秋也。處卑賤之位，而計不爲者，此禽鹿視肉，人面而能彊行者耳。故詬莫大於卑賤，而悲莫甚於窮困。久處卑賤之位，困苦之地，非世而惡利，自託於無爲，此非士之情也。』（史記本傳）這正是他自己的人生哲學的表白。到了秦國，先投呂不韋，爲其舍人，後來果然得了秦王的重用，步步高升，一家富貴，成爲秦朝一統的大功臣。自己有時雖也想起荀子教他的『物禁太盛』的格言，畢竟捨不得離開富貴，始皇死後，不久便慘死在趙高的手裏。臨刑時，對他兒子說：『吾欲與若復牽黃犬，俱出上蔡東門，逐狡兎，豈可得乎？』這眞是『鳥之將死，其鳴也哀』了。

漢志有秦時雜賦九篇，劉勰詮賦篇也說：『秦世不文，頗有雜賦。』這些賦是早已失傳了，連作者的姓名我們也無法知道。在這九篇裏，我想或許有些是李斯的作品，其內容和形式，大概就是荀子賦篇那一類的東西，我們看了李斯的散文的賦化，便可知道這種體裁，已成爲當日文學界的新趨勢了。他在這方面，一定有相當的成就。如果我們能發現那時的作品，那末從荀賦到漢賦的發展的狀況就更明顯了。李斯若眞有賦，那無疑是荀賦到漢賦的重要橋梁。

眞能表現君主集權的秦帝國的全面貌而作爲當日文學的代表的，是出自李斯之手的那幾篇刻石文。用着偉大的氣魄，典雅的文字，中正和平的音節，把秦帝國的政治武功，皇帝的胸懷意氣，版圖的廣大，六國的破滅，天下太平之象，都表現在那些文字裏。這些作品，自然是缺少情感與想像，在純文學的立場上看來，雖沒有多大的價值，然而這些歌功誦德的文字，却眞能代表秦帝國的特質與精神，與當日貴族文人的情感。在這些文字裏，我們認識了秦帝國的全生活與全面貌，比我們讀許多歷史，還要認識得更淸楚。

李斯所作的刻石銘，以史記上所載的泰山，琅玡臺，之罘，東觀，碣石，會稽爲最可靠。劉勰在封禪篇裏說：『秦皇銘岱，文自李斯。法家辭氣，體乏泓潤，然疎而能壯，亦彼時之絕采也。』這批評是極其精當的。

『皇帝臨位，作制明法，臣下修飭。廿有六年，初幷天下，罔不賓服。親巡遠方黎民，登茲泰山，周覽東極。從臣思跡，本原事業，祇誦功德。治道運行，諸產得宜，皆有法式。大義休明，垂於後世，順承勿革。皇帝躬聖，既平天下，不懈於治。夙興夜寐，建設長利，專隆敎誨。

訓經宣達，遠近畢理，咸承聖志。貴賤分明，男女禮順，愼遵職事。昭隔內外，靡不淸淨，施於後嗣。化及無窮，遵奉遺詔，永承重戒。』（泰山刻石文）

此爲始皇二十八年東巡郡縣，封泰山所刻。爲一種三句一韻的新創體。除琅玡銘爲二句一韻外，其餘各篇都是這種體裁。篇中文字，雖沿着詩經雅頌的系統，沒有他散文中那種富麗的辭藻，然那種敷陳直敍的作風，却正是賦化的明顯的象徵。我們可知荀子李斯時代的作品，都有賦化的傾向。這是一個漢賦醞釀的重要時期。這時代雖是短促，作品雖是貧乏，在文學發展史上，實有他重要的地位。若過於重視抒情文學，而對於這時代的作品加以鄙視，那眞是犯了主觀的偏見了。

又秦始皇本紀云：『三十六年，使博士爲仙眞人詩，令樂人歌之。』劉勰以此爲本，在明詩中說：『秦皇滅典，亦造仙詩。』仙詩我們現在雖無法讀到，大概是大人賦一類的東西。做了皇帝的人一面是巡行天下，封山祭川，要誇躍自己的功德，因此有刻石之文。一面是怕短命，於是講長生愛神仙，入海求仙，入山求藥這一套把戲，自然是免不了的。皇帝有了這風尙，博士們做好仙人詩，令樂師們歌誦，皇帝聽了眉開眼笑，那意義與刻石的歌功誦德正是一樣。只有這一類的作品，才眞能代表秦帝國與秦皇帝的面目與精神。才眞是焚書坑儒思想統制時代的文獻。可惜那些詩都已失傳了。近人廖平氏疑楚辭中的作品，便是秦博士所造的仙詩，這意見雖是新奇而又大膽，但稍稍有點文學常識的人，無論從文學中所表現的內容、個性以及地方性各點看來，都會知道他這種的意見是不正確的。

第六章　漢賦的發展及其流變

一　漢賦興盛的原因

中國文學進展到了漢朝，我們可以看出一個顯明的現象。這現象便是文學同民衆生活日益隔離，而那種貴族化古典化的宮庭文學，成爲文壇的正統。作爲宮庭文學的代表的，是那有名的漢賦。在現代人的眼光中看來，漢賦自然是一種僵化了的缺乏感情的死文字，然而在當時，他却有活躍的生命與高尙的地位。在三四百年中，多少才人志士，在那上面費去了心血。狗監的朋友司馬相如，倡優式的東方朔王褒之流，我們不用說；卽如司馬遷，劉向班固張衡禰衡們，無論從學問、思想、人品方面，都是值得我們景仰的，然而他們也都是有名的賦家。可知賦是漢代文學中的主流，正好像唐詩宋詞一樣，任何讀書人在那時代都不能不同他發生交涉。如果李白杜甫白居易蘇東坡生在漢朝，想必也都是以賦名家了。枚王司馬東方之徒，待詔作賦，世人譏爲倡優，其實李白之詠淸平，王維杜甫輩的應制詩，這行爲有甚麼兩樣？近人因拘於抒情文學的範圍，鄙棄漢賦，甚至於大膽地在文學史上，把漢賦的一頁，完全棄去不談，實在是犯了主觀的偏見，同時又違反了文學發展的歷史性。文學史與文學批評的不同，就建立在這一個重要的基點上。文學批評雖也不能違反客觀的事實，你多少還能加入個人的主觀見解。在文學史的敍述上，你必得拋棄自己的好惡偏見，依着已成的事實，加以說明。那些作家與作品，無論你如何厭惡，是如何僵化，他們在當時能那麼興隆的發展起來，自必有他發展的根原環境，存在的理由和價值。文學史的編著者，便要用冷靜的客觀的頭腦，敍述這些環境理由和價值。若只憑個人的主觀任意捨棄割裂，這態度自然是非常惡劣的。

我們要瞭解漢賦興盛發展的原因，必得要注意下列這些重要的事實。

第一、文體本身的發展　春秋戰國以來，四言詩的發展，漸漸由衰落而至於斷絕。經過孔孟的宣傳，三百篇一天天地離開了文學的範圍，而入於聖賢經典的領域了。到了漢朝，這事實更趨於堅定化與神聖化。戰國時代，接着詩經而起來的是屈宋的新體詩，（楚辭）荀子的短賦，和諸子以及歷史家的散文。漢代的散文，因史記漢書的出現而更趨於完美。但到這時代，這些作品，只能屬於歷史的範圍了。屈，宋，荀子的辭賦，自然是詩經以後的中國純文學的正統。班固在漢書藝文志中說：『古者諸侯卿大夫交接鄰國，以微言相感，當揖讓之時，必稱詩以喩其志，蓋以別賢不肖而觀盛衰焉。故孔子曰：「不學詩無以言」也。春秋之後，周道寖壞，聘問歌詠，不行於列國，學詩之士逸在布衣，而賢人失志之賦作矣。』他在這裏對於詩衰賦作的原因的說明，雖過於簡單，但那種事實是無可否認的。四言詩衰落了，五七言詩正在民間的醞釀中，楚辭的勢力如日中天地影響整個的文壇，再加以荀子賦體的初步創作，正待於後代才人的發揚光大，一到了漢朝，正接着這個潮流，於是辭賦交互影響，而形成了那個貴族化的古典文學的大運動。就文體本身的發展上，漢賦的興盛，實在是一種必然的趨勢。顧炎武所說的，『由三百篇而不得不變爲楚辭，由楚辭而不得不變爲漢賦者勢也。』他說的勢，正是文體發展的趨勢。

第二、經濟政治的關係　秦帝國的壽命不到三十年便消滅了。接着起來的，是漢帝國。中間雖有呂后王莽的波折，因其根基穩固，畢竟維持了四百年的壽命。帝國一切應有的特質，在秦代未能完成的，到了漢代算是都實踐了。文景時代，採取政治經濟的放任政策，扶助農業，減輕賦稅，人民得以安業，國庫得以充裕。史記平準書說：『漢興七十餘年，國家無事。非遇水旱之災，民則人給家足。都鄙廩庾皆滿，而府庫餘貨財。京師之錢累巨萬，貫朽而不可校。太倉之粟陳陳相因，充溢露積於外，至腐敗而不可食。衆庶街巷有馬，阡陌之間成羣，而乘家牝者擯而不得聚會。守閭閻者食粱肉，爲吏者長子孫，居官者以爲姓號。』在這裏我們很可看出當日政治經濟以及社會民生的安樂狀況。也就在這裏，建立了漢帝國的穩固基礎。武帝宣帝稱爲雄主，他們繼承着這一份豐裕的家產，自然不能不有所作爲。於是對外是用軍事勢力去擴充地盤，東平朝鮮，南平南越，開闢西南夷，北定西域平匈奴，都是歷史上的大事。他們一面是好大喜功，想作一個英雄，同時是想到遠方各地，去搜集那些珍奇的物品，供自己享受。對內是推倡學術，獎勵文藝，因此文治武功，就名利雙收了。有了錢有了勢，在物質上的享受，自然是爲所欲爲。於是酒色犬馬之樂，神仙長命之想，宮殿的建築，田獵的好尚，巡遊天下，祭望山川，這些把戲也就都來了。高祖時的長樂未央已經是富麗堂皇，武帝時代的甘泉建章上林更是雄偉壯麗得多了。據西京雜記：『未央宮周圍二十二里九十五步五尺，街道周圍七十里，臺殿四十三，其三十二在外，其十一在後宮，池十三，山六。池一山一在後宮，門闥凡九十五。』這情形便是現在人看了，也是覺得相當驚奇的。武帝時的建築，有甚麼通天臺，飛簾閣等的名目，自然是更進一步了。三輔黃圖說建章宮千門萬戶迷人眼目，那富麗的情形，我們是可以想像的。這種宮殿建築的材料，內面器物的設備，珍禽怪獸的搜羅，自然都是極其奢侈的能事。三輔黃圖說：『以木蘭爲棼橑，文杏爲梁柱。金鋪玉戶，華榱璧璫，雕楹玉碣，重軒鏤盈，青瑣丹墀，左墄右平，黃金爲壁帶，間以和氏珍玉。風至，其聲玲瓏然也。』又說：『清涼殿，夏居之則清涼也，亦曰延清室。漢書曰：清室則中夏含霜，卽此也。董偃常臥延清室，以畫石爲床，文如錦紫。琉璃帳，以紫玉爲盤，文如屈龍，皆用雜寶飾之。侍者于外扇偃。偃曰：玉石豈需扇而復涼耶？又以玉晶爲盤，貯水于膝前，玉晶與水相潔。』這種建築的進步，設備的富麗，必得要以手工業與商業的高度發展爲其基礎。這種情形決非先秦時代所能辦到。要在當時有了這種經濟物質的基礎，才能產生司馬相如揚雄班固張衡他們那種富麗典雅的賦。同時他們所描寫的題材，也就正是代表漢帝國的物質文明以及皇帝的生活思想最精采的部份。在那些賦裏，活躍地表現了漢帝國的財富威權與皇帝們的奢侈淫佚的生活。那些文字不是想像的浪漫的作品，却是寫實的歷史性的作品。明瞭了這一點，我們便知道當日的物質經濟的基礎，便是漢賦的基礎。漢代初年，因採取重農輕商的政策，商業一時稍受壓制，惠帝高后時，因天下初定，乃弛商賈之律，於是商業遂在統一安定的狀況下，迅速的發達起來了。商業資本的發展，造成土地集中，剝削人民，交結貴族，操縱物價的種種現象。平民的生活日趨貧困，君主豪族的生活，就日趨於淫佚奢侈了。鼂錯說：『商賈大者積貯倍息，小者坐列販賣。操其奇贏，日遊都市。乘上之急，所賣必倍。故男不耕耘，女不蠶織，衣必文采，食必粱肉。因其富厚，交通王侯，力過吏執，以利相傾，千里敖遊，冠蓋相望。乘堅策肥，履絲曳縞。此商人所以兼併農人，農人所以流亡也。』（前漢書食貨志）仲長統也說：『豪人之室，連棟數百，膏田滿野，奴婢千羣，徒附萬計。船車賈販，周於四方。廢居貯積，滿於都城。琦賂寶貨，巨室不能容，牛馬豕羊，山谷不能受。妖童美妾，塡乎綺室。倡謳妓樂，列乎課堂。』（後漢書本傳）我們在這些文字裏，可以看出當日商業資本的發展，一方面造成平民生活的窮困，他方面促成君主豪族的奢侈。建宮殿，打田獵，求神仙，溺酒色，是上層階級生活的主體。當時的賦家，恰恰是這一個階層的歌頌者與代言人。加以君主貴族飽食之餘，還要附庸風雅提倡辭章藝術，於是一般文人才士，乘機獻媚，競以最適宜於歌功誦德鋪張揚厲的賦體，來描寫那些宮殿、田獵、神仙、京都的壯麗偉大的情狀，由此襯托出帝國的富庶與天子的威嚴，皇帝以此取樂，作者以此得寵，因此這種文學，完全離開實際的人生社會而都變爲皇帝貴族的娛樂品了。漢書東方朔傳中說：『朔嘗至大中大夫，後嘗爲郎，與枚皋郭舍人俱在左右，詼啁而已。』又枚皋傳中說：『皋不通經術，爲賦頌，好嫚戲，以故得媟黷貴幸。』又王褒傳中說：『上數從褒等游獵，所幸宮館，輒爲歌誦，第其高下，以差賜帛。議者多以淫靡不急。上曰：『不有博奕者乎？爲之猶賢乎已。辭賦大者與古詩同義，小者辯麗可喜。辟如女工有綺縠，音樂有鄭衞，今世俗猶皆以此娛說耳目，辭賦比之，尙有仁義風諭，鳥獸草木多聞之觀，賢於倡優博奕者遠矣。』從這些文句的記載，把當日君主對於辭賦的態度以及文人的地位，都表現得很明白。那態度與地位雖不高尙，而辭賦却因此更滋長發育起來了。

第三、獻賦與考賦　唐以詩取士，詩人盛於唐，明清考八股，制藝盛於明清，漢代考經，經師盛於漢，這理由是非常淺顯的。班固在儒林傳贊內說：『自武帝立五經博士，開弟子員，設科射策，勸以官祿，訖於元始，百有餘年，傳業者寖盛，支葉蕃滋。一經說至百餘萬言，大師衆至千餘人，蓋祿利之路然也。』『利祿之路，』眞是說得一針見血了。世上再沒有甚麼事，比得上利祿的力量的。漢賦的發達興隆，利祿引誘的力量，也要居其大半。開始是封君貴族們的獎勵提倡，如吳王劉濞，梁孝王劉武，淮南王劉安皆折節下人，招致四方名士。一時如鄒陽嚴忌枚乘司馬相如淮南小山公孫勝韓安國之流，都出其門下。枚乘賦柳，賜絹五匹，相如賦長門，得黃金百斤，這都是有名的故事。到了武帝，他有很高的文學天才，所作的李夫人歌秋風辭，（此篇只見於漢武帝故事，不甚可靠，）都很有文學的價值。因此他更重視文人，如司馬相如東方朔枚臯諸人，都以詞賦得官了。其後如宣帝時王褒張子僑，成帝時的揚雄，章帝時的崔駰，和帝時的李尤都以辭賦而入仕途。君主提倡於上，羣臣鼎沸於下，於是獻賦考賦的事體，也就繼之而起了。班固兩都賦序說：

『至於武宣之世，乃崇禮官，考文章，內設金馬石渠之署，外興樂府協律之事，以興廢繼絕，潤色鴻業，是以衆庶悅豫，福應尤盛。白麟赤雁芝房寶鼎之歌薦於郊廟，神雀五鳳甘露黃龍之瑞以爲年紀。故言語侍從之臣，若司馬相如，虞丘壽王，東方朔，枚臯，王褒，劉向之屬，朝夕論思，日月獻納，而公卿大臣御史大夫倪寬，太常孔臧，大中大夫董中舒，太子太傅蕭望之等，時時間作，或以抒下情而通諷諭，或以宣上德而盡忠孝，雍容揄揚，著于後嗣，抑亦雅頌之亞也。故孝成之世，論而錄之，蓋奏御者千有餘篇。』

獻賦的制度，這裏沒有說明；是作者自獻，還是由什麼官收集，我們無法知道。但因這種制度，促成辭賦的發達，是極其明顯的。當時不僅言語侍從之臣，要朝夕論思，就是那些公卿太常儒家國師也都要時時間作了。又張衡論貢舉疏說：

『夫書畫辭賦，才之小者，匡理國政，未有能焉。陛下即位之初，先訪經術，聽政餘日，觀省篇章，聊以游藝，當代博奕，非以敎化取士之本。而諸生競利，作者鼎沸。其高者頗引經訓風諭之言，下則連偶俗語，有類俳優；或竊成文，虛冒名氏。臣每受詔於盛化，差次錄第，其未及者，亦復隨輩皆見拜擢，旣加之恩，難復收改，但守俸祿，於義已弘，不可復理人及任州郡。……乃若小能小善，雖有可觀，孔子以爲致遠則泥，君子故當致其大者遠者也。』（張河間集）

在這篇疏內，有兩點値得我們注意。第一，在張衡時代，政府已採用考賦取士的制度，並且不管成績好壞，一概錄取，給以俸祿，在這種情形之下，自然是諸生競利，作者鼎沸了。其次，是因爲有利祿可圖，賦也就日趨墮落。『連偶俗語，有類俳優，或竊成文，虛冒名氏。』這種卑鄙惡劣的現象，與科舉時代的八股，有甚麼差別！辭賦墮落到這種程度，就是以賦名家的張衡，他也不得不發生這激烈的反抗了。（蔡邕集中陳政要七事疏中，亦有此段文字。）

第四、學術思想的統制　漢代初期，因戰亂初平，瘡痍未復，經濟破產，人民窮困，在這種情形之下，人人需要安養休息，在政治上自不能有所作爲。所以叔孫通去找魯國的儒生出來幫忙的時候，兩生對他說：『今天下初定，死者未葬，傷者未起。又欲起禮樂，禮樂所由起，積德百年而後可興也。吾不忍爲公所爲。』（史記叔孫通傳）在這種環境之下，主張放任無爲的道家思想，自然就乘機而起了。第一個把這種思想應用於政治的，是相國曹參。『曹參相齊……聞膠西有蓋公，善治黃老言，使人厚幣請之。既見蓋公，蓋公爲言治道，貴淸靜而民自定，推此類具言之。參於是避正堂，舍蓋公焉。其治要用黃老術。故相齊九年，齊國安集。大稱賢相。』（曹相國世家）後來蕭何一死，曹參繼爲漢相，他的政策，是『擇郡國吏木詘於文辭重厚長者，即召除爲丞相吏。吏之言文刻深欲務聲名者，輒斥去之。』（同上）其餘都依照蕭何的成法遺制，沒有甚麼變更。他這種辦法，使得惠帝覺得奇怪，爲甚麼當宰相的人，這樣安閒靜默，不勤治國事，然而他這種無爲而治的政策，卻收到很好的效果。『蕭何爲法，顜若畫一，曹參代之，守而勿失。載其淸靜，民以寧一。』（同上）這是當日民衆對他的歌誦。在政治上能作到淸靜與寧一，小百姓自然是要歌聲載道的了。

曹參以後，一直到武帝初年，道家思想成爲政治上的主潮。

『孝惠皇帝高后之時，黎民得離戰國之苦，君臣俱欲休息無爲。故惠帝垂拱，高后女主稱制，政不出房戶，天下晏然。刑罰罕用，罪人是希。民務稼穡，衣食滋殖。』（史記呂后本紀贊）

『竇太后好黃帝老子言，帝及太子諸竇，不得不讀黃帝老子，尊其術。』（史記外戚世家）

『竇太后好老子書，召轅固生問老子書。固曰：此是家人言耳。太后怒曰：安得司空城旦書

乎？乃使固入圈刺豕。』（史記儒林傳）

『太后好黃老之言而魏其武安趙綰王藏等務隆推儒術，貶道家言，是以竇太后不悅魏其等。』（史記本傳）

在這些記事裏，我們可以知道道家思想，在當時是占着壓倒一切的勢力。竇太后作了二十三年的皇后，十六年的皇太后，六年的太皇太后，先後共四十五年，在這幾十年中，是漢朝黃老思想的全盛時代。一切反對黃老的均遭排斥。因此轅固生幾乎被猪咬死，魏其失寵，田蚡免職，趙綰王藏也都逼得自殺了。政治思潮是如此，學術思想也是取着一致的步調。司馬談的論六家要旨，淮南子的宣揚道術，可看作是當日學術思想界的代表。在這種時代，描寫富貴繁華的賦，是不容易滋長的。所以司馬相如在景帝的門下，鬱鬱不得志，後來只好託病辭官，到梁國去作遊客。因爲那種賦，是寫給君主貴族們看的，若上面無人賞識，誰肯廢幾年的苦功去寫那些東西呢？所以在道家的放任自由思想盛行的漢初，倒是抒情浪漫的個人主義的屈派文學，爲一般人所愛好，在那幾十年裏，文學的發展，是繼續着楚辭的餘緒，只可算是辭的時代，而不是賦的時代。屈宋這一派的作品，是東漢的儒家們所看不起的。

竇太后一死，田蚡這一派在政治上得勢，於是儒家由此抬頭。董仲舒對策說：『今師異道，人異論，百家殊方，指意不同。是以上無以持一統，法制數變，下不知所守，臣愚以爲諸不在六藝之科，孔子之術者，皆絕其道，勿使並進。邪辟之說滅息，然後統紀可一，而法度可明，民知所從矣。』

（前漢書本傳）這意思同李斯所貢獻與秦始皇的是一樣，方法上一個是威迫，一個是利誘，因此秦朝失敗，而漢是名利雙收了。於是立博士，開弟子員，設科射策，勸以官祿，一經說至百餘萬言，大師衆至千餘人，到了東漢，大學生有三萬多了。這樣一來，儒家定於一尊，其他的思想，都在若存若亡之間，在這種文化建設的空氣之下，建立了思想統制的偉業。漢代的儒家思想，已非孔學的本來面目，我們只要拿論語同春秋繁露對比一下便會知道，但那種徵聖宗經原道的觀念在讀書人的頭腦裏，却樹立了穩固的基礎。在這種情狀下，這種觀念下，便成爲文學理論的標準，大家都以此指導文學，批評文學。抒情的浪漫文學，是無法發展的。唯有賦反帶着歌頌與諷諭的美名，古詩的遺意，一天天的滋長發育起來了。有道家思想的劉安對於屈原的作品說了幾句贊美的話，儒家的班固大不滿意，說屈原露才揚己，爲人不遜，怨恨懷王，爲臣不忠，篇中行文引事，牽涉神怪，不合經傳，有違聖教。他對於賦却認爲是有意義有價值的作品，他說：『或以抒下情而通諷諭，或以宣上德而盡忠孝，雍容揄揚，著於後嗣，抑亦雅頌之亞也。』（兩都賦序）賦既可以『抒下情而通諷諭，宣上德而盡忠孝。』這正與儒家所要求的宗經原道的文學主旨相合。劉勰也說：『夫京殿苑獵，述行序志。並體國經野，義尚光大。』（詮賦）這意義和班固說的大致相同，經他們這樣一解釋，賦的價值與地位提高了。賦是雅頌之流亞，決非那些抒情言志的個人主義的作品所可比擬。在儒家思想一統的漢代，抒情文學的消沉，賦反能發達的原因，這一點也是極其重要的。歷史家思想家經學家如司馬遷，董仲舒，劉向，班固，張衡，馬融之流，都喜歡作賦的事，是一點不覺得甚麼可怪了。在史記漢書裏，各家的賦都是整篇的保存在那裏，他們自然是把那些東西，看作是一代文化的精華，除了尊重的意念以外，是決沒有其他的惡意的。就只由這一點，也可看出漢人對於辭賦的態度與賦在漢代文壇的地位了。

一種文學的發展，因而成一個時代的主流，這決不是一種偶然的現象，自必爲種種複雜的環境所造成。我在上面所講的，也就是說明漢賦發達的複雜環境。這說明雖非盡善，然而在上述的那種情狀之下，我們可以知道，漢賦的興盛繁榮，實是一種必然的現象了。

二 漢賦的特質

在中國文學中，賦是一種最奇怪的體製。由外表看去，是非詩非文，而其內含，却又有詩有文。無論從其形式或其性質方面觀察，賦是一種半詩半文的混合體。賦本是詩中六義之一，原來的意義，是一種文學表現的態度與方法，並非一種體裁。三百篇以後，散文勃興，接着而起的是楚辭一派的新體詩。由詩經到楚辭，詩的範圍擴大了，篇幅加長了，散文形式的混合以及辭藻的注重，都帶了濃厚的賦的氣味。但畢竟因其抒情的浪漫的成份居多，所以楚辭還是一種新體詩。後人因此把屈宋一派的作品，叫爲辭或叫爲騷，免得同詩賦混淆。文心雕龍內，分爲辨騷詮賦兩篇，那界限是非常明顯的。後來由荀子的賦篇，秦時的雜賦，降而至於枚乘司馬相如的創作，於是那種鋪采摛文體物敍事的漢賦，才正式成立。代表漢賦的，是那些子虛上林甘泉羽獵兩京兩都洞簫長笛一類的作品，而不是那些惜誓，招隱士，九歎，九懷，九思一類的作品，因爲這些文字，無論形式內容，只是楚辭的模擬，而成爲屈宋的尾聲餘響，沒有一點新奇的特質的。可知由楚辭到漢賦，是詩的成分減少，散文的成分加多，抒情的個人的成份幾乎完全消滅，而成爲敍事詠物說理的爲人的形態了。到了這種地步，不僅詩與賦完全獨立，就是辭與賦也各自分開了。

班固說：『賦者古詩之流也。』劉勰也說：『賦也者受命於詩人，拓宇於楚辭者也。』在文學發展的源流上，這意見是對的。若說到賦的性質與體製，則以下列諸說最爲精當。

『合纂組以成文，列錦繡而爲質。一經一緯，一宮一商，此賦之跡也。』（司馬相如，見西京雜記）

『賦者鋪也。鋪采摛文體物寫志也。……原夫登高之旨，蓋睹物興情。情以物興，故義必明雅；物以情觀，故詞必巧麗。麗詞雅義，符采相勝。如組織之品朱紫，畫繪之著玄黃。文雖新而有質，色雖糅而有本，此立賦之大體也。』（劉勰詮賦）

『直書其事，寓言寫物，賦也。』（鍾嶸詩品）

可知『鋪采摛文』『直書其事，』是賦的一個重要的特質，然而內面也應該有睹物興情的詩意。可是漢代賦家，都在鋪采摛文一點上用工夫，其結果是詞雖麗而乏情，文雖新而無本。這樣下去，賦便同實際的人生社會離開而成爲君王的娛樂文人的遊戲了。這是漢賦最大的缺點。『然而逐末之儔，蔑棄其本。雖讀千賦，愈惑體要。遂使繁華損枝，膏腴害骨。無貴風軌，莫益勸戒。此揚子所以追悔於雕蟲，貽誚於霧縠者也。』（詮賦）劉勰這幾句評論，眞是再精當也沒有了。漢賦中未嘗沒有幾篇好作品，然大多數都是繁華損枝，膏腴害骨的東西，因此引起世人那種輕視鄙棄的惡感。

漢書藝文志分賦爲四派。一、屈原派：賈誼，枚乘，司馬相如等人屬之。二、陸賈派：枚臯朱買臣司馬遷等人屬之。三、荀卿派：李忠張偃諸人屬之。雜賦派：不著作者姓名。班固這樣分別，他自己必有理由，可惜沒有說明。可是由現存各家的作品看來，這種分法非常不可靠。我們知道在漢代初期，各家的作品，繼承着楚辭的餘緒，但到了枚乘司馬相如的創作，賦的範圍無論形式內容都擴大了。是糅合着楚辭的辭藻，荀賦的形體，以及縱橫家的風氣而形成漢賦那種特有的典型。在這種情形之下，我們決不能用屈宋或是荀卿那種派別去限制當代的作家了。於是敍事賦詠物賦說理賦擬騷賦，都排列在各作家的集子裏了。司馬相如有子虛上林，同時又有大人，長門。王褒有九懷，同時有洞簫。揚雄有甘泉羽獵河東，同時有反騷。班固有兩都，同時有幽通。張衡有兩京，同時有思玄髑髏。在一人的集子裏，是並列着無論內容形式以及情調完全不同的作品。可知我們用某種派別來說明漢賦的作家，實在是一件不合理的事。章太炎氏在明詩篇說：『屈原言情，孫卿效物，陸賈賦不可見，有朱建嚴助朱買臣諸家，蓋縱橫家之變也。……雜賦有隱書者，傳曰『談言微中，亦可以解紛，與縱橫稍有出入，淳于髡諫長夜飲一篇純爲賦體。』（國故論衡）他這種意見，如果只看作屈荀各家個人的評論，這是很確切的，要把漢代各家一五一十分列在各派裏，那就太機械太武斷了。至於他說漢賦太半出於屈原，把那些模擬楚辭的作品，看作漢賦的代表，這見解的錯誤，是無須多說的。

由此看來，我們要說明漢賦發展的徑路以及興衰變化之跡，若徒拘於古人或是今人所採用的派別論，那是一件徒勞無功的事。因此，我們不得不避免這種惡劣的方法，而另找新的途徑了。這新的途徑，便是以時代的次序作爲敍述的標準。要這樣，對於漢賦興衰變化之跡，我們才可得到較爲明確的印象。

三　漢賦發展的趨勢

一、漢賦的形成期　這一時期起自高祖止於武帝初年，大約有六七十年光景，是政治初平經濟建設的休養時代。思想界是道家獨盛，當時挾書之律已除，學術尚未統制，在各方面都呈現着放任自由的空氣。在文學界，是完全受楚辭勢力的支配，任何作家的作品，無論內容形式，都直接受其影響。項羽的垓下歌，高祖的大風歌，完全是楚聲的正統。在這種情形下，最初出現於漢代文壇的，是那位才高命短與屈原同其命運的賈誼。（西元前二〇〇——一六八）他有豐富的學識，卓絕的政治見解，本想在社會上做番事業，無奈爲環境所迫，鬱鬱不得志地流謫到長沙。後來雖被召回，拜爲梁懷王太傳，不料梁王爲墮馬喪命，於是他就自傷爲傳無狀哭哭啼啼地死去了，賈誼的性格雖較屈原稍爲柔弱，但他的生活境遇及其憂鬱的心情，却和屈原一樣。因此南國的禽鳥，湘水的波濤，引起他對於屈原個人的同感及其作品的共鳴，弔屈原賦與惜誓二篇，無疑是屈原的苦悶的靈魂與其哀怨的情感的再現。弔屈原就是弔他自己，惜誓是哀屈原同時也就是自哀。因此在他的作品裏，還能保持着他特有的個性和眞實的感情。其作品的價値，也就遠在後人那種純出於模擬楚辭爲文造情的作品之上了。

賈誼的弔屈原與惜誓，其形式與情調雖都出於楚辭，但他的鵩鳥賦却是一篇特異的作品。

『單閼之歲，四月孟夏。庚子日斜，服集余舍。止於坐隅，貌甚閒雅。異物來崪，私怪其故。發書占之，䜟言其度。曰：野鳥入室，主人將去。問於子服，余何去之？吉乎告我，凶言其災。淹速之度，語余其期。服乃太息，舉首奮翼，口不能言，請對以意。萬物變化，固亡休息。斡流而遷，或推而還。形氣轉續，變化而嬗。沕穆亡間，胡可勝言。禍兮福所倚，福兮禍所伏。憂喜聚門，吉凶同域。彼吳强大，夫差以敗。越棲會稽，句踐伯世。斯遊遂成，卒被五刑。傅說胥靡，乃相武丁。夫禍之與福，何異糾纆。命不可測，孰知其極。水激則旱，矢激則遠。萬物回薄，震蕩相轉。雲蒸雨降，糾錯相紛。大鈞播物，坱北無垠、天不可與慮，道不可與謀。遲速有命，烏識其時。且夫天地爲鑪，造化爲工。陰陽爲炭，萬物爲銅。合散消息，安有常則。千變萬化，未始有極。忽然爲人，何足控揣。化爲異物，又何足患。小智自私，賤彼貴我。達人大觀，物亡不可。貪夫徇財，列士徇名。夸者死權，品庶馮生。怵迫之徒，或趨西東。大人不曲，億變齊同。愚士繫俗，僒若囚拘。至人遺物，獨與道俱。衆人惑惑，好惡積意。眞人恬漠，獨與道息。釋智遺形，超然自喪。寥廓忽荒，與道翶翔。乘流則逝，得坻則止。縱軀委命，不私與已。其生兮若浮，其死兮若休。澹乎若深淵之靚，汎乎若不繫之舟。不以生故自寶，養空而游。德人無累，知命不憂。細故芥蔕，何足以疑。』（鵩鳥賦）

這篇文字，同楚辭一類的作品比較起來，那差異之點是非常明顯的。因爲這關係，我把他全抄在上面了。他是採用問答體的散文形式，流動的韻律，道家的人生思想，而形成一篇完全漢賦體的哲理賦了。他所缺少的是漢賦中那種贍麗的辭藻與誇張的形勢。但他在漢賦的發展史上，却占有重要的地位。他才眞是荀子賦篇的承繼者。楚辭的轉變者，也就是漢賦的先聲。楚辭中卜居，漁夫的產生，想都在這篇之後了。哲理賦在漢代很不發達，此篇以後，作者罕見。一直到了東漢張衡才又復活起來。然而這些作品在漢賦中，是較有價值較有生命的事，是人人所承認的。

賈誼以外與漢賦最有關係的，一定是陸賈。陸賈這人本來是縱橫家之流。班固將他的作品，列爲一派的領袖，想必有特殊的地方。可惜他的作品，現在完全失傳了，我們無從論斷。但以附屬他一派的司馬遷的作品看來，有一點像荀卿的賦篇。因此我們可以推想陸賈的作品，恐怕是由楚辭轉到漢賦去的重要橋梁。賈陸以後，以賦聞名者有枚乘，嚴忌（本姓莊，避明帝諱）鄒陽，路喬如公孫詭公孫乘羊勝韓安國諸人，都是吳梁二國的遊士。他們的作品，到今流傳下來的很少，就現存者看來，大都是承繼屈宋一派的作風，沒有什麼特質。如嚴忌的哀時命，及稍後一點的淮南小山的招隱，東方朔的七諫，正是這種作風的代表。但在這裏上承賈誼的鵩鳥下開司馬相如一派的作家，却是枚乘。枚乘是吳梁的詞客，景帝時做過弘農都尉。後來武帝慕他的文名，派車子去迎接他，因爲年紀太老，半路上死了。藝文志載他有賦九篇。現存者只有七發柳賦和菟園賦，後二篇前人疑爲僞作，可靠者只有七發一篇了。然而這一篇，却在漢賦的發展史上，占有極重要的地位。

七發雖未以賦名，却純粹是漢賦的體製。全篇是散文，用反復的問答體，演成爲一故事的形式。中間雖偶然雜有楚辭式的詩句，如『麥秀蔪兮雉朝飛，向虛壑兮背槁槐，依絕區兮臨迴溪』這樣的句子，這正是說明漢賦形成期楚辭勢力不能完全脫離的餘影。然而這種殘有的影子，對於那整篇的散文賦體，已不能有多少傷害了。他同鵩鳥比較起來，有兩個和漢賦更相接近的特點。第一，他的文字語氣不像鵩鳥那樣平淡實在，已趨於辭藻的華美與形式的誇張了。其次，他不是說理的，完全是敍事寫物的。無論內容形式，都離開了楚辭的羈絆，而走入漢賦的領域了。這篇文字的意義是沒有的。兩千多字的長篇是說明聲色犬馬之樂，不如聖賢之言的有益。要說到賦的風諭的功用，大概就在這一點。楚太子有疾，吳客去問病。首段鋪陳致病之由，次段鋪陳自然之美，次陳飲食之豐，次陳車馬之盛，次陳巡遊之事，次陳田獵觀濤之樂；但太子俱以病辭。最後吳客說以聖賢方術之要言妙道，於是太子據几而起，出了一身大汗，那病就好了。全篇在這裏告了一個結束，文章的藝術雖沒有什麼高妙，但他對於漢賦的發展，却有重大的影響。因爲漢賦正是這一種作法，表面好像是有什麼諷諭的大道理，其實只是一種文字的遊戲。在漢賦的醞釀期，賈誼枚乘是兩個重要的代表。並且自他有七發以後，七便成了一體。傅玄七撰序說：『昔枚乘作七發，而屬文之士，若傅毅，劉廣，崔駰，李尤，桓麟，崔琦，劉梁，桓彬之徒，承其流而作之者紛焉。七激，七興，七依，七說，七鍻，七舉之篇，于通儒大才，亦引其源而廣之。』這樣一來，於是七體，在賦史中便成爲一種專體了。由這一點，也可看出中國文人歡喜模擬的風氣。

二、漢賦的全盛期

武宣元成時代，是漢賦的全盛期。藝文志所載漢賦九百餘篇，作者六十餘人，十分之九是這時候的產品。武宣好大喜功，附庸風雅，一時文風大盛。元成二世，繼其餘緒，作者不衰。班固兩都賦序說：『言語侍從之臣，朝夕論思，日月獻納，而公卿大臣，時時間作。……故孝成之世，論而錄之，蓋奏御者，千有餘篇。』劉勰也說：『繁積於宣時，校閱於成世。進御之賦，千有餘首。』（詮賦）這盛況也就可想而知了。

在這一時期內，有名的賦家，是司馬相如，淮南羣僚，嚴助，枚皋，東方朔，朱買臣，莊葱奇，吾丘壽王，劉向，王褒，張子僑諸人。名望最大，在賦史上占着最顯著的地位的，自然是司馬相如。他是四川成都人，生於文帝初年，死於武帝元狩五年，（西元前一一七年）是一個活了六十多歲的中國式的風流才子的典型。他同韓非一樣，患着口吃的毛病，不善於講話而長於寫文。他同卓文君那幕戀愛的喜劇，成爲中國文壇上第一件有名的桃色案。結果，他是死於慢性的淋病。後來儒家總歡喜罵文人無行，鄙棄文士。我想推源禍首，司馬相如是逃不了這罪名的。

藝文志載司馬賦二十九篇，大都失傳。現存而最著者，爲子虛上林大人長門美人哀二世六賦。另有梨賦，魚葅賦，梓桐山賦諸篇，僅存篇名而已。子虛上林爲司馬氏的代表作品，亦爲漢賦的典型。從賈誼的鵩鳥，枚乘的七發；到他這時候，才完全離棄楚辭的作風，建立了純散文的漢賦體。子虛作於梁國，敍遊獵之盛。後來武帝看見了，大加賞識，恨不與此人同時。當時狗監楊得意對武帝說，他是臣的同鄉。於是武帝召了他去。他說子虛不過敍諸侯遊獵之事，不足觀，請賦天子的遊獵，遂成上林一篇。武帝讀了很高興，就命他爲郎。由這種創作的動機看來，這種文學自然是缺少高貴的情感與活躍的個性。只能用美麗的字句，盡其鋪寫誇張的能事。外表是華豔奪目，內容却空無所有。不僅作不容易，就是讀也不容易的。看他敍述一個小小的雲夢：

『其山則盤紛茀鬱，隆崇崒崪，岑崟參差，日月蔽虧。交錯糾紛，上干青雲。罷池陂陁，下屬江河。其土則丹青赭堊，雌黃白坿，錫碧金銀。衆色炫燿，照爛龍鱗。其石則赤玉玫瑰，琳瑉昆吾。瑊玏玄厲，碝石碔砆。其東則有蕙圃衡蘭，茝若射干，芎藭菖蒲，江蘺蘪蕪，諸柘巴苴。其南則有平原廣澤，登降陁靡，案衍壇曼。緣以大江，限以巫山。其高燥則生葴菥苞荔，薛莎青薠。其卑濕則生藏莨蒹葭，東蘠雕胡。蓮藕觚蘆，菴閭軒芋。衆物居之，不可勝圖。其西則有湧泉清池，激水推移。外發芙蓉菱華，內隱鉅石白沙。其中則神龜蛟鼉，瑇瑁鼈黿。其北則有陰林巨樹，楩柟豫章。桂椒木蘭，蘗離朱楊。樝梨梬栗，橘柚芬芳。其上則有赤猿玃猱，鵷鶵孔鸞，騰遠射干。其下則有白虎玄豹，蟃蜒貙犴。』（子虛賦）

這樣一大段，只寫了一個雲夢。他的目的，是要誇張那地方的盛況，因此無論什麼珍禽怪獸，異草奇花，只要腦子裏有的，一齊排列在那裏。山水怎樣，土石怎樣，東南西北有什麼，上面下面有什麼，老是這樣鋪陳下去。摯虞在文章流別論中說：『假象過大，則與類相遠；逸辭過壯，則與事相違；辯言過理，則與義相失；麗靡過美，則與情相悖。』左思在三都賦序中說：『於辭則易爲藻飾，於義則虛而無徵。且夫玉巵無當，雖寶弗用。侈言無驗，雖麗非經。』劉勰說：『宋玉景差，夸飾始盛。相如憑風，詭濫愈甚。故上林之館，奔星與宛虹入軒，從禽之盛，飛廉與鷦鷯俱獲。』他們這些評語，都是很確切的，然而這種機械的誇張的形式，却成爲漢賦的定型。司馬以後，一直到班固張衡，都是如此，如班固在西都賦中敍述西都的形勢，『其陽則……其陰則……東郊則有……西郊則有……其中乃有……其宮室也……，』那次序體裁全是一樣的。因爲這種文字既無情感內容，只有這種寫法，才能延長篇幅，表現自己的辭章和學問，爲了要用那些奇文怪字，不得不通小學。所以當代有名的賦家，都是有名的小學家。司馬相如的凡將篇，揚雄的方言，與訓纂篇，班固的續訓纂，都是當代有名的字學書。這樣一來，作賦固不容易，讀賦也就很難。所以曹植說：『揚馬之作，趣幽旨深。讀者非師傅不能析其詞，非博學不能綜其理。匪唯才懸，抑亦字隱。』這眞可算是經驗之談了。

這種賦的組織，大都是幾人的對話，彼此誇張形勢，極言淫樂侈靡之盛事；最後，是以荒樂足以亡國，仁義可以興邦的意義作結。如上林賦的最後一節說：『若夫終日馳騁，勞神苦形。罷車馬之用，抗士卒之精，費府庫之財，而無德厚之恩。務在獨樂，不能衆庶。忘國家之政，貪雉兎之獲，則仁者不由也。』這種勸戒的方法，正是滑稽家的隱語與縱橫家的辭令是一樣的。在左傳國策裏，這種故事，不知道有多少。所不同者，一個是出之於言語，一個是出之於文章而已。這種寓諷諭於歌誦的方式，皇帝看了總歸是高興的。司馬遷說：『相如雖多虛詞濫說，然其要歸，引之節儉，此與詩人之諷諫何異。』賦在儒家的眼裏，認爲不違反宗經原道的主旨，就在這一點。可是皇帝們往往只取其歌誦而忘其諷諫。武帝好神仙，相如賦大人以諷，結果使得皇帝更加飄飄然了，這例子是很有名的。所以揚雄到了晚年，知道這種諷諫是無用的，他就決心再不寫那一類的文字了。

大人賦神仙，長門爲陳皇后失寵而作，都是用楚辭的形式寫成的。其內容情調與子虛上林不同，然其創作的動機，則完全一樣。在他的作品中只有美人賦，却是一篇特異的作品。古人都懷疑這一篇爲後人所作，我相信只有這一篇才眞能代表司馬相如的個性，和他的情感。這樣的作品放在他的集子裏，是再合宜也沒有的。他一生的浪漫行爲，在這一篇中，算是眞實的留下了一點影子。

『……上宮閑館，寂寞雲虛。門閤晝掩，曖若神居。臣排其戶而造其堂，芳香芬烈，黼帳高張。有女獨處，婉然在床。奇葩逸麗，淑質豔光。覩臣遷延，微笑而言曰：上客何國之公子，所從來無乃遠乎？遂設旨酒，進鳴琴。臣遂撫絃爲幽蘭白雪之曲。女乃歌曰：獨處室兮廓無依，思佳人兮情傷悲。有美人兮來何遲，日既暮兮華色衰。敢託身兮長自私。玉釵掛臣冠，羅袖拂臣衣。時日西夕，玄陰晦冥。流風慘冽，素雪飄零。閑房寂謐，不聞人聲。於是寢具既設，服玩珍奇。金鉔薰香，黼帳低垂。裀褥重陳，角枕橫施。女乃弛其上服，表其褻衣。皓體呈露，弱骨丰肌。時來親臣，柔滑如脂。……』

這是中國第一篇色情文學。他用最細密的描寫，大膽的態度，以及清麗潔白的文句，去表現一個色情狂的女子。先寫她的房屋面貌酒餚裝飾牀帳衣枕，一步進一步地，一直寫到她那弱骨豐肌柔滑如脂的肉體美。文字的外衣，雖是那麼清麗潔白，而裏面却蘊藏着火一般的情慾，以及發狂一般的肉感的引誘力。這是中國最上等的誨淫文學，也是最美麗的肉感文學。他只寫到恰到好處，適可而止，不像後代的小說，專寫那種不近人情的惡劣部份，而缺少他這種美麗的情調和動人的畫面。在宋玉名下的那些高唐神女登徒好色的作品，想必都是模擬美人賦的。他的好處，是能用潔麗的文字，表現一個有生命的色情狂的裸體女人，而不令人感着厭惡和粗俗。像司馬相如那樣的風流才子，談戀愛的有名人物，來創製這類的作品，自然是勝任愉快的。像這種代表司馬相如的個性和才幹的作品，若用後人僞作的名義，輕輕地削去其著作權的事，無論如何，我們是始終反對的。

此外，司馬相如還有喩巴蜀檄難蜀父老文等篇，也是用賦體寫成的。應用文的腐化，由他開始，這一點是我們必得注意的。他的許多作品，到現在都早已僵化了，但他在賦史上，却占有最重要的地位。漢賦到了他，揉合各家的特質，建立了固定的典型。使後代作家，都追隨他，模擬他，無法越過他的藩籬。揚雄說：『長卿之賦，非自人間來，其神化之所至耶？』又說：『如孔氏之門用賦也，則賈誼升堂，相如入室矣。』賈誼之作多模仿，而相如能由模仿而轉爲創造，便是他倆升堂入室的優劣點。

東方朔枚臯是和相如同時的名家。東方朔字曼倩，平原厭次人。因古書上許多關於他的滑稽故事，我們總覺得他是一個無品的文人。其實看他諫上林罵董偃的幾件事體，他却是一個有膽量有氣概的剛毅之士。他的七諫，無論內容形式情感都是屈原的，並且用典抄襲太多，毫無特色。非有先生論，答客難二篇，雖未以賦名，却是實在的賦體。前篇詼諧滑稽，頗能代表他的個性，尚有一讀的價値。枚臯是枚乘之子，字少儒，武帝時爲郎，同司馬相如，東方朔爲當代賦家的三劍客。他寫文很敏捷，因此作品特多，藝文志載他的賦百二十篇，可見其多產。可是到現在這些作品都不傳了。揚雄曾說：『軍旅之際，戎馬之間，飛書馳檄，則用枚皋。廊廟之下，朝廷之中，高文典冊，則用相如。』這一面是說他們作文的快慢，同時也就是品評他們的優劣。

宣帝時代的代表作家是王褒。王褒字子淵，蜀人。因爲宣帝『頗作詩歌，欲興協律之事，』於是能爲楚辭的九江被公，高才的劉向，張子僑，華龍，音樂家趙定龔德之流，齊集於他的手下。王褒也就在那時候受了益州刺史王襄的奏薦，同他們一道待詔於金馬門了。王褒現有的作品，如聖主得賢臣頌甘泉宮頌九懷和金馬碧鷄文等篇，或擬楚辭，或用賦體，都無什麼特色，不必細說。我們值得一提的，是他的洞簫賦。

洞簫賦也是以楚辭的調子寫成的，但這篇文字却對於後代的文風文體發生着不小的影響。第一，他在修辭造句方面用了極大的工夫，決不是司馬相如那種堆積誇張的方法，是密巧細微，而入於纖弱淫靡的風格。篇中充滿着駢偶的句子，開魏晉六朝駢儷文學之端。自他以後，馮衍的顯志，崔駰的達旨裏，這種駢偶的文字，一天天地多起來了。第二，他又是詠物賦的完成者。荀卿的蠶雲二賦，雖爲詠物。但內多隱語，辭亦簡陋，只有詠物賦的雛形。賈誼的鵩鳥，似詠物而實說理。再如枚乘賦柳，路喬如賦鶴，鄒陽賦酒，公孫勝賦月，古人多疑爲僞作，我們不能視爲史料。眞把一件小小的物件，用長篇的文字來鋪寫他的聲音容貌本質功用等等而成爲一種新體裁的，不得不推王褒的洞簫。自他以後，詠物賦漸漸地多起來了。揚雄班固張衡王逸蔡邕的集子裏，都有這一類的作品，到了魏晉六朝，詠物賦更是觸目皆是，不勝枚舉。以至於後代的詠物詩，莫不由此開其端緒。

『朝露淸冷而隕其側兮，玉液浸潤而承其根。孤雌寡鶴娛優乎其下兮，春禽羣嬉翱翔乎其顚。秋蜩不食抱樸而長吟兮，玄猿悲嘯搜索乎其間。處幽隱而奧屏兮，密漠泊以獭猭。惟詳察其素體兮，宜淸靜而弗諠。……』

這是洞簫賦中的一小段，駢偶句子的連用，（賢臣頌中這種句子也很多）描寫的精巧細密，讀起來覺得淸麗可喜，然實已開六朝時代那種纖弱淫靡的作風了。王褒雖被世人譏爲倡優式的作者，然而從上面這兩點看來，他在賦史發展上，却也有不可輕視的地位。

三、漢賦的模擬期　司馬相如王褒諸人以後，漢賦的形式格調，都成了定型。後輩的作者，無法跳出他們的範圍，因此模擬之風大盛。這風氣從西漢末年到東漢中葉，等到張衡幾篇短賦出來，才稍稍有點改變。這一時期中，如揚雄馮衍杜篤班固崔駰李尤傅毅諸人，都是有名的賦家。揚雄班固二人是合格的代表。

揚雄（西元前五三——西元一八）字子雲，成都人。同司馬相如一樣，患着口吃的毛病。他是一個學問淵博，經學小學辭章兼長的人。成帝時以文名見召，奏甘泉，羽獵數賦，除爲郎。歷事成哀平莽四朝，鬱鬱不得志，他一生著作極富，然皆出於模擬。答桓譚論賦書中說：『能讀千賦，則能爲之。諺云：習伏衆神，巧者不過習者之門。』這正表明他所主張的模仿主義的文學理論。我們現在檢查他的作品，全都是擬古之作。甘泉羽獵長楊河東四賦，是擬相如的子虛上林。廣騷畔牢愁是做屈原的。在辭賦方面，他以屈原司馬相如爲模擬的對象，他在自序傳中說：『司馬相如作賦，甚弘麗溫雅，雄心壯之，每作賦，常擬之以爲式。又怪屈原文過相如，至不容，作離騷自投江而死，悲其文，讀之未嘗不流涕也。……乃作廣騷畔牢愁。』這是他崇拜前人因而模擬前人的自供。班固在傳贊中說：『以爲經莫大於易，故作太玄，傳莫大於論語，作法言，史篇莫善於倉頡，作訓纂，箴莫善於虞箴，作冊箴，賦莫深於離騷，反而廣之，辭莫麗於相如，作四賦。皆斟酌其本，相與倣依而馳騁云。』可知他的模擬，並不限於辭賦，其他如經傳字書，都是如此。然而也就因爲他有太玄法言這一類的作品，除了他在賦史上的地位以外，在儒家的系統上，他也占有一席了。

揚雄雖專事模擬，究因其才高學博，他還能獨成一個局面，能在模擬的生活中，運用他的才學，使他得到較好的成績。當日如劉歆，范逡對他都表示敬意，桓譚以爲他的文章絕倫者，想就在此。後輩在才學方面遠不如他，仍是一味從事模倣，那文學墮落的程度，自然是每況愈下了。其結果必然要走到如張衡所說的『連偶俗語，有類俳優，或竊成文，虛冒名氏。』那種下流的現象了。

辭賦到了這種完全模擬的時代，自然是更沒有生氣沒有意義，只是照着一定的型體，堆積辭句，鋪陳形勢。外表華麗非凡，內面空洞無物。就是說到諷諫，那也只是騙人的美名，實在沒有半點效果。揚雄到了晚年，在體驗中得到一種寶貴的覺悟，知道這一種古典的宮廷文學，實在是無益於人心世道，只是一種雕蟲小技而已。於是他放棄辭賦而不爲，另寫他的哲學著作了。他在自敍傳中，坦白地說：『雄以爲賦者，將以風也。必推類而言，極麗靡之辭，閎侈鉅衍，競於使人不能加也。既乃歸之於正，然覽者已過矣。往時武帝好神仙，相如上大人賦欲以諷，帝反縹縹有凌雲之志。繇是言之，賦勸而不止明矣。又頗似俳優淳于髡優孟之徒，非法度所存，賢人君子，詩賦之正也。於是輟不復爲。』這一段是他對於漢賦最確切的批評。他這種大膽的覺悟的革命的言論，照理應該在當日的文壇發生點影響，然而畢竟成了泡沫。他又說：『詩人之賦麗以則，詞人之賦麗以淫。』雖寥寥二語，然對辭賦的優劣得失，眞是批評得恰到好處了。祝堯在古賦辨體中說：『詩人之賦，以其吟咏性情也。其情不自知而形於詞，其詞不自知而合於理。情形於詞，故麗而有則，詞合於理，故則而有法。如或失於情，尚詞而不尚意，別無興趣之妙，而於則也何有？……漢代詞賦，專取詩中賦之一義以爲賦，復取騷中贍麗之詞以爲詞，若情若理，有不暇及，故其爲麗也，異乎風騷之麗，而則之與淫遂判矣。』（吳訥文章辨體引）他在這裏把揚雄的意見，發揮得更爲透澈了。由此看來，在提倡模擬造成仿古風氣這一點上，我們對於揚雄自然不能滿意，但由他那些對於辭賦的可貴的批評理論，我們不能不承認他是漢賦作家中最有見解的一人。

班固（西曆三二——九二）是以史家兼賦家，他的漢書與司馬遷的史記，並稱爲中國歷史文學的雙璧。但他在賦史上，也有重要的地位。西漢的司馬相如，揚雄，東漢的班固張衡，稱爲漢賦中的四傑。班固字孟堅，扶風安陵人，是班彪的長子。他的兄弟是以武功著名的班超，妹妹是世人稱爲曹大家的班昭，也是史賦兼能的女作家。他們一家，都是享有盛名的人。班固最有名的作品，是兩都賦。其內容爲敍述京都，與西漢流行的游獵宮殿不同。但其形式組織，却完全是模仿子虛上林，沒有一點新氣象，再如他的幽通，是模仿屈原的離騷，典引是模仿司馬相如的封禪，答賓戲是模仿東方朔的答客難。在這種澈底模擬主義的空氣之下，要產生有新意識有新生命的作品，是不可能。然而我們要知道，模擬主義正是貴族的古典文學的重要特質，也就是浪漫文學發展的阻礙力。與班固前後同時的作家，如馮衍杜篤崔駰傅毅李尤之徒，也都在這種同樣空氣之下活躍着，因此我們也無須多說了。

四、漢賦的轉變期　東漢中葉以後，宦官外戚爭奪政權，國勢日衰。加以帝王貴族奢侈成習，橫征暴斂，社會民生，日益窮困。所謂『國王驕奢，不遵典憲。又多豪右，共爲不軌。』（張衡傳）這都是當日的實情。因此道家的思想，也就乘機的發展起來。在這種政治社會情形之下，文學家的思想意識，不能完全不感受影響。就是專以鋪采摛文爲能事的賦，也漸漸地發生變化了。迎合着這轉變的機運而卓然有成就的，是那與班固齊名的張衡，憤世嫉俗的趙壹。

張衡（西曆七八——一三九）字平子，南陽西鄂人。他是漢代一個人格高尙學問淵博反迷信倡科學的重要思想家。他在中國文學史上，占有極重要的地位，同聲歌四愁詩成爲五七言詩創始期中最重要的文獻。漢賦的轉變，由他開其端緒，由他幾篇短賦的出世，給與漢賦以活潑的生機。不用說，張衡時代，漢賦的模擬空氣並沒有停止，他自己的兩京也就是模擬文學的代表。但他個人的代表作品，並不是那構思十年的兩京，而是那些不爲世人所注意的歸田與髑髏。他在這些短短的賦裏，一掃漢賦從前那種鋪采摛文堆積模擬的惡習，用着平淺清潔的字句，瀟洒自如的描寫着自己的胸懷，田園的生趣，人生的理想，道家的哲學，使人讀了感着親切有味。比起子虛上林甘泉羽獵那一類的古典文學來，這完全是有個性有生命有情趣有詩味的作品了。張衡的這些文字，實在是魏晉的哲理文學與田園文學的先聲。

『遊都邑以永久，無明略以佐時。徒臨川以羨魚，俟河清乎未期。感蔡子之慷慨，從唐生以決疑。諒天道之微昧，追漁父以同嬉。超埃塵以遐逝，與世事乎長辭。於是仲春令月，時和氣清。原隰鬱茂，百草滋榮。王雎鼓翼，倉庚哀鳴。交頸頡頏，關關嚶嚶。於焉逍遙，聊以娛情。爾乃龍吟方澤，虎嘯山丘。仰飛纖繳，俯釣長流。觸矢而斃，貪餌吞鈎。落雲間之逸禽，懸淵沈之魦鰡。于時曜靈俄景，繼以望舒。極盤遊之至樂，雖日夕而忘劬。感老氏之遺誡，將迴駕乎蓬廬。彈玉絃之妙指，詠周孔之圖書。揮翰墨以奮藻，陳三皇之軌模。苟縱心於域外，安知榮辱之所如。』（歸田賦）

由長篇鉅製的形式，變爲短短的篇章，由描寫京殿遊獵而只以帝王貴族爲賞玩的對象的古典作品，變爲表現個人的胸懷情趣的言志的作品了。在這種作品裏，明顯的現出了曹子建王羲之陶淵明那種個人的自然主義的作風。再如髑髏一篇，情趣既好，技巧亦佳。曹植的髑髏說，完全是模倣這篇的，張衡雖信奉儒家的禮法，保持科學的頭腦，然其人生最後理想，却歸結於道家的淸靜自由。魏晉文學的玄風，實由張衡開其端緒，我們試讀他的歸田髑髏與思玄三賦，便會明瞭他這種傾向了。

與張衡同時的賦家，如崔瑗，馬融，崔琦，稍後如王逸，王延壽，蔡邕之流，雖仍沉溺於擬古的範圍而不能有所作爲，但賦的作風確已轉變了。朝政日非，民生日困，宦官外戚日益爭奪，戰禍變亂日益加多，在這種情形之下，歌功誦德誇美逞能的賦自然不會像往日那麼得勢的。於是那一個時代混亂政治腐敗的影子，也就在賦中出現了。我們只要讀了趙壹的刺世嫉邪賦和禰衡的鸚鵡賦，就會體驗到賦這一種文體，並不是歌誦美德獻媚人主的專利品，也不一定的是貴族的古典文學的專體。只要作家善於處理，同時也就是暴露醜惡攻擊統制階級的利器，也就是帶有積極性的社會文學。

『春秋時禍敗之始，戰國愈增其荼毒。秦漢無以相踰越，乃更加其怨酷。寧計生民之命，唯利己而自足。於茲迄今，情僞萬方。佞諂日熾，剛克消亡。舐痔結駟，正色徒行。嫗㝠名世，撫拍豪强。偃蹇反俗，立致咎殃。捷懾逐物，日富月昌。渾然同惑，孰溫孰涼？邪夫顯進，直士幽藏。原斯瘼之攸興，實執政之匪賢。女謁掩其視聽兮，近習秉其威權。所好則鑽皮出其毛羽，所惡則洗垢求其瘢痕。雖欲絕竭誠而盡忠，路絕嶮而靡緣。九重既不可啓，又羣吠之狺狺。安危亡於旦夕，肆嗜欲于目前。奚異涉海之失柂，積薪而待燃？榮納由於閃榆，孰知辨其蚩妍？故法禁屈撓於勢族，恩澤不逮於單門。寧飢寒於堯舜之荒歲兮，不飽暖於當今之豐年。乘理雖死而非亡，違義雖生而匪存。』

這是趙壹的刺世嫉邪賦中的一段。我們看他是用最積極的態度，攻擊的方式，憤激熱烈的情緒，去暴露當日政治的黑暗混亂，官吏的腐敗無恥，人情風俗的勢利與敗壞，以及人民生計的窮困和自己心情的憤恨。所謂『乘理雖死而非亡，違義雖生而匪存。』眞是一個偉大人格者的表現，一個最有節義的革命家的表現。張衡的文字，是表示着全身隱退的消極情緒，趙壹却是表示着奮鬬進取的積極的熱情。在他的作品裏，無論從內容文字以及作風各方面，比起那些描寫京殿遊獵的長篇作品來，那轉變之跡，眞如黑白一般的分明了。趙壹字元叔，漢陽西縣人。爲人狂傲不羈，屢次犯罪幾死，而終不屈服。由他這種行爲看來，也決非司馬相如，枚臯，王褒之流所可比擬的了。禰衡的境遇，是我們所熟知的。才高志大，憤世嫉俗，見辱於曹操，死於黃祖，使後代多少文人，作詩作文去紀念他。他的鸚鵡賦，看去好像是一篇詠物的小賦，然而却是一篇有寓意的好作品。由此看來，我們研究漢賦，若只集中於馬王揚班諸人，而忽略這重要的轉變期的作品，那眞是近視之極。

四 漢賦的演變

兩漢以後，代表每個時代的文學作品已經不是賦了。魏晉六朝是古詩駢文和新體詩，唐宋是詩詞，這是大家熟知的事。然而作賦的風氣並沒有全衰。尤其是魏晉六朝各作家的集子裏所收集的賦，並不少於兩漢，所要注意的是各時代的文學，有各時代的潮流，在那種潮流下，賦也不能保持他原有的面目，是隨着那潮流發生變化。我現在就想在這裏，把兩漢以後的賦的演變，作一概略的敍述，使讀者能得到一點賦史發展的概念。

一、魏晉期　魏晉是中國政治極紊亂思想最自由的時代。篡奪繼作，外患不已，民生窮困，社會不安。儒家思想的衰落，道佛思想的興起，人性的覺醒，清談的流行，因種種的原因，造成中國未曾有過的個人的浪漫主義的狂潮。在這狂潮中，哲學文學，都離開往日那種傳統觀念的束縛，得着自由獨立發展的機會。甚麼哲理文學、遊仙文學、田園文學，都在這時候蓬勃地滋長起來。在這種潮流中，賦也同當代的詩文，採取一致的步調，無論形式內容以及情調，都不是漢賦的本來面目了。在這裏我們可以舉出幾個魏晉賦的特徵來。

（一）篇幅短小　短賦在漢代張衡王逸蔡邕諸人的集子裏，雖偶然有了，但究竟不是普遍的形式，到了魏晉，短賦成爲主體了。我們試從曹丕曹植的作品看起，一直到晉末的陶潛，所作的賦幾乎全是短篇。如陸機的文賦，潘岳的西征，左思的三都，郭璞的江賦，那樣的長篇，那眞是寥寥可數，古人以此爲漢賦衰微的象徵，這見解是錯誤的。我們要知道文字的浪費，並不能增高文學的價値，文學手腕的經濟，確是技術上的進步。

（二）字句簡麗　漢賦最大的缺點，是作家要誇示自己的學問，在極小的事物上，堆積許許多多的僻字奇文，因此反而失去文學的活躍的生命。到了魏晉，在造句方面，雖日趨於駢儷排比，但在修辭上，避開堆積鋪陳的惡習，用平淺通用的字句，加以琢練的技巧，使他達到淸麗細密的成就。我們讀了，只覺得親切有味，不像讀漢賦那樣的晦澀艱苦，令人生厭。

（三）題材擴大　漢賦的題材，大都以宮殿遊獵山川京城爲主體。東漢以後，雖稍有轉變，然其範圍亦極狹小。到了魏晉，隨着詩歌的廣大範圍，賦也跟着擴展了。於是抒情，說理，詠物，敍事各種體製，登臨，憑弔，悼亡，傷別，遊仙，招隱，艷情，山水各種題材的賦都出現了。而當代最多的是詠物賦。在各家的集子裏，幾乎觸目皆是，飛禽走獸，奇花異草，天上的風雲，地下的落葉，都是他們的題材。橘子，芙蓉，夏蓮，秋菊，蝙蝠，螳螂，麻雀，小蛇都被他們賦到了。正如劉勰所說：『至如草區禽族，庶品雜類，則觸興生情，因變取會，擬諸形容，則言務纖密；象其物宜，則理貴側附。斯又小制之區畛，奇巧之機要也。』（詮賦）然而這些作品雖多，却是魏晉賦中最沒有價值的文字，只能算是一種文字的遊戲。

（四）個性化與情感化　古典文學的漢賦作家是採取純粹客觀的態度，去描寫或是鋪陳外界的事物，正如建築工人建築一所打好了式樣的房屋一樣，因此在那裏不能表現作者的個性與情感。這種情形，東漢中葉漸漸起了變化，到了魏晉，無論文藝學術，都受了時代思潮的激盪，那變化更是明顯了。我們除了那些詠物的作品以外，在許多其他的作品裏，濃厚地呈現了個性化與情感化的傾向。這是魏晉賦最値得重視的地方。我們試讀曹植王粲阮藉潘岳孫綽陶潛的作品，便會感到在那些文字裏，作家的個性非常分明，情感的成分也是極其眞實的。他們或是表現人生的理想，或是歌誦道家的哲學，或者描寫自己的命運，或是敍述田園山水的樂趣，無論怎樣，他們是在抒寫自己的胸懷，發洩着自己的情感，分明的存在着作者的個性與生命，決非從前那種完全是爲人的態度了。這一點，我們要知道是由古典文學轉變到個人主義的浪漫文學的最重要的特徵。

曹魏期的代表作家，自然是曹植與王粲。曹植以過人的天才，複雜的思想，以及窮困的境遇，使他在賦的創作上，得到了廣大的成就。如感節，出婦，幽思，慰子，愁思諸篇，都是淸麗而又有情趣的好作品。短短的篇幅，充滿着濃厚的詩情，與那種堆積鋪張的漢賦，是全異其趣了。王粲本是建安七子的領袖，他文學的天才，是爲曹氏父子所推重的。他的登樓，思友，寡婦諸篇是他的代表作。從漢代王褒馮衍崔駰以來駢詞俳句的修辭風氣，已爲賦家所喜用，到了王粲，這技巧更進步了。在登樓賦裏是帶着最熟練最巧妙的形式而出現的。到了兩晉，這風氣更盛，陸機的作品，可爲這派的代表。

『彼凡人之相親，小離別而懷戀；況中殤之愛子，乃千秋而不見。入空室而獨倚，對牀幃而切歎。人亡而物在，心何忍而復觀。日晼晚而既沒，月代照而舒光。仰列星以至晨，衣霑露而含霜。惟逝者之日遠，愴傷心而絕腸。』（慰子賦）

這是曹植的慰子賦。全文十幾句，八十幾個字，沒有僻典奇字，只用着平淺的文句，抒寫自己的情感，令人讀了感着親切有味，與其說是賦，不如說是詩。無論從任何方面說，這完全不是漢賦的類型了。這樣的短賦，是魏晉賦中最普遍的形式，至於王粲的作品，我想不在這裏舉例了。

西晉期的作家如傅玄，張華，潘岳，潘尼，陸機，陸雲，夏侯湛，左思之流，都以賦名。然最能代表當日的潮流的，當以潘陸爲首。潘賦以情韻勝，陸賦以駢儷稱。自王粲以來，賦中使用駢辭儷句的技巧，到了陸機，更是進步了。讀他的文賦，豪士，浮雲以及演連珠諸篇，已經成爲駢四儷六的形體了。他當日在文壇上的聲譽似乎還在潘岳之上，然而我們對於他那種作品，是不能重視的。所可注意者，是他在中國駢文的發展史上，他却有重要的地位。潘岳的作品；能以清綺的辭句；表現細密的情感。辭雖不華麗，却淺淨爽利，別有情趣。我們讀他的閒居，秋興，悼亡諸賦，便可體會到他這種特有的風味。續文章志說：『岳爲文選言簡章，清綺絕倫。』（世說新語註引）又孫興公說：『潘文淺而淨，陸文深而蕪。』（文選註引）這些評語都是很確切的，同時，我們可以看出這兩家不同的作風。

左思的三都，爲魏晉賦中獨有的長篇，一時聲譽特盛，洛陽爲之紙貴。他自己爲反對漢賦的浮誇，在序中敍述他作賦的態度說：『相如賦上林，而引盧橘夏熟；揚雄賦甘泉，而陳玉樹青葱；班固賦西都，而歎以出比目；張衡賦西京，而述以游海若。假稱珍怪，以爲潤色，若斯之類，匪啻於茲。考之果木，則生非其壤，校之神物，則出非其所。於辭則易爲藻飾，於義則虛而無徵。且夫玉卮無當，雖寶弗用，侈言無驗，雖麗非經。而論者莫不詆訐其研精，作者大抵舉爲憲章，積習生常，有自來矣。余既思摹二京而賦三都，其山川城邑，則稽之地圖，其鳥獸草木，則驗之方志。風謠歌舞，各附其俗，魁梧長者，莫非其舊，何則？發言爲詩者，詠其所志也。升高能賦者，頌其所見也。美物者貴依其本，讚事者宜本其質。匪本匪質，覽者奚信？』他這種排斥虛誇尊重現實的創作態度，自然是對的，但他在體製上，仍是沿倣着漢賦的典型，一無改革。雖稽之地圖，驗之方志，然對於文學的價值，豪無補益。無論他用了多少氣力心血，三都只是班張的末流，漢賦的餘響，在賦史上是沒有多大的地位的。

東晉時期，因道家思想的成熟，加以佛學的興起，無論詩文辭賦，都添上一種平淡清新的自然風味。在王羲之孫綽陶潛的作品裏，這種風味，我們更能深切的體會到。孫綽的天台山賦，古人稱爲有仙心佛意之作。但其刻劃山水，描寫自然，表現了過人的技巧，而成爲寫景的佳構。

『誇穹隆之懸磴，臨萬丈之絕冥。踐莓苔之滑石，搏壁立之翠屏。攬樛木之長蘿，援葛藟之飛莖……既克隮於九折，路威夷而修通。恣心目之寥朗，任緩步之從容。藉萋萋之纖草，蔭落落之長松，覿翔鸞之裔裔，聽鳴鳳之嗈嗈。過靈溪而一濯，疏煩想於心胸。……陟降信宿，迄于仙都。雙闕雲竦以夾路，瓊台中天而懸居。珠閣玲瓏於林間，玉堂陰映於高隅。……』（天台山賦）

看了這一段，我們便知道孫綽的寫景的技巧的細密與深刻，使他在魏晉的賦中，別成一格。後來謝靈運的山水文學，是沿着孫綽的系統而發展下去的，這一派是用巧密的手法，在刻劃山水的形勢，陶潛是用印象的手法，去襯托自然的意境。這是他們兩派作風不同之處。

陶潛是魏晉思想的淨化者，也是文學界最高的代表。他的作品，無論詩文辭賦，都保存着他特有的個性，和一貫的平淡自然的作風。歸去來辭一篇，不論古今無不一致承認爲千古的傑作。屈原以外，再沒有第二個作家，能像他那樣運用着辭賦的體製，抒寫着自己的胸懷的，使作者的個性活現，情趣充溢，而又沒有一點堆積鋪陳的惡習，造成純粹本色美的風格。其次如感士不遇賦，閑情賦，都是個性分明技巧新奇的作品。昭明以閑情一賦歎爲陶潛白壁之瑕，這實在是迂腐愚魯之見。閑情賦爲何而作，現雖不能明說，說那是一篇象徵主義的作品，是無可疑的。然其技巧的新奇，描寫愛戀的深刻，是從前未曾有過的一種新格調。在意境上說，他與歸去來辭自然是各異其趣。在技術上說，他確有不可埋沒的價值。

『願在衣而爲領，承華首之餘芬。悲羅襟之宵離，怨秋夜之未央。願在裳而爲帶，束窈窕之纖身。嗟溫良之異氣，或脫故而服新。願在髮而爲澤，刷玄鬢於頹肩。悲佳人之屢沐，從白水以枯煎。願在眉而爲黛，隨瞻視以閒揚。悲脂粉之尙鮮，或取毀于華粧。願在莞而爲席，安弱體於三秋；悲文茵之代御，方經年而見求。願在絲而爲履，附素足以周旋；悲行止之有節，空委棄於床前。願在晝而爲影，常依形而西東；悲高樹之多蔭，慨有時而不同。願在夜而爲燭，照玉容於兩楹；悲扶桑之舒光，奄滅景而藏明。……考所願而必違，徒契闊以苦心。擁前情而罔訴，步容與於南林。棲木蘭之遺露，翳青松之餘蔭。儻行行之有覿，交欣懼於中襟。竟寂寞而無見，獨悁想以空尋。……』（閑情賦）

歸去來辭是大家都讀過的，因此我在這裏只舉閑情賦的一段。作者的本意，雖掩藏在象徵的帷幕下，但這種追戀的寫法，對於後代戀愛文學的影響是很大的。我們在唐詩宋詞裏，時常看見這種形式的文字。由此看來，魏晉文學，雖以五言詩爲其代表，而辭賦一項，亦時多佳作。不僅如此，在中國辭賦史上，魏晉的賦，其文學的地位與價値，是並不在漢賦以下的。

二、南北朝　中國文學由魏晉而入六朝，最明顯的傾向，是唯美主義思潮的全盛。自王粲陸機以來，駢儷的風氣日濃，到了齊梁，再加以沈約，謝朓，王融一般人的聲律論的鼓吹，於是文學更加上一層束縛。沈約在宋書謝靈運傳裏說過。『五色相宣，八音協暢。由乎玄黃律呂，各適物宜。欲使宮羽相變，低昂舛節，若前有浮聲，則後須切響。一簡之內，音韻盡殊。兩句之中，輕重悉異。妙達此旨，始可言文。』這是永明體的文學宣言，也是晉宋以後一般文人的風尙。他們一面注意駢詞儷句，一面還要注意韻律與音節，這樣下去，使得文學日趨於唯美與淫靡。詩文是如此，辭賦更是如此。

當日的賦，仍以短篇爲主體。長篇如謝靈運的山居，沈約的郊居，梁元帝的玄覽，庾信的哀江南諸作，不過寥寥數篇而已。在此數篇中，哀江南自然是代表的佳作，在形式方面，却有與詩歌溶合的明顯的傾向。在漢末趙壹的刺世嫉邪賦裏，這種傾向略有端緒，然只是一種偶然的現象，到了這時，因詩歌的興盛，無形中詩賦有合流的趨勢了。

『月似金波初映空，雲如玉葉半從風。恨九重兮久掩，怨三秋兮不同。爾乃傳芳醁，揚清曲，長袖留賓待華燭。燭燼落，燭華明。花抽珠漸落，珠懸花更生。風來香轉散，風度焰還清。本知龍燭應無偶，復訝魚燈有舊名。燭火燈光一雙炷，詎照離人兩處情。』

這是梁元帝的對燭賦，不要說兩漢，就是比起魏晉來，這作風是完全不同了的。無論從那方面看來，都像一首雜言的古體詩。

『碧玉小家女，來嫁汝南王。蓮花亂臉色，荷葉雜衣香，因持薦君子，願襲芙蓉裳。』（採蓮賦）

『金機玉鵲不成羣，紫鶴紅雉一生分。願學鴛鴦鳥，連翩恆逐君。』（鴛鴦賦）

『春日遲遲猶可至，客子行行終不歸。』（蕩婦秋思賦）

這都是梁元帝賦中所雜用的詩句，是完全脫離了賦味的詩句。江淹的作品裏，這種例子也很多。

到了庾信這情狀更進步了。他的春賦蕩子賦，前後起結都是詩，造成一種新的體裁。

『宜春苑中春已歸，披香殿裏作春衣。新年鳥聲千種囀，二月楊花滿路飛。河陽一縣併是花，金谷從來滿園樹。一叢香草足礙人，數尺遊絲卽橫路。……百丈山頭日欲斜，三晡未醉莫還家，池中水影懸勝境，屋裏衣香不如花。』（庾信春賦）

『蕩子辛苦逐征行，直守長城千里城。隴水恆冰合，關山惟月明。……手巾還欲燥，愁眉卽剩開。逆想行人至，迎前含笑來。』（庾信蕩子賦）

前以詩起，後以詩結，詩賦合流的趨勢是非常明顯的。由楚辭而漢賦，是由詩而變爲散文的。到這時候，受着新詩興起的影響，賦的風格，由散文的再變而爲詩的了。這一點，我們可以看作是南北朝賦的一個重要的特徵。

因爲當日唯美主義的極盛，一般文人在修詞鍊句上，都下了極大的工夫，雕琢刻鏤，由鍊章鍊句至於鍊字，在他們的作品裏，我們可以時常看見那種巧密深刻的字句，因此當日的文學，一洗往日那種平淡自然的作風，或是激昂慷慨的氣質，而流于纖巧淫靡之途了。

『白楊早落，塞草前衰。棱棱霜氣，蔌蔌風威。孤蓬自振，驚沙自飛。灌莽杳而無際，叢薄紛其相依。』（鮑照蕪城賦）

『綠苔生閣，芳塵凝榭。……白露曖空，素月流天。……若夫氣霽地表，雲斂天末。洞庭始波。木葉微脫。菊散芳于山椒，雁流哀於江瀨。升淸質之悠悠，降澂輝之藹藹。』（謝莊月賦）

『棹將移而藻挂，船欲動而萍開。爾其纖腰束素，遷延顧步。夏始春餘，葉嫩花初。恐沾裳而淺笑，畏傾船而斂裾。』（梁元帝採蓮賦）

『蔓草縈骨，拱木斂魂。』（江淹恨賦）

『春草碧色，春水綠波，送君南浦，傷如之何。』（江淹別賦）

『響羅衣而不進，隱明燈而未前。中步檐而一息，順長廊而迴歸，池翻荷而納影。風動竹而吹衣。薄暮延佇，宵分乃至。出闇入光，含羞隱媚。垂羅曳錦，鳴瑤動翠。來脫薄粧，去留餘膩。霑粉委露，理鬢淸渠。落花入領，微風動裾。』（沈約麗人賦）

『釵朶多而訝重，髻鬟高而畏風。眉將柳而爭綠，面共桃而競紅。影來池裏，花落衫中。』（庾信春賦）

我們讀他們的全篇作品，時常不能感到滿意，但在這些文句裏，對於他們那種修辭練字的工夫，是不能不欽佩其技巧的高妙的。這種作品，自然是無關於實際的社會人生，但在唯美主義者的立場，他們是完成藝術上的任務了。

其次是當日作賦的題材，受了當日民間情歌以及當日宮體詩的影響，而偏重於描寫豔情與哀怨。這類的作品，因爲文字美麗，音韻調和，雖然內容是空洞無物，讀了仍使人歡喜。字句上好像是情感纏綿，哀怨交集，其實仔細一看，却完全是爲人造情，絕非是作者自己的眞實情感的表現。與屈原，宋玉，曹植，陶潛一類抒寫自己的胸懷的作品比較起來，是大大兩樣的。長篇鉅製的漢賦，與南北朝期的短賦，一樣是君主貴族的娛樂與遊戲，不過形式與情調稍有不同而已。代表這一類的作品，我們可以舉出謝莊的月賦，江淹的別賦，恨賦，泣賦，倡婦自悲賦，梁元帝的蕩婦秋思賦，鴛鴦賦，對燭賦，庾信的蕩子賦，傷心賦，春賦諸篇。我們讀的時候，確能因其美麗的文字的魔力所吸引，但讀完以後，是覺得什麼印象也沒有的。

『蕩子之別十年，倡婦之居自憐。登樓一望，唯見遠樹含烟。平原如此，不知道路幾千。天與水兮相逼，山與雲兮共色。山則蒼蒼入海，水則涓涓不測。誰復堪見鳥飛，悲鳴隻翼。秋何月而不清，月何秋而不明。況乃倡樓蕩婦，對此傷情。於時露萎庭蕙，霜封階砌。坐視帶長，轉看腰細。重以秋水文波，秋雲似羅。日黯黯而將暮，風騷騷而渡河。妾怨回文之錦，君思出塞之歌，相思相望，路遠如何？鬢飄蓬而漸亂，心懷疑而轉歎。愁縈翠眉斂，啼多紅粉漫。已矣哉！秋風起兮秋葉飛，春花落兮春日暉。春日遲遲猶可至，客子行行終不歸。』（梁元帝蕩婦秋思賦）

不用說，在唯美派的作品中，這自然是最上等的，這確實是受了當日民間情歌及宮體詩的影響而興起來的一種宮體賦。他運用清麗的辭句，描寫自然界的興榮衰謝，襯托出蕩婦的哀怨的心情，而引起讀者的共鳴。但我們稍一分析，便會瞭解這作品中缺少作者自己的情緒與個性，與漢賦那種描寫京殿遊獵的創作，態度是一致的，與其說是抒情賦，不如說是詠物賦還較爲確切。然而比起魏晉的詠物賦來，這些自然是另一種東西了。由此看來，辭賦到了此時，無論在內容形式以及辭句方面又起了明顯的變化。孫松友在述賦篇說：『左陸以下，漸趨整鍊，齊梁而降，益事妍華。古賦一變而爲駢賦。

江鮑虎步於前，金聲玉潤，徐庾鴻騫於後，繡錯綺交。固非古音之洋洋，亦未如律體之靡靡。』（國粹學報）他所說的古音洋洋，雖未必眞實，但以駢賦概括這時代，却很可代表當日文學潮流的趨勢，其意義也是非常確切的。

三、唐宋期　沿着六朝的駢體與聲律說的演進，於是古詩變成律詩，駢賦也進一步變爲律賦了。王銍四六話序云：『唐天寶十二載，始詔舉人策問，外試詩賦各一首，於時八韻律賦始盛。其後作者，如陸宣公，裴晉公，呂溫，李程猶未能極工，逮至晚唐薛逢宋言及吳融出於場屋，然後曲盡其妙。』律賦的作者只注意音韻的諧調，對偶的工整，情韻內容，一概不管，完全成爲文字的遊戲。與明淸的八股文，是沒有一點分別了。那些作賦的題目，那更是千奇百怪，看了是要令人發笑的。大概古代的考試，都是這一類的情形，要這樣，才可以限制讀書人的思想。律賦的特點，是押韻的限制。出好一個題目，另限八個字的韻脚，你作賦押韻的時候，不能超出這幾個字的範圍。如王棨的沛父老留漢高祖賦是以『願止前驅，得申深意』八字爲韻的，辭賦到了這種程度，自然是完全失去了文學的價値，爲世人所鄙棄所輕視了。然歷代的君主，却最歡喜以此爲最高考試的工具。一直到淸朝，還有試帖賦這一門功課。那指定依照次序的韻脚，限制更是嚴了。這也就是辭賦墮落的最重要的原因。

宋朝的律賦，我們還可看見很多，大概都是最高考試的優等成績，經朝廷保留下來的。如范仲淹的金在鎔賦，（金在良冶求鑄成器爲韻）歐陽修的應天以實不以文賦，（天應誠德豈尚文爲爲韻）宋祁的王畿千里賦，（畿大千里尊大王國爲韻）王安石的首善自京師賦，（崇勸儒學爲天下始爲韻）蘇軾的濁醪有妙理賦，（神聖功用無捷於酒爲韻）可稱爲當日律賦的代表作品，他們這幾個人，在中國文學史上，無論詩詞散文，都有極高的地位，但這些律賦，却令人讀了莫名其妙，眞不知道那裏面是在說些什麼。賦到了這時候，是入於最墮落最惡化的境地了。松友在述賦篇又說：『自唐迄宋，以賦造士，創爲律賦，用便程式。新巧以製題，險難以立韻。課以四聲之切，幅以八韻之凡。……然後銖量寸度，與帖括同科。』大凡一種文體，一用作君主時代的考試工具，除了墮落衰微以外，自然是沒有第二條路的了。

不用說，這種應付最高考試的律賦，自然不爲一般讀書人士所愛好。他們一過了那個關口，便要拋棄那機械的文體的。因此眞能代表唐宋的文學思潮的，還是受了那種古文運動的影響而形成的文賦。唐宋的古文運動，是散文與駢文的激烈鬭爭。韓柳倡之於唐，歐蘇繼之於宋，在這種潮流下，辭賦受其影響，而以散文的方法作賦，一變其駢律之惡習，而形成一種淸新的賦體，這是必然的現象。這種文賦，比起漢魏六朝那些問答散文體的作品來，是更爲純化，而在創造的態度上，是帶有革命的重大意義了。

文賦雖盛於宋。然唐人早已開其端，在杜甫的幾篇賦裏，這種傾向，已很明顯。到了白居易的動靜交相養賦，那完全是一篇說理的散文了。『天地有常道，萬物有常性。道不可以終靜，濟之以動；性不可以終動，濟之以靜。養之則兩全而交利，不養之則兩傷而交病。……所以莊生曰智養恬，易曰蒙養正者也。』這是他開首的一節。他通篇是用着這種散文的句法寫成的。再如杜牧的阿房宮賦，也是韻散相間，一點也不整齊。這些作品，都是宋代文賦的先聲。一到了宋朝，這種趨勢更是明顯化了。如司馬光的交趾奇獸賦，歐陽修的秋聲賦，邵雍的洛陽懷古賦，蘇軾的前後赤壁賦，秋陽賦，蔡確的送將歸賦諸篇，都是這派的作品，而最能代表這派的特色的，是歐陽的秋聲，東坡的赤壁，好在這幾篇作品，是大家都讀過的，所以我在這裏也不抄寫了。

辭賦源於屈宋荀卿，一變而爲漢代鋪采摛文歌功誦德的古典賦，再變而爲寫志抒情描寫田園表現玄想的魏晉賦，三變而爲六朝的唯美主義的宮體賦，四變而爲唐宋的律賦與文賦。在這變遷的過程中，無不與當代的政治動向，學術思想以及文學的潮流發生密切的影響。辭賦到了宋代，我們雖不能說其變遷已到了止境，但卽有變化，也不過是那些技巧規律的微細節目，在賦的演進的歷史上，再沒有什麼值得敍述的重要的波瀾了。

第七章　漢代的詩歌

一　緒　論

辭賦雖是漢代文學的主流，但他們却只表現了漢帝國的財富與威權，君主貴族的好尙，以及高級文士們的學識辭章。在那些作品裏，缺少了民衆的情感，與社會民生的狀態。因此，我們從那些文字裏，只能看見漢帝國的表面，無從瞭解當日全社會全民衆的生活面貌與心理情況。我們想知道當日的社會，不得不求之於漢代的詩歌。這裏所講的漢代的詩歌，並不是那些君主皇妃貴族文士們的擬古式的作品，而是那些樂府中收集的民歌，和那些無名作家的古詩。他們的詩的形式是新創的，文字是質樸的，題材都是普遍平凡的人事現象，使我們現在讀了，對於當日民衆的歡哀苦樂，還能親切地體會與共鳴。這些作品，比起那些華麗虛誇的辭賦來，却是最有價值的表現人生的社會文學。

兩漢的有名詩人是寂寞的。他們偶而作幾首詩，也無不是模擬詩經楚辭，形式旣無新創之點，內容也是空洞無物，毫沒有什麼特色。我試舉幾首作例。

『大孝備矣，休德昭明。高張四懸，樂充宮庭。芬樹羽林，雲景杳冥。金支秀華，庶旄翠旌。』（唐山夫人房中歌）

『肅肅我祖，國自豕韋。黼衣朱紱，四牡龍旂。彤弓斯征，撫寧遐荒。總齊羣邦，以翼大

商。……』（韋孟諷諫）

這種詩不過是模擬雅頌，沒有一點新的生命。再如司馬相如的封禪頌，東方朔的誡子，張衡的怨篇，傅毅的迪志，宋穆的絕交，仲長統的述志，都是詩經的模擬。其中較好者，是仲長統的述志。然而他已經是到了天下大亂道家思想興起的建安時代了。

比摹擬詩經的作品較有生趣的，是楚辭式的詩歌。

『大風起兮雲飛揚，威加海內兮歸故鄉，安得猛士兮守四方！』（漢高祖大風歌）

『是耶非耶？立而望之，偏何姍姍其來遲！』（漢武帝李夫人歌）

『徑萬里兮渡沙漠，爲君將兮奮匈奴。路窮絕兮矢刃摧，士衆滅兮名已隤。老母已死，雖欲報恩將安歸。』（李陵別歌）

『秋素景兮泛洪波，揮纖手兮折芰荷。涼風凄凄揚棹歌，雲出開曙月低河，萬歲爲樂豈云多。』（漢昭帝淋池歌）

『陟彼北芒兮，噫。顧瞻帝京兮，噫。宮闕崔巍兮，噫。民之劬勞兮，噫。遼遼未央兮，噫。』（梁鴻五噫歌）

這些詩全是楚辭的嫡派，文字雖清麗可喜，畢竟帶了濃厚的貴族文士的個人氣息，不能與表現社會生活的平民文學同列。在這些作家裏，武帝的文學天才是較高的。他還有瓠子歌秋風辭等篇，也都是這一類的作品。

我們如果把這些君主皇妃高級文士的詩篇作爲漢詩的代表，無論篇目內容，自然都是非常貧弱的。好在漢代的文人在那裏埋頭作賦的時候，却有許多無名的作家，在那裏作詩，由這些羣衆詩人的作品，在漢代的詩史上，塡滿了那空白的一頁。因他們的努力，由醞釀而達到一種新詩體的形成。這種新詩體成立以後，在中國的詩史上，開闢了一個新局面，於是詩經與楚辭，在形式上，同中國的詩歌便宣告了獨立。他們從前在詩歌中所保持的那種偶像尊嚴的地位，也由這些無名氏的羣衆詩人的作品，取而代之了。後代詩人擬古之作，也都以這些作品爲對象了。於是這一羣無名英雄的作品，成了我國詩歌的正統，古詩的典型。建立了一直到現在還沒有動搖的地位。因此我們敍述漢代詩歌的時候，是必得以那些樂府中所收集的民歌和那些無名氏的古詩爲其主體的。

二　樂府中的民歌

樂府詩是一種古代合樂的辭。廣義的說，最古的如詩經九歌，最近的如黨國歌辭以及電影上唱的漁光曲木蘭從軍歌等類，也都是樂府詩。不過樂府這個名稱的產生，却是起始於漢代。漢書禮樂志說：『漢房中祠樂，高祖唐山夫人所作也。

孝惠時使樂府令夏侯寬備其簫管，更名安樂世。』這裏所說的樂府令，只是周秦時代的樂官，並非後代的樂府官署。他所掌管的是那些郊廟朝會的貴族樂章，與民間的歌辭還沒有發生關係。直到文景之間，也不過禮官肄業而已。到了武帝時代，正式創立樂府官署，一面製作宗廟的樂章，一面收集民間的歌辭入樂，於是樂府詩便在文學史上發生了價值。

『至武帝定郊祀之禮……乃立樂府，采詩夜誦。有越代秦楚之謳。以李延年爲協律都尉，多舉司馬相如等數十人，造爲詩賦，略論律呂，以合八音之調，作九章之歌。』（漢書禮樂志）

『自武帝立樂府而采歌謠，於是有趙代之謳，秦楚之風。』（藝文志）

『李延年善歌，爲新變聲。是時上方興天地諸祀，欲造樂，令司馬相如等作詩頌，延年輒承意絃歌所造詩，爲之新聲曲。』（李延年傳）

在這些史料裏，我們可以注意兩件事實。第一，樂府官署的設立以及民歌的收集，起於武帝。當時所採集的，據藝文志所載，有下列各地的民歌。吳，楚，汝南歌詩十五篇；燕代謳，雁門，雲中，隴西歌詩九篇；邯鄲，河間歌詩四篇；齊，鄭歌詩四篇；淮南歌詩四篇；左馮翊，秦歌詩三篇；京兆尹秦歌詩五篇；河東蒲反歌詩一篇；雒陽歌詩四篇；河南周歌詩七篇；周謠歌詩七十五篇；周歌詩二篇；南郡歌詩五篇。總共爲一百三十八篇。這樣大規模的收集民歌，對於中國文學的貢獻自然是極大的。可惜這些民歌沒有好好地保存下來，大都散失了，否則漢代的詩歌史料，自然更要豐富得多。漢哀帝時因爲他不歡喜這種俗樂，曾下令罷樂府官，將八百二十九人的樂府職員，裁去了四百四十一人，只留一部份人掌管郊廟燕會的樂章。但經過了一百多年的俗樂民歌的提倡，這些樂府官員的罷免，並不能阻止民歌勢力的發展。所以禮樂志中說：『然百姓漸漬日久，又不制雅樂，有以相變，豪富吏民，湛沔自若。』可知哀帝時樂府雖遭受挫折，並未中絕，就是俗樂民歌，仍爲一般豪富吏民所愛好。所以現存的樂府，無論貴族的或平民的，仍多哀帝以後的作品。

其次，我們要注意的，是樂府的成分，約有兩種。一爲貴族文人所作的詩頌辭賦，一爲民間的歌謠。如漢代有名的唐山夫人的房中歌鄒子司馬相如等的郊祀歌等是屬於前者，相和歌淸商曲及雜曲是屬於後者。鐃歌（亦名鼓吹）其樂譜來自外國，原爲軍中之樂，但據現存之歌辭觀之，大半爲民間之歌謠，大約是以民歌合軍樂者。惟上之回上陵二篇，似爲歌功頌德之作。或亦出自民間，未必爲宮庭貴族高級文士所爲。樂府詩在文學史上最有價值的，不是那些文士們的詩頌歌辭，而是從民間採集起來的歌謠。因房中歌郊祀歌一類的作品，雖是典雅富麗，却都是詩經楚辭的模擬，廟堂文學的殘骸，我們用不着去敍述他們了。

在當日的民歌中，有許多短的小詩。如江南可採蓮。

『江南可採蓮，蓮葉何田田，魚戲蓮葉間：魚戲蓮葉東，魚戲蓮葉西，魚戲蓮葉南，魚戲蓮葉北。』

這詩雖沒有深厚的內容，但其音調和諧，文字活潑，却正是民歌的本色。這種民歌，一定是江南少男少女採蓮時所唱的歌謠，一面工作，一面歌唱，我們可以體會到鄉村婦女生活的逍遙快樂的情境。再如公無渡河枯魚過河泣等篇，也都是有情感有風趣的小詩。

在辭賦家的作品裏，努力地在那裏鋪陳帝國的軍威武功的時候，人民却正在那裏痛恨戰爭，反對戰爭，如戰城南一首，就把這種情緒，表現得非常深刻。

『戰城南，死郭北，野死不葬烏可食。爲我謂烏：「且爲客豪，野死諒不葬，腐肉安能去子逃。」水深激激，蒲葦冥冥，梟騎戰鬬死，駑馬徘徊鳴。梁築室，何以南？何以北？（此三句似有脫誤）禾黍不穫君何食？願爲忠臣安可得？思子良臣，良臣誠可思。朝行出攻，暮不夜歸。』

這種描寫，情境旣是悽慘，心情亦極哀怨。遍地死屍，烏啄獸食的景況，描成一幅荒涼恐怖的畫面，誠爲暴露戰爭罪惡最好的寫實詩。再如古詩中的十五從軍征一首，亦爲此類詩中的傑作。

『十五從軍征，八十始得歸。道逢鄉里人，家中有阿誰？遙望是君家，松柏冢纍纍。兔從狗竇入，雉從梁上飛。中庭生旅穀，井上生旅葵。烹穀持作飯，采葵持作羹。羹飯一時熟，不知貽阿誰？出門東向望，淚落霑我衣。』

此篇雖未入樂府，然完全是民歌的風格。在文字的技巧上以及詩歌的形式上，較前者都進步多了。那一定是時代較晚的作品，或許經過文人的潤飾也說不定。但其情緒內容，却眞正是民衆的社會的，決不是貴族文士的。詩中描寫一個在外面征戰六十五年的軍人，到了八十歲的高年，回到家鄉來，房屋破壞不堪，成了鳥獸的巢穴，親故凋零，一無所有，肚皮是餓了，於是採着野穀葵草煮着作羹飯，但是在這種情景之下，怎能吃得下去呢？出門望着天邊，眼淚不住地流下來了。這種苦境是當日千萬民衆的心情，那種眼淚也是千萬民衆積蓄在心頭的憤怒的血液。全篇沒有一句一字反對戰爭，而無字無句不是反對戰爭，就在這裏表現了文學的力量與作者的技巧。鹽鐵論中說：『今天下統一，而方內不安。徭役遠，外內煩。古者過年無徭，踰時無役。今近者數千里，遠者過萬里，歷二期而長子不還，父母憂愁，妻子詠歎。憤懣之情發於心，慕思之積痛骨髓。』由此可知當代的徭役給與人民多麼大的痛苦，而上面詩句中所表現的那種非戰的情緒，實在是全體民衆的呼聲。

後漢書仲長統傳中說：『豪人之室，連棟數百，膏田滿眼，奴婢千羣，徒附萬計。船車賈販，周於四方。廢居貯積，滿於都城，琦賂寶貨，巨室不能容。牛馬羊豕，山谷不能受。妖童美妾，塡乎綺室，倡謳妓樂，列乎課堂。』這是當日王公貴族巨商地主們的淫佚生活的寫眞。有錢有勢，過得多麼舒服。但下層民衆的生活是怎樣的呢？請看下面這幾首詩。

『出東門，不顧歸。來入門，悵欲悲。盎中無斗米儲，還視架上無懸衣。拔劍東門去，舍中兒女牽衣啼。他家但願富貴，賤妾與君共餔糜。上用倉浪天，故下當用此黃口兒。今非咄行，吾去爲遲。白髮時下難久居。』（東門行，後數句不甚可解。）

白髮的夫妻，幼小的孩子，家中窮得無飯無衣，不得不出門去謀生活。老妻捨不得離別，說出他家願富貴我等實願共餔糜的眞情眞愛的傷心話了。但爲了孩子，還是不得不離別的。

『婦病連年累歲，傳呼丈人前一言。當言未及得言，不知淚下一何翩翩。屬累君，兩三孤子，莫使我兒飢且寒。有過愼勿笪笞，行當折搖，思復念之。……』（婦病行）

『孤兒生，孤兒遇生，命當獨苦。父母在時，乘堅車，駕駟馬。父母已去，兄嫂令我行賈。南到九江，東到齊與魯。臘月來歸，不敢自言苦。頭多蟣蝨，面目多塵土。大兒言辦飯，大嫂言視馬。上高堂，行趣殿下堂，孤兒淚下如雨。使我朝行汲，暮得水來歸。手爲錯，足下無菲。愴愴履霜，中多蒺藜。拔斷蒺藜，腸肉中，愴欲悲。淚下渫渫，淸淚纍纍。冬無複襦，夏無單衣。居生不樂，不如早去，下從地下黃泉。春氣動，草萌芽，三月農桑，六月收瓜。將是瓜車，來到還家。瓜車反覆，助我者少，啗瓜者多。願還我蔕，兄與嫂嚴，獨且急歸，當興校計。亂曰：里中一何譊譊，願欲寄尺書。將與地下父母，兄嫂難與久居。』（孤兒行）

或寫病婦的貧寒，或寫孤兒的苦楚。這種身無衣食還要汲水收瓜看馬燒飯的孤兒，正與當日富豪手下所豢養的那些奴婢的生活是一樣的。他受不住壓迫的痛苦，情願死了，到父母的懷抱裏去。在這些文字裏，呈現着一幅平民社會的生活圖，提出了嚴重的社會家庭的實際問題。這種種現象，是那些膏田滿野奴婢成羣的豪富們所鄙視的，也是那些描寫京殿遊獵的辭賦作家們所不描寫的，因此，我們更覺得這些作品的可貴了。沈德潛批評孤兒行說：『極瑣碎，極古奧，斷續無端，起落無迹。淚痕血點，結綴而成。』這話是極確切的。要有眞正平民的感情與實際下層生活的體驗，才能寫出這種淚痕血點結綴而成的社會詩來。

在當代的民歌中，也有些受有黃老以及神仙長生的思想，而歌誦着人生的理想的。這種詩歌，雖到了魏晉才大大地興盛起來，但在漢代，這種思想已在萌芽了。在張衡仲長統他們的作品裏，我們已有發見，如樂府詩中的善哉行，便是這一類的作品。

『來日大難，口燥脣乾。今日相樂，皆當喜歡。經歷名山，芝草飜飜。仙人王喬，奉藥一丸。自惜袖短，內手知寒。慚無靈輒，以報趙宣。月沒參橫，北斗闌干。親交在門，飢不及飡。歡日尙少，戚日苦多。何以忘憂，彈箏酒歌。淮南八公，要道不煩。參駕天龍，遊戲雲端。』

樂府古題要解說：『此篇言人命不可保，當樂見親友，且求長年術，與王喬八公遊也。』這種解釋是正確的。樂府詩集說善哉行是歎美之辭，那就是望題生義文不合題了。這一類的詩，大概是民間較有學識者所作，觀其內容，已超出衣食物質生活的社會問題，而求其精神的滿足與人生的意義與歸宿，文字亦整齊美麗，音韻均佳，在文學的技巧上，已是很進步的了。

關於男女問題，民歌中也有許多佳作。如有所思云：

『有所思，乃在大海南。何用問遺君，雙珠玳瑁簪。用玉紹繚之。聞君有他心，拉雜摧燒之，摧燒之，當風揚其灰。從今以往，勿復相思。相思與君絕，鷄鳴犬吠，兄嫂當知之。妃呼豨，秋風蕭蕭晨風颸，東方須臾高知之。（此句疑有脫誤）』

再如上邪云：

『上邪！我欲與君相知，長命無絕衰。山無陵，江水爲竭，冬處震震夏雨雪，天地合，乃敢與君絕。』

這都是民間的戀歌。在質樸的文字裏，迸裂着熱烈的情感，比起那些修飾美麗的情詩，更要

眞實動人。『妃呼豨』『上邪，』都是無意義的感歎辭，也正是民間的方言，在這種地方，恰好表現出民歌的本色，

再如豔歌行。

『翩翩堂前燕，冬藏夏來見。兄弟兩三人，流宕在他縣。故衣誰當補？新衣誰當綻？賴得賢主人，覽取爲吾組。夫壻從外來，斜倚西北眄。語卿且勿眄，水淸石自見。石見何纍纍，遠行不如歸。』

這種完整的五言，產生的時代自然是較晚了。但其風格，却仍是民歌的趣味。後面六句，寫得尤其活潑可喜。形容言語，都表現得有聲有色，而字句淺顯，如說話一般的自然，確是民歌中的上品。我們如果把這些作品，同漢代的辭賦比較對照，任何人都可看出雙方的明顯的差別。一種是上層階級的裝飾品，帶着濃厚的貴族色彩和古典的氣息。另一種是社會民生的表現，在質樸的文字裏，蘊藏豐富的情感與眞實的內容。有的描寫戰爭，有的表現飢寒，有的歌詠孤兒病婦的悲哀，有的描寫家庭男女問題的悲劇。這一切都有活躍的生命，有全民衆呼喊的聲音。在這種地方，我們覺得這些民歌更是可貴的。

樂府中的古辭雜曲，還有許多好作品。如張衡的同聲歌，繁欽的定情詩，辛延年的羽林郎，宋子侯的董嬌嬈諸篇，都已有作者的姓名，其文字的技巧格調，都不能列入民歌的範圍。其出生的時代，想必也很晚。並且這些詩，雖入樂府詩集，當時是否入樂，尙有可疑。張繁二篇，玉台新詠不言爲樂

府，唐人吳兢雖收入之，然吳爲唐人，去漢已遠，令人難信。辛宋兩篇，連吳兢亦未收入，更不可靠了。孔雀東南飛一篇，出生較遲，恐始終未曾入樂，後人或以其體裁相似，因而編入樂府了。郭茂倩說：『雜曲者歷代有之。或心志之所存，或情思之所感，或宴遊歡樂之所發，或憂愁憤怨之所興，或敍離別悲傷之懷，或言征戰行役之苦，或緣於佛老，或出於夷虜，兼收備載，故須謂之雜曲。』這樣看來，雜曲諸詩，說他們是受了樂府民歌的影響而產生是可以的，說那些作品全都是入樂的樂府詩就不可靠了。因此這些作品，只好留到後面再去敍述。

三　五言詩的成長

關於五言詩的起源，是文學史中一件最難解決的問題。而這問題的本身，在中國詩歌的發展史上，又極其重要。我們現在得用客觀的眼光，來處理這件事。先看古人的意見，再下批評。

一、起於枚乘　徐陵編玉台新詠時，在古詩十九首中指出青青河畔草等詩八首，再加蘭若生春陽一首，題爲枚乘雜詩。劉勰在明詩中也說：『古詩佳麗，或稱枚叔。孤竹一篇，則傅毅之辭，比采而推，兩漢之作乎？』可知說五言詩起於枚乘並非徐陵一人，在較前的劉勰時代，已有此種傳說。不過劉勰的態度較爲活動，以枚叔作詩爲傳聞，而以出自兩漢爲推想。枚乘是文景時代人，如果他那時就有這種完美的五言詩，不要說枚乘傳及藝文志中爲什麼不載，就是當代那些有名的文人，如司馬相如，王褒，揚雄之流，爲什麼都沒有這種作品，文學體裁的新起，本是一種風氣，一有人作，大家都作起來，於是便成一種潮流，決不會文景時代已產生完美的五言詩，忽然又中斷了，到了東漢末年，再又興盛起來。試看漢賦魏晉古詩唐詩宋詞的發展情況，都不是如此。這種情形在文學演進的公例上，是不大合理的事。

二、起於李陵　文選中有李陵詩三首。鍾嶸的詩品，於古詩以後，以李陵爲第一家。他在自序中說：『逮漢李陵，始著五言之目矣，古詩眇邈，人世難詳。……自王揚枚馬之徒，詞賦競爽，而吟詠靡聞。從李都尉迄班婕妤，將百年間，有婦人焉，一人而已。』李陵是武帝時代人，同枚乘前後同時，那時候的文士，偶爾作詩，無不是效法詩經楚辭的格調，李陵的別歌，就完全是楚辭式的雜言詩。觀現存的與蘇武詩三首，無論形式情調，都是五言詩成熟期以後的作品。決非草創期所能產生的。至於說李詩本傳不載漢志不錄，卽以此爲李未曾作詩之證，自然也不是有力的證據。因漢代史家，多是詳賦略詩，章學誠在校讎通義中，已詳言之。又摯虞文章流別云『李陵衆作，總雜不類，元是假託，非盡陵制，至其善篇，有足悲者。』摯虞是西晉時人，早於蕭統百餘年。可知李陵作詩之說，在魏晉年間已盛爲流行，並非起於文選。並且在西晉時代，李陵的作品流傳於人口者已經很多，已有總雜假託的現象。眞詩面目，無從辨識。由我們合理的推想，李陵的眞作品，恐怕就是別歌那一類的雜言楚辭體，而流傳到現在的與蘇武詩三首，反是後人僞託之作，因其藝術上的美妙，被世人傳誦，因而入於文選樓中了。這種推想，既不違反李陵作詩之說，又不違反文學演進的歷史性，是較爲合理的。如果說與蘇武詩一定是出自李陵，這懷疑並非起於我輩，就是前人也早已言之了。劉勰在明詩中說：

『至成帝品錄三百餘篇，朝章國采，亦云周備。而辭人遺翰，莫見五言。所以李陵班婕妤見疑於後代也。』可知劉勰時代，懷疑的人已經很多了。又蘇東坡答劉沔書中也說：『李陵蘇武贈別長安，而詩有江漢之語。……正齊梁間小兒所擬作，決非西漢人，而統不悟。』所舉的證據，雖極薄弱，而其觀點，却是合乎情理的。不過擬作時代，不會晚至齊梁，說是建安時代，較爲適當。其他如卓文君的白頭吟，宋書樂志太平御覽及樂府詩集皆云古辭，並無卓文君之說。首記其事者始於西京雜記，亦未著其辭。至宋末黃鶴注杜詩，始以雜記之事，傅會宋志之辭，後馮惟訥的古詩記因之。然此作之僞託，在馮舒的詩記匡謬中已辯明了。蘇武的詩同李陵的作品一樣不可靠，劉勰鍾嶸都沒有提到他，恐怕他這幾首詩的產生，還在李陵那幾首詩之後。至如文選玉臺同載的班婕妤的怨歌，其時代屬於成帝，自較枚乘李陵爲晚。但李善注引歌錄但稱古辭，劉勰亦謂見疑後代，恐亦爲後人代擬的。

三、兩漢有沒有五言詩　枚乘李陵們的作品，既有可疑，我們自然不能相信。我們要退一步問一問西漢究竟有沒有五言詩。古詩十九首中，有不有西漢的作品。我們的回答是，西漢有五言詩，但是古詩十九首那樣完美的作品，西漢却沒有。李善文選注說：『詩云驅車上東門，又云遊戲宛與洛，此則辭兼東都，非盡乘作明矣。』鍾嶸詩品也說：『去者日以疎四十五首，雖多哀怨，頗爲總雜，舊疑是建安中曹王所製。』他們的意思，雖承認古詩十九首中有許多是東漢的作品，但同時也還相信有一部份是出自西漢的。到了現代，幾乎人人都斷定這些作品，全都是出自西漢以後了。這種斷定，我們也是同意的，然而其中却有一個難題，便是明月皎夜光那首詩無法解決。此詩見文選古詩第七。

『明月皎夜光，促織鳴東壁，玉衡指孟冬，衆星何歷歷。白露沾野草，時節忽復易。秋蟬鳴樹間，玄鳥逝安適。昔我同門友，高舉振六翮。不念攜手好，棄我如遺跡。南箕北有斗，牽牛不負軛。良無磐石固，虛名復何益。』

看詩中寫秋蟬促織的哀鳴，玄鳥的飛去，明是一首寫秋天景象的詩。但『玉衡指孟冬』一句如何解釋呢？李善注云：『春秋緯運斗樞曰：北斗七星第五曰玉衡。上云促織，下云秋蟬，明是漢之孟冬，非夏之孟冬矣。漢書曰：高祖十月至霸上，故以十月爲歲首，漢之孟冬，今之七月矣。』這解釋非常精確，沒有法子推翻他。古代曆法，各有不同。夏以正月爲歲首，正月爲寅月，故稱建寅，又稱夏正。殷以夏曆十二月爲歲首，十二月爲丑月，故稱建丑，周以夏曆十一月爲歲首，十一月爲子月，故謂建子。秦以夏曆十月爲歲首，十月爲亥月，故稱建亥。漢初承秦制，仍用秦曆。故詩中所說的孟冬十月，正合夏曆的七月，恰是初秋的景象，這樣一來，詩的文句便沒有矛盾了。到武帝太初元年，才廢秦曆，改用夏曆。因此，便可證明這一首詩的出生，一定是在武帝改曆之前。那末，他不僅是西漢的作品，並且又是枚乘李陵時代的作品了。

在文學進化的歷史上，枚乘李陵的作品，我們是不能相信的，那末這一首詩，我們同樣不能相信。但在時令上，他却持着有力的證據。這又如何解釋呢？我想只有兩點。第一、此詩的原作，是出自武帝改曆以前，其形式字句，都是樂府民歌一類的雜言體，經過東漢建安文人的潤飾，才形成那樣完美的五言體。因此在時令上，還遺留着西漢初期的餘骸。我們試看宋志所載的豔歌何嘗，是一篇二十六句的長短不齊的雜言體，到了玉臺新詠裏，變爲十八句的純粹五言的古體詩，而以雙白鵠的題名出現了。其內容一點也沒有變，但在文字的技巧上，是完全不同了的。沈約到徐陵，相隔不滿七十年，（沈生於西曆四四一，徐生於西曆五〇七，）詩的形式與技巧，發生了這大的變化，這點是很可供我們參考的，如果宋志的豔歌何嘗散失了，我們只以玉臺新詠中的雙白鵠來作爲詩體的論據，那眞是危險之極。

其次，是政府宣佈改曆以後，這種事實還未遍及民間，因此民間還有沿用秦曆者。正如我們現在改用了陽曆多少年，多少詩人詞客，還正在那裏做除夕中秋人日花朝一類的作品。這種現象，還不知道要繼續幾十百年，至於鄉村僻縣，絕不知道有陽曆這一回事，那是無須多說的。這時候人民的教育程度與交通的便利，比兩千年前的漢朝，當然是進步多了，但情形還是如此，那末我們這種推測，雖有過於想像之嫌，不是完全不可能的。

我們雖是不承認枚乘李陵的作品，雖也不承認在西漢有古詩十九首那一類的詩歌。但我們仍是相信西漢時代已經有了五言詩。這種五言詩，是五言詩醞釀時代尚未完全成熟的作品，或是形式或是文字的技巧，都還帶有某種缺點或尚未發育完全的痕跡。我們要知道，西漢時代，是辭賦的全盛期，是新詩體的醞釀期。無論文士或是民間，都在那裏從事試驗創製新詩體的工作。有的模擬詩經，有的效法楚辭，也有合詩經楚辭兼而有之的。在樂府的民歌裏，這種試驗的現象也可以看得出。孤兒行婦病行兩篇，後段都以『亂曰』作結，明明是採用楚辭體。純粹四言的詩經體，本來就很多，不去說他。

至如那些雜言體中，時時有着連續七八句純粹五言的句子，活現出五言詩在試驗期醞釀期中的狀態。由試驗醞釀而達到一種定型體的完成，是需要一個長時期的努力。在那一個醞釀期中的作品，我們可以舉出下面這些史料來。

一　戚夫人歌（見漢書外戚傳呂后傳）

『子爲王，母爲虜。終日舂薄暮，相與死爲伍。相離三千里，當誰使告汝。』

二　李延年佳人歌（見李夫人傳）

『北方有佳人，絕世而獨立。一顧傾人城，再顧傾人國。寧不知傾城與傾國，佳人難再得。』

三　鐃歌中的上陵

『上陵何美美，下津風以寒。問客從何來，言從水中央。桂樹爲君船，青絲爲君笮。木蘭爲君櫂，黃金錯其間。……甘露初二年，芝生銅池中。仙人下來飮，延壽千萬歲。』（甘露爲宣帝年號，似爲宣帝時的作品）

四　成帝時民謠一首（見五行志）

『邪徑敗良田，讒口害善人。桂樹華不實，黃雀巢其顚。古爲人所羡，今爲人所憐。』

嚴格地說起來，這些都不能算是五言詩。但在那新詩體醞釀試驗的期間，這些都是重要的作品，由了他們，可以看出西漢時代的五言詩，無論形式和文字的技巧，究竟呈現着一種怎樣的狀態，他的發展，究竟到了一個什麼階段。在這種狀態下，是不是文景時代可以產生枚乘的詩，武帝時代可以產生李陵蘇武那一類的作品。我們只要稍稍對比一下，這答案就不會錯的了。

由西漢這種未成熟的五言體的演進，到東漢班固的詠史，是五言詩體正式成立的一件重要史料。我們雖不能說班固以前再沒有人做過這種工作，但我們却可以相信五言詩到了班固時代，還只完成其外表的形式，沒有達到蘇李古詩那樣的文采。詠史詩雖沒有多大的文學價值，却有重要的歷史價值，現在把他錄在下面。

『三王德彌薄，惟後用肉刑。太倉令有罪，就逮長安城。自恨身無子，困急獨煢煢。小女痛父言，死者不可生。上書詣闕下，思古歌鷄鳴。憂心摧折裂，晨風揚激聲。聖漢孝文帝，惻然感至情，百男何憒憒，不如一緹縈。』

這是歌詠孝女緹縈救父的故事。縈父犯罪當刑，自請入身爲宮婢，以贖父刑，文帝悲憐她，乃廢除肉刑律。這是一首短短的敍事詩，五言體的形式是完全成立了，但就藝術而論，相隔古詩十九首一類的作品還很遠。鍾嶸批評說：『班固詠史，質本無文，』這是不錯的。

班固以後，做這種新體詩的人自然就漸漸地多起來了。如張衡的同聲歌，秦嘉的贈婦詩，趙壹的疾邪詩，蔡邕的飲馬長城窟，酈炎的見志，孔融的雜詩，繁欽的定情詩，蔡文姬的悲憤詩，辛延年的羽林郎，宋子侯的董嬌嬈，都是有主名的完美的五言詩。其他如無名氏的古詩十九首以及擬託的蘇李詩一類的作品，大概也就在這時代產生了。由其文字的技巧，與五言詩的風格看來，這一批作品，是應該都出於詠史以後。在這裏，先舉張衡，秦嘉，蔡邕的詩作例，以明班固以後五言詩進展的情形。

『邂逅承際會，得充君後房。情好新交接，恐慄若探湯。不才勉自竭，賤妾職所當。綢繆主中饋，奉禮助烝嘗。思爲莞蒻席，在下蔽匡牀。願爲羅衾幬，在上衞風霜。洒掃清枕席，鞮芬以狄香。重戶結金扃，高下華燈光。衣解巾粉御，列圖陳枕張。素女爲我師，儀態盈萬方。衆夫所希見，天老教軒皇。樂莫斯夜樂，沒齒焉可忘。』（張衡同聲歌）

『人生譬朝露，居世多屯蹇。憂艱常早至，歡會常苦晚。念當奉時役，去爾日遙遠。遣車迎子還，空往復空返。省書情悽愴，臨食不能飯。獨坐空房中，誰與相勸勉。長夜不能眠，伏枕獨展轉。憂來如循環，匪席不可轉。』（秦嘉贈婦詩）

『青青河畔草，綿綿思遠道。遠道不可思，夙昔夢見之。夢見在我旁，忽覺在他鄉。他鄉各異縣，展轉不可見。枯桑知天風，海水知天寒。入門各自媚，誰肯相爲言。客從遠方來，遺我雙鯉魚。呼童烹鯉魚，中有尺素書。長跪讀素書，書中竟何如。上有加餐食，下有長相憶。』（蔡邕飲馬長城窟，此篇或作無名氏之古辭。蔡另有翠鳥，亦爲五言。）

由班固到蔡邕，在五言詩的藝術上的進步，有一條非常明顯的痕跡，由這一痕跡，我們更可瞭解文學演化的過程是漸進的，不是突變的。這些詩裏，古書中有的稱爲樂府，有的稱爲古詩，這些都無關重要，但我們要注意的，是張衡蔡邕之流都是作賦的古典文學的能手，但一作詩，就完全呈現着通俗文學的氣味，這無疑是受有當代樂府文學的影響的了。因了這種影響，使中國的詩歌，無論形式內容都得了新的生命，新的發展。胡適之氏說：『樂府這種制度在文學史上很有關係。第一、民間歌曲得了寫定的機會。第二、民間文學因此得有機會同文人接觸。第三、文人覺得民歌可愛，有時因文學上的衝動，忍不住要模倣民歌，因此他們的作品，便也往往帶着平民化的趨勢。』（白話文學史）這是說得極其確切的。我國的詩歌，自漢至唐，都脫離不了這種樂府文學的影響。

由上面的敍述，關於漢代五言詩的進展，我們可以得到一個結論。西漢是五言的試驗和醞釀時期，班固張衡時代是五言的成立期，建安前後是五言的成熟與興盛。這種論斷，在好古者看來，自然不會滿意，然而我們爲得要尊重文學進展的歷史性，是必得要如此的。順便，我要在這裏提一提七言詩的問題。七言詩的成立，較五言爲遲。武帝時的柏梁聯句，傳爲七言之祖。但此詩眞實性久有人懷疑。再如高祖的大風歌，李陵的別歌，漢昭帝的淋池歌，和張衡的四愁詩，形式雖近乎七言，但句中多用兮字補足，明明是楚辭體的雜言，但在這裏已經呈現着七言詩體的醞釀狀態了。到了曹丕的燕歌行，才形成純粹的七言體。不過當時作此種詩體者爲數不多。故漢魏兩晉時代，只可看作是七言的醞釀試作期，而其正式的成熟，不得不待之於南北朝了。

四　古詩十九首

詩經的主體雖是四言，但這種形式，究不便於抒寫情懷，和充分地表現作者的才性。鍾嶸也說過：『四言文約意廣，取效風騷，便可多得。每苦文繁而意少，故時罕習焉。』（詩品自序）這便是說四言體的缺點。五言詩雖祗多了一個字，但却有回轉周旋的餘地，詩的風韻與作者的才情個性，藉此可以多量的發揮。所以鍾嶸接着說：『五言居文詞之要，是衆作之有滋味者也。故云會於流俗。豈不以指事造形，窮情寫物，最爲詳切者耶？』因爲五言宜於指事造形，窮情寫物，所以詩中便有滋味，而那種形體便成爲衆人所趨的一種潮流了。因此，詩的由四言而變爲五言，是中國詩歌史上一種形式的進步。這種形式，一直到現在，繼續了二千多年。四言詩自詩經以後，兩漢魏晉雖偶有佳篇，然而畢竟是沒落了。我們明瞭了這一點，便知道古詩十九首在中國詩歌史上的地位，以及他們對於後代詩歌發展的影響，實遠在詩經以上。

古詩十九首是一羣無名作家的作品，正與國風的情形相同。他們產生的時代，大都在東漢建安，是五言詩成熟期的代表作。沈德潛說：『古詩十九首，不必一人之辭，一時之作。大率逐臣棄婦，朋友闊絕，遊子他鄉，死生新故之感。或寓言，或顯言，或反覆言。初無奇闢之思，驚險之句，而西京古詩，皆在其下。』（說詩晬語）古人對於古詩十九首的評論，沒有比這更精確的了。他說：『不必一人之辭一時之作，』認淸了作品的時代性與作家的羣衆性，比那些以爲某首屬於某人以某首屬於西漢的好古家來，他的見解既是聰明，態度又是謹愼。他所說的『無奇闢之思，驚險之句，』這正是那些作品的藝術的特色。古詩的好處，是看去無一奇字，無一奇句，然無字無句不奇，使你無一處可以增減。全體都是用着最平淺質樸的文句，表現深厚的感情與內容，使你讀了感着詩情濃溢親切有味。絲毫沒有詩經的古奧氣，沒有當日辭賦的貴族氣，也無六朝詩的淫靡雕琢氣。自然美與本色美勝過一切人工的粧抹與刻鏤，這便是古詩在藝術上的大成功。後代的陸機江淹之流，拚命地模倣，也只得其形貌，而無其神韻。在這種地方，更可顯出文學中所表現的時代性了。劉勰說：『觀其結體散文，直而不野；婉轉附物，怊悵切情，實五言之冠冕也。』（明詩）這批評是非常適當的。可惜這些作者的姓名都已失傳，我們無法知其生平歷史，難怪鍾嶸要發出『人代冥滅而淸音獨遠』的悲歎了。

古詩十九首，是東漢末葉大亂時代人民思想情感的表現。在那一個長期的混亂中，黨禍之變，黃巾之亂，以及那長年不斷的兵禍屠殺飢荒和瘟疫，不僅摧殘了全體人民的安居生活，連人民的思想信仰，也起了劇烈的動搖。在那一個亂雜的時代，夫婦的分離，家庭的隔絕，自然是最普遍的現象。因此在這些詩裏，有許多作品是表現離恨鄉愁和相思之痛苦的。

『行行重行行，與君生別離。相去萬餘里，各在天一涯。道路阻且長，會面安可知。胡馬依北風，越鳥巢南枝。相去日已遠，衣帶日已緩。浮雲蔽白日，遊子不顧返。思君令人老，歲月忽已晚。棄捐忽復道，努力加餐飯。』

『青青河畔草，鬱鬱園中柳。盈盈樓上女，皎皎當窗牖。娥娥紅粉妝，纖纖出素手。昔爲倡家女，今爲蕩子婦。蕩子行不歸。空牀難獨守。』

『涉江采芙蓉，蘭澤多芳草。采之欲遺誰？所思在遠道。還顧望舊鄉，長路漫浩浩。同心而離居，憂傷以終老。』

『庭中有奇樹，綠葉發華滋。攀條折其榮，將以遺所思。馨香盈懷袖，路遠莫致之。此物何足貴，但感別經時。』

『明月何皎皎，照我羅床幃。憂愁不能寐，攬衣起徘徊。客地雖云樂，不如早旋歸。出戶獨彷徨，愁思當告誰。引領還入房，淚下沾裳衣。』

『迢迢牽牛星，皎皎河漢女。纖纖擢素手，札札弄機杼。終日不成章，泣涕零如雨。河漢清且淺，相去復幾許。盈盈一水間，默默不得語。』

這都是描寫離恨鄉愁的傑作，後人幾無有出其右者。孔子所說的『思無邪，』以及溫柔敦厚的詩教，在這些作品裏算是實踐了。在這些詩的背後，在這些男女的情感和眼淚中，是隱藏着當日離亂社會的基礎的。這種基礎，是產生這些作品的根源。鹽鐵論中論徭役對於人民的痛苦說：『今近者數千里，遠者過萬里，歷二期而長子不還。父母憂愁，妻子詠歎。憤懣之情發於心，慕思之情痛骨髓』這便是這種離恨鄉愁的作品產生的說明。東漢末葉的情形，比起鹽鐵論的時代來，自然是更要惡劣了。所以我們對於這種作品，是要同戰城南十五從軍征那一類的作品同看的，若只看作是戀愛的豔體詩，而忽視其社會生活的基礎，那就是錯誤之極。

在這種社會生活起了全部動搖的時候，個人的信仰以及人生觀的理想，也就跟着發生變動了。人命成了草芥，死於兵禍，死於飢餓，死於黨爭，或是死於瘟疫，人生在世上究竟有什麼意義？從前維繫人心的那種舊道德的倫理現象，都漸漸崩潰了。在這種離亂時代，人生的意義實在是太虛無了。在這種虛無幻滅之感中，求神仙長生講藥石導養，都沒有什麼用處，還不如追求短時間的享樂，因此就產生一種享樂的今日主義。在古詩中，反映出這種人生觀的哲理詩，也有許多佳作。

『青青陵上柏，磊磊澗中石。人生天地間，忽如遠行客。斗酒相娛樂，聊厚不爲薄。驅車策駑馬，游戲苑與洛。洛中何鬱鬱，冠帶自相索。長衢羅夾巷，王侯多第宅。兩宮遙相望，雙闕百餘尺。極宴娛心意，戚戚何所迫。』

『迴車駕言邁，悠悠涉長道。四顧何茫茫，東風搖百草。所遇無故物，焉得不速老。盛衰各有時，立身苦不早。人生非金石，豈能長壽考。奄忽隨物化，榮名以爲寶。』

『驅車上東門，遙望郭北墓。白楊何蕭蕭，松柏夾廣路。下有陳死人，杳杳卽長暮。潛寐黃泉下，千載永不悟。浩浩陰陽移，年命如朝露。人生忽如寄，壽無金石固。萬歲更相送，聖賢莫能度。服食求神仙，多爲藥所誤。不如飲美酒，被服紈與素。』

『去者日以疎，生者日以親。出郭門直視，但見丘與墳。古墓犂爲田；松柏摧爲薪。白楊多悲風，蕭蕭愁殺人，思還故里閭，欲歸道無因。』

『生年不滿百，常懷千歲憂。晝短苦夜長，何不秉燭遊。爲樂當及時，何能待來茲。愚者愛惜費，但爲後世嗤。仙人王子喬，難可與等期。』

在這些詩裏，明顯地映出在當日離亂生活中產生出來的人生觀。人生的虛無幻滅之感，日漸加深，同時又感到長生之術神仙之事，都無法實現，自然會走到秉燭夜遊飲酒爲樂的享樂路上去。這種思想，到了魏晉，成爲思潮的中堅，在列子中的揚朱篇中，帶着更浪漫更放縱的色彩而出現了。古詩十九首以外，還有許多同樣詩體的好作品。如託名蘇李的詩篇，最值得我們注意。從其詩風上看來，其出生的年代，大約與古詩十九首前後同時。現在各舉一首作例。

『良時不再至，離別在須臾。屏營衢路側，執手野踟躕。仰視浮雲馳，奄忽互相踰。風波一失所，各在天一隅。長當從此別，且復立斯須。欲因晨風發，送子以賤軀。』（李陵與蘇武詩一）

『結髮爲夫妻，恩愛兩不疑。歡娛在今夕，燕婉及良時。征夫懷遠路，起視夜何其。參辰皆已沒，去去從此辭。行役在戰場，相見未有期。握手一長歎，淚爲生別滋。努力愛春華，莫忘歡樂時。生當復來歸，死當長相思。』（蘇武古詩）

蘇李的流落異域的境遇，他鄉的握別，本來就是最動人的詩材。這些詩不是他們本人所作，前面已有解說，但這些擬作者的文學天才的高越，實可與古詩十九首的作者們比肩，這些詩都是描寫別離前夜以及分手那一剎那的情景，既是眞實，而又哀痛，無一字一句不是血淚，無一字一句不是深情。這實在是古詩中的上品。難怪魏晉文人要不斷地模擬他們。再如悲與親友別，穆穆清風至，歲出城東門諸篇，也都是無名氏的古詩中的佳作，因其風格相似，在這裏不再抄錄了。

五　敍事詩

在中國的詩歌史上，成績最好的是抒情詩，作品最少而發達又較遲的是敍事詩。詩經的篇數雖是不少，除了祀神饗宴的樂章以外，大多數是抒情的短詩。惟有生民，公劉，綿綿瓜瓞，皇矣，大明諸篇，其體裁稍有不同，是記載民族英雄的傳說與歷史，稍具敘事詩的形式，然因其結果仍歸於祭祀歌誦那一條路上去，所以還不能算是純粹的敘事詩。到了楚辭漢賦，篇章擴大了，想像力也加强了，敘事的作品，應該可以產生了，然變來變去，仍是祭祀抒情和歌諷一類的東西。到了東漢，五言詩體成熟以後，純粹的敘事詩，才正式發展起來。

敘事詩也是起於民間。如孤兒行婦病行那一類的雜言體的民歌，可算是敘事詩的先聲。再如十五從軍征上山採蘼蕪諸篇，算是最成熟的敘事詩了，如上山採蘼蕪云：

『上山採蘼蕪，下山逢故夫。長跪問故夫，新人復何如。新人雖言好，未若故人姝。顏色類相似，手爪不相如，新人從門入，故人從閤去。新人工織縑，故人工織素，織縑日一疋，織素五丈餘，將縑來比素，新人不如故。』

全篇雖只八十個字，却用純客觀的敘事法，用幾句短短的對話，將那夫婦三人的生活性格本領以及那個小家庭的狀況全部表現了。那位丈夫完全是一個功利主義者，那位棄婦本領既好，顏色也不惡，只以失了愛情，而不得不上山採野菜以度日了。下山的時候，偶然遇着過去的丈夫，一點也不表示反抗厭惡的情緒，還恭敬柔溫地長跪下去，在這裏正暗示着當代男權的尊嚴以及女子的奴隸道德，已經成了定型了。

再樂府中有豔歌羅敷行一首，（一名陌上桑）是藝術上更進一步的敘事詩。

『日出東南隅，照我秦氏樓。秦氏有好女，自名爲羅敷。羅敷善採桑，採桑城南隅。青絲爲籠系，桂枝爲籠鉤。頭上倭墮髻，耳中明月珠。湘綺爲下裙，紫衣爲上襦。行者見羅敷，下擔捋髭鬚，少年見羅敷，脫帽著帩頭。耕者忘其犂，耡者忘其耡。來歸相怨怒，但坐觀羅敷。使君從南來，五馬立踟躕。使君遣吏往，問是誰家姝。秦氏有好女，自名爲羅敷。羅敷年幾何？二十尚不足，十五頗有餘。使君謝羅敷，寧可共載不？羅敷前致辭，使君一何愚。使君自有婦，羅敷自有夫。東方千餘騎，夫壻居上頭。何用識？夫壻白馬從。驪駒青絲繫，馬尾黃金絡。馬頭腰中鹿，盧劍可値千。萬餘十五府，小吏二十朝。大夫三十侍中郎，四十專城居。爲人潔白晳，鬑鬑頗有鬚。盈盈公府步，冉冉府中趨。坐中數千人，皆言夫壻殊。』

首段寫羅敷之美，開始鋪陳其裝飾，繼之以旁觀者的襯托。挑者見之，憩擔摸其鬚；少年見之，停步脫其帽；耕種者見之，停鋤停犂而忘其工作；到了家裏互相埋怨爲什麼坐着貪看那美婦人的容貌，使得田沒有犂，地也沒有鋤。由這種客觀的寫法，顯得羅敷的美麗達到了極致，比起沈魚落雁羞花閉月等類的抽象形容詞來，是又具體又生動又眞實得多了。中段敍使君見而愛其美，憑其官吏的高貴地位，於是遣使說媒了。末段再用力鋪陳其夫壻的美貌富足以及其官場的地位，給使君一個斬鐵截釘的拒絕，與首段鋪陳羅敷的美貌遙相呼應。結句十字，由旁觀者的語氣說出。言盡而意無窮，絲毫不雜主觀的批評，對使君不貶，對羅敷也不褒，而讀者心中自有褒貶。這是敍事詩中的無上佳作。

古今注云：『陌上桑出秦氏女子。秦氏邯鄲人，有女名羅敷，爲邑人千乘王仁妻。王仁後爲越王家令。羅敷出採桑於陌上，越王登台見而悅之，因引酒欲奪焉。羅敷乃彈箏作陌上桑歌以自明。』這故事雖不一定可靠，這歌雖不一定是羅敷自作，但我們相信當日一定有一個這一類的故事在社會上流行，於是民間文人乃作此歌以流傳之。其次如辛延年的羽林郎，宋子侯的董嬌嬈，都是從這種故事轉化出來的敍事詩。所以不同者敍述的次序起了變化，民歌的氣氛淡薄了。文人的氣氛加濃了而已。且舉辛延年的羽林郎爲例。

『昔有霍家奴，姓馮名子都。依倚將軍勢，調笑酒家胡。胡姬年十五，春日獨當鑪。長裾連理帶，廣袖合歡襦。頭上藍田玉，耳後大秦珠。兩鬟何窕窈，一世良所無。一鬟五百萬，兩鬟千萬餘。不意金吾子，娉婷過我廬。銀鞍何煜爚，翠蓋空踟躕。就我求青酒，絲繩提玉壺。就我求珍肴，金盤鱠鯉魚。貽我青銅鏡，結我紅羅裾。不惜紅羅裂，何論輕賤軀。男兒愛後婦，女子重前夫。人生有新故，貴賤不相踰。多謝金吾子，私愛徒區區。』

採桑的羅敷，變成了當鑪的美女，女主人的身分雖是變了，故事的內容與精神，以其作品中所要表現的那個女子的潔身自愛的那一點，還是沒有變。至如宋子侯的董嬌嬈，是用含蓄的隱語，象徵的手法，來詠歎花枝的美麗以及暴力摧殘的惡徒。作詩的動機，想必也是以這個故事爲其背境的。大凡一種流傳民間的故事，必有其流行的魔力。或因其節孝忠烈，或因其神奇鬼怪，在那些故事裏的男女主角，便成爲民間景仰者或是厭惡者的代表。於是這些故事，便成爲文學上的公衆材料。所以在一個題材之下，可以產生同樣情調的作品，原是無可懷疑的事。如魏左延年的秦女休行，是敍述女休報讐的故事，晉朝的傅玄，也有秦女休行一篇，其中的故事，雖有許多演變，而其母題的本身與其故事的眞精神，是沒有變的。

由這些短篇的敍事詩的演進，到了建安末年，長篇的敍事詩出現了。蔡琰的悲憤詩，與無名氏的孔雀東南飛，可稱爲長篇敍事詩的雙璧。蔡琰是蔡邕的女兒，在她父親那種敎養之下，能成爲一個女作家的事，原是無可疑的。加以她的壯年被虜入胡，暮年別子還鄉的痛苦的境遇，原是最好的文學的材料。在她現存的作品裏，有悲憤詩二首，一爲楚辭體，一爲五言體。另一篇爲胡笳十八拍，也是楚辭體的。同一的題材，她爲什麼要寫三篇呢？在這裏對於這幾篇作品的眞實性，不得不加以簡略的推論。胡笳十八拍中雖多通俗的句子，然大部分的技巧與格調，却不像漢代的詩。如八拍中的『爲天有眼兮何不見我獨漂流？爲神有靈兮何事處我天南海北頭？』如九拍中的『生悠忽兮如白駒之過隙，然不得歡樂兮當我之盛年。』這些風格的詩句，是要在鮑照時代的作品裏才有的，漢詩中却不易見。再如十拍中的『殺氣朝朝衝塞門，胡風夜夜吹邊月，』十七拍中的『去時懷土兮心無緖，來時別兒兮思漫漫。……豈知重得兮長安，歎息欲絕兮淚闌干，』這種琢練的技巧與格調，最早也在六朝，遲恐怕是到了隋唐了。

三篇中最爲眞實的，是那篇楚辭體的悲憤詩。第一、這篇詩的風格體裁，與當代的詩風相合，蔡邕是有名的辭賦家，女兒受他的敎化，能作辭賦體的詩歌，也是極合理的事。其次，詩中敍事行文，全與蔡琰的身分相合，沒有後人擬托的痕跡。好像五言體的那一篇，開口便說『漢季失權柄，董卓亂天常，志欲圖篡弒，先害諸賢良，』蔡琰歸漢，離董卓年代極近，並且漢朝還沒有亡，她未必肯這麼大膽地說這些褒貶的話。因此有人疑爲不是蔡琰之作，却也合乎情理。或者是因爲她感受痛苦過深，對於國家的失權，亂臣的叛變，痛恨之極，竟此不顧一切地信筆直書，藉此以抒情洩憤，原不打算公諸世人的。這樣解釋，雖近於想像，原也是可能的事。三篇都是內容充實情感眞實的作品，而以五言體一篇，寫得尤爲自然生動。

『漢季失權柄，董卓亂天常。志欲圖篡弒，先害諸賢良。逼迫遷舊邦，擁主以自强。海內興義師，欲共討不祥。卓衆來東下，金甲耀日光。平土人脆弱，來兵皆胡羌。獵野圍城邑，所向悉破亡。斬截無孑遺，尸骸相撐拒。馬邊懸男頭，馬後載婦女。長驅西入關，迴路險且阻。還顧邈冥冥，肝脾爲爛腐。所略有萬計，不得令屯聚。或有骨肉俱，欲言不敢語。失意幾微間，輒言斃降虜。要當以亭刃，我曹不活汝。豈敢惜性命，不堪其詈罵。或便加棰杖，毒痛參并下。且則號泣行，夜則悲吟坐。欲死不能得，欲生無一可。彼蒼者何辜？乃遭此戹禍。邊荒與華異，人俗少義理。處所多霜雪，胡風春夏起。翩翩吹我衣，肅肅入我耳。感時念父母，哀歎無終已。有客從外來，聞之常歡喜。迎問其消息，輒復非鄉里。邂逅徼時願，骨肉來迎己。己自得解免，當復棄兒子。天屬綴人心，念別無會期。存亡永乖隔，不忍與之辭。兒前抱我頸，問母欲何之。人言母當去，豈復有還時。阿母常仁惻，今何更不慈。我尚未成人，奈何不顧思。見此崩五內，恍惚生狂癡。號呼手撫摩，當發復回疑。兼有同時輩，相送告別離。慕我獨得歸，哀叫聲摧裂。馬爲立踟蹰，車爲不轉轍。觀者皆歔欷，行路亦嗚咽。去去割情戀，遄征日遐邁。悠悠三千里，何時復交會。念我出腹子，胸臆爲摧敗。既至家人盡，又復無中外。城郭爲山林，庭宇生荆艾。白骨不知誰，縱橫莫覆蓋。出門無人聲，豺狼嘷且吠。煢煢對孤景，怛咤糜肝肺。登高遠眺望，魂神忽飛逝。奄若壽命盡。傍人相寬大。爲復强視息，雖生何聊賴？託命於新人，竭心自勗勵。流離成鄙賤，常恐復捐廢。人生幾何時？懷憂終年歲。』

從董卓作亂被擄入胡敘起，一直寫到別兒歸國，還鄉再嫁爲止。條理謹嚴，十二年間的流離轉徙的生活，悲傷痛苦的心情，以及當代政治的紊亂，社會的動搖，一齊在這詩裏反映出來。成爲一首最有社會性與歷史性的作品。中間描寫胡人對於漢人的虐待，母子別離時候那種公義私情的衝突和悲喜交集的情感，以及她回家後所看見的那種荒凉悽慘的境象，和隱伏在心中的深沉的悲哀，是全篇寫得最有力最深刻最動人的文字。這種作品的生命，自然是要永存於人間的。

悲憤詩是描寫一個在政治紊亂內禍外患中遭受着犧牲的女子的悲劇，孔雀東南飛是表現一對犧牲於舊的家族制度與傳統的倫理道德下面的夫婦的悲劇。前者的環境較爲特殊，而後者却是我國最普遍的現象。二千年來，遭遇着仲卿蘭芝他們同樣的命運，而屈服於名教道統的壓力之下，或是偸生，或是自殺的，眞是不知道有多少。孔雀東南飛的作者，抓住這個全社會的青年男女所痛苦着的題材，用客觀的手法，敍事詩的體裁敍述出來，成爲表現家庭問題與婦女問題的最有力的作品。

孔雀東南飛共三五三句，得一千七百六十五字。爲中國五言敍事詩中獨有的長篇。此篇不見文選，劉勰鍾嶸的評論裏，都未提過，在現存的古籍裏，初見徐陵編纂的玉臺新詠。詩前有序云：『漢末建安中，廬江府小吏焦仲卿妻劉氏，爲仲卿母所遣，自誓不嫁，其家迫之，投水而死。仲卿聞之，亦自縊於庭樹。時人傷之，爲詩云爾。』在這序裏，人名地名，以及事實的內容，都記載得非常清楚，自然是當日社會上的一件實事。後面又說時人傷之而作詩，這詩人自然是建安時代的人，那末這首詩是漢詩是無疑的了。但到了近年，這詩的時代，又起了問題。首先提出來的，是梁啓超氏。他說：我國古詩從三百篇到漢魏的五言，大率情感主於溫柔敦厚，而資料都是現實的。像孔雀東南飛一類的作品，起於六朝，前此卻無有。佛本行讚譯成四本，原來只是一首詩。……六朝名士幾於人人共讀。那種熱烈的情感和豐富的想像，輸入我們詩人的心靈中當然不少。孔雀東南飛一類的長篇敍事詩。也必間接受其影響的罷。』（印度與中國文化親屬之關係）後來陸侃如氏也附和此說，更以「靑廬」爲北朝結婚時的風俗，「龍子幡」爲南朝的風尙，作爲此詩出自六朝的證據。他們這種懷疑的精神是可貴的，但其議論卻不精當。我們先批評梁氏的意見。

梁氏說孔雀東南飛的產生，是由於受了佛教文學的影響。這話完全是想像的。在這首詩裏，一點沒有佛教文學影響的影子。所謂佛教文學的影響，我們可以舉出最重要的兩點。一、是佛學的宗教思想，二、是佛教文學的想像力，與散韻夾用的形式。我們試看仲卿蘭芝的死，完全是受了傳統道德與家庭惡勢力的壓迫，所表現的完全是中國的舊宗教觀念，與舊倫理觀念。一點也沒有那種輪迴超度來生出世一類的佛教意識。其次，孔雀東南飛是一首純粹寫實的敍事詩，所描寫的全是一些平凡瑣碎的家庭實事，那裏可說是有佛教文學那種豐富浪漫的想像力。並且文體正是當日流行的五言詩，與悲憤完全相似，如何說六朝以前却無有。我們試反問一句，六朝又有什麼富於想像力的詩歌呢？這種議論，無論從那一點說，都是立脚不穩。至於梁氏所說的『佛本行讚譯成華文以後，也是風靡一時，六朝文士幾於人人共讀』這一節，胡適之氏批評得極好。他說：『這是毫無根據的話，這一類的故事詩，文字俚俗，辭意煩複，和六朝名士的文學風尚相去甚遠。六朝名士所能了解欣賞的，乃是道安慧遠支遁一流的玄理，決不能欣賞這種幾萬言的俗文長篇故事。法華經與維摩詰經一類的名譯也不能不待至第六世紀以後方才風行。這都是由於思想習慣的不同，與文學風尚的不同，都是不可勉强的。』（白話文學史）他這種評論，非常精當，就是梁氏看了，想也是贊同的罷。我們再看陸氏的話，所舉的事實，也不可靠。

「青盧」之俗，雖盛行於北朝，但漢末已有之。世說新語假譎篇云：『魏武少時，嘗與袁紹好爲遊俠。觀人新婚，因潛入主人園中，夜呼叫云：有偷兒賊。青廬中人皆出觀，』這種有力的證據，是無法推翻的。龍子幡是否爲漢制，雖不可考，但我們却無法證明這種風尚在南朝以前就沒有。如果只用這些薄弱的事實來證明孔雀東南飛是出於六朝，我們自然是不能承認的。

我們要注意的，是這種詩歌，在文學演進的歷史上，是否在建安時代有產生的可能。這答案是肯定的，有產生的可能。無論在文字的技巧上，音節的韻律上，詩體的發展上，都有這種可能。漢代的敍事詩，由雜言體的孤兒行婦病行，再進展爲純粹的五言短篇十五從軍征，上山採蘼蕪，再進展爲較長的陌上桑，羽林郎，悲憤詩，再進展爲最長的孔雀東南飛，這種進展是非常合理的事。再從技巧上看，全篇的文句，大都是質樸土俗，正適合當代民歌的格調。中間的鋪陳裝飾與對話的形式，在孤兒行陌上桑羽林郎諸篇中早已有之，並非孔雀東南飛的新創。中間只有『奄奄黃昏後，寂寂人定初』二句，稍有六朝人口氣，但這種民歌流傳社會，等到文人收集編寫，偶加潤飾，是常有的事。我們不能以此爲後人所作的藉口。再從韻律上說，首段支微灰魚韻通用，中段陽江冬蒸眞删韻通用，與漢魏樂府的韻格相同，亦可作爲此詩出自建安黃初間的旁證。至於說其初見於玉臺新韻而不見於文選，文心，詩品諸書而遂疑爲晚出者，這是不明玉臺與文選諸書的性質的差別。玉臺偏於平民，文選諸書偏於典雅，故重於此者輕於彼，見於彼者棄於此了。據隋志：玉臺之前，有詩歌總集之名而散亡者亦甚多，如晉有荀綽之古今五言詩美文五卷，無名氏之古詩集九卷，昭明太子之古今詩苑英華十九卷，我們也無法證明在那些集子裏，就沒有孔雀東南飛那一首詩。這樣說來，這篇敍事詩的時代，放在建安黃初年間，是比較合理的。

悲憤詩雖受有民歌的影響，但還帶着濃厚的文人氣息。但孔雀東南飛却純是民歌的本色。他的好處，是能用通俗平淺的語言，敍述那些瑣碎的家事，一點不覺得粗鄙，反而顯得自然可愛。在那裏，把那幾個人的性格以及當日的家庭道德和男女問題的苦悶，全部反映出來。這不是宗教的或是命運的悲劇，而是無法避免的社會的悲劇。在這種地方，孔雀東南飛更增加其價值。王世貞說：『孔雀東南飛，質而不俚，亂而能整，敍事如畫，敍情若訴，長篇之聖也。』（藝苑卮言）在藝術的批評上，這是很恰當的。因爲他是古代民間最偉大的敍事詩，篇幅雖稍長，我仍是把他全抄在下面。

『孔雀東南飛，五里一徘徊。「十三能織素，十四學裁衣。十五彈箜篌，十六誦詩書，十七爲君婦，心中常苦悲。君既爲府吏，守節情不移。賤妾留空房，相見常日稀。鷄鳴入機織，夜夜不得息。三日斷五匹，大人故嫌遲。非爲織作遲，君家婦難爲。妾不堪驅使，徒留無所施。便可白公姥，及時相遣歸。」府吏得聞之，堂上啓阿母：「兒已薄祿相，幸復得此婦。結髮同枕席，黃泉共爲友。共事三二年，始爾未爲久。女行無偏斜，何意致不厚。」阿母謂府吏，「何乃太區區。此婦無禮節，舉動自專由。吾意久懷忿，汝豈得自由？東家有賢女，自名秦羅敷。可憐體無比，阿母爲汝求。便可速遣之，遣之愼莫留。」府吏長跪告：「伏惟啓阿母。今若遣此婦，終老不復取。」阿母得聞之，椎床便大怒：「小子無所畏，何敢助婦語。吾已失恩義，會不相從許。」府吏默無聲，再拜還入戶。舉言謂新婦，哽咽不能語：「我自不驅卿，逼迫有阿母。卿但暫還家，吾今且報府。不久當歸還，還必相迎取。以此下心意，愼勿違我語。」新婦謂府吏：「勿復重紛紜。往昔初陽歲，謝家來貴門。奉事循公姥，進止敢自專？晝夜勤作息，伶俜縈苦辛。謂言無罪過，供養卒大恩。仍更被驅遣，何言復來還？妾有繡腰襦，葳蕤自生光。紅羅複斗帳，四角垂香囊。箱簾六七十，綠碧青絲繩。

物物各自異，種種在其中。人賤物亦鄙，不足迎後人。留待作遺施，於今無會因。時時爲安慰，久久莫相忘。」雞鳴外欲曙，新婦起嚴妝。著我繡裌裙，事事四五通。足下躡絲履，頭上玳瑁光。腰若流紈素，耳著明月璫。指如削葱根，口如含珠丹。纖纖作細步，精妙世無雙。上堂拜阿母，阿母怒不止：「昔作女兒時，生小出野里。本自無教訓，兼愧貴家子。受母錢帛多，不堪母驅使。今日還家去，念母勞家裏。」却與小姑別，淚落連珠子：「新婦初來時，小姑始扶床。今日被驅遣，小姑如我長。勤心養公姥，好自相扶將。初七及下九，嬉戲莫相忘。」出門登車去，涕落百餘行。府吏馬在前，新婦車在後。隱隱何甸甸，俱會大道口。下馬入車中，低頭共耳語：「誓不相隔卿，且暫還家去。吾今且赴府，不久當還歸。誓天不相負。」新婦謂府吏：「感君區區懷。君既若見錄，不見望君來。君當作盤石，妾當作蒲葦。蒲葦紉如絲，盤石無轉移。我有親父兄，性行暴如雷。恐不任我意，逆以煎我懷。」舉手長勞勞，二情同依依。入門上家堂，進退無顏儀。阿母大拊掌：「不圖子自歸！十三教汝織，十四能裁衣。十五彈箜篌，十六知禮儀。十七遣汝嫁，謂言無誓違。汝今何罪過，不迎而自歸。」蘭芝慚阿母：「兒實無罪過。」阿母大悲摧。還家十餘日，縣令遣媒來。云「有第三郎，窈窕世無雙。年始十八九，便言多令才。」阿母謂阿女：「汝可去應之。」阿女含淚答：「蘭芝初還時，府吏見丁寧，結誓不別離。今日違情義，恐此事非奇。自可斷來信，徐徐更謂之。」阿母白媒人：「貧賤有此女，始適還家門。不堪吏人婦，豈合令郎君？幸可廣問訊，不得便相許」媒人去數日，尋遣丞請還。說有「蘭家女，承籍有宦官。云有第五郎，嬌逸未有婚。遣丞爲媒人，主簿通言語，直說太守家，有此令郎君。既欲結大義，故遣來貴門。」阿母謝媒人：「女子先有誓，老姥豈敢言。」乃兄得聞之，悵然心中煩。舉言謂阿妹：「作計何不量？先嫁得府吏，後嫁得郎君。否泰如天地，足以榮自身。不嫁義郎體，其往欲何云？」蘭芝仰頭答：「理實如兄言。謝家事夫壻，中道還兄門，處分適兄意，那得自任專？雖與府吏要，渠會永無緣。登卽相許和，便可作婚姻。」媒人下床去，諾諾復爾爾。還部白府君：「下官奉使命，言談大有緣。」府君得聞之，心中大歡喜。視曆復開書：「便利此月內。六合正相應，良吉三十日。今已二十七，卿可去成婚。」交語速裝束，絡繹如浮雲。青雀白鵠舫，四角龍子幡。婀娜隨風轉，金車玉作輪。躑躅青驄馬，流蘇金縷鞍。齎錢三百萬，皆用青絲穿。雜綵三百匹，交廣市鮭珍。從人四五百，鬱鬱登郡門。阿母謂阿女：「適得府君書，明日來迎汝。何不作衣裳，莫令事不舉。」阿女默無聲，手巾掩口啼，淚落便如瀉。移我琉璃榻，出置前窗下。左手持刀尺，右手執綾羅。朝成繡裌裙，晚成單羅衫。晻晻日欲暝，愁思出門啼。府吏聞此變，因求假暫歸。未至二三里，摧藏馬悲哀。新婦識馬聲，躡履相逢迎。悵然遙相望，知是故人來。舉手拍馬鞍，嗟歎使心傷。「自君別我後，人事不可量。果不如先願，又非君所詳。我有親父母，逼迫兼弟兄。以我應他人，君還何所望？」府吏謂新婦：「賀君得高遷。盤石方且厚，可以卒千年。蒲葦一時紉，便作旦夕間。

卿當日勝貴，吾獨向黃泉。」新婦謂府吏：「何意出此言？同是被逼迫，君爾妾並然。黃泉下相見。勿違今日言。」執手分道去，各各還家門。生人作死別，恨恨那可論！念與世間辭，千萬不復全。府吏還家去，上堂拜阿母：「今日大風寒，寒風摧樹木，嚴霜結庭蘭。兒今日冥冥，令母在後單。故作不良計，勿復怨鬼神。命如南山石，四體康且直。」阿母得聞之，零淚應聲落。「汝是大家子，仕宦於臺閣。愼勿爲婦死，貴賤情何薄？東家有賢女，窈窕豔城郭。阿母爲汝求，便便在旦夕。」府吏再拜還，長歎空房中，作計乃爾立。轉頭向戶裏，漸見愁煎迫。其日牛馬嘶，新婦入靑廬。奄奄黃昏後，寂寂人定初。我命絕今日，魂去尸長留。攬裙脫絲履，舉身赴淸池。府吏聞此事，心知長別離。徘徊庭樹下，自掛東南枝。兩家求合葬，合葬華山傍。東西植松柏，左右種梧桐。枝枝相覆蓋，葉葉相交通。中有雙飛鳥，自名爲鴛鴦。仰頭相向鳴，夜夜達五更。行人駐足聽，寡婦起彷徨。多謝後世人，戒之愼勿忘。』

第八章　魏晉時代的文學思潮

一　魏晉文學的社會環境

中國文學發展到魏晉，雖說在形體上沒有什麼新奇的創造，但文學的精神與作家的創作態度，都發生了大大的變化。最明顯的，是文學離開了實用的社會的使命，(無論是教訓的諷刺的或是歌誦的)而趨於浪漫的神秘的哲理的發展。換言之，就是由爲人的功用的文學，變爲個人的言志的文學。在這個轉變的過程中，文學的發展，漸漸地成爲獨立的藝術，而不爲任何外力指導拘束的明顯的現象。

我們要明瞭這種轉變的根源，不得不先事敍述當日的政治學術宗教以及人生觀的種種社會環境。這些社會環境，便是魏晉文學的土地肥料和氣候，他們在這裏，是發生着決定的作用的。在下面，我分作數點來說。

一、儒學的衰微　儒學在漢代雖盛極一時，到了魏晉，便呈現着極度衰微無力的狀態。其原因：一面是因其本身的墮落，無法維持青年們的信仰，其次便是受了時代環境的刺激，不得不把他的地位，讓之於新起來的思想。我們知道，漢武帝時代起來的儒家，雖頂着孔子的招牌，其學說的本質，已非孔子的眞面目了。後來又加進去陰陽五行的學說，讖諱符命的怪論，一同揉雜起來，於是當代的儒家，帶了濃厚的方士氣味，哲學也就成了迷信的宗教。如董仲舒，匡衡，翼奉，劉向們的作品裏，無不染了這種惡毒。翼奉說：『易有陰陽，詩有五際，春秋有災異，皆列終始，推得失，考天心，以言王道之危安。』這樣一來，幾本古書，都被他們迷信化神鬼化。連一部文學書的詩經，也在各詩中分配着五行五德天干地支種種怪名目，六情五性五際種種怪字眼，這全然成爲一本推背圖了。在這種空氣之下，還有什麼哲學，還有什麼眞理，頭腦淸醒一點的讀書人，自然對於這種學術狀態是不能滿意的。難怪桓譚，張衡，王充之徒，要起來反對的了。但這種迷信的哲學與破碎的經學，在政治的統制力量沒有崩潰以前，是不會動搖的。因爲那種哲學是君主政治的護身符，極爲君主所愛好所擁護。那種破碎的經學，却又是千萬士子求富貴利祿的門徑。班固在儒林傳贊內說得好：『自武帝立五經博士，開弟子員，設科射策，勸以官祿，訖於元始，百有餘年，傳業者寖盛，支葉蕃滋。一經說至百餘萬言，大師衆至千餘人，蓋祿利之路然也。』祿利之路，眞算是一針見血了。這種迷信哲學與破碎的經學，一等到君主專政的勢力動搖，與用人的制度一旦發生變化的時候，自然就要跟着動搖的了。曹操一當權，便採取法治政策，他所需要的人才，是那種有治國用兵之術的縱橫權謀之士，講德行學問重禮義名節的儒家徒，他看不起，他接二連三地下着求賢令求逸才令，都是表現他這種主張。顧炎武說：『孟德既有冀州，崇奬跅馳之士，觀其下令再三，至於求不仁不孝而有治國用兵之術者，於是權詐迭起，姦逆萌生。故董昭太和之疏，已謂當今年少不復以學問爲本，專以交通爲業。國士不以孝悌淸修爲首，乃以趨勢求利爲先。……夫以經術之治節義之防，光武明章數世爲之而未足，毀方敗常之俗，孟德一人變之而有餘。』（日知錄兩漢風俗）這表面雖屬於曹操一人的風尙，而其根底却也是時代環境的必然趨勢。到了曹丕，對於他父親的法治政策，不大滿意，日夜追慕着漢文帝的無爲政治，所以他一做了皇帝，便接着下息兵詔，輕刑詔，禁復讎詔，薄稅詔等等重要的命令，無非是想把道家的思想應用到政治上去。加以他自己是一個天才詩人，時時感着人生無常，想把有限的生命，寄託到文學裏去。在典論論文，與王朗書，與吳質書裏，都流露出來這種意見。他的政治地位，雖是皇帝，他的本質，却是一個道家思想者的詩人。傅玄在舉清遠疏中說：『近者魏武好法術，而天下貴刑名；魏文慕通達，而天下賤守節。其後綱維不攝，而虛無放誕之論，盤於朝野，使天下無復淸議，而亡秦之病，復發於外矣。』在這種情況下，儒學自然是不能不趨於衰微，另一種新思想，必然是乘機而起了。魚豢在魏略儒宗傳序中說：『從初平之元（漢獻帝年號）至建安之末，天下分崩，人懷苟且，綱紀既衰，儒學尤甚。……正始中，有詔議圜丘普延學士，是時郎官及司徒領吏二萬餘人，雖復分布，在京師者尚見萬人，而應書與議者，略無幾人。又是時朝堂公卿以下四百餘人，其能操筆者，未有十人，多皆相從飽食而退。嗟乎！學業沉隕，乃至於此。』（全三國文）從初平到正始，不過六十年，儒學的衰微，到了這種地步，眞令人驚奇。宜乎魚豢大致其慨歎之辭了。

儒學的衰微，對於文學發展的影響，自然是很大的。儒家對於文學的態度，是要依照原道宗經的正統，不要偏於個人的藝術的路上去。正如荀子所說：『凡言不合先王，不順禮義，謂之姦言。』（非相篇）因此儒家主張文學裏要表現倫理道德，要發生勸導諷諭的實際功用。所以他們排斥非現實的事蹟，虛美的辭藻，和個人的空想與情感。每當儒學的理論在當代成爲威權的時候，文學的活動必受其指導批評與限制，個人主義的浪漫文學，因而無法抬頭。明瞭了這一點，便可知道魏晉儒學的衰微而文學得有自由發展的事，是極其合理的。

二、政治紊亂與人命的危險　東漢末葉起，政治上便發生了動搖。內面是宦官外戚的爭權，外面是黨禍與黃巾的屠殺，接着是董卓曹操的舉兵，三國的局面，因以形成。再接下去，便是曹丕司馬兩家的繼續篡奪，賈后之亂，八王之亂，再加以北方胡族的侵入，結果是懷帝愍帝相繼被虜，於是西晉便亡了。到了東晉，雖偏安一時，中經王敦，蘇峻，桓玄之亂，造成了劉裕篡位的機會，東晉也就在這時告了結束。在這兩百多年中，內禍外患，接踵而來，戰爭黨禍飢荒瘟疫，不知道死了多少人，不知道荒廢了多少田地，不知道離散了多少人的家庭。在那幾百年中，人口的銳減，與人民的遷徙的情形，在古史上，還可供給我們不少的材料。在這種社會生活根本起了搖動的時候，人民的頭腦思想也要跟着發生變動的事，那是自然的現象。傳統的道德，舊有的信仰，都不能維繫他們的心靈了。無論智識階級或平民階級，都有釀成新信仰新宗教的要求。為要醫治那受了創傷的心靈，什麼老莊玄學，道佛宗教，便乘機而起了。在那種黨派對立與篡奪繼續的局面之下，文士是動輒得咎，命如雞犬。東漢末年黨禍的大屠殺，不僅封住了讀書人的口，連心也被摧殘得破碎了。再如漢末的孔融、禰衡、楊修、及魏、晉時代丁儀、丁廙、何晏、嵇康、張華、石崇、陸機、陸雲、潘岳、劉琨、郭璞等人的慘死，都令讀書人寒心的事。難怪郭泰、袁閎、申屠蟠之流，見漢室陵夷，住的住土穴，躲的躲樹洞，韜光遁世，養性全眞，都做了高士傳中的高士了。難怪魏晉的文士，故意裝聾賣啞，寄情酒色，或揮麈以談道佛，或隱田園而樂山水的了。在這種環境之下，文學的發展，必然是要走到個人的象徵的路上去，而現出濃厚的浪漫思潮。

三、老莊哲學的復活　在上面所述的那種紊亂的政治狀況之下，在那種社會生活全部發生動搖精神信仰全部起了變化的時候，一種新的思想自然要乘機而起的，這種新思想，便是老莊哲學的復活。老莊哲學本是一種亂世的產物，一種對於政治壓迫人性摧殘道德束縛過甚的反動。他們所要求的是清靜逍遙自由與平等。他們看不慣也受不住一切人爲的法度與物質的文化，和那種虛僞的忠孝仁義的倫理道德觀念。他們理想着回到原始的無爭無慾的自然狀態去，追求着眞實的人性與人情。他們在意識上雖是積極地反抗現實，批評現實，但在行動上却是消極地逃避現實。所以他們的學說，只能解救一個人的精神，對於政治社會的改革，民生的救濟，却沒有好處。但是他們却有很高的智慧，細密的體驗與觀察，了解天地萬物是自生自化，並無所謂造物之主，也沒有有意志情感的天帝。因此那天人感應的迷信思想，也就站不住了。反對一切因襲的文物制度和傳統的倫理道德，於是在心靈上或是行爲上，都可以得到自由了。魏晉的玄學，就是這種老莊哲學的復活。宇宙觀政治論人生觀各方面，都是以這種思想爲根底。當時的名士，無不是在無爲無名逍遙齊物幾種觀念上用功夫。一方面是把經書玄理化，另一方面是把老莊書加以解釋和闡揚。何晏的論語集解，王弼的論語釋疑，郭象的論語體略，王弼韓康伯的注易，鍾會的周易盡神論，阮籍的通易論，或是詮釋，或是研究，都是一種經書玄學化的工作。至如老莊書的注釋和研究，那是魏晉讀書人的必修科目。據世說新語說，向秀郭象們注莊子的時候，當時注莊子的已經有了幾十家，經過兩晉，那數目自然是更多了。到了東晉，支道林們開始用佛學來解釋老莊，一時傳誦。我們試看當日史傳中稱揚某人的學問，總是以『精老莊，通周易』爲標準。因此老莊之學，一時披靡天下。當日名士，無不以談玄成名，乃至父兄之勸戒，師友之講求，都以推究老莊爲第一事業。在這種情境之下，儒學自然是日益衰微，玄談之風日盛，文藝的發展得着絕對的自由，而更呈現着浪漫的氣味。

四、人性的覺醒　在儒學衰微，道學興盛，政治紊亂，社會動搖的當代，自必有一種新人生觀的發展。儒家的人生哲學，是一種人生倫理化的人格主義。在個人方面是修身以感人，在政治方面是以德化治國平天下。心身家國是一貫的，都由倫理道德人格修養方面發生作用。所以人要做，身要修，免得一個人流於好逸惡勞寡廉鮮恥的自然本性上去。換言之，修身的哲學，便是要在一個自然本性的人身上，多加一點學問道德名節禮法的修養。這種修養愈是多，這人的身分就愈高，就愈文明，最後的階段，就是聖人。魏晉人的人生觀，恰好是這種思潮的反動，他們反對人生倫理化的違反本性，而要求那種人生自然化的優游生活。生活倫理化的結果，只是用許多人爲的制度法則，把人性人情壓制得不能動彈，日趨於虛僞束縛，一切陰謀詐力的罪惡，都由此而生。人生要有趣味，必得從這種虛僞束縛的生活中解脫出來，返到眞實自由生活的方面去。這種人生觀的特徵，便是人性的覺醒。人性覺醒以後，他們都在追求各種理想的生活。有的講清靜無爲，有的講逍遙自適，有的講養生長壽，有的講縱慾賞樂，有的講田園隱逸，有的講樂天安命，他們的行爲理論雖有不同，而他們的根本要求是一致的。他們全都是求逸樂反傳統排聖哲非禮法的浪漫主義者。蔡元培氏說：『魏晉文人之思想，非截然舍儒而合於道佛也。彼蓋滅裂而雜揉之。彼以道家之無爲主義爲本，而於佛家則僅取其厭世思想，於儒家則留其階級思想及有命論。有階級思想，則道佛兩家之人類平等觀，儒佛兩家之利他主義，皆以不相容而去之。有有命論及無爲主義，則儒家之積善，佛家之濟度，又以爲不相容而去之，於是其所餘之觀念，自尊也，厭世也，有命而無可爲也，遂集合而爲苟生之惟我論矣。』（中國倫理學史）我們只要讀了僞託的列子和當日各家的文字，便知道蔡氏這種分析是極其精當的。

『寒食散之方雖出漢代，而用之者，靡有傳焉。魏尚書何晏首獲神效，由是大行於世，服者相尋也。』（世說新語注引寒食散論）

『阮籍嫂嘗歸寧，籍相見與別。或譏之，籍曰：禮豈爲我輩設耶？鄰家婦有美色，當壚沽酒。阮嘗詣飲，醉便臥其側。籍既不自嫌，其夫察之，亦不疑也。兵家女有才色，未嫁而死，籍不識其父兄，徑往哭之，盡哀而還。』（晉書本傳）

『劉伶恆縱酒放達，或脫衣裸形在屋中，人見譏之。伶曰：我以天地爲棟宇，屋室爲褌衣，諸君何爲入我褌中。』（世說新語任誕篇）

『諸阮皆飲酒，咸至，宗人間共集，不復用杯觴斟酌，以大盆盛酒，圍坐相向，大酌更飲。時有羣豕，來飲其酒，阮咸直接去其上，便共飲之。』（晉書阮咸傳）

『謝鯤鄰家女有美色，鯤嘗挑之，女投梭折其兩齒，時人爲之語曰，任達不已，幼輿折

齒。』（晉書本傳）

『胡毋輔之，謝鯤，阮放，畢卓，羊曼，桓彝，阮孚，散髮裸袒，閉室酣飲，已累日。光逸將排戶入，守者不聽，逸便於戶外脫衣，露頂於狗竇中，窺之而大叫，輔之驚曰，他人必不能耳，必我孟祖也。遽呼入，遂與飲，不捨晝夜，時人謂之八達。』（晉書光逸傳）

由那種新人生觀的理論，而變爲實際的行動，於是造成中國未曾有過的浪漫生活。至於王愷，石崇，賈謐們的縱慾賞樂，嵇康，郭璞們的講養生陰陽，王羲之陶淵明的寄情山水，都是那個時代環境的必然產物。干寶在晉紀總論裏說：『學者以老莊爲宗而黜六經，談者以虛僞爲辨而賤名檢，行身者以放濁爲通而狹節信；進士者以苟得爲貴而鄙居正。當官者以望空爲高而笑勤恪。』這確是浪漫思潮所造成的結果。葛洪也說：『蓬髮亂鬢，橫挾不帶，或褻衣以接人，或裸袒而箕裾。朋友之集，類味之遊，莫切切進德，誾誾修業，攻過弼違，講道精義。其相見也，不復敍離濶，問安否，賓則入門而呼奴，主則望客而喚狗。其或不爾，不成親至，而棄之不與爲黨。及好會則狐蹲牛飲，爭食競割，掣撥淼摺，無復廉恥，以同此者爲泰，以不爾者爲劣。終日無及義之言，徹夜無箴規之益。』（抱朴子疾謬篇。）這眞是一幅魏晉文人日常生活的寫實圖。我們都知道文學是生活的反映，現在生活的基礎，已經到了這種情狀，若想創造那種原道宗經的實用文學，自然是不可能的了。

五、道家佛學的傳佈　道家道教這兩個名詞在表面上雖有些混淆，但其本質却有明顯的差別。道家是代表老莊一派的哲學，道教雖也奉黃老，却是一種民間的迷信宗教。道教的起源，在這裏雖然無法敍述，但在西漢初期盛行一時的黃老，還是屬於道家，至於道教的形成，却始於東漢，一面因爲結合着當日的陰陽迷信的思想，一面襲取當日輸入的佛教形式，漸漸地組合起來。所以在明帝時代，黃老浮屠還是在一種混淆的狀態。明帝永平八年答楚王英的詔中說：『楚王英尊黃老之微言，尙浮屠之仁祠，潔齋三月，與神爲誓。』（後漢書本傳）到了桓帝，在皇宮中正式設立了黃老浮屠之祠。後漢書本紀論說：『飾芳林而考濯龍之宮，設華蓋以祠浮屠老子。』西域傳論佛教也說：『楚英始盛齋戒之祀，桓帝又修華蓋之飾。』皇帝信佛信道，臣僚士子都會跟着走這條路的。所以西域傳中說：『桓帝並祀佛老，百性稍有奉者，後遂轉盛。』適應着這種環境，於是譯經的事業興盛起來了。初期翻譯經典的如支讖安清之流，都是桓靈時代的人。道教也藉着社會動搖，民間困苦的絕好機會，在鄉村間宣傳推動，張陵的五斗米道，張角的太平道，應運而生，十幾年間，徒衆到了幾十萬，地方布滿了青徐幽冀荊揚兗豫八大州，造成歷史上有名的黃巾之亂。

佛學初來中國，多係口傳，國人尙難解其眞義，於是與當日流行的道教，彼此混雜，互相推演。當時信教者與傳教者，都未能將佛道二教分辨清楚，多視出自一門。因爲當日那些託名黃老的方術道士，除講服食導養丹鼎符籙之外，也講神鬼報應祠祀之方，而佛徒最重要的信條爲神靈不滅輪廻報應之說，又奉行齋戒祭祀，故雙方容易調和，而成爲一種佛道不分的綜合式。等到漢代末年，有支讖，安清，竺佛朔，康孟祥，竺大力諸人的譯經，有牟子討論佛義的理惑論，於是佛教本身的意義漸漸顯明，從方術道士的手下，漸漸解脫出來而入於自立之途了，同時，道教在民間很快地發展起來，其基礎日趨穩固。到了魏晉，老莊哲學獨立發展，與道教徒假託黃老的道教分道而馳，一爲民間信仰的宗教，一爲當代學術思想界的正統了。但這種道教，對於當代的知識份子，也發生很大的影響。如正派的道士葛洪我們不必說，就是嵇康王羲之之流，也都是信仰道教的，其勢力的傳播，可知不僅在於民間了。在這種變化時期，佛學也脫離道士的附庸，而與老莊的玄學相輔而行，大爲清談之士所愛好，佛學的發展，又進展到一個新的階段。

魏晉是政治長在動搖人民生活最痛苦的時代，也就是最適合於宗教發展的時代。遁世超俗之風日盛，出家爲僧道的人也就多起來了。那二百多年的佛經翻譯，造成極盛的狀況。如支謙，竺法護，僧伽跋澄，曇摩難提，竺佛念，鳩羅摩什，曇無讖諸人，都有很好的成績。再如釋道安，支道林，釋慧遠之流，也都是當日最有名的高僧。他們不僅宣揚佛理，並且精通中國的哲學，所以爲時流所敬重。佛徒在漢末三國時代，在讀書界並沒有地位，到了西晉，漸露頭角，阮瞻庾凱與沙門孝龍爲友，桓穎與竺法深結交，開了名士僧人結交的風氣。到了東晉，此風日盛，僧人加入清談，士子研究佛理，我們只要看一看簡文帝門下出入的僧人無不是談客，那些名士文人，無不與佛徒往來的事，就可知道那時的情形了。

佛教文學在中國文學的形式與體裁上發生明顯的影響，雖起於唐朝，然在魏晉時代，他一方面助長新人生觀與浪漫思想的發展，同時，又給與文藝以精神上的影響的事，也是不可否認的。至於道教徒所倡導的練丹服藥以及求仙的事績，無論在詩歌小說方面，都現出濃厚的色彩，這是人人都知道的。

二　文學理論的建設

在儒學衰微的魏晉，接着起來的，是道家佛學的思想。乘着這個自由解放的好機會，文學也就向儒學宣告獨立。由漢代的諷刺的功用主義，變爲魏晉的個人主義，再變而爲南朝時代的唯美主義了。在這種文藝思潮變動的過程中，魏晉時代確是一座重要的橋梁。對於這個文學獨立運動首先發動的人，大家都知道是曹丕。他在那篇有名的典論論文內，發表了許多對於文學可貴的見解。他首先敍述了對於建安七子的作品的品評。在那些評論裏，完全脫了儒家的倫理實用觀念，只以氣勢與個性爲標準。其次他對於文學的對象，有離開六藝學術而注重純文藝的傾向。他說：『夫文本同而末異。蓋奏議宜雅。書論宜理，銘誄尙實，詩賦欲麗。』奏議書論是散文，銘誄詩賦是韻文。宜雅宜理尙實欲麗，說得雖是簡單，但由此也可看出他對文體的性質分辨得很是淸楚。他又說：『蓋文章經國之大業，不朽之盛事，年爵有時而盡，榮樂止乎一身。二者必至之常期，未若文章之無窮。是以古之作者，寄身於翰墨，見意於篇籍，不假良史之辭，不託飛馳之勢，而聲名自傳於後。』在這些話裏，已帶有藝術至上主義的傾向，對於純文學的發展，是要給予以重大影響的。

自曹丕開了論文的風氣，繼續着這種工作的人就多了。曹植的與楊德祖書，應瑒的文質論，都是論文的文字。不過這些沒有什麼新穎的理論，略而不談，我們現在要注意的，是西晉陸機的文賦。文賦雖是出於駢麗的賦體，讀了似乎有點模糊，但稍稍細心一點，他的中心思想還是可以看得清楚。

一、內容形式兩全　漢儒對於文學的觀念，着重內容，所以貴重義理。陸機覺得文章的內容雖是可貴，但其形式音律以及修辭的美麗也不可忽略。他說：『理扶質以立幹，文垂條以結繁。』又說：『辭程才以效伎，意司契而爲匠。』又說：『其會意也尙巧，其遣言也貴妍。暨音聲之迭代，若五色之相宣。』他在這裏不僅主張用意修辭要尙妍巧，就是在聲音方面，也要給以音樂的美感的。他這種思想，可以看作是齊梁時代聲律論的先聲。

二、情感與想像的重要　文學縱有美麗的形式與辭藻，若無眞實的情感，作品仍是沒有活躍的生命。故他說『遵四時以歎逝，瞻萬物而思紛。悲落葉於勁秋，喜柔條於芳春。……慨投篇而援筆，聊宣之乎斯文。』因時節事物的刺激，可以使人生出情感和藝術創作的衝動性，到這時候援筆作文，便可達到如他所說的『思風發於胸臆，言泉流於脣齒，文徽徽以溢目，音冷冷而盈耳』的境地了。若作者毫無情感的波動，而一定要無病呻吟，所得的結果，必定是他所說的『六情底滯，志往神留，兀若枯木，豁若涸流』的狀態了。情感以外，其次便是想像。文學雖貴於現實的取材，但必得經過想像力的組織與鍛鍊，始能達到藝術的成就。若專靠經驗與實感，就難免平凡與薄弱。陸機說：『罄澄心以凝思，眇衆慮而爲言。籠天地於形內，挫萬物於筆端。』作家們要有「精騖八極，心遊萬仞」的想像力，才能使作品發出過人的力量與光輝。

三、反模擬　文學的有永久生命，因爲它在表現方面，有它獨創的個性。抄襲模擬的東西，無論技巧怎樣高明，總無永久價値，不能爲人所重視，陸機對於這一點，說得最淸楚：『雖杼軸於予懷，怵他人之我先，苟傷廉而衍義，亦雖愛而必捐。』又說：『收百世之闕文，採千載之遺韻。謝朝華於已披，啓夕秀於未振。』所謂謝已披之華，啓未振之秀，就是要發古人之所未發，言前人之所未言，若一味模擬前人，就有一點傷廉衍義了。

陸機提出來的這幾點，都是文學上的重要問題，他完全離開儒家倫理觀念的束縛，從純文學的觀點，發出許多可貴的議論。他這種思想，對於當代文學發展的影響，自然是很大的。於是大家都承認文學是一種獨立的藝術，專門論文的著述，和文集編纂的書籍，也一天天地多起來了。李充的翰林論，摯虞的文章流別志論，文章流別集等書，一定是很重要的文獻，可惜早已失傳，我們無從窺察其內容了。陸機的文學思想，我們可以看作是文學建設的理論，但對於傳統的儒家文學觀，帶着革命的態度，加以破壞和攻擊的，是稱爲道敎徒的葛洪。他雖是道敎徒，但他同時又是一個學者，對於老莊的哲學瞭解很深，他能以老子的自然論與莊子的進化論，應用到文學觀念方面去。所以他的見解，擊破了儒家的傳統觀念，而發出淸新自由的理論了。

一、德行文章並重　儒家的傳統觀念，把德行看爲根本，文章看爲枝末。文章再做得好，也只是騁辭耀藻，無補救於得失。因此在儒家的眼裏，辭章是玩物喪志的小道，沒有什麼意義的。葛洪却大膽地推翻了這種理論。他說：『文章之與德行，猶十尺之與一丈，謂之餘事，未之前聞。……且夫本不必皆珍，末不必悉薄。譬若錦繡之因素地，珠玉之居蚌石，雲雨生於膚寸，江海始於咫尺爾。則文章雖爲德行之弟，未可呼爲餘事也。』（尙博篇）文章與德行，猶如十尺一丈，並無輕重之分。天地萬物各有其德行實用，也各有其文彩光輝。若只重其一面，而忽視另一面，這觀念自然是錯的。他還進一步說：『德行爲有事，優劣易見；文章微妙，其體難識。夫易見者粗也，難識者精也，夫唯粗也，故銓衡有定焉，夫唯精也，故品藻難一焉。』（尙博篇）德行見於行爲，大半是出於做作，容易討好。文學出於表現，大半由於天才，其術難精。故德行粗淺，而文學精深，由這點看來，文學的艱苦微妙，反在德行之上了。他所持的這種議論，確實是大膽的，把儒家作爲命根的德行看作是粗淺的東西，歷來不敢動搖的德本文末的傳統觀念，也被他推倒了。

二、文學是進化的　儒家還有一個傳統觀念，認爲什麼東西，都是今不如古，養成一種自卑的拜古心理。稱帝王必曰堯舜，稱聖人必曰周孔，稱文必講尙書，稱詩必道三百篇。他們的理由，是『古之著書者，才大思深，故其文隱而難曉。今文意淺力近，故露而易見。以此易見比彼難曉，猶溝澮之方江河，螘垤之與嵩岱矣。』這種意見，葛洪覺得是大錯的。他在鈞世篇說：『蓋往古之士，匪鬼匪神，其形器雖冶鑠於疇曩，其精神布在乎方策。情見乎辭，指歸可得。』他首先要破壞那種盲目崇拜古人的心理。古人並不是鬼，也不是神，他也同我們一樣，是一個平凡的人。他們的作品的精神，我們還可以見其情意。這種民主的開明精神，是非常可貴的。至於說古文隱而難曉，今文露而易見，這不是古文優於今文的標準，反是今文優於古文的證據，並且古文的隱而難曉，只是時代變遷語言雜亂的原因，與才大思深絕無關係。今文淺顯美麗，正是文學進化的結果。故他說：『古書之多隱，未必昔人故欲難曉。或世易語變，或方言不同，經荒歷亂，埋藏積久，簡編朽絕，亡失者多。或雜續殘缺，或脫去章句，是以難知似若至深耳。』又說：『且夫古者事事醇素，今則莫不雕飾，時移世改，理自然也。』他用時代變遷說到文學的進化，用言語不同章句殘缺種種合理的見解，來說明古今文章不同的原因，極合進化論的科學原理，比起儒家那種盲目的拜古主義來，眞不知要高明多少倍了。

他根據這種文學進化論的原則，斷定今文不僅不劣於古文，今文反比古文進步。他說：『夫尚書者政事之集也，然未若近代之詔策軍書奏議之淸富贍麗也。毛詩者華彩之辭也，然不及上林，羽獵，二京，三都之汪濊博富也。……其如古人所作爲神，今世所著爲賤，貴遠賤近，有自來矣。故新劍以詐刻加價，弊方以僞題見寶也。是以古書雖質樸，而俗儒謂之墮於天也，今文雖金玉，而常人同之於瓦鑠也。』（鈞世篇）庸人俗士，自己不敢主張，只憑耳聞，不用眼力，於是演出凡古皆神無今不劣的見解。葛洪罵那些人爲俗儒，實在是痛快極了。他接着又說：『至於罽錦麗而且堅，未可謂之減於簑衣，輜輧妍而又牢，未可謂之不及椎車也。若舟車之代步涉，文墨之改結繩，諸後作而善於前事，其功業相次千萬者，不可復縷舉也。世人皆知之快於曩矣，何以獨文章不及古耶？』（同上）他這種一步進一步的論斷，使得那些俗儒，是無法反攻的。現在許多衞道的先生們，愛用電燈電話，愛坐輪船汽車，一提到白話文就深惡痛絕，這情形不正是一樣嗎？葛洪的道書，雖不足重視，但他的文學理論，却有重要的價値。他依着文質並重和進化論的原則，擊破了儒家素所主張的德本文末和貴古賤今的兩個最堅固的壁壘。就因這一點，在魏晉的文學批評史上，葛洪建立了穩固的地位了。

三　魏晉文學的浪漫性

在上述的那種時代環境與文學理論的環境下，魏晉文學的發展，自然是要偏於個人的浪漫主義方面去的。因此那些作品，都是以當日流行的道家道教佛教各種思想爲其根底，完全離開現實的社會人生，充分地表現一種超然的神秘的浪漫情緒。由那些作品，很明顯的映出當代智識階級的心理意識。他們把老莊的無爲遁世，道教的神仙，佛教的厭世，各種思想一起揉雜起來，再借着古代許多神話傳說爲材料，描出各種各樣的玄虛世界。於是崑崙蓬萊成了他們歌詠的仙境，宓妃成爲理想的神女，人面獸身的西王母，變成了觀世音，王喬，羨門，赤松子，河上公這些仙人逸士，都成爲他們最高的人生理想了。山海經，穆天子傳變成了經典，郭璞也得用漢儒解經的工夫來加以註解了。以儒家名世的皇甫謐，也寫起高士傳來了。陶淵明也以讀山海經爲題材而作詩了。招隱遊仙成爲當代最流行的詩題了。我們可以說，魏晉文學，完全是當日那種玄學與宗教思想的反映，也就是當日那些淸談名士的浪漫生活和浪漫心理的反映。在那些作品裏，明顯地表現出當代文人的性情理想嗜好和行爲。間接地把那一個紊亂的時代，留下一個分明的影子。

在當代的詩文辭賦裏，表現老莊的哲理思想的，眞是觸目皆是。從仲長統的樂志詩起，再如曹植的玄暢賦，釋愁文，髑髏說，嵇康的秋胡行，酒會詩答二郭，與阮德如，述志詩諸篇都是。至如阮籍郭璞的詩，幾乎全部是道家的哲理與神仙隱士的思想織成的。再如張華，孫楚，陸機，石崇他們的詩篇裏，也時時露出道家的言語來，到了孫綽許詢，再加以佛理，詩就更枯淡無味了。詩品說：『永嘉時，貴黃老，稍尙虛談，於時篇什，理過其辭，淡乎寡味。爰及江表，微波尙傳。孫綽，許詢，桓，庾諸公詩，皆平典似道德論。』文心雕龍明詩篇也說：『自中朝貴玄，江左稱盛。詩必柱下之旨歸，賦乃漆園之義疏。』檀道鸞續晉陽秋也說：『正始中何晏王弼好莊老玄勝之談，而俗遂貴焉。至過江佛理尤盛。故郭璞五言始會合道家之言而韻之；詢及太原孫綽轉相祖尙，又加以三世之辭，而詩騷之體盡矣。』這些批評都相當確切。不過道家詩文，並非起於郭璞，在仲長統，曹植，阮籍，嵇康的作品裏，早已開始了。下面各舉一首爲例。

『大道雖淺，見幾者寡。任意無非，適物無可。古來繞繞，委曲如瑣。百慮何爲，主要在我。寄愁天上，埋憂地下。叛散五經，滅棄風雅。百家雜碎，請用從火。抗志山西，遊心海左。元氣爲舟，微風爲柂。敖翔太清，縱意容冶。』（仲長統）

『絕聖棄學，遊心於玄默。絕聖棄學，遊心於玄默。遇過而悔，當不自得，垂釣一壑，所樂一國。被髮行歌。和者四塞。歌以言之，遊心於玄默。』（嵇康秋胡行）

除了道家的玄理以外，其次在詩文裏表現最普遍的，是那種神秘的空想的遊仙思想。在曹操的氣出唱，精列，陌上桑，秋胡行諸詩裏，已充滿了仙道的典故。阮籍的詠懷詩，到處都是王喬，羨門，赤松，河上的字眼。曹植有洛神賦，仙人篇，遊仙篇，遠遊篇，升天行。王粲陳琳都有神女賦，郭璞是以遊仙詩著名的，張華，張協，成公綏，何迢諸人，也都有遊仙詩。陸機有前緩聲歌，庾闡，帛道猷都有採藥詩。在這些作品裏，他們採雜着道家的思想與道教的迷信，再採用古代的神仙傳說和一切奇異神秘的材料，造成一個美麗空虛的仙界，由這種藝術的象徵的暗示性，一面作者可以寄託自己苦悶的靈魂，同時又可引導讀者走入那種離奇的幻境。這種詩實在是太多了，隨便舉幾首爲例。

『乘蹻追術士，遠之蓬萊山。靈液飛素波，蘭桂上參天。玄豹遊其下，翔鵾戲其巔。乘風忽登舉，彷彿見衆仙。』（曹植升天行）

『危冠切浮雲，長劍出天外。細故何足慮，高度跨一世。非事爲我御，逍遙遊荒裔。顧謝西王母，吾將從此逝。豈與蓬戶士，彈琴誦言誓。』（阮籍詠懷）

『遊仙聚靈族，高會層城阿。長風萬里舉，慶雲鬱嵯峨。宓妃興洛浦，王韓起太華。北徵瑤台女，南要湘川娥。肅肅霄駕動，翩翩翠蓋羅。羽旗棲瓊鸞，玉衡吐鳴和。太容揮高絃，洪崖發清歌。獻酬既已周，輕舉乘紫霞。總轡扶桑枝，濯足暘谷波。清輝溢天門，垂慶惠皇家。』（陸機前緩聲歌）

『京華游俠窟，山林隱遯棲。朱門何足榮，未若託蓬萊。臨源挹清波，陵岡掇丹荑。靈谿可潛盤，安事登雲梯。漆園有傲吏，萊氏有逸妻。進則保龍見，退則觸藩羝。高蹈風塵外，長揖謝夷齊。』（郭璞遊仙詩）

其次，便是表現那種避世的隱逸思想而促成田園山水文學的產生，如阮籍，陸機，張載，左思，閭邱冲的招隱詩，陸雲的逸民賦逸民箴，王羲之的蘭亭詩，陶潛的大部份詩篇，都是這一類的作品。

在魏晉文學中，這類作品，是最優秀的。因爲哲理詩過於枯淡，遊仙詩過於玄虛。只有這種文學看去似乎枯淡，却又豐腴，看去似乎玄虛，却又實在。在這些作品裏，脫離了現世的塵俗，表現一個合乎人情的境界。這一個境界，不像仙界那麼神秘玄妙，是一個人人能走得到能體會得到的自然境界，在那裏有美麗的畫意，有濃厚的詩情，有自由的人生，一切都顯示着純潔，一切都表現着自然，我們讀了陶淵明的歸田園居，歸去來辭和桃花源記這一類的作品，自然會產生出這一種心境。

『杖策招隱士，荒塗橫古今。巖穴無結構，邱中有鳴琴。白雲停陰岡，丹葩曜陽林。石泉漱瓊瑤，纖鱗或浮沉。非必絲與竹，山水有清音。何事待嘯歌，灌木自悲吟。秋菊兼餱糧，幽蘭間重襟。躊躇足力煩，聊欲投吾簪。』（左思招隱）

『仰視碧天際，俯瞰綠水濱。寥閬無涯觀，寓目理自陳。大矣造化工，萬殊莫不均。羣籟雖參差，適我無非新。』（王羲之蘭亭集詩）

詩人的心境，時時刻刻是矛盾的。就在那種苦悶衝突的情感裏，產生出藝術。他們有時要談玄虛的哲理，有時要追求玄妙的神仙，有時又感到這些境界過於空虛，還不如飲酒作樂，及時求歡。於是這種現世的快樂思想。在魏晉的文學裏，也呈現着濃厚的色彩。如阮籍劉伶們的醉酒，王愷石崇們的奢淫，以及楊朱篇中所表現的那種縱慾思想，正與這類的作品，取着一致的情調。

『對酒當歌，人生幾何？譬如朝露，去日無多。慨當以慷，憂思難忘。何以解憂，惟有杜康。』（曹操短歌行）

『盛固有衰不疑，長夜冥冥無期。何不馳驅及時，聊樂永日自怡。齎此遺情何之。人生居世爲安，豈若及時爲歡。世道多故萬端，憂慮紛錯交顏，老行及之長歎。』（陸機董桃行）

由上面這幾點看來，魏晉的文學，是離開社會的現實，趨於個人的浪漫的路上而發展着的。當代的文人，與其說住於現實的世界中，不如說是住於虛構的賞樂的或是自然的神秘的世界中。他們幾乎全都是空想家，他們的生活都變成夢幻一般的玄虛。在這夢幻的玄虛中，他們的靈魂有了寄托，他們的心境由積極變爲消極，由憤慨變爲玄默，由避人變爲避世，最後入於陶淵明的淨化了。但由這種文學作品所反映出來的社會意識時代心理，與當日流行的哲學思想宗教觀念以及文士的生活狀態是完全一致的事，我們是必得注意的。

四　魏晉的神怪小說

上述的那種浪漫神秘的文學思潮，在魏晉的小說裏，也得着同樣的表現。小說的形成，大都由於古代的神話傳說的演述。我國神話傳說最不發達，因此小說的形成，也非帶遲緩。這大概也是古代思想偏於現實主義而缺少浪漫精神所致。在莊子，楚辭，山海經，穆天子傳，淮南子諸書裏，雖包含了一些神話傳說的故事，但他們只可看做是小說的材料，還不能算作是小說。莊子所說的『飾小說以干縣令』（外物）其意是指瑣屑之言，與後代小說的意義不同。桓譚所說：『小說家合殘叢小語，近取譬喻，以作短書，治身理家，有可觀之辭。』（李善注文選引新論）這雖與水滸紅樓夢不同，我國古代小說，大都是這種樣子。到了班固的藝文志，雖特別看小說家不起，但在諸子略的末尾，附存其目。得小說十五家，共千三百八十篇，這數目不能說少。班固說：『小說家者流，蓋出於稗官，街談巷語，道聽途說之所造也。孔子曰：雖小道必有可觀者焉。致遠恐泥。是以君子弗爲也，然亦弗滅也。閭里小知者之所及，亦使綴而不忘，如或一言可采，此亦芻蕘狂夫之議也。』他下的小說定義，和桓譚很相像。他後面加上去的那一點批評，也正是我國二千年來正統派文人對於小說一般的意見。一直到了孽海花的作者，還不敢寫出眞姓名來，大概也就是『君子弗爲也』的原故。

漢代小說的篇目雖有那麼多，可是到梁時只有青史子一卷，到隋時連這一卷也佚了。然據班固所注，則諸書大抵或託古人，或記古事。小說史說『託人者似子而淺薄，記事者似史而悠謬者也。』這話是不錯的。由太平御覽所引的鬻子，大戴禮記所引的青史子的零篇看來，或言戰爭，或言禮制，實在還算不了小說。除此以外，現存的漢代小說，如託名東方朔的神異經，十洲記，託名班固的漢武帝故事，漢武帝內傳，託名郭憲的洞冥記，託名劉歆的西京雜記諸書，大都是魏晉人所作，前人早有定論。由此看來，論中國的小說，最可靠的時代，還得以魏晉爲開始了。

魏晉時代的神仙鬼怪小說，充分地表現了當代流行的神秘思想與宗教迷信。或出文人，或出教徒，無不以豐富的想像力，把古代的神話傳說材料，加以美化，加以靈性，寫得活躍生動。我國民族，自始親信巫術，秦漢以來，神仙之說又興，魏晉而後，小乘佛教，流入中土，三者滙流，而使鬼神傳說，盛極一時。自晉訖隋，鬼神志怪之書，層出不窮。這類書籍，有的是文人所寫，有的是教徒所寫。教徒寫的，固在自神其教；而文人寫的，也因他們確信鬼神的存在，寫人、述鬼、敍神，並無區別。所以敍述異事，與記載人間常事，並沒有那些是眞的，那些是假的觀念。

古書裏如山海經穆天子傳中所記載的各種現象。都只說其奇怪兇猛，但到了魏晉，經了一般文人方士的想像組織，都加以聰明的靈性，和美麗的面貌了。如西王母在山海經裏是一個人面獸身的可怕的怪物：

『西海之南，流河之濱，赤水之後，黑水之前，有大山，名曰崑崙之丘。有神，人面虎身，有文有尾，皆白處之。其下有弱水之淵環之，其外有炎火之山，投物輒然。有人戴勝虎齒豹尾，穴處，名曰西王母。此山萬物盡有。』（大荒西經）

這種人獸合成虎齒豹尾穴居野處的怪物，是很可怕的。但到了漢武帝故事，武帝內傳內，西王母變成人人愛的仙姑美女了。

『到夜二更之後，忽見西南如白雲起，鬱然直來，徑趨宮庭，須臾轉近。聞雲中簫鼓之聲，人馬之響。半食之頃，王母至也。縣投殿前，有似鳥集。或駕龍虎，或乘白麟，或乘白鶴，或乘仙車，羣仙數千，光耀庭宇。既至，從官不復知所在，唯見王母乘紫雲之輦，駕九色斑龍，別有五十天仙。……王母唯扶二侍女上殿。侍女年可十六七，服青綾之袿，容眸流盼，神姿清發，眞美人也。王母上殿，東向坐，著黃金褡襹，文采鮮明，光儀淑穆，帶靈飛大綬，腰佩分景之劍，頭上太華髻，戴太眞晨嬰之冠，履玄璚鳳文之舄，視之可年三十許，修

短得中，天姿掩藹，容顏絕世，眞靈人也。』（漢武帝內傳）

武帝內傳描寫漢武帝從初生到崩葬時的故事，是魏晉小說中較好的一篇。他已經脫離那種殘叢小語的形式，能用想像力把故事組織起來，成爲一個長篇。其中如叙王母下降一段，文字既是美麗，描寫也甚細緻活潑，開後代傳記小說的先聲。但我們要注意的，除了文字與形式以外，便是從前那種人獸合一的王母，到了當代人的筆下，穿起了文化的衣冠，戴了珠寶的首飾，成了天姿掩藹容顏絕世的仙女，在這裏正表現了魏晉浪漫文學的眞精神。武帝故事的內容和這一篇大致相同，但在文字的技巧上，却比不上這一篇，大概武帝內傳是較遲的作品。

描寫神仙以外，寫鬼的也很多。列異傳三卷，隋志云魏文帝撰，其中都是叙鬼物奇怪之事。文中有甘露年間事，在文帝後，或後人有所增益。現此書已亡，法宛珠林，太平御覽諸書中，偶有引錄。

『南陽宗定伯年少時，夜行逢鬼，問曰，誰？鬼曰，鬼也。鬼曰，卿復誰？定伯欺之，言我亦鬼也。鬼問欲至何所，答曰：欲至宛市。鬼言我亦欲至宛市。共行數里，鬼言步行大亟，可共迭相擔也。定伯曰大善。鬼便先擔定伯數里，鬼言卿大重，將非鬼也。定伯復言我新死，故大重耳。定伯因復擔鬼，鬼略無重。如是再三。定伯復言，我新死，不知鬼悉何所畏忌？鬼曰，唯不喜人唾，……行欲至宛市，定伯便擔鬼至頭上，急持之。鬼大呼，聲咋咋索下。不復聽之，徑至宛市中，著地化爲一羊，便賣之。恐其便化，乃唾之，得錢千五百。』（法宛珠林六）

再如干寶所撰的搜神記二十卷，自序云以「發明神道之不誣。」其中言鬼事者頗多，舉一條作例。

『阮瞻字千里，素執無鬼論，物莫能難，每自謂此理足以辨正幽明。忽有客通名詣瞻，寒溫畢，聊談名理，客甚有才辯，瞻與之言良久，及鬼神之事，反復甚苦，客遂屈。乃作色曰：『鬼古今聖賢所共傳，君何得獨言無？卽僕便是鬼。』於是變爲異形，須臾消滅。瞻默然，意色大惡，歲餘而卒。』（卷十六）

可知談神說鬼，文人們把它當成一件若有其事的來描寫，是在魏晉那個浪漫思潮極盛的時代開始的。於是後代繼續着這種發展一直到淸代的聊齋，可說是集神鬼的大成。從魏晉以後，神鬼的演述便成爲小說中的一個重要部門了。

再如神異經，十洲記，洞冥記，張華的博物志，陶潛的搜神後記，荀氏的靈鬼志，祖冲之的述異記這些書，或存或亡，或有增刪，或已失名，但看其書題，便會瞭解其中的內容，無不是談神說鬼，敍述奇異的山川草木而已。他們的內容雖有些不同，然其表現的精神及其根本意識都是一致的。在當日的詩歌方面，所表現的是偏重於玄學的哲理與浪漫的人生觀，在小說裏，却把那些神鬼存在善惡報應的宗教觀念與迷信色彩，全都表現出來了。由這些地方，我們便可知道稱爲浪漫主義的魏晉文學的特色了。

第九章　魏晉詩人

一　建安詩人

建安雖是漢獻帝的年號，而這時候的政治大權，完全握在曹操的手裏，並且當時的文學領袖，都是曹家人物。建安七子，雖大都死於建安年間，除孔融以外，也都是曹家的幕客，因此建安文學，應屬之於曹魏的事，是較爲合理的。

建安時代，在政治上雖是極其紊亂，但在文學上却是非常光明。一方面固然是因爲時代環境的刺激與釀成，同時不得不歸功於那幾個政治領袖的愛才如命與提倡文學的風氣。文心雕龍時序篇說：『魏武以相王之尊，雅愛詩章，文帝以副君之重，妙善辭賦，陳思以公子之豪，下筆琳琅。並體茂英逸，故俊才雲蒸。仲宣（王粲）委質於漢南，孔璋（陳琳）歸命於河北，偉長（徐幹）從宦於青土，公幹（劉楨）徇質於海隅，德璉（應瑒）綜其斐然之思，元瑜（阮瑀）展其翩翩之樂。傲雅觴豆之前，雍容衽席之上。灑筆以成酣歌，和墨以藉談笑。』詩品也說：『曹公父子篤好斯文，平原兄弟（曹植封平原侯）蔚爲文棟。劉楨王粲爲其羽翼。次有攀龍托鳳，自致於屬車者，蓋將百計。彬彬之盛，大備於時矣。』在這裏我們可以知道建安文壇的盛況。武宣時代君主貴族的提倡辭賦，於是辭賦盛極一時，曹氏父子的於詩歌，個個能創作批評，再加以提倡獎勵，不怕沒有攀龍附鳳的文士。『彬彬之盛，大備於時，』這種現象，自然是沒有什麼可怪的了。於是『建安七子』『三祖陳王』都成為文學上的習語了。（七子之名始見於典論論文。『今之文人，魯國孔融，廣陵陳琳，山陽王粲，北海徐幹。陳留阮瑀，汝南應瑒，東平劉楨，斯七子者，於學無所遺，於辭無所假，咸自以騁騏驥於千里，仰齊足而並馳。』三祖陳王，見於沈約謝靈運傳論：『至於建安，曹氏基命，三祖陳王，咸蓄盛藻。』三祖為魏武帝曹操，文帝曹丕，明帝曹叡。陳王，曹植也。）再加以邯鄲淳丁儀丁廙繁欽應璩諸人，於是造成了建安文學的極盛時代。

關於建安詩歌的特色，我們可以分作兩方面來講。第一，是詩歌的體裁與格律；其次，是詩歌的內容與精神。關於前者，有兩點值得我們注意：

一、樂府歌辭的製作　兩漢樂府文學的興起，在我國的詩歌史上開闢了一個新局面。一方面是促進五七言詩體的成立，另一方面是使文士階級的作品民眾化與社會化。這兩種現象，到了建安，格外明顯。當代詩人的主要事業都是用古樂府的舊曲，改作新辭，卽是寫作純粹的五言古詩，亦無不受有樂府文學的影響。因為這種影響，造成了文士詩的民歌化，樂府詩的文士化了。這一點，使得建安詩歌特別有生氣有光彩的事，我們是必得注意的。並且樂府到了建安，大都篇幅加長。如曹操之度關山，善哉行，秋胡行，氣出唱，曹丕之大牆上蒿行，曹植之鼙舞歌，名都，美女，白馬，驅車，棄婦諸篇，少者百數十言，長者至二三百言，為兩漢樂府所少見者。文字亦稍見整鍊華美，這是樂府文士化的一種必然的趨勢。至於當代詩人的重要作品，幾乎都是那些倣製的樂府古辭，由此，我們更可知道樂府文學對於建安詩歌所發生的重大影響了。

二、七言詩體的正式成立　兩漢樂府或古詩，尚無純粹的七言體。柏梁聯句眞僞莫明，張衡四愁，尚非全體。到了曹丕的燕歌行，七言詩體才正式成立。在我國的詩史上，這是一件重要的事。燕歌行有兩篇，都是七言，今舉一首作例。

『秋風蕭瑟天氣涼，草木搖落露爲霜。羣燕辭歸雁南翔，念君客遊多思腸。慊慊思歸戀故鄉，君何淹留寄他方。賤妾煢煢守空房，憂來思君不敢忘。不覺淚下霑衣裳，援琴鳴絃發清商。短歌微吟不能長，明月皎皎照我床。星漢西流夜未央，牽牛織女遙相望。爾獨何辜限河梁。』

這完全是七言了。很奇怪的，這種七言體自曹丕成立以後，同時代的詩人，很少有這種作品。曹植的離友詩二首雖是七字一句，然也是楚辭體的作品，同燕歌行的體裁是兩樣的。便是兩晉，作這種詩的人也很少見，一直到了南北朝，才漸漸發展起來。由此可知一種新體裁由醞釀形成而至於興盛，確是需要一個長時代的進化，決不是一個短時代和幾個作家所能辦到的。

上面所說的，是關於建安詩歌的體裁與格律，現在要說到他們的內容與精神了。在這一方面，也有值得注意的兩點。

一、保存樂府詩中那種寫實的社會的色彩　就魏晉文學的全體說來，其作品的內容與精神，是離開實際的社會人生，而偏於浪漫玄虛的發展。但在建安時代的詩歌中，有一部份的作品，還能保存樂府詩中那種特有的寫實的社會的色彩。我想這原因有兩點，第一，是建安詩人是初期模倣樂府的時代，在他們的作品裏，還能承繼樂府一部份的寫實精神與社會文學的情調。其次，是在那個初步形成的大亂時代，一般文人尚未安於環境，尚未達到那種完全養性全眞的隔離階段。對於那種戰禍的痛苦與人民的離亂，不能完全閉着眼睛不管。無論見聞感觸，偶然表現於詩篇，便呈現着寫實的社會的色彩了。我們在曹氏父子建安七子的詩篇裏，很有不少描寫社會生活的作品。先看曹操的蒿里行：

『關東有義士，興兵討羣凶。初期會孟津，乃心在咸陽。……鎧甲生蟣虱，萬姓以死亡。白骨露於野，千里無鷄鳴。生民百遺一，念之斷人腸。』

再如他的苦寒行，卻東西門行也都是很好的作品。我們再看陳琳的飲馬長城窟行：

『飲馬長城窟，水寒傷馬骨。往謂長城吏，愼莫稽留太原卒。官作自有程，擧築諧汝聲。男兒寧當格鬭死，何能怫鬱築長城。長城何連連，連連三千里。邊城多健少，內舍多寡婦。作書與內舍，便嫁莫留住。善待新姑嫜，時時念我故夫子。報書往邊地，君今出語一何鄙。身在禍難中，何爲稽留他家子。生男愼莫擧，生女哺用脯。君獨不見長城下，死人骸骨相撐拄。結髮行事君，慊慊心意間，明知邊地苦，賤妾何能久自全。』

這是一首多麼悲痛的社會詩。人民徭役之苦，夫婦別離之情，在這些文字裏，寫得旣極眞實，而又苦痛。再看王粲的七哀詩：

『西京亂無象，豺虎方遘患。復棄中國去，委身適荆蠻。親戚對我悲，朋友相追攀。出門無所見，白骨蔽平原。路有飢婦人，抱子棄草間。顧聞號泣聲，揮涕獨不還。未知身死處，何能兩相完。驅馬棄之去，不忍聽此言。南登灞陵岸，回首望長安。悟彼下泉人，喟然傷心肝。』

他在這裏所寫的民衆離亂的生活，眞是呈現着一幅有聲有色的難民的圖畫。在這圖畫的背後，是深深地反映着那個時代的影子的。再看阮瑀的駕出北郭門：

『駕出北郭門，馬樊不肯馳。下車步踟蹰，仰折枯楊枝。顧聞丘林中，嗷嗷有悲啼。借問啼者誰，何爲乃如斯？親母捨我沒，後母憎孤兒。饑寒無衣食，舉動鞭捶施，骨消肌肉盡，體若枯樹枝。藏我空屋中，父還不能知。上冢察故處，存亡永別離。親母何可見？淚下聲正嘶。棄我於此間，窮厄豈有貲。傳告後代人，以此爲明規。』

他們或寫征戰之痛苦，或寫社會的離亂，或寫難民的流浪，或寫孤兒的苦楚，都呈現着寫實的社會文學的特色，與樂府民歌的明顯的影響。在這裏正表現着建安時代的詩人，還沒有完全沈溺在酒藥山水裏，對於人生社會，不致於裝着不聞不見的模樣，至少，他們的眼睛耳朵，還沒有完全閉着。但這種情形，到了兩晉，就看不見了。老莊的玄理，道教的神仙，把他們同實際的社會人生完全隔離起來了。他們都住到另外一個世界去，那是一個玄虛美麗而又神秘的世界。

二、開兩晉浪漫文學之端　上面雖說在建安詩人的作品裏，有一部份還保存着寫實的社會的色彩。而另一部份却正是兩晉浪漫文學的先聲。浪漫的色彩在程度上雖比不上兩晉那麼濃厚，但在詩歌裏所歌詠的老莊玄學的思想與仙人高士的渴慕，以及人生無常的苦悶與暫時賞樂的觀念，却有不少。

本來這種傾向，在漢代張衡的思玄，髑髏二賦，樂府詩中的善哉行，以及仲長統的樂志詩裏，已見其端緒，到了建安詩人的作品裏，這種傾向是更明顯了。我們先看曹操的短歌行：

『對酒當歌，人生歲何？譬如朝露，去日苦多。慨當以慷，憂思難忘。何以解憂，惟有杜康。青青子衿，悠悠我心。但爲君故，沉吟至今。呦呦鹿鳴，食野之苹。我有嘉賓，鼓瑟吹笙。明明如月，何時可掇？憂從中來，不可斷絕。越陌度阡，枉用相存。契闊談讌，心念舊恩。月明星稀，烏鵲南飛。繞樹三匝，無枝可依。山不厭高，水不厭深。周公吐哺，天下歸心。』

這首詩的氣魄雖極雄渾，但人生無常富貴如夢的悲哀，總是浸透着全篇的字句裏。四言詩自三百篇以後，有式微之歎，但到了仲長統，曹操很有幾篇好的四言作品，頗有復興之象，畢竟大勢已去，雖當代作者頗多，已無法與五言詩的主潮對抗，到了嵇康陶潛以後，四言詩就算是中絕了。曹公雖是一時英傑，但在他的作品裏，所表現的人生幻滅感與遊仙的思想却非常濃厚。如秋胡行，陌上桑，精列，氣出唱諸篇，幾乎滿了仙人玉女蓬萊，崑崙，赤松，王喬這一類的字跡。關於曹操的心理狀態，我們只能與秦皇漢武同看，比起阮籍，郭璞一流人來，究竟是兩樣的。在曹植的作品裏，這種色彩更是濃厚。無論辭賦雜文樂府古詩都有不少叙述老莊哲理和歌詠遊仙的文字，他是兩晉浪漫文學一個最重要的啓導者。可知在作品的內容與精神方面，建安的詩，一面保存着社會詩的寫實性，一面開啓着個人詩的浪漫性，這種變化遞嬗之跡，在文學的發展史上，都是極其重要的。

建安七子，以王粲劉楨爲首。詩品序說：『曹公父子篤好斯文，劉楨王粲爲其羽翼。』可知古人已有定評了。王粲（西曆一七七——二一七年）字仲宣，山陽高平人（今山東鄒縣西南）先依劉表，後入曹操的幕下。他以博洽著稱，有集十一卷，今存詩二十六首。上面所舉的七哀詩，是他的傑作。他的辭賦，已開駢儷華彩之風，在他的詩裏亦頗注重鍛字鍊句。如『山岡有餘映，巖阿增重陰。』（七哀詩之二）『曲池揚素波，列樹敷丹榮，』（雜詩，）『幽蘭吐芳烈，芙蓉發紅暉。』（雜詩之二）這些都不是漢詩的風格，已下開兩晉南朝的風氣了。詩品說他『發愀愴之詞，文秀而質羸。在曹劉間別構一體。方陳思不足，比魏文有餘。』這批評是很得體的。

劉楨（死於西曆二一七年）字公幹，東平人（今山東泰安）在七子中，他的詩名最盛。曹丕稱讚他說：『其五言詩，妙絕當時。』（與吳質書）詩品也說：『楨詩源出於古詩，仗氣愛奇，動多振絕，眞骨淩霜，高風誇尙。但氣過其文，雕潤恨少。然自陳思以下，楨稱獨步。』劉勰鍾嶸雖是這麼一致推崇他，但就其現存的十五首詩看來，並不能使我們覺得他的作品眞是妙絕當時。在這些詩裏，找不到七哀，飲馬長城窟那一類的社會詩，就是他的五言詩，也還比不上魏文帝那兩首雜詩。或許他有更好的作品，早已散亡了，也說不定。現舉詩一首以見其作風。

『秋日多悲懷，感慨以長歎。終夜不遑寐，敍意於濡翰。明燈耀閨中，淸風凄已寒。白露塗前庭，應門重其關。四節相推斥，歲月忽欲殫。壯士遠出征，戎事將獨難。涕泣灑衣裳，能不懷所歡。』（贈五官中郎將之三）

三祖俱以樂府見稱，武明二帝以四言見長，文帝則四言五言七言中俱有佳作。武帝長於才與氣，文帝長於情與韻。明帝有氣勢而弱才情，自爲三祖之末。詩品將武明二帝置於下品，批評說：『曹公古直，甚有悲涼之句。叡不如丕，亦稱二祖。』這於曹操雖覺不平，於曹叡却是合理的。曹丕在文學史上，自有其高貴的地位。文學批評由他開始，七言詩體由他創立。樂府詩外，他還能作極好的五言詩。試看他的雜詩第一首：

『漫漫秋夜長，烈烈北風涼。展轉不能寐，披衣起彷徨。彷徨忽已久，白露沾我裳。俯視清水波，仰看明月光。天漢回西流，三五正縱橫。草蟲鳴何悲，孤雁獨南翔。鬱鬱多悲思，綿綿思故鄉。願飛安得翼，欲濟河無梁。向風長歎息，斷絕我中腸。』

再如他的雜詩第二首及與君新結婚，都是極好的五言詩，這種詩，無論從那方面講，都在王粲劉楨之上。詩品評其鄙質，我倒覺得他的好處就在鄙質上面。因爲如此，所以他的樂府古詩，都能充分地保存古樂府的風格，平淡樸質，而情韻又極好。鍾嶸受了六朝華美文學的薰染，而薄其鄙質，這論見是不公平的。

在整個的建安詩壇上，能領袖羣倫而無愧色的，自然是曹植。（西曆一九二——二三二年）曹植字子建，先後封爲平原侯，東阿王，陳王，死後諡曰思，故世稱陳思王。由他的傳記以及其他的史料看來，我們知道他自小聰明，養育在那個文學空氣濃厚的家庭裏，十歲左右，便誦讀了詩論、辭賦數十萬言，十二歲那年，作了銅雀臺賦，使得他的父親大爲驚喜。也就在這幼小的年紀，同一個比他大十歲的甄夫人發生了戀愛。後來這位女人同曹丕結了婚，他晝思夜想廢寢忘餐，害起想思病來。不久，甄夫人死了，他那浪漫的哥哥送給弟弟一個她睡過的枕頭，曹植見而泣下，作感甄賦，就是那曹叡改名的洛神。由這些事實裏，我們知道他自幼便有良好的文學修養和詩人特有的那種殉情的浪漫的性格。但是他到了壯年，却遭逢着極不良的境遇。曹丕篡位以後，他無日不在壓迫困苦中討生活，有名的七步詩，是人人知道的故事。明帝卽位，待遇較佳，上表求試，想作一番事業，結果是一無成就。死時正是四十一歲的壯年。

由此，我們可以知道，曹植的作品，除了那公衆的時代環境以外，還有那種他自己特有的個人環境作基礎。由這兩方面的生活環境彼此調和混合，造成了他作品中分明的性格，高遠的意境與熱烈的感情。在曹丕篡位以前，他的生活比較自由舒適。所以反映在作品中的情感也比較平和，如三良，公宴，侍太子坐，以及贈送丁儀王粲徐幹諸詩，大半都是互相贈答唱和的應酬詩，雖呈露着他的才藻，却缺乏眞實的性情。曹丕稱帝以後，他感着壓迫日盛，他的幾位好朋友也都遇害了。在這時期他時常遷徙，骨肉之情，流浪之苦，才使他眞實地體驗到人生的悲痛。如他的吁嗟篇，浮萍篇，怨歌行，門有萬里客，磐石篇諸詩，或明寫或暗示，都是表現自己飄零的身世，而寄寓着沉痛的情感的。再如贈白馬王彪七首，更是悲憤交集。其中有詛咒，有諷刺，有悲傷，也有勸慰。在曹植的集子裏，這些都是最好的作品。無論在文字或是情感上，決不是侍太子坐那一類的應酬詩所可比擬的了。生活愈是壓迫，心境愈是追求自由與解脫。這種追求自由與解脫的心境，是曹植全體作品的基幹。他在野田黃雀行一詩裏，假想着黃雀自由飛舞的快樂心境，來解脫自己的苦悶。『拔劍捎羅網，黃雀得飛飛。……

飛飛摩蒼天，來下謝少年。』這種海闊天空的自由世界，自由心境，是曹植日夜追求而得不到的。由這種追求的苦悶，自然容易偏向到老莊的淸靜逍遙的路上去，也就容易入於游仙的境界了。他的理智中雖是師承儒道，想做一番愛國利民的事業，雖是反對方士的神仙觀念，但在他的潛意識，却充滿了老莊的思想與游仙的追戀。試看他的苦思行，升天行，仙人篇，遠遊篇，五遊詠，平陵東，桂之樹行，飛龍篇，都是這種虛無浪漫的作品。在他的辭賦雜文中，歌誦黃老之言的文字也很多。所以曹植的思想根底，確實是多方面的。儒道神仙，都包羅在他的頭腦裏。然而也就因爲這種矛盾衝突錯綜複雜的意識，促成了詩人偉大的成就。

五言詩在建安時代雖已成熟，但到曹植的筆下才擴大其範圍，達到無所不寫的程度。無論抒情說理寫景祝頌象徵各種詩體，他的集子裏都有。在五言詩的發展史上，曹植的開拓工作，我們是不能忽視的。

『吁嗟此轉蓬，居世何獨然。長去本根逝，夙夜無休閑。東西經七陌，南北越九阡。卒遇回風起，吹我入雲間。自謂終天路，忽然下沉泉。驚飈接我出，故歸彼中田。當南而更北，謂東而反西。宕宕當何依，忽亡而復存。飄颻周八澤，連翩歷五山。流轉無恆處，誰知吾苦艱。願爲中林草，秋隨野火燔。糜滅豈不痛？願與根荄連。』（吁嗟篇）

『明月照高樓，流光正徘徊。上有愁思婦，悲歎有餘哀。借問歎者誰，言是蕩子妻。君行踰十年，孤妾常獨棲。君若淸路塵，妾若濁水泥。浮沈各異勢，會合何時諧。願爲西南風，長逝入君懷。君懷良不開，賤妾當何依？』（七哀）

『踟蹰亦何留，相思無終極。秋風發微凉，寒蟬鳴我側。原野何蕭條，白日忽西匿。歸鳥赴高林，翩翩厲羽翼。孤獸走索羣，銜草不遑食。感物傷我懷，撫心長太息。』（贈白馬王彪之四）

曹植的好詩太多，上面選了三首作一個例。詩品說他『原出國風。骨氣奇高，詞采華茂。情兼雅怨，體被文質。粲溢今古，卓爾不羣。』這眞是推崇備至了。李夢陽序云：『植詩其音宛，其情危，其言憤切而有餘悲，殆處危疑之際者乎？』又王世貞云：『漢樂府之變，自子建始。』這兩家或從其作風立論，或從其體裁着眼，都有過人之處。是值得我們重視的。

二　正始到永嘉

正始是魏廢帝的年號，當日的政治實權已落在司馬氏的手裏，這與建安時代的政治情形是同樣的衰落，但在文化思想上，却又有同樣的光彩。兩晉的玄學，就在這時候建立起來，何王嵇阮一流的名士，都產生在這個時代。中國的文化思想，從這時起了一個大大的轉變。魏氏春秋說：『嵇康寓居河南之山陽縣，與之遊者，未嘗見其喜慍之色。與陳留阮籍，河內山濤，河南向秀，籍兄子咸，瑯琊王戎，沛人劉伶，相與友善，遊於竹林，號爲七賢。』建安七子與竹林七賢，前後遙相對照，是一件有趣味的事。但其間却有一點重要的差別。七子，是圍繞着當日的君主貴族，七賢是寄情於竹林酒樂之鄉，過其放浪自由的生活的。中間雖有山濤王戎從事政治，然亦無損於他們那一派人的特有風格。由這種地方，一面說明建安正始文人的生活思想的轉變，同時也就表示當日文學精神的轉變。老莊的玄學，由何宴王弼，嵇康阮籍一般人倡導鼓吹，於是道家思想日益興盛，便成爲兩晉學術界的主流。因此當日的文學，連建安時代保存的那一點點寫實的社會的色彩也完全脫去，無論詩文辭賦，全都是那些虛無的道家言語。文學的表現方法，也多由寫實的變爲象徵的，抒情的變爲說理的了。文心雕龍說：『正始明道，詩雜仙心。何晏之徒，率多浮淺。惟嵇詩清峻，阮旨遙深，故能標焉。』（明詩）他這話是不錯的。竹林七賢中的山濤，向秀，王戎，阮咸四人沒有詩流傳下來，劉伶除那著名的酒德頌外，只傳下一篇北芒客舍的五言詩。何晏存詩二首，一爲鴻鵠比翼遊，一爲轉蓬去其根，確是浮淺不足稱。能作爲正始詩人的代表的，自然只有阮籍嵇康了。

阮籍（西曆二一〇——二六三）字嗣宗，陳留尉氏人（今河南開封）是阮瑀的兒子，他賦性傲慢，胸懷高濶，愛酒喜樂，反對禮法，成爲有名的浪漫者。他著有大人先生傳，達莊論，通易論諸文，盡力反對儒家的名教仁義，而歸於老莊的無爲與逍遙。這些文字對於當日的玄學運動，發生極大的影響。錢大昕在何晏論中說：『典午之世，士大夫以清談爲經濟，以放達爲盛德。競爭虛浮，不修方幅，在家則喪紀廢，在朝則公務廢。……以是咎嵇阮可，以是罪王何則不可。』（潛研堂集卷一）他說的這些事實是對的，其實咎嵇阮罪王何都是不對的。當日那種浪漫的思想與生活的產生，完全是時代環境所造成，決非出於其本性。當魏晉交替，人命的屠殺極爲慘酷。如何晏夏侯玄的誅族，鍾會的被殺，都是令人寒心的事。士處當世，對於現實的希望完全消滅，不得不由積極的救世的人生觀，變爲消極的避世的人生觀了。晉書阮籍傳說：『籍本有濟世志，屬魏晉之際，名士少有全者，籍由是不與世事，酣飲爲常。』可知他並不是無志之士，只因爲環境過於惡劣，又不願去做那種貪緣勢利的下賤行爲，只好縱酒取樂，而歸於頽廢一途了。他雖是連續地在司馬父子的手下做着官，那也只是一種無可奈何的明哲保身的方法，他的心境自然是痛苦的。如果他眞是愛富貴，司馬昭替他兒子司馬炎求親的時候，他何必要爛醉六十天，去裝聾賣啞呢？我們讀他的首陽山賦，知道他的心中還蘊藏着激烈的憤慨與熱烈的情感。他討厭那些高官大吏假借禮法的名義來陷害良人，所以他反對那種虛僞的禮法，他看見那些君主貴族的胡作亂爲，所以他鼓吹無爲，他受不了那種壓迫束縛的生活，所以他歌誦着清靜逍遙的境界。這種種心情的結合，表現出來的是那有名的八十二首詠懷詩。

在那個動輒得咎的時代，說話作人固不容易，作詩作文也就很難。自己心中的憤恨和情感，只能用隱秘的象徵的語句表現出來，因此詠懷詩就蒙了一層晦隱的帷幕。顏延年說：『阮公身事亂朝，常恐遇禍。因茲詠懷，雖志在刺譏，而文多隱避。百代之下，難以情測。』詩品也說：『厥旨淵放，歸趣難求。』可知道這種象徵的表現法，也是時代造成的。他在第一首說：『徘徊將何見，憂思獨傷心。』這憂思傷心，便是詠懷詩的中心意境。他憂思宇宙間一切的幻滅，他傷心人事社會的離亂，他羨慕仙界的美麗而又同時感其虛無。他痛恨現實世界的惡劣而又無法逃避。這些心境的波潮，便是他要詠的懷抱。

『夜中不能寐，起坐彈鳴琴。薄帷鑒明月，淸風吹我衿。孤鴻號外野，翔鳥鳴北林。徘徊將何見，憂思獨傷心。』

『朝陽不再盛，白日忽西幽。去此若俯仰，如何似九秋。人生若塵露，天道邈悠悠。齊景升丘山，涕泗粉交流。孔聖臨長川，惜逝忽若浮。去者余不及，來者吾不留。願登太華山，上與松子遊。漁父知世患。乘流泛輕舟。』

『危冠切浮雲，長劍出天外。細故何足慮，高度跨一世。非子爲我御，逍遙遊荒裔，顧謝西王母，吾將從此逝。豈與蓬戶士，彈琴誦言誓。』

『儒者通六藝，立志不可干。違禮不爲動，非法不肯言。渴飲清泉流，饑食甘一簞。歲時無以祀，衣服常苦寒。屣履詠南風，縕袍笑華軒。信道守詩書，義不受一餐。烈烈褒貶辭，老氏用長歎。』

這些都是詠懷詩中意義比較明顯一點的作品，在這些作品裏，阮籍的傷時感事反禮法慕自由的心境，我們是可以體會得到的。在他的集子裏，沒有一首樂府，他是東漢建安以來，第一個用全力作五言的大詩人，五言詩到了他，地位更是穩固，藝術更是成熟了。

嵇康（西曆二二三——二六二年）字叔夜，譙國銍人。（今安徽宿縣西南）學問淵博，人品高尚。好老莊，稍染道教習氣，故常言養生服食之事。其反禮法愛自由，正與阮籍同，然才高識遠，一時有臥龍之稱。後因友人呂安事入獄，加以鍾會譖於司馬昭，遂遇害。本傳說他臨刑時，太學生三千人請以爲師，弗許，可知他當日在學術界的名望了。世人都妄譏阮嵇亂俗，而當此亂世，以嵇康那種樹下鍛鐵山中採藥的生活，尚不能免一死，明哲保身也就實在不容易了。

阮籍以五言專，嵇康以四言著。在他五十三首詩中，有二十五首是四言。並且好的作品，都在四言中。曹操以後，嵇康算是四言詩的健者。

『乘風高遊，遠登靈丘。託好松喬，攜手俱遊。朝發太華，夕宿神州。彈琴詠詩，聊以忘憂。』（贈秀才入軍十九首之十六）

『淡淡流水，淪胥而逝。汎汎柏舟，載浮載滯。微嘯清風，鼓檝容裔。放櫂投竿，優遊卒歲。』（酒會詩七首之一）

這種詩的意境是多麼高遠純潔。劉勰說嵇詩清峻，是非常精當的。清是清遠，峻是峻切。詩品亦說：『嵇詩頗似魏文，過爲峻切，訐直露才，傷淵雅之致。然託諭清遠，良有鑒裁，亦未失高流矣。』所謂清遠，就是一種空靈高潔的境界，可於上舉二詩中得之。至於峻切，我們可以看他的長篇幽憤詩。這一篇是他入獄所作，心境憤慨，情不能已，秉筆直書，自然是要脫其清遠之氣而入於峻切一途了。然而在這長詩裏，却表現了詩人的眞實的人生觀。其他的五言詩與樂府諸篇，其中多言黃老神仙，詩的情韻，大爲減少。所謂個人主義的浪漫文學，曹植開其端緒，到了嵇阮，算是達到盛時了。

正始以後，接着就是太康。詩品云：『太康中，三張二陸兩潘一左，勃爾復興，踵武前王，風流未沫，亦文章之中興也。』三張舊說爲張載張協張亢兄弟，（但張亢不列詩品，詩亦不佳，應以張華爲是。）二陸爲陸機陸雲兄弟，兩潘爲潘岳潘尼叔姪，左爲左思。其外還有傅玄，何劭，孫楚，成公綏，夏侯湛，石崇諸人，都有作品，因此在兩晉，太康確是一個文風最盛的時期。這原因，便是司馬氏篡魏以後，這六七十年的分裂局面，暫時告一結束，而入於短期的統一。太康時代，勉强可算得是小康。於是一般文士又攀龍附鳳歌功誦德起來，都注意在文字的形式方面用工夫。阮籍嵇康詩中所表現的那種自由精神，那種清峻遙深的風格與意境也不可得了。

太康詩人的作品，實在沒有多大的價値。然而他們却有一個共同的特色，便是輕視內容與意境，而偏重辭藻。於是造成浮豔華美的風氣。這一點雖不足取，然對於南朝文學的發展，却有極大的影響。兩漢詩歌，篇目雖少，然皆文字質樸，內容充實。建安正始，辭華漸富，仍能注重內容意境，頗有兩漢遺風。至於太康，時會所趨，無論詩歌辭賦，都用心雕琢，注意辭藻。如陸機所擬的漢樂府古詩，全非漢代面目，滿篇駢詞儷句，完全是太康的流行體了。本來這種浮艷的風氣，由王粲開其端，到了陸機，才至於全盛。沈德潛批評他說：『意欲逞博而胸少慧珠，筆又不足以舉之，遂開出排偶一家。西京以來空靈矯健之氣不復存矣。降自梁陳，專工對仗，邊幅復狹，令閱者白日欲臥，未必非士衡爲之濫觴也。』這話是一點不錯的。我們試看他下面這些詩句：

『清川含藻景，高岸被華丹。馥馥芳袖揮，泠泠纖指揮。悲歌吐清響，雅舞播幽蘭。』（日出東南隅行）

『凝冰結重磵，積雪被長巒。陰雲隱巖側，悲風鳴樹端。不覩白日景，但聞寒鳥喧。猛虎憑

林嘯，玄猿臨岸歎。』（苦寒行）

『和風飛淸響，鮮雲垂薄陰。蕙草饒淑氣，時鳥多好音。』（悲哉行）

『南望泣玄渚，北邁涉長林。谷風拂修薄，油雲翳高岑。亹亹孤獸騁，嚶嚶思鳥吟。』（赴洛）

『振策陟崇丘，安轡遵平莽。夕息抱影寐，朝徂銜思往。』（赴洛道中）

這樣的詩句，眞是觸目皆是。對偶既是工穩，文字亦極華美，而造句用字，更呈現着雕琢刻劃的痕跡與苦心。這種現象，在文學的藝術上講，無疑是進步的。但過於雕琢刻劃，有傷文學的眞美，有損於意境與情感，這一點是太康詩人的通病，也是他們的共同的特徵。如張華，潘岳，陸雲，潘尼的詩文，都是如此。張載張協雖較樸淨，然亦時現雕琢之跡。詩品評張華的詩說：

『其體浮艶，興託不奇。巧用文字，務爲姸冶。雖名高曩代，而疏亮之士，猶恨其兒女情多，風雲氣少。謝康樂云：張公雖復千篇，猶一體耳。』

又評陸機詩說：

『原出陳思。才高詞贍，舉體華美。氣少於公幹，文劣於仲宣。……然其咀嚼英華，厭飫澤膏，文章之淵泉也。』

李充翰林論評潘岳說：（初學記引）

『潘安仁之爲文也，猶翔禽之羽毛，衣被之綃縠。』

這些批評，都是說明太康詩歌的趨於辭藻雕飾的共同傾向。大都缺少漢魏詩的渾厚與意境。但他們也不能說完全沒有好詩。如張華的描寫當代淫侈生活的輕薄篇，陸機的贈弟，赴洛道中，潘岳的悼亡，張協的雜詩，還不失爲上等之作。他們作品最大的缺點，就是缺少作家的個性，只有時代共同的個性，謝康樂評張華詩說：『張公雖復千篇，猶一體耳。』這是他們這一羣詩人的最好的公評。

在這個偏重辭藻雕飾的空氣裏，只有左思一人，獨標異幟，出現於當日的詩壇，有卓然不羣之概。這是值得我們重視的。他現存的作品雖是不多，然都能脫去太康流行的風尙，頗有哀怨感傷諷諭寄託之致，尙能保存漢魏詩中那種渾厚的風格。詩品說他，『文曲以怨，頗爲精切，得諷諭之致，』這是不錯的。

左思字太冲，山東臨淄人。生卒年不詳，約生於三世紀中期，死於四世紀初年。博學能文，貌寢口訥，其妹左芬，亦有詩名。他作有三都賦，皇甫謐爲之序，一時豪貴競相傳寫，洛陽爲之紙貴。因此成了大名。但他的詩的價値，遠在他的辭賦之上。他的詠史，雜詩，嬌女詩都是好作品。

『皓天舒白日，靈景耀神州。列宅紫宮裏，飛宇若雲浮。峨峨高門內，藹藹皆王侯。自非攀龍客，何爲欻來游？被褐出閶闔，高步追許由。振衣千仞岡，濯足萬里流。』（詠史八首之五）

『杖策招隱士，荒塗橫古今。巖穴無結構，邱中有鳴琴。白雲停陰岡，丹葩曜陽林。石泉漱瓊瑤，纖鱗或浮沉。非必絲與竹，山水有淸音。何事待嘯歌，灌木自悲吟。秋菊兼餱糧，幽

蘭間重襟。躊躇足力煩，聊欲投吾簪。』（招隱之一）

『秋風何冽冽，白露爲朝霜。柔條旦夕勁，綠葉日夜黃。明月出雲崖，皦皦流素光。披軒臨前庭，嗷嗷晨雁翔。高志局四海，塊然守空堂。壯齒不恆居，歲暮常慨慷。』（雜詩）

這種渾厚的作風，高潔的境界，不是潘陸三張他們的詩中所能找到的。或借史事以寫懷，或託山水以寓意，或因時序以寄慨，這才是魏晉浪漫文學中的最上作品。這種詩風由左思開其端，到陶淵明集其大成，達到最高的表現。沈德潛說：『太冲胸次高曠，而筆力又復雄邁。陶冶漢魏，自製偉詞，故是一代作手，豈潘陸輩所能比埒！』這眞是知人之論了。

太康以後，詩史上有永嘉之稱。永嘉爲晉朝大亂之時。懷愍北去，典午南遷。當日詩人或寫家國之痛，其辭憤激而有餘悲，或抒逃世之情，其詩玄虛而有仙意。前者是劉琨，後者是郭璞。

劉琨（西曆二七一——三一八）字越石，中山魏昌人。（今河北省）年少有詩名，與石崇，歐陽建，陸機，陸雲之徒，並以文章事賈謐，時稱爲二十四友。永嘉元年爲幷州刺史，頗有聲望，後爲劉聰所敗，父母俱遇害。愍帝時拜大將軍都督，幷幽冀三州軍事，復敗於石勒。遂與幽州刺史鮮卑段匹磾聯婚立誓，共戴晉室，後以嫌隙爲段匹磾縊死，年四十八。我們看了他晉書中的傳記，知道他半生戎馬，很想做一番事業，只是大勢已去，遭逢着那困窮的境遇。發之於詩，令人有故宮禾黍之悲，英雄末路之感。在答盧諶書中，將他的思想心情說得非常淸楚。他說：

『昔在少時，未嘗檢括。遠慕老莊之齊物，近嘉阮生之曠達。厚薄何從而生，哀樂何由而至？自頃輈張，困於逆亂，國破家亡，親友凋殘。塊然獨立，則哀怨兩集；負杖行吟，則百憂俱至。時復相與，舉觴對膝，破涕爲笑，排終身之積慘，求數刻之暫歡。譬由疾疢彌年，而欲一丸銷之，其可得乎？夫才生於世，世實須才。……天下之寶，固當與天下共之。但分拆之日，不能不悵恨耳。然後知聃周之爲虛誕，嗣宗之爲妄作也。』

可知劉琨原來的思想，也是屬於老莊一派。後來的現實生活與窮困的境遇，才使他起了轉變。在這種轉變與境遇裏，造成他那種哀感而又俊拔的作風。

『橫厲糾紛，羣妖競逐。火燎神州，洪流華域。彼黍離離，彼稷育育。哀我皇晉，痛心在目。』（答盧諶）

詩義雖是淺顯，其情感是非常眞實的。再有扶風歌一首，可稱是他的代表作。

『朝發廣莫門，暮宿丹水山。左手彎繁弱，右手揮龍淵。顧瞻望宮闕，俯仰御飛軒。據鞍長歎息，淚下如流泉。繫馬長松下，發鞍高岳頭。烈烈悲風起，泠泠澗水流。揮手長相謝，哽咽不能下。浮雲爲我結，歸鳥爲我旋。去家日已遠，安知存與亡。慷慨窮林中，抱膝獨摧藏。麋鹿遊我前，猨猴戲我側。資糧既乏盡，薇蕨安可食。攬轡命徒侶，吟嘯絕巖中。君子道微矣，夫子固有窮。惟昔李騫期，寄在匈奴庭。忠信反獲罪，漢武不見明。我欲竟此曲，此曲悲且長。棄置勿重陳，重陳令心傷。』

禾黍之悲，末路之感，表現得既深刻又沉痛，令讀者一面悲懷當日的離亂，同時又寄與作者以無限的同情。這種雄峻的詩風，在魏晉詩人裏是少見的。詩品說他，『善爲悽戾之辭，自有淸拔之氣。旣體良才，又罹厄運。故善叙喪亂，多感恨之詞。』這批評算是最確切了。

郭璞（西曆二七七——三二四）字景純，河東聞喜人。（今山西絳縣附近）先後入於殷祐王導的幕下，元帝時，爲尙書郎，後遇害於王敦，年四十九。據晉書的傳記，他是一個澈底的呼風喚雨捉鬼驅神的道士。但他的學問淵博，文彩斐然，無論辭賦詩章，俱爲一時名手。著書有爾雅注，方言注，穆天子傳注，山海經注，周易林，楚辭注等書，爲士林所重。魏晉的游仙文學，作者雖多，但不能不以郭璞爲極盛。他有游仙詩十四首，是其詩中的代表作。

『翡翠戲蘭苕，容色更相鮮。綠蘿結高林，蒙籠蓋一山。中有冥寂士，靜嘯撫淸絃。放情凌霄外，嚼蘂挹飛泉。赤松林上遊，駕鴻乘紫煙。左挹浮丘袖，右拍洪崖肩。借問蜉蝣輩，寧知龜鶴年。』（遊仙）

『淸溪千餘仞，中有一道士。雲生梁棟間，風出窗戶裏。借問此何誰？云是鬼谷子。翹跡企潁陽，臨河思洗耳。閶闔西南來，潛波渙鱗起。靈妃顧我笑，粲然啓玉齒。蹇修時不存，要之將誰使。』（遊仙）

這種詩比起劉琨那種淸剛之氣的作品來，正是道語仙心的玄虛文學的代表。但作者文才奇肆，尙能假玄語以託中情，還表現出詩中的高遠意境，所以在當日那種談玄說理的詩歌裏，郭璞的詩是比較可讀的。詩品說他『始變永嘉平淡之體，故爲中興第一。』劉勰說他『景純豔逸，足冠中興。』所謂

『變平談，』所謂『豔逸，』都是說明在當日『理過其辭平淡寡味』的詩風裏，他還能夠保存一部份的辭藻與詩情。至如孫綽，許詢，桓溫，庾亮們的作品，詩既無情韻，體近乎偈語，那眞不能算是詩歌了。詩品說：『永嘉時，貴黃老，尙虛談，於是篇什，淡乎寡味。爰及江表，微波尙傳。孫綽，許詢，桓，庾諸公詩，皆平典似道德論（何晏著有道德論）』世說注引續晉陽秋說：『過江佛理尤盛，……詢及太原孫綽，轉相祖尙，又加三世之辭，詩騷之體盡矣。』又沈約謝靈運傳論云：『在晉中興，玄風獨盛。爲學窮於柱下，博物止乎七篇。』可知當時的詩文，除老莊以外，再加以佛理，自然是更枯淡無味了。

許詢桓溫庾亮的詩不傳，孫綽的詩在殘存的文館詞林及漢魏六朝百三名家篇裏還保存着幾首。大概孫許二人各有特長。晉書本傳云；『綽與詢一時名流，或愛詢高邁，則鄙於綽；或愛綽才藻，而無取於詢。沙門支遁，試問綽；君何如許？』答曰：『高情遠致，弟子早已伏膺，然一詠一吟，許將北面矣。』可知許以品格稱，孫以文采勝。他的天台山賦雖雜有禪意，然刻畫極精，文字亦美麗。我們試看他的詩：

『大樸無像，鑽之者鮮。玄風雖存，微言靡演。邈矣哲人，測深鈎緬。誰謂道遠，得之無遠。……』（贈溫嶠）

『仰觀大造，俯覽時物。機過患生，吉凶相拂。智以利昏，識由情屈。野有寒枯，朝有炎鬱。失則震驚，得必充詘。……』（答許詢）

由這些詩句，很可看出當日玄理詩的趨勢，除了述道佛的哲理外，更要勉力擬古，於是都變成一種歌訣和偈語了。但是他的碧玉歌二首，却是最有情韻的，民歌式的短詩。因其風格全異，故後人疑爲僞託。如第二首云：『碧玉破瓜時，郎爲情顚倒。感君不羞赧，囘身就郎抱。』詩雖是絕妙，但這種熱情大膽的寫法，同他的作風不合，似乎不是孫綽所爲，但亦無法證明耳。

這種玄虛的詩風，占領了整個的東晉詩壇。風會所趨，做效日衆，於是當日的詩壇更是沉寂了。沈約云：『仲文始革孫許之風，叔源（謝混）大變太玄之氣。』然我們讀殷仲文的詩，玄氣未除，謝混之作，清新絕少，並不能使當日的詩壇發生變化，生出光彩。眞能獨樹一幟，卓然成家，一洗當日枯淡的風氣，使詩文重囘於意境情韻者，是那位號稱五柳先生的陶淵明。

三　田園詩人陶淵明

陶淵明（西歷三七二——四二七據梁啓超氏考證）一名潛，字元亮，江西潯陽柴桑人。他不僅是魏晉時代的第一流詩人，並且是中國文學史上數一數二的大文學家，他的散文辭賦和詩歌都是第一流的。其作品個性的分明，情感的眞實以及人品的高潔，只有一個屈原，可以和他比擬。他的偉大處，是能將他的人生思想的全部，和他的作品溶成一片。在那裏活動着一個共同的生命，一個共同的靈魂，決不像其他的作家，作品和行爲分得開，令人在那空隙裏發揮着虛僞和做作。

他的曾祖陶侃做過大司馬，祖茂，父逸都做過太守，外祖孟嘉做過征西大將軍，照理他家應該是有錢的。但他却是一貧如洗，不得不躬耕養母，有時還窮得行乞。這就因爲他的祖先親戚都是清貧自守的好人。看他在命子詩中頌揚他的曾祖說『功遂辭歸，臨寵不忒。孰謂斯心，近而可得。』又說他的父親：『寄跡風雲，寘茲慍喜。』他曾替外祖作傳說：『行不苟合，言無夸矜，未嘗有喜慍之容。好酣飲，逾多不亂。至於任懷得意，融然遠寄，傍若無人。』可知他的祖先親戚，都是胸懷廣濶品格高尙的人物。陶淵明受了這種遺傳和家庭環境的陶養，所以能造成他那卓然獨立的人生。

他的人生最眞實。他想作官，就去找官做，並不以作官爲榮；他不愛作官，就辭職耕田，並不以退隱爲高；他窮了就去行乞，並不以行乞爲恥；有了錢就痛快地用，並不以此爲浪費。他心中有一個人生的高遠理想，那就是逍遙自適，凡與此有違反的，他不管飢餓與窮困，都要加以排除。歸去來辭序中說：『余家貧，耕植不足以自給。幼稚盈室，缾無儲粟。生生所資，未見其術。親故多勸余爲長吏，脫然有懷，求之靡途。會有四方之事，諸侯以惠愛爲德，家叔以余貧苦，遂見用於小邑。於時風波未靜，心憚遠役。彭澤去家百里，公田之利，足以爲潤，故便求之。少日，眷然有歸與之情。何則？質性自然，非矯厲所得。飢凍雖切，違己交病。嘗從人事，皆口腹自役。於是悵然慷慨，深愧平生之志。猶望一稔，當斂裳宵逝。尋程氏妹喪於武昌，情在駿奔，自免去職。仲秋至冬，在官八十餘日，因事順心，命篇曰歸去來兮。』他在這裏說的，沒有半點虛僞，一字一句，全是眞性情，眞心境的表現。絕不像那些身在江湖心懷魏闕的僞君子的口是心非，也沒有一點故鳴淸高藉以釣名沽譽的做作。蘇東坡說他：『欲仕則仕，不以求之爲嫌，欲隱則隱，不以去之爲高，飢則扣門而乞食，飽則雞黍以迎客。古今賢之，貴其眞也。』朱子語錄說：『晉宋人物，雖曰尙清高，然箇箇要官職。這邊一面清談，那邊一面招權納貨。陶淵明眞個能不要，所以高於晉宋人物。』這些話都說得精當極了。他從前做過劉牢之劉敬宣的參軍，但自彭澤令辭官以後，就眞的隱了。日與樵子農夫相處，山水詩酒爲樂，悠悠地過了二十年的逍遙自在的生活。在這時期，產生了許多最好的作品。

他的退隱田園寄情山水，一方面固由他的愛好自由的性格，同時也是由於那時代的環境。東晉的政治本是紊亂黑暗，到了他的時代，更是糟了。司馬道子及其兒子元顯當權，招權納賄，朝政混濁不堪。那一般官僚士子，更是攀龍附鳳，無恥已極。後來桓玄簒位，劉裕起兵，不久東晉就亡了。陶淵明處在這種時代，既無力撥亂反正，又不能同流合汚。看見當日士大夫的無恥行爲，自然是痛心疾首。他在感士不遇賦序中說：『自眞風告逝，大僞斯興，閭閻懈廉退之節，市朝驅易進之心。』這話說得極明顯，也說得極憤慨。知道他對於當日的政治社會，起了激烈的厭惡，逼得他不得不另找寄託生命的天地。他說的『飢凍雖切，違己交病。』『我不能爲五斗米向鄉里小兒折腰，』這都是他內心的眞實告白，他實在不能再在那個政治環境下面生活了。後人說他在劉裕簒晉以後的作品，只書甲子，表示他恥事二姓的忠愛之情，這實在是腐儒所添的蛇足。他有廣濶的胸懷，高遠的理想，那就是桃花源記中所表現的無政府社會，自由自在的大同世界。他對於當日那種君主官僚政治的淫奢腐敗，早已深惡痛絕，不管司馬家也好，劉家也好，他都看作是魯衞之政，沒有什麼分別。在那種環境裏，無論是晉宋，無論什麼高官厚祿，都是留他不住的了。梁啓超氏說得好，『如果他在爭什麼姓司馬的姓劉的，未免把他看小了。』這一點是先儒所見不到的。

陶淵明是魏晉思想的淨化者，他的哲學文藝以及他的人生觀，都是浪漫的自然主義的最高表現。在他的思想裏，有儒道佛三家的精華而去其惡劣的習氣。他有律己嚴正肯負責任的儒家精神，而不爲那種虛僞的禮法與破碎的經文所陷；他愛慕老莊那種淸靜逍遙的境界，而不與那些頹廢荒唐的淸談名士同流；他有佛家的空觀與慈愛，而不沾染一點下流的迷信色彩。因此我們在他的作品裏，時時發現各家思想的精義，而又不爲某家所獨占。在這種地方，就正顯出他思想背境的豐富和他的作品的偉大。腐儒因此附會忠愛，佛道因此附會其修養，這都是一些近視眼，沒有看到陶淵明的思想的全體。朱子說了一句，『淵明之辭甚高，其旨出於莊老，』害得眞西山之流，苦口辯明。說『淵明之學，正自經術中來，故形之於詩有不可掩。如榮木之憂，逝水之歎也。貧士之詠，簞瓢之樂也。……又豈毀彝倫而外名教者，所可同日而語乎？』這與王逸的辨離騷，正可前後比美了。而另外一派道釋之士，在其詩裏尋得一章半句，或言其得道，或稱其會禪。這都是愚淺之見，不足爲訓的。陶淵明之所以爲陶淵明，就在他獨有的性格，時代的環境，以及各家思想的精華，混合調和而形成那種特殊的典型。這種典型不容許旁人模擬學習，也不受任何思想家派的限制。

陶淵明的作品，在作風上，是承受着魏晉一派的浪漫主義，但在表現上，他却是帶着革命的態度而出現的。他洗淨了潘陸諸人的駢詞儷句的惡習而反於自然平淡，又棄去了阮籍郭璞們那種滿紙仙人高士的歌頌眷戀，而入於山水田園的寄託，同時又脫去了嵇康孫綽們那種滿篇談玄說理的歌訣偈語，而敘述日常的瑣事人情。在兩晉的詩人裏，只有左思的作風和他稍稍有些相像。詩品說『他原出應璩，又協左思風力，』應詩傳者甚少，我們不容易見其淵源，至於說協左思風力，這是不錯的。我們讀過他的詠史招隱以後，再來讀陶詩，自然會體會到他們兩個的作風，確實有許多近似的地方。

他的作品，我們可分作兩期來看。他三十四歲那年辭去彭澤令而退居山林，可作這兩期的界限。前者在社會服務，為飢餓奮鬬，對於當代政治社會，雖已感着厭惡，但他的人生主旨，還沒有達到決定的階段。在那些詩裏，也時時流露出來一種憤恨和熱情。同時飲酒的歌詠，詩中也極少見。我們在他的命子，懷古田舍，與從弟敬遠諸篇裏，都以名節互相勉勵，似乎還沒有離開現實社會的決心。詠荆軻一首恐怕也是這期的詩。『惜哉劍術疎，奇功遂不成。其人雖已沒，千載有餘情。』對於荆軻一流人物，表示深切的歎息，同時是寄寓着自己的憤慨的。這種詩句，不像他入山以後的作品。在藝術的價值上，他前期的作品，要以經曲阿，阻風於規林幾首為最好。

『弱齡寄事外，委懷在琴書。被褐欣自得，屢空常晏如。時來苟冥會，婉孌憩通衢。投策命晨裝，暫與園田疎。眇眇孤舟逝，綿綿歸思紆。我行豈不遙，登陟千里餘。目倦川塗異，心念山澤居。望雲慚歸鳥，臨水愧遊魚。眞想初在襟，誰謂形跡拘。聊且憑化遷，終返班生廬。』（始作鎭軍參軍經曲阿）

『自古歎行役，我今始知之。山川一何曠，巽坎難與期。崩浪聒天響，長風無息時。久遊戀所生，如何淹在茲。靜念園林好，人間良可辭。當年詎有幾，縱心復何疑。』（庚子五月從

都還阻風於規林）

在這些詩裏，他所表現的，是爲着衣食的掙扎，不得不到社會上去服務，行李奔波，精神痛苦，而無時不作田園山水之想，正代表着他前期的心境與生活。另有歸田園居幾首，王雪山著栗里年譜以爲作於三十歲那年，但細觀其文字意境，俱不相合。應爲辭彭澤令以後所作。陶澍靖節先生年譜考異云：『景文之意，以墮地爲塵網，故繫此詩於年三十，說近釋氏。先生胸中無此塵網，當以仕途言之。』這話對極了。吳斗南的年譜，也以此數篇爲棄官後所作，這是無可疑的。

陶氏後期的作品最多，生活安定了，心境靜寂了，因此藝術的價値也最高。『問君何能爾？心遠地自偏，』這是他後期的心境的告白。『居止次城邑，逍遙自閑止。坐止高蔭下，步止蓽門裏。好味止園葵，大歡止稚子。』（止酒）這是他後期生活的寫眞。胡仔云：『坐止於樹蔭之下，則廣廈華堂吾何羨焉。步止蓽門之裏，則朝市深利吾何趨焉。好味止於噉園葵，則五鼎方丈吾何欲焉。大歡止於戲稚子，則燕歌趙舞吾何樂焉。』要達到這種心境和生活的階段，是要經過長期的矛盾奮鬪的心情和痛苦的人生經驗的。他在歸去來辭裏，坦白地描寫他這種心境生活的轉變的過程和愉快。經過了這一轉變，他由動的苦悶的世界，變爲定的逍遙自適的世界了。於是美麗的自然，酒與詩文，成爲他靈魂的寄託者了。旁人以此爲苦，他却以此爲樂了。他的最高貴的作品，就產生在這一個時代裏。

『少無適俗韻，性本愛丘山。誤落塵網中，一去三十年。羈鳥戀舊林，池魚思故淵。開荒南野際，守拙歸園田。方宅十餘畝，草屋八九間。楡柳蔭後簷，桃李羅堂前。曖曖遠人村，依

依墟里烟。狗吠深巷中，雞鳴桑樹巔。戶庭無雜塵，虛室有餘閒。久在樊籠裏，復得返自然。』（歸田園居）

『野外罕人事，窮巷寡輪鞅。白日掩荊扉，對酒絕塵想。時復墟曲中，披草共來往。相見無雜言，但道桑麻長。桑麻日已長，我土日已廣。常恐霜霰至，零落同草莽。』（同上）

『種豆南山下，草盛豆苗稀。晨興理荒穢，帶月荷鋤歸。道狹草木長，夕露霑我衣。衣霑不足惜，但使願無違。』（同上）

『結廬在人境，而無車馬喧。問君何能爾？心遠地自偏，採菊東籬下，悠然見南山。山氣日夕佳，飛鳥相與還。此中有眞意，欲辨已忘言。』（飲酒）

『秋菊有佳色，挹露掇其英。汎此忘憂物，遠我遺世情。一觴雖獨進，杯盡壺自傾。日入羣動息，歸鳥趨林鳴。嘯傲東軒下，聊復得此生。』（同上）

『迢迢百尺樓，分明望四荒。暮作歸雲宅，朝爲飛鳥堂。山河滿目中，平原轉渺茫。古時功名士，慷慨爭此場。一旦百歲後，相與還北邙。松柏爲人伐，高墳互低昂。頹基無遺主，遊魂在何方。榮華誠足貴，亦復可憐傷。』（擬古）

『人生無根蒂，飄如陌上塵，分散逐風轉，此已非常身。落地爲兄弟，何必骨肉親。得歡當作樂，斗酒聚比鄰。盛年不重來，一日難再晨。及時當勉勵，歲月不待人。（雜詩）

『有生必有死，早終非命促。昨暮同爲人，今旦在鬼籙。魂氣散何之，枯形寄空木。嬌兒索

父啼，良友撫我哭。得失不復知，是非安能覺。千秋萬歲後，誰知榮與辱。但恨在世時，飲酒不得足。』（擬挽歌辭）

『荒草何茫茫，白楊亦蕭蕭。嚴霜九月中，送我出遠郊。四面無人居，高墳正嶕嶢。馬爲仰天鳴，風爲自蕭條。幽室一已閉，千年不復朝。千年不復朝，賢達無奈何。向來相送人，各自還其家。親戚或餘悲，他人亦已歌。死去何所道，託體同山阿。』（同上）

這些都是陶詩中的珠玉，他們的生命，是永恆的。任你放到任何時代任何國家，都是第一流的作品。因了這些詩，提高魏晉浪漫文學的地位，建立了田園文學的典型。昭明太子在陶集序中說：『其文章不羣，辭彩精拔。跌宕昭彰，獨起衆類。抑揚爽朗，莫之與京。橫素波而傍流，干青雲而直上。語時事則指而可想，論懷抱則曠而且眞。加以貞志不休，安道苦節。不以躬耕爲恥，不以無財爲病。……觀淵明之文者，馳競之情遣，鄙吝之意祛，貪夫可以廉，懦夫可以立。』這批評實在是確切的。鍾嶸將陶淵明列爲中品，古今文人頗多異議。但他批評說：『文體省淨，殆無長語。篤意眞古，辭興婉愜。每觀其文，想其文德。世歎其質直。至如『歡言酌春酒』（讀山海經）『日暮天無雲』，（擬古）風華淸靡，豈直爲田家語耶！古今隱逸詩人之宗也。』由這些話可知他對於陶的作品與人品，都是推崇備至的了。蘇東坡說：『淵明作詩不多，然其詩質而實綺，癯而實腴，自曹劉鮑謝李杜諸人，莫能及也。』這是最有見解最公平的評論。

第十章　南北朝與隋代的文學趨勢

一　唯美文學的興起

魏晉時代的浪漫文學，到了南北朝與隋的二百年間（四二〇——六一八），不僅沒有遇着發展的任何阻礙，並且在這時期中，無論學術思想的，政治的，以及外來文學的環境，都使得魏晉以來的神祕玄虛的浪漫文學，再走入絕對自由發展的機運，而形成中國文學史上未曾有過的唯美文學的極盛潮流。文學到了這時候，才眞的達到自覺的獨立新階段。一般人對於文學本身的意義與價值，認識得更爲清楚，同時文學對於藝術上的技巧問題也討論得更精密更細緻了。這種現象在文學本身的發展上，自然是一種顯明進步。雖說自隋唐以後，一般正統派的人們，開口就責備這個時代的文學的墮落淫靡，用力的加以排擊，這只是從功利的實用的文學思想上立論，想從藝術至上主義回到藝術功用主義的路上去，這一種轉變，是君主集權堅强有力和儒家思想恢復了威權以後所必有的現象。關於這些理論的是非，現在無法在這裏討論，不過有一點，我們必得注意，就是這二百年來的文學遺產，成爲唐代文學的豐富的基礎。在這些遺產裏，許多新的形式新的格律，都出現了，正等待着後人的完成發揚，因此，造成了唐代詩歌的獨盛。

我們現在萬不能囿於古人道統的偏見，把這個時代看作是中國文學史上的黑暗期，這個時代的文學發展實在是自由的光明的，而又是藝術的。任何作家都把文學當作一件藝術品，在那裏專心專意地創作，他們避開一切理論教訓歌誦宣傳的功利傾向，只承認美是文學上最高的意義。四六駢文，抒情的辭賦，美麗的小品文，豔綺的情詩，都成爲這時代獨有的產品。不用說，這些作品，我們並不能承認就是文學中的模範，他們有一個不可掩飾的重大的弊病，就是缺少社會的人生的意義與基礎。然而就其文學本身的發展上看來，他是進化的，藝術的，他有他不可磨滅的創造精神。

唯美文學能在這時期順利的發展，自必有其原因，要明瞭這些原因必得注意下列這些事件。

一、君主貴族對於文學的愛好與提倡　南朝四代的君主，在政治上雖沒有多大的建樹，但在文學上，却都有很好的成績。有的是愛好獎勵，有的能創作批評，造成了一時文學極盛的空氣。宋文帝的立儒玄文史四館，明帝的分儒道文史陰陽五科，在這裏都暗示着文學的地位趨於獨立，已經能同他種重要的學科並列了。至於當代宗室，如南平王休鑠，建平王弘，廬陵王義眞，江夏王義恭等，都以獎勵文學，招集文士著稱，成爲推動文學的重要力量。齊高帝及其諸子鄱陽王鏘，江夏王鋒，豫章王嶷。都以文學著名，竟陵王門下的八友，更是一時的俊彥。梁武帝父子，都是南朝時代的天才詩人，在中國歷史上，只有曹家父子和南唐的中主後主差可比擬。至於陳後主隋煬帝諸人都有優美的文學成績，這是大家都知道的事。在這兩百年濃厚的文學空氣中，君主臣僚的提倡與效法，競豔爭奇，圖名奪寵，文學的發展，是必然要離開社會人生的基礎，而走到唯美的路上去的。裴子野雕蟲論序說：

『宋明帝博好文章，才思朗捷。常讀書奏，號稱七行俱下。每有禎祥及行幸宴集，輒陳詩展義，且以命朝臣，其戎士武夫則請託不暇，困於課限，或買以應詔焉。於是天下向風，人自藻飾，雕蟲之藝盛於時矣。』

又南史文學論序云：

『自中原沸騰，五馬南渡。綴文之士，無乏於時。降及梁朝，其流彌盛。蓋由時主儒雅，篤好文章，故才秀之士，煥乎俱集。於時武帝每所臨幸，輒命羣臣賦詩。其文之善者賜以金帛，是以縉紳之士咸知自勵。』

又南史陳後主本紀說：

『後主荒於酒色，不恤政事。……江總孔範等十人預宴，號曰狎客。先令八婦人襞采箋，製五言詩，十客一時繼和，遲則罰酒。君臣酣宴，從夕達旦，以此爲常。』

在這種環境空氣裏，文學離開了民衆社會的描寫，輕視了爲人生的高尚的意義，而傾心於詞藻形式的美麗與音律的和諧的事，實是必然的趨勢了。

二、儒學衰微與淸談浮虛的風向的繼續　魏晉時代，儒家在思想界失去了信仰與指導人心的力量，風靡一時的是老莊的哲學，因此造成當日極盛的自然主義。南北朝時代，佛教獨盛，道家的思想相輔而行，儒學更是銷沉寂寞，無論在人生的倫理以及藝術的思潮上，都失去了指導的力量。當時的義疏之學，雖爲後代的經師所稱道，然而這些章句訓詁的學問，在思想的運動上，是沒有多大意義的。就是當日的義疏之學，也染了那種玄談駢麗的風氣。皮錫瑞論南朝的經學說：

『唐人謂南人約簡得其英華，不過名言霏屑，騁揮麈之清談，屬詞尙腴，侈雕蟲之餘技。如皇侃之論語義疏，名物制度，略而勿講，多以老莊之旨，發爲駢儷之文，與漢人說經，相去懸絕。』（經學歷史）

他這批評是非常確切的。南史儒林傳序說：『宋齊國學，時或開置，而勸課未博，建之不能十年，蓋取文具而已。是時鄉里莫或開館，公卿罕通經術。朝廷大儒，獨學而弗肯養衆，後生孤陋，擁經而無所講習。』由此可知宋齊兩代儒學銷沉的情形。梁武帝天監四年的開五館立國學，似乎是儒學復興的一件大事，然而這位佛教皇帝，仍然是一位清談名士，他的講孝經周禮，正如講三玄佛理一樣。趙翼說：『梁武帝崇尙經學，儒術由是稍振。然談義之習已成，所謂經學者，亦皆以爲談辯之資。……當時雖從事於經義，亦皆口耳之學，開堂升座，以才辨相爭勝，與晉人清談無異。……梁時於五經之外，仍不廢老莊，且又增佛義，晉人虛僞之習，依然未改，且又甚焉。』（二十二史箚記，六朝清談之習）可知梁武帝時代的講經，正不脫兩晉玄談的風氣，當時的佛學雖稱極盛，埋頭譯經苦學傳教者固不乏人，然一般名流文士的談佛，或是附和君主，或是自鳴清高，他們行爲的浪漫淫侈，貪圖富貴，眞出人意外，於是造成了極度柔靡虛浮的風氣。僧人參政，尼娼入宮，種種醜事都鬧了出來。宋書武二王傳謂義宣『後房千餘，尼娼數百。』又周朗傳說當時的佛徒『延姝滿室，置酒浹堂。』再如梁武帝時郭祖深上疏中說：『都下佛寺五百餘所，家極宏麗，僧尼十餘萬，資產豐沃……道人又有白徒，尼則皆畜養女，養女皆服羅紈，其蠹俗傷法，抑由於此。』（南史七十）荀濟上書武帝也說：

『僧妖佛偽，姦詐爲心。墮胎殺子，昏淫亂道。』（廣弘明集）我們明瞭了當日佛徒的內幕，於是那些信奉佛教的文人如謝靈運，顏延之，周顒，王融，沈約，江淹，徐陵，以及梁武帝父子之流，或是身居江湖，而心懷富貴，或是信奉佛理，而大寫情詩，或是口談清修，而沈溺酒色，那麼我們對於這種現象，也就不覺得有什麼驚異了。儒學衰落，在文壇上失去了監督指導的力量，而文學得有自由發展的良好環境。浮虛淫侈的惡習造成文學上的豔麗纖巧的風氣。李諤在上高祖書中說：『五教六行，爲訓人之本。詩書禮易，爲道義之門。故能家復孝慈，人知禮讓。正俗調風，莫大於此。其有上書獻賦，製誄鐫銘，皆以褒德序賢，明勳證理。苟非懲勸，義不徒然。降及後代，風教漸落，魏之三祖，更尚文詞。忽君人之大道，好雕蟲之小藝。下之從上，有同影響。競騁文華，遂成風俗。降在齊梁，其弊彌甚。貴賤賢愚，惟務吟詠。遂復遺理存異，尋虛逐微。競一韻之奇，爭一字之巧。連篇累牘，不出月露之形，積案盈箱，唯是風雲之狀。世俗以此相高，朝廷據茲擢士，祿利之路既開，愛尚之情愈篤。於是閭里童昏，貴遊總丱。未窺六甲，先製五言。……以傲誕爲清虛，以緣情爲勳績。指儒素爲古拙，用辭賦爲君子。故文筆日繁，其政日亂。良由棄大聖之軌模，構無用以爲用也。』

這正是儒家對於文學的正統理論，也是儒家得勢以後對於唯美文學有力的彈壓。他這種理論與彈壓的是非，我們現在無須批評，但他所說的因爲儒學的衰微與虛浮的習氣，造成了浪漫的唯美的文學風尚，確是實在的情形。

三、文學觀念的明晰

我國古人對於文學的觀念很不明晰，先秦時代所謂文學，即指一般的學術而言，兩漢有文學文章之分，界限略嚴。魏晉以來，論文者日多，體製漸備。文筆之稱，始於當時，然對於文學觀念的認識淸楚，文筆分辨的嚴密，以及對於純文學的重視，則有待於南朝。文心雕龍總術篇云：『今之常言，有文有筆，以爲無韻者筆也，有韻者文也。』又梁元帝金樓子立言篇云：『至於不便爲詩如閻纂，善爲章奏如伯松，若此之流，汎謂之筆。吟詠風謠流連哀思者謂之文。……筆，退則非謂成篇，進則不云取義，神其巧惠，筆端而已。至如文者，維須綺縠紛披，宮徵靡曼，脣吻酋會，情靈搖蕩。』從體製言，則文者爲韻文，筆者爲散文。從性質言，則文者爲純文學，筆者爲雜文學。故當日於文筆之外，復有『辭筆』『詩筆』之稱，辭詩二語，爲純文學的最好代表。到這時候，於是文學文章合而爲一，而其性質定義亦極分明，與經史哲學獨立存在，文學一語，再不含有學術六藝的廣泛意義了。觀宋文帝時代儒玄史文四館的並立，明帝時代儒道文史陰陽五科的分設，都是文學獨立發展的重要事實。

昭明太子在文選序中說：『若夫姬公之籍，孔父之書，豈可重以芟夷，加之剪截。老莊之作，管孟之流，蓋以立意爲宗，不以能文爲本……記事之史，繫年之書，所以褒貶是非，紀別異同，方之篇翰，亦已不同。若其讚論之綜輯辭采，序述之錯比文華，事出於沉思，義歸乎翰藻，故與夫篇什，雜而集之。』這是昭明選文的標準。在這標準裏，他辨別了經史子傳與文學的差異，大胆的把那些東西從文學的領域裏分開，免得彼此混淆。在文選中，雖是文筆兼收，然而並不違反文學的定義。由其詩賦的大量收集，更可看出他對於純文學的重視。再如徐陵的玉臺新詠，這傾向的明顯更無須多說了。

文學觀念的明晰以及對純文學的重視，是當代文壇上的重要現象。在這種現象中，作家自然是日求其製作的精美，研究家是日求其討論的細密了。或言體製，或敍源流，神思風骨之論，情采體性之篇，無不分辨精微，立論工巧。在這種環境之下，文學日趨於唯美的發展，實在是一種自然的趨勢。

四、聲律說的興起　中國文字的特質，是孤立與單音。因其孤立，宜於講對偶，因爲單音，宜於講音律。字句的對偶，在王褒，張衡，王粲，陸機諸人的詩賦裏試用日繁，演成六朝駢儷極盛之風。至於音律，古人亦頗注意，如司馬相如所謂『一宮一商，』陸機所謂『音聲之迭代』都是明證。不過這些都是說的自然音調的和諧，還沒有達到人爲的聲律的限制。周秦古音，大約只有所謂長言的平聲，與短言的入聲，迄於魏晉，聲韻之學漸興。曹魏李登曾作聲類十卷。（見隋書經籍志，今佚。玉函山房叢書中有輯文）魏書江式傳說：『晉世呂靜曾倣聲類，作韻集五卷，曰宮，商，角，徵，羽，各爲一篇。』又隋書潘徽傳中說：『李登聲類，呂靜韻集，始判清濁，才分宮羽。』可知魏晉時候，聲韻的研究，確有進步，已有清濁宮羽的分別了。大概那時候只以宮商之類分韻，還沒有四聲之名。宋齊以來，佛經轉讀之風日盛。蓋讀經不僅誦其字句，必須傳其美麗的有輕重節奏的聲音。慧皎在高僧傳中說：『自大教東流，乃譯文者衆，而傳聲者蓋寡。良由梵音重複，漢語單奇。若用梵音以詠漢語，則聲繁而偈迫，若用漢曲以詠梵文，則韻短而辭長。』這正說明單音的漢語，不容易傳達梵音的美妙。他又說：『若能精達經旨，洞曉音律，三位七聲，次而無亂。五言四句，契而莫爽。……動韻則揄靡弗窮，張喉則變態無盡，故能炳發八音，光揚七善。……故聽聲可以娛耳，聽語可以開襟。若然可謂梵音深妙，令人樂聞者也。』可知當日洞曉音律的人，誦經的聲調之美，眞有繞梁不絕之狀了。他又說：『天竺方俗，凡是歌詠法言，皆稱爲唄。至於此土，詠經則稱爲轉讀。歌讚則號爲梵音。』中國語音既不適宜於佛經的轉讀與歌讚，欲達到此種目的則必須參照梵語的拼音，而求漢語適應的轉變，於是二字反切之學因以興起。反切盛行，聲音分辨乃趨於精密與正確，因此四聲得於此時成立。可知魏晉雖有人從事聲韻的研究，而至齊梁大爲興盛者，實受有佛經轉讀的影響。關於這一點，近人陳寅恪氏說得好。

『中國入聲，較易分別。平上去三聲，乃摹擬當日轉讀佛經之三聲而成。轉讀佛經之三聲，出於印度古時聲明論之三聲也。於是創爲四聲之說，撰作聲譜。借轉讀佛經之聲調，應用於中國之美化文，四聲乃盛行。永明七年二月二十日，竟陵王子良大集沙門於京邸，造經唄新聲，爲當時考文審音一大事，故四聲音之成立，適値永明之世，而周顒，沈約爲此新學說之代表人也。』（節錄四聲三問，淸華學報）

由這一段文字的說明，使我們對於四聲說的成立，由於佛經轉讀的影響實無可懷疑。稱爲竟陵之友而又曾參預考文審音的如周顒，沈約之流，都精於聲律而提倡鼓吹的事，也一點不覺奇異了。周顒作四聲切韻，沈約作四聲譜，於是四聲之名稱正式成立，同時將此種發明應用到文學上去，創爲四聲八病之說，因此詩文的韻律漸漸形成，平仄的講求日益嚴密，而當日的作品，更成爲一種新面目了。南史陸厥傳說『永明時，盛爲文章。吳興沈約，陳郡謝朓，瑯琊王融以氣類相推轂，汝南周顒善識聲韻。約等文皆用宮商。將平上去入四聲以此制韻。有平頭，上尾，蜂腰，鶴膝。五字之中音韻悉異，兩句之內，角徵不同，不可增減，世呼爲永明體。』

又沈約謝靈運傳論云：『夫五色相宣，八音協暢，由乎玄黃律呂，各適物宜。欲使宮羽相變，低昂舛節。若前有浮聲，則後須切響。一簡之內，音韻盡殊；兩句之中，輕重悉異。妙達此旨，始可言文。』四聲八病（平頭上尾蜂腰鶴膝大韻小韻旁紐正紐）之說，現在看來，不過是講究韻律調和平仄，毫沒有什麼稀奇，但在當日，沈約諸人，視爲天地未發的精靈，前人未覩的祕寶。有人雖評其有誇大之嫌，然因這些發明，使中國文學改觀，詩歌變質，是無可否認的事。所以聲律論之興起，對於中國文學，實有重大的貢獻，劉勰在聲律篇中也承認聲律爲文學的重要原素。他持論精細，說明詳盡，也很可供我們的參考。於是一時『士流景慕，務爲精密，襞積細微，專相陵架。』(詩品)由元嘉時代極盛的詞藻雕琢之風，再加以聲病的限制，因此文學更趨於技巧與形式的唯美。駢文變爲四六，古詩變爲新體，書札序跋評論的雜文，也都趨於聲律化，駢儷化了。梁書庾肩吾傳云：『齊永明中，文士王融，謝眺，沈約，文章始用四聲以爲新變，至是轉拘聲韻，彌尚麗靡，復踰於往時。』聲律之說興，於是文學便入於新變之路，這是必然的趨勢，可知當日唯美文學的發達，聲律說的興起，實是最有力的原因。

二　新詩體的製作

在唯美文學的潮流裏，作家無不傾心於辭藻音律與形式的美麗。因此新詩體的製作，在當日是一件最可注意的事。五言古詩起於東漢，經過魏，晉，諸詩人的寫作，達到完全成熟的階段。七言古詩完成於魏文帝的燕歌行，兩晉作者無聞。到了南北朝，因對偶的風盛，聲律之說興，再加以樂府小詩的影響，於是在詩的形式上產生了各種各樣的新格律。王夫之撰古詩評選，第三卷名曰『小詩，』第六卷名曰『近體。』王闓運的八代詩選，卷十二至十四，收集自齊至隋的新詩體的作品，名爲『新體詩。』他們都注意到這些新格律的作品，是同漢，魏，兩晉的詩歌，發生了形式與內容的變化，是不得不把牠們分開了。不用說，這些新的格律，都在試驗醞釀的時期，還沒有達到精密成熟的階段，然而當日許多作家們的創造精神和那豐富的新式作品，充分地表現了詩歌的新生命的發展和作家們對於新詩體製作的努力。要經過這一階段，才可產生極盛一代的唐詩。可知從南北朝到隋唐之際的二百多年的新詩體的出現，是由漢魏古詩到唐代近體詩的一段重要的橋梁。

一、古詩的變體　古詩到了這時代，也發生變化。過去的詩，都是全篇一韻，到了沈約諸人，變爲兩句四句或是八句換韻，使詩的音調趨於和諧活潑，呈現出一種新氣象，這是前人所沒有的。蔡邕的飲馬長城窟起首八句雖有換韻，但非全篇。

『漠漠牀上塵，中心憶故人。故人不可憶，中夜長歎息。歎息想容儀，不言長別離。別離稍已久，空牀寄杯酒。』（沈約擬青青河畔草）

『汀洲采白蘋，日落江南春。洞庭有歸客，瀟湘逢故人。故人何不返，春華復時晚。不道新

知樂，且言行路遠。』（柳惲南曲）

前首兩句換韻，後首四句換韻，雖名爲五言古詩，無論形式音調與作風，都非漢魏詩的舊面目了。

曹丕的燕歌行，是全篇一韻。鮑照的七言古詩，雖全篇一韻者居多，然其中已有換韻者。例如：

『春風澹蕩俠思多，天色淨淥氣妍和。含桃紅萼蘭紫芽，朝日灼爍發園華。卷幌結幃羅玉筵，齊謳秦吹盧女絃，千金顧笑買芳年。』（代白紵曲）

沈約的七言古體，亦有換韻者。如

『蘭葉參差桃半紅，飛芳舞縠戲春風。如嬌如怨狀不同，含笑流盼滿堂中。翡翠羣飛飛不息，願在雲間長比翼。佩服瑤草駐顏色，舜日堯年歡無極。』（白紵曲）

簡文帝的七言古體，亦有換韻者，如

『翻階蛺蝶戀花情，容華飛燕相逢迎，誰家總角歧路陰，裁紅點翠愁人心。天窗綺井曖徘徊，珠簾玉篋明鏡臺。可憐年紀十三四，工歌巧舞入人意。白日西落楊柳垂，含情弄態兩相知。』（東飛伯勞歌）

這種古詩變體的產生，可以看出也是受了聲律論的影響。韻的變換，無非是要在詩歌裏增加那種音調的和諧與美麗。所以這種古詩也可以看作是新體詩的。

二、長短體的產生　詩中長短句的雜用，並不新奇，古代的詩經，漢代的樂府中早已有之。但那些長短句的使用，只是一種自然的安排，却沒有形成一種規律。到了南朝，有規律的長短體出現了。最可注意的便是三句七言四句三言合成的江南弄。

『楊柳垂地燕差池。緘情忍思落容儀，絃傷曲怨心自知。心自知，人不見。動羅裙，拂珠殿。』（沈約）

『遊戲五湖採蓮歸，發花田葉芳襲衣。爲君豔歌世所希，世所希，有如玉。江南弄，採蓮曲。』（梁武帝蕭衍）

『金門玉堂臨水居，一嚬一笑千萬餘。遊子去還願莫疎。願莫疎，意何極。雙鴛鴦，兩相憶。』（簡文帝蕭綱）

沈約有江南弄四首，蕭衍有七首，蕭綱有三首，字句體裁全是相同，可知這在當時已成爲一種定體，決不是長短句的偶然雜用。這種形式的產生，自然是依照樂譜的製作。古今樂錄云：『武帝改西曲製江南上雲樂十四曲，江南弄七曲。』這事實想是可靠的。其上雲樂亦爲長短句體。如桐柏曲云：

『桐柏眞，昇帝賓。
戲伊谷，遊洛濱。
參差列鳳管，容與起梁塵。
望不可至，徘徊謝時人。』

梁啓超氏云：『凡屬於江南弄之調，皆以七字三句三字四句組織成篇。七字三句，句句押韻。三字四句，隔句押韻。第四句卽覆疊第三句之末三字，如憶秦娥第二句末三字『秦樓月』也。似此嚴格的一字一句，按譜塡詞，實與唐末之倚聲新詞無異。』（詞之起源）由此看來，他們這種長短句的製作，實爲後代詞體的權輿了。

三、小詩的勃興　小詩就是唐人的絕句，用四句的五言或七言，表現複雜的情感或美麗的風景，是中國詩歌中最精采的作品。推其源流，五言先於七言，在漢代樂府中，如枯魚過河泣已是五言四句的形式。曹植的集子內，也有幾首這樣的詩。到了兩晉，如陸機，傅玄，潘尼，張載，郭璞之流，都有此種作品，不過在質量上都非常貧弱，不能在詩壇上占着什麼地位。然而也可看出這種小詩暗中滋長的趨勢。劉宋時代，其體漸盛，如謝靈運，鮑照，謝惠連，謝莊，湯惠休諸人都在嘗試這種小詩的製作，作品雖是不多，在技巧上是比兩晉的較爲進步了。到了永明，小詩的進展，才達到了成熟的階段。如王儉，王融，謝朓，沈約諸人作品中，小詩的加多，與藝術的進步，是値得注意的。可以說五言小詩經過長期的滋長，到這時候算是正式成立了。

『自君之出矣，金鑪香不然。思君如明燭，中宵空自煎。』（王融自君之出矣）

『夕殿下珠簾，流螢飛復息。長夜縫羅衣，思君此何極。』（謝朓玉階怨）

這種美麗成熟的作品的出現，造成了小詩在中國詩歌史上的堅固地位。大家都承認了這種新體裁，於是由嘗試的態度，變爲努力的新創作了。因此到了梁陳隋諸代，形成了小詩的勃興。在梁武帝，簡文帝，陳後主諸人的作品中，小詩成爲他們的代表作。

七言小詩，發生較遲。鮑照集中，雖多七言，然四句體之小詩，則尚未有。湯惠休有秋風引一首，雖形體已具，然技巧不佳。詞云：

『秋寒依依風過河，白露蕭蕭洞庭波。思君末光光已滅，眇眇悲望如思何。』（秋風引）

至梁武帝父子，此體漸繁，格律雖尚未完成，然因試作者日多，自然會漸漸發達進步起來了。今舉簡文帝的一首作例：

『天霜河白夜星稀，一雁聲嘶何處歸。早知半路應相失，不如從來本獨飛。』（夜望單飛雁）

這一首詩比起湯惠休的秋風引來，無論從那一點看，都有明顯的進步。不僅意境好，辭句新，音律亦和諧悅耳，眞可看作是七言絕句的先聲了。此後作者日衆，形體乃定。於是七言小詩也在這時期漸漸發達起來了。小詩的出現，雖遠在漢末建安，略現形跡，但要等到南北朝時代，才達到興盛之途。這原因實由於東晉以來興起的樂府民歌的影響。如吳聲歌曲，西曲歌，都是這種小詩的形式。在橫吹曲辭內，也有些七言的歌謠。由這些樂府歌辭的流行與文人的接近，小詩形體的成立，是極自然的事。我們試看當日文人創作那種小詩的時候，十之八九是用樂府古題，並且在作品的編纂上，這些詩亦多入於樂府部份中，那就更可瞭解他們的性質及其來源了。

四、律體的漸漸形成　律體一面須講究韻律，同時更要講求對偶。五七言律詩，都是八句成章，中間二聯，必須對得工整。律詩絕句，本來是唐詩中的中堅，然而這種體裁，在南北朝時代，由嘗試的製作，達到快要成熟的階段。在謝莊的作品裏，如侍宴蒜山，侍東耕二首，已具備五律的雛形。自永明聲律論起來以後，王融，謝眺，沈約，范雲諸人，都在創作這種新體詩。可知這種體裁，在當時已成爲一種大家所努力的目標了。如范雲的巫山高云：

『巫山高不極，白日隱光輝。靄靄朝雲去，冥冥暮雨歸。巖懸獸無迹，林暗鳥疑飛。枕席竟誰薦，相望徒依依。』

雖說後面兩三句中的平仄稍有不調，但中間二聯對偶的工穩，辭句情韻的幽美，形式的整齊，眞可算是相當成功的五律了。這種詩體得了梁簡文帝的大量製作，在平仄上雖仍未達到美善之境，但在修辭與對偶上，已得了很大的進步。此後作者日多，作品日富，於是這種新形式，便成爲梁陳二代的主要詩體了。如何遜，陰鏗，徐陵，庾信諸人，幾乎在傾全力製造這種作品。五言律詩，到了這時候，可以說快要達到完全成熟的階段。

『佳人遍綺席，妙曲動鵾絃。樓似陽臺上，池如洛水邊。鶯啼歌扇後，花落舞衫前。翠柳將斜日，俱照晚粧鮮。』（陰鏗詠妓）

『度橋猶徙倚，坐石未傾壺。淺草開長埒，行營繞細廚。沙洲兩鶴迴，石路一松孤。自可尋丹竈，何勞憶酒壚。』（庾信詠屏風）

像上面這種作品，其內容雖是虛空不足道，然在其音律對偶以及辭藻方面，都有了唐律的風格。這些詩在中國詩體的發展史上，是要占着重要的地位的。至於七律，發生較遲，作者亦少。梁簡文帝的春情曲，末二句雖爲五言，然已可看作是七律的雛形。到了庾信的烏夜啼，已備具了七律的形體。

『促柱繁絃非子夜，歌聲舞態異前溪。御史府前何處宿，洛陽城頭那得棲。彈琴蜀郡卓家女，織錦秦川竇氏妻。詎不自驚長落淚，到頭啼烏恆夜啼。』

格調雖爲樂府，但形式確是七律。到了煬帝的江都宮樂歌，平仄對偶都得了大大的進步。七律算是初步告成了。至如庾丹的秋閨有望，已具備五言排律的形式，沈君攸的薄暮動絃歌，也略備七言排律的規模。由此看來南北朝時代的詩歌，是上承漢魏，下開唐宋，各種體裁都在這時期中，經過許多詩人的嘗試努力而漸漸地達於完成他們這種創造的精神與豐富的成績，是當代唯美文學者對於中國詩歌的重要貢獻，同時替唐代的詩歌播下良好的種子。

三　山水文學與色情文學

上面所講的，是在唯美文學運動中所產生的文學的新形式，現在要講的是當日文學的新內容了。我們試檢閱那二百年的許多作品，帶着活躍的生命與獨特的色彩而最惹人注目的，是描寫風景的山水文學和稱爲宮體的色情文學。山水的描寫與色情的表現，在往日的文學中並非沒有，但到了這時代，這兩種作品，呈現着勃興的氣象，發生出未曾有過的光輝，成爲當日文學中的代表了。

一、山水文學　政治的黑暗腐敗與社會的紊亂緊張，使得那些愛自由愛清靜想保持着純潔的靈魂的人們，發生對於現世的厭惡與對於自然界的愛好，由此避世隱居之風氣，和對於田園山林生活的依戀，漸漸地在文學內出現了。這種現象在左思王羲之們的作品裏，已露出了形跡，到了陶淵明，達到了極高的成就。但是陶淵明對於自然不是風景的描寫，却是意境的表現。不是客觀的寫實，而是主觀的寫意。我們讀他的作品，由幾句印象的詩句，襯托着一幅遠影的圖畫，然而不是寫實的圖畫。所以他對於山水風景，從沒有深刻細緻的描寫，只有印象的反映。因爲他整個的人生與自然界完全融爲一體，才能達到這個高妙的境地。嚴格地說來，陶氏的作品，只能算是田園生活與情趣的表現，不能算是山水風景的寫實。眞正對於山水風景加以客觀深刻的描寫的，是始於宋代的謝靈運。文心雕龍，明詩篇云：『宋初文運，體有因革，莊老告退，而山水方滋。儷采百字之偶，爭價一句之奇。情必極貌以寫物，辭必窮力而追新。』這幾句話，正說明當代山水文學的眞實情況，所謂百字之偶，一句之奇，極貌寫物，窮力追新，都是表現唯美文學者對於山水風景的客觀描寫的手法，如何傾其全力在求其形體辭句的美麗，其結果只得到形象刻劃的細微眞實，而缺少最重要的自然界的生命與情趣，在這地方，正表示着這種山水文學，與陶淵明的作品全異其趣的地方。

一面因爲政治社會生活的腐敗緊張，引起了一般人對於現世的厭惡，同時對於兩百年來盛極一時的遊仙哲理的玄虛文學，大家都感着過於空虛乏味，於是由仙界而入於自然界的山水詩文乘機而起的事，自是必然的趨勢。加之東晉末葉以來，文人名士與佛徒交遊之風極盛，深山絕谷，古廟茅亭，成爲文人佛徒出沒之地。遊踪所至，美景在目，心意所喜，發於詩文，於是描寫山水的文學便日益興盛了。如謝靈運謝眺諸人的作品，無不以山水之作見稱於時，而當代文人，十之八九都是與佛徒發生或深或淺的關係的事，是盡人皆知的。由此，可知當日文士佛徒交遊的風氣，也是促成山水文學興盛的一種原因。宋書謝靈運傳說：『出爲永嘉太守，郡有名山水，素所愛好，遂肆意遊傲，徧歷諸縣，動踰旬朔。民間聽訟，不復關懷。所至輒爲詩詠，以致其意焉。』又說：『尋山陟嶺，必造幽峻，巖障千重，莫不備盡。』在這裏正表示佛徒文人對於山水的愛好。他有一次遊始寧臨海一帶，從者數百，當地的太守疑爲山賊，幾乎鬧出禍事來，這是大家都知道的文壇軼話。在他這種生活的性情的環境之下，反映於他作品之中的，自然都是偏於山水的描寫。其作風雖過於琢鍊雕繹，有傷自然界的美境，這正是唯美文學潮流中文學技巧的當然現象。無論如何，他在山水文學中，確有堅定不搖的地位。試看他下面這些美麗的詩句：

『溯溪終水涉，登嶺始山行。野曠沙岸淨。天高秋月明。憩石挹飛泉，攀林搴落英。』（初去郡）

『剖竹守滄海，枉帆過舊山。山行窮登頓，水涉盡洄沿。巖峭嶺稠疊，洲縈渚連綿。白雲抱幽石，綠篠媚清漣。』（過始寧墅）

『出谷日尚早，入舟陽已違。林壑斂暝色，雲霞收夕暉。芰荷迭映蔚，蒲稗相因依。』（石壁精舍還湖中作）

或寫秋夜月明的幽境，或寫雲霧彌漫的景色，或寫雲石相倚水竹交映的圖畫，無不觀察細密，刻劃入微，雖無陶詩那種冲淡高遠之趣，而其描寫的工夫，却是盡其慘淡經營的能事了。他詩中描寫山水的佳句，眞是俯拾卽是，上面稍舉一二，以見一般。

謝眺為永明詩人之雄，除小詩以外，其作品亦以寫景詩為最好。如遊東田云：

『戚戚苦無悰，攜手共行樂。尋雲陟累榭，隨山望菌閣，遠樹曖阡阡，生煙紛漠漠。魚戲新荷動，鳥散餘花落。不對芳春酒，還望青山閣。』

遠景有遠景的寫法，近景有近景的寫法，他都能曲盡其妙，實在是成功之作，他如之宣城，望京邑，贈西府同僚，病還園示親屬，出藩曲，和徐都曹出新亭渚諸篇中，都有絕妙的寫景佳句，不必再舉了。謝靈運詩的作法，因為過於客觀，詩中缺少自然界的意境與作者的生命，謝眺由客觀的寫法而又能表現主觀的情趣，所以他的作品的價值，是比大謝要更進一步了。

因為大小二謝開了山水風景一派的詩風，於是同代詩人，都努力這方面的創作，都注意自然界的欣賞。在沈約，王融，何遜，蕭統，陰鏗，庾信，這些大詩人的集中，都有許多極美妙極細密的描寫山水風景的佳篇。這種好詩，實在太多，舉起例來，難免有遺珠之歎，只好請讀者自己去領略了。

在小品文方面，描寫山水的成績，並不劣於詩歌。因駢偶聲律盛行的風氣，因此當日的小品文，日趨於詩化與美化，造成了許多清麗無比的珠玉名篇，在山水描寫一方面，尤有獨特的成績。如陶宏景的答謝中書書云：

『山川之美，古來共談。高峯入雲，清流見底。兩岸石壁，五色交輝。青林翠竹，四時俱備。曉霧將歇，猿鳥亂鳴。夕日欲頹，沉鱗競躍。實是欲界之仙都。自康樂以來，未復有能與其奇者。』

再如吳均與宋元思書云：

『風煙俱淨，天山共色。從流飄蕩，任意東西。自富陽至桐廬，一百許里。奇山異水，天下獨絕。水皆縹碧，千丈見底。遊魚細石，直視無礙。急湍甚箭，猛浪若奔。夾岸高山，皆生寒樹。負勢競上，互相軒邈。爭高直指，千百成峯。泉水激石，泠泠作響。好鳥相鳴，嚶嚶成韻。蟬則千轉不窮，猨則百叫無絕，鳶飛戾天者，望峯息心。經綸世務者，窺谷忘反。橫柯上蔽，在晝猶昏，疎條反映，有時見日。』

再如吳均與顧章書云：

『僕去月謝病，還覓薜蘿。梅谿之西，有石門山者。森壁爭霞，孤峯限日。幽岫含雲，深谿蓄翠。蟬吟鶴唳，水響猿啼。英英相雜，緜緜成韻。既素重幽居，遂葺宇其上。幸富菊花，偏饒竹實。山谷所資，於斯已辦。仁智所樂，豈徒語哉？』

再如祖鴻勳與陽休之書云：

『吾比以家貧親老，時還故郡。在本縣之西界，有雕山焉。其處閒遠，水石清麗。高巖四匝，良田數頃。家先有野舍於斯，而遭亂荒廢，今復經始。即石成基，憑林起棟。蘿生映宇，泉流遶階。月松風草，緣庭綺合。日華雲實，旁沼星羅。檐下流煙，共霄氣而舒卷；園中桃李，雜松柏而葱蒨。時一牽裳涉澗，負杖登峯，心悠悠以孤上，身飄飄而將逝，不復自知在天地間矣。』

這種作品，是把詩歌中盛行的對偶與聲律應用於散文的最大成績。字句的淸麗，意境的高遠，成爲最優美的散文詩了。這種玲瓏精巧的山水文字是當代唯美文學潮流中獨有的上等產品。唐代的柳宗元，雖也以山水小品著稱，他所寫的，因過於險峻奇拔，令人可畏，不像這時代所表現的富於詩情畫意，令人發生一種親切懷慕的感情。再如當代酈道元的水經注，那內面包含着許多的山水小品文字，是世人熟知的事，現在不必多舉了。由此看來，山水文學在當代的文學中，確是占有重大的地位了。

二、色情文學　在當代伴着山水文學而發展起來另一支流，是稱爲宮體詩的色情文學。這種文學的特色，是在專心描寫女人的顏色衣服心靈舞態以及睡時酒後的種種情景，而至於肉體性慾的大膽表現。用最豔體的辭句，和諧的音律，增加這種作品的色情性與肉感性。再進一步而至於描寫男色，實在是盡其放蕩淫靡的能事了。

這種文學的產生。一面是受着新樂府的影響。如子夜歌子夜四時歌讀曲歌二百多篇詩中，全部是描寫男女的戀愛相思以及幽會的情感。在這些民歌裏，不只是表現着快樂哀怨的抒情，已有露骨的肉感的描寫。這一些新樂府歌辭，實在是民間色情文學的總滙。這種活潑的動人的情詩，一旦同文士們接近，便都喜其新穎淸麗，再加以貴族文人的荒淫的生活基礎，而大都從事這種豔體的製作了。讀了徐陵的玉臺新詠和卷首的那篇序文，便知道文士與民歌接近的關係了。其次，自宋至隋的二百年間，君主臣僚，大半都荒於酒色，流連聲伎。風俗的敗壞，生活的奢淫，都是產生色情文學的良好環境。『宋武與南郡王義宣諸女淫亂，義宣因此發怒，遂舉兵反。義宣敗後，帝又密取其女入宮，

假姓殷氏，拜爲淑儀。殷卒，帝命謝莊作哀冊文。』（宋書義宣傳與殷淑儀傳）

『明帝內宴，裸婦人而觀之，以爲歡笑。王皇后獨以扇障面。帝怒曰，外舍寒乞，今共爲樂，何爲不視。』（宋書王皇后傳）

『齊廢帝爲潘妃起神仙永壽玉壽三殿，皆飾以金壁。又鑿金爲蓮花。使潘妃行其上曰，步步生蓮花也。』（齊書本紀）

『陳後主自居迎春閣，張貴妃居結綺閣，龔孔二貴嬪居望仙閣。並複道交相往來。又有王李二美人，張薛二淑媛。袁昭儀何婕妤江修容等七人並有寵，遞代以遊其上。以宮人有文學者袁大捨等爲女學士，後主每引賓客，對貴妃等遊宴，則使諸貴人及女學士與狎客共賦新詩，互相贈答，採其尤豔麗者，以爲曲詞，被以新聲。選宮女有容色者，以千百數，令習而歌之。分部迭進，持以相樂，其曲有玉樹後庭花臨春樂等，大指所歸皆美張貴妃孔貴嬪之容色也。』（陳書本紀）

『後主荒於酒色，不卹政事。常使張貴妃孔貴人等八人夾坐，江總孔範等十人預宴，號曰狎客。先令八婦人擘釆箋，製五言詩，十客一時繼和，遲罰酒，君臣酣宴，從夕達旦。』（本紀）

『煬帝不解音律，略不關懷。後大製豔篇，辭極淫綺。令樂正白明達造新聲，創萬歲樂……及十二時等曲。掩抑摧藏，哀音斷絕，帝悅之無已。』（隋書音樂志）

我們看了上面這些紀事，知道當日君臣的淫奢無度，眞是到了極點。然而我所舉者，不過一二而已，試看趙翼在二十二史劄記中，所記的宋齊陳多荒主及宋世閨門無禮二條，那種情形眞要令人驚異了。有了這種淫侈生活的基礎，再加以民間戀愛文學的影響，於是色情文學蓬勃地發展起來了。並且那些荒淫的君主，都是有才氣有文采的詩人，因此這種文學的代表者，都是那些風流皇帝，所謂詞臣狎客，不過附和效法而已。可知這種色情文學，正是當日宮庭現象的反映和上層階級淫侈頹廢的生活的表現。同時明顯地暗示着政治的極度腐化與國家基礎的動搖。在這種文學的背後，是藏着豐富的時代影子的事，我們是必得注意的。

這種文學在宋齊時代，作者已多。在湯惠休，鮑照，沈約，王融諸人的作品裏，已有專寫女人情態顏色的豔詩。如湯惠休的白紵歌云：

『少年窈窕舞君前，容華豔豔將欲然。爲君嬌凝復遷延，流目送笑不敢言。長袖拂面心自煎，願君流光及少年。』

這種輕靡淫豔的新詩，當時的文人，尚不大重視。故南史顏延之傳說：『延之詆惠休製作爲里巷中歌謠。』他所謂里巷歌謠，就是說這種作品過於樂府民歌化，有傷典雅的意思。到了簡文帝，他幾乎在傾全力做這種詩，用最美麗雕琢的辭句，來消滅那種民歌化的粗俗部分，造成富麗曲雅的風格，以便抬高這種文學的地位。到了他，宮體詩於是正式成立，同時宮體詩也離開了民歌的範圍，而屬於貴族詩的領域了。南史簡文本紀云：『帝辭藻豔發，然傷於輕靡，時號宮體。』又徐摛傳云：『屬文好爲新變，文體既別，春坊盡學之，宮體之號，自斯而始。』宮體之風成，作者益衆，於是這種詩便盛極一時了。在當代如庾肩吾，何遜，江淹的作品裏，這樣的詩是多極了。簡文帝的宮體，表面上雖極其典雅富麗，然其反面却暗示着强烈的肉感與情慾，成爲當日色情文學的代表。他是一個佛徒，集中言佛的文字多不可計，在史書的記載上，也沒有說他怎樣荒淫，但看他的作品，却可斷定他是一個色鬼。他的詩題，是見內人作臥具；贈麗人，詠內人晝眠，傷美人，倡婦怨情，詠舞，詠美人觀畫，美人晨粧，夜聽妓這些東西。由這些詩題，便會知道他所寫的，全是肉感與色情。試舉詠內人晝眠，一首作例：

『北窗聊就枕，南簷日未斜。攀鉤落綺障，插捩舉琵琶。夢笑開嬌靨，眠鬟壓落花。簟文生玉腕，香汗浸紅紗。夫壻恒相伴，莫誤是倡家。』

這種放蕩的肉慾的描寫，外面掩飾一層美麗辭藻的表皮，實在是最藝術的淫詩了。他不僅寫女人，還進一步描寫男色。如他的孌童云：

『孌童嬌麗質，踐董復超瑕。羽帳晨香滿，珠簾夕漏賒。翠被合鴛色，雕床鏤象牙。妙年同小史，姝貌比朝霞。袖裁連璧錦，牋織細橦花。攬袴輕紅出，迴頭雙鬢斜。嬾眼時含笑，玉手乍攀花。懷情非後釣，密愛似前車。定使燕姬妬，彌令鄭女嗟。』

這種惡劣的描寫，把詩的情韻完全毀滅，令人讀了發生一種極其不愉快的感情。色情文學到了這種地步，眞是墮落到無以復加了。然而在這裏，這種作品，正是這位佛徒皇帝的內生活的鏡子。在這鏡子裏，他的意識形態與生活形態，都照得清清楚楚，就是要掩飾也是沒有辦法的。

色情文學到了陳叔寶江總時代，完全變爲倡妓狎客一流的東西，如後主的玉樹後庭花，烏棲曲，三婦豔詞，東飛伯勞歌，江總的宛轉歌，閨怨篇，東飛伯勞歌，在意境及風格上，都內感輕浮到了極點，眞是亡國之音了。隋書文學傳雖說煬帝非輕側之論，一變浮蕩之風，但在音樂志中，又說他『大製豔篇，辭極淫綺。』這位荒淫無度的君主，自然也是色情文學的重要作家。現在所傳的持檝篇，贈張麗華，懷韓俊娥以及望江南諸篇，當然是後人所僞託。但像春江花月夜，喜春遊歌，四時白紵歌之類，其淫豔的程度，並不弱於叔寶。在這種淫侈縱慾的情境之下，宜乎都要弄到身死國亡了。

『麗宇芳林對高閣，新妝豔質本傾城。映戶凝嬌乍不進，出帷含態笑相迎。妖姬臉似花含露，玉樹流光照後庭。』（陳叔寶玉樹後庭花）

『南飛烏鵲北飛鴻，弄玉蘭香時會同。誰家可憐出窗牖，春心百媚勝楊柳。銀床金屋掛流蘇，寶鏡玉釵橫珊瑚。年時二八新紅臉，宜笑宜歌羞更斂。風花一去杳不歸，祇爲無雙惜舞衣。』（江總東飛伯勞歌）

『步緩知無力，臉曼動餘嬌。錦袖淮南舞。寶袜楚宮腰。』（楊廣喜春遊歌）

在這些作品裏明顯地暴露了當日君主臣僚淫蕩生活的內幕，以及政治的腐敗黑暗。在那兩百年中，外族侵略之禍，身死國亡之痛，接連而起，實在是應該的了。趙慶熺金陵雜詩云：『南朝才子都無福，不作詞臣作帝王，』眞有無限的感慨了。

四　文學批評

在唯美文學極盛的潮流中，文體日益完備，作品日益豐富，文學的地位日益高漲，文學的形式辭藻日益講求的時代，於是論文的專家應運而生，批評作家與作品，辨別文體與討論創作方法的專書也就適應這潮流而出現了。那些文學論者，無論他們的態度對於當代的文風，是贊成或是反對，但是那時的文學批評的顯著進步，實由於唯美文學潮流的促進與刺激的事，是無可否認的。在沈約，蕭統，蕭繹，劉孝綽，裴子野，顏之推，李諤諸人的文字裏，對於文學，都發表了許多重要的意見，但獨成系統集中全力致身於批評事業而得到最大的成就的，是以文心雕龍與詩品馳名的劉勰與鍾嶸。他們倆個在中國過去二千年的文學批評史上的地位是無比的。這原因是在於他們用客觀精密的方法，與純正專心的態度，對於文學的體裁創作與批評，作了有系統的論述。絕不是後日那種或抒印象或傳軼事的詩話詞話一類的零亂雜碎的文字。章學誠在詩話篇說：『詩品之於論詩，視文心雕龍之於論文，皆專門名家勒爲成書之初祖也。文心體大而慮周，詩品思深而意遠。蓋文心籠罩羣心，而詩品深於六藝溯流別也。論詩論文而知溯流別，則可以探源經籍，而進窺天地之純，古人之大體矣。此意非後世詩話家流所能喻也。』……詩品文心專門著述，自非學富才優，爲之不易，故降而爲詩話，沿流忘源，爲詩話者，不復知著作之初意矣。』他以『探源經籍而可進窺天地之純，古人之大體』來稱贊文心詩品的價值，在我們現在看來，雖覺全無意義，但他所說文心體大慮周，詩品溯源流別，成爲批評專書的初祖，而後日的詩話一類，都是沿流忘源的話，實是很平允的論見了。

一　劉勰與文心雕龍

劉勰字彥和，東莞莒人。據梁書本傳，知道他博學家貧，篤信佛理，晚年燒髮出家，改名慧地。他一生的大部精力，都用在佛典的研究上。定林寺的經藏，是他撰定的，寺塔與名僧的碑誌，大半都是他的手筆。在梁朝他做過幾次小官，先是臨川王宏的記室，後外放作太末令，政聲很好，後又作仁威南康王的記室兼東宮通事舍人，故世稱劉舍人。大概因爲佛理與政治生活畢竟不能融洽，他還是燒了鬚髮正式出家，皈依於佛教的懷抱了。

文心雕龍作於齊代。時序篇說的『暨皇齊御寶，』是可靠的證據。由此可知這一本書，是他早年的著作，由徵聖，宗經，序志諸篇對於孔子六藝的話看來。我們可以推論到他作這本書的時候，恐怕還沒有信仰佛教，或者已在研究佛典，還沒有到堅深信仰的地步。所以在那些文字裏，沒有半點佛理的影子，而處處顯示進步派的儒家的理論來。我們更可進一步的推想，如果這本書不在他的早年完成，他晚年必定要放棄寫這一類書的計劃，即使著作，他的意見也必有大加更改的事，是非常可能的。惟其如此，這本書倒顯出了他的特殊意義，因爲書中的理論，完全是出於文學批評者的立場，而沒有混雜宗教的主觀色彩，使這書更加純化，更值得我們重視了。

文心雕龍所討論的範圍，是非常廣泛的。全書五十篇，（缺隱秀一篇，今存四十九，）對於文體的流別，作品的批評與創造的方法都討論到了。他的篇名雖極其含混，次序雖極其紊亂，然而我們只要稍稍細心，他對於文學幾點重要的意見，我們還可看得清楚，爲清醒眉目，將全書整理如下。

一、全書序言　序志

二、緒論　原道，徵聖，宗經，正緯四篇

三、文體論　辯騷至書記二十一篇

四、創作論　總術，附會，比興，通變，定勢，神思，風骨，情采，鎔裁，章句，練字，聲律，麗辭，事類，養氣，夸飾十六篇

五、批評論　知音，才略，物色，時序，體性，程器，指瑕七篇

這種分類，自然有些勉强的地方。因爲作者在寫作這本書的時候，對於創作與批評的界限，沒有嚴密的畫分，因此各篇裏，時時有雙關互顧之處。如情采，通變，定勢，物色諸篇，對於創作與批評都有重要的見解，隨便放到那一部份都是可以的。然而在大體上講來，這樣的分類，是比原書零亂的次序，要清醒得多了。對於他各方面的理論，都要加以詳細論述的事，是中國文學批評史論者的工作，我在這裏，只能把他幾點對於文學的重要觀點，加以簡略的說明。

一、文質並重論　劉勰生於永明天監之間，正是講駢儷聲律的唯美文學的初盛時代。文學的發展，全都趨於形式雕飾的美，而缺乏內容的質。他在明詩篇說：『宋初文詠，體有因革……儷采百字之偶，爭價一字之奇。情必極貌以寫物，辭必窮力而追新。』又在物色篇說：『自近代以來，文貴形似。窺情風景之上，鑽貌草木之中。吟詠所發，志惟深遠。體物爲妙，功在密附。』他對於當代文

學的新趨勢，看得很是淸楚。在這趨勢裏，有好處，也有弊病。好處是文學藝術的進步，弊病是文學缺少人生社會的內容而失去了它應有的使命。劉勰在這裏，一面是接收這種藝術進步的成績，同時又要挽回文學完全脫離人生社會的基礎的危險。要雙方能够調和顧到，處理適宜，才能達到文學理想的階段。他說的『鉛黛所以飾容，而盼倩生於淑姿；文采所以飾言，而辯麗本於情性。』（情采篇）正是上面那種合則雙美離則全傷的理論。鉛黛文采若用得過度，自然有害於淑姿情性，若用得恰到好處，則有增於顧盼辯麗之美，是不待言的了。最好的作家與作品，就是要善於使用鉛黛與文采，要能達到文不滅質，博不溺心的地步，那就無可非議了。所以他說：

『聖賢書辭，總稱文章，非采而何？夫水性虛而淪漪結，木體實而花萼振，文附質也。虎豹無文，則鞹同犬羊，犀兕有皮，而色資丹漆，質待文也。……故立文之道其理有三。一曰形文，五色是也。二曰聲文，五音是也。三曰情文，五性是也。五色雜而成黼黻，五音比而成韶夏，五情發而成辭章，神理之數也。』（情采）

『夫才量學文，宜正體製。必以情志爲神明，事義爲骨髓，辭采爲肌膚，宮商爲聲氣，然後品藻元黃，摛振金玉，獻可替否，以裁厥中，斯綴思之恒數也。』（附會）

所謂文附質，質待文，是說文質彼此扶持相得益彰之妙，絕無輕文重質的意見。因此他把形文聲文情文放在同等的地位，把情志事義看爲文學的神明與骨髓，辭采與聲律看作是文學的肌膚，二者不可偏廢，實是最公允的論見。在他的創作論裏，如聲律，麗辭，練字，鎔裁，風骨，事類諸篇，都可看作是當代唯美文學的理論。可知他的主要觀念，是要一面節制文采的過度以防內質的貧弱，同時又要防止內質的過度以防文采的枯淡。他在這裏既沒有儒家道德觀念的固執，也沒有惟美主義者的藝術至上的偏激。他是調和雙方的見解而取着文質並重的理論。因此說他是純粹自然美的主張者，或是載道文學的提倡者，都是膚淺之見，這是我們必得注意的。他在原道，序志二篇中所說的道只是天地自然的法則，與後代的文以載道的一家之道是完全不同的。天地山川之形象的調整，草木雲霞的顏色的美麗，林籟泉石的聲音的和諧，無不是由自然之道而生，無不是自然界的文采。人有心靈的活動，自然就有言語，有了言語，就有文學，可知文學本由自然之道而生，並無何等精微奧妙的地方。不過有天才的作家，能够表現得更爲美妙，而可流傳於後世。這種天才的作家，劉勰稱他爲聖人，所以他說『道沿聖以垂文，聖因文而明道。』就是這意思。原道一篇的重要點，只是說明文學的起源，是出於自然的道，而後人以載道之說附會之，實在是曲說了。徵聖一篇，也不過是說明孔子在中國文化界的崇高地位，在那裏並沒有把文學與道德的觀念結合起來。在宗經內，也只說明那幾種經書，是中國文學的源泉，這種意見，就是到現在我們也是贊成的。詩經和周易中的一部份爲我國最古的韻文，尚書春秋爲我國散文的始祖，這是誰也不能否認的，至於說『文能宗經，體有六義。一則情深而不詭，二則風淸而不雜，三則事信而不誕，四則義直而不回，五則體約而不蕪，六則文麗而不淫。』大半都是從作風與修辭技巧上立論，並不是從義理和道德的觀念上立論，是非常顯明的事。他這種意見，也是補救當代文風過於雕飾淫靡之一法，至如正緯一篇，更是無關宏旨，不必細說了。講到這裏，我們可以知道劉勰對於文學的主要觀念，是文質並重的中和論者，他不贊稱純粹的自然美，也沒有提倡載道的文學。後人斷章取義，曲解他的意見，所以我在這裏稍稍加以辯白了。當時的作家，如昭明太子，劉孝綽之流，在這方面也有同樣的意見。

『夫文，典則累野，麗亦傷浮，能麗而不浮，典而不野，文質彬彬，有君子之致。吾嘗欲爲之。但恨未逮耳。』（昭明太子答湘東王求文集及詩苑英華書）

『竊以屬文之體，鮮能周備。……深乎文者，兼而善之。能使典而不野，遠而不放，麗而不浮，約而不儉，獨善衆美，斯文在斯。』（劉孝綽昭明太子集序）

『典而不野，麗而不淫，』正是文質並重而又調和得宜的文學觀。這種觀念不是宋代的道學家所有的，也不是漢魏時代所能產生的。正是在六朝唯美文學的潮流中頭腦淸楚的進步份子的文學思想。文心雕龍的作者。恰好是這派思想的代表。

二、文學與環境　劉勰以前的論文家，如曹丕陸機之流，都以天才爲文學的決定因素。以爲文質的變遷，作風的轉變，完全由於作家天才的作用。到了劉勰，他雖一面承認才性的重要，但他認爲文學的種種變化，主要是由於外面的社會環境。他在時序篇裏，告訴我們自古代以至宋齊之間的文學轉變，都有時代環境的鮮明色彩。他雖說沒有討論到經濟這一個重要觀點，然而他認爲政治宗教學術風俗各方面對於文學有決定的力量的事，是說得很正確的。在這種地方，劉勰實在是社會學論者的文學批評家，他的理論在今日看來，雖未達到精密之境，在幾種主要的觀點上，確已建立了文藝社會學的理論基礎，已經把世人視爲純粹出於天才創作的文學同複雜的社會環境，密切地聯繫起來了。

『時運交移，質文代變。古今情理，如可言乎？昔在陶唐，德盛化鈞。野老吐何力之談，郊童含不識之歌。有虞繼作，政阜民暇，薰風詩於元后，爛雲歌於列臣。盡其美者何，乃心樂而聲泰也。……逮姬文之德盛，周南勤而不怨。太王之化淳，邠風樂而不淫。幽厲昏而板蕩怒，平王微而黍離哀，故知歌謠文理，與世推移，風動於上，而波震於下者。春秋以後，角戰英雄。六經泥蟠，百家飇駭。方是時也，韓魏力政，燕趙任權，五蠹六蝨，嚴於秦令。唯齊楚兩國，頗有文學。……故稷下扇其清風，蘭陵鬱其茂俗。鄒子以談天飛譽，騶奭以雕龍馳響。屈平聯藻於日月，宋玉交彩於風雲，觀其豔說，則籠罩雅頌。故知暐曄之奇意，出乎縱橫之詭俗也。爰至有漢，運接燔書。高祖尙武，戲儒簡學。雖禮律草創，詩書未遑。施及孝惠，迄於文景，經術頗興，而辭人勿用。賈誼抑而鄒枚沉，亦可知已。逮孝武崇儒，潤色鴻業，禮樂爭輝，辭藻競騖。柏梁展朝讌之詩，金堤製恤民之詠。徵枚乘以蒲輪，申主父以鼎食。買臣負薪而衣錦，相如滌器而被繡。遺風餘采，莫與比盛。……自獻帝播遷，文學蓬轉，建安之末，區宇方輯。魏武以相王之尊，雅愛詩章，文帝以副君之重，妙善辭賦，陳思以公子之豪，下筆琳瑯，並體貌英逸，故俊才雲蒸。觀其時文，雅好慷慨，良由世積亂離，風衰俗怨，並志深而筆長，故梗概而多氣也。……自中朝貴玄，江左稱盛，因談餘氣，流成文體，是以世極迍邅，而辭意夷泰。詩必柱下之旨歸，賦必漆園之義疏。故知文變染乎世情，興廢繫乎時序。原始以要終，雖百世可知也。』（時

序篇節錄）

他在這裏雖以政治環境爲立論的主點，然對於學術思想社會生活地方色彩對於文學的關係，也都討論到了。本來在古代君主集權時代，君主貴族的風尚與政治勢力，實爲學術文藝的主要推動力。他站在這種立場上，去觀察歷代文學變遷的趨勢，所得的結論都是很正確的。比起那種以天才來概括一切文學活動的理論來，他所提出來的『文變染乎世情，興廢繫乎時序』的意見，眞要高明萬倍，可稱爲一代的卓見了。

他除了討論這種共有的時代環境對於文學的關係以外，還注意到氣候時令與山川風景影響於作家與作品的自然環境。這些環境一面刺激作家的創作動機，同時又能鍛鍊作家的個性與作品的風格。他這種文學的物感說，應用於創作與批評兩方面，都是極重要的意見。他在物色篇說：

『春秋代序，陰陽慘舒，物色之動，心亦搖焉。蓋陽氣萌而元駒步，陰律凝而丹鳥羞，微蟲猶或入感，四時之動物深矣。……歲有其物，物有其容。情以物遷，辭以情發，一葉且或迎意，蟲聲有足引心，況清風與明月同夜，白日與春林共朝哉。是以詩人感物，聯類不窮，流連萬象之際，沈吟視聽之區，寫氣圖貌，既隨物以宛轉，屬采附聲，亦與心而徘徊。故灼灼狀桃花之鮮，依依盡楊柳之貌，杲杲爲出日之容，瀌瀌擬雨雪之狀，喈喈逐黃鳥之聲，喓喓學草蟲之韻。皎日嘒星，一言窮理。參差沃若，兩字窮形。並以少總多，情貌無遺矣。……若乃山林皋壤，實文思之奧府。略語則闕，詳說則繁，然屈平所以洞監風騷之情者，抑亦江山之助乎。』

由劉勰這種時代環境與自然環境的理論的出現，於是那些天才至上與心靈獨立活動的謬說，都站不住脚了。可知任何偉大的作家與作品，都受有這種環境的限制，任何玄妙的心靈活動，也不過是受了外界環境的影響而反映出來的一種精神現象。在批評一個作家與一種作品之前，在批評某種精神現象之前，必得要先求這種環境的瞭解，實是必要的事。這一點，實在是劉勰在文學批評上最重要的貢獻。

三、批評論的建立　因爲劉勰最懂得文學的性質與意義，所以他對於創作與批評的艱苦也瞭解得非常深切。他對於當代文學批評界的偏於主觀與印象以及未能達到求因明變的工作，感着不滿意。所以他在序志篇說：『魏典密而不周，陳書辯而無當，應論華而疏略，陸賦巧而碎亂，流別精而少巧，翰林淺而寡要。……並未能振葉以尋根，觀瀾而索源。』所謂不周無當寡要疏略等類的弊病，都是因爲沒有建立客觀的批評方法，只偏於主觀印象而流於散漫之故。不能尋根索源，因爲他們忽略了作品與環境的重要關係，而只就作家的才性與技巧本身上立論之故。他認爲要樹立精密的批評，必先要免去這些流弊。批評誠然是難事，如果批評家有公正的態度，廣博的學識，與客觀的批評標準，這種困難是可以克服的。因爲文學是個人情感與社會情感合流的表現，同時又是共有的時代精神的反映，並且文字構造的美妙與音調的和諧，都可加以人工的分析和說明，那末一個作家和一種作品，一定都有他的可以說明的客觀的價值。他說：『夫綴文者情動而辭發，觀文者披文以入情。沿波討原，雖幽必顯。世遠莫見其面，覘文輒見其心，豈成篇之足深，患識照之自淺耳。夫志在山水，琴表其情。況形之筆端，理將焉匿。故心之照理，譬目之照形，目瞭則形無不分，心敏則理無不達。』（知音篇）他在這裏說明文學批評完全是可能的事，爲要達到這種可能的階段，於是他建立了最有系統的客觀的批評論。

第一、批評家的修養　批評家不能專憑自己的直覺，必得有廣博學識的修養。有了深厚的修養，始可瞭解作品結構的微妙，藝術的優劣，以及因變的原委。才不至於鬧出以雉爲鳳信僞爲眞的笑話。所以他在知音篇說：『凡操千曲而後曉聲，觀千劍而後識器。故圓照之象，務先博觀。閱喬岳以形培塿，酌滄波以喻畎澮，無私於輕重，不偏於憎愛，然後能平理若衡，照辭如鏡矣。』

第二、批評家的態度　文人相輕的惡習，自古已然。若是批評家有了廣博學識的修養，而沒有公正的態度，只是黨同伐異，故作曲辭，那末這種批評，只是惡意的攻擊，或是不正的諂媚，不僅沒有好處，只有壞處。因此他們對於批評家的態度，提出最重要的三點。一、不能貴古賤今。二、不能崇己抑人。三、必得放棄主觀好惡的成見。關於這幾點，他在知音篇裏，都加以舉例的說明了。

第三、批評的標準　經過了上面兩種步驟，才達到最後批評的階段。因爲在批評上要避開主觀的偏見與印象的褒貶。他於是提出了六觀的標準。他說：『將閱文情，先標六觀。一觀位體，二觀置辭，三觀通變，四觀奇正，五觀事義，六觀宮商，斯術既形，則優劣見矣。』位體是指文學的體製。他在定勢篇裏，已曾討論到一種體裁，應有適應這種體裁的作風。『情致異區，文變殊術。莫不因情立體，卽體成勢也。……是以模經爲式者，自入典雅之懿，效騷命篇者，必歸豔逸之華。綜意淺切者，類乏醞藉，斷辭辨約者，率乖繁縟。譬激水不漪，槁木無陰，自然之勢也』一觀位體，便是看那種體裁是不是與他文字的風格氣勢相合。二觀置辭，便是觀其修辭的美醜。三觀通變，是看其作品，是否出於模擬與抄襲。他認爲好的作品，應該作者獨出心裁，變古翻新。成爲自己的創作，在通變篇裏，對於這一點，他發表了很好的意見。四觀奇正，是說作品應該有新奇的特性與莊重的態度，若變爲陳腐而流於遊戲猥褻，這作品便不足觀了。事義是文學的內容，在附會篇裏，他看作是文學的骨髓，可知他對於文學內容的重視。六觀宮商，那便是文學的音樂性。他在聲律篇中，對此曾加以詳細的說明。由這六個標準，去客觀的品評文學作品的價值，比起那印象派的主觀批評來，所得的結論，自然是要正確得多了。中國古代的學問，任何方面都缺少方法與條理，缺少科學性與客觀性，所以劉勰這種批評論的建立，確實是值得我們重視的了。

在當日唯美文學的潮流中，作家俱注力於文學形式的講求，各種文體也日益完備，於是對於文體的辨別與源流的探討，也成爲論文家的主要工作了。曹丕論文，有奏議書論銘誄詩賦四科之說，爲文體問題的最初提出者，其後如桓範，陸機，摯虞諸人，俱有論述，惟著書今多不存，其詳不得而知。短論殘章，亦極簡略。到了齊梁時代，大家都很注意這個問題。蕭統在文選中將各種文體分爲三十八類，詩又分爲二十三子目，賦分爲十五子目，蘇軾病其編次無法，姚鼐譏其分體碎雜，章學誠也說他淆亂蕪穢，不可殫詰，這些評語自然是對的。但由此也可看出在唯美文學的潮流中，一般人對於文學的體裁正名別類的趨勢。因此，劉勰在文心雕龍裏，幾乎費去了一半的篇幅，專門討論各種文體的問題。他在這一方面，雖費了不少的氣力，然而我們現在看來，在全書裏，這是價值最低的一部份。因爲在那裏面，有幾點不可掩飾的缺點：一、文學的觀念不清楚。二、次序雜亂。三、分類沒有統一性。四、議論時多牽强附會。凡是讀過那二十一篇文字的人，想都有那種感覺，我也無須在這裏細說了。但如明詩，辯騷，樂府，詮賦却是其中最精采的四篇，是讀者所公認的。不過這一部份的缺點，並無損於他在中國文學批評史上的地位。

二　鍾嶸與詩品

鍾嶸字仲偉，潁川長社人。生於齊，卒於梁承聖元年（西曆五五二。）因他最後做過晉安王的記室，故世人稱爲鍾記室。詩品，梁書名爲詩評，隋書經籍志兼稱詩評詩品，到現在詩評原名已無人知道，詩品成爲定名了。他在序中說：『今所寓言，不錄存者。』觀其書中，論及梁代文人甚多，沈約亦在中卷，沈卒於天監十二年，詩品之作，必在天監十二年以後。又梁書本傳說：『遷西中郎晉安王記室。嘗品古今五言詩，論其優劣，名爲詩評，頃之，卒官。』據梁書敬帝本記，承聖元年，封晉安王，二年，出爲江州刺史。』由此推想，詩品之作與鍾嶸之死，都在元帝承聖元年。已經到了梁朝的末期。文心雕龍作於齊代何年雖不可考，然早於詩品，至少也有半世紀的事，是無可疑的。

鍾嶸對於詩的批評的主要目的，是注意探討作家與作品的流別。他在這裏一面論述文學的進化現象，同時又論列各家的來源與變遷。所謂歷史的批評，雖由鍾嶸建立起來，然而在現在看來，他這種批評是失敗了的。他用了兩個最機械的方法：其一、他將從漢至齊梁時代的一百多個詩人，分爲上中下三品，由其個人的品評，而定其高下優劣。其次，他對於各家的作品，往往肯定其源出於某人與某體。他又標出國風，小雅，楚辭爲五言詩的三大源泉。他這兩種方法，都是錯誤的，由他這種方法，給予後代詩話家種種惡劣的影響。文學作家與作品的價值，我們可以用種種方法加以分析與說明，但決不能用八十分或六十分的機械標準去品定等第，因爲由於其主觀的成見，時常有最危險的錯誤。如劉楨，陸機，潘岳，張協的列於上品，魏文帝陶潛鮑照謝眺之列於中品，魏武帝之列於下品，都是大膽的武斷，不可原諒的錯誤，我們無論如何，是要提出强硬的抗議的。至如他論到各家的源流，更多附會可議之處。國風小雅本來就分不開，他指定某人出於小雅，某人出於國風，這是一種謬說。五言詩源出於兩漢的樂府，而形成無名氏的古詩十九首一類的作品，此後，製作日繁，技巧日進，作家受有楚辭的辭藻的影響，那是無可否認的事，若說某人的詩，是源出於楚辭，那又是一種偏見。建安詩的作風是一致的，他說王粲出於楚辭，曹植劉楨出於國風，阮籍，嵇康的作品的思想基礎是一致的，他說嵇康出於楚辭派的曹丕，阮籍則出於小雅。太康詩人，除左思外，其作風情調也是一致的，他說陸機出於國風派的曹植，潘岳張華又出於楚辭派的王粲。像這種牽强矛盾之處，到處都是，實在是詩品中最大的缺點。他的錯誤，是只以作品的形貌爲標準，而忽略了最重要的文藝思潮與共同的時代色彩。由此看來，鍾嶸對許多詩人等級的畫分，不足爲憑，而其源流的敍述，也是不可信的了。但是他在各家之下，對其作品的美點與弊病，時有精確扼要的評語，這是詩品中最精采的一部分。我們對於詩品的重視，也就只在這一部份。因了這一部份，使詩品得有較高的價值，而成爲中國詩歌批評史上的重要文獻了。

文心雕龍著作的時代，駢儷聲病之風氣雖已流行，但到了詩品。這種風氣更是變本加厲，再加以浮艷的宮體詩盛極一時，於是詩風日卑，唯美文學的過度發展，造成了文學上極度的柔弱與貧血。鍾嶸處在這個時代，所以他對於當日文風的態度，比起劉勰來，較爲傾向於自然主義一方面，而對於時代潮流的反抗也較爲激烈了。

一、反對用典　他覺得奏議論說的散文，引用古事，自然難免。詩是精神情感的產物，用事用典，反有傷於詩歌的情韻。在當時謝靈運諸人的詩裏，誇示博學，經子文句，時時引用，自然就減少了詩的滋味。所以他說：『若乃經國文符，應資博古。撰德駁奏，宜窮往烈。至乎吟詠情性，亦何貴於用事。「思君如流水，」既是卽目，「高台多悲風，」亦惟所見。「淸晨登隴首，」羌無故實，「明月照積雪，」詎出經史。觀古今勝語，多非補假，皆由直尋。顏延謝莊，尤爲繁密。於時化之。故大明泰始中，文章殆同書抄。任昉王元長等詞不貴奇，競須新事。遂乃句無虛語，語無虛字，拘攣補衲，蠹文已甚。』又說：『任昉博物，動輒用事，所以詩不得奇，少年士子，效其如此，弊矣。』可知他對於詩歌的創作，是主張情感的抒寫與自然的白描，反對典故的堆砌，這種意見，我們是贊同的。不過中國的詩人，能做到這一點的就眞是很少。章太炎辨詩篇說：『詩者與奏議異狀，無取數典之言。鍾嶸所以起例，雖杜甫猶有愧，』這話確是實情。

二、反對聲病　音樂性本是詩歌中的重要原素，他認爲詩人只應該注意自然的音律，能達到和諧悅耳的程度便夠了，若加以種種人工的聲病的限制，那詩人便作了聲病的奴隸。而詩的自然美反有損傷了。所以他說：『曹劉殆文章之聖，陸謝為體貳之才。銳精研思，千百年中，而不聞宮商之辨，四聲之論。或謂前達偶然不見，豈其然乎？嘗試言之。古日詩頌，皆被之金竹，故非調五音；無以諧會。若「置酒高堂上，」「明月照高樓，」為韻之首。故三祖之詞，文或不工，而韻入歌唱，此重音韻之義也，與世之言宮商異矣。今既不被管絃，亦何取於聲律耶？齊有王元長者。嘗謂余云：「宮商與二儀俱生，自古詞人不知之……」元長創其首，謝朓沈約揚其波，三賢或貴公子孫，幼有文辨。於是士流景慕，務為精密，襞積細微，專相陵架。故使文多拘忌，傷其眞美。余謂文製本須諷讀，不可蹇礙。但令清濁通流，口吻調利，斯為足矣。』作詩自然是要重視聲律，像當日那種四聲八病，規矩極嚴，襞積細微，損傷才性，致文多拘忌，有傷眞美，眞是應該反對的。

三、反對玄風　魏晉以來，老莊之學，風靡一時，詩歌趨於玄虛與說理，造成枯淡無文的歌訣，詩中的一點情韻與滋味都被破壞無餘。鍾嶸對於這一點，表示很不滿意。他說：『永嘉時，貴黃老，稍尚虛談，於時篇什，理過其辭，淡乎寡味，爰及江表，微波尚傳。孫綽，許詢，桓庾諸公詩皆平典似道德論，建安風力盡矣。』詩歌做到都像道德論式的說理散文，佛經中的偈語，所謂風力情韻以及辭藻，自然都是一無所有的。

文學與環境的問題，在文心裏，劉勰已經建立了時代環境與自然環境的理論。到了鍾嶸，又提出了個人境遇的環境，彌補了劉勰的缺點。時代與自然環境對於作家與作品的影響，自然是非常重要，但個人的境遇，對於作品的風格與成就，也有很大的決定力。屈原的放逐，蔡琰的被虜，曹植的憂鬱，陶潛的隱居，都是個人特有的生活環境，而他們的作品，也就因了這種環境，產生出分明的個性與燦爛的光輝。所以他說：『若乃春風春鳥，秋月秋蟬，夏雲暑雨，冬月祁寒，斯四候之感諸詩者也。嘉會寄詩以親，離羣托詩以怨。至於楚臣去境，漢妾辭宮；或骨橫朔野，或魂逐飛蓬；或負戈外戍，殺氣雄邊；塞客衣單，孀閨淚盡；士有解佩出朝，一去忘返；女有揚娥入寵，再盼傾國。凡斯種種，感蕩心靈，非陳詩何以展其義，非長歌何以騁其情。』他在這裏很重視個人環境對於文學的影響。唯物的感應說，始於劉勰，完成於鍾嶸，由時代自然的環境，再加以個人環境的補充，於是環境說的理論，更加完備，所謂社會學的文學觀念，也由此而確立。

當日的批評界，除劉勰鍾嶸二大家外，如沈約，蕭統，蕭繹，劉孝綽，蕭子顯，裴子野，顏之推，李諤諸人，俱有論文的意見發表，因爲他們都是單篇短語，不能獨成系統，打算不在這裏細講了。但如裴子野的雕蟲，顏之推的文章，李諤的上書，都是激烈的反抗唯美文學的思潮，輕視浪漫的作家與淫靡的作品，帶着儒家的論理與功用的觀念，作爲論文的基點，因此而成爲唐代文學界復古運動的先聲，道統文學的種子了。

五　小說

唯美文學的色彩，在當日的詩文辭賦以及文學批評方面，都表現了濃厚的影子，在小說方面，這色彩却較爲稀薄。這原因是小說還沒有在文壇得到正式的地位，一般高級文人，少有製作，除了那種爲宗教的宣傳以外，其餘大都是出於遊戲好奇的態度，經心刻意把小說當做一種高尚的文學來創造的人可以說沒有。並且魏晉以來，小說還在初步發展的階段，所以在當代的小說界，無論在觀念形式以及技巧上，都欲求其與詩文平行進展的事，自然是不可能的。

小說的體裁與技巧，雖不能適應唯美文學的潮流，然按其內容，同當代士大夫的風尚與宗教的情緒，却是完全一致。這時代的小說，我們可以看出有兩個顯明的分野。一個是以兩晉以來盛極一時的清談風氣曠達行爲爲基礎。正始之玄言，竹林的狂放，都爲藝林所追懷所景仰。這種風氣，至宋不衰。於是文人雅士，或記其言語，或述其行爲。殘叢小語，固無補於實用，軼事淸言，亦可發思古之幽情。這派小說的代表，是劉義慶的世說新語。另一派是以宗教思想爲基礎，尤以佛教爲主體。當日佛教大行，因果輪迴之說，震駭人心。文士教徒，或引經史舊聞以證報應，或言神鬼故實以明靈驗。如王琰之冥祥記，顏之推的寃魂志，是此派的代表。此外或轉寫佛經中的故事，或傳述道教的迷信，如吳均的續齊諧記一類的文字，自然是類屬於這一派的。

世說新語爲宋臨川王劉義慶所編撰。全書三十八篇，由後漢至東晉，凡高士言行，名流談笑，集而錄之，文字清俊簡麗，趣味橫生。劉孝標作注。徵引廣博，所用書四百餘種，今多不存，故極爲藝林所珍重。今略引數則，以概其餘。

『何晏，鄧颺，夏侯玄，並求傅嘏交，而嘏終不許。諸人乃因荀粲說合之。謂嘏曰：夏侯太初，一時之傑士，虛心於子。而卿意懷不可，交合則好成，不合則致隙，二賢若穆，則國之休，此藺相如所以下廉頗也。傅曰，夏侯太初志大心勞，能合虛譽，誠所謂利口覆國之人。何晏鄧颺有爲而躁，博而寡要，外好利而內無關籥。貴同惡異，多言而妒前。多言多釁，妒前無親。以吾觀之，此三賢者皆敗德之人爾。遠之猶恐罹禍，況可親之耶，後皆如其言。』

（識鑒）

『劉伶病酒，渴甚，從婦求酒。婦捐酒，毀器，涕泣諫曰：君飲太過，非攝生之道，必宜斷之。伶曰：甚善，我不能自禁，惟當祝鬼神自誓斷之耳。便可具酒肉，婦曰：敬聞命。供酒肉於神前，請伶祝誓。伶跪而祝曰：天生劉伶，以酒爲名。一飲一斛，五斗解酲。婦人之言，愼不可聽。便引酒進肉，隗然已醉矣。』任誕

『王子猷居山陰。夜大雪，眠覺開室。命酌酒。四望皎然，因起彷徨，詠左思招隱詩。忽憶戴安道。時戴在剡，卽便夜乘小船就之，經宿方至。造門不前而返。人問其故。王曰：吾本乘興而來，興盡而返，何必見戴！』（同上）

『山公與嵇阮一面，契若金蘭。山妻韓氏，覺公與二人異於常交。問公，公曰：「我當年可以爲友者，唯此二生耳。」妻曰：「負羈之妻，亦親觀狐趙。意欲窺之，可乎？」他日二人來，妻勸公止之宿，具酒肉，夜穿墉以視之，達旦忘反。公入，曰：「二人何如？」妻曰：「君才致殊不如，正當以識度相友耳。」公曰：「伊輩亦常以我度爲勝。」』（賢媛）

長則數行，短則幾句，然文字無不淸俊簡麗，爲本書最大的特色。當日高士名流之音容笑貌，趣語奇行，都躍然紙上，這種富於現實性的記錄，較之那種言神誌怪的小說來，自然是要高明多了。他一直到現在還保有着活躍的生命，並不是偶然的事。在世說以前，晉人裴啓的語林，郭澄之的郭子，其體裁內容都與世說相似。書雖早亡，在太平廣記太平御覽藝文類聚諸書中，常可見其遺文。並且世說中之事實文字，間或與裴郭所記相同。因世說晚出，乃多纂輯舊文。後沈約有俗說三卷，體例亦倣世說，多記兩晉宋齊名人言行。此書已亡，在御覽類聚諸書中，時見徵引。文字淸麗，風趣亦佳，沈約本是齊梁間名士，此等文字自然是勝任愉快的了。

冥祥記爲宋王琰所作，寃魂志爲隋顏之推所作。後者現存，前者早佚，但於法苑珠林太平廣記二書中所存甚多，尚可見其面貌。所記多爲佛教史實及因果報應與經像顯效的故事。其內容外貌，與寃魂志相似，同爲釋氏輔教之書。今各舉一條作例。

『漢明帝夢見神人，形垂二丈，身黃金色，頂佩日光。以問羣臣，或對曰：西方有神，其號曰佛，形如陛下所夢，得無是乎？於是發使天竺，寫致經像。表之中夏，自天子王侯，咸敬事之。謂人死精神不滅，莫不瞿然自失。初，使者蔡愔將西域沙門迦葉摩騰等齎優塡王畫釋伽佛像，帝重之，如夢所見也。乃遣畫工圖之數本，於南宮淸涼台及高陽門顯節壽陵上供養。又於白馬寺壁畫千乘萬騎遶塔三匝之像，如諸傳備載。』（冥祥記，見法苑珠林十三）

『宋下邳張稗者，家世冠族，末葉衰微，有孫女殊有姿色。鄰人求聘爲妾，稗以舊門之後，恥而不與，鄰人憤之而焚其屋，稗遂燒死。其息邦先行不知，後知其情，而畏鄰人之勢，又貪其財而不言，嫁女與之。後經一年，邦夢見稗曰：汝爲兒子，逆天不孝，棄親就怨，潛同兇黨，捉邦頭以手中桃木刺之，邦因嘔血而死。邦死之日，鄰人見稗排闥直入，張目攘袂曰：君恃勢縱惡，酷暴之甚，枉見殺害。我已上訴，事獲申雪，却後數日，令君知之。鄰人得病，尋亦殂歿。』（寃魂志）

此種著作，當日尚多，但俱已早佚，遺文可考見者，尚有宋劉義慶之宣驗記，顏之推之集靈記與侯白之旌異記。然皆文筆不佳，內容思想，亦俱雷同。中國千餘年來士大夫以及民衆之迷信思想之流傳與普及，此等書實要擔負其責任。

誌怪小說，在文字方面較爲清麗者，爲吳均之續齊諧記與王嘉之拾遺記。王嘉雖是東晉人，但此書爲梁代蕭綺所錄。蕭序言書本十九卷，二百二十篇，當苻秦之季，典章散滅，此書亦多有亡。綺乃刪繁存實得十卷。故胡應麟（筆叢三二）說此書本爲綺撰，而託名王嘉的，話雖不可盡信，說此書以王嘉原作爲底本，經了蕭綺的刪補，而完成於梁代的事，是比較可靠的。吳均爲梁代詩人，詩風清俊，時人號稱吳均體，續齊諧記雖係言神誌怪之書，然其文字亦卓然可觀。其中許彥一篇，述一書生變法之事，極爲奇異。段成式在酉陽雜俎續集貶誤篇中，證明此故事，原出於佛經，經吳均漢化而寫成者。可知在當代的小說內，一面表揚佛教的思想，一面採用佛經中的故事，而擴展文學的材料，這種情形在詩歌裏雖極稀薄，而反映在小說上的，就明顯得多了。

今存拾遺記十卷，古起庖犧，近迄東晉，遠至崑崙仙山，俱有記述。書中雖多言怪異，然極少因果報應的臭味。並時敍人事及社會生活，文筆亦頗淸麗，尤爲此書之特色。可知此書體例，乃合雜錄志怪二體而成，不過志怪的成分較多而已。嚴格地說來，上面敍述的這些作品，都不能算是小說，然而在中國小說初步發展的階段上，這些作品，我們也不可忽略。由這些作品，再進一步，便形成了唐代的神怪人事合揉的傳奇，那進展的痕跡是相當明顯的。

第十一章　南北朝與隋代的民歌及詩人

上篇　南北朝與隋代的民歌

從東晉南渡到隋代統一的這兩百多年中，不管中間的朝代有了多少變遷，南北始終成着對立的局面。在這長時期內，北方的漢人大量地南移，邊陲的外族大量地深入，造成種族間的長期鬭爭。中國固有的文化，開始當然是遭受着重大的打擊，久而久之，他却能運用深厚的根基，使外族屈服同化，而得到最後的勝利。到了北魏，他們禁胡語廢胡服，改漢姓，娶漢女，並且還正禮樂，立學校，做起崇經尊孔的事業來，較之南朝，反更爲復古了。表面的文化制度雖日趨於調和統一，但因經濟基礎的懸殊，地理環境的差異，以及物質勞動生活的種種不同，南北民族的精神心理，是呈現着極其分明的兩種色彩。南方的情感是柔弱的，偏於個人的享樂，北方的情感是雄壯的，偏於社會的勞動。這兩種色彩，在當日的民歌裏，反映得極其明顯。在這一點，民間的歌謠，較之文人的作品來，是遠富於地方性與社會性的。

一　南方的民歌

南方民衆因地理物質環境的優裕，養成一種柔弱的性情與享樂的人生觀。他們的餘暇精神，全集中於戀愛的追逐，這種精神狀態，反映在歌謠裏，便是子夜歌一類的委婉曲折的情詩。他們都是用着短小的形式，自然的音調，歌詠着男女戀愛過程中的種種情態。或寫得戀的喜悅，或寫失戀的悲傷，或寫幽會的情狀，或寫相思的心境，或寫遲暮，或寫別離，無不美妙自然，清麗可喜。然而他們的內容，總是千篇一律，好像人生除了戀愛以外，再沒有什麼可歌可詠似的，比起東漢的民歌如戰城南孤兒行一類的富於社會性的作品來，他們實在是呈現着一種不可掩飾的缺點。南方民歌的代表，一是江南的吳歌，一是荆楚一帶的西曲。吳歌豔麗而柔弱，西曲浪漫而熱烈。其內容雖同爲男女戀愛的描寫，其作風却有不同的情趣。然在其文字與表現的態度方面講，都是很濃厚地保存着民間文學的眞面目，這是很可寶貴的。

吳歌　樂府詩集說：『吳歌並出江南。東晉以來稍有增廣。其始皆徒歌，既而被之管弦。蓋自永嘉渡江之後，下及梁陳，咸都建業，吳聲歌曲，起於此也。古今樂錄曰：「吳聲十曲，一曰子夜，二曰上柱，三曰鳳將雛，四曰上聲，五曰歡聞，六曰歡聞變，七曰前溪，八曰阿子，九曰丁督護，十曰團扇。」又有七日夜女歌，長史變，黃鵠，碧玉，桃葉，長樂佳，歡好歌，懊惱，讀曲，亦皆吳聲歌曲也。』可知吳歌極繁，包羅亦廣，上所舉者，上柱鳳將雛二種已佚。然尚有神絃歌諸曲，想也是屬於吳歌的。

吳歌以子夜讀曲篇目最多，文筆最好，今各舉數首，以概其餘。

大子夜歌

歌謠數百種，子夜最可憐。慷慨吐清音，明轉出天然。
絲竹發歌響，假器揚清音。不知歌謠妙，勢聲出由心。

子夜歌　（共四十二首）

宿昔不梳頭，絲髮披兩肩。婉伸郎膝上，何處不可憐！
始欲識郎時，兩心望如一。理絲入殘機，何悟不成匹。
朝思出前門，暮思還後渚。語歎向誰道，腹中陰憶汝。
擥枕北窗臥，郎來就儂嬉。小喜多唐突，相憐能幾時？

子夜四時歌　（共七十五首）

羅裳迮紅袖，玉釵明月璫。冶遊步春露，豔覓同心郎。
春林花多媚，春鳥意多哀。春風復多情，吹我羅裳開。
明月照桂林，初花錦繡色。誰能不相思，獨在機中織？
朝登涼台上，夕宿蘭池裏。乘風采芙蓉，夜夜得蓮子。
情知三夏熱，今日偏獨甚。香巾拂玉席，共郎登樓寢。
輕衣不重綵，飈風故不涼。三伏何時過，許儂紅粉裝。
秋夜涼風起，天高星月明。蘭房競妝飾，綺帳待雙情。
自從別歡來，何日不相思。常恐秋葉零，無復連條時。

寒鳥依高樹，枯林鳴悲風。爲歡顦顇盡，那得好顏容。

塗澀無人行，冒寒往相覓。若不信儂時，但看雪上跡。

子夜四時歌在文字的藝術上，比子夜歌更爲進步，其中一定有許多是當代文人的擬作。如『果欲結金蘭』一首，本爲梁武帝作品，可知梁代文人之作，已有雜入在內的了。大概子夜歌當日風行一時，擬者頗衆，故又有子夜警歌變歌等新曲。唐書樂志說：『子夜歌者晉曲也。晉有女子名子夜，造此聲，聲過哀苦。』又樂府解題說：『後人乃更爲四時行樂之詞，謂之子夜四時歌。又有大子夜歌，子夜警歌，子夜變歌，皆曲之變也。』他這裏所說的『後人』大都是文士名流，恐怕不是出自民間的。

子夜歌以外，存曲最多者爲讀曲歌，共八十九首。宋書樂志說：『讀曲歌者。民間爲彭城王義康所作也。』又古今樂錄說：『讀曲歌者，元嘉十七年袁后崩，百官不敢作聲歌，或因歌謠，只竊聲讀曲細吟而已。』然按其內容，全爲民間言情道愛之作，與子夜相同。不過形式較爲雜亂，修辭較爲粗率，因爲如此，反而更能代表民歌的本質與風趣。所謂彭城王袁后的傳說，都是一種附會。當代的樂府歌辭，前人每喜以故事穿鑿。如鬼歌子夜少帝情死種種的鬼話神談，都是不可信的。

讀曲歌

花釵芙蓉髻，雙鬟如浮雲。春風不知著，好來動羅裙。

百花鮮，誰能懷春日，獨入羅帳眠。

芳萱初生時，知是無憂草，雙眉畫未成，那能就郎抱。

打殺長鳴雞，彈去烏臼鳥。願得連冥不復曙。一年都一曉。

這類天眞浪漫的描寫，熱烈情感的表現，純樸自然的作風。在古典詩人的作品裏是看不到的。因了他們這種特質，一面確立着他們本身在詩歌史上的地位，同時對於當代的詩壇，給予着清新的生命與重要的影響。我們讀了這些作品，便會知道梁陳宮體文學以及小詩形體的來源了。子夜讀曲以外，還有碧玉懊儂華山畿數十篇，彼此情趣大略相同，這裏不再舉例了。此外有神絃歌十一曲十八首，大都爲江南一帶民間的祀神歌。曲中歌詠的神靈，男女都有，姿態美麗，心意纏綿，富於浪漫的風情，由此可知當日民間多神信仰的風俗，以及浪漫的宗教情緒，這些詩歌的作風，同古代楚民族的九歌很有些相像。例如：

『白石郎，臨江居，前導江伯後從魚。

積石如玉，列松如翠，郎豔獨絕，世無其二。』（白石郎曲）

『開門白水，側近橋梁。小姑所居，獨處無郎。』（清溪小姑曲）

前一首用玉石翠松的背景來象徵那位男神的美麗，後一首用清幽的環境，來暗示女神的貞潔。短小的章句，樸質的文字，造成高遠無比的境界，眞是民歌中最好的作品。

西曲　南方的民歌，最重要的除吳歌以外，便是西曲。西曲即荊楚西聲。樂府詩集說：『西曲歌出於荊郢樊鄧之間，而其聲節送和，與吳歌亦異，故因其方俗謂之西曲云。』可知西曲是湖北西部一帶的歌謠，而以江漢二水爲主，所以在那些作品裏，充滿着水上船邊的情調以及旅客商婦的別情。在表情方面，較之吳歌要勇敢熱烈，沒有吳歌中那種特有的嬌羞細膩的姿態。大概歌唱起來，在音調方面，也必有這種差別。樂府詩集所說其聲節送和與吳歌亦異的話，想是可靠的。據古今樂錄說西曲共有三十四曲，今讀樂府詩集，當代文士們的擬作，雜在裏面的頗多。如烏夜啼，烏棲曲，估客樂，楊叛兒諸曲中，很多簡文帝劉孝綽梁武帝梁元帝徐陵庾信們的作品。至於襄陽蹋銅啼白附鳩二曲，民間原作已完全失傳，只存梁武帝沈約吳均們的擬作，但那些無名氏的篇章，想都是出自民間的。

三洲歌

送歡板橋灣，相待三山頭。遙見千幅帆，知是逐風流。

風流不暫停，三山隱行舟。願作比目魚，隨歡千里遊。

青陽度

青荷蓋綠水，芙蓉披紅鮮。下有並根藕，上生並頭蓮。

安東平

吳中細布，闊幅長度。我有一端，與郞作袴。

那呵灘

聞歡下揚州，相送江津灣。願得篙櫓折，交郞到頭還。

孟珠

陽春二三月，草與水同色。道逢遊冶郎，恨不早相識。
望歡四五年，實情將懊惱。願得無人處，回身與郎抱。

石城樂

布帆百餘幅，環環在江津。執手雙淚落，何時見歡還？

莫愁樂

聞歡下揚州，相送楚山頭。探手抱腰看，江水斷不流。

烏夜啼

可憐烏臼鳥，强言知天曙。無故三更啼，歡子冒闇去。

尋陽樂

雞亭故儂去，九里新儂還。送一却迎兩，無有暫時間。

這些都是民歌中的珍品。大膽的表情，巧妙的比喻，天眞的描寫，活躍的表現出旅客情婦們的生活心理狀態。商人重利，思婦多情，是西曲歌的情感基礎。由這些作品的背後所反映出來的商業經濟的繁榮，是可作爲這類歌謠的社會基礎的。在這些民歌中，不論吳楚，他們在辭句的表現上，有一個共同點，那便是歡喜用雙關的隱語。以『梧子』雙關『吾子，』以『藕』雙關『偶』，以『絲』雙關『思』，以『蓮』雙關『憐』，以『匹』雙關『配』，這種表現法，也可以算是當日民歌的一種特徵，在漢魏的歌謠裏，是沒有見過的。

二　北方的民歌

北方的遊牧民族，因着經濟基礎的薄弱以及種族地理的種種關係，民衆的生活動態與情感各方面，是形成與南方不同的色彩的。南方的特性，是柔弱的，女性的，個人的；北方的特性，恰好成一個對照，是尚武的，男性的，社會的。這種不同的特性，在當日的民歌裏，反映得非常明顯。如鮮卑族的敕勒歌云：

『敕勒川，陰山下。天似穹廬，籠蓋四野。
天蒼蒼，野茫茫，風吹草低見牛羊。』

這種蒼蒼茫茫的氣象，是北方獨有的偉大的自然背境。要有這特殊的背境，才能產生這種富於地方色彩的詩歌。比起南方歌謠中所歌詠的『春林花多媚，春鳥意多哀。』的氣象來，完全是兩個天地了。生在這種環境之下的人民的生活情感，自然另有一種形象與氣質。如魏書所載的李波小妹歌云：

『李波小妹字雍容，褰裙逐馬似卷蓬。左射右射必疊雙。婦女尙如此，男子安可逢！』

這正是北方女子的典型，一種男性的尚武的力量，活躍地表現出來，比起『婉伸郎膝上，何處不可憐，』『恃愛如欲進，含羞未肯前。』的江南少女來，那剛强柔弱之分，眞是再明顯也沒有了。樂府詩集雖無北歌之目，然梁鼓角橫吹曲，實卽北方的歌謠。中間雖偶有吳歌化的作品，然大部份却是呈現着北方的民間色彩，決非南人所能爲。古今樂錄云：『梁鼓角橫吹曲有企喩，瑯玡王，鉅鹿公主，紫騮馬，黃淡思，地驅樂，雀勞利，慕容垂，隴頭流水等歌三十六曲。』再加以胡吹舊曲和折楊柳，隔谷，幽州馬客吟等歌曲，共六十六曲，這數目總算不少，可惜亡佚的很多，現存者只有企喻等歌二十一種了。今略舉數例於下。

折楊柳歌

腹中愁不樂，願作郎馬鞭。出入擐郎臂，蹀坐郎膝邊。
遙看孟津河，楊柳鬱婆娑。我是虜家兒，不解漢兒歌。
健兒須快馬，快馬須健兒。咇跋黃塵下，然後別雄雌。

捉搦歌

誰家女子能行步，反著裌禪後裙露。天生男女共一處，願得兩個成翁嫗。
黃桑柘屐蒲子履，中央有絲兩頭繫。小時憐母大憐婿，何不早嫁論家計。

瑯琊王歌

新買五尺刀，懸着中梁柱。一日三摩娑，劇於十五女。
東山看西水，水流盤石間。公死姥更嫁，孤兒正可憐。

企喻歌

男兒欲作健，結伴不須多。鷂子經天飛，羣雀向兩波。
前行看後行，齊著鐵裲襠。前頭看後頭，齊著鐵鉅鉾。

男女可憐蟲，出門懷死憂。尸喪狹谷中，白骨無人收。（此首傳爲苻融詩）

折楊柳枝歌

門前一株棗，歲歲不知老。阿婆不嫁女，那得孫兒抱。

敕敕何力力，女子臨窗織。不聞機杼聲，只聞女嘆息。

問女何所思？問女何所憶？阿婆許嫁女，今年無消息。

紫騮馬歌

燒火燒野田，野鴨飛上天。童男娶寡婦，壯女笑殺人。

地驅樂歌

青青黃黃，雀石頹唐。槌殺野牛，押殺野羊。

驅羊入谷，白羊在前。老女不嫁，蹋地喚天。

側側力力，念郎無極。枕郎左臂，隨郎轉側。

摩捋郎鬚，看郎顏色。郎不念女，各自努力。

此外如隴頭歌黃淡思與幽州馬客吟諸篇，或爲高古的四言詩，或爲柔靡的吳歌，我想或是北方文人的作品，或爲南人描寫北地風光者，亦未可知。總之在這幾篇作品裏，在修辭和情調上，文人的氣息很是濃厚，已經很少北方民歌的本色了。我們試看上面所舉的那些作品，知道北方的歌謠，與南方的比較起來，有兩個不同的特色。一是內容方面，北方的偏重於社會生活。如瑯玡王歌中所表現的孤兒與戰爭，企喻歌中所表現的尚武精神，紫騮馬歌所表現的婚姻制度，地驅樂歌中所表現的畜牧生活，可以看出他們所歌詠的題材，是較爲廣泛，較爲切近人事而富於社會性了。其次，在表現方面，北方的情感多是直線的說明的，沒有南方那種隱曲象徵的手法。北方人並不是不講戀愛，他們不把戀愛看作是一種藝術，或是一種神秘的把戲。他們同吃飯穿衣一樣，看作是一件簡單的事體，毫沒有那種嬌羞隱藏的態度。『老女不嫁，蹋地喚天。』『枕郎左臂，隨郎轉側，』這種直率眞爽的氣概和行爲，決非南方女人所能有。梁啓超氏在中國韻文中所表現的情感內論北歌說：『他們生活異常簡單，思想異常簡單，心直口直，有一句說一句。他們的情感是沒遮攔的，你說好也罷，說壞也罷，總是把眞面孔搬出來。』搬出眞面孔，不留餘味，在詩的藝術上講，本是一種弊病。若是站在歌謠的立場，却又不能不承認這是一種特色。因爲這樣，把民間的生活情感，表現得更眞切更活躍，更有生命和力量。

我們現在要討論的，是人人讀過的木蘭辭。木蘭辭是北方民間敍事詩的傑作，他同孔雀東南飛，成爲南北民間文學的兩大代表。前者是剛强的男性的社會喜劇，後者是柔弱的女性的家庭悲劇。這兩種完全相反的性格，由着雙方極其適合的文字格調表現出來，得到圓滿的效果。在這兩篇作品裏，都塗滿了非常鮮明的地方色彩，並且反映出剛柔各異的男女性情以及南北不同的家族生活與社會意識的影子。兩篇詩都是無名氏的作品，後來經過了文人的潤飾，故文句中頗有雕琢刻鍊的痕跡。

關於木蘭辭的時代，古人早有討論。如後村詩話，藝苑巵言，俱有成於唐代之說。近人主張唐代者更多。其所持理由，不出下列三點：

一、樂府詩集有唐人韋元甫擬作木蘭辭一篇。並且解題中說：『按歌辭有木蘭一曲，不知起於何代也。』後人因疑木蘭辭原作，亦出自韋元甫之手。

二、歌中的「策勳十二轉，」爲唐代官制。「明駝」爲唐代驛制。

三、「萬里赴戎機」以下四句，似唐人詩格。

其實這些理由，並不能推翻木蘭辭是北朝時代的作品。我們試讀原歌與韋元甫的擬作，便知道這中間有一種顯然不同的色彩。原歌的民間趣味多麼濃厚，那種樸質俚俗的語調，天眞浪漫的描寫，是文人學不到的。擬作則無處不現出雕飾做作的痕跡，一望而知是出自兩人之手了。至於唐代的制度與詩格的混入，那是民間歌謠遭受後人改削潤色的證明，並不是原作出於唐代的證明。原歌的前六句，同折楊柳枝歌中的『敕敕何力力』六句，差不多完全相同。這是木蘭辭出於民間的重要證據。若出自後代的文人，決不會這樣抄襲的了。並且，我們還可推測此詩的年代，同折楊柳枝歌相隔一定不遠。因此，我們敢說木蘭辭的原作是成於北朝，後來經了隋唐人的修飾，在文字上加了一些華美的辭藻。幸而還有不少的白話保存着，這是很可喜的。

『喞喞復喞喞，木蘭當戶織。不聞機杼聲，唯聞女歎息。問女何所思，問女何所憶？女亦無所思，女亦無所憶。昨夜見軍帖，可汗大點兵。軍書十二卷，卷卷有耶名。阿耶無大兒，木蘭無長兄。願爲市鞍馬，從此替耶征。東市買駿馬，西市買鞍韉。南市買轡頭，北市買長鞭。旦辭耶孃去，暮宿黃河邊；不聞耶孃喚女聲，但聞黃河流水聲濺濺。旦辭黃河去，暮宿燕山頭；不聞耶孃喚女聲，但聞燕山胡騎聲啾啾。萬里赴戎機，關山度若飛。朔氣傳金柝，寒光照鐵衣。將軍百戰死，壯士十年歸。歸來見天子，天子坐明堂。策勳十二轉，賞賜百千强。可汗問所欲，「木蘭不用尙書郎；願借明駝千里足，送兒還故鄉。耶孃聞女來，出郭相扶將；阿姊聞妹來，當戶理紅妝；小弟聞姊來，磨刀霍霍向猪羊。開我東閣門，坐我西閣牀；脫我戰時袍，著我舊時裳。當窗理雲鬢，對鏡帖花黃。出門看火伴，火伴皆驚惶。同行十二年，不知木蘭是女郎。雄兎脚撲朔，雌兎眼迷離。兩兎傍地走，安能辨我是雄雌。』

這幕喜劇的事實，當然不會全是眞情。但當日北方的女兒，改扮男裝上馬殺賊的事，是毫無問題的。試看李波小妹歌中所表現的那種騎馬如飛左射右射的少女，比起南方的男子漢來，眞眞是要英武多了。在這一首歌裏，雖是敍述一件美麗的故事，這故事的背後，却有健全的現實性與社會基礎。本來民間的敍事詩，大都是一種集體的創作。由傳寫而改削，經過長期的演變，始漸漸地形成一種固體。在這種演變中，文字與故事，自然也跟着趨於美化與複雜。因爲這種艷麗故事的流傳，於是一些好事的文人，發生種種的傳說，什麼姓花，姓朱，姓木，複姓木蘭的姓名問題，什麼安徽湖北河南的籍貫問題，異說紛紜，鬧不淸楚。這些都是無稽之談，沒有一顧的價值。我們只要知道木蘭是一個北方英武的女性的象徵就够了。

下篇　南北朝與隋代的詩人

關於這兩百多年的詩歌趨勢，以及內容與形體方面，在上一章的二三節裏，已約略的敍述過了。我現在在下面想簡單地介紹幾個當代的代表詩人。這一時期的政治變動極其頻繁，朝代時改，但文學的思潮都是一貫的。因此我們要盡力避免煩瑣的敍述，將注意力集中於幾個代表的作家，由此而可得到一個當代詩歌發展史的綱領。

三　南朝的詩人

劉宋一代，雖國祚不長，然文風特盛。君主皇族如劉義隆（文帝），劉駿（孝武帝），劉義慶（臨川王），劉義恭（江夏王）諸人，俱有文采。元嘉時代，作家輩出，如何承天，顏延之，謝莊，謝靈運，謝惠連，謝晦，鮑照，湯惠休之徒，各以文名。當日聲譽最大的，是顏延之與謝靈運。詩品說：『謝客為元嘉之雄，顏延年為輔。』沈約也說：『江左獨稱顏謝。』可知在齊梁時代，一致公認他們倆是元嘉詩壇的代表。但是我們現在看起來，這評論並不可靠。

顏延之（西曆三八四—四五六）字延年，瑯玡臨沂人（今南京附近）。他的作品，貴族氣太重，應詔詩連篇累牘，看去令人生厭。因為他過於雕琢堆積，字句因而晦澀，詩的情趣消滅殆盡。他有名的五君詠，也是枯淡無味，缺少一種詩的生機。就是那篇被謝晦傅亮們所稱許的北使洛的五言詩，也平庸極了。

謝靈運（西曆三八五—四三三）陳郡陽夏人。（河南太康附近），晉謝玄之孫，初襲封康樂公，故世稱謝康樂。幼時寄養於杜治家，族人因名曰客兒，故世又稱爲謝客。他是一位貴族子弟，自幼受着良好的敎育，博覽羣書，加以家產豐裕，莊園壯麗，過着非常優美的生活。結交僧徒，喜遊山水，但因身在江湖，心懷魏闕，又浪漫成性，態度狂妄，因此弄得流徙廣州，死於非命，還只是四十九歲的壯年。他的作品，開山水寫實一派，其價值當然遠在顏延年之上，我在上章論山水文學的時候已說過了。他的缺點，是用駢偶的句子去粉飾自然，用雕鏤過甚的文筆，去刻畫山水，所得到的是山水險怪的形貌，而缺少自然界的高遠意境。同時他歡喜在詩裏誇耀他的博學，時常把經子中的文句，生呑活剝地引用進去，造成當日詩人用典抄書的惡習。因此種種，謝靈運的詩，難有佳篇，常有妙句。如『池塘生春草』，『明月照積雪』，都是傳誦人口的好言語。葉夢得在石林詩話中說：『池塘生春草，園柳變鳴琴。世人多不解此語爲工，蓋欲以奇求之耳。此語之工，在無所用意，猝然與景相遇。備以成章，不假繩削。詩家妙處，當須以此爲根本。而思苦言艱者，往往不悟。』這話說得精當極了。謝詩雖有這些不可掩飾的缺點，然而他在詩歌史上，却也有相當的地位。因了他的作品，消滅了兩晉以來盛極一時的遊仙文學，造成山水文學的新潮，他這種功績，我們是不能輕視的。

顏謝作品中的那種雕琢駢儷和用典的習氣，實是元嘉詩人的通病。詩品評謝詩云：『尚巧似而逸蕩過之，頗以繁蕪爲累。』又評顏詩云：『尚巧似。……又喜用古事，彌見拘束。』又評鮑照詩云：『貴尚巧似。』又序中論用典云：『顏延謝莊，尤爲繁密，於時化之。故大明泰始中，文章殆同書抄。』由這些評語看來，可知巧似繁蕪雕琢用典，是元嘉體的共同傾向。換言之，他們的詩過於講求外形，因而缺少情味，這弊病是無法掩飾的了。

在這種生氣衰弱的詩壇，能以自由放縱的筆調，對人生的各方面加以描寫而形成雄俊的作風來的，却是那位『才秀人微』的鮑照。他的辭賦和五言詩，那種雕琢淫靡的氣習，與顏謝本無上下。詩品說他『貴尚巧似』。齊書文學傳說他『雕藻淫豔，傾炫心魄，』都是指他的五言詩或辭賦而言。但他的代表作品，却是那種雜體的樂府歌辭。在那些歌辭裏，他純熟地運用着五七言的長短句，民歌的語調，把他自己對於人生各方面的觀念，眞實地傾吐出來，帶着濃厚的浪漫情調，打破了當代那種死氣沉沉的詩風。並且從曹丕作過以後，就成爲絕響的七言詩，到了他才能運用自如，展開了發展的成熟的機運。在七言詩的發展史上，他占着重要的地位。

鮑照，字明遠，東海人（今江蘇灌雲縣），生卒年未詳。幼年家庭貧窮，壯年官場不得志，最後做過臨海王子頊的參軍，故世稱爲鮑參軍。後子頊事敗，鮑亦爲亂軍所殺。他的妹妹鮑令暉，是當代的女詩人，鮑照曾比他作左芬。詩品也稱讚她的詩，『嶄絕淸巧，』看她現存擬古詩兩首，確是一個有才情的女作家。鮑照的境遇，是艱困的，情感是熱烈的，因此他一面對於時世是感着憤激，對於人生是感着幻滅，反映着他這種心境的，是他的代表作行路難十八首。（一作十九首）今舉幾首在下面。

『瀉水置平地，各自東西南北流。人生亦有命，安能行歎復坐愁。酌酒以自寬，舉杯斷絕歌路難。心非木石豈無感，吞聲躑躅不敢言。』

『君不見河邊草，冬時枯死春滿道。君不見城上日，今暝沒盡去，明朝復更出。今我何時當得然，一去永滅入黃泉。人生苦多歡樂少，意氣敷腴在盛年。且願得志數相就，牀頭恆有沽酒錢。功名竹帛非我事，存亡貴賤付皇天。』

『對案不能食，拔劍擊柱長歎息。丈夫生世會幾時，定能蹀躞垂羽翼。棄置罷官去，還家自休息。朝出與親辭，暮還在親側。弄兒床前戲，看婦機中織。自古聖賢盡貧賤，何況我輩孤且直。』

『君不見少壯從君去，白首流離不得還。故鄉窅窅日夜隔，音塵斷絕阻河關。朔風蕭條白雲飛，胡笳哀極邊氣寒。聽此愁人兮奈何？登山望遠得留顏。將死胡馬跡，能見妻子難。男兒生世轗軻欲何道，綿憂摧抑起長歎。』

他的生活心境，在這些詩裏，全盤托出。他一面感着懷才不遇的悲傷，同時又感着人生無常功名富貴的無味，情願辭官回家，同妻室子女去過點自由的生活。因爲他的心境只得到陶淵明的一面，所以不能走到那種安定清靜的境界。因此在他的詩裏，時多憤激之詞，而缺少冲淡自然之趣。再有梅花落一首，也是比喩人生的，寫得極好。

『中庭雜樹多，偏爲梅咨嗟。問君何獨然，念其霜中能作花，露中能作實，搖蕩春風媚春日。念爾零落逐寒風，徒有霜華無霜質。』

在這些詩裏，我們可以看出來鮑照有極高的才情，自由的心境，原非那種五言體所可限制。所以七言或是雜體，他却能運用自如，變化百出，適宜他的情性。一用五言，便覺拘束，毫無生氣了。

他這種作風，後代高適，岑參，李白一流人，都受他的啓發和影響。其次，他這種樸質的文句，民歌式的語調，同當代元嘉體的正統詩風，是完全相反的。顏延之看他不起，詩品中的說他『傷淸雅近險俗。』都是不足怪的。加之他生活貧賤地位低微，因此湮沒當代而屈居顏謝之下了。再同鮑照的作風相似，一樣受人輕視的，是那位原爲僧徒後來還俗的湯惠休。如他的代白紵歌，秋風，秋思引諸篇，都是活潑淸新的作品。顏延之鄙薄他的詩爲委巷中歌謠，不知道他的好處，却正在這一點。

齊梁二代的詩風，更趨於形式的講求。因聲律說的興起與民間樂府的顯著影響，於是近似律體絕句的新體詩，因而生產，表現色情的宮體文學，因而興盛。關於這種思潮的起伏流變，我在上章裏，已約略地敍述過了。

齊永明時代在文學界最負盛名的，是竟陵八友。齊武帝第二子竟陵王蕭子良性愛文學，招納名士，一時文人都集於他的門下。王融，謝朓，任昉，沈約，陸倕，范雲，蕭琛，蕭衍八人聲譽最隆，時人稱爲竟陵八友。這種情形，與建安七子游於曹家門下有些相像。不過竟陵王雖禮才好士，他本人的文采並不高明。八友中謝王二人在齊代被殺，後來蕭衍篡齊稱帝，其餘六人都由齊入梁了。因此齊梁二代，在南朝的文學史上只是一個段落。

八友中任昉陸倕工於文筆，餘人俱有詩名。聲譽最高者是沈約與謝朓。然在詩的成就上，謝高於沈，這是前人的定評。所以永明體的詩人，自以謝朓爲代表。謝朓字玄暉（西曆四六四——四九九，）陳郡陽夏人（河南太康），高祖拔爲謝安之弟，祖母爲范曄之姊，母爲宋長城公主，他正同謝靈運一樣，是一個貴族子弟。因教育環境良好，他青年時代就有文名，加以美風姿，性豪放，故時人俱喜與之交遊。不幸東昏侯廢立之際，因反覆不決，致下獄死，年僅三十六。

他的作品一面繼承着謝靈運的山水詩風，所以他有許多好的寫景詩，同時又運用着新起的聲律，所以他的詩顯得清新和諧。但他在山水的描寫上，沒有謝靈運那種苦心刻劃的痕跡，還能表現出一點作者的性情與自然界的意境，他在聲律與辭藻的運用上，善於鎔裁，不流於淫靡的地步。因此他的山水詩與新體詩，都能保持着他那種清綺俊秀的風格，而成爲當代詩人的代表。

『江路西南永，歸流東北騖。天際識歸舟，雲中辨江樹。旅思倦搖搖，孤遊昔已屢。既歡懷祿情，復協滄洲趣。囂塵自茲隔，賞心於此遇。雖無玄豹姿，終隱南山霧。』（之宣城郡出新林浦向板橋）

『灞涘望長安，河陽視京縣。白日麗飛甍，參差皆可見。餘霞散成綺，澄江靜如練。喧鳥覆春洲，雜英滿芳甸。去矣方滯淫，懷哉罷歡宴。佳期悵何許，淚下如流霰。有情知望鄉，誰能鬒不變。』（晚登三山望京邑）

『秋夜促織鳴，南鄰搗衣急。思君隔九重，夜夜空佇立。北窗輕幔垂，西戶月光入。何知白露下，坐視階前濕。誰能長分居，秋盡冬復及。』（秋夜）

『落日高城上，餘光入繐帷。寂寂深松晚，甯知琴瑟悲。』（銅雀悲）

『綠草蔓如絲，雜樹紅英發。無論君不歸，君歸芳已歇。』（王孫遊）

在這些詩裏，確有一種淸新的趣味，圖畫般的美景，細微的情致。五言小詩，格調更高，完全是唐絕的風味。難怪李白狂傲一世，却要再三贊美他。可是他的詩情雖好，詩才却不甚高，所以他的佳句極多，佳篇頗少。詩品評他的詩說：『一章之中，自有玉石。然奇章秀句，往往警遒。善自發詩端，而末篇多躓，此意銳而才弱也。』這話說得恰當極了。如贈西府同僚詩中的起聯云：『大江流日夜，客心悲未央，』觀朝雨的起聯云：『朔風吹夜雨，蕭條江上來，』這都起得多麼高遠，多麼雄渾，然結下去的句子都柔弱不堪，不能造成一篇完美的好詩。鍾嶸說他意銳才弱，實在是對的。

梁武帝（蕭衍字叔達），昭明太子（蕭統字德施，武帝長子），簡文帝（蕭綱字世纘，武帝第三子），元帝（蕭繹字世誠，武帝第七子）父子四人，都擅長文學，與曹氏父子相仿。並且四人俱喜佛敎，但除昭明以外，無不是豔曲連篇，促成宮體文學的大盛。他們的作品，是以模擬江南民歌的小詩見長，再加以香膩的表情，細密的描寫，使民歌加上了富貴綺麗的色彩。例如：

『恃愛如欲進，含羞未肯前。朱口發豔歌，玉指弄嬌絃。』（子夜歌）

『朱絲玉柱羅象筵，飛琯逐節舞少年。短歌流目未肯前，含笑一轉私自憐。』（白紵辭，上二首梁武帝作）

『楊柳亂成絲，攀折上春時。葉密鳥飛礙，風輕花落遲。城高短簫發，林空畫角悲。曲中無別意，倂是爲相思。』（折楊柳）

『別來顦顇久，他人怪容色。只有匣中鏡，還持自相識。』（愁閨照鏡）

『遊子久不返，妾身當何依。日移孤影動，羞覩燕雙飛。』（金閨思，上三首簡文帝作）

『昆明夜月光如練，上林朝花色如霞。花朝月夜動春心，誰忍相思不相見。』（春別應令，梁元帝作）

他們父子的作風是一致的。在那些作品裏，肉感淫盪的實在太多，上面幾首，雖較爲含蓄，然仍是一種靡靡之音。位爲人君，不務政事，一面沉迷於佛教，一面又專寫其豔詩，弄到亡國殺身，想也不是偶然的了。此外如江淹，劉孝綽，王筠，吳均，何遜，丘遲，張率，周興嗣，徐摛，庾肩吾諸人，俱以文名。其中江淹善於擬古，庾徐爲宮體文學的翹楚，何遜吳均的作品，較有一種清新的趣味，頗爲難得。何遜字仲言，生卒年不詳，山東郯人。吳均字叔庠（西曆四六九——五二〇）吳興故鄣人，（今浙江安吉附近。）今將他倆的詩，各舉一首作例。

『暮煙起遙岸，斜日照安流。一同心賞夕，暫解去鄉憂。野岸平沙合，連山遠霧浮。客悲不自己，江上望歸舟。』（何遜慈姥磯）

『君留朱門裏，我至廣江濆。城高望猶見，風多聽不聞。洗蘋方繞繞，落葉尚紛紛。無由得共賞，山川間白雲。』（吳均發湘州贈親故別）

他倆的詩裏，雖也有不少的豔篇，但像上面這種清新的作品，也還不少。在當代宮體文學的狂潮中，這種作品，不能不算是一種清正之音。同時從永明時代提倡的新體詩，到了他們的手裏，有了很大的進步，在形式以及音調的技巧上，又在謝朓沈約之上。

宮體文學到了陳代，有了陳後主和江總，陳瑄，孔範一流人的推波助瀾，更是淫豔之極。風格日卑，靡靡之音日盛，眞是成爲狎客文學了。如江總詩句云：『步步香飛金薄履，盈盈扇掩珊瑚唇，』（宛轉歌）『未眠解着同心結，欲醉那堪連理杯，』（雜曲）『翠眉未畫自生愁，玉臉含啼還是笑。角枕千嬌薦芬香，若使琴心一曲奏。』（秋日新寵美人應令）陳後主詩云：『含態眼語懸相解，翠帶羅裙入爲解。』（烏棲曲）『轉態結紅裙，含嬌拾翠羽。』『轉身移佩響，牽袖起衣香，』（舞媚娘）『妖姬臉似花含露，玉樹流光照後庭。』（玉樹後庭光）在這些詩句裏，完全是表現一種肉感性慾的低級趣味，而外面又包掩着一層美麗的文字表皮，詩的格調到這時候，確實是低落極了。不過在陳後主那許多民歌式的小詩中，却也有不少的好作品，這是我們不能一概抹煞的。這位風流天子的詩才，幾乎在梁氏父子之上，只就藝術而論，他確有一種過人的技巧與才情。

在律體方面，陰鏗徐陵的成就較高。陰鏗字子堅，姑臧人，（今甘肅武威縣）。生卒不詳。他的詩句，很受杜甫的贊賞。徐陵字孝穆（西曆五〇七——五八三）郯人（今江蘇丹徒）。他的作品，雖以豔體著稱，有那種『念君今不見，誰爲抱腰看』的肉感句子，然在律體方面，確有很好的詩。例如：

『征塗轉愁旆，連騎慘停鑣。朔氣淩疎木，江風送上潮。青雀離帆遠，朱鳶別路遙。唯有當秋月，夜夜上河橋。』（徐陵秋日別庾正員）

『大江一浩蕩，離悲足幾重。潮落猶如蓋，雲昏不作峯。遠戍唯聞鼓，寒山但見松。九十方

稱半，歸途詎有蹤。』（陰鏗晚出新亭）

這些詩已有唐律的風格。自永明時代的聲律論盛行以及江南民歌在詩壇上發生影響以來，到了這時候，無論律體絕詩，在平仄上雖尚未盡善，但在風格方面都得到完美的成績了。

四　北方的詩人

講到民歌，南北本可分庭抗禮；並且雙方的作品，也都能充分地表現南北不同的地方色彩與民衆的生活情調。但一般文人的作品，北方就遠不如南方。雖說魏文帝極力提倡文學，與羣臣聯句作詩，但究因基礎貧弱，在那種遊牧民族的統治下，想建立優美的藝術成績來，自然是一件難事。在當日少數的文人裏，不是南人入北，便是北人模倣南風，眞能創作代表北地風光的作品的作家，眞是少見。就是膾炙人口的魏胡太后的楊白花，也是一種南化的色情詩。詩云：

『陽春二三月，楊柳齊作花。春風一夜入閨闥，楊花飄蕩落誰家。含情出戶脚無力，拾得楊花淚沾臆。秋去春來雙燕子，願銜楊花入窠裏。』

胡太后是魏宣武帝之妾，子明帝即位，稱太后臨朝，逼通楊華（本名白花，）楊懼禍，逃入梁朝。胡太后很戀愛他，作楊白花歌，使宮女歌唱，音調非常悽惋，這詩可看作北方貴族文學受了民歌影響的代表。情感極其熱烈，而能用哀怨曲折的象徵句法表現出之，自然是後魏一代的傑作。至如蕭綜（梁武帝第二子，後奔魏），高允，溫子昇等，（晉代溫嶠之後，祖父恭之始遷北方。）雖以詩名，然俱無特色，不足敍述。

北齊文學界最負重名的，是邢邵（字子才河間人）和魏收（字伯起鉅鹿人），他倆與溫子昇齊名，世有北地『三才』之目。然他倆的作品，現存者不多，小詩稍有情趣。例如：

『綺羅日減帶，桃李無顏色。思君君未歸，歸來豈相識。』（邢邵思公子）

『春風宛轉入曲房，兼送小宛百花香。白馬金鞍去未返，紅妝玉筯下成行。』（魏收挾琴歌）

這種詩一看便知道是受南方宮體文學的影響。毫無北方的氣概。邢邵的詩還有一種敦厚之趣。魏收這一個人的行爲，本來是卑鄙淫蕩，所以反映在詩中的情感也就俗而低了。邢魏以外，裴讓之（字士禮），蕭愨（字仁祖）的詩中，常有佳趣與佳句，今各舉一首作例：

『夢中雖暫見，及覺始知非。展轉不能寐，徙倚獨披衣。悽悽曉風急，晻晻月光微。空室常達旦，所思終不歸。』（裴讓之有所思）

『清波收潦日，華林鳴籟初。芙蓉露下落，楊柳月中疏。燕幃湘綺被，趙帶流黃裾。相思阻音息，結夢感離居。』（蕭愨秋思）

這些詩當然也是宮體文學的化身。不過前篇確有一種淸遠之趣，敦厚哀怨，沒有那種香豔的惡氣味。後篇三四二句，自是極好言語，顏之推評爲蕭散，誠爲確論。後二句雖柔弱不稱，而此十字，也就很可寶貴了。

看了上面這些北方詩人的作品，知道無論形式內容，都受了南方詩歌的感化，南方那種唯美文學的思潮，已侵入了北方文壇的領域。到了北周，因此有些人起來反抗，提倡復古的運動。北史文苑傳說：『周氏創業，運屬陵夷。纂遺文於既喪，聘奇士如弗及。是以蘇亮蘇綽之徒，咸奮鱗翼，自致青紫。然綽之建言，務存質朴。遂糠粃魏晉，憲章虞夏。雖屬辭有師古之美，矯枉非適時之用，故莫能常行焉。既而革車電邁，渚宮雲撤。梁荊之風，扇於關右，狂簡之徒，斐然成俗。流宕忘反，無所取裁。』可知雖有蘇綽們的提倡復古，但仍是抵不住南方的唯美思潮。當日庾信，王褒以及王克，劉穀，宗懍，殷不害一大批人的入北，實爲助長這種思潮的最大原因。於是北方的文壇，倒要讓王褒庾信們來代表了。他倆是都是在南方的文學環境鍛鍊慣了的，但到了北方以後，他們的作品，確帶了北方那種清貞剛健的情調，而放出異樣的光彩。

王褒字子淵，瑯玡人，是王融的本家。年六十四歲，生卒年不詳。梁元帝降西魏，王褒隨入長安，便高官厚祿地歸順於北方了。他的樂府詩，格調頗高，那種壯健之氣，確能超出前人格調之外。如高句麗燕歌行諸篇，可爲其代表作。燕歌行作於梁時，對於關塞寒苦之狀，已能曲盡其妙，難怪他一到北方，他的五言詩也變爲悽切雄渾之辭了。例如：

『關山夜月明，秋色照孤城。影虧同漢陣，輪滿逐胡兵。天寒光轉白，風多暈欲生。寄言亭上吏，遊客解雞鳴。』（關山月）

『秋風吹木葉，還似洞庭波。常山臨代郡，亭障繞黃河。心悲異方樂，腸斷隴頭歌。薄暮臨

征馬，失道北山阿。』（渡阿北）

庾信（西曆五一三——五八一）字子山，河南新野人，是庾肩吾的兒子。詩文與徐陵齊名，稱爲『徐庾體。』元帝時，聘於西魏，不久梁亡，遂留長安。後周陳通好，南北流寓之士，各許還其舊鄉，唯庾信與王褒留而不許。他在那種環境之下，位雖通顯，亡國之痛，懷鄉之情，是時時侵襲着他的胸懷的。然而這種情感，又不能眞切地暴露，只能含蓄曲折地表現出來，因此在他的作品裏，有一種深沉的憂鬱，哀怨的愁情，再塗上那種北方特有的地方色彩，於是更顯出一種蒼茫剛健的情調了。他在哀江南賦中說：『信年始二毛，卽逢喪亂，藐是流離，至於暮歲。燕歌遠別，悲不自勝。楚老相逢，泣將何及。畏南山之雨，忽踐秦庭，讓東海之濱，遂餐周粟。』這正道出他晚年悲苦的心境。他的好作品，都在這種心境之下寫成的。

『蕭條亭障遠，悽慘風塵多。關門臨白狄，城影入黃河。秋風別蘇武，寒水送荆軻。誰言氣蓋世，晨起帳中歌。』（詠懷二七首之一）

『昔日謝安石，求爲淮海人。彷彿新亭岸，猶言洛水濱。南冠今別楚，荆玉遂遊秦。儻使如楊僕，甯爲關外人。』（率爾成詠）

『扶風石橋北，函谷故關前。此中一分手，相逢知幾年。黃鶴一反顧，徘徊應愴然。自知悲不已，徒勞減瑟絃。』（別周尚書宏正）

『陽關萬里道，不見一人歸。唯有河邊雁，秋來南向飛。』（重別周尚書）

『玉關道路遠，金陵信使疏。獨下千行淚，開君萬里書。』（寄王琳）

這些詩比起他在南方所作的那種毫無內容只圖藻飾的詠屏風諸詩來，無論在那方面，都顯出不同的情調。他心中蘊藏着無限的隱痛與深沉的鄉愁，通過他作品的全體，完全一變他往日的風格。可知自然與個人環境對於文學的影響，是多麼有力與分明。如果他的生活，不遭受這段流落的境遇，舒舒適適地老在南方做着官，那麼他的作品，永遠是同徐陵們一流罷。北周書本傳評他說：『其體以淫放爲本，其詞以輕險爲宗。故能誇目侈於紅紫，蕩心逾於鄭衛。昔揚子雲有言，詩人之賦麗以則，詞人之賦麗以淫，若以庾氏方之，斯又詞賦之罪人也。』如專論詞賦，這些話還說得過去，若論到詩，還以杜甫說他老成，說他清新的話，較爲公允。平心而論，在中國詩歌史上，由六朝入唐，鮑照，謝眺，陰鏗，庾信諸人，是幾座重要的橋梁。這些人努力創造的成績，都是後代詩歌發展的基礎。

五　隋代的詩人

北周時代蘇綽的復古運動雖告失敗，但已埋伏一種反南方唯美思潮的種子。到了隋文帝統一南北，他鑒於南朝政治的腐敗與國勢的柔弱，覺得那種靡靡之音的豔體文學，實在是造成這種局勢的根源。於是蘇綽埋下的那顆種子，到了這時候又發育起來了。隋書音樂志中說：『開皇二年，顏之推上言，禮樂崩壞，其來自久，今太常雅樂，並用胡聲。請馮梁國舊事，考尋古典。高祖不從曰，梁樂亡國之音，奈何遣我用耶？』文帝的態度是非常明顯的。對於音樂是如此，對於文學也是如此。北周時代失敗的復古運動。到了他，運用政治的壓力實行起來了。泗州刺史司馬幼之因爲文表華豔，付所司治罪。李諤又上書痛論南朝文學的墮落淫靡，有害政治人心，應通令禁止，違者嚴加治罪。他這篇文字，正與李斯請禁私學的奏議相似，文帝看了却大以爲然，於是把此奏書頒示天下。想藉此轉移當日文學的傾向。但隋書文學傳又說：『高祖初統萬機，每念斲雕爲樸，發號施令，咸去浮華。然時俗詞藻，猶多淫麗，故憲章執法，屢飛霜簡。』可知那種已成之風，積重難返，然而那種復古運動，在當日的文壇，也不是全無反響。我們試讀楊素的詩篇，便可看出一點影子。楊素雖是一位武將，文采却也很高。隋書本傳說他：『論文則詞藻縱橫，語武則權奇間出，』又評他的詩說：『詞氣宏拔，風韻秀上，』這些話並不是溢美之辭。他的詩雖也講求對偶和詞藻，但絕無南方那種脂粉輕薄的氣味，處處顯出一種質樸的情趣，在當日總算是難得的。

『居山四望阻，風雲竟朝夕。深溪橫古樹，空巖臥幽石。日出遠岫明，鳥散空林寂。蘭庭動幽氣，竹室生虛白。落花入戶飛，細草當階積。桂酒徒盈樽，故人不在席。日暮山之幽，臨風望羽客。』（山齋獨坐贈薛內史）

再如他的出塞篇中有句云：『荒塞空千里，孤城絕四鄰。樹寒偏易古，草衰恆不春。』這都不能不算是有力量有風骨的好詩句。此外同楊素唱和的虞世基和薛道衡的詩中，也偶然有清遠俊拔的句子。例如：

『霜烽暗無色，霜旗凍不翻。耿介倚長劍，日落風塵昏。』（虞世基出塞）

『絕漠三秋暮，窮陰萬里生。夜寒哀笛曲，霜天斷雁聲。』（薛道衡出塞）

『入春才七日，離家已二年。人歸落雁後，思發在花前。』（薛道衡人日思歸）

薛道衡尙有『空梁落燕泥』的名句，傳隋煬帝妬其才，因而被害。此句在昔昔鹽詩中。全詩二十句。大都對湊而成，詩實不佳。煬帝性雖殘忍，未必這麼好管閒事。此說出隋唐嘉話，不可盡信。

隋煬帝（楊廣）的浪漫行爲，却遠在陳後主之上。隋書文學傳雖說他初習藝文，有非輕側之論；又說他雖意在驕淫，而詞無浮蕩，那是被他幾篇裝門面的作品騙了。（如冬至受朝，擬飲馬長城窟等），他的眞實形貌，並不是如此的。隋書本紀說：『所至惟與後宮留連躭酒，惟日不足。招迎姥媼，朝夕共肆醜言。又引少年令與宮人穢亂，不軌不遜，以爲娛樂。』又音樂志上說：『煬帝矜奢，頗玩淫曲。御史大夫裴蘊知其情，奏括周齊梁陳樂工子弟及人間善聲調者，凡三百餘人，並付太樂。倡優獿雜，咸來萃止。』在這種環境下，文帝提倡的復古運動，自然是要消聲匿跡，梁陳的色情文學，自然是又要在他的手下繁盛起來了。他雖是一個這樣的荒君淫主，然而詩才頗高。在隋代短短的三十幾年中，他確是當日詩壇的代表。他的作品，以樂府歌辭爲佳。在那些歌辭裏，正暴露着他那種淫侈生活的眞面目。他善於運用七言體，翻作樂府的新聲。字句綺麗，音調和諧，是他的特色。

『揚州舊處可淹留，臺樹高明復好遊。風亭芳樹迎早夏，長皋麥隴送餘秋。淥潭桂檝浮青雀，果下金鞍躍紫騮。綠觴素蟻流霞飲，長袖清歌樂戲州。』（江都宮樂歌）

『黃梅雨細麥秋輕，楓樹蕭蕭江水平。飛樓綺觀軒若驚，花簟羅帷當夜淸。菱潭落日雙鳧

舫，綠水紅妝兩搖漾。還似扶桑碧海上，誰肯空歌採蓮唱。』（四時白紵歌）

『暮江平不動，春花滿正開。流波將月去，潮水帶星來。』（春江花月夜）

他這種豔詩，雖寫得較爲含蓄，然按其實質，並不在簡文帝陳後主之下。君主所好，自然有臣僚們起來附和。於是盧思道王胄那一流人的作品，也都染上這種風氣了。在這種淫歌狂舞的聲浪中，接着也就來了殺身亡國的慘禍，和梁陳那些浪漫君主，總算是同一命運。

第十二章 唐代文學的新發展

一 緒說

自三國到南北朝，在政治上足足有三百年的混亂局面。在這長期中，漢胡民族的血統合流，外國的宗教哲學藝術以及器具飲食各方面的輸入，無論在身體精神方面，都加入了一種新生命，造成了民族本質的變化。把這個外形的混亂局面加以統一，承受這新民族的基礎而成立着集權的中央政府的，是開創隋帝國的楊堅。在這久亂之後，若好好地休養生息按步就班地做下去，隋帝國的生命是可以稍長久的。政治文化的工作，也可以在他們的手下建設起來。無奈一到了煬帝，便形成那種內部過於荒淫外部過於浪費的重症，於是那基礎毫不穩固的帝國生命，便因此斷送了。舊唐書食貨志說：『隋文帝因周氏平齊之後，府庫之實，庶事節儉，未嘗虛費。開皇之初，議者以比漢代文景，有粟陳貫朽之積。煬帝即位，大縱奢靡，加以東西行幸，輿駕不息。征討四夷，兵車屢動。……數年之間，公私罄絕。財力既殫，國遂亡矣。』可知文帝時代，社會經濟已大好轉。若煬帝對於當日恢復過來的社會生產力不那樣根本予以破壞摧殘，隋帝國的生命，決不會那麼曇花一現的了。在這種情勢下，眞能接受和發揚那種新民族的實力，在文化的建設上，創造出偉大的成就來的，不得不待之於繼隋而起的唐朝。

由貞觀到開元這將近百年的休養生息，經煬帝一手破壞無餘的社會經濟與勞動生產力，又恢復轉來，而達到高度的繁榮。在這種繁榮中，唐帝國因此建立了穩固的基礎。於是文教武功以及新民族的實力，都得以充分地發揚光大。由唐代所設的六都護觀之，中國當日的勢力，東北至朝鮮滿洲，西至天山南北路及中亞細亞，北至內外蒙古，南至印度支那，這種情形是遠在秦漢以上了。由儒釋道三教的並盛，與祆教摩尼教回教的流佈，形成思想界的活躍與自由。因陸海交通的頻繁，運河長江的便利，直接促進國內商業與國際貿易的發達，間接促進本國文化與外族文化的交流。當日如日本新羅百濟高昌吐蕃諸邦，都派遣僧徒學子來唐留學，極一時之盛。從秦漢以來，唐朝是第一個强大有力的帝國，是東亞文化的代表。民族具有一種創造的精神與少壯的力量，再加以外族文化的激盪交流，於是音樂繪畫雕刻建築各方面，都呈現着活躍的進步。文學在這種現狀下，自然也跟着這偉大的時代潮流，而現出新鮮的生命與情調。

詩是唐代文學的代表，這是人人所知道的。詩以外如古文運動，傳奇的興起，變文的出現，詞的形成，都是唐代文學的新發展。詞的產生，在中國韻文史上開闢了一個新局面，是一件很重大的事，所以關於他的起源和發展，將在另一章裏獨立叙述。再如北齊時代受着外族樂舞的影響而出現的『代面』『撥頭』與『踏搖娘』以及唐代的『參軍戲，』自然都是戲曲史上的重要材料，究因成就尚微，只好等到討論宋元戲曲的時候，再來敍述。

二　唐詩興盛的原因

唐朝是中國詩歌史上的黃金時代。形式方面，無論古體律絕，無論五言七言，都由完備而達全盛之境。內容的擴大，派別的分立，思潮的演變，呈現着萬花撩亂的景象。宋計有功撰唐詩紀事，所錄凡一千一百五十家，清康熙年間所編纂的全唐詩，所錄二千三百餘家，詩四萬八千九百餘首。這數目眞是可驚。在這些書裏，上至帝王貴族文士官僚，下至和尚道士尼姑妓女，都有作品。可知詩歌在唐朝，成爲一種最普遍的文學體裁，不只是少數的高級文士的專利品。詩在唐朝這麼興盛地發達起來，自必有種種相依相附的原因。我在下面想解答這一個困難的問題。

一、詩歌本身進化的歷史性　文學雖是人類的精神生產，然其本身，却也正如一種有機體的生物，他的發展也可以看出由形成至於全盛衰老以及殭化的過程。在這種發育的過程中，他的形式與內容，取着一致的狀態。某一種文學，在某一個時代的興衰狀況，其外在的原因，固然是複雜多端，然其本身進展的過程，也是非常重要的事。四言詩萌芽於周初，全盛於西周與東周之際，而衰於秦漢。後代雖偶有作者，即使費盡了心力，終無法挽回那已成的衰頽。辭賦的命運也是如此。五言古詩起於東漢，盛於魏晉南北朝，到了唐代也沒有什麼特殊的光彩了。然而七言古詩以及律絕的新體詩，在六朝時代才開始形成，帶着嫩草青芽的新生命，正等待着下代的園丁來培植發揚。天才的作者，正好在這塊園地內大顯身手，來完成詩歌本身尚未完成的生命。加之辭賦一體久已僵化，旁的新文體尚未產生，於是文人的創作，全部集中精力於詩歌，因此造成那種光華燦爛的成就。然而經過了那三百年許多天才的努力，詩又到了衰老殭化的晚期，詞體逐漸形成，於是到了五代宋朝，詩的地位就不能不讓之於詞了。王國維氏說：『文體通行既久，染指遂多，自成習套。豪傑之士，亦難於其中自出新意，故遁而作他體，以自解脫。一切文體所以始盛中衰者，皆由於此。』（人間詞話）我們可以知道文體本身的興衰現象，在文學的發展史上，是占着重要的地位的。明乎此，那些貴古賤今的謬說，也就不攻自破了。

二、政治的背景　在君主集權的時代，政治的勢力，給予文學發展以重要的影響。因爲當日的文學，全掌握在官僚士大夫的手裏，這些人都是承奉着君主的心理，以此干祿得寵。漢代的賦，建安時代的詩，梁陳時代的宮體文學，我們都可看出政治與文學交互的直接影響。有唐一代幾個有權力的皇帝，無不愛好文藝音樂，提倡風雅。太宗先後開設文學館弘文館，招延學士，編纂文書，倡和吟詠。高宗武后，更好樂章，常自造新詞，編爲樂府。中宗時代，君臣賦詩宴樂，更時有所聞。

『中宗正月晦日，幸昆明池賦詩，羣臣應制百餘篇。殿前結綵樓，命昭容（上官婉兒）選一首爲新翻御製曲。從臣悉集其下。須臾紙落如飛，各認其名而懷之。』（唐詩紀事）

『神龍之際，京城望日盛燈影之會。金吾弛禁，特許夜行。貴族戚屬及下俚工賈，無不夜遊。車馬駢闐，人不得顧。王主之家，馬上作樂以相誇競，文士皆賦詩一章，以紀其事。』（大唐新語引見謝無量著中國大文學史）

到了玄宗，這種風氣更盛，他自己是詩人樂師兼優伶，在新舊唐書的音樂志禮樂志內，有不少他與臣妃倡和共爲歡樂的記載。他那種浪漫荒淫的程度，並不亞於陳後主與隋煬帝。幾乎步他們的後塵，遭了亡國殺身之禍，幸虧祖宗們那百年來的經營，替唐帝國建立了較爲穩固的基礎，因此得苟延殘喘地在動搖中又維持了一百多年的帝國生命。其他帝后，亦多愛好文學，提獎後進。如憲宗召白居易爲學士，穆宗徵元稹爲舍人，皆是以詩識拔。文宗因愛好詩歌，特置詩學士七十二人。白居易死後，宣宗作詩云：『綴玉聯珠六十年，誰教冥路作詩仙。浮雲不繫名居易，造化無爲字樂天。童子解吟長恨曲，胡兒能唱琵琶篇。文章已滿行人耳，一度思卿一愴然。』當日的君主，這樣敬禮詩人，一面是增加詩人的聲譽，同時又給青年作家以重大的引誘與刺激。『上有好者，下必有甚焉，』這種現象是沒有什麼可奇怪的。加之唐代以詩取士，於是詩歌一門，成爲文人得官干祿的終南捷徑，而成爲明清兩代的制藝，作爲當日青年們的必修科目了。幼年時代起就從事詩歌的學習與訓練，這種事蹟，在唐代詩人的傳記裏，是常常記載着的。在這種環境下，詩的興盛發達與普及，自是必然的現象。考試時因爲格於那種歌誦的官樣文章與形式的限制，自然難得有精采的作品，但這種考詩的制度，提倡作詩的風氣加强技巧的訓練，那是無疑的。升菴詩話引胡子厚云：『人有恆言曰：唐以詩取士，故詩盛。此論非也。詩之盛衰，係於人之才與學，不因上之所取也。』王世貞也說：『人謂唐以詩取士，故詩獨工，非也。凡省試詩鮮有佳者。』他們這種過於重視天才的意見，是極不可信的。全唐詩序說：『蓋唐當開國之初，即用聲律取士，聚天下才智英傑之彥，悉從事於六藝之學，以爲進身之階，則習之者固已專且勤矣。而又堂陛之唱和，友朋之贈處，與夫登臨讌集之卽事感懷，勞人遷客之逐物寓興，一舉而託之於詩，雖窮達殊途，而以言乎攄寫性情，則其致一也。』這種尊重事實的意見，較之胡王諸人的觀念論，是要通達公允得多了。

三、詩人地位的轉移　唐詩的特色之一，是其內容包含的豐富。由那些內容，我們可以看出當日社會生活與詩人生活的變動與複雜。在那些作品裏，無論自然山水，戰場邊塞，農村商賈，宮妃貴妾以及尼姑妓女的生活，政治的現狀，歷史的故事，貧富懸殊的情形。婦女問題的提出，以至於人生哲理、離別愛情，無不加以描寫。因此擴大了詩的境界，加强了詩的生命，抬高了詩的地位，豐富了詩的內容。這種進步的現象，是唐以前的詩歌所沒有的。這便是因爲往日的詩壇，除了少數的民歌以外，幾乎全是掌握在君主與貴族的手裏。他們都是養尊處優，缺少人情世故的體驗，不瞭解人生的實在狀況，尤其缺少下層痛苦民衆的情感與意識。他們拿起筆，自然只能傾心於古典文學的辭藻與形式，專表現他們那種特有的狹隘的宮庭風景與貴族的上等生活。漢賦我們不必去說他，試看古詩十九首的作者，比較接近民間，因此在那些作品裏，還能透露一點現實社會的消息。但一到建安，詩歌立刻落在曹氏父子的手裏，那詩的趣味就兩樣了，在藝術上雖有了不能否認的進步，但他們筆下的高尙的技術，漸漸地同實際的社會與民衆的生活一天天地隔離了。其間如王粲陳琳的生活經歷較爲複雜，實地的體會了一點社會人生的苦痛，因此在七哀與飲馬長城窟諸詩中，微微露出來了一點民衆的聲音與離亂生活的影子。到了兩晉南北朝，門閥之風極盛，朝廷與文壇，幾乎盡爲貴族子弟與君主所占據。

這些貴族子弟與君主，總是附和一起，談玄大家談玄，信佛大家信佛，做色情詩大家做色情詩。他們的生活，同民衆相隔千萬里，民衆的痛苦，他們不能瞭解，也無從瞭解。在這種情狀下，他們的作品的內容自然是貧薄，詩的情感，自然是只限於那特殊階級的情感，由兩晉的遊仙文學，梁陳的宮體文學看來，便可瞭解那作品中的內容是如何的單調，更可瞭解那特殊階級的生活情感，同民衆的生活情感，是隔着多麼遠的距離。同時也可知道那些同民衆社會絕緣的君主貴族，也只能寫那種虛無縹渺的仙詩和那些女色肉香的豔曲。六朝詩人，只有陶潛鮑照出身最爲貧窮，因此在他們的作品裏，時時吐露出現實社會的色彩與農村田園的音容。在這裏與其用天才來解釋，不如用社會人生的實際體驗的生活基礎來解釋。這種體驗不是那些君主貴族可以用爵位與金錢換得來的，一定要自己確確實實地走過那一段路程，才可以得到。到了唐代的詩人，這情形就兩樣了。那一批有名的作家，都不是君主貴族的特殊階級，大半是出自民間，他們都有豐富的民衆生活，與現實社會的體驗。我們試檢閱一下高適，岑參，王昌齡，李白，杜甫，孟郊，張藉，元稹，白居易諸人的歷史，便會知道他們都是從窮困與流浪中奮鬬出來的。他們有的雖經過科舉的考試或貴人的推薦而入了官場，但他們的情感意識，仍是民衆的情感與意識。民間的疾苦，他們見過聽過並且也經驗過，只有他們才能夠瞭解才能夠在作品中表現出來。於是詩的內容日益豐富，詩的意義與境界日益高遠，不像從前那樣只限於某一部分的窄狹範圍了。從君主貴族掌握的詩壇，轉移到民間詩人的手裏，實在是使唐詩發達起來光輝起來的一個重要原因。

四、新民族的創造力　自五胡亂華到隋唐一統的那幾百年中，是漢胡民族血統的大混流時代。當日的政權，雖是南北對立，但文化與血液的交流激盪，一刻也不曾停止。到了唐代，這種新民族算是醞釀形成，無論人民的氣質藝術的風格，都呈現出一種新型態新力量來，把這種新民族的精力，反映於政治軍事或是文學各方面，自然都會產生出一種强烈的創造精神與動人的光彩。近人常以混血兒的關係來說明李白那種驚人的性格，並不是無理的事。梁啓超氏說：『五胡亂華的時候，西北有好幾個民族加進來，漸漸成了中華民族的新份子。他們民族的特色，自然也有一部份溶化在諸夏民族的裏面。不知不覺間便令我們的文學頓增活氣，這是文學史上的重要關鍵，不可不知。這種新民族的特性，恰恰和我們的溫柔敦厚相反，他們的好處，全在伉爽直率。……經過南北朝幾百年民族的化學作用，到唐朝算是告一段落。唐朝的文學用溫柔敦厚的底子，加入許多慷慨悲歌的新成分，不知不覺便產生出一種異彩來。盛唐各大家爲什麼能在文學史上占很重要的位置呢？他們的價值在能洗却南朝的鉛華靡曼，參以伉爽直率，却又不是北朝粗獷一路。』（中國韻文裏所表現的情感）他從南北民族的混合，來說明文學上的新風格與新精神的產生，確是拔時流的卓見。唐詩風格的複雜，氣勢的雄奇，創造精神的豐富，生命力量的充足，我們都要從這種地方來求解答。

上面所述的幾點，雖未必完備，但我却認爲是促進唐詩與盛發達的重要因素。其他許多不關重要的枝節問題，我打算不再細說了。至於詩歌發展的趨勢，各種思潮的起伏，以及代表作家代表作品的介紹，在下面幾章裏，我將加以較爲詳細的敍述。

三　古文運動

中國文學觀念的轉變，起於建安，經過陸機，葛洪，劉勰，蕭統，鍾嶸諸人的發揮討論，伴着那思想自由的時代，於是那長期文學發展，達到了獨立的藝術的階段，純文學占了正統的地位，無論文章辭賦，也都趨於聲律形式與辭藻的美化，他們是完全離開了教化的實用的立場了。在這一個唯美文學的潮流中，雖也有裴子野，蘇綽，李諤諸人的反抗，究竟風氣已成，沒有收到多大的效果。所謂眞正的文學改革是不得不待之於唐朝了。關於詩壇的革命，留着在後面再說。現在所要講的是由柳冕韓愈柳宗元諸人所代表的那種一面攻擊六朝的文風，一面建設貫道的實用的散文運動。

中說是否爲王通所撰，久已成疑。即使出其門人或其子孫，總還是一本初唐人的作品。在那裏面所表現的文學觀念，我們可看作是排擊六朝文學，建立教化實用文學的先聲。

『言文而不言理，是天下無文也。王道從何而興乎？』（王道篇）

『古君子志於道，據於德，依於仁，而後藝可遊也。』（事君篇）

『薛收曰：吾嘗聞夫子之論詩矣。上明三綱，下達五常，於是徵存亡，辨得失，故小人歌之以貢其俗，君子賦之以見其志，聖人采之以觀其變。今子營營乎馳騁乎末流，是夫子之所痛也。』（天地篇）

『學者博誦云乎哉，必也貫乎道；文者苟作云乎哉，必也濟乎義。』（天地篇）

在這些話裏，他的主旨是輕視文學的藝術價值，尊重教化倫理的實用。一則說『王道』，再則說『志於道』『貫乎道』，可知文以載道的觀念，實由中說的作者開其端緒。再如唐初的史家，如李百藥（北齊書）魏徵（隋書）姚思廉（梁陳書）令狐德棻（周書）李延壽（南北史）諸人，在檢討前代的興衰治績時，一致承認六朝的淫靡文風，給予政治以最不良的影響。於是都借着文苑傳文學傳的序文，來攻擊六朝文學的風氣，同時又發揮那種宗經尊聖助教化切實用的文學理論。

『永明天監之際，太和天保之間，洛陽江左，文雅尤盛。彼此好尙，雅有異同。江左宮商發越，貴於淸綺；河朔詞義貞剛；重乎氣質。氣質則理勝其詞，淸綺則文過其意。理深者便於時用，文華者宜於詠歌，此南北詞人得失之大較也。若能掇彼淸音，簡茲累句，各去所短，合其兩長，則文質彬彬，盡美盡善矣。梁自大同之後，雅道淪缺，漸乖典則，爭馳新巧。簡文湘東啓其淫放，徐陵庾信分路揚鑣。其意淺而繁，其文匿而彩。詞尙輕險，情多哀思。格以延陵之聽，蓋亦亡國之音乎？』（北史文苑傳序及隋書文學傳序）

『夫文學者蓋人倫之所基歟？是以君子異乎衆庶。昔仲尼之論四科，始乎德行，終乎文學，斯則聖人亦所貴也。』（陳書文學傳論）

『易曰：觀乎天文以察時變，觀乎人文以化成天下。傳曰：言身之文也。言而不文，行之不遠。故堯曰則天，表文明之稱，周云盛德，著煥乎之美。然則文之爲用亦大矣哉！上所以敷德教於下，下所以達情志於上。大則經緯天地，作訓垂範，次則風謠歌頌，匡主和民。或離讒放逐之臣，塗窮後門之士，道轗軻而未遇，志鬱抑而不伸。憤激委約之中，飛文魏闕之下，奮迅泥滓，自致青雲，振沉溺於一朝，流風聲於千載，往往而有。是以凡百君子，莫不用心焉。』（隋書文學傳序）

他們的態度語氣雖有輕重之別，但其主旨，却都是鄙薄六朝文學的華靡無用，要另外建立一種切於實用的文學來。窮其源必趨於復古，論其用必合於人倫教化。他們雖都是哲學家歷史家，由他們這些理論看來，知道在初唐時代的學術界，要求文學改革的呼聲，已是很普遍的了。

唐代的古文運動，世人只注意韓愈柳宗元，然爲韓柳之先驅者，實是柳冕。柳字敬叔，貞元中官福州刺史，全唐文中錄其文。他的文學觀念，完全否認文學的藝術價值，而歸根於教化與倫理，正式建立了儒家的文學理論。因此，他對於屈原宋玉以下的詩文辭賦，一概在擯棄輕視之列，只看作是一種毫無價值的文字遊戲。他說：

『文章本於教化，形於治亂，繫於國風。故在君子之心爲志，形君子之言爲文，論君子之道爲教。易云：觀乎人文以化成天下，此君子之文也。自屈宋以降，爲文者本於哀豔，務於恢誕，亡於比興，失古義矣。雖揚馬形似，曹劉骨氣，潘陸麗藻，文多用寡，則是一技，君子不爲也。』（與徐給事論文書）

『自成康沒，頌聲寢，騷人作，淫麗興。文與教分而爲二。教不足者强而爲文，則不知君子之道，知君子之道者則恥爲文。文而知道，二者兼難。兼之者大君子之事，上之堯舜周孔也，次

之游夏荀孟也。下之賈生董仲舒也。』（答徐州張尚書論文書）

『君子之文必有其道，道有深淺，故文有崇替。時有好尚，故俗有雅鄭。雅之與鄭，出乎心而成風。昔游夏之文，日月之麗也，然而列於四科之末，藝成而下也。苟文不足，則人無取焉。故言而不能文，非君子之儒也。文而不知道，亦非君子之儒也。』（答衢州鄭使君論文書）

他在這裏正式建立了道統文學的理論，他把文學教化與儒道合而爲一，其餘如藝術本身上的技巧辭藻，都看作是枝葉，因此堯舜周孔成爲文學家的正統，屈原曹植陶潛都不能同賈誼董仲舒並列了。於是改變了好幾百年的文學觀念，重又回到了古代那種文學與學術不分的階段，純文學的地位，又被那幾部經書壓倒了。他基於這種理論，反對政府以詩取士，反對政府重用文人，他覺得應當尊經術重儒教，才是正當的辦法，他說：

『進士以詩賦取人，不先理道；明經以墨義考試，不本儒意；選人以書判殿本，不尊人物；故吏道之理天下，天下奔競而無廉恥者，以教之者末也。』（與權德輿書）

『相公如欲變其文，即先變其俗。文章風俗，其弊一也。變之之術，在教其心，使人日用而不自知也。伏維尊經術，卑文士。經術尊，則教化美，教化美，則文章盛，文章盛則王道興，此二者在聖君行之而已。』（謝杜相公論房杜二相書）

他這種理論，不僅爲韓柳所本，也就成爲中國一千餘年來儒家道統文學的定論。純文學因此永遠不能翻身，貴古賤今之說，尊聖宗經之論，也深深刻入讀書人士的腦中而不能動搖了。經史一類的雜文學，成爲文學界的正統，詩詞小說戲曲等類的作品，只能在文學界屈處於妾婢的地位了。柳冕的理論，在復古運動中，算是相當圓滿的，但他究不能得到較高的成績，而竟爲後人所忽視者，其原因是在他只有理論，沒有創作。他不能依照他的理論，創造出那樣的貨色來。他自己說：

『小子志雖復古，力不足也。言雖近道，辭則不文。雖欲拯其將墜，末由也已。』（答荊南裴尚書論文書）

『老夫雖知之不能文之，縱文之不能至之。況已衰矣，安能鼓作者之氣，盡先王之教。』（與滑州盧大夫論文書）

他這種坦白的態度，是非常可愛的。『言雖近道，辭則不文。』正是說明他創作的力量不夠。因此唐代古文運動的完成，不得不待之於韓柳了。韓柳的成功，便是因爲他們有理論，一面有創作的成績，有了成績，理論才不至於落空，才能得到世人的信仰與擁護。李漢講韓愈做古文時候的情形說：『時人始而驚，中而笑且排，先生志益堅。其終，人亦翕然而隨之以定。』（昌黎先生集序）可知當日在那個運動中，時人對他或加譏笑，或加排擊，然他能以堅定的自信心，勇往直前，一面以理論宣傳，一面以作品示人，終於得到最後的勝利。李漢說他『先生於文，摧陷廓清之功，比於武事，可謂雄偉不常者矣。』他這幾句話，並沒有誇張。韓愈在當日對於根深蒂固的駢文陣線的宣戰，新散文的建立，確有一種百折不回的奮鬬精神，確有一種摧陷廓清的功績與雄偉不常的力量。他能繼柳冕之後而成爲古文運動的總代表，並不是偶然的。

韓愈字退之，（西曆七六八——八二四年）河南南陽人。他自己雖以孟子自比，認爲是儒學系統的繼承人，但他的行爲品格，却實在不大高尚。胡適之氏說得好：『當他諫迎佛骨時，氣概勇往，令人敬愛。遭了挫折之後，他的勇氣銷磨了，變成一個鄙卑的人。他在潮州時上表謝恩，自述能作歌誦皇帝功德的文章，「雖使古人復生，臣亦未肯多讓。」並勸皇帝定樂章，告神明，封禪泰山，奏功皇天，這已是很可鄙了。他在潮州任內，還造出作文祭鱷魚，鱷魚爲他遠徙六十里的神話，這更可鄙了。他在袁州任內，上表說他的境內，有「慶雲現於西北……五彩五色，光華不可遍觀……斯爲上瑞，實應太平。」這眞是阿諛獻媚之極，把他患得患失的心理完全托出了。』（白話文學史）這種公平而又嚴厲的責備，韓派看了雖不舒服，也是無法辯護的。不過我們也不能因此就輕視他在散文運動中的業績。他在中國的散文史上與文學思想史上，確是占有着重要的地位。因了他，擊倒了六朝的駢文，提高了散文的地位，推翻了前代的唯美思潮，主張文學與儒道結合爲一，確定了教化實用爲文學的最高目的，完成了儒家的文學理論，而成爲後代論文界的權威。

韓愈的學術思想是尊儒排佛，他的文學觀念是復古明道。因此，他極不滿意六朝以來的學術空氣與華豔無質的文風。他主張思想要囘到古代的儒家，文體也囘到那些樸質的經典。他在進學解中，列舉五經子史之書，是他的文學的模範。所謂非三代兩漢之書不敢觀，便是這種意思。又因爲反對六朝文學中那種色情香豔的內容，所以他主張文學爲貫道之器。文學離開了倫理道德便沒有價值，離開了教化便沒有功用。他在答李翊書中說：『行之乎仁義之途，遊之乎詩書之源，無迷其途，無絕其源，終吾身而已矣。』仁義詩書合而爲一，便是文道合而爲一。因文見道，因道造文，二者是並重的，分不開的。這便是韓愈的文教主義，故他說：

『愈之所志於古者，不惟其辭之好，好其道焉爾。』（答李秀才書）

『愈之爲古文，豈獨取其句讀不類於今者耶？思古人而不得見，學古道則欲兼通其辭。通其辭者，本志乎古道者也』（題歐陽生哀辭後）

『讀書以爲學，纘言以爲文，非以誇多而鬬靡也。蓋學所以爲道，文所以爲理也。苟行事得其宜，出言得其要，雖不吾面，吾將信其富於文學也。』（送陳秀才彤序）

在這些文字裏，可以看出韓愈的主張，是爲道而學文，爲道而作文，文成爲道的附庸，文學的藝術技巧，都因爲道的表現而存在。文學不能離開道而獨立，只是與道相輔而行的枝葉。

柳宗元論文的意見，雖不與韓愈盡同，但他因爲散文創作的優美成績，成爲韓愈古文運動的有力支持者。韓立論過於偏重道，柳則較爲重文，然在文體的反六朝與復古這一點上，他倆却是一致的。韓所論的道，是儒家的道，是人倫道德的道，是先聖先賢所講的治國平天下的道。柳本好佛，雖論文也主宗經，而其思想範圍則較韓愈爲廣汎爲通達，所以他論文的意見，也沒有韓愈那麼狹隘那麼固執。看他說：

『始吾幼且少，爲文章以辭爲工。及長乃知文者以明道，是固不苟爲炳炳烺烺，務采色誇聲音而以爲能也。……本之書以求其質，本之詩以求其恆，本之禮以求其義，本之春秋以求其斷，本之易以求其動，此吾所以取道之原也。參之穀梁以厲其氣，參之孟荀以暢其支，參之莊老以肆其端，參之國語以博其趣，參之離騷以致其幽，參之太史以著其潔，此吾所以旁推交通而以之爲文也。』（答韋中立論師道書）

『辱書及文章，辭意良高，所嚮慕不凡近，誠有意乎聖人之心。然聖人之言，期以明道，學者務求諸道而遺其辭。辭之傳於世者，必由於書，道假辭而明，辭假書而傳，要之之道而已矣。道之及，及乎物而已耳。』（報崔黯秀才書）

柳氏雖一再以『明道』爲言，然而他對於道的解釋，較韓愈所說的要廣泛得多。他覺得一面要在古書裏求聖人之道，同時又要求其辭。求諸辭而遺其道固然不可，只求諸道而遺其辭，也是不可。所以道在柳宗元的眼裏，變爲二元的了。一是古人所講的道德的道，一是古人作文的藝術之道。他所說的取道之原，是本書以求質，本易以求動，參孟荀以暢其支，參老莊以肆其端，這一類都是說的作文之道。那是非常明顯的。可知柳氏對於文學復古的見解，一面是反對華靡淫薄的空文，一面是要在古代典籍中去求作文的道理，而不像韓愈那樣以聖賢自居，把文學完全看作是倫理道德的附庸。韓愈所說的『行事得其宜，出言得其要，』也是文學的見解，在柳宗元看來，是決不會承認的。在這種地方，可以看出韓愈隔宋代道學家的見解，只有一箭之遙，而柳宗元却仍不失爲一個文學家的風度。

韓柳以後，繼有李翺皇甫湜的提倡古文。他們也是一面鼓吹，一面創作。他倆的注力方面雖不一致，然對於六朝文體的攻擊，散體文的建立，是取着同一的態度。到這時候，古文運動得到了初步的完成。駢文的地位，不得不讓之於平實樸質的散文了。當代興起的許多精采的散文短篇小說，也就是這一個運動的間接產物。到了晚唐雖又有一度唯美思潮的傾向，如孫樵劉蛻諸人，仍是繼承着這個運動的餘緒。一到了北宋，散文大形發展，完成了韓柳未竟的功業，得了文壇的正統地位，連辭賦一類的作品，也變爲散文的形式了。

唐代古文運動的興起，在文學的發展史上，自然是一種必然的趨勢。中國文學自建安到初唐這幾百年中，完全是朝着藝術的唯美的路上走的。其好處是純文學得到了獨立的生命與地位，而其壞處是文學離開了現實社會人生的基礎，而流於外形的美麗與空洞的內容。一種思潮走到極端，自然會生出一種反動。其次唐代君主集權的勢力相當穩固，衰落了幾百年的儒家思想漸漸地擡頭，於是宗經徵聖王道教化的種種觀念，適應着當代的政治環境，而造成明道的實用的文學的要求。我們從這兩點看來，便知道這種運動，雖完成於韓柳，然其前因後果，是有着一種時代的意義的。

這一次的運動，對於中國後代文學界所發生的影響，有壞處也有好處。壞處方面，我提出下面最重要的幾點：

一、因復古之說，忽視文學的進化原理，造成後代貴古賤今的頑固觀念。

二、由明道而走到載道，過於重視文學的實際功用，於是文學成爲倫理道德的附庸，失去了藝術的生命與美的價值。

三、過於重視古文，因此經史哲學都成爲文學的正統，純文學的詩歌小說戲曲降爲末流，因而紊亂了文學與學術的觀念。

這些缺點，是無可掩飾的，在過去的文學界，發生種種惡劣的影響，也是非常明顯的事。然而他們也有些好處。

一、因爲他們提倡那種平淺樸質的散文，於是那種不切實用的空虛華美的駢文遭受了打擊而趨於衰落。這一點，在他們當日的態度，確實是革命的。

二、因爲他們主張文學的實用主義，使文學與人生社會發生聯繫，一掃過去那種極端的個人主義與浪漫主義的思潮。如元白一派的社會詩運動，一面固然是受了杜甫的作品的感動，同時一定也受有他們理論的啓示與影響。

三、因爲他們傾心於散文的創作，散文得到了很好的成績。在韓愈，柳宗元，李翱，皇甫湜諸人的集子裏，確有許多明白流暢文法完整的散文作品。尤其是柳宗元的山水小品，刻劃精巧，文字細密，是當日散文運動中的最高收穫。再如當代的傳奇文，也可以說是這一個運動的副產物。

我們不能因爲有了上列那些缺點，就否認他們的功績。無論對於何種運動，我們都應該有一種客觀的認識。在歷史的工作上，這種態度，尤爲必要。

四　短篇小說的進展

嚴格地說起來，我國六朝時代的小說，還沒有成形。這並不是因其內容的荒謬，而是因其形式與描寫的拙劣與貧弱。六朝的作品，只是一些沒有結構的殘叢小語式的雜記，敍事沒有佈置，文筆亦極俗淺，實在還算不得小說。中國的文言短篇小說，在藝術上發生價值，在文學史上獲得地位，是起於唐代的傳奇。那些傳奇，建立了相當完滿的短篇小說的形式，由雜記式的殘叢小語，變爲洋洋大篇的文字，由三言兩語的記錄，變爲非常複雜的故事的敍述。在形式上注意到了結構，在人物的描寫上，注意到了個性。內容也由志怪述異而擴展到人情社會的日常材料。於是小說的生命由此開拓，而其地位也由此提高了。最要緊的，是作者態度的改變。因爲到了那時候，文人才有意的寫作小說，把他看作是一件文學作品。不像從前那樣，多出於方士教徒之手，作爲輔教傳道之書了。當日的作者，如元稹，沈下賢，陳鴻，白行簡，段成式之徒，都是一時的名士。他們把小說看作是一種新興的文學體裁，都在那裏用心地寫作，從這時候起，小說算是擠入了中國文學界的園地了。明胡應麟說：『變異之談，盛於六朝，然多是傳錄舛訛，未必盡幻設語，至唐人乃作意好奇，假小說以寄筆端。』(筆叢)所謂『作意好奇，以寄筆端，』乃成爲有意的創作。這種態度，不是六朝人所有的。又宋人洪容齋批評唐代的小說云：『小小事情，悽惋欲絕，洵有神遇，而不自知者，與詩律可稱一代之奇。』他能從藝術的觀點，認識小說的價值，並與詩歌並舉，這不能不算是一種卓見了。

唐代散文小說的興盛，在小說本身的發展上，自有其歷史的原因，然間接地受有當日古文運動的影響的事，也是很顯然的。韓柳的古文運動，一面是要充實文學的內容，一面是提倡樸質的文體。散文在敍事狀物言情的運用上，自然是遠勝於駢文。在白話文未入小說的領域以前，這種平淺通俗的散體，自然最適合於小說的表現。大歷元和的小說作者，都在那個古文運動的潮流中，接受着這種文體，用之於抒寫世態人情而得到了成功。並且當日的小說作者，多少都與古文運動者發生着關係，沈既濟是受着蕭穎士的影響，沈亞之是韓愈的門徒，至於元稹陳鴻諸人更不必說了。古文運動最大的功勞，是文體的改變。文體的改變，間接地促進小說的成就。這一點自然是古文運動者所沒有料到的，然在整體上看起來，唐代的傳奇文的興起，不能不看作是古文運動的一個支流。

初唐間的小說，有王度的古鏡記，無名氏的白猿傳。其內容雖仍是六朝志怪一流，然篇幅較長，文字亦較爲華美，演進之跡甚明。王度爲王通之弟，王績之兄。述一古鏡服妖制怪的種種故事，事跡荒謬。白猿傳作者失名，述梁將歐陽紇之妻，其貌絕美，爲白猿精奪去。歐陽紇聚徒入深山幽谷尋得之，妻已受孕。後生一子，貌絕似猿。此子即後享盛名之歐陽詢。此文雖涉怪異，或係詢之仇人故意中傷之作；其創作之動機，與其他志怪諸篇自有不同，然其文字却遠在古鏡記之上。寫深山之景，猿精與諸婦女之言語動作，都活動可愛，可見作者確有很好的文采。決非低級文人所爲。

武后時有張文成者，（張鷟）撰游仙窟一卷，爲一人神相愛的小說，作者自敍奉使河源，道中投宿某家，乃爲仙窟，受兩仙女十娘五娘的溫情款待，共宿一夜而去。文體是華美的駢文，而又時雜淫褻的言語，故世稱爲淫書。唐書上說張文成『下筆輒成，浮豔少理致。其論著率詆誚蕪穢，然大行一時，晚進莫不傳記。』讀游仙窟後，覺得這評語，眞是確切極了。世人或謂此篇之作，影射作者與武后戀愛的故事。帝后之尊，猶如仙界，故託仙女以寄其情意，此說亦頗有理。此書在中國久已失傳，却保存在日本，大概在唐代就傳過去了。並且在古代的日本文學界，是一本大家愛好的讀物，還有不少註釋的本子。據鹽谷溫說，紫式都的源氏物語，是受了這書的影響（見中國文學概論講話）。近年來傳回中國，由新書局校點印行，已成爲一本通行的書了。

唐代散文小說的興盛，却在開天以後，從大曆到晚唐，作者蔚起，盛極一時。如陳玄祐，沈既濟，李吉甫，許堯佐，白行簡，李公佐，元稹，陳鴻，蔣防，沈亞之，李朝威，牛僧孺，房千里，段成式，薛調，皇甫枚，裴鉶，柳埕，杜光庭，袁郊諸人，俱有作品。其內容不專拘於志怪，諷刺言情歷史以及俠義各方面都有所表現。於是這些作品同當日的社會生活發生着密切的關係，而呈現出明顯的時代意義了。

諷刺小說　諷刺小說可以沈既濟的枕中記，李公佐的南柯太守傳爲代表。唐代以詩賦取士，造成那些詞人才子熱烈地追求富貴功名的慾望。我們試看王維的歌唱鬱輪袍，李白的上韓荆州書，杜甫的進鵰賦獻三大禮賦，便知道功名利祿的觀念，是唐代讀書人的人生哲學。李杜輩尙且如此，其他的人也就可想而知。枕中南柯的作者，就用着這種社會心理爲基礎，寫出這種强烈的諷刺小說了。

沈既濟蘇州吳人。經學淵博，大曆中召拜左拾遺，史館修撰，貞元中爲禮部員外郎，撰建中實錄，世人稱有史才。其所作枕中記，或題呂翁。述一落魄少年，於邯鄲道中之旅舍，遇一道士呂翁，自歎其窮困之苦，**呂翁探一枕與之。少年遂入夢**，先娶妻崔氏，貌美而賢，後又舉進士，做大官，破戎虜，位至宰相，封公賜爵，子孫滿堂，其婚親皆天下望族。後年老，屢辭官不許，尋以病終。至是少年欠伸而醒，見身仍在旅舍，主人蒸黍尚未熟也。

李公佐字顓蒙，隴西人，嘗舉進士。生於代宗時，至宣宗時猶在。小說今存四篇，以南柯太守傳為最著。傳中述淳于棼某日因酒醉，二友扶臥東廡下。淳于就枕，即入夢境。登車入古槐樹之大穴，既而山川城郭，儼然在目。乃大槐安國也。既至，國王厚禮遇之，先以公主妻之，後為南柯太守三十年，政聲甚著。人民都歌頌他，立碑建祠紀念他。先後生五男二女，家庭生活極為幸福。又因屢遷高位，煊赫一時，後因與外族交戰敗績。公主又死，因而失勢。至是國王忌其變心，乃送之歸，及醒，見二友濯足榻畔，殘日餘樽，宛然在目。而夢中情境，若度一世。後令僕人掘槐穴，見蟻羣無數，其中泥土的形狀，與夢中所見歷之山川城郭無殊，乃知夢中所到者，為一蟻國。淳于因悟人生無常，富貴虛幻，遂入道門。

在這兩篇的作品裏，作者的用意及手法，都是一致的，作品的社會心理的基礎，也是一致的。他們同樣用虛幻的象徵的描寫，來描寫富貴功名以及人生的幻滅，給當代沉迷於利祿的人生觀一種強烈的諷刺，也可說是一種解脫。在這一點，故事的虛幻，雖近於志怪，然在心理的發展上，卻有極現實的基礎。有些人把這種作品歸之於神怪一類，與古鏡記同列，那眞是可笑之極了。同時作者對於人生的態度與人生意義的認識，也是相同的。富貴功名既是虛幻，人生不得不求一個眞正的歸宿，這個歸宿，便是佛道思想所組合成的一種淸靜自然的生活。枕中記的結段說：

『生蹶然而興曰：豈其夢寐也？翁謂生曰：人生之適，亦如是矣。生憮然良久，謝曰：夫寵辱之道，窮達之運，得喪之理，死生之情，盡知之矣。此先生所以窒吾欲也，敢不受教，稽首再拜而去。』

又南柯太守傳的末段說：

『生感南柯之玄虛，悟人世之倏忽，遂栖心道門，絕棄酒色。……公佐編纂成傳，以資好事。雖稽神語怪，事涉非經。而竊位著生，冀將爲戒。後之君子，幸無以南柯爲偶然，無以名位驕於天壤間云。前華州參軍李肇贊曰：貴極祿位，權傾國都。達人視此，蟻聚何殊。』

在這兩個收場裏，很明顯地表現出作者的用意和他們的人生觀。當日的佛道思想，成爲一般達人逸士的理想歸宿。李肇那十六個字的贊語，正是這兩篇作品的主旨的說明。由此我們可以知道這種作品，一面是深刻地對於當日的功名病患者加以諷刺，一面是將那種自然主義的人生哲學加以表揚。這兩種思想都有現實的社會基礎。因其文字的美麗，故事的曲折，佈局的整嚴，描寫的動人，使作者的目的，得到了極大的效果。枕中記外，沈旣濟尙有任氏傳一篇，亦爲諷刺之作，文字極有情致。寫一女狐精殉節的故事，其用意爲對於當代淫蕩浪漫婦女的譏諷。借禽獸之貞操道德，責罵人類的無品。作者在篇末感歎地說：『異物之情也有人焉。遇暴不失節，徇人以至死。雖今婦人，有不如者矣。惜鄭生非情人，徒悅其色而不徵其情性。向使淵識之士，必能揉變化之理，察神人之際，著文章之美，傳要妙之情，不止於賞玩風態而已。』可知他的小說，都是有意之作。若只以言神志怪目之，而忽視社會的意義，那就有負作者了。李公佐除南柯太守傳外，尚有古嶽瀆經，廬江馮媼傳，謝小娥傳三篇。前二篇無甚特色，後者爲一俠義小說，容後論之。

愛情小說　愛情小說多以現實的人事爲題材，與取材於神怪者全異其趣。才子佳人的離合，妓女秀才的結識，因此演出種種可歌可泣的故事。文人以淸麗之筆，描摹體會，所以格外動人。此類作品頗多，如蔣防的霍小玉傳。白行簡的李娃傳，元稹的鶯鶯傳，房千里的楊娼傳，皇甫枚的飛煙傳都是，前三篇尤爲此中之代表作。

蔣防字子徵，義興人，歷官翰林學士及中書舍人。霍小玉傳寫詩人李益同名妓先合後絕的故事，是一幕失戀的悲劇。小玉是一個衰敗貴族的愛女，同李益有白首之盟。後李益別娶盧氏，小玉因此憂傷而死。情節雖極簡單，然文筆寫得楚楚動人，不失爲一篇美妙的作品。白行簡字知退，是名詩人白居易的弟弟。李娃傳是一幕喜劇，同霍小玉傳恰好成一個對照。傳中述某生戀一娼女名李娃者，後因窮困，爲女所棄，遂流落爲歌童。其父爲顯官，見之，怒其有辱門楣，鞭之幾死，棄之路旁。後李娃感其情，與之結婚，從此努力讀書，得登科第，授成都府參軍，適是時其父爲劍南採訪使，因此父子和好如初。此篇情節複雜，人生之變化，亦多波瀾曲折，故極合小說體裁。加以作者文筆高妙，寫得委宛動人，遂成爲愛情小說中之佳品。他另有三夢記三則，是一種隨筆體的雜錄，不能算作小說。

愛情小說中最膾炙人口者，爲元稹之鶯鶯傳。此傳亦名會眞記，寫張生和鶯鶯的私戀而終至於訣絕的悲劇。這故事在中國的讀書界是人人皆知，這裏無須再說。傳中的張生就是作者自己，那是無疑的。所以故事的發展，心理的活動，都有實際的經驗，決非出於虛構，因此寫得格外眞實動人。加以作者美麗的文筆，更增加了這作品的藝術價值。例如他寫初看見鶯鶯的情狀：

『久之，乃至。常服睟容，不加新飾。垂鬟接黛，雙臉銷紅而已。然顏色艷異，光輝動人。張驚爲之禮，因坐鄭旁，以鄭之抑而見也。凝睇怨絕，若不勝其體者。』

在這幾句裏，把鶯鶯的體態美貌以及他的心理狀態，都寫得活躍如畫了。再看他寫幽會的情形：

『俄而紅娘捧崔氏至，至，則嬌羞融冶，力不能運支體。曩時端莊，不復同矣。是夕，旬有八日也。斜月晶瑩，幽輝半床，張生飄飄然，自疑神仙之徒，不謂從人間至矣。』

用月光的冷潔的背境，來襯托這位夜奔的美女，用極其簡麗的文句，畫出一個又羞又冶的狀態，完全不是那一次的端莊嚴肅的面貌了。同時把許多淫褻的事，一齊掩藏在文字的後面，令人只感到幽美，而不感到鄙俗，實在是非常成功的。再看他寫鶯鶯的個性：

『大略崔之出人者，藝必窮極，而貌若不知。言則敏辯，而寡於酬對。待張之意甚厚，然未嘗以詞繼之。時愁艷幽邃，恒若不識，喜慍之容，亦罕形見。異時獨夜操琴，愁弄悽惻，張竊聽之，求之則終不復鼓矣。』

只有幾句話，把這女人的個性畫得活現。她這種個性，成爲她人生觀的基礎，也就成爲她的悲劇的重要因素了。像她這種弱不勝衣工愁善病不露才不爭寵自怨自苦的女子，便成爲後代中國小說中的女性典型了。

唐代的愛情小說，多寫妓女才人的悲歡離合的故事，這也是有其社會的背境的。唐代商業發達，國內國際的貿易，交往頻繁。長安揚州諸地，更爲繁盛，在這種交通便利經濟繁榮的狀況下，唐代妓女之盛，稱爲空前。有的重利，有的愛才。重利的與富商逢迎，愛才的與文人來往。當日那些詩人進士之流，年輕貌美，又前途遠大，最爲當日妓女所歡迎。開元天寶遺事云：『長安有平康坊者，妓女所居之地，京都俠少，萃集於此。兼每年新進士，以紅牋名紙，遊謁其中，詩人謂此坊爲風流藪澤。』又宋張端義云：『晉人尙曠好醉，唐人尙文好狎。』（貴耳集）這種環境，正是產生妓女才人戀愛故事的好環境，我們讀唐人的集子，到處都會碰到歌詠妓女的詩歌，如王昌齡，李白，李益，杜牧，李商隱諸人，都是以狎妓著名的。明瞭了這種實際社會的狀況，就一點也不足怪了。這些作品的內容，並不完全出於文人的想像，他是具有現實生活的基礎的。文學的發展，同社會生活的發展，是取着同一的步驟，而形成不可分離的聯繫。

歷史小說　歷史小說，多取材於史料，再加以編排鋪設，與正史不同，同那些志怪言情之作亦異。唐代天寶之亂，最能擾動人心。推其禍源，總以玄宗的荒淫，貴妃的驕奢，楊國忠的專權，高力士的跋扈種種現象，而構成安祿山的變亂。於是這些人物的事跡，遂成爲詩歌小說的好題材。如郭湜的高力士外傳，姚汝能的安祿山事跡，陳鴻的長恨傳，東城老父傳，吳兢的開元昇平源及無名氏的李林甫外傳，都是屬於這方面的作品。其中以陳鴻的兩篇爲最佳。

陳鴻字大亮，白居易之友。長恨傳爲白氏的長恨歌而作。傳中敍貴妃入宮，祿山之亂，馬嵬之變以至道士求魂爲止。其中雖雜有神仙方士的謬說，然這正反映當代的宗教思想，一點也沒有損失這篇作品的社會性與眞實性。傳中寫貴妃得寵後，其兄弟姊妹俱煊赫一時，旣眞實而又充滿了諷刺。

『叔父昆弟皆列位淸貴，爵爲通侯。姊妹封爲國夫人，富埒王宮，車服邸第，與大長公主侔矣。而恩澤勢力，則又過之。出入禁門不問，京師長吏爲之側目。故當時謠詠有云：「生女勿悲酸，生男勿喜歡。」又曰：「男不封侯女作妃，看女却爲門上楣。」其人心羨慕如此。』

在這一段內，輕輕地把當日的裙帶政治的眞面目，暴露無遺。天寶之亂，遲早是必然的了。同時把當日的人民心理，也表現得非常眞切。我們讀了杜甫的麗人行，再看這一篇，眞有無限的感慨。作者在篇末說：『意者不但感其事，亦欲懲尤物，窒亂階，垂於將來者也。』這是長恨傳的本意。表面雖說是懲尤物，側面就是罵皇帝，這用意是非常明顯的。

東城老父傳是寫鬬鷄童賈昌一生的歷史。在他的歷史中，正映出玄宗的荒淫與天寶的亂象。貴妃以顏色得寵，賈昌以鬬鷄承歡，都越過了政治的正軌。作者極力從正面鋪寫，從側面暗示着當日政治的黑暗。

『玄宗在藩邸時，樂民間淸明節鬬鷄戲。及卽位，治鷄坊於兩宮間，索長安雄鷄，金毫鐵距高冠昂尾者千數，養於鷄坊。選六軍小兒五百人，使馴擾教詞。上之好之，民風尤盛。諸王世家，外戚家，貴主家，侯家，傾帑破產市鷄，以償鷄値。都中男女，以弄鷄爲事，貧者弄假鷄。帝出遊，見昌弄木鷄於雲龍門道旁，召入，爲鷄坊小兒，衣食右龍武軍。……後爲五百小兒長。

加之以忠厚謹密，天子甚愛幸之。金帛之賜，日至其家。開元十三年，籠鷄三百，從封東岳。父忠死太山下，得子禮奉尸歸葬雍州，縣官爲葬器喪車，乘傳洛陽道。十四年三月，衣鬭鷄服，會玄宗於溫泉。當時天下號爲神鷄童。時人爲之語曰：「生兒不用識文字，鬭鷄走馬勝讀書。賈家小兒年十三，富貴榮華代不如。能令金距期勝負，白羅繡衫隨軟轝。父死長安千里外，差夫持道輓喪車。」……上生於乙酉鷄辰，使人朝服鬭鷄，兆亂於太平矣，上心不悟。』

玄宗既淫於女色，又荒於遊樂，把國家大事，全拋之腦後，政變之禍，自然難免，在這兩篇中的民歌裏，充分地表現了民衆對於君主的責罵，以及當日政治的腐敗與社會秩序的紊亂的憤懣。民衆革命的火把，已經舉在手中了。因此一聲兵變，潼關京都相繼失陷，逼得貴妃只好上吊，神鷄童也只好改名換姓遁入空門了。這種小說的材料，雖是歷史的，因爲都是當代的實事，所以都帶有很濃厚的時代性與社會性。

俠義小說　俠義小說是以俠士的義烈行爲爲主，而加以政事愛情的穿插，更顯得故事情節的複雜。唐代中葉以後，藩鎮各據一方，私蓄游俠之士以仇殺異己。於是俠士之風盛行一時。如元和十年宰相武元衡的被刺，開成三年宰相李石的被刺，首者出於平盧節度使李師道所遣，後者爲宦官仇士良所主使，這都見於正史的記載。歐洲中世紀騎士活躍於社會，因此產生描寫騎士生活的小說。唐代俠義小說的產生，同樣有着這種社會生活的基礎是無疑的。但因爲表現俠士的特別技能，所以常有種種超現實的描寫，如騰雲駕霧之術，神刀怪劍之事，與當日神仙術士一流的宗教思想，發生密切關係，因此這一類小說的作者，往往是佛道的信徒。如杜光庭之爲道士，段成式之信佛，裴鉶之好神仙，是大家都知道的事。

俠義小說前有許堯佐的柳氏傳，李公佐的謝小娥傳，後有薛調的無雙傳，裴鉶的崑崙奴傳，聶隱娘傳，袁郊的紅線傳，杜光庭的虬髯客傳。段成式有劍俠傳一書行世，是明人僞託之作。但在段氏的酉陽雜俎裏，有盜俠一門，敍述劍俠故事的共有九則。段氏爲宰相文昌之子，兼爲當代的美文家，故其文筆淸麗而有情致。雜俎雖似博物志一流，龐雜萬象，然其中亦時有佳作。可知到了晚唐，是俠義小說的最盛時代了。

在這些作品中，從藝術的價值上講，以杜光庭的虬髯客傳爲最佳。此篇敍述紅拂私奔與李靖創業的故事，時代雖回到隋朝，而其社會意識的基礎却正在晚唐。作者一面是以當日盛行的俠士爲主體，一面又在唐末離亂之際，夢想着新英雄的出現，把這種現象結合起來，於是產生了這一篇好作品。在形式上他有了嚴整的佈局，適當的剪裁。而對於人物的個性，有了更進一步的深刻的描寫，紅拂李靖虬髯三個主人翁的個性，都寫得分明而又生動。李公子是一個陪角，偶然出現，把他的身度，也寫得恰到好處。情節的穿插，事體的起伏，富於變化曲折的波瀾，更能引人入勝。唐以前的小說，都不注重結構，都只能敍事而不注重描寫人物，到了虬髯客傳，這種缺點全都沒有，無論從那一點看，它可以算得是一篇最成功的短篇小說。

關於唐代的小說，重要者已如上述。其他志怪之作尙多，其中文字亦優美可誦者，有陳玄祐的離魂記，李朝威的柳毅傳，無名氏的靈應傳，尤以離魂，柳毅二篇爲有名。其次以傳奇之文，會爲專集者，唐代亦多。牛僧孺之玄怪錄，乃最著者。此錄原爲十卷，今已佚，在太平廣記中尚存三十三篇，可見其大概。然其造文立意，大都故作虛幻，不近人情。至於世間所傳的周秦行紀一篇，是李德裕的門客韋瓘託牛名而作，因以構陷者。其行爲固可鄙，而其文字亦不見佳。『他如武功人蘇鶚有杜陽雜編，記唐世故事，而多誇遠方珍異。參寥子高彥休有唐闕史，雖間有實錄，而亦言見夢升仙，固皆傳奇，但稍遷變。至於康駢劇談錄之漸多世務，孫棨北里志之專敍狹邪，范攄雲溪友議的特重歌詠，雖若彌近人情，遠於靈怪，然選事則新穎，行文則逶迤，固仍以傳奇爲骨者也。』(周樹人中國小說史略) 這些作品雖仍以傳奇爲骨，但要稱爲短篇小說自然是不可以的。

還有一件事，我們要注意的，便是唐代的傳奇，對於後代戲曲界的影響。這些傳奇中的故事，都成爲後代戲曲的題材。如沈既濟的枕中記，演爲元馬致遠的黃粱夢，明湯顯祖的邯鄲記。陳玄祐的離魂記，演爲元鄭德輝的倩女離魂。李公佐的南柯太守傳，演爲湯顯祖的南柯記。李朝威的柳毅傳。演爲元尙仲賢的柳毅傳書及李好古的張生煮海。元稹的鶯鶯傳，演爲董解元王實甫的西廂。陳鴻的長恨傳，演爲元白仁甫的梧桐雨，清洪昇的長生殿，這些都是最著名的作品。其他如蔣防之霍小玉，裴鉶之崑崙奴，杜光庭的虬髯客，袁郊的紅線，後代曲家，亦多取材。經了這些戲曲家的努力傳佈，於是唐代的小說內容，成爲最普遍的民間故事了，同時這種作品也曾影響過日本的文壇。像游仙窟風行於日本古代讀書界的事，在上面已略略說及。其他作品對於日本古代的文學，也發過很深的關係。據拙堂文話上說：『物語草紙之作，在於漢文大行之後，則亦不能無所本焉。枕草紙多沿李義山雜纂，伊勢物語從唐本事詩章台柳來者。源氏物語其體本南華寓言，其說閨情蓋自漢武帝傳及唐人長恨歌傳霍小玉傳諸篇得來。』這種語出自日人之口，自然是更可靠了。

五 唐代的變文

一 變文的發現

變文同卜辭一樣，是近幾十年來才出現的重要文獻。有了他們，許多歷史學者文學史學者，對於古代許多困難問題，得到了新的消息與解決的途徑。關於卜辭的發現對於我國原始文學的暗示，在本書第一章裏，已大略說過，現在要討論的是唐代的變文。

七十幾年前（一九〇七年五月），一位匈牙利的地理學家叫做史丹因的（A. Steine），帶了一位姓蔣的翻譯，到了甘肅的極西部敦煌。他聽說敦煌千佛洞的石室裏，藏有無數的寫本書籍和圖畫寶物，他於是設法引誘千佛洞的王道士出賣這批寶藏。後來這計劃成功了，他買去了二十四箱寫本和五箱圖畫和古董。這些都是中國古代文化史上的重要文獻，是一種無價之寶。後來這消息法國人知道了，漢學大家伯希和（Paul Pelliot）也到中國來搜求，他也弄去了不少。不久中國官廳知道了這件事情，行文到甘肅去提起這些寫本，但所得者大半爲佛經，好的材料，都到了英法的博物院圖書館中去了。此中的漢文寫本，現藏在倫敦的有六千卷，藏在巴黎的有一千五百卷，藏在北平的也有六千多卷，私人亦偶有收藏，然爲數極少。近年來注意這種文獻的人，日多一日，或到英法的圖書館博物院去抄寫去照相，或到北平去研究，或將已得的材料加以校印，或發表專篇的論文，於是這埋藏了將近一千年的古代寫本，漸漸地在我們的眼前露面了。如羅振玉氏編印的敦煌零拾，陳垣氏的敦煌劫餘錄，劉復的敦煌掇瑣諸書，雖篇目不多，然在研究敦煌文獻的工作上，已是可寶貴的必備的典籍了。

敦煌的寫本，因有些有題跋，可以考出年代最古者爲西曆五世紀初年，最晚者十世紀末年。其內容除了十分之九的佛經和少數的道教經典以外，頗多在中國失傳的文學作品。如王梵志的詩，韋莊的長詩秦婦吟，以及許多民間的歌詞和小說。其中最重要的，却是我們現在要討論的變文，變文是一種韻散夾雜的新體裁，是一種在唐代以前的正統文學中未曾見過的新體裁。因這些變文，直接產生後代的彈詞寶卷一類的民衆文學，同時對於宋元的小說戲曲，也給予以間接的影響，使我們對於這些作品的形式上的發展，得到重要的說明。因此變文本身的藝術價值不甚高，然而他在中國文學史上，却有相當重要的地位。

二　變文的來源

變文也不是偶然出現的，他有他的來源，和他在社會上的實際功用。他的來源是佛經，他的功用是傳教。所以這種作品初期的產生，並無多少文學的意義，不過是一種宗教的附庸，宗教的宣傳品。後來這種體裁在民間頗爲流行，於是作者漸變其宗教的內容，代以史料故事的敍述，於是就成爲一種民間通俗文學的新格式了。

佛經翻譯的工作，在中國過去的文化界上，是一件空前的偉大事業，年代繼續將近千年之久，譯品保存着的，到現在還有一萬五千多卷。這種大量地將外國的思想文學移植到中國來，在中國的哲學界文學界要發生重大的影響的事，那是無可疑的。但這種影響，先顯露於哲學思想方面，在東晉南北朝的思想界，佛教的思想交織着道家的哲學，占領了當日高級士大夫的頭腦，這種情形，在前面幾章裏，已大略說過了。但在文學的形式文字與想像方面，發生明顯的影響，却是起始於唐朝。六朝文人在作品中雖偶然採用幾個佛經中的名詞，那算不得是佛教文學的眞正影響。我們試看弘明集高僧傳的文字，全是當日流行的駢體。就是當代那些信佛的君主貴族的詩賦裏，也都是表現着香豔的色情，沒有一點佛教的趣味。至於那些言因果輪回的神怪小說，他們的性質，本來是輔教之書，那是應當別論的。胡適氏說：『佛經文學不曾影響到六朝的文人，也不曾影響到當時的和尚。我們只看見和尚文學的文士化，而不看見文士文學的和尚化。』（白話文學史）他這意見，我們是完全贊同的。所以在兩晉南北朝時代，我們要注意的，是佛教給予當日士大夫的思想和人生觀方面的影響，促進浪漫思潮的興起。到了唐朝及唐代以後，才正式看得出佛教文學給予中國文學在形體上修辭上以及構想上的種種影響，促進許多新文學形體的出現。

佛經的翻譯，可分爲三期。第一期從後漢至西晉，爲譯經的幼稚時代，內容方面不一定可信，文字多取本國流行的文體，眞正譯文的體裁還沒有建立。宋贊寧高僧傳三集中云：『初期則梵客華僧，聽言揣意，方圓共鑿，金石難和。盌配世間，擺名三昧，咫尺千里，覿面難通。』這是譯經第一期的眞實情狀。如安清，支讖，支謙，竺法護諸人，實爲此期之代表人物。支謙竺法護本爲外人，因久居中土，故又通漢語，所以他們的譯作，在第一期中是最好的了。第二期從東晉到南北朝，爲譯經的全盛時期。據唐代開元釋教錄所述，當代的譯者九十六人，譯品多至三千一百五十五卷。而最重要的是當日的譯者，無論其爲中外，能兼通漢語梵文者甚多，一面能將佛教的經典作有系統的眞實的介紹，同時又確立一種翻譯的文體。這種文體，不求其華美，只求其切合原意。於是在文句的組織構造上，多傾向梵化，而語體亦夾雜其間，因此釀成一種新文體。這種新文體同當日流行的駢文與古文，都不相同。如北方的鳩羅摩什，曇無讖，南方的佛陀跋陀羅，寶雲諸人，是此期的重要譯家。第三期爲唐代，代表的譯者，是那位將畢生的精力獻之於佛教傳佈的玄奘。他孤征求法，歷十七年。回國後，在十九年內譯出經典一千三百三十卷。他在死前的一月，仍是執筆不停。這種偉大的精神，是我國民族的光榮。但佛教到這時代，重要的經典俱已譯出，主要的工作已由介紹而入於佛教哲學的創立了。

佛經中有許多有文學價值的。如法護譯的普曜經，是一篇極好的釋迦牟尼的傳記。鳩羅摩什譯的維摩詰經，簡直是一部小說。法華經內的幾則美麗寓言，也都有文學的趣味。曇無讖譯的佛所行讚經，是佛教詩人馬鳴的傑作，他用韻文敍述佛一生的故事。譯者用五言無韻詩體移植到中國來，成爲一篇九千三百句四萬六千多字未曾有過的長篇敍事詩。再如寶雲譯的佛本行經，四五七言合用，文字更覺生動。在這些佛教文學的作品裏，表現了兩個特色。第一是富於想像，其次是散韻並用的體裁。這兩點都很顯著地影響於中國後代的文學。中國作品一向是缺少想像力，故很難產生偉大的浪漫文學。佛教文學則不然。他們能夠用一點小事，變化百出，上天下地，無奇不有。那種超時間超空間的幻想能力，眞是驚人。他們的腦裏，不知道有多少世界，有多少層天，有多少層地。他們的想像無窮盡，他們的創作也是無窮盡。一寫就是幾十卷，就是幾萬字一篇的長詩。這些想像，自然不近情理，不合於現實，但在一向缺少這種能力的中國文學，却正需要這種精神。這種精神的輸入，無疑給予中國文學很大的解放。我們讀了古代的山海經，穆天子傳和六朝時代的許多志怪小說，再去讀後代的西遊記封神傳，便會知道印度文學的浪漫精神，在中國的小說裏發生了多大的作用。

其次，中國文學的體裁是單純的。散文是散文，韻文是韻文。像韓詩外傳那種前面散文後面引兩句詩的樣子，那只是一種解說詩義的方式，並不能成爲一種文體。但佛經裏却很多散韻夾雜並用的體裁。他每每於散文敍述之後，再用韻文重述一遍。這韻文叫做偈，偈大概可以唱，這容易使人記憶。並且佛經的眞義時常包含在這些偈裏，而其文學的趣味，也往往較散文部分爲豐富。普曜經，法華經，喻鬘經裏面，都有這種文體。這種體裁對於通俗唱本與戲曲的運用上，是非常需要的。所以這種文體傳到中國以後，對於後代的彈詞平話戲曲的發達，都有直接或間接的影響。我們現在所講的變文，便是接受這種影響而在中國第一次出現的新文體。

變文最初的出現，是把他當做一種佛教通俗化的宣傳品。當日的經典雖說譯出了這麼多，要佛教深入於民間，專靠這些經典是不行的，加以當日印刷沒有發明，一切文獻都靠寫本，所以經典的傳佈也就非常困難，要克服這種困難，不得不在宣傳的方法上想法子。一面要注意把佛經變成通俗有趣的故事，使民衆容易了解，同時也增加音樂的歌唱成分，使民衆容易記得。在南北朝時代，佛徒除譯經外，在傳教方面，有所謂轉讀梵唄唱導的種種方法，這些方法的應用，無非是想把佛教普遍到民間去，但是佛教的深入民間，同時也就是佛教文學的深入民間。由佛教文學的民間化，接着就會產生民間文學的佛經化了。所謂轉讀，是用一種正確的音調與節奏，去朗誦佛教的經文。在這裏就釀成平上去入的四聲與沈約們的聲律論，這些事在前面已說過了。梵唄是一種讚誦的歌唱，高僧傳說：『天竺方俗，凡是歌詠法言，皆稱爲唄。至於此土，詠經則稱爲轉讀，歌讚則稱爲梵音。』可見在印度，轉讀與梵唄只是一門，到了中國才分爲二類。當時所稱的梵唄，想就是現在基督教徒所唱的讚美詩。這些梵唄的內容與功用，自然都是宣傳佛教的教義，但久而久之，這些梵歌在民間的口裏唱得太熟了，流行得太普遍了，於是便有人依擬其形式代以他種內容而出現的民歌。如歎五更，十二時，女人百歲篇一類的俚曲，正是這種作品。至如南宗讚，太子入山修道讚等篇，我們可以看作是梵唄俗歌化以後的一種遺形。

唱導是一種佛道的演講和說法的制度。慧皎在高僧傳中說：『唱導者蓋以宣唱法理，開導衆心也。昔佛法初傳，於時齊集，止宣唱佛名，依文教禮。至中宵疲極，事資啓悟，乃別請宿德升座說法或雜序因緣，或旁引譬喩。其後廬山慧遠道業貞華，風才秀發，每至齋集，輒自升高座，躬爲導首，廣明三世因果，却辯一齋大意。後代傳受，遂成永則。』可知這種制度在東晉末年就有了，到了南北朝，宮庭民間都很盛行。慧皎又敍述導師唱導的情形說：『談無常則令心形戰慄，語地獄則怖淚交零，徵昔因則如見往業，覈當果則已示來報，談怡樂則情抱暢悅，敍哀戚則洒淚含酸。於是闔衆傾心，舉堂惻愴。五體輸席，碎首陳哀，各各彈指，人人唱佛。』在這兩段文字裏，可以看出導師所講的，主要的目的是宣傳佛道。對於貴族階級所用的導文，是要華麗典雅，對於民衆，不得不求其通俗。因爲要引起聽衆的興趣，不得不『雜序因緣，旁引譬喻，』也不得不在無常地獄昔因當果怡樂哀戚各方面，增加多少敍述和描摹，在這種情況之下所產生的結果，一面是經文的通俗化與故事化，一面是經文的擴大化。由這種情形漸漸演變下去，變文就適應這種環境而產生了。變文裏有講有唱，有描寫，有譬喻，是一種極好的對於民衆的宣傳品。樂府雜錄說：『長慶中俗講僧文敍，善吟經，其聲宛暢，哀感動人。』這裏所說的俗講僧，想就是導師的遺形。唐趙璘因話錄中說：『有文淑僧者，公爲聚衆譚說，假托經論，所言無非淫穢鄙褻之事，不逞之徒，轉相鼓扇扶樹，愚夫冶婦，樂聞其說，塡咽寺舍，瞻禮崇拜，呼爲和尚教坊。』文淑和文敍是否卽爲一人，不得而知，但他們都是沿着導師制度變化而來的俗講僧是無疑的。他們所講的，一定就是那種變文，最初的變文，只限於演述佛事，到後來史事豔聞也都講起來了，於是變文成爲一種民間文學的新體裁。趙璘所說『假托經論，所言無非是淫穢鄙褻之事，』想就是指此而言。

三　變文的形態類別以及對於後代文學的影響

變文或有稱爲佛曲，俗文和講唱文者。或因其內容，或因其性質，或因其功用，俱各有理由。名稱雖殊，其體則一。並且各寫本的篇名，多用變文二字，故稱以變文較爲妥當。變者卽佛經變相之意，與俗文之通俗化之義相同。其形式爲散韻夾雜體，然其構成的方式，亦有數種。

一、先用散文講述經義，再用韻文重行歌唱一遍，如維摩詰經變文的持世菩薩卷。

二、只用散文作爲引子，以韻文來詳細地敍述。這種形式，散文韻文在內容上沒有重複之處。很像後來彈詞戲曲中的白與唱的組合。如大目乾連冥間救母變文。

三、散文韻文交雜並用，不可分開，成爲一種混亂的形式。如伍子胥變文。

至於韻文的體裁，都是以七言爲主體，其中偶有雜以三言五言或六言的。五言六言的雜用，見於八相變文是一種不大常見的例子。散文的體裁，有用普通散文的，有用語體的，也有用駢文的。前兩種頗多硬生之處，而駢體却極圓熟。維摩詰經變文及降魔變文中間的幾段駢文，確是非常華麗，知道這兩篇的作者，決不是普通的和尚，或出於當日文士的手筆，亦未可知。試看下面的一小段。

『波旬自乃前行，魔女一時從後。擎樂器者宣宣奏曲，響聒淸霄；爇香火者灑灑煙飛，氤氳碧落。競作奢華美貌，各申窈窕儀容。擎鮮花者共花色無殊，捧珠珍者共珠珍不異。琵琶絃上，韶合春鶯，簫管聲中，聲吟鳴鳳。杖敲揭鼓，如拋碎玉於盤中，手弄秦箏，似排雁行於絃上。輕輕絲竹，太常之美韻莫偕；浩浩唱歌，胡部之豈能比對。妖容轉盛，豔質更豐。一羣羣若四色花敷，一隊隊似五雲秀麗。盤旋碧落，宛轉淸霄。遠看時意散心驚，近覩者魂飛目斷。從天降下，若天花亂雨於乾坤。初出魔宮，似仙娥芬霏於宇宙。天女咸生喜躍，魔王自己欣歡。』（維摩詰經變文持世菩薩卷）

這種熱鬧華麗的描寫，很影響中國後代的長篇小說。我們讀水滸傳，金瓶梅，西遊記的時候，每逢戰爭風景的場面，或是宮殿美女和性慾的描寫，總是突如其來的加入一段爭奇鬭豔的駢文。從前我們總覺得這種體裁放在白話小說裏有些奇怪，其實他們是從變文裏取法去的。這自然是一種惡劣的影響。大概那些作者都歡喜用這種方法來表現自己的才學和辭章，都這麼相沿地用着不改了。

關於變文的類別，我們可以因其內容分爲二種：一、演述佛事。二、演述史事與雜事。

第一類的變文，可以維摩詰經變文，降魔變文和大目乾連冥間救母變文爲代表。維摩詰經他本身就是一部富有文學趣味的小說式的經典。三國時支謙譯出，後來鳩羅摩什又加以重譯，到了隋唐，爲他作注疏的也有好幾家。可見這部經典，在中國極爲一般人所重視。經中敍述居士維摩詰生病，釋迦佛吩咐他的門徒去問病。他的門徒舍利弗，大目乾連，大迦葉，須菩提，富樓那諸人。訴說維摩詰的本領過人，都不敢去。釋迦佛又叫彌勒菩薩，光嚴童子，持世菩薩諸人去問病，他們一樣不敢去。最後只有文殊師利一人，擔負這個重任，肯去問病。後來文殊與維摩詰見了面，維摩詰果然大顯神通。這種故事說出來，自然是平淡無味，然而因其想像的豐富，描寫的生動，看去却很有趣味。維摩詰經變文的作者，就是把這部經典通俗化擴大化。他再加以想像和鋪敍，在第二十卷的首節，將十四個字的經文，演爲五百七十字的散文，七十二句的韻語。於是這部變文的全量，總要多出原經幾十倍了。可惜我們今日無法見其全本，然只就其所見的零卷看起來，他在變文中，恐怕是第一部偉大的著作。巴黎國家圖書館所藏的第二十卷，才敍到釋迦叫持世菩薩去問病。敦煌零拾所載的持世菩薩問疾第二卷，才敍到魔王波旬欲以美女破壞持世的道行。北平圖書館所藏的文殊問疾第一卷，才敍到文殊去問病的事。可知我們所見到的，只是全篇中極小的一部份。我現在試舉文殊問疾中的一段作例，看看變文究竟是一種什麼面目。

『經云：佛告文殊師利，汝行詣維摩詰問疾。

『言佛告者，是佛相命之詞。緣佛於會上，告盡聖賢五百聲聞八千菩薩，從頭遣問，盡曰不任。皆被責呵，無人敢去。酌量才辯，須是文殊。其他小小之徒，實且故非難往，失去妙德，亦是不堪。今仗文殊，便專問去。於是有語告文殊曰：

『三千界內總聞名，皆道文殊藝解精。體似蓮花敷一朶，心如明鏡照漂淸。常宣妙法邪山碎，解演眞乘障海傾。今日筵中須授敕，與吾爲使廣嚴城。

『於是菴園會上，勅喚文殊。「勞君暫起於花台，聽我今朝敕命。吾爲維摩大士，染疾毗耶，金粟上人，見眠方丈。會中有八千菩薩，筵中見五百個聞聲，從頭而告，盡遍差至佛無人敢去。舍利子聰明第一，陳情而若不堪任。迦葉是德行最尊，推辭而爲年老邁。十人告盡，咸稱怕見維摩。吾又見告於彌勒，兼及持世上人。光嚴則辭退千般，善德乃求哀萬種。堪爲使命，須是文殊。敵論維摩，難偕妙德。汝今與吾爲使，親往毗耶。詰病本之因由，陳金僊之懇意。汝看吾之面，勿再推辭。領師主之言，便須受敕。況乃汝久成證覺，果滿三祇。爲七佛之祖師，作四生之慈父。來辭妙喜，助我化緣。下降娑婆，爾現於菩薩之相。你且身嚴瓔珞，光明而似月舒空；

頂覆金冠，清淨而如蓮映水。一名超於法會，衆望難偕；詞辯迴播於筵中，五天讚說。慈悲之行，廣布該三途六道之中；救苦之心，遍施散三千界之刹內。當生之日，瑞相千般。表菩薩之最尊，彰大士之無比。而又眉彎春柳，舒揚而宛轉芬芳；面若秋蟾，皎潔而光明晃曜。有如斯之德行，好對維摩。且爾許多威名，好過丈室。況以居士見染纏疴，久語而上算，不任對論，多應虧汝。勿生辭退，便仰前行。傾大衆速別菴園，逞威儀早過方丈。龍神盡敎引路，一伴同行，人天總去相隨，兩邊圍繞。到彼見於居士，申達慈父之言。道吾憂念情深，故遺我來相問。」佛有偈讚文殊。

『牟尼會上稱宣陳，問疾毗耶要認眞。受敕且須離法會，依言勿得有辭辛。維摩丈室思吾切，臥病呻吟已半旬。望汝今朝知我意，權時作個慰安人。

又有偈告文殊曰：

『八千菩薩衆難偕，盡道文殊是辯才。身作大僊師主久，名標三世號如來。神通解滅邪山碎，智慧能銷障海摧。爲使與吾過丈室，便須速去別花台。

『（平側）世尊會上告文殊，爲使今朝過丈室。傳吾意旨維摩處，申問慇懃勿得遲。前來會理衆聲聞，個個推辭言不去。皆陳大士維摩詰，盡道毗耶我不任。衆中彌勒又推辭，筵內光嚴申懇款。八千大士無人去，五百聲聞沒一個。汝今便請速排諧，萬一與吾爲使去。威儀一隊相隨逐，銜敕毗耶問淨名。菩薩身爲七佛師，久證功圓三世佛。親辭淨土來凡世，助我宣揚轉法輪。

巍巍身若一金山，蕩蕩衆中無比對。眉分皎潔三秋月，臉寫芬芳九夏蓮。堪爲丈室慰安人，便依吾敕赴前程。便請如今離法會。若逢大士維摩詰，問取根由病作因。文殊德行十方聞，妙德神通百億悅。能摧外道皆歸正，能遣魔軍盡隱藏。依吾告命速前行，依我指蹤過丈室。慇慇慰問維摩去，巧着言辭問淨名。（經）是詩聖主震春雷。萬億龍神四面排。見道文殊親問病，人天會上喜咍咍。此時便起當筵立，合掌顒然近寶台。由讚淨名名稱煞，如何白佛也唱將來。』

開始只有兩句經文，由作者演成這麼一大篇文字。散文中有普通散文，有白話，也有很好的駢體。韻文中有相當成格的律詩，有很通俗的韻語。維摩詰經變文都是由這種形式組織起來的。看他對於文殊的面貌性情及才幹的鋪寫，很有點像小說了。在第二十卷的末尾有題記云：『廣正十年八月九日在西川靜眞禪寺寫此第二十卷，文書恰遇抵黑書了。不知如何得到鄉地去。年至四十八歲，於州中寃明寺開講，極是溫熱。』由這題記看來，文字不大純熟，加以篇中別字也不少，似乎這位僧人只是這變文的抄寫者，不見得就是作者。由那些駢文看來，作者的舊文學的素養，是相當高的。廣正十年是後漢天福十二年（西歷九四七年），如果這推測不錯，那末這篇作品的時代，一定是在晚唐或是以前了。

降魔變文篇幅雖短，但文字頗流麗生動。敍述須達多爲南天竺舍衞城大國的賢相。他因爲替兒子求親，遇見了佛僧，因此誠心信佛，得見如來。如來叫他慈善好施，廣建廟宇。並派舍利弗與他同行，隨時幫助。後因買地建廟，與國王的六師發生惡感，遂起爭鬪。後卒降服妖魔，同歸佛敎。篇中寫六師和舍利弗鬬法的大段，爲全篇的精采處。西遊記的許多鬬法場面，想卽本於此篇。前有序文一段，中云：『伏維我大唐漢朝聖主，開元天寶聖文神武應通皇帝陛下，化越千古，聲超百王，文該五典之精微，武析九夷之肝胆。八表惣無爲之化，四方歌堯舜之風。加以化洽之餘，每弘揚於三教。』由此看來，降魔變文的作者雖不可考，其時代則在玄宗年間。玄宗時代的變文已如此成熟，其初期的作品，恐怕在初唐時就有了。

大目乾連冥間救母變文敍述佛弟子大目乾連救母出地獄的故事。這故事見於佛經經律異相，在唐代已很流行。王定保摭言中云：『張祜憶柘枝詩曰：鴛鴦繡帶抛何處，孔雀羅衫屬阿誰？白樂天呼爲問頭。祜曰：明公亦有目連經。長恨詞云：上窮碧落下黃泉，兩處茫茫皆不見。此不是目連訪母耶？』又太平廣記亦有此條，字句稍異。『祜亦嘗記舍人目連變。白曰：何也？曰：上窮碧落，此非目連變何耶？』所謂目連訪母，目連變，想都是指的這篇變文。那末在元和年間，這篇變文在社會已很流行了。到了後代，戲曲寶卷多取此爲題材，一直到現在，目連救母還成爲民間最普遍的佛教故事。篇中極力鋪寫地獄界的悽慘景象，人生因果輪回的報應，由此暗示佛力的偉大與信佛的善果。在佛教的宣傳上，在從前的迷信時代，這確是一篇最有力的作品。對於地獄界的描寫，表現出作者想像力的豐富與創造的精神，而成爲後代長篇小說中描寫『幽冥界』『閻羅殿』的範本。

關於演述佛事的變文，除上述的三種以外，還有地獄變文，父母恩重變文，八相成道變文諸種現俱藏北平圖書館。醜女緣起藏巴黎。有相夫人升天變文，見敦煌零拾。這些大都殘闕不全，在這裏不必再講了。大概這些演述佛事的變文，在民間極爲流行，於是有人依其格式，換其內容，將古代的歷史故事演述進去，因此非佛敎故事的變文就因之而起了。如舜子至孝變文，列國傳，明妃傳諸篇都是（俱藏巴黎倫敦）。在內容方面是史事化，在趣味方面，是更通俗化了。舜的故事見於史記及劉向的孝子傳。變文的作者把這故事擴大，增加了許多想像，極力鋪寫後母對於他的虐待。而每次都是帝釋來救他，在這一點，仍是與佛敎有關。最後一次，因爲後母和瞽叟把舜帝壓在井裏，因此他們的眼睛就瞎了，窮得沒飯吃。舜在井底遇了救，便隱居歷山耕田，收成很好。後來在商人的口裏，聽見父母窮困的慘狀，便回家去救他們。結果把父母的眼睛也醫好了。父親到那時才覺得一切事情都是後妻作怪，想殺掉他，舜又苦口求免。自此一家安樂，天下傳名，堯帝知道了，以二女嫁之，把帝位也讓給了他。篇中對於後母的毒辣，舜帝孝心的誠篤，在描寫上都很成功。

列國傳是寫伍子胥的故事，明妃傳是寫王昭君的故事。雖未以變文名篇，也是變文的體裁。可知到了唐代末葉，變文一面是演述佛經，一面在演述中國古代的史事，而成爲一種民間的文學了。不過無論其內容如何，大都帶有很濃厚的宣傳和敎化作用。伍子胥的故事是壯烈的，王昭君的故事是哀怨的，都是民間文學的最好材料。作者運用豐富的想像，在史事以外，增加了許多枝葉，使這故事更發生小說的趣味，而成爲文學的作品了。另有西征記一卷，（見敦煌掇瑣，）內面敍述當日與外族的戰事，既非佛經，亦非古史，只是一種社會的時事。可見變文體裁已經確立，其內容亦日趨變化擴大，決非拘於佛經與古代史事了。其他如季布歌，董永傳一類的七字唱本（藏倫敦，）都是承襲變文的體裁，而產生的民間歌曲。與列國傳的伍子胥，明妃傳的王昭君，都是同一部門。讀其文句，看其體裁，與長恨歌，連昌宮詞一類的古詩，絕非同源。同文殊問疾，目連救母中的韻文一比較，語氣格式，都很相像。可知這些唱本，都是變文流行民間以後的產物，在血統上，決不是純粹的國貨。

變文對於後代中國文學的影響，有幾點重要的事實，我寫在下面。

一、寶卷彈詞一類的民間通俗作品，是變文的嫡派兒孫。

二、在中國的長篇小說中，時時雜着一些詩詞歌賦或是駢文的敍述，是變文體裁的轉用。

三、中國的戲曲，由唱白兼用，在演劇的藝術上，始得一大進步。這種體裁的形成，自然是受有變文的啓示和影響。由鼓詞諸宮調而至於雜劇，其演進的痕跡是很顯然的。

由此看來，唐代變文，他本身的藝術雖沒有很高的價值，然在中國文學各種體裁的發展史上，却有相當重要的地位。可惜這些材料有的遠在國外，有的沒有整理出來，而現在出版流行者爲數不多，無法加以詳細研究，這眞是不幸的事！

第十三章　初唐的詩壇

初唐百年的詩壇，有兩種顯著的現象。其一，是六朝華麗詩風的承繼，其次是律詩運動的完成。這兩種現象，同當日掌握着詩歌大權的宮庭詩人的身分與趣味，都極相適合。那些封公拜相的宮庭詩人要用詩去歌功誦德，要同皇帝唱和應制，作起詩來自然要注重規律，誇耀辭藻，因此那些作品，都帶了濃厚的富貴氣息，缺少個人的情感與社會的生命，而成為一種雍容華貴的臺閣體的典型。如虞世南，楊師道，上官儀，沈佺期，宋之問以及文章四友諸公，都是那些宮庭詩人的好代表。當時在文壇頗享盛名的四傑，雖官位低微，也浸染在那種詩風的潮流裏，終難於振拔。然究因其創作的動機與個人環境的不同，其作品之價值，也遠在那些宮庭詩人之上。講到律詩的完成，上官儀和沈宋之流，確是盡了相當的功績，因此在唐詩的歷史上，我們也無法塗去他們的名字。至如王績王梵志們的作品，雖在當日的詩壇，另成一種格調，然只是隱之田園，書於土壁，對於當日的正統詩風，是沒有什麼影響的。

一　宮體詩的餘波

李唐建國初年，一切文物制度，都是繼承陳隋舊業。當日文士詩人陳叔達，袁朗，楊宗道，虞世南，孔紹安，李百藥諸子，俱爲陳隋舊人。他們的作風，決不能因爲在政治上換了一個皇帝，便能立刻有所改變。因此在他們的作品裏，仍是充分地表現着陳隋宮體的餘影。無論詩的格調與內容，只是徐陵庾信一派的繼續，一點也沒有呈現出唐詩的特殊氣象。例如：

『洛城花燭動，戚里畫新蛾。隱扇羞應慣，含情愁已多。輕啼濕紅粉，微睇轉橫波。更笑巫山曲，空傳暮雨過。』（楊師道初宵看婚）

『寒閨織素錦，含怨斂雙蛾。綜新交縷澁，經脆斷絲多。衣香逐舉袖，釧動應鳴梭。還恐裁縫罷，無信達交河。』（虞世南中婦織流黃）

『自君之出矣，明鏡罷紅妝。思君如夜燭，煎淚幾千行。』（陳叔達自君之出矣）

這種作品，無論從那一點看，都是陳隋時代的餘響，絲毫沒有異樣的情調。李百藥的秋晚登古城，晚渡江津，雖稍有古意，然其妾薄命，火鳳詞，戲贈潘徐，詠螢火諸篇，其香豔淫靡，並不在上列諸詩之下。這些遺老遺少的作品是這種情形，原不足怪，就是唐太宗和他的幹部臣僚，同樣也沈溺在這種宮體的詩風裏。據全唐詩話所載：『帝（太宗）嘗作宮體詩，使虞世南賡和，世南曰：聖作誠工，然體非雅正，上有所好，下必有甚焉，恐此詩一傳，天下風靡，不敢奉詔。』虞世南主張詩要雅正，似乎是不滿意前代的宮體，但他本人的作品，酷慕徐陵，時有側豔之篇，上面所舉的中婦織流黃一首，便是好例。太宗文采頗高，然其所作，大都是花草點綴精巧細密之詞，王世貞評他的詩無丈夫氣，是不錯的。如采芙蓉，翠微宮，詠風，詠雪，秋日效庾信體諸篇，完全是承受前代宮體詩的風格，這是極明顯的事。再如李義府，長孫無忌，亦多宮體之作。例如：

『嬾整鴛鴦被，羞褰玳瑁床。春風別有意，密處也尋香。』（李義府堂堂詞）

『阿儂家住朝歌下，早傳名。結伴來游淇水上，舊長情。玉佩金鈿隨步遠，雲羅霧縠逐風輕。轉目機心懸自許，何須更待聽琴聲。』（長孫無忌新曲）

在當日的宮庭詩人中，惟有魏徵的作品，情調稍稍兩樣。其暮秋言懷，述懷兩篇，確有清正之音。然其作品絕少，無力改變當日的風氣。由此看來，在初唐的初期，宮體的餘波，還保存着極大的勢力。一些作家，大都是以徐陵庾信爲模範，不能跳出那種香豔華靡的風氣，而有所創造。並且這些人都是皇親貴族高官學士，如長孫無忌爲文德皇后之兄，楊師道尙桂陽公主，封安德郡公，魏徵封鄭國公，其他諸人，都居顯職。他們日夜圍繞着皇帝，因此集中多爲應制奉和的詩篇。在這種環境下，要他們在詩歌上有所改革，自然是無望的。葉燮在原詩中云：『唐初沿卑靡浮豔之習，句櫛字比，非古非律，詩之極衰也。』如果只就這些宮庭詩人的作品看來，說是詩之極衰，並不爲過。幸而在這些正統的宮庭詩人之外，還有民間的詩人，完全離開當日浮靡的詩風，眞眞實實地寫下許多格調特異的作品。在唐代初期的沉寂的詩壇中，增加了不少的生氣。這派詩人的代表，是王績與王梵志。

二　王績與王梵志

王績字無功，絳州龍門人（山西河津西，約當西曆五九〇到六五〇年）是文中子王通之弟。他生性浪漫，愛自由，喜酒如命。在隋代曾爲六合丞，以嗜酒劾去。隋末大亂，乃還故里，度其隱居生活，與隱者仲長子光相善。唐武德初年，他以原官待詔門下省，時省官例，日給良酒三升。其弟王靜問他待詔快樂否，他說俸祿雖薄，三升美酒差可戀耳。後來由三升加到一斗，故時人號爲斗酒學士。貞觀初，以足疾罷歸，欲定長住之計，而困於貧。當日太樂署史焦革家善釀酒，王績自請爲太樂丞，選司以非士職，不許，他再三請求，始授之。不到數月，焦革死，焦妻袁氏時常送好酒給他。一年多後，袁氏又死。他歎息說，是天不許我喝好酒呀，到此他無所留戀，便棄此小官而還鄉了。他述焦革釀酒法爲酒經一卷，采杜康儀狄以來善酒者爲酒譜一卷，並立杜康廟，以革配享，集中有祭杜康新廟文。另有醉鄉記一篇，爲其理想世界的描寫，與陶潛的桃花源記相似。

王績雖是酒鬼，他並不糊塗，他是一個有學問有品格愛自由的個人主義者。他的思想是以道家的無爲淸靜與逍遙齊物爲根底，追求着一種適性的自由生活。他反對一切束縛身心的制度與名教。因此他對於孔子，只取其『善人之道不踐跡』與『無可無不可』這兩句格言。他說：『聖人者非他也。順適無閡之名，卽分皆通之謂。卽分皆通，故能立不易方，順適無閡，故能遊不擇地。……吾受性潦倒，不經世務。屛居獨處，則蕭然自得，接對賓客，則薾然思寢。……而同方者不過一二人，時相往來，並棄禮數。箕踞散髮，玄談虛論，兀然同醉，悠然便歸，都不知聚散之所由也』（答程道士書）這是他的人生觀的眞實的自白。因此，他對於周孔的名教表示嘲諷，而對於嵇阮陶潛一流人，大寄其景仰之心情。

『百年長擾擾，萬事悉悠悠。日光隨意落，河水任情流。禮樂囚姬旦，詩書縛孔丘。不如高枕臥，時取醉消愁。』（贈程處士）

『阮籍醒時少，陶潛醉日多。百年何足度，乘興且長歌。』（醉後）

『且逐劉伶去，宵隨畢卓眠。不應長賣卜，須得杖頭錢。』（戲題卜鋪壁）

『阮籍生涯懶，嵇康意氣疎。相逢一醉飽，獨坐數行書。』（田家）

阮籍嵇康劉伶畢卓陶潛這一些人，都是兩晉的道家思想者，或爲浪漫的酒徒，或爲清高的隱士，恰好是王績腦中的理想人物，而對於周孔的被囚於詩書禮樂，表示着譏諷，這是王績的思想與生活的根底，也正是他的作品的根底。因此飲酒成爲了他的人生哲學，咏酒成爲了他作品的主要題材。他的飲酒哲學，並不是要以酒來造成他的浪漫情調，其實是要以酒精來麻醉頭腦，借此取得片刻的糊塗，遮掩當日現實社會的黑暗與人類的醜惡。

『此日長昏飲，非關養性靈。眼看人盡醉，何忍獨爲醒。』（過酒家）

這四句詩是他的飲酒哲學的最好解釋。『非關養性靈』這五個字是說得非常明顯的，全社會全人類的種種紊亂與醜態，他實在看不過眼，聽不進耳，就是躲到深山幽谷去，也無法絕緣，最好的法門，只好借酒精來麻醉了。他這種消極而又嚴肅的避世態度，同那些借酒鳴高，借隱獵官的僞浪漫者與僞善者們比較起來，是全異其趣的。由於隋末社會的紊亂與君主官吏的荒淫與醜態，造成他這種思想和生活，造成他這種作品。在我們現在看來，覺得在他的作品裏所表現的情緒，過於消極，缺少革命奮鬭的精神，然而作爲一個浪漫主義者的立場看來，他的作品在當日的詩壇，却又是最革命的了。如果在潘岳陸機以後，覺得陶潛作品出現的可貴，那末在齊梁陳隋的宮體詩以後，有王績的作品，也是一樣的可貴。在藝術的價值上，王績，雖比不上陶潛，然在其作品的情調與對當日的詩風的反抗，却是一致的。在這一點，王績在初唐詩壇的地位，是存在着不可搖動的重要性。

因爲王績是絕對的個人主義者，所以要在他的作品裏，去尋求社會生活的表現是無望的，然而也就因此，他却完全洗盡了宮體詩的脂粉氣息，充分地表現了他個人的生活和情感，在這裏，他的作品和他的思想和生活打成了一片，沒有一點虛僞，沒有一點做作，眞實地呈現了作者的面目。他集中的張超亭觀妓，詠妓和辛司法宅觀妓三首詩，帶着宮體的香豔氣，全唐詩說是盧照鄰的作品，我想是不錯的。因爲去了這三篇詩，王績集中的詩，作風就完全一致了。

『東皐薄暮望，徙倚欲何依。樹樹皆秋色，山山唯落暉。牧人驅犢返，獵馬帶禽歸。相顧無相識，長歌懷采薇。』（野望）

『浮生知幾日，無狀逐空名。不如多釀酒，時向竹林傾。』（獨酌）

『北場芸藿罷，東皐刈黍歸。相逢秋月滿，更值夜螢飛。』（秋夜喜遇王處士）

這些詩是陶淵明的承繼者，也就是王維孟浩然作品的先聲。如野望一首，完全是唐律的格調，比起徐陵庾信們的詩篇來，不要說內容是全異其趣，就是在聲律體裁方面，也更爲進步更爲成熟了。這種律詩，一到了王績的手裏，因爲他創作的態度生活的環境，同那些宮庭詩人不同，也就變成浪漫的作品了。到了王維孟浩然，同樣的運用這種律體去表現自然的浪漫生活，而得到了極好的成績。

在東皐子集裏除了那些詩篇以外，還有幾篇散文，也是表現他的生活思想的重要作品。如答馮子華處士書，答程道士書，答刺史杜之松書，五斗先生傳，自撰墓志都是。在這些文字裏，都坦白地說明他的對於現實社會的態度，人生的理想以及他那種浪漫生活的情況。他的自撰墓志，正如陶淵明的自祭文自挽詩一樣，並非故作達語，確實是一篇眞實的自白。我現在把他抄在下面作一個結束。

『王績者，有父母，無朋友。自爲之目，曰無功焉。或問之，箕踞不對，蓋以有道於己，無功於時也。不讀書，自達理。不知榮辱，不計利害。起家以祿位，歷數職而一進階。才高位下，免責而已。天子不知，公卿不識，四十五十而無聞焉。於是退歸，以酒德遊鄉里，往往賣卜，時時著書。行若無所之，坐若無所據。鄉人未有達其意也。嘗耕東臯，世號東臯子。身死之日，自爲銘焉。曰有唐逸人，太原王績。若頑若愚，似矯似激。院止三逕，堂惟四壁。不知節制，焉有親戚。以生爲附贅懸疣，以死爲決疣潰癰。無思無慮，何去何從。壠頭刻石，馬鬣裁封。哀哀孝子，空對長松。』

王績以外，同樣在齊梁詩風的潮流中，獨標一格而在民間出現的，是那沉晦了六七百年的王梵志。據馮翊的桂苑叢談（唐代叢書初集）中說：

『王梵志，衞州黎陽人也。黎陽城東十五里有王德祖者，當隋之時，家有林檎樹，生癭大如斗。經三年，其癭朽爛，德祖見之，乃撤其皮，遂見一孩兒抱胎而出，因收養之。至七歲能語。

問曰：誰人育我？及問姓名，德祖具以實告，因林木而生，曰梵天，後改曰志。我家長育，可姓王也。作詩諷人，甚有義旨，蓋菩薩示化也。』

這些神話式的材料，雖不可信，然而他却給我們幾個重要的暗示。一、王梵志的籍貫是河南黎陽（今河南濬縣）。二、他是生於隋代的。三、他必是一個佛徒，因有作詩諷人，是菩薩示化的神話。因爲這個原故，所以他的詩大半是屬於說理的格言，有些很像佛經中的偈語，而其內容都是表現人生的幻滅以及貧窮的快樂的生活。詩格的來源與生活的基礎，雖與王績不同，然在其以平淺的語言作詩，追求自由浪漫的生活，這些觀點上，他倆完全是一致的。因此除去那些純粹的說理詩以外，有些描寫個人的生活的詩句，却往往同王績的作品，有相似的情調，這就是浪漫的情調。例如：

『吾有十畝田，種在南山坡。青松四五樹，綠豆兩三窠。熱即池中浴，涼便岸上歌。遨遊自取足，誰能奈我何！』

『草屋足風塵，牀無破氈臥。客來且喚入，地鋪稿薦坐。家裏元無炭，柳麻且吹火。白酒瓦鉢藏，鐺子兩脚破。鹿脯三四條，石鹽五六課。看客只寗馨，從你痛罵我。』

這完全是以語體的文句，來白描自己的生活和心境，從樸質淺顯中，能表現出眞情實意，所以成爲好詩。王梵志在詩史上能够占一席地位，是要靠這種詩的。前一首顯然是當日流行的律體，一到了他的手裏，也完全解放得成爲一首民歌，沒有半點富貴氣味，也沒有一點拘束做作的痕跡，可知任何文學的體裁的本身並沒有罪過，最重要的是作家的態度。我們看了王績王梵志的律體，便懂得這點道理了。然而在王梵志的存詩中，這種好詩並不多，主要的却是那些偈文式的格言詩。例如：

『世無百年人，强作千年調。打鐵作門限，鬼見拍手笑。

城外土饅頭，餡食在城裏。一人喫一個，莫嫌沒滋味。

梵志翻着襪，人皆道是錯。乍可刺你眼，不可隱我脚。』

作者的心境自然是非常空靈，但這麼表現出來，却只是格言，而缺少那種詩情與人間味。令人讀了，既感不到喜悅，也感不到悲傷，這些作品在詩歌的藝術價值上，自然是不高的。然比起東晉那些佛徒詩人如孫綽許詢之徒，用古典的文體，莊嚴的態度所寫的那些說理詩來，他這種平淺通俗而又帶有諷刺味的作品，是大爲進步的了。

王梵志及其作品，宋朝以後，雖沉晦無聞。然在唐宋間却頗流行。歷代法寶記中無住語錄引過他的詩，北宋黃山谷也很推崇他的詩，南宋人的詩話筆記裏，（如費袞的梁谿漫志，陳善捫蝨新話等，）也時常記述他的故事。但宋朝以後，這位詩人便完全淹沒了。敦煌文庫的出現，他的作品，也有幾卷雜在裏面。現巴黎圖書館藏有王梵志詩三殘卷，伯希和另藏別本一卷，有日本羽田亨影印本。這四個殘卷的年代，都是十世紀中葉，可見王梵志的作品，在唐末五代年間的流行。由我們現在的推想，他的作品，在當日一定是佛教的副宣傳品，而爲一般佛徒所必讀，因此得同那些佛教經典，一同保存在那作爲佛教藏書室的石洞裏。自從胡適之氏寫白話文學史時，替這位詩人大大地表揚一番以後，於是王梵志這個名字，漸爲世人所知，同時在初唐詩壇，獲得了一個與王績同等的地位。

寒山子是王梵志詩派的直接繼承者。他的時代，我們無法確定。據寒山詩集的後序，說他是貞觀時人，據太平廣記寒山子一條，又說他是大曆年間人，總之因爲他那種超人的地位，極容易被後人塗上仙人菩薩的神話色彩，而掩沒其生活歷史的眞實性。他是天台山的一個隱居者，有人說他是和尚，也有人說他是道士，不過由他現存的詩看來，其中戒殺禮佛的文字有那麼多，說他是和尚，似乎較爲可靠。他的詩，也全是採用通俗的語體，因爲多半偏於說理，也都流於偈文式的格言。拾得詩有云：『我詩也是詩，有人喚作偈。詩偈總一般，讀時須子細。』可知這一派人的詩，是被人喚作偈的。詩偈不分，正是梵志寒山們的作品的共同特徵。不過因爲他描寫的範圍較廣，而又時時能加以自然意境的表現，因此他的詩，不如王梵志的枯淡，而有一種情韻和滋味。例如：

『千雲萬水間，中有一閑士。白日遊青山，夜歸巖下睡。忽爾過春秋，寂然無塵累。快哉何所依，靜若秋江水。』

『自樂平生道，煙蘿石洞間。野情多放曠，長伴白雲閑。有路不通世，無心孰可攀。石牀孤夜坐，圓月上寒山。』

『閑遊華頂上，日朗晝光輝。四顧晴空裏，白雲同鶴飛。』

『閑自訪高僧，煙山萬萬層。師親指歸路，月掛一輪燈。』

這些作品自然是寒山集中的佳作。好處是有自然界的意境，有詩人的性情，一點不覺得枯淡，字裏行間，處處顯出一種高遠空靈的情趣。可是在他的集中這種詩並不多。多的，還是那些白話體的說理詩。

『東家一老婆，富來三五年。昔日貧於我，今笑我無錢。渠笑我在後，我笑渠在前。相笑儻不止，東邊復西邊。』

『人吃死猪肉，猪吃死人腸。猪不道人臭，人反道猪香。猪死拋水裏，人死掘地藏。彼此莫相食，蓮花生沸湯。』

他用白話作詩是有意的，他反對當日詩風的講格律聲病，也是有意的。他在他的詩裏，明顯地表示他作詩的意見。

『有個王秀才，笑我詩多失。云不識蜂腰，仍不會鶴膝。平側不解壓，凡言取次出。我笑你作詩，如盲徒詠日。』

『有人笑我詩，我詩合典雅。不煩鄭氏箋，豈用毛公解。不恨今人稀，只爲知音寡。若遣趁宮商，余病莫能罷，忽遇明眼人，即自流天下。』

『五言五百篇，七字七十九。三字二十一，都來六百首。一例書岩石，自誇云好手。若能會我詩，眞是如來母。』

由這些話，可知寒山子對於當日詩風的反對的態度。他也明知道他這種不解平側不會蜂腰鶴膝的作品，不會爲世人所重視，只好書之於岩石土壁，以待如來母來賞識了。不用說，他這種猜測並沒有錯誤，他們這一派的白話詩，除了那些佛徒隱士們聊作爲修養性靈的吟誦以外，在那些宮庭詩人的眼裏，是要看作土俗不堪的東西的。

三　上官儀與四傑

王績王梵志們的作品，在初唐時期，毫無傷損或是阻礙正統詩風的發展與進行。當日的宮庭詩人，正在努力詩的格律的完成工作。在這種工作中，上官儀是一個必得注意的人。上官儀是陝州陝人。貞觀初進士，太宗每屬文，遣儀視稿。私宴未嘗不預。所爲詩綺錯婉媚，人多效之，謂爲上官體。他的地位以及他的作風，正是宮庭詩人的典型。在他這種環境下，所謂綺錯婉媚，便是他的詩最高成就。在他現存的詩中，十之八九是應制之作，這種詩的價値，自然是很低的。然而他却在律體的構成上，留下着一點工作，這便是六對八對的當對律的創立。

什麼是六對：

一、正名對　天對地，日對月。
二、同類對　花葉對草芽。
三、連珠對　赫赫對蕭蕭。
四、雙聲對　綠柳對黃槐。
五、疊韻對　放曠對徬徨。
六、雙擬對　春樹春花對秋池秋月。

什麼是八對。

一、的名對　與正名對同。

二、異類對　風織池間字對蟲穿草上文。風蟲池草俱異類。

三、雙聲對　同前雙聲對。

四、叠韻對　同前叠韻對。

五、聯緜對　與連珠對同。

六、雙擬對　同前雙擬對。

七、回文對　如『情新因意得，意得逐情新。』

八、隔句對　如『相思復相憶，夜夜淚沾衣。空歎復空泣，朝朝君來歸。』（見詩苑類格）

在十四對中，去其重者五，剩下來的只有九種了。這九種對法，六朝詩人，大都已經應用，到了上官儀始正式歸納起來，給以定名，於是這些法門，便成爲後人作律詩的一種定法了。在上官儀本人的詩中，雖很少這種完美的律詩，但是他這種規律的創立，對於律詩的發展，是很有關係的。並且這種法門，在用詩考試的制度上，却是一個最好評定甲乙的標準。

與上官儀同時，其作風雖繼承齊梁，而又不能歸之於宮庭詩人的羣中，在當日詩壇中却占有重要的地位的，是所謂初唐四傑了，四傑是王勃（字子安王績的姪孫），楊炯（陝西華陰人），盧照鄰（字昇之，幽州范陽人，今河北大興，）和駱賓王（婺州義烏人，今浙江義烏）。他們都是七世紀下半期最有才氣的作家。王勃因溺水驚悸而死，年不滿三十，盧照鄰因苦於病投水而死，年方四十，駱賓王因政治運動失敗而逃亡，也只有四十多歲，楊炯境遇較好，得以善終，亦不過五十多歲，可知四傑諸人，都爲生活環境所困，在少壯時期，就丟棄了人生，不容許他們在文字上有更高的造就，這是非常可惜的。

四傑的詩，我們都知道是上承六朝的遺風，不脫那種富貴華麗的氣息，歡喜創作當日流行的律詩。但在我們現在看來，他們的代表作品，却是那些樂府體的小詩和七言歌行。那些詩，雖有一部分仍脫不了宮體詩的香豔的餘影，但他們很能在那種曲折變化的描寫中，用婉轉的音調、通俗的言語，顯出作者過人的才氣，同時或在詩的意境上，或在詩的作風上，表現着濃厚的浪漫情調。這一點，是四傑和當日宮庭詩人最重要的差別。

王勃是一個才學俱富的詩人，他的代表作品，是那三十幾首五言小詩。不錯，他的五律七古，呈現着濃厚的六朝氣息，但他這些小詩，却都是眞實性情之作，文字樸質，意境高潔，頗有王績詩的趣味。例如：

『抱琴開野室，攜酒對情人。林塘花月下，別是一家春。』（山扉夜坐）

『丘壑經塗賞，花柳遇時春。相逢今不醉，物色自輕人。』（林泉獨坐）

『亂煙籠碧砌，飛月向南端。寂寂離亭掩，江山此夜寒。』（江亭夜月送別）

『長江悲已滯，萬里念將歸。況屬高風晚，山山黃葉飛。』（山中）

『九日重陽節，開門有菊花。不知來送酒，若箇是陶家。』（九日）

由這些作品，才可看出作者的眞實心境。自然風景的歌詠，自由閑適生活的愛好，呈現着濃厚的浪漫情緒。這正是王績的家風。至於傳誦千古的滕王閣序一類的駢文，和那些分韻唱和的詩歌，却都是誇展才學的應酬作品，在文學的價值上，自然是要在這些小詩之下了。

盧照鄰在四傑中是身世最苦的一個。他活躍的生命，完全被病魔所征服，加以貧窮不堪，終於投水而死。因此他的作品，時多悲苦之音。試讀他的五悲釋疾諸篇，便會體會到作者的哀傷的心境。他借用最適合於表現愁苦的騷體，來反覆曲折地歌唱自己的沉痛的感情。他自號爲幽憂子，是最適合不過的。幽憂是他的人生的象徵，也就是他的作品的象徵。他在釋疾文的序中說：

『余羸臥不起，行已十年，宛轉匡床，婆娑小室。寸步千里，咫尺山河。每至冬謝春歸，暑闌秋至。雲壑改色，烟郊變容。輒輿出戶庭，悠然一室。覆幬雖廣，嗟不容乎此生，亭育雖繁，恩已絕乎斯代，賦命如此，幾何可憑。今爲釋疾文三篇，以貽諸好事。』

這是盧照鄰晚年生活心境的自白。不僅功名富貴是無望了，連活下去的心事也沒有了。因此他在那絕望的狀態下，發出了最後的哀歌。

『歲將暮兮歡不再，時已晚兮憂來多。東郊絕此麒麟筆，西山秘此鳳凰柯。死去死去今如此，生兮生兮奈汝何。』

『歲去憂來兮東流水，地久天長兮人共死。明鏡羞窺兮向十年，駿馬停驅兮幾千里。麟兮鳳兮，自古呑恨無已。』

詩中的情感，確實是作者獨有的眞實情感，一點不虛僞，一點不做作，讀去令人感着無限的同情。他到這時候，自然是無暇講雕琢講格律，只是隨筆直書，而成爲這種變體了。這種作品，正如屈原的懷沙一樣，我們是要看爲作者的絕筆的。

盧照鄰的律詩雖也不少，然他的代表作却是七言歌行。行路難長安古意二篇，確是他的得意之作。在這些詩中，字句上雖仍殘存着宮體詩的影子，但那種鄙俗的脂粉氣却全然沒有，格調也就高得多了。如行路難云：

『君不見長安城北渭橋邊，枯木橫槎臥古田。昔日含紅復含紫，常時留霧亦留煙。春景春風花似雪，香車玉轝恆闐咽。若個遊人不競攀？若箇娼家不來折？娼家寶襪蛟龍帔，公子銀鞍千萬騎。黃鶯一一向花嬌，青鳥雙雙將子戲。千尺長條百尺枝，月桂星楡相蔽虧。珊瑚葉上鴛鴦鳥，鳳凰巢裏雛鵷兒。巢傾枝折鳳歸去，條枯葉落任風吹。一朝憔悴無人問，萬古摧殘君詎知！人生貴賤無終始，倏忽須臾難久恃。誰家能駐西山日？誰家能堰東流水？漢家陵樹滿秦川，行來行去盡哀憐。自昔公卿二千石，咸擬榮華一萬年。不見朱唇將玉貌，唯聞青棘與黃泉。金貂有時須換酒，玉麈恆搖莫計錢。寄言坐客神仙署，一生一死交情處。蒼龍闕下君不來，白鶴山頭我應去。雲間海上邈難期，赤心會合在何時？但願堯年一百萬，長作巢由也不辭。』

在這一篇長歌裏，他所表現的，只是富貴無常與人生的幻滅。其中雖有不少的華麗字眼，然在整體上看來，却很通俗明白，毫無艱深之病，有許多句子，全是語體，因爲用得極其自然，一點不覺得粗俗。再有長安古意一篇，字數較多，其內容與此篇大略相似，不過鋪寫得更爲熱鬧，似乎令人有一種輕浮淫靡之感。其中如『得成比目何辭死，願作鴛鴦不羡仙，』是膾炙人口的名句。這種詩想必是盧照隣病前之作，否則作品中的顏色，決沒有這麼華麗鮮明。由這些，我們可以看出作者壯年時代的煥發的才情和活躍的生命的力量。

駱賓王是一個獻身政治運動的實際行動者。武后朝時，他曾以言事得罪，後徐敬業舉兵，他爲其府屬，有名的討武氏檄文，卽出自他的手筆。這一篇同滕王閣序，是四傑的駢文中最流行最通俗的兩篇文字。因爲他有這種性格，他的作品，較有豪俠英俊之氣。古人雖多稱道其帝京疇昔諸篇，然其佳作，還是那幾首小詩。

『城上風威險，江中水氣寒。戎衣何日定，歌舞入長安。』（在軍登城樓）

『此地別燕丹，壯士髮衝冠。昔時人已沒，今日水猶寒。』（易水送人）

寥寥二十個字，表現胸中許多懷古傷時的感慨。音調的雄渾，氣魄的悲壯，同王勃那種描寫自然的景色和悠閑的心情的作品比起來，是全異其趣了。這種格調，同那獻身革命的作者的身分是極其適合的。其外如代郭氏答盧照隣，代贈道士李榮諸篇，是長篇的七言歌行，同盧照隣的行路難長安古意有相似的風格，並且在那詩裏，也一樣運用通俗的語體，帶着濃厚的民歌色彩。可知這一點，是他們共有的一種特徵。

楊炯負才自傲，自謂過於王勃。現集中文多詩少。其詩大半爲律體。七言沒有，五絕僅一首。可知他在詩的創作上，既沒有前三人範圍的廣泛，也沒有他們那種脫俗的精神。即就詩才而論，亦較王盧爲弱。至於當日張說所說：『盈川文如懸河，酌之不竭。優於盧而不減於王。恥居王後信然，愧在盧前謙也。』這明明是指他文章而言，若只論詩，他在四傑中的地位，是不得不屈居於末座了。

律詩在四傑的集中，是占着相當重要的部分的。由其數量之多，可知他們對於這種新體詩的製作，都曾下過不少的力量。他們這種詩比起前人所作的，雖較爲老成，然在格律與技巧上看來，較之陰何徐庾諸家，其進步亦極有限。句的平仄算是諧協了，然一章的平仄，却沒有達到完全諧協的地步。如王勃的重別薛華，杜少府之任蜀州，楊炯的有所思，盧照隣的張超亭觀妓，駱賓王的秋日送別，獄中聞蟬諸篇，算是他們五律詩中在格律上最完整的作品。然而這也只是少數，就是在王績的集子裏，這種作品也是有的，如野望贈程處士兩首，便是最好的例。不過不常見而已。可知由王績到四傑，律詩在格律上還在進展的階段。然而我們並不能因此就埋沒四傑對於律詩的努力的功績。由他們大量的創作，促成律詩的發育成長的事，是顯然的。如王勃的杜少府之任蜀州，駱賓王的獄中聞蟬，便是最成功的作品。詩云：

『城闕輔三秦，風煙望五津。與君離別意，同是宦遊人。海內存知己，天涯若比鄰。無爲在歧路，兒女共沾巾。』

『西陸蟬聲唱，南冠客思侵。那堪玄鬢影，來對白頭吟。露重飛難進，風多響易沉。無人信高潔，誰爲表予心！』

這些詩同王績的野望，可算是初唐律詩中的代表作，無論從那一點講，都脫盡了六朝的風味，而完全是正格的唐音了。杜甫詩云：『王楊盧駱當時體，輕薄爲文哂未休。爾曹身與名俱滅，不廢江河萬古流。』可知在杜甫時代，四傑的作品，已不爲時人所滿。本來像他們那些華麗雕琢的駢體排律，實在沒有什麼價值，不過在初唐到開元天寶的過渡時代，四傑的作品，還是有其存在的地位與意義。杜甫所說的『不廢江河萬古流』的評語，是應該從這一點來解釋的，陸時雍說：『王勃高華，楊炯雄厚，照隣清藻，賓王坦易，子安其最傑乎？調入初唐，時帶六朝錦色。』（詩鏡總論）評四傑者甚多，此數語較爲公允。

四　沈宋與文章四友

沈佺期字雲卿，河南內黃人，宋之問字延清，山西汾州人。其時代同爲七世紀下期至八世紀初，約當西曆六五〇到七一二年。他倆人格卑鄙，傾心諂媚武則天張易之，以圖富貴。據宋之問傳說：『於時張易之等蒸淫寵甚，之問與閻朝隱，沈佺期，劉允濟等傾心媚附。易之所賦諸篇，盡之問朝隱所爲，至爲易之奉溺器。』在這些話裏，活現出這些典型宮庭詩人的醜態。所以他們那些應制詩，自然沒有什麼價值。然而他們能够在詩史上占一席地位的，並不在其作品本身的藝術，而在其詩體的完成。這種詩體，便是五律和七律。他們完成這種工作，並非由於特出的天才，實賴於詩體進化的歷史性。自齊梁以來，這種新體詩，經過無數詩人的試驗製作，時時在進步成長的發育中，到了初唐，加以上官儀的六對八對說的提倡，以及四傑們的大量寫作，成熟的機運，自益接近了。到了沈宋，接收着前人培植的基礎，再加以鍛鍊，於是便達到完全成熟的階段。由五律的成功，再轉變到七言方面去，也一樣得到了完成。這在中國詩史上，確實是一件大事。從此以後，這種體裁便成爲詩中的正格，一千餘年來，保持着不曾動搖的地位。許多第一流的詩人，都把自己的才情與生命，寄托在這種體裁的詩裏。並且，因此在詩壇上，呈現着古體與近體的明顯的分野。

『十年通大漠，萬里出長平。寒日生戈劍，陰雲拂旆旌。飢烏啼舊壘，疲馬戀空城。辛苦臯蘭北，胡霜損漢兵。』（沈佺期被試出塞）

『倚櫂望茲川，銷魂獨黯然。鄉連江北樹，雲斷日南天。劍別龍初沒，書歸雁不傳。離舟無限意，催渡復催年。』（宋之問渡吳江別王長史）

『盧家少婦鬱金堂，紫燕雙棲玳瑁梁，九月寒砧催木葉，十年征戍憶遼陽。白狼河北音書斷，丹鳳城南秋夜長。誰謂含愁獨不見，更敎明月照流黃。』（沈佺期古意呈補闕喬知之）

『江雨朝飛挹細塵，陽橋花柳不勝春。金鞍白馬來從趙，玉面紅妝本姓秦。妬女猶憐鏡中髮，侍兒堪感路旁人。蕩舟爲樂非吾事，自歎空閨夢寐頻。』（宋之問和趙員外桂陽橋遇佳人）

由這些作品，可知律詩到他們的手裏，是完全成熟，後人再無須修改了。不管這些詩的格調是如何的低，宮體的氣味是如何的濃厚，他們在詩史上，總是有相當地位的。新唐書宋之問傳說：『漢建安後迄江左，詩律屢變，至沈約庾信以音韻相婉附，屬於精密。及宋之問沈佺期又加靡麗，回忌聲病，約句準篇，如錦繡成文，學者宗之，號曰沈宋。』王世貞藝苑巵言說：『五言至沈宋始可稱律。律爲音律法律，天下無嚴於是者。知虛實平仄不得任情，而法度明矣。二君正是敵手。』又胡應麟詩藪說：『五言律體兆自梁陳，唐初四子靡縟相矜，時或拗澀，未堪正始。神龍以還，卓然成調。沈宋蘇李合軌於前，王孟高岑並馳於後。新製迭出，古體攸分。實詞章改革之大機，氣運推遷之一會也。』他們對於沈宋的批評，都能從其詩體的完成上立論，是極其公正的。要這樣，對於他們的評價，才不會有過高過低的褒貶，同時也不至於違背文學發展的時代性。

與沈宋同時，其作風亦相似者，尚有所謂文章四友的李嶠蘇味道，崔融和杜審言。李蘇位極公相，顯赫一時。凡朝庭重要文書，俱出其手筆，實是宮庭的御用文人。他們集中，五律最多，可知他們都是沈宋律詩運動中的重要推行者。李嶠作律詩一百六十餘首，偏於詠物，天文地理禽魚花草以及文具用品，無不詠到，成爲唐代第一個詠物詩人，而其作品全無情趣，只是一種遊戲文字。他的七古汾陰行，爲傳誦人口之作，然統觀全體，亦係雜湊成篇。只其結尾數句，頗有詩味。唐明皇歎爲眞才子似乎太過。蘇崔二人的詩，亦俱平庸無可述者。只有杜審言的作品，在四友中是較好的。他是湖北襄陽人，字必簡，爲大詩人杜甫之祖。集中五律占去大半，然佳作極少。七律有兩三首，情味亦劣。其代表作，不得不推那幾首七言小詩。

『知君書記本翩翩，爲許從戎赴朔邊。紅粉樓中應計日，燕支山下莫經年。』（贈蘇書記）

『遲日園林悲昔遊，今春花鳥作邊愁。獨憐京國人南竄，不似湘江水北流。』（渡湘江）

這種詩有情感，有境界，表現得很細密很溫厚，自然是上等的作品。比起他那些故作華麗的律詩來，這種詩是好得多了。不過在詩體的形成上，我們要注意一件事，便是五言排律，到了杜審言，得到了進步的發展。這種詩，上官儀四傑沈宋諸人都已作過，多是六韻八韻的短篇。至杜所作，有長至二十韻者（如贈崔融），有長至四十韻者（如和李大夫嗣眞奉使存撫河東），這種鋪陳終始排比聲韻的長篇排律，本來是詩人的魔道，其弊病遠過於八句的律詩。不過後人爲誇耀才學，每喜用這種體裁。如杜甫白居易諸大詩人，也時有此體。然因其過於平滯，加之處處要受到韻律及對偶的限制，自然是不容易討好的。

律體的最後完成，便是齊梁以來新體詩運動的最後完成。在初唐詩壇的百年中，雖有王績王梵志們的新異的作品，然其主要的詩潮，全是傾向於律體完成的工作。如上官儀四傑以至沈宋及四友諸人，都是這工作的努力者。就是王績王梵志，也曾試用過這種體裁去表現他們那種浪漫的生活和心境。因其思想與環境的不同，在作風上發生了差別而已。由此看來，律體的完成，是可以作爲初唐詩壇的結束的。同時，也就是六朝詩風的一個結束。陳子昂雖倡言復古，其實是一種詩壇的反動與革命，在廣義的立場上，他的復古運動，確實是唐代浪漫詩運動的先聲。因爲這一點，陳子昂的論述，是要歸之於下一期的了。

第十四章　浪漫詩的產生與全盛

一　緒說

八世紀上半期的四五十年間，無論當日的人生觀與文學的潮流，都呈現着自由浪漫的濃厚色彩。從唐代開國，經過了一百多年的安定，雖在政治的內部，隱伏着無數的危機，然表面却是富庶繁華的太平盛世。一般知識人士，都未曾着眼於社會上的種種問題，全集中於個人的歸宿與人生的理想。兩晉以來的自然主義與佛教思想的調和結合而釀成的禪宗運動，到此時也漸漸地成熟了。這一個運動，無非是打破一切的儀式法規，而追求絕對自由心靈的活動與創造。加以道教爲唐代的國教，因此助長當日隱逸之風。科舉考試固然是干祿的正路，隱居山林，同時也是成名獵官的捷徑。因此有許多聰明人不去應試，住在深山幽谷等他名氣大了，自然有州郡來推薦他，朝庭來徵辟他。有了這種思想所趨社會所重的背景，於是隱逸之風盛極一時。如盧藏用爲左拾遺，鄭普思爲秘書監，葉靜能爲國子祭酒，吳筠爲翰林待詔，都是走的這條路。唐書盧藏用傳說：『司馬承禎嘗召至闕下，將還山，藏用指終南山曰：「此中大有佳處。」承禎徐曰：「以僕觀之，仕宦之捷徑耳。」』最後一句，點破了當日隱士的秘密，同時也就是眞隱士對於假隱士的譏諷。隱士的眞假與人格的高下，我們不去管他，但是他們那種生活的環境與田園山水的情趣，要影響於文學的色彩與作風的事是無疑的。王維的居輞口，孟浩然的隱鹿門，儲光羲的隱終南，顧況的隱茅山，都可以看出他們那種生活環境與自然界的情趣，作了他們文學作品的決定的因素。在這種境遇下，便形成着繼承陶淵明那一派的田園詩。其次因人生思想的轉變，與自由生活的追求，而日趨於放縱與享樂，輕視一切的禮法與規律，狎妓飲酒，避世逃禪，在生活與思想上，呈現出極度的解放與浪漫。如杜甫的飲中八仙歌云：

『知章騎馬似乘船，眼花落井水底眠。汝陽三斗始朝天，道逢麴車口流涎，恨不移封向酒泉。左相日興費萬錢，飲如長鯨吸百川，銜杯樂聖稱避賢。宗之瀟灑美少年，舉觴白眼望青天，皎如玉樹臨風前。蘇晉長齋繡佛前，醉中往往愛逃禪。李白斗酒詩百篇，長安市上酒家眠。天子呼來不上船，自稱臣是酒中仙。張旭三杯草聖傳，脫帽露頂王公前，揮豪落紙如雲煙。焦遂五斗方卓然，高談雄辯驚四筵。』

這是當日知識份子浪漫生活的暴露。其中有親王宰相，有佛徒道士，有詩人畫家，這範圍算是相當的廣了。杜甫在這裏的描寫，雖只就其飲酒一項，然而由這些詩句裏，我們可以參透他們人生觀的全部。他們的眼裏沒有皇帝王公，沒有禮法名教，唯一的中心，便是個人的放縱與自由。由這種極端的放縱與自由的人生觀，反映到文學的創作上，自然是打破格律，反對摹擬，而形成那種變動自由的浪漫詩風了。開元天寶的詩壇，能够那麼有生氣有力量，有各種各樣的顏色與聲音，便是由於當日那種浪漫的人生觀與生活基礎反映出來的浪漫情調。

二　陳子昂與吳中四士

在初唐的律詩運動與六朝的華靡詩風的潮流中，在詩壇成爲有意識的覺醒，首先豎着革命的旗幟，以復古爲號召的，是陳子昂。復古這個口號，在外表上雖有些模糊，然究其實情，却實在是對於當日的格律文學擬古文學的一種反動。他所要求的，無非是要排斥那種嚴格的形式與虛美的表皮，要在詩裏有興寄，有骨肉，有作者個人的生命與情感。他說：

『文章道弊五百年矣。漢魏風骨，晉宋莫傳，然而文獻有可徵者。僕嘗暇時觀齊梁間詩，采麗競繁，而興寄獨絕，每以永歎，竊思古人，常恐逶迤頹靡，風雅不作，以耿耿也。昨於解三處，見明公詠孤桐篇，骨端氣翔，音情頓挫，光英朗練，有金石聲。遂用洗心飾視，發揮幽鬱。不圖正始之音，復覩於茲，可使建安作者，相視而笑。』（修竹篇序）

粗粗看去，這些話似乎是儒家的載道觀念的理論，其實是完全不同的。他所攻擊的，是那些表現色情的宮體詩，是那些釆麗競繁而毫無情感生命的唯美文學。他正如李白一樣，把這些作品，看作是『綺麗不足珍』的東西。他所贊美的骨端氣翔，音情頓挫，正是浪漫詩歌的特質。他所推重的建安正始之音，也正是個人主義的浪漫文學的情調。可知他的主張，非屬於載道，而是近於言志。李白也說過：『梁陳以來，豔薄斯極，將復古道，非我而誰？』（孟棨本事詩引）他倆的生活思想，雖完全不同，然在詩界的復古這一點上，意義却是一致的。其名爲復古，實在却是創新。表面上似乎是保守，實際却是革命。因此，在這個運動的本質及其精神上講，陳子昂實在是唐詩轉變的一個要點，也就是唐代浪漫詩的先聲。因此，他雖與沈宋同時，其時代雖是屬於七世紀末年，而我們是要把他放在這一章來敍述的。

陳子昂字伯玉（西曆六五六——六九八年）四川梓州射洪人。他的詩現存者雖不多，却都能一掃當日那種宮體豔情的餘影，保存他特有的風格。最著者爲感遇詩三十八首。在這些詩裏，他實現了他的鄙薄齊梁詩風的主張，抛棄了新體詩的格律與文句的雕飾，而以平淺的字句，直抒自己的懷抱，近似阮藉的詠懷的風格，他所講的興寄，所景仰的正始之音，在這些詩裏，可以看到一點。

『蘭若生春夏，芊蔚何青青。幽獨空林色，朱蕤冒紫痕。遲遲白日晚，嫋嫋秋風生。歲華盡搖落，芳意竟何成。』（感遇之二）

『白日每不歸，青陽時暮矣。茫茫吾何思，林臥觀無始。衆芳委時晦，鶗鴂鳴悲耳。鴻荒古已頹，誰識巢居子。』（感遇之七）

感遇詩以外，他還有許多好詩。例如：

『南登碣石館，遙望黃金台。丘陵盡喬木，昭王安在哉！霸圖悵已矣，驅馬復歸來。』（燕昭王）

『自古皆有死，徇義良獨稀。奈何燕太子，尙使田光疑。伏劍誠已矣，感我涕沾衣。』（田光先生）

『前不見古人，後不見來者，念天地之悠悠，獨愴然而涕下。』（登幽州臺歌）

這些詩絕無宮體詩的脂粉氣，也沒有新體詩的駢麗富貴氣，只是用自然的音調，樸實的言語，自由的格律去表現個人的感情，然而詩中却蘊藏着一種高遠的意境與豪放的氣慨。正具備着他所說的那種『骨端氣翔音情頓挫』的特色。他所提倡的復古，在這裏得到了正確的解釋與證明。無疑的他是想以浪漫的作風去變更古典的作風，而灌輸文學以清新自由的生命。唐書本傳說：『唐興，文章承徐庾餘風，天下祖尙。子昂始變雅正。』韓愈也說：『國朝盛文章，子昂始高蹈。』他們這些評語，並非溢美之辭。在唐詩的發展史上，陳子昂是結束初唐百年間的齊梁詩風，下開盛唐的浪漫詩派，由此可見他的地位的重要了。

子昂以外，蘇頲，張說，張九齡俱以詩名。其詩雖稍近古雅，究以宮庭詩人的環境，（蘇頲封許國公，張說封燕國公。朝廷大作，多出其手，時號燕許大手筆）故集中樂章之作，應制之篇，觸目俱是。張說謫居岳州以後，其詩格較高，時多悽惋之音。張九齡身居相位，故其五律也帶着很濃厚的臺閣氣，惟其感遇詩十二首，作風與子昂相近。故後人論初唐詩之轉變者，每以陳張並稱，即因此故。今舉二首作例：

『蘭葉春葳蕤，桂華秋皎潔。欣欣此生意，自爾爲佳節。誰知林棲者，聞風坐相悅。草木有本心，何求美人折。』

『江南有丹橘，經冬猶綠林。豈伊地氣暖，自有歲寒心。可以薦嘉客，奈何阻重深。運命唯所遇，循環不可尋。徒言樹桃李，此木豈無陰！』

陳子昂所說的齊梁詩『采麗競繁興寄都絕』的弊病，在這種詩裏，是革除得乾淨了。峴傭說詩云：『唐初五言古，猶紹六朝綺麗之習。惟陳子昂張九齡直接漢魏，骨峻神竦，思深力遒，復古之功大矣。』劉熙載藝概亦云：『唐初四子紹陳隋之舊，才力迥絕，不免時人異議。陳射洪張曲江獨能起一格，爲李杜開先，豈天運使然耶？』這些評語，都很能認淸文學進展的時代性。

陳張以外，在唐詩浪漫運動的初期盡着相當的力量的，是吳中四士。四士是賀知章，張旭，包融和張若虛。他們在當日的詩壇並無大名，然在現在看來，他們的詩歌，却是浪漫運動初期中的重要產品。他們的思想雖不盡同，生活的情調，却有一個共同的傾向，那便是禮俗規律的厭惡與自由閑適的追求。賀知章字季眞，浙江會稽人，是一個位居相位後爲道士的狂人。史書上說他淸淡風流，晚節尤放曠，遨嬉里巷，自號『四明狂客』。張旭蘇州人，是草書大家。嗜酒如命，每醉後號呼狂走乃下筆，世呼爲『張顚』。他倆都是醉中八仙歌內的人物。包融潤州人，張若虛揚州人，也都是性愛山水，喜與道士山人來往，故得與賀張齊名。或稱『狂客』，或稱『張顚』，可知他們的生活與人生觀是一個澈底的浪漫主義者。由這種生活與人生觀的根底，反映到他們的文學創作上，自然是要呈現出濃厚的浪漫情調來的。同時，由他們那種愛好自由的個性，那種拘束於規則的律詩，他們是看不起的，因此在他們的詩中，律體是少極了。小詩與長歌，是他們的代表作。

『主人不相識，偶坐爲林泉。莫謾愁沽酒，囊中自有錢。』（賀知章題袁氏別業）

『離別家鄉歲月多，近來人事半銷磨。唯有門前鏡湖水，春風不改舊時波。』（賀知章回鄉偶書之一）

『旅人倚征櫂，薄暮起勞歌。笑攬清谿月，清輝不厭多。』（張旭清谿泛舟）

『隱隱飛橋隔野煙，石磯西畔問漁船。桃花盡日隨流水，洞在青谿何處邊。』（張旭桃花谿）

『武陵川徑入幽遐，中有雞犬秦人家。先時見者爲誰耶？源水今流桃復花。』（包融武陵桃源送人）

『春江潮水連海平，海上明月共潮生。灩灩隨波千萬里，何處春江無月明。江流宛轉遶芳甸，月照花林皆似霰。空裏流霜不覺飛，汀上白沙看不見。江天一色無纖塵，皎皎空中孤月輪。江畔何人初見月？江月何年初照人？人生代代無窮已，江月年年祇相似。不知江月待何人，但見長江送流水。白雲片片去悠悠，青楓浦上不勝愁。誰家今夜扁舟子？何處相思明月樓？可憐樓上月徘徊，應照離人粧鏡台。玉戶簾中捲不去，擣衣砧上拂還來。此時相望不相聞，願逐月華流照君。鴻雁長飛光不度，魚龍潛躍水成文。昨夜閑潭夢落花，可憐春半不還家。江水流春去欲盡，江潭落月復西斜。斜月沉沉藏海霧，碣石瀟湘無限路。不知乘月幾人歸，落月搖情滿江樹。』（張若虛春江花月夜）

這些詩完全跳出了初唐的範圍，自成一種格調。賀知章所寫的還鄉感慨，所歌詠的酒杯中的人生，張旭包融所描寫的深山幽谷的自然情趣，處處都有一種高遠的意境，毫無那種富貴塵俗的氣息。

張若虛的歌行，用着最美麗最和諧然而又是最通俗的文句，來歌詠富於玄理的自然現象，中間夾雜閨情離恨，使全篇增加哀怨纏綿的成分，一破哲理詩的平淡枯寂。因其善於變化反復，造成詭譎恢奇的波瀾，使這詩在感染性上，得到了成功的効果。由此說來，他們的作品雖是不多，然在浪漫詩的初期，他們都是不可忽視的人物。

三　王孟詩派

在唐代的浪漫詩歌中，有一些人專注力於自然山水的歌詠，鄉村生活的描寫；用疏淡的筆法，造成恬靜的詩風的，是王維代表的田園詩派。這一派人的人生觀與生活動態，雖是浪漫的，但同那些享樂縱慾的澈底浪漫主義者又大有不同。他們只是失意於現實的人世，或滿意於富貴功名以後，帶着閑適清靜生活的追求的慾望，避之於山林與田園，想在那裏找到一點心境上的慰安。不管他們是佛徒，或是道士，無論宗教的名義上有什麼分別，而其思想的根底，只是道家的自然主義和陶淵明那種逃出現實的樊籠的人生哲學。他們的浪漫情緒，並不如那些縱慾享樂者的激昂熱烈，他們的理想的生活是清閑與幽靜，時時刻刻在追求一種怡然自樂的心境。因此，他們並不反抗禮俗與規律，只寂寂地避開煩擾的現世，社會上一切的民生疾苦，戰影烽煙，都無法引起他們的注視與描寫，因爲他們另有一個美麗的天地，一個極樂的世界，這天地與世界，便是偉大的自然現象與農夫樵子的田園生活。這一派詩自陶淵明開創以來，絕響於齊梁陳隋的色情文學的狂流中。到了初唐的王績，重露出過一點光影，然而那光影也極微弱，隨卽被當日的詩風吹散了。到了八世紀，因這一派的作家輩出，作品的豐富與藝術的成熟，形成田園詩的極盛時代，而成爲浪漫詩中的主要支流了。如王維，孟浩然，儲光羲，裴迪，丘爲，綦毋潛，常建，劉長卿，祖詠，都在這方面有很好的成績。時代稍遲一點，其作品也是屬於這個系統的，還有元結韋應物柳宗元顧況諸人。在這一派中，能領袖羣倫，堪稱諸家的代表的，自然是王維。

王維　王維字摩詰（西曆七〇一——七六一）山西太原祁人，其父遷家於蒲，（今山西永濟縣，）遂爲河東人。他同王勃一樣，是一個早熟的作家。史家稱他九歲知屬辭，或許不是誇張。現其集中尙存着幾首少年時代的作品，如題友人雲母障子詩，過秦王墓詩，爲十五歲作；洛陽女兒行，十六歲作；九月九日憶山東兄弟，十七歲作；桃源行李陵詠諸篇，十九歲作。其中洛陽女兒行桃源行二章，是藝術完全成熟的作品，絕無半點幼稚氣，可知他的才情，實在是過人的。他十九歲赴京兆府試，中了第一名的解頭，二十一歲擧進士，調大樂丞，年紀青青便做起官來了。唐詩紀事引集異紀云：『維未冠，文章得名，妙能琵琶。春之一日，岐王引至公主第，使爲伶人，進主前。維進新曲，號鬱輪袍，並出所爲文。主大奇之，令宮婢傳敎，召試官至第，諭之作解頭登第。』世人因以此病其人品，這種觀念是錯誤的。當日樂歌極爲發達，君主貴族都提倡獎勵。加之王維在那時正是一個十九歲的少年，富貴功名的慾望，自然是很强烈，有人替他幫忙，他也就順水推舟地接受這個好機會，後人有作文替他辯誣的，這眞是小題大做了。天寶十一年，他拜文部郎中，遷給事中，時弟縉爲侍御史，同爲時人所景仰。舊唐書本傳說：『維以詩名盛於開元天寶間。昆仲宦遊二都，凡諸王駙馬豪右貴勢之門，無不拂席迎之，寧王薛王待之如師友。』這是他在宦途中最得意的時代。可是這時代並不長久，天寶十四年，安祿山反，陷長安，維爲賊所獲，服藥下痢，僞稱瘖病。被拘禁於古寺中，曾有凝碧詩一章，寄其感慨。詩云：『萬戶傷心生野煙，百官何日再朝天。秋槐花落空宮裏，凝碧池頭奏管絃。』後來亂平，因以此詩減罪。他受了這次的挫折，生活思想上發生了極大的轉變，領悟到富貴功名的無味，現實社會的擾亂，漸漸地趨於道家的養性全眞的人生哲學，和佛家的厭世主義，而皈依於大自然與佛學的懷抱，造成他晚年的閑適生活，和許多有名的歌詠自然的作品。舊唐書本傳說：『兄弟俱奉佛，居常疏食，不茹葷血。晚年長齋，不衣文綵。在京師日飯十數名僧，以玄談爲樂。齋中無所有，唯茶鐺藥臼經案繩床而已。退朝之後，焚香獨立，以禪誦爲事。』這正是他晚年生活的寫照。後得宋之問的藍田別墅，在輞口，山水奇勝。日與道友裴迪浮舟往來，彈琴賦詩，以此自樂。他在與裴迪書中，描寫那地的風景和他個人的生活心境極好。書云：

『夜登華子岡，輞水淪漣，與月上下。寒山遠火，明滅林外。深巷寒犬，吠聲如豹。村墟夜舂，復與疏鐘相間。此時獨坐，僮僕靜默，每思曩昔攜手賦詩，步仄徑臨淸流也。當待春中卉木蔓發，春山可望，輕鯈出水，白鷗矯翼，露濕靑皋，靑雉朝雊，斯之不遠，倘能從我遊乎。』

這是一幅活畫，是一首散文詩，文字的淸潔，意境的高遠，是山水小品中的傑作。要有他那種晚年的生活的背境，才能寫出此等文字。他就在這種閑適的心情之下，靜靜地離去了人間，年紀是六十一歲。（舊唐書說卒於乾元二年七月——西曆七五九——但其集中有謝弟縉新授左散騎常侍狀一文，尾署年月，爲肅宗上元二年五月四日——西曆七六一——舊唐書所說的乾元二年，想係上元二年之誤，現依其作品改正之。」

王維是一個詩樂圖畫的兼長者，眞可稱爲一個多才多藝的藝術家，他的山水畫和他的田園詩，發生了密切的聯繫。蘇東坡說他『詩中有畫，畫中有詩，』眞是一點也不錯。畫和詩在名義上雖不同，然在作家的心情與意境的表現上是一致的。新唐書本傳說：『維工草隸，善畫，名盛於開元天寶間，……畫思入神。至山水平遠，雲勢石色，繪工以爲天機獨到，學者所不及也。』他的畫以山水爲代表，正如他的詩以田園詩爲代表是一樣。他自己說過：『凡畫山水，意在筆先。』（畫學秘訣。）『意在筆先』是他繪畫的秘訣，也就是他作詩的秘訣。意就是一種意象或境界，使讀者觀者可以在他的作品中，得到一種神悟的情味。這一派的手法，同寫實派的手法完全兩樣。他有雪中芭蕉一幀，極負盛名，這正證明他的藝術是着重於意境的象徵，而不是刻劃的寫實。他的詩的特色，也就在這一點。他的時代，正是李思訓父子代表的古典畫派極盛的時代，這一派的特色，是用着細密刻劃的筆法，遵守着嚴密的格律，塗着濃烈的青綠金碧的顏色，呈現着繁茂淫靡的富貴氣息。這一種畫，同當日宮庭詩人所寫下來的駢麗雕琢的詩歌，正是同一典型。到了王維，始以蕭疏清淡的水墨畫與之對抗，開浪漫畫派之風，而成爲南宗之祖。如宋之董源米芾，元之倪瓚黃公望，明之董其昌，這些大家，都是他的承繼者。因爲他愛山水，愛高潔，愛佛，所以山水雪景及佛像成爲他畫中的主要題材，可知一個藝術家的生活心境，同他的作品，發生多麼密切的聯繫。

我們先瞭解王維在繪畫上的作風與成就，再來讀他的詩，是較爲方便的。因爲他在繪畫與作詩的造境與用筆上，是取着同一的態度。這態度便是拋棄謝靈運李思訓們的寫實，而採用陶淵明的寫意。他所追求的，是人人懂得而又是人人寫不出的一種高遠的意境，他鄙視那種維妙維肖的形象，因爲在那形象裏只有外貌而沒有靈魂，後人稱道他作品有神韻有滋味，便是指的這一點。他的詩一句一字拆下來解釋，自然是空淺無物，然而在整體上，却是懸掛在腦袋中的一副山水田園畫，令人感着一種悠然神往的情趣。

『空山不見人，但聞人語響。返景入深林，復照青苔上。』（鹿柴）

『秋山歛餘照，飛鳥逐前侶。彩翠時分明，夕嵐無處所。』（木蘭柴）

『木末芙蓉花，山中發紅萼。澗戶寂無人，紛紛開且落。』（辛夷塢）

『人閑桂花落，夜靜春山空。月出驚山鳥，時鳴春澗中。』（鳥鳴磵）

『荆溪白日出，天寒紅葉稀。山路元無雨，空翠濕人衣。』（山中）

『君自故鄉來，應知故鄉事。來日綺窗前，寒梅着花未？』（雜詩）

五言小詩，因字句過少，在詩體中，最難出色。而王維以其過人之才，在這方面得到了最高的成就。他用二十個字，表現那一霎那的自然現象，無論一塊石，一溪水，一枝花，一隻鳥，都顯現着活躍的靈魂，而同作者的生活心境，完全調和融洽，於是自然與人生結成不可分離的整體。每首詩只是在那裏表現自然界的景物，而無處不有作者的地位與性情，所謂畫筆禪理與詩情三者的組合，成就了這些小小的文字畫。最後一首，是可以作爲抒情詩的。他抒的情，是那麼恬淡，那麼超然，眞有一種特妙的理趣。見了鄉人，不問民生的疾苦，不問親友的狀況，只關心到窗前的梅花，可知這派詩人，除了他個人以外，對於現實的社會，是完全閉住眼了。他自己說：『晚年惟好靜，萬事不關心。』（酬張少府）所謂萬事不關心，是自然詩人對於現實社會的共同態度。安史之亂的社會影子，不能在這位詩人的筆下露出面來，在這裏正好得到一個解答。他另有送別一首，情趣與此很相近。詩云：

『下馬飲君酒，問君何所之？君言不得意，歸臥南山陲，但去莫復問，白雲無盡時。』

他所表現的一樣是淡漠與恬靜的情緒。在這些詩裏，作者對於人生似過於冷靜，然而他有時却又寫得極其纏綿。例如：

『渭城朝雨浥輕塵，客舍青青柳色新。勸君更盡一杯酒，西出陽關無故人。』（送元二使安西）

『送君南浦淚如絲，君向東州使我悲。爲報故人顦顇盡，如今不似洛陽時。』（送別）

這詩的情調，自然是兩樣的，我想這必是較早之作。到了他晚年的作品，這種殉情的色彩，哀傷的調子，完全被他那種空淡的心境洗刷得乾乾淨淨了。

五絕以外，王維的五律也有許多好作品。律詩因對偶平仄的限制，本不適宜於浪漫心情與一霎那的自然現象的表現，但王維的天才，却能駕馭這種格律的拘束，運用自如，使他的律詩和他的絕句一的技巧了。

樣，現出那一種淡遠閑靜的風格，毫沒有一點做作湊合的痕跡。律詩到了王維的手裏，算表現出最高

『中歲頗好道，晚家南山陲。興來每獨往，勝事空自知。行到水窮處，坐看雲起時。偶然值林叟，談笑無還期。』（終南別業）

『寒山轉蒼翠，秋水日潺湲。倚杖柴門外，臨風聽暮蟬。渡頭餘落日，墟里上孤煙。復值接輿醉，狂歌五柳前。』（輞川閑居贈裴迪）

『淸川帶長薄，車馬去閒閒。流水如有意，暮禽相與還。荒城臨古渡，落日滿秋山。迢遞嵩高下，歸來且閉關。』（歸嵩山作）

『晚年惟好靜，萬事不關心。自顧無長策，空知返舊林。松風吹解帶，山月照彈琴。君問窮通理，漁歌入浦深。』（酬張少府）

這些詩在他的五律中，自然是最好的作品，然按律詩的平仄，其中不合者頗多。他並不因一字一句的不協律，便損失他原有的意境，去改換他的字句，這便是浪漫詩人的眞精神。在他的律詩中，還有許多美麗淸秀的句子。如『明月松間照，淸泉石上流；』（山居秋暝）『白雲迴望合，靑靄入看無；』（終南山）『泉聲咽危石，日色冷靑松；』（過香積寺）『江流天地外，山色有無中；』（漢江臨眺）『大壑隨階轉，羣山入戶登；』（韋給事山居）『時倚簷前樹，遠看原上村。』（輞川閑居）有的寫得冷靜，有的雄渾，有的隱約，也有的細密，然其滋味都是長遠無窮，令人神往。

他的五言或六言的古詩，有許多描寫田園生活極好的作品。在那些作品裏，現出桃花源似的世界。試舉幾首作例：

『言入黃花川，每逐青谿水。隨山將萬轉，趣途無百里。聲喧亂石中，色靜深松裏。漾漾汎菱荇，澄澄映葭葦。我心素已閑，清川澹如此。請留盤石上，垂釣將已矣。』（青谿）

『斜陽照墟落，窮巷牛羊歸。野老念牧童，倚杖候荊扉。雉雊麥苗秀，蠶眠桑葉稀。田夫荷鋤至，相見話依依。即此羨閑逸，悵然吟式微。』（渭川田家）

『採菱渡頭風急，策杖村西日斜。杏樹壇邊漁父，桃花源裏人家。』（田園樂）

『萋萋春草秋綠，落落長松夏寒。牛羊自歸村巷，童稚不識衣冠。』（同上）

這些詩同他前面那種專寫山水意境的詩不同。在那種詩裏，只有作者個人與自然界的結合，只有作者一個人的心靈的波動，作者成了主體。在這些詩裏，田園生活成爲主體，用山水風景作爲襯托，而作者變成爲一個旁邊的欣賞者了。前者是靜的，後者是動的，然而在作風上，一樣是出於畫筆禪理與詩情的集體表現。而成爲最有神韻的名篇了。劉熙載云：『王摩詰詩好處，在無世俗之病，如恃才騁學，做身分，好攀引皆是。』（詩概）這話說得最深刻。他早年的長歌樂府和那些應制的七律，雖難免有世俗之病，在作爲他的代表作的山水田園詩，卻全是出於直寫白描，自然流露，確實沒有半點騁才學做身分好攀引的痕跡，前人評其詩者，多以『清逸』『曠淡』『味長』爲言，其故即在此。

孟浩然　孟浩然（西曆六八九——七四〇）湖北襄陽人。他與王維並稱，爲當日自然詩人的兩大代表。但他的心境與作品的情調，與王維都有不同之點。王維是一個貴族的隱士，是一個飽嘗了富貴功名的滋味而皈依於山水的懷抱的退隱者，所以他能夠心安理得，無論他的心境和作品的情調，都能達到純然恬靜與平淡的境界。孟則不然，他四十歲前，雖受了當日隱逸的風氣，在鹿門山住了那麼多年，山水看得太久了，富貴功名的慾望，在他的心裏，漸漸滋長起來，身在江湖，心懷魏闕，正好說明孟浩然的心理。他有了這種心境，因此他的作品的情調，就沒有王維那麼恬靜與平淡，時露憤慨與嗟怨。所以他到了四十歲，還跑到京城去考進士，落了第還表示極度失望的感情，在這裏暴露了孟浩然的眞面目。

『八月湖水平，涵虛混太淸。氣蒸雲夢澤，波撼岳陽城。欲濟無舟楫，端居恥聖明。坐觀垂釣者，徒有羨魚情。』（臨洞庭上張丞相）

『北闕休上書，南山歸敝廬。不才明主棄，多病故人疏。白髮催年老，靑陽逼歲除。永懷愁不寐，松月夜窗虛。』（歲暮歸南山）

『寂寂竟何待，朝朝空自歸。欲尋芳草去，惜與故人違。當路誰相假，知音世所稀。祇應守寂寞，還掩故園扉。』（留別王維）

第三篇詩是孟浩然自己的供辭。他在這裏無法掩藏那種熱心富貴榮華的心境。在這些供辭內，孟浩然的隱士的聲價，不得不打相當的折扣。羨魚之情的表露，明主之棄的哀怨，知音之稀的嗟歎，年華易老的悲傷，都是表示他心境的塵俗與雜亂。他離開陶淵明的世界，固然是遙遠得很，就是對於王維的心地也還隔着相當的距離。他有詩云：『嘗讀高士傳，最嘉陶徵君，日耽田園趣，自謂羲皇人。』（仲夏歸南園寄京邑舊遊）『歸來臥青山，常夢遊淸都，漆園有傲吏，惠我在招呼。』（與王昌齡宴黃十一）這都是他追求功名失敗以後，所謂『祇應守寂寞，還掩故園扉』的晚年的心境的表露，然按其實際，他心中是隱藏着一種懷才不遇人生失意的隱痛的。李白贈他的詩有『白首臥松雲，迷花不事君』之句。前語確是實情，後語却有點假了。

我上面所說的，是對於孟浩然的人生進一步的認識，但並不是完全抹煞他的詩歌的價值。他是五言體的專長者，在他的二百六十幾首詩中，七言各體，一共不到二十首，可見他對於五言方面的努力。例如：

『北山白雲裏，隱者自怡悅。相望試登高，心隨雁飛滅。愁因薄暮起，興是淸秋發。時見歸村人，沙行渡頭歇。天邊樹若薺，江畔洲如月。何當載酒來，共醉重陽節。』（秋登蘭山寄張五）

『夕陽度西嶺，羣壑倏已暝。松月生夜凉，風泉滿淸聽。樵人歸欲盡，煙鳥棲初定。之子期宿來，孤琴候蘿逕。』（宿業師山房待丁大不至）

『故人具雞黍，邀我至田家。綠樹村邊合，青山郭外斜。開軒面場圃，把酒話桑麻。待到重陽日，還來就菊花。』（過故人莊）

『移舟泊煙渚，日暮客愁新。野曠天低樹，江淸月近人。』（宿建德江）

這些詩自然是最成熟的作品，但我們有一點必須注意，便是他雖有意學陶詩，他的山水詩的表現法，却是近於謝靈運。謝詩是過於刻劃用力，在人的眼前時時露出輪廓分明的痕跡。這種痕跡也常常出現於孟浩然的詩裏，尤其是五古。我們試讀他的彭蠡湖中望廬山，夜泊宣城界，宿天台桐柏觀諸篇，便更能體會出謝詩的面目。陶詩着力於寫意，謝詩着力於寫貌，一個是坐着不動的隱士，隨着心境的變化去寫自然界的變化。一個是動的旅行家，各地有各地的山水，不得不以各地的山水面目爲主體，因此傾於寫實了。孟浩然四十歲前後，遍遊江南西北各地的名勝，也是屬於動的生活，其山水詩的作風近於大謝，我想這是一個最大的原因。在他早年和晚年的靜止的生活裏所寫出來的詩裏，謝的顏色就較爲稀淡了。杜甫在遣興詩中批評他云：『賦詩何必多，往往凌鮑謝。』這老人的眼光是深刻的。

儲光羲　王孟以外，在這一派的詩人中能卓然自立的，是儲光羲。（西曆七〇〇？——七六〇？）他是山東兗州人，開元進士，做過幾次小官，退隱終南，後復出，遷監察御史。安祿山亂，陷賊，事平下獄，後貶至馮翊，尋卒。他有遊茅山詩五首，表白他愛好自然追求閑適的心境，但他集中描山寫水之作並不多見，詩亦不佳，其弊病在山水的表現中，時時夾雜玄理，因此把自然的境界破壞了。他的特色，是努力於田園生活的描寫。農夫樵子漁父牧童，都成了他作品的重要題材，他在這方面，曾下過精密的觀察，與細微的表現，得到了很大的成就。在他的集子裏，有樵父詞，漁父詞，牧童詞，采蓮詞，采菱詞，釣魚灣，田家卽事，田家雜興，田家卽事答崔二東皋作諸篇，都是他在這方面努力的成績。

『垂釣綠灣春，春深杏花亂。潭清疑水淺，荷動知魚散。日暮待情人，維舟綠楊岸。』（釣魚灣）

『梧桐蔭我門，薜荔網我屋。迢迢兩夫婦，朝出暮還宿。稼穡既自種，牛羊還自牧。日旰嬾耕種，登高望川陸。空山足禽獸，墟落多喬木。白馬誰家兒，聯翩相馳逐。』（田家雜興八首之七）

『種桑百餘樹，種黍三十畝。衣食既有餘，時時會親友。夏來菰米飯，秋至菊花酒。孺人喜逢迎，稚子解趨走。日暮閑園裏，團團蔭榆柳。酩酊乘夜歸，涼風吹戶牖。清淺望河漢，低昻看北斗。數甕猶未開，明朝能飲否？』（同上之八）

這些詩的情味既佳，表現又眞實活潑，自然是田園詩中的上品。但我們要注意的，作者雖努力於鄉村農民生活的觀察與描寫，然而他所看到所寫到的，只是和平與快樂的一面，對於農民的疾苦與窮困的另一面，作者完全放過了。於是他所寫出來這一場面，成爲作者的理想社會，同作者的心境生活，發生了密切的聯繫。因此雖說他所描寫的，是那些農村的題材，但仍然是不能歸之於社會詩的範圍了。這原因，全在作者的表現態度，只是個人的，而不是社會的。因了這種態度，所以這派詩人雖都是身經安史之亂，而出作品並沒有時代的反映。因爲在他們的心靈中理想中，都另有一個天地，另有一個世界。

劉長卿及其他　劉長卿（七一〇——七八〇）字文房，河間人。前人歸之於中唐，其實他在開元天寶間，已享盛名。專長五言，有五言長城之稱。他在詩的表現方面，範圍雖極廣泛，而其代表作品，都是屬於田園山水的描寫。其集中與禪師上人贈送之作特多，由此也可知他的愛好與心境。他的五言絕句，其意境的高遠，表現的細微，可與王維比肩。試讀下面幾首。

『日暮蒼山遠，天寒白屋貧。柴門聞犬吠，風雪夜歸人。』（逢雪宿芙蓉山主人）

『悠悠白雲裏，獨住青山客。林下晝焚香，桂花同寂寂。』（寄龍山道士許法稜）

『蒼蒼竹林寺，杳杳鐘聲晚。荷笠帶斜陽，青山獨歸遠。』（送靈澈上人）

『空洲夕煙歛，望月秋江裏。歷歷沙上人，月中孤渡水。』（江中對月）

造意用字，無不精微妥貼。句句有畫意，句句有詩情，又句句有作者的個性與心境，看去好像寫得太容易太平淺，然在容易平淺中，却是滋味無窮。卽炎夏讀之，亦有寒冷之意。與王維輞川集諸章，同爲自然詩中的傑作。他的五律，有人鄙薄他有語意雷同之短。（見高武仲中興間氣集劉長卿詩評，）在他那樣多的作品裏，找出幾個雷同的例子，是極容易的事。我們不能便因此抹煞他律詩的價值。在他的律詩中，確有許多好作品。例如：

『寂寞江亭下，江楓秋氣班。世情何處淡，湘水向人閑。寒渚一孤雁，夕陽千萬山。扁舟如落葉，此去未知還。』（秋杪江亭有作）

『東林一泉出，復與遠公期。石淺寒流處，山空夜落時。夢閑聞細響，慮淡對淸漪，動靜皆無意，唯應達者知。』（和靈一上人新泉）

王維的心境是愛靜，他在詩裏所表現的是靜的境界。劉長卿所愛的是閑，對於一切的態度是淡，所以在他的詩裏，所表現的是閑與淡的境界。閑是閑適，淡是淡薄，這都是道家人生觀的眞髓。在他上面這些詩裏，都是這種人生觀的表現。我在最後舉出他一首寫得最幽靜最美麗的七言小詩。

『寂寂孤鶯啼杏園，寥寥一犬吠桃源。落花芳草無行處，萬壑千峯獨閉門。』（題鄭山人幽居）

這些人以外，還有裴迪丘爲綦毋潛祖詠常建元結諸人，其作風與王孟相近，都可歸於這一個集團。其中如祖詠的七律的風格稍近高岑，元結的樂府的旨趣，已有寫實派的社會詩的傾向了。

韋應物與柳宗元　開天時代，由王孟諸家的努力而形成的自然詩派，並沒有因爲安史之亂與社會詩的興起而完全消滅。到了中唐，得到韋應物柳宗元諸人的作品，使得這一派的詩風，頗有中興之象。其中尤以韋柳爲二大家。其時代雖較王孟爲晚，因其作風的系統，所以也附論在這裏。

韋應物（西曆七三五？——八三〇？）陝西長安人。在生做個幾任官。終於蘇州刺史，故世稱爲韋蘇州。白居易說他的五言『高雅閑淡，自成一家。』蘇東坡有詩云：『樂天長短三千首，却遜韋郎五字詩。』可知韋應物是長於五言，同當日的劉長卿，並稱爲五言的雙璧。他的詩是以描寫山水田園爲主體，其風格以澹遠淸雅著稱。陳師道後山詩話云：『右丞蘇州，皆學於陶。』又張戒歲寒堂詩話云：『韋蘇州詩韻高而氣清，王右丞詩格老而味長，皆五言之宗匠。然互有得失，不無優劣。以標韻觀之，右丞詩格老而味遠，不逮蘇州；至其詞不迫而味甚長，雖蘇州亦不及也。』他在這裏雖似乎有抑韋之嫌，然在唐代的自然詩人裏，他承認了王韋比肩的事是顯然的。在王孟儲諸人之後，在同一的作風中，同一的題材中，他能追踪而上，卓然自立，在這裏更可顯出韋應物的天才。史書上說他性高潔，所在焚香掃地而坐。唯顧況劉長卿之儔，得廁賓客，與之酬唱。其詩閑澹簡遠，人比之陶潛。在這裏正說明這位詩人的生活與心境。不錯，陶淵明是他所景仰的。無論在人生觀上在作風上，他都有意學陶。擬古詩十二首，效陶體，效陶彭澤，雜體五首諸篇，都是他有意學陶的證明。他另有與村老對飲詩一首云：

『鬢眉雪色猶嗜酒，言辭淳朴古人風。鄉村年少生雜亂，見說先朝如夢中。』

在這四句裏，畫出了這位詩人對於現實的雜亂社會的眞實態度。他並非不瞭解，並非不看見，他却能用另一種心境，另一種態度去對付，使得那種雜亂塵俗的世態，不致於擾亂那平靜的生活。因爲如此，他不必到深山幽谷去，也不必到農村田園去，他就在他的衙門裏，一樣能歌詠自然，一樣能表現田園。他自己說：『雖居世網常清靜，夜對高僧無一言。』（縣內閑居贈溫公）這種心境，不是那些隱終南隱鹿門的高士們所能得到的。因爲他有這種高遠空靈的心境，所以他的做官生活，毫無損傷他的閑澹簡遠的作風。他的許多傑作，都出之於衙門中的辦公棹上，是沒有什麼可怪的。

『今朝郡齋冷，忽念山中客。澗底束荆薪，歸來煮白石。欲持一瓢酒，遠慰風雨夕。落葉滿

空山，何處尋行跡。』（寄全椒山中道士）

『吏舍跼終年，出郭曠清曙。楊柳散和風，青山澹吾慮。依叢適自憩，緣澗還復去。微雨靄芳原，春鳩鳴何處。樂幽心屢止，遵事跡猶遽。終罷斯結廬，慕陶直可庶。』（東郊）

『田家已耕作，井屋起晨煙。園林鳴好鳥，閑居猶獨眠。不覺朝已晏，起來望青天。四體一舒散，情性亦忻然。還復茅簷下，對酒思數賢。束帶理官府，簡牘盈目前。當念中林賞，覽物遍山川。上非遇明世，庶以道自全。』（園林宴起寄昭應韓明府盧主簿）

『獨憐幽草澗邊生，上有黃鸝深樹鳴。春潮帶雨晚來急，野渡無人舟自橫。』（滁州西澗）

上非明世，以道自全，這是韋應物的人生觀的全部。他沒有那種採藥求仙的道士氣，也沒有佛家那種厭世觀，更沒有那種狂客顛子的放縱態度，他只是一個潔身自愛養性全眞的小官吏。因此他一面能焚香靜坐，一面又能處理繁雜的公務，而得到很好的政聲。可知他的人生觀的基礎，是藏着儒道兩家的素質的。

柳宗元（西曆七七三——八一九）字子厚，山西河東人。他是唐代的散文大家，與韓愈並稱。他的詩的成就極高，亦不在韓愈之下。因爲他晚年貶居永州柳州，得以放浪山水之間，加以性愛佛理，所以他的詩文的品格高遠，毫無塵俗之氣。不過他的山水之作，非出於陶，而頗近大謝。其行文造句，時多刻劃之痕，險峻之氣，其山水散文是如此，山水詩也是如此。我們試讀他的初秋夜坐贈吳武陵，晨詣超師院讀禪經，巽上人以竹間自採新茶見贈酬之以詩，界圍巖水簾，法華寺石門精舍，遊朝陰巖遂登西亭，湘口館瀟湘二水所會，登蒲州石磯，與崔策登西山諸篇，便知道他的山水詩，全非寫意，而在用力刻劃其形貌。因其文筆的精鍊，故時多美句。然其小詩，多爲表現一霎那的自然現象，一反其刻劃之風，富於澹遠閑雅之趣。例如：

『千山鳥飛絕，萬徑人踪滅。孤舟簑笠翁，獨釣寒江雪。』（江雪）

『宿雪散州渚，曉日明村塢。高樹臨清池，風驚夜來雨。余心適無事，偶此成賓主。』（雨後曉行獨至愚溪北池）

『漁翁夜傍西巖宿，曉汲清湘燃楚竹。煙銷日出不見人，欸乃一聲山水綠。迴看天際下中流，巖上無心雲相逐。』（漁翁）

他另有田家三首，詩題雖與儲光羲所用者相同，然其態度則相反。儲所寫者只有農家生活的和平與快樂的一方面，而柳則寫其困苦。故第一首有句云：『竭茲筋力事，持用窮歲年。盡輸助徭役，聊就空自眠。』第二首云：『蠶絲盡輸稅，機杼空向壁。里胥夜經過，雞黍事筵席。各言官長峻，文字多督責』則已近於社會詩。柳的時代，本爲寫實派文學的全盛時期，其作品受有這種風氣的傳染，原是合理的事。可知同一的題材；在相反的態度下，作風的差異能有這麼遠的距離，這是很可注意的。在同一的狀況下，顧況的集中，有很多好的山水詩，同時他又很注意社會詩的寫作。我想凡是讀過他的作品的人，都會承認這種事實的。這便是作者的個性與文藝思潮的時代性的混合表現。

由上面的敍述，我們對於王維代表的自然詩派的特徵，可以概括成爲下列幾點：

一、他們的詩體，以五言爲主。
二、他們的風格是恬靜淡雅，而無奔放雄渾之風。
三、他們的題材，大多是山水風景的描寫與田園生活的表現。
四、他們都是自然主義的人生觀，愛淸靜閑適與自由，只求其個人心境的安適，避開現實社會的接觸與暴露，而成爲浪漫派詩人中的高蹈者。

四 岑高詩派

在當日浪漫詩歌的潮流中，同自然詩派的作風詩體以及描寫的題材完全相反，同時又能建樹着對立的陣容，加强着浪漫詩的生命與光彩的，是以樂府歌詞與雄放作風著稱的一派。這裏所說的樂府詩，並不是指的完全依照樂府的古題與曲譜而寫的樂章，他是含有較爲廣泛的意義的。這意義便是說那些作家，採用樂府民歌的精神與語調，拋棄格律的遵守，適用長短不拘變化自由的文句，去表現他們的題材，使得他們在詩體上形成了不同的風格。在這種情狀下，他們用樂府古題所作的新詞，固然是樂府，就是那些用這種精神與語調所寫成的普通的詩篇，也可歸之於同一範圍。在音樂性上，雖然是缺少樂府應有的基礎，然在精神上，這基礎是極其豐富而穩固的。

初唐年間，沈宋劉希夷諸人，也曾創作樂府，但他們所用的大都是五言律體，於是樂府詩的生命與特徵完全消滅，只存一個名目，完全變成一首駢偶華麗的律詩了。到了開天的浪漫時代，新文學運動的興起，古典格律文學的衰歇，於是樂府歌詞也發生了轉變，而成爲浪漫詩歌中一支重要的軍隊了。在這一支流中，有岑參，高適，李頎，崔顥，王昌齡，王之渙，王翰諸人的作品，形成了與自然詩派旗鼓相當的陣容。他們的人生觀都是現實的，無意於山水與田園的特別愛好。道家的人生哲學與佛家的厭世思想，似乎都沒有使他們沾染，他們都很年青，富於進取，心境是快樂的，雄放的，痛快地玩，痛快地喝酒，痛快地做事，沒有一點暮年的消沉，也沒有一點隱士高人的氣味。他們都有一股熱情與力量，無論是作事與作詩，都能現出一種雄放濃烈的生氣。他們的生命是跳動與活躍，因此他們的作品也是跳動與活躍。他們歡喜用七言的長歌，去描寫塞外的風光，驚人的戰事，以及各種不平凡的人事現象。在這種地方，顯出了浪漫精神的兩方面。自然詩人是靜的退守的高蹈者，他們這一派是動的進取的創造者。由於這基礎的差別，他們的人生與作風，畫了一條明顯的界線。

岑參　岑參新舊唐書俱無傳，據杜確岑嘉州集序，知爲河南南陽人，天寶三年進士，做過安西節度判官，關西節度判官，虢州長史，嘉州刺史，晚年入蜀依杜鴻漸，卽死於蜀。其時代約爲西曆七二〇——七七〇。岑參本是一個英氣勃勃富於進取的人，很看不起那些窮愁潦倒的白面書生，所以他在失意時代，常常自己歎息：

『終日不得意，出門何所之。從人覓顏色，自歎弱男兒。』（江上春歎）

『蓋將軍，眞丈夫，行年三十執金吾。』（玉門關蓋將軍歌）

『問君今年三十幾，能使香名滿人耳？』（送魏升卿擢第歸東都）

『丈夫三十未富貴，安能終日守筆硯！』（銀山磧西館）

對於自己是歎息，對於旁人是羨慕，這同陶派詩人的態度是完全兩樣的。後來他果然得志了，先後做了安西和關西的節度判官。安西是現在的新疆，關西是陝西和甘肅。那裏有大風，大熱，大冰雪，有千里無人煙的廣大沙漠，有偉大悲壯的戰爭，和異國情調的胡樂。他到過天山，到過輪台，到過雪海，到過交河，這種同中原絕異的景象，給他一種新刺激新生命新情調。他的心境與詩境，都由此展開，他不能運用拘束的律體或是幽靜的作風，去表現這偉人雄奇的場面。他不得不採用那種自由變動的體裁，去適應自然界的偉大與雄奇，於是他的作風大變了。

『澗水吞樵路，山花醉藥欄。』（初授官題高冠草堂）

『舟中饒孤興，湖上多新詩。』（送王昌齡赴江寧）

『朝回花底恆會客，花撲玉缸春酒香。』（韋員外家花樹歌）

這是他三十歲前後所作的詩，寫得這麼美麗，這麼閑適，就放到孟浩然劉長卿的集子裏，也是可以的。但他到了安西關西以後，他的作品，完全變了一個面目。

『北風捲地白草折，胡天八月卽飛雪。忽如一夜春風來，千樹萬樹梨花開。散入珠簾濕羅幕，孤裘不煖錦衾薄。將軍角弓不得控，都護鐵衣冷猶著。瀚海闌干百丈冰，愁雲慘淡萬里凝。中軍置酒飲歸客，胡琴琵琶與羌笛。紛紛暮雪下轅門，風掣紅旗凍不翻。輪台東門送君去，去時雪滿天山路。山迴路轉不見君，雪上空留馬行處。』（白雪歌送武判官歸京）

『君不見走馬川行雪海邊，平沙莽莽黃入天。輪台九月風夜吼，一川碎石大如斗，隨風滿地石亂走。匈奴草黃馬正肥，金山西見煙塵飛，漢家大將西出師。將軍金甲夜不脫，半夜軍行戈相撥，風頭如刀面如割。馬毛帶雪汗氣蒸，五花連錢旋作冰。幕中草檄硯水凝。虜騎聞之應膽懾，料知短兵不敢接，車師西門佇獻捷。』（走馬川行奉送出師西征）

『火山突兀赤亭口，火山五月火雲厚。火雲滿山凝未開，飛鳥千里不敢來。平明乍逐胡風斷，薄暮渾隨塞雨迴。繚繞斜吞鐵關樹，氛氳半掩交河戍。迢迢征路火山東，山上孤雲隨馬去。』（火山雲歌送別）

『彎彎月出掛城頭，城頭月出照涼州，涼州七里十萬家，胡人半解彈琵琶。琵琶一曲腸堪斷，風蕭蕭兮夜漫漫。河西幕中多故人，故人別來三五春。花樓門前見秋草，豈能貧賤相看老？一生大笑能幾回？斗酒相逢須醉倒。』（涼州館中與諸判官夜集）

在這些詩裏，他完全是運用樂府民歌的精神與語調，去描寫塞外的風光與戰場的情形，完成未曾有過的險怪雄奇的風格。那些風光與情境，都不是輞口，鹿門，終南的山水裏所能找得到的，他所用的那些字句，也不是王孟的筆下所能找得到的。這雖是一面要歸於岑參的天才，但最重要的我們還不能不歸之於他那種特有的自然環境與生活環境。如果他也是王維的泛舟唱和的道友，悠悠地過着一生，任他有如何高遠的想像力創造力，這些作品是不能產生的。元辛文房唐才子傳云：『參累佐戎幕，往來鞍馬烽塵間十餘載，極征行離別之情。城障塞堡，無不經行，博覽史籍，尤工綴文。屬辭清尙，用心良苦。詩調特高，唐興罕見此作。』他從作者的生活環境與自然現象去說明其作風特色的構成，是極其合理的，他於七言長歌之外，七言小詩也有很好的作品，且舉兩首作例：

『故園東望路漫漫，雙袖龍鍾淚不乾。馬上相逢無紙筆，憑君傳語報平安。』（逢入京使）

『梁園日暮亂飛鴉，極目蕭條三兩家。庭樹不知人去盡，春來還發舊時花。』（山房春事）

一寫鄉情，一寫春事，題材與環境不同，他的體裁也變爲短小，風格也顯得纏綿與幽靜了。

高適（西曆七六五年死）字達夫，渤海滌人。（今河北滄州，）他不得志時是一個狂放不羈的上等流浪者。舊唐書本傳說他：『不事生產，客梁宋，以求丐取給。』唐詩紀事引商璠云：『適性落拓，不拘小節，恥預常科，隱跡博徒，才名自遠。』可見他浪漫的性情和生活。他晚年官運亨通，由河西節度使哥舒翰的書記，做到劍南西川節度使，代宗時召爲刑部侍郎，進封渤海縣侯，食邑七百戶。所以舊唐書說他『有唐以來，詩人之達者，唯適而已。』在他早年求丐自給的時候，是想不到有這麼好的晚景的。

他的軍事生活與邊陲的環境，使得他的作風都與岑參相近。新舊唐書都說他『年五十始爲詩，即工。以氣質自高。每一篇已，好事者輒爲傳誦。』他本是一個才情卓絕的人，青年時代另有雄心大志，看不起文墨，不高興弄這玩意兒，但他的基礎是早已有了的。所以後來一動筆，不到數年，便爲好事者所傳誦了。

『漢家煙塵在東北，漢將辭家破殘賊，男兒本是重橫行，天子非常賜顏色。摐金伐鼓下榆關，旌旗逶迤碣石間。校尉羽書飛瀚海，單于獵火照狼山。山川蕭條極邊土，胡騎憑陵雜風雨。戰士軍前半死生，美人帳下猶歌舞。大漠窮秋塞草腓，孤城落日鬬兵稀。身當恩遇常輕敵，力盡關山未解圍。鐵衣遠戍辛勤久，玉筯應啼別離後。少婦城南欲斷腸，征人薊北空回首。邊風飄颻那可度，絕域蒼茫無所有。殺氣三時作陣雲，寒聲一夜傳刁斗。相看白刃雪紛紛，死節從來豈顧勳。君不見沙場征戰苦，至今猶憶李將軍。』（燕歌行）

『古城莽莽饒荆榛，驅馬荒城愁殺人。魏王宮觀盡禾黍，信陵賓客隨灰塵。憶昨雄都汨朝市，軒車照耀歌鐘起。軍容帶甲三十萬，國步連營五千里。全盛須臾那可論，高臺曲池無復存。遺墟但見狐狸跡，古地空餘草木根。暮天搖落傷懷抱，撫劍悲歌對秋草。俠客猶傳朱亥名，行人尚識夷門道。白壁黃金萬戶侯，寶刀駿馬塡山丘。年代凄凉不可問，往來唯見水東流。』（古大梁行）

『君不見芳樹枝，春花落盡蜂不窺。君不見梁上泥，秋風始高燕不棲。蕩子從軍事征戰，蛾眉嬋娟守空閨。獨宿自然堪下淚，況復時聞烏夜啼。』（塞下曲）

『營州少年愛原野，孤裘蒙茸獵城下。虜酒千鍾不醉人，胡兒十歲能騎馬。』（營州歌）

這些都是樂府歌詞中的上等作品，其氣象似乎比不上岑參的奔放，然其詩中的人情味，却較優於岑。他在寫邊塞的景像，戰爭的場面下，同時又顧到征夫的疾苦，少婦的情懷，故能於高壯的風格裏，還呈現出哀怨之音。令人讀了，覺得悠長有味。岑高詩的差別，我想就在這一點。營州歌寥寥四句，正是北方民歌的本色，與李波小妹歌折楊柳歌諸篇，恰好是同一面目。胡適之說：『高適詩出於鮑照。』這誠不錯，但北朝的樂府民歌也給予他以影響的事，我們也是必得注意的。

岑高以外，李頎崔顥也是當日樂府歌詞的重要作家。李頎是雲南東川人，開元十三年進士，官新鄉尉，其事蹟不詳。他的詩的題材雖很廣泛，同上人禪師來往很密，然其代表作，還是那幾篇用樂府體歌詠戰爭現出與岑高作風相近的七言歌行。崔顥汴州人，開元十一年進士。舊唐書說他『有俊才，無士行，好蒱博飲酒，及遊京師，娶妻擇有貌者，稍不愜意即去之，前後數四。』可知他也同高適一樣是一個浪漫者。他的詩雖多豔篇，然却都是樂府民歌的本色，絕無齊梁宮體的富貴氣味。後來他一出塞外，頗多寫戰爭的詩，其風格亦變爲雄放。河嶽英靈集評他說：『顥年少爲詩名陷輕薄，晚節忽變常體，風骨凜然。一窺塞垣，說盡戎旅。』這話是不錯的。在他現存的詩裏，也可看出這分明的界限。他的七律黃鶴樓一首，使李白擱筆，嚴羽至稱爲唐代七律壓卷之作。然平仄對偶俱有不合，這正表現浪漫詩人對於格律的反抗。今將二家的詩各舉數例。

『白日登山望烽火，昏黃飲馬傍交河。行人刁斗風沙暗，公主琵琶幽怨多。野營萬里無城郭，雨雪紛紛連大漠。胡雁哀鳴夜夜飛，胡兒眼淚雙雙落。聞道玉門猶被遮，應將性命逐輕車。年年戰骨埋荒外，空見葡萄入漢家。』（古從軍行李頎）

『男兒事長征，少小幽燕客。賭勝馬蹄下，由來輕七尺。殺人莫敢前，鬚如蝟毛磔。黃雲隴底白雲飛，未得報恩不得歸。遼東小婦年十五，慣彈琵琶解歌舞。今爲羌笛出塞聲，使我三

軍淚如雨。』（古意李頎）

『高山代郡東接燕，雁門胡人家近邊。解放胡鷹逐塞鳥，能將代馬獵秋田。山頭野火寒多燒，雨裏孤峯濕作煙。聞道遼西無鬭戰，時時醉向酒家眠。』（雁門胡人歌崔顥）

『昔人已乘黃鶴去，此地空餘黃鶴樓。黃鶴一去不復返，白雲千載空悠悠。晴川歷歷漢陽樹，芳草淒淒鸚鵡洲。日暮鄉關何處是，煙波江上使人愁。』（黃鶴樓崔顥）

崔顥那首律詩的前四句，完全是樂府的精神和民歌的語氣，是一點也沒有把他當作律詩做的。如果一定要叫作律詩，只可說是樂府體的律詩。然其氣象的雄渾，格調的高古，正可與高岑的七言歌行比肩。難怪李太白也要望之而卻步了。

王昌齡王之渙王翰諸人的風格，雖可歸於岑高一派，然他們在詩歌上的成就，卻與岑高稍有不同。岑高是長於七言歌行，採用樂府古詞的精神與語調，去改變他們的詩體，其作品的精神，是樂府性的，然不一定是音樂性的。王昌齡們的作品，是以絕句擅長，絕句即是當日可歌的樂府。樂工可以入樂，妓女可以歌唱，我們試看薛用弱集異記所載的旗亭會唱的故事，便知道他們的作品，是當日伶官妓女口中最流行的歌詞。

王昌齡字少伯，陝西長安人，一說江寧人。晚節狂放，貶爲龍標尉，後還鄉爲閭丘曉所殺。王之渙，山西幷州人，天寶間與高適王昌齡齊名。王翰字子羽，晉陽人，直言喜諫，因事貶道州司馬。關於他們的事蹟，我們知道很少，大概都是落拓不羈狎妓飲酒的浪漫者。他們現存的詩篇雖說很少，然都是精美之作，成爲開天時代絕句中的名篇，眞可以說是以少勝多了。

『秦時明月漢時關，萬里長征人未還。但使龍城飛將在，不教胡馬渡陰山。』（王昌齡出塞）

『大漠風塵日色昏，紅旗半掩出關門。前軍夜戰洮河北，已報生擒吐谷渾。』（王昌齡從軍行）

『黃河遠上白雲間，一片孤城萬仞山。羌笛何須怨楊柳，春風不度玉門關。』（王之渙出塞）

『葡萄美酒夜光杯，欲飲琵琶馬上催。醉臥沙場君莫笑，古來征戰幾人回？』（王翰涼州詞）

寥寥四句的絕詩，呈現着這麼雄偉的氣魄，自是難能。風格與高岑近似，而其神韻滋味則遠過之。在絕詩的成就方面，王昌齡較爲廣泛。他除長於描寫邊塞戰爭以外，亦善於表現宮闈離別之情。例如：

『奉帚平明金殿開，且將團扇共徘徊。玉顏不及寒鴉色，猶帶昭陽日影來。』（長信秋詞）

『閨中少婦不知愁，春日凝妝上翠樓。忽見陌頭楊柳色，悔教夫壻覓封侯。』（閨怨）

『寒雨連江夜入吳，平明送客楚山孤。洛陽親友如相問，一片冰心在玉壺。』（芙蓉樓送辛漸）

因題材不同，而其表現的手法變爲細密，情感亦變爲哀怨。字句明白如話，其情意却悠長深遠，滋味無窮，達到絕句中最上等的境界，眞可稱爲傑作了。沈德潛云：『龍標絕句深情幽怨，意旨微茫，令人測之無端，玩之無盡。』（唐詩別裁）唐代七絕，能與王昌齡比肩者，只有李白一人。

由上面的敍述，他們這一派的特徵，可以概括成爲下列幾點：

一、他們都長於七言。

二、作風奔放雄偉，以氣象見長，絕無恬靜淡遠之趣。

三、他們的題材，集中於邊塞風光的描寫與戰爭的歌詠。

四、他們的人生觀是現世的，生活是浪漫的，沒有儒家的拘謹，也沒有道家的閑適，而近於個人主義的享樂派。因爲這一點，他們與自然派詩人一樣，同現實社會的實際生活是離開的。因此安史大亂中的民間疾苦，在他們的作品中，看不見一點痕跡。

五　浪漫派的代表詩人李白

在上述的浪漫文學中，無論在詩的體裁、內容或其作品的風格上，兼有王孟岑高二派之長，集浪漫文學的大成，使這一派的作品呈現着空前的光彩，而成爲浪漫派的代表詩人的，是前人稱爲詩仙的李白。在他的作品裏，有澹遠恬靜的山水詩，有氣象雄偉的樂府詩，無論五言七言長篇短篇，他都寫得極好，幾乎任何體裁任何題材，他都無須選擇。前人加於詩歌上面的種種格律，都被他的天才擊得粉碎。在中國過去的詩人內，從沒有一個有他這麼大胆的勇氣和創造性的破壞。在他的眼裏，任何規律，任何傳統和法則，都變成地上的灰塵，在他天才的力量下屈服了。他是當代浪漫生活浪漫思想浪漫文學的總代表。他的心境，極其複雜矛盾，幾乎不可分析。他愛豪俠，對於張良，荆軻，朱亥，高漸離，豫讓，郭隗等人，時時流露着景仰讚歎之情。他愛道士神仙，鍊過大丹，受過道籙，同道士們來往非常密切。他又極愛老子，也時時想過一點閑適淸靜的生活。然而他又是一個澈底的縱慾享樂者，他對過去未來全不關心，只追求現世的快樂與官能的滿足，而造成他那種酒徒色鬼的頹廢生活。同時他又是殉情主義者，他的情感的豐富與熱烈，任何詩人都比他不上。他中年流浪在金陵時，想念他的妻兒，在秋浦歌內說：『欲去不得去，薄遊成久遊。何年是歸日，雨淚下孤舟。』別朋友的時候，他寫着『桃花潭水深千尺，不及汪倫送我情』的句子。這種熱烈的情感，是李白一切作品的原動力。因爲他有這種複雜矛盾的心情和性格，所以他在作品裏表現出來的顏色與作風，時而濃烈，時而淡遠，時而恬靜，時而雄放，我們決不能用某種題材與某種風格來限制他的作品。他自己承認他是狂人，（廬山謠中云我本楚狂人，）這是非常恰當的。狂是他人生全部的象徵，也就是他作品全部的象徵。狂字在這裏絕無半點罪惡的意味，是一種勇於破壞追求自由的浪漫精神的最高表現。中國過去的思想家藝術家文學家，都缺少這種偉大的精神，因此文化思想，老是呈現着平淡無奇的停滯狀態。李白在這方面是一個成功者，同時也是一個犧牲者。

中國詩人的籍貫，未有如李白之紊亂者，有金陵，山東，隴西，四川，西域諸說。東南西北相差就是幾千萬里。這原因是李白一生到處流浪，四海爲家，容易使人發生錯誤。其次是一般人把他的祖籍和他個人的生長地分辨不清，因此異說紛紜，千年來竟無定論。現在我們也無須作那繁瑣的考證，只就新舊唐書本傳，李陽冰魏顥曾鞏的李白詩序，劉全白范傳正的李白墓碑諸篇，加以參考比較，得一較爲可信的結論，李白的祖籍是隴西成紀人，（今甘肅天水附近）隋末其祖先以罪徙西域。（新唐書說是西域，范碑云被竄於碎葉，李序又云謫居條支，地點不同，其祖因罪徙居西方的事，想是可靠的。）到了唐神龍初年，（七〇五—六年）他的父親遁還四川，而劉范二人俱謂是廣漢，成都古今記說是綿州，新唐書說是巴西。地點雖又各有不同，至於逃回四川的事想又是可靠的，因四川和西域一帶很接近，易於遷徙。隴西雖是他的故鄉，因爲是犯罪之徒，回故鄉恐有不便，他的遁川，是很合理的）大概因爲四川對於他們是客地，所以他父親就自名爲客了。然而在這裏發生兩個疑問，一、是李白生於西域，還是生於四川？二、是李白的母親是漢人，還是胡人。這兩個疑問沒有靠得住的史料來解答，只能憑着推想來說明。因爲他的生年各說不一，很難根據。如果依李華所作的墓誌，假定他生於大足元年（西曆七〇一年）那麼他是生於西域，到神龍初年逃到四川時，他已有五歲了。至於他的血統，說他是胡漢的混血兒，是非常可能的。他的祖先從隋末到唐初的神龍，在西域住了一百年，生兒育女，同胡婦發生關係，是必然的事。由此看來，李白的祖籍是甘肅，生於西域，長於四川，是一個胡漢的混血兒，說他是混血兒，並無半點惡意。六朝以來，南北民族血統的大交流，是人人都知道的事。二十五歲以前，他就生長在四川，因此在他的詩文裏，時時把四川當作故鄉，把司馬相如揚雄一些人當作同鄉來歌詠的事，也是很合理的。至於山東金陵都是他中年寄寓之地，或是他的遠祖的籍貫，如果因此就說他是山東人，或是金陵人，那是絕不可信的了。他自己所寫的『學劍來山東』『我家寄東魯』的詩句，都是最好的例證。

他在四川的少年時代，是讀書學劍，同那些俠客道士隱居岷山，遊峨眉，養成那麼不事生產性喜流浪的狂遨豪俠的性格。故鄉的寂寞，畢竟留不住這位雄心勃勃的青年，二十五歲以後，他於是仗劍去國，在江南河北一帶流浪了很久，是他『徧干諸侯，歷抵卿相』的時期。他到過襄漢，金陵，揚州，汝梅，雲夢，安陸，山東，太原，浙江各處。在雲夢娶故相許圉師家的孫女爲妻，在幷州識郭子儀，在山東時，與孔巢父，韓準，裴政，張叔明，陶沔爲友，酣歌縱酒，隱居徂徠山竹溪，時號爲竹溪六逸。後來又由山東囘到江浙，同道士吳筠做了好朋友，一同住在嵊縣，這時候他是四十歲了。他這十幾年，看過不少的名山勝水，交了不少的各種各樣的朋友，用去了不少的金錢（在揚州不到一年就散去了三十餘萬金，想是他岳家的）娶了妻生了兒女，所謂王侯卿相也會見了不少，他的生活一天一天地豐富，詩名也一天天地高了。後來吳筠被召入京，薦白於玄宗，因此他也入長安。那時賀知章讀了他的詩，歎爲天上謫仙人。玄宗很優遇他，有詔供奉翰林。他在長安三年，仍是一樣度着浪漫的生活，相傳有龍巾拭吐御手調羹力士脫靴貴妃捧硯種種的風流故事。在這時候，他做了好些典雅美麗的歌辭。最膾炙人口的，便是那在沉香亭子詠芍藥的清平調。他後來囘憶這時候的情形說：『昔在長安醉花柳，五侯七貴同杯酒。氣岸遙臨豪士前，風流肯落他人後！夫子紅顏我少年，章臺走馬着金鞭。文章獻納麒麟殿，歌舞淹留玳瑁筵。』（流夜郎贈辛判官）又說：『翰林秉筆囘英盼，麟閣崢嶸誰可見。承恩初入銀臺門，著書獨在金鑾殿。龍駒雕鐙白玉鞍，象牀綺席黃金盤。當時笑我微賤者，却來請謁爲交歡。』（贈從弟南平太守之遙）在這些句子裏，可見他當日的得意狀態。他本可由此一帆風順，做起大官來，但他那種浪漫的行爲和思想，使得皇帝和近臣都有些怕他，不敢相信他，因爲他自己實在不是一種廊廟之材，於是又離開長安，再度着流浪漂泊的生活。但此後他潦倒流離，漫無定跡，生活是很困苦的。江南江北，他都走到了。『萬里無主人，一身獨爲客。』（淮南臥病書懷）『一身竟無託，遠與孤蓬征。』（鄴中贈王大）這是他離開長安以後的飄泊無依的生活的告白。『一朝謝病遊江海，疇昔相知幾人在？前門長揖後門關，今日結交明日改』（贈從弟）『欲邀擊筑悲歌飲，正值傾家無酒錢。』（醉後贈從甥高鎮）自己一落魄，朋友也變了，窮得酒錢也付不出來，這位浪子詩人，大概到了這時候，才稍稍懂得一點現實人生的意義。在這種窮困內，想起多年不見的妻，想起嬌女平陽小兒伯禽來了。想起三年前在家時自己手植的桃樹，現在長得樓一樣高，開着美麗的花，自己仍是流浪在外，兒女折着花枝玩耍時，看不見爸爸，要流着眼淚的罷。我們的詩人，到這時往日的豪氣完全消失，沉入於哀傷的情感裏，寫出『何年是歸日，雨淚下孤舟』的傷感纏綿的句子了；但是他這種靈性的出現，只是臨時的，對於他的性格和生活，絲毫沒有改變。他一弄到兩個錢，又去狎妓喝酒，什麼都忘記了。『蘭陵美酒鬱金香，玉碗盛來琥珀光。但使主人能醉客，不知何處是他鄉。』（客中作）這才是他的本性，他的眞面目。他就是這樣子，流浪了不少時候。天寶十四年，安祿山反，李白已經五十五歲了。次年他隱居廬山，作了許多好詩。當時永王璘起兵，招李白入幕，今讀其永王東巡歌十一首和在水軍宴贈幕府諸侍御諸篇，知道他的附和永王，大半是自動的。因爲在那些詩裏，充滿着希望和喜悅，決非被壓迫者的感情。後人以此誣李白爲不忠，這都是迂腐之見。由我們現在看來，當日的敵人是安祿山，誰打勝了誰做皇帝，爲什麼擁護哥哥就是忠，擁護弟弟就是叛逆，我想李白這種違反尊君的傳統觀念，正是他的浪漫精神的表現。但是永王璘畢竟是失敗了，我們的詩人，也因此獲罪而要處死刑，恰好碰着他從前救過的郭子儀出力救他，因此流於夜郎，走到巫山，遇赦放歸，他那時候，已是五十九歲的高年了。後來他依當塗令李陽冰，往來宣城歷陽間，愛賞青山，敬亭山，采石磯一帶的風景。年紀大了，心境也沉靜了，在那時候寫了好些恬靜淡遠的山水小詩，六十二歲。死於當塗。（西曆七六二年）王定保摭言說他入水捉月而死，那是靠不住的。他的後代非常凋零，他死後四十餘年，范傳正訪得他兩位孫女，都嫁給極窮困的農夫。他的大兒子伯禽，也在貞元八年不祿而卒，那孫女又說：『祖父遺囑要葬在青山，因貧窮無力，厝在龍山，現在小墳一堆也已坍毀了。』這情形眞是够凄凉了。好在范傳正做了一件痛快的事，把他的墳遷葬青山，了却他的心願，同時又接濟那兩位孫女一點錢財。

由此看來，李白的一生是最平凡的，也是最不平凡的。所謂最平凡的，他一生沒有做過一點正經事；所謂最不平凡的，他是什麼事也做過，什麼生活也嘗過。那最平凡的生活，使得他不能成爲廊廟之器，但是那最不平凡的生活，使得他成爲最偉大的詩人。他是天才，浪子，道人，神仙，豪俠，隱士，酒徒，色鬼，革命家。這一切的特性，都集合地在他的詩歌裏表現出來。他的腦中有無限的理想，但任何理想都不能使他滿足，他追求無限的超越，追求最不平凡的存在。他的感情變動得非常迅速，他能領略人生及自然界的種種滋味，他厭惡現實的鄙俗與規律的束縛。他把孔孟那一般人，看作是禮教的奴隸，是人間的笨漢。他說：

『我本楚狂人，狂歌笑孔丘。』（廬山謠）

『魯叟談五經，白髮死章句。問以經濟策，茫如墮煙霧。足着遠遊履，首戴方頭巾。緩步從直道，未行先起塵。……君非叔孫通，與我本殊倫。』（嘲魯儒）

這些方巾氣十足的秀才儒生，他當然是看不上眼。就是那食蕨的夷齊，挨餓的顏回，他覺得也無多大意義。他所要求的是現世的縱慾享樂。他說：『君愛身後名，我愛眼前酒。飲酒眼前樂，虛名復何有？』（笑歌行）『且樂生前一杯酒，何須身後千載名。』（行路難）他這種排聖賢，反禮法，圖快樂，厭虛名的觀念，同列子中的楊朱哲學是一致的。並且由晉人創造的這種縱慾享樂的思想，到了唐朝的李白，實是完全實踐了。只有李白才眞是晉人創造的楊朱。

李白的作品的最大特色，就是在那中國詩人未曾有過的雄放的氣象。這一半由於他的天才，一半也由於他的個性。他本身就是一個英氣勃勃狂放不羈的人，他作起詩來，便不屑於細微的雕琢與對偶的安排，他用着大刀闊斧粗枝大葉的手法與線條，去塗寫他心目中的印象和情感。無論是長詩或是短詩，一到他的手裏，好像一點不費氣力似的，一點不加思考似的，便隨隨便便地寫成了。然而在他的詩裏，（尤其是他的七言歌行）都有一種排山倒海萬馬奔騰的氣勢，讀了只能使人驚奇和贊歎。因此他對於那費盡心力加意推敲而作詩的杜甫，要發出嘲諷的聲音了。『飯顆山前逢杜甫，頭戴笠子日卓午。借問別來太瘦生，總謂從前作詩苦。』這情形在李白看來確是可笑的。杜甫對於李白的狂性與過人的天才，也深深地認識。在他的集中寄贈李白和提起他的詩，共有十五首。如『衆人皆欲殺，吾意獨憐才，』『冠蓋滿京華，斯人獨憔悴，』『筆落驚風雨，詩成泣鬼神，』『余亦東蒙客，憐君如弟兄，』『三夜頻夢君，情親見君意。』在這些句子裏，一面看出杜甫對李白的天才的傾倒，同時又表現他倆的深厚友誼。這兩位同時的千古大詩人，是沒有半點相輕的惡習氣的。

李白作詩是這種浪漫的態度；又有那樣高的才情，當然齊梁以來的那種小家氣味，他是看不上眼的。所以他說：『梁陳以來，豔薄斯極，沈休文又尚以聲律；將復古道，非我而誰？』他又說：『自從建安來，綺麗不足珍。』他雖說要復古，其實是革命的創新。他的工作，是把數百年來加於詩歌的種種規律，擊得粉碎，在他的一千多首詩中，律詩不到一百首，並且這些律詩，也不完全遵守規則。趙翼說得好：『才氣豪邁，全以神運，自不屑束縛於格律對偶與雕繪者爭勝。』這批評正道出這位浪漫詩人的眞精神。

樂府的精神與語氣的運用，到了李白算是達到了最成熟最解放的階段。在他的集中，樂府詩有一百四十幾篇，其他的詩（除了少數的律詩古詩以外）也都是樂府的變形。他從樂府裏得到最純熟的訓練與良好的技術和意境，在他的各種作品裏，充分地表現了這種新精神。在這一點，岑高崔李之流都比不上他。胡適之氏說：『樂府到了李白，可算是集大成了。他的特別長處有三點。第一，樂府本來起於民間，而文人受了六朝浮華文體的餘毒，往往不敢充分運用民間語言與風趣，李白認淸了文學的趨勢，他是有意用淸眞來救綺麗之弊的。所以他大膽地運用民間的語言，容納民歌的風格，很少雕飾，最近自然。第二，別人作樂府歌辭，往往先存了求功名的念頭，李白卻始終是一匹不受羈勒的駿馬，奔放自由。故能充分發揮詩體解放的趨勢，爲後人開不少生路。第三，開元天寶的詩人作樂府，往往勉強作壯語，說大話，仔細分析起來，其實很單調，很少個性的表現。李白的樂府有的是酒後放歌，有時是離筵別曲，有時是發議論，有時是頌贊山水，有時上天下地作神仙語，有時描摹小兒女情態，體貼入微。這種多方的嘗試，便使樂府歌辭的勢力，侵入詩的種種方面。兩漢以來無數民歌的解放的作用與影響，到此才算大成功。』（白話文學史）他這一段批評非常精當，所以我全抄在這裏。

『長安一片月，萬戶擣衣聲，秋風吹不盡，總是玉關情。何日平胡虜，良人罷遠征。』（子夜秋歌）

『白帝城邊足風波，瞿塘五月誰敢過。荆州麥熟繭成蛾，繰絲憶君頭緒多。撥穀飛鳴奈妾何。』（荆州歌）

『長相思，在長安。絡緯秋啼金井欄。微霜凄凄簟色寒。孤燈不明思欲絕，卷帷望月空長歎。美人如花隔雲端。上有青冥之長天，下有綠水之波瀾。天長地遠魂飛苦，夢魂不到關山難。長相思，摧心肝。』（長相思）

『玉階生白露，夜久侵羅襪。卻下水晶簾，玲瓏望秋月。』（玉階怨）

『五陵年少金市東，銀鞍白馬度春風。落花踏盡遊何處，笑入胡姬酒肆中。』（少年行）

『牀前明月光，疑是地上霜。舉頭望明月，低頭思故鄉。』（靜夜思）

這些樂府小品，或寫主觀的情感，或出於客觀的表現，鄉愁閨怨，豔曲民歌，都能隨題抒寫，體貼入微，無不是精美絕倫的妙品。然而由其雄偉的氣象的表現，形成格律的自由，充分地發揮那浪漫文學的眞精神的，是那些長篇的歌行。例如：

『噫吁嚱危乎高哉，蜀道之難難於上青天。蠶叢及魚鳧，開國何茫然。爾來四萬八千歲，乃與秦塞通人煙。西當太白有鳥道，可以橫絕峨眉巔。地崩山摧壯士死，然後天梯石棧方鉤連。上有六龍迴日之高標，下有衝波逆折之迴川。黃鶴之飛尙不得過，猨猱欲度愁攀緣。青泥何盤盤，百步九折縈巖巒。捫參歷井仰脅息，以手撫膺坐長歎。問君西遊何時還，畏途巉巖不可攀。但見悲鳥號古木，雄飛從雌繞林間。又聞子規啼夜月，愁空山。蜀道之難難於上青天，使人聽此雕朱顏。連峯去天不盈尺，枯松倒挂倚絕壁。飛湍瀑流爭喧豗，砯崖轉石萬壑雷。其險也若此，嗟爾遠道之人，胡爲乎來哉？劍閣崢嶸而崔嵬，一夫當關，萬夫莫開。所守或匪親，化爲狼與豺。朝避猛虎，夕避長蛇。磨牙吮血，殺人如麻。錦城雖云樂，不如早還家。蜀道之難難於上青天，側身西望長咨嗟。』（蜀道難）

『海客談瀛洲，煙濤微波信難求。越人語天姥，雲霓明滅或可覩。天姥連天向天橫，勢拔五岳掩赤城。天台四萬八千丈，對此欲倒東南傾。我欲因之夢吳越，一夜飛渡鏡湖月。湖月照我影，送我至剡溪。謝公宿處今尙在，綠水蕩漾淸猿啼。脚着謝公屐，身登青雲梯。半壁見海日，空中聞天雞。千巖萬壑路不定，迷花倚石忽已暝。熊咆龍吟殷巖泉，慄深林兮驚層巔。雲青青兮欲雨，水澹澹兮生煙。列缺霹靂，邱巒崩摧。洞天石扇，訇然中開。青冥浩蕩不見底，日月照耀金銀臺。霓爲衣兮風爲馬，雲之君兮紛紛而來下。虎鼓瑟兮鸞迴車，仙之人兮列如麻。忽魂悸以魄動，怳驚起而長嗟。惟覺時之枕席，失向來之煙霞。世間行樂亦如此，古來萬事東流水。別君去兮何時還？且放白鹿青崖間。欲行卽騎向名山。安能摧眉折腰事權貴，使我不得開心顏。』（夢遊天姥吟留別）

要在這些詩裏，才眞能看出李白過人的才情。揮毫落紙，眞有橫掃千軍的氣概。在那些長短參差的字句裏，顯得自然，在那些時時變換的音韻裏，顯得調和，在絕無規律中，又顯出法則。詩做到李白，算眞是達到革命的大建設，他能從詩經楚辭樂府以及中國古代許多古典文學中吸取其精華，而創造一種新形式新格調，使後人無法模擬無法學習。歐美人常以極度誇張，想像豐富，情感熱烈，不守規則，爲浪漫文學的重要特徵，在李白的作品裏，這幾點都實踐了。所以我們稱他爲浪漫派的代表詩人，是很適當的。至於這些詩的風格，確與岑高一派相近，然其氣魄之大，實駕他們而上之。他又不像岑高們只能寫這種奔放雄偉的詩，有時他的心境沉靜了，環境改變了，他的筆調又變成王孟一類的恬靜淡遠了。例如：

『對酒不覺暝，落花盈我衣。醉起步溪月，鳥還人亦稀。』（自遣）

『衆鳥高飛靜，孤雲去獨閑。相看兩不厭，只有敬亭山。』（敬亭獨坐）

『暮從碧山下，山月隨人歸。卻顧所來徑，蒼蒼橫翠微。相攜及田家，童稚開荊扉。綠竹入幽徑，青蘿拂行衣。歡言得所憩，美酒聊共揮。長歌吟松風，曲盡河星稀。我醉君復樂，陶然共忘機。』（下終南山過斛斯山人宿置酒）

『問余何事栖碧山，笑而不答心自閑；桃花流水杳然去，別有天地非人間。』（山中問答）

這時的李白，變成一個幽靜的隱士的心境，狂情浪態，一點影子也沒有了。他整個的人生與自然界完全同化，他的心靈變得這麼清淨，筆致變得這麼秀雅了。這一類的作品，放到王孟一派的自然詩中，是非常調和而又毫無愧色的。我上面所說的李白的作品，是兼有岑高與王孟二派的特長，而集浪漫文學的大成的話，是一點也沒有誇張的了。同時王昌齡一流人所擅長的絕句，李白也是拿手好戲，其成就並不在昌齡之下。沈德潛謂唐代絕句，只有王李二人之作，堪稱神品，這話並非溢美之辭。佳篇實在過多，且舉數首作例：

『剗却君山好，平鋪湘水流；巴陵無限酒，醉殺洞庭秋。』（陪侍郎叔遊洞庭醉後作）

『天下傷心處，勞勞送客亭。春風知別苦，不遣柳條青。』（勞勞亭）

『朝辭白帝彩雲間，千里江陵一日還。兩岸猿聲啼不住，輕舟已過萬重山。』（早發白帝城）

『楊花落盡子規啼，聞道龍標過五溪。我寄愁心與明月，隨君直到夜郎西。』（聞王昌齡左遷龍標遙有此寄）

『故人西辭黃鶴樓，煙花三月下揚州。孤帆遠影碧空盡，唯見長江天際流。』（黃鶴樓送孟

浩然之廣陵）

『峨眉山月半輪秋，影入平羌江水流。夜發淸溪向三峽，思君不見下渝州。』（峨眉山月歌）

這些詩的好處，是有神韻，有滋味，有意境，同時又有氣勢，絕無纖弱平滯之病。絕句最難達到的境界，李白諸作，都達到了。沈德潛說：『七言絕句以語近情遙含吐不露爲主。只眼前景口頭語，而有絃外音，味外味，使人神遠。』李白的絕詩，確是做到這地步了。

李白是屈原陶潛以後的大詩人，他與杜甫稱爲唐代詩壇的雙璧。然他們兩個因其思想生活以及性格俱各有不同，所表現於作品者，無論風格內容，以及對於社會人生的態度亦全異。如果我們說李白是浪漫主義的個人派，那末杜甫恰好成一個對照，是寫實主義的社會派了。我們明瞭了這一點，就不必以李白的歌詠風花酒色與杜甫的憂民憂國而强定其優劣了。羅大經說：『李太白當王室多難，海宇橫潰之日，作爲詩歌，不過豪俠使氣，狂醉於花月之間耳。社稷蒼生，曾不繫其心膂。其視杜陵之憂國憂民，豈可同年語哉！』他這種意見，可作爲千年來正統派評論李杜優劣的代表，其中雖含有多少道理，然也是一面之辭。我們在批評之前，如果先澈底了解他倆對於藝術與人生的態度的差別，那就不會有什麼偏袒和武斷了。

第十五章　社會詩的興衰與唯美詩的復活

一　緒說

文學思潮的起伏變動，時代的影響，固然是關係重大，然作家的個性與思想也占着很重要的因素。如梁陳到初唐以來格律浮豔的詩風，轉變爲開天時代的浪漫主義，其中我們固然承認當日的政治現象與時代的影子是重要的原因，但同時也不能忘記那幾位作家在個性與思想上所表現的特色，因爲他們有那種特色，所以他們和杜甫同處着一樣的時代，同樣呼吸着長安的政治空氣，李白寫出來的是清平調，杜甫寫出來的是麗人行兵車行，那作品的內容與風格的分別是多麼大。他們又同樣遭遇着安祿山的大亂，王維寫的是輞川的山水，隱士的心情，杜甫寫的是三吏三別。那作品的內容與風格的分別，又是多麼大。在這種地方，正可看出把時代看作是決定文學思潮的唯一因素，是一件危險或是武斷的事。其次，所謂文學的思潮，便是一種風氣，這種風氣初起來，是新興的革命的，許多人都跟着他走，努力發現他的特點。過了不少的時候，這種思潮漸漸地生出流弊，又爲新人所厭惡，另有一種思潮在暗中醞釀成長，待到成熟的機運，終於帶着新興革命的姿態而出現了。這種興衰的自然律，放在任何事物上都是一致的。王維李白一派的浪漫詩發展到了極度，自然會又有一種新的思潮起來代替。這種新思潮，便是起於杜甫而完成於白居易的寫實主義的社會詩風。

在杜甫的集中，他雖也常表示文學的意見，但都偏於詩歌藝術的批評，對於文學思想方面，從沒有發表過明顯的主張，由他對於庾信陰鏗李白等的贊美，對於四傑的辯護，由他所寫下來的『句不驚人死不休。』『新詩改罷自長吟』那些詩句看來，說他是一個藝術至上主義者也是可以的。他沒有明顯地反對過六朝的詩風，也沒有鄙薄過浪漫派的作品，似乎他在文學上是一個沒有思想的人，其實這只是一種膚淺之見。我們要知道，他雖說沒有在文字裏明目張膽地宣傳過什麼主義，但他那一千五百多首詩歌，却正是他的文學思想的重要說明。他重視創作，遠過於宣傳，要改變文學的風尚，他覺得創作比宣傳的力量大。他的前後的作風是一致的，正如李白的作風，前後是一致的。雖說他們在作風上，是形成兩個絕不相容的極端，杜甫要把詩歌來表現實際的社會人生，一掃宮體詩人所歌詠的色情，與浪漫詩人所憧憬的神奇與超越，他的取材，是政治的興亡，社會的雜亂，飢餓貧窮的苦痛，戰事徭役的罪惡，都是黑暗的暴露與同情的表現。因爲如此他的作品變成了歷史，變成了時代生活的鏡子。但是他又沒有載道主義者的狹隘與頑固，他在那表現社會人生的態度之下，又非常重視藝術的生命與價值。因此無論古典派浪漫派作品中的藝術特色，他都能欣賞接受，而加以贊歎。所以專從藝術上講，他是近於藝術至上主義者，若從文學思想上講，他却是最眞實的寫實主義者。杜甫以後，寫實主義成爲詩壇的主潮。在當代許多詩人的作品裏，或多或少，尤其在『新樂府』一類的文體下，對於民間的疾苦，社會的悲劇，人生的遭遇，都有最深刻的描寫。到了白居易，這種思潮，才變成有意識的運動，才正式標明『文章合爲時而著，歌詩合爲事而作』的主張。不過，社會詩派到了白居易，也如浪漫派到了李太白一樣，呈現著盛極而衰的趨勢，在詩壇中已暗伏著另一種思潮；那便是李賀李商隱諸人所領導帶著濃厚宮體色彩的唯美文學的復活。唐代三百年的詩壇，也就由他們而告結束。

二　杜甫的生平思想及其作品

杜甫比李白小十一歲，生於睿宗先天元年（西曆七一二），死於大歷五年（西曆七七〇年），是中國詩史上數一數二的大詩人。他一生經歷着玄宗肅宗代宗三朝，這五十幾年中，是唐朝由太平盛世轉入於極危險極搖動的大時代。前有安史的大亂，後有吐蕃的入寇，京城陷落，天子蒙塵，至於刺史邊將的小禍患，更是多不勝舉，整個社會長年在戰事與飢餓的威脅中，杜甫的生活與作品，便成了這社會生活的歷史，成爲那時代的實錄了。因此，我們要瞭解他的詩，必得先要知道他的時代環境和生活狀況。他不是一個超越現實神遊世外的仙人隱士，他是一個深入社會的現實主義者。

杜甫字子美，湖北襄陽人。（因其曾祖遷居河南鞏縣，故又稱鞏人）武后中宗朝的有名詩人杜審言是他的祖父。他父親杜閑雖也做過小官，但到杜甫時，家境是很貧窮了。關於少年青年時代的生活，在壯遊詩，進鵰賦表，進封西獄賦表諸文中，略知大概。他自己說少小多病，貧窮好學，是很可靠的。他在二十歲前，便在那貧窮多病的環境下，用功讀書，打下了學問的基礎。七歲會做詩，九歲寫得很好的大字，十四五歲便能與當時文士酬唱。大家都很推賞他，說他像班固和揚雄。他雖是貧窮多病，志氣却很不小，他覺得蟄居家園終無出頭，於是弱冠之年，便南遊吳越了。這一遊大概有三四年，王謝的風流，吳越的霸業，對於這位青年一定有多少刺激。他正想坐着海船，去看看日本，因爲這一個夢沒有實現，他晚年覺得很是遺恨。二十四歲，赴京兆考進士，沒有考取，心裏很不舒服，於是放蕩於山東山西河南一帶，同李白高適一流的浪漫詩人往還唱和，那時的生活，他自己也承認是淸狂放誕，想是相當浪漫的。在這種生活的環境下，他所遺留下來的作品，無論從藝術的社會的觀點上，都還沒有發揮什麼驚人的特色。如遊龍門奉先寺陪李北海宴歷下亭諸詩，其中雖也有佳句，在他的集子裏，都不能算是代表作品。他在齊趙之間流浪了八九年，在事業與作品上，都沒有重要的成績。三十四五歲的時候，又到長安，其間雖偶然回到河南去過，但在長安住了八九年。在這幾年中，是他鬱鬱不得志，生活窮困，細心觀察社會和他的作風轉變的重要時期。他前後進鵰賦三大禮賦封西嶽賦，無非是道其貧困，誇其學問，想找一個官做。結果，只叫他『待制集賢院，命宰相試文章。』到了四十四歲那年，授他一個河西尉的小官，他怕折腰趨走，辭不赴任，後來改爲率府參軍，仍是非常窮困。不僅自己時在凍餓之中，連他寄寓在陝西奉先的幼子也餓死了。在他這種窮苦的環境下，不容許詩人的眼睛不直視現實。一個這麼有學問有品行的人，連衣食問題也不能解決，連兒女也不免於餓死，這是一種什麼政治，什麼社會。當日貴妃姊妹的荒淫，楊家宰相的威勢，君主宮庭的宴樂，民衆的痛苦，一一都映到詩人的眼裏，刺激他，壓迫他，憤怒他，使他無法逃避這種現實題材的表現。所謂『朱門務傾奪，赤族迭罹殃，國馬竭粟官，官雞輸稻粱。』（壯遊）是他眼中的朝庭現象。所謂『朱門酒肉臭，路有凍死骨。』（自京赴奉先）『甲第紛紛厭粱肉。』（醉時歌）是他眼中的貴族生活。所謂

『彤庭所分帛，本自寒女出。鞭撻其夫家，聚斂貢城闕。』（自京赴奉先）是暴戾官吏壓迫貧民的悲劇。麗人行是表現貴妃姊妹的華貴與聲威，兵車行是民衆苦於戰禍徭役的叫喊。在這八九年的窮困生活裏，養成了他細微的觀察力，他能够穿透其表皮，而深入其核心，對於當日號稱爲太平景象的天寶盛世的內幕，他得到了深確的認識。他了解了自己的貧窮和千萬民衆的苦痛，都是那些淫蕩女人貪污宰相風流皇帝所造成的罪惡。他那雙銳敏的眼睛，把種種黑暗的現象看得淸淸楚楚，他知道了當日的太平盛世，裏面已經是腐爛不堪，只要外面一有動作，那腐爛的內容便會暴露出來的。從此，他的作品便失去了浪漫與光明，全爲那黑暗與離亂的顏色塗滿了。在這時期，他寫成了好幾篇佳作，如麗人行，兵車行，自京赴奉先縣詠懷諸篇，使他在寫實主義的社會詩派，得到了穩固的地位。

果然，就在他到奉先去看妻兒的那一年，（天寶十四年，他四十四歲）安祿山反了。那勢子來得非常兇猛，接着就是破潼關，陷長安，楊國忠被殺，楊貴妃自縊，玄宗幸蜀，眞是弄得天翻地覆。這次事變先後延長八年之久，被禍的地方，波及於陝西，河南，山西，直隷，山東一帶，是唐代歷史上一件最嚴重的事變。在這幾年中，我們的詩人，始終與禍亂相終始，國破家亡，人殺盡了，屠戮到雞狗，房屋摧毀殆盡，滿眼都是堆着白骨，一切的痛苦經驗，他嘗過，一切的殘酷的現象，他看過。於是他的社會詩的題材更加豐富，寫實的藝術也更進步了。肅宗即位靈武時，他想去靈武，不料途中陷於賊手，於是獨居長安，長安的離亂現象，成爲他的好詩材。如哀王孫，哀江頭，春望諸篇，是他這時的代表作。次年，（肅宗至德二年，他四十六歲。）他逃到鳳翔，拜見肅宗，給他一個左拾遺的諫官。他當時有喜達行在所三首，敍述他從賊中逃出的情形和心境，又眞實又哀痛。讀他的『生還今日事，問道暫時人。』『死去憑誰報，歸來始自憐』這些句子，便可體會到他的悲傷了。再有述懷一首，一面寫離亂，一面寫鄉愁，較之前三首，是更爲沉痛的。後來因房琯事獲罪，得赦省家。當日他的家眷住在鄜州。他的北征與羌村，便是這時候的傑作。羌村第一首云：

『崢嶸赤雲西，日脚下平地，柴門鳥雀噪，歸客千里至。妻孥怪我在，驚定還拭淚。世亂遭飄蕩，生還偶然遂。鄰人滿牆頭，感歎亦歔欷。夜闌更秉燭，相對如夢寐。』

這寫得多麼眞實，多麼悲苦。在北征那篇長詩內，對於旅途中的慘狀，戰場上的情況，家中妻兒的貧窮，更有詳細眞實的描寫，因爲那顏色過於黑暗，在讀者的心靈上，是要感着重量的壓迫和一種苦痛的或是不愉快的感情。就在那年的冬天，長安收復了，他從鄜州到長安來，再任左拾遺。外面雖仍是大亂未平，長安一帶，秩序總算是恢復了。他在那短期的安居中，同王維賈至岑參諸人唱和，生活較爲安適，作風也較爲華麗典雅。如曲江，奉陪鄭駙馬韋曲，曲江對酒諸篇都是。在那些詩裏，有『細推物理須行樂，何用浮名絆此身。』『酒債尋常行處有，人生七十古來稀』的充滿着浪漫情緒的句子。(見曲江)如果杜甫就從此飛黃騰達地做着大官下去，他的寫實主義的社會詩，恐怕就要在這時候告一個結束。不料他這種生活繼續到不過半年，又貶爲華州司功。司功是知事下面的一個小官，事體多，官位低，錢又少，於是又使得他鬱鬱不歡了。在華州時，曾囘河南，沿途見民間被迫徵兵之苦，產生了三吏三別諸詩的傑作。不久又囘華州，碰着長安一帶起了大飢荒，他便棄官去秦州。後又到同谷。他原想同谷是一塊好地方，不知道那裏也是鬧飢荒，他在那裏更苦，靠着樹根草皮過活，幾乎餓死。他的秦州雜詩二十首和乾元中寓居同谷縣作歌七首是他那時候最好的作品。讀他的『中原無書歸不得，手脚凍皴皮肉死，』『此時與子空歸來，男呻女吟四壁靜，』這些句子，那凍餓的情形眞是非常悽慘的。

同谷縣這麼苦，他自然不能久住，於是便南行入川，到了成都，得了朋友的資助，費了兩年的經營，在城西建一草堂住了下來，生活得了暫時的安定。他那時候已是四十八九的年紀了。後來嚴武爲劍南節度使，他鄉遇故知，彼此都感着一種慰藉，杜甫這時候的生活較爲舒適，心境也較爲平淡。在他當日的作品裏，如賓至，江村，客至諸篇，又現出逍遙恬靜的風格。在『不嫌野外無供給，乘興還來看藥欄，』『老妻畫紙爲棋局，稚子敲針作釣鈎，』『肯與鄰翁相對飲，隔籬呼取盡餘杯，』這些句子裏所表現的情感與趣味，完全沒有從前那種淒楚憤怒之音了。不過他這種安居生活，僅僅過了兩年多，又遇着西川兵馬使徐知道的叛變，於是又因避亂而開始流浪。他東奔西走地到過梓州（今三台縣治）通泉（今射洪縣治）漢川（今廣漢）閬州（今閬中）各處，後來因爲嚴武再鎭劍南，他又攜家重回成都。在他的草堂一篇裏，寫他這次的回成都，高興得好像回故鄉一樣。

代宗永泰元年，嚴武死，給杜甫一個重大的打擊，在他的生活上，失掉了憑藉。他那時候是五十四歲了。他於是再帶着飄泊流浪的心，離開成都，準備出川。他由戎州（今宜賓縣治）渝州（今重慶）忠州雲安（今雲陽縣）而至夔州。他在那裏做了許多懷古的律詩。秋興八首也是他這時候有名的作品。他在夔州住了不到兩年，忽然又想起湖南來了。我今不樂思岳陽，大概是想去找他那位在郴州做官的舅舅崔偉，五十七歲那年，乘舟出峽，由江陵公安而至岳州，次年再至湘潭，後因避亂至耒陽，傷食而死，正是五十九歲。新舊唐書都說他因受水阻，十日不得食，後縣令具舟迎之，大食牛肉白酒，一夕暴卒。這事前人多不信，現在看來是最合科學的。十日不食，消化器官都衰弱不堪，應該吃一點容易消化的米粥鷄湯一類的東西好好調養，但我們的詩人，沒有近代的醫學常識，大吃其牛肉，當然是要送命了。說李白投江捉月而死，那自然是神話，說杜甫傷食而死，却是非常合理的事實。

由上面的敍述看來，我們可知杜甫的一生，始終展轉於窮困的生活裏。從他個人的不良境遇，得到對於全民衆的痛苦的體會觀察與同情。由他個人的飢餓避亂的經驗，認識了人生的實在情況。這一種寶貴的經驗，細密的觀察與豐富的同情，成爲他的寫實主義的社會詩的重要基礎。這一切，都是那些寄心於田園與山水的隱逸詩人們所看不見。就是看見了也是不願意寫在他們的作品裏面的。這原因，我們又不得不歸之於他們的思想的差別。我們都知道，自魏晉南北朝以來，因老莊佛學的盛行，造成那種浪漫的自然主義的人生觀，造成那種避世的隱逸風氣，造成那種輕世務逃現實的潮流。到了開天時代，這一種風氣幾乎成爲上等讀書人的共同傾向，人人都敬佛愛道，在文集裏充滿了同山人禪師贈答的作品，好像非如此都不足以表現自己的淸高，就在這種情況下，促成了浪漫文學的特盛。但是杜甫在這一個潮流中，都能擺脫一切，卓然自立，由他的家庭傳統與貧困的境遇，養成他那種堅定的現實主義的人生觀。他一點沒有染上佛道神仙的色彩，是一個眞眞實實的儒教徒。他的十三世祖杜預，在晉朝那種黃老清談的玄學中，是以左傳的專門研究（著有春秋左氏經傳集解）而成爲儒家的大師。就是杜預的父親杜恕，也是一個尊儒學貴德行重名節的善良君子。在他的體論內，遺下了許多可貴的意見。杜甫能時時眷懷着堯舜的盛世，處處流露着景仰孔子的憂民救世的精神，形成了他那種儒家的人生觀，有一半不能不歸之於他的家風和遺教。在他的集子裏，他始終是以儒家自命。他不像阮籍陶潛李白一輩人，眼中只有老莊赤松王喬一流的人物。他崇拜聖賢，遵守禮法，忠君愛國，關懷政事。無論他怎樣窮苦，怎樣失意，他不絕望，不怨恨，總覺得萬事是有希望的，人力是有用處的，他決不逃避，不超越，他脚踏實地一步一步地向前面走。他自己在進鵰賦表中說：『自先君恕預以降，奉儒守官，未墜數業。』又在詩中說：『乾坤一腐儒』（江漢），『儒生老無成』（客居），『干戈送老儒』（舟中），由這些坦白的口供，可見他是一個最堅定的儒家思想者。雖說他有時也寫過『儒冠多誤身，』（奉贈韋左丞丈）『儒術於我何有哉？孔丘盜跖俱塵埃，』的詩句，那只是窮極無聊時的一種憤恨，他這種心情我們是可以完全理解的。

因爲他有這種現實主義的儒家思想爲其根底，所以他沒有變成個人主義者的浪漫詩人，而變爲全民衆全社會的代言人了。由他這種思想的基礎，而產出一種豐富的同情，無論對於君國，對於家室兒女，對於朋友路人，以至於草木房屋和蟲鳥，都被他那種同情心所籠罩，這正是儒家所說的『老吾老以及人之老，幼吾幼以及人之幼』的仁者之心。『減米散同舟，路難思共濟，』（解憂）『蟲鷄於人何厚薄，吾叱奴人解其縛，』（縛鷄行）『焉得鑄甲作農器，一寸荒田牛得耕，』（蠶穀行）『安得廣厦千萬間，大庇天下寒士俱歡顏，風雨不動安如山。』（茅屋爲秋風所破歌），讀着這些句子，我們便可體會到這位詩人博愛襟懷的廣大了。他是以己之苦，度人之苦，以己之心，度人之心，他無時無刻不在注意全社會全人生。在這種態度下，他不能以陶潛的潔身自愛爲滿足，也不能以李白那種縱慾的快樂生活爲滿足。他念念不忘他的君國民生，絕不是有意要這麼做作，想博到一個好名聲，他的心中確實是充滿着這些現實的思想。他到死還在期望着天下太平，好讓大家過一點安樂日子。我們明白了這一點，就覺得那些以忠君愛國四個字去抬高杜甫身價的人，固然是迂腐，然以此去鄙薄他的，也就更膚淺了。

他雖有溫厚的同情心，却沒有熱烈的感情。他不是屈原式的殉情主義者。因此他無論遇着多大的困難，受着多大的寃屈，他都能够逆來順受，而不會步屈子的後塵，投江自殺。又因爲他的思想是現世的，他也不能在虛無空渺的神仙世界找着快樂。因此，他能用他的理智，去細細地觀察人生社會的實況，從自己的生活經驗，去體會旁人的苦樂。他雖極其重視藝術的美的價值，但是同時他也非常重視藝術的功用。『文章一小技，於道未爲尊，』『斯文憂患餘，聖哲垂彖繫，』這是他偶然流露出來的對於文學的意見。由他的生活境遇和現實思想的結合，使他推倒了個人主義的浪漫文學，而成爲社會主義的寫實文學的大師了。

杜甫論四傑的詩說：『王楊盧駱當時體，輕薄爲文哂未休，』又憶李白詩說：『國人皆欲殺，吾意獨憐才。』由這幾句話看來，我們可以知道，在杜甫時代，四傑的華麗詩風與浪漫派文人的生活態度很為一般人所不滿意，已經有許多新人，正在暗中醞釀一種新文學運動。這種新文學運動的主要目的，一面是推倒六朝文學的華麗與浪漫文學的空虛，一面是社會文學的建立。元結在乾元三年選集沈千運，孟雲卿，于逖，張彪，趙微明，王季友，元季川七人的詩二十四首，名曰篋中集，他在序中宣佈他的文學主張說：

『風雅不興，幾及千歲。溺於時者，世無人哉？嗚呼，有名位不顯，年壽不將，獨無知音，不見稱頌，死而已矣，誰云無之？近世作者更相沿襲，拘限聲病，喜尚形似，且以流易為辭，不知喪於雅正，悲哉！彼則指詠時物，會諧絲竹，與歌兒舞女生汚惑之聲於私室可矣。若令方直之士大雅君子聽而誦之，則未見其可矣。吳興沈千運獨挺於流俗之中，強攘於已溺之後，窮老不惑，五十餘年，凡所為文者皆與時異。故朋友後生稍見師效，能似類者有五六人……』

這可以看作是當日新文學運動的一篇宣言。他在這裏把那些拘限聲病喜尚形似的初唐詩和那些會諧絲竹寄情酒色的浪漫文學一概罵倒，要求着一種有內容有寄託的新文學的產生。在那七人裏，杜甫同王季友張彪孟雲卿都有來往，他尤其佩服孟雲卿。他說：『李陵蘇武是吾師，孟子論文更不疑，』可知孟雲卿對於文學的意見，杜甫是完全同意的。他那些意見現在雖說看不見了，我想同篋中集序中的理論，大略是近似的罷。在他的作品裏，有下面這一類的句子：

『大方載羣物，生死有常倫。虎豹不相食，哀哉人食人。』（傷時）

『秋成不廉儉，歲餘多餒飢。顧視倉廩間，有糧不成炊。』（田園觀雨兼晴後作）

這與杜甫所寫的『朱門酒肉臭，路有凍死骨。彤庭所分帛，本自寒女出。』一類詩的風格，是完全相似的。其他諸人的作品，流傳下來的不多，其中雖無特色，也無時流的弊病。至於元結自己，他雖以山水詩著稱，却是一個有心作新樂府描寫時事的詩人。在他的集子裏，如憫荒詩，貧婦詞，舂陵行，賊退示官吏諸篇，都是他在這方面的表現。我們試看他的貧婦詞：

『誰知苦貧夫，家有愁怨妻。請君聽其詞，能不爲酸悽！所憐抱中兒，不如山下麑。空念庭前地，化爲人吏蹊。出門望山澤，回頭心復迷。何時見府主，長跪向之啼！』

這一類的作品，明明是受了沈千運孟雲卿一派人的影響，明明是要實踐他在篋中集序中所宣言的文學理論。在這種地方，他和杜甫的思想完全是一致的。還有一個和他們同時，但死得較晚的顧況（約生於西曆七二五年，死於八一五年），雖說他晚年歸隱茅山，自號華陽眞隱，度其高人逸士的生活，寫了不少閑淡的山水詩，但他同元結一樣，也是一個關心世務，有意用新樂府體來表現社會時事的人。他的補亡訓傳十三章，就是他在這方面的嘗試。不過因爲他運用殭化的四言體去寫新樂府，所以他在文學上的成就，還比不上元結。他的囝一篇，却是值得我們注意的。

『囝生閩方。閩吏得之，乃絕其陽。爲臧爲獲，致金滿屋。爲髡爲鉗，如視草木。天道無知，我罹其毒，神道無知，彼受其福。郎罷別囝，吾悔生汝。及汝既生，人勸不舉。不從人言，果獲是苦。囝別郎罷，心摧血下。隔地絕天，及至黃泉。不得在郎罷前。』（原註：囝哀閩也。囝音蹇。閩俗呼子爲囝。父爲郎罷。）

他在這裏大膽地採用土語方言，用寫實的筆法，去描寫社會上無人注意的貧民問題，實在是非常可取的。其他如上古，築城，持斧，我行自東諸章，雖都不能算作好詩，然在那些詩裏，却都表現着作者對於現實世界的不滿，和那種憂民傷亂的社會感情。由此看來，在杜甫的時代，文學的風氣，確呈現着一種轉變的趨勢，所謂舊文學的改革，新文學的建立，已成爲一種羣衆運動。和杜甫前後同時的沈千運孟雲卿元結顧況之徒，都是這運動中的一員。可知杜甫在當日並不是孤立的，文壇上有不少的同調，都在從事這種工作。就是在當時稱爲代表齊梁之風的作家李嘉祐的律詩裏，也有『貧妻白髮輸殘稅，餘寇黃河未解圍。』（題靈台縣東山村主人）『若問行人與征戰，使君雙淚定霑衣』（送皇甫冉）的句子。可知在那個大亂的時代，除了隱身於深山幽谷以外，作者是不容易完全避開現實的了。不過那些人雖都有改革文學的決心與見解，究缺少創作的偉大才力，因此都變成了這個運動中的無名英雄，只好讓這位『讀書破萬卷，下筆如有神』的杜甫來擔當這重大的任務，享千古的盛名了。但那些無名英雄，我們也不能因此就輕視他們忘記他們。

在敍述杜甫的生活與思想以後，現在可以看看他的作品了。他的作品，在藝術上得到成就，在思想上形成那種寫實主義的社會詩歌的特色，實是開始於他寄寓長安的那幾年。他那時候已是四十左右的人，人生的經驗日益豐富，觀察力日益細密，藝術的修養，也日趨於完善之境，就在那時候，產生了好些傑作。如兵車行，醉時歌，麗人行，秋雨歎，自京赴奉先縣詠懷五百字諸篇，都是這時期的代表作品。由這些詩，確定了他寫實主義的作風，在浪漫的個人主義的文學潮流中，開闢了社會文學的新天地。在下面試舉兵車行麗人行作例。

『車轔轔，馬蕭蕭，行人弓箭各在腰。耶孃妻子走相送，塵埃不見咸陽橋。牽衣頓足攔道哭，哭聲直上干雲霄。道旁過者問行人，行人但云點行頻。或從十五北防河，便至四十西營田。去時里正與裹頭，歸來頭白還戍邊。邊亭流血成海水，武皇開邊意未已。君不聞漢家山東二百州，千村萬落生荊杞。縱有健婦把鋤犁，禾生壠畝無東西，況復秦兵奈苦戰，被驅不異犬與鷄。長者雖有問，役夫敢申恨！且如今年冬，未休關西卒。縣官急索租，租稅從何出？信知生男惡，反是生女好。生女猶得嫁比鄰，生男埋沒隨百草。君不見靑海頭，古來白骨無人收。新鬼煩寃舊鬼哭，天陰雨濕聲啾啾。』（兵車行）

『三月三日天氣新，長安水邊多麗人。濃態意遠淑且眞，肌理細膩骨肉勻。繡羅衣裳照暮春，蹙金孔雀金麒麟。頭上何所有，翠微㔩葉垂鬢脣。背後何所見，珠壓腰衱穩稱身。就中雲幕椒房親，賜名大國虢與秦。紫駝之峯出翠釜，水精之盤行素鱗，犀筯厭飫久未下，鑾刀縷切空紛綸。黃門飛鞚不動塵，御廚絡繹送八珍。簫鼓哀吟感鬼神，賓從雜遝實要津。後來鞍馬何逡巡，當軒下馬入錦茵。楊花雪落覆白蘋，靑鳥飛去銜紅巾。炙手可熱勢絕倫，愼莫近前丞相嗔』（麗人行）

兵車行是寫民衆的苦於徭役，麗人行是寫貴妃姊妹的奢淫。一出於哀痛，一出於憤恨，將大亂前的宮庭內幕與社會實況，完全暴露無遺，在這裏是透露着禍亂將臨的消息的。天寶十四年，在大亂的前夕，他到奉先去看他的妻兒時，寫下那篇詠懷的五言長詩，其中對於政治民生的黑幕更是盡情地加以宣佈和描寫，暗示着危機更益急迫，果然，過了不久，安祿山舉起了叛變之旗了。

從安史之亂到他入蜀的那四五年中，是他生活史上最苦痛的時期。個人的流離轉徙，妻兒的飢餓以至於死亡，戰事的恐怖，人民死骨的暴露與房屋破壞的情況，大飢荒大毀滅的種種悲慘現象，使得他更深一層觀察社會體會人生，同時也使他的藝術更趨於圓熟。他最偉大的作品，都產生在這個時代。如春望，哀江頭，哀王孫，喜達行在所，述懷，北征，羌村，新安吏，潼關吏，石壕吏，新婚別，垂老別，無家別，秦州雜詩，月夜憶舍弟，空囊，同谷縣作歌諸篇，都是這時期的代表作。這一時期的作品，因爲他所描寫都是出於個人的實際經驗，所以作品的顏色，較之麗人行那時的作品來，是更要悲慘更要黑暗，而寫實的手法，也更爲深刻了。

『國破山河在，城春草木深。感時花濺淚，恨別鳥驚心。烽火連三月，家書抵萬金。白頭搔更短，渾欲不勝簪。』（春望）

『羣鷄正亂叫，客至鷄鬭爭。驅鷄上樹木，始聞扣柴荆。父老四五人，問我久遠行。手中各有攜，傾榼濁復淸。莫辭酒味薄，黍地無人耕。兵革旣未息，兒童盡東征。請爲父老歌，艱難愧深情。歌罷仰天歎，四座淚縱橫。』（羌村三之一）

『暮投石壕村，有吏夜捉人。老翁踰牆走，老婦出門看。吏呼一何怒，婦啼一何苦。聽婦前致詞，三男鄴城戍。一男附書至，二男新戰死。存者且偷生，死者長已矣。室中更無人，惟有乳下孫。孫有母未去，出入無完裙。老嫗力雖衰，請從吏夜歸。急應河陽役，猶得備晨炊。夜久語聲絕，如聞泣幽咽。天明登前途，獨與老翁別。』（石壕吏）

『兔絲附蓬麻，引蔓故不長。嫁女與征夫，不如棄路旁。結髮爲君妻，席不煖君牀。暮婚晨告別，無乃太忽忙。君行雖不遠，守邊赴河陽。妾身未分明，何以拜姑嫜，父母養我時，日夜令我藏。生女有所歸，鷄狗亦得將。君今往死地，沈痛迫中腸。誓欲隨君去，形勢反蒼黃。勿爲新婚念，努力事戎行。婦人在軍中，兵氣恐不揚。自嗟貧家女，久致羅襦裳。羅襦不復施，對君洗紅妝。仰視百鳥飛，大小必雙翔。人事多錯迕，與君永相望。』（新婚別）

『四郊未寧靜，垂老不得安。子孫陣亡盡，焉用身獨完。投杖出門去，同行爲辛酸。幸有牙齒存，所悲骨髓乾。男兒既介冑，長揖別上官。老妻臥路啼，歲暮衣裳單。孰知是死別，且復傷其寒。此去必不歸，還聞勸加餐。土門壁甚堅，杏園度亦難。勢異鄴城下，縱死時猶寬。人生有離合，豈擇衰老端。憶昔少壯日，遲迴竟長歎。萬國盡征戍，烽火被岡巒。積屍草木腥，流血川原丹。何鄉爲樂土，安敢尚盤桓。棄絕蓬室居，塌然摧肺肝。』（垂老別）

『有弟有弟在遠方，三人各瘦何人強。生別展轉不相見，胡塵暗天道路長。東飛駕鵝後鶖鶬，安得送我置汝旁。嗚呼！三歌兮歌三發，汝歸何處收兄骨。』（乾元中寓居同谷縣作歌七首之一）

他這些詩全是以個人的實際經驗與民間的疾苦爲題材，充分地發揮了寫實主義的特色，建立了穩固的社會文學的基礎。他讀了元結的詩說：『當天子分憂之地，效漢官良吏之目。今盜賊未息，知民疾苦。得結輩十數公，落落然參錯天下爲邦伯，萬物吐氣，天下少安可得矣。不意復見比興體制微婉頓挫之詞。』（同元使君春陵行序）他這樣稱贊元結的爲人及其作品，這便是因爲他們的思想以及對於文學的見解相同的原故。這相同點，是浪漫的態度與作風的放棄，寫實的比興的社會文學的建立。他在這方面最大的成就，是新樂府的創造。楊倫說：『自六朝以來，樂府題率多模擬剽竊，陳陳相因，最爲可厭。子美出而獨就當時所感觸，上憫國難，下痛民窮，隨意立題，盡脫去前人窠臼，苕華草黃之哀不是過也。樂天新樂府秦中吟等篇，亦自此出。』這話是很對的。浪漫詩人，專取古樂府歌辭中的精神與語調，造成浪漫的形式與音律，杜甫則採取古樂府描寫社會民生疾苦的態度，完成了他的社會詩的功績。

從他入蜀入湘以至於死，在那一十年中，他的生活雖仍是流離轉徙，但狀況已較爲平定。加之他已近老年，心境亦趨於淡漠。詩中雖仍多關懷時事之作，然其情感的表現，則頗含蓄悠遠，已沒有前期的那種火氣了。同時回憶懷古之篇特多，在律體上大用其心力，有由內容而轉回於藝術美的傾向。這種情形，都適應於他年齡的進展。他自己說過『老去漸於詩律細』的話，這正是他這個時代的作品的特色。他許多有名的律詩，大都產生在這個時代。如蜀相，爲客，狂夫，野望，江村，野老，南鄰，出郭，恨別，客至，江亭，水檻遣心，客夜，九日登梓州城，登牛頭山亭子，登樓，宿府，閣夜，詠懷古迹，旅夜書懷，白帝，秋興，登高，登岳陽樓諸篇，是他律詩中最有名的作品。愛詩的人，大都是熟讀過的。

『萬里橋西一草堂，百花潭水卽滄浪。風含翠篠娟娟靜，雨裛紅蕖冉冉香。厚祿故人書斷絕，恆飢稚子色凄涼。欲塡溝壑唯疎放，自笑狂夫老更狂。』（狂夫）

『野老籬前江岸迴，柴門不正逐江開。漁人網集澄潭下，賈客船隨返照來。長路關心悲劍閣，片雲何意傍琴臺？王師未報收東郡，城闕秋生畫角哀。』（野老）

『去郭軒楹敞，無村眺望賒。澄江平少岸，幽樹晚多花。細雨魚兒出，風輕燕子斜。城中十萬戶，此地兩三家。』（水檻遣心）

『伊昔黃花酒，如今白髮翁。追歡筋力異，望遠歲時同。弟妹悲歌裏，朝廷醉眼中。兵戈與關塞，此日意無窮。』（九日登梓州城）

『白帝城中雲出門，白帝城下雨翻盆。高江急峽雷霆鬬，翠木蒼藤日月昏。戎馬不如歸馬逸，千家今有百家存。哀哀寡婦誅求盡，慟哭秋原何處村。』（白帝）

『歲暮陰陽催短景，天涯霜雪霽寒宵。五更鼓角聲悲壯，三峽星河影動搖。野哭幾家聞戰伐，夷歌數處起漁樵。臥龍躍馬終黃土，人事音書漫寂寥。』（閣夜）

『昔聞洞庭水，今上岳陽樓。吳楚東南坼，乾坤日夜浮。親朋無一字，老病有孤舟。戎馬關山北，憑軒涕泗流。』（登岳陽樓）

在這些詩裏，我們可以看出杜甫的晚年，已失去了前時代的那種憤怒與鬬爭的態度，而現出濃厚的感傷和偶然在他生活中出現的那種恬淡閑適的情調了。但專就藝術上講，是呈現着更細密更老練的技巧的。由這些詩篇說他傾心於格律的完整以及藝術技巧的講求，却是很顯然的事。『老去漸於詩律細』這一句話，對於他晚年的詩風，作了一個正確的說明。因爲如此，所以許多後代的詩人，都掩住了他的社會文學的眞精神眞價値，專從他的藝術技巧方面，學習取法，韓愈是如此，黃山谷也是如此，就連那作風與思想和杜甫完全相反的李義山，也被人稱爲杜甫的嫡派了。我們如果明瞭了其中的眞實情況，這現象是一點也不足怪的。但是我們千萬不要忘記，杜甫的代表作品，都是用的白話化的淺言語，都是民歌式的樂府體。只有他才眞是民衆的代言者，只有他才眞是完成了平民詩人的使命。對於杜甫在文學上的評價，如果輕視了他在這方面的功業，那捨本逐末的錯誤，眞是無可補救了。

三　杜詩的影響與張籍

杜甫以後，在文學史上，有所謂『大歷十才子』之稱。據新唐書文藝傳中的盧綸傳，十才子是盧綸，吉中孚，韓翃，錢起，司空曙，苗發，崔峒，耿湋，夏侯審，和李端。後人也有去韓翃，崔峒，夏侯審，而加進郎士元李益李嘉祐的（見江鄰幾雜誌）。究竟誰是才子誰不是才子，我們現在可以不必管他，只是這一批人在作品的風格上，大致相同，沒有分明的強烈的個性表現，所以都不能成爲第一流的大詩人。但其中如錢起郎士元，確有些很好的作品，我們是不得不注意的。

在這一批人的作品裏，雖說沒有直接繼承杜甫文學的精神，在社會文學方面再開拓再創造，追求更大的收穫，但他們的詩風確實一反浪漫派的空虛放誕，而歸於平實的境地與嚴肅的態度。高仲武評錢起詩云：『芟齊宋之浮游，削梁陳之靡嫚，』這一點是他們共有的特色。在耿湋盧綸的集中，也有些描寫社會離亂之作，足見他們也並不是完全閉住眼睛，不管世事的人。

『老人獨坐倚官樹，欲語潸然淚便垂。陌上歸心無產業，城邊戰骨有親知。餘生尚在艱難日，長路多逢輕薄兒。綠水青山雖似舊，如今貧後復何爲？』（耿湋路旁老人）

『傭賃難堪一老身，皤皤力役在青春。林園手種唯吾事，桃李成陰歸別人。』（耿湋代園中老人）

『行多有病住無糧，萬里還鄉未到鄉。蓬鬢哀吟古城下，不堪秋氣入金瘡。』（盧綸逢病軍人）

或寫傷兵的苦痛，或寫工人的貧窮，或寫戰後老人的悲哀，作者在這方面完全是用客觀的寫實的態度，來表現社會民衆的感情，是一點也沒有個人的浪漫的色彩的。這種作品在他們的集子裏雖說很少，然而在這裏也可以看出當日的時代與杜甫的文學，對於這些作家，不是完全沒有影響的。再在和他們同時的戴叔倫的集裏，也有很好的描寫社會民生的作品。我們試看他的女耕田行和屯田詞。

『乳燕入巢笋成竹，誰家二女種新穀。無人無牛不及犂，持刀斫地翻作泥。自言家貧母年老，長兄從軍未娶嫂。去年災疫牛囤空，截絹買刀都市中。頭巾掩面畏人識，以刀代牛誰與同。姊妹相攜心正苦，不見路人唯見土。疏通畦隴防亂苗，整頓溝塍待時雨。日正南岡午餉

歸，可憐朝雉擾驚飛。東鄰西舍花發盡，共惜餘芳淚沾衣。』（女耕田行）

『春來耕田遍沙磧，老稚欣欣種禾麥。麥苗漸長天苦晴，土乾确确鉏不得。新禾未熟飛蝗至，青苗食盡餘苦莖。捕蝗歸來守空屋，囊無寸帛瓶無粟。十月移屯來向城，官教去伐南山木。驅牛駕車入山去，霜重草枯牛凍死。艱辛歷盡誰得知，望斷南天淚如雨。』（屯田詞）

這一類的作品，眞可與杜甫的兵車行三吏比美。女耕田行一篇，尤可稱爲特出。杜甫所說的『縱有健婦把鋤犂，禾生隴畝無東西，』雖是沈痛，還沒有這篇寫得眞實和活躍。因爲大戰亂大災疫，哥哥從軍去了，牛也死了，家裏只剩着老母和兩位少女，在無可奈何之中，只好含羞賣絹買刀來耕田地，維持衣食。對着明媚的春光，自傷身世，這種由大亂反映出的鄉村風景，由貧苦反映出的少女情懷，在這篇作品裏得到最高的表現。屯田詞一章，一面描寫農民的窮困，同時又表現當政的人對他們的種種壓迫，在這裏暗示着民間的悲苦生活，是非常眞切的。在這種情況之下，可知杜甫的社會文學的風氣，確實在當代的詩壇發生了不小的影響。許多作家都受了他的感動，對於文學的態度，很明顯地是趨於嚴肅化與社會化了。我們只要看看號稱苦吟詩人技巧詩人的孟郊韓愈的作品，也有織婦辭，寒地百姓吟（孟郊）和歸彭城，此日足可惜（韓愈）那種富於現實性的詩歌，就在那個以宮體詩著名的王建，也有水夫謠，田家行，去婦那一類攻擊租稅力役制度和代言棄婦的窮苦心境的社會文學，我們更可看出杜甫給與當代文壇的明顯影響了。

在這種社會文學的運動中，無論在思想上作風上，都能直接繼承杜甫的系統，而成爲杜白之間的代表作家的是那位瞎眼詩人張籍，他字文昌，東郡人（今河北濮陽附近，），新唐書又說他是和州烏江人。約生於西曆七六五年死於八三〇年。他眼睛有病，五十歲時還做着太祝的窮小官。所以孟郊寄他的詩，有『窮瞎張太祝』之句。他後來做過水部員外郎，時人稱他爲張水部，晚年爲國子司業，故又稱爲張司業。他的作品雖以五言律詩聞名，但最大的成就，却是用樂府的體裁，去開拓社會詩的生命。他是最崇拜杜甫的。雲仙雜記說：『張籍取杜甫詩一帙，焚取灰燼，副以膏蜜，頻飲之曰：令吾肝腸從此改易。』（唐馮贄撰，但四庫總目謂此書爲王銍所僞託）。這一段故事的眞實性雖可懷疑，但張籍對於杜甫的欽佩和對於杜詩的愛好，是極可信的。他許多樂府詩的創作，同杜甫所用的手法，是完全一致的。並且他的態度更客觀，所取的社會題材，也更廣泛。他和孟郊韓愈雖相交最久，友誼最深，但他的文學却不能歸之於孟韓所代表的那怪僻一派，他實在是杜甫的社會文學的直接繼承人。所以那主張『詩歌合爲事而作』的白居易，讀了他的作品，要大加贊歎，稱爲『舉代少其倫』的了。他認文學是社會與人生的表現，是描寫民生疾苦的最好工具，我們應該用一種嚴肅的態度對付他，萬不可無病呻吟，言之無物。也不可專事歌寫風情花草，同現實離開，更不可出於遊戲，去損傷文學的尊嚴與功用。他遺韓愈書中云：『君子發言舉足，不遠於理，未嘗聞以駁雜無實之證爲戲也。』在這裏正表示他對於文學的態度的認眞。

『羌胡據西州，近甸無邊城。山東收租稅，養我防塞兵。胡騎來無時，居人常震驚。嗟我五陵間，農者罷耕耘。邊頭多殺傷，士卒難全形。郡縣發丁役，丈夫各征行。生男不能養，懼

身有姓名。良馬不念秣，烈士不苟營。所願除國難，再逢天下平。』（西州）

『九月匈奴殺邊將，漢軍全沒遼水上。萬里無人收白骨，家家城下招魂葬。婦人依倚子與夫，同居貧賤心亦舒。夫死戰場子在腹，妾身雖存如晝燭。』（征婦怨）

『築城處，千人萬人抱杵。重重土堅試行錐，軍吏執鞭催作遲。來時一年深磧裏，盡着短衣渴無水。力盡不得休杵聲，杵聲未定人皆死。家家養男當門戶，今日作君城下土。』（築城詞）

他在這裏極力暴露戰爭的罪惡與人民所受於力役的痛苦。把鄉村的離亂生活和孤兒寡婦的心境，和盤托出，寫得最眞實又沉痛。所謂願除國難，再逢太平的希望，正是無辜的民衆的眞情眞意。如關山月，妾薄命，遠別離，隴頭行，塞上曲，董逃行諸篇，都是這方面的好作品。

『老農家貧在山住，耕種山田三四畝。苗疎稅多不得食，輸入官倉化爲土。歲暮鋤犂傍空室，呼兒登山收橡實。西江賈客珠百斛，船中養犬長食肉。』（山農詞）

『金陵向西賈客多，船中生長樂風波。欲發移船近江口，船頭祭神各澆酒。停杯共說遠行期，入蜀經蠻誰別離。金多衆中爲上客，夜夜籌緡眠獨遲。秋江初月猩猩語，孤帆夜發瀟湘渚。水工持檝防暗灘，直過山邊及前侶。年年逐利西復東，姓名不在縣籍中。農夫稅多長辛苦，棄業寧爲販賣翁。』（賈客樂）

『山頭鹿，角芟芟，尾促促。貧兒多租輸不足，夫死未葬兒在獄。旱日熬熬蒸野岡，不黍不

收無獄糧。縣官唯憂無軍食，誰能令爾無死傷？』（山頭鹿）

他在這些詩裏，一面大膽地批評政府對於農民的壓迫，一面又極力描寫農民生活的苦痛與商人的富裕奢淫。商人是帶着百斛的珠，舒舒適適地東西逐利，自己的生活不必說，養着貓犬，也是天天吃魚吃肉的。農人們一年到頭做着不停，所得的結果，是夫死未葬兒在獄。在這裏形成兩個階級兩種生活極悲慘的對照。很明顯的，他在這種作品裏，他提出一個非常嚴重的社會問題，這便是商人的抬頭，商業資本的發展，同統治階級互相勾結，是加重農民的剝削，促進農村生活的破產，而成爲社會擾亂的根源。這意義正如鼂錯所說：『商賈大者積貯倍息，小者坐列販賣。操其奇贏，日遊都市。乘上之急，所賣必倍。故其男不耕耘，女不蠶織，衣必文繡，食必粱肉。因其富厚，交通王侯，力過吏執，以利相傾。千里敖遊，冠蓋相望。乘堅策肥，履絲曳縞。此商人所以兼併農人，農人所以流亡也。』（見前漢書食貨志）這種情形實在是社會上最嚴重的問題，張籍能看到這一點，並能在作品中用藝術的形式表現出來，而成爲最富於現實性的問題文學，是非常可貴的。更因政府所施之虐政，對民衆一點也不加體恤愛惜。打起仗來要徵兵，窮了要催稅。戰亂平後，做官的還是做官，百姓的生死存亡，就無人理了。在他的廢宅行一篇裏，很坦白地發出了這種不平之聲。所謂『亂後幾人還本土，唯有官家重作主，』這眞是說得再沉痛也沒有了。

其次，他在另一方面，又注意到婦女問題。前人的詩，雖多歌詠婦女之作，大半都把婦女作爲花草一般地描寫，或寫其美貌，或寫其相思之情。從沒有人想到婦女在社會上應有的地位，和她們的生活與道德的問題。他在妾薄命別離曲諸篇裏，都代替女子喊寃訴苦，覺得女子有她們的生活要求，有她們的青春快樂，男子長年在外面，把女子放在家裏守活寡，實在是最不道德的。『男兒生身自有役，那得誤我少年時？』（別離曲。）這一個理由，在現在的美國，早可以到法庭去請求離婚了。他在這方面的代表作，我們不得不舉他的離婦。

『十載來夫家，閨門無瑕疵，薄命不生子，古制有分離。託身言同穴，今日事相違。念君終棄捐，誰能長在茲。堂上謝姑嫜，長跪請離辭。姑嫜見我往，將決復沉疑。與我古時釧，留我嫁時衣。高堂拊我身，哭我於路陲。昔日初爲婦，當君貧賤時，晝夜常紡績，不得事蛾眉。辛勤積黃金，濟君寒與飢。洛陽買大宅，邯鄲買侍兒。夫婿乘龍馬，出入有光儀。將爲富家婦，永爲子孫資。誰謂出君門，一身上車歸。有子未必榮，無子坐生悲。爲人莫作女，作女實難爲。』

這是一篇可與孔雀東南飛比美的家庭悲劇詩。至於悲劇的程度，這篇却遠在孔雀東南飛之上。孔雀東南飛中的兩主角雖是死了，但在情感的發展與心靈的滿足上，他們是得着勝利的滿足的。但離婦篇的主角，是一個才貌雙全的女子，嫁給一個窮光蛋的丈夫，經她辛勤的工作，創立家業，買了房屋，買了車馬，可以做富家之婦，過一點快樂生活了，不料因一個不生兒子的問題，逼得她離開家庭，去過那種最苦痛最黑暗的生活。男人在外面胡嫖亂蕩，弄到一身惡劣的病，生不下兒子，每每不責備自己，總是叫妻子滾蛋，這是天下最不公平最不人道的事。而社會上却全承認這是最合理的法律，最公平的道德，一千多年來，從沒有攻擊或是懷疑過這種制度，實在是極可笑的。因此也就不知道有多少女人在這條法律下，犧牲了她的幸福。『爲人莫作女，作女實難爲，』眞是女人心中無可奈何的叫喊。作者能在這方面注意到從未爲人所注意的問題，加以描寫和提出，而變爲婦女的同情者與代言人了。再如董公詩，表示當政的人應當有憂民救世的心懷，天下方可太平，學仙一篇，更是盡力攻擊當日流行的仙道風氣，都是切中時弊。詩雖不甚佳，都無一點遊戲態度和駁雜無實之病。白居易讀他的詩說：

『張君何爲者？業文三十春。尤工樂府詩，舉代少其倫。爲詩意如何？六義互鋪陳。風雅比興外，未嘗著空文。讀君學仙詩，可諷放佚君。讀君董公詩，可誨貪暴臣。讀君商女詩，可感悍婦仁。讀君勤齊詩，可勸薄夫敦。上可裨教化，舒之濟萬民。不可理情性，卷之善一身。始從青衿歲，迨此白髮新。日夜秉筆吟，心苦力亦勤。時無采詩官，委棄如泥塵。恐君百歲後，滅歿人不聞。……言者志之苗，行者文之根。所以讀君詩，亦知君爲人。如何欲五十，官小身賤貧。病眼街西住，無人行到門。』

商女勤齊二篇，張籍集中不載，想已亡佚，果然應了白氏『恐君百年後，滅歿人不聞』的話。據張司業集序中說：『自皇朝多故，屢經離亂。公之遺集，十不存一。』由此可知他的作品遺失必然很多，決不止商女，勤齊二篇，這眞是可惜的事。至於白氏在最後所描寫他的窮病蕭條的慘狀，就是我們現在讀了，對於這位偉大的社會詩人，也是要寄着無限的同情的。

四　元白的文學思想與作品

由八世紀中葉到九世紀上半期，是唐代文學甚至於是中國文學史上一個大變動的時期。由六朝派以及浪漫派的詩風，變爲杜甫張籍元稹白居易的社會詩，由駢文變爲韓愈柳宗元的古文。詩與文在藝術的形式上雖有不同，但在這次運動的本質以及思想的根底，完全是一致的。無論他們是如何措辭立說，其根本主張，無非是要排擊唯藝術的唯美的個人文學，而要建立爲人生的功利的社會文學。要把文學作爲改造社會補察時政導化人生的工具，不只是一種歌詠風情山水的娛樂品。杜甫張籍們的詩歌，韓柳們的古文，都是向着同一的思潮前進的。這一種思潮的發展，在詩歌方面，到了元稹白居易，才正式完成，才正式建立有系統的文學主張。

元稹字微之，（西曆七七九——八三一年）河南洛陽人。家貧，由艱苦中奮鬬出來。穆宗時曾作宰相，後與裴度不容，罷相而去。後歷任同州，越州，鄂州刺史，和武昌節度使，死於武昌，年五十三。白居易字樂天（西曆七七二——八四六年）下邽人，（今陝西渭南。）自幼聰慧，刻苦讀書，有口舌成瘡手肘成胝的苦況。二十七歲以進士就試，擢甲科，授秘書省校書郎。後歷任忠州，杭州，蘇州，同州刺史，後授太子少傅，進封馮翊縣開國侯。死時年七十五歲，在唐代詩人裏，除顧況以外，他也算得是一個長命的詩人了。元白在官場中雖都身居要職，然都不是富貴家子弟，同樣是從貧苦的鄉村中奮鬬出來的。在他們的少年生活中，早已體驗了貧窮的實況，與農村的艱苦。後來到了政界，由那種荒亂衰敗的現象，更促成他們那種憂民救世改造社會人羣的現實思想。在元稹的敍詩寄樂天書中，痛言當日的政治社會的紊亂，使得他到了那種『心體悸震，若不可活』的緊張狀態。在這種危機日迫的時勢中，有志氣有思想的靑年們，自然都想有所改革，有所作爲。他們一方面在政治思想上主張尊重民意，建立一個順從民意的穩固政府。要做到『設敢諫之鼓，建進善之旌，立誹謗之木，工商得以流議，士庶得以傳言』的程度，國家才有復興的希望。在元白合作的七十五篇的策林裏，我們可以看到他們對於政治的積極的意見。同時，他們要利用文學來作爲一種改造社會人羣的工具，來作爲傳達民意抨擊政治的武器，文學的意義，只是達到了藝術上的成就，決不能算滿足，最重要的是要使他達到社會的實用的功能。他們檢查過去的作品，能實踐着這種任務的，是少而又少。因此，他們對於過去那種格律的唯美的色情的山水的浪漫的作品，一概加以攻擊，發表激烈的宣言了。

『夫文尚矣，三才各有文。天之文三光首之，地之文五材首之，人之文六經首之。就六經言，詩又首之。何者？聖人感人心而天下和平。感人心者莫先乎情，莫始乎言，莫切乎聲，莫深乎義。詩者根情苗言，華聲實義。上至聖賢，下至愚騃，微及豚魚，幽及鬼神。羣分而氣同，形異而情一，未有聲入而不應，情交而不感者。聖人知其然，因其言，經之以六義，緣其聲，緯之以五音。音有韻，義有類，韻協則言順，言順則聲易入。類舉則情見，情見則感易矣。……洎周衰秦興，採詩官廢，上不以詩補察時政，下不以歌洩導人情。乃至於諂成之風動，救失之道缺，於時六義始刓矣。國風變爲騷詞，五言始於蘇李。蘇李騷人，皆不遇者，各繫其志，發而爲文，故河梁之句，止於傷別，澤畔之吟，歸於怨思。徬徨抑鬱，不暇及他耳。然去時未遠，梗概尚存。……於時六義始缺矣。晉宋已還，得者蓋寡。以康樂之奧博，多溺於山水，以淵明之高古，偏於田園，江鮑之流，又狹於此。……於時六義寖微矣。陵夷至於梁陳間，率不過嘲風雪弄花草而已。噫，風雪花草之物，三百篇中豈捨之乎？顧所用何如耳。設如「北風其涼，」假風以刺威虐也。「雨雪霏霏，」因雪以愍征役也。「棠棣之華，」感華以諷兄弟也。「采采芣苢，」美草以樂有子也。皆興發於此，而義歸於彼。反是者可乎哉？然則「餘霞散成綺澄江淨如練」之什，麗則麗矣，吾不知其所諷焉。故僕謂嘲風雪弄花草而已，於是六義去矣。唐興二百年，其間詩人不可勝數。……詩之豪者稱李杜，李之作已奇矣，人不逮矣。索其風雅比興，十無一焉。杜詩最多，可傳者千餘首，……然撮其新安吏石壕吏潼關吏塞蘆子留花門之章，「朱門酒肉臭，路有凍死骨」之句，亦不過十三四，杜尚如此，況不逮杜者乎。』（白居易與元九書）

在中國過去的文壇，這是一篇最大膽最有力量的文學運動的宣言，在這篇文字裏，他對於往日的古典文學格律文學大膽地批評破壞，同時對於新文學又加以理論的建設。杜甫張籍有這種意見，沒有說出來。韓愈柳宗元有這種意見，雖是說出來了，但是說得太含糊太做作，時時夾雜着道統聖賢的不切實的理論，反而使他們的文學主張掩藏了。只有白居易說得又平淺又有條理，使人一望就可領略他的要點。這一篇宣言，可以代表八世紀中葉到九世紀初期那將近百年的社會文學運動最成熟的主張。我們從這些文字裏，可以得到幾個要旨。

一、他承認文學有最高的意義與價值，決不是一種遊戲的無用的消遣品。他的重要使命，是要補察時政洩導人情，因此文學的基本組織，應該是以情爲根，以義爲實，以言爲苗，以聲爲華。要這樣才可以文質並重，一面既不致於違棄文學的使命，同時又可顧到文學的藝術價值。

二、自三百篇以後，中國的文學漸漸地離開他的重要的使命，而趨於唯美的個人的浪漫的路上走。這種趨勢，一個時代比一個時代利害，到了南朝末年，成了只是一種『嘲風雪弄花草』的狀態，不僅徐庾四傑之流，他們看不起，就連謝靈運陶淵明們的山水田園詩，他們也認爲是無用的。因此之故，他們對於李白並不重視，唯有對於杜甫張籍們的作品，大致其贊歎之詞。在這方面，他們的批評，實是基於文學思想的立場，並不是完全以藝術的價值爲標準的。元稹在杜甫墓誌銘內，極力揚杜抑李，引起後人許多辯護的紛爭，這眞是庸人自擾，如果明瞭了他們那種文學思想的立場，這一些辯護的紛爭，都是多餘的了。元稹在敍詩寄樂天書中說：『得杜甫詩數百首，愛其浩蕩津涯，處處臻到，始病沈宋之不存寄興，而訝子昂之未暇旁備矣。』他這種說明，正與他的文學思想的立場相合。再他在樂府古題序中，對於古代的文學，也作了和白居易同樣意見的評論。所以他們稱讚杜甫的作品，不如後代格律詩人只取其律詩，而取其三吏三別兵車麗人的樂府，不取其『紅稻啄餘鸚鵡粒，碧梧棲老鳳凰枝，』而只取其『朱門酒肉臭，路有凍死骨』之句，這正是以情義爲根本聲言爲枝葉的理論的實踐。

三、他們的文學主張既是如此，對於過去的文學又是這麼不滿意，於是便下了改革文學的決心。

白居易說：『僕常痛詩道崩壞，忽忽憤發，或食輟哺，夜輟寢，不量才力，欲扶起之。』這正與當日李白反六朝詩風韓愈反駢文的氣概與決心相同。他在寄唐生詩中云：『不能發聲哭，轉作樂府詞。篇篇無空文，句句必盡規。……非求宮律高，不務文字奇。惟歌生民病，願得天子知。』又在新樂府序中說：『其辭質而徑，欲見之者易喻也。其言直而切，欲聞之者深戒也。其事覈而實，使采之者傳信也。其體順而肆，可以播於樂章歌曲也。總而言之，爲君爲臣爲民爲物爲事而作，不爲文而作也。』他這態度非常明顯，文學的第一義，是要達到其社會實用的功能，所以不求文字宮律的奇美，只求其內容的充實與表現的諷刺的意義，因此便達到他的『文章合爲時而著，歌詩合爲事而作』的結論。元稹和他的意見是同一的。他在和李校書新題樂府序中說：『予友李公垂（李紳）貺予新樂府題二十首，雅有所謂，不虛爲文。予取病時之尤急者列而和之，蓋十二而已。昔三代之盛也，士議而庶人謗。又曰：世理則詞直，世忌則詞隱，予遭理世，而君盛聖，故直其詞以示後，使夫後之人謂今日爲不忌之時焉。』他在這所說的雖有曲折與掩藏，但其理論，正是白居易所說的文學合爲時事而作的見解。

元白不是空言文學改革的人，他們都有許多創作，來實踐他們的理論。白居易的諷諭詩一百五十多篇，是他在這方面最大的成績。其中尤以秦中吟十首，新樂府五十首，爲他社會詩中的傑作。元稹也有樂府古題十九首（和劉猛及李餘的），新題樂府十二首（和李紳的），都是描寫民生疾苦的作品。寫實主義的社會文學，到了元白達到了極高度的發展，擴大描寫的範圍建立文學的理論，算是開拓杜甫張籍諸人未曾發掘的園地了。我在下面，選錄幾篇元白的作品來看看。

『織婦何太忙，蠶經三臥行欲老。蠶神女聖早成絲，今年絲稅抽徵早。早徵非是官人惡，去歲官家事戎索。征人戰苦束刀瘡，主將勳高換羅幕。繰絲織帛猶努力，變緝撩機苦難織。東家頭白雙女兒，爲解挑紋嫁不得。簷前裊裊游絲上，上有蜘蛛巧來往。羨他蟲豸解緣天，能向虛空織羅網。』（元稹織婦詞）

『牛吒吒，田确确，旱塊敲牛蹄趵趵，種得官倉珠顆穀。六十年來兵簇簇，月月食糧車轆轆。一日官軍收海服，驅牛駕車食牛肉。歸來收得牛兩角，重鑄鋤犁作斤劚。姑舂婦擔去輸官，輸官不足歸賣屋。願官早勝讎早覆，農死有兒牛有犢，誓不遺官軍糧不足。』（元稹田家詞）

『意氣驕滿路，鞍馬光照塵。借問何爲者，人稱是內臣。朱紱皆大夫，紫綬或將軍。誇赴軍中宴，走馬去如雲。罇罍溢九醞，水陸羅八珍。果擘洞庭橘，鱠切天池鱗。食飽心自苦，酒酣氣益振。是歲江南旱，衢州人食人。』（白居易輕肥）

『帝域春欲暮，喧喧車馬度。共道牡丹時，相隨買花去。貴賤無常價，酬直看花數。灼灼百朵紅，戔戔五束素。上張幄幕庇，旁織笆籬護。水灑復泥封，移來色如故。家家習爲俗，人人迷不悟。有一田舍翁，偶來賣花處。低頭獨長歎，此歎無人諭。一叢深色花，十戶中人賦。』（白居易賣花）

『新豐老翁八十八，頭鬢鬚眉皆似雪。玄孫扶向店前行，左臂憑肩右臂折。問翁臂折來幾年，兼問致折何因緣。翁云貫屬新豐縣，生逢聖代無征戰。慣聽梨園歌舞聲，不識旗槍與刀劍。無何天寶大徵兵，戶有三丁點一丁。點得驅將何處去，五月萬里雲南行。聞道雲南有瀘水，椒花落時瘴煙起。大軍徒涉水如湯，未過十人二三死。村南村北哭聲哀，兒別耶孃夫別妻。皆云前後征蠻者，千萬人行無一回。是時翁年二十四，兵部牒中有名字。夜深不敢使人知，偷將大石鎚折臂。張弓簸旗俱不堪，從茲始免征雲南。骨碎筋傷非不苦，且圖揀退歸鄉土。此臂折來六十年，一肢雖廢一身全。至今風雨陰寒夜，直到天明痛不眠。痛不眠，終不悔，且喜老身今獨在。不然當時瀘水頭，身死魂飛骨不收。應作雲南望鄉鬼，萬人塚上哭呦呦。老人言，君聽取，君不聞開元宰相宋開府，不論邊功防黷武！又不聞天寶宰相楊國忠，欲求恩幸立邊功。邊功未立生人怨，請問新豐折臂翁。』（白居易新豐折臂翁）

『杜陵叟，杜陵居，歲種薄田一頃餘。三月無雨旱風起，麥苗不秀多黃死。九月降霜秋早寒，禾穗未熟皆青乾。長吏明知不申破，急斂暴征求考課。典桑賣地納官租，明年衣食將如何？剝我身上帛，奪我口中粟。虐人害物卽豺狼，何必鉤爪鋸牙食人肉！不知何人奏皇帝，帝心惻隱知人弊。白麻紙上書德音，京畿盡放今年稅。昨日里胥方到門，手持勅牒牓鄉村。十家租稅八九畢，虛受吾君蠲免恩。』（白居易杜陵叟）

這些詩的意義是無須解釋的。他們在每一篇裏，都有一個中心點，有的是暗罵，有的是明擊，對於暴虐政府加於民衆的種種壓迫，以及富有者與貧苦者對立的種種不平狀態，作者盡力地加以描寫和暴露。他們處處是站在民衆這一面，替民衆呼號叫喊，一切的情感，無論是怨恨或是憤怒，都是全民衆的，而不是個人的。他們時時站在客觀的地位，把藝術的作品，同社會人生的內容聯繫起來。在文學的成就上，白居易是遠勝於元稹的。元稹雖取着同樣的題材，但在表現上，總有些艱苦的弊病，缺少一種平民文學的通俗性。白居易用他那最淺顯的文字，活躍的描寫，和諧的音律，使他任何一篇作品，都能達到成功。蘇東坡說的『元輕白俗』，專就藝術的觀點說，這話却是相當深刻的。我們如果把俗看作是一種通俗性，那倒是白居易的社會詩的最大特色。這一點，就是杜甫張籍也還比不上他。社會詩歌被後人的輕視，也就在這一個俗字。宮庭貴族詩人，都是不歡喜自己的作品走上這一條路的。

白居易是一個活了七十五歲的長壽詩人。他隨着年齡的衰老，加以政治的失望，使得他的晚年，轉變爲高人隱士的恬靜生活。這一點和杜甫顧况的晚年心境與作風，呈現着同樣的情調。他自己在池上篇的序中說：『酒酣琴罷，又命樂童登中島亭，合奏霓裳散序，聲隨風飄，或凝或散，悠揚於竹煙波月之際者久之。曲未竟，而樂天陶然石上矣。』他晚年好釋老之學，與僧如滿結香火社，往來香山之間，自稱香山居士。這情形與王維孟浩然有點相似了。在他的集中，有閒適一類，他自己說是知足保和吟玩情性之作，正與他晚年的心境相似。這些作品同他的諷諭詩比較起來，便是社會性的缺少，個人性的加多，由熱烈的鬬爭與攻擊，變爲平和的閑澹的情調了。他的閑居詩云：『肺病不飲酒，眼昏不讀書。端然無所作，身意閑有餘。鷄栖籬落晚，雪映林木疏。幽獨已云極，何必山中居。』看他肺也病了，眼也昏了，人到了這種境界，自然會失去壯年時代的積極精神，而歸於『栖心釋梵，浪跡老莊』的地步了。但我們並不能因此就輕視他壯年時代在文學界奮鬭的精神與創就的功業。他將他自己的詩，分爲諷諭，閒適，感傷，雜律四類。他認爲除了一二兩類值得保存以外，其餘都應該删棄，在這裏，正表現出他對於文學的觀念。

在元白時代，同努力於社會詩歌運動的，還有劉猛李餘李紳唐衢諸人，可惜他們的詩都不傳了。李紳現存有昔遊詩三卷雜詩一卷，元稹所和他的樂府詩不在其內。由他的憫農詩看來（全唐詩話），知道他確是元白的嫡派。如『四海無閑田，農夫猶餓死。』『誰知盤中餐，粒粒皆辛苦』之句，明顯地顯出他的社會詩派的作風。其次還有一個與元白唱和頗多而又與白齊名的詩人，是劉禹錫。他的作品是七絕五律著名，而其內容與態度都與寫實的社會文學不相類似。他作品的特色，是能運用民歌的精神與語氣，使他的小詩發生一種新情調新生命。如楊柳枝詞竹枝詞踏歌詞，是他在這方面的代表作。

五　孟韓的詩風

在杜甫到元白這個社會詩運動的主要潮流中，另有幾位詩人，在作風上別成一派，他們不過於重視文學的社會使命與功用，而較偏於藝術的技巧，並且對於後代的詩壇也曾發生極大的影響的，是由孟郊韓愈代表的奇險冷僻的一派。賈島盧仝馬異劉叉諸人，都是這派的同志。

孟郊字東野（西曆七五一——八一四年），浙江湖州武康人，一說洛陽人。他窮苦一世，生活非常悽涼。一再下第，到了五十左右，才登進士，晚年兒子死去，更給他一層打擊。中間雖有李觀，韓愈，李翺諸人用力薦他，也只做到一個判官。他有贈崔純亮詩云：『食薺腸亦苦，强歌聲無歡。出門卽有礙，誰謂天地寬。』這正畫出這位窮苦詩人的心境與生活，他沒有陶潛李白那種達觀的心懷，於是在他的詩裏，時時發出那種慘顏無歡的哀鳴，滿紙寒酸的苦語了。

孟郊的詩，傾心於藝術的技巧，對於用字造句，費盡苦心。他要務去陳言，立奇驚俗。這種詩的好處，是能救平滑淺露之失，而其弊病，却又冷僻艱澀，缺少詩的情韻與滋味。但他的作詩態度是嚴肅的是認眞的。杜甫所說的『語不驚人死不休，』正是他們這一派人努力的目標。

『臥冷無遠夢，聽秋酸別情。高枝低枝風，千葉萬葉聲。淺井不供飲，瘦田長廢耕。今交非古交，貧語聞皆輕。』（秋夕貧居述懷）

『孤骨夜難臥，吟蟲相喞喞。老泣無涕洟，秋露爲滴瀝。去壯暫如剪，來衰紛似織。觸緒無新心，叢悲有餘憶。詎忍逐南帆，江山踐往昔。』（秋懷十五首之一）

『惡詩皆得官，好詩空抱山。抱山冷殑殑，終日悲顏顏。好詩更相嫉，劍戟生牙關。前賢死已久，猶在咀嚼間。以我殘杪身，清峭養高閑。求閑未得閑，衆誚瞋虤虤。』（懊惱）

『無子抄文字，老吟多飄零。有時吐向床，枕席不解聽。鬬蟻甚微細，病聞亦清冷。小大不

自識，自然天性靈。』（老恨）

在這些詩裏，一面可以看出他的窮困寒苦的生活，一面可以看出他的作品的風格。我們讀過了四傑沈宋王孟高岑李杜諸家的作品，再讀孟郊的詩。覺得他的造句用字，確實有一種不同的地方。這不同處，並不在於深刻與細微，而在於奇險與錯亂。他歡喜用難字與險韻，一也。他故意造成不和諧的音調，二也。不用那些現成的形容詞副詞與名詞三也。因爲有這些特點，所以他的詩，確實另成一格。唐詩的發展，專從藝術的技巧上講，到了孟郊，是呈現一種明顯的轉變，讀他的詩好像吃橄欖，初咬在口裏，覺得有點苦，慢慢咀嚼，其中確也有些滋味。我們帶着吃橄欖的態度去讀孟郊的詩，才會懂得他的好處。

將孟郊的詩風更變本加厲而加以惡化的，是和他並稱的韓愈。韓愈本以散文著名，他的詩前人雖大加稱頌，然按其實際，他不僅比不上李杜，也還比不上孟郊張籍和白居易。孟郊的詩還可讀，還可領略，韓愈的詩有大半簡直不是詩。前人每以韓愈爲唐詩中的一大家，這或許因其文興八代道繼孟軻的傳統觀念所造成。他有天才與氣魄，缺少的便是性情。詩中沒有性情，便沒有生命，沒有神味。他們這一派人都有這個缺點，而以韓愈爲尤甚。他的元和聖德詩，南山詩，陸渾山火，月蝕詩，都是他最賣氣力的長篇，都是惡劣不堪，一點也沒有詩的情趣。在這些詩裏，我們看出他的作詩的方法，有下列幾點：

一、用作散文的方法作詩，因此詩中充滿了沒有詩情的散文字句。如南山中連用或字五十一句，那完全是散文，並且重複零亂已極，把那詩的和諧性與統一性完全破壞了。他不懂得這一點，故意要標新立異，生硬而不自然地安排在那裏，結果只好走上失敗的一條路。南山中歷敍山石草木，月蝕中歷敍四方神祇，譴瘧鬼中歷敍醫師祖師符師，那種鋪張排比的形式，完全是司馬相如揚雄作賦的手法。他們的賦我們已經厭惡了，放到詩裏，自然是更討厭的。這種例子不知有多少。

二、用奇字，造怪句。韓愈是一個熟讀尚書詩經和說文解字的文人。他做起詩來，拚命地用奇字奇韻。明明是一句最平淺的意思，他偏要用那些古怪字眼，令人讀時要去翻字典。至於他的造句，更和旁人不同。在陸渾山火詩裏，有『虎熊麋豬逮猿猨，』『水龍鼉龜魚與黿，』和『燖煨炰爊孰飛奔』這種惡劣的句子。人家的五言，多半是上二下三，他偏用上三下二或上一下四的拗句。如『有窮者孟郊』（薦士）和『乃一龍一豬』（符讀書城南）。人家的七言通常是上四下三，他偏要造上三下四的怪體，如『子去矣時若發機』（送區弘南歸）他以爲這樣可以增加他的詩的藝術價值。其實眞正的好詩，要在平淺順暢的字句裏，表現高遠的意境與眞實的情感。他又不明瞭這一點，一味奇險怪僻，結果是把詩的生命毀滅盡了。孟郊的詩之所以勝他，就是因爲孟郊沒有走到險怪的極端。至如那幾篇兩人合作的聯句長詩（城南聯句鬬鷄聯句等篇），那簡直是有閑文人的文字遊戲，是沒有半點意義的，而前人反稱道不置，那眞是胡說。

韓愈稱贊孟郊的詩說：『東野動驚俗，天葩吐奇芬。』（醉贈張秘書）所謂吐奇驚俗，正是他自己所努力的目標，他在每一篇詩裏，都想做到這一點。他在薦士中批評孟郊的詩，說過『橫空盤硬語，妥帖力排奡』的話。我想這十個字拿來評韓愈自己的作品，是最適當的了。這話的原意雖是贊歎，但在我們現在看來，其中也有多少暴露惡劣的意味的。如果做詩眞的做到硬語盤空的地步，那詩的味道，也就可想而知了。趙翼說：『至昌黎時，李杜已在前，縱極力變化，終不能再闢一徑。惟少陵奇險處尚有可推擴。故一眼覷定，欲從此闢山開道，自成一家。此昌黎注意所在也。然奇險處，亦自有得失。蓋少陵才思所到，偶然得之，而昌黎則專以此求勝，故時見斧鑿痕跡，有心與無心異也。』他這種分析與批評，確是精當。宋人沈括說韓詩只是押韻之文，格不近詩（苕溪漁隱叢話引），明人王世貞也說韓愈不長於詩，宋人稱爲大家，直是勢利。這種話雖說爲韓愈崇拜者所不喜，但完全以客觀的地位來寫文學史的人，是應該以他倆的意見，作爲批評韓詩的定論的。不過王世貞所說的宋人勢利的話，也未必盡然。我們要知道，宋詩自黃山谷起，都是走的奇險怪僻的一路，他們在前人裏找到韓愈這一個同調，自然是要大捧其場的。

話雖是這樣說，韓詩也並非沒有他的特色。他因爲用作文說話的方法來作詩，可以免除那種駢體做作的姿勢，和那些輕薄浮艷的濫調。不過他所走的路過於極端，因此損傷了詩的生命，反於比不上孟郊的作品了。總之，他在文學史上的地位，散文高於詩歌，這是誰都不能否認的。

『山石犖确行徑微，黃昏到寺蝙蝠飛。升堂坐階新雨足，芭蕉葉大梔子肥。僧言古壁佛畫好，以火來照所見稀。鋪床拂席置羹飯，疎糲亦足飽我飢。夜深靜臥百蟲絕，淸月出嶺光入扉。天明獨去無道路，出入高下窮煙霏。山紅澗碧紛爛漫，時見松櫪皆十圍。當流赤足踏澗

石，水聲激激風生衣。人生如此自可樂，豈必拘束爲人鞿！嗟哉吾黨二三子，安得至老不更歸。』（山石）

『纖雲四卷天無河，淸風吹空月舒波。沙平水息聲影絕，一杯相屬君當歌。君歌聲酸辭且苦，不能聽終淚如雨。洞庭連天九疑高，蛟龍出沒猩鼯號。十生九死到官所，幽居默默如藏逃。下床畏蛇食畏藥，海氣濕蟄薰腥臊。昨者州前搥大鼓，嗣皇繼聖登夔皐。赦書一日行萬里，罪從大辟皆除死。遷者追回流者還，滌瑕蕩垢淸朝班。州家申名使家抑，坎軻祇得移荆蠻。判司卑官不堪說，未免捶楚塵埃間。同時輩流多上道，天路幽險難追攀。君歌且休聽我歌，我歌今與君殊科。一年明月今宵多，人生由命非由他。有酒不飮奈明何？』（八月十五夜贈張功曹）

這是韓集中最通順流暢的好詩，也是後代宋詩派所崇奉所摹擬的範本。不過這樣的詩，在他的集中是很少的。他們的好處是淸新而不險怪，雄俊而不艱澀。沒有陸渾山火南山諸篇中的弊病。在這些詩裏，我們可以看出他心中有無限的感慨，有眞實的情懷，因此便暢所欲言地寫下去，沒有一點嬌揉做作的痕跡，正如他散文中的祭十二郎文一樣。等到他寫城南聯句，鬬鷄聯句，元和聖德詩，陸渾山火，月蝕，譴瘧鬼諸篇時，心中本無情感的衝動，只想在文字上，爭奇鬬勝標奇立異，於是大掉其書袋，大翻其字書，結果是硬語連篇醜態百出了。

孟韓以外，這一派的要角，還有一個賈島。他的境遇，也是一生窮困，和孟郊很相像。他字浪仙，范陽人（今河北北平附近），初爲僧，名無本，韓愈勸之還俗，屢舉進士不第，文宗時爲長江主薄，故世人稱爲賈長江。他的詩很像孟郊，充滿了寒酸枯槁的情調，韓愈詩中的那種氣魄，在他倆的詩中都缺少，這大概與他們的生活境遇有關。前人所說的『郊寒島瘦』，不僅說明了他倆詩的風格，並且把他倆的生活狀態也說盡了。又有人把清奇僻苦四字來形容他們的詩，也是非常精當的評語。賈島是一個藝術至上主義者，他作詩的態度是認眞而又刻苦。據唐遺史載：島赴京考試，於驢上吟『鳥宿池邊樹，僧敲月下門。』遇着京尹韓吏部，沒有讓路。洎擁至馬前，則曰：欲作敲字，又欲作推字，神遊詩府，致冲大官。愈曰作敲字佳矣。由這一則故事，知道他是一字不苟，刻苦推求，眞是想吐奇驚俗了。他自己也說『二句三年得，一吟雙淚流。知音如不賞，歸臥故山秋。』這是他做出『獨行潭底影，數息樹邊身』兩句得意之作以後（送無可上人），寫下來的感想，這是何等認眞的態度。孟郊長於五古，韓愈長於七古，賈島則以五律著名。我選錄幾首在後面。

『閑居少隣並，草徑入荒園。鳥宿池邊樹，僧敲月下門。過橋分野色，移石動雲根。暫去還來此，幽期不負言。』（題李凝幽居）

『倚杖望晴雪，溪雲幾萬重。樵人歸白屋，寒日下危峯。野火燒岡草，斷煙生石松。却迴山寺路，聞打暮天鐘。』（雪晴晚望）

『天寒吟竟曉，古屋瓦生松。寄信船一隻，隔鄉山萬重。樹來沙岸鳥，窗度雪樓鐘。每憶江中嶼，更看城上峯。』（題朱慶餘所居）

『圭峯霽色新，送此草堂人。麈尾同離寺，蟲鳴暫別親。獨行潭底影，數息樹邊身。終有煙霞約，天台作近鄰。』（送無可上人）

這些詩眞可算得是淸奇僻苦的作品，但是因爲他過於刻劃，過於求新求奇，所以總是佳句多而佳篇少。偶因得一二佳句，其餘的部分便湊合成篇，每每令人有一種前後不稱的感覺。孟郊的詩是如此，賈島的律詩更是如此。就在上面所舉的這幾首裏，這種情形也是顯然的。但韓愈對於他倆個，却是推崇備至。他有詩云：『孟郊死葬北邙山，日月星辰頓覺閒。天恐文章中斷絕，再生賈島在人間。』這可以算得是眞正的知音者了。由孟韓這一派的奇險怪僻，再變本加厲地演變下去，便產生盧仝劉叉馬異諸人的怪體。我們讀了盧仝的月蝕，與馬異結交詩，覺得他們的詩，眞是走入了魔道。如果一定要指出他們的長處，那便是大膽。劉叉自問詩云：『酒腸寬似海，詩膽大如天』，眞是道出他們自己的特性了。

六　唯美詩的復活與唐詩的結束

我在上面說過，文學思潮的發展，並不是形成着一條直線的形勢。他正如一條河流，浩浩蕩蕩地流了一囘，逢着了阻礙，便又發生轉變，而成爲另一形勢了。我們試看從魏晉南北朝以至初唐盛唐的文學思潮發展的情形，都可明瞭這種轉變的路線。浪漫派文學由盛而衰以後，接着起來的，便是寫實主義的社會文學。這一派的文學，由杜甫張籍到元白，算是發達到最高的程度，作品有走到過於通俗平淺的傾向，有過於輕視藝術價值的傾向，於是漸漸地爲一般重視藝術的青年們所不喜，就在這種情勢之下，一種新的文學思潮，又在暗中醞釀成長了。韓愈孟郊賈島們的技巧主義，也就是對於元白那一派的通俗文學的反抗。白居易自己也說：『今僕之詩，人所愛者，悉不過雜律詩與長恨歌已下耳。時之所重，僕之所輕。至於諷諭者，意激而言質，閑適者，思澹而詞迂。以質合迂，宜人之不愛也。』（與元九書）。在這幾句話裏，正可看出當日的文壇，對於寫實主義的社會文學，已發生了反動。白居易自己最滿意的重內質的諷諭詩，次滿意的尙澹遠的閑適詩，都不爲時人所重，時人所愛者，反是他自己所不歡喜的那些有宮體色彩的長恨歌，和那些美麗工整的律體詩了。這原因在什麼地方呢？簡單地說，那便是文學思潮的轉變，因而作家們的創作傾向與批評家們的觀點，都趨於另一途徑了。因此在社會詩歌的運動中得了最堅固的地位的元白，到了晚唐，已被人大加攻擊了。杜牧作李戡的墓誌，引李戡的話道：『自元和以來，有元白者纖艷不逞，……流於民間，疏於屏壁，子父母女，交口教授。淫言媟語，冬寒夏熱，入人肌骨，不可除去……』元白的裨教化歌疾苦的文學主張，完全不爲時人所瞭解，並且還要加他們以淫言媟語纖艷不逞的罪名。這種情形，看來似乎有些奇異，如果我們明瞭了晚唐文學的趨勢，是社會文學的反抗與唯美文學的復活以後，這就一點也不覺得可怪了。他們對於文學的新要求，和元白們正是相反的。

一、他們認爲文學有獨立的生命，不是一種改良社會人生的工具。

二、文學最高的成就是美，美的價值就是藝術的價值。

三、因此作者應該注意作品的形式，文字的雕琢與音律的和諧，不必管其內容和功用。白居易在文學上的要求，是要『篇篇無空文，惟歌生民病』，是要『非求宮律高，不務文字奇』，在這裏正好和那一羣新起者的主張，作了一個完全相反的對照。就在這種情勢之下，晚唐的詩歌，復活了梁陳的宮體色情，更加以冷艷化，採取了孟韓的技巧主義，更加以細密化，披上唯美主義者的香豔衣裳，塗滿了象徵神秘的情調，踏上了新興的大路，於是從杜甫到白居易這一百年來的寫實主義的社會文學，不得不趨於沒落之途。

領導這一個新文學運動而得着最好的成績的，是開始於李賀，而完成於李商隱。其他如杜牧李羣玉溫庭筠段成式韓偓諸人，也都是這一派的同調。李賀字長吉，生於河南昌谷，唐宗室鄭王之後，是一個多才多感只活了二十七年的短命詩人（西曆七九〇——八一六）。因爲他出身貴族，養尊處優，自然不會像杜甫，張籍，元稹，白居易那些自窮困中奮鬬出來的詩人那樣，能够瞭解社會的實況和人生的艱苦。並且他二十七歲就死了，對於世事人生的經驗與閱歷，是非常貧乏的。他的生活，正如紅樓夢中的賈寶玉，是一個風姿美貌才情煥發的貴公子。

『賀每旦日出，騎弱馬，從小奚奴，背古錦囊。遇所得投囊中，未始先立題然後爲詩，如他人牽合課程者。及暮歸，足成之，非大醉弔喪，日率如此。』（新唐書）

『寒食諸王妓遊，賀入座，因采梁簡文詩調，賦花遊曲，與妓彈唱。』（花遊曲序）

在這裏恰好說明了這位貴公子的生活狀態和他作品的來源。衣食不愁，終日無事，騎着小馬，帶着書童，到處閒逛，偶有所得，便寫幾句詩，有時候同王侯遊宴，在那種場面下，自然是不管家國大事和民生問題，只想着如何遊玩快樂，妓女唱曲，樂工彈琴，美人勸酒，才子歌詩，這一套把戲是我們想得到的。在這種環境下。叫他如何去寫社會的離亂和民生的疾苦，自然只能取法於梁簡文帝一類的色情文學，而寫花遊曲一類的宮體了。杜甫張籍們血肉淋漓的社會詩歌，白居易那種明白如話的作品，在這位貴公子的眼裏，自然是看不起的。他自有他的生活情調，他自有他努力的方向，他要寫的是貴公子夜闌曲，蘇小小歌，宮娃歌，洛妹眞珠，屛風曲，夜飲長眠曲，胡蝶飛，房中思，鄭姬歌，美人梳頭歌一類的作品。我們只要看了這些題目，其內容也就知道大半了，在這些作品裏，除了運用着最美麗的文字去描寫肉慾與色情以外，內容是什麼也沒有的。但是這種作品，却最適合李賀的貴族身分與情調。因爲他只有寫這種詩的生活基礎。他是眞正的貴族詩人，他用的字眼與題材，都是貴族的字眼與題材，因此在他的集子裏，充滿了古代宮殿故事的描寫與女人的歌詠。

這種詩容易流於輕薄浮滑，格卑調弱。必須有極高的才情，才能够在藝術上得到相當的成就。但在這一點，李賀却能以他過人的才氣，險怪而又豔麗的文詞，完成了他在這方面的工作。他有一種特殊的技巧，善於選用最冷僻幽奇的字眼，構造最巧妙的文句，去掩藏那肉感淫慾的色情。使讀者只覺得他的作品的美麗與精致，無意去分析他的內容了。這一點，簡文帝陳後主江總之流，都遠比不上他。宋景文稱他爲鬼才（見文獻通考），嚴羽稱他的詩爲鬼仙之詞（見滄浪詩話），便是指他這種冷僻險怪的風格。並且在他的詩裏，歡喜用鬼字，如『嗷嗷鬼母秋郊哭』（春坊正字劍子歌），『秋墳鬼唱鮑家詩』（秋來），『鬼燈如漆點松花』（南山田中行），『鬼雨灑空草』（感諷），『寒雲山鬼來座中，呼星召鬼歆杯盤』（神泣），讀了這些句子，確令人發生一種鬼氣陰森之感。

『西施曉夢綃帳寒，香鬟墮髻半沈檀。轆轤咿啞轉鳴玉，驚起芙蓉新睡足。雙鸞開鏡秋水光，解鬟臨鏡立象牀。一編香絲雲撒地，玉釵落處無聲膩。纖手却盤老鴉色，翠滑寶釵簪不得。春風爛熳惱嬌慵，十八鬟多無氣力。粧成鬖鬌欹不斜，雲裙數步踏雁沙。背人不語向何處，下階自折櫻桃花。』（美人梳頭歌）

『琉璃鍾，琥珀濃，小槽酒滴眞珠紅。烹龍炮鳳玉脂泣，羅幃繡幕生香風。吹龍笛，擊鼉鼓。皓齒歌，細腰舞。況是青春日將暮，桃花亂落如紅雨。勸君終日酩酊醉，酒不到劉伶墳上土。』（將進酒）

『桐風驚心壯士苦，衰燈絡緯啼寒素。誰看青簡一編書，不遺花蟲粉空蠹。思牽今夜腸應直，雨冷香魂弔書客。秋墳鬼唱鮑家詩，恨血千年土中碧。』（秋來）

在這些詩裏，我們可以看出李賀的特殊的風格。是幽細纖巧，在文句的構成與字眼的選用，確是盡其雕飾的能事。他有樂府的精神，李白的氣勢，齊梁宮體的情調，再加以孟韓一派的險怪，互相融和，而成爲他一種特有的作風，使他在中國唯美詩歌的地位上，占着極重要的地位，如果用元白的文學理論來估量他的作品，那眞是空空然一無所有。只就藝術的立場來說，他的作品確是最藝術的最美麗的了。在晚唐兩個取着他同一傾向的代表作家李商隱與杜牧，對他是推崇備至，正如元白崇拜杜甫一樣。李商隱有李賀小傳，杜牧有李長吉詩序，他們都一致贊歎這位詩人的絕代才華，悼惜他的短命。杜牧批評他的詩說：

『雲煙綿聯，不足爲其態也；水之迢迢，不足爲其情也。春之盎盎，不足爲其和也；秋之明潔，不足爲其格也。風檣陣馬，不足爲其勇也。瓦棺篆鼎，不足爲其古也；時花美女，不足爲其色也。荒國陊殿，梗莽丘隴，不足爲其恨怨悲愁也；鯨呿鼇擲，牛鬼蛇神，不足爲其虛荒誕幻也。……』

他所說的，完全是形容他的作品的藝術美，是一點也沒有觸及到文學的內容和功用的。元白的贊賞杜甫，却正是相反，在這種地方，正顯示出因爲文學派別的不同，於是對於文學價值的認識，也就發出各樣不同的見解。但站在客觀的地位來寫文學史的人，必得要分析各派的立場，理解各派的特色，才可得到比較公平的結論。明乎此，杜牧那樣五體投地的稱贊李賀，也就一點不覺得可驚可怪。同時，陶潛李白杜甫白居易李賀都可以得到各人應得的地位，也無須勉強去品評他們的優劣了。

杜牧字牧之，（西曆八〇三——八五二年）京兆萬年人（今陝西長安附近），太和二年進士，時人稱爲小杜，以別杜甫。他的詩沒有李賀那種陰森怪僻的氣味，但同樣歡喜寫宮體寫色情。故其集中特多色彩鮮明，辭藻華麗之作。我們試讀他的張好好，華清宮揚州，見劉秀才與池州妓別，不飲贈官妓，代吳興妓春初寄薛軍事，舊遊，懷鍾陵舊遊，閨情，贈別，詠襪，宮詞諸篇，便知道他作品中所表現的色情與香艷，是多麼的濃厚。他本是一個色鬼，一生風流自賞，問柳尋花，他幾首有名的絕句，大半都是青樓妓女的歌詠。社會民間的疾苦，在這種風流才子的眼裏，是從來不肯注意的，只有那一種浪漫香艷的故事，才是唯美詩人的好題材。

『細柳橋邊深半春，纈衣簾裏動香塵。無端有寄閑消息，背插金釵笑向人。』（娼樓戲贈）

『才子風流詠曉霞，倚樓吟住日初斜。驚殺東鄰繡窗女，錯將黃暈壓檀花。』（偶作）

『落魄江湖載酒行，楚腰纖細掌中輕。十年一覺揚州夢，贏得青樓薄倖名。』（遣懷）

『自恨尋芳到已遲，昔年曾見未開時。如今風擺花狼藉，綠葉成陰子滿枝。』（歎花）

『青山隱隱水迢迢，秋盡江南草未凋。二十四橋明月夜，玉人何處教吹簫？』（寄揚州韓判官）

『娉娉嫋嫋十三餘，豆蔻梢頭二月初。春風十里揚州路，捲上珠簾總不如。』（贈別）

在這些美麗的詩句裏，表現了什麼呢？眞是什麼也沒有的，但他們在藝術上的成就，却使得讀者歡喜他歌詠他。他們的流行，遠在杜甫張籍白居易諸人的新樂府之上。作者用着清麗的文句，巧妙的表現，給與嫖客妓女以高潔的靈魂與情感，把那些青樓歌舞之地，也寫得格外淸潔了。我們可以說，這些作品是中國最上等的嫖客文學。然而也就在這些文學裏，呈現着作者的生活基礎和他的文學傾向。

『十頃平湖堤柳合，岸秋蘭芷綠纖纖。一聲明月採蓮女，四面珠樓卷畫簾。白露煙分光的的，微漣風定翠湉湉。斜暉更落西山影，千步虹橋氣象兼。』（懷鍾陵舊遊）

『閑吟芍藥詩，悵望久顰眉。盼眄迴眸遠，纖衫整鬢遲。重尋春晝夢，笑把淺花枝。小市長陵住，非郎誰得知？』（舊遊）

這些律詩的風格和內容，同上面的絕句是一樣。但文字的香艷則遠過之。讀了他這些詩，覺得他們厭惡元白的作品，而反加以『淫言媟語』的罪名，確實有點好笑了。當日有一位學賈島的詩人喻鳧，拿着詩去見杜牧，杜不見他。喻鳧走出來歎息說：『吾詩無綺羅鉛華，宜其不售也。』這兩句話眞算是知己知彼了，所謂『綺羅鉛華』，不僅是杜牧的詩的特徵，也是色情文學的唯美派的共同特徵。

李商隱與杜牧同時，是晚唐唯美文學的健將。他字義山，懷州河內人，今河南沁陽附近。（西曆八一二——八五八年）他的詩雖與李賀杜牧同一趨勢，但其中有一個不同之點，便是李商隱最愛用怪僻的典故，含蓄的言語，去襯寫香艷的故事，使人讀了只覺其文字美音調美，而不知道他的意義。因此註家輩出，往往一詩有各種各樣的意見。愛其詩者，謂其男女花草的歌詠，無不有君子小人憂時憂國的寄寓，比興有如三百篇，忠憤有如杜甫。惡其詩者謂義山才高行劣，其詩都是帷房淫暱之詞，實是詩壇之罪人。因此愛其詩者，稱他爲唐代一大家，可與李杜比美，惡其詩者，甚至於削去他在文學史上應得的地位，這種態度都未免過於偏激。他的文學是個人的浪漫的唯美的，他的眼睛同他的筆，從沒有觸及現實社會的諸現象。唐末李涪說他的作品，『無一言經國，無纖意奬善，』（釋怪）這是無可辯護的事實。但他在藝術上的成就，確有驚人的成績。我們不能因此而完全忽視他的作品的藝術與美的價値。在晚唐唯美文學的運動中，他是一個最成功者，他給與文壇的影響，不僅晚唐，並及於宋初的半世紀。

他和杜牧同樣，是一個才人，又是一個色鬼。唐書本傳說他『詭薄無行』，王世貞稱他爲浪子，這都沒有寃枉他。但是他的女性對象，却不是杜牧所賞識的那些青樓中的妓女，是那些尼姑宮妃和高等官僚家裏的姬妾。這一些女子，不是幾個錢就能達到目的，是要帶着秘密的戀愛的姿態而活動着的。李義山一生，就糾纏在這種戀愛的生活裏，他許多有名的作品，也都成爲這種生活和情感的表現。他同那些特殊階級的女人戀愛，不便在作品中明顯地直陳出來，因此只好運用古籍中許多冷僻而又適合於他那種戀愛狀態的典故，塗滿着象徵神秘的色彩，寫成許多無題一類的艷詩，而成爲後人不容易瞭解的詩謎了。前人說他作詩，每首每句俱有君國的寄託，那實在是故意穿鑿附會，非常可笑的。元好問論詩絕句云：『望帝春心託杜鵑，佳人錦瑟怨華年。詩家總愛西崑好，獨恨無人作鄭箋。』大概讀過李義山詩集的人，個個都有這種感覺，一面是不懂他，一面又愛他的美。

近人蘇雪林女士著李義山戀愛事跡考一書，對於李義山的私生活，有很詳細的說明，使我們對於他的作品的內容，得到更深切的了解。大概他寫女道士的戀情，歡喜用洪崖蕭史王子晉崔羅什青女素娥的典故，在環境方面則以碧城，玉樓，瑤臺，紫府來襯托寺廟的境界。寫宮妃貴妾時，歡喜用襄王宋玉赤鳳秦宮曹植韓壽賈女宓妃趙后諸人的浪漫故事，在環境方面，則以古代的宮殿來襯寫其境界的富麗堂皇。我們懂得這種秘密，再去讀他的錦瑟，重過聖女祠，無題，曲池，碧城，玉山，牡丹，一片，可歎，聖女祠，春雨，深宮，曲江，離思，擬意諸詩，便可領略其中的情味了。那些詩的表面雖掩飾着重重的煙霧，而其內容，無非是寫着對於尼姑宮女的追戀的情愁，絕無什麼大道理。

『松篁臺殿蕙蘭幃，龍護瑤窗鳳掩扉。無質易迷三里霧，不寒長着五銖衣。人間定有崔羅什，天上寧無劉武威。寄問釵頭雙白燕，每朝珠館幾時歸？』（聖女祠）

『白石巖扉碧蘚滋，上清淪謫得歸遲。一春夢雨常飄瓦，盡日靈風不滿旗。萼綠華來無定所，杜蘭香去未移時。玉郎會此通仙籍，憶向天階問紫芝。』（重過聖女祠）

『帳臥新春白袷衣，白門寥落意多違。紅樓隔雨相望冷，珠箔飄燈獨自歸。遠路應悲春晼晚，殘宵猶得夢依稀。玉璫緘札何由達，萬里雲羅一雁飛。』（春雨）

『颯颯東風細雨來，芙蓉塘外有輕雷。金蟾齧鎖燒香入，玉虎牽絲汲井回。賈氏窺簾韓掾少，宓妃留枕魏王才。春心莫共花爭發，一寸相思一寸灰。』（無題）

我們讀了這些詩，便知道李義山寫戀愛詩手腕的高妙。在中國古代的詩人裏，對於這一方面的成就，幾乎無人比得上他。他的長處，是香豔而不輕薄，清麗而不浮淺。無論描寫什麼境界，他都能選擇那種最適合於某種境界的文字與典故，因此增加他藝術的美麗與情感的表達。再在表情的細微與用字的深刻方面，他也有獨到之處。在他許多絕句裏，更能發揮這種特色。

『雲母屏風燭影深，長河漸落曉星沉。嫦娥應悔偷靈藥，碧海青天夜夜心。』（嫦娥）

『遠書歸夢兩悠悠，只有空床敵素秋。階下青苔與紅樹，雨中寥落月中愁。』（端居）

『竹塢無塵水檻清，相思迢遞隔重城。秋陰不散霜飛晚，留得枯荷聽雨聲。』（宿駱氏亭寄懷崔雍崔衮）

『尋芳不覺醉流霞，倚樹沈眠日已斜。客散酒醒深夜後，更持紅燭賞殘花。』（花下醉）

這是李義山絕句中的最上等作品，他們的價值，絕不在王昌齡李白之下。所不同者，在王李的詩裏，充滿熱烈的青春生命與雄奇的氣勢。李義山的詩，傾於纖巧與細弱，呈現着濃厚的缺月殘花的遲暮的情調。所謂『枯荷聽雨聲』『紅燭賞殘花』的境界，便正是這種遲暮的情調的最高表現。但在表情的幽細與深刻上講，則遠非王昌齡李太白所能及。在這裏正好表示唯美文學者的藝術特色，以及晚唐文學的氣象。杜牧有詩云：『停車坐愛楓亭晚，霜葉紅於二月花。』李義山也有詩云：『夕陽無限好，只是近黃昏。』在這種美麗而又纖弱的句子裏，說明唐詩到了他們，已失去李杜時代那種壯年的白日的熱力和氣魄，已臨到秋暮冬初的晚景了。點綴着晚秋的霜葉。迫近黃昏的夕陽，雖呈現幽細冷艷的美景，但是無論怎樣，已是趨於衰弱沒落之途了。這一種詩句，這一種景物，都是晚唐文學情調的最好象徵。唐代數百年的詩壇，也就由他們告了結束。其他如溫庭筠段成式李羣玉韓偓唐彥謙諸人都是努力於唯美文學的同志，但他們的成就，都比不上杜牧與李商隱，所以不必多講了。至於溫庭筠，是詞勝於詩，留在下一章再說。

唯美文學的運動，在當時並不只限於詩歌，就在散文方面，由韓柳鼓吹的古文，也趨於衰落，駢文又現出復活的現象來。當日流行的三十六體（李商隱溫庭筠段成式皆行十六故曰三十六），是指着詩文一般的情形而言，這一個潮流，一直延長到宋初，由楊億錢惟演劉筠諸人所代表的西崑體，正是這派文學最後的光芒。等到後來梅堯臣蘇舜欽歐陽修蘇東坡諸人的出現，這一派文學才銷聲匿跡。由此看來，在唐代文學思潮的發展上，從初唐的格律古典文學，變爲王維李白所代表的浪漫文學，再變爲杜甫張籍白居易所代表的社會文學，最後由李賀李商隱所代表的唯美文學閉幕，在這一條主要潮流的發展線下，其中雖還存在着不少的小波小浪，但對於主要潮流的行進，並無傷損與妨害。我在這幾章所敘述的，都是以這個主流爲主體，因此，許多不重要的小詩人。都在這種情勢之下犧牲了。

第十六章　晚唐五代的詞

一　詞的起源與成長

詩歌發展到了唐代末年，無論古體律絕，長篇短製，都達到了最成熟的階段。後代雖仍有不少人從事製作，已難顯出什麼驚人獨創的成就。在文學演進的公例上，一種文體達到了這境地，因其本身的和外部的種種原因，不得不將其地位讓之於一種新起的體裁。我們試看由四言而古體而近體，更可明瞭這種文體的興衰和轉變的因果性。由八世紀後期到十世紀初期，是中國詩史上一個轉變的時代。這種轉變，便是由詩而變爲詞。

廣義的說，詞就是詩。不過就其發生的性質上，比起詩來，詞與音樂是發生更密切的聯繫。在初期的階段，他沒有獨立的詩的生命，只是音樂的附庸。在這一點，他與樂府詩很相近似。不過古樂府多爲徒歌，後由知音者作曲入樂，而詞是以曲譜爲主，是先有聲而後有辭的。由這一點，詞的音樂生命，更重於樂府詩了。歐陽炯稱詞爲「曲子詞」，王灼稱爲「今曲子」，宋翔鳳說：『宋元之間，詞與曲一也。以文寫之則爲詞，以聲度之則爲曲。』（樂府餘論）在這些地方，便可顯出詞的眞實性質。因此，古人有稱詞爲詩餘、樂府或長短句的。如蘇軾的東坡樂府，賀鑄的東山寓聲樂府，秦觀的淮海居士長短句，辛棄疾的稼軒長短句，廖行之的省齋詩餘，吳則禮的北湖詩餘等等。這些題名，或就形式言，或就性質言，或就文體變質言，都有他們自己的理由，我們不必評論其是非。但在這裏，我們很可以看出，這種新起的詞體，當初的作者，沒有把他看作是一種與詩平行的新體裁，而只當作是詩的附庸的事，是很顯然的。不過後來經過了五代、宋朝諸家的大量製作，得到了極優美的成績。無論在形式上、風格上，都顯然同詩有明確的界限與獨立的生命。於是詞這一種體裁，便接替唐詩的地位，在中國的韻文史上，成爲五代、兩宋的代表作品了。

但是詞這種體裁，究竟怎樣產生的呢？在什麼時候，萌芽與成長起來的呢？我在下面，要回答這些問題。

關於詞的起源的理論，古人有各種各樣的說法。要之，以詞出於樂府與由於唐代的近體詩變化而來的兩說最爲有力。王應麟困學紀聞云：『古樂府者，詩之旁行也。詞曲者，古樂府之末造也。』近人王國維氏也說：『詩餘之興，齊梁小樂府先之。』（戲曲考源）這種議論，他們都認識了詞與樂府的共同性，因此歸於一個源流了。其次便是說詞出於唐代的近體詩，以爲詞的產生的過程，是由律詩絕句變化出來。方成培云：『唐人所歌，多五七言絕句，必雜以散聲，然後可被之筦絃。如陽關必至三疊而後成音，此自然之理也。後來遂譜其散聲，以字句實之，而長短句興焉。故詞者，所以濟近體之窮，而上承樂府之變也。』（香研居詞麈）宋翔鳳也說：『謂之詩餘者，以詞起於唐人絕句，如李白之清平調，即以被之樂府。旗亭畫壁諸唱，皆七言絕句，後至十國詩，遂競爲長短句。自一字兩字至七字，以抑揚高下其聲，而樂府之體一變，則詞實詩之餘，遂名曰詩餘。』（樂府餘論）詩餘這名字雖不大方，這兩種說法表面雖似不同，其實內容却是一致。他們都承認詞有兩個要素：一、詞本身的性質是詩；二、詞的功能是音樂。漢魏的樂府，固然是樂府，唐代可歌的近體詩也是樂府。李白的清平調和旗亭畫壁諸唱是詩，漢魏的樂府又何嘗不是詩。明乎此，說詞出於樂府也可，說出於近體詩也可，就是再遠一點，說是與周頌國風同流，也無不可了。

不過，詞和詩雖有這種淵源，但在形式上畢竟是不同的。他這種形體的構成，不只是一種文體的自然變化，實依賴着外部的動力，這種動力，便是音樂的適合性。這一種適合性，並不是那種樂府與音樂的平行狀態，是音樂爲主，歌辭爲附庸的征服狀態。就在這一種環境下，產生了在外表上似乎是不整齊，其實是比詩更要整齊更要嚴格的詞了。

『詩之外又有和聲，則所謂曲也。古樂府皆有聲有詞，連屬書之，如曰賀賀賀、何何何之類，皆和聲也。今管絃之中，纏聲亦其遺法也。唐人乃以詞塡入曲中，不復用和聲。』（沈括夢溪筆談）

『古樂府只是詩，中間却添許多泛聲，後來怕失了泛聲，逐一添個實字，遂成長短句，今曲子便是。』（朱子語類一四〇）

這裏所說的和聲與泛聲，性質雖未必全同，但在歌唱的時候，都是補足詩的文句的缺陷的事實，是無疑的。因爲樂府詩中可歌者，無論是古體、近體，都是整齊的五言、六言或是七言，但樂譜長短曲折，變化無窮，用那種長短一律的字句去歌唱時，自然是感着不能盡其聲音之美妙，因此只好加添

一些字進去，於是便產生了泛聲與和聲。如上留田行云：（瑟調，傳爲曹丕作）

『居世一何不同，上留田。富人食稻與梁，上留田。貧子食糟與糠，上留田。貧賤一何傷，上留田。祿命懸在蒼天，上留田。今爾歎惜，將欲誰怨，上留田。』

在這一首歌裏，連雜着「上留田」六處，在意義上毫無用處，在歌唱時，想必非此不可，這些「上留田」便是和聲了。古代樂府裏，這種和聲是很多的。如董逃歌中之「董逃」，月節折楊柳歌中之「折楊柳，」在意義上都是廢物，在音樂上都是重要的和聲，歌唱時萬不可廢它。至於梁武帝的江南弄七首，每首各有和辭，文句亦淸麗有詩意，是由和聲變爲和辭，是由無意義的和聲，變爲有詩意的和辭了。如江南弄和云：「陽春路，娉婷出綺羅，」採蓮曲和云：「採蓮渚，窈窕舞佳人，」可知他塡寫這些和辭時，一面是依聲，一面又注重詞，不像「董逃」「上留田」那一類的土俗了。

再如詩體過於齊整，樂譜過於繁長者，專添一些和聲，還不能歌唱，因此只好將詩句改頭換面，長短其句，以就其曲拍，於是文字增多了，句子也變成長短不齊的形式，這種削足適履的辦法，自然是爲了音樂的束縛。如古詩云：

『生年不滿百，常懷千歲憂。晝短苦夜長，何不秉燭遊。爲樂當及時，何能待來茲。愚者愛惜費，但爲後世嗤。仙人王子喬，難可與等期。』

這一首很完美的好詩，是無可增減的，但一變爲樂府詩的西門行，文句就完全兩樣了。

『出西門，步念之。今日不作樂，當待何時。（一解）夫爲樂，爲樂當及時。何能坐愁怫鬱，當復待來玆？（二解）飲醇酒，炙肥牛，請呼心所歡，可用解愁憂。（三解）人生不滿百，常懷千歲憂。晝短苦夜長，何不秉燭遊。（四解）自非仙人王子喬，計會壽命難與期。自非仙人王子喬，計會壽命難與期。（五解）人壽非金石，年命安可期。貪財愛惜費，但爲後世嗤。（六解）』

由詩的藝術上看，自然是後不如前，但在音樂的效能上，想必一定要像後面這樣子，才可以歌唱。朱彝尊說：『古詩是古西門行裁剪而成者』，這是因爲他只注意詩的藝術而忽略了樂府詩的音樂效能的緣故。不用說，像上面所舉的上留田、西門行一類的作品，是不能算爲詞的，但與詞的界限却是很相近了。詞的構成，也就在這同樣的形態下成立的。在上面所舉的那些因爲適應音樂而加添或是長短其字句的例中，恰好證明了夢溪筆談和朱子語類中所講的由詩入樂必用和聲泛聲的理論。但在那些詩裏，仍是有和聲的，所以還不能算是詞，一定要如沈括所說等到「唐人以詞塡入曲中，不復用和聲」的時候，詞的形體才正式成立。也正如朱子所說『逐一添個實字，遂成長短句』了。詞體正式成立的狀態，必得一面有完全的音樂效能，同時在文句的組織上，又完全成爲一個整體的藝術品，而在外表看不出一點有增補的痕跡。如唐玄宗的好時光云：

『寶髻「偏」宜宮樣，「蓮」臉嫩，體紅香。眉黛不須「張敞」畫，天敎入鬢長。莫倚傾國貌，嫁取「箇」有情郎。彼此當年少，莫負好時光。』

如果唐玄宗寫作這些辭句時，是完全依照當日的樂譜而長短其句的，那無疑的這是一首最成功的詞。雖說其中有「偏」「蓮」「張敞」「箇」等字，也可以看作是泛聲和聲的襯字，但痕跡並不明顯。並且把這些字放了進去，反而增加了這一首詞的藝術性，絕不像古樂府中那些和聲和辭，是破壞藝術性的。如果好時光的原作眞是一首五言八句詩，入樂時再由樂工加添這幾個襯字進去，那麼原作雖是詩，現在的好時光確實也是詞了。因爲他一面有音樂的效能，同時又有詞的形體與格調，和整體的藝術性，絕沒有像上留田、西門行那種原形畢露的樣子。我想無論什麼人看，都會承認這首長短體的好時光，比起那五言八句的詩來，無論在音調和描寫的藝術點上，是要好得多的。可知好時光這個例子，確能使我們充分地瞭解詩詞變化的過程以及詩詞分野的界限了。

唐代的近體雖然多可歌，但作詩的人只是爲詩而作詩，並沒有想到要拿去合樂。用那些詩譜入樂調，是樂工們的事。樂調的變化是無窮的，它有長短高低剛柔種種的分別，但詩人們的作品，無論五言六言和七言，都是一樣的齊整，一樣的字數，在古代的文獻裏，雖載着許多妓女伶工歌唱近體詩的故事，但我們可以知道，同樣是一首七絕或五絕，那樂調是完全不同的。李白的淸平調，王維的渭城曲，王之渙的涼州詞，雖同爲七絕，歌唱時的調子，自然是各不相同。當時樂工們雖增加些和聲泛聲，這畢竟是一種不方便的事，是樂譜與歌詞分離時代的補救辦法。後來音樂效能的要求增加了，樂譜與歌詞漸漸接近而聯繫起來，於是那些通曉音律的詩人，放棄了純粹作詩的動機，而成爲依譜作曲的工作，這種工作便是後人所謂的塡詞。這種工作並不是起於詩人，在敎坊和音樂衙門裏，是早已有了的，不過那些詞句或失之古典的模擬（如朝廷的樂章），或失之粗俗淺陋（如妓女們唱的情歌），因此不能構成一種在韻文上的新體裁。要等到詩人們從事這種工作，產生出來的成績，一面有音樂的效能，一面又不失去詩的藝術性時，詞才能成爲一種新興的體裁，漸漸的在文壇上形成與詩並立的地位。全唐詩中論詞云：『唐人樂府元用律絕等詩，雜和聲歌之。其幷和聲作實字，長短其句以就曲拍者爲塡詞。』這幾句說明詞的構成，算是最簡明的了。不過我們要知道，按曲塡詞的事，在樂府教坊與民間，都是早有的事，但等到有名的詩人們來做這種工作時，詞這種體裁，才能發生文學的價值，才能在中國的韻文史上佔立着地位。

詞是怎樣產生的，有了上面的說明，我們大概可以明瞭了。現在要討論的是詞體的萌芽和它正式成立的時代。我在上面說過，漢魏的樂府詩，雖與詞的性質有些近似，但在調與字方面，完全沒有定格定數的形式，算不得依拍塡詞，只能算是因詩入樂。但到了齊梁間之小樂府，句法字數確能有一定的形式。如梁武帝的江南弄云：

『衆花雜色滿上林，舒芳耀綠垂輕陰，連手蹀躞舞春心。

舞春心，臨歲腴。中人望，獨踟躕。』

據古今樂錄，此曲爲武帝改西曲所製，共有七篇：一爲江南弄，二龍笛，三採蓮，四鳳笙，五採菱，六遊女，七朝雲。同時沈約也有四篇，調格字句全同，並同有轉韻。可知江南弄一調已爲定格，諸家所作，都是依其調而爲辭者，與往日之樂府詩不同，確實是晚唐五代之詞的雛形了。梁啓超氏在詞之起源中說：『觀此可見凡屬於江南弄之調，皆以七字三句、三字四句組織成篇。七字三句，句句押韻，三字四句，隔句押韻。第四句「舞春心」，即覆疊第三句之末三字。如憶秦娥調第二句末三字「秦樓月」也。似此嚴格的一字一句，按譜製調，實與唐末之倚聲新詞無異。梁武帝復有上雲樂七曲，此七曲字數句法亦同一，惟內中有兩首於首四句之三字句省去一句，是否傳鈔脫落，不得而知。此外如沈約之六憶詩，隋煬帝全依其譜爲夜飲朝眠曲，僧法雲之三洲歌，徐勉之送客歌，皆有一定字句，此種曲調及作法，其爲後來塡詞鼻祖無疑。故朱弁曲洧舊聞謂『詞起於唐人，而六代已濫觴也。』由此看來，塡詞的萌芽確起於齊梁間，而梁武帝在這種嘗試的塡詞工作中，是一位最重要的代表。不過我們要注意，在江南弄七曲每首的後面，都附有和辭二句，還保存着樂府詩的一部份遺形，因此還不能算是嚴格的詞，但我們把這些作品，看作是由詩入詞的過渡橋梁，却是非常適合的，同時說六朝是詞的萌芽時代，也無可疑。楊愼說：『塡詞必溯六朝者，亦探河窮源之意也。』他這意見，我們是贊同的。

隋唐初年，詞還在醞釀時代。煬帝的夜飲朝眠曲完全具備着詞的形式。就是他和王冑同作的紀遼東，觀其換韻法和長短句的組織，也是詞的形體了。樂府詩集列爲近代曲辭之冠，想不是無意的。據孟棨本事詩云：

『韋庶人頗襲武氏之風軌，中宗漸畏之。內宴唱迴波樂詞，有優人詞曰：「迴波，爾時栲栳，怕婦也是大好。外邊只有裴談，內中無過李老。」韋后意色自得，以束帛贈之。』

又云：『沈佺期以罪謫，遇恩復官秩，朱紱未復。嘗內宴，羣臣皆歌迴波樂，撰詞起舞，因是多求遷擢。佺期詞曰：「迴波，爾似佺期，流向嶺外生歸，身名已蒙齒錄，袍笏未復牙緋。」中宗即以緋魚賜之。』

在這記事裏，可知迴波樂已成爲定格的曲調。前後兩首的用韻與字句的長短組織也完全相同，這是依曲塡詞的明證。上文所說的羣臣撰詞起舞，可知當日塡詞的人，不只沈佺期一人，是大家都能塡的，不僅文人能作，就是優人也能作了。因此可以斷定，「依曲拍爲句」的這種工作，並不開始於劉禹錫、白居易，在隋唐初年，這種現象便已經有了。不過有一件事我們不要忽略，像沈佺期這種人，當日詩壇的大手筆，談他的詩，確實覺得典雅華貴，但他的迴波樂詞，爲什麼這樣粗鄙呢？這便是他只注意音樂的要素與歌唱的效能，絕沒有重視這種體裁，沒有重視詞的本身的藝術，而把它當作是一種新詩體來創作的緣故。也就是他只把它當作是樂曲的表演，作爲內庭宴會的餘興，一點也沒有考慮到要作爲詩的欣賞的，因此同優人所作的是同一淺俗了。然而這種情形，正是塡詞的初期的必然現象。這一種東西，不能稱爲嚴格的詞的原因，也就在乎此。因此，一定要等到劉禹錫、白居易們的作品出來，（一面是音樂的，一面又是詩的，）詞體才正式成立，詞才在韻文史上有地位。

中國的音樂，自西晉五胡亂華到隋唐統一，是一個劇變的時代。國樂在這時代漸次淪亡，外樂因軍事通商和傳教的各種關係，大量地輸入。這些外樂不僅聲調與國樂不同，就是所用的樂器，也大都兩樣，加以那種樂調繁複曲折，變化多端，令人感到悅耳新奇，於是這種胡樂便盛行於朝廷，而漸漸地也傳佈於民間了。隋唐音樂志下云：

『開皇初，置七部樂。一曰國伎，二曰清商伎，三曰高麗伎，四曰天竺伎，五曰安國伎，六曰龜茲伎，七曰文康伎。……及大業中，煬帝乃定清樂、西涼、龜茲、天竺、康國、疏勒、安國、高麗、禮畢，以為九部，樂器工伎，創造既成，大備於茲矣。…西涼者起苻氏之末，呂光等據有涼州，變龜茲聲為之。至魏周之際，遂謂之國伎。今曲項琵琶、豎頭箜篌之徒，並出自西域，非華夏舊器。楊澤新聲、神白馬之類，生於胡戎，胡戎歌，非漢魏遺曲，悉與書史不同。……龜茲者，起於呂光滅龜茲，因得其聲。至隋有西國龜茲、齊朝龜茲、土龜茲等凡三部。開皇中，其器大盛於閭閈。時有曹妙達、王長通、李士衡等，皆妙絕絃管，新聲奇變，朝改暮易，持其音技，估衒公王之間，舉時爭相慕尚。高祖病之，謂羣臣曰，聞公等皆好新變，所奏無復正聲，此不祥之大也。……公等親賓宴飲，宜奏正聲，聲不正，何可使兒女聞也？帝雖有此勅，而竟不能救焉。……』

『唐武德初，因隋舊制，用九部樂。太宗增高昌樂，又造讌樂而去禮畢曲，其著令者十部，而總謂之「讌樂」。聲詞繁雜，不可勝紀。凡讌樂諸曲，始於武德貞觀，盛於開元天寶，其著錄者十四調，二百二十二曲。』（樂府詩集）

又杜佑論「清樂」中云：

『自周隋以來，管絃雜曲將數百曲，多用西涼樂，鼓舞多用龜茲樂，其曲度皆時俗所知也。唯彈琴家猶傳楚漢舊聲，及清調瑟調蔡邕五弄調，謂之九弄。』（通典）

在這些記事裏，把那三百年來國樂淪亡外樂輸入的情形，說得非常明顯。同時，無論君主臣僚以及民衆，都喜歡那種新聲，於是胡樂盛行於宮庭貴族之間而又普及於民衆，造成了顏之推上書中所說的「太常雅樂，並用胡聲，」以及「胡樂大盛於閭閻」的狀態了（隋書音樂志）。到了這時，所謂國樂的楚漢舊聲，已被胡樂的新聲完全擊敗，而漸趨於淪亡，剩有幾個老調，成爲彈琴專家的絕技了。音樂起了這麼大的變化，與音樂發生最密切關係的詞，就在這種環境下發育滋長起來。舊唐書音樂志說：『自開元以來，歌者雜用胡夷里巷之曲。』胡夷便是上面所說的那些外樂，里巷是指的民間的歌曲。音樂經了這種混雜同化，自然是變得更爲繁複了。如漁歌體的漁歌子，船夫曲的欸乃曲，民間情歌體竹枝詞、楊柳枝詞諸調，想都是里巷曲中最通行的。劉禹錫說：『里中兒聯歌竹枝，吹短笛，擊鼓以赴節，歌者揚袂起舞，以曲多爲賢。聆其音中黃鐘之羽，卒章激訐如吳聲。雖傖儜不可分，而含思宛轉，有淇澳之艷。』（竹枝詞序）。在這幾句話裏，說明里巷樂曲雖是樂耳可聽，但其詞句却很粗劣，於是文人就在這時候產生了改作或是倣作新詞的動機。那種胡樂民曲交雜流行於世，歌唱者與作詞者都無不受其影響，於是促成嚴格的詞的發展的機運。李白的時代雖有產生詞的可能，但他自己的作品是可疑的。雖說尊前集收他的詞十二首（連理枝一，清平樂五，菩薩蠻三，清平調三。），全唐詩收十四首（除清平樂、清平調八首外，又有菩薩蠻一，憶秦娥一，桂殿秋二，連理枝二。），但除清平調三絕句外，在他本人的集中和樂府詩集內，都沒有這些作品。玄宗時人崔令欽的教坊記附錄的曲名表中，雖有菩薩蠻調名，但唐末蘇鶚的杜陽雜編中說：『大中初，女蠻國貢雙龍犀。……其國人危髻金冠，瓔珞被體，故謂之菩薩蠻，當時倡優遂製菩薩蠻曲，文士亦往往聲其詞。』可知菩薩蠻曲創於大中初年（約當西曆八五〇年）。那末生於開元天寶時代的李白要塡菩薩蠻的詞是不可能的了。關於教坊記中的曲調又如何解釋呢？我想胡適氏的推斷是合理的。他說：『教坊記中的曲名表，我却不能認爲是原書的原文，不能認爲全是開元教坊的曲目。我疑心此表曾經後人隨時添入新調，此種表本只供人參考，以多爲貴，添加之人意在求完備，不必是有心作僞。』（詞的起源） 至於其他如清平樂、桂殿秋、連理枝諸詞，在古今詞話、漁隱叢話、筆叢諸書裏，前人已有辨僞的說明，那自然是更不可信了。不過，菩薩蠻、憶秦娥二詞，雖非出自李白，但其藝術的價值是很高的，正如李陵、蘇武的古詩一樣，雖爲後人僞託，但其文學藝術的本身，仍有存在的價值，故抄錄在下面。

『平林漠漠煙如織，寒山一帶傷心碧。暝色入高樓，有人樓上愁。 玉階空佇立，宿鳥歸飛急。何處是歸程？長亭更短亭！』（菩薩蠻）

『簫聲咽，秦娥夢斷秦樓月。秦樓月，年年柳色，灞陵傷別。 樂遊原上清秋節，咸陽古道音塵絕，音塵絕，西風殘照，漢家陵闕。』（憶秦娥）

胡應麟疑此二作爲溫庭筠所爲，嫁名太白者。但溫詞風格華豔婉約，與上詞之高古淒怨者不類。細味憶秦娥詞句，頗寓國破城春故宮不黍之感，想爲唐亡以後之作，大概出自五代時唐末遺民的手筆。無論從形式組織及藝術的成就上說，這種成熟的作品，決非產生於塡詞的初期，決非產生於溫庭筠以前，想是無可疑的事。

李白的作品雖不可靠，但在李白生時的八世紀，塡詞確已漸漸地由於醞釀而成熟了。詩人依着胡夷里巷的曲譜而作長短句的人，也漸漸地多了。如張志和、張松齡、顧況、戴叔倫、韋應物諸人，都是與李白先後同時的，在他們的作品裏，確實有了依曲拍爲長短句的詞了。最有名的是張志和（西曆七三〇——八一〇）的五首漁父詞（見尊前集）。今舉一首作例。

『西塞山前白鷺飛，桃花流水鱖魚肥。青箬笠，綠簑衣，斜風細雨不須歸。』

張志和字子同，金華人，雖也做過小官，後來厭惡那種煩瑣，便放浪江湖，自號煙波釣徒，日與山水漁樵爲友。他這種愛自由愛自然的人生觀，反映到文學上，正與王維、孟浩然們所代表的自然詩派相合，因此在漁父詞裏，充分地表現出他的瀟洒出塵的人格，和那種恬淡閑雅的作風。同時，我們還可想到，漁父詞這一個曲調，一定是當日漁人們流行的民間里巷之曲，而經他依曲拍作詞而被傳於後世，成爲最普通的詞調了。西吳記云：『志和有漁父詞，刺史顏眞卿、陸鴻漸、徐士衡、李成矩遞相唱和。』（詞林紀事引）由這兩句話，可知在張志和時代塡詞的風氣，在文人階級裏，已是很流行的了。他的哥哥張松齡也有漁父一首，詞旨風格，同他的弟弟很相近似。

其次我們要注意的，是戴叔倫（西曆七三二——七八九）和韋應物（西曆七三五？——八三〇？）的作品。他們的詞可靠的，戴有調笑令一首，韋有同調二首。戴詞云：

『邊草，邊草。邊草盡來兵老。山南山北雪晴，千里萬里月明。明月，明月。胡笳一聲愁絕。』

韋詞云：

『河漢，河漢。曉挂秋城漫漫。愁人起望相思，塞北江南別離。離別，離別，河漢雖同路絕。』

寫江湖的放浪生活，喜用漁父，寫邊塞別離的俱用調笑，可知文人塡詞的初期所用的詞調不多，同時也可看出漁父一調是出自民間，調笑聲律的急促高昂，及其表現的內容，似是出於胡樂了。但在藝術的成就上說，這種作品，都是很成熟的詞，與詩的形體，全然是獨立的了。其餘如元結的欸乃曲五首，雖是模倣船歌的作品，但形式爲七絕，顧況的漁父引，爲六言三句，韋應物的三台，爲六言絕句，這些都不能算是嚴格的詞。王建是以作宮詞出名的，他是晚唐宮體文學的先導。在他那許多宮詞中，大都是表現色情，描摹美人的姿態與心理。他現存調笑令四首，其作風與他的宮體詩相同，都是寫失寵美人的哀怨的。其中以「團扇」一首最有名，今錄之於下：

『團扇，團扇，美人並來遮面。玉顏憔悴三年，誰復商量管絃？絃管，絃管，春草昭陽路斷。』

詞調雖是一樣，但所表現的內容與風格，同戴叔倫、韋應物之作完全不同了。然而王建這一種宮體式的豔體，正是晚唐唯美文學的色彩，和李商隱、杜牧之、溫庭筠們的詩詞的作風是一致的，同時也就是花間詞派的先聲。

劉禹錫（西曆七七二——八四二）白居易（西曆七七二——八四六）是詞體形成期的最後代表。

詞體到這時候，經了許多先驅者的努力嘗試，已漸漸地變爲一種有文學生命的新詩體，從事這工作的人日衆，詞調也日益加多，作品也日見優美了。白居易有憶江南三首，花非花一首，如夢令二首，長相思二首。劉禹錫有憶江南二首，紇那曲二首，瀟湘神二首，拋球樂二首（全唐詩）。依照文體發展進化的公例，詞這種文學到了劉白時代，有這些調子，有這些作品，原是可能的事。不過他倆的詞，除憶江南外，其餘的都不見其本集，因此有人表示懷疑，這態度雖是謹愼，但我却很難相信那許多作品全是後人僞託的。否則，比劉白只晚死二十年左右的溫庭筠，在詞的質量上便有那麼好的成就的事，也令人覺到有點可奇了。

『江南好，風景舊曾諳。日出江花紅勝火，春來江水綠如藍。能不憶江南？』（憶江南白居易）

『春去也，多謝洛城人。弱柳從風疑舉袂，叢蘭挹露似霑巾。獨坐亦含嚬。』（憶江南劉禹錫）

這種作品一面是有音樂的效能，一面是又有詩的藝術的生命的。詞要到這時候，才能離開詩獨立起來，成爲一種韻文的新體裁。劉禹錫作憶江南時，註云：『和樂天春詞，依憶江南曲拍爲句。』這是詩人依曲塡詞的第一次口供。由這種情形看來，他塡詞的動機決非出於遊戲，而是帶着嚴肅的創作的態度了。要這樣，詞才可以向着發展興盛的路上前進。胡適說：『塡詞有三個動機：一、樂曲有調而無詞，文人作歌詞塡進去，使此調更容易流行。二、樂曲本已有了歌詞，但作於不通文藝的伶人倡女，其詞不佳，不能滿人意，於是文人給他另作新詞，使美調得美詞，而流行更久遠。三、詞盛行之後，長短句的體裁漸得文人的公認，成為一種新詩體，於是文人常用長短句體作新詞。形式是詞，其實只是一種借用詞調的新體詩。這種詞未必不可唱，但作者並不注重歌唱。』（詞的起源）他這種推斷是極合理的。唐及五代的塡詞，大都不出一二兩項動機，到了兩宋的詞，正如上文所說『未必不可唱，但作者並不注重歌唱，只是一種借用詞調的新體詩』了。

二　晚唐的代表詞人溫庭筠

到了晚唐，塡詞的風氣，更是普遍了。君主詩人以及沒有詩名的文士，都有這種作品，藝術上較之劉白也進步了，詞調也增加了。詞這種體裁，呈現着蓬勃發展的機運。段成式、鄭符、張希復、有閑中好，這些作品雖較為平庸，但到了皇甫松、司空圖、韓偓、唐昭宗（李曄）們的作品，是現出明顯的進步了。皇甫松是皇甫湜之子，生卒未詳，花間集所載諸詞人，俱稱其官銜，獨於皇甫松只稱為先輩，想必他是沒有做過官了。他是睦州新安人（浙江建德附近），其他事蹟均不可考。花間集載其詞十二首，全唐詩共十八首。除采蓮子、拋球樂、浪淘沙、怨回紇、楊柳枝諸調為五七言詩外，成為長短句者，有天仙子、摘得新、夢江南諸調。在他這些作品裏，可稱為代表的，是摘得新和夢江南。

『酌一巵，須敎玉笛吹。錦筵紅蠟燭，莫來遲。繁紅一夜經風雨，是空枝。』（摘得新）

『蘭燼落，屏上暗紅蕉。閑夢江南梅熟日，夜船吹笛雨瀟瀟，人語驛邊橋。』（夢江南）

用最清麗的字句，來寫紅情綠意的場面，而其中又寄寓着哀怨的感慨，雖側豔而不淫靡，確是成功之作。夢江南意境更高，設境遣詞尤勝，誠可與溫飛卿比肩。司空圖字表聖（西曆八三七——九〇八），爲有名的詩品的作者。他人品高逸，朱全忠稱帝，召他爲官，他遂不食而死。他有酒泉子詞一首，是寫他晚年退休的心境的。

『買得杏花，十載歸來方始拆。假山西畔藥欄東，滿枝紅。　旋開旋落旋成空。白髮多情人更惜，黃昏把酒祝東風，且從容。』

韓偓字致光，他本是晚唐時代寫色情詩的好手。所以他的詞生查子和浣溪紗，都是這種豔情之作。

『侍女動妝奩，故故驚人睡。那知本未眠，背面偷垂淚。　嬾卸鳳凰釵，羞入鴛鴦被。時復見殘燈，和煙墜金穗。』（生查子）

『攏鬢新收玉步搖，背燈初解繡裙腰。枕寒衾冷異香焦。　深院不關春寂寂，落花和雨夜迢迢，恨情殘醉却無聊。』（浣溪紗）

唐昭宗李曄（西曆八六七——九〇四）是唐代末年一位最可憐的皇帝，身死朱全忠之手。但他却多才多藝，愛好文學。全唐詩中云：『帝攻書好文，而承廣明寇亂之後，唐祚日衰。遺詩隻韻，皆其播遷所致也。』由此可見他的愛好文藝的性情，和他創作的環境了。他現存詞四首。巫山一段雲二首，遺詞雖稍覺華豔，尚不輕浮。如『殘日豔陽天，苧蘿山又山』等句，意境尚佳。菩薩蠻二首，爲其感傷國事之作，哀怨淒涼，恰好映出一位國運無可挽回的君主的絕望的心境。今舉一首於下：

『登樓遙望秦宮殿，茫茫只見雙飛燕。渭水一條流，千山與萬丘。遠煙籠碧樹，陌上行人去。安得有英雄，迎歸大內中。』

溫庭筠　由上面這些作品看來，知道詞到了晚唐，確實是成熟了。但稱爲當代詞家的代表的，却是那位風流浪漫才華煥發的溫庭筠。溫字飛卿，山西太原人（西曆八二〇——八七〇？），在文壇上與李義山、段成式齊名，俱以華麗之筆描寫豔情，一時風靡，號爲三十六體。我在上一章裏論晚唐唯美文學的時候說過，晚唐唯美文學的作者，大都是生活浪漫，流連樂妓的才人。杜牧之、李義山是如此，溫庭筠更是如此。舊唐書文苑傳說他：『士行塵雜，不修邊幅。能逐絃吹之音，爲側豔之詞，』令狐綯說他『有才無行』，這都是可靠的。因爲他生活浪漫，文筆又好，日與優人妓女來往，確實是給他一個產生詞的最好環境。同時在那環境中所創造出來的作品，除了描寫女人的姿態與情戀以外，想要去找到其他表現人生社會的思想與意識，自然是要失望的。詞這種作品，在最初的階段，本來就是一種上流階級的享樂品。正如花間集序所說：『綺筵公子，繡幌佳人。遞葉葉之花牋，文抽麗錦，舉纖纖之玉指，拍案香檀。不無清絕之詞，用助嬌嬈之態。』詞的創造的動機及其功用，在這裏說得最明顯。公子哥兒的享樂，倡家妓女的賣唱，浪子才人的賣弄才華，這一切都造成詞這種作品成爲華豔的色情的唯美文學了。溫庭筠的面貌，雖是奇醜，時人稱爲溫鍾馗，但他那絕出的才華，和他那種多情多感的浪漫天性，使他在詞這一方面，得到了極高的成就。在晚唐時代，有了李賀、杜牧之、李商隱、段成式諸家的宮體詩和駢文，再加着他的豔詞進去，造成了唯美文學的極盛。他們這種影響，不僅及於五代，就連宋初半世紀的文壇，也還承受着這種風氣。

溫庭筠有握蘭、金荃二集，均已散亡，現存於花間集者尙有六十餘首。由此，我們可知他是一個努力塡詞的人。現存的還有六十幾首，散亡的想必更多，他的作品的豐富也就可想而知了。前人見其詞中多寫女人香草，每每加以寄託比興的解釋，實在是多餘的。他本是一個才子式的浪人，正因他寫那些女人香草，反覺得眞切。孫光憲北夢瑣言云：『溫詞有金荃集，蓋取其香而軟也。』又香又輭，是他的生活情感的寫實，一定要說他某詞有家國之痛，某詞有興亡之感，那反而不盡情了。

在他的六十餘首詞中，包括着菩薩蠻、更漏子、南歌子、淸平樂、訴衷情以下十九調。晚唐的詞人，用調最多的，無過於他了。他的作品，當以菩薩蠻、更漏子、夢江南諸詞爲代表。在這些詞裏，充分地表現出他的唯美文學的彩色和描寫女人的態度以及女人心理的技術。

『小山重叠金明滅，鬢雲欲度香腮雪。懶起畫蛾眉，弄妝梳洗遲。照花前後鏡，花面交相映。新貼繡羅襦，雙雙金鷓鴣』（菩薩蠻）

『玉樓明月長相憶，柳絲裊娜春無力。門外草萋萋，送君聞馬嘶。畫羅金翡翠，香燭銷成淚。花落子規啼，綠窗殘夢迷。』（同上）

『星斗稀，鐘鼓歇，簾外曉鶯殘月。蘭露重，柳風斜，滿庭堆落花。虛閣上，倚欄望。還似去年惆悵。春欲暮，思無窮，舊歡如夢中。』（更漏子）

『玉爐香，紅蠟淚，偏照畫堂秋思。眉翠薄，鬢雲殘，夜長衾枕寒。 梧桐樹，三更雨，不道離情正苦。一葉葉，一聲聲，空階滴到明。』（同上）

這些詞的顏色，雖是非常濃豔，但這種濃豔的色彩，與詞中的內容，都很調和。他詞中所寫的離情相思，大半都是妓女倡婦的代言代訴。他寫詞的手法，是將許多可以調和的顏色景緻物件放在一處，使他們自己組織配合，形成一個意境，一個畫面，讓讀者自己去領略其中的情意。他這手法是成功了的，不過，他塗的顏色過於濃豔，擺進去的珠寶，過於繁多，覺得是太富貴了，有時反令人有一種鄙俗之感。在他的詞裏，到處都是『金』『玉』『畫羅』『繡衣』『翡翠』『鴛鴦』『鳳凰』『紅淚』這一類的字眼，無論寫容貌、寫用具、寫景物，都離不了它們。在當代的唯美文學中，這種字眼本來是常見的，如李賀、李商隱、杜牧之的宮體詩中，也用了些，不過沒有像他用得這麼多。所以溫庭筠的詞，我們讀二三首，覺得豔麗可喜，多讀下去，頗有一種同一個滿身珠寶滿面脂粉的妓女並坐的感覺，這種地方，確實是他的不能掩飾的弱點。王國維云：『「畫屏金鷓鴣」飛卿語也，其詞品似之。』（人間詞話），這眞是知人之論。

雖如此說，溫詞中許多優美的句子，我們是不應該輕視的。如菩薩蠻中的『花落子規啼，綠窗殘夢迷，』『人遠淚闌干，燕飛春又殘，』更漏子中的『一葉葉，一聲聲，空階滴到明』等句，意境是多麼高遠，表情是多麼細緻，辭句是多麼美麗，描寫又是多麼深刻。這種言語，在後代許多大詞家的作品裏，也是不常見的。再看他的夢江南。

『千萬恨，恨極在天涯。山月不知心裏事，水風吹落眼前花。搖曳碧雲斜。』

『梳洗罷，獨倚望江樓。過盡千帆皆不是，斜暉脉脉水悠悠。腸斷白蘋洲。』

描寫的內容雖是相同，但他表現的方法，完全去了前面那種濃豔的襯托。而以細密的心理描寫，婉約的筆調出之，情意更覺活躍，顏色也就素淡得多了。周濟評溫詞爲嚴妝的美女（介存齋論詞雜著），這固然精當，但我們要知道，他的詞，蛾眉淡掃的時候，是更覺嫵媚的。在晚唐的詞壇，在中國的詞史上，溫庭筠是有重要的地位的。他的重要性，有下列的幾點：

一、溫氏以前，詩人雖有塡詞者，但都以詩爲主，把塡詞只當作一種嘗試，故作品不多。溫雖也以詩名，他却是一個專力塡詞的人，詞的成就，遠在其詩之上。詞到了他，形成了一種正式的文學體裁，在韻文史上離開了詩，得到了獨立的生命。

二、溫氏以前的詞，無論形式風格，多與詩相近似。到了溫庭筠，在修辭和意境上，才形成詩詞絕異的作風。

三、他是詩詞過渡期的重要的橋樑。因了他的作品，上面結束了唐詩，下開五代宋詞發展的機運。前人稱他爲「花間鼻祖」（見王士禎花草蒙拾），我們從文體的演進史上，看這評語，並非是溢美之辭。

三　民間的詞

我在上面說過，在詩人正式塡詞之前，樂署倡家，是早已有了這種東西的。他們主要的目的，是在入樂與歌唱，所以在辭句上，免不了俚俗與粗淺。正如劉禹錫所說的民間的竹枝詞傖儜不雅一樣。又沈義父樂府指迷云：『秦樓楚館所歌之詞，多是教坊樂工及鬧井做賺人所作。只緣音律不差，故多唱之。求其下語用字，全不可讀。甚至詠月却說雨，詠春却說涼。如花心動一詞，人目之爲「一年景」。又一詞中，顚倒重複。如曲遊春云：「賖薄難藏淚」，過云：「哭得渾身無氣力」，結又云：「滿袖啼紅」，如此甚多，乃大病也。』他所說的是宋代的情形，而我們可以知道唐代的秦樓楚館所歌之詞，教坊樂工及鬧井做賺人之作，自必更是如此。一詞之中，雖有顚倒重複，下語用字，雖是傖儜不雅，然那些却正是民間文學的本色。因爲在文字上有這些缺點，詩人們才起來補救他，這就是詩人塡詞的一個重要的動機。在文學史的研究上，這種顚倒重複，傖儜不雅的民間作品，我們却不可忽視。

敦煌文庫的發現，在中國古代文化的研究上，是很重要的。關於變文的一部分，我在上卷裏已略略的敘述過了。現在在這裏，要講一講敦煌石室發現的民間詞。這些作品除我們熟知的雲謠集雜曲子三十首外（彊村遺書），還有羅振玉敦煌零拾所收的七首，劉復敦煌掇瑣所收的二首，以及日本橋川醉軒所傳的四首。數量雖不算多，然在民間詞的考察上，無疑是很重要的文獻。由了他們，我們很可以看出秦樓楚館所歌，教坊樂工及鬧井做賺人所作的詞的面影。

『作客在江西，寂寞自家知。塵土滿面上，終日被人欺。朝朝立在市門西，風吹淚點雙垂。

遙望家鄉長短，此是貧不歸。』（長相思三之一，見敦煌零拾）

『叵耐靈鵲多瞞語，送喜何曾有憑據？幾度飛來活捉取，鎖上金籠休共語。比擬好心來送喜，誰知鎖我在金籠裏？欲他征夫早歸來，騰身却放我在青雲裏。』（鵲踏枝二之一，見敦煌零拾）

『悔嫁風流婿，風流無準憑。攀花析柳得人憎。夜夜歸來沉醉，千喚不應。迴覷簾前月，鴛鴦帳裏燈，分明照見負心人。問道些須心事，搖頭道不曾。』（南歌子敦煌掇瑣）

字句的俚俗，情意的淺露，語體的夾用，這都可以看出是民間之作。這種詞的生命，雖與社會羣衆極其接近，然而在詩人看來，是不會滿意的。當日因爲偶然的機會，寫在破紙上或心經的紙背上，得以留傳後世，這似乎是沒有經過上級文人的潤飾。像雲謠集雜曲子諸作，在文字的藝術上，比上面這些小曲，雖仍不免有俚俗之跡，但已是進步多了。看他冠以「雲謠集」之名，再加以「共三十首」之原註，我們便可推想這些民間詞，是經過文人們編輯整理過的，因此在文字上是雅麗多了。原作兩本，藏於倫敦博物院及巴黎國家圖書館，但俱不完全，後經朱祖謀氏整理，去其重複，恰合三十首之原數，現刊於彊村遺書中。

『怨綠窗獨坐，修得爲君書。征衣裁縫了，遠寄邊虞。想得爲君貪苦戰，不憚崎嶇。終朝沙磧裏，已憑三尺，勇戰奸愚。豈知紅臉，淚滴如珠。枉把金釵卜，卦卦皆虛。魂夢天涯無暫，歇枕上長噓。待卿迴故日，容顏憔悴，彼此何如？』（鳳歸雲）

『燕語啼時三月半，煙蘸柳條金線亂。五陵原上有仙娥，攜歌扇，香爛漫，留住九華雲一片。犀玉滿頭花滿面，負妾一雙偷淚眼。淚珠若得似珍珠，拈不散，知何限，串向紅絲應百萬。』（天仙子）

風格雖仍是民歌，但文字却較爲修鍊，完全沒有上面那些小曲所現露出來的粗俗的氣息，這自然是經過文人的手的。並且詞中長調頗多，如傾杯樂長一百十一字，內家嬌長一百零四字，拜新月長八十六字，鳳歸雲長八十四字，在溫庭筠的作品裏，從沒有見過這樣的長調。這樣看來，上面那些俚俗小曲，或可相信是中唐時的民間作品，惟雲謠集中諸作，想必是出自溫庭筠以後了。但是，我們把這些詞看作是北宋慢詞的先聲，却是很合理的。可知在小令很流行的晚唐五代，民間已有多人從事慢詞的製作了。

四 五代詞的發展與花間詞人

歷史上所稱的五代，雖在國號上共換了五次，但在時期上，只佔有半世紀（西曆九〇七年——九六〇年）。這一時期的政局的動搖紛擾，略似於三國與南北朝。五代雖稱爲正統，但當日遠處邊陲的藩鎭强豪，看見那些中原勇士南面稱王，自然也免不了眼紅，於是各處也就都立起國號做起皇帝來。由朱全忠、李存勗、石敬瑭、劉知遠、郭威五人主演的五代以外，另有前蜀（王建）、後蜀（孟知祥）、北漢（劉崇）、南漢（劉隱）、荆南（高季興）、楚（馬殷）、吳（楊行密）、南唐（李昪）、吳越（錢鏐）、閩（王審知）十國。五代中國運頂長的是後梁十一年，最短的要算僅僅四年的後漢了。十國都因為離開中原過遠，得以苟延，因此壽命也有延至六七十年者，這一些你倒我起的政治局面，正如一場殺進殺出的舞台戲。在那一種混亂的局面下，在那一羣強盜刼奪的局面下，文化學術的衰歇，思想藝術的淪亡，自是必然的現象。但在當日作為享樂的工具的詞，適應於那種女樂聲伎的荒淫環境的詞，却又得着發展的機運，而大量滋長起來了。我們試看當代的君主那一個不是淫蕩奢侈流連聲色的荒君。當代的詞人又那一個不是狎妓宿倡浪漫無行的浪子。像後唐莊宗雖是一介武夫，然精音律，善度曲，日與俳優為伍，結果是為伶人所殺，並將他的身體雜入樂器之中一同焚化了。然他的詞是好的。如夢令云：『曾宴桃源深洞，一曲清歌舞鳳。長記別伊時，和淚出門相送。如夢如夢，殘月落花煙重。』風流蘊藉，一往情深，雖是才人，究非廊廟之器。再如蜀主王衍的醉妝詞云：『者邊走，那邊走，只是尋花柳。那邊走，者邊走，莫厭金杯酒。』這六句詞，活畫出一幅五代十國土皇帝的荒淫的面影。無論這邊走，只是尋花問柳，無論那邊走，只是端着金杯喝酒。尋花問柳時，端着杯子喝酒時，自然是少不了「一曲清歌舞鳳」的。這樣下去，國自然會亡，文化學術自然要衰歇，同聲色緊緊聯繫着的詞，自然也乘機而起了。詞的發達，恰好建立在這一個荒淫的生活基礎上，恰好供給那些貴族享樂的藝術的需要。

『初莊宗（李存勗）為公子時，雅好音律，又能自撰曲子詞。其後凡用軍，前後隊伍皆以所撰詞授之，使揭聲而歌之，謂之御製。』（五代史本紀）

『北夢瑣言云：「蜀主裹小巾，其尖如錐。宮妓多衣道服，簪蓮花冠，施胭脂夾臉，號醉妝。」自製醉妝詞。又嘗宴於怡神亭，自執板歌後庭花思越人曲。』

『溫叟詩話云：「蜀主孟昶，令羅城上盡種芙蓉，盛開四十里，語左右曰，以蜀爲錦城，今觀之眞錦城也。」嘗夜同花蕊夫人避暑摩訶池上，作玉樓春詞。』（詞林紀事引）

『後主（李煜）善屬文，工書畫，性驕侈，好聲色，又喜浮圖高談，不恤政事。』（新五代史）

『金陵盛時，內外無事，明僚親舊，或當讌集，多運藻思爲樂府新詞，俾歌者倚絲竹歌之，所以娛賓而遣興也。』（陳世修陽春集序）

『韋莊以才名寓蜀，王建割據，遂羈留之。莊有寵人，資質豔麗，善詞翰，建聞之，託以教內人爲詞，强莊奪去。莊追念悒悒，作荷葉杯、小重山詞，情意悽怨。』（古今詞話）

馮延已也是一個有才無行的浪人。當時他爲五鬼之一。孫晟當面罵他說：『僕山東書生，鴻筆藻麗十不及君，詼諧飲酒百不及君，諂佞險詐，累刼不及君。』（十國春秋）

在這些記事裏，充分地暴露出當日君主臣僚的荒淫，和那些作家的浪漫生活的背境。爲妓女宮娥們所唱的詞，正是他們所需要的，恰如他們需要女人珠寶一樣。再進一步，拿着這種新詩體，來作爲歌功頌德的工具，如供奉內廷的毛文錫，自然會作出「近天恩」（柳含烟）和「堯天舜日」（甘州遍）一類的大作了。

詞在這種環境下發展，他的風格自然是繼承溫庭筠的豔麗，而集中於婦女情慾的表現，形成色情文學的極盛了。這情形和梁陳時代的宮體詩，遙相對照，而對於肉感的暴露的濃烈性，實遠過於那時的宮體詩。在五代的詞壇最能代表這種形態的，是花間集中的作品。我們知道塡詞的風氣，到了五代是非常普遍，並且已由中原推廣到西蜀江南一帶，同時作爲五代詞壇的代表區域，不在中原，而在西蜀與南唐。因爲中原戰亂頻仍，人民多避難他去。四川江南成爲苟安之局，加以天時和麗，物質豐饒，歌樂素稱興盛，君主又都愛好文藝，因此詩人詞客，俱聚集於此，而造成當代兩個文化的中心。後蜀趙崇祚所編的花間集，正是西蜀詞的好代表。花間共收十八家，其中溫庭筠、皇甫松已在上面敍述外，其他如韋莊、薛昭蘊、牛嶠、牛希濟、毛文錫、歐陽炯、顧夐、魏承班、鹿虔扆、閻選、尹鶚、孫光憲、毛熙震、李珣、張泌（全唐詩以泌爲南唐人，胡適主張花間集中的張泌，應該是蜀人，此說極合理，從之。）諸人，或是蜀產，或仕於蜀，同四川沒有發生關係的，就只有和凝一個，然而他的詞的風格，同花間正相適合，所以我們研究的時候，是無須分開來的。

花間集的作家與作品雖有那麼多，但除了一二例外，他們的作品，都有一個共同的格調與作法，大都是用着豔麗的辭句，濃厚的顏色，集全力去描寫女人的美態裝飾，相思的情緒，以及肉感性慾的強烈暗示，在這種地方，一面是反映着當代宮庭和上流社會的淫侈生活，一面也是承受着溫詞的影響。不用說，那種千篇一律的作品，多談了是要感着厭倦的。我現在選錄幾首在下面。

『玉樓冰簟鴛鴦錦，粉融香汗流山枕。簾外轆轤聲，斂眉含笑驚。柳陰烟漠漠，低鬢蟬釵

落。須作一生拚，盡君今日歡。』（牛嶠菩薩蠻）

『晚逐香車入鳳城，東風斜揭繡簾輕。慢回嬌眼笑盈盈。　消息未通何計是？便須佯醉且隨行。依稀聞道太狂生。』（張泌浣溪紗）

『相見休言有淚珠，酒闌重得敍歡娛。鳳屏鴛枕宿金鋪。　蘭麝細香聞喘息，綺羅纖縷見肌膚。此時還恨薄情無。』（歐陽炯浣溪紗）

『一爐龍麝錦帷旁。屏掩映，燭熒煌。　禁樓刁斗夜初長。羅薦繡鴛鴦，山枕上，私語口脂香。』（顧夐甘州子）

『雪霏霏，風凜凜，玉郎何處狂飲？醉時想得縱風流，羅帳香幃鴛寢。　春朝秋夜思君甚，愁見繡屏孤枕。少年何事負初心，淚滴縷金雙衽。』（魏承班滿宮花）

『粉融紅膩蓮芳綻，臉動雙波慢。小魚銜玉鬢釵橫，石榴裙染象紗輕，轉娉婷。　偷期錦浪荷深處，一夢雲兼雨。臂留檀印齒痕香，深秋不寐漏初長，儘思量。』（閻選虞美人）

『梁燕雙飛畫閣前，寂寥多少恨，懶孤眠。曉來閑處想君憐。紅羅帳，金鴨冷沉煙。　誰信損嬋娟，倚屏啼玉筯，濕香鈿。四支無力上鞦韆。羣花謝，愁對豔陽天。』（毛熙震小重山）

『披袍窣地紅宮錦，鶯語時轉輕音。碧羅冠子穩犀簪，鳳凰雙颭步搖金。　肌骨細勻紅玉軟，臉波微送春心。嬌羞不肯入鴛衾，蘭膏光裏兩情深。（和凝臨江仙）

在這樣細緻的技巧與美麗的詩句裏，表現了一些什麼呢？說來說去總不外是一個女人。這些女人無論她的面貌衣飾寫得怎樣出色，情感寫的怎樣纏綿，但都患着一種共同的病症，那便是肉的飢餓與性的滿足的强烈的要求，因此一切的環境，都在强調這一方面的暗示，冷夜長宵，園中的花草，天空中飛的雙燕雙蝶，水中遊的交頸鴛鴦，繡花的枕被，一切無非是在暗示着肉慾的渴慕和女人的色情狂的濃烈。再進一步的，甚至於寫出男女幽會的情態，連聲音動作也都顯露出來，如歐陽炯的浣溪紗，那眞可以算是中國淫詞的代表了。再如張泌的浣溪紗，顧敻的荷葉杯諸作，大膽地描寫了釘梢的浪子和偸情的女人的種種醜態。在那些作品裏，從沒有接觸到關於婦女的社會問題。在一本花間集裏，全被這些色情的氣味塗滿了，像鹿虔扆臨江仙的感傷離亂，李珣漁歌子的歌誦自然，那眞是鳳毛麟角了。就是在他們兩人的作品中，豔詞仍是要佔去其大半數的。不過他們寫得較爲含蓄而已。如李珣的一首浣溪紗，寫得細密清麗，而不流於輕薄淫淺，確是花間詞中的好作品。

『晚出閑庭看海棠，風流學得內家粧。小釵橫戴一枝芳。　鏤玉梳斜雲鬢膩，縷金衣透雪肌香。暗思何事立殘陽。』（李珣浣溪紗）

『金鎖重門荒苑靜，綺窗愁對秋空。翠華一去寂無蹤。玉樓歌吹，聲斷已隨風。　煙月不知人事改，夜闌還照深宮。藕花相向野塘中。暗傷亡國，淸露泣香紅。』（鹿虔扆臨江仙）

前一首雖仍是豔體，但已經寫得很婉約，至於後首的境界更是高遠，詞格更是莊重，情感更是凄怨，完全脫了花間詞風的籠罩，可與李後主晚年之作比肩了。鹿李二家，在西蜀詞壇，作品雖不算多，但對於他們，我們確是應該另眼相看的。

韋莊 在花間集裏，作品的內容雖仍是脫不了言情說愛，但在作風上，却一拋溫庭筠的濃豔與富貴的氣息，帶着疏淡秀雅的筆調，成爲當代詞壇的重鎭，給與後代詞風以重大的影響的，是那位稱爲「秦婦吟秀才」的韋莊。韋字端己，陝西杜陵人（西曆八五五——九一〇）。唐乾寧元年進士，幼敏能詩。二十八九歲時，到長安去應考，恰碰着黃巢的兵亂，他將當日耳聞目見的社會離亂情形，寫成一篇長有一千六百餘字的秦婦吟。這篇詩在當日雖很有名，但在浣花集裏沒有載，是久已失傳了。近年敦煌文庫發現，得有兩種五代人的寫本，因此得復傳於世。在晚唐唯美文學的潮流中，這確是一篇難見的寫實的社會文學的傑作。

篇幅之長，可與孔雀東南飛比美。他把當日戰亂中的人民生活，婦女的被調戲奸淫，難民的流離轉徙，大火災，大搶刼，繁華化爲烏有，富翁變爲窮人，再加以那些靦顏事仇、朝秦暮楚的新貴，寫得更是活躍如畫。借一個陷賊三年逃難出來的秦婦的口述，將那種悽慘的現象，一幕幕地映出，眞如一捲時事影片，想着現在戰爭區域的情形，同這正是一樣。在文字的技術上，比起杜甫、白居易、張籍的作品來，雖似乎稍弱，但在作品的意識上，同杜甫諸家的社會詩，却正是一個類型。並且他描寫得較爲瑣細，因此反而更增加他作品的眞實性。但我們讀他的浣花集，却大致是適合着晚唐的唯美作風，像這一種暴露社會暗面用寫實的手法而稱爲社會問題的作品，簡直沒有，這原因是他的性格，本是「洛陽才子」一類的浪漫者，加以他後來入蜀的良好的物質環境，使他的作品趨於唯美文學的發展了。在思想性格以及對於文學的理解各方面，他自然是遠不如杜甫、白居易、張籍諸先輩的深沉與堅定。因此在那兵亂的環境中，耳聞目見了種種的慘狀，寫成了那篇秦婦吟。後來一到了江南西蜀，就轉入於花叢紅袖的懷抱，而反於悔恨從前秦婦吟的寫作，於是他的作風，完全變爲浪漫的情詞了。長安亂後，他攜家避地江南，在將近十年的長期中，他的足跡走遍了大江南北。江南一帶的繁華安定，使這位才子忘記了秦婦吟中的離亂苦況，而入於風流浪漫的生活。在他那些菩薩蠻裏，反映出他當日沈溺酒色的生活狀態。他那次再到長安去考取進士時，已是四十左右的人了。中進士後，任校書郎數年，後入蜀依王建。及朱全忠篡唐自立，他便勸王建卽位，自己做了宰相。前蜀開國的一切典章制度，都是他定的。卒於成都，年在六十以上。

韋莊以情詞聞名，但他所描寫的背境，與那些專寫歌姬妓女，專寫肉感性慾者不同，在他的生活過程上，確有一種情愛的葛藤，因此出現於他作品的情感較之旁人所表現者，要較爲高貴。同時在修辭與表現的技巧上，脫離溫庭筠派的富貴濃豔，和張泌、牛希濟式的輕薄。用着淸疏淡雅的字句，白描的筆法，再加以纏綿婉轉的深情，使他在花間集中，卓然成爲與溫庭筠對立的一派。據古今詞話所說：「他的愛人被王建奪去以後，他追念悒怏，作詞多悽怨之音。」我們讀他的作品，覺得他這次的失戀，對於他作品的影響很大。他的幾首代表作，完全用這件事體作爲中心，或是回憶往日的歡情，或是傷感現在的落寞，或是希冀未來的復活，因爲種種心理，都是出於實際的體驗，所以在情感方面，表現得格外眞切，而修辭造句，也無須憑藉金銀珠寶那些富貴字眼的裝飾，而出於白描，反而顯得更眞情更實感了。

『夜夜相思更漏殘，傷心明月倚欄干。想君思我錦衾寒。 咫尺畫堂深似海，憶來唯把舊書看。幾時攜手入長安？』（浣溪紗）

『紅樓別夜堪惆悵，香燈半掩流蘇帳。殘月出門時，美人和淚辭。 琵琶金翠羽，絃上黃鶯語。勸我早還家，綠窗人似花。』（菩薩蠻）

『四月十七，正是去年今日，別君時。忍淚佯低面，含羞半斂眉。 不知魂已斷，空有夢相隨。除却天邊月，沒人知。』（女冠子）

『昨夜夜半，枕上分明夢見，語多時。依舊桃花面，頻低柳葉眉。 半羞還半喜，欲去又依依。覺來知是夢，不勝悲。』（同上）

『別來半歲音書絕，一寸離腸千萬結。難相見，易相別。又是玉樓花似雪。 暗相思，無處說，惆悵夜來煙月。想得此時情切，淚沾紅袖黦。』（應天長）

侯門似海，愛人變作嫦娥，消息難傳，蕭郎成爲路客。在上面這些詞裏，或爲憶往，或爲傷今，全是表現那種纏綿曲折的失戀深情。他所用的都是最通俗最質樸的言語，沒有一點濃豔的顏色，沒有一點珠寶的堆砌，成爲白描的聖手，高遠的詞格了。王國維氏以「畫屏金鷓鴣」一句象徵溫庭筠的詞品，「絃上黃鶯語」一句象徵韋莊，眞是最精確了。一個是濃豔富貴，一個是清麗秀雅，在他倆的作風上，這界限是非常明顯的。

五　南唐詞人

西蜀南唐同爲當代的文藝重心。南唐流傳下來的作品與作家雖說不多，其地位與價值，並不在西蜀之下。因爲南唐沒有趙崇祚那一類的人去收集保存，因此所傳者就寥寥無幾了。看陳世脩序陽春集說：『金陵盛時，內外無事。親朋讌集，多運藻思爲樂府新詞，俾歌者倚絲竹歌之。』在這種環境下，詞家與作品的產生，想是不少於西蜀的。加以當日中原大亂，南唐尙能偏安一隅，一直等到宋人統一，江南始有兵禍，物質地理的環境，也都適宜於那種豔體情詞的滋長。由此推想，當日一定還有許多**好作家好作品**，都隨時代而淪亡了。但南唐流傳下來的幾人，如李璟、李煜、馮延巳們，却都是**詞壇上最成功的第一流作家。上可代表晚唐五代的全詞壇，下開兩宋歌詞發展的機運。在中國的詞史上，他們都有重要的地位。**

李璟（西曆九一六——九六一）字伯玉，徐州人。李昪的長子，南唐保大元年，昪卒，他卽位，是爲中主。他的用人行政及軍事才略，都非常平庸，因此他父親費了大力創造出來一個好好的南唐基礎，不到十幾年，就弄到不可收拾的局面。等到後周的軍隊進駐揚州，他知道事勢危急，便獻江北諸地，並且歲貢數十萬，去了帝號，奉周正朔，畫江南爲界，簡直成了後周的藩屬了。他在政治軍事上，雖是這麼失敗，但他却有極高尙的文藝修養與造就。馬令南唐書說：

『嗣主美容止，有文學。甫十歲，吟新詩云：「棲鳳枝梢猶軟弱，化龍形狀已依稀。」人皆奇之。』

『帝音容閑雅，眉目如畫。好讀書，能詩，多才藝。』（十國春秋）

『元宗嘗戲延己曰：「吹皺一池春水，」干卿何事？延己對曰：「未如陛下「小樓吹徹玉笙寒」特高妙也。」元宗悅。』（南唐書）

在這些記事裏，活畫出李璟是一個天眞的詩人，無論他的性情才氣與嗜好，都是一個詩人。直率天眞而又風趣，叫他在政治軍事上有所作爲，叫他同當日那些北方蠻子去講兵弄武，爭城奪地，自然是要失敗的。看他同馮延己問答，更可看出當日君臣間的風雅，和對於文藝的愛好與提倡了。

『菡萏香銷翠葉殘，西風愁起綠波間。還與韶光共憔悴，不堪看。 細雨夢回雞塞遠，小樓吹徹玉笙寒。多少淚珠何限恨，倚欄干。』（攤破浣溪紗）

『手卷眞珠上玉鈎，依前春恨瑣重樓。風裏落花誰是主，思悠悠。 青鳥不傳雲外信，丁香空結雨中愁。回首綠波三峽暮，接天流。』（同上）

中主流傳下來的作品，雖只有三首，然而由此也很可看出他的卓絕的詩才，和他那種一致的委婉哀怨的作風。表情是那麼細微，用字是那麼清新，花間集中的濃豔色彩與肉感的強烈性，是一點也沒有的。王國維說他的「菡萏香銷，西風愁起」二句，大有衆芳蕪穢美人遲暮之感，這恰好說明了他的詞格和在他作品中現露出來的高潔的情感。他雖愛好藝術，卻不是一個專沉溺於酒色的糊塗蟲。他很天眞，對於時事也很有感慨，江表記說他「每北顧，忽忽不樂」，可見他心情的哀怨。在上面那幾首詞裏，我們能體會到他那種沉痛深切的傷時感事的心情。南唐詞格之高於西蜀，正在這種地方。

馮延己（西曆九〇三？——九六〇？）一名延嗣，字正中，江蘇廣陵人。他一生官運亨通，由秘書做到宰相，看孫晟罵他諂佞險詐詼諧飲酒，又稱他鴻筆藻麗（見十國春秋），可知他是一個生性浪漫有才無行的人。但他在詞的成就上，却是五代的一個大家，同韋莊李煜成為當代詞壇的三大巨星。他的作品，在宋初已多散佚，陳世修編輯的楊春集，共得詞一百十九首，但其中雜入溫庭筠、韋莊、李煜、歐陽修以及花間詞人之作，眞可信爲馮作的，還不到一百首。百首左右雖不算多，但在五代詞人中，他的作品要算是最豐富的了。其詞雖亦多言閨情離思，然其造句用字，俱清新秀美，絕無浮豔輕薄之習。而又一往情深，感人的力量最爲眞切。蝶戀花、采桑子諸闋，堪稱古今情詞的傑作。

『馬嘶人語春風岸，芳草綿綿，楊柳橋邊，日落高樓酒旆懸。舊愁新恨知多少。目斷遙天，獨立花前。更聽笙歌滿畫船。』（采桑子）

『蕭索清愁珠淚墜。枕簟微涼，展轉渾無寐。殘酒欲醒中夜起，月明如練天如水。堦下寒聲啼絡緯。庭樹金風，悄悄重門閉。可惜舊歡攜手地，思量一夕成憔悴。』（蝶戀花）

『幾日行雲何處去？忘却歸來，不道春將暮。百草千花寒食路，香車繫在誰家樹？淚眼倚樓頻獨語。雙燕來時，陌上相逢否？撩亂春愁如柳絮，悠悠夢裏無尋處。』（蝶戀花：別作歐陽修）

我們讀了這些作品，便可體會到他的作風與溫庭筠完全不同，與以白描見稱的韋莊，却有些相像。不過他在寫情方面，較之韋莊要更曲折，更天眞，更深入，同時又更含蓄。在他作品中所表現出來的情感，一點沒有怨恨和追悔，也沒有希望和期待，只是把一切的苦痛放在自己的肩上，不怨天不尤人地承受着。因此顯得格外纏綿動人，使讀者生出無限的同情。他的詞給與北宋諸家的影響，實較花間爲大。近人馮煦評他：『鼓吹南唐，上翼二主，下啓歐晏。實正變之樞紐，短長之流別。』（唐五代詞選序），王國維也說：『正中詞雖不失五代風格，而堂廡特大，開北宋一代風氣。』（人間詞話），在這裏，正確地說明了他在中國詞史上的地位。

李煜　最後，我們要討論的是李煜（西曆九三七——九七八）。他初名從嘉，字重光，……李璟的第六子。他即位時，南唐已奉宋正朔，窮處江南一隅之地。宋朝時時對他壓迫欺侮，他的大政方針，只是用金銀財寶去犒師修貢，以謀妥協。宋史說：『煜每聞朝廷出師克捷及嘉慶之事，必遣使犒師修貢。其大慶節更以買宴爲名，別奉珍玩爲獻。吉凶大禮，皆別修貢。』這樣看來，當日的南唐，已是宋主的附庸。不過他這種結歡修貢，絕不是一個禦寇圖存的根本方法。並且宋主也決不能以此珍玩爲滿足，一有機會和力量，他是要渡江的。果然開寶七年，宋將曹彬伐南唐，次年冬，陷金陵。南唐的軍隊一點抵抗的力量也沒有，就是後主自己，事前全不知道。等到兵臨城下，內外隔絕時，他還在淨居寺聽和尚講經。到這時候，他只有兩條路可走，一是自殺殉國，一是肉袒出降。結果他是走了第二條路。

他不是一個政治家，同他父親一樣，沒有一點政治的手腕和軍事的才略。但他却是一個最善良的人。他的心像赤子一樣的天眞幼稚，他完全缺少實際的人生經驗，他把全世界的人，都看得同他一樣的善良，一樣舒適。他不懂得人間的爭奪殘殺壓迫和欺侮。他的情感完全是主觀的，也是幼稚的。花謝了，月缺了，他可以流淚歎息，在他並不是無病呻吟。這種無常之感，確實使他的心情悲傷萬分。他也從沒有把君主看得如何高貴，在他的眼裏，君主和宮娥的地位，並無高低。因此他亡國時，還要對宮娥揮淚。他心慈情厚，多才善感，這些都是使他成爲大詞人的要素，同時也是他在政治軍事上失敗的原因。

他的文學環境是非常優良的。除了那個多才多藝的父親外，還有兩個富於文藝修養的弟弟（韓王從善與吉王從謙）。更難得的，是有那兩位貌美情深又精於音律的夫人（大小周后）。這兩姊妹圍繞着他，使他在初期的創作上，發生極大的影響，給他不少的藝術空氣與熱烈的感情。他孕育於這種文藝的家庭環境裏，生長於那種快樂美滿的宮庭生活裏，自然會造成賈寶玉式的性格，而成爲多情善感的公子王孫的典型。唐音戊籤說：『少聰慧，善屬文。惟好聚書，宮中圖籍之物，鍾王墨跡尤多。置澄心堂於內苑，延文士居其間。……著雜說百篇，時人以爲可繼典論。兼善書畫，又妙音律。』他眞是風流儒雅，實在不能算是一個暴君。可惜他獨遭遇着羣雄爭奪的萬難時代，最後是做了亡國的俘虜，毒藥的犧牲者了。但無論怎樣，比起陳後主、隋煬帝來，他是可愛得多的。

後主的詞，因他前後生活環境的劇烈變動，在作風上，在意識上，都劃出前後兩期的明顯的分野。這年代的界限，雖很難嚴密的規定。但我們用開寶七年以前作爲前期，由開寶七年到他的死作爲後期，想是相當合理的。

雖說在他父親時代，就臣服於後周（他那時是二十二歲），到了他自己，又成了宋主的附庸，國勢日弱，在政治軍事上毫無自主之力。但他的妥協外交，一直維持到開寶六年。在這一時期中，他仍不失爲一國之主，過着很美滿歡娛風流浪漫的生活。十國春秋說：『常於宮中製銷金紅羅幕壁，而以白金釘，瑇瑁押之，又以綠鈿刷隔眼中，障以朱綃，植梅於其外。』又詞苑云：『後主宮中，未嘗點燭。每夜則懸大寶珠，光照一室。』（詞林紀事引），又清異錄云：『李煜居長秋，周氏居柔儀殿。有主香宮女，其焚香之器曰把子蓮、三雲、鳳折腰、獅子等凡數十種。』（南唐書注引），在這裏我們可以看出他生活的富麗豪華。同時，也可以知道他很懂得生活的趣味，處處能將生活加以詩化和美化，他確是一個雅人，不是一個俗漢。在這種生活藝術化的環境裏，自然不能缺少那兩位多才多情的女性（大小周后）。

『昭惠國后周氏，小名娥皇。通書史，善歌舞，尤工琵琶。……故唐盛時，霓裳羽衣最爲大曲。亂離之後，絕不復傳。后得殘譜，以琵琶奏之。於是開元天寶之遺音復傳於世。』（陸游南唐書）

『南唐大周后卽昭惠后，嘗雪夜酣讌，舉杯屬後主起舞。後主曰：汝能創爲新聲則可。后卽命箋綴譜，喉無滯音，筆無停思，名邀醉舞破。又恨來遲破亦昭惠作。二詞俱失，無有能傳其音者。』（歷代詩餘）

這樣一個女藝術家，同着那樣一位多才善感的詩人，同住在那種舒適豪華的宮庭裏，那眞是錦上添花了。小周后是昭惠的妹子，在後主的創作上，她也給予着很大的動力。由後主詞中所表現的那位少女的影像，確是一個熱情大膽的女性，她姐姐病了，進來服侍湯藥，便手提金鞋，以襪代步，在霧重月昏的晚上，同後主享受着幽會之樂，那時候，她正是盈盈十五的年華。試想，我們的詞人，生活於這種豪華富麗風流浪漫的生活裏，他耳聞目見的，他心靈所感受的，他表現於作品中的，自然都是他那種生活的反映。

『晚妝初了明肌雪，春殿嬪娥魚貫列。鳳簫吹斷水雲間，重按霓裳歌遍徹。臨春誰更飄香屑，醉拍闌干情味切。歸時休放燭花紅，待踏馬蹄清夜月。』（玉樓春）

『花明月黯飛輕霧，今朝好向郎邊去。衩襪步香階，手提金縷鞋。畫堂南畔見，一晌偎人顫。奴爲出來難，教君恣意憐。』（菩薩蠻）

『晚妝初過，沈檀輕注些兒個。向人微露丁香顆，一曲清歌，暫引櫻桃破。羅袖裛殘殷色可，杯深旋被香醪涴。繡牀斜凭嬌無那。爛嚼紅茸笑向檀郎唾。』（一斛珠）

這種作品，同他前期的生活情感，正是一致。他的心境是快樂的，生活是美滿的，他沒有感慨和悲傷，全部的顏色和聲調，都是調和輕快，充滿着青春的享樂，和活躍的生命。在表面上，雖似乎有些浮薄，然而在描寫的技巧上，却是寫實的深刻的，比起花間集的豔詞來，他要顯得自然，顯得實在。他所寫的放誕風流的少婦，情竇初開的少女，無不刻畫入微，恰到好處。但這種好的境遇，是不能永久繼續下去的，不久，愛兒瑞保死了，嬌妻大周后也死了，雖說小周后的繼立，稍能給他一點安慰，但妻兒的奄化，給他精神的打擊是很重的。一花一草，都會引起他的哀感。加以外侮日急，接着是曹彬的過江，金陵的淪陷，於是肉袒出降，全家北徙，宋太祖封他爲違命侯，穿戴着白衣紗帽，忍受着人世間最難堪的俘虜生活。他攜家北上，回望着南京的城郭，做了一首非常沉痛的詩。

『江南江北舊家鄉，三十年來夢一場。吳苑宮闈今冷落，廣陵臺殿已荒涼。雲籠遠岫愁千片，雨打歸舟淚萬行。兄弟四人三百口，不堪閑坐細思量。』（渡江中望石城泣下）

他做了俘虜以後，精神物質雙方所受的痛苦與侮辱，是不待言的。宋史說：「太平興國二年，煜自言其貧。」又他與故宮人書云：「此中日夕以淚洗面。」（避暑漫抄引）在這些話裏，我們可以想像他精神物質上所受的痛苦到了什麼地步。但是他的心並沒有死，他的情感更是眞摯，發之於詩詞，自然都是家國之痛，傷今憶往之情，這些東西在宋朝人的眼裏，覺得是一種叛逆。因此就遭了宋太宗的毒手，用着牽機藥結果了他的生命。那時正是七月七日的晚上，他剛好是四十二歲的壯年。

他後期的生活環境，較之前期的美滿自由來，是要判若雲泥的。從一個最幸福藝術的空氣裏，墮入於一個死裏求生尚不可得的地獄界。他現在才體會到人間的爭奪殘酷險詐自私以及一切的罪惡，在他那天眞的心靈上，愈加感到往日生活的優美，故國江山的可愛，自由的幸福，和過去種種錯誤的追悔了。任你如何追悔，如何回憶，總沒法挽回你現在的惡運，一切成了空，一切都趨於毀滅，在這種最沉痛而又是絕望的情感中，產生出來的作品，是他那幾首在藝術上達到最高成就的永傳不朽的小詞。

『林花謝了春紅，太忽忽。無奈朝來寒雨晚來風。　胭脂淚，留人醉，幾時重？自是人生長恨水長東。』（相見歡）

『人生愁恨何能免，銷魂獨我情何限。故國夢重歸，覺來雙淚垂。　高樓誰與上，長記秋晴望。往事已成空，還如一夢中。』（子夜歌）

『簾外雨潺潺，春意闌珊。羅衾不耐五更寒。夢裏不知身是客，一晌貪歡。　獨自莫凭欄，無限江山。別時容易見時難。流水落花春去也，天上人間。』（浪淘沙）

『春花秋月何時了，往事知多少。小樓昨夜又東風，故國不堪回首月明中。　雕欄玉砌應猶在，只是朱顏改。問君能有幾多愁？恰似一江春水向東流。』（虞美人）

王國維說：『詞至後主，眼界始大，感慨遂深。』就是指他後期的作品說的。在這些作品中，漾露着沉痛與哀傷的情感，我們到現在讀了還要下淚。如在政治上的錯誤，肉袒出降的無恥，和他種種失節的行爲，我們受了他這些情感的包圍，而全部加以原恕了。就在這種地方，顯出他的天眞，顯出他藝術上的成就。不用說，李後主是一個徹底的主觀詩人，他的眼光，他的心，從沒有直視過現實，沒有關心過社會種種的現象和問題，但他却將他自己的生活形態和心理狀態，一點不隱藏不掩飾地和盤托出了。中國的詩人，能將自己的生活和他的作品發生這樣密切的聯繫的，除李煜以外，只有屈原、陶潛和李淸照。他們從沒有說過一句假話，自己的生活是如何，心境是如何，就那麼樣眞實地描寫下來，成爲最眞實的作品了。在那些作品中，無一不充滿着作者的個性情感，和血肉淋漓的生命。他自從出降而至於死，過着那種非人世所能堪的苦痛，但他從來沒有怨恨過誰，也沒有怨恨過自己，他覺得一切的罪惡，一切的苦，降臨到他的身上，似乎是無可避免的。這種情狀，在他幾乎成了一種宗教的情緒。王國維說：『後主儼有釋迦、基督擔荷人類罪惡之意』，這話是說得深刻極了，但恐怕不是常人所能瞭解的。

後主的詞，無論寫豔情，寫感慨，全是素描，不加雕飾。用着最明淺、最淸麗的句子，最調和的音調，表達最深厚曲折的感情。他在小詞的藝術上，達到了無可超越的境地。他有唐五代諸詞人的長處，沒有其短處，因此他成了當代詞壇第一個偉大的代表。

第十七章　宋代的文學環境與文學思想

一　宋代的文學趨勢與社會環境

經過晚唐五代的混亂局面，由於趙匡胤（宋太祖）、趙光義（太宗）的軍事武力，完成全國一統的宋帝國。宋太祖本是一個很有才略的人，他看見唐的衰亡，完全由於中央政權的旁落。因此命令各州郡於度支所必需外，所有餘款，悉歸京師。特設轉運使，管理各路財賦，於是財政權盡歸中央。同時將文臣補藩鎮缺，各州的强兵，都升爲禁軍，直隸三衙。殘弱的兵隊才留守本州，謂之廂軍，不甚操鍊，名義雖爲兵，其實不過是給役而已。於是軍事的大權，也歸之於中央了。同時他在政治制度上，也有所改革。本來歷代的宰相，萬事都管。到了宋朝，則中書治民，三司理財，樞密主兵，各不相侵，而監察言路的權又非常大，最後的裁決，必得歸之於皇帝。這樣一來，於是無論軍事財政以及司法各種大權，都集權於中央。所以宋朝政治，是一個王權至尊的絕對專制主義的時代。這一種政治特質，是漢唐所不曾有的。

這種政治機構的能否推動，能否產生良好的成績，全在乎君主的良善與昏庸。太祖太宗以後，接着是眞宗仁宗的休養生息，樹立了穩固的基礎，餘澤所及，直至徽欽事變以前，北宋一百餘年，中原未受干戈之亂，人民安居樂業，因農工商業的大量發達，促成社會經濟的高度繁榮。工商業一發達，經濟一繁榮，便促成君主貴族以及市民追求享樂的歡狂，大都會的發達，倡樓伎院的林立，宮庭的奢侈，人民的晏樂；到了徽宗的時代，形成未曾有過的盛況。孟元老東京夢華錄序云：

『僕從先人宦遊南北，崇寧癸未到京師。……正當輦轂之下，太平日久，人物繁阜。垂髫之童，但習鼓舞，頒白之老，不識干戈。時節相次，各有觀賞。燈宵月夕，雪際花時，乞巧登高，教池遊苑。舉目則青樓畫閣，綉戶珠簾。雕車競駐於天街，寶馬爭馳於御路。金翠耀目，羅綺飄香。新聲巧笑於柳陌花衢，按管調絃於茶坊酒肆。八荒爭湊，萬國咸通。集四海之珍奇，皆歸市易；會寰區之異味，悉在庖廚。花光滿路，何限春遊。簫鼓喧空，幾家夜宴。伎巧則驚人耳目，侈奢則長人精神。』

他在這裏將汴京的繁華狀態寫得多麼熱鬧。在這些文字裏，明顯的反映出當日工商業的盛況與一般市民的宴樂生活。其他如成都、揚州、河間諸大都市，也都與汴京一樣呈現着高度的繁榮與發展。

再看張淏的艮嶽記前記云：

『徽宗留意苑囿。政和間，大興工役築山，號壽山艮嶽。命宦者梁師成專董其事。時有朱勔者，取浙中珍異花木竹石以進，號曰「花石綱。」專制應奉局於平江，所費動以億萬計，調民搜巖剔藪，幽隱不置。一花一木，曾經黃封。護視稍不謹，則加之以罪。斲山輦石，雖江湖不測之淵，力不可致者，百計以出之，而名曰神運。舟楫相繼，日夜不絕。……竭府庫之積聚，萃天下之伎藝，凡六載而始成。亦呼爲萬歲山。奇花美木，珍禽異獸，莫不畢集。飛樓傑觀，雄偉瓌麗，極於此矣。越十年，金人犯闕，大雪盈尺，詔令民任便斫伐爲薪，是日百姓奔往，無慮十萬人，臺榭宮室，悉皆拆毀，官不能禁也。』

這裏所寫的是宮庭奢侈的情形，我們再看一看徽宗自撰的艮嶽記和蜀僧祖秀的華陽宮記，便會驚訝那一次工程的富麗與靡費，幾乎在中國的歷史上是沒有過的。但同時在那裏埋伏着民衆對於荒君佞臣的反抗與憤怒的火，宋江方臘手底下的英雄，那時已是遍滿着各處了。因此金兵一動，便勢如破竹地陷了汴京，徽欽二帝被擄北去，民衆不僅不追懷歎息，反而憤恨的帶着刀劍，大斫其萬壽山的花木了。

當時的宮庭與社會的情形是如此，所謂詩人詞客之流，更是狎妓酣歌風流放浪，都是過着倚紅偎翠淺斟低唱的淫侈生活。

『宋祁多內寵，後庭曳羅綺者甚衆。嘗宴於錦江，偶微寒，命取半臂。諸婢各送一枚，凡十餘枚皆至。子京視之茫然。恐有薄厚之嫌，竟不敢服，忍冷而歸。』（東軒筆錄）

『余倅杭日，府僚湖中高會，羣妓畢集。惟秀蘭不來。營將篤之再三，乃來。僕問其故，答曰：「沐浴倦臥，忽有叩門聲急，起詢之，乃營將催督也。整裝趨命，不覺稍遲。」時府僚有屬意於蘭者，見其不來，恚恨不已，云必有私事。秀蘭含淚力辨，而僕亦從旁冷語，責其不恭。秀蘭進退無據，但低首垂淚而已。僕乃作一曲，名賀新郎，令秀蘭歌以侑觴，聲容妙絕，府僚大悅，劇飲而罷。』（蘇軾賀新郎自序）

『道君幸李師師家，偶周邦彥先在焉。知道君至，遂匿牀下。道君自攜新橙一顆，云江南初進來，遂與師師謔語，邦彥悉聞之，檃括成少年游云云。師師因歌此詞，道君問誰作，師師奏云周邦彥。道君大怒，宣諭蔡京，周邦彥職事廢弛，可日下押出國門。隔一二日，道君復幸李師師家，不見師師，問其家，知送周監稅。坐久至更初，李始歸，愁眉淚睫，憔悴可掬。道君大怒云：爾往那裏去？李奏臣妾萬死，周邦彥得罪，押出國門，略致一杯相別，不知官家來。道君問曾有詞否？李奏云：有蘭陵王詞，即「柳陰直」者是也。道君云：唱一遍看。李奏云：臣妾奉一杯，歌此詞爲官家壽。曲終，道君大喜，復召爲大晟樂正。』（貴耳錄）

『毛滂令武康，東堂驀山溪詞最著。……迄今讀山花子剔銀燈西江月諸詞，想見一時賓主試茶，勸酒，競渡，觀燈，伐柳，看山，插花，劇飲，風流跌宕，承平盛事。試取「聽訟陰中苔自綠，舞衣紅」之句，曼聲歌之，不禁低徊欲絕也。』（詞林紀事）

這是當日皇帝詩人士大夫的浪漫生活。在前人的記載裏，這一類的風流韻事還不知道有多少。在那樣一種生活基礎的時代裏，正適合於妓女的歌唱，貴族文人的享樂，都市淫靡生活的歌詠，以及宜於作豔辭綺語的詞的興盛起來，自是必然的趨勢。因此在當日的文學作品裏，全都蒙上了一層酣沉聲色的享樂色彩，或是歌頌昇平的空氣。就是後來成爲白話小說的前身的話本，與有音樂有歌唱成爲戲曲的前身大曲，鼓子詞，諸宮調一類的東西，也都適應於宮庭貴族以及都城市井間的需要，而漸漸地產生成長起來了。他們的形式內容儘管有不同，但是作爲那些作品的生活基礎與社會環境，却是一致的。因當日商業經濟的發達，促成大都會的繁榮，造成貴族階級以及有產者生活的淫侈與放浪，於是那些作品，恰好成爲當日都會生活的反映，和上流階級的浪漫生活的寫實。

金兵的南下，徽欽的被擄，無異於大都市的中心，擲下一個炸彈，往日的繁榮與安逸，一切都毀滅了。國破家亡，妻離子散，街市變成了墓道，財產都成了灰燼。加以內地叛軍盜賊蜂起，殺人放火，爭城奪地，無所不爲。於是北宋時代的繁華，到這時都荒廢了。康與之的訴衷情詞云：『阿房廢址漢荒坵，狐兎又羣遊。豪華盡成春夢，留下古今愁。』又曾覿的金人捧露盤詞云：『到於今，餘霜鬢。嗟前事，夢魂中。但寒煙滿目飛蓬。雕欄玉砌，空餘三十六離宮。寒笳驚起暮天雁，寂寞東風。』現在反映在詞人眼裏的，不是花叢紅袖，不是妙舞清歌，是羣遊的狐兎故宮的禾黍了。姜夔揚州慢敍云：『淳熙丙申至日，余過維揚。夜雪初霽，薺麥彌望。入其城，則四顧蕭條，寒水自碧，暮色漸起，戍角悲吟……』在短短的幾句裏，把盛極一時的揚州的都市寫得多麼凋敝。再如北國汴京的情形，也就可想而知了。

政治社會上起了這麼大的變化，不僅經濟生活要衰微崩潰，而影響最大的，是人們心靈上所受的巨大的打擊。讀書人在那一個大時代裏，當然有所覺悟，有所感傷。雖說那時有不少的貪利的漢奸，主和的宰相，但由李綱、趙鼎、韓世忠、劉錡、岳飛們的呼號奮鬥，確也能表現一點民族的精神與壯烈的勇氣。把這一種精神與勇氣反映於文學上的，是張元幹、張孝祥、岳飛、辛棄疾、陸放翁，諸人的詩詞。在他們的作品裏，用着豪放悲壯的調子，描寫着故國山河之慟，歌頌着民族至上的精神，一掃過去那些綺羅香粉的色情和那種纏綿婉約的聲調了。

南渡以後，宋金雖也時常發生戰事，在外交政策上，究竟是主和派佔勝，總是以淮水大散關爲界，每年納銀幾十萬兩，絹幾十萬疋，稱臣稱姪，把國格喪盡了，無非是想圖一個偏安。就在這種情況下，南宋得到了將近百年的小康時期。江南一帶，本來是富庶之區。加以廣州泉州幾個大的國際貿易港，年年接濟大量的關稅，當日的財政，並不窘迫。自南渡以來，中原的衣冠貴族，學士文人，以及富商巨賈都隨之南下，於是在那小康時期，不僅把江南一帶造成了高度的經濟繁榮，同時形成了文化的中心地。

『今中興行都已百餘年，其戶口蕃息近百餘萬家。城之南西北三處，各數十里，人煙生聚，市井坊陌，數日經行不盡，各可比外路一小州郡，足見行都之繁盛。』（都城紀勝）

『一入新正，燈火日盛，皆修內司諸璫分主之。競出新意，年異而歲不同。……至二鼓，上乘小輦，幸宣德門觀鰲山，擎輦者皆倒行，以便觀賞。金爐腦麝，如祥雲五色。熒煌炫轉，照耀天地。山燈凡數百種，極其新巧。……

『翠簾銷幕，絳燭籠紗。偏呈舞隊，密擁歌姬。脆管清吭，新聲交奏，戲具粉嬰，鬻歌售藝者紛然而集。至夜闌，則有持小燈照路拾遺者，謂之掃街。遺鈿墮珥，往往得之，亦東都遺風也。……

『貴璫要地，大賈豪民。買笑千金，呼盧百萬。以至癡兒騃子，密約幽期，無不在焉。日靡

金錢，靡有紀極。故杭諺有「銷金鍋兒」之號，此語不為過也。』（武林舊事）

這裏所寫的杭州的繁華，幾有過於當年的汴京。工商業的發達，皇帝的享樂，人民的歡狂，都呈現着太平盛世的現象，北都滅亡的慘痛，徽欽被擄的大辱，賠款稱姪的奇恥，國勢的危急，這一切都被人們忘記了。所謂詩人詞客之流，又在倚紅偎翠，狎妓酣歌，大製其豔詞綺語了。

『張鎡能詩，一時名士大夫莫不交遊。其園池聲伎服玩之麗甲天下。……王簡卿侍郎嘗赴其牡丹會云：衆賓既集，坐一虛堂。命捲簾，則異香自內出，郁然滿座。羣妓以酒肴絲竹，次第而至。別有名姬十輩，皆衣白，凡首飾衣領皆牡丹，首帶昭殿紅。一妓執板奏歌侑觴，歌罷樂作，乃退。復垂簾，談論自如。良久，香起捲簾如前。別十姬易服與花而出。大抵簪白花則衣紫，紫花則衣鵝黃，黃花則衣紅。如是十盃，衣與花凡十易。所謳者皆前輩牡丹名詞。酒竟，歌者樂者，無慮百數十人，列行送客。燭光香霧，歌吹雜作，客皆恍然如仙遊也。』（齊東野語）

『小紅，順陽公（范成大）青衣也。有色藝，順陽公之請老，姜堯章詣之。一日授簡徵新聲，堯章製暗香、疏影兩曲，公使二妓習之，音節清婉。堯章歸吳興，公尋以小紅贈之。其夕大雪，過垂虹賦詩曰：自作新詞韻最嬌，小紅低唱我吹簫。曲終過盡松陵路，回首煙波十四橋。堯章每喜自度曲，吹洞簫，小紅輒歌而和之。』（硯北雜志）

『都城自舊歲孟冬駕回，則已有乘肩下女鼓吹舞綰者數十隊，以供貴邸豪家幕次之翫，而天街茶肆，漸已羅列燈毬等求售，謂之燈市。自此以後，每夕皆然。三橋等處，客邸最盛，舞者往來最多。每夕樓燈初上，則簫鼓已紛然自獻於下。酒邊一笑，所費不多。往往至四鼓乃還。自此日盛一日，吳夢窗玉樓春詞深得其意態也。』（武林舊事）

在這一種花花的世界中，在這一種富麗的生活中，在這一種妻妾滿堂的環境中，我們的文學家，又回到了象牙之塔裏，閉着眼睛，在那裏雕章刻句，比聲協律，大做其描寫京都舞女的豔態的玉堂春，適合於青衣的歌喉的暗香、疎影一類的作品了。於是什麼詠蟋蟀詠蝴蝶詠新月詠雪詠梅花詠美人眉毛等類的東西，都應時而起了。結社塡詞，分題限韻，一味注意聲律的協調，字句的雕鏤，典故的堆砌，形成最無生氣的古典華麗的作風。所謂民族精神的表現，壯烈豪放的氣慨，在當日的作品裏，是完全消失了。剩下來的只是一種柔弱之音與衰颯之氣。作爲當日文壇的代表的，是姜夔、史達祖、吳文英們的詞和腐心於晚唐唯美詩風的四靈派諸人的詩。同時在這種上下一致的淫侈的生活環境之下，適應着宮庭貴族及一般市民的享樂的要求，於是歌舞雜劇平話小說一類的東西，也大量地發展起來了。

十三世紀初期，金人的勢力雖趨於衰落，然代之而起的，却是一個更强有力的蒙古。開始宋朝想和蒙古人勾結，想借外力來擊倒金人，藉此收復失地，以報國仇，不料金亡不久，蒙古兵便指戈南下了。當日的南宋在那樣一個沉溺於酣歌醉舞的情狀下，想同强悍的蒙古兵抵抗，自然是不容易的。終於是樊城、襄陽、武昌相繼淪陷，加以外將的不力，內相的昏庸，到了德祐二年（西曆一二七六年），元兵攻陷了臨安，虜恭帝北去。後來雖還有端宗卽位福州，帝昺立於崖山，都是曇花一現，無所作爲，南宋就是這麼亡了。這一次的政治變動，却與汴京的淪陷不同。汴京丟了，還有江南一帶的富庶之區，可以棲身託命。做皇帝的可以做皇帝，做官的可以做官，經商的可以經商，酣歌醉舞的可以酣歌醉舞。但臨安一陷，使你無可退避，你退福州追到福州，退崖山追到崖山，外族的大刀鐵馬，把所有的一切都毀滅得乾乾淨淨。燒房屋，搶金銀，奸淫女人，屠殺良民，眞是無所不爲，到現在大家才知道了國破家亡的苦痛，同時對於外族的反抗與憤恨，也燃起熱烈的火了。

『至正丙午，元兵入杭，宋謝全兩后皆赴北。有王昭儀名淸惠者，題詞於驛壁，即所傳滿江紅也。「太液芙蓉，渾不似舊時顏色。曾記得春風雨露，玉樓金闕。名播蘭簪妃后裏，暈生蓮臉君王側。忽一聲鼙鼓揭天來，繁華歇。　龍虎散，風雲絕。無限事，憑誰說？對山河百二，淚霑襟血。驛館夜驚鄉國夢，宮車曉碾關山月。願嫦娥相顧肯從容，隨圓缺。」後王抵上都，懇爲女道士，號冲華，以終。』（詞苑叢談）

『岳州徐君寶妻某氏，被掠來杭。居韓蘄王府。自岳至杭，相從數千里，其主者數欲犯之，而終以計脫。蓋某氏有令姿，而主者弗忍殺之也。一日，主者怒盛，將即强焉。因告曰：「俟妾祭謝先夫，然後爲君婦，不遲也。」主者喜諾。即嚴妝，焚香再拜默祝，南向飲泣，題滿庭芳於壁上，投池中死。其詞云：「漢上繁華，江南人物，尚遺宣政風流。綠窗朱戶，十里爛銀鈎。一旦刀兵齊舉，旌旗擁百萬貔貅。長驅入，歌樓舞榭，風捲落花愁。　淸平三百載，典章人物，掃地都休。幸此身未北，猶客南州。破鑑徐郎何在，空惆悵相見無由。從今後，斷魂千里，夜夜岳

陽樓。」』（輟耕錄）

這些詞是否眞出於王清惠、徐君妻之手，我們不必去管他，但在這些沉痛的句子裏，眞實地表現了亡國之慟，離亂之情，民衆的眼淚與哀愁。同時也可看出就是那樣手無寸鐵的弱女子，也都抱握着抗敵全身的正義感，情願遁入空門，或是投池自殺。因此這一類的作品，在宋末的文壇，放出異樣的光彩。他們的價値，並不在柳永、周邦彥、姜夔、吳文英之下。是的，那些詞家的作品，在音律與辭藻的藝術上，自然是要高雅典麗得多，但是他們却缺少淋漓鮮豔的血肉，活躍熱烈的生命，和全社會全民衆的情感。把這種色彩情調反映於文學裏的，是南宋遺民的作品。是的，那一般人雖不如歐陽修、黃庭堅、姜白石諸人有名，然而他們的作品，却都凄涼悲壯，沉痛而又有力量，決不是專在形式上講一點文釆和裝飾的那般空泛，也不是專在作風上講什麼擬杜擬韓那麼的無聊。他們是拿着詩或詞，來表現心中的憤恨與哀傷，那憤恨哀傷中，有國恨，有家愁，有妻離子散的哭泣，有社會離亂的影子。因此當日的詩詞，顯得有骨有肉，顯得格外的悲壯沉痛了。

宋朝在政治上軍事上雖老是軟弱無力，然而我國的舊文化舊思想，無論好的壞的，都在那幾百年中成熟而凝固。因了過去長期的儒佛道三家的思想的發展與融化，到了宋朝，造成了在中國思想界最有名的理學運動。一方面因爲適應工商業的發達而產生出來的繁榮的社會生活的需求，帶着濃厚的色情的詞與貴族市民作爲娛樂消閑的雜劇與話本得以繁衍滋長，同時，同這些作品完全取着相反的方向，和當代的理學運動取着一致的步調的，是儒家道統文學思潮的建立，伴着這一個思潮而起的，是唐代韓柳曾提倡過，到了晚唐宋初，遭了挫折的古文運動，到了宋朝，得到了最好的成績，發揚了中國散文的光輝，成立了唐宋八家的堅固不拔的系統。詩到了宋朝，他的時代雖是過去了，但由於歐陽修、王安石、蘇軾、黃庭堅、陸放翁、范成大諸家的創作及南宋遺民的悲壯淒涼之音，也還各有其特色，決非明人專事擬古者可比。因了這種種現象，造成了宋代文壇的活躍與光彩。

二　宋代的古文運動

西崑體及其反動　中國文學的演進，自漢代以後經過兩晉、南北朝長期的自由與解放，完全脫離了實用的道德的束縛，超脫了現實社會與民衆生活的基礎，而趨於高蹈的浪漫主義與純藝術的唯美主義的發展，在內容上，是田園山水文學與色情文學的大盛，在形式上是駢體文與新體詩的興起，在風格上，是造成玄虛與淫靡。這一種風氣，一直繼續到了初唐的一世紀。後來當杜甫、張籍、白居易、元微之的社會詩，韓愈、柳宗元諸家的散文的提倡與對於六朝風氣的排擊，在文學思想上，才發生了一個大大的變動。杜甫、白居易、韓愈、柳宗元他們的思想以及他們所努力的工作雖不全同，但他們對於文學的態度，是要掃清文學上的脂粉而注重文學的實用，要把文學作品與現實社會和民衆生活聯繫起來的事，却是一致的。因此在文體上是反對駢四儷六的美文，而主張平淺實用的散體，同時要在文章裏，表現着人倫大道，以合乎諷勸教化之用。在詩教上是攻擊專寫風花雪月的色情文學的淫濫無用，要歸之於「爲時而著，爲事而作」的社會關係方面去。就是說，文學必是社會生活與時代影子的反映，文學必須顧全民衆，文學必須有益於人生。文學除了藝術的美的意義以外，還有實用的道德的重大的意義。韓柳的古文運動與杜白的社會詩歌的思潮，在唐代文壇上，確實造成了動人的光彩與偉大的成就。但一到了晚唐，這一種思潮又趨於逆轉，由於李賀、杜牧、李商隱、段成式、溫庭筠諸人的駢文豔詩的煽動，唯美文學得到了復活的機運，加以出於歌喉絃索的專寫色情的長短句的興起，更助長唯美文學的繁榮。於是韓柳提倡的散體，更變爲李商隱輩的豔麗絕倫的四六，杜白所創造的充滿着血肉與民衆情感的詩歌，又變爲李賀、溫庭筠輩的專寫宮妃妓女的詩詞了。到這時候，文學又由社會的入於個人的，又由民家苦痛的寫實入於宮庭貴族的享樂了。這一種風氣由於五代花間詞人的作品，到宋初西崑體的詩文，達到了極盛的狀況。

西崑體的領袖是楊億、劉筠與錢惟演。他們俱有文名，後同入館閣，遂主盟文壇，所作詩文，一以李商隱爲宗，極豔麗雕鏤之能事。那時候，正是帝國安定四海承平的盛世，他們那種典雅富貴的文字，正是臺閣體的典型。因此大家唱和，一時從風，這樣互相推演下去，於是那風氣愈演愈烈。現存西崑酬唱集二卷，爲楊億所編。參加酬唱者，除上述楊、劉、錢三人外，尚有李宗諤、陳越、李維、劉隲、丁謂、刁衎、張詠、錢惟濟、任隨、舒雅、晁迥、崔遵度、薛映、劉秉諸人。卷首楊億序云：

『予景德中忝佐修書之任，得接羣公之遊。時今紫微錢君希聖，祕閣劉君子儀，並負懿文，尤精雅道。雕章麗句，膾炙人口，予得久遊其牆藩，而資其模楷。二君成人之美，不我遐棄。博約誘掖，寘之同聲。因以歷覽遺編，研味前作。挹其芳潤，發於希慕。更迭唱和，互相切劘。而予以固陋之姿，參酬繼之末。入蘭遊霧，雖獲益以居多。觀海學山，嘆知量而中止。……取玉山策府之名，命之曰西崑酬唱集云爾。』

在這短短的序裏，可以看出他們作品的特色是「雕章麗句」，他們作品的產生，是由於「更迭唱和。」「雕章麗句」頂好的結果，是做到對偶工巧、音調和諧和字句的美麗而已，都是屬於作品的外形，一點沒有顧到文學的本質。「更迭唱和」，只是一種應酬的動機，誇奇鬥豔的遊戲，決沒有藝術的衝動，和民衆的情感的表現。一味在文字上用工夫，自然是沒有什麼價值的。四庫總目提要云：

『西崑酬唱集，宗法唐李商隱。詞取妍華，效之者漸失本眞，惟工組織，於是有優伶撏撦之譏。』

這批評是確當的。然而這一種風氣，因他們的地位，和當日承平的時代，却能在文壇上盛行三四十年。楊億序中所云「膾炙人口」，歐陽修所說「楊劉風采，聳動天下」，也就可知當日西崑勢力之盛了。

西崑風氣當日雖是風行天下，然而一般有文學思想的作者，並不感着滿意。他們在文壇的名望雖無楊劉輩的浩大，不容易激起大大的反動，他們仍是帶着嚴肅的態度，在那裏創造和西崑體完全相反的作品。如柳開、王禹偁、范仲淹諸人的古文，寇準、林逋、魏野諸人的詩，或以平淺質樸的散體說理記事，或以淸眞平淡之音，表現江湖處士田園隱逸的生活情調，一掃西崑臺閣體的富貴氣與浮豔氣。而歸於質樸無華不事虛語的眞實之境。他們因爲未曾在文學思想上和理論上積極地起來反抗西崑，只是在創作上消極地取着不合作的態度，故他們一時未能在當日的文壇，造成有力的運動。對於西崑派正式加以嚴厲的攻擊和討伐的，是由於理學家石介的怪說。

『昔楊翰林欲以文章爲宗於天下，憂天下未盡信己之道，於是盲天下人目，聾天下人耳。使天下人目盲，不見有周公、孔子、孟軻、揚雄、文中子、韓吏部之道；使天下人耳聾，不聞有周公、孔子、……之道。俟周公、孔子、……之道滅，乃發其盲，聞其聾，使天下惟見己之道，惟聞己之道，莫知其他。……

『周公、孔子、孟軻、揚雄、文中子、吏部之道，堯、舜、禹、湯、文、武之道也，三才九疇五常之道也。反厥常，則爲怪矣。夫書則有堯舜典、皐陶益稷謨、禹貢、箕子之洪範；詩有大小雅、周頌、商頌、魯頌；春秋則有聖人之經；易則有文王之繇，周公之爻，夫子之十翼。今楊億容妍極態，綴風月，弄花草，淫巧侈麗，浮華纂組，刻鏤聖人之經，破碎聖人之言，離析聖人之意，蠹傷聖人之道。使天下不爲書之典謨、禹貢、洪範；詩之雅頌，春秋之經，易之繇、爻、十翼，而爲楊億之容妍極態，綴風月，弄花草，淫巧侈麗，浮華纂組，其爲怪大矣。』（石徂徠集下）

他對於西崑派的領袖楊億的攻擊，是有力的，是革命的，但他在文學的思想上，却不如白居易的社會文學理論的嚴正，而處處將文學與聖道聯繫起來，處處壓制純文學的發展，將尚書、周易同三百篇一同視爲文學的正統，將堯、舜、周、孔一同視爲文學作家的典型了。宋代道統文學基礎由此建立，後來許多思想家對於文學的觀念，都是沿着這條路線發展演進而至於凝固。不過，西崑派的聲勢，確由此衰微而消滅了。質樸實用和平白如話的詩文，替代着駢文和豔詩的地位，於是由晚唐到宋初復活過來的唯美思潮，就在這時候告終了。

當日與石介取着同一的路線，對於文學上鼓吹着復古運動主張文道合一的思想的，還有柳開、孫復、穆修、尹洙諸人。他們雖非文學家，他們對於文學的見解，在文學思想史上，却有重大的影響。在他們的言論裏雖難免有繁複之處，歸納起來，不外「明道」「致用」「尊韓」「重散體」「反西崑」五點。總之，他們重視聖道與實用的意義與價值，是遠在藝術價值之上的。

明道這一個觀念，在荀子、揚雄、劉勰、文中子的作品裏，早已出現過，但其意義的解釋，尚可伸縮。到了韓愈，他一生學道好文，二者並重，於是道統與文統，緊緊地聯繫起來。他在原道中云：「堯以是傳之舜，舜以是傳之禹，禹以是傳之湯，湯以是傳之文、武、周公，文、武、周公以是傳之孔子，孔子傳之孟軻，孟軻之死，不得其傳焉。」他在題歐陽生哀辭後中又說：『愈之爲古文，豈獨取其句讀，不類於今者耶？思古人而不得見，學古道則欲兼通其辭。通其辭者，本志乎古道者也。』他在這裏明顯地畫出了一個道的系統，同時也就畫出了一個文的系統。韓愈自己是自命爲是這個道統與文統的承繼人。在道統上，是極力地排擊與儒道不相容的釋道思想，在文統上，是尊經重散，而壓制和減低純文學的活動與價值。宋代的文學思想，完全是承繼韓愈的運動，到後來更是變本加厲，而走到了道統的極端。因爲如此，他們第一重視的問題，便是明道這個觀點了。

『文章爲道之筌也，筌可妄作乎？筌之不良，獲斯失矣。女惡容之原於德，不惡德之原於容也。文惡辭之華於理，不惡理之華於辭也。』（柳開上王學士第三書，河東集五）

『故兩儀文之體也，三綱文之象也，五常文之質也，九疇文之數也，道德文之本也，禮樂文之飾也，孝悌文之美也，功業文之容也，教化文之明也，刑政文之綱也，號令文之聲也。聖人職文者也。君子章之，庶人由之。具兩儀之體，布三綱之象，全五常之質，敍九疇之數。道德以本之，禮樂以飾之，孝悌以美之，功業以容之，教化以明之，刑政以綱之，號令以聲之。燦然其君臣之道也，昭然其父子之義也，和然其夫婦之順也。尊卑有法，上下有紀，貴賤不亂，內外不瀆，風俗歸原，人倫既正，而王道成矣。』（石介上蔡副樞書，徂徠集上）

『夫學乎古者所以爲道，學乎今者所以爲名。道者仁義之謂也，名者爵祿之謂也。然則行過者所以兼乎名，守名者無以兼乎道。……有其道而無其名，則窮不失爲君子，有其名而無其道，則達不失爲小人。要其爲名達之小人，孰若爲道窮之君子。……學之正僞有分，則文之指用自得。』（穆修答喬適書，河南集卷二）

在這些文字裏，他們一致主張道是主體，文學只是道的附庸。「文章爲道之筌也」，這是他們共同的口號。因爲要達到明道的目的，因此便產出「文惡辭之華於理，不惡理之華於辭」的重質輕文的主張了。其次，他們對於文學的要求是致用。致用是合於實用，不只是限於精神的安慰或是享樂的消閑，要有勸導的教化的實際功用，那便是詩序上所說的那一種「經夫婦，成孝敬，厚人倫，美教化，移風俗」的積極的社會效能。

『文藝之生於今也久矣。天下有道則用而爲常法，無道則存而爲眞物，與時偕者也。夫所以觀其德也，亦所以觀其政也，隨其代而有焉，非止於古而絕於今矣。』（柳開上王學士第四書）

『文之作也必得之於心，而成之於言。得之於心者明諸內者也；成之於言者見諸外者也。明諸內者故可以適其用，見諸外者，故可以張其教。』（孫復答張洞書）

『介近得昌黎集，觀其述作，必本於教化仁義，根於禮樂刑政而後爲之辭。大者驅引帝王之道施於國家，敎於人民，以佐神靈，以浸蟲魚。次者正百度，敍百官，和陰陽，平四時，以舒暢之化，緝安四方。今之爲文，其主者不過句讀姸巧，對偶的當而已。極美者不過事實繁多，聲律調諧而已。雕鏤篆刻傷其本，浮文緣飾喪其眞，於教化仁義禮樂刑政，則缺然無髣髴者。』（石介上趙先生書）

文學能達到「明道」的地步，便可達到「致用」的目的。到這時候，「明道」與「致用」是發生着因果的聯繫作用，而成爲文學的最高準則。一切的藝術美、形式美，都在這準則下犧牲了。韓愈的文章是好的，同時他在作品中又大事宣傳聖道，排除異端，諫佛骨，驅鱷魚，在石介們看來，韓愈確實合了他們的標準，算得是道統與文統的繼承人，因此一致發出尊韓的論調，因此被晚唐宋初的唯美風潮壓抑了百年的韓愈的思想和作品，到這時候又復活起來了。我們試讀歐陽修、蘇軾、黃山谷諸家所寫的淺顯的散文和散文體的詩歌，便知道韓愈在宋代文壇的重要影響了。

『孔子爲聖人之至，韓吏部爲賢文之至。不知更幾千萬億年復有孔子，不知更幾千百年復有吏部。孔子之易、春秋，聖人來未有也。吏部原道、原人、原毀、佛骨表，自諸子以來未有也。嗚呼，至矣。』（石介尊韓）

『近世爲古文之主者，韓吏部而已。……吏部之文與六籍共盡。』（王禹偁答張扶書）

『唐之文章，初未去周、隋、五代之氣，中間稱得李杜其才，始用爲勝，而號專雄歌詩，道未極其渾備。至韓柳氏起，然後能大吐古人之文，其言與仁義相華實而不雜。如韓元和聖德，柳平淮西雅章之類，皆辭嚴義偉，製述如經，能卒然聳唐德於盛漢之表，蔑愧讓者，非二先生之文則誰歟？』（穆修唐柳先生文集後序）

他們對於韓愈這樣一致的推崇，因爲他一生學道能文，二者兼重，他持有着道統與文統的雙重資格。柳宗元雖沒有道統的地位，然因其對於古文運動的贊助以及其散文的優美成績，成爲韓派的重要同志，於是在宋代尊韓的思潮中，他也成爲一般人重視的對象了。「明道」「致用」既是文學的最高目的與準則，要達到這種目的與準則，他們認爲駢文新體詩是不適用的。穆修所說的「李杜專雄歌詩，於道未極其渾備」，這是他們對於純文學表示不滿意的態度。在這種態度下，認爲只有散體古文，才能達到「辭嚴義偉，製述如經」和明道致用的功效。所以他們不重視詩人李、杜、張、白之流，而只推尊古文家韓、柳了。

『子責我以好古文，子之言何謂爲古文。古文者非在辭澀言苦，使人難讀誦之。在千古其理，高其意，隨言短長，應變作制，同古人之行事，是謂古文也。子不能味吾書，取吾意，今而視之，今而誦之，不以古道觀吾心，不以古道觀吾志，吾文無過矣。吾若從世之文也，安可垂教於民哉？亦自愧於心矣。欲行古人之道，反類今人之文，譬乎遊於海者乘之以驥，可乎哉！苟不可，則吾從於古文。』（柳開應責）

柳開在這裏，把尊重古文的理由說得非常明白。古文的特點並非在其辭澀言苦，使人難讀，而在千古其理，垂教於民，高尙其意隨言短長的種種好處，並且他又宜於用質樸平淺的言語表達出來，不致於發生辭華於理的弊病。在他們這種「明道」「致用」「尊韓」「重散」四個主旨之下，對於當日風靡天下的「綴風月，弄花草，淫巧侈麗，浮華纂組」的西崑派的文風，自然是要一致地加以攻擊和破壞了。

『自翰林楊公唱淫詞哇聲，變天下正音四十年，眩迷盲惑，天下瞶瞶晦晦，不聞有雅聲。嘗謂流俗益弊，斯文遂喪。』（石介與君貺學士書）

『今夫文者以風雲爲之體，雕縷爲之飾，組繡爲之美，浮淺爲之容，華丹爲之明，對偶爲之綱，鄭衛爲之聲，浮薄相扇，風流忘返。』（石介上蔡副樞書）

『古道息絕不行，於時已久。今世士子習尙淺近，非章句聲偶之辭，不置耳目，浮軌濫轍，相跡而奔，靡有異途焉。其間獨敢以古文語者，則與語怪者同也。衆又排詬之罪毀之，不目以爲迂，則指以爲惑，謂之背時遠名，闊於富貴。先進則莫有譽之者，同儕則莫有附之者，其人苟無自知之明，守之不以固，持之不以堅，則莫不懼而疑，悔而思，忽焉且復去此而卽彼矣。噫！仁義中正之士，豈獨多出於古而鮮出於今哉。亦由時風衆勢，驅遷溺染之不得從乎道也。』（穆修答喬適書）

在這些文字裏，他們對於西崑派的攻擊固然是激烈厲害，但同時我們也可以看出當日西崑聲勢的浩大，而從事古文運動者，確是勢單力薄，幾乎是一種冒險的革命運動。如穆修所說，提倡古文的人，大衆都加以排詬罪毁，目爲怪異。旣非富貴利祿之門，又得不到先輩師友的奬譽。加以這些人物，都是理學家，在創作上沒有多大的成績，雖說他們的理論都有相當的力量，對於當日的文風，究不發生什麼影響。因此，眞能復興韓柳的功業，傳佈石介、穆修諸人的理論，一掃西崑的作風，在文壇上捲起了巨大的變動的，是不得不待之於歐陽修了。

歐陽修與古文運動 歐陽修在這方面的成功，是因爲他不專發議論，同時在作品上表現了優美的成績。他不僅是古文大家，詩詞賦以及四、六駢文，他都是一代的名手。無論贊成他的或是反對他的，都會對他的作品表示欽佩，決不會把他看作是一個迂腐頑固的道學家。加之他在政治界學術界都有崇高的地位，樂於指導青年，奬勵後進，於是他成爲文壇的盟主，羣倫的領袖了。再有他的友朋輩尹洙、梅堯臣、蘇舜欽的切磋，門下士蘇軾、曾鞏、王安石之徒的推動，於是古文運動形成了一個强有力的集團，而達到較韓柳時代更成熟更普遍的成就。歐陽修在文學思想方面，遠與韓柳近與石穆諸人，大致都是相同的。看他說：

『夫學者未始不爲道，而至者鮮，非道之於人遠也，學者有所溺焉爾。蓋文之爲言，難工而可喜，易悅而自足。世之學者往往溺之。一有工焉，則曰吾學足矣。甚者至棄百事不關於心，曰：吾文士也，職於文而已，此其所以至之鮮也。……聖人之文，大抵道勝者文不難而自至也。』（答吳充秀才書）

『學者當師經，師經必先求其意，意得則心定，心定則道純，道純則充於中者實，中充實則發爲文者輝光。』（答祖擇之書）

『予讀班固藝文志、唐四庫書目，見其所別，自三代秦漢以來，著書之士，多者至百餘篇，少者猶三四十篇，其人不可勝數，而散亡磨滅，百不一二存焉。予竊悲其人，文章麗矣，言語工矣，無異草木榮華之飄風，鳥獸好音之過耳也。方其用心與力之勞，亦何異衆人之汲汲營營，而忽焉以死者，雖有遲有速，而卒與衆人同歸於泯滅。夫言之不可恃也蓋如此。今之學者，莫不慕古聖賢之不朽，而勤一世以盡心於文字間者，皆可悲也。』（送徐無黨南歸序）

他所說的「道勝者文不難而自至」，正是表明「有德者必有言，溺於文者必遠於道。」「學者當師經，……則發爲文者輝光。」正是表明他承認經文是文學的正統，忽視美文的價值。「勤一世以盡心於文字間者，皆可悲也。」更是進一步承認純文學的無用，而有近於道學家玩物喪志的頑固的論調了。在他這些文字裏，我們可以看出他的思想，正與石介、穆修諸人是走着同一的路線。

『予爲兒童時，得韓昌黎先生文集六卷。讀之見其深厚而雄博，然予猶少，未能悉究其義，徒見其浩然無涯之可愛。是時天下學者，楊劉之作，號爲時文，能取科第擅名聲，以誇耀當世，未嘗有道韓文者。予亦方舉進士，以禮部詩賦爲事。年十七，試於州，爲有司所黜，因取所藏韓氏之文，復閱之，則喟然歎曰：學者當至於是而止爾。……後七年舉進士及第，官於洛陽，而尹師魯之徒皆在，遂相與作爲古文。因出所藏昌黎集而補綴之，求人家所有舊本而校定之。其後天下學者亦漸趨於古，而韓文遂行於世，至於今蓋三十餘年矣。學者非韓不學也，可謂盛矣。』

（六一題跋）

可知石介、穆修他們雖是努力地鼓吹尊韓，但在那時候，一般人還都是從事楊劉的時文，以圖博取科第功名，不僅作韓文者少，就連昌黎文集，也並不流行。要等到歐陽修補綴校定，鼓吹提倡以後，韓愈的靈魂，才正式復活，韓文也就大行於世，而達到「天下學者非韓不學」的盛況了。那時候，西崑體已統治了宋初文壇將近半世紀，作風愈演愈卑，自然爲一般有思想的文學青年所不滿，急思有所改革，加之當日哲學思想漸漸由於醞釀而成熟，需要一種簡明的文體來作爲表達的工具，那種專事雕飾的駢體，自不爲時流所歡迎。並且因印刷術的應用，民衆教育，日漸發達，那種古典的文體，自不適宜於民衆的需要與實用。歐陽修處在這一個時代環境之下，他恰好抓住這一個成熟的機運，因此這一個文學的改革運動，在他的手下便成功了。再加以許多有力的同志，都從事這一個運動。如尹師魯、蘇舜欽、梅堯臣、三蘇、曾鞏、王安石諸家，或從事詩風的改革，或從事散文的創作，都是宋代文壇上有名的大人物。這樣推波助瀾，彼呼我應，於是詩風改變了，古文運動成功了。唐宋八家的散文系統由此建立，而成爲後人不可動搖的典型。這結果，在賦中由律賦產生了散文賦，就是那種「錦心繡口駢四儷六」的駢文，也變成散行古雅了。陳師道云：『歐陽少師始以文體爲對屬，又善敍事，不用故事陳言，而文益高。』淸孫梅也說：『宋初諸公，駢體精敏工切，不失唐人矩矱。至歐公倡爲古文，而駢體亦一變其格。始以排奡古雅，爭勝古人。』至於宋詩的散文化與平淺化，那是人人所知道的宋代詩歌的特色。在這種地方，我們可以看出這一次的運動，在文壇上所發生的重大的影響了。這種功績，自然不能歸之於歐陽修一人，然而他實在是這一個運動的最有資格的領導者。難怪蘇軾敍六一居士集時，對歐陽修要大加稱頌的了。

『自漢以來，道術不出於孔子，而亂天下者多矣。晉以老莊亡，梁以佛亡，莫或正之。五百餘年而後得韓愈。學者以愈配孟子，蓋庶幾焉。愈之後三百有餘年，而後得歐陽子。其學推韓愈孟子以達孔氏。著禮樂仁義之實以合於大道。其言簡而明，信而通，引物連類，折之於至理，以服人心。故天下翕然師尊之。自歐陽子之存，世之不說者，譁而攻之，能折困其身，而不能屈其言。士無賢不肖，不謀而同曰，歐陽子今之韓愈也。宋興七十餘年，民不知兵，富而教之，至天聖景祐極矣。而斯文終有愧於古。士亦因陋守舊，論卑而氣弱，自歐陽子出，天下爭自濯磨，以通經學古爲高，以救時行道爲賢，以犯顏納諫爲忠，長育成就。至嘉祐末，號稱多士，歐陽子之功爲多。嗚呼！此豈人力也哉，非天其孰能使之……。』

蘇氏立論的範圍，雖極廣泛，却都是實言。歐陽子在轉移風俗與改革文學兩方面，確有不朽的功績，說他是宋朝的韓愈，是很適當的。不過在品格方面，韓愈還比不上他。凡是讀過他倆傳記的人，想都知道，在這裏無須多說了。

歐陽修及其同志們所提倡的文學運動，雖時時以明道致用等口號相標榜，但他們仍有文道兼營二者並重之意。故其理論雖有時稍嫌偏激，還沒有迂腐不堪之弊。三蘇在這一方面，更有重文的傾向，所以他們父子的議論也較爲活潑，而尤以東坡之論爲佳。

『所示書敎及詩賦雜文，觀之熟矣。大略如行雲流水，初無定質，但常行於所當行，常止於不可不止，文理自然，姿態橫生。孔子曰，詞達而已矣。夫言止於達意，則疑若不文，是大不然。求物之妙，如繫風捕影，能使了然於心者，蓋千萬人而不一遇也，而況使了然於口乎？是之謂詞達，詞至於能達，則文不可勝用矣。』（答謝民師書）

『夫昔之爲文者，非能爲之爲工，乃不能不爲之爲工也。山川之有雲霧，草木之有華實，充滿勃鬱，而見於外，故雖欲無有，其可得耶？』（江行唱和集序）

他這些理論，都是說的藝術的境界，絕不是道的境界。所說的「文理自然，姿態橫生」的詞達，和「不能不爲之爲工」的現象，都是指的藝術的神妙自然的最高的成就。再如蘇洵蘇轍論文時，每喜以孟韓作例，然其所論，都是從其文的風格與氣勢而言，不是從其文的內容與道而言。試讀蘇洵的上歐陽內翰書和蘇轍的上樞密韓太尉書，這意思是很明顯的。其中如王安石的議論，雖稍覺偏激，有入於純粹功利主義的傾向，但以法家的思想和政治家的立場，他那種論調，自然是不足怪的了。

理學家的文學觀　宋代的文學思想，到了道學家，才正式建立起來道統文學的權威。他們是從韓歐的領域更進一步，而走到文學無用論和載道說的極端。他們一天到晚所講的心性哲學，似乎是玄妙空虛，但他們對於文學的要求，却限於最實際的功用與倫常。他們的議論，全都是屬於文學的內容與意識方面，從未觸及過修辭形式以及有關於藝術表現上的種種問題。因爲在道學家的眼裏，完全爲道學氣所掩蔽，把美與藝術的意義與價值，一掃無餘。韓歐論文，雖時以「志乎古道」和「道至而文亦至」爲言，還沒有正式說出「文以載道」的口號。載道之說，實始於道學家周敦頤。他在通書文辭一節中說：『文所以載道也。輪轅飾而人弗庸，徒飾也。況虛車乎？文辭藝也；道德實也。篤其實而藝者書之；美則愛，愛則傳焉。賢者得以學而致之，是爲教。故曰言之無文，行之不遠。』周敦頤雖是提出了「文以載道」的口號，但他的議論，却還不頂偏，他雖以載道爲第一義，同時還承認文學的意義與用處。只要載的是道，裝飾美麗的車子，也是要引起人們的愛好的，在這裏可知他是承認藝術的價值的。但一到了二程，連這一點也不肯承認，他們覺得美麗的車子，根本就不能載道，因爲車子裝飾太美了，那載的道，將爲那種美所蒙掩所破壞，道反而變爲附庸，而不爲人所尊重所注意了。在這種地方，他連前人所推尊的韓愈也發生不滿，而發出最偏執頑固的學文害道的倒學之說了。

『退之晚來爲文所得處甚多。學本是修德，有德然後有言，退之却倒學了。』（二程遺書卷十八）

前人所推崇韓愈的，是說他能「學文而及道」，但在二程看來，這是錯誤的。聖人有道德，自然就有言，我們所學的程序，應該是修道修德。道德是本，文章是末，世上那有學末而及於本之道理。正如劉敞所說：『道者文之本也。循本以求末易，循末以求本難。』（公是先生弟子記）文學觀念達到了這種境界，不僅純文藝的詩詞韻語爲他們所鄙視，自然是連韓愈歐陽修那一般人的作品和思想觀念，也都要感着不滿意了。他們這樣重視道，道便成爲一個至尊的神聖的東西，高出一切，落得文學與異端同類了。『今之學者有三弊：一溺於文章，二牽於訓詁，三惑於異端。苟無此三者，必趨於道矣。』（二程遺書卷十八）他這裏所說的文章，並不專指西崑派那類的麗詞綺語，就連歐蘇輩的文章，自然也是包在內面的了。文章既與異端並舉，自然學文好文之事，都是害道的了。

『向之云無多爲文與詩者，非止爲傷心氣也，直以不當輕作爾。聖賢之言不得已也。蓋有是言則是理明，無是言則天下之理有闕焉。……後之人始執卷則以文章爲先，平生所爲，動多於聖人，然有之無所補，無之靡所闕，乃無用之贅言也。不止贅而已，既不得其要，則離眞失正，反害於道必矣。』（伊川文集五）

『問作文害道否？曰害也。凡爲文不專意則不工，若專意則志局於此，又安能與天地同其大也。書曰：翫物喪志，爲文亦翫物也。呂與叔有詩云：學如元凱方成僻，文似相如始類俳。獨立孔門無一事，只輸顏氏得心齋。此詩甚好。古之學者惟務養情性，其他則不學。今爲文者專務章句，悅人耳目。既務悅人，非俳優而何？』（二程遺書卷十八）

議論走到這種地步，自然是迂腐頑固極端之至了。他們否認文學一切的意義與價值，把作家看作是俳優，把文學看作是異端，把從事文學的工作，看作是翫物喪志的無聊事體了。程頤說過：『某素不作詩，亦非是禁止不作，但不欲此種閑言語。但如今言能詩者，無如杜甫，如云「穿花蛺蝶深深見，點水蜻蜓款款飛」，如此閑言，道出做甚？』（伊用文集五）在道學家看來，六朝淫風，西崑豔體，固不必說，就連韓愈的學文，罵爲倒學，杜甫的詩，評爲無用的閑言，其他的作品，自然是更可不必提了。

朱子本是一個最聰明最有判斷力的學者，他對於詩經的解釋，常有獨到之處，但他對於文學的基本觀念，正與二程相同。也可以說，宋代道統文學的建立，到了他，達到了最成熟最有權威的地步。他在語類中說：「文皆是從道中流出，豈有文反能貫道之理？文是文，道是道，若以文貫道，却是把本爲末，以末爲本，可乎？」這與周敦頤的載道說，二程的倒學說，是一氣的。因爲他們心目中只有周公、孔子，只有聖人、賢人，口裏只談理學王道。在這種空氣下，文學藝術的一點生機，全被這道學氣壓死了。他又說：

『歐陽子云：三代而上，治出於一，而禮樂達於天下。三代而下，治出於二，而禮樂爲虛名，此古今不易之至論也。然彼知政事禮樂之不可不出於一，而未知道德文章之尤不可使出於二也。夫古之聖賢，其文可謂盛矣。然初豈有意學爲如是之文哉。有是實於中，則必有是文於外。如天有是氣，則必有日月星辰之光耀。地有是形，則必有山川草木之行列。聖賢之心，既有是精明純粹之實，以旁薄充塞乎其內；則其著見於外者，亦必自然條理分明，光輝發越，而不可掩蓋。不必託於言語，著於簡冊，而後謂之文。但一身接於萬事，凡其語默動靜，人所可得而見者，無所適而非文也。姑舉其最而言，則易之卦畫，詩之歌詠，書之記言，春秋之述事，與夫禮之威儀，樂之節奏，皆已列爲六經，而垂萬世。其文之盛，後世固莫能及，然其所以盛而不可及者，豈無所自來，而世亦莫之識也。……孟軻氏沒，聖學失傳。天下之事，背本趨末。不求知道養德以充其內，而汲汲乎徒以文章爲事業。然在戰國之時，若申、商、孫、吳之術，蘇、張、范、蔡之辨，列禦寇、莊周、荀况之言，屈平之賦，以至秦漢之間，韓非、李斯、陸生、賈傅、董相、史遷、劉向、班固，下至嚴安徐樂之流，猶皆先有其實而後託之於言。唯其無本而不能一出於道，是以君子猶或羞之。及至宋玉、相如、王褒、揚雄之徒，則一以浮華爲尚，而無實之可言矣。雄之太玄法言，蓋亦長楊羽獵之流而粗變其音節，初非實爲明道講學而作也。東京以降，迄於隋唐數百年間，愈下愈衰，則其去道益遠，而無實之人亦無足論。韓愈氏出，始覺其陋，慨然號於一世，欲去陳言以追詩書六藝之作。而其敝精神糜歲月，又有甚於前世諸人之所爲者。然猶幸其略知不根無實之不足恃，因是頗泝其源而適有會焉，於是原道諸篇始作。而其言曰：「根之茂者其實遂，膏之沃者其光煜，仁義之人其言藹如也。」其徒和之。亦曰：「未有不深於道而能文者。」則亦庶幾其賢矣。然今讀其書，則其出於諂諛戲豫放浪而無實者，自不爲少。若夫所原之道，則亦徒能言其大體，而未見其有探討躬行之效。使其言之爲文者，皆必由是以出也。故其議論古人，則又直以屈原、孟軻、馬遷、相如、揚雄爲一等，而猶不及於董賈。其論當世之弊，則但以辭不已出而遂有神徂聖伏之歎。至於其徒之論，亦但剽掠僭竊為文之病，大振頹風，教人自為，為韓之功，則其師生之間傳授之際，蓋未免裂道與文以為兩物，而於其輕重緩急本末賓主之分，又未免於倒懸而逆置之也。自是以來，又復衰歇數十百年，而後歐陽子出。其文之妙，蓋已不愧於韓氏。而其曰「治出於一」云者，則自荀揚以下皆不能及，而韓亦未有聞焉，是則疑若幾於道矣。然考其終身之言，與其行事之實，則恐其亦未免於韓氏之病也。抑又嘗以其徒之說考之，則誦其言者，既曰：「吾將老矣，付子斯文矣。」而又必曰：「我所謂文，必與道俱。」其推尊之也，既曰：「今之韓愈矣」，而又必引「斯文不在茲者」以張其說。由前之說，則道之與文，吾不知其果為一耶為二耶？由後之說，則文王孔子之文，吾又不知其與歐韓之文果若是其班乎否也？嗚呼，學之不講久矣，習俗之謬，其可勝言也哉！……且如歐陽公到得晚年，自做六一居士傳，宜其所得如何，却只說有書一千卷，集古錄一千卷，琴一張，酒一壺，棋一局，與一老人為六，更不成話說。分明是自敗納闕。如東坡一生讀盡天下書，說無限道理，到得晚年過海，做昌化峻靈王廟碑，引唐肅宗時一尼，恍惚升天，見上帝以寶玉十三枚賜之，云中國有大災，以此鎮之。今此山如此，意其必有實，更不成議論，似喪心人說話。其他人無知如此說尚不妨，你平日自視為如何？說盡道理，却說出這般話，是可怪否？觀於海者難為水，遊於聖人之門者難為言，分明是如此了，便看他們這般文字不入。』（朱子語類）

這是一篇最有系統的道統文學的宣言，因其出於理學大家朱子之手，也就顯得格外有力量。現在不管對他的觀念，我們是否同情或反對，但在中國的文學思想史上，確是一篇與白居易的與元微之書同樣有力量的文字。他的議論，處處有他自己的思想爲根據，有條理，有系統，把中國過去的學術界文學界，作了一個總評。在這些文字裏，固然有極大的破壞性，同時也有極大的建設性。他不僅攻擊那樣俳優式的作家，專寫風花雪月的作品，連韓愈、歐陽修、蘇東坡也一概罵倒，這不能不佩服他有驚人的魄力。他們這種思想，因理學勢力的風靡天下，漸次浸潤人們的頭腦，由凝固成熟，而成爲權威。

『淳祐甲辰，徐霖以書學魁南省，全尙性理，時競趨之，卽可以釣致科第功名，自此非四書、東西銘、太極圖、通書、語錄不復道矣。』（周密癸辛雜識）

這是道統文學對於當代官家教育的影響。西崑體盛行時，非時文不能干祿，現在非尙性理，非通書語錄不行了。加上了這種實際的用處，於是他們這種思想更普遍於社會，深入於民間了。師友間以此規勸，父子間以此教育了。作詩作詞，是玩物喪志，閱讀小說戲曲，都是輕薄惡劣的行爲，而成爲學校家庭所不許了。在一般人們的頭腦裏，只有周孔一類的聖賢偶像，只有四書五經一類的古典文獻了。這樣的一種觀念和現象，是宋代道統文學建立起來以後，所表現的成績，也就是道學對於純文學的迫害。羅大經的鶴林玉露中有一則云：

『東山先生楊伯子嘗爲余言，某昔爲宗正丞。眞西山以直院兼玉牒宮，嘗至某位中，見案上有時人詩文一篇。西山一見擲之曰：「宗丞何用看此？」某悚然問故。西山曰：「此人大非端士。

筆頭雖寫得數行，所謂本心不正，脉理皆邪。讀之將恐染神亂志，非徒無益。」某佩服其言，再三謝之。因言近世如夏英公、丁晉公、王岐公、呂惠卿、林子中、蔡持正輩，亦非無文章，然而君子不道者皆以是也。』

在這一段裏，道學家對於文學的惡劣態度與高壓手段，眞是可謂走到極端了。二程所說的文章與異端同科，到了這般理學家教育家，實行着掃蕩淸除的工作，不管那作品的內容如何，總是一擲了之了。所謂文學作品，大都是「本心不正，脉理皆邪，讀之將恐染神亂志，成爲學者教育界以及家長們的共同信條了。人人都想要做君子，不要做文人，因爲文人是俳優與浪子的別號，爲一般衞道者所不容了。程頤有一次偶然聽到人家讀晏幾道的豔句，『夢魂慣得無拘束，又踏楊花過謝橋。』他連忙搖手說：『鬼語鬼語。』高士陳烈遇着朋友們的綺筵豔曲時，嚇得跳橋而逃。在這種地方，道學家是把文學看爲邪魔外道，若一接觸，似乎就會損害他們的道行。他們這一種觀念與力量，中間雖曾有過元代與晚明間的衰微，在整體上說來，却是一直繼續到淸朝末年的。現在四十歲左右的人，少年時代因爲偸看小說詞曲一類的書籍，如何受家長先生們責備的事，到今天還是記得的罷。推究其根源，是要回頭到宋代這一個道統的文學思潮來的。屈指計算，前後已是八九百年悠長的歲月了。

第十八章　北宋的詞

一　宋詞興盛的原因

詞是宋代文學的靈魂。他繼承着晚唐五代詞體初興的機運，在那三百年中，經許多天才作家的努力創作，發揚光大，造成了光輝燦爛的成績。在中國的詩史上，他代替了舊詩的地位，而成爲那幾百年文學林中的代表作品了。在過去知識階級的眼裏，由於道統文學的觀念，比起詩來，他們是更要輕視詞的。試觀四庫全書所收詞集之少，便可看出他們這種輕視的眼光。朱彝尊說：「唐宋人詞，每別爲一篇，不入集中，故散失最易。」（詞綜發凡）在這種地方，也可知道當代的作家，自認詞的地位，是低於文章與詩的了。這一種觀念，雖說沒有阻礙詞的發展與隆盛，但在作品的流傳與保存，却是大有影響的。因此宋詞雖盛極一代，上至君王貴族，學士大夫，下至僧尼妓女，以及普通平民，都有作品流佈。但檢查現存的作品，則遠不如唐詩之富。並且在現存的作品中，有不少是由清末幾個愛詞的專家收集起來的。由這一點，我們可以想見宋詞在過去的散失，一定不少。

我們現在由汲古閣刻的宋六十一家詞，侯文燦彙刻的名家詞，王鵬運的四印齋彙刻詞，江標刻的靈鶼閣名家詞，吳昌綬的雙照樓彙刻詞，朱祖謀刻的彊村叢書以及近人趙萬里的校輯宋金元人詞，易大厂編刊的北宋三家詞諸書看來，去其重複，可得二百五十家左右。雖其中多有三五首，甚至只有一首者，然由此也可想見宋詞在當代的盛況。再如無名氏的作品，散見於諸家筆記或詞話中者尤多。在曾慥的樂府雅詞裏，無名氏的作品，就有一百首之多，並且這些作品，都是經過編者眼光的選擇而流傳下來的，他們的藝術價值，並不比那些學士大夫之作要弱多少，同時，那被編者淘汰的作品，想必是更多了。在那書中還有一些有主名的詞，那作者許多都是不見經傳的普通人，或是一首，或是兩首保存在那裏，這些都可算是平民階級的作品。因此，可以知道宋詞發展流行的普遍，他是上入宮庭，下入鄉村的。他一面是君王貴族的娛樂品，文士詩人的藝術品，一面又是倡樓妓女的歌曲，和民間的樂府歌謠了。詞在宋代能這麼地發達普遍，自有種種複雜的原因，言其大者，約有數端。

一、詞體本身的發展

詩自唐朝以後，無論形式音律以及內容風格，都是到了精華已盡完備無餘的地步。後來的人，雖是有心製作，亦難自出奇巧，獨成一家。因此他們的努力，只是學擬前人，工力高者偶有形似，然亦是乞人殘餘，並非獨創。等而下之，一味沿襲剽竊，那就更不足道了。這並不一定是後人之才性不如前人，實因『文體通行既久，染指遂多，自成習套。豪傑之士，亦難於其中自出新意，故遁而作他體，以自解脫。』（人間詞話）詞在宋朝，正是繼承詩之衰敝而新起的一種體裁，他由晚唐五代而入宋，恰好是青春的少年時代，恰好是一塊初闢的田園。他的幼小的生命正待發展，他的前途，是遼遠而又光明。小令雖在五代開了花，結了果，詞運還在初期。抒情寫恨的內容，雖在西蜀南唐詞人的筆下，成就了許多名篇，但那些傷時吊古寫景詠物說理談禪以及歌詠田園感傷國事的種種方面，都正待才人去開拓去創造。詞在宋代，正是一塊新天地，什麼人走進去，只要你肯努力，總多少有點收穫。因爲染指者不多，還沒有成爲一種習套，作者便容易顯出他的才情和創造力，時時有新的意境，新的辭句和新的風格。這一種環境，我們可以說是文體本身發展的歷史性，也可以說是文學的生物性。

二、君主的提倡

在君主集權的政治環境下，君主的好惡，對於文學的發展，自然會有重大的影響。漢代君主的好賦，唐代君主的愛詩，給與當代文學以何種影響的事，是我們都知道的。詞到了宋，是最流行的文體，於是當代的君主貴族競趨風尚。或能妙解音律，自製新篇，或是提倡獎勵，拔識詞人。因此士子以此干祿，奸佞以此獻媚。在這種名利誘惑之下，自然是上下從風，作者日衆，造成宋詞發展普遍的盛況。如『眞、仁、神三宗俱曉聲律，徽宗之詞，尤擅勝場，即所傳十餘篇，固已無愧作者。至於韓縝北使西夏，以離筵作鳳簫吟一詞，神宗忽中批步兵司遣兵爲搬家追送，而出疆使節，得以愛妾追隨。宋祁以鷓鴣天一詞，而蓬山不遠，遂拜內人之賜。蔡挺以喜遷鶯一詞，而有樞管之命，蘇軾以水調歌頭一詞，而獲愛君之嘆。至周邦彥以蘭陵王一詞，而追回爲徽猷閣待制，則事所或有也。……南渡以後，流風未泯。高宗能詞，有舞楊花自製曲，廖瑩中江行雜錄謂其漁歌子十五章，備騷雅之體，雖老於江湖者，不能企及。又復刻意提倡，獎掖詞才，康與之、張掄、吳琚之倫，皆以詞受知，賞賚甚厚。孝、光、寧三宗雖鮮流傳，而歌舞湖山，其遊賞進御各詞，至今猶有淸響。則兩宋詞流之衆，多由君上之提倡，非啻一時風會已也。』（王易詞曲史）這種現實的環境，對於宋詞發展的推動，確有很大的力量。

三、詞的實用功能

詞在最初的階段，本與音樂發生密切的聯繫。他是一種合樂的給人歌唱的辭句。後來經許多人的創作開拓，內容日廣，體製日繁，雖也有許多完全離開音樂而成爲一種只是文學的作品，而詞的音樂性並沒有損傷，大部份的詞都是可歌的。柳永、周邦彥、秦觀的作品，我們固不必說，就是歐陽修、蘇東坡的詞，可歌的也還不少。由此，可知詞在宋朝，既有獨立的文學的存在性，同時又有積極的音樂的實用功能。當日詞的用處是廣泛的，朝廷的盛典，士大夫的筵宴，長亭離人的送別，倡樓妓女的賣唱，都是歌的詞，再如傳踏，鼓子詞及諸宮調的歌唱部份也是詞，再就是白話小說話本裏面，也雜用着不少的詞。在這種地方，宋詞能夠普遍於民間，能夠流行於下層社會，他那種音樂的實用功能，却有很大的關係。世間有井水處即能歌柳永的詞。這裏所說的是「歌」，不是「讀」。讀是要瞭解其文學的意義，歌只要記誦其腔調，正如小孩們歌唱漁光曲大路歌一樣。把那腔調唱熟了，稍稍讀書識字的人，有時也能作一兩首。在宋人的筆記裏，時常記載着某某妓女所作的歌詞，都是由這種環境訓練出來的，並非由於文人學士的僞託。宋代雖與外患相終始，但始終是沉溺於酣歌醉舞的空氣裏，北宋的汴京，南宋的杭州，是兩個極度繁榮的大都市，在商業經濟的發達中，在君臣上下奢侈淫靡的生活中，在文人學士的蓄妾挾妓的浪漫生活中，在各種娛樂藝術蓬勃生長的空氣中，詞的用處愈是廣泛，詞的發達愈是迅速，詞人與作品也愈是增多了。在當代那一種社會環境之下，配合着詞的音樂的實用功能，實在是助長詞的興盛的一個重因。我們試看晏幾道、柳永、姜夔幾首膾炙人口的作品，都是爲歌兒市妓家姬而作，可知他們創作的最初目的，都不全是文學的，而是音樂的實用的。這一種態度，同梅堯臣、歐陽修、黃庭堅、陳無己諸人的作詩，自然是兩樣了。

四、道學的反影響　宋代的宮庭貴族以及學士大夫的生活，雖沉溺於酣歌醉舞的空氣裏，而居於思想界的領導地位的，却是那些講徵聖宗經正心誠意的道學家。道學家另有一幅面孔，另有一種派頭，他們盡力壓抑情慾，擴充理智，什麼事都要管，什麼事都愛批評。他們那種思想，反映於文學界，便是我在上章裏敍述過的道統文學觀。他們的主旨，是輕視美文，提倡散體，反對文學的唯美和表現風花雪月的豔情，鼓吹文學的實用與教化。簡單地說起來，文學不是言情的，是載道的。這一種思想從宋初的穆修石介起，以至周敦頤、邵雍、二程、朱子諸人，構成一個極有力的系統。在這種思想的環境下，正統的文學界所受的影響，是非常明顯的。歐陽修、蘇東坡諸人的古文運動，色情脂粉一掃而空的宋詩，都是最好的明證。前人評宋詩，每以「喜發議論」「言理不言情」爲其弊端，殊不知這一點却正有他的思想界的背境。因此文有文教，詩有詩教，這兩個文學的部門，無形地或濃或淡地受了道學的指導與監督而屈服了。但人類的情慾與浪漫的情緒畢竟是不能完全壓住的，任你如何的阻住它，它總得要找出路。詞這一部門恰好是宋人情慾的出路。文要載道，詩要講詩教，但詞是一種新興的歌辭，本來就是妓女口中的玩意兒，生來便具有淫靡豔麗的素質。載道也無從載起，講詞教也無從講起。因此道學家便輕視了這一支文學界的遊擊隊，認爲它出身卑賤而把它放棄了。所以在宋代有道學古文家，有道學詩人，而不見有道學詞人。一來是詞這種東西本不便裝進道學，二來也是道學家看不起詞。於是詞在這種環境之下，於是便成爲浪漫才人發洩情慾的良田，爲士大夫脫去道學面孔以後，表現私生活的避難所，爲民間流行的樂府與歌謠，而日趨於繁盛發達之途，形成最自由最浪漫的新體詩了。晏幾道、柳永固不必說，即如范仲淹、司馬光、歐陽修、王安石們在詩文裏，都是講一些大道理，這一些正派話，但一到詞，便寫出綺語與豔情了。江西詩派的領袖黃山谷在作詩時，那樣反對豔體，反對俗淺，但在他的詞中，穢褻有過於柳永，俗語方言之使用，幾可與他詩中的奇文古字比美。在這種地方，我們可以看出他們作詩作文的態度是嚴肅的，作詞確實有幾分是浪漫的。到了南宋，這一種態度開始改變，一般詞家，都像黃山谷陳無己們作詩一樣，用盡苦心，極力鍛鍊，務求典雅工麗，於是詞也就走上古典的路。北宋詞雖有時感着粗野，然都有活氣，有情味，有個性，有力量，南宋詞則反是者，原因便在這裏。這種因道學觀念對於詩文的壓制，而反助成歌詞趨於浪漫自由的發展的機運，我們可以名之爲道學的反影響。

由上述種種事實的交相聯繫，互生作用，自然會釀成一種獨利於詞的發展的環境。因此，詞在宋代獨盛一時，名家輩出，而竟能普及民間，這並不是偶然的事。

二 宋初的詞壇

在宋代建國的初期，他們主要的工作是用兵征討殘餘，穩固國體，同時雖也開始文化建設，籠絡文人，但他們當日所努力的文化事業，却是太平御覽、太平廣記、文苑英華幾部大類書的編纂。因此，十世紀下半期的詞壇，是呈現着極度冷寂的狀態。除了幾位由前代過來的降王降臣如李煜、歐陽炯諸人之外，宋朝的潘閬、蘇易簡、王禹偁雖也作詞，那不過是偶爾點綴，質量都很貧弱，沒有什麼可注意的地方。到了十一世紀初期，宋帝國經過四五十年的休養生息，日趨隆盛，社會經濟，漸漸繁榮，人民的生活亦已安定。出生於宋代初期的人們，到這時期都已長大成人，都一個個步入政界與文壇了。這一批新青年的出現，一面在政治上佔領了重要的地位，同時在文壇上也一破前數十年的沉寂，增加了活潑的生氣，無論散文與詩詞，都現出了新氣象與新光輝。嚴格地說來，宋代的文學史，是要從十一世紀開始的。

最初出現於詞壇的都是幾位達官貴人：如寇準、韓琦、晏殊、宋祁、范仲淹、歐陽修等，都是一時的顯達。他們都有顯貴的地位與高尚的人格。因此他們的作品，大都有一種華貴雍容的大家風度，不卑俗，也不纖巧。言情雖纏綿而不輕薄，措辭雖華美而不淫豔。由那些作品，明顯地反映出特殊階級的高等生活和那種溫和含蓄的情緒。詞的形體與風格，都還是繼承着花間南唐的遺風，內容是單調的，形式是短小的，個性極不分明，因此他們的作品時時彼此相混，或與南唐詞人相混而無法分辨。這一時期的詞，我們可以說是南唐詞風的追隨時代，也可以說是集體創作的時代。

『波渺渺，柳依依。孤村芳草遠，斜日杏花飛。江南春盡離腸斷，蘋滿汀洲人未歸。』（寇準江南春）

『病起懨懨，庭前花影添憔悴。亂紅飄砌，滴盡眞珠淚。　惆悵前春，誰向花前醉？愁無際，武陵凝睇，人遠波空翠。』（韓琦點絳唇）

『東城漸覺風光好，皺縠波紋迎客棹。綠楊煙外曉寒輕，紅杏枝頭春意鬧。　浮生長恨歡娛少。肯愛千金輕一笑。爲君持酒勸斜陽，且向花間留晚照。』（宋祁玉樓春）

他們都是國家柱石勳勞大臣，而所爲小詞，雖說作品不多，然無不婉麗精妙，情味無窮。范仲淹在這一方面，還有更好的成績。

『碧雲天，紅葉地。秋色連波，波上寒煙翠。山映斜陽天接水，芳草無情，更在斜陽外。　黯鄉魂，追旅思，夜夜除非，好夢留人睡。明月樓高休獨倚，酒入愁腸，化作相思淚。』（蘇幕遮）

『紛紛墜葉飄香砌。夜寂靜，寒聲碎。眞珠簾捲玉樓空，天淡銀河垂地。年年今夜，月華如練，長是人千里。　愁腸已斷無由醉，酒未到，先成淚。殘燈明滅枕頭欹，諳盡孤眠滋味。都來此事，眉間心上，無計相迴避。』（御街行）

『塞下秋來風景異，衡陽雁去無留意。四面邊聲連角起，千嶂裏，長煙落日孤城閉。　濁酒一杯家萬里，燕然未勒歸無計。羌管悠悠霜滿地，人不寐，將軍白髮征夫淚。』（漁家傲）

在這些詞裏，可以看出作者過人的才華。寫離情是纏綿細密，寫邊塞是沉鬱悲壯，一字一句，都是眞情流露，不加雕琢，所以都是詞中的上品。范仲淹一生功業彪炳，出將入相，他本無意在文場上爭名。因此他作詞不多，卽有所作，也不愛惜保存，大都散佚了。據東軒筆錄云：『范希文守邊日，作漁家傲樂歌數闋，皆以「塞下秋來」爲首句，頗述邊鎭之勞苦。』（漁隱叢話前集引）又敬齋古今黈云：『范文正自前二府鎭穰下營百花洲，親製定風波五詞，第一首「羅綺滿城」云云。』今彊村叢書所收范詞一卷，連補遺二首，一共只有六首，可見范詞散佚之多了。他的作品的散佚，在宋代的詞史上，是一件太可惜的事。因爲在他的詞裏，是兼長着婉約與豪放的兩種風格，對於後代詞風的發展，必有相當的影響。如中吳紀聞所載剔銀燈一闋果如范公所製，則蘇辛一派的詞，范實爲其先導，同時也可見他的作品，是已超越南唐的藩籬，而啓示着詞境的開拓與解放的機運了。詞云：

『昨夜因看蜀志，笑曹操、孫權、劉備，用盡機關，徒勞心力，只得三分天地。屈指細尋思，爭如共劉伶一醉！ 人世都無百歲，少癡騃，老成尫悴，只有中間些子少年，忍把浮名牽繫。一品與千金，問白髮如何回避。』（與歐陽公席上分題）

詞中所表現的詼諧趣味與白話口氣，似與前面的幾首詞不大相像。不過他作這詞時，是在宴會席上，酒醉飯飽以後，同着友朋們說說笑話，自然可以的。這首詞的背境，同前面那些抒寫邊塞勞苦離愁別恨的境遇，完全是兩樣的，因爲情感與心境既是這樣不同，因此反映於作品中的情調與色彩也就各異其趣了。

晏殊 眞能爲宋初詞壇的領袖，在風格上充分地表現出南唐的遺風餘韻的，是晏殊與歐陽修。晏殊（西曆九九一？——一〇五五）字同叔，江西臨川人。他的學問豐富，天才早熟，七歲能文。眞宗景德初，他還是十三四歲的幼年，因張知白的推薦，以神童召試，賜同進士出身。得盡讀祕閣藏書，學問益博。仁宗時爲宰輔，提拔後進，汲引賢才，號稱賢相。宋史說他『平居好賢，當世知名之士，如范仲淹、孔道輔皆出其門。及爲相，益務進賢材，而仲淹與韓琦、富弼皆進用。』他在政治上雖無積極的建樹，但在人才的識別與汲引這一點上，確有大政治家的風度。宋史又說他的『文章贍麗，詩閑雅有情思，』這批評大致是對的。他那個時代，正是西崑詩文風靡一時，他位居臺閣，於應制唱和之間，自然難免要沾染一點西崑的風氣，因此他的詩文，很接近李商隱、楊億一派，大都是以典雅華麗見長。在他的詩中，富於情思的作品却不多見，因此在宋代的詩史中，他佔不着重要的地位。他的詞，雖也有富貴氣，也有贍麗的色彩，但其中却有情思，有風格，表現他個人另一面的生活與心境，深思婉出，風韻絕佳。一掃其臺閣重臣的面孔，呈現着詞人的眞情本色。他有珠玉詞一卷，約一百二十餘首。

葉夢得說：『元獻公性喜賓客，未嘗一日不燕飲，每有嘉客必留。亦必以歌樂相佐，談笑雜出。……稍闌，即罷遣歌樂，曰：汝曹呈藝已遍，吾當呈藝。乃具筆札，相與賦詩，率以爲常。』（避暑錄）在這裏，正好說明晏殊的生活性格和他的詩詞產生的環境。他愛賓客，愛歌樂，又愛談笑，在那裏自必有許多風流韻事。

他的政治生活是枯燥的，規則的，他的家庭生活是藝術的，浪漫的。他的珠玉一般的小詞，就產生在這個酒後歌殘的藝術浪漫的環境裏。他一生富貴，生活美滿，絕無憂恨悲苦去擾亂他的心懷。所以在他詞中所表現的，都是一刹那的情感，那一刹那的情感，都是新鮮的，美麗的。如「無可奈何花落去，似曾相識燕歸來，」如「雙燕欲歸時節，銀屏昨夜微寒，」如「樓頭殘夢五更鐘，花外離愁三月雨，」如「一場愁夢酒醒時，斜陽却照深深院，」都是偶爲外物所觸，發動一點靈感，他就把這一點表現出來，而成爲這些好句子。然而也就因爲這一點，他的作品的情調是溫和的，生命是平淡的，沒有李後主李清照詞中所呈現的那種人生的苦痛，與淋漓的血淚，缺少有力量的沉鬱的情調。

『小閣重簾有燕過，晚花紅片落庭莎。曲欄干影入涼波。一霎好風生翠幕，幾囘疎雨滴圓荷。酒醒人散得愁多。』（浣溪紗）

『金風細細，葉葉梧桐墜。綠酒初嘗人易醉，一枕小窗濃睡。紫薇朱槿花殘，斜陽却照闌干。雙燕欲歸時節，銀屛昨夜微寒。』（清平樂）

『時光只解催人老。不信多情，長恨離亭，淚濕春衫酒易醒。梧桐昨夜西風急，淡月朧明，好夢頻驚，何處高樓雁一聲。』（采桑子）

『小徑紅稀，芳郊綠遍，高臺樹色陰陰見。春風不解禁楊花，濛濛亂撲行人面。翠葉藏鶯，朱簾隔燕，爐香靜逐遊絲轉。一場愁夢酒醒時，斜陽却照深深院。』（踏莎行）

『檻菊愁煙蘭泣露，羅幕輕寒，燕子雙飛去。明月不諳離別苦，斜光到曉穿朱戶。昨夜西風凋碧樹，獨上高樓，望盡天涯路。欲寄彩箋無尺素，山長水闊知何處。』（蝶戀花）

這些詞都是珠玉集中的上品。他的風格與形式都是南唐的。劉攽說他「喜延巳歌詞，其所自作，亦不減延巳。」（中山詩話）在上面這些作品裏，我們可以看出馮晏詞風的近似處。但在他的集中，却有不少的壽詞，頌詞，歌舞詞，雖也寫得富麗堂皇，大都缺少性情風趣，味同嚼蠟，確不能稱爲珠玉。然而他那種達官貴人的生活，心裏却在這些詞中反映得最明顯。正因爲他有這種華貴舒適的生活，使他的詞生出一種雍容的氣派，而不能走到深刻沉鬱的境地。

歐陽修　比起晏殊來，更接近馮延巳的是歐陽修。歐陽修是宋代古文運動的領導者，是西崑詩體的改革者。在他的古文裏，是表現其徵聖宗經明道致用的正統理論，在詩裏，一洗過去的華豔色情，表現出清切自然的色彩，但在他的詞裏，却一反他的詩文的態度，用着幽香冷豔的字句，極有情致風韻的筆墨，活現出一位浪漫詩人的風采和風流才子的心情。他現存的作品，有六一詞和琴趣外篇二種。六一詞中諸作，較爲莊重典雅，琴趣外篇諸作，較爲俗淺豔冶，在表面上，風格雖是不同，在骨子裏，雙方作品中的浪漫情緒，却都是一樣的。不過一種表現得較爲含蓄深刻，一種表現得較爲顯露而已。前人每以歐陽公爲一代儒宗，不會作那種言情言愛的綺語豔詞，遂斷定爲仇人所僞託。這一點實近於情感的壓迫與扨奪。一個人不能一天到晚老是板着道學家的面孔，老是談經說理，他還有他的私生活，他還有他私有的情感，他這種生活和情感，不能表現之於詩文，自然只能表現於詞了。曾慥說：『歐公一代儒宗，風流自賞，詞章要眇，此所矜式。當時小人或作豔語，謬爲公詞。』（樂府雅詞序）又羅泌云：『其淺近者，多謂是劉煇僞作。』（六一詞序）歐詞中有後人僞作混雜其間，原是可能的事，但我們却不能說凡是豔詞，都是出自小人或是劉煇之手。至於他的盜甥一案，及望江南雙調諸篇，前人辨證俱很完備，自然是不足信的了。因此我們研究歐詞時，寧可採取謹愼的態度，豔詞中寫得較爲輕薄猥褻，和他一貫的婉約清麗的詞風相反者，暫時放棄，這樣子較爲安心。但他並不是沒有浪漫生活和風流韻事的。侯鯖錄云：『歐陽公閑居汝陰時，有二妓甚穎，凡修歌詞盡記之。修於筵上戲與之約，言他年當來作守。去後數年，修果自維陽移汝陰，二妓已不復見矣。視事之明日，飲同官於湖上，種黃楊樹子，修因作詩留於擷芳亭云：「柳絮已將春色去，海棠應恨我來遲。」後三十年，東坡作守，見詩而笑曰：「是豈杜牧之落葉成陰之句耶？」修之放達率眞，皆此類也。』又堯山堂外紀云『錢文僖宴客後園，一官妓與永叔後至，詰之，妓云：「中暑往涼堂睡，覺失金釵猶未見。」錢曰：「乞得歐陽推官一詞，當即償汝。」永叔即席賦臨江仙詞云，坐皆擊節，命妓滿斟送歐，而令公庫償錢。』在這種故事裏，我們很可知道歐陽修的私生活，並不是乾枯無味的了。如以理學名臣兼歷史大家的司馬光，尚有西江月情詞之作，那末像歐陽修這種完全是詩人氣質的人，寫有幾首豔詞，正好是他一點私人生活和浪漫情感的顯露，原是非常可愛的。前人完全以衞道的精神，把他這一點點情感的生機要全部掩沒，眞未免過於腐朽了。

歐詞是攝取花間南唐詞風而溶化之，然尤接近馮延巳。他的蝶戀花諸作，同陽春集中的蝶戀花，其意境風格，以及用字寫情，幾是同一面貌，同一情調，令人無法分辨，因此他倆的詞，彼此混雜者甚多。王國維云：『馮正中玉樓春詞「芳菲次第長相續，自是多情無處足。尊前百計得春歸，莫爲傷春眉黛促。」永叔一生專學此種。』我們如果細讀馮歐二家詞，便會瞭解他這種話說得非常深刻。再如他的「綠楊樓外出鞦韆」一句（浣溪紗）甚爲前人稱道，然亦本馮詞上行杯中之「柳外秋千出畫牆」一語，不過他變換句法，更覺嫵媚而已。由此，可知六一詞比起珠玉詞來，是更要接近陽春集的，同時也可看出馮延巳在宋初詞壇的勢力。

『候館梅殘，溪橋柳細，草薰風暖搖征轡。離愁漸遠漸無窮，迢迢不斷如春水。寸寸柔腸，盈盈粉淚。樓高莫近危欄倚。平蕪盡處是春山，行人更在春山外。』（踏莎行）

『庭院深深深幾許，楊柳堆煙，簾幙無重數。玉勒雕鞍遊冶處，樓高不見章臺路。雨橫風狂三月暮，門掩黃昏，無計留春住。淚眼問花花不語，亂紅飛過鞦韆去。』（蝶戀花）

『去年元夜時，花市燈如晝。月上柳梢頭，人約黃昏後。今年元夜時，月與燈依舊。不見去年人，淚濕春衫袖。』（生查子）

『鳳髻金泥帶，龍紋玉掌梳。走來窗下笑相扶，愛道「畫眉深淺入時無？」弄筆偎人久，描花試手初。等閒妨了繡工夫，笑問雙鴛鴦字怎生書。』（南歌子）

在上面這些詞裏，寫山水的是清爽瀟洒，寫情的是委婉纏綿，寫兒女態的是天眞活潑，無不曲盡其妙，情韻無窮。都是最上等的作品。

晏幾道　與晏歐先後同時，作詞者尙有王琪、謝絳、林逋、梅堯臣、聶冠卿諸人。不過他們都不專意爲詞，因此流傳下來的作品很少。其中如聶冠卿之多麗，已爲長調，頗可注意。林和靖的點絳脣，高遠淸雅，堪稱佳篇。此外作品旣少，風趣略同，我們不必再來敍述了。但在這裏，還有一個重要的作家，我們不能忘記的，便是晏殊的幼子晏幾道。晏字叔原，號小山，生卒不詳，大約與柳永、蘇軾同時，因其詞的風格與形式，完全是屬於南唐的範圍，在敍述上，是應該放在這一個階段的。我們可以說，他是南唐詞風的最高表現者，也是這一派詞風的結束人。在小山詞裏，共二百餘首，稍長之作只有六么令、滿庭芳、泛清波摘遍三調，其餘全爲小令，並且他的藝術的最高造就，也全表現在他的小令裏。我們要瞭解他的詞，必先知道他的生活和性情。他雖是貴家公子，堂堂一代的宰相的少爺，但因爲他那種孤高自傲天眞浪漫的性情，對於實際的人生滋味缺少體驗，不懂得營生處世的法門，因此只做過穎昌許田鎭的小監官，到了晚年，弄到家人飢寒交迫，過着窮困落魄的生活。但他早年的境遇，是華貴的，在他的身畔，環繞着不少的歌兒舞女的風流影子，環繞着不少的美麗悅耳的聲音。到了晚年窮愁落魄的時候，在思前憶舊之中，自不免那種風物未改人事全非之感。因此在他的詞裏，一洗他父親那種雍容和婉約的氣味，而形成極度淒楚哀怨的作風。很明顯的，一個是出於富貴生活的歌詠，情調是快樂的，現實的，一個是出於往事的追懷，情調是哀傷的，回憶的。他們父子的詞，是同樣接近南唐，父親是近陽春，兒子則近後主。在這裏，我們可以看出生活環境對於文學作品的明顯的影響。

他有小山詞一卷，原名補亡，自跋云：

『始時沈十二廉叔，陳十君寵，家有蓮、鴻、蘋、雲、品，清謳娛客。每得一解，即以草授諸兒。吾三人持酒聽之，爲一笑樂。已而君寵疾廢臥家，廉叔下世，昔之狂篇醉句，遂與兩家歌兒酒使俱流轉於人間。自爾郵傳滋多，積有竄易。』

又黃山谷序小山詞云：

『叔原固人英也。其癡亦自絕人。……仕宦之運蹇而不能一傍貴人之門，是一癡也。論文自有體，不肯一作新進士語，此又一癡也。費資千百萬，家人寒飢，而面有孺子之色，此又一癡也。人百負之而不恨，已信人終不疑其欺己，此又一癡也。』

在這兩段裏，我們可以知道小山詞產生的背景，同時又可看出他眞是入世不深天眞浪漫的貴家公子，他的性情與生活的盛衰，與李後主確有幾分相像。他們唯一的共同點，便是在他們的詞裏，塗滿了自己有血淚的生命和幸福或是悲傷的歷史。

『夢後樓臺高鎖，酒醒簾幕低垂，去年春恨卻來時。落花人獨立，微雨燕雙飛。　記得小蘋初見，兩重心字羅衣。琵琶絃上說相思。當時明月在，曾照彩雲歸。』（臨江仙）

『醉別西樓醒不記，春夢秋雲，聚散眞容易。斜月半窗還少睡，畫屏閒展吳山翠。　衣上酒痕詩裏字，點點行行，總是淒涼意。紅燭自憐無好計，夜寒空替人垂淚。』（蝶戀花）

『黃菊開時傷聚散，曾記花前，共說深深願。重見金英人未見，相思一夜天涯遠。　羅袖同心閒結徧，帶易成雙，人恨成雙晚。欲寫彩箋書別怨，淚痕早已先書滿。』（蝶戀花）

『彩袖殷勤捧玉鍾，當年拚卻醉顏紅。舞低楊柳樓心月，歌盡桃花扇底風。　從別後，憶相逢。幾囘魂夢與君同。今宵剩把銀釭照，猶恐相逢在夢中。』（鷓鴣天）

在這些詞裏，有一個共同的特徵，那便是對於往事的囘憶和落魄窮愁的抒寫。因此在他的全部詞句裏，飄動着春夢秋雲一般的恍佛的情調，和過去歡樂的失去的悲哀，以及舊影餘香的囘味的歎息。楊葉樓邊月下的舞，桃花扇影風前的歌，都成了舊夢，手彈琵琶身穿羅衣的小蘋也成了夢中的人。

往日的「金鞍美少年」或是戶外綠楊繫馬，或是牀頭紅燭呼盧，生活是多麼的熱狂浪漫，現在窮愁落魄，往事如煙，只落得「醉拍春衫惜舊香」「一春彈淚說淒涼」的可憐情景了。他有一首清平樂的後半首云：「眼中前事分明，可憐如夢難憑。都把舊時薄倖，只消今日無情。」這眞是把他的心情說盡了。因此他的詞在描寫方面有歐陽修的深細，而沒有他瀟洒快樂的風度，在措詞上有晏殊的婉妙，而沒有他的溫和現實的色采。然而他那種哀怨淒楚的情調，憶往傷今的心境，又非晏歐所有，所以他們的詞，雖同出南唐，在境界上，是各有不同。總之在宋初的南唐詞派的這個系統上，晏氏父子和歐陽修是鼎足而立的。

三　詞風的轉變與都會生活的反映

張先、柳永的出現，爲宋代詞風的一大轉變。他們在形體上，盛用着長調的慢詞，在作風上，脫去花間南唐的清婉，而喜用鋪敍的手法，盡心盡意的描寫。在內容上，則爲都會繁華生活的表現，以及沉溺於都會生活的男女淫樂心理的反映，因此在他們的作品裏，時用着市井俗語，大膽地描寫都會中的醜惡生活。如果以晏歐詞爲上流社會的貴族文學的代表，那末，張柳詞恰好是都市社會的通俗文學的典型。在上述的幾點特色裏，尤以柳永表現得更爲顯著，因爲張先時代較早，在他早年的作品裏，還有不少花間南唐的風采，也還有不少短小的形式。所以在詞風的轉變上，張先實是一度承先啓後的重要橋樑。陳廷焯白雨齋詞話云：『張子野詞，古今一大轉移也。前此則爲晏歐，爲溫韋，體段雖具，聲色未開。後此則爲秦柳，爲蘇辛，發揚蹈厲，氣局一新，而古意漸失。子野適得其中，有含蓄處，亦有發越處，但含蓄亦不似溫韋，發越亦不似豪蘇膩柳。』前人論詞，每以柳永爲宋詞轉變的第一人，其實這種轉變，始於子野，而大盛於耆卿，白雨齋詞話能看到這一點，却是値得注意的。

晏歐在詞中，盡了表現上流社會的生活與情調的任務，他們的作風溫和清麗，正適合於那一個階級的身份。但他們所表現的範圍，是狹隘的，形式是短小的。到了張柳，因爲浪漫的生活，得到了豐富的人生經驗與廣泛的題材，於是他們的作品，由狹隘的上流社會的範圍，擴充到都市繁榮的描寫，太平盛世的謳歌，以及離恨窮愁的發洩，而尤集中全力表現嫖客妓女的生活與心理，以及那些沉溺於大都會中的男女形態。這一切，都是經濟繁榮政治苟安以及君臣上下迷戀於淫樂的十一世紀所產生的現象。把一個時代的生活意識，都會的文明或是罪惡，各方面都加以表現的，柳永得到了極大的成就。因爲他們所要表現的，無論內容情感較前都已複雜，所以他們採取長調的形式和鋪敍的手法。於是慢詞在他們的手下，發達興盛，在作風上也由意象的或是婉約含蓄的而變成直說的或是寫實的了。由晏歐變而爲張柳，我們一定要從這方面來考察，才可看到文學發展的實際情況。

晚唐五代的詞，大都是小令。長詞見於全唐詩者，有杜牧的八六子，鍾輻的卜算子慢。見於花間者，有薛昭蘊的離別難，尹鶚的金浮圖，李珣的中興樂。見於尊前集者，有後唐莊宗的歌頭，大都在一百字左右。杜鍾二篇，或有可疑，但花間尊前諸人所作，自然是可靠的。在五代十國那樣多的詞人裏，長調只有寥寥幾首，這雖可說長調萌芽於五代，但他們究係偶爾所作，詞壇並未風行，作者也沒有重視，在宋初的半世紀，更極少作長調者。十一世紀初期稱雄於詞壇的珠玉六一諸集，全係令詞。長調只有聶冠卿的多麗一首，故前人有「北宋慢詞，始於冠卿」之說。其實，多麗之作，正與尹鶚李珣之金浮圖中興樂相同，也是偶爾成篇，並非有心提倡長調和有意從事詞體解放的工作。因此，長調的大量使用，以及詞體解放工作的完成，是不得不歸功於張柳了。張先時代較早，集中雖大半仍為小令，但慢詞長調有山亭宴慢、謝池春慢、熙州慢、宴春臺慢、卜算子慢、少年遊慢、歸朝歡、喜朝天、破陣樂、沁園春、傾杯、剪牡丹、漢宮春等調。至樂章集九卷中，則全以長調為主體，而小令只是極少數。並且他們都洞曉音律，自製曲譜，故其詞集皆區分宮調，時造新聲。他們在詞體的發展史上，是有着重要的地位的。張柳以後，長調大行，作者日繁，篇什遂夥。宋翔鳳樂府餘論說：『一時動聽散播四方。其後蘇秦等，相繼有作，慢詞遂盛。』由此看來，無論從形體，從內容，從風格各方面講，張柳二家，實是握着當代詞風轉變的樞紐了。

張先　張先字子野（西曆九九〇——一〇七八），浙江吳興人。四十一歲登進士第，晏殊辟他為通判，曾知吳江縣。做都官郎中時，年已七十二。晚年優遊鄉里，卒時年近九十，是一個長壽的詞人。他的事蹟，雖多不可考，但他的生活和性情，却是一個十足浪漫風流的才子典型。他一生官運不大順利，歡喜尋花問柳，在他那種生活環境之下，因此他的作品，偏於都市淫樂生活的表現。石林詩話說他八十歲，視聽尚强，猶喜聲伎。因此東坡贈他的詩，有『詩人老去鶯鶯在，公子歸來燕燕忙』之句。他到了八十以上的高年，生活尚如此風流，他壯年時代的浪漫，可想而知。在東坡題跋中，也贊賞他『善戲謔，有風味。』這雖是說他的性情與風度，但在他的詞裏，也富於這種色彩。

『錦筵紅，羅幕翠。侍宴美人姝麗。十五六，解憐才，勸人深酒杯。　黛眉長，檀口小，耳畔向人輕道。柳陰曲，是兒家。門前紅杏花。』（更漏子）

『昨夜佳期初共，鬢雲低翠翹金鳳。尊前含笑不成歌，意偸期，眼波微送。　峽雨豈容成楚夢，依寒深翠簾霜重。相看還到斷腸時，月西斜，畫樓鐘動。』（夜厭厭）

『牡丹含露眞珠顆，美人折向簾前過。含笑問檀郎，花强妾貌强？　檀郎故相惱，剛道花枝好。花若勝如奴，花還解語無？』（菩薩蠻）

『繚牆重院，時聞有流鶯到。繡被掩餘寒，畫閣明新曉。朱檻連空闊，飛絮無多少。徑莎平，池水渺。日長風靜，花影閑相照。　塵香拂馬，逢謝女池南道。秀豔過施粉，多媚生輕笑。鬥色鮮衣薄，碾玉雙蟬小。歡難偶，春過了，琵琶流怨，都入相思調。』（謝池春慢，逢謝媚卿）

『聲轉轆轤聞露井，曉引銀瓶牽素綆。西園人語夜來風，叢英飄墮紅成徑。寶猊煙未冷，蓮臺香蠟殘痕凝，等身金，誰能得意，買此好光景。　粉落輕妝紅玉瑩，月枕橫釵雲墜領。有情無物不雙棲，文禽只合常交頸。晝長懽豈定，爭如翻作春宵永。日曈曨嬌柔嬾起，簾押捲花影。』（歸朝歡）

『四堂互映，雙門並麗，龍閣開府。郡美東南第一，望故苑樓台霏霧。垂柳池塘，流泉巷陌，吳歌處處。近黃昏漸更宜良夜，簇簇繁星燈燭，長衢如晝。暝色韶光幾許，粉面飛甍朱戶。

和煦。雁齒橋紅，裙腰草綠，雲際寺林下路。酒熟梨花賓客醉，但覺滿山簫鼓。盡朋遊，同民樂，芳菲有主。自此歸從泥詔去，指沙堤南屏水石，西湖風月，好作千騎行春畫圖寫取。』（破陣樂）

他在這裏，一面鋪寫都會表面的繁華，一面暴露沈溺於都會的男女的淫樂的生活。他豔詞中的女主角，大都是倚門賣笑的妓女，那情調比起小山詞來，固然有哀怨與歡笑之分，同大晏歐公比較觀之，那雅俗的界限，是非常顯明的。他的小令，自然有許多好作品，同時也可看出他已經很用氣力作長詞。並且在他的詞裏，鋪敍的手法，和注意於鍛字練句的習氣也很顯然。如破陣樂的寫錢塘，宴春臺慢的寫東都，都極盡鋪敍的能事。再如他的「三影」的名句，是『雲破月來花弄影』（天仙子）『柳徑無人，墮輕絮無影』（舟中聞雙琵琶）和『嬌柔嬾起，簾押捲花影。』（歸朝歡）這是張先自己最得意的句子。然我們就這二首詞的全體講，並不覺得特殊的高妙。但那幾句，確是出於用力鍛鍊的好言語。可知詞到了張先，已漸漸離開小詞的境界，而入於誇張與工麗的趨勢。到了柳永的詞，更富於誇張與鋪敍，周邦彥的詞，全以工麗鍛鍊見長了。這兩點都由安陸詞開其端緒，是我們必得注意的。

柳永 以長調的形式與鋪敍的手法爲主體，將當日都會的繁榮與淫濫，以及當日男女的浪漫生活與病態心理，加以深刻的表現的，是那位浪子兼才人的柳永。柳字耆卿，初名三變，福建崇安人。生卒不可考，約生於十世紀末年，死於十一世紀中年。因爲他行爲放蕩，喜作豔詞，未能早登科第，到了仁宗景祐元年（西曆一〇三四）始及進士第，後來做了一個屯田員外郎的小官，故世號柳屯田。他是一個都會生活的迷戀者，肉的享樂的追求者。他心中從沒有什麼高遠的理想，也從不打算經營一點什麼事業，眞是一位都會浪人的典型。他的浪漫的人生觀同他的頹廢生活，溶成一片，於是倡樓妓院成爲他心身的歸宿，酒香舞影歌浪絃聲，成了他的糧食，而這一切又都是他文學作品的乳房。因此他終身落魄，窮愁潦倒，結果，是死了家無餘財，由幾個和他相好的妓女合資而葬，這情景眞是够悽慘了。

他有一首鶴冲天的詞云：『黃金榜上，偶失龍頭望，明代暫遺賢，如何向？未遂風雲便，爭不恣遊狂蕩。何須論得喪。才子詞人，自有白衣卿相。煙花巷陌，依約丹青屏障。幸有意中人，堪尋訪。且恁偎紅倚翠，風流事，平生暢。青春都一餉。忍把浮名，換了淺斟低唱。』他的生活性格和人生觀，都在這詞裏暴露無遺。這位自稱爲白衣卿相的才子詞人，確實過了一生恣遊狂蕩偎紅倚翠的生活。並且他那時正是太平盛世，經濟繁榮，每當良宵佳節。宮庭貴族以及社會民衆，恣酣取樂，形成狂歌醉舞的盛況。在他的詞裏，有不少反映着這種情景的作品，我們讀他的迎新春、滿朝歡、木蘭花慢、看花回、長相思、破陣樂、拋球樂、傾杯樂、笛家、望海潮諸詞，便可以看出當日經濟繁榮和人民歡狂的狀態。

『……清明後水嬉舟動，禊飲筵開，銀塘似染，金堤如繡。是處王孫，幾多遊妓，往往攜纖手。……………帝城當日，蘭堂夜燭，百萬呼盧，畫閣春風，十千沽酒。……』（笛家）

『……慶佳節，當三五，列華燈千門萬戶。偏九陌羅綺香風微度，十里燃絳樹鼇山聳，喧喧簫鼓。漸天如水，素月當午，香徑裏絕纓擲果無數。更闌燭影花陰下，少年人往往奇遇。大平時朝野多歡民康阜。堪隨分良聚，對此爭忍獨醒歸去。』（迎新春）

『東南形勝，三吳都會，錢塘自古繁華。煙柳畫橋，風簾翠幙，參差十萬人家。雲樹遶堤沙。怒濤捲霜雪，天塹無涯，市列珠璣，戶盈羅綺競豪奢。　重湖疊巘清嘉。有三秋桂子，十里荷花。羌管弄晴，菱歌泛夜，嬉嬉釣叟蓮娃。千騎擁高牙，乘醉聽簫鼓，吟賞煙霞。異日圖將好景，歸去鳳池跨。』（望海潮）

或寫北方京城的繁榮，或寫南方都會的富庶。街上是燈燭輝煌，萬頭攢動。城外是水嬉舟動，褉飲筵開。喝的喝酒，賭的賭博，彈琴唱曲，賣笑釘梢。市民的富足豪奢，是到了「市列珠璣，戶盈羅綺」的地步。在這些文字裏，活畫出一幅朝野歡狂人民康阜的境象。十一世紀的宋帝國的太平盛世的面貌，和當日活躍着的男女生活狀態，只有在柳永的詞裏，反映得最明顯，表現得最深刻。在這種地方，他的作品，是呈現着時代的寫實的社會色彩，已經不是晏歐那種純粹個人的情調了。因此，他有時候，成爲民衆的代言人，對於維繫這太平境象的統治階層，發出祝頌的呼聲。如玉樓春、永遇樂、傾杯樂、御街行、醉蓬萊、透碧霄諸調中，便有不少這種作品。據錢塘遺事云：『耆卿作望海潮詠錢塘詞，有三秋桂子十里荷花之句。此詞流播，金主亮聞之，欣然起投鞭渡江之志。』由此，我們更可認識柳詞中所表現的物質生活的意義和他的影響了。

柳永在詞上的最大任務，還不在其都會外貌的表現，而在其大膽的深刻的將當日男女的肉慾的頹廢生活加以描寫。他用最通俗的語言和情調，恣無忌憚地加以描寫。他作品中的女人，都是那些操皮肉生涯的妓女，沒有一個大家閨秀，他的言情愛道別離的對像，也都是這些妓女們。在他的詞集裏，十之七八都是寫她們的，或是寫給她們唱的。不過我們要注意，那些詞中的男主角雖是柳永，其實那一個柳永並不是柳永個人的，是那一個時代的，是當日沉溺於都會生活中的千萬男人的類型，是十一世紀中年宋帝國社會所產生的浪漫青年的代表。我們對於柳永個人和他作品的考察，必要達到這一點，才會瞭解有井水處都能歌唱他的詞的普遍性和他的詞不能得到高遠的風格的因素。

『秀香家住桃花徑，算神仙才堪竝。層波細剪明眸，膩玉圓搓素頸。愛把歌喉當筵逞，遏天邊亂雲愁凝。言語似嬌鶯，一聲聲堪聽。　洞房飲散簾帷靜，擁香衾，歡心稱。金爐麝裊青煙，鳳帳燭搖紅影。無限狂心乘酒興。這歡娛漸入佳景，猶自怨鄰鷄，道秋宵不永。』（晝夜樂）

『當日相逢，便有憐才深意。歌筵罷偶同鴛被。別來光景，看看經歲。昨夜裏方把舊歡重繼。　曉月將沉，征驂已備，愁腸亂又還分袂。良辰美景，恨浮名牽繫。無分得與妳恣情睡睡。』（殢人嬌）

『洞房記得初相遇，便只合長相聚。何期小會幽歡，變作別離情緒。況値闌珊春色暮，對滿目亂花狂絮。直恐好風光，盡隨伊歸去。　一場寂寞憑誰訴，算前言，總輕負。早知恁地難拚，悔不當初留住。其奈風流端正外，更別有繫人心處。一日不思量，也攢眉千度。』（晝夜樂）

言情道愛之作，本以含蓄纏綿爲貴，而柳永所表現的，却是盡而又盡，淺而又淺，正是一種積極的直接表現法，也就因此，他這種作品，能投千萬人之所好，無論上等人下等人，讀書的不讀書的，都歡喜讀他唱他，而成爲最通俗的民衆歌曲了。葉夢得避暑錄話中說：『柳耆卿多游狹邪，善爲歌詞。教坊得新腔，必求永爲辭，始行於世，於是聲傳一時。』又宋翔鳳樂府餘論云：『宋仁宗朝，中原息兵，汴京繁富，歌臺舞席，競賭新聲。耆卿失意無俚，流連坊曲，遂盡收俚俗語言，編入詞中，以便使人傳習。一時動聽，散播四方。』因爲他的作品的來源，是出自民衆的感情與社會的生活，宜其能四方散播聲傳一時的了。

在藝術的成就上，柳永的詞，是要以那幾首描寫旅況鄉愁和晚年反省的作品爲代表的。在這些作品裏，他脫去了那些輕薄的調子，俚俗的語句，而以美麗的風景畫面，深刻的情感，嚴肅的人生態度，襯托一個天涯流落者的影子與心境。如八聲甘州、傾杯樂（散水調）、夜半樂、訴衷情近、卜算子、歸朝歡、雨霖鈴以及少年遊中的幾首，確是樂章集中的上品。

『對蕭蕭暮雨洒江天，一番洗清秋。漸霜風凄緊，關河冷落，殘照當樓。是處紅衰綠減，苒苒物華休。惟有長江水，無語東流。　不忍登高臨遠，望故鄉渺邈，歸思難收。歎年來蹤跡，何事苦淹留。想佳人妝樓凝望，誤幾回天際識歸舟，爭知我倚闌干處，正恁凝愁。』（八聲甘州）

『寒蟬凄切，對長亭晚，驟雨初歇。都門帳飲無緒，方留戀處，蘭舟催發。執手相看淚眼，竟無語凝噎。念去去千里煙波，暮靄沈沈楚天闊。　多情自古傷離別，更那堪冷落清秋節。今宵酒醒何處，楊柳岸曉風殘月。此去經年，應是良辰好景虛設。便縱有千種風情，更與何人說。』

（雨霖鈴）

這一些作品，都是出自作者的性情。表現極深刻，情緒極眞摯，所以富於感人的力量。比起他那些只塗寫生活外層的豔詞來，這些作品的內容，自然是較爲充實，風格也較高了。陳質齋云：『柳詞格不高，而音律諧婉，詞意妥帖，承平氣象，形容曲盡，尤工於羈旅行役。』寥寥數語，對於柳詞的長短優劣，算是說盡了。由上面的敍述，我們可以看出宋詞由晏歐到張柳，無論內容形式以及風格，都起了明顯的轉變。在這轉變中，柳永的地位，尤爲重要。他的作品，普遍到上入宮庭，下入田舍，當代的詞人，也無不或濃入淡承受他的影響。從他以後，長詞成爲流行的詞體，土語方言，和鋪敍的寫法，詞人都普遍地使用着。事實雖是如此，但柳永以後，却不容易找到一個直接繼承他的詞人。這原因並非柳詞過於高妙，後人無法學習，而在於沒有他那種生活境遇，沒有他那種大膽的赤裸裸的描寫。秦少游、賀鑄、周邦彥都作豔詞，都作長調，受着柳永的影響，是很明顯的，但在風格上情采上表現上，都與柳永判若兩途。只有一個黃山谷，與柳永的作風相近。然而也只有他早年的詞是如此，他後期的作品，又跳出了柳永的藩籬。下面二詞是黃山谷的。

『把我身心，爲伊煩惱，算天便知。恨一囘相見，百方做計，未能偎倚，早覓東西。鏡裏拈花，水中捉月，覷著無由得近伊。添憔悴鎭花銷翠減，玉瘦香肌。　奴兒又有行期，你去卽無妨，我共誰向眼前常見，心猶未足，怎生禁得，眞個分離。地角天涯，我隨君去，掘井爲盟無改移。君須是做些兒相度，莫待臨時。』（沁園春）

『對景還銷瘦，被箇人把人調戲，我也心兒有。憶我又喚我，見我嗔我，天甚教我怎生受。看承幸厮勾，又是尊前眉峯皺。是人驚怪，寃我大擱就。拚了又舍了，一定是這回休了，及至相逢又依舊。』（歸田樂引）

黃山谷是江西詩派的領袖，他作詩的主旨，是最忌俗淺，最忌豔情，看了這種詞，眞不像是他作的。如千秋歲中云：『歡極，嬌無力。……奴奴睡，奴奴睡也，奴奴睡。』歸田樂引中云：『怨你又戀你，恨你惜你，畢竟教人怎生是。』這種肉感的强烈性與言語的粗劣性，確在柳永以上。再如晝夜樂、憶帝京、江城子、兩同心諸詞，都是這一類。就在黃集的一些小詞中，也有不少俚言俗語的引用，如少年心、好女兒、阮郎歸、卜算子諸詞都是。由此可知黃山谷的作品，確是帶着很濃厚的柳永的色彩。他序小山詞云：『余少時作樂府，以使酒玩世。道人法秀獨罪余以筆墨勸淫，於我法中，當下犂舌之獄。』（豫章文集）看他這種自述，知道他這些作品，大都是他青年時代浪漫生活的表現。但是他後來的作風轉變了，他有許多作品如水調歌頭、望江東、漁家傲、醉落魄諸詞，意境已近東坡，完全不是柳派了。這樣看來，黃山谷只能算是半個柳派詞人，他還有一半，是屬於蘇軾的。

四　蘇軾的出現與詞風的再變

睡在妓院裏過生活的柳永的詞，雖能音律諧婉，而爲全民衆所歡迎，但因其大膽地描寫性慾，措辭粗俗，情意顯露，究不能爲高級文人所重視。畫墁錄云：『柳三變旣以詞忤仁廟，吏部不放改官，三變不能堪，詣政府。晏公曰：賢俊作曲子麼？三變曰：祇如相公亦作曲子。公曰：殊雖作曲子，不曾道綵線慵拈伴伊坐。柳遂退。』又高齋詩話云：『少游自會稽入都，見東坡，東坡曰，不意別後，公却學柳七作詞。少游曰：某雖無學，亦不如是。東坡曰：銷魂當此際，非柳七語乎？』在這兩則故事裏，很可看出當日高級文人對於柳詞的輕視。由秦觀那一句回答，這意思表現得更明顯。他們並不是反對他詞中的豔情，而是反對他那種表現豔情的語句和手法，過於卑淺通俗，失去了文學的高貴與尊嚴。承應着這種機運，將柳永的詞風加以反動的轉變，無論詞的內容與境界，都爲之開拓與提高的，是那位稱爲詞壇怪傑的蘇軾。

蘇軾字子瞻（西曆一〇三六——一一〇一），四川眉山人。自幼聰慧，七歲知書，十歲便能作很好的文章，嘉祐二年，舉進士，還只有二十一歲。早年因與王安石政見不合，時受厄運，後因時謗之嫌，逮捕入京，終遭貶謫。晚年因新派得勢，黜廢舊人，他又以文字之罪，遠貶海南。他一生中雖也入京做過翰林學士，兵部尚書，但究以外任爲多。他所到的地方，有杭州、密州、徐州、湖州、黃州、登州、揚州、定州、惠州、昌化、廉州、永州，結果是死在常州。他的時代雖仍是一個經濟繁榮的太平盛世，但他個人所身受的，却是一個憂患失意的境遇。他那種豪爽的性格，和達觀快樂的人生觀，使他在文學上形成那種豪放不覊的作風。他的詩是如此，詞更是如此。同時，他絕不因一時的失意，就沉溺於酒色而不能自拔，他有高遠的理想，他善於在逆境中，解脫他的苦悶，拯救他的靈魂。山水田園之趣，友朋詩酒之樂，哲理禪機的參悟，都是他精神上的補藥。所以他無論處於何種難關，他都能保持他的正常的人生，絕不像柳永那樣，一不滿意，便墮於頹廢不振的生活。在這裏恰好呈現着他倆的人生觀以及詞風的異點。

詞到了蘇軾，表現出由歌者的詞變到詩人的詞的明顯的現象。由五代到柳永，詞的生命是音樂，詞的內容大都是豔意別情。故塡詞必以協律爲重要的條件，表意必以婉約爲正宗。蘇軾的詞却破壞了這傳統的精神，他用他那過人的天才，偉大的創造力，在詞壇上開闢了一個新世界。我們讀他的詞，可以發現如下的幾個特點。

一、詞與音樂的分離 詞本由合樂而產生，因此詞在最初的階段，音樂的生命重於文學的生命。自五代至於宋初，詞必協律，而成爲可唱的曲。到了蘇軾的詞，他未必完全廢棄詞的音樂性，但他並不重視詞的音樂性。他的作品，雖也有許多可歌。如蝶戀花之「花褪殘紅青杏小」朝雲所歌，賀新涼之「乳燕飛華屋，」秀蘭所歌，這是蘇詞爲他人所歌者。再漁隱叢話中說東坡改歸去來辭爲哨遍，使入音律。又章質夫家善琵琶者乞歌詞，取韓愈的聽穎師琴詩稍加檃括，使就聲律，作水調歌頭。這可證明蘇軾本人也是懂音律的。但他大部份的作品，並不注意歌唱。因此前人多以蘇詞不協音律爲病。晁无咎說：『東坡居士曲，世所見者數百首，或謂於音律小不諧，居士橫放傑出，自是曲子縛不住者。』李淸照在詞論中也說蘇詞「往往不協音律。」這樣看來，蘇詞雖未達到完全與音樂獨立的階段，但確有與音樂分離的趨勢。他並不是不懂音律，也不是不能作可歌的詞，他的與人不同處，是爲文學而作詞，不是爲歌唱而作詞，這一個轉變，是詞的文學生命重於音樂的生命。陸游說：『世言東坡不能歌，故所作樂府詞多不協。晁以道謂紹聖初與東坡別於汴上，東坡酒酣，自歌古陽關，則公非不能歌，但豪放不喜剪裁以就聲律耳』所謂豪放不喜剪裁以就聲律，正好作爲蘇詞不協律的正確解答，同時說明他那種豪爽的性格與浪漫的性情，反映於詞上的一種表現。

二、詞的詩化　詞的詩化，含有着兩種意義，一是以詩爲詞，於是詞的語氣與句法，都變了詩的樣子。二是以詞爲詩，那便是作詞非以歌唱爲目的，是以作詩那樣以文學爲目的的。於是詞變爲一種新詩的體裁了。蘇軾的詞，兼有着這兩種意義。關於詞與詩的區別，在形式上本易區分，但在句法上風格上，却不容易說明，只能細心體會。前人每有詞不能似詩，亦不可似曲，他有他自己的個性與風度。所謂「詩莊詞媚」似乎是大家公認的詩詞的界限。洪亮吉說：『詩詞之界最嚴，北宋之詞，類可入詩，以清新雅正故也。南宋之詩，類可入詞，以流豔巧側故也。』（北江詩話。）他在這裏，一面主張詩詞界限的嚴，一面說明清新雅正與流豔巧側爲詩與詞的特色，也就正是莊與媚。但東坡的詞，却不遵守這正統的理論與因襲的精神，他一掃流豔巧側的嫵媚柔約，而以清新雅正的字句，縱橫奇逸的氣象，形成了他的詩化的詞風。李清照說：「蘇子瞻學際天人，作爲小歌詞，直如酌蠡水於大海，然皆句讀不協之詩耳。』（詞論）陳無己云：『退之以文爲詩，子瞻以詩爲詞。如教坊雷大使舞，雖極天下之工，要非本色。』（后山詩話）又坡仙集外紀云：『東坡問陳無己，我詞何如少游？無己曰：學士小詞似詩，少游詩似小詞。』可知在東坡的當代對於他的詞的詩化這一點，已經有人感着不滿了。因此前人每以蘇詞爲別格，而不能歸爲正宗。但在我們現在看來，所謂別格正宗，本是抽象的空話。只要能「極天下之工，」便完成了藝術家的任務。並且因了他詞的內容得以開拓，風格得以提高，羈絆得以解脫，這種革命的創造精神，是非常可貴的。

三、詞境的擴大　自五代至宋初的詞，範圍極小，限制亦嚴。到了蘇軾，始擴大詞的境界。他一面是放大詞的內容，無論什麼題材思想和情感，都可用詞來表現。一面又提高詞的意境，用豪放飄逸的作風，代替婉約與柔靡。前人專寫兒女之情，離別之感。等而下之，專寫色慾，造成輕薄的情調，卑俗的風格，最高的成就，也只能達到哀怨與細膩。在蘇氏的作品裏，他無所不寫。或弔古傷時，或悼亡送別，或說理詠史，或寫山水田園，或自傷身世，內容廣泛，情感亦隨之複雜。因他那種高尚的人格，豐富的學問，和曠達的人生觀，融和混合，形成他那種豪放飄逸的風格。這一種風格，是他的散文詩詞和書法所共有的。後人學蘇者，無論學那一樣，都只能得其形貌，而無其骨肉者，因爲不能具備他那種學問人格和人生觀的緣故。如劉過劉克莊的詞，雖大家稱爲蘇派，然亦只是故作壯語奇語，故作浪漫的風格，按其內容和骨肉，却全是空的，這一種地方，我們是萬萬不可忽略的。

四、個性的表現　蘇軾以前的詞，因描寫的內容同，因語氣句法同，因所表現的情調同，在藝術上雖有工拙優劣之辨，但作者和作品的個性，是極不分明。因此馮延巳晏殊歐陽修們的詞，時常混雜，有許多作品，到現在也無法辨明。胡適以『詞的無題』與『個性不分明』爲五代至宋初的詞的二大特徵，實是不錯的。到了蘇軾的詞，每一首他都表現一件事體，內容很複雜，因此不得不在詞調下寫下題目，否則人家就看不懂。他表現時，有他自己的性格，有他自己的生活和情感，有他自己的語調和句法，於是分明地呈現出作者的和作品的個性了。東坡是東坡，東坡的詞是東坡的詞，決不會同馮延巳和陽春集相混了。

『明月幾時有，把酒問青天。不知天上宮闕，今夕是何年。我欲乘風歸去，又恐瓊樓玉宇，高處不勝寒。起舞弄清影，何似在人間。　轉朱閣，低綺戶，照無眠。不應有恨，何事長向別時圓。人有悲歡離合，月有陰晴圓缺，此事古難全。但願人長久，千里共嬋娟。』（水調歌頭：丙辰中秋歡飲達旦，大醉作此篇，兼懷子由）

『大江東去，浪淘盡千古風流人物。故壘西邊，人道是，三國周郎赤壁。亂石崩雲，驚濤拍岸，捲起千堆雪。江山如畫，一時多少豪傑。　遙想公瑾當年，小喬初嫁了，雄姿英發。羽扇綸巾談笑間，强虜灰飛煙滅。故國神遊，多情應笑我早生華髮。人間如夢，一樽還酹江月』（念奴嬌：赤壁懷古）

『世事一場大夢，人生幾度新涼。夜來風葉已鳴廊，看取眉頭鬢上。　酒賤常愁客少，日明多被雲妨，中秋誰與共孤光，把盞凄然北望。』（西江月）

『夜飲東坡醒復醉，歸來髣髴三更。家童鼻息已雷鳴。敲門都不應，倚杖聽江聲。　長恨此身非我有，何時忘却營營。夜闌風靜縠紋平。小舟從此逝，江海寄餘生。』（臨江仙）

『十年生死兩茫茫，不思量，自難忘。千里孤墳，無處話凄涼。縱使相逢應不識，塵滿面，鬢如霜。　夜來幽夢忽還鄉。小軒窗，正梳粧。相顧無言，唯有淚千行。料得年年腸斷處，明月

夜，短松崗。』（江城子：乙卯正月二十日夜紀夢）

我們讀了這些詞，便會知道他的範圍大，境界高，打破詞的嚴格的限制和因襲傳統的精神，而是把詞當作是一種新詩體來創作的，並非爲歌唱而創作的了。由其詞的詩化，內容的擴充，風格的豪放飄逸，前人每擯蘇詞於正宗之外，而認爲是別格。徐師曾說：『論詞則有婉約者，有豪放者。婉約者欲其詞情蘊藉，豪放者欲其氣象恢宏。蓋雖各因其質，而詞貴感人，要當以婉約爲正。否則雖極精工，終非本色，非有識者之所取也。』（文體明辨）四庫提要也說：『詞自晚唐五代以來，以淸切婉麗爲宗。至柳永而一變，如詩家之有白居易，至蘇軾而又一變，如詩家之有韓愈，遂開南宋辛棄疾一派。尋溯源流，不能不謂之別格。然謂之不工則不可。故至今尙與花間一派並行而不能偏廢。』（東坡詞）別格正宗，我們不必去管他，蘇軾在詞史上，用着浪漫的精神與革命的態度，將當日的詞壇，捲起了巨大的轉變，盡了他的破壞與建設的雙重任務，而給後代的詞壇以重大影響的事，是任何人都要承認的。胡寅云：『柳耆卿後出，掩衆製而盡其妙，好之者以爲不可復加。及眉山蘇氏，一洗綺羅香澤之態，擺脫綢繆宛轉之度，使人登高望遠，舉首高歌。逸懷浩氣，超乎塵埃之外。於是花間爲皂隸，而耆卿爲輿臺矣。』（酒邊詞序）他這幾句話，能從文學的發展變化上立論，而不爭什麼正宗別格，可算是最有識見的了。總之，蘇軾是詞壇的革命者，是詩人的詞的代表，因了他的努力，替詞開闢了一個新局面。當代如王安石、黃庭堅、晁補之、毛滂諸人都與蘇詞的風格相近。今各錄一首於下。

『登臨縱目，正故國晚秋天氣初肅。瀟洒澄江似練，翠峯如簇。征帆去棹殘陽裏，背西風酒旗斜矗。綵舟雲淡，星河鷺起，畫圖難足。　念往昔豪華競逐。歎門外樓頭，悲恨相續。千古憑高，對此漫嗟榮辱。六朝舊事隨流水，但寒煙衰草凝綠。至今商女，時時猶唱後庭遺曲。』（桂枝香金陵懷古：王安石）

『瑤草一何碧，春入武陵溪。溪上桃花無數，枝上有黃鸝。我欲穿花尋路，直入白雲深處，浩氣展虹霓，祇恐花深裏，紅露濕人衣。　坐玉石，倚玉枕，拂金徽。謫仙何處？無人伴我白螺杯。我爲靈芝仙草，不爲降唇丹臉，長嘯亦何爲？醉舞下山去，明月逐人歸。』（水調歌頭：黃庭堅）

『曾唱牡丹留客飲，明年何處相逢。忽驚鵲起落梧桐。綠荷多少恨，回首背西風。　莫歎今宵身是客，一樽未曉猶同。此身應似去來鴻。江湖春水闊，歸夢故園中。』（臨江仙：和韓求仁南都留別。晁補之）

『溪山不盡知多少，遙峯秀疊寒波渺。攜酒上高臺，與君開壯懷。　枉做悲秋賦，醉後悲何處？白髮幾黃花，官裘付酒家。』（菩薩蠻：毛滂）

他們這些詞在風格上，或似蘇的豪放，或得蘇的飄逸，這是很顯然的。王安石有臨川先生歌曲一卷，補遺一卷，存詞共二十餘首。黃庭堅有山谷詞一卷，存詞百餘首。他有一部分詞是接近柳永的，上面已敍述過了。晁補之有琴趣外篇六卷，存詞百餘首。毛滂有東堂詞一卷，存詞近二百首。晁毛集中，雖有不少風格頗低的豔詞，但那些並非代表之作。他們雖無東坡的氣魄與品格，却深受着蘇詞那種開拓解放的影響。在他們的作品裏，豪放悲壯的風格固然是少，却很濃厚地呈現着飄逸與瀟洒的風度。到了南宋，蘇派的詞更形發展。由於朱敦儒、葉夢得、張孝祥、陸游、辛棄疾、陳亮、劉過、劉克莊諸家的努力，得與由姜夔一派代表的格律古典詞人，分庭抗禮，成着對立的形勢，這是大家都知道的事。

五　格律詞派的形成

晏歐的詞，因一味因襲南唐，範圍過狹，個性未顯。柳永諸作，雖能協律歌唱，普遍風行，然時人多病其風格卑弱，辭少雅正，東坡繼起，一洗前弊，以詩人豪放飄逸之筆，發爲歌詞，獨成一格，詞境始大。然時人又多病其矯枉過正不合音律，遂有「押韻之詩」與「要非本色」之譏。在當日的詞壇，承應着這種機運，將各家的風格內容，調和融化，取長去短，形成詞風的正體運動，建立格律詞派的，是由秦觀賀鑄開始，而由周邦彥集其大成。最後由女詞人李淸照作一個光榮的結束。在秦周一派人的詞裏，是注重音律，精鍊字句，表情以婉約爲宗，措辭以雅正爲主。所以他們有南唐的風韻，而無其單調與狹小，有柳永的鋪敍手法，豔情描寫，俗語與長調的使用，而無其粗淺卑俗，有東坡作詞的態度，和詞中的個性，而無其放肆與大膽。因此，他們的作品。時時有南唐、柳永、蘇軾的面影，而又不能專屬於任何一派。前人評論詞，每以秦周諸家爲正宗詞派的代表，原因就在這裏。我們如果以蘇軾的作品爲詩人的詞，那末他們這些人的作品恰好是詞人的詞。

秦觀　秦觀字少游（西曆一〇四九——一一〇〇），揚州高郵人。少有文名，宋史文苑傳說他『少豪儁慷慨，溢於文詞。』蘇軾、王安石都很賞識他的文學。元祐初，因蘇軾的推薦，除太學博士，後兼國史院編修官。紹聖初年，章惇等當權，排斥元祐黨人，先後貶逐處州、郴州、橫州、雷州等處。徽宗立，放還，至藤州而卒。有淮海詞，又名淮海居士長短句，存詞約八十餘首。秦觀雖出自蘇門，並且蘇軾也最看重他，可是他倆的風格並不相似。他的作品雖說也感染着蘇氏的影響，但他却有他自己的成就和情調。如『怎得花香深處，作個蜂兒抱。』（迎春樂）和『丁香笑吐嬌無限，輕語低聲，道我何曾慣。』（河傳）這些句子，明明是接近柳永，然而他仍是沒有柳永的粗俗。再如他在品令滿園花的使用俗語，以及詞中的好鋪敍，也都與柳永相近。但他的長處，在於以歐陽、小晏婉約含蓄的情調來挽回柳詞的俗淺之病。同時他又能以蘇軾的飄逸沉鬱，來補救柔弱之弊。我們在他的浣溪紗、憶仙姿、點絳脣、阮郎歸諸詞裏，可以看出南唐的境界，在好事近、踏莎行、江城子、千秋歲諸章裏，又可看出蘇詞的氣格。再如他的望海潮、夢揚州諸首，音和句鍊，以工麗見稱，與周邦彥的作風相近。由此看來，秦觀的詞，是博觀約取，自成一家。在詞史的發展上，是由他而走到周邦彥的。詞經過晏、歐、張、柳、蘇軾，正呈現着衆流匯合的趨勢，由秦、賀到周，是這趨勢的成熟。

『玉漏迢迢盡，銀潢淡淡橫。夢回宿酒未全醒，已被鄰雞催起怕天明。　臂上妝猶在，襟間淚尚盈。水邊燈火漸人行，天外一鈎殘月帶三星。』（南歌子贈陶心兒）

『南來飛燕北歸鴻，偶相逢，慘愁容。綠鬢朱顏，重見兩衰翁。別後悠悠君莫問，無限事，不言中。　小槽春酒滴珠紅。莫怱怱，滿金鍾。飲散落花流水各西東。後會不知何處是，煙浪遠，暮雲重。』（江城子）

『山抹微雲，天粘衰草，畫角聲斷譙門。暫停征棹，聊共引離尊。多少蓬萊舊事，空回首煙靄紛紛。斜陽外，寒鴉數點，流水繞孤村。　消魂。當此際，香囊暗解，羅帶輕分。謾贏得青樓，薄倖名存。此去何時見也，襟袖上空染啼痕。傷情處，高城望斷，燈火已黃昏。』（滿庭芳）

『霧失樓臺，月迷津渡，桃源望斷無尋處。可堪孤館閉春寒，杜鵑聲裏斜陽暮。　驛寄梅花，魚傳尺素，砌成此恨無重數。郴江幸自遶郴山，爲誰流下瀟湘去。』（踏莎行郴州旅舍）

秦觀在當代的詞壇，有很高的聲譽。他的踏莎行，蘇軾寫在扇上，時時吟誦。他死後，蘇氏歎息說：『不幸死道路，哀哉！世豈復有斯人乎？』晁補之說：『近來作者，皆不及少游。』葉夢得也說他『語工而入律，知樂者謂之作家。』至於蔡伯世所說：『子瞻辭勝乎情，耆卿情勝乎辭，辭情相稱者，唯少游一人而已。』是暗示着秦觀在柳蘇以上了。平心而論，柳蘇的詞有創造建設的精神，有開拓發展的力量，給予後人很大的影響。秦詞却缺少這種創造性。若只就藝術的觀點上立論，無疑的他是一個最成功的作家。陳師道說：『今代詞手，唯秦七黃九耳，餘人不逮。』可見其推崇之盛了。

賀鑄　賀鑄字方回，（西曆一〇六三，夏承燾賀鑄年譜作一〇五二——一一二〇），河南衞州人。他是孝惠后的族孫，又娶宗室趙克彰之女，本可富貴終身的。但因他賦性耿介，尙氣使酒，有錢時揮金如土，扶貧濟困，很有義俠的風度。同時他又痛恨權貴，不善諂媚，始終得不着好官。先後通判泗州，倅太平州，總是悒悒不得志。晚年退居蘇杭一帶，自號慶湖遺老，生活困難，貧寒幾不能自給。他這種貴族生活的衰落，很有點像晏幾道。他藏書萬卷，手自校讎，故他能博聞彊記，學問豐富。老學庵筆記說他詩文俱佳，可惜他的詩文在宋時已不多見，所存者，惟其二百多首的東山詞了。

賀鑄的作品，雖以美豔著稱，但他的面孔却是一幅怪相。宋史稱他『長七尺，眉聳拔，面鐵色。』陸游也說：『方回狀貌奇醜，色青黑而有英氣，俗謂之賀鬼頭。』這種面貌似乎與他的作品不大相稱，但與他那種耿介孤直的性格和近於義俠的行爲是很適合的。但他有一顆溫熱的心，一枝華麗的筆，一種慷慨熱烈的性格，所以他在詞上表現得那麼美麗，那麼深情。因爲他的生活和性情有些近似晏幾道，他的情詞，也接近晏而不接近柳。加以他那種名士氣和狂放氣，他詞中也時有蘇軾的飄逸和高傲。如水調歌頭、六州歌頭，確是蘇詞的後裔。同時他作詞，很注重音律。張文潛說：『方回大抵倚聲而爲之詞，皆可歌也。』並且他喜用前人詩辭舊句，脫胎換骨，變化運用，放在詞中，眞是巧妙無比，如將進酒、行路難、雁後歸諸首，都可以看出他融鑄前人舊句的技術。再如「雲想衣裳花想容」「飛入尋常百姓家」「玉人何處教吹簫」「十年一覺揚州夢」這些詩句，他一字不改，用在詞裏，因爲妥貼融和，完全成爲他自己的創作了。這一點，正與周邦彥同調。因此，他的長詞，在工麗協律與鍛鍊方面，如萬年歡、梅香慢、馬家春、慢下水船、石州引諸詞，又很近周邦彥。由此看來，秦賀二人的作品，在藝術上雖有細微的分別，但在整個詞史的發展上，確是取着同一的趨勢，而其歸結，也一同匯集於周邦彥了。

『凌波不過橫塘路，但目送芳塵去。錦瑟年華誰與度。月橋花榭，瑣窗朱戶，惟有春知處。碧雲冉冉衡臯暮，綵筆新題腸斷句。試問閒愁都幾許？一川烟草，滿城風絮，梅子黃時雨。』（青玉案）

『松門石路秋風掃，似不許飛塵到。雙攜纖手別煙蘿，紅淚淸泉相照。幾聲歌管，正須陶寫，翻作傷心調。　巖陰暝色歸雲悄，恨易失千金笑。更逢何物可忘憂，爲謝江南芳草。斷橋孤驛，冷雲黃葉，想見長安道。』（御街行別東山）

『城下路，淒風露，今人犁田古人墓。岸頭沙，帶蒹葭，漫漫昔時流水今人家。黃埃赤日長安道，倦客無漿馬無草。開函關，掩函關，千古如何不見一人閒。六國擾，三秦掃，初謂商山遺四老。馳單車，致緘書，裂荷焚芰接武曳長裾。高流端得酒中趣，深入醉鄉安穩處。生忘形、死忘名，誰論二豪初不數劉伶。』（小梅花將進酒）

在這些詞裏，一面可看出他藝術的特色，同時也充分地表現出他的生活和人生觀。他一面否定富貴利祿的空虛，同時又對過去的歡樂，加以深深地追戀。他的描寫豔情，正如晏幾道一樣，多是囘憶的舊夢一般的情緒。他自己說過：『吾筆驅使李商隱、溫庭筠，常奔命不暇，』這正是他的自供，但除李溫二家外，杜牧的詩，他吸收得最多，我們讀他的詞集，便會知道的。但因他有那種耿介豪爽的性格，因此同是作綺語表豔情，他能於華麗纏綿之中，現出一種陽剛遒勁之氣。這一點是他不同於晏幾道秦少游的地方。張文潛敍他的詞時，一面盛稱他的富麗和妖冶，同時又說他「幽潔如屈宋，悲壯如蘇李，」這並非矛盾之言。黃山谷有詩云：『少游醉臥古藤下，誰與愁眉唱一杯。解道江南腸斷句，祇今惟有賀方回。』在這小詩裏，黃氏的推重秦賀二家，眞是情見乎詞了。

六　格律詞派的代表周邦彥

周邦彥字美成（西曆一〇五七——一一二一），浙江錢塘人。青年時代，北遊汴京，在太學讀了四五年書，後因獻汴都賦，由諸生升爲太學正，後出任廬州教授，知溧水。徽宗時，頒大晟樂，召爲祕書監，進徽猷閣待制，提舉大晟樂府。後又出知順昌府，徙處州睦州，適方臘反，因設法還鄉。後居揚州。宣和三年卒，年六十六歲。他自號清眞居士，有清眞詞集。後來陳元龍爲之註釋，更名片玉。劉肅之敍云：『猶獲崑山之片珍，琢其質而彰其文也，因命之曰片玉集。』所以現在周氏的詞，仍保存這兩種名目。

周邦彥也如溫庭筠、杜牧之一樣，是那種人品不高生活浪漫的文人。他與妓女李師師、岳楚雲的風流故事，是大家都知道的。在他的詞裏，很多關於酒色的吟詠。宋史說他：『疏雋少檢，不爲州里推重，』其中雖稍有貶意，却正說出他的眞實性情。樓鑰在清眞先生文集敍中，說他的人品怎麼高尚，怎麼憤恨權門，怎麼不愛富貴，甘於清苦的生活，這些話未必可信，我們看他兩度獻賦，和他那種流戀風月的生活，如張端義貴耳集、王灼碧鷄漫志、周密浩然齋雅談諸書所記，便會知道他決不是那種「學道退然，委順知命，望之如木鷄」的山人高士（樓鑰語）。並且他留下來的那一百九十多首詞，正是他的生活和性格的最好說明。

前人論詞，每以柳周並稱。這意思是說他兩人的作風有些相類。張炎常說：『周情柳思。』近人馮煦也說：『屯田勝處，本近淸眞。』不錯，在表面看來，周柳相類之處是很顯然的。喜用長調。長於鋪敍，好寫豔情，精於音律，這都是他們外表的相似處。但在其內部，在其藝術的表現上，他倆却有分明的界限。雖同用長調，調的自由與嚴整不同；同是鋪敍，鋪敍的手法不同；同寫豔情，表現的態度不同；同是精於音律，音樂的輕重性也不同。因爲這些關係，在風格上，他們形成兩個相反的成就。柳永的詞是浪漫的自由的，周邦彥是古典的格律的，柳是通俗的，周是唯美的。這一種分辨，我們必得注意。同時，他在表現方面，又具有南唐詞人那種婉約含蓄的特徵。他的作品雖缺少蘇軾那種豪放雄奇的氣勢，因爲他的學殖豐富，詩文俱佳，所以能具備「詩人的詞」的那種高尙的品質，與分明的個性。這樣看來，周邦彥的作品，是集衆家之長，作爲北宋詞壇的一個總結束了。周濟說「淸眞集詞之大成，」便是這種意思。

周邦彥在詞壇上的功績和他作品的特徵，可以從形式內容表現三方面來說。由這些形態，我們可以看出北宋的詞，經過晏、歐、柳永、蘇軾這幾個階段以後，到周邦彥的那種發展的趨勢。

一、形式　詞的形式，由晚唐五代至宋初，是小令獨盛的時期。慢詞至柳蘇而盛。但當日的慢詞多爲自度，在音律字句方面，尙未達到完整嚴格的階段。因此在樂章集中同調之詞，字句長短常有不同。如輪臺子二首，相差至二十七字，鳳歸雲二首，相差至十七字，滿江紅、鶴冲天、洞仙歌、瑞鷓鴣，亦各相差二三字，至傾杯一調，七首各不相同。這種情形，到了秦賀，漸趨謹嚴。及周邦彥出，始以其精通音樂的天才，和掌管音樂機關的權位與便利，再加以帝王的獎勵，從事審音調律的工作，而達到律度嚴整的完成。宋史稱他：『好音樂能自度曲，製樂府長短句，詞韻淸蔚傳於世。』咸淳臨安志說：『邦彥能文章，名其堂曰顧曲。』又周密浩然齋雅談說：『宣和中，朝廷賜酺，師師因歌大酺六醜二解，上顧教坊使袁綯問。綯曰：「此起居舍人周邦彥作也。」問六醜之義，莫能對，召邦彥問之，對曰：「此犯六調，皆聲之美者，然絕難歌」』由此可知他對於音樂造詣的高深。以他這種才力，後來又得到提舉大晟府的機會，於是他在詞的音律上，做了許多重要的工作。張炎在詞源說：『自隋唐以來，聲詩間爲長短句，至唐人則有尊前花間集。迄於崇寧，立大晟府，命周美成諸人，討論古音，審定古調，淪落之後，少得存者。由此八十四調之聲稍傳。而美成諸人又復增慢曲引近，或移宮換羽，爲三犯四犯之曲案月律爲之，其曲甚繁。』這是周邦彥對於詞的音律上的偉大貢獻。在他的集中，慢引近犯之調甚多。稱慢者有拜星月慢、浪淘沙慢、浣溪紗慢、粉蝶兒慢、長相思慢等；稱引者有華胥引、蕙蘭芳引；稱近者有早梅芳近、隔浦蓮近、荔枝香近；稱犯者有側犯、倒犯、花犯、玲瓏四犯等。調名雖多從舊，但字句與音律，皆有法度與定型，是爲後人的軌範。故沈伯時樂府指迷說：『作詞當以淸眞爲主。蓋美成最爲知音，故下字用韻皆有法度。』故宋代詞人方千里楊澤民之流，作詞悉以清眞爲準繩，不敢稍出其繩墨之外，各有和清眞全詞一卷行世。後代好事者合周詞刻之，名爲三英集。四庫提要說：『邦彥妙解聲律，爲詞家之冠。所製諸詞，不獨音之平仄宜遵，卽仄字中上去入三聲，亦不容相混。所謂分寸節度，深契微芒，故千里和詞，字字奉爲標準。』宋代詞人本多通音律，但在才力上，都不如周邦彥的精深，在工作上，也不如周的成就。在這一方面的貢獻，周邦彥算是特出了。

二、表現　周詞的表現法，不注重意象與神韻，而傾力於刻劃與寫眞。以詩來比，不是陶淵明，而是謝靈運。以畫來比，不是寫意畫，而是工筆畫。所以在他的詞裏，沒有柳永的通俗與粗野，也沒有蘇軾的放縱與飄逸。他一筆一筆的鈎勒，一字一字的刻畫，一句一句的鍛鍊，形成他那種精巧工麗的古典作風，完全脫去了柳蘇詞中那種浪漫的風格。因此他歡喜用事，來增加他作品的典雅氣，歡喜融化改用前人的舊句，來增加字句的鍛鍊美。因爲讀書博，學力高，用事能圓轉組合，改用古句亦能翻陳出新。如六醜，詠落花中之用御溝紅葉故事，西河金陵懷古之櫽括劉夢得的詩句；夜游宮的改用楊巨源的詩句，都能融化渾成，別有風趣，不如賀鑄那樣，將前人句子，一字不改地用進去。陳質齋云：『美成多用唐人詩語，櫽括入律，混然天成。』這話是不錯的。

三、內容　詞的內容的開拓，至蘇軾始大。我們讀東坡樂府，知道他是把詞當作詩來做，是無事不寫，無情不詠的。這一半是由於他的性格與學問，一半也是因爲他的生活豐富，人事繁雜，所以他的詞的內容，格外廣泛。在這一方面，周邦彥却不能繼承蘇軾。我們讀他的詞集，除了一部分描寫妓女的情愛以外，大都是無病呻吟的寫景詠物之作。如悲秋、春閨、秋暮、晚景、春景、閨情、秋懷、閨怨、春恨、詠眼、詠月、詠梳、詠梅、詠柳、詠雪、詠梨花、詠薔薇等等的題目，在他集中，到處皆是。由這一些題目，我們便可想見其內容。這些作品，大都不是表現他的性情思想的作品，而只是表現他的藝術技巧的作品。然因其律度嚴整，字句工麗，適於詞人的模擬學習，因此這一類的詞，最得人的重視與贊歎。由此看來，在內容方面，周詞是貧乏的，因而走到客觀的寫景與詠物方面去。這兩點，成爲南宋格律詞人的重要部門。

『章臺路，還見褪粉梅梢，試華桃樹。愔愔坊陌人家，定巢燕子，歸來舊處。　黯凝竚。因記箇人癡小，乍窺門戶。侵晨淺約宮黃，障風映袖，盈盈笑語。　前度劉郎重到，訪鄰尋里，同時歌舞，唯有舊家秋娘，聲價如故。吟箋賦筆，猶記燕臺句。知誰伴名園露飲，東城閑步，事與孤鴻去。探春盡是傷離意緒。官柳低金縷，歸騎晚，纖纖池塘飛雨。斷腸院落，一簾風絮。』

（瑞龍吟）

『柳陰直，煙縷絲絲弄碧。隋堤上，曾見幾番，拂水飄綿送行色。登臨望故國，誰識京華倦客。長亭路，年去歲來，應折柔條過千尺。　閑尋舊蹤跡。又酒趁哀絃，燈照離席，梨花榆火催寒食。愁一箭風快，半篙波暖，回頭迢遞便數驛。望人在天北。悽惻。恨堆積。漸別浦縈迴，津堠岑寂。斜陽冉冉春無極。念月樹攜手，露橋聞笛。沉思前事，似夢裏，淚暗滴。』（蘭陵王）

『正單衣試酒，恨客裏光陰虛擲。願春暫留，春歸如過翼，一去無跡。爲問花何在。夜來風雨，葬楚宮傾國，釵鈿墮處遺香澤，亂點桃蹊，輕翻柳陌，多情更誰追惜。但蜂媒蝶使，時叩窗槅。　東園岑寂。漸濛籠暗碧。靜繞珍叢，底成歎息。長條故惹行客，似牽衣待話，別情無極。殘英小，强簪巾幘，終不似一朵釵頭顫裊，向人欹側。漂流處，莫趁潮汐，恐斷鴻尙有相思字，何由見得。』（六醜薔薇謝後作）

『桃溪不作從容住，秋藕絕來無續處。當時相候赤闌橋，今日獨尋黃葉路。　煙中列岫青無數，雁背夕陽紅欲暮。人如風後入江雲，情似雨餘黏地絮。』（玉樓春）

在這些詞裏，都具備着上面所說的那幾種特徵。字句的鍛鍊，音調的和諧，格律的嚴整，鋪敍的詳贍，刻劃的工細，舊句的融化，都在他的作品裏得到最高的表現。周邦彥在詞史的工作，是以宮庭詞人的地位，結束浪漫自由的作風，而成爲格律派的古典詞的建立者。到了南宋的姜夔、史達祖、吳文英、王沂孫、張炎、周密諸人，都是繼承周的路線，盡雕琢刻劃的能事，造成格律派的古典詞的大盛。於是詞中的一點名士氣天眞氣與通俗情味，都喪失殆盡，只是一座無血肉無生命的粉雕玉琢的樓閣了。握着這轉變的鑰匙的，却是北宋的周邦彥。王國維說：『美成深遠之致，不及歐秦，惟言體情物，窮極工巧，故不失爲第一流之作者。但恨創調之才多，而創意之才少耳。』（人間詞話）在前人許多論周的評語裏，王氏之論，算是最有見解了。

周邦彥以外，還有万俟詠、晁端禮、田爲、晁仲之諸人，都是大晟府的製撰官，他們都精通音律，注重格調，因此他們的作風與對於詞的貢獻，大略與周相近。在他們的集子裏，自然也有許多精美的作品，不過在這一個宮庭詞人的集團裏，周邦彥成爲最適當的代表。因此那些人的作品，也不必再舉了。

七　女詞人李淸照

李淸照　李淸照（西曆一〇八一——一一四〇？）是南渡前後的女詞人，也是中國過去文學史上唯一偉大的女作家。她的年代雖較晚於秦觀、周邦彥，但他的詞是被稱爲正宗一派的，她反對柳永的粗俗塵下，她非難蘇軾的不協音律的詩化的詞。她是遵守着詞的一切規約而寫詞的，她在詞的狹小的範圍裏，精心刻意地創作，成就她藝術上空靈高尙的品質。她重視音律，鍛鍊字句，在風格上，她是要屬於秦周這一個範圍的。但她有秦觀的細微婉約，却無他的淫靡，有周邦彥的工力，却沒有他那種詳贍的鋪敍，和露骨的雕琢。換言之，她的詞富於性情與生命的表現。在這一點，她接近李後主與晏幾道。因此她個人生活境遇的變化，在她作品中反映出明顯的情調。早年的歡樂，中年的黯淡，晚年的哀苦，是她生活史上的幕景，同時也就是她作品的界線。她的作品同她的生活聯繫融化得分不開。在她的漱玉詞中，充滿着歡樂時的笑容，和悲苦時的眼淚。這種情感分明的界限，只有在李後主晏幾道的作品才看得出來。因此，她的作品，都是用生命的血液寫成的。她生逢國變，世人驚怪在她的筆下，沒有表現現實，其實這是錯的。我們要知道她丈夫的死，她晚年的流浪貧窮，她改嫁事件的受寃，都是那個亂離時代直接給她的結果。她正是當日一個受難的平民的代表，她的生活情感，也正是當日難民的生活情感的代表。他雖說沒有直接表現當日的現實事件，但她所表現的却是當代千千萬萬的國破家亡的民衆的痛苦的精神。在北宋諸詞家的作品裏，從沒有像李清照詞中所表現的那種傷離感亂淒楚哀苦的心境與情調。我們明瞭這一點，便可知道漱玉詞與時代的影子要發生如何的聯繫了。

李清照號易安居士，是山東濟南人。父親李格非官禮部員外郎，家中藏書甚富，母親是王狀元拱辰的孫女，讀書很多。她生長在這種學術空氣濃厚的家庭裏，對於她後來在文壇上的成就，自然有很大的幫助。她廿一歲嫁給一個叫趙明誠的大學生，趙的父親，是當代有名的政治家趙挺之。他倆結婚以後的生活是極幸福的，把整個的生活建築在藝術的基礎上。除了詩、詞唱和以外，便是收集和研究古代的金石美術。在金石錄後序內，她敍述他倆的生活說：『德甫（明誠字）在太學，每朔望謁告出，質衣取半千錢，步入相國寺，市碑文果實歸。夫妻相對，展玩咀嚼，嘗謂葛天氏之民也。後二年從官，便有窮盡天下古文奇字之志。傳寫未見書，購名人書畫，古奇器。……及連守兩郡，竭俸入以事鉛槧。每獲一書，即校勘整集籤題。得書畫彝鼎，摩玩舒卷，坐歸來堂烹茶。指堆積書史，言某事在某書在某卷第幾頁第幾行，以中否決勝負，爲飲茶先後。中則舉杯大笑，或至茶覆懷中，反不得飲而起。』他們這種藝術化的生活，不是一般人所能瞭解，也不是一般人所能做到的。他們的一點光陰和金錢，完全供獻在文化的工作上。可是不久，國內起了重大的變亂，外族人的兵甲毀滅了他們的美滿生活和藝術空氣。皇帝被擄了，朝廷南遷了，他倆也不得不把歷代收集的金石書畫拋棄了一大部，只帶了最精采的一小部分，忽忽地逃到江南了。再過四年，她的丈夫又患急病死了，她所受的悲痛與打擊，是無可形容的。加以戰禍日見迫切，社會更是離亂，幾乎不容許她傷心流淚。她只好抱着一顆破碎的心，無依無靠地，在貧困悲苦的環境中，東飄西泊，不知道流浪了多少地方，終找不着一個安身之所。就這麼望着淪陷的故鄉，念着死了的丈夫，在江南的旅居中寂寞地死去了。由此看來，他的生活，可分爲新婚的幸福，別離的輕愁；和寡居流浪的悲苦的三個階段的。她的作品，也現出這三階段的風格。第一期的是熱情浪漫活潑天眞。第二期是纏綿婉轉，失去前期的香豔，而入於傷感。第三期的是嚴肅與淒苦，而入於深沉的憂鬱，造成她在藝術上最高的成就。

『晚來一陣風兼雨，洗盡炎光，理罷笙簧，卻對菱花淡淡粧。　絳綃縷盡冰肌瑩。雪膩酥香，笑語檀郎，今夜紗櫥枕簟涼。』（采桑子）

『繡幕芙蓉一笑開。斜偎寶鴨襯香腮。眼波才動被人猜。　一面風情深有韻，半箋嬌恨寄幽懷。月移花影約重來。』（浣溪紗）

『淚濕羅衣脂粉滿。四疊陽關，唱到千千遍。人道山長山又斷，瀟瀟微雨聞孤館。　惜別傷離方寸亂。忘了臨行，酒盞深和淺。好把音書憑過雁，東萊不似蓬萊遠。』（蝶戀花）

『薄霧濃雲愁永晝，瑞腦噴金獸。佳節又重陽，玉枕紗廚，半夜涼初透。　東籬把酒黃昏後，有暗香盈袖。莫道不消魂，簾捲西風，人比黃花瘦。』（醉花陰）

『風住塵香花已盡，日晚倦梳頭。物是人非事事休。欲語淚先流。　聞說雙溪春尚好，也擬汎輕舟。只恐雙溪舴艋舟，載不動許多愁。』（武陵春）

『尋尋覓覓，冷冷淸淸，淒淒慘慘戚戚。乍暖還寒時候，最難將息。三杯兩盞淡酒，怎敵他晚來風急。雁過也，正傷心，却是舊時相識。　滿地黃花堆積。憔悴損如今有誰堪摘。守着窗兒，獨自怎生得黑。梧桐更兼細雨，到黃昏點點滴滴。這次第怎一個愁字了得。』（聲聲慢）

我們讀了這些詞，可以知道她是以白描的手法，平淺的字句，表現歡樂或是哀苦的情感，而達到淸空靈妙的境界。她自己精通音律，又最瞭解作詞的艱苦，因此她對於詞的批評，也曾發出可貴的見解。她說：『柳屯田永，變舊聲，作新聲，出樂章集，大得聲稱於世，雖協音律，而詞語塵下。又有張子野、宋子京兄弟、沈唐、元絳、晁次膺輩繼出，雖時時有妙語，而破碎何足名家。至晏丞相、歐陽永叔、蘇子瞻，學際天人，所爲小歌詞，直如酌蠡水於大海，然皆句讀不葺之詩耳。又往往不協音律。……王介甫，曾子固文章似西漢，若作小歌詞，則人必絕倒，不可讀也。乃知詞別是一家，知之者可。後晏叔原、賀方回、黃魯直出，始能知之。而晏苦無鋪敍，賀苦少典重，秦少游專主情致而少故實。黃卽尚故實而多疵病。譬如良玉有瑕，價自減半矣。』（見易安居士事輯）她這段批評，雖未能盡眞，但以詞的傳統性格和詞的正宗的立場看來，她這些話是自有其理由的了。最後，我還要提一提她的改嫁問題。前人說她有在丈夫死後的晚年，改嫁張汝舟的事。於是許多衞道先生的僞善者認爲這是李淸照的私人道德的缺點。到了近代，有俞理燮、陸心原、李慈銘諸人對她的生活，加以詳細地考證，證明這件事完全是假的。本來一個女人死了丈夫，同另一男子結婚，這是光明正大的合理行爲，一點沒有羞恥，於她的人品和藝術價值，絕無半點影響。不過，如果本無其事，而旁人定要虛設一件事來陷害她，那就是小人行爲，而不得不加以辯護了。

在蘇軾周邦彥稱雄詞壇的時代，同時還有許多人如張耒、李之儀、陳師道、謝逸、舒亶、王詵、趙令畤、葛勝仲、魏夫人、僧仲殊、宋徽宗（趙佶、）王安中、趙長卿、蔡伸、呂濱老、周紫芝、李祁、劉一止之流，都從事詞的創作，在他們流傳下來的作品裏，自然也有不少的佳句名篇。但他們的作品，大都爲柳永蘇軾周邦彥諸家的風氣所籠罩，而不能得到獨特的成就與發展，因此對於上列諸人，我想無須再敍述了。

第十九章　南宋的詞

一　時代的轉變

宋代的詞，經過了秦觀周邦彥以後，本可直接走上格律古典派的大路，但因爲靖康的變亂，使這一個文學的潮流，發生了挫折，得使蘇軾一派的詞風，重行擡頭，在南宋上半期的六七十年間，一掃格律古典派的習氣，而形成詩人的詞的極盛。金人的攻陷汴京，徽欽二帝的被擄，葬送了北宋一百多年來承平的享樂社會與享樂心理，都市的富麗與經濟的繁榮，一切都毀滅了。這一個在政治上所發生的慘烈的打擊，使當日的文人與民衆的精神生活與物質生活都失去了常態。胡馬的縱橫踐踏，漢人的被殺被辱，土地的喪失，人民的流離，處處顯示着國破家亡的苦痛。在這一種時代，愛國的民族思想，慷慨悲歌的情調，代替了酣歌醉舞的享樂思想，與柔靡香豔的情調，而出現於文學中的事，自是必然的趨勢。在那時候，自然還有不少的賣身求榮的奸臣邪將，還有不少的塞耳閉目的享樂者。但那些熱烈的志士，憤世的詞人，看見國勢的危急，奸臣的當政，人民的苦痛，山河的破碎，無不感着悲痛與憤恨，將他們的感情表現於詞中，自然無暇顧及格調音律，也無暇講求字面句法，只是眞情的流露，自然的抒寫，以及憤恨與悲傷的發洩。這一種作品，一面是離開了音樂，一面又呈現着與詩歌散文融合的趨勢。這一種趨勢，加强了蘇軾作詞的精神，同時又擊倒格律古典派的傳統，而形成浪漫風氣的復活。此派的作者，有岳飛、張元幹、張孝祥、辛棄疾、陸游、陳亮、劉過諸人，而以辛棄疾爲代表。另外還有一些人，處在那危難的時代裏，心中雖有憂憤之氣，愛國之情，由於權奸的壓迫，旣無力推翻現實，又不願靦顏事仇，於是都走入韜光遁世養性全眞的路上去，寄情山水，遁迹江湖，以此保全個人的純眞。因爲這一派人的態度是消極的，所以他們的作品，染上了灰色與放達的色彩，而沒有那種英武積極的精神和慷慨悲歌的氣慨。陶淵明的生活與人生觀，成了他們贊歎的對象。產生於這種環境以下的作品，自然同樣是浪漫主義的精神，而對於格律古典派的詞風，正取着相反的方向。同時，北宋詞中所表現的現實的快樂的色彩，在他們的作品裏，也消滅無蹤，而代以灰色的高蹈的情調了。此派的作者有葉夢得、向子諲、蘇庠、朱敦儒諸人，而以朱敦儒爲代表。由此看來，南渡前後的六七十年，因政治環境的慘變，在詞壇上產生了積極的民族思想與消極的高蹈思想的兩個潮流。因此，格律古典派的詞風，受了頓挫，使蘇軾的精神得以復活，形成詩人的詞的極盛。

二　朱敦儒及其他詞人

朱敦儒能爲高蹈派詞人的代表，實因爲他的生活性格和作品，都具有這方面的特徵的緣故。他字希眞，洛陽人。生卒年月，俱不可考。他詞中有『七十衰翁』（沁園春）、『屈指八旬將到』（西江月）、『今年生日慶一百省歲』（洞仙歌）等句看來，他是一個活到九十多歲的長命者。據胡適氏的考證，他約生於神宗元豐初年（約當西曆一〇八〇），死於孝宗淳熙初年（一一七五）。他的生命，在南北宋各佔了一半。他性愛自由，不喜拘束，頗有西晉名士風度。科第功名，他都看不起，他有鷓鴣天詞云：『我是清都山水郎，天教懶慢帶疏狂。曾批給露支風敕，累奏留雲借月章。詩萬首，酒千觴，幾曾着眼看侯王。玉樓金闕慵歸去，且插梅花醉洛陽。』這是他性情的自由。但因他學問人品都好，青年時代，即以布衣負重名，靖康時，召至京師，辭官還山，南渡後，高宗又給他官做，他又辭，後來避亂居南雄州，因朝廷屢次徵召，做過秘書省正字和兩浙東路提點刑獄，但不久他又辭去了。秦檜時做過鴻臚少卿，後人以此為盛德之累，我們看他從前的行為和人品，他這次的作官，難免不是受秦檜的壓迫。如果因此即加以附奸逆貪富貴的罪名，似乎有點過甚了。

他因為生命很長，經歷過北宋繁榮時代的最後階段，又目擊和身受南渡時代的國破家亡的苦痛，而最後又生活於南渡以後的偏安社會，因此，他的作品，也現出這三個時期的色彩與情調。他初期以少壯之年，處於繁華的盛世，過的是『換酒春壺碧，脫帽醉青樓。』（水調歌頭）的生活，他這期的詞，無論內容與辭藻，都染上北宋時代的穠豔。中年身當國變，離家南遷，禾黍之悲，山河之感，懷家鄉，悲故國，使他的作品，變為沉咽淒楚之音，豪邁憤恨之氣。在『故國山河，一陣黃梅雨，』（蘇幕遮）『昔人何在，悲涼故國，寂寞潮頭，』（朝中措）『東風吹淚故園春，問我輩何時去得，』（鵲橋仙）『萬里東風，國破山河落照紅，』（減字木蘭花）『有客愁如海，空想故園池閣，卷地煙塵。』（風流子）在這些句子裏，可以看出他這一時期的哀感。到了晚年，他飽經世故，知道重回故鄉收復失地，都成了幻夢，熱情也沒有了，壯志也銷磨了，漸漸地變成一個逍遙自適的樂天安命者。他自己說：『此生老矣，除非春夢，重到東周，』（雨中花）『有奇才，無用處，壯節飄零，』（蘇幕遮）『老人無復少年歡，』（訴衷情）『壯心零落，身老天涯。』（芰荷香）在這種心境之下，自然會走到『萬事皆空，一般做夢』的境界了。將他這種解脫也是衰倦的心情，全皈依於安靜的自然，出現於他作品中的，是那種沖淡清遠的情調，建立中國詞中未曾有過的陶淵明的意境。他這一時期的詞，達到藝術上極高的成就，他用最淺近通俗的語言，最自由解放的句法，抒寫最眞實最純潔的情感，而形成他獨特的風格。汪莘說他的詞：『出塵曠達，有神仙風致。』他晚年的詞，確有這種意境。

『寶篆香沉，錦瑟侵塵，日長時懶把金鍼。裙腰暗減，眉黛長顰。看梅花過，梨花謝，柳花新。　春寒院落，燈火黃昏。悄無言，獨自銷魂，空彈粉淚，難托淸塵。但樓前望，心中想，夢中尋。』（行香子）

『扁舟去作江南客。旅雁孤雲，萬里煙塵，回首中原淚滿巾。　碧山對晚汀洲冷。楓葉蘆根，日落波平，愁損辭鄉去國人。』（采桑子）

『直自鳳凰城破後，擘釵破鏡分飛。天涯海角信音稀。夢回遼海北，魂斷玉關西。　月解重圓星解聚，如何不見人歸。今春還聽杜鵑啼。年年看塞雁，一十四番回。』（臨江仙）

『我不是神仙，不會鍊丹燒藥。只是愛閑耽酒，畏浮名拘縛。　種成桃李一園花，眞處怕人覺。受用現前活計，且行歌行樂。』（好事近）

『世事短如春夢，人情薄似秋雲。不須計較苦勞心，萬事原來有命。　辛遇三杯酒好，況逢一朵花新。片時歡笑且相親，明日陰晴未定。』（西江月）

『一個小園兒，兩三畝地，花竹隨宜旋裝綴。槿籬茅舍，便有山家風味。等閒池上飲，林間醉。　都爲自家胸中無事，風景爭來趁遊戲。稱心如意，賸活人間幾歲。洞天誰道在，塵寰外。』（感皇恩）

『老來可喜，是歷遍人間，諳知物外。看透虛空，將恨海愁山，一齊挼碎，免被花迷，不爲酒困，到處惺惺地。飽來覓睡，睡起逢場作戲。　休說古往今來，乃翁心裏，沒許多般事。也不修仙不佞佛，不學栖栖孔子。懶共賢爭，從教他笑，如此只如此。雜劇打了，戲衫脫與獃底。』（念奴嬌）

在上面這些詞裏，分明地現出三個時代，三種心境，三種不同的色彩和風格。在最後一期內，他創作了許多純粹的白話詞，但他用的白話，却又不是柳永黃庭堅所用的那種鄙俗無聊的字眼，所以他的詞格，仍是高遠的。不用說，格律古典派的詞人，自然不會認識他這種作品的價值。因此，他在過去的詞論中得不到重要的地位。其實他同辛棄疾，是南宋初期五六十年中蘇派詞人的兩大代表。並且他們決不是在文字語調上模擬蘇軾，他有他們自己的生活才氣和生命，他們只採取蘇軾作詞的精神，在某一部份，達到了蘇軾還沒有走到的境界。

葉夢得　葉字少蘊（西曆一〇七七——一一四八），吳縣人，紹聖四年進士，博學多才，南渡後，擔任過軍政界的重要職位。晚居吳興弁山，自號石林居士，有石林詞。他雖生於北宋，但在國變以後，他還生活了二十幾年。因此他的作品，早年的充滿了北宋承平的快樂情調，晚年的便由感傷而入於高蹈與曠達。關注謂其『妙齡詞風婉麗，綽有溫李之風，晚歲落其華而實之，能於簡淡時出雄傑，合處不減東坡。』他這種作風的轉變，實受了時代的影響。南渡前後，蘇軾詞風的再起，葉夢得實是一個重要的線索。他的作品雖時有雄傑之氣，然究不能列入辛棄疾一派。因爲他的人生思想，仍以消極的高蹈爲最後的歸宿。在他的念奴嬌一詞裏，把歸去來辭篇中句字，全部檃括進去，很明顯地表現他的人生觀。他對於國事自然是很憤慨的，在他的水調歌頭、八聲甘州諸詞中，時時流露出朝中無人國勢日急的悲歎。而對於東晉時代抵禦强敵的謝東山，一再地表示欽慕與追戀。而他最後的歸結，仍是一邱一壑的水雲鄉土。因爲這一點，所以我將他歸於朱派了。

『秋色漸將晚，霜信報黃花。小窗低戶深映，微路繞欹斜。爲問山公何事，坐看流年輕度，拚却鬢雙華。徙倚望滄海，天淨水明霞。　念平昔，空飄蕩，徧天涯。歸來三徑重掃，松竹本吾家。却恨悲風時起，冉冉雲間新雁，邊馬怨胡笳。誰似東山老，談笑淨胡沙。』（水調歌頭）

『今古幾流轉，身世兩奔忙。那知一邱一壑，何處不堪藏。須信超然物外，容易扁舟相踵，分占水雲鄉。雅志眞無負，來日故應長。　問騏驥，空矯首，爲誰昂？冥鴻天際塵事，分付一輕芒。認取騷人生此，但有輕蓬短楫，多製芰荷裳。一笑陶彭澤，千載賀知章。』（同上）

其他如向子諲，在高宗朝曾官徽猷閣直學士，知平江府，晚年因忤秦檜意，退居清江，逍遙物外，老於江鄉。有酒邊詞。蘇庠居丹陽之後湖，自號後湖病民，後隱居廬山，屢召不赴。他一生淡於名利，不喜拘束，故其詞亦多塵外之趣，有後湖集。楊旡咎自號淸夷長者，高宗屢徵不起，以山居爲樂，有逃禪詞。集中雖多豔語，但仍以閑澹諸作爲佳。他們有的做過高官，有的是山人隱士，大都以陶彭澤、賀知章爲人生思想的歸宿。他們的作風雖未必全同，他們的人生態度却是一致的。現將諸人的作品，各舉一例於下。

『五柳坊中烟綠，百花洲上雲紅。蕭蕭白髮兩衰翁，不與時人同夢。　抛擲麟符虎節，徜徉月下林風，世間萬事轉頭空，個裏如何不動。』（向子諲西江月）

『屬玉雙飛水滿塘，菰蒲深處浴鴛鴦。白蘋滿棹歸來晚，秋著蘆花一岸霜。　扁舟繫岸依林樾，蕭蕭兩鬢吹華髮。萬事不理醉復醒，長佔煙波弄明月。』（蘇庠淸江曲）

『休倩旁人爲正冠，披襟散髮最宜閑。水雲況得平生趣，富貴何曾著眼看。　低泊棹，稱鳴鸞，一樽長向枕邊安。夜深貪釣波間月，睡起知他日幾竿。』（楊旡咎鷓鴣天）

所謂塵外的想，神仙之趣，在這些詞裏，大略可看一點出來。這一種風趣，也不是勉强做作的，必要作者先有那種逍遙自適的人生觀和高蹈隱逸的生活基礎，才能得到成功的表現。

三　辛棄疾及其他詞人

處在同一亂離時代的環境裏，較之上述諸人的人生觀更爲積極熱烈，對於國破家亡的危難，想加以挽救，對於求和護國的權奸加以反抗，而在詞中發出激昂慷慨的呼聲來的，是那一羣有民族思想的詞人。這一羣人大都與秦檜不和，或遭身死之禍，或遇貶謫之悲。如岳飛之死；趙鼎的貶嶺南，因憂愁國事，不食而卒；胡銓的謫吉陽，都可看出他們所表現的正氣和熱烈愛國的精神。他們流傳下來的詞雖不多，但都是滿腔悲憤，古老蒼涼，內有國賊，外有强敵，壯志難伸，金甌已缺，那種磊落不平之氣，溢於字中，充分地表現出民族文學的特色。

『客路那知歲序移，忽驚春到小桃枝。天涯海角悲涼地，記得當年全盛時。花弄影，月流輝，水精宮殿五雲飛。分明一覺華胥夢，回首東風淚滿衣。』（鷓鴣天，趙鼎，有得全居士詞）

『怒髮衝冠，憑欄處蕭蕭雨歇。擡望眼仰天長嘯，壯懷激烈。三十功名塵與土，八千里路雲和月。莫等閑白了少年頭，空悲切。　靖康恥，猶未雪。臣子恨，何時滅。駕長車踏破賀蘭山缺。壯志飢餐胡虜肉，笑談渴飲匈奴血。待從頭收拾舊山河，朝天闕。』（滿江紅，岳飛）

『富貴本無心，何事故鄉輕別。空使猿啼鶴怨，誤薜蘿秋月。　囊錐剛要出頭來，不道甚時節。欲駕巾車歸去，有豺狼當轍。』（好事近，胡銓，有澹庵長短句。）

在這些詞裏，或是暗傷，或是明罵，或爲正義的呼號，藝術的作風，容有不同，心理的基礎，却是一致。由這些作品，很明顯的反映出當日國難時代的憤世詞人與愛國志士的民族意識。再如張元幹（字仲宗、長樂人）、張孝祥，（字安國，皖歷陽人）都是氣節之士，故其詞亦多忠義之氣。張元幹因送胡銓李綱詞獲罪，被秦檜除名。胡李當日是有名的抗戰派，爲秦檜所排，張元幹是他們的同志。

毛晉說他：『平生忠義自矢，不屑與奸佞同朝，飄然掛冠，』這可見他的人品。他有蘆川詞。張孝祥，紹興二十四年廷試第一，孝宗朝，官中書舍人，領建康留守。後爲秦檜所忌，因以入獄。他的詞駿發踔厲，以詩爲詞，雄放與飄逸，俱似東坡。有于湖詞行世。

『長淮望斷，關塞莽然平。征塵暗，霜風勁，悄邊聲，黯消凝。追想當年事，殆天數，非人力，洙泗上，絃歌地，亦羶腥。隔水氈鄉落日，牛羊下，區脫縱橫。看名王宵獵，騎火一川明。笳鼓悲鳴，遣人驚。　念腰間箭，匣中劍，空埃蠹，竟何成？時易失，心徒壯，歲將零。渺神京，干羽方懷遠，靜烽燧，且休兵。冠蓋使，紛馳騖，若爲情。聞道中原遺老，常南望翠葆霓旌。使行人到此，忠憤氣塡膺，有淚如傾。』（張孝祥六州歌頭）

『洞庭青草，近中秋，更無一點風色。玉界瓊田三萬頃，著我扁舟一葉。素月分輝，明河共影，表裏俱澄澈。怡然心會，妙處難與君說。　應念嶺表經年，孤光自照，肝肺皆冰雪。短鬢蕭疏襟袖冷，穩汎滄浪空濶，盡挹西江，細傾北斗，萬象爲賓客。叩舷獨嘯，不知今夕何夕。（張孝祥念奴嬌過洞庭）

『夢繞神州路，悵愁風連營畫角，故宮離黍。底事崑崙傾砥柱，九地黃流亂注。聚萬落千村狐兎。天意從來高難問，況人情易老悲難訴。更南浦，送君去。　涼生岸柳摧殘暑，耿斜河疏星淡月，斷雲微度，萬里江山知何處，回首對床夜語。雁不到，書成誰與？目盡青天懷今古，肯兒曹恩怨相爾汝。舉大白，聽金縷。』（張元幹賀新郎送胡邦衡待制赴新州）

『曳杖危樓去，斗垂天滄波萬頃，月流煙渚。掃盡浮雲風不定，未放扁舟夜渡，宿雁落寒蘆深處。悵望關河空弔影，正人間鼻息鳴鼉鼓。誰伴我？醉中舞。　十年一夢揚州路，倚高寒愁生故國，氣吞驕虜。要斬樓蘭三尺劍，遺恨琵琶舊語。謾暗拭銅華塵土。喚取謫仙平章看，過苕溪尚許垂綸否。風浩蕩，欲飛舉。』（張元幹寄李伯紀丞相，調同上）

在這些詞裏，那一種傷時憤世的情感，眞是溢於言表。但在蘆川、于湖兩集裏，除了這種長調外，頗多精美的小令。在小令中，他們同樣不多寫豔情，而隨意抒寫一點人生的感情，與瀟灑的情懷。如張元幹的：「風露濕行雲，沙水迷歸艇。臥看明河月滿空，斗掛蒼山頂。萬古只青天，多事悲人境。起舞聞鷄酒未醒，潮落秋江冷。』（卜算子）張孝祥的『問訊河邊春色，重來又是三年。春風吹我過湖船，楊柳絲絲拂面。世路如今已慣，此心到處悠然，寒光亭下水連天，飛起沙鷗一片。』（西江月）都是清疏飄逸的好作品。

辛棄疾　在這一派詞人中，辛棄疾是最適宜的代表，他的人格、事業和作品，都能成爲這一派的領袖。他字幼安，號稼軒（西曆一一四〇——一二〇七），山東歷城人。他生性豪爽，尚氣節，有燕趙義俠之風。他生時北方已淪陷外族，目擊國破家亡的苦境，幼時卽抱有報國之志願。二十歲時，因金兵侵宋失敗，金主被殺，中原志士，多乘機起兵。耿京亦發難於山東，他遂投耿，爲掌書記，是他一生事業的開始。後歸南宋，高宗、孝宗都很賞識他，歷官湖北、湖南、江西、福建、浙江安撫使。行政治軍，俱有聲譽。我們看他同孝宗暢論南北的形勢，和論盜的奏疏，知道他有大政治家的風度和精透的見解。我們看他斬僧端義，擒張安國，和創飛虎營的種種故事，知道他有軍人的勇武精神，和敢作敢爲的魄力。再看他的葬吳交于，哭朱晦菴，知道他有輕財仗義的俠士精神。他雖未能實現他的收復中原的志願，但一生中也做了不少的事業，他的生命，總算沒有虛度。他有稼軒詞四卷（或作十二卷），約六百餘首。因爲他生活的複雜，創作力的强盛，學問的廣博，天才的過人，在他那六百多首詞中，無論內容形式及風格，幾乎無所不包。他用長調寫激昂慷慨的情緒，用小令寫溫柔傷感的情緒。他有時也寫山水之樂，有時也寫纏綿之情，但都雅潔高遠，絕少鄙俗淫靡之態。蘇軾作詞的精神，到了他，達到最高的成就。他把蘇軾在詞中解放與開拓的境界，再加以開拓與解放。他在詞中所表現的放縱與自由，所表現的浪漫精神，還遠在蘇軾之上。我們讀他的作品，可舉出下面的幾個特徵。

一、在形式上，是詩詞散文的合流。　前人作詞，詩詞的界限極嚴。東坡的詞偶有詩化的傾向，即受當代人士的指摘，有『詞詩』之譏。到了辛棄疾，他不僅打破了詩詞的界限，並且走到詩詞散文的合流的狀態。因爲他讀書廣博，他將楚辭詩經莊子論語以及古詩中的語句，一齊融化在他的詞中，並且他用韻絕不限制，完全形成一種散文詞了。後人罵他掉書袋，就是因此。試看水龍吟的『人不堪憂，一瓢自樂，賢哉回也。料當年曾問，飯蔬飲水，何爲是栖栖者。』如『盃汝前來，老子今朝，檢點形骸。甚長年抱渴，咽如焦釜，於今喜溢，氣似奔雷。汝說劉伶，古今達者，醉後何妨死便埋。』都是散文化的詞。再如『何幸如之；』（一剪梅）『此地菟裘也，』（卜算子）『幾者動之微』『請三思而行可已，』（哨遍）完全是散文的句子。前人評他的詞爲『詞論』，便是說他的詞，如散文一般的議論暢達，這種在形式上的開拓與解放，比蘇軾的『詞詩』確是更進一步了。

二、在內容上是題材的廣泛　我們讀稼軒詞，便會知他內容的廣泛。在他的筆下，無論弔古傷時，說哲理，談政治，寫山水，道愛情，發牢騷，他無所不寫。嬉笑怒罵，皆成文章，稼軒詞眞有這種樣子。因爲他不僅以詩爲詞，並以文爲詞，形式擴大了，語句解放了，無論什麼思想，什麼情感，什麼事件，都可以在詞中自由表現出來。所以他的作品雖多，並不千篇一律，各有內容，各有生命。

三、在風格上是雄奇與高潔　辛棄疾由其英雄勇武的氣魄，救世報國的熱情，再加以過人的天才與廣博的學問，造成了他在詞中所表現的那種雄奇高潔的風格。他偶寫豔情，偶歌風月，但絕無輕薄卑俗之語，純以沉厚出之。如『今宵賸把銀釭照，猶恐相逢是夢中。』人皆稱爲豔句，但其中所表現的情感是多麼沉厚，多麼眞切。毛晉說他的詞『絕不作妮子態』（稼軒詞跋，）正是指此。其次，他用字造句，能獨出心裁，不用那些陳套俗語，如『香奩』『紅淚』『玉筯』『銀燭』等等字眼，因此他的作品，絕無李義山、溫庭筠那種金玉滿堂的富貴氣，也無張先、柳永的都會氣。所以他的風格，既能雄奇，又能高潔。這一點也只有蘇軾能和他比美。

『醉裏挑燈看劍，夢回吹角連營，八百里分麾下炙，五十絃翻塞外聲。沙場秋點兵。　馬作的盧飛快，弓如霹靂絃驚。了却君王天下事，贏得生前死後名。可憐白髮生。』（破陣子贈陳同甫）

『漢中開漢業，問此地，是耶非。想劍指三秦，君王得意，一戰東歸。興亡事，今不見，但山川滿目淚沾衣。落日胡塵未斷，西風塞馬空肥。　一篇書是帝王師，小試去征西。更草草離筵，匆匆去路，愁滿旌旗。君思我，囘首處，正江涵秋影雁初飛。安得車輪四角，不堪帶減腰圍。』（木蘭花慢，席上送張仲固帥興元）

『更能消幾番風雨，匆匆春又歸去。惜春長怕花開早，何況落紅無數。春且住，見說道天涯芳草無歸路。怨春不語，算只有殷勤畫簷蛛網，盡日惹飛絮。　長門事，準擬佳期又悞，蛾眉曾有人妒。千金縱買相如賦，脈脈此情誰訴。君莫舞，君不見玉環飛燕皆塵土。閒愁最苦。休去倚危欄，斜陽正在烟柳斷腸處。』（摸魚兒淳熙己亥自湖北漕移湖南同官王正之置酒小山亭賦）

『敲碎離愁，紗窗外風搖翠竹。人去後吹簫聲斷，倚樓人獨。滿眼不堪三月暮，舉頭已覺千山綠。但試把一紙寄來書，從頭讀。　相思字，空盈幅。相思意，何時足。滴羅襟點點，淚珠盈掬。芳草不迷行客路，垂楊只礙離人目。最苦是立盡月黃昏，闌干曲。』（滿江紅）

『明月別枝驚鵲，淸風半夜鳴蟬。稻花香裏說豐年，聽取蛙聲一片。　七八箇星天外，兩三點雨山前。舊時茆店社林邊，路轉溪橋忽見。』（西江月，夜行黃沙道中）

『鬱孤臺下淸江水，中間多少行人淚。西北望長安，可憐無數山。　青山遮不住，畢竟東流去，江晚正愁余，山深聞鷓鴣。』（菩薩蠻書江西造口壁）

『甚矣吾衰矣。悵平生交遊零落，只今餘幾。白髮空垂三千丈，一笑人間萬事，問何物能令公喜。我見青山多嫵媚，料青山見我應如是。情與貌，略相似。　一尊搔首東窗裏，想淵明停雲詩就，此時風味。江左沉酣求名者，豈識濁醪妙理。囘首叫雲飛風起。不恨古人吾不見，恨古人不

見吾狂耳。知我者，二三子。』（賀新郎）

我們讀了這些詞，便知道辛棄疾的創作上的廣泛的成就。他能作豪壯語，能作憤激語，能作情語，能作幽默語，有的很放縱，有的很細密，有的很閑澹，有的很熱情，無論長詞小令，他都能得到成功。劉克莊說：『公所作，大聲鏜鞳，小聲鏗鍧，橫絕六合，掃空萬古。……其穠豔綿密者，亦不在小晏秦郎之下。』（辛稼軒集序）這些批評是正確的。辛稼軒雖是一個英氣勃勃的豪傑，但到了晚年，心灰意懶，也漸漸地走上陶淵明的路。他自己說的『老來曾識淵明，夢中一覺參差是』（水龍吟，）因此在他後期的作品裏，時時提到陶淵明，對於這位晉代的高士，表示最高的敬意。因此他的作風，又趨於清疏與平淡。朱敦儒的詞，他也覺得愛好，在稼軒集中，有效朱希眞體之作，那是很顯然的。他晚年的生活和心境，在一首西江月中，表現得最分明。詞云：『萬事雲煙忽過，百年蒲柳先衰，而今何事最相宜，宜醉宜遊宜睡。早趁催科了納，更量出入收支。乃翁依舊管些兒，管竹管山管水。』（示兒曹以家事付之，）這是他晚年心境的表白，同時也是晩年詞風的代表。到這時候，他那種慷慨悲壯的詞風沒有了，他那種騎的盧馬補天裂之夢也不作了。

此外如韓元吉（字無咎，許昌人）、陳亮（字同甫，婺州人）、陸游（字務觀，山陰人）、劉過（字改之，吉州人）、袁去華（字宣卿，新奉人）、楊炎正（字濟翁，廬陵人）諸家，大都有憤世的熱情，與壯烈的懷抱，在詞的成就上雖不如稼軒，但其作風，都可歸之於辛派。劉過有龍州詞，頗負聲譽。但因故作豪語，不免有粗率平直之病，並有詠美人指甲、詠美人足這一類的詞，更覺遜色。故上列諸人，自以陸游的成績爲佳。他本是南宋最偉大的詩人，並且又最富於愛國的思想，故他的詞同他的詩一樣，常多悲懷家國之作。他晚年的生活，轉爲閑適，故其集中亦多歌詠自然情趣的詞。『蕭條病驥，向暗裏消盡當年豪氣。』這是他的自白。他的言情的小令，亦多佳篇，如釵頭鳳，卽爲膾炙人口者。楊愼云：『故翁纖麗處似淮海，雄快處似東坡。』（詞品）這話說得不錯。

『當年萬里覓封侯，匹馬戍梁州。關河夢斷何處，塵暗舊貂裘。　胡未滅，鬢先秋，淚空流。此生誰料，心在天山，身老滄洲。』（陸游訴衷情）

『湓口放船歸，薄暮散花洲宿。兩岸白蘋紅蓼，映一蓑新綠。　有沽酒處便爲家，菱芡四時足。明日又乘風去，住江南江北。』（陸游好事近）

『斗酒彘肩，風雨渡江，豈不快哉。被香山居士，約林和靖，與坡仙老，駕勒吾回。坡謂西湖正如西子，濃抹淡妝臨照臺。二公者皆掉頭不顧，只管傳杯。　白云天竺去來。圖畫裏，崢嶸樓閣開。愛縱橫二澗，東西水繞，兩峯南北，高下雲堆。逋曰不然，暗香浮動，不若孤山先訪梅。須晴去，訪稼軒未晚，且此徘徊。』（劉過沁園春風雪中欲詣稼軒久寓湖上未能一往因賦此詞以自解。）

『堂上謀臣尊俎，邊頭將士干戈。天時地利與人和，燕可伐歟？曰可。　今日樓臺鼎鼐，明年帶礪山河。大家齊唱大風歌，不日四方來賀。』（劉過西江月）

其次，如韓元吉的『凝碧舊池頭，一聽管絃淒切。多少梨園聲斷，總不堪華髮。杏花無處避春愁，也徬野花發。惟有御溝聲斷，似知人嗚咽。』（好事近）以哀怨的調子，寫故宮禾黍之悲。如陳亮的賀新郎、水調歌頭、念奴嬌諸詞都是憤世傷時的激昂之作。再如袁去華的『登臨處，喬木老，大江流。書生報國無地，空白九分頭。』（定王臺）劉仙倫的『追念江左英雄，中興事業，枉被姦臣誤。倚節長歎，滿懷清淚如雨。』（念奴嬌）都表示在那個國難危重的時代，一些書生民衆的愛國熱情和對於奸臣的憤恨。在北宋的詞裏，充滿着快樂的調子，太平景象的歌頌，都會繁榮的鋪敍，男女浪漫生活的描寫，到這時候，時代變了，社會生活和政治基礎都起了動搖，人民的精神意識也變了，在這些文學作品裏，我們可以看出這分明不同的色彩和情感。在南渡初期的詞壇，除上述諸家外，還有程垓、陳與義、康與之、李邴、侯寘、黃公度、葛立方、張掄、張鎡、范成大、楊萬里諸人，亦時有佳作。在這裏我不作各別的敍述了。

辛陸諸家以後，作品中表現着傷時的情感的，還有岳珂（岳飛之孫，字肅之）、方岳（字巨山，祁門人）、陳經國（字伯大，潮州人）、文及翁（字時學，綿州人）、李昂英（字俊明，番禺人）、劉克莊諸人。在他們的詞裏，都用豪壯的語調，抒寫憤世憂國的情感。其中如陳經國的沁園春，文及翁的賀新涼，實是最有價值的好作品。

『誰思神州，百年陸沉，青氈未還。悵晨星殘月，北州豪傑，西風斜日，東帝江山。劉表坐談，深源輕進，機會失之彈指間。傷心事，是年年冰合，在在風寒。　說和說戰都難算，未必江沱堪晏安。嘆封侯心在，鱣鯨失水，平戎策就，虎豹當關。渠自無謀，事猶可做，更剔殘燈抽劍

看。麒麟閣，豈中興人物，不盡儒冠。』（陳經國丁酉歲感事）

『一勺西湖水，渡江來百年歌舞，百歲酣醉。囘首洛陽花石，盡烟渺黍離之地。更不復新亭墮淚。簇樂紅妝搖畫舫，問中流擊楫何人是。千古恨，幾時洗。　余生自負澄淸志。更有誰磻溪未遇，傅巖未起。國事如今誰倚杖，衣帶一江而已。便都道江神堪恃。借問孤山林處士，但掉頭笑指梅花蕊。天下事，可知矣。』（文及翁西湖有感）

在這些詞裏，暴露着當日偏安局面下的君臣歡樂，社會民衆的苟安心理，對於靖康的國難完全是忘懷了。而同時又可看出那愛國的知識份子，對於危難的國勢和弄權的將相，是表示多麼的憤恨與悲痛。這一種作品，正可算是時代的影子，正義的呼聲。在當日由姜白石、吳文英一派的古典詞風統治的環境下，還能看見這種作品，眞可說是空谷之音了。在上述諸人裏，作品較多，成就較大，在宋末的詞壇能爲辛派的最後代表者，是劉克莊。

劉克莊　劉字潛夫，號後村（西曆一一八七——一二六九），莆田人。他是南宋後期的重要詩人，他在詩壇的地位，僅次於陸游、范成大與楊萬里。有後村別調。他爲人豪爽，很想做一番事業，結果沒有什麼成就。並且他晚年看見國勢日危，復興無望，故其詞中亦特多家國傷憤之情。所作小詞，亦復淸新可喜。在詞的創作上，他也是採取以詩作詞的精神，他的態度是解放的自由的。決沒有古典派格律派的那種保守性和小家氣。

『北望神州路，試平章這場公事，怎生分付。記得太行山百萬，曾入宗爺駕馭。今把作握蛇騎虎。君去東京豪傑喜，想投戈下拜眞吾父。談笑裏，定齊魯。兩河蕭瑟惟狐兎。問當年祖生去後，有人來否？多少新亭揮淚客，誰夢中原塊土。算事業須由人做。應笑書生心膽怯，向車中閉置如新婦。空目送，塞鴻去。』（賀新郎送陳子華知眞州）

『束縕宵行十里强。挑得詩囊，抛了衣囊。天寒路滑馬蹄僵，元是王郎，來送劉郎。酒酣耳熱說文章。驚倒鄰牆，推倒胡牀。旁觀拍手笑疏狂。疏又何妨！狂又何妨！』（一剪梅余赴廣東王實之夜餞於風亭）

對於詞，劉克莊最贊賞稼軒，故其作品的精神與語調，亦與辛相近。惟氣勢稍弱，骨力略遜，故張炎評爲『乃效稼軒而不及者。』如集中沁園春、念奴嬌、水龍吟、賀新郎、滿江紅諸調，確能具備辛詞的神情與面影。在辛派的旗幟下，他與劉改之，是兩個重要的作家，故世稱『二劉。』

四　古典詞派的形成與極盛

南渡後過了十幾年混亂危難的局面，到了一一四一年，宋金成就了和議。南朝得了江南閩廣一帶的財富，社會經濟漸趨繁榮，人民生活日趨安定，在那偏安的狀態下，朝野上下，漸漸地忘了靖康的國恥，又步入酣歌醉舞的生活了。由武林舊事都城紀勝上的記載，杭州當日的繁華，宮庭的酣宴，士大夫以及民衆的歡狂，都遠勝於北宋時代的汴京。周密武林舊事敍云：『乾道淳熙間，三朝授受，兩宮奉親，古昔所無，一時聲名文物之盛，號小元祐。』在這個偏安一時的小康時期內，許多有識之士，雖都認識國難危機的潛伏，在文學裏，表示着憤激與警告，然終歸無用。如稼軒、放翁在詩文中所叫出來的壯烈的呼聲，仍爲當日的絃管所掩。文及翁所說的『渡江來，百年酣舞，百年酣醉。』（賀新涼）正是當日朝野上下淫侈生活的寫實。在這種狀態下，官僚富戶，又在那裏大起園亭，廣蓄歌妓，過那種偎紅倚翠的生活。如張鎡、范成大兩家聲伎之盛，園亭之勝，生活的奢侈，是大家都知道的。於是憂國傷時，只是少數人的事，而大部份的詞人，又回到歌兒舞女的懷抱，重度其雕章琢句審音協律的生活。並且因南渡之變，樂譜散失頗多，於是音律之講求與歌曲之傳習，不屬之於伶工歌妓，而歸之於淸客詞人，和貴家所蓄的家姬。往日爲雅俗共賞之歌詞，爲妓女歌兒所唱之歌詞，至此而爲淸客詞人所獨賞，爲受有相當訓練的家姬所獨唱。因此辭句務求雅正工麗，音律務求和協精密，結集詞社，分題限韻，做出許多精巧唯美的藝術品，於是由周邦彥建立起來的格律古典派的詞風，經了朱敦儒、辛棄疾諸人的挫折以後，到這時候，跟着時代的轉變，又復活起來，形成最堅固的陣容，龐大的勢力，統治朱、辛以後整個的南宋詞壇。明宋徵璧說：『詞至南宋而繁，亦至南宋而敝。』朱彝尊也說：『世人言詞必稱北宋，詞至南宋而極工，至宋季而始其變。』所謂極其工，就是走到最古典最唯美的路上去，結果是詞的生命必歸於衰敝。周濟說：『北宋詞，盛於文士，而衰於樂工，南宋盛於樂工，而衰於文士。』（論詞雜著）因北宋盛於文士，故詞中有名士氣，有詩人氣，有自由浪漫的精神，有活躍的生命與性格。因南宋盛於樂工，故詞中有音律美，有字句美，有形式美，有古典主義的精神，而缺少活躍的生命與性格。屬於這一派的作家，眞是多不勝舉。最重要者有姜夔、史達祖、吳文英、蔣捷、王沂孫、張炎、周密諸人。今分述於下。

姜夔　姜字堯章（西曆一一五五？——一二三五？），江西鄱陽人，後因寓居吳興之武康，與白石洞天爲鄰，愛其勝景，自號白石道人。他一生沒有作過官，是一位純粹的文學家。他精音樂古刻，善書法，詩文俱佳，而尤以詞著。他有瀟洒自由的性格，與清高雅潔的人品。他近於隱逸，而又能風流自賞。一生遊遍了湘、鄂、贛、皖、江、浙一帶的好山水，所以他的詩詞，都帶一種淸雅之氣，他又寄情於聲色，但不敢放縱於肉慾的享樂。他自己的詩說：『道人野性如天馬，欲擺青絲出帝閑。』這是他的愛瀟洒自由的性情。又說：『自作新詞韻最嬌，小紅低唱我吹簫。曲終過盡松陵路，回首煙波十四橋。』這是他的藝術生活的表現。陳郁云：『白石道人氣貌若不勝衣，而筆力足以扛百斛之鼎，家無立錐，而一飲未嘗無食客。圖史翰墨之藏，汗牛充棟。襟期洒落，如晉宋間人。』這話的批評是很確當的。因爲他的性格不塵俗，所以他的作品的風格很高遠，他的生活是藝術化的，所以他的作品是唯美。他雖沒有功名官位，但當日的名人如辛棄疾、范成大、蕭東父、陸游、葛天民、楊誠齋、葉適、樓鑰諸人，都與之交遊唱和。他雖依附豪貴，那只因嗜好相同趣味相投的關係，並非趨炎附勢，因此，並無損於他高貴的人品。在當時的文壇，他很負聲譽。楊誠齋稱他爲詩壇的先鋒，范成大說他的詩爲『裁雲縫月之妙手，敲金戛玉之奇聲。』他的詞尤爲人所贊賞。黃昇云：『白石詞極精妙，不減清眞，其高處有美成所不能及。』趙孟堅謂其爲『詞家之申韓。』張炎說他的詞：『如野雲孤飛，去留無迹。』這些話，雖有點空洞，也可看出他在當日是怎樣受人的推重了。他有白石道人歌曲集，存詞約八十餘首。

姜夔在詞上的貢獻，是繼承周邦彥的精神，對於審音創調與鍛鍊字句的工作，再加努力，而成爲南宋格律古典詞派的再建者，胡適氏稱這派人的作品爲詞匠的詞，以與蘇辛一派的詩人的詞對比，是非常適當的。我們若以周邦彥爲詞匠的先導者，那末，姜夔是這方面最好的代表。因此，在淸眞詞中所表現的特色與弊病，如協律創調，琢句鍊字，用典詠物種種方面，到了姜夔都進一步地表現着，形成格律古典詞派的高度發展。

一、審音創調　姜夔不僅是只通樂理，並且是善自演奏的音樂家。他看見南渡後樂典的散失，他蒐講古制，想補正廟樂。曾於慶元三年，上書論雅樂，進大樂議和琴瑟考古圖，五年又上聖宋鐃歌鼓吹曲。他當時雖無周邦彥得逢徽宗的知音的遭遇，而得展其才力，但大家都承認他用工頗精，留其書以備採擇。他在滿江紅敍中說：『滿江紅舊調用仄韻，多不協律。如末句云：「無心撲」三字，歌者將「心」字融入去聲，方諧音律。予欲以平韻爲之，久不能成。因泛巢湖聞遠岸簫鼓聲，問之舟師云：「居人爲此湖神姥壽也。」予因祝曰：「得一席風經至居巢，當以平韻滿江紅爲迎送神曲。」言訖，風與筆俱馳，頃刻而成。末句云：「聞珮環」則協律矣。』這一段故事，雖有些近於神話性，但由此可以看出他對於作詞上審音協律所用的苦工。又在長亭怨慢序中云：『余頗喜自製曲，初率意爲長短句，然後協以律，故前後闋多不同。』又在暗香序中說：『使工妓隸習之，音節諧婉，乃命之曰暗香、疏影。』再他在醉吟商小品、霓裳中序第一、角招、徵招諸詞的敍中，都詳細說明每一詞的調的音律性。由此，我們可以知他作詞時對於審音協律的注重。因爲他在音樂方面，有這種才力，所以他一面能創製新譜，一面又能改正舊調。他自製的新譜，共有十七支。

暗香　　杏花天　　惜紅衣　　秋宵吟
疏影　　揚州慢　　淡黃柳　　鬲溪梅令
角招　　淒涼犯　　翠樓吟　　長亭怨慢
徵招　　玉梅令　　石湖仙　　醉吟商小品
霓裳中序第一

柳耆卿、周邦彥諸人，精通音樂，善自製曲，在他們的詞調上，僅註明宮調。姜夔更進一步，除註明宮調外，並於詞旁，詳載樂譜，由此宋詞的音調與歌法，得傳一線於後世，這一點，在中國的音樂史上，有重要的價值。

二、琢鍊字句　在淸眞詞裏，已呈現着琢句鍊字的唯美色彩。到了姜夔，更在這方面大用工夫，達到用字最精微深細，造句最圓美醇雅的階段。他的全首詞，有些不好的，但每首詞裏總有許多最深刻最可愛的句子。如：

『二十四橋仍在，波心蕩冷月無聲。』（揚州慢）

『嫣然搖動，冷香飛上詩句。』（念奴嬌）

『長記曾攜手處，千樹壓西湖寒碧。』（暗香）

『孤舟夜發，傷心重見，依約眉山黛痕低壓。』（慶宮春）

『誰念我，重見冷楓紅舞。』（法曲獻仙音）

像這些句子，無論何人讀了都知道是好言語。這些決不是脫口而出的語句，是下了千搥百鍊的工夫，慢慢地融化出來的。他在慶宮春序中云：『賦此闋，過句塗稿乃定。』可知作詞所費的時間與精力，和他認眞求美的態度，眞可與賈島、陳師道諸人作詩相比了。

三、用典詠物　因爲姜夔作詞過於講典雅與工巧，他生怕有俗淺輕浮之病，他一面除琢鍊字句外，同時又愛用典故，來作爲描寫和表現他的情感和事物的象徵。這一點，是白石集中的特色，也可說是最大的弊病。因爲用典過多，等於遮掩了一層幕布，意義雖較含蓄，但詞旨反晦澀含糊，情趣反而減少了。如他最有名的暗香、疏影二闋，張炎譽之爲『前無古人，後無來者，自立新意，眞爲絕唱。』（詞源）但分析二詞，只是用許多梅花和古代幾個美人的典故，湊合起來。但字句確美麗，音調確和諧，讀了下去，確令人可喜。然而，按其內容，旣無意義，又無情感，只是一件沒有生命意識的藝術品，這一點，是姜派詞中的共有性。除用典外，他歡喜詠物。姜夔是如此，姜派的詞人如史達祖、吳文英之流，更是如此。因爲在詠物的詞上，他們可以盡量使用他們的技巧，引用他們的典故，藉此可以誇耀文筆和博學。但詞中的一點生命和情趣，便由此斷送了。在白石的集子裏，如暗香，疏影的詠梅，齊天樂的詠蟋蟀，小重山令的賦紅梅，都是前人最贊賞的作品，認爲是詠物詞的典型。但我們現在看來，覺得這些詞，在藝術的技巧上，固然是成功，但在內容與情感上是非常空虛的。

『燕雁無心，太湖西畔隨雲去。數峯清苦，商略黃昏雨。第四橋邊，擬共天隨住。今何許，凭欄懷古，殘柳參差舞。』（點絳唇丁未過吳淞作）

『淮左名都，竹西佳處，解鞍少駐初程。過春風十里，盡薺麥青青。自胡馬窺江去後，廢池喬木，猶厭言兵。漸黃昏清角吹寒，都在空城。　杜郎俊賞，算如今重到須驚。縱豆蔻詞工，青樓夢好，難賦深情。二十四橋仍在，波心蕩冷月無聲。念橋邊紅藥，年年知爲誰生？』（揚州慢『淳熙丙申至日，余過維揚，夜雪初霽，薺麥彌望，入其城則四顧蕭條，寒水自碧。暮色漸起，戍角悲吟。予懷愴然，感慨今昔。因度此曲，千巖老人以爲有黍離之悲也。』）

『芳蓮墜粉，疎桐吹綠，庭院暗雨乍歇。無端抱影銷魂處，還見篠牆螢暗，蘚堦蛩切。送客重尋西去路，問水面琵琶誰撥。最可惜一片江山，總付與啼鴂。　長恨相從未欵，而今何事，又對西風離別。渚寒煙淡，棹移人遠，縹緲舟行如葉。想文君望久，倚竹愁生步羅襪。歸來後，翠尊雙飲，下了珠簾，玲瓏閑看月。』（八歸湘中送胡德華）

『衰草愁烟，亂鴉送日，風沙回旋平野。拂雪金鞭，欺寒茸帽，還記章臺走馬。誰念飄零久，漫贏得幽懷難寫。故人青眄相逢，小窗閑共情話。　長恨離多會少，重訪問竹西，珠淚盈把。雁磧波平，漁汀人散，老去不堪遊冶。無奈苕溪月，又照我扁舟東下。甚日歸來，梅花零亂春夜。』（探春慢）

『舊時月色，算幾番照我，梅邊吹笛。喚起玉人，不管清寒與攀摘。何遜而今漸老，都忘却春風詞筆。但怪得竹外疎花，香冷入瑤席。 江國，正寂寂。歎寄與路遙，夜雪初積。翠尊易泣，紅萼無言耿相憶。長記曾攜手處，千樹壓西湖寒碧，又片片吹盡也，幾時見得。』（暗香）

『庾郎先自吟愁賦，凄凄更聞私語。露濕銅鋪，苔侵石井，都是曾聽伊處。哀音似訴，正思婦無眠，起尋機杼。曲曲屏山，夜涼獨自甚情緒。 西窗又吹暗雨。爲誰頻斷續，相和砧杵。候館迎秋，離宮弔月，別有傷心無數。豳詩漫與，笑籬落呼燈，世間兒女。寫入琴絲，一聲聲更苦。』（齊天樂詠蟋蟀）

我們讀了這些詞，便可看出格律古典詞派的眞面目。由了他的作風，替南宋的詞壇，開了一條道路。大家跟着他走，都只在字面形式用工夫，極力地講究技巧與唯美，於是因音律而犧牲內容，因用典而使意義晦澀，因過於雕琢字句而損傷情趣，因詠物而變成無病呻吟的遊戲。這幾點，起於周邦彥，盛於姜夔，而大倡於史達祖、吳文英諸人。周姜二家，因學問廣博，才力尤高，而又帶着濃厚的詩人趣味，所以他們的詞風，雖是如此，仍能保持高遠的詞格，等而下之，那眞是詞匠的製品了。朱彝尊云：『詞莫善於姜夔，宗之者張輯、盧祖皐、史達祖、吳文英、蔣捷、王沂孫、張炎、周密、陳允平，皆具夔之一體。』（黑蝶齋詞序）朱氏本是清代姜吳派的領袖，他這意見，可以作爲宋後格律古典詞派的代表。王國維說：『南宋詞人，白石有格而無情。……近人祖南宋而祧北宋，以南宋之詞可學，北宋不可學也。』又說：『白石寫景之作，雖格韻高絕，然如霧裏看花，終隔一層。』（人間詞話）所謂『有格無情』，所謂『可學』，所謂『終隔一層』，正好說明格律古典詞派的特徵與弊病。

史達祖　史字邦卿（西曆一一五五？——一二二〇？），河南開封人。他沒有功名，因事權奸韓侂胄，掌文書，頗有權勢，一時無恥士大夫趨其門，呼梅溪先生，後韓敗，史亦貶死（見浩然齋雅談）。可見他的人品，遠不如白石，但他的詞典雅工巧，却與姜作相近。汪森云：『姜夔出，句琢字鍊，歸於醇雅，史達祖等羽翼之。』（詞綜序）他有梅溪詞一卷，約百餘首。

『做冷欺花，將煙困柳，千里偸催春暮。盡日冥迷，愁裏欲飛還住。驚粉重蝶宿西園，喜泥潤燕歸南浦，最妨他佳約風流，鈿車不到杜陵路。　沉沉江上望極，還被春潮晚急，難尋官渡。隱約遙峯，和淚謝娘眉嫵。臨斷岸新綠生時，是落紅帶愁流處。記當日，門掩梨花，剪燈深夜語。』（綺羅香春雨）

他的詠物詞很多，這首是他有名的代表作。詞中缺少性靈和內容，是不必說的，然而我們也可看他的修辭造句的技巧，唯美文學的本色。張功甫說他的詞「妥帖輕圓」，姜夔說他「奇秀清逸」，都是說其表形。並沒有觸到文學的內質。這一點，是我們必得注意的。

吳文英　吳字君特，號夢窗（西曆一二〇五？——一二七〇？），浙江四明人。他的事蹟不詳，由他的作品看來，他是一個雲遊各地，寄倚權貴的食客，大都是做一點掌管文筆的小職務。因此他的生活很不得意，由他自己說：『幾處路窮車絕，』（喜遷鶯）可知他是一個窮困落魄的詞人。他有夢窗甲乙丙丁稿四卷，約存詞三百餘首。吳文英的才力雖遠不及周邦彥，人品不及姜夔，但其詞的鍛鍊之工，實又過之。有了他，把格律古典的詞，發展到了極端。協律、用典、詠物、修辭種種條件，都在他的詞裏，更加以强化。他說：『音律欲其協，不協則成長短句之詩，下字欲其雅，不雅則近乎纏令之體，用字不可太露，露則直突而乏深長之味，發意不可太高，高則狂怪而失柔婉之意。』（見樂府指迷）在這幾句話裏，很明顯看出他對於詞的主張，是要協律、醇雅、深長與柔婉。這些條件，是後代正宗詞派所尊奉的最高教旨，而又都是柳、蘇、朱、辛詞中所缺少的。因爲重音律，所以他的詞，讀去格外和諧悅耳。因爲醇雅，覺得他的字面特別美麗。因爲表意過於含蓄，遂使其詞旨晦澀，莫知所云。因爲表情過於柔婉，故其詞的氣勢極弱。他的詞的好處與壞處，成功與失敗，都在這些地方。因此，後人對於他的批評，時常發出相反的論調。尹煥說：『求詞於吾宋，前有淸眞，後有夢窗，此非煥之言，天下之公言也。』（夢窗詞集序）馮煦云：『夢窗之詞麗而則，幽邃而綿密。脈絡井井，而卒焉不得其端倪。』周濟的宋四家詞選，以周邦彥、辛棄疾、王沂孫、吳文英爲宋代詞壇的四大領袖，以餘人爲附庸。可見他們對於夢窗的推重。但沈伯時說：其失在用事下語太晦處，人不可曉。』張炎說：『夢窗如七寶樓臺，眩人眼目，拆碎下來，不成片段。』張惠言的詞選，並未收錄他的作品，在這種地方，雖未免有愛惡之情的偏見，但沈、張二人的評語，確能指出夢窗詞的弊病。一個是說他詞意太晦，一個是說他只顧到堆砌辭藻，注重外形的美麗，而失却內部的連貫與融和。我們讀他詠玉蘭花的瑣窗寒，那只是大堆的套語和典故的湊合，一時說到「返魂騷畹」，一時又說到「送客咸陽」，一時又說到鴟夷與吳苑，這些典故，眞不知與玉蘭花有何相干。如在詞調下不註明是「詠玉蘭，」那意思是無人知道的。所以吳文英的詠物，大半都是詞謎。這一點正是沈伯時所說的「用事下語太晦」

之失。再看他的詠落梅的高陽臺，外面眞是美麗非凡，眞是眩人耳目的七寶樓臺，但仔細一讀，便發現兩句一節，三句一節，可以分成六七節，前後的意思不連貫，前後的環境情感也不融和，好像是各自獨立的東西，不是一首拆不開的詞，他在這裏，失却了文學的整體性與聯繫性。這正是張炎所說的只有外形而無連貫的弊病。但他的鍊字之工，造句之巧，形式音律的和美，使他在格律古典詞派中，得到了重要的地位的事，無論如何，我們是不能否認的。

『殘寒正欺病酒，掩沈香繡戶。燕來晚飛入西城，似說春事遲暮。畫船載淸明過却，晴煙冉冉吳宮樹。念羈情遊蕩，隨風化爲輕絮。　十載西湖，傍柳繫馬，趁嬌塵軟霧。遡紅漸招入仙谿，錦兒偸寄幽素。倚銀屏春寬夢窄，斷紅濕歌紈金縷。暝堤空，輕把斜陽，總還鷗鷺。　幽蘭旋老，杜若還生，尙水鄉寄旅。別後訪六橋無信，事往花萎，瘞玉埋香，幾番風雨。長波妒盼，遙山羞黛，漁燈分影春江宿，記當時短楫桃根渡。靑樓彷彿，臨分敗壁題詩，淚墨慘澹塵土，危亭望極，草色天涯，歎侵鬢半苧。暗檢點淚痕歡唾，尙染鮫綃，嚲鳳迷歸，破鸞慵舞。殷勤待寫，書中長恨，藍霞遼海沉過雁，漫相思，彈入哀箏柱。傷心千里江南，怨曲重招，斷魂在否？』（鶯啼序）

『剪紅情，裁綠意，花信上釵股。殘日東風，不放歲華去。有人添燭西窗，不眠侵曉，笑聲轉新年鶯語。　舊樽俎，玉纖曾擘黃柑，柔香繫幽素。歸夢湖邊，還迷鏡中路。可憐千點吳霜，寒消不盡，又相對落梅如雨。』（祝英臺近）

我所選的，是不用典故而純任白描的幾首，也可以說是夢窗集中的上品。再如八聲甘州中的『問蒼波無語，華髮奈山青。水涵空闌干高處，送亂鴉斜日落漁汀。』這些句子自然都是好言語，但全詞中頗多套語湊合之處，未免美中不足，因此沒有選錄。四庫提要云：『文英天分不及周邦彥而研練之功則過之。詞家之有吳文英，亦如詩家之有李商隱也。』我們如果以蘇、辛爲詩家之太白、昌黎，那末以吳文英比李商隱，無論其作品的風格與面貌以及在文學思潮發展之過程上，眞是最確切的了。

蔣捷、王沂孫、周密、張炎同有亡國的身世，而在詞史上，是被稱爲遺民的。因此，他們的詞風，雖是屬於姜吳的古典一派，但其情調較爲淒楚哀痛，加以外力的重重壓迫，不敢把那種傷時悼國的情緒露骨的表現出來，只好用着象徵比擬的手法加以抒寫，雖在表面似有霧裏看花之感，其中蘊藏的情緒，却是很沉痛的。所謂『亡國之音哀以思，』想就是這種境界。

蔣捷　蔣字勝欲（西曆一二三五？——一三〇〇？），江蘇宜興人。德祐中舉進士，宋亡隱居不出。他有竹山詞一卷。約存詞九十餘首。他的事蹟不詳，由他許多作品看來，可以想到他是一個瀟洒自由的人。他的詞雖脫不了姜吳一派的古典影響，但他却染着蘇辛詩人的詞的色彩。他有許多詞，破壞規律的限制，和傳統的習慣，時時呈現着一種新精神，他的水龍吟連用「些」字韻，「聲聲慢」連用「聲」字韻，瑞鶴仙連用「也」字韻，一面可以看出他那種嘗試的精神，同時也可看出稼軒詞給他的影響。水龍吟下，自註着「效稼軒體」這是最好的證明。因此，他的作品，在姜吳那一個範圍裏，是最爽快最有生氣的了。尤其是他的小詞，清麗秀逸，在晚宋詞壇，是少見的。

『黃花深巷，紅紙低窗，淒涼一片秋聲。豆雨聲來，中間夾帶風聲。疏疏二十五點，洒譙門不鎖更聲。故人遠，問誰搖玉佩，簷底鈴聲。　彩角聲隨月墮，漸連營馬動，四起笳聲。閃爍鄰燈，燈前尚有砧聲。知他訴愁到曉，碎噥噥多少蟲聲。訴未了，把一半分與雁聲。』（聲聲慢秋聲）

『一片春愁待酒澆。江上舟搖，樓上帘招。秋娘渡與泰娘橋。風又飄飄，雨又瀟瀟。　何日歸家洗客袍，銀字笙調，心字香燒。流光容易把人拋。紅了櫻桃，綠了芭蕉。』（一剪梅舟過吳江）

『少年聽雨歌樓上，紅燭昏羅帳。壯年聽雨客舟中，江闊雲低，雁斷叫西風。而今聽雨僧廬下，鬢已星星也。悲歡離合總無情，一任階前，點滴到天明。』（虞美人聽雨）

前一首的修辭造句，雖不脫姜吳古典派的氣息，但典故套語，一概不用，全在用力描寫。通首用「聲」字押韻，更覺新奇。至於後兩首，純任白描，語句的工，情韻的好，可說是竹山詞中的上品。決不是那些專講字面格律的詞匠所能寫出的。再他的詠物詞，有許多描寫活躍，托意深厚，沒有那種詩謎遊戲的弊病。

周密　周字公謹，號草窗（西曆一二三二——一三〇八，）濟南人。宋室南渡，其祖遷居湖州。後宋亡，居杭，以著作自娛。與王沂孫、王易簡、張炎諸人結詞社，互相唱和。他的著作很多，如齊東野語、癸辛雜識、浩然齋雅談、武林舊事諸書，或記文壇掌故，或敍社會風俗，或記文物制度，都是很重要的史料。他的詞集名蘋洲漁笛譜，又名草窗詞，約存詞一百五十餘首。他的詞工麗精巧，善於詠物，頗近夢窗，因此，他與吳文英世稱爲『二窗。』但因其身經亡國，故其晚年之作，頗多沉咽淒楚之音，又與張炎相近。

『步深幽，正雲黃天淡，雪意未全休。鑑曲寒沙，茂林煙草，俯仰今古悠悠。歲華晚，飄零漸遠，誰念我同載五湖舟。磴古松斜，崖陰苔老，一片清愁。 回首天涯歸夢，幾魂飛西浦，淚灑東州。故國山川，故園心眼，還似王粲登樓。最負他秦鬟妝鏡，好江山何事此時遊。爲喚狂吟老監，共賦消憂。』（一萼紅登蓬萊閣有感）

『松雪飄寒，嶺雲吹凍，紅破數枝春淺。襯舞臺荒，浣妝池冷，淒涼市朝輕換。嘆花與人凋謝，依依歲華晚， 共淒黯，問東風幾番吹夢，應慣識當年，翠屏金輦。一片古今愁，但廢綠平烟空遠。無語銷魂，對斜陽衰草淚滿。又西泠殘笛，低送數聲春怨。』（法曲獻仙音弔香雪亭梅）

草窗集中，工於詠物者頗多。如水龍吟之詠白蓮，國香慢的詠水仙，齊天樂的詠蟬，都是前人一致推賞之作。我在這裏所選的，是幾首表現淒楚之情亡國之痛的作品，可知在那一個國破家亡的環境裏，當日的詞人，無論如何沉溺於典雅細巧之中，這一點時代的愁恨，總是無法掩藏的了。

王沂孫 王字聖與，號碧山（西曆一二四〇？——一二九〇？）浙江會稽人。他雖說是宋亡以後，在各處流浪了一回，但結果仍是做了元朝的順民，元至正中，做過慶元路學正（見延祐四明志）。這樣看來，他又不能算是眞正的遺民了。他有花外集一卷，又名碧山樂府，約存詞六十餘首。他的詞，清朝人很重視他，朱彝尊、張惠言、周濟都一致推崇。周濟並以他爲宋代詞壇四大領袖之一。並且批評他說：『詠物最爭托意，隸事處以意貫串，渾化無痕，碧山勝場也。』同時他們都是一致承認他的詞是寄情比興，借詠物的外形，而寓以黍離君國之憂戚。說眉嫵詠月，是指君有恢復之志，而歎惜無賢臣。高陽臺詠梅花，是指君臣晏安天下將亡的寓意，這些都過於機械，很有點像詩序解詩的把戲。但若將他那一點傷時悼國的情感，一概抹殺，又不應該，在他的詞裏，見景生情，因物起興，時時流露出一點傷痛的情緒來，因此容易使人去穿鑿附會。如清末端木埰解他的齊天樂詞云：『乍咽涼柯，還移暗葉，重把離愁深訴。慨播遷也。西窗過雨，怪瑤佩流空，玉筝調柱。傷敵騎暫退，燕安如故也。餘音更苦，甚獨抱清商，頓成淒楚。言遺臣孤憤哀怨難論也。』（見花外集跋）這種詩序式的註釋，難怪胡適要罵信口開河，白日見鬼了。他的詠物隸事兩項，周濟雖加以『托意』與『渾化無痕』的好評，但我們讀起來，覺得仍是與吳文英一樣的晦澀堆砌，時有『不連貫』和『莫知所云』的地方。這一點是成了這一派詞人不可藥醫的病根。

『殘雪庭陰，輕寒簾影，霏霏玉管春葭。小帖金泥，不知春在誰家。相思一夜窗前夢，奈個人水隔雲霞。但淒然，滿樹幽香，滿地橫斜。江南自是離愁苦，況遊驄古道，歸雁平沙。怎得銀箋，殷勤與說年華。如今處處生芳草，縱凭高不見天涯。更消他，幾度東風，幾度飛花。』（高陽台）

『白石飛仙，紫霞悽調，斷歌人聽知音少。幾番幽夢欲回時，舊家池館生青草。風月交遊，

山川懷抱，憑誰說與春知道。空留離恨滿江南，相思一夜蘋花老。』（踏莎行題草窗詩卷）

在這些詞裏，我們不能否認他那種家國哀傷之情。因爲他表現得非常隱約，故其情調亦顯出一種哀蟬淒楚之音。如岳飛、辛稼軒那些慨慷激昂之詞，可以引起讀者的興奮，至於這一種作品，只能引起一種歎息和淒涼，眞是什麼希望也沒有了。

張炎　張炎字叔夏，號玉田（西曆一二四八——一三二〇？），原籍甘肅天水人，南渡時，家隨之南來，寓杭州。南宋的功臣循王張俊是他的先祖，詞人張鎡是他的曾祖，祖張含，父張樞，都工文學，精曉音律。可知張炎是在一個貴族生活和文學環境的家庭中長大的。元兵破臨安時（一二七六），他快三十歲了。所以他早年是過的花花公子的富貴生活，湖邊醉酒，小閣題詩，在他的集子裏，這一種快樂華美的調子也還不少。因着國亡家破的大變亂，他以功臣貴族之後，自然不能覥顏事仇，在那一時代的詞裏，表現了家國悲痛的情緒。因此生活入於窮困，東走西遊，一無結果。袁桷贈張玉田詩註道：『玉田爲循王五世孫，時來鄞設卜肆。』他就這麼落魄而死了。詞集名山中白雲詞，共二百四十餘首。

張炎是從晚唐到宋末這幾百年來的歌詞的結束者，形式由小令而到長調，風格由浪漫自由而入於格律古典，表現的方法由意象與白描，而走到深密的刻劃與字句的雕琢。從通俗的民衆性，變爲雅正的貴族性，由隨意的抒寫，而形成種種嚴格的規律與限制，這些方面，在張炎的作品裏，走到極端。他的詞源，表現他在這方面的理論。在文學發展史上，無論詩文，大都有這種傾向，詞在宋末得到這種凝固的狀態，也可以說是必然的趨勢，詞的生命到這裏是算完了，也可以說是走盡了路，到這時候已入了窮途。後日的詞人，無論如何有才力有學問，總無法跳出這些人的藩籬。不歸之於花間、南唐，則歸之於蘇、辛，或歸之於清眞、白石、夢窗、玉田諸家了。他們成了詩中的陶潛、李白、杜甫、韓愈、李義山了。就在這裏，宋代的詞壇，也可以說是中國的詞壇，從此告了一個結束。我們先看他在詞源上發表的重要意見。

一、協音合律　協音合律本是格律古典詞派的第一信條，到了張炎，他更是認眞了。他自己說，他在這方面用了四十多年的工夫。『昔在先人侍側，聞楊守齋、毛敏仲、徐南溪諸公，商榷音律，嘗知緒餘，故好爲詞章，用功踰四十年。』『先人曉暢音律，有寄閑集，旁綴音譜，刊行於世，每作一詞，必使歌者按之。稍有不協，隨卽改正。曾賦瑞鶴仙有句云，粉蝶兒，撲定花心不去。此詞按之歌譜，聲字皆協，惟「撲」字稍不協，遂改爲「守」字乃協。始知雅詞協音，雖一字亦不放過。又作惜花春起早云：「瑣窗深，」「深」字意不協，改爲「幽」字，又不協，再改爲「明」字，歌之始協。』（詞源）由這看來，張炎的精於音律，固大半由於他自己的用功，但前輩的指示，家教的影響，也有重大的關係。但同時我們要注意的，他這一段自述，正是尊重音律犧牲內容的好證明。「撲」「守」意義不同，「深」「幽」「明」相差更遠，只以求於協音，不惜改變意義，眞是削足適履，眞可算是詞匠了。

二、雅正　雅正便是典雅高貴，而無通俗粗淺之氣味。那就是貴族的，而不是大衆的。他說：

『古代樂章，皆出於雅正。』又說：『詞欲雅而正，志之所之，一爲情所役，則失其雅正之音矣。』柳永、張先的詞，他們看來自然是不雅正。辛稼軒、劉改之的作品也不是雅詞，就連周邦彥的，也還沒有達到雅正之路。他覺得詞要雅正：一、要協音，二、要隱意，三、要修詞。協音上面說通了。所謂隱意，便是含蓄，不要明說出來。在這一方面，他們提倡用典，以影射象徵的方法，來表達情意。如沈義父云：『詠物詞最忌說出題字，如清眞梨花及柳，何曾說出一個梨柳字。』又說：『如說桃花不直說破桃，須用紅雨、劉郎等字，如詠柳不可直說破柳，須用章臺、灞岸等事。又用事如日銀鈎空滿，便是書字了，不必更說書了；玉筯雙垂，便是淚了，不必更說淚。如綠雲繚繞，隱然髻髮，困便湘竹，分明是簟，正不必分曉。往往淺學俗流，多不曉此妙用，指爲不分曉，乃欲直拔說破，都是賺人與耍曲矣。』（樂府指迷）這雖出於沈義父，他也是同時代的人，並且他這些意見，都得之於吳夢窗，卻正是他們共同的意見。因爲他們都要這樣含隱，所以詞都變成了詩謎。修辭、便是琢句鍊字，這是他們的拿手戲。詞源中所論的『字面』『字眼』『句法』『虛字』等等，都是屬於這方面的枝節問題。

三、清空　清空是張炎提出來的詞的最高境界。他說：『詞要清空則古雅峭拔，質實則凝澀晦味，姜白石詞如野雲孤飛，去留無迹，吳夢窗詞如七寶樓臺，眩人眼目，拆碎下來，不成片段，此清空質實之說。』可知他所說的清空，就是空靈神韻，同嚴羽論詩的意見相同。在他們看來，所謂詞詩、詞論一類的蘇、辛詞，都是詞中的別支，不能算爲正宗的了。樂府指迷云：『近世作詞者不曉音律，乃故爲豪放不羈之語，遂借東坡、稼軒諸賢自諉。』在這裏正好暗示出他們對於蘇、辛的態度。

『接葉巢鶯，平波卷絮，斷橋斜日歸船。能幾番遊，看花又是明年！東風且伴薔薇住，到薔薇春已堪憐。更淒然萬綠西泠，一抹寒烟。　當年燕子何處，但苔深韋曲，草暗斜川，見說新愁，如今也到鷗邊。無心再續笙歌夢，掩重門，淺醉閑眠。莫開簾，怕見飛花，怕聽啼鵑。』（高陽臺西湖春日有感）

『記玉關踏雪事清遊，寒氣脆貂裘。傍枯林古道，長河飲馬，此意悠悠。短夢依然江表，老淚灑西州。一字無題處，落葉都愁。　載取白雲歸去，問誰留楚珮。弄影中洲。折蘆花贈遠，零落一身秋。向尋常野橋流水，待招來，不是舊沙鷗。空懷感，有斜陽處，最怕登樓。』（八聲甘州別沈堯道）

『聽江湖夜雨十年燈，孤影尙中洲。對荒涼茂苑，吟情渺渺，心事悠悠。見說寒梅猶在，無處認西樓。招取樓邊月，同載扁舟。　明日琴書何處，正風前墜葉，草外閑鷗。甚消磨不盡，惟有古今愁。總休問西湖南浦，漸春來烟水接天流。清游好，醉招黃鶴，一嘯高秋。』（八聲甘州）

『楚江空晚，悵離羣萬里，怳然驚散。自顧影欲下寒塘，正沙淨草枯，水平天遠。寫不成書，只寄得相思一點。料因循誤了殘氈擁雪，故人心眼。　誰憐旅愁荏苒。謾長門夜悄，錦箏彈怨。想伴侶猶宿蘆花，也曾念春前去程應轉。暮雨相呼，怕驀地玉關重見。未羞他雙燕歸來，畫簾半捲。』（解連環孤雁）

詠物詞到了張炎，可以說到了最高的境地，他細心地體會，深微的刻劃，凡物的神情面貌以及性格，都能委婉曲折地表現出來，如南浦的詠春水，水龍吟的詠白蓮，解連環的詠孤雁，探春的詠雪霽，綺羅香的詠紅葉，眞珠簾的詠梨花，都是他的詠物詞的代表作。時人以張春水、張孤雁目之，可見這些詞在當日是如何的膾炙人口了。

詞到了張炎精華殆盡，技巧已窮，令後來者已無立足之地。音律典則以及作法的種種講求，桎梏性靈，犧牲內容，詞運便無可挽救了。在那國亡家破的環境中，詞的生命，也同時宣告了結束。後代的作者，在這方面只是擬古，而在詩歌的歷史上，另有新興的散曲，來替代這僵化凝固的詞。在當日這一個古典詞風極盛的思潮中，樂府指迷（沈義父）、詞源（張炎）、作詞五要（楊守齋）、詞旨（陸輔之）這些著作，是他們論詞的代表。同時也就是後代姜張門徒們的聖經。其次，當日屬於這一派的詞人，較著者還有高觀國、盧祖皋、張輯、陳允平諸人，因爲他們的作品，都在白石、梅溪、夢窗、玉田的籠罩之下，頗少特創之處，故都略而不論。其他的小詞人，也不知道還有多少，只好一概割愛了。至於劉辰翁（字會孟，廬陵人，有須溪詞）、文天祥（字宋瑞，吉水人，有文山樂府）、李演（字廣翁，有盟鷗集）、汪元量（字大有，錢塘人，有水雲詞）諸家，或以豪放激昂之筆，抒寫家國之痛，或以沉咽之語，表現淒苦之音。在藝術技巧上，雖無碧山、玉田的工麗典雅，但一種忠義的正氣，憤恨的哀情，却躍然紙上。現在各選一首，作這一章的結束。

『送春去，春去人間無路。秋千外，芳草連天，誰遣風沙暗南浦。依依甚意緒，慢憶海門飛絮。亂鴉過，斗轉城荒，不見來時試燈處。　春去，最誰苦。但箭雁沈邊，梁燕無主，杜鵑聲裏長門暮。想玉樹凋零，淚盤如露。咸陽送客屢回顧，斜日未能渡。　春去，尚來否？正江令恨別，庾信愁賦，蘇隄盡日風和雨。嘆神遊故國，花記前度。人生流落，顧孺子，共夜語。』（劉辰翁蘭陵王送春）

『水空天闊，恨東風，不惜世間英物。蜀鳥吳花殘照裏，忍見荒城頹壁！銅雀春情，金人秋淚，此恨憑誰雪？堂堂劍氣，斗牛空認奇傑。　那信江海餘生，南行萬里，送扁舟齊發。正爲鷗盟留醉眼，細看濤生雲滅。睨柱吞嬴，回旗走懿，千古衝冠髮。伴人無寐，秦淮應是孤月。』（文天祥大江東去驛中言別友人）

『笛叫東風起，弄尊前楊花小扇，燕毛初紫。萬點淮峯孤角外，驚下斜陽似綺。又婉婉一番春意。歌舞相繆愁自猛，捲長波一洗人間世。空熱我，醉時耳。　綠蕪冷葉瓜州市。最憐予洞簫聲盡，闌干獨倚。落落東南牆一角，誰護山河萬里。問人在玉關歸未？老矣青山燈火客，撫佳期漫洒新亭淚。歌哽咽，事如水。』（李演賀新涼）

『金陵故都最好，有朱樓迢遞。嗟倦客又此憑高處，檻外已少佳致。更落盡梨花，飛盡楊花，春也成憔悴。問青山，三國英雄？六朝奇偉？　麥甸葵邱，荒台敗壘，鹿豕銜枯薺。正潮打孤城，寂寞斜陽影裏。聽樓頭，哀笳怨角，未把酒愁心先醉。漸夜深月滿秦淮，烟籠寒水。　悽悽慘慘，冷冷清清，燈火渡頭市。慨商女不知興廢，隔江猶唱庭花，餘音亹亹。傷心千古，淚痕因思如洗。烏衣巷口青蕪路，認依稀王謝舊鄰里。臨春結綺，可憐紅粉成灰，蕭索白楊風起。

因思疇昔，鐵索千尋，漫沉江底。揮羽扇，障西樓，便好角巾私第。淸談到底成何事。回首新亭，風景今如此。楚囚對泣何時已，嘆人間今古眞兒戲。東風歲歲還來，吹入鍾山，幾重蒼翠。』(汪元量鶯啼序重過金陵)

或出於象徵，或由於直寫，詞旨既不晦澀，表情非常眞切，令人讀了，眞有心酸淚下的力量。這些自然是最感人的好作品。在詞藻上，雖受有古典派的影響，但在氣勢上，是偏於蘇、辛一派的了。

第二十章　宋代的詩

一　宋詩的特色與流變

在詩的發展史上，到了宋朝，他已經步入衰頹的地步，詩的地位，已讓給新起的詞了。當日許多天才的作者，都在詞的方面，表現了光輝燦爛的功業，雖也有不少人同時努力於詩的創作，究難翻陳出新產生特殊驚人的成績。但較之元、明、淸各代來，宋詩也還有其特色，在文學史上，仍能佔着相當的地位。

在明代前後七子標榜「文必秦漢，詩必盛唐」的擬古思潮裏，宋詩陷於最冷落的命運。後來由公安派的提倡鼓吹，仍然沒有達到宋詩復興的命運。吳之振在宋詩鈔序中說：『自嘉隆以還，言詩尊唐而黜宋。宋人集覆瓿糊壁，棄之若不克盡。故今日蒐購最難得。黜宋詩者曰腐，此未見宋詩也。宋人之詩，變化於唐，而出其所自得，皮毛落盡，精神獨存。不知者或以爲腐。後人無識，倦於講求。喜其說之省事而地位高也。則羣奉腐之一字，以廢全宋之詩，故今之黜宋者，皆未見宋詩者也。』宋詩鈔爲吳之振、呂留良同輯，是一部復興宋詩的重要文獻。宋犖漫堂詩話云：『明自嘉隆以後，稱詩家皆諱言宋，至舉以相訾謷。故宋人詩集，庋閣不行。近二十年來，乃專尙宋詩。至吾友吳孟舉宋詩鈔出，幾於家有其書矣。』這裏所說的吳孟舉，就是吳之振。可知淸初宋詩的由晦而顯，吳的功勞是不小的。清代中葉，宋詩的勢力雖一度低落，但到晚年；由於曾國藩、何紹基、鄭珍、莫友芝的提倡鼓吹，又呈現着興盛的狀況。當日流行的同光體，可以說是宋詩的別名。近人如鄭孝胥、陳三立、陳衍之流，都是宋詩的擁護者，中國的舊詩，也就由他們告了結束。

前人對於宋詩的指責，大多集中在「多議論」「言理不言情」「詩體散文化」「俚俗而不典雅」這幾點上。這種情形，雖不能說宋代詩人都是如此，但那幾位代表詩人，如歐陽修、王安石、蘇東坡、黃山谷和那些道學家的作品，或此或彼，總帶着這種傾向。嚴羽滄浪詩話云：『本朝尚理而病於意。』何大復漢魏詩序云：『宋詩言理。』李東陽懷麓堂詩話云：『宋人於詩無所得。所謂法者，不過一字一句對偶雕琢之工，而天眞興致，則未可與道。』陳子龍與人論詩云：『宋人不知詩而强作詩，其爲詩也，言理而不言情，終宋之世無詩。』吳喬圍爐詩話及萬季野詩問的議論更是激烈。他說：『宋以來詩，多傷淺薄。』又說：『唐人以詩爲詩，宋人以文爲詩，唐詩主於達性情，故於三百篇近。宋詩主於議論，故於三百篇遠。』他更進一步說：『宋人詩集甚多，不耐讀，而又不能不讀，實爲苦事。』他們所說的雖有些稍稍過激，確也有相當的理由。宋詩在情韻與境界方面，實遠不如唐詩。至如所說「好議論」「散文化」以及「淺露俚俗」的幾點，一面是宋詩的缺點，同時也就是宋詩的長處。因着散文體的運動，與理學的盛行，當日的詩壇受了這種影響，避開典雅華麗的雕鏤，而走到散文式的明白淺顯，避開美人香草的私情愛意，而入於各種議論的發揮，這正好給予宋詩一種解放的良好機運。也就在這種地方，宋詩因此形成一種特殊的風格，使得後人攻擊他，或是愛好他。在詩史上，建立了一個相當有力量的派別。

關於宋詩的演變，前人論者甚衆，然有故分流派立論繁雜之弊。其中以全祖望在宋詩紀事序中所言者最爲扼要。他說：『宋詩之始也，楊、劉諸公最著，所謂西崑體者也。慶曆以後，歐、蘇、梅、王數公出，而宋詩一變。涪翁以崛奇之調，力追草堂，所謂江西詩派者，而宋詩又一變。建炎以後，東夫之瘦硬（蕭德藻），誠齋之生澀（楊萬里），放翁之輕圓（陸游），石湖之精緻（范成大），四壁俱開。乃永嘉徐趙諸公（徐照、徐璣、趙師秀），以淸虛便利之調行之，則四靈派也。而宋詩又一變。嘉定以降，江湖小集盛行，多四靈之徒也。及宋亡，而方謝之徒（方鳳謝翶），相率爲迫苦之音，而宋詩又一變。』在這一段短小的文字裏，把三百多年的宋詩壇，畫出了一個明顯的輪廓。由西崑而歐蘇，而黃山谷，而南宋四家，而遺民詩，確是宋詩演變的重要路線，研究宋詩的人，是應該注意的。

二　由西崑到歐蘇

宋初由楊億、劉筠、錢惟演領導的西崑詩派，一味追縱李商隱，重對偶，用典故，尚纖巧，主研華，造成那種僅有外表絕無內容和個性的虛浮作風。這些作品，同當日那般館閣學士的身分和那種太平盛世的宮庭社會的環境，正相適合。朝庭以此取士，師友互相講求，在宋初的詩壇，佔領了半世紀以上。當代和西崑詩風相反的，如王禹偁、王奇、魏野、寇準、林逋、潘閬諸家，或學樂天，或尊賈島，但在詩歌上也沒有多大的成績，不能形成一種轉變詩壇的力量和運動。其中以在西湖栽花養鶴的林和靖處士最負盛名。然而我們現在細讀他的詩集，其中充滿了柔弱與做作，同時又囿於近體的格律，缺少豪氣與魄力。他最膾炙人口的梅花詩句：「疏影橫斜水清淺，暗香浮動月黃昏」，「雪後園林纔半樹，水邊籬落忽橫枝」，雖是寫得極其纖巧清新，那也只是一種賦物詩的典型，沒有什麼寄託與感慨，所以也不能形成一種高遠的境界，和悠悠不盡的餘味。但他的品格是高尚的，在那個人人貪求富貴利祿的時代，他能潔身自愛，排除一切名利的引誘，自樂自得於山水花木禽鳥蟲魚的自然環境，比起那些以文干祿因詩得寵的人們來，自然是可貴多了。

『湖上山林盡不如，霜天時候屬園廬。梯斜晚樹收紅柿，筒直寒流得白魚。石上琴尊苔野淨，籬蔭雞犬竹叢疏。一關兼是和雲掩，敢道門無卿相車。』（離興）

這雖不能稱是好詩，然也因其很明顯地表現出高貴的品格和堅定的人生觀，使我們對作者更進一步的認識和親近，因此對於他那些專寫山水花鳥的作品，個人主義者的思想，也能進一步地瞭解了，然而這一類作品，是缺少轉變風氣的破壞性與革命性。因此在宋代的詩壇，眞能一掃西崑的華豔，由柔弱的格律中解放出來，給予詩風一大轉變的，是不得不待之於歐陽修。

歐陽修　歐陽修是宋代文學改革運動的領導者，同時又是散文詩詞各方面的大作家。詩風的轉變，古文的復興，都在他的手中完成。蘇東坡說他是宋朝的韓愈，無論從他在文學運動上的地位，或是從他作品的特色與風格，這評論都很恰當。他在散文與詩體的創作上，都是承繼着韓愈的路線。就是他自己，於詩於文，亦時以韓愈自命。他曾以石曼卿比盧仝，蘇子美比張籍，梅堯臣比孟郊。梅堯臣在和永叔澄心堂紙答劉原甫詩中說：『退之昔負天下才，掃掩衆說猶除埃。張籍盧仝鬬新怪，最稱東野爲奇瑰。歐陽今與韓相似，海水浩浩山嵬嵬。石君蘇君比盧籍，以我待郊嗟因嗟。』可知他們這志同道合的一羣，都以韓孟張盧自許，是想對當日淫靡的詩壇，做一點「掃掩衆說猶除埃」的工夫。終於由他們的努力奮鬬，這運動得到了成功。

韓愈是散文家，他喜用作散文的方法作詩，故詩中時多議論。他又反對陳言俗語，故用硬句奇字，因而有矯枉過正之弊。然而韓詩的長處在於氣格雄壯，而不流於柔弱。歐陽修對於韓愈是推崇備至的。他在六一詩話中說：『退之筆力無施不可，其資談笑，助諧謔，敍人情，狀物態，一寓於詩，而曲盡其妙也。』他這樣稱贊他，因此他的作詩，全是走的韓愈那一條路，確是矯正當日西崑體的良藥。

『寒雞號荒林，山壁月倒掛。披衣起視夜，攬轡念行邁。我來夏云初，素節今已届。高河瀉長空，勢落九州外。微風動涼襟，曉氣清餘睡。緬懷京師友，文酒邀高會。其間蘇與梅，二子可畏愛。篇章富縱橫，聲價相磨蓋。子美氣尤雄，萬竅號一噫。有時肆顛狂，醉墨洒霧霈。勢如千里馬，已發不可殺。盈前盡珠璣，一一難柬汰。梅翁事清切，石齒漱寒瀨。作詩三十年，視我猶後輩。文詞愈清新，心意難老大。譬如妖韶女，老自有餘態。近詩尤古硬，咀嚼苦難嘬。初如食橄欖，眞味久愈在。蘇豪以氣礫，舉世盡驚駭。梅窮獨我知，古貨今難賣。二子雙鳳凰，百鳥

之嘉瑞。雲烟一翺翔，羽翮一摧鎩。安得相從遊，終日鳴噦噦。問胡苦思之，把酒對新蟹。』（水谷夜行寄子美、聖兪）

『黃河一千年一淸，岐山鳴鳳不再鳴。自從蘇梅二子死，天地寂默收雷聲。百蟲壞戶不啓蟄，萬木逢春不發萌。豈無百鳥解言語，喧啾終日無人聽。二子精思極搜抉，天地鬼神無遁情。及其放筆騁豪俊，筆下萬物生光榮。古人謂此覷天巧，命短疑爲天公憎。昔時李杜爭橫行，麒麟鳳凰世所驚。二物非能致太平，須時太平然後生。開元天寶物盛極，自此中原疲戰爭。英雄白骨化黃土，富貴何止浮雲輕。唯有文章爛日星，氣凌山岳常崢嶸。賢愚自古皆共盡，突兀空留後世名。』（感二子）

在這些作品裏，可以看出歐陽修的詩，是具備韓詩的特點的。他處處是用散文的方法，來製作詩歌，因此無論字句意義，都如說話一般的明淺通達，好像在淸水中洗浴過似的，絲毫沒有西崑體的那種脂粉氣與富貴氣。同時他又不像韓愈那樣故作盤空硬語，奇文怪字，弄到那種艱苦險僻的無味地步。

石延年、蘇舜欽與梅堯臣 他們三個都是歐陽修的詩友，也是他當日文學運動中的三大羽翼。當日詩風的轉變，他們都盡了相當的力量。他們的詩風不盡同，然對於崑體的華豔，晚唐的柔弱，是一致表示不滿的。因此他們都朝着古硬淸新雄放奇峭的路上走，大體是以韓愈、張籍、孟郊爲宗，而各有所得。石延年字曼卿（西曆九九四——一〇四一），其先幽州人，從家宋城，舉進士，官至太子中允。自少以詩酒豪放自得，詩風勁健，卓然自立。蘇子美序其集說：『祥符中操筆之士，率以藻麗爲勝。而曼卿之詩，時震奇發秀，獨以勁語蟠泊，而復氣橫意舉，洒落章句之外，其詩之豪者歟？』歐陽修也說他的詩：『時時出險語，意外研精粗。窮奇變雲煙，搜怪蟠蛟魚。』（哭曼卿）可知他的詩風也是韓愈那一路。可惜他的集子，早已散佚，現在我們能看見的，已是很少了。

『激激霜風吹黑貂，男兒醉別氣飄飄。五湖載酒欺吳客，六代成詩倍楚橋。水樹漸淸含晚意，江雲初白向春驕。前秋亦擬錢塘去，共看龍山八月潮。』（送人遊杭）

這雖是一首律詩，却有一種勁語盤空氣橫意舉的雄放，絕無柔弱纖巧之病。再如他的偶成首陽諸篇，同樣形成這種格高氣壯的作風。再如籌筆驛中有句云：『意中流水遠，愁外遠山青』，意境佳，情味遠，確是詩中的上品，難怪歐陽修要用澄心堂紙請曼卿親筆寫上，稱爲詩書紙三絕，而視爲家寶的了。

石曼卿早死，蘇舜欽與梅堯臣更是歐陽修的詩歌運動中的兩位重要同志，蘇字子美（西曆一〇〇八——一〇四八），原籍梓州人，後徙家開封。景祐中進士，官集賢校理監，因事廢，隱居蘇州，築水亭，名爲滄浪，終於湖州長史。有蘇學士集十六卷。梅堯臣字聖俞（西曆一〇〇二——一〇六〇），宣城人，嘉祐初詔賜進士，歷尙書都官員外郎。有宛陵集六十卷。他倆雖同爲崑體的矯正者，但在詩風上，却不盡同。蘇詩以豪放奇峭勝，梅詩則以清新平淡見長。六一詩話云：『聖俞、子美齊名於一時，而二家詩體特異。子美筆力豪雋，以超邁橫絕爲奇。聖俞覃思精微，以深遠閑淡爲意。各極其長，雖善論者，不能優劣也。』這批評是很精當的。

『去年春雨開百花，與君相會歡無涯。高歌長吟揷花飲，醉倒不去眠君家。今年慟哭來致奠，忽欲出送攀魂車。春暉照眼一如昨，花已破蕾蘭生芽。唯君顏色不復見，精魄飄忽隨朝霞，歸來悲痛不能食，壁上遺墨如棲鴉。嗚呼生死遂相隔，使我雙淚風中斜。』（蘇舜欽哭曼卿）

在上面的詩裏，可以看出他那種熱烈的情感。梅堯臣評他的詩云：『君詩狀且奇，體逸思益峭。』（寄子美）歐陽修也有句云：『其於詩最豪，奔放何縱橫。間以險絕句，非時震雷霆。』（答子美離京見寄）所謂奇壯、逸峭、奇放、縱橫、確是說盡了蘇詩的特徵。這一些特徵，都與韓愈相近。集中如大霧、大寒有感、吳越大旱、城南歸值大風雪、大風、往王順山值暴雨雷霆諸篇，喜用奇僻的字句描寫恐怖的場面，形成一種陰鬱的顏色，更近於韓愈的盤空硬語了。

我們來看看梅堯臣的詩。

『秋月滿竹舟，秋蟲響孤岸。豈獨居者愁，當今客心亂。展轉重興嗟，所嗟時節換。時節不苦留，川塗行已半。霜落草根枯，淸音從此斷。誰復過江南，哀鴻爲我伴。』（舟中聞蛩）讀了這種詩，可知平淡淸新，確是梅詩的特徵。『因吟適情性，稍欲到平淡。』（和晏相公）『作詩無古今，惟造平淡難。』（讀邵學士詩卷）這都是他自己的口供。因此他在古代的詩人裏，歡喜陶潛、王維、韋應物一類的人。他這種風格的養成，大半由於他的生活環境和因這種環境而形成的那種逍遙自適的人生觀。漁隱叢話稱其詩『工於平淡，自成一家。』風月堂詩話說他早年專學韋蘇州。但我們現在讀他的集子，却也有許多韓愈體的作品。如余居御橋南夜聞祆鳥鳴一篇，自己註明「效昌黎體」，可知他是用力學過韓詩的。但梅氏的性格與筆法，究不宜於韓，因此還得以他那些清新平淡的篇章，爲其代表作。六一詩話引梅氏論詩的意見云：『詩家雖率意，而造語亦難。若意新語工，得前人所未道者，斯爲善也。必能狀難寫之景，如在目前，含不盡之意，見於言外，然後爲至矣。』寥寥數語，却是從艱苦體驗中得來，決非那些率爾執筆出口成篇對於藝術毫無深切之理解者所能道出的。

王安石　經過了石、蘇、歐、梅諸人的破壞與建設，奠定了詩風改革運動的基礎。接着王安石、蘇軾的出現，一面繼承歐陽諸人的精神與習尚，同時對於古代詩人，博觀約取，融會貫通，使詩歌的內容更加豐富，藝術更見進步，由他們的努力，完成了這個運動的最後功業。王安石字介甫，號半山（西曆一〇二一——一〇八六），江西臨川人，慶曆二年進士，數執朝政，因變法事，釀成宋代最有名的黨爭，致於失敗。然而他却是一個最有思想的前進政治家，反對一切傳統的舊精神舊習慣。解經務出新意，不用先儒傳注，痛詆春秋爲斷爛朝報，反對用詩賦取士的考試制度，在這些地方，都可看出這個人的堅强性格和新頴思想。因爲他是一個法家式的政治工作者，所以他對於文學的見解，自然會流於絕對的功利主義。但他在創作上，於文於詩，都有優美的成績。他的詩的優點，正如他的爲人一樣，是有魄力，有骨格，有不同流俗的個性。譬如一樹蒼松翠竹，外表雖不華豔奪人，然他却有他的生命力與傲然獨存的耐寒的性格。這一種特徵，決不是那些夭桃豔李所能有的。

王安石於唐代詩人最尊杜甫、韓愈，於宋代最推崇歐陽修。李白的天才他雖是贊賞不置，覺得他的作品，全都是美人醇酒的歌詠，沒有多大意思。對於西崑體的華豔，更是深惡痛絕。他在張刑部詩序中云：『楊、劉以文詞染當世，學者迷其端原，靡靡然窮日力以摹之。粉墨青朱，顛錯龐雜，無文章黼黻之序，其屬詞藉事，不可考據也。方此時，自守不汚者少矣。』可知他在文學思想上，正與歐陽修一致。他早年遊於歐陽的門下，感受着他的精神與習尚，所以在詩的創作上，無論形式作法與風格，都濃厚地呈現着韓歐一派的特徵。如虎圖、酬王伯虎、泉、秋熱、賦龜、酬王詹叔奉使江南、白鷁吟諸篇，全是用的古體。字句韻脚的奇險怪僻，散文句法的大量應用，入眼便可看出他們的來源。不過這一些並非王安石的代表作，在他的集子裏，還有許多格調高古情味俱佳的好作品。

『西安春風花籠樹，花邊飲酒今何處。一盃塞上看黃雲，萬里寄聲無雁去。世事紛紛洗更新，老來空得滿衣塵。青山欲買江南宅，歸去相招有此身。』（寄朱昌叔）

『獨山梅花何所似，半開半謝荆棘中。美人零落依草木，志士憔悴守蒿蓬。亭亭孤雁帶寒日，漠漠遠香隨野風。移栽不得根欲老，回首上林顏色空。』（獨山梅花）

這些詩的意境都很高遠。前人常以「格高意妙」評王詩，確是公允之論。他晚年罷政退休，隱居金陵之蔣山，日與山水詩文爲友。年齡已老，心境日衰，壯年時代的豪放雄奇之氣，日趨淡薄，於是詩風爲之一變，由學韓而學杜，詩律趨於謹嚴細密，風格入於閑適平淡之境了。在這種環境下，因此產生許多和他早年的作風完全相反的小詩。黃山谷說：『荆公詩暮年方妙』，使是指他退休時代的作品。

『南浦隨花去，迴舟路已迷。暗香無覓處，日落畫橋西。』（南浦）

『江水漾西風，江花脫晚紅。離情被橫笛，吹過亂山東。』（江上）

『溪水清漣樹老蒼，行穿溪樹踏春陽，溪深樹密無人處，惟有幽花渡水香。』（天童山溪上）

這些詩在藝術的造就上，比起他早年的作品來，是要精美多了。賓退錄云：『荊公詩歸蔣山後乃造精絕，其後比少作如天涯相絕矣。』他的小詩的雅麗精絕，誠令人有一唱三歎之妙，在宋代諸詩人裏幾乎無人可以勝過他。難怪蘇東坡、黃山谷、楊誠齋、嚴羽諸人，對於他的絕句，都要加以最高的贊歎了。

蘇軾　與王安石同出歐陽修的門下，上承歐陽氏的志趣，下開宋詩發展的機運，給予宋詩以新生命新境界，而成爲當日文壇的盟主的，是那位才高學富的蘇軾。他在思想的表面，雖與歐陽修同樣主張文學復古，大發其徵聖宗經明道致用的種種議論，但在另一面，他却是一個最浪漫最熱情最愛自由的詩人。他愛老、莊，愛陶淵明，他晚年大讀佛經道藏，他常與和尚道士們交遊，他娶妾狎妓，他飲酒酣歌，他瞭解人生，也瞭解藝術。他覺得無論什麼事，都不能過走極端，一入極端，凡事都率然無味。他這種中庸哲學，使他在人生上得到了解脫，使他在許多痛苦悲傷中得到了人生意義的悟解。因此他雖是浪漫熱情，而不流於縱慾殉情，他雖愛自由高蹈，而不趨於厭世避世。他有他的世界，有他的人生觀，他能夠獨立自存，而不感覺過份的苦惱。

蘇軾在詩上最高的成就，是七言古體。因爲他那種豪放奔馳的性格，要在長短自由的體裁內，才可儘量發揮他的天才，格律的遵守，對偶的講求，在他固然是優爲之，然而這些，並不能表示他的特性。我們現在讀他的七言長詩，總覺得波瀾壯闊，變化多端，眞如流水行雲一般地舒卷自如，確是李杜以後所沒有見過的。

『我家江水初發源，宦遊直送江入海。聞道潮頭一丈高，天寒尚有沙痕在。中冷南畔石盤陁，古來出沒隨濤波。試登絕頂望鄉國，江南江北青山多。羈愁畏晚尋歸楫，山僧苦留看落日。微風萬頃靴文細，斷霞半空魚尾赤。是時江月初生魄，二更月落天深黑。江心似有炬火明，飛燄照山棲鳥驚。悵然歸臥心莫識，非鬼非人竟何物。江山如此不歸山，江神見怪驚我頑。我謝江神豈得已，有田不歸如江水。』（遊金山寺）

『江上愁心千疊山，浮空積翠如雲煙。山耶雲耶遠莫知，煙空雲散山依然。但見兩崖蒼蒼暗絕谷，中有百道飛來泉。縈林絡石隱復見，下赴谷口爲奔川。川平山開林麓斷，小橋野店依山前。行人稍度喬木外，漁舟一葉江吞天。使君何從得此本，點綴毫末分清妍。不知人間何處有此境，徑欲往置二頃田。君不見武昌樊口幽絕處，東坡先生留五年。春風搖江天漠漠，暮雲卷雨山娟娟。丹楓翻鴉伴水宿，長松落雪驚醉眠。桃花流水在人世，武陵豈必皆神仙。江山清空我塵土，雖有去路尋無緣。還君此畫三歎息，山中故人應有招我歸來篇。』（書王定國所藏煙江疊嶂圖）

除七言長詩外，蘇軾的七律七絕，也有許多好作品。沈德潛說：『蘇詩長於七言，短於五言』，

〈說詩晬語〉這是不錯的。在他的律詩裏，他同樣表現他的豪放不羈的精神，雄奇的氣勢，他不屈服於對偶平仄的種種規律，而有所損傷他詩歌的情意。在這裏正顯示出他的浪漫自由的性格。

『我行日夜向江海，楓葉蘆花秋興長。平淮忽迷天遠近，青山久與船低昂。壽州已見白石塔，短棹未轉黃茆岡。波平風軟望不到，故人久立煙蒼茫。』〈出潁口初見淮山是日至壽州〉

『東風未肯入東門，走馬還尋去歲村。人似秋鴻來有信，事如春夢了無痕。江村白酒三杯釅，野老蒼顏一笑溫。已約年年爲此會，故人不用賦招魂。』〈正月二十日與潘郭二生出郊尋春忽記去年是日同至女王城作詩乃和前韻〉

這些詩都親切有味，寫境抒情，俱臻上乘。不用奇字怪句，一點沒有苦心雕琢刻劃的痕跡，好像不加思索地脫口而出，隨隨便便地寫了下來，其中却有無限的工巧與自然的神韻，所以是最優美的作品。我們再看他的絕句：

『竹外桃花三兩枝，春江水暖鴨先知。蔞蒿滿地蘆芽短，正是河豚欲上時。』〈惠崇春江曉景〉

『餘生欲老海南村，帝遣巫陽招我魂。杳杳天低鶻沒處，青山一髮是中原。』〈澄邁驛通潮閣〉

『野水參差落漲痕，疏林欹倒出霜根。扁舟一棹歸何處，家在江南黃葉村。』〈書李世南所畫秋景〉

第一首完全是客觀的寫景，他能够深深地觀察體會，用二十八字，把那時的春江曉景，寫得生意蓬勃，呈現着自然界活躍的生命與美麗的靈魂。一切都是那麼調和，那麼自然，那顏色又點綴得那麼相宜，成爲一幅小小的充滿着生機的圖畫。第三首，也是寫景，他借着紙上的色彩，意象靈感化，再注入着作者的情感，表現着濃厚的秋情，形成一首餘味悠悠的小詩。第二首是由景入情，因物寄慨，一面抒寫自己的飄零身世，同時寄託着懷念故國之思。最眞切又沉痛，好處是把那情感表現得隱約，令人細細地吟咏，格外感着有味。沈德潛批評蘇詩說：『胸有洪爐，金銀鉛錫，皆歸熔鑄。其筆之超曠，等於天馬脫覊，飛仙遊戲，窮極變幻，而適如意中所欲出。韓文公後又開闢一境界也。』（說詩晬語）趙翼也說：『大概才思横溢，觸處生春。胸中萬卷繁富，又足以供其左抽右旋，無不如意。其尤不可及者，天生健筆一枝，爽如哀梨，快如并剪，有必達之隱，無難顯之情。此所以繼李杜爲一大家也。』（甌北詩話）這些評語，並非溢美之辭。當日如黃庭堅、秦觀、晁補之、張耒都隸於蘇門，稱爲四學士。還有他的弟弟蘇轍，中表文與可，以及孔文仲、唐庚、孔平仲、張舜民、參寥子諸人，都感染他的影響，受着他的領導。於是他繼承歐陽修的地位，成爲當日詩壇的盟主了。

三 黃庭堅與江西詩派

在宋代的詩壇，眞能形成一種派別，形成一種集團的勢力，而左右當日的潮流的，前有西崑，後有江西。西崑風行於館閣，多出於應酬倡和之間，易於風行，也易於消滅。江西體則爲一般眞正愛好文學者所歡喜所學習，他們對於藝術的態度，都嚴肅而認眞，因此這種勢力和派別一形成，便能師友傳授地繼續延長下去。於是在歐蘇以後，宋代的詩壇，幾乎全被江西詩派所支配。就是南宋那幾位出色的詩人，如陸游、楊萬里、范成大之流，也無不感受他們的影響。後來的四靈、江湖諸詩人，雖以學唐號召，藉以反對，但終以力量氣魄不够，未能掃清江西派的餘威，給與當日詩壇什麼轉變和新的生命。一直等到宋末，由那些遺民的血淚哀吟，詩歌方重現出一點光輝，可是已經到了「夕陽無限好、只是近黃昏」的末日了。

黃庭堅　江西派的創始者，是黃庭堅。黃字魯直（西曆一〇四五——一一〇五），江西分寧人。嘗遊山谷寺，喜其勝境，自號山谷，後貶四川涪縣，故又號涪翁。他雖出東坡門下，但爲詩與東坡齊名，時稱蘇黃。蘇對於他，也特加贊賞。『其詩文超逸絕塵，獨立萬物之表，世人久無此作。』因此名譽益高。在宋代的詩史上，除了蘇東坡，他實在是一個最有特性最有創作力的大詩人。蘇詩才大學富，對於前人博觀約取，不喜立新標異，在藝術上雖有極高的成就，在詩體上究沒有一種特殊的格調，因此不能形成一個宗派。但黃山谷則不同，他有他的體裁，他有他的方法，他也有他的作詩的態度，因此他能形成一個有力的宗派。滄浪詩話云：『宋詩至東坡、山谷，始出己意以爲詩，唐人之風變矣。山谷用工尤爲深刻，其後法席盛行，海內稱爲江西宗派。』又劉克莊江西宗派小序云：『豫章會萃百家之長，究歷代體製之變。蒐獵奇書，穿穴異聞，作古律，雖隻字半句，不輕出。』由這些話，我們很可看出黃詩的來源特質，以及他能成爲一個宗派的原因。「會萃百家之長，究歷代體製之變」，是他的新體裁的創製的來源，這新體裁便是那有名的拗體。這一種拗體，前人偶有所作，但不普遍，到了黃山谷，他再加以組織，造成各種各樣的拗體，後來經江西派的門徒研究起來，奉爲圭臬，給以「單拗」「雙拗」「吳體」種種的名目了。「蒐獵奇書，穿穴異聞」，是黃氏作詩時修辭造句和取材用典的方法，這一些他又得之於韓愈、孟郊、李商隱以及西崑諸人。風月堂詩話云：『黃魯直獨用崑體功夫，而造老杜渾全之境，禪家所謂更高一着。』所謂「作詩雖隻字半句，不輕出」，正說明他作詩的認眞和嚴肅，很像孟郊、賈島們的苦吟。這一點，江西詩派的代表人物，大都有這種態度。石林詩話云：「世言陳無己每登覽得句，卽歸臥一榻。以被蒙首，惡聞人聲，謂之吟榻。家人知之，卽貓犬皆逐去。嬰兒稚子亦抱寄鄰家。徐徐詩成，乃敢復常。」黃山谷有詩云：「閉門覓句陳無己，對客揮毫秦少游」，在這裏正好將蘇黃二派的作風，畫了一個明顯的對照。蘇詩是信筆直書的，黃詩是在艱苦中做出來的，因此一個是流爽暢達，有如天津雪梨，一個是艱澀古硬，有似百合橄欖了。細細讀過這兩家詩集的人，想都有這種感覺。

黃詩既能自成宗派，而能爲後人所崇奉，他對於作詩的主張與方法，自必有許多特點。

一、活的模擬　詩做到宋朝，經過長期的時代與無數詩人的努力，在那幾種形式裏，眞是什麼話也說完了，什麼景也寫完了，任你如何聰明智慧，想造出驚人的言語來，實在是難而又難。但要在詩壇上立足，又不能不推陳出新，獨寫己意。在這種困難的情形下，黃山谷創出了換骨與脫胎兩種方法。他說：『詩意無窮，人才有限，以有限之才，追無窮之意，雖淵明、少陵不能盡也。然不易其意而造其語，謂之換骨法。規模其意而形容之，謂之脫胎法。』（野老紀聞）換骨是意同語異，用前人的詩意，再用自己的言語出之。脫胎是因前人的詩意而更深刻化，造成自己的意境。點竄古人詩句，借用前人詩意，以爲自己的作品，這一種方法，江西派門徒，無不奉爲金科玉律，即如陳後山、楊萬里、蕭東夫這些較有地位的詩人，也都大談其脫胎換骨了。李白有詩云：『人煙寒橘柚，秋色老梧桐。』黃只改「煙」「寒」爲「家」「圍」便稱爲己作。白居易有詩云：『百年夜分半，一歲春無多』，黃增四字云：『百年中去夜分半，一歲無多春再來。』王安石有詩云：『祗向貧家促機杼，幾家能有一鈎絲？』黃詩改換五字云：『莫作秋蟲促機杼，貧家能有幾鈎絲？』這些都是脫胎或是換骨的好例子。也就因此造成摸擬剽竊的惡習。王若虛滹南詩話云：『魯直論詩，有脫胎換骨、點鐵成金之喩，世以爲名言，以予觀之，特剽竊之黠者耳。』這批評是對的。

二、拗的格律　前人作詩，無論造句調聲，都依成法。但杜甫的七律，已有拗體。據瀛奎律髓云：『拗字詩，老杜七言律一百五十九首，而此體凡十九出，不止句中拗一字，往往神出鬼沒雖拗字甚多而骨格愈峻峭。』可知拗體始於老杜，不過他偶一爲之，並沒有重視這種體裁。後來到了韓愈，作詩喜獨出心裁，尤其在句法方面，形成種種的新形式。普通五言句，大都是上二下三的組織，他却要組成上三下二，或上一下四的樣子。七言句大都是上四下三，他却要做成上三下四或上二下五的拗句，有時造成七字全是名詞或全是動詞的怪樣。在這種地方，也無非是想推陳出新，標奇立異，想借此造成一格，勝過旁人。拗律是平仄的交換，使詩的音調反常，拗句是句法的組織改變，使文氣反常。這兩種現象，雖始於杜韓，在其他人的作品裏，雖偶爾見之，究不普遍，但到黃山谷，他把這兩種方法，大量應用於詩的創作方面，於是拗體成爲黃詩的特創，也就成爲江西詩派必具的作風了。前人對於此點，無不推崇備至，視爲山谷獨得之秘。至於說什麼「出句中平仄二字互換者」，謂之「單拗體」，「兩句中平仄二字對換者」，謂之「雙拗體」，「大拗大救，於每對句之第五字以平聲諧轉者」，謂之「吳體。」巧立名目，分列體格，這自然是出於後日江西派的門徒，這與黃山谷是無干的了。

三、去陳反俗，好奇尙硬。　去陳反俗，是黃山谷作詩的最高信條，好奇尙硬，是黃詩的法與格。他覺得詩做到李、杜、韓、蘇以後，什麼言語都說盡了，若要卓然自立，必要設法排除陳言，反對俗調。人家常用的字眼，俗鄙的調子，一概要洗除得乾淨，方可顯出自己的特性。他說過：『寧律不諧，不使句弱。寧用字不工，不使語俗。』（漁隱叢話引）所以在他的詩裏，那種鴛鴦、翡翠、紅淚、香衾、飄零、相思的字眼是少有的，那些美人香草綠意紅情的色情的歌詠也是少有的。他無非是想達到去陳反俗的目的。因此他造句用字，無不刻意求奇。在體製上用拗律，在句法的組織上用拗句，在押韻上用險韻，在用事與用典上，用奇事怪典。歲寒堂詩話云：『魯直專以補綴奇字爲詩』，臨漢隱居詩話云：『黃氏專求古人一二未使之事而成詩。』又圍爐詩話云：『山谷專意出奇』，可知好奇一事，確是黃詩的一個特徵。其次便是尙硬，硬是古硬。韓愈詩云：『橫空盤硬語，妥貼力排奡』，韓詩本以此見長，後歐陽修取之，以矯崑體柔弱綺靡之風。因爲盤空硬語，確有一種雄厚奇峭之氣，而不流於俗套濫調。山谷既主反俗，他便在這方面大用工夫，所以他的詩雖然缺少性靈情韻，有時難免有粗獷生野之病，但他的風格，富於氣勢而不柔弱，長於奇巧而不淫靡，便是這個原故。朱竹坨說：『涪氏厭格詩近體之平熟，務去陳言，力盤硬語。』（石園集序）這些批評都是不錯的。因爲他的詩能去陳反俗，好奇尚硬，不作色情之歌，不寫淫豔之語，所以當日的道學家，對於他的詩也一致寄以好評了。陸象山云：『豫章之詩，包含欲無外，搜抉欲無秘。體製通古今，思致極幽眇，貫穿馳騁，工夫精到，雖未極古之原委，而其植立不凡。斯亦宇宙之奇詭也。開闢以來，能自表見於世若此者，如優鉢曇華時一現耳。』（見羅大經鶴林玉露）黃詩得着理學家的贊賞支持，因此他的詩風更是普遍，形成更大的勢力。所以許多理學家從事詩歌，都以學黃爲正軌。如呂本中、曾幾之徒，一面精於理學，同時又是江西詩派的健將，這是大家都知道的事。黃詩能風行那麼長久，能够普及於社會，普及於家庭私塾，因爲得着教育界的權威的理學家們的宣傳支持，實是一個重要的因素。

由此看來，黃詩能成爲一個宗派，也不是偶然的了。無論好壞，他的確有許多特徵。言其長處，一爲詩境的開拓，二爲絕高的風骨與新奇的語句，三爲一掃脂粉淫靡的柔弱風氣。這幾點，我們是都得承認的。但他的短處也不少，一爲乏情寡味，也就是缺少性靈。隨園詩話云：『黃詩瘦硬，短於言情。』二爲不自然，不自然便是過於做作，奇字奇句奇韻奇事的使用，時時顯出矯揉詰屈粗怪險僻之病。唐宋詩醇中評他，『多生澀而少渾成』，便是說的這一點。三爲好用典故，使詩意由於晦澀而至於枯槁。四爲倡脫胎換骨之法，引起沿襲摸擬之習，而流於剽竊的惡習慣。關於這幾點，我想就是江西詩派的門徒，也是無法掩辯的。

黃氏長於七言，無論古體律絕，都有極好的作品，五言則弱，這已成爲前人的公論，不必細說了。

『落星開士深結屋，龍閣老翁來賦詩。小雨藏山客坐久，長江接天帆到遲。燕寢清香與世隔，畫圖絕妙無人知。蜂房各自開戶牖，處處煮茶藤一枝。』（題落星寺）

『我居北海君南海，寄雁傳書謝不能。桃李春風一杯酒，江湖夜雨十年燈。持家但有四立壁，治病不蘄三折肱。想得讀書頭已白，隔溪猿哭瘴溪藤。』（寄黃幾復）

『今人常恨古人少，今得見之誰謂無。欲學淵明歸作賦，先煩摩詰畫成圖。小池已築魚千里，隙地仍栽芋百區。朝市山林俱有累，不居京洛不江湖。』（追和東坡題李亮功歸來圖）

『淮南二十四橋月，馬上時時夢見之。想得揚州醉年少，正圍紅袖寫烏絲。』（寄王定國揚州）

『投荒萬死鬢毛斑，生出瞿塘灩澦關。未到江南先一笑，岳陽樓上對君山。』（雨中登岳陽樓望君山）

這些都是黃山谷集中最優秀最具特殊個性特殊風格的作品。好處是清新奇峭，風骨特高，而又沒有那種不自然過生野以及乏情寡味的弊病。因了這些作品，使得黃詩別成一體，演成一個宗派，在宋代詩壇上，形成一個最大的勢力。當日山谷之友人如高荷、謝逸、夏倪、李谷等，山谷之親如徐俯、洪朋、洪炎、洪芻以及他的親友之親友，如李錞、謝薖、林敏修、汪革等人，在詩的創作上，或直接受黃氏的指點，或間接受其影響，於是漸漸形成一個宗派。當日有名的陳師道，初從曾鞏學文，中年入蘇東坡門，後見黃山谷詩，遂傾心焉。他贈黃詩有云：『陳詩傳筆意，願列弟子行』，由此也可知黃詩在當日詩壇的勢力。但江西詩派這個名目的成立，黃山谷成爲這一派的宗主的確定，却始於呂本中江西詩社宗派圖的撰述。他雖是一個理學家，却是能詩能文。他於詩最愛山谷，生雖較遲，雖未親見山谷，然黃的親友如洪炎、謝逸、徐俯以及其他的黃派詩人如潘大臨、晁冲之、韓駒之流，皆爲本中的師或友。因此他成爲這個江西詩派的創造者。漁隱叢話云：『呂居仁近時以詩得名，自言傳依江西，嘗作宗派圖，自豫章以降，列陳師道、潘大臨、謝逸、洪芻、饒節、僧祖可、徐俯、洪朋、林敏修、洪炎、汪革、李錞、韓駒、李彭、晁冲之、江端本、楊符、謝薖、夏倪、林敏功、潘大觀、何覬、王直方、僧善權、高荷，合二十五人以爲法嗣，謂其源流皆出豫章也。』在這裏，呂本中自己的名字沒有列進去，大概是謙虛之故。然由這一批名字看來，也可知當日黃詩聲勢之盛。不用說，當日受他的影響，而未將其名字列進去者，想必大有人在，如與呂本中往返很密，而詩亦爲黃派，並爲後人所稱道的曾幾，亦未列入，就可想而知了。在宗派圖中呂本中有序云：

『古文衰於漢末，先秦古書存者，爲學士大夫剽竊之資。五言之妙，與三百篇離騷爭烈可也。自李杜之出，後莫能及。韓柳孟郊張籍諸人，自出機杼，別成一家。元和之末無足論者，衰至唐末極矣。然樂府長短句有一唱三嘆之致。國朝文學大備，穆伯長尹師魯始爲古文，盛於歐陽氏。詩歌至於豫章始大，出而力振之。後學者同作並和，盡發千古之秘，亡餘蘊矣。錄其名字曰江西宗派，其源流皆出豫章也。』（見雲麓漫鈔）

這無疑是江西宗派正式成立的宣言。經他這麼一提倡鼓吹，於是師友間以此傳授，文士間以此切磋，於是黃山谷便成爲黨魁與教主了。於是江西宗派詩集一百十五卷，江西續宗派詩二卷，流行於社會，而成爲學詩人的教科書了。（宋史藝文志載正集編者呂本中，續集編者曾紘。但據陳振孫直齋書錄解題只載江西詩派一百三十七卷，續派十三卷，並未說明二書的編者。）不管那些書是否出自呂曾之手，總之是黃詩盛行以後，由江西詩派的門徒所爲，而成聖經或是課本的事，是無可疑的了。

陳師道　宗派圖中二十五人的詩，我們無須細說，其中的代表，自然是陳師道。陳字無己，又字履常，號后山（西曆一〇五三——一一〇一），彭城人。一生境遇極劣，因中年結交蘇軾，蘇薦他爲徐州教授，除太學博士，後以蘇黨之嫌罷免。結果因貧病而死。他爲文師曾鞏，爲詩學山谷。他自己說：『僕於詩初無詩法，然少好之，老而不厭，數以千計。及一見黃豫章，盡焚其稿而學焉。』他又說：『寧拙毋巧，寧樸毋華，寧粗毋弱，寧僻毋俗，詩文皆然。』（后山詩話）這與黃山谷的意見是一樣。他的才氣雖不甚高，但極肯用功夫。因此他的作詩，他有絕句云：『此生精力盡於詩，末歲心存力已疲。』又卻掃編云：『陳無己之詩揭之壁間，坐臥哦吟，有竄易至一月十日乃定。有終不如意者，則棄去之。故平生所爲至多，而見於集中者，才數百篇。』由此我們可以知道他愛好藝術重視藝術的態度與精神。

『惡風橫江江卷浪，黃流湍猛風用壯。疾如萬騎千里來，氣壓三江五湖上。岸上空荒火夜明，舟中坐起待殘更。少年行路今頭白，不盡還家去國情。』（舟中）

『歲晚身何託，燈前客未空。半生憂患裏，一夢有無中。髮短愁催白，顏衰酒借紅。我歌君起舞，潦倒略相同。』（除夜）

這些詩有黃的清新之氣，而無其生硬折拗之習。紀昀序陳后山詩鈔說：『五古劖刻堅苦，出入郊、島之間，意所孤詣，殆不可攀。其生硬杈枒，則不免江西惡習。七古多效昌黎，而雜以涪翁之格，語健而不免粗，氣勁而不免直，以折拗爲長，而不免少開闔變動之妙，篇什特少，亦知非所長也。五律蒼堅瘦勁，實逼少陵，其間意僻語澀者，亦往往自露本質，然胎息古人，得其神髓，而不掩其性情。七律嶔崎磊落，矯矯獨行，惟語太率而意大竭者，是其短。五七言絕則純爲少陵遺興之體，合格者十不一二矣。大抵絕不如古，古不如律，律又七言不如五言，要不失爲北宋巨手。』在他這一段評論裏，對陳后山的作品的優劣長短，一一指出，算是最客觀最公允的了。

陳與義　陳與義字去非，號簡齋（西曆一〇九〇——一一三八），洛陽人。他與呂本中、曾幾往返唱和，故其詩亦祖杜宗黃，而成爲江西詩派後期的代表作家。方回編撰瀛奎律髓時，唱一祖三宗之說，一祖爲杜甫，三宗爲黃庭堅、陳師道與陳與義，由此可見他在江西詩派中的地位了。但他才情頗高，對於前賢作品，博觀約取，善於變化。因此他作詩並不株守黃派的成規，他能參透各家，融會貫通，創造自己的生命。他愛黃山谷、陳師道，同時也愛蘇東坡；尊杜甫，同時又尊陶潛、韋應物。所以他的風格，較爲圓活，而不專以奇峭拗硬見長。他初學詩於崔德符，崔告訴他作詩的要訣說：『凡作詩工拙所未論，大要忌俗而已。天下書不可不讀，然不可有意於用事。』這幾句教訓，是他作詩時常常記在心中的。忌俗本是江西詩派的信條，但用事又是黃詩的特點。他的先生囑咐他最要忌俗，不可有意用事，確是一種取長去短的好教訓。因此陳與義的詩，旣無鄙俗之弊，亦無抄書之病。在這種地方，正可看出他是江西詩中的改革派。他自己也說過：『詩至老杜極矣，蘇黃復振之。東坡賦才也大，解縱繩墨之外，而用之不窮。山谷措意也深，游咏玩味之餘，而索之益遠。近世詩家，知尊杜矣。至學蘇者乃指黃爲强，而附黃者亦謂蘇爲肆。要必識蘇黃之所不爲，然後可以涉老杜之厓矣。』（簡齋詩集引）可知他的志氣很大，決不以專學某家而滿意，是自己想另創造一個地位的。詩法萃編說他學杜，是『師意不師辭』，這恰好說明他作詩的態度。因爲這樣，他便成爲江西詩中的改革派。這種改革，本起於呂本中。到了簡齋，他才有意爲之，因此他的成就也較大。加以他目睹北宋之亡，晚年又身經湘南流落之苦，故其詩時多感憤沈鬱之音。滄浪詩話說：『陳簡齋詩亦江西詩派而小異』，我們看了上面的敍述，便知道這「小異」的原故了。

『萬里平生幾蛇足，九州何路不羊腸。只應綠士蒼官輩，却解從公到雪霜。』（絕句）

『門外子規啼未休，山村日落夢悠悠。故園便是無兵馬，猶有歸時一段愁。』（送人歸京師）

這些詩自然是陳與義的代表作。詩中有寄託，有感慨，有諷寓之意，有傷離感亂之情。決不是只在字意上講什麼脫胎換骨，也決不是只在格律上講什麼拗體正體那套玩意了。四庫提要云：『與義在南渡詩人之中，最爲顯達。然皆非其傑構。至於湖南流落之餘，汴京板蕩以後，感時撫事，慷慨激越，寄託遙意，乃往往突過古人。』他這種評論，我們是完全同意的。

到了南宋，江西詩派，仍保存着極大的潛勢力。不過在風格上，經過呂本中陳與義們的變化以後，面目已有不同。當日如楊萬里、陸游、范成大、蕭德藻諸名家，亦無不與江西詩派發生淵源，但他們都能融化變通，自成體格，有以自立。嘉定以降，江西詩漸爲人所厭，而有四靈派的興起，但當日稱爲「二趙」的趙汝讜、汝談兄弟，以及「二泉」的趙章泉、韓澗泉，仍守着江西詩派的藩籬，在詩壇上也還有相當的力量。接着江湖派風行天下，江西詩幾絕，但到了宋末，又有劉辰翁、方回兩人出來，成爲江西詩派最後的餘火，並且由他們兩人，把這種風氣，帶到了元朝。由此看來，在宋代的詩壇，江西詩派的勢力，由元祐黃、陳，以迄宋末劉、方，延長到二百年間的長期，並且南渡以後，大詩人無不蒙受其影響。朱竹垞云：『宋自汴梁南渡，學者多以黃魯直爲宗。……終宋之世，詩集流傳於今者，惟江西最盛。』（裘司直集序）可見這一派聲勢的盛大了。

四　南宋的代表詩人

汴京失陷，皇室南遷，這在政治上是一個極大的變動。國破家亡之慟，山河改色之悲，對於當日的文人，自然不能無所影響。但因當日的當權宰相，大半都是無氣節的貪利小人，只知道同外族敷衍妥協，以圖一時的偏安，劃水爲界，賠款結歡，而同時對於激烈的民氣，加以高壓。在這種情境下，於是形成一派人是滿懷憤激，情感熱烈，但是心有餘而力不足。另一派人，得到了高官厚祿以後，到了晚年，退隱湖山，寄情詩酒，成爲高蹈之徒。在當日的詩壇上，也很分明地可以看出這兩種情調的反映。如以陸放翁爲前者的代表，那末范成大恰好是後者的典型。他們的人生觀以及作品的風格，都與這情調非常適合。這一點是我們必得注意的。

前人論南宋詩者，俱以陸游、楊萬里、范成大、尤袤爲四大家。方回跋尤袤詩云：『自中興以來，言詩者必稱尤、楊、范、陸。』但楊萬里嘗言，『范、陸、尤、蕭皆其所畏。』尤袤亦云：『范、楊、蕭、陸亶有可觀。』可知除上述四家外，蕭德藻（東夫）亦爲當代的名詩人。但尤蕭兩家的集子，現今不傳，難於詳述。由其一鱗半爪以及前人之議論觀之，大抵尤詩平淡，蕭詩瘦硬。因蕭學詩於曾幾，故其江西詩派的影響較爲濃厚。朱竹垞說：『蕭詩過生。』（書劍南集後）沈德潛說他：『刻意求新，而入於澀。』（說詩晬語）這都是黃山谷的弊病。五人中去了二位，現在只剩得陸、范、楊三家了。在三家中陸的成就最大，他在南宋的地位，正如蘇軾在北宋，稱他爲南宋詩壇的領袖，是毫無疑義的。

陸游　陸游字務觀（西曆一一二五——一二一〇），山陰人。十二三歲便能詩文。中年遊蜀，爲范成大參議官，以文字相交，不拘禮法，人譏其狂放，因自號放翁。又因愛好蜀中山水，故題其生平所爲詩曰劍南詩稿。他作詩私淑呂本中，師事曾幾，呂、曾俱爲江西詩派中人物，因此他的詩亦與江西發生關係。但他却有一個狂放不羈的性格，一股慷慨激昂的熱情，李白、岑參的面貌多，黃山谷、陳師道以及道學家的氣質少，加以才情勃發，興會淋漓，因此他的詩的風格，不流於抒寫憤激的奔放，便入於抒寫山水田園的閑淡了。像那種斤斤計較於字句與格律的黃、陳詩風，是無法拘束這位狂放的詩人的創作的。他對於前代的詩人，最推崇陶潛、杜甫、李白與岑參。愛田園山水的樂趣，長於描寫自然界的意境，這種地方像陶，傷時愛國，不忘世事，這種地方像杜。至於其性情的狂放，詩風的雄奇，又像李、岑。如果有人想用「江西詩派」這名目去籠罩陸游，那眞是未免小看他了。他的詩風，有三個明顯的演變。早年作詩，承受江西派的師訓，步步摹倣，務求工巧。他後來有示子遹詩云：『我初學詩日，但欲工藻績。中年始稍悟，漸欲窺宏大。』中年入蜀從戎，一面接觸雄奇壯麗的山水，一面身歷時危世亂之苦痛，於是熱烈的情感，憂憤的氣慨，發之於詩，而形成他那種豪宕奔放的風格。他自述詩云：『我昔學詩未有得，殘餘未免從人乞。力孱氣餒心自知，妄取虛名有慚色。四十從戎駐南鄭，酣宴軍中夜連日。打毬築場一千步，閱馬到廐三萬匹。華燈縱博聲滿樓，寶釵豔舞光照席。琵琶絃急冰雹亂，羯鼓手匀風雨疾。詩家三昧忽見前，屈、宋在眼元歷歷。天機雲錦用在我，剪裁妙處非刀尺。世間才傑固不乏，秋豪未合天地隔。放翁老死何足論，廣陵散絕還堪惜。』這首詩把他中年詩風的轉變，說得最清楚。到了晚年，年齡老大，心境自然也趨於淡漠。壯年的熱情與豪志，到這時候也漸漸地變成了煙雲的餘影，只能在回憶中細細地吟味了。兒孫膝下之歡，田園山水之趣，酒味花香，湖光樹影，成了這位老詩人的另一世界。我們讀他的居室記、東籬記諸文，便可看出那位老頭子的晚年生活與心境。在他八十一歲的那年，闢舍東隙地，揷竹爲籬，名曰東籬，作東籬記以紀其事。他在那種境遇裏，詩風自然是要脫去中年的憤慨熱烈與奔放縱橫之氣，而入於閑適恬淡的境界。嘯吟湖山，流連景物，成爲他詩中的主體了。

『初報邊烽照石頭，旋聞胡馬集瓜州。諸公誰聽芻蕘策，吾輩空懷畎畝憂。急雪打窗心共碎，危樓望遠淚俱流。豈知今日淮南路，亂絮飛花送客舟。』（送七兄赴揚州師幕）

『耿耿孤忠不自勝，南來春夢繞觚稜。驛門上馬千峯雪，寺壁題詩一硯冰。疾病時時須藥物，衰遲處處少交朋。無情最是寒沙雁，不爲愁人說杜陵。』（衢州道中作）

『衣上征塵雜酒痕，遠遊無處不銷魂。此身合是詩人未？細雨騎驢入劍門。』（劍門道中道遇微雨）

『江上荒城猿鳥悲，隔江便是屈原祠。一千五百年間事，只有灘聲似舊時。』（楚城）

在這些作品裏，一面可以看出陸放翁的藝術的成就，同時也可看出他的性格與志趣。他決不像陳無己那樣的閉門覓句，只在文字技巧上用死工夫，他的作品，另有一種內容，一種懷抱，作爲他人格與詩格的代表。由這些詩，他得到了愛國詩人的稱呼，他確是一個念念不忘家國，時時在做着恢復中原的夢的志士。他示兒詩云：『王師北定中原日，家祭無忘告乃翁』，這是一個多麼傷心的遺囑，這一種精神又是多麼壯烈。他太息詩云：『死前恨不見中原』，他雖是這麼悲痛地希望着期待着，這遺恨成了永遠的遺恨，在他死後的六十幾年，宋朝又亡於另一個外族了。

楊萬里　楊萬里字廷秀（西曆一一二四——一二〇六），吉水人。紹興二十四年進士。通經學，重名節，是一位人品極高的儒者。他一生服膺張浚的正心誠意之學，遂名其室曰誠齋，並以爲號。宋史列他於儒林傳，就是因這緣故。但他同陸放翁一樣，却是一位多產的詩人，他曾作詩二萬餘首（說詩晬語），如果全都流傳下來，可以說是中國詩人中第一個多產者。現誠齋集中，尚存江湖集、荆溪集、西歸集、南海集、朝天集、江西道院集、朝天續集、江東集、退休集九種，共詩四千餘首，這數目也就不少了。

楊誠齋的詩，開始也是學江西，專以摹擬求工巧。到了五十歲左右，棄江西而學唐。由此博觀約取，融會變通，而走到自成一體的創造時期，便是當世所稱的誠齋體。江湖集序云：『余少作有詩千餘篇，至紹興壬千，皆焚之，大概江西體也。今所存曰江湖集者，蓋學后山、半山及唐人者也。』荆溪集序又云：『予之詩，始學江西諸君子，旣又學后山五字律，現又學半山老人七字絕句，晚乃學絕句於唐人。戊戌作詩，忽若有悟，於是辭謝唐人及王、陳、江西諸君子，皆不學而後欣如也。口占數首，則瀏瀏焉無復前日之軋軋矣。』在這一自述裏，可以知道他的詩風，有過三次的演變。我們現在讀他的詩，覺得有兩個重要的特色。一、是有幽默詼諧的趣味，二是以俚語白話入詩，形成通俗明暢的詩體。關於第一點，中國詩歌中，最缺少這種幽默和詼諧。杜甫的七絕，偶然有一點，那色彩也非常淡。王梵志、寒山拾得的詩句裏，時有這種情味，但每每流於說理，走到極端，便成了歌訣。可知要在詩中表現幽默和詼諧，本是一件難事，不像在散文中那麼容易。誠齋雖是一規規矩矩的儒者，但在詩中，却時時充滿着詼諧與幽默，有時雖也有流於說理的弊病，但許多確寫得很自然很有趣味，令人讀他的詩，感到另外一個世界。

『野菊荒苔各鑄錢，金黃銅綠兩爭妍。天公支與窮詩客，只買淸愁不買田。』（戲筆）

『書莫讀，詩莫吟，讀書兩眼枯見骨，吟詩箇字嘔出心。人言讀書樂，人言吟詩好。口吻長作秋蟲聲，只令君瘦令君老。君瘦君老且勿論，旁人聽之亦煩惱。何如閉目坐齋旁，下簾掃地自焚香。聽風聽雨都有味，健來卽行倦卽睡。』（書莫讀）

這些詩用俚語寫成，好像有點近於油腔，但通俗而不鄙，平淺而不滑，所以還是好詩。在每一首的背後，都蘊藏着一點幽默與詼諧，讀者都能深深地體會。逢入說笑，尋事開心，這一種態度，使得楊誠齋的詩，濃厚地呈現新感覺派的手法與情調。前人不明瞭這一點，或評其詩麤俚（四庫提要），或評爲『輕儇佻巧，令人厭不欲觀，此眞詩家之魔障。』（石洲詩話）但我們倒覺得這一點是他的作品的特色與生機，反而使我們歡喜他。因爲自己不能欣賞這種趣味，便說出「詩家之魔障」一類的惡評了。

范成大　范成大字致能（西曆一一二六——一一九三），吳郡人，紹興二十四年進士，出使金國，後歷帥西廣、成都、四明、金陵，拜參知政事，加大學士，是一個官品極高的人。他有別墅叫作石湖，是皇帝替他題的，他晚年隱居於此，自號石湖居士。楊誠齋說：『石湖山水之勝，東南絕境。』可知他的環境與王維的隱居輞川相同，並非什麼眞正逃名避世的高士，只是一種名利雙收以後的退休者。因此雖說他們的作品，無論怎樣描寫田園山水的情趣，總屬於客觀的，而不像陶潛那樣是屬於主觀的。陶與山水田園是融化調和成爲一體，王、范一流，是把自己放在主人的地位，將田園山水當作娛樂品而歌詠着的。在這種地方，顯出他們的詩品，和作詩的態度，都比不上陶淵明。

他的詩雖也從江西派入手，但結果也是離開江西的。看他的律詩，是有杈枒折拗之處，古詩時有奇字怪韻，誠不脫山谷之習。四庫提要云：『石湖追溯蘇、黃遺法，而約以婉峭，自爲一家。』他早年中年的作品，確是如此，到了晚年，他却是以白香山的通俗，陶淵明的情趣，描寫田園生活山水美境的情趣，使他的作風起了轉變。

『柳花深巷午鷄聲，桑葉尖新綠未成。坐睡覺來無一事，滿窗晴日看蠶生。』

『高田二麥接山青，傍水低田綠未耕。桃杏滿村春似錦，踏歌椎鼓過清明。』

『社下燒錢鼓似雷，日斜扶得醉翁回。青枝滿地花狼藉，知是兒孫鬬草來。』

『晝出耘田夜績麻，村莊兒女各當家。童孫未解供耕織，也傍桑陰學種瓜。』

『千頃芙蕖放棹嬉，花深迷路晚忘歸。家人暗識船行處，時有驚忙小鴨飛。』

『秋來只怕雨垂垂，甲子無雲萬事宜。穫稻畢工隨曬穀，直須晴到入倉時。』

這都是他的田園雜興中的好作品。他自註云：『淳熙丙午，沉痾少紓，復至石湖舊隱。野外卽事，輒書一絕，終歲得六十篇，號四時田園雜興。』可知他在病後療養的愉快心境中，日與農夫樵子爲友，靜心觀察體會農村的生活，隨時隨地寫了下來，他本無意求工，却無不自然活潑，清新有味。並且在這些詩裏，沒有一點刻意用心的痕跡，大都是用最通俗的文句，歌詠那種田園男女的日常生活，和自然界的情境，很有一點樂府體的民歌風趣。我們讀他的集子，五古雖時有佳篇，但究不如他的七絕的成就。他絕詩的好處，是韻味悠長，文字極其清新美麗，而又一點不落俗套。

『卓筆峯前樹作團，天平嶺上石成關。綠陰匝地無人過，落日秋蟬滿四山。』（自天平嶺過高景菴）

『霜入丹楓白葦林，橫煙平遠暮江深。君看雁落帆飛處，知我秋風故國心。』（題山水橫看）

『土橋茅屋兩三家，竹裏鳴泉漱白沙。春色惱人無畔岸，亂飄風袖拂梅花。』（牧馬山道中）

這些詩中有景有情，耐人尋味，境界亦復高遠，絕無塵俗之氣，在藝術的觀點上講，他們是要勝過田園雜興諸章的。至於他五古中所寫的四川山水，却近似大謝的刻劃，覺得過於用氣力用工夫，反而沒有這些小詩中的情味，與表現的自然了。

五　江西詩派的反動

江西詩派在南宋雖仍持有着盛大的潛勢力，但當日一般較有作爲的詩人，不能始終屈服於那種生野僻澀的風格，結果都是脫出藩籬，自謀生路，如上面所講的陸楊之徒，雖都從江西派入手，而其成就，並不能算是江西派。楊萬里在江湖集序中所說的，把學江西詩的作品一千餘首，一概付之丙丁，表示他是多麼的不滿意。尤袤說：『近世文士，喜言江西。溫潤有如范致能者乎？痛快有如楊廷秀者乎？高古有如蕭東夫，俊逸有如陸務觀者乎？是皆自出機杼，亶有可觀者，又奚以江西爲。』（白石詩稿序引）這裏明明顯露出來當日詩人對於江西詩派的不滿。許多有創作力的詩人，大都想自出機杼，不願專事依傍他人，這裏沒有自己的生命。可知在這時候，江西詩風的反動，已在暗中發育滋長，漸漸有廣大的傾向了。

姜夔　在這種趨勢裏，有一個詩人，我們不得不注意的，便是以詞名家的姜夔。他學詩於蕭東夫，並娶蕭女爲妻，與范成大、楊萬里、尤延之是詩友，互相唱和，往還頗密。他開始作詩，也是從江西派入手的。他的詩集自序說：「三薰三沐，學黃太史。」後來他覺悟了，知道走錯了路，所以他又說：「居數年，始大悟學卽病，顧不若無所學之爲得，雖黃詩偃然高閣矣。」他有詩說一卷，雖沒有明白地反對江西派，但其立論，無不是針對江西的弊病。他的主張，歸納起來約有三點：

一、貴獨創　自黃山谷倡脫胎換骨之法以後，江西詩派中人，無不奉爲圭臬。卽陳后山、陳簡齋諸人，亦時有沿襲之病。等而下之，至於剽竊，於是演成一種專事摹擬的惡習。姜白石有見於此，極言摹擬之害與獨創之可貴。他說：「作者求與古人合，不若求與古人異。求與古人異，不若不求與古人合，而不能不合，不求與古人異，而不能不異。彼惟有見乎詩也。故向也求與古人合，今也求與古人異，及其無見乎詩也，不求與古人合，而不能不合，不求與古人異，而不能不異。其來如風，其止如雨，其蘇子所謂不能不爲者乎？」（自敍二）這裏所說的，是以作者不要心中預存一種擬古人學古人的念頭，也不要心中預存一種反古人的念頭，只是隨着自己的靈感與才性創作下去，不管是異於古人合於古人，那詩總是你自己的，有你自己的個性與生命，這種詩便有意義了。

二、貴高妙　高是高遠，妙是巧妙。詩的最後地步，便是要達到高妙的境界。他說：『詩有四種高妙；一曰理高妙，二曰意高妙，三曰想高妙，四曰自然高妙。礙而實通，曰理高妙。出事意外，曰意高妙。寫出幽微如清潭見底，曰想高妙。非奇非怪，剝落文彩，知其妙而不知其所以妙，曰自然高妙。』（詩說）他所講的雖稍覺繁複，然以自然高妙一點爲藝術最高的造就，正與莊子所說的庖丁解牛的境界相同，這是很合理的。

三、貴風格　詩的優劣，在乎風格。風是風味，格是格調。風味要悠長含蓄，格調要高古而不卑弱。他說：『意格欲高，句法欲響。只求工於句字亦末矣。故始於意格，成於句字。句意欲深欲遠，句調欲清欲古欲和，是爲作者。』（詩說）又說：『一家之語，自有一家之風味。如樂之二十四調，各有韻聲，乃是歸宿處。模倣者雖似之，韻亦無矣。』（詩說）在這種地方，可以看出他對於當日那些專求字句的精巧與形似而輕視自己的個性忽略作品的風格的摹擬詩人，是表示如何的不滿意了。

他的作品，雖未能實踐他的理論，但江西詩派的習氣，却是洗得乾乾淨淨，一點生硬杈枒的影子也沒有了。他那些充滿着詞的情韻的詩句，格調雖不能說是高古，但滋味確是悠然不盡，耐人吟哦。他的七絕，更能表現這種特長。

『渺渺臨風思美人，荻花楓葉帶離聲。夜深吹笛移船去，三十六灣秋月明。』（過湘陰寄千巖）

『細草穿沙雪半銷，吳宮煙冷水迢迢。梅花竹裏無人見，一夜吹香過石橋。』（除夜自石湖

歸苕溪）

『闌干風冷雪漫漫，惆悵無人把釣竿。時有官船橋畔過，白鷗飛去落前灘。』（釣雪亭）

這些詩都是清新而不纖巧，美麗而不淫靡，因爲他精於音律，善自製曲，所以他的詩中的音調，格外和諧。他隱居吳興的白石洞天附近，日以山水爲樂，故其詩中絕少煙火氣味。讀他的詩，好像身遊郊外湖邊，鼻中眼底，都是新鮮的清氣與秀色，一掃你心中的塵俗與雜念。他詩的成績，並不弱於范楊，只因詞名過大，遂爲所掩，很少有人注意他的詩了。後人將他列入江湖集內，其實他的詩風和人品，都是不適合的。

姜夔以外，對於江西詩正式加以反抗，而獨成一局面的，是以晚唐標榜的四靈派。四靈爲徐照字靈暉，徐璣字靈淵，翁卷字靈舒，趙師秀字靈秀，因爲他們的名字都有一「靈」，詩的習尙又是一致，故時人稱爲四靈。又因他們都是永嘉人，故又稱爲永嘉派。四靈詩風以晚唐的賈島、姚合爲宗，注重律體，尤重五言。而以較量平仄鍛鍊字句爲作詩的能事。四庫題要云：『四靈之詩，雖鏤心鉥腎，刻意雕琢，而徑太狹，終不免破碎尖酸之病。』這些批評都是很對的。

緊接着四靈，在詩壇另成一個集團的，便是那以江湖集得名的江湖派。那時有一羣人，在政治上得不着地位，於是都裝着山人名士，到處流浪，說大話，遊山水，作詩唱和，成爲一種習氣。有一書店老闆，叫做陳起，錢塘人，也能寫詩作文，附庸風雅，是一個半商人半名士，自號爲陳道人。因與那些江湖詩人交遊，於是出錢刊售江湖詩集、續集、後集等書，當日也風行一時，後人以集中諸人的風氣習尚相似，詩風亦略同，故稱爲江湖詩派。江湖諸集，散佚頗多，經清四庫館人之整理，得江湖小集九十五卷，後集二十四卷，共百零九人。劉克莊本是江湖派的領袖，現集中無其名，但瀛奎律髓說：『劉潛夫南嶽稿亦與焉。』可知集中諸人，已非陳道人書中的眞面目了。

他們對於詩，並沒有確定的主張，雖不滿意江西詩派，（戴復古有詩云：『舉世吟哦推李杜，時人不識有陳黃。』）但也有學江西詩者，雖不滿意四靈，但許多也感染四靈的影響。四庫題要云：『宋之末年，江西一派與四靈一派合併爲江湖派，猥雜細碎，如出一轍，詩以大敝也。』這話是批評得不錯的。由此可知這一羣人數雖多，但在南宋的詩壇，並沒有發生多大的作用，也沒有什麼特殊的成績。其中只有戴復古、劉克莊、劉過、方岳諸人，還有幾首可讀的詩。等而下之，都是庸碌不足道的了。並且這羣江湖名士有一種惡習氣，便是人品的低落，他們每以詩文干謁公卿，以作求利祿獲名位的手段。如無所得，便繼以毀謗要挾，醜態百出。輕者是打秋風，重者無異於敲竹槓。詩人到了如此地步，眞是墮落到了極點，自然不會有什麼好成績了。方回生當其世，耳聞目覩，所知甚多。他說：『江湖遊士，多以星會相卜，挾中朝尺書，奔走閫台郡縣餬口耳。慶元嘉定以來，乃有詩人爲謁客，龍州劉過改之之徒，不一其人，石屏亦其一也。相率成風，至不務舉子業，干求一二要路之書爲介，謂之闊匾，副以詩篇，動獲數千緡，以至萬緡，如壺山宋謙父自遜，一謁賈似道，獲楮幣二十萬緡，以造華居是也。錢塘湖山，此輩什百爲羣。阮梅峯、秀實、林可、山洪、孫花翁、季蕃、高菊礀往往雌黃士大夫，口吻可畏，至於望門倒屣。』詩人的品格墮落到了這種程度，眞是可歎。錢牧齋云：『

詩道之衰靡，莫甚於宋南渡以後。而其所謂江湖詩者，尤塵俗可厭。蓋自慶元嘉定之間，劉改之、戴石屏之徒，以詩人啓干謁之風，所謂處士者，其風流習尚如此。彼其塵容俗狀，塡塞於腸胃，而發作於語言與文字之間，欲其爲淸新高雅之詩，如鶴鳴而鸞嘯也，其可幾乎？』（王德操詩集序）雖說錢老先生自己的人品並不比江湖詩人高了多少，但這一段批評，却正是我們要說的。

嚴羽與滄浪詩話　在這一個詩風衰靡的時代，能以淸新有力的理論，對於江西詩派表示反抗，同時對於四靈、江湖都表示不滿意，而標榜着盛唐的，是以滄浪詩話著名的嚴羽。滄浪詩話雖是一本小書，然却很有組織，很有見解。共分詩辨、詩體、詩法、詩評、詩證五門，末附與吳景仙論詩書一篇。其中以詩辨一門，最有積極的主張，對於當日衰靡的詩風，宗派的模擬，加以嚴厲的批判。他自己說：『僕之詩辨，乃斷千百年公案，誠驚世絕俗之譚，至當歸一之論。其間說江西詩病，眞取心肝劊子手。』（答吳景仙書）又說：『雖獲罪於世之君子，所不辭也。』（詩辨）他這種挑戰的態度，批評家的精神，是値得我們欽佩的。他對於詩的主張，最要者，有下列數點：

一、崇盛唐　嚴羽看見當日江西詩派的門徒，一味是學習黃陳，四靈又專學晚唐，弄得詩風日趨衰靡，他覺得這都不是正道。補救之法，唯有推崇盛唐，而上溯漢魏，始可以自立。故他說：『學詩以識爲主，入門須正，立志須高，以漢、魏、晉、盛唐爲師，不作開元天寶以下人物。若自退屈，卽有下劣詩魔入其肺腑之間。先須熟讀楚騷漢、魏五言，卽以李、杜二集枕藉觀之，如今人之治經，然後博取盛唐名家醞釀腦中，然後自然悟入，雖學之不至，亦不失正路。』他又說：『近人獨喜晚唐詩，一時自謂之唐宗。……既唱其體曰唐詩矣，則學者謂唐詩誠止於此耳，得非詩道重不幸耶？故予不自量度，輒定詩之宗旨，截然謂當以盛唐爲法。』他主張尊盛唐，因爲盛唐的詩有特殊的長處，這長處是什麼呢？他說：『詩者吟咏情性也。盛唐詩人，惟在興趣。羚羊挂角，無迹可求。故其妙處透澈玲瓏，不可湊泊。如空中之音，相中之色，水中之月，鏡中之像，言有盡而意無窮。』他從藝術的立場，境界的體會，來說明盛唐詩的優美，實是非常動聽的見解。

二、主妙悟　詩與散文，雖有形式上明顯的分別，但最重要的，一爲說明的，一爲領會的，每每一首好詩，其中的意義，分析起來，空無所有，然而在那些文字中，却能釀成一種最優美的境界。要達到這種境界，就在於妙悟。這一種妙悟，不完全依賴着學力，大半是偏於才情。關於這一點，嚴羽發表了很好的意見。『禪道在妙悟，詩道也在妙悟。孟襄陽學力下韓退之甚遠，而其獨出退之上者，一味妙悟而已。惟悟乃爲當行，乃爲本色。然悟有淺深，有分限，有透澈之悟，有但得一知半解之悟。漢魏尚矣，不假悟也。謝靈運至盛唐諸公，透徹之悟也。他雖有悟者，皆非第一義也。天下有可廢之人，無可廢之言，詩道如是也。若以爲不然，則是見詩之不廢，參詩之不熟耳。』他又說：『詩之極致曰入神，詩而入神，至矣盡矣。……夫詩有別材，非關學也，詩有別趣，非關理也。然非多讀書，多窮理，則不能極其至。所謂不涉理路，不落言筌者，上也。』他這種意見，與唐代司空圖所說的「不著一字，盡得風流」，大略相同。但嚴羽說得更週到，更透澈。他以「不涉理路不落言筌」爲詩之極致，實是精確之論。

三、反議論與用典　因爲他主妙悟主入神，因此多發議論，亂用典故，都是作詩的大毛病。宋詩自西崑至歐蘇，至黃陳，或此或彼，都脫不了這些弊病。所以他說：『近代諸公，乃作奇特解會，遂以文字爲詩，以才學爲詩，以議論爲詩，夫豈不工，終非古人之詩也。』又說：『近代諸公，多務使事，不務興致。用字必有來歷，押韻必有出處，末流甚者，叫噪怒張，殊乖忠厚，殆以罵詈爲詩，詩至此可謂一厄』。又說：『詩有詞理意興，南朝人尙詞而病於理，本朝人尙理而病於意興，唐人尙意興而理在其中，漢、魏之詩，詞理意興無迹可求。』以宋人來批評宋詩，他這態度算是最客觀最忠實的了。

嚴羽論詩的見解雖是高人一等，但他在創作上，却是眼高手低。我們讀他的滄浪詩話，雖也偶有清新之作，然和他所理想的妙悟入神無迹可求的境界，相隔尙遠。李東陽評他云：『識得十分，只做得八九分，其一二分乃拘於才力，其滄浪之謂乎？』四庫提要也說：『羽所自爲詩，獨任性靈，掃除美刺。清音獨遠，切響遂稀。……志在天寶以前，而格不能超大歷之上。由其持詩有別才，不關於學，詩有別趣，不關於理之說，故止能摹王、孟之餘響，而不能追李、杜之鉅觀也。』這些話都批評得不錯。嚴羽對於詩的意見，影響後代的詩論確甚大。雖有馮班作嚴氏糾繆一卷，至詆爲囈語，但胡應麟則比之達摩西來，獨闢禪宗。再如袁中郎袁枚的性靈說，王漁洋的神韻說，無疑都是感受着滄浪詩話的影響。總之，在南宋那一個詩風衰靡、派別分立的時代，嚴羽的意見，是值得我們尊重的。四庫提要云：『要其時，宋代之詩，競涉論宗，又四靈之派方盛，世皆以晚唐相高，故爲此一家之言，以救一時之弊。後人輾轉承流，漸至於浮光掠影，初非羽之所及知，譽者太過，毀者亦太過也。』對於滄浪詩話的批評，這幾句，要算是最公允了。

六　遺民詩

劉克莊死後不到十年，南宋就亡了。蒙古人對於漢人的壓迫和虐待，是中國歷史上最慘酷的一幕。那一次的政變，與北宋的滅亡有些兩樣，那時徽欽雖是北去，剩下來的皇室貴族，仍可南渡成業，得着苟延殘喘的偏安局面，因此對於一般人的心靈上的影響，雖一時受着震動，但不久就平復了。這一種起伏的思潮與心境，表現在文學上的，也非常明顯。至於南宋的覆滅，那是連根本也推翻了的，就是連那苟延殘喘的偏安局面，也求之不得了。加以元兵加於漢人的恐怖政策，使得一般知識階級，眞實地嘗到了亡國奴的恥辱與苦痛。在這種環境下，讀書人只有兩條路可走：一條是賣身賣心，或爲漢奸，或爲順民，一條是反抗到底。在第二條路中又有二種：一種是積極的表現，而至於身死殉國，一種是消極的不合作，遁跡山林，埋名隱姓，以求個人的心安。做漢奸做順民的可以不必說。走第二條路的那兩種人，行爲上略有不同，但他們的情感却是熱烈憤恨，品格都是忠信高潔。由他們那種心境與感情，造成了宋末文學濃厚的民族色彩，一掃宋詩那種摹擬的惡習，而形成一種新精神，新力量。當日如文天祥、謝翺、方鳳、林景熙、汪元量、謝枋得、許月卿、鄭思肖、眞山民諸人，或身死殉國，或遁身世外。所發爲詩，大都以憤恨哀怨之筆，抒寫其亡國之痛，離亂之情，表現宋代最後一點民族的精神與正氣，實是非常可貴的。我們研究宋詩，若只注意什麼蘇、黃、陸、范幾大家，什麼西崑、江西、四靈諸宗派，而忽視這一階段的遺民詩，那眞有遺珠之歎了。

文天祥　文字宋瑞，號文山，江西吉安人，寶祐四年進士第一。元人渡江，奉詔舉兵。後奉使北軍，爲所拘，未幾遁歸福州，奉益王登祚，出兵江西，敗而被執，囚於燕京，四年不屈，遂被殺，年四十七（西曆一二三六——一二八二）。爲人忠義節烈，不可一世。其詩沈鬱悲壯，氣象渾厚，完全是他的人格的表現。我們讀他的古體正氣歌、過平原作諸篇，便可想見其志趣與爲人。長谷眞逸農田餘話云：『宋南渡後，文體破碎，詩體卑弱。惟范石湖、陸放翁爲平正。至晦菴諸子始欲一變時習，模倣古作，故有神頭鬼面之論。時人漸染既久，莫之或改。及文天祥留意杜詩，所作頓去當時之凡陋。觀指南前後錄可見。不獨忠義貫於一時，亦斯文閒氣之發見也。』（四庫提要引）他這批評是不錯的。

『草舍離宮轉夕暉，孤零飄泊復何依。山河風景元無異，城郭人民半已非。滿地蘆花和我老，舊家燕子傍誰飛。從今別却江南日，化作啼鵑帶血歸。』（金陵驛）

謝翶　謝字皐羽，福建長溪人。元兵破宋，謝率鄉兵投文天祥，爲諮議參軍。後文山被執，乃逃亡，改姓換名，漫遊各地，所至輒感慨哭泣。登嚴子陵釣臺，設文天祥主，再拜慟哭，著西臺慟哭記，甚爲有名，卒年四十七（西曆一二四九——一二九五）。所著有晞髮集，任士林稱其詩云：『所作歌詩，其稱小，其指大，其辭隱，其義顯，有風人之餘，類唐人之卓卓者，尤善敍事云。』（謝翶

傳）

『殘年哭知己，白日下荒臺。淚落吳江水，隨潮到海迴。故衣猶染碧，后土不憐才。未老山中客，唯應賦八哀。』（西臺哭所思）

汪元量 汪字大有，號水雲，錢塘人。以善事謝后，宋亡，隨宮留燕甚久，後南歸爲道士，終於山水之間，著有水雲詩集、湖山類稿。其詩悽愴哀婉，多故宮禾黍之悲。李珏書水雲詩後云：『紀其亡國之戚，去國之苦，間關愁歎之狀，盡見於詩。微而顯，隱而章，哀而不怨，唐之事紀於草堂，後人以詩史目之，水雲之詩，亦宋亡之詩史也。』元兵南下，皇室北遷，其中種種苦痛的境狀，皆爲水雲所身歷目睹，因此在他的詩中所表現的情感所描寫的事實，也更爲眞實更爲沉痛了。稱其詩爲宋亡之詩史，是很確切的。

『蔽日烏雲撥不開，昏昏勒馬度關來。綠蕪徑路人千里，黃葉郵亭酒一杯。事去空垂悲國淚，愁來莫上望鄉臺。桃林塞外愁煙起，大漠天寒鬼哭哀。』（潼關）

汪水雲因爲身居宮中，亡國的痛苦，和那些滿朝朱紫的醜態，他都身歷其境，因此他的作品，最富於眞實性。所以在遺民詩裏，除以哀苦的詩風見長以外，他是還具有歷史性的價値的。

鄭思肖 鄭字憶翁，號所南。在他這些名字裏，都暗寓不忘故國之意。福州連江人，宋末太學生，宋亡，隱居吳下，坐臥不北向，有所南集。扁其堂曰：『本穴世界』，影射『大宋』之義，畫蘭不畫土，意謂土已爲外族奪去，其愛國之熱誠，有如此者。其詩皆清遠絕俗，用象徵暗寫的手法，表現懷戀故國的情緒。

『扣馬癡心諫不休，旣拚一死百無憂。因何留得首陽在？只說商家不說周。』（夷齊西山圖）

此外如謝枋得、林景熙、眞山民諸人，時有悲苦之作。今各舉一例如下：

『十年無夢得還家，獨立青峯野水涯。天地寂寥山雨歇，幾生修得到梅花。』（謝枋得武夷山中）

『山風吹酒醒，秋夜入燈涼。萬事已華髮，百年多異鄉。遠城江氣白，高樹月痕蒼。忽憶凭樓處，淮天雁叫霜。』（林景熙京口月夕書懷）

『一舸下中流，西風兩岸秋。櫓聲搖客夢，帆影掛離愁。落日魚蝦市，長煙蘆荻洲。篙人夜相語，明發又嚴州。』（眞山民蘭溪舟中）

其他如許月卿方鳳輩，人品雖高，而其詩頗重刻縷，尙不脫四靈江湖模擬之習，所以我想不在這裏再舉例了。另有谷音一卷，存詩近百首，俱爲宋代遺民之作。此書爲杜伯原所編（杜事見元史隱逸傳），集後有蜀郡張渠跋云：『右詩一卷，凡二十三人，無名者四人，共一百首，乃宋亡元初節士悲憤幽入淸詠之辭。京兆先生，早遊江湖，得於見聞，悉能成誦，因錄爲一編，題曰谷音，若曰如山谷之音也。』這裏所說的京兆先生，便是杜伯原，他是元朝的隱士，對於這些遺民，自然是格外同感的了。在這些作家裏，大都是沒有名望的窮苦讀書人，一旦遭了亡國的慘變，不願屈節投降，於是有的披髮入山。有的閉戶不出，或寄生於漁樵，或苦死於飢餓。因其人格的高超，故發之於詩，無不沉鬱悲壯，感慨悽涼，較之那些朱紫的降臣，賣身的賊子，這些人的作品，自然是山谷之音了。因爲作者過多，不能一一遍舉，但歡喜研究宋末遺民詩的人，谷音自然是一本重要的材料。錢牧齋云：『至於少陵，而詩中之史大備，天下稱之曰詩史。唐之詩入宋而衰，宋之亡也，其詩始盛。皋羽之慟西臺，玉泉之悲竺國，水雲之苕歌，谷音之越音，古今之詩莫變於此時，亦莫盛於此時。……考諸當日之詩，則其人猶存，其事猶在，殘篇嚙翰，與金匱石室之書，並懸日月。』（序胡致果詩）錢氏後來雖然變了節，他畢竟是遺民，他體驗過遺民的生活與心情，身受過亡國的苦痛，因此他能深切地瞭解宋末這一羣人的人品與詩品，以及他們忠義正直的精神，加以尊敬贊歎，使他們在文學史上得到了一點應得的地位。

七　北國詩人元好問

宋詩論畢，我在這裏還要附着討論一位北國最出色的詩人元好問。元字裕之，號遺山，太原秀容人。金興定三年進士，官至行尚書省左司員外郎，金亡不仕，卒年六十八。他的政治身份是金朝，他的籍貫是太原，確確實實是一位北國的詩人，金亡不仕，又是一位遺民，而其時代正當南宋末年，我現在把他附論在這裏，想是很適合的了。元遺山雖作金朝的官，因爲他是漢人，所以他的文化源流，同宋代的讀書人完全是一個系統。他的人生觀是儒家的人生觀，他的古文，是繼承韓歐的遺緒，詩學杜甫，詞學周邦彥，他在這幾方面，都有卓然的成就，是金代學術界的權威，文壇的代表。

在他的詩集中，有論詩絕句三十首。在這些詩裏，他從漢魏的古詩，到宋代的詩人，他都發表了批評的意見。從杜甫的論詩六絕以後，他這些作品，是最有系統有見解的佳作，研究中國文學批評的人，是値得注意的。他主張最好的詩，要有風骨，要能高古，要掃除兒女之情，要富有風雲悲壯之氣。他有詩云：

『曹劉坐嘯虎生風，四海無人角兩雄。可惜幷州劉越石，不教橫槊建安中。』

『鄴下風流在晉多，壯懷猶見缺壺歌。風雲若恨張華少，溫李新聲奈爾何？』

劉琨之詩，本以悲壯見長，所以他特別賞識，詩品也說劉越石詩有『淸剛之氣。』張華的詩，鍾嶸批評他兒女情多風雲氣少，但在他看來，比起李義山、溫庭筠來又要好得多了。可知他是以建安風力爲論詩的準則，以淸剛勁健之氣爲詩格的上品了。所以他又說：

『慷慨歌謠絕不傳，穹廬一曲本天然。中州萬古英雄氣，也到陰山敕勒川。』

他不滿意南方兒女文學的華豔淫靡，格卑調弱，因此他對於子夜歌一類的南方情歌，都看不起，他推重的只是斛律金那首敕勒歌。他覺得這種作品，纔是値得贊賞的，慷慨的，有英雄氣的歌謠，可惜流傳絕少，成爲空谷之音了。在這種原則下，他不歡喜齊梁的詩，也不歡喜沾染齊梁習氣的初唐詩人。他說：

『沈宋橫馳翰墨場，風流初不廢齊梁。論功若準平吳例，合着黃金鑄子昂。』

他不滿意齊梁，自然也不滿意宋之問、沈佺期那一般人，因此他對於那位起衰復古的陳子昂，發出最高的贊歎了。其次，他主張作詩宜以自然爲主，講音律聲調排比鋪陳，都是細流末節，終難成爲大家。再如苦吟雕琢，抄書用典，都是詩家之病。『一語天然萬古新，豪華落盡見眞淳。』這是他對於淘淵明的詩的贊賞。做詩能達到這種天然眞淳的境界，才是詩之極致。『切響浮聲發巧深，研磨雖苦果何心？』這是他對於音律聲病的反抗。

『百年纔覺古風迴，元祐諸人次第來。諱學金陵猶有說，竟將何罪廢歐梅。』

『奇外無奇更出奇，一波纔動萬波隨。只知詩到蘇黃盡，滄海橫流却是誰？』

『古雅難將子美親，精純全失義山眞。論詩寧下涪翁拜，未作江西社裏人。』

他覺得宋初的詩壇，爲西崑淫靡之風所籠罩，端賴梅聖俞、歐陽修諸人的努力，始收振衰復古之功。後來詩人各立宗派，對於幾位開山先輩反不重視，他覺得很不公平，加以歐論詩主自然，梅主清切，正與元遺山論詩的旨趣相合，所以他在宋代詩人裏，獨有推尊歐梅之意。至於那些江西派門徒的模擬做作，四靈派的小家氣，江湖派的油滑氣，他自然更是看不上眼的。他題中州集云：『北人不拾江西唾，未要曾郎借齒牙。』因此，他說出寧願崇拜黃山谷本人，而不加入江西詩社的訣絕之語了。

他的論詩三十絕句，爲文學批評史上的重要資料。他的作品，以七古七律爲最佳。

『南朝辭臣北朝客，棲遲零落無顏色。陽平城邊握君手，不似銅駝洛陽陌。去年春風吹雁迴，今年雁逐秋風來。春風秋風雁聲裏，行人日暮心悠哉。長江大浪金山下，吳兒舟船疾如馬。西湖十月賞風煙，想得新詩更瀟灑。』（送張君美往南中）

『河外青山展臥屏，幷州孤客倚高城。十年舊隱拋何處？一片傷心畫不成。谷口暮雲知鄭重，林梢殘照故分明。洛陽見說兵猶滿，半夜悲歌意未平。』（懷州子城晚望少室）沈德潛云：『裕之七言古詩，氣王神行，平蕪一望，常得峯巒高插，濤瀾動地之概。又東坡後一能手也。』（說詩晬語）趙翼云：『蘇陸古體詩，行墨間尚多排偶。一則以肆其辨博，一則以侈其藻繪，固才人之能事也。遺山則專以單行，絕無偶語。搆思窅妙，十步九折，愈折而意愈深，味愈雋，雖蘇陸亦不及也。七言律則更沈摯悲涼，自成聲調，唐以來律詩之可歌可泣者，少陵十數聯外，絕無嗣響，遺山則往往有之。』（甌北詩話）由他們一致的推崇與解釋，更可知道他在中國詩史上的地位以及他的詩風的特色了。

第二十一章　宋代的小說與戲曲

上篇　宋代的小說

一　志怪傳奇的文言小說

宋代小說，在志怪傳奇方面，無論內容文體，多沿襲舊風，頗少新創。李昉主編的太平廣記一書，共五百卷，爲當日降臣文士所編修，集前代野史傳記小說諸家言而成，用書多至三百四十四種，分爲五十五部，舉凡神仙鬼怪僧道狐虎之類，都網羅殆盡，末附雜傳記九卷，則爲唐代之傳奇。這一部書，可謂集古代文言小說的大成了。宋人自己在這方面的創作，志怪者有徐鉉之稽神錄，吳淑之江淮異人錄。徐、吳俱仕南唐，後同李煜降宋，後亦爲太平廣記之重要編纂人。徐、吳以後，尙有張君房之乘異記，張師正之括異志，聶田之祖異志，秦再思之洛中紀異，畢仲詢之幕府燕閒錄，洪邁之夷堅志等書，俱屬於此類。其中以夷堅志爲最有名。全書共四百二十卷，因作者學問淹博，頗有文名，書中時有佳篇。但以卷帙過繁，成書過急，有以五十日寫十卷者，故在文字上難以詳加潤飾，在內容上亦時有重複之處，這是本書的弊病。

傳奇文的作者，首推樂史。樂史字子正，撫州人，原仕南唐，後入宋爲官，所作有綠珠傳、楊太眞外傳二篇。綠珠傳敍述孫秀石崇交惡和綠珠墮樓殉情的故事，太眞外傳爲長恨傳長恨歌的重述，從貴妃入宮寫至明皇的死，其中除加入一些小故事外，別無新意，文字亦遠不如陳鴻的簡潔。其作法亦與唐代傳奇無異，每於篇末，顯露出一點規勸之意。如綠珠傳結段云：『今爲此傳，非徒述美麗，窒禍源，且欲懲戒辜恩負義之類也。』又太眞外傳云：『唐明皇之一誤，貽天下之羞，所以祿山叛亂，指罪三人。今爲外傳，非徒拾楊妃之故事，且懲禍階而已。』樂史又長於地理，所著有太平寰宇記二百卷，引書至百餘種，雖偶雜小說家言，然不失爲一精審之作。

樂史以外，有秦醇者，亦作傳奇。秦字子復，亳州譙人。所作今存趙飛燕別傳、驪山記、溫泉記、譚意歌傳四篇，俱見北宋劉斧所編之青瑣高議前集及別集，可知秦醇爲北宋人。前三篇敍漢、唐宮闈舊事，與太眞外傳同體，最後一篇，乃寫當時男女戀愛故事，內情略似蔣防之霍小玉傳，但以團圓作結，而變爲喜劇。各篇中雖偶有雋語，但大體蕪弱，去唐人傳奇聲貌頗遠。此外有大業拾遺記二卷，開河記一卷，迷樓記一卷，海山記二卷，不知何人所作，俱記煬帝開運河，幸江都，以及種種荒恣淫樂的故事，文筆亦時有可觀。海山記見青瑣高議中，必是北宋人作，餘篇的時代，大略相同。尚有無名氏之梅妃傳一篇，寫江采蘋與楊貴妃爭寵見放的故事，無作者名。跋者自云與葉夢得同時，想跋者卽爲作者，那已是南渡前後時的作品了。明人題爲唐曹鄴作，不可信。

二　宋代白話小說的興起

宋代小說最可注意的，並不是這些用文言寫成的志怪與傳奇，而是那些出自民間的白話小說。這一些東西，當時人所稱爲話本或是平話的。這種白話小說的產生，在中國的小說史上，是一件極可紀念的事。因了他們，結束了文言小說的生命，替未來小說的成長與發展，無論長篇與短篇，開闢了一條新路線。數百年以來，許多用白話文體寫成的小說，同正統的文言文學，一直流傳到現在，成爲民間的精神食糧。

宋代白話小說的產生，並不是偶然的，他具有文體的來源，社會的環境，和其本身實用的功能三方面的關係。我在下面，應該將這些關係，加以簡明的敍述。

一、文體的來源　因唐代講唱兼用散韻夾雜的變文的傳播，於是民間釀成許多變文體的通俗文學。有的爲韻文，有的爲韻散合體，有的爲純粹散文，如季布歌、董永行孝歌、列國志中的伍子胥、明妃傳、唐太宗入冥記和秋胡小說等，都是受傳播佛經的變文的影響而產生的通俗文學。在這些作品裏，都有離開純粹典雅的文言文，而漸漸地入於白話文的傾向。季布歌、董永行孝歌，雖全是詩體，那白話化的成份已很濃厚。伍子胥與明妃傳的散文部份，本已淺顯通俗，已間有用純粹白話的地方。至於唐太宗入冥記、秋胡小說，則白話的成份更爲濃厚。如

『……判官懆惡，不敢道名字。帝曰：卿近前來。輕道：姓崔名子玉。朕當識。言訖，使人引皇帝至院門。使人奏曰：伏惟陛下且立在此，容臣入報判官速來。言訖，使來者到廳拜了。啓判官，奉大王處，太宗皇生魂到，領判官推勘，見在門外，未敢引。……崔子玉旣□□拜了，對帝前□書便讀，子玉讀書已了，情意更無君臣之禮。』（節錄唐太宗入冥記）

『秋胡辭母了，手行至妻房中，愁眉不盡。……秋胡啓娘子曰：夫妻至重，禮合乾坤，……附骨埋身，共娘子俱爲灰土，今蒙娘敎，聽從遊學，未知娘子聽許已不？其妻聽夫此語，心中淒愴，語裏含悲。啓言道：郎君，兒生非是家人，死非家鬼。……女心向外，千里隨夫。今日屬配郎君，好惡聽從處分。郎君將身求學，此愜兒本情。學問雖達一朝，千萬早須歸舍。辭妻了，道服得十種文書，便卽發程。……』（秋胡小說）

太宗入冥記，記太宗魂遊地府的故事（事見朝野僉載太平廣記一四六卷引。）秋胡小說，記秋胡辭別家庭，出外求學，後得仕回家，在途中調戲一采桑女子，此女卽其妻的故事（事見列女傳），可惜兩篇都前後殘闕過甚，不能窺見其眞實面目。而就此殘文看來，白話文的成份，已非常濃厚，問答談話，全是說話人口氣。這種前人從不重視的通俗作品，自然要看作是宋代白話小說的先聲。由入冥記、秋胡等作，進而爲宋代的話本平話一類純白話作品，在這裏，正好顯示着文體進化的線索。同時，在宋代的白話小說裏，大量地夾雜着詩詞，或稱爲詞話，如也是園書目的宋人詞話十二種，或稱爲詩話，如大唐三藏取經詩話，並且每逢着美人風景或恐怖場面的描寫，也時時雜以純粹的駢文，這種韻文的部份，無論他有沒有歌唱的效能，但這種體裁，確是由變文脫胎而來，那是無可懷疑的事。並且這一種形式，便成爲後代小說界的定型。

二、宋代白話小說的實用功能　宋代白話小說的興起，是職業的實用的，而不是文學的藝術的。現在流傳下來的那些宋人話本，都是當日說話人的底本。說話的借此謀生，創作者不管是說話人本人

九歌中所謂的靈或靈保，便是古代的巫覡，如『靈偃蹇兮姣服，芳菲菲兮滿堂，』（東皇太一）『靈連踡兮既留，爛昭昭兮未央。』（雲中君）『思靈保兮賢姱』（東君）他們或作爲娛神的演者，或作爲神靈的象徵，但在衣服形貌上，都有戲曲的適應性，在舞蹈動作上，都有戲曲的表演性，那是無可疑的。故王國維說：『至於浴蘭沐芳，華衣若英，衣服之麗也。緩節安歌，竽瑟浩倡，歌舞之盛也。乘風載雲之詞，生別新知之語，荒淫之意也。是則靈之爲職，或偃蹇以象神，或婆娑以樂神，蓋後世戲劇之萌芽，已有存焉者矣。』（宋元戲曲史）

因着社會經濟的發展，統治勢力的擴張，人權思想的興起，藝術由神鬼的祭壇下，而漸漸地轉入於人事的娛樂，這是必然的趨勢。由媚神娛鬼的宗教舞曲，而變爲人類的娛樂品了。代替着巫覡靈保而起的，是那些倡優侏儒一類的滑稽角色。列女傳云：『夏桀既棄禮義，求倡優侏儒狎徒，爲奇偉之戲，』此說出於漢人，自不可信。但晉的優施，楚的優孟一類的人物，確是古代俳優的濫觴，他們或善於歌舞，或長於調戲。優施舞於魯君之幕下，孔子加以辱君的罪名，優孟之爲孫叔敖衣冠，楚王欲以爲相。可知他們於言語調戲之外，必加以滑稽的動作。這一種情形，與後世的戲劇演員，是有幾分近似了。

到了漢代，隨着統治階層勢力的固定，與經濟的繁榮，於是俳優一類的人，成爲一種專門人材，作爲獻媚君主貴族而謀生的一種職業。漢書禮樂志載：『郊祭樂人員，初無倡人。惟朝賀置酒陳前殿房中，有常從倡三十人，常從象人四人（孟康云：象人若今戲魚蝦獅子者也。韋昭云：著假面者也。）

詔隨常從倡十六人，秦倡員二十九人，秦倡象人員三人，詔隨秦倡一人。』這一大批倡人，他們所表演的我們雖無從知其詳情，或是帶着假面具，裝着魚蝦獅子的樣子，或是唱歌跳舞，或是戲謔滑稽，藉以取笑於君主與貴族，這是無疑的。由巫覡靈保所表演的媚神的舞曲，到這時候，是進一步而變爲樂人的滑稽表演了。

角抵戲是武帝時代由西域傳到中國來的（見史記大宛傳）。角抵是指着角力角技及射御比賽等等的遊戲，但到了後來繁衍下去，範圍日廣，連假面戲和歌舞等等，也都包括在內。張衡在西京賦，描寫平樂觀的角抵戲說：『烏獲扛鼎，都盧尋橦。衝狹燕濯，胸突銛鋒。跳丸劍之揮霍，走索上而相逢。……巨獸之爲曼延，含利之化仙車，吞刀吐火，雲霧杳冥。……總會仙倡，戲豹舞羆。白虎鼓瑟，蒼龍吹篪。……女娥坐而長歎，聲清暢而委蛇。洪厓立而指揮，被毛羽而襳襹。度曲未終，雲飛雪起。……』再在李尤的平樂觀賦裏，對於當日的角抵戲，也有很活躍的敍述。這樣看來，當日的角抵戲，範圍極廣，是集俳優歌舞角力雜耍於一爐，而成爲無所不包的百戲了。

魏晉在戲劇方面，只沿襲漢代，沒有什麼進步。然可注意者，有出於後趙的參軍戲。據趙書所載：『石勒參軍周延爲館陶令，斷官絹數萬疋，下獄，以八議宥之。後每大會，使俳優著介幘，黃絹單衣。……以爲笑。』（太平御覽卷五百六十九引）唐段安節樂府雜錄亦載此事，云起於漢和帝時。但王國維以後漢尚無參軍官名，故以趙書爲是。這一種參軍戲，雖只以戲謔爲主，但已扮演時事，比起往日的傀儡戲，象人戲來，是稍稍有點不同了。並且盛行於唐代的參軍戲，即起源於此，這是值得我

們注意的。

到了北朝，在戲劇方面，有比較重要的進展。這進展的事實，便是當日的俳優，能合着歌舞，去表演一種故事，在扮演方面將歌舞和故事聯繫起來，漸漸地走近戲曲的領域。這原因不得不歸功於外族音樂舞曲的輸入與影響。他們表演的事雖極簡單，但已經是現實社會上的事情，決不是漢朝那種裝禽獸玩木偶的把戲。當日這種戲，在文獻中可考者，有代面、踏搖娘、撥頭三種。

代面　代面始於北齊，是一種有歌舞有動作有故事又有化裝的舞曲。舊唐書音樂志云：『代面出於北齊。北齊蘭陵王長恭，才武而面美，常着假面以對敵。勇冠三軍，齊人壯之，爲此舞以效其指揮擊刺之容，謂之蘭陵王入陣曲。』可知代面這一種東西，一面是扮演蘭陵王的故事，同時又是以歌舞爲主體的了。再如教坊記及樂府雜錄，俱載此事，其中雖偶有差異，但對於北齊的時代及男主角帶假面英勇應敵之事，所載一致。則代面的起源，完全由民衆崇拜心理的模倣。

踏搖娘　踏搖娘一作蘇中郎。教坊記謂起於北齊蘇鮑鼻，樂府雜錄謂起於後周士人蘇葩，舊唐書音樂志則謂蘇爲隋末河內人。但三書中所載故事，則全相同。教坊記所載最詳，或較可信。其詞云：『北齊有人姓蘇鮑鼻，實不仕而自號爲郎中。嗜飲酗酒，每醉輒毆其妻。妻銜悲訴於鄰里。時人弄之。丈夫著婦人衣，徐步入場。行歌，每一疊，旁人齊聲和之。……以其且步且歌，故謂之踏搖。及其夫至，則作毆鬥之狀，以爲笑樂。』這樣看來，代面與踏搖娘，都是合着歌舞，扮演一種社會上的實事。一是出於崇拜的心理，一是出於嘲諷的戲謔，其中的故事與動作，雖非常簡陋，但在心理的構

成上，與人事的表演上，同後世的戲劇，已是很接近的了。

撥頭　撥頭爲國外戲劇輸入中國之一種，一名鉢頭（樂府雜錄）。北史西域傳有拔豆國，或即此也。舊唐書音樂志云：『撥頭者，出西域胡人，爲猛獸所噬，其子求獸殺之，爲此舞以象之也。』撥頭有歌與否，雖不能知，但其動作部份，必更爲繁複。由此看來，北朝時代的代面、踏搖娘、撥頭等曲，雖無劇本的存留，雖無有情有節的內容，但在創作的動機與材料的表現，都入於有意識的人事的階段，這一點，不能不說是一種大進步。

除此而外，漢魏以來的百戲，在南北朝及隋代也很盛行，尤盛於北方。在魏書樂志、隋書音樂志中，都有記述。據隋書柳彧傳所載：『於端門外建國門內，綿亘八里，列爲戲場，百官起棚夾路，從昏至旦，以縱觀，至晦而罷。伎人皆衣錦繡繒綵，其歌舞者多爲婦人服，鳴環佩，飾以花毦者，殆三萬人……鳴鼓聒天，燎炬照地，人戴獸面，男爲女服。倡優雜伎，詭狀異形。』在隋煬帝那種荒淫的政治狀態下，這種作爲娛樂的百戲的發達是必然的，觀其熱鬧的情形，實遠過於張衡在西京賦中所描寫的了。

唐代的歌舞戲，如代面、踏搖娘、撥頭、參軍等，均本於前代，但參軍戲最爲流行。如樂府雜錄、趙璘因話錄、范攄雲溪友議中，都有參軍戲的記載。如黃幡綽、張野狐、李仙鶴、周季南、周季崇、劉採春女士等，都是扮演參軍戲的名角。並且當日的參軍戲，已較北朝時代進步。在那種戲裏，已有『參軍』和『蒼鶻』兩種固定的脚色，這在戲劇的表演上，是一種很重要的進展。五代史徐世

家云：『徐氏之專政也，楊隆演幼懦，不能自持。而知訓尤凌侮之。嘗飲酒樓上，令優人高貴卿傳酒。知訓爲參軍，隆演鶉衣髽髻爲蒼鶻。』又姚寬西溪叢話卷下所引吳史，亦有同樣記載。可知晚唐時代的參軍戲已有固定的角色，所謂參軍，便是戲中的正角，蒼鶻便是丑角一類的配角了。又李義山驕兒詩云：『忽復學參軍，按聲叫蒼鶻，』在這裏，可以看出參軍戲這種遊藝，在當日是如何的普遍了。歌舞戲除上敍四種外，尙有樊噲排君難戲一種，又名樊噲排闥戲，見唐會要及樂書，盛行於晚唐，是一種扮演項羽、劉邦在鴻門相會的歷史故事，是唐人自製的。戲中的詳情，雖不知道，但由其表演的故事看來，較之代面、踏搖娘一類的東西，自必是要稍加繁複了。

唐代的歌舞戲雖止於此，但滑稽戲則較爲進步。這種戲不一定表演故事，不雜歌舞，大都以諷刺戲謔爲主，演者可以隨時隨地自由扮演之。如資治通鑑（卷二百十二）、舊唐書文宗紀，孫光憲北夢瑣言卷六卷十四及高彥休唐闕史諸書中，俱有這種滑稽戲的記載。尤以唐闕史所載者最爲有趣。『咸通中，優人李可及者，滑稽諧戲，獨出輩流。雖不能託諷匡正，然智巧敏捷，亦不可多得。嘗因延慶節緇黃講論畢，次及倡優爲戲。可及乃儒服險巾，褒衣博帶，攝齊以升講座。自稱三教論衡。其隅坐者問曰：旣言博通三教，釋迦如來是何人？對曰：是婦人。問者驚曰：何謂也。對曰：金剛經云：敷座而坐。若非婦人，何煩夫坐，然後兒坐也。上爲之啓齒。又問曰：太上老君何人也？對曰：亦婦人也。問者益所不喩。乃曰：道德經云：吾有大患，是吾有身。及吾無身，吾復何患。倘非婦人，何患乎有娠乎？上大悅。又問文宣王何人也？對曰：婦人也。問者曰：何以知之？對曰：論語云：沽之

哉，沽之哉，吾待賈者也。倘非婦人，待嫁奚爲？上意極歡，寵錫甚厚。翌日，授環衞之員外職。』(唐闕史卷下）這種滑稽戲雖沒有歌舞，雖專以言語爲主，但也可以看作是參軍戲的變形。在這一戲中，李可及是主角，正是參軍的脚色，那位隅坐者，無疑是蒼鶻一類的配角了。在這裏雖沒有說出「參軍」「蒼鶻」固定的脚色的名目，但在組織上，却正是兩個脚色的對立，與晚唐時代的參軍戲的構成，是相同的。同時這一種戲，也就是宋代雜戲之所本。其次，這一種滑稽戲，不僅盛行於民間，同時供奉於宮庭，偶爾得到君主的啓齒破顏，便可得物品與官祿的賞賜。有了這種環境，這一種遊藝，自然可以很快地發展起來。所以一到了宋代那個酣歌醉舞的朝廷裏，所謂官本雜戲那種東西，便如雨後春筍一般地興盛起來了。

二　宋代的各種戲曲

上面所說的，是宋代以前的中國戲曲發展的大略情形。嚴格的說來，那一些都不好算是眞正的戲曲。但在戲曲發展的過程上，却又是不能忽視的材料。到了宋朝，隨着歌詞小說的興起，社會經濟的繁榮，宮庭的享樂，於是作爲娛樂品的戲劇，得到了重要的進展。無論滑稽戲、歌舞戲以及歌唱戲等等，在脚色和故事方面，都較唐代進步得多。在南宋時代，這些東西，大都是叫作雜劇，在金人是叫作院本，那包括的範圍是非常廣泛的。這些雜劇和院本，雖說還沒有達到眞正的戲曲的階段，同元代的雜劇，仍是兩種不同的東西，但他們相隔的距離已是不遠了，他們確是元代戲曲的基礎和雛形，戲

曲的基本條件，差不多都已具備，所缺少的只剩着由敍事體的講唱到代言體的扮演那一個重要的轉變了。

宋代初期的雜劇，大概都是指的那些滑稽戲、歌舞戲一類的東西，大都歸之於大曲。陳暘樂書云：『譙時，皇帝四舉爵，樂工道詞以述德美，詞畢再拜，乃合奏大曲。五舉爵，琵琶工升殿，獨奏大曲。曲上，引小兒舞伎，間以雜劇。』又夢粱錄說：『向者汴京教坊大使，孟角球曾做雜劇本子，葛守誠撰四十大曲』又宋史樂志說：『眞宗不喜鄭聲，而或爲雜劇詞，未嘗宣布於外。』這樣看來，雜劇與大曲開始是截然不同的兩物。可惜當日流行的雜劇本子和四十大曲，現在一本也沒有流傳下來，使我們無從比較。但就上面的文字看來，大曲是以歌舞爲主，雜劇是以調戲滑稽爲主，由唐代的參軍戲變化而出，想必是無疑的。後來各種表演的藝術漸漸進步，彼此調和混雜，於是專以歌舞爲主的大曲，開始敍述故事，而雜劇一類的東西，也雜以歌舞，因此雜劇與大曲漸漸合而爲一了。在夢粱錄卷三及卷二十裏，說到雜劇演唱的情形，則說以滑稽念唱敍述故事爲主，同時又說到種種音樂跳舞混合，這情形是非常明顯的。到這時候，於是雜劇成爲各種戲劇的總稱，而包含着滑稽戲、歌舞戲以及競技雜耍各種遊藝在裏面了。試看武林舊事卷十所載官本雜劇共二百八十本，其中用大曲者一百有三，用法曲者四，用普通詞調者三十有五，用諸宮調者二。再如有稱「爨」者四十三本，稱「孤」者十七本，稱「酸」者五本，以及稱「打調」、「三教」、「訝鼓」者十數本。所謂大曲、法曲、諸宮調以及普通詞調，是屬於歌舞與講唱的，至於「爨」、「孤」、「酸」、「打調」、「三教」、「訝

鼓」等等，大都是滑稽雙簧調戲雜耍一類的東西。這樣看來，南宋時代的雜劇，確是無所不包，同北宋時代代表滑稽戲的意義的雜劇，是成爲兩個不同的名詞了。這二百八十本的雜劇，他題爲官本，自然是出演於宮庭的作品，可惜現在都失傳了，無從知其眞實面目。但我們從古書的記載，以及文人的作品裏，還可找到許多材料，供我們的研究，我在下面，分作滑稽戲、歌舞戲、講唱戲三類來敍述。這三個部門，全都可以歸於宋代廣義的雜劇的範圍內。

一、滑稽戲　宋代的滑稽戲，與唐代的參軍戲相似，但在脚色與布置方面，較爲複雜與進步，其內容大都以詼諧諷刺爲主。宋人每稱此種滑稽戲爲雜劇，這雜劇的意義是狹義的，我在上面已說過了。呂本中童蒙訓云：『作雜劇者打猛諢入，却打猛諢出。』又洪邁夷堅志丁集云：『俳優侏儒，固技之下且賤者，然亦能因戲語而箴諷時政，有合於古矇誦工諫之義，世目爲雜劇者是已。』又吳自牧夢粱錄云：『雜劇全用故事，務在滑稽。』在這些話裏，很明顯地可以看出當日稱爲雜劇的滑稽戲的眞實面貌。他同當日流行的歌舞戲、講唱戲是完全不同的了。

『祥符天禧中，楊大年、錢文僖、晏元獻、劉子儀以文章立朝，爲詩皆宗李義山。後進多竊義山語句。嘗內宴，優人有爲義山者，衣服敗裂，告人曰，吾爲諸館職撏撦至此。聞者歡笑』（劉攽中山詩話）

『優人常設三輩爲儒道釋，各稱頌其教。儒者曰：吾之所學，仁義禮智信，曰五常，遂演暢其旨，皆采引經書，不雜媟語。次至道士曰：吾之所學，金木水火土曰五行，亦說大意。末至

僧，僧抵掌曰：二子腐生常談，不足聽，吾之所學，生老病死苦曰五化。藏經淵奧，非汝等所得聞。當以現世佛菩薩法理之妙，爲汝陳之，盍以此問我。曰敢問生。曰：內自太學辟雍，外至下州偏縣，凡秀才讀者盡爲三舍生。華屋美饌，月書季考，三歲大比，脫白掛綠，上可以爲卿相，國家之於生也如此。曰敢問老。曰老而孤獨貧困，必淪溝壑，今所立孤老院，養之終身，國家之於老也如此。曰敢問病。曰不幸而有疾，家貧不能拯療，於是有安濟坊，使之存處，差醫付藥，責以十全之效，其於病也如此。曰敢問死。曰死者人所不免，惟貧民無所歸，則擇空隙地爲漏澤園，無以斂則與之棺，使得葬埋。春秋享祀，恩及泉壤，其於死也如此。曰敢問苦，其人瞑目不應，陽若惻悚然。促之再三，乃蹙額答曰，只是百姓一般受無量苦。徽宗爲惻然長思，弗以爲罪。』（洪邁夷堅志）

『史同叔爲相日，府中開宴，用雜劇人。作一士人念詩曰：滿朝朱紫貴，盡是讀書人。旁一士人曰：非也。滿朝朱紫貴，盡是四明人。自後相府有宴，二十年不用雜劇。』（張端義貴耳集）

由上面這些記載看來，滑稽戲的演出，雖以幽默笑言爲主，但其內含的意義，是相當嚴肅的；或嘲笑文人的偷竊義山詩句，或借佛說來哀訴民衆的疾苦，或譏諷當權的宰相的任用鄉人，都表現着現實的社會的意識，並不是專說一兩句笑話，以供統治者的娛樂。在這種地方，確實是有着言者無罪聞者足戒的意義的。同時，這種戲的表演者，必有相當的知識與眼光，對於時事，對於學術政治，都得有相當的瞭解。看他們所說的話，所表現的意見，絕非那些無知無識的俳優所能做到。故岳珂說：

『蜀伶多能文，俳語率雜以經史。凡制帥幕府之燕集，多用之。』（程史）這樣看來，這一種滑稽戲，只能盛行於宮庭與貴府，在民間未必普遍。因爲他們所說的話所暗示的諷刺，都不容易爲大衆所欣賞。在民間表演起來，是不大有什麼趣味的。

其次是傀儡戲與影戲。這兩種戲與歌舞戲的性質固然不同，但與上面所講的那種滑稽戲，也不一樣，但廣義的說來，他們是會有着多少的滑稽的意味的，因此，我也附論在這裏了。傀儡戲就是木偶戲，起源於周代列子時。六朝唐代已演故事，據封氏見聞記所載，唐代的木偶戲，表演尉遲公作戰，項羽劉邦鴻門宴的故事，「機關動作，不異於生。」到了宋朝，傀儡戲大盛，種類亦極繁。據東京夢華錄、武林舊事諸書所載，當日有懸絲傀儡、走線傀儡、杖頭傀儡、藥發傀儡、肉傀儡、水傀儡種種名目。夢粱錄云：『凡傀儡敷衍煙粉靈怪鐵騎公案史書歷代君臣將相故事話本，或講史，或作雜劇，或如崖詞。……大抵弄此，多虛少實。』由此看來，當日的傀儡戲實有很大的進步，他能表現各種長篇的故事，並且還有演戲的底本，宜乎他能與「小說」「講史」兩種說話人，同樣的受民衆歡迎，而大大地興盛起來了。

影戲始於宋朝。事物記原云：『宋仁宗時，市人有能談三國事者，或採其說加緣飾，作影人，始爲魏吳蜀三分戰爭之象。』東京夢華錄所載，『京瓦伎藝，』有影戲與喬影戲之目。到了南宋，影戲更日益進步。夢粱錄云：『有弄影戲者。汴京初以素紙雕簇，自後人巧工精，以羊皮雕形，以彩色裝飾，不致損壞。……其話本與講史書者頗同，大抵眞假相半。公忠者雕以正貌，奸邪者刻以醜形，蓋

排徧第八

『怒潮卷雪巍岫布雲，越襟吳帶如斯。有客經遊，月伴風隨。値盛世觀此江山美，合放懷何事却興悲。不爲回頭舊谷天涯。爲想前君事，越王嫁禍獻西施，吳卽中深機。闔廬死有遺誓，勾踐必誅夷。吳未干戈出境，倉卒越兵，投怒夫差，鼎沸鯨鯢。越遭勁敵，可憐無計脫重圍。歸路茫然，城郭邱虛，飄泊稽山裏，旅魂暗逐戰塵飛。天日慘無輝。

排徧第九

『自笑平生，英氣凌雲，凛然萬里宣威。那知此際，熊虎塗窮，來伴麋鹿卑棲。旣甘臣妾，猶不許，何爲計，爭若都燔寶器，盡誅吾妻子，徑將死戰決雄雌。天意恐憐之。偶聞太宰正擅權，貪賂市恩私。因將寶玩獻誠，雖脫霜戈，石室囚繫，憂嗟又經時，恨不如巢燕自由歸。殘月朦朧，寒雨瀟瀟，有血都成淚，備嘗險厄反邦畿，冤憤刻肝脾。』

後面還有八段，都是這樣排列下去，什麼引子尾聲，動作舞蹈的表示，以及說明故事的散文都沒有。但陳暘樂書云：『優伶舞大曲，惟一工獨進，但以手袖爲容，踏足爲節。其妙串者，雖風騫鳥旋，不踰其速矣。然大曲前緩疊不舞，至入破則羯鼓襄鼓與絲竹合作，句拍益急，舞者入場，投節制容，故有催拍、歇拍、姿勢俯仰，百態橫出。』在這些話裏，可知大曲中歌舞之盛。因他是以歌舞爲主，故其中雖敍故事，而這種故事，反居於不重要的地位，散文的部份，或者就因此而失去了。（惟鄮峯眞隱漫錄中之採蓮，與此不同。）

丙、曲破　舞曲最詳備者，爲曲破。曲破始於唐五代，當時只偏於樂舞，到了宋朝，始藉以表演故事。現存於史浩鄮峯眞隱漫錄中之劍舞，即爲當日曲破之底本。現節錄於下：

『二舞者對廳立裀上。（下略）樂部唱劍器曲破。作舞一段了。二舞者同唱霜天曉角。

瑩瑩巨闕，左右凝霜雪。且向玉階掀舞，終當有用時節。唱徹，人盡說，寶此剛不折。內使奸雄落膽，外須遣豺狼滅。

樂部唱曲子，作舞劍器曲破一段。舞罷，分立兩邊，別二人漢裝者出，對坐，桌上設酒桌，「竹竿子」念。

伏以斷蛇大澤，逐鹿中原。佩赤帝之眞符，接蒼姬之正統。皇威既振，天命有歸。……

舞部唱曲子，舞劍器曲破一段。一人左立者上裀舞，有欲刺右漢裝者之勢。又一人舞進前，翼蔽之。舞罷。兩舞者並退，漢裝者亦退。復有兩人唐裝者出。對坐。桌上設筆硯紙。舞者一人，換婦人裝，立裀上，「竹竿子」念。

伏以雲鬟聳蒼壁，霧縠罩香肌。袖翻紫電以連軒，手握青蛇而的皪。花影下游龍自躍，錦裀上蹌鳳來儀。……

樂部唱曲子，舞劍器曲破一段，作龍蛇蜿蜒曼舞之勢。兩人唐裝者起，二舞者一男一女對舞，結劍器曲破徹。「竹竿子」念。

項伯有功扶帝業，大娘馳譽滿文場。合茲二妙甚奇特，欲使嘉賓釂一觴。……歌舞既終，相將好去。

念了，二舞者出隊。』

在這種舞曲裏，有念白，有化裝，有人指揮，有人表演，並且有男女合演的場面，次序姿勢，都很完備，可算是宋代舞曲中最進步者。在鄮峯眞隱漫錄中，還有表演武陵源故事的大清舞等曲，其形式組織與劍舞完全相像。而史浩一律題爲大曲，可知「大曲」「曲破」到了史浩時代，其界限已不分明，已是互相接近而混合了。宋史樂志云：『太宗洞曉音律，凡製「大曲」十八曲，「曲破」二九。』在北宋時代，「大曲」與「曲破」是完全不同的。張炎的詞源云：『大曲則倍以六頭管品之，其聲流美，卽歌者所謂曲破。』由此可知到了南宋，這兩種樂曲，已經混而爲一，沒有甚麼大分別了。

三、講唱戲 講唱戲正如現在的淸唱，他是以歌唱與故事爲主，伴奏着音樂，其中雖也有表情的動作，却缺少正式的跳舞。最初的形式，只是詞的重疊，以詠一事。如歐陽修的采桑子十一首，詠西湖風景之勝。前有短序，作爲開場。序云：

『昔者王子猷之愛竹，造門不問於主人；陶淵明之臥輿，遇酒便留於道上。況西湖之勝槪，擅東穎之佳名。雖美景良辰，固多於高會，而淸風明月，幸屬於閑人。並遊或結於良朋，乘興有時而獨往。鳴蛙暫聽。安問屬官而屬私；曲水臨流，自可一觴而一詠。至歡然而會意，亦旁若於無人。乃知偶來常勝於特來，前言可信；所有雖非如己有，其得已多。因翻舊曲之辭，寫以新聲之調。敢陳薄技，聊佐淸歡。』

接着序文，是排着十一首采桑子的詞。這種短短的形式，作爲宴集時候的歌唱，是非常合式的，這與前述的轉踏，有點相像。比采桑子的西子詞較爲進步的，是趙令時的商調蝶戀花。他用着十二首詞，歌詠會眞記的故事。進步的地方，是他採用散文歌曲間用的新形式。這一點似乎是得自變文的啓示或影響。因爲他用着這種新形式，於是他的商調蝶戀花，雖與采桑子同是詞的重疊，但已是較爲戲曲化了。

元微之崔鶯鶯商調蝶戀花詞

『夫傳奇者，唐元微之之所述也。以不載於本集而出於小說，或疑其非是。今觀其詞，自非大手筆，孰能與此。……惜乎不被之以音律，故不能播之聲樂，形之管絃。今於暇日，詳觀其文，略其煩褻，分之爲十章。每章之下，屬之以詞。或全摭其文，或止取其意。又別爲一曲，載之傳前，先敍前篇之義。調曰商調，曲名蝶戀花。句句言情，篇篇見意。奉勞歌伴，先定格調，後聽蕪辭。

麗質仙娥生月殿，謫向人間，未免凡情亂。宋玉牆東流美盼，亂花深處曾相見。　密意濃歡方有便，不索浮名，旋遣輕分散。最恨多才情太淺，等閑不念離人怨。

傳曰：余所善張君，性溫茂，美豐儀，寓於蒲之普救寺。適有崔氏孀婦將歸長安，路出於蒲，亦止茲寺。……是歲，丁文雅不善於軍，軍人因喪而擾，大掠蒲人。崔氏之家，財產甚厚，旅寓惶駭，不知所措。先是張與蒲將已黨有善，請吏護之，遂不及於難。鄭厚張之德甚，因飾饌以命張，中堂讌之。……乃命其女曰鶯鶯，出拜爾兄。……久之乃至，常服睟容，不加新飾。……張問其年。鄭曰，十七歲矣。張生稍稍詞導之，不對，終席而罷。奉勞歌伴，再和前聲。

錦額重簾深幾許，繡履彎彎，未省離朱戶。强出嬌羞都不語，絳綃頻掩酥胸素。　黛淺愁紅妝淡注，怨絕情凝，不肯聊回顧。媚臉未勻新淚汚，梅英猶帶春朝露。

張生自是惑之，願致其情，無由得也。崔之婢曰紅娘，生私爲之禮者數四，乘間道其衷。……婢曰：崔善屬文，往往沉吟章句，怨慕者久之。君試爲喻情詩以亂之，不然，無由得也。張大喜，立綴春詞二首以贈之。奉勞歌伴，再和前聲。

懊惱嬌癡情未慣，不道看春，役得人腸斷。萬語千言都不管，蘭房跬步如天遠。　廢寢忘餐思想遍，賴有青鸞，不必憑魚雁。密寫香箋論繾綣，春詞一首芳心亂。

是夕，紅娘復至，持彩箋而授張曰，崔所命也。題其篇云：明月三五夜。……奉勞歌伴，再和前聲。

庭院黃昏春雨霽，一縷深心，百種成牽繫。青翼驀然來報喜，魚箋微諭相容意。　待月西廂人不寐，簾影搖光，朱戶猶慵閉。花動拂牆紅萼墜，分明疑是情人至。

……………………』

趙令畤本是宋朝作豔詞的名手，這種風流浪漫的材料，落到他的手裏，自然是寫得有聲有色。他採用着一段散文一首歌詞的形式，一面可使人領會歌唱的美妙，一面又可使人瞭解故事的情節，這在表演上，是更可增加戲劇的效果的。看他每段結束時，必寫『奉勞歌伴，再和前聲』兩句看來，那表演時，講述故事和唱曲者的職務是分開的，若奏樂的人是獨立的，那末至少是需要三個人了。比這種鼓詞的組織更廣大，音樂的變化更複雜的，便是諸宮調。歐陽修的西湖詞，趙令時的會眞記，雖也要歌唱十幾曲，但前後總是采桑子、蝶戀花那樣翻來覆去地歌着，在音樂的性質上，是缺少變化繁複的美感的。同時那種簡短的形式，也不便詳細地敍述一個長篇的故事。諸宮調的興起，便救了這種缺陷。

在歌唱與音樂表演的性質上，諸宮調得了最大的進步。他一反他種歌唱戲的單調性，他採取一個宮調中的幾支曲子，合成一套，再連合着許多的套數，成爲一個整體。在這一個長短自如的組織中，可以隨意表演或長或短的故事，而在音樂上，又能呈現着變化繁雜的美感。他組織的形式，正和趙令時商調蝶戀花相似，是以散文歌詞夾雜而成。王灼碧鷄漫志云：『熙豐元祐年間，澤州有孔三傳者首創諸宮調古傳，士大夫皆能誦之。』又吳自牧夢粱錄云：『說唱諸宮調，昨汴京有孔三傳，編成傳奇靈怪，入曲說唱。今杭城有女流熊保保及後輩女童，皆效此說唱。』再如東京夢華錄及都城記勝，都有類似的記載。由此可知北宋的元祐年間，已有諸宮調，而其創作者，並非出自高級文人，而是出自民間作家孔三傳之手。孔氏的生平事蹟，現在無從知道，由上列諸書的記事看來，他或者是當日汴京瓦肆中的一個賣技者。因爲他創出的諸宮調，能集合音樂故事之長，使得雅俗共賞，所以士大夫都很賞識他，因此這一種文體，流行一時，許多人以此爲專業，同那些說小說講史的，演傀儡影戲的，在汴京瓦肆中，佔得一席地了。看夢粱錄和武林舊事的記載，知道南宋時代，說唱諸宮調的藝人，還有不少的專家。可惜他們所用的諸宮調的底本，今都散佚不存，再武林舊事所載「官本雜劇段數」中的諸宮調霸王、諸宮調卦鋪兒二本，亦不傳世。再有劉知遠諸宮調一本，不知何人所作，但已殘闕不全，現藏俄京亞洲博物館。現在可供我們研究的最完備的資料，只有一本北方文人的作品董西廂了。董西廂爲董解元所作，董之生平事蹟，一無所知。鍾嗣成的錄鬼簿中注明他是金章宗時人（西曆一一九〇——一二〇八），這一點想必可信。這樣看來，他是一位南宋中期的北國文人。

北宋末年的大亂，中原的文化，雖是大量地南遷，但這種屬於遊藝性質的民衆，和那種流行於當日社會的各種遊藝，自然還有一部份遺留在那些地方。這種遺留，便成爲北國文化的種子。在遼遠的北國，能產生董西廂那樣偉大的諸宮調的創作，並不是一件沒有根源的事。再如劉知遠諸宮調的殘本，想也是北方人的作品。

董西廂是諸宮調中一部最偉大最成熟的作品，他把會眞記那件風流案，加以種種合理的組織化，用最美麗最深刻的詞句，描寫出來，使那故事格外顯得哀惻動人。在這裏，正表現作者的豐富的想像力與組織力，和他那種超人的詩歌的天才。會眞記的故事，由元微之到趙令畤，再到董解元，達到了文學化與通俗化的最高點，成爲中國才子佳人戀愛故事中的典型，這一對陷於戀愛苦悶的男女，在中國青年的心目中，永遠留下着活躍的影子。這一種情形的造成，雖不得不歸功於後來王實甫的西廂記，但我們今日不得不在這裏揭穿這一個祕密，董西廂實是王西廂的底本。因王作之行世，致使董作湮沒無聞，這在中國文學史上，無疑是一個小小的悲劇。

『西廂記雖出唐人鶯鶯傳，實本金董解元。董曲今尚行世，精功巧麗，備極才情，而字字本色，言言古意，當是古今傳奇鼻祖。金人一代文獻盡此矣。』（胡應麟少室山房筆叢）

『王實甫西廂記，全藍本於董解元。談者未見董書，遂極口稱道實甫耳。如長亭送別一折，董云：「莫道男兒心似鐵，君不見滿川紅葉，盡是離人眼中血。」實甫則云：「曉來誰染霜林醉，總是離人淚。」淚與霜林，不及血字之貫矣。又董云：「且休上馬，苦無多淚與君垂，此際情緒你爭知。」王云：「閣淚汪汪不敢垂，恐怕人知。」兩相參玩，王之遜董遠矣。……前人比王實甫爲詞曲中思王太白，實甫何敢當，當用以擬董解元。』（焦循易餘籥錄）

董解元確是十三世紀初期中國北方一位最偉大的詩人，最有戲劇組織力的天才詩人。他能夠把會眞記那一篇簡短的故事，加以剪裁，加以穿插，加以近於人情的分離聚合的波折與團圓，使這故事完成了最有戲劇性的發展，同時使他這作品成爲一本最完美的詩劇。我在下面，選錄送別一段爲例：

『大石調（玉翼蟬）　蟾宮客，赴帝闕，相送臨郊野。恰俺與鶯鶯鴛幃暫相守，被功名使人離缺。好緣業，空悒怏，頻嗟歎，不忍輕離別。早是恁悽悽涼涼受煩惱，那堪值暮秋時節。　雨兒乍歇，向晚風如凜冽，那聞得衰柳蟬鳴悽切。未知今日別後，何時重見也。衫袖上盈盈搵淚不絕，幽恨眉峯暗結，好難割捨，縱有半載恩情，千種風情，何處說。

（尾）莫道男兒心似鐵，君不見滿川紅葉，盡是離人眼中血。

……生與鶯難別。夫人勸曰，送君千里，終有一別。

仙呂調〔戀香衾〕　苒苒征塵動行陌，杯盤取次安排，三口兒連法聰外更無別客。魚水似夫妻正美滿，被功名等閒離拆。然終須相見，奈時下難捱。君瑞啼痕汚了衫袖，鶯鶯粉淚盈腮。一個止不定長吁，一個頓不開眉黛。君瑞道閨房裏保重，鶯鶯道路途上寧耐。兩邊的心緒，一樣的愁懷。

〔尾〕僕人催促，怕晚了天色。柳堤兒上把瘦馬兒連忙解。夫人好毒害，道孩兒每回取個坐車兒來。

生辭夫人及聰，皆曰好行。夫人登車，生與鶯別。

大石調〔驀山溪〕　離筵已散，再留戀，應無計。煩惱的是鶯鶯，受苦的是清河君瑞。頭西下控着馬，東向馭坐車兒，辭了法聰，別了夫人，把罇俎收拾起。臨行上馬，還把征鞍倚，低語使紅娘，更告一盞，以爲別禮。鶯鶯君瑞彼此不勝愁，廝覷着，總無言，未飲心先醉。

〔尾〕滿酌離杯長出口兒氣，比及道得個我兒將息。一盞酒裏，白冷冷的滴彀半盞來淚。

夫人道：教郎上路，日色晚矣。鶯啼哭，又賦詩一首贈郎。

黃鍾宮〔出隊子〕　最苦是離別，彼此心頭難棄捨。鶯鶯哭得似癡呆，臉上啼痕都是血。有千種恩情何處說。　夫人道天晚教郎疾去，怎奈紅娘心似鐵，把鶯鶯扶上七香車，君瑞攀鞍空自攧，道得個寃家寧耐些。

（尾）馬兒登程，坐車兒歸舍。馬兒往西行，坐車兒往東拽。兩口兒一步兒離得遠如一步也。

仙呂調（點絳脣纏令）美滿生離，據鞍兀兀離腸痛。舊歡新寵，變作高唐夢。回首孤城，依約青山擁。西風送，戍樓寒重，初品梅花弄。

（瑞蓮兒）衰草淒淒一徑通，丹楓索索滿林紅。平生蹤跡無定著，如斷蓬。聽塞鴻啞啞的飛過暮雲重。

（風吹荷葉）憶得枕鴛衾鳳，今宵管半壁兒沒用。觸目悽涼千萬種，見滴流流的紅葉，淅零零的微雨，率刺刺的西風。

（尾）驢鞭半褭，吟肩雙聳，休問離愁輕重，向個馬兒上駝也駝不動。

離蒲西行三十里，日色晚矣。野景堪畫。

仙宮調（賞花時）落日平林噪晚鴉，風袖翩翩催瘦馬，一徑入天涯。荒涼古岸，衰草帶霜滑。瞥見個孤林端入畫，離落蕭疏帶淺沙。一個老大伯捕魚蝦，橫橋流水，茅舍映荻花。

（尾）駝腰的柳樹上有漁槎，一竿風旆茅簷上挂，澹煙瀟灑，橫鎖着兩三家。

生投宿於村舍……』

在上列這一段裏，可看出諸宮調組織的形式。在許多曲子裏，用了六個宮調，每一宮調中，都有尾聲，合成一套，再連合許多套數，成爲一個整體。偶然也有沒有尾聲的。一套或數套之間，夾雜着散文，散文有長有短，十之九爲古文，也時時雜用極淺的白話。全書的組織都是如此。在全文中，有許多寫景極美的句子，有許多寫情極纏綿極深刻的句子，也有許多用白話寫成的韻文，以描摹種種姿態和語氣，格外顯得活潑有力，神情畢露，宋人的諸宮調作品，一點沒有遺留下來，而這一部北國的作品，獨能完美地流傳人世，自然是因其藝術的特殊優秀，被人愛好而得到保存的命運的。自宋代的大曲、鼓詞一類的東西，而步入元代的雜劇，諸宮調實是一座不可缺少的橋梁。在這種地方，董解元的絃索西廂，更顯出在中國戲劇史上的地位了。

在歌唱的組織上，不限一曲，取一宮調之曲若干，合爲一個整體，在表面略似諸宮調者，還有賺詞。賺詞亦可敍述故事，但規模甚小，用之於宴會中的演奏，最爲相宜。事林廣記所載遏雲歌社的賺詞一則（見王國維宋元戲曲史），只有短短的九曲，中間沒有散文的敍述，上面注明是用於宴會的。據耐得翁都城記勝云：『唱賺在京師，只有纏令、纏達。有引子尾聲爲纏令，引子後只以兩腔遞且循環間用者爲纏達。……凡賺最難，以其兼慢曲、曲破、大曲、嘌曲、要令、番曲叫聲諸家腔譜也。』但因現存的賺詞過少，我們無法認識他的眞面目。至於他的產生的過程，說他源於轉踏大曲，再受影響於諸宮調的事，這一種推論，想是很近情理的。

由於上面的敍述，關於盛行當日的各種戲曲，想可略明大概了。至於宋金雜劇院本表演的脚色，比起唐代的參軍戲來，也大有進步。夢梁錄云：『雜劇中末泥爲長，每四人五人爲一場。……末泥色主張，引戲色分付，副淨色發喬，副末色打諢。又或添一人裝孤。』又輟耕錄云：『院本則五人。一曰副淨，古謂之參軍。一曰副末，古謂之蒼鶻。一曰引戲，一曰末泥，一曰裝孤，又謂之五花爨弄。』唐代的參軍戲，只有參軍、蒼鶻二色，到了宋金，都進步爲五個脚色了。並且雜劇與院本的脚色的人數與性質，正是一致的。所謂末泥引戲所擔任的主張分付的事，正如現在舞臺上所流行的編劇導演指揮監督一類的職務，其自身並不演戲。出場表演之人物，爲發喬的副淨，打諢的副末。王國維云：『發喬者蓋喬作愚謬之態，以供嘲諷，而打諢則益發揮之以成一笑柄也。』裝孤並不重要，只是偶然添上去的配角而已。這一種情形，正適合於當日滑稽雜劇的表演，至於其他的歌舞戲，自必要另外加入跳舞歌唱與奏樂的演員們，司指揮監督之職的，自然還是「引戲」「末泥」一類的人擔任。在歌舞戲中，那名目又變爲「竹竿子」「花心」一類的東西了。我們看了鄧峯眞隱漫錄中的諸舞曲，便更可瞭然了。

最後，我還要談一談宋代的「戲文，」作爲本節的結束。戲文本是元明南戲的始祖，在中國戲曲史上，原是非常重要的。前人每以爲這種戲文，起於元代的雜劇，但現在我們都知道他在宋朝早已出現，他的產生時代，是在元雜劇之前。元周德清中原音韻云：『南宋都杭，吳興與切鄰，故其戲文如樂昌分鏡等，唱念呼吸，皆如約韻。』又劉一淸錢塘遺事云：『戊辰己巳間（度宗咸淳四五年間，西曆一二六八——九年，）王煥戲文，盛行於都下。』可知戲文之起於宋，殆無可疑，到了宋末，已經由民間而盛行於京都了。祝允明說：『南戲出自宣和以後，在南渡時，名爲溫州雜劇。』（猥談）又徐渭南詞敍錄：『南戲始於宋光宗朝，永嘉人所作趙二貞女王魁二種實首之。』他們所說的雖時代稍有前後，但由戲文在宋末已盛行於京都的事實看來，戲文產生於十二世紀，是無可疑的了。又明初葉子奇的草木子說：『俳優戲文，始於王魁，永嘉之人作之。』這樣看來，戲文的出生，是起於溫州的民間，漸漸地向北方發展的，故後人名之爲南戲。

宋人作的戲文，所可考者，有趙貞女蔡二郎、樂昌分鏡、王煥、王魁、陳巡檢梅嶺失妻五種。前二者隻字無存，後三種，略有殘文留於沈璟的南九宮譜中。然所存者，只是一點詞曲，無從窺見其形式的組織，因此我們在這裏無法說明宋代戲文的眞實形態。近年來在永樂大典中發現張協狀元、小孫屠、宦門弟子錯立身三種，這些戲文大家雖都推斷是元代的作品，但無疑都是宋代戲文的直接後身。由這幾種資料的考察，也可看出戲文，在形式上音律上是同元代的雜劇，確是兩個不同的流派。而在中國戲劇史上，他確是明代傳奇之祖。關於這些問題，在下面論明代戲曲的一章裏，再來敍述。

第二十二章　元代的散曲

一　元代的新局勢與新文學

蒙古民族的崛起，在漢人的政治上，是一齣最難忍受的悲劇。外族對於漢人的壓迫，本是歷代皆有，如兩晉，如南北朝，如遼金，算是最嚴重的了。但在那些不利的形勢之下，漢人還能在南方保持一部分實力，獨成一個對峙的局面。這樣子，一面使我國固有的文化得着逃避與保存，同時在民族的精神心理上，也還能存在着一點最後勝利的自尊的信心。到了元朝吞金滅宋以後，這種情形就完全變了。漢人的全部土地與民族，整個歸之於外族統治者的手下了。他們推翻摧毀了中國古代傳統的禮樂制度，把漢人降低到人民階級中最低的一種，從前看作是上品的讀書人，現在歸之於妓女、乞丐一流了。於是全部的漢人，都變成了蒙古人的奴隸。這一種空前未有的悲劇場面，在中國史上，繼續了九十年，一直等到朱元璋起來，削平羣雄，建立明帝國，才告一結束。

蒙古族散居塞外沙漠之地，精騎善射，强悍好戰，原是一種逐水草而居的遊牧民族。宋時由鄂爾渾河流域移居博爾罕山麓，勢漸强盛。十三世紀初，成吉思汗呑大漠南北諸部族，舉兵南下，奪了金的黃河以北的地方，再乘勝轉兵西征，由中亞細亞各國，而入俄羅斯。勢如破竹，後來凱旋東歸時，把西夏也滅了。由成吉思汗之幾次强大武力的收穫，替元帝國打好了基礎，同時也增加了他們進攻南方肥沃土地的野心。這種南進政策，到了成吉思汗的兒子窩濶台（太宗），實現了第一步，他在一二三四年，成就了滅金的大業。從此以後，衰弱的南宋，面對着這興起的强敵了。當時宋朝的君臣，雖盡力的採用着綏靖政策，稱臣納幣，避免戰爭，然這只能苟延殘喘於一時，終非抗敵圖存的善法。結果，到了元世祖忽必烈時，舉兵南下，一二七六年陷了臨安，宋朝的殘兵敗將，節節南退，最後退到了廣東崖山，强敵仍是進逼不已，最後由陸秀夫負着帝昺投海殉國的一幕，結束了宋帝國的命運，那時正是西曆的一二七九年。

元帝國的基礎完全建築在强大的武力上。他用强大的武力來摧毀人民的生命，掠奪財貨與土地。耶律公神道碑云：『自太祖西征以後，倉廩府庫，無斗粟尺帛，而中使別迭等僉言，雖得漢人，亦無所用，不若盡去之，使草木暢茂，以爲牧地。公（耶律楚材）卽前曰，夫以天下之廣，四海之大，何求而不得，但不爲耳，何名無用哉？』（元文類卷五七）雖因耶律公之言，而未使中國化爲牧場，人民變爲枯骨，但在這幾句話裏，可以看出遊牧民族的君臣的幼稚與野蠻。因此，他們的子孫，後來一統治中國，便實行那種高壓的奴化政策。把統治的人民分爲蒙古人、色目人、漢人、南人四等級。蒙古人最高，政治軍事上的高官大吏，都是他們，色目人（西域歐洲各藩屬人）次之，漢人（遼金舊人及遼金統治下的華北人）又次之，南人最下（南宋統治下的南方漢人）。元史百官志序說：『世祖卽位。……酌古今之宜，定內外之官。……官有常職，位有常員。其長則蒙古人爲之，而漢人南人貳焉。』可見在當日，被征服的諸民族裏，最受壓迫的，要算是漢人了。在這一種遊牧民族的統治下，那些君主王公只知掠奪土地與金錢。他們除了儘量的採用和享受漢人的物質文化和便於統治與組織的制度以外，對於精神文化的建設與發揚，自然是無人顧問的。從前書生看作是進身之階的科舉考試，自元滅金以後，僅於太宗九年，舉行過一次。從此廢而不行，至七十八年之久。因此一般讀書人都斷絕了生路，於是往日被人稱爲高貴的書生，變爲社會上卑賤無用的人了。謝枋得送方伯載歸三山序云：『滑稽之雄，以儒爲戲者曰：我大元制典，人有十等，一官二吏，先之者貴之也。七匠八娼九儒十丐，後之者賤之也。吾人品豈在娼之下丐之上者乎？』又鄭思肖大義略序云：『韃法：一官，二吏，三僧，四道，五醫，六工，七獵，八民，九儒，十丐，各有所統轄。』他們所說的雖微有不同，但當日元人輕視和壓迫書生，以及書生在當日地位的低微，是非常明顯的事。在這一種情狀下，中國的學術思想，遭遇了最黑暗的時期。任何一本中國的哲學史或學術史，在這一世紀中，都留下了一頁空白。然而立在文學史的觀點上，元代却是一個重要的時期，因爲在這個新政治的局面下，在這個舊精神舊信仰的崩潰下，文學得到了新的發展的機運和自由，他可以從舊的圈套和舊的束縛中解脫出來，前人所視爲卑不足道的民衆文學，大大地擡起頭來，代替了正統文學的地位，而放出了異樣的光彩。這一種新文學，並非是姚燧、吳澄、虞集、劉因、楊載、范椁、揭傒斯、薩天錫、張埜、楊維楨諸人的古文詩詞，而是那些寫給大衆欣賞的曲子與歌劇。在那些稱爲大家的古文詩詞裏，並不是沒有一兩篇佳作，但無論如何，他們文學的精神與形式，都是承襲前代的作品，跳不出唐、宋諸賢的圈子。唯有這些新起的曲子與歌劇，無論其形式精神與音調，都賦予有力的新生命與創造性，在當日的詩壇與劇壇，造成了革命性的建設，與明顯的進步。因此，我們可以說元曲是元代文學的靈魂。至於元代的白話小說，多爲宋代話本的擬作，沒有產生偉大的作品。如三國演義、水滸傳等巨著，雖是草創於元代，但都到了明代才完全成熟。並且元代的原作，今已無存。因此，關於元代的小說史料，將放在明代一道來敍述了。

所謂元曲，實包含兩部份。一是散曲，一是雜劇。散曲可以說是元代的新詩，雜劇是元代的歌劇。他們在文字的性質上雖是同源，但在文學的性質上，却是異體。雙方的關係固然非常密切，但他們却各有詩的與戲劇的獨立的生命。前人研究元雜劇時，只注意其中的曲辭，用這種曲辭去代表元雜劇全部的生命，因此許多選本如詞林擷豔、雍熙樂府一類的書，只選錄其曲辭，而把那些劇本的生命全部毀滅，於是劇本中的曲辭與散曲混雜起來，在這一種情狀下，元曲便成了散曲與雜劇的總稱。現在爲得要分明雙方的界限，因此我在下面是分作兩部份來敍述。

二　散曲的產生與形體

曲的產生　曲是詞的替身，無論從音樂的基礎上，或是形式的構造上，都是從詞演化出來的。廣義的說，他是元代的新詩，這情形正如詞在宋代的詩壇一樣。曲的產生與興盛，他能繼着五代兩宋的詞運，一躍而成爲元代韻文史上的主流，決不是偶然的現象。求其原因，有如下述。

一、詞的衰落　詞本起於民間，流傳於妓女歌伶之口，既便於書寫情懷，又宜於歌唱，原是一種通俗文學。五代及北宋初期，詞正呈現着活躍有力的清新生命。後來文人學士作者日多，體裁內容日益豐富，於是對於音律修辭，亦日益講求，這樣一來，原起於民間流傳於歌女口中的詞，變爲文人的專利品，通俗的歌詞，變爲雅正典麗的美文，不僅民衆看不懂，唱不來，連那些非精於詞學的專家，也不能染指了。這種情形到了南宋姜白石、吳文英、王沂孫、張炎諸人的作品，算是達到了頂點。我們只要讀一讀沈義父的樂府指迷和張炎的詞源，便知道了塡詞已成了一種專門學問，和民間完全絕緣，於是詞的生命也由此而衰亡了。汪森在詞綜序中說：『鄱陽姜堯章出，句琢字鍊，歸於醇雅。於是史達祖、高觀國羽翼之，張輯、吳文英師事之於前，趙以夫、蔣捷、周密、陳允平、王沂孫、張炎效之於後。譬之於樂，舞劍至於九變，而詞之能事畢矣。』這樣看來，宋末的詞，正如後世的試帖詩同樣，無論字面如何雅正，音律如何協調，運用典故如何巧妙，刻畫事物如何細微，但詞的原來的生命喪失了，同民衆是隔離了，再沒有發展下去的餘地了。處在這個詞的僵化與貴族古典化的局面下，都市中的娼妓歌伶，並不因此就閉住了口。他們仍舊要賣唱謀生，要歌唱以寄抒情意，於是他們在舊的歌曲中求變化，在新起於民間的小調中求資料，在這種去舊翻新的工作中，曲子便慢慢的產生。接着有樂師來正譜，文人來修辭。後來作者漸多，曲調日富，漸漸地形成一種與詞不同的體裁，而成爲一種繼詞而起的新興文學了。

二、外樂的影響　上面所說的，是文學上新陳代謝的內在的原因，這裏所說的，是外在的環境的刺激與適應。我們都知道詞曲的產生，與音樂發生最密切的關係。當音樂界發生大變動的時候，那些播於管絃出於歌喉的歌詞，必得適應外來的環境而發生變質的事是無可疑的。北宋末年，金人入中原，接着又是蒙古民族的南下。在這一長期中，外族的音樂得以大量輸入的機會。所謂胡樂番曲，腔調歌辭，固然不同，所用的樂器也是兩樣。曾敏行獨醒雜志卷五云：『先君嘗言，宣和末客京師，街巷鄙人，多歌番曲，名曰異國朝、四國朝、六國朝、蠻牌序、蓬蓬花等，其言至俚，一時士大夫亦皆可歌之。』這裏雖說是北宋末年的事，然而我們也由此可以看出外樂在中原流行的狀態。因爲其言至俚，所以開始是流行於街巷鄙人，後來是入於士大夫之口了。在這種地方，正可看出因了外樂的影響，歌詞漸漸地趨於轉變的趨勢。到了元代，大批的新樂器與新歌曲的輸入，在當日的音樂界，自然會發生更大的變動。王驥德曲律卷四云：『元時北虜達達所用樂器，如箏、纂、琵琶、胡琴、渾不似之類。其所彈之曲，亦與漢人不同。』據輟耕錄所載，他們的曲有

大曲：哈八兒圖、口溫、蒙口搖落四、阿耶兒桑、起土苦里……

小曲：哈兒火失哈赤、洞洞伯、曲律買、牝疇兀兒、把擔葛失……

回回曲：伉俚、馬里某當當、清泉當當。

由上面這些名字看來，知道都是純粹的外曲，舊詞是不能合奏的，再以樂器不同，音調節拍各異，歌詞的舊調又是不能合演的了。在這種環境下，自然有製作新聲新詞的必要。於是一面接受外族音樂的影響，一面從舊有詞裏變化翻造，而形成一種適應環境的新文學，這種新文學便是曲子。王世貞藝苑巵言云：『宋未有曲也。自金、元而後，半皆涼州豪嘈之習，詞不能按，乃爲新聲以媚之，而

一時諸君，如馬東籬、貫酸齋、王實甫、關漢卿、張小山、喬夢符、鄭德輝、宮大用、白仁甫輩，咸富有才情，兼喜音律，遂擅一代之長，所謂宋詞元曲，信不妄也。』又徐渭南詞敍錄云：『今之北曲，蓋遼金北鄙殺伐之音，壯偉很戾，武夫馬上之歌，流入中原，遂爲民間之日用。宋詞既不可被絃管，世人遂尙此，上下風靡。』他們在這裏用外樂的影響來說明曲的起源，我們完全是同意的。

散曲的體裁　大凡一種新文學體裁的發展，都是由簡而繁，由不規則而趨於規則。散曲中最先產生的是小令，由小令而變爲合調，再變而爲套曲。小令就是民間流行的小調，經過文學的陶冶，便成爲曲中的小令。元芝菴論曲說：『街市小令，唱尖新情意。』又王驥德曲律說：『所謂小令，蓋市井所唱小曲也。』他們這種解釋，是很正確的，一面說明小令的來源，同時又說明了小令的通俗性。這一種短短的小曲，正如唐代的絕句，五代北宋的小詞，他有着獨立的詩的生命，可以寫景言情，自由活潑，實是散曲中最可愛的一種。

『前村梅花開盡，看東海桃李爭春。寶馬香車陌上塵，兩兩三三見遊人，清明近。』（馬致遠青哥兒）

『雲冉冉，草纖纖，誰家隱居山半崦。水烟寒，溪路險，半幅青帘，五里桃花店。』（張可久迎仙客括山道中）

『影兒孤，房兒靜，燈兒照，枕兒欹，牀兒臥，幃屏兒上靠。心兒裏思，意兒裏想，人兒俏。不能夠牀兒上被兒裏懷兒抱。怎生捱今宵，夢兒裏添煩惱。幾時捱得更兒靜，月兒落，鷄兒

叫。』（無名氏塞鴻秋）

我們看了這些小曲的形式，描寫的方法，以及文辭上的通俗與逼眞，比起唐、宋的詩詞來，確有他獨自的生命與精神。然而我們必得承認，這是從前代歌辭中蛻化出來的一種新詩，是唐、宋以後詩壇上最有力的代表。從這種最簡單的小曲，漸漸的變爲較長的雙調。雙調亦名帶過曲，卽作者塡一調畢，意有未盡，再塡他一調以續成之，恰好這兩調之間的音律能互相銜接。有時兩調不足，也有連用三調者，但最多只能以三調爲限，而以二調相合爲最通行。

『畫梁間乳燕飛，綠窗外曉鶯啼，紅杏枝頭春色稀，芳樹外子規啼，聲聲叫道不如歸。雨過處殘紅滿地，風來時落絮沾泥。醞釀出困人天氣，積攢下傷心情意，怕的是日遲，柳絲影裏，沙暖處鴛鴦春睡。』（無名氏沽美酒帶太平令）

『無情杜宇閑淘氣，頭直上，耳根低，聲聲聒得人心碎。你怎知，我就里，愁無際。簾幕低垂，重門深閉，曲闌邊，彫簷外，畫樓西。把春醒喚起，將曉夢驚回。無明夜，閑聒噪，厮禁持。　我幾曾離這繡羅幃，沒來由勸我道不如歸，狂客江南正着迷，這聲兒好去對俺那人啼。』（曾瑞閨中聞杜鵑、罵玉郎帶感皇恩、採茶歌）

前一首是由沽美酒和太平令二調合成，後一首是由罵玉郎、感皇恩、採茶歌三調合成，並且前後各調的音節都能調和銜接，令人讀去，覺得渾然一體，豪無不自然之處。這一種合調，與唐詩中的排律，宋詞中的引近相似。在文學體裁的演進上，這種由簡趨繁的現象，是非常自然的。因爲前面那種簡短的小曲，字數過少，不容易包含較長的敍述和描寫，於是出現這一種合調了。在古人的書籍內，將那種小曲和合調，俱名爲小令，在形式上講固無不可，但在體裁上的發展上，他們有產生的先後，這是讀者必得注意的。

由小令合調再進一步，將曲的形式再擴大其組織的，是謂套曲，通稱爲套數，亦名散套，也有稱爲大令的。其組成之情形，最要者有三點。

一、由同一宮調中之曲調多首連合而成一整體。

二、全套各調必須同韻。

三、每套最後必有尾聲，以表示一套首尾的完整，同時又表示全套之音樂已告完結。

由此看來，套曲是便於敍述繁複的內容的要求，由小令合調的形式，擴展而形成的曲子的集體。他可因其情節的繁簡，伸縮其長短。短者只有三四調，長者如劉致上高監司正宮端正好一套，有三十四調之多。

『正宮月照庭　老足秋容，落日殘蟬暮霞，歸來雁落平沙。水迢迢，烟淡淡，露濕蒹葭。飄紅葉，噪晚鴉。

幺　古岸蒼蒼，寂寞漁村數家。茶船上那個嬌娃。擁鴛衾，倚珊枕，情緒如麻。愁難盡，悶轉加。

六幺序　記當時，枕前話，各指望永同歡洽。事到如今兩離別，褪羅裳憔悴因他。休休自家緣分淺，上心來淚搵濕羅帕。想薄情鎮日迷歌酒，近新來頓阻鱗鴻，京師裏，戀煙花。

么　哭啼啼自咒罵，知他是憶念人麼？驀聞船上撫琴聲，遺蘇卿無語嗟呀。分明認得雙解元，出蘭舟繡鞋忙屧，乍相逢欲訴別離話。惡恨酒醒馮魁，驚夢杳天涯。

鴛鴦兒煞　覺來時痛恨半霎，夢魂兒依舊在蓬窗下。故人不見，滿江明月浸蘆花。』（無名氏正宮月照庭套）

上面五個曲調，都屬於正宮，連合起來，成爲一套，並且各調的用韻是相同的，後面有尾聲作結。因爲有長短伸縮的自由，便於敍述繁複的內容。這種形式，與詩中的古體，詞中的慢，稍稍有點相像。由上面的敍述看來，散曲的種類名稱，以及各種體裁演進的情形，想可以明瞭了。我在下面要說的，是詞與曲的異點。

三　詞與散曲

詞曲同爲合樂的歌辭，形式同爲長短句，故在稱呼上，時相混合。如元周德清中原音韻論作詞十法及定格四十首的舉例，趙子昂所謂：『倡夫之詞名綠巾詞』的詞，如明涵虛子的詞品所評者都是指的曲。再如燕南芝庵唱論中所舉的大樂十首，都是晏元叔、張子野、蘇東坡諸家的詞。由此看來，在元代散曲完全形成的時代，詞曲的稱呼，還是相混的。然按其實際，詞曲無論在形式音韻以及精神方面，都有不可相混的地方。

一、詞曲在形式上雖同爲長短句，同爲在不整齊中形成整齊與規律。但比較言之，在長長短短進化的形式中，曲是極盡其長短變化的能事，與長短形式的自由與美麗。換言之，在韻文中，曲是最長短句化的。如一字二字之句，三百篇以後，詩中絕無，詞中除最冷僻之調，與長調換頭處所用者外，亦不多見。但在曲中，則與五字七字參互合用，最爲普遍。曲中最長之句，有至二三十字者。如關漢卿黃鐘煞調云：『我却是蒸不爛煮不熟搥不匾炒不爆響噹噹一粒銅豌豆，誰教你子弟們鑽入他鋤不斷砍不下解不開頓不脫慢騰騰千層錦套頭。』短者一二字，長者數十字，這是詞中所沒有的。再加以曲中加用襯字，於是能在規則的曲譜範圍以內，給作者一種自由，因此這種有規律的長短句，變爲活潑自由的形式了，這一點，在中國最講格律最受限制的詩詞裏，都是未曾有過的現象。這給與創作者很大的便利，使他不至於因形式的限制，而傷害他的文學的生命。

『體態是二十年挑剔就的溫柔，姻緣是五百載該撥下的配偶，臉兒有一千般說不盡的風流。』

（馬致遠漢宮秋第二折梁州第七）

上三句中大形的是正字，爲曲譜所有，塡詞時不可少者，小形的是襯字，爲作家所加者。上面幾句，是漢宮秋劇中描寫王昭君的美貌，如果取去那些襯字，則都變爲死句，變爲文言，一有襯字，則活潑淸新，繪聲繪影，曲盡其妙，最要緊的，使這幾句呆板的文字，變爲最通俗的口語文學。在這種地方，可知襯字既於音樂無損，對於創作者的自由的益處，是極大的了。這一點是詞中所無，也可以說長短句的詩體中的一大進步。

二、其次，在音韻上，詞曲也有相異之點。曲調中之用韻，較他種長短句爲密。平仄四聲之外，又有陰陽清濁之說，這些嚴密的格律，未必起於金、元之際的曲子的初期。但曲中通首同韻，絕無換韻之例，並且通體句句押韻者，亦時有所見。沈德符顧曲雜言云：『元人周德清評西廂云：「六字中三用韻，如玉宇無塵內「忽聽一聲猛驚。」……然此類凡元人皆能之，不獨西廂爲然。如春景時曲云：「柳綿滿天舞旋」，冬景云：「醉烘玉容微紅」，私情時曲云：「玉娘粉粧生香」，……俱六字三韻，穩貼圓美。他尚未易枚舉。』在這些地方，我們可以看出曲韻的精密。但在這精密中，却又開放一條自由之路，那便是平上去三聲互叶。如詞中平韻則全調皆平，仄韻則全篇皆仄，若用平仄二韻，則必換韻。這一點是曲與詩詞大不同的地方，與上面所說的襯字，同爲中國韻文史上的兩大解放，也可以說兩大進步。

『東風柳絲，細雨花枝，好春能有幾多時。韻華迅指，芭蕉上鴛鴦字，芙蓉帳裏鸞鳳事，海棠亭畔鷓鴣詞，問鶯兒燕子。』（查德卿醉太平）

『釣錦鱗，棹江雲，西湖畫舫三月春。正思家，還送人，綠滿前村，煙雨江南恨。』（張可久迎仙客湖上送別）

讀了上面的兩首曲，便可知道曲中的平上去三聲互叶，一面可以使作者得着抒情寫事的自由，不致於因韻脚的限制而損傷創作的生命。同時又可使音調發生高低抑揚的變化，增加一種音節美。更適宜於自然音韻的旋律，歌唱時更可悅耳動聽。至於形式上的長短變化的自由，與押韻的解放，在曲的文學效果上，最大的特色，便是造成適宜於通俗文學的體裁。關於這一點，任中敏說得最好。

『顧句法極盡長短變化之能一事，與韻脚平上去三聲互叶一事，二者之於曲，果有何種利益與成效可言乎？曰，有之。蓋如此方得接近語調而便用語料也。孔穎達詩正義謂風雅頌者有一二字爲句及至八九字爲句者，所以和以人聲而無不協也。足見人聲實爲長長短短之句，文章句法則極盡長短變化之能，自於人聲無不協矣。人但知元曲之高，在不尙文言之藻彩，而重用白話，於方言俗語之中，多鑄繪聲繪影之新詞，以形成其文學之妙，而不知果欲如此，必先有接近語調之曲調發生，然後調中方便於盡量採用語料。倘金、元樂府仍舊存南宋慢詞之長短句法，整而不化，凝而不疎，靜而不動者，則雖鑄就甚多語料之新詞在，亦格格不得入也。……凡韻語中一經平上去互叶，讀之便覺低昂婉轉，十分曲合語吻，亦即十分曲達語情，此亦爲他長短句所不可及，而獨讓之與金、元之曲者。而且曲中亦非如此不足以口氣逼眞，形成所謂代言之制，更非如此不能一切語料作活潑之運用也。此實爲吾國韻文方法上之大進展。』（散曲槪論）

人人都知道元曲是通俗文學，却很少有人知道元曲成爲通俗文學的原因。口語方言用在詩詞中，便覺得不自然，而用在曲中便覺得活潑美麗，情趣橫生。這原因便是由於曲體的形式與音節的自由，得以接近語調而又宜於採用語料。曲子中的敍事言情，能曲盡其妙，其音調能婉轉低昂，適合自然音律的和美，我們是必得在這種地方來求解答的。

三、除形式音韻以外，在文學的表現上，詞曲也有不同的地方。這一種不同，雖不是具體的，但細細體會，他們却有着顯然不同的精神。我們都知道在詩詞的表現上，無論是述事言情，總以象徵的手法，以達到含蓄隱藏的弦外之音的境地。曲子則與此恰是相反。他是採取直說白描的手法，總以情意無餘爲妙。在文字上，詩詞以雅正莊重爲貴，而曲中則以題材爲準。如題材是雅的，他的文字也雅，題材是俗的，文字也就俗。寫山水時，顯得非常秀麗，寫隱居時，顯得非常閑適。寫倡夫伎女，是一種語調，寫公子小姐，又另是一種語調，總以繪聲繪影曲合某一種題材爲能事。因此他能莊能諧，能滑稽，能嘲笑戲謔，能作性慾最大膽的描寫，能作各種人物口調的描摹。在這種地方看來，詩詞是較爲象徵的，曲子完全寫實的了。我們讀元曲時，覺得有些作品，是多麽的雅麗與淸俊，有的又是多麽的淺俗與淫穢，原因便在這地方。因爲如此，曲所能描寫的範圍也較詞爲廣泛，描寫的程度也較爲逼眞。我想讀過元曲的人，這一點想已是體會的了。楊恩壽詞餘叢話云：『或問曲本中多用哎喲、哎也、哎呀、咳呀、咳也諸字，同乎異乎字異而義略同，字同而呼之有輕重疾徐，則義各異。重呼之則爲厭辭，爲不然之辭。輕呼之爲幸辭，爲嬌羞之辭。疾呼之爲惜辭，爲驚訝之辭。徐呼之爲怯辭，爲悲痛辭，爲不能自支之辭。以此類推，神理畢見。』即此一端，便可知道曲的寫實性的濃厚，同時也表現了他的通俗文學的眞精神。由敍事體的戲劇變爲代言體的戲劇，決非宋詞所能勝任，必要待之於曲子成熟的事，這原因也就可以明白了。

散曲產生的時代　至於散曲的產生時代，因爲古代書籍的散佚以及古人對於此種文體的不加重視，很難得到確定的答案。據我們的推測，大概是起源於十一世紀末年，發育成長於十二世紀，到了十三世紀初年，便達到成熟的黃金時代。據王灼碧鷄漫志所載，北宋熙寧元祐年間，諸宮調已經產生（西曆一〇六八——一〇九三）。那種諸宮調的本子現在我們不能見了，無法知其內容，但大半是詞調的應用，決無成熟的曲調，但我們可以說這是曲的萌芽時代，說是由詞遞變到曲子的初期，是無可疑的。此後外樂跟着外人的武力一步一步地進入中原，深入民間，所謂胡樂番曲，與詞譜混合融化而形成一種新形體，這便是曲的成長發育之期。到了董解元的西廂（十二世紀末），曲在格律上，雖還未達到嚴密的境地，但在形體上，無論小令套數，俱已相當成熟，最重要的，詞曲已完全分野，得着各自獨立的生命與精神了。並且元好問也作過喜春來驟雨打新荷的小令。可知在那時已進展到了高級文人的筆下，開始侵入正式的詩壇了。金末元初的時代，王實甫、關漢卿、白仁甫諸大曲家相繼出現，於是曲步入全盛之境。

四　元代前期的散曲作家

曲初起於民間，傳唱於妓女、伶工之口，比起正統派的詩文來，曲多視爲別途外道。加以作者多爲潦倒文人，和無名之士，因此曲的作品既易散佚，即存名之作家，其生卒年代及其生平事蹟，亦多不可考。這在元曲的研究上，眞是一種大損失。近年來，治曲者日多，往日難見之曲本，如陽春白雪、樂府羣玉、詞林摘豔、雍熙樂府諸書，亦出現人世，於是研究曲之資料，日益豐富。任中敏所編的散曲叢刊，成爲研究散曲者的重要典籍。據散曲概論第六章所計，（任仲敏著）元人散曲作家可考者，共二百二十七人，另外還有許多無名氏的作品。其中如官吏遺民，才人名公以及倡夫妓女，均有作品，由此可知曲子在元代的流行，而成爲一代詩壇的主體了。

關於元代散曲的研究，由其作品的藝術與精神的發展看來，我們可以分爲前後二期。這兩期的界限，約在西曆一二九〇年左右，正當元代統一中國不久的時代。前期的作品，離曲的初期不遠，充分的表現着曲中特有的那種民衆文學的通俗性和白話語氣，同時北方文學中所表現的直率的精神，質樸自然的美麗，也都在前期的作品中顯示出來。宋亡以後，由於南北文學的合流，由於文學自然藝術的演進，後期的作品裏，漸漸的離開了民衆文學的通俗精神，在修辭和表現方面，吸取了南方文學含蓄琢鍊的手法，而步入於雅騷典麗的階段。在文字的技巧上，後期或者是進步的，但前期作品中那種特有的高遠的意境，清新的言語，活躍的生命，到了後期是漸漸地消失了。我們讀了關漢卿、馬致遠諸家之作，再讀張可久、喬吉之作，這一種變遷的狀態，是非常明顯的。在這兩期間，在作風上，可作爲承前啓後的橋梁的，是盧摯、姚燧、張養浩、貫雲石諸人的作品。我將依着這幾個段落，來敍述元代散曲發展的過程。

前期的散曲　關漢卿號已齋叟，大都人，他是元代的歌劇大家。他的散曲雖是不多，但在前期的散曲史上，却有重要的地位。他的重要處，是在他的極少數的精彩作品裏，最能表現曲的本色與精神。因爲他度着長期的浪漫生活，同優伶妓女老混在一起，彈琴唱曲，跳舞吟詩，件件都會，眞是一個風流浪子的典型，他自己說：『我玩的是梁園月，飲的是東京酒，賞的是洛陽花，扳的是章臺柳。

我也會吟詩，會篆籀，會彈絲，會品竹。我也會唱鷓鴣，舞垂手，會打圍，會蹴踘，會圍棋，會雙陸。你便是落了我牙，歪了我口，瘸了我腿，折了我手。天與我這幾般兒歹症候，尚兀自不肯休。只除是閻王親令喚，神鬼自來勾。三魂歸地府，七魄喪冥幽。那其間不向這烟花路兒上走。』（不伏老、南呂、一枝花套。）在這一調裏，是他全生活全人格的自招。他的浪漫生活，眞有過於柳永、溫庭筠了。因爲他在烟花叢中混得太久，對於那一個圈子中的男男女女的生活性格以及言語情態，都體會得非常眞切，他的作品，也在這一方面表現最成功。

『碧紗窗外靜無人，跪在床前忙要親。罵了個負心回轉身。雖是我話兒嗔，一半兒推辭一半兒肯。』（一半兒題情）

『俏寃家，在天涯，偏那裏綠楊堪繫馬。因坐南窗下，敎對淸風想念他。蛾眉淡了敎誰畫，瘦巖巖羞戴石榴花。』（大德歌）

『自送別，心難捨，一點相思幾時絕。凭闌拂袖楊花雪。溪又斜，山又遮，人去也。』（四塊玉別情）

這眞是最優美的小令。言語尖新，音調和美，在女人的情態與心理上的描寫，尤爲深刻。他用最通俗的言語，寫最活動的情意，一面顯露着曲的本色而同時又充滿着美麗的詩情，這是旁人不容易達到的境界。我們再舉他的一首套曲。

『雙調新水令　楚臺雲雨會巫峽，赴昨宵約來的佳期話。樓頭棲燕子，庭院已聞鴉。料想他家，收針指晚粧罷。

喬牌兒　款將花徑踏，獨立在紗窗下，顫欽欽把不定心頭怕。不敢將小名呼咱，只索等候他。

雁兒落　怕別人瞧見咱。掩映在酴醿架。等多時不見來，只索獨立在花陰下。

掛搭鉤　等候多時不見他，這的是約下佳期話。莫不是貪睡人兒忘了那，伏塚在藍橋下。意懊惱恰待將他罵。聽得呀的門開驀見如花。

豆葉黃　髻挽烏雲，蟬鬢堆鴉，粉膩酥胸，臉襯紅霞。嬝娜腰肢更喜恰，堪羨堪誇。比月裏嫦娥，媚媚孜孜，那更淨達。

七弟兒　我這裏覓他，喚他。哎！女孩兒，果然道色膽天來大。懷抱裏摟抱着俏寃家，搵香腮悄語低低話。

梅花酒　兩情濃，興轉佳。地權爲床榻，月高燒銀蠟。夜深沉，人靜悄，低低的問如花，終是個女兒家。

收江南　好風吹綻牡丹花，半合兒揉損絳裙紗，冷丁丁舌尖上送香茶。都不到半霎，森森一向遍身麻。

尾　整烏雲欲把金蓮屧，紐回身再說些兒話，你明夜個早些兒來。我等聽着紗窗外芭蕉兒上打。』（雙調新水令套）

要像這樣才算是眞正的白話文學，不像那些白話詩白話詞，只是一些淺近的文言。在這些曲子裏，眞是用純粹的口語，對話的語調，合着自然的音節，而組成的一種新詩。用白描寫實的手法，用大膽而又深刻的筆力，把那一對私會的男女的心理動作以及各種情態，得到了最活躍最成功的表現，可算是繪聲繪影，曲盡其妙了。以關漢卿那種浪漫性格和風月生活的體驗，自然最適合於這種題材。同柳永的於宋詞，關漢卿的於元散曲，無論其人的性格和生活，以及作品的精神，都有同樣的意義。同時，關也如柳一樣，並不是完全沒有婉麗的句子。如『落花流水何處？想思一點，離愁幾許，撮上心頭』，（離情靑杏子）『春閨院宇，柳絮飄香雪，簾幙輕寒雨乍歇。東風落花迷粉蝶，芍藥初開，海棠才謝。』（侍香金童）可稱是很婉麗的例子，不過這些不是關曲的本色，我們是必得要用上面那些作品，作爲他的代表的。

白樸　白樸字仁甫，與關漢卿同樣，也是由金入元的大戲曲家。因爲他受着元遺山的薰陶，得有古典文字深厚的根底，在他的天籟集裏，表現他在詞上有良好的成績。他的生活嚴正，品格很高。在他的詞裏，時現着故宮禾黍之悲。如石州慢中云：『少陵野老，杖藜潛步江頭，幾回飲恨吞聲哭，歲暮意何如？』在這些句子裏，可以看出他的人品和哀情。因爲這種種關係，所以他的散曲，沒有關漢卿那種淺俗，那種清新活潑的野氣。

『知榮知辱牢緘口，誰是誰非暗點頭。詩書叢裏且淹留，閑袖手，貧煞也風流。』（喜春來知幾）

『黃蘆岸白蘋渡口，綠楊隄紅蓼灘頭。雖無刎頸交，却有忘機友，點秋江白露沙鷗。傲殺人間萬戶侯，不識字煙波釣叟。』（沉醉東風漁父詞）

『春山日暖和風，闌干樓臺簾櫳，楊柳秋千院中。啼鶯舞燕，小橋流水飛紅。』（天淨沙春）

『孤村落日殘霞，輕煙老樹寒鴉。一點飛鴻影下，青山綠水，白草紅葉黃花。』（天淨沙秋）

前兩首極蕭疎放逸之至，這正反映出他那種厭惡政治寄情山水的生活與性格。後兩首寫景細密，文字雅麗，自是由詞句中融化出來，而成為後來張、喬騷雅一派的先聲。就是在情愛的描寫上，他也是採取較為斂隱的字句的。

『獨自寢，難成夢，睡夢來懷兒裏抱空。六幅羅裙寬褪，玉腕上釧兒鬆。』（德勝樂）

『獨自走，踏成道，空走了千遭萬遭。肯不肯急些兒通報，休直教到擔擱得大明了。』（同上）

『紅日晚霞在，秋水共長天一色。寒雁兒呀呀的天外，怎生不捎帶個字兒來。』（同上）

在這些曲裏，正可看出白樸的文學精神，因為他有豐厚的古典文字的修養，無論在某種題材的表現上，總是偏向於較為文雅的路上去。在這種地方，恰好顯露出民衆文學入於文士之手以後漸漸轉變的趨勢。因為還在初期，所以他的作品，仍然保存着曲的本色與生命，而成為前期的重要作家了。

馬致遠　在前期的曲壇，馬致遠是一位領袖羣英的大家。他也是大都人，生平事蹟已不可考，只知道他做過江浙行省務官。但在他的曲裏，時時描寫他自己的身世。我們知道他青年時代，迷戀過功名，後來爲黑暗時代所失望，因此隱居於山水之間，寄情於酒色，成爲一個嘯傲風月玩世不恭的名士。看他自己說：

『空巖外，老了棟梁材。』（金字經）

『困煞中原一布衣。悲。故人知不知。登樓意，恨無上天梯。』（同上）

『世事飽諳多，二十年漂泊生涯。天公放我平生假。剪裁冰雪，追陪風月，管領鶯花。』（青杏子）

『當日事，到此豈堪誇。氣概自來詩酒客，風流平昔富豪家。兩鬢近生華。』（同上）

『半世逢場作戲，險些兒誤了終焉計。白髮勸東籬，西村最好幽棲，老正宜。……旁觀世態，靜掩柴扉。雖無諸葛臥龍岡，原有嚴陵釣魚磯。成趣南園，對榻青山，遶門綠水。』（哨遍）

在上面這些句子裏，畫出了他的性格。他有富豪公子的身世，懷才不遇的心情，中年過着「酒中仙」「風月主」的浪漫生活，晚年歸於「林間友」「塵外客」的閒適心境。他這種生活與性格，使他在曲上得到最高的成就。據任中敏所輯的東籬樂府，得小令百有四，套數十七，在前期的作家裏，他的作品，算是留存得最豐富的了。馬致遠在曲壇的價值，是在他擴大曲的範圍，提高曲的意境，以他那種特出的才情，瀟洒的氣概，表現於曲中者，眞是揮洒自如，機趣絕妙。他的長處，是能適應各種題材的特性，而表現各種不同的風格。他的作品，雖多爲豪放之作，但也有極閒適恬靜的，也有極清麗細密的，因了他複雜的風格，更足表示他在曲壇的廣大。他在元代散曲的地位，正如李白之於唐詩，蘇軾之於宋詞，都是代表那一個時代的浪漫派的大詩人。

『西村日久人事少，一箇新蟬噪。恰待葵花開，又早蜂兒鬧。高枕上夢隨蝶去了。』（淸江引野興）

『酒旋沽，魚新買，滿眼雲山畫圖開。淸風明月還詩債，本是個懶散人，又無甚經濟才，歸去來。』（四塊玉恬退）

『枯藤老樹昏鴉，小橋流水人家。古道西風瘦馬，夕陽西下，斷腸人在天涯』（天淨沙秋思）

『夕陽下，酒旆閑，兩三航未曾著岸。落花水香茅舍晚，斷橋頭賣魚人散。』（壽陽曲遠浦帆歸）

『雲籠月，風弄鐵，兩般兒助人凄切。剔銀燈欲將心事寫，長吁氣一聲吹滅。』（同上）

『因他害，染病疾，相識每勸咱是好意。相識若知咱究裏，和相識也一般憔悴。』（同上）

『布衣中，問英雄，王圖霸業成何用？禾黍高低六代宮，楸梧遠近千官塚，一場惡夢。』（撥不斷）

東籬樂府中的作品，無論小令套數，幾乎全是好的。說散曲至東籬意境始高，範圍始廣，實不是溢美之辭。最要緊的，是因了他的作品，提高了散曲的地位，繼着唐詩宋詞，而成爲當代詩壇的代表，說散曲是元代的新詩，意義就在這地方。

散曲的轉變　在年代上略後於關、馬的，是盧摯、姚燧、張養浩、貫雲石諸人。他們都是高官學士，除貫雲石以外，那三位又都是正統派的高級文人。散曲到了他們的手裏，風格上必然要發生變化。因此他們的作品，雖然一部份還保存着前期諸家蕭爽俊逸的情趣和白描生動的本色，但另一部份已趨於騷雅文弱，形成後一期的雕琢唯美的作風。這一種演化發展的過程，是我們必得注意的。

盧摯　盧摯（西曆一二三五？——一三〇〇）字處道，號疏齋，河北涿郡人。至元五年舉進士，大德初授集賢學士，持憲湖南，後爲翰林學士，遷承旨。他的詩文，與姚燧、劉因齊名，可知他在元初是一位官位顯達舊學深厚的文人。這在散曲作家中是較爲少見的。也就因爲這種環境，使他的曲，偏向於典雅蘊藉的路上去，那種使用口語粗言的俚俗之作，自然是少見的了。

『想人生七十猶稀，百歲光陰，先過了三十。七十年間，十歲頑童，十載尫羸。五十歲除分晝黑，剛分得一半兒白日，風雨相隨，白髮相催，仔細思量，都不如快活了便宜。』（折桂令）

『弄陽人，玉溪先占一枝春。紅塵驛使傳芳信，深雪前村，冰梢月一痕。雲初褪瘦影向紗窗上印。香來夢裏，寂寞黃昏。』（殿前歡）

『江城歌吹風流，雨過平山，月滿西樓。幾許華生，三生醉夢，六月涼秋。按錦瑟佳人勸酒，掩珠簾齊按涼州。客去還留。雲樹蕭蕭，河漢悠悠。』（折桂令揚州汪右丞席上即事）

前一首的豪放與本色語，還顯露着關、馬的精神，但後兩首，却偏於騷雅與細密，這痕跡是非常明顯的。在他現存的數十餘首小令中，十之八九是屬於後者。貫雲石評他的曲媚嫵如仙女尋春（陽春白雪序），正是指的這一類的作品而言。

姚燧　姚燧（西曆一二三九——一三一四）字端甫，號牧庵，洛陽人。官至翰林學士承旨，集賢大學士。他是元代的古文大家，著有牧庵集。宋濂撰元史，稱其文『閎肆該洽，豪而不宕，剛而不厲，有西漢風。』黃宗羲明文案序云：『唐之韓柳，宋之歐曾、金之元好問，元之虞集、姚燧，其文皆非有明一代作者所能及。』由此可知他在正統文派的地位。可是這一位正統文派的作者，他也染指散曲，可知散曲到了這時代，已不被人輕視，已爲高官學士，古文大家所愛好，而成爲韻文中的一種新體裁了。

『岸邊烟柳蒼蒼，江上寒波漾漾。陽關舊曲低低唱，只恐行人斷腸。』（醉高歌）

『欲寄君衣君不還，不寄君衣君又寒。寄與不寄間，妾身千萬難。』（凭欄人寄征衣）

『兩處相思無計留，君上孤舟妾倚樓。這些小蘭舟，怎裝如許愁。』（同上）

這些小曲，雖是寫得情緒纏綿，讀去却像詩中言語，這正是高級文人的手筆。曲子經過這些手筆後，作風上也必得要起變化的了。

張養浩　張養浩（西曆一二六九——一三二九）字希孟，號雲莊，山東濟南人。元史有傳，爲御史時，上疏論政，爲當局所忌，遭陷罷官。仁宗時應召再出，官至禮部尚書，後以父老，退職家居。他的散曲有雲莊休居自適樂府一卷，是他歸田以後的心境的抒寫。紅繡鞋云：『纔上馬齊聲兒喝道，只這的便是那送了人的根苗，直引到深坑裏恰心焦，禍來也何處躲，天怒也怎生饒，把舊來時威風不見了。』這是他做官的苦痛的體驗。比起陶潛的五斗米折腰的話來，是更深刻更有感慨了。因此他從那苦痛的樊籠，一旦解放到自然的天地，他的心境是如何的舒適。所以他在這方面所抒寫的最眞實最自然，決非那些身在江湖、心懷魏闕的假名士故作閑適者可比。

『挂冠棄官，偸走下連雲棧。湖山佳處屋兩間，掩映垂楊岸。滿地白雲，東風吹散，却遮了一半山。嚴子陵釣灘，韓元帥將壇，那一個無憂患。』（朝天子）

『柳堤，竹溪，日影篩金翠。杖藜徐步近釣磯，看鷗鷺閒遊戲。農父漁翁，貪營活計，不知他在圖畫裏，對着這般景致坐的，便無酒也令人醉。』（同上）

『一江烟水照晴嵐，兩岸人家接畫簷，芰荷叢裏秋光淡。看沙鷗舞再三，捲香風十里珠簾。畫船兒天邊至，酒旗兒風外颭，愛殺江南。』（水仙子詠江南）

『可憐秋，一簾疏雨暗西樓。黃花零落重陽後，減盡風流。對黃花人自羞，花依舊，人比黃花瘦。問花不語，花替人愁。』（殿前歡）

前兩首確是顯露豪放的風格，後兩首則是婉麗柔美，有少游、易安的詞風，漸漸的失去曲的生動淺俗的本色，一步步走上雕琢唯美的路，這現象是很明顯的。並且這一類的作品，在他的曲中，也是佔着多數。涵虛子評他爲「玉樹臨風」（太和正音譜），正是指此而言。

貫雲石　貫雲石（西曆一二八六——一三二四），畏吾人。他是一個外族精通漢文的作家。蔣一葵堯山堂外紀云：『貫父名貫只哥，遂以貫爲氏，名小雲石海涯，自號酸齋，時有徐甜齋失其名，並以樂府擅稱，世稱酸甜樂府。』甜齋是徐再思，我們現在讀他的作品，覺得遠不如酸齋。現在他們的散曲，由任中敏輯成酸甜樂府一冊，爲散曲叢刊第六種。畏吾元時服屬蒙古，所以貫雲石做過翰林侍讀學士。但因爲他深受着中國思想與文學的影響，使一個外族人的生活與性格都變了質。他愛慕江南柔美的自然，他憧憬恬靜閑適的生活，於是辭官不做，隱居江南，改名易服，在錢塘賣藥爲生，自號蘆花道人。在這地方，可知他是一個浪漫派的名士。他的才情極高，他能把中國的文學精神，完全消化在他的肚裏，使他的作品，成爲最純粹的漢人情調，幾乎沒有一點外人的色彩。他的散曲現存小令八十六首，套曲九首，是元代曲壇重要作家之一。論他的年代，本可放在後期內，因爲他的作風兼有南北之長，很可看出承前啓後的趨勢，所以我就把他放在這一階段了。

『棄微名去來心快哉！一笑白雲外。知音三五人，痛飲何妨礙。醉袍袖舞嫌天地窄。』（清江引）

『挨着靠着雲窗同坐，偎着抱着月枕雙歌，聽着數着愁着怕着早四更過。四更過，情未足，情未足，夜如梭。天那，更閏一更兒妨甚麼。』（紅繡鞋）

清江引的豪放飄逸，紅繡鞋的俚俗生動，恰是關、馬的本色，這是酸齋樂府中最有前期精神的作品。再如壽陽曲、殿前歡、塞鴻秋的十幾首，中間雖有些句子很華美很刻畫仍顯露着那掩不住的豪放生動的機趣。但如他的金字經、凭欄人、折桂令、小梁州諸章文字寫得非常美麗，音調非常柔和，情感也非常細密纏綿，濃厚的現出南方文學的柔美色彩。

『隔簾聽，幾番風送賣花聲。夜來微雨天階淨，小院閑庭，輕寒翠袖生。穿芳徑，十二闌干凭。杏花疏影，楊柳新情。』（殿前歡）

『蛾眉能自惜，別離淚似傾。休唱陽關第四聲。情。夜深愁寐醒。人孤另，簫簫月二更。』（金字經）

『晚粧窗下醉離觴，月色蒼蒼，來時雖暮去時忙。空惆悵，無計鎖鴛鴦。殘雲剩雨陽臺上，空贏得兩袖餘香。春夜長，東風旺，桃花飄蕩，何處覓劉郎。』（小梁州）

我們用後三首和前二首比讀起來，才會明瞭那兩種不同的風格與精神。面前的文字雖不美麗，覺得他們有力有生氣，有那種質樸直率的神情。一讀下去，立刻會感到是曲子。後面的文字雖是美麗，總覺得他們很柔弱很隱約，讀去好像是讀唐代的宮體詩和宋詞中的小令似的。但這並不是否認這種作品的文學價值，要能體會出這種境界，才會知道散曲在風格與精神上的演化情形。無論一種什麼起自民間的新文體，經過學士大夫長期的創作以後，都是要發生這種變化的。

五　元代後期的散曲作家

散曲經過了上述的演進，終於達到了拘韻度講格律的唯美的階段。初期曲由詞蛻化出來，現在又轉入一種詞曲混合的趨勢。初期曲中的俚俗生動質樸直率的種種特色，到了這時，漸漸地喪失殆盡了。初期的作家，大半爲北方人，到這時，作家爲南方人所領導了。如喬吉雖籍屬太原，但他是杭州的寓客，也完全受了南方文學的同化。這種種情形，是我們研究元代後期的散曲者所必要注意的。在這一時期中，曲學批評以及曲律的研究的書籍也出現了。周德清中原音韻，就是這種書籍的代表。那書雖是以曲韻爲主，末附務頭正語作詞起例，專論務頭及作曲法，並在定格舉例中，夾雜着許多評語，正可看出他對於曲的批評與認識，完全是以對偶修辭和聲韻爲標準，而完全走入格律的古典派。賈仲明云：『周德清，高安人，號挺齋，宋周美成之後，工樂府，善音律，病世之作樂府，有逢雙不對，襯字尤多失律俱謬者，有韻脚用平上去不一而唱者，有句中用入聲拗而不能歌者，有歌其字音非其字者，令人無所守，乃自著中州韻一帙，以爲正語之本，變雅之端，……使用韻者隨字陰陽，各有所協，則清濁得宜，上下中律，而無凌犯逆物之患矣。又自製樂府甚多。詠頭指甲云：朱顏如退却，白雲恐成空，有言外之意。切對有殘梅千片雪，爆竹一聲雷，雪非雪，雷非雷，皆佳作也。長篇短章，悉可爲人作詞之定格。故人皆謂德清之韻，不但中原，乃天下之正音也。德清之詞，不惟江南，實天下之獨步也。』（錄鬼簿續編）在這一段話裏，恰好說明中原音韻這本書的內容，和造成這本書的環境，也就是當代曲壇的風氣。試看周德清評張可久的紅繡鞋與朝天子云：『二詞對偶音律語句平仄，俱好，前詞務頭在人字，後詞妙在口字上聲，務頭在其上，知音傑作也。』又評醉太平感懷云：『窘字若平，屬第二著。平仄好，務頭在三對，末句收之。』又評山坡羊春睡云：『平仄俱好，止欠對耳。』在這些話裏，知道他品曲的標準，只以音律韻脚對偶爲第一義，完全只是注意那些瑣碎的技巧問題，對於曲的許多重要點，完全忽略盡了，在這裏表現出元代散曲到了這時期，在風格上是起了大的轉變。在這一期的作家裏如張可久、喬吉、徐再思、曹明善、趙善慶、吳西逸、王仲元、錢霖、任昱、周德淸諸家，雖不能說他們沒有一兩首豪爽生動的作品，但騷雅蘊藉成爲他們的代表作風，確實走上唯美的格律的階段了。只有劉致一人的作品，能在這時期表現一種社會寫實文學的精神，總算是例外了。

張可久　張可久字小山，浙江慶元人。他的生卒不詳。在他的集中，有湖上和疏齋學士、紅梅和疏齋學士，以及酸齋學士席上諸作，俱在其早期作品今樂府中。考疏齋於成宗朝（一二九七——一三〇七）授集賢學士，那已是疏齋近死之年。又酸齋於仁宗朝（一三一二——一三二〇）拜翰林學士。再鍾嗣成的錄鬼簿成於至順元年，小山列於極後。由此看來，張可久生於十三世紀下半期，在十四世紀初期的三十年代，是他在文學上最活躍的時期。張小山是元代散曲的專家，他畢生的精力，全獻之於散曲。他在元代的曲壇，享受着盛大的聲譽。他的作品，在元代刋行者，已有今樂府、蘇隄漁唱、吳鹽、新樂府三卷，外集一卷，小山樂府各本。今有任中敏所輯小山樂府六卷本，收羅最全，爲散曲叢刋第五種。共得小令七百五十一首，套數七套，元人散曲之富，無有過於小山者。

小山的生平不詳，錄鬼簿云：『可久以路吏轉首領官。』李中麓云：『卽所謂民務官，如今之稅課局大使，』小山仕履可考者只此而已。他生性愛遊山水，故集中寫景之作特多。他一生足跡，就其作品看來，到過湖南、江西、安徽、福建、江、浙諸省，故江南一帶名山勝水，俱有題詠。杭州吳門足跡尤繁，題詠更富，故有蘇隄漁唱、吳鹽的結集。他的生平雖是不詳，但在他的曲中，時時顯露出自己的身世。如：

『十年落魄江濱客，幾度雷轟薦福碑。男兒未遇氣傷懷。』（喜春來）

『天南地北，塵衣風帽，漫無成數年馳驟。』（同上）

『悶來長鋏爲誰彈。當年射虎，將軍何在，冷凄凄霜凌古岸。』（同上）

『人生底事辛苦，枉被儒冠誤。讀書圖駟馬高車，但沾着者也之乎。區區牢落江湖。』（齊天樂）

這樣看來，他是一個江湖落魄懷才不遇的江南才子式的文人。因爲他困於仕途，於是以山水之樂，聲色之歡來消磨他的一生。如『西風又吹湖上柳，畫舫攜紅袖。鷗眠野水閑，蝶舞秋花瘦。風流醉翁不在酒。』（清江引）再如『罷手，去休，已落在淵明後。百年心事付沙鷗，更誰是忘機友。洞口魚舟，橋邊村酒，這清閒何處有。樹頭錦鳩，花外啼春晝。』（朝天子）前一首畫出他風流醉翁的生活，後一首寫出他出樊籠返自然的閑適心境。他自己雖只做過小官，想必以盛大的文名，以及名士的資格，得以與當日的高官要人交遊，在他的集中，有崔元帥席上、梅元帥席上、寧元帥席上、胡使君席間、酸齋學士聽琴一類的作品很多。同時他又喜與禪師道人交往，集中這一類的訪贈的作品也很不少。由此看來，張小山這一個人的生活性格，我們也就得知大半了。

散曲由關、馬而盧、貫，經過許多學士大夫的創作以後，在作風上已經起了變化的事，我在上面已加說明。張可久的產生，是元代散曲後期的最高表現。散曲到了他，在韻文壇上，已壓倒了詩詞，而得到正統的地位。我們由他的作品看來，有幾點很可注意的。

一、在小山樂府中，常有分韻分題之作。如酒邊分得卿字韻、分得金字、席上分題、湖上分得詩字韻諸首都是。由這一點，可知曲到這時候，已失去了前期的直抒情意的精神，而成爲誇才耀藻互作應酬的一種東西了。這一點不能不說是曲的墮落。

二、曲到了小山，曲的範圍實在廣泛極了。在他七百多首小令中，眞是無所不包。寫景、言情、送別、懷古、說理、談禪、詠物、贈答，是樣樣都有。他眞是把曲看作是一種詩體來製作，將他全部的生活情感，全部寄託在這裏面了。

三、他承繼曲風轉變的機運，加以他那種南方人的氣質，和舊文學的素養，因此他的作品，極力地運用詩詞中的句法，以雕琢字句爲能事，以騷雅蘊藉爲最高境界，形成他那種唯美婉麗的作風。如：

『落紅小雨蒼苔徑，飛絮東風細柳營。可憐客裏過淸明。』（喜春來）

『屛外氤氳蘭麝飄，簾底惺忪鸚鵡嬌。暖香繡玉腰，小花金步搖。』（凭欄人）

前例的婉約，似少遊浣溪紗詞，後例的濃豔，似溫庭筠菩薩蠻中語，這是非常明顯的。只要對於詞曲稍有領悟的人，讀了上面那些句子，便會知道詞的情味多，曲的境界少。楊愼詞品云：『張小山小桃紅詞云：「蔞蒿春雪動，楊柳索春愁，山谷詩也。此詞用之，改饒爲愁，不惟無韻，且無味矣。』在這地方，正好看出張小山在曲的製作上，是把詩詞融和混合，藉以離開淺俗，而入於騷雅。再如：

『湖山外，楊柳邊，歌舞醉中天。雲鬟橫珠鳳，花寒怯繡鴛。露冷濕金蟬，愛月佳人未眠。』（梧葉兒）

『荷盤敲雨珠千顆，山背披雲玉一蓑。』（喜春來）

鍊琢之工，對仗之巧，作者是費了不少的心力。這類句子，俯拾卽是。不用說，這一種作品，我們固然不能否認他的美麗與藝術性，但却可以說這完全喪失了曲的本色與機趣。因爲他的作風是如此，所以他把曲從俚言俳語中搶了過來，歸之於雅正，而得與正統派的詩詞並列。所以到了明初，他的作品，獨能得着宋濂、方孝孺這般高級士大夫的青眼，替他校正出版，而視爲樂府正音的了。劉熙載評他的『小令騷雅，不落俳語，』（藝概）許光治說他，『儷辭追樂府之工，散句擷宋、唐之秀。惟套曲則似涪翁俳詞，不足鼓吹風雅也。』（江山風月譜序）這樣看來，俚俗與白描的喪失，我們認爲是小山樂府的缺點，而前代的批評家，却以騷雅爲他的唯一特色，給以最高的讚譽，這是不足怪的。在明、清兩代儒家的正統文學批評的統制下，這是必然的現象。

話雖這樣說，張小山在元代的散曲史上，仍有堅固的地位。他與馬致遠，是元代曲壇的兩顆巨星。藝術的成就是多方面的，風格精神也是多方面的。東坡、稼軒的詞是藝術品，白石、玉田的詞，同樣也是藝術品，他們各有其特色與精神。這一種歧異，雖由於作者的性格，但大半決定於文藝本身的演進性，也可以說是文學發展的歷史性。這是研究文學史的人，所不能忽視的。

『萋萋芳草春雲亂，愁在夕陽中。短亭別酒，平湖畫舫，垂柳驕驄。一聲啼鳥，一番夜

雨，一陣東風。桃花吹盡，佳人何在？門掩殘紅。』（人月圓春晚）

『對春山强整烏紗，歸雁橫秋，倦客思家。翠袖殷勤，金杯錯落，玉手琵琶。人老去西風白髮，蝶愁來明日黃花。回首天涯，一抹斜陽，數點寒鴉。』（折桂令九日）

『青苔古木蕭蕭，蒼雲秋水迢迢。紅葉山齋小小，有誰曾到，探梅人過溪橋。』（天淨沙魯卿菴中）

『翩翩野舟，汎汎沙鷗。登臨不盡古今愁。白雲去留，鳳凰臺上青山舊，秋千牆裏垂楊瘦，琵琶亭畔野花秋。長江自流。』（醉太平懷古）

『江村路，水墨圖，不知名野花無數。離愁滿懷難寄書，付殘潮落紅流去。』（落梅風江上寄越中諸友）

前人說小山樂府騷雅蘊藉，不落俳語，讀了上面這些曲，想都體會得到。涵虛子評他云：『如瑤天笙鶴，清而且麗，華而不豔，有不食烟火氣，可謂不羈之才。若被太華仙風，招蓬萊海月，詞林之宗匠也。』所謂不羈之才，於他雖不十分相稱，但「清而且麗，華而不豔」八字，確是小山樂府的特色。

喬吉　在曲的風格上，同張可久取着同一的趨勢，得着優美的成績，而成爲張氏的羽翼的，是稱爲惺惺道人的喬吉。喬吉（西曆一二八〇——一三四五）字夢符，號笙鶴翁，原籍太原，流寓杭州。錄鬼簿云：『喬美容儀，能詞章，以威嚴自飭，人敬畏之。居杭州太乙宮前，有題西湖梧葉兒百篇，名公爲之序，江湖間四十年欲刊所作，竟無成事者，至正五年二月病卒於家。』這是記載喬吉事蹟唯一的文獻。在這一段短文裏，我們知道他也是一個作客異鄉終身落魄的文人。一生窮困，因此在江湖流浪了四十年，自己的作品，也無法刊行問世。在他的作品裏，也時時流露出這種窮愁潦倒的心情。

『離家一月，閒居客舍，孟嘗君不費黃虀社。世情別，故交絕，牀頭金盡誰行借。今日又逢冬至節，酒何處賒，梅何處折。』（山坡羊，冬日寫懷）

『不占龍頭選，不入名賢傳。時時酒聖，處處詩禪。烟霞狀元，江湖醉仙。笑談便是編修院。留連，批風切月四十年。』（綠么遍自述）

『肝腸百鍊爐中鐵，密貴三更枕上蝶。功名兩字酒中蛇，尖風薄雪，殘杯冷炙，掩清燈竹籬茅舍。』（昇平樂悟世）

在這三首曲裏，我們可想見喬吉是一個很洒脫的人。他雖爲功名窮愁所困，却能以詩酒煙霞笑談風月來消磨他的生命。因此他的作品中，充滿了快樂自適的情調，沒有半點困苦的哀音。他和張可久一樣，同樣地受了西湖柔美山水的薰陶，他們的小曲，顯出清麗華美的色彩。他的散曲，在元、明時有惺惺道人樂府、文湖州集詞及喬夢符小令三種。散曲叢刊中任輯之夢符散曲三卷，最爲完備。存小令近二百首，套數十套。張可久外，在元人散曲中，他所存的作品要算是最富的了。

『冬前冬後幾村莊，溪北溪南兩履霜。樹頭樹底孤山上。冷風來何處香？忽相逢縞袂衣裳。酒醒寒驚夢，笛悽春斷腸。淡月昏黃。』（水仙子）

『垂楊翠絲千萬縷，惹住閑情緒。和淚送春歸，倩水將愁去，是溪邊落紅昨夜雨。』（清江引卽景）

『瘦馬馱詩天一涯，倦鳥呼愁村數家。撲頭飛柳花，與人添鬢華。』（凭欄人金陵道中）

上面這些例子，可看出喬吉曲中所表現的雅正蘊藉的風格。在他的曲裏，他也歡喜引用或融化前代詩詞的舊句。如沉醉東風題扇頭一首云：『萬樹枯林凍折，千山高鳥飛絕。兎徑迷，人蹤滅，載梨雲小舟一葉，蓑笠漁翁耐冷的，獨釣寒江暮雪。』這是把柳宗元的一首五絕，做成一首曲子，總不如原作的清新警鍊。再如他的天淨沙卽事云：『鶯鶯燕燕春春，花花柳柳眞眞。事事風風韻韻，嬌嬌嫩嫩，停停當當人人。』全曲用疊字組成，另成一格，由此可看出他在字句的琢鍊與音調的和美上所用的工夫。因此，前人論元散曲者，總是張、喬並稱。因其雅正而俱以此二家爲散曲界的正統。明李中麓並以張、喬比之唐代詩壇的李、杜。其實這比喻是錯的。因爲元代的散曲，由關、馬、盧、貫諸家以來，已趨於唯美格律的風格，離開曲的本色，離開民衆，日益遙遠。這情形，已走到了晚唐詩與南宋詞的境界。王驥德曲律云：『李中麓序刻喬夢符、張小山二家小令，以方唐之李、杜。夫李則實甫，杜則東籬，始當。喬、張則長吉、義山之流。然喬多凡語，似又不如小山更勝也。』他在這裏，以長吉義山比喬、張，在文學精神上，眞是超人之見了。至如以實甫方李却不甚當，無論從其性格以及作風的飄逸與放縱上說，用關漢卿來比李白是較爲相宜的。所謂喬多凡語，這也是實情，因爲小山一味求雅，夢符集中，仍有一些俚俗之作。不過他的俚俗處，也遠不如關、馬那樣的靈活純眞，因爲他喜歡在俚俗的語句中，插入一些非常文雅的對偶的句子，反而把那統一性破壞得無餘了。

劉致 與張可久同時，在曲的內容與風格上，表現着異樣的色彩的，是劉致。劉字時中，號逋齋，江西南昌人。他做過翰林待制浙江行省都事等官，工文章，很得當代古文家姚燧的賞識。在小山樂府中，有與劉時中唱和之作，可知張、劉是同代人，可能劉致比張小山年長一點。他的散曲，現存小令六十餘首。其中雖偶有豪放俚俗之作，然大都清麗雅正。如

『春光荏苒如夢蝶，春去繁華歇。風雨兩無情，庭院三更夜。明日落紅多去也。』（清江引）

『和風鬧鶯燕，麗日明桃杏。長江一線平，暮雨千山靜。載酒送君行，折柳繫離情。夢裏思梁苑，花時別渭城。長亭，咫尺人孤另。愁聽陽關第四聲。』（雁兒落帶得勝令送別）

這種作品，與小山、夢符所作情調相同。但是他有兩章上高監司、端正好套曲，却在元代散曲中，表現着異樣的形式與精神。前一套描寫南昌的大旱災，長十五調，後一套描寫當時庫藏積弊，吏役弄奸的情狀。長至三十四調，在元人的套曲中，算是最長的了。他在這兩套中，一掃當代專以曲子來描寫風月離情山水詠物的舊習，而擴展到描寫人情風俗，政教治蹟，以及一般的民衆生活，暴露着政治的黑暗，這眞是曲中僅見的社會文學了。我們先看他描寫旱災時人民的慘狀：

『滾繡球　去年時正插秧，天反常，那裏取及時雨降。旱魃生四野災傷。穀不登，麥不長，因此萬民失望。一日日物價高張，十分料鈔加三倒，一斗粗糧折四量。煞是淒涼。

倘秀才　殷實戶欺心不良，停塌戶瞞天不當，吞象心腸歹伎倆。穀中添粃屑，米內插粗糠。

怎指望他兒孫久長。

滚繡球　甑生塵老弱飢，米如珠少壯荒。有金銀那里去典當。盡枵腹高臥斜陽。剝榆樹餐，挑野菜嘗。吃黃不老勝如熊掌，蕨根粉以代餱粱。鵝腸苦菜連根煮，荻筍蘆蒿帶葉咗。只留下杷柳株樟。

倘秀才　或是捶麻柘稠調豆漿，或是煮麥麩稀和細糖。他每早合掌擎拳謝上蒼。一個個黃如婭娍，一個個瘦似豺狼。塡街臥巷。

滚繡球　偸宰了些潤角牛，盜斫了些大葉桑，遭時疫無棺活葬。賤賣了些家業田莊，嫡親兒共女，等閑參與商，痛分離是何情況，乳哺兒沒人要撇入長江。那里取廚中剩飯杯中酒，看了些河裏孩兒岸上娘。不由我不哽咽悲傷。

叨叨令　有錢的販米穀，置田莊添生放，無錢的少過活分骨肉無承望。有錢的納寵妾買人口偏興旺，無錢的受飢餒塡溝壑遭災障。小民好苦也麼哥，小民好苦也麼哥，便秋收鬻妻賣子家私喪。』

在十五調中，我選了六調。這些作品，眞是寫實的社會文學。他完全用客觀的眼光，去描寫災民種種的慘況。窮人吃樹根泥土，賣兒鬻女，老的少的，倒臥在街頭巷口，或跳在水裏自殺，而那些從事囤積的富豪大賈，正在利用這機會，買田置產，販米娶妾，過着奢華淫侈的生活。劉時中能用當日新興的曲子，描寫這種社會事件，是他的過人之處。他在另一套裏，把當日庫藏的積弊和吏役狼狽爲奸的情形，也寫得非常詳細。他痛恨當日那些商人胸無點墨，只有了幾個臭錢，便結交官吏，無惡不作，而更要附庸風雅，假裝文雅之士。『只這素無行止喬男女，都整扮衣冠學士夫。一個個膽大心粗。』（滾繡球）這些人都是米店肉店油店飯店的老闆。有了他們來狼狽爲奸，自然是『餓虎當途壞盡國家法度』了。

劉致這一種描寫現實社會的作品，雖是不多，然只要有這兩個長篇，已足確定他在元代曲壇的重要地位。套曲最長的形式，是他創立的，散曲中的社會文學，也是他創立的。這樣看來，說他是曲中的白居易，眞是最適宜的了。

在這一時期，其風格不出小山、夢符範圍之外者，尚有王仲元（杭州）、徐再思（嘉興號甜齋）、曹明善（衢州）、趙善慶（饒州）、錢霖（松江）、任昱（四明）、周德清（江西高安）、吳西逸諸家，全都是南方人。他們的作品，傳世者雖不多，但就其存者觀之，大都以清麗見長。關、馬那種蕭爽生動的機趣，在他們的作品裏，已不易見了。其中雖有徐再思的作品較富，其造就亦較高，是這一羣人中的翹楚，當日曾與貫雲石並稱。茲各舉一例。

『樹杈枒，藤纏掛。衝煙塞雁，接翅昏鴉。展江鄉小墨圖，列湖口瀟湘畫。過浦穿溪沿江汊，問孤航夜泊誰家？無聊倦客，傷心逆旅，恨滿天涯。』（王仲元普天樂）

『水深水淺東西澗，雲去雲來遠近山。秋風征棹釣魚灘。烟樹晚，茅舍兩三間。』（徐再思喜春來皇亭晚泊）

『桃花月淡胭脂冷，楊柳風微翡翠輕。玉人欹枕倚雲屏。酒未醒，腸斷紫簫聲。』（徐再思喜春來春情）

『春雲巧似山翁帽，古柳橫爲獨木橋。風微塵軟落紅飄。沙岸好，草色上羅袍。』（曹明善喜春來）

『稻粱肥，蒹葭秀，黃添籬落，綠淡汀洲。木葉空，山容瘦，沙鳥番風知潮候。望烟江萬頃沉秋。半竿落日，一聲過雁，幾處危樓。』（趙善慶普天樂江頭秋行）

『夢囘晝長簾半捲，門掩荼蘼院。蛛絲掛柳棉，燕嘴粘花片。啼鶯一聲春去遠。』（錢霖清江引）

『新亭館相迎相送，古雲山宜淡宜濃。畫船歸去有漁蓬。隨人松嶺月，醒酒柳橋風。索新詩紅袖擁。』（任昱紅綉鞋湖上）

『半池暖綠鴛鴦睡，滿徑殘紅燕子飛。一林老翠杜鵑啼。春事已，何日是歸期。』（周德清喜春來）

『長江萬里歸帆，西風幾度陽關。依舊紅塵滿眼，夕陽新雁，此情時拍闌干。』（吳西逸天淨沙）

『江亭遠樹殘霞，淡烟芳草平沙。綠陽陰中繫馬，夕陽西下，水村山郭人家。』（同上）

上面這些曲子，我們不能不說是好作品。字句的琢鍊，對仗的工整，寫情的深密，寫景的秀雅，在技術上講，確實都是很成功的。但也就因爲他們過於琢鍊工整，過於含蓄文雅，因此所表現出來的情韻，與宋詞的小令相近，曲的俚俗的本色與白描的語調，反而喪失殆盡了。在這種地方，正可看出元代散曲在風格上演變的趨勢。唐詩是如此，宋詞也是如此，散曲自然不會例外的。

元代散曲作家，可考者二百餘人，上面所論及者，不過十數人。此外如元末的楊朝英、鍾嗣成二家，亦多佳作。再有無名氏作品甚多，佳作尤夥，在那些作品裏，民歌的色彩最爲濃厚，有大膽的肉慾描寫，有趣味橫生的嘲笑戲謔，有鄉村生活的素描，有山水風景的圖畫。有小令，也有套曲，這也是元曲中很重要的一部份。只因爲時代不明，不便敍述，只好割愛了。

第二十三章　元代的雜劇

元代的戲曲，可分爲兩個部門。一類是起於北方的雜劇，一類是發展於南方的南戲。故前人有南曲、北曲之稱。在元代的劇壇，是以雜劇爲主體，因作家輩出，名作甚多，足爲這一時代文學的代表。南戲在元代雖亦盛行，但多爲民間扮演之用，作品大都散佚不全，即偶有存者，其文字結構俱未臻完備之境，在戲曲的藝術上，未能與雜劇抗衡。至元末明初始有拜月、琵琶諸代表作出現，成爲明朝南戲全盛時代的先聲。在這一章裏，只論雜劇，關於元代南戲的資料，留着論明代的戲曲時再說。

一　雜劇的產生

人人都知道中國眞正的戲曲，始自元代的雜劇。因這種雜劇的產生，在中國的戲曲史上，成立了一個新紀元。但這種雜劇，並不是偶然出現的，也不是一兩個天才作家所創造出來的。他是由前代各種舞曲歌詞漸漸演化而成。我在前面所敍述的那些宋金時代的戲曲史料，雖都不能算是眞正的戲曲，雖還都缺少戲曲中的要素，但在他們的發展上，却都一步一步與戲曲接近的事，是非常明顯的。宋代歌舞戲中如大曲、曲破等項，所用曲調，雖單純少變化，所述情節雖爲敍事體，但其中有歌有舞，有念白表演，到了諸宮調的出現，在戲曲史上，顯出了很大的進步。據董西廂看來，戲曲的形式，初步形成。而最重要的，在董西廂的散文中，已帶了代言體的傾向。由董西廂轉入元劇，實已相差不遠了。吳梅說元劇的來歷，遠祖是宋時大曲，近祖是董詞，這是不錯的。

戲曲爲表演於舞台上的綜合藝術，音樂歌舞，雖爲其中之要素，但動作與對話，却是戲曲必備的條件。更爲重要者，因爲要把一件故事活躍地在舞台上表演出來，故戲曲的體裁必爲代言體。宋金的雜戲院本，不能稱爲眞正的戲曲，便是缺少這些完整的條件。到了元代的雜劇，純粹是代言體。有動作。有賓白，有歌曲，再加以脚色化裝及佈景的講求，於是由從前歌唱說話分工的大曲、曲破等舞曲，由坐而說唱的諸宮調，而變爲登場扮演的舞台藝術了。

將前代未完成的戲曲加以改革，由敍事體而入於代言體，完成元劇的體裁者，前人多歸功於關漢卿。錄鬼簿列關於雜劇之首。涵虛子太和正音譜評關云：『觀其詞語，乃可上可下之才，蓋所以取者，初爲雜劇之始，故卓以前列。』因此前人都承認關漢卿是元劇的創始者。但是由文體形成的公例，以及關氏的時代看來，關創雜劇一說，却不能令人相信。我們看詩詞各種體裁的形成，無不是由多人多時積累合作而成，決非某一人所獨創。至於關的時代，經近人胡適氏的考證，我們知道他不是金的遺民，金亡時，他還是一個十三四歲的小孩子。據我們的考查，現存的雜劇，時代最早者，當推王實甫的四丞相高會麗春堂。此劇敍金章宗右丞相樂善的故事。開場唱道：

『仙呂點絳唇　破虜平戎，滅遼取宋。中原統，建四十里金鏞，率萬國來朝貢。』

又收場唱道：

『太平令　歌金縷淸音嘹喨，品鸞簫餘韻悠揚。大筵會公卿宰相，早先聲把烟塵掃蕩，從今後四方八荒萬邦，齊仰賀當今皇上。』

由首尾這兩節曲辭看來，這個戲本的時代，雖不能說在金章宗時，但在金亡以前是無疑的。這樣看來，金亡以前，已有那樣完整的雜劇，那末金亡時還不滿十三四歲的關漢卿決不是元劇的創始者，是無須細說的。同時雜劇雖盛於元時，但在金代末年就完全成立了的事，我們也可以斷定了。

這樣看來，雜劇非創始於關漢卿，自然也非創始於王實甫。我們由五言詩、宋詞起於民間的公例，雜劇也是起於民間的。加以戲曲是民衆娛樂的藝術，與民衆發生更密切的關係，在文人沒有佔領以前，完全是民衆創作民衆欣賞的一種東西。據輟耕錄所載金院本六百九十種，可見當代戲曲盛行於民間的盛況。在這種情形下，爲供應這種需求，有所謂專編戲本的才人所組織的書會產生。錄鬼簿中賈仲明所補弔詞云：『元貞書會李時中、馬致遠、花李郎、紅字公四高賢合捻黃粱夢。』李時中、馬致遠都做過官，花李郎、紅字李二皆是教坊伶人。據賈詞所說，則他們都是大都書會中人。又弔蕭德祥詞云：『武林書會展雄才。』蕭是杭州的醫生，據此他也是書會中人。這樣看來，當代的元劇作家，或許大半都是書會中人。這些人便是改良舊劇創作新劇的中堅。他們所編的劇本的好壞，與劇場的生意及伶人的名譽衣食，都有關係。在這種環境下，各書會的編劇者，自然都是彼此競爭。並且他們都與舞台時時接觸，自然都有豐富的舞台經驗，他們由這種實際的經驗，知道舊劇本有什麼缺點，有什麼好處，要怎麼樣才能迎合民衆，要用什麼材料才能吸引看客。在這種彼此競爭的狀態中，劇本爲適合於舞台表演而獲得較好的聲譽與報酬，自然是時時刻刻在改進中。這一種改進的工作，也不是一時成功的，也不是一人成功的，是當代許多戲團經理，各種演員樂工，以及許多無名編劇家合作多時的成績。這種工作的成熟，便是雜劇的產生。

在輟耕錄所載院本名目中，謂『教坊色長魏、武、劉三人鼎新編輯。魏長於念誦，武長於筋斗，劉長於科汎。』可知這些人，都是當時有名的演員。王國維、胡適俱疑心其中的劉，便是教坊劉耍和。據錄鬼簿所載花李郞、紅字李二俱爲劉耍和的女婿，他們同是優伶，並且都寫過四個劇本。這樣看來，王、胡所推測者，雖無法證明其必然，但却很合情理。我們不管魏、武、劉三人中的劉，是不是劉耍和，但由此使我們明瞭當代教坊中人，有如魏、武、劉者，正在那裏熱心從事改良戲曲的工作。劉耍和自然也是參加工作的一員，所以他選的女婿，也都是能執筆寫劇的人物，決非那些庸俗的演員可比。在這戲曲改進的情境下，別於金代院本諸宮調的雜劇，漸漸形成。同時有許多那些愛好戲曲的浪漫的或貧窮的文人，也加入這種工作的集團，如日與妓女優伶爲伍的關漢卿，同劉耍和的兩個女婿合作黃粱夢的馬致遠，都是最好的例。這樣一來，於是雜劇在文學上的地位提高了，音樂的配置，結構的形式，也日趨於嚴密，從此雜劇便日趨於發達隆盛的機運。這樣看來，我們可以總結一句，元劇起於教坊行院的伶人樂師以及和他們合作的無名編劇者，革新改良舊劇而成，最早的雜劇，都是些無名氏的作品，那些作品是很幼稚的，所以都不傳了。等到文人出來爲教坊行院寫劇時，才展開戲劇史上的黃金時代。因此我們可以說雜劇是創立於金末，而其黃金期，則開始於元代滅金以後。

二　雜劇的組織

上面說明了雜劇的起源，現在要說的，是雜劇的組織。

一、歌曲　雜劇中的歌曲部分，以散曲中的套曲組成之。上章論散曲時，曾說明套曲是由一宮調中的多數曲調連合而成者。在雜劇中，每一個套曲，稱爲一折，相當現代劇中的一幕。每一個雜劇，以四折爲通例。唯有紀君祥的趙氏孤兒，則有五折，此爲元劇中的變例。但四折外，多有用楔子者，楔子有在劇前者，也有用在各折之間的。大抵用仙呂賞花時或端正好二曲，西廂記第二劇中之楔子，則用端正好全套，與一折相等。可知楔子是一種有自由伸縮性的東西。關於楔子的意義，近人解釋研究者甚多，然多爲穿鑿附會之談。雜劇中的楔子，不是全劇的序幕，與南戲中的家門全爲兩物。我想楔子的產生與應用，完全因爲雜劇限於四折的格律，藉此得有一種伸縮補充的餘地，而使其餘的四折，得到平衡的原故。作者遭遇到有些內容不能在某折中包含時，他可以來一個楔子，補救這種困難，因此他的地位是極其自由的，在劇前也可以，在折間也無不可。劇中不用楔子固然可以，用一個或用兩個也無不可。如羅李郎、抱妝盒、馬陵道三種，俱有二楔子。這樣看來，雜劇中的楔子，在藝術的意義，相當於曲中的用襯字。襯字的應用，無非是解除曲譜限制塡調的困難，楔子也是解除四折的規律限制作劇的困難。如果元曲沒有四折的限制，楔子或許不會產生。如果說楔子在雜劇中的應用，有什麼藝術的意義，有什麼巧妙的手法和一定的規則，這完全是捕風捉影之談。

元劇中的歌曲，每折俱由一人獨唱。其他的演員，只有對白，但在楔子中，亦偶有他員歌唱的。並且還有許多劇本，全劇四折，由一人獨唱到底。如最有名的梧桐雨漢宮秋等作，都是一人獨唱的。負歌唱責任者，大都爲劇中的要角「末」或「旦」，故有「末本」「旦本」之稱。但此亦有例外，如關漢卿之蝴蝶夢第三折，本爲正旦所唱，到了折末時，那副角王三忽然唱了一句『腹攬五車書』，於是另一副角張千便責問他說：『你怎麼也唱起來了呀？』王三說：『這不是曲尾嗎？』張千聽了不再說話，王三便把端正好、滾綉球二調唱完了。這樣看來，元劇每折一人獨唱是通例，在曲尾可有他員歌唱的變例，似乎是大家都知道的。不過在元劇中，這種變例也極少。至於西廂記中的歌唱方式，與此又大不同，留在後面再說。一人獨唱的方法，現在看來，實在是元劇的大缺點，這或是諸宮調的一種遺形。他的壞處是：一、因爲過於單調，易引起觀衆的厭倦；二、不能表演多數演員的情緒及其歌唱的藝術。如漢宮秋、梧桐雨中，昭君與楊貴妃都只有白，歌唱全由漢帝明皇擔任，這是非常不合理的。三、獨唱者過於勞苦。最奇怪的，是這種惡劣的制度，這種於作者、演員以及觀衆三方面都不方便的方法，在長期元劇中，一直採用着，無人加以改良，這實在是一個令人不能相信的問題。

二、賓白　賓白就是台詞，明姜南抱樸簡記云：『兩人相說曰賓，一人自說曰白。』可知白是獨白，賓是對話。元劇中的有台詞，是元劇進步的第一要素，是別於宋金舊戲的最大特點。賓白是戲曲的生命，沒有他便不能稱爲戲曲，也便不能在舞台上表演。但前人只重視劇中的曲辭，而多忽略劇中的白，把曲辭當作詩詞一般的來研究，這是莫大的錯誤。徐渭說曲辭爲主，白爲賓，故稱爲賓白。前人重曲輕白的觀念，完全顯露出來了。因此產生賓白爲伶人臨時自撰的怪說。臧氏元曲選序云：『或謂元取士有塡詞科。……主司所定題目外，止曲名及韻耳。其賓白則演戲時伶人自爲之，故多鄙俚蹈襲之語。』賓白中常有鄙俚蹈襲之語，是無法否認的，若是因此一概抹煞其價値，說是演員臨時所爲，這是不通之論。一個複雜的故事，要以歌曲表現出來，作曲當然是重要的部份，但其中情節的穿挿，前後的照應，若曲白不是同時寫作，這如何可以成功。這種曲白相生相依爲命的現象，是非常明顯的。元劇中之對話，雖多蹈襲之語，但佳者極多。如關漢卿之救風塵，康進之的李逵負荆，武漢臣的老生兒諸作中，都有很長的說白，並且在那些對話裏，把人物的個性情緒都表現得非常活躍。又使那些劇本在舞台上的表演，得到有力的效能。那些文字旣簡潔，又通俗，都是極好的語體文。在這些劇本裏，若去其白，則曲全成爲廢物。這樣看來，元劇作家只作曲而不作白的話，是絕不可信的了。至於元刋本雜劇三十種中，科白多有省去，不重要演員的白，删削殆盡，只「外末云了」，「外末問了」的記着。就是正末正旦的白，也只存其大意。我想這必是一種坊間所刋的元劇的簡本給演員或是觀客用的。因爲曲辭要合樂，字句不能增減，並且那些文字也比較深，不容易記，必得要有一種簡本，以供演員們熟讀之用，同時，台詞都是白話，人人能懂，曲辭配着音樂，聽者不解，正如我們今日聽崑曲京戲一樣。有了這種簡本，聽戲的人就便利多了。所以我們如以元刋本雜劇中存曲省白一事作爲元劇作家作曲不作白的證據，也是不可靠的。據王驥德說他所見的元人劇本，在卷首中，詳記全劇中所用的角色和衣裝用品（曲律卷三），又近年來所發現的脉望館校鈔本古今雜劇中，有數十種，都附有「穿關」，指明劇中人物的服裝和鬍鬚式樣等等。由此可見當時劇本是如何的完備，同時，我們也可以相信，在元劇的完本中，賓白決無省去的了。

三、脚色及其他　元劇因扮演的故事複雜，故演員自必增加。宋金舊戲中的脚色，已不夠用。現讀元劇，其中脚色名目至夥。而重要者，有末、旦二大類。末有正末、副末、冲末、外末、小末之分，旦有正旦、副旦、貼旦、外旦、小旦、大旦、老旦、花旦、色旦、搽旦之別。正末、正旦為劇中之男女主角，其餘各角，俱為副員。都是以年齡性情身分配合之。此外又有孤、卜兒、孛老、徠兒、邦老等稱，這些名詞，想必都是社會上的普通用語，不是脚色的專名，正如我們現在所說的老太婆、小大姐、老頭之類，他們都是不重要的配角。由他們所代表的身分看來，孤是官員，孛老是老頭子，卜兒是老太婆，徠兒是小孩子，邦老是强盜或是流氓。這些稱呼，必為當代全社會通用的語言，是人人所能懂的。這樣看來，元劇中的脚色，這樣細密地分類而增加，自然可以增加舞台表演的效能，而給觀衆以故事的眞實性，比起宋金舊戲來，是進步得多了。

元劇中表演動作的叫做科。一個完整的劇本，要在舞台上表演，專靠唱白還不夠，必要有做作夾雜其間，才能把一件故事活靈活現的表現在觀衆之前。元劇在心理的表情上，雖無顯著的表示，但普通的動作，都有記載。如某某做見科，某某哭科，某某睡科，某某醉科。有了這些動作，於是唱白才能發生聯繫。所謂『武長於筋斗，劉長於科汎』，這都是說他們在舞台上特長於做作一門。又說：『魏長於念誦』，這必是說他特長於說白。這樣看來，當時表演戲劇，除唱曲成為主要部門外，說白和動作，也很爲人所重視，在這兩方面，也有專門的人才。

砌末一名，爲劇中所用之物。焦循易餘籥錄云：『元曲殺狗勸夫祇從砌末上，謂所埋之死狗也。貨郎旦外旦取砌末付淨科，謂金銀財寶也。……』他這解釋是對的。其次，在劇本的末尾，照例寫着幾句對話，叫做題目正名。前人認爲這是白的一部分，屬於雜劇的本體的。據元刊雜劇三十種在其卷尾，多寫作這樣的形式。

……散場

題目　曹丞相發馬用兵　夏侯敦進退無門

正名　關雲長白河放水　諸葛亮博望燒屯

散場表示劇本及表演終結，就是閉幕的意思。題目正名都放在散場的後面，可知與白絕無關係。這樣看來，題目正名，是作者把劇本寫成以後，另把劇本的內容，再詳細的說出來；以便於劇場招貼廣告。杜善夫有一首詠農夫聽戲的散曲，題爲莊家不識勾闌。中云：『見吊個花碌碌紙榜。』可知元代劇場，在門外是掛着紙榜的。所謂題目正名一定是寫在紙榜戲名的下面，作爲詳細的廣告，以便利觀衆的罷。

三　雜劇興盛的原因

元劇是元代文學的代表，是當代最流行的一種新文學，英才輩出，盛極一時。文人固無論矣，文官如吳仁卿，武將如楊梓，商人如施惠，醫生如蕭德祥；優伶如趙文殿、張國賓、紅字李二、花李郎，俱爲作者。在現存的元劇中，無名氏之作至數十本之多，這些必都是社會民衆的作品。由此可知元劇在當代的流行，同時作曲這種相當艱難的工作，在當代的民衆，傳染得如何普遍。戲曲本是一種扮演於舞台的民衆藝術，各處表演，各處也都在寫作，在那一百多年中，究竟產生多少劇本，這是無從統計的。鍾嗣成在至順元年所編的錄鬼簿，是中國戲曲史上第一個重視戲曲而留下的重要文獻。在那目錄中，著錄元劇四百五十八本，明初涵虛子作太和正音譜，卷首錄元人雜劇五百三十五本。因爲他的年代稍後，在數目上是較爲增加了。不用說，元劇爲他們所遺漏的，自然是不少的，我想最有名的或是在社會上較爲流行的作品，十之八九，必爲他們所採入了。不過，這五百多本元劇，並沒有完全流傳下來。王國維在二十年前所作的統計，元劇存者，只有一百十六種（見宋元戲曲史）。但二十年來，前人不見的祕籍，日有發現。現由息機子編刋的元人雜劇選，臧晉叔編刋的元曲選，玉陽仙史編刋的正續古名家雜劇，尊生館刋的陽春奏，孟稱舜編刋的古今名劇合選、柳枝集、酹江集，李開先改定先賢傳奇、脈望館鈔校本古今雜劇以及顧曲齋雜劇，元明雜劇諸書中所收的元劇，重複者與明初人之作去之，實存全本的在一百六十種左右。這數目也就不算少了。

關於雜劇興盛的原因，前人所論極多，玆舉其要者於下。

一、新文體的發展　在文學發展史的公例上，文學也具備着生物的機能。某種文體，俱有其萌芽成熟全盛而至衰落的幾個階段。由前面所述的騷賦詩詞看來，都逃不出這個公例。一種文體經過多少年多少人的創作以後，內容必至於陳腐，精華必至於消歇，而漸漸失去他在文壇上的生命與活力，到這時候，必又醞釀一種新文體來代替。這個新生的幼兒，他的內容形體，都是嶄新的，他的生命，正待人製造培植，他有着光明的前途。宋金的戲曲，形體粗備，但還是一個出生不久的嬰兒。他的文學生命，正等待新人的創造與發揚。接着來的，恰好是元代，而元代又正是發展戲曲的最好環境。

二、利於戲曲發展的環境　元朝有一個最宜於戲曲發達的環境，這一環境，由物質與精神雙方所造成。我們知道戲曲雖是文學中的一種，但他却持有獨特的性質，不像詩文那樣是個人的，他是羣衆的，他如果不在舞台上表演，沒有大量的觀衆來參加，他便失去了生命。所以他除了寫在紙上的劇本以外，還需要演員、戲場、用具和觀衆。這一切都須賴於資本，都須賴於繁榮的社會經濟與富饒的大都市。若沒有這種經濟背景與都市環境來支持，戲劇運動便無從發達。元朝雖爲遊牧民族的蒙古人所統治，文化很低，但因其把歐亞打成一片，國際交通四通八達，造成中國商業資本空前的發展。當代商業工藝的發展，國家的富强，貴族官吏生活的奢侈，外商來往的頻繁，使當日歐洲先進國的代表馬可波羅大爲驚訝。在他的遊記中說：『城市既大而富，商人衆多，商業工藝之民，大多數製造絲業武器與鞍韉以及各種商品。』在這種商業資本高度的發展之下，自然要造成多數繁榮的大都市。據他說：當時富饒的都市，可以千百計。現在的北平當日稱爲汗巳乃克，便是大都市的代表。看他記北平的狀況說：

『彼處營業之妓女，娼好者達兩萬人。每日商旅及外僑往來者，難以數計，故均應接不暇。

至所有珍寶物品之數，更非世界上任何城市可比。余首述印度輸入者，如寶玉珍珠及其他珍品。中國及其他區域之精美珍貴物品，均會萃於此，以供奉此地之皇室貴婦諸侯將佐及大汗朝中之臣僚。故余謂此間之富裕，及所用之珍奇寶貨，爲世界上其他城市所無。商品之交易亦至繁多。每日所到之絲，何只千車。並製造金絲呢絨及絲織品等。而此間四週之城市，遠近計二百，均購買所需者。』

這樣看來，當日的北平，是全世界最富最繁榮的國際都市，在中國的地位，正如今日之上海。在那樣一個都市裏，妓館戲場以及各種娛樂的場所，才能得着經濟觀客的支持，而可興隆起來。外人雖多不通漢語，逛妓院，進戲場，以作半日的遊樂，所謂醉翁之意不在酒的事，是無問題的。上海的外國電影，至少有一半觀客是不懂英語的，就是連中國普通人也不容聽懂的梅蘭芳的京戲，也可在美國大賣其座。這樣看來，戲曲這種娛樂藝術，只能在人口多經濟發達的都市裏，才可興盛，胡人外族都是好顧客。顧客多生意就好，經營戲場的人可以得利，對於演員與劇本的報酬也可以增加，於是舞台設備的改進，與劇本的精求，自是必然的事。在這種環境下，劇本必感着大量的需要，於是那些困苦於元代政治制度下的窮苦文人，或是那些日與倡優爲伍的浪漫文人，都參加劇本編製的工作。文人參加者日多，劇本的產量自然增多，在質上也大有進步。於是好的作家與作品就一天天的產生了。就在這時候，從前純粹作爲娛樂品的戲曲，變成一種文學的戲曲，而成爲替代唐宋詩詞的一種新文學了。

這樣說來，元代的國際都市與商業資本，實在是造成元劇興盛的物質原因，同時我們也可以知道，戲曲這一種東西，決不是個人的案頭的貴族文學，而是都會的民衆的通俗文學。說到這裏，雜劇發達於北方的大都，大作家十之八九都是大都人的事，也在這裏得到圓滿的解決了。

其次當代的精神環境，對於元劇的發展也是極爲有利的。元代的文壇，是一個最自由最放任的時代。因爲儒家思想的衰微，在唐宋時代樹立起來的載道的文學理論，完全銷聲匿跡，在文壇上，完全失去了理論的指導監督與批評。戲曲本是載道派認爲是卑不足道的東西，恰好在這個自由時代出現，加以當代物質環境的佳良，於是便成爲春風中的野草，蓬勃的發展起來了。並且蒙古民族雖兇强好戰，却歡喜聲色歌舞的娛樂，南宋孟珙的蒙韃備錄記金末的蒙古風俗說：『國王出師，亦以女樂隨行。率十七八美女，極慧黠，多以十四絃等彈大官樂，四拍子爲節，甚低，其舞甚異。』國王如此，其臣僚貴族和民衆亦必如此。他們南下以後，四書、五經不重視，高級的文人不重視，那些妓女優伶，舞歌戲曲，自必爲他們所歡迎，加以提倡和鼓勵，有的作爲大衆的娛樂品，有的作爲王侯貴族的御用品了。這些地方，也間接給與戲曲發展不少的助力。

三、科舉廢行　沈德符野獲編及臧晉叔元曲選序俱有或謂蒙古時代，曾以戲曲取士，故以此爲元劇興盛之因，此乃誕妄之說。蓋元人滅金以後，只行科舉一次，此後廢去垂八十年，絕無戲曲取士之事。而科舉之廢行，適爲助長雜劇發展的原因。科舉時代，士子日夜研究詩賦古文，以求干祿之道，或進而探討孔孟之言，以作經世之用。元代輕儒生鄙文士，廢考試，於是昔日的教育制度，完全破壞，往日作爲教科書的詩賦古文以及聖賢之書，都成爲無用之物了。適此時雜劇興起，既可抒情怨，寫故事，又可作爲娛樂的實用藝術，最合苦悶時代中浪漫與憂鬱文人的口味。於是羣以往日作詩賦古文之精力從事於此，雜劇的藝術得以進步，大作家與好作品，應運而生。王國維說：『唐宋以來，士之競於科目者，已非一朝一夕之事，一旦廢之，彼之才力無所用，而一於詞曲發之。且金時科目之學，最爲淺陋，此種文士，一旦失所業，因不能爲學術上之事，而高文典册，又非其所素習也。適雜劇出，遂多從事於此，而又有一二天才出於其間，充其才力，而元劇之作，遂爲千古獨絕之文字。』（宋元戲曲史）由此可知科舉之廢，確爲元劇興盛起來的一個原因了。

雜劇起於北方，而以大都爲中心。在現在有作品流傳的初期作家，三十一人中，全爲北籍。以省籍計之，河北十八人，山東五人，山西六人，河南及皖北各一人。而大都獨佔十人，得總數三分之一。這樣看來，在元代統一之前，雜劇完全發展於北方，成爲北方獨有的一種新興文學。因爲他有這種地方性，所以在雜劇中所表現的北方文學的特質與精神，最爲濃厚與顯明。文字的質樸與表情的直率一也。現實色彩的濃厚與社會生活的描寫二也。北方的口語方言以及外族的言語的雜用三也。上列數端本爲北方文學的特色，可於北朝時代的北方民歌中見之。因此全爲北方作家的初期元劇，也最能發揚這一種精神與色彩。那一種風格和境界，決非後來南方人所能摹擬得到的。由此可知元劇的代表作家與代表作品，幾乎全是出於初期的北方，也不是偶然的了。

雖說同是北方人，雖說同是一樣文體，要在作品上表現出完全統一的風格，是不可能的。因爲作者生活環境的異同，古典文學修養的厚薄，以及個人性格的差異，無論在文字上、精神上、題材上都顯出不同的風格。因此在初期的元劇作家中，我們大略可以分爲王實甫與關漢卿兩派。王派的人對於古典文學的修養較爲豐富，提筆作文，比較注重辭藻，有時又喜歡用典引書，而又趨於雅正。同時他們取材，歡喜描寫才子佳人的戀愛，宮庭中的風流豔行，古代學士文人的浪漫故事，以及神仙隱逸的思想，因此，這派人的作品，比較富於浪漫的情調，與貴族的精神。並且由他們那樣的辭藻與那種題材的配合，自然而然的使他們的戲曲現出一種文雅性。這種文雅性，雖不利於舞台，雖不能爲大衆所欣賞，但却爲後代的批評家及知識界多所贊美，所以他們的作品，能在中國戲曲史上得着最高的地位，而普遍流傳於士林。這一派的作家，王實甫、白樸、馬致遠是三大代表，吳昌齡、李壽卿、石子章、張壽卿等人屬之。關漢卿一派所受古典文學的影響較淺，他們盡力採用土語方言，文采雖不如前派，但在表現各種人物的性格與口吻上，更能逼眞與生動。他們的取材，多爲富於現實性的社會家庭事件，或從古史及小說中，找取那些富於悲壯的武俠的資料，有時寫得很滑稽，有時又寫得很嚴肅，但都有舞台的效果和迎合民衆的趣味。因此他們的作品，比較富於現實的色彩與通俗的精神。由他們那樣的文字，配合於那樣的題材，使他們的作品，現出一種俚俗性，這一種俚俗性，雖爲當代的觀衆所歡迎，但却不能得到後代的文人學士的重視。太和正音譜評關漢卿說：『觀其詞語，乃可上可下之才』，因爲這樣不滿意他，把他放在馬致遠、白仁甫、王實甫等八九人之下。他對於關漢卿尚且如此，其他的人不必說了。他評王曲如「花間美人」，評白曲「風骨磊塊，詞源滂沛」評馬曲「淸雅典麗」，可知他批評的觀點，完全着眼於辭的姸麗，忽視了戲曲整體的生命，這實在是不對的。然而也就因了這一些批評家的意見，把王、白、馬諸人的地位提得更高，論元劇者，都以他們爲偶像了。若純粹的就戲曲的立場而言，關派的作家與作品，是更富於戲曲的性質，生命與精神的。這一派的作家，關漢卿以外，較著者有楊顯之、武漢臣、紀君祥、高文秀諸家。初期的元代劇壇，我將照上面所述者，分敍下去。

四　元劇初期的王派作家

王實甫　王字德信，大都人，生平未詳，曾作雜劇十餘種，今全存者，有田丞相歌舞麗春堂、崔鶯鶯待月西廂記、呂蒙正風雪破窰記三種。存一套者，有韓彩雲絲竹芙蓉亭及蘇小卿月夜販茶船三種。麗春堂成於金亡之前，上文已說過了，在藝術上雖無大的成就，在內容上雖是皇室貴族的歌誦，但論其年代，確是雜劇史上最早的一種，這是值得我們注意的。

使王實甫名垂不朽的，是他的西廂記。不用說，他是以董西廂爲底本，在形體上由諸宮調改編爲雜劇。元劇俱以四折一本爲通例，王西廂寫成五本，可算是元劇中獨有的長篇了（西遊記雖爲六本，據孫楷第氏考證，爲明人作品）。前人多謂王實甫作西廂，作完第四本草橋驚夢而死，最後張君瑞慶團圓一本，爲關漢卿所續。這都是明淸人所說，絕無根據。錄鬼簿的時代最早，關的名下，並無西廂記的記載。明初的正音譜，也說王作西廂五本，這是最可信的。元劇都是每折一人獨唱，只有西廂有好幾處是合唱的。第一本第四本的第四折都有張生鶯鶯合唱，第五本第四折，有張生鶯鶯紅娘合唱，這種地方是原來如此，還是爲明人所改，雖不得而知，但在形體上，很明顯地這五本戲曲，是有統一性的，而必爲一人所作無疑。

董西廂在文學上本有很高的成就，我在介紹諸宮調時已說過了。王實甫改作於後，寫同一故事，寫同一場面，在文字上有因襲之處，是免不了的。但這並不能減低王作的價值，他以他的過人的天才，特宜於描寫男女戀愛的心理的技巧，美麗而又婉轉的筆調，把那時苦於戀愛困於環境的才子佳人的悲歡離合的浪漫故事，寫得哀楚動人。因了他這一部作品，董西廂被遮掩無聞，七百年來，在我們中國知識青年男女的心理上，張生鶯鶯，成爲一對最普遍的愛神，書中除了最美麗的曲辭以外，還有最合戲劇原理的完整的結構。在那五本中，一二三本敍述男女主角的結合與種種的波折，一步緊一步地到第四本達到最高點，造成最哀慘的長亭送別與草橋驚夢的場面。全劇最緊張之處，在這一本，曲辭最眞實最動人，最哀怨的也在這一本。最後一本，以鄭恆之死，與崔張結婚的團圓作結。雖說把悲劇寫成了喜劇，但這種悲劇的喜劇，在觀衆的心理上，最無缺陷，在舞台的表演上，極有效果，在戲劇的結構上，也極爲合理。會眞記的故事，到了王實甫寫得最戲劇化，首尾也組織得最完密了。西廂記的曲詞，眞是美不勝收。寫初見，寫相思，寫矛盾的心理，寫色情的苦悶，寫幽會的情境，寫別離的哀怨，無不美豔絕倫，哀怨欲絕。在用韻文寫成的中國的戀愛文學中，西廂記的成就是無比的。我現在試舉第四本中的長亭送別一段爲例：

『正宮端正好　（旦唱）碧雲天，黃葉地，西風緊，北雁南飛。曉來誰染霜林醉，總是離人淚。

滾繡球　恨相見得遲，怨歸去得疾，柳絲長玉驄難繫。恨不倩疏林掛住斜暉。馬兒慢慢的行，車兒快快的隨，卻告了相思迴避，破題兒又早別離。聽得一聲去也，鬆了金釧。遙望見十里長亭，減了玉肌，此恨誰知？

叨叨令　見安排着車兒馬兒，不由人熬熬煎煎的氣，有什麼心情花兒臉兒，打扮得嬌嬌滴滴的媚，准備着被兒枕兒，則索昏昏沉沉的睡。從今後衫兒袖兒，都搵做重重疊疊的淚。兀的不悶殺人也麼歌，兀的不悶殺人也麼歌，久已後書兒信兒索與我恓恓惶惶的寄。

……………………

四邊靜　霎時間杯盤狼籍，車兒投東，馬兒向西。兩意徘徊，落日山橫翠。知他今宵宿在那裏，有夢也難尋覓。

耍孩兒　淋漓襟袖啼紅淚，比司馬青衫更濕。伯勞東去燕西飛，未登程先問歸期。雖然眼底人千里，且盡生前酒一杯。未飲心先醉，眼中流血，心裏成灰。……

三煞　笑吟吟一處來，哭啼啼獨自歸。歸家若到羅幃裏，昨宵個繡衾香暖留春住，今宵個翠被生寒有夢知。留戀你別無意，見據鞍上馬，閣不住淚眼愁眉。……

一煞　青山隔送行，疏林不做美，淡烟暮靄相遮蔽，夕陽古道無人語，禾黍秋風聽馬嘶，我爲什麼嬾上車兒裏，來時甚急，去後何遲？

收尾　四圍山色中，一鞭殘照裏。遍人間煩惱塡胸臆。量這些大小車兒，如何載得起！』

王實甫確是一位寫情的聖手。西廂記不必說，在他殘留下來的販茶船、芙蓉亭兩套裏，對於男女葛藤之描寫，其深刻生動，與西廂誠有異曲同工之妙。更可注意的，是在這兩套中，語調較爲俚俗，文字更爲本色，充分的顯露出元劇初期的精神。我想西廂記中有些過於華麗過於雕琢的句子，恐是明人修飾的。

西廂中的說白雖不多，但也有幾段很好的對話，如第三本第一折中：

『旦　這般身子不快呵，你怎麼不來看我？

紅　你想張？

旦　張什麼？

紅　我張着姐姐哩！

旦　我有一件事，央及你咱。

紅　什麼事？

旦　你與我望張生去走一遭，看他說什麼，你來回我話者。

紅　我不去，夫人知道不是耍。

旦　好姐姐，我拜你兩拜。你與我去走一遭！

紅　請起，我去則便了，說道張生你好生病重，則俺姐姐也不弱。』

再如第四本楔子中云：

『旦　紅娘，收拾臥房，我睡去。

紅　不爭你要睡呵！那裏發付那生？

旦　什麼那生？

紅　姐姐，你又來也。送了人性命，不是耍處。你若又番悔，我出與夫人，你着我將簡帖兒約下他來。

旦　這小賤人倒會放刁。羞人答答的怎生去？

紅　有甚的羞，到那裏則合着眼者。（催鶯鶯）去來去來，老夫人睡了呀！（鶯鶯走科）

紅　俺姐姐語言雖是强，脚步兒早先行也。

……紅娘敲張生的門。

張　是誰？

紅　是你前世的娘！』

在這些對話裏，眞是幽默傳神極了。鶯鶯情慾如火，偏要裝腔作勢，擺出小姐的架子，紅娘是一位經驗豐富的婢女，走一步路，說一句話，都是入情入理，有的是譏諷，有的是恐嚇，也有的是安慰。把鶯鶯紅娘的身分個性以及矛盾心理的發展，都比在曲詞裏，還要表現得分明。這些對白出現於舞台上，使這劇本更有效果，使那些歌曲更有生命，那是無疑的。

白樸　白樸（一二二六——一二八五？）在元劇作家中是一個古典文學最有修養的人。少年時代，致力於律賦，原來是預備考試的，又從元遺山學詩詞古文，他在這方面也有很好的成就。他是河北眞定人，字仁甫，後改太素，號蘭谷。金亡時，他只有七歲，他父親白華，是金代的高官，加以受了元遺山愛國思想的薰陶，到了元朝，幾次有人薦他做官，都堅辭不就。於是放浪形骸，寄情山水，與友朋以詩酒相娛。兩湖江西安徽及江浙，他都到過，金陵住得較久。到了暮年，北返故里。那時已是八十以上的老年了。他有瑞鶴仙詞云：『百年孤憤，日就衰殘，麋鹿難馴，金鑣縱好，志在長林豐草間。』白樸的性情志趣，在此數語中已說盡了。

白樸作雜劇共十六種，今全存者只有梧桐雨、牆頭馬上、東牆記。殘本有流紅葉、射雙雕二種，其餘只存目錄。梧桐雨寫明皇貴妃故事，因爲這是一個宮庭劇的材料，作者要鋪張襯托，文字上難免有過於富貴華麗之處。同時他又過於着力描寫明皇失戀後的心理，在最後一幕，把雨聲的淒涼，景物的蕭瑟，寫得非常用力，於是詩的效果增多，戲劇的效果反而減少了。他那描寫雨聲的文句，專在曲辭的藝術上講，自然是成功的，前人的盛稱梧桐雨，也就只在這一些曲辭上。如第三折云：

『駐馬聽　隱隱天涯，剩水殘山五六搭，蕭蕭林下，壞垣破屋兩三家。秦川遠樹霧昏花，灞橋衰柳風瀟洒。煞不如碧窗紗，晨光閃爍鴛鴦瓦。

鴛鴦煞　黃埃散漫悲風颯，碧雲黯淡斜陽下，一程程水綠山靑，一步步劍嶺巴峽。唱道感歎情多，恓惶淚洒，早得升遐，休休却是今生罷。這個不得已的官家，哭上逍遙玉驄馬。』

又如第四折云：

『叨叨令　一會價緊呵似玉盤中萬顆珍珠落，一會價響呵似玳筵前幾簇笙歌鬧，一會價淸呵似翠岩頭一派寒泉瀑，一會價猛呵似綉旗下數面征鼙操。兀的不惱殺人也麼歌，兀的不惱殺人也麼歌，則被他諸般兒雨聲相聒噪。

倘秀才　這雨一陣陣打梧桐葉凋，一點點滴人心碎了，枉着金井銀床緊圍繞，只好把潑枝葉做柴燒鋸倒。』

這些曲辭，眞是淸俊爽直，在散曲中，確是上品，但是並不能決定梧桐雨的戲曲性的全部價值。加以此劇中的對白，大半用的是文言，並且還有些駢驪的句子，這也是本劇的一個缺點。因此在白樸的雜劇中，是應當推他的牆頭馬上爲代表的了。

牆頭馬上是一個最富於社會性的婚姻問題的劇本。在這劇本裏，提出了一個婚姻自主戀愛自由的社會問題。內容敍述貴公子裴少俊在外面認識少女李千金，由熱愛而自由結婚，生了一對兒女。少俊怕他做尙書的父親知道，把兒女私藏在一所花園裏。七年之後，偶然被他父親發現了，大怒之下，痛罵這女人是倡妓，留下那對兒女，把女人逼出去了，少俊無論怎樣說他們的結合是正當的，終歸無用，於是這對自由結婚的少年夫婦，就在不合理的名教之下拆散了。後來幸而少俊考試及第，做了大官，再去找李千金，李千金想到往日離開裴家的恥辱，不願回去。這時候裴尙書夫婦，帶着禮物和孫子們一齊到來，說了許多奉承話，叫她回去做媳婦。李千金仍是不去。她說：『你們從前罵我是倡妓，罵我無恥，玷辱了你家門楣，現在你兒子做了官，我便變好了嗎？其實我也是世家的女子，最懂得道理，從沒有做過半件不規矩的事。我同你兒子戀愛結婚，也是正正當當的行爲。你做尚書大官，國家的大事不管，偏要來管這兒女的婚姻。你從前逼着兒子休了我，你現在又要我回去，我偏不回去。』這樣一來，把那老尚書說得啞口無言，結果還是兩個孩子的哭聲，純眞的母子的愛情，戰勝了李千金的理智，就在這緊張空氣之中，那一個家庭算是團圓了。

劇中對於李千金這個少女的描寫，是最用力，也是最成功的。在第一幕裏，他一見裴少俊便愛上了，便以自動的姿態去追求他，結果是拋棄自己的家庭，同少俊私奔，除了愛情以外，置一切於不顧，同鶯鶯的嬌羞退縮隱藏的態度，完全是兩個典型。後來被逐時，她用激烈的言語，責備少俊的柔弱，和翁姑的不當，最後一幕，在她的談話和唱詞裏，盡量的發揮自由戀愛的正當和父母干涉的無理。結果她是勝利了。她這種堅強的個性與革命的姿態，在中國的舊文學裏眞是少有的。世人談牆頭馬上。只把他看作一個不重要的桃色喜劇，這是錯誤的。

牆頭馬上的結構很完整，對白也較梧桐雨爲通俗，就是各折中的曲辭，也是儁語如珠，並不在梧桐雨之下。如第二折寫他們的幽會：

『罵玉郎　相逢正是花溪側，也須穿短巷過長街。又不比秦棲夜宴金釵客，這的擔着利害，把你那小性格，且寧奈。

感皇恩　喒這大院深宅幽砌閑堦，不比操琴堂，沽酒舍，看書齋。敎你輕分翠竹，款步蒼苔，休驚起庭鴉喧，鄰犬吠，怕院公來。

隔尾　我推粘翠靨遮宮額，怕綽起羅裙露綉鞋。我忙忙扯的鴛鴦被兒蓋，翠冠兒懶摘，畫屏兒緊挨，是他撒滯殢把香羅帶兒解。』

再如第三折中寫她被逐離別兒女的情形：

『甜水令　端端共重陽，他須是你裴家枝葉。孩兒也啼哭的似癡呆，這須是我子母情腸，廝牽廝惹，兀的不痛殺人也。

鴛鴦煞　休把似殘花敗柳寃仇結，我與你生男長女塡還徹。指望生則同衾死則同穴。唱道題柱襟胸，當罏的志節。也是前世前緣，今生今業。少俊呵與你乾駕了會香車，把這個沒氣性的文君送了也。』

這些曲辭，比起梧桐雨中那些富貴曲麗的文句來，是較爲本色較爲通俗的事，是很顯明的。這樣看來，就戲曲的價值上說，牆頭馬上實要勝過梧桐雨了。

馬致遠　馬致遠是元代散曲的大家，他與張可久，成爲散曲前後兩期的代表。他以蕭爽的態度，浪漫的作風，成就他在散曲中獨創的意境。他在散曲中的地位，正如蘇、辛在詞壇的地位一樣。關於這些，我在前章裏已說過了。太和正音譜批評他說：『東籬之詞，如朝陽鳴鳳，其詞典雅淸麗，可與靈光、景福而相頡頏。有振鬣長鳴，萬馬皆瘖之意，又若神鳳飛鳴於九霄，豈可與凡鳥共語哉？宜列羣英之上。』因此正音譜的作者，將他列爲第一，而以張可久次之。可知他所論者，只就曲辭而言，並非就戲曲的整體而言。而世人不明此中底細，即以馬致遠爲元代戲曲作家之冠，其實這是不公平的。

一、他作品的精神，是貴族的，在他現存的七本劇裏，有四本是屬於仙道的材料。在那裏面，寫出種種無聊的神話，指點神仙得道爲人生最後的歸宿，與現實的社會，全不發生關係，這一種作品，與其說是浪漫劇，還不如說是宗教劇。正音譜中所舉雜劇有十二科，並以「神仙道化」爲首，馬致遠確是這一科的創始者。

二、在他的作品裏，普遍的流露着一點讀書人的失意與憤慨，不用說，這是作者自己的情感，和他自己的影子。如半夜雷轟薦福碑第一折云：『這壁攔住賢路，那壁又擋住仕途，如今這越聰明越受聰明苦，越癡呆越享了癡呆福。越糊突越有了糊突富。這有銀的陶令不休官，無錢的子張學干祿。』(么篇)『我想那今世裏眞男子，更和那大丈夫，我戰欽欽撥盡寒爐。則這失志鴻鵠，久困鰲魚。倒不如那等落落之徒，枉短檠三尺挑寒雨，消磨盡這暮景桑榆。我少年已被儒冠誤，羞歸故里，懶覩鄉閭。』(六么序)他借着張鎬的口，說出了自己的心事。他一面表現着得道升天的神仙思想，一面又寫出這種熱中富貴功名的感情，表面似乎矛盾，其實是調合的。有官做就走官路，無官做便走仙路。富貴是現實的快樂，神仙是幻想的安慰。他這一種貴族的精神，與失望的憤慨，最能投合那些失意的士大夫的心理。因此他的作品，反能避開關漢卿的俚俗的惡名，而得到學士文人的讚美。同時他在取材上，除神仙道士以外，便歡喜寫文人，如范仲淹、白居易、孟浩然之流。所以在戲曲的精神上說來，他的作品，是屬於文人學士的階層，而不是屬於民衆的了。

三、他無論作曲作白，歡喜引書用典。這種方法出於詩詞，已令人生厭，出於戲曲，自然是更非所宜。如西華山陳摶高臥第三折云：『陛下道君子周而不比，貧道呵小人窮斯濫矣。俺須索志於道，依於仁，據於德，本待用賢退不肖，怎倒做舉枉錯諸直，更是不宜。』（倘秀才）再如半夜雷轟薦福碑云：『則這斷簡殘編孔聖書，常則是養蠹魚。我去這六經中枉下了死工夫，凍殺我也論語篇、孟子解、毛詩註；餓殺我也尚書云、周易傳、春秋疏，比及道「河出圖洛出書」，怎禁那水牛背上喬男女，端的可便定害殺這個漢相如。』（油葫蘆）像這種例，在他的作品裏，眞是俯拾卽是。不用說，他對於成語的驅使與融化的力量，原是很巧妙的，不過，這究非戲曲的本色。也不僅曲辭是如此，對白也多是如此。試舉陳摶高臥鄭恩所說一段爲例：『先生，聖人有云：「食色性也，好色之心，人皆有之。」又云：「吾未見好德如好色者也。」先生獨非人乎，獨無人情乎？』鄭恩原是一個粗野之人，他說出這種話來，旣不合人物的身分，也不像對話的語氣。

四、馬致遠以漢宮秋一劇，得享盛名。漢宮秋寫漢元帝與王昭君的戀愛故事，其取材與寫法，與白樸的梧桐雨正是一樣。他倆都以皇帝與美人的色情糾紛，當做一件風流韻事在那裏用力地描寫，在劇中同樣沒有表現出什麼正確的思想來。在昭君出塞貴妃自縊時，兩位皇帝雖都罵過臣僚們的庸弱無能，但其責備的焦點，只在失去兩個美女的痛惜，並未顧到社會民生的苦痛與國難的嚴重。至於他們在結構上，寫成悲劇，而未落那種大團圓的舊套，這是比較可取的。其次如青衫淚一劇，寫白居易與琵琶女的悲歡離合，在前一半，對於妓院與茶商的描寫，稍稍有一點社會性，而最後一幕，弄出什麼皇帝來斷婚，那眞是近於兒戲了。

『蔓青菜　白日裏，無承應，教寡人不曾一覺到天明。做的個團圓夢境。却原來雁叫長門兩三聲。怎知道更有個人孤零。

滿庭芳　又不是心中愛聽，大古似林風瑟瑟，嵓溜泠泠。我只見山長水遠天如鏡，又怕誤了你途程。見被你冷落了瀟湘暮景。更打動我邊塞離情。還說什過留聲。那更堪瑤階夜永，嫌煞月兒明。

十二月　休道是咱家動情，你宰相每也生憎。不比那雕梁燕語，不比那錦樹鶯鳴。漢昭君離鄉背井。知他在何處愁聽。

堯民歌　呀呀的飛過蓼花汀。孤雁兒不離了鳳凰城。畫簷間鐵馬響丁丁，寶殿中御榻冷清清。寒也波更。瀟瀟落葉聲。燭暗長門靜。

隨煞　一聲兒遶漢宮，一聲兒寄渭城。暗添人白髮成衰病，直恁的吾家可也勸不省。』（漢宮秋）

『叨叨令　我這兩日上西樓，盼望三十徧。空存得故人書，不見離人面，聽的行雁來也，我立盡吹簫院。聞得聲馬嘶也目斷垂楊線。相公呵，你元來死了也麼歌，你元來死了也麼歌。從今後越思量越想的寃魂兒現。

一煞　興奴也！你早則不滿梳紺髮挑燈剪。一炷心香對月燃。我心下情絕，上船恩斷，怎捨他臨去時，舌姦至死也心堅。到如今鶴歸華表，人老長沙，海變桑田。別無些掛戀。須索向紅蓼岸綠楊川。

二煞　少不的聽那驚回客夢黃昏犬，聒碎人心落日蟬。止不過臨萬頃蒼波，落幾雙白鷺，對千里青山，聞兩岸啼猿。愁的是三秋雁字，一夏蚊雷，二月蘆煙。不見他青燈黃卷，却索共漁火對愁眠。』（青衫淚）

前幾節漢宮秋的曲，是昭君出塞後，漢元帝思想成夢，醒後聞天空雁叫聲所唱，其表現的方式與梧桐雨中唐明皇聽雨所唱的一段相似。兩劇的作者，同樣在男主人的戀愛心理上，極力描寫，又同以悲劇的詩情作結。青衫淚中的曲，是琵琶女興奴受了人的騙，聽說白居易死了，改嫁茶商劉一郎，剛要上船時所唱。在這些文字裏，沒有引書用典，純以白描出之，故格外顯得眞實和自然。馬致遠所作雜劇，今全存者除上述之漢宮秋青衫淚外，尙有呂洞賓三醉岳陽樓、馬丹陽三度任風子、西華山陳摶高臥、半夜雷轟薦福碑、邯鄲道省悟黃粱夢（此劇爲馬與李時中、花李郎、紅字李二諸人合作）共爲七種。另有孟浩然踏雪尋梅一本，爲明初朱有燉作，息機子元人雜劇選題爲馬撰。其雜劇存目尙有王祖師三度馬丹陽、風雪騎驢孟浩然等七種，可知他的戲曲產量也不算少了。

王派作者，除上述三家外，尙有吳昌齡、李壽卿、石子章、張壽卿諸人。吳昌齡，西京人，生平未詳，所著雜劇十餘種，今全存者，只有張天師斷風花雪月及花間四友東坡夢二種，唐三藏西天取經，只存二套。西遊記六本，據孫楷第氏之考證，爲明楊景言作。前人歸於吳者，誤以西天取經與西遊記性質相同也。風花雪月寫人神戀愛，東坡夢寫東坡在夢中與柳梅竹桃相會的浪漫故事。兩劇文辭俱極工麗，而同樣雜着濃厚的仙佛說教的宗教色彩。李壽卿太原人，做過縣丞。作雜劇十種，今存者只有月明和尚度柳翠、說鱄諸伍員吹簫二種。度柳翠寫月明和尚度柳翠的故事，其精神與馬致遠、吳昌齡的神道劇是一樣，沒有什麼可注意的地方。他的伍員吹簫，寫伍員投吳復仇的故事，結構很緊湊，文字都很有力量，這劇與紀君祥的趙氏孤兒，可稱爲元代復仇歷史劇的雙璧。石子章大都人，作劇二本，全存者爲秦脩然竹塢聽琴，另有黃貴娘秋夜竹窗雨一劇，尙存一套在詞林摘豔中。張壽卿東平人，浙江省掾吏，雜劇存者有謝金蓮詩酒紅梨花一種。竹塢聽琴與紅梨花都是寫少男少女的戀愛，同樣穿插着神鬼，以免那兩位男主角因戀色而荒廢科第，等到他們考取以後，都由鬼回復人的眞面目，結婚團圓。所不同者，竹塢聽琴的女主角鄭彩鸞是女道士，紅梨花的謝金蓮是妓女而已。兩劇的曲辭，都極工麗，而紅梨花更爲華豔。正音譜評吳詞「如庭草交翠」，評李詞「雍容典雅」，評石詞「如蓬萊除草。」由此看來，他們作品的精神，文字的風格，却是要歸於王、馬這一部門的了。

五　元劇初期的關派作家

關漢卿　關漢卿號己齋叟，大都人。前人都說他做過金朝的太醫院尹，國亡不仕。並且太和正音譜，推他爲雜劇之祖。近年來胡適氏在他的關漢卿不是金遺民和再談關漢卿的年代二小文裏，他以關作大德歌十首（大德爲元成宗年號，由一二九七——一三〇七）爲根據，證明他死當在一三〇七年左右，生年當在一二二〇到一二三〇左右，金亡時他只有十三四歲。同時他的南呂一枝花，題爲杭州景的套曲裏，開口就唱着「大元朝新附國，亡宋家舊華夷」，這絕不是金朝遺老的口氣。並且把杭州寫得是「滿城的綉幕風簾，一閧地人烟湊集，百十里街衢整齊，萬餘家樓閣參差。」這也不是杭州新破的情形。可知他的南遊杭州，總在一二八〇年以後了。胡氏這種意見，我們完全贊同。試把關漢卿的散曲，與雜劇全讀一遍，便可發現這一個人絕沒有遺民的國家思想，國亡不仕的品格，也沒有那種文人學士的保性全眞的退隱的心境。他同白、馬完全另是一種人。馬致遠雖也同伶人來往，合作編劇，然而在他的作品裏，時時流露出一種讀書人的失意的憤慨。關漢卿却沒有這種影子，他是一個澈底的風流浪子，浪漫才人。在一枝花裏，他說他自己玩梁園月，飲東京酒，賞洛陽花，扳章台柳，會吟詩篆籀，會彈絲品竹，會唱歌跳舞，會打圍蹴踘，你就打斷了他的腿，他還是要向烟花路兒上走。他的生活人品，他自己說得最明白了，他是一個日夜在妓院劇場中度生活的人，同他來往最密的，想就是妓女和戲子。元曲選卷首說他『躬踐排場，面敷粉墨，以爲我家生活，偶倡優而不辭。』可知他不僅作劇，還參加過演劇。他在這一種環境中生活着，一面得着豐富的舞台經驗，一面得着社會人事的體驗與題材。因此他所寫的，不僅是給文人學士們所欣賞的佳人才子的風流豔事，也不是那些神仙道化的神祕思想，他都取材於現實的社會，或在傳說中，找取民衆熟知的故事，寫成民衆都能瞭解的通俗戲曲。他或是專靠編劇來生活的，因此他作劇在六十種以上，在產量上，元代作家，沒有人比得上他。

我們說關漢卿是元雜劇的代表作家，並不是誇張。他是劇壇的通人，其成就也是多方面的。所取的題材，非常廣泛，有壯烈的英雄，有浪漫的戀愛，有社會家庭的實事，有官場的公案。同時在形式上，他並不全採用那種大團圓的公例，有的是喜劇，有的是悲劇，喜劇中多充滿着幽默滑稽的風趣，悲劇中則加强社會環境的黑暗與個人生命力的薄弱。我們讀了玉鏡台、救風塵與竇娥寃，便可體會出這種情狀。並且，他的文字的風格，與描寫的技巧，都能適應於某種題材，要雄壯的雄壯，要嫵媚的嫵媚，要俚俗的俚俗，要豔麗的豔麗，如：

『新水令　大江東去浪千疊，趁西風，駕着那小舟一葉。纔離了九重龍鳳闕，早來探千丈虎狼穴。大丈夫心烈，大丈夫心烈，覷着那單刀會，賽村社。

駐馬聽　依舊的水湧山疊，依舊的水湧山疊，好一個年少的周郎，凭在何處也，不覺灰飛烟滅。可憐黃蓋暗傷嗟，破曹檣艣，恰又早一時絕。只這鏖兵江水猶然熱，好教俺心慘切。這是二十年流不盡英雄血。』

上舉二曲，爲單刀會中關羽所唱，音調的雄奇，氣勢的豪放，同那位英雄本色的關公恰好相合。西蜀夢也是如此。再看：

『么篇　不枉了開着金屋空着畫堂，酒醒夢覺無情況。好天良夜成疎曠，臨風對月空惆悵。怎能㲉可情人消受錦幄鳳凰衾，把愁懷都打撇在玉枕鴛鴦帳。

六么序　兀的不消人魂魄，綽人眼光，說神仙那的是天堂，則見脂粉馨香，環佩丁當，藕絲嫩新織仙裳，但風流都在他身上，添分毫便不停當。見他的不動情你便都休强，則除是鐵石兒郎，也索惱斷柔腸。

賺煞尾　恰纔立一朶海棠嬌，捧一盞梨花釀，把我雙送入愁鄉醉鄉。我這裏下得階基無個頓放。畫堂中別是風光，恰纔則掛垂楊一抹斜陽，改變了黯黯陰雲蔽上蒼，眼見得人倚綠窗，又則怕燈昏羅帳。天那，休添上檐間疎雨滴愁腸。』

上面三曲，是玉鏡台中學士少年溫嶠看見他表妹劉倩英時所唱，這種風流嫵媚的文字，巧與那少年的身分和那浪漫的題材相合，其華豔之處，並不在西廂之下。再看：

『賞花時　捲地狂風吹塞沙，映日疎林啼暮鴉，滿滿的捧流霞，相留得半霎，咫尺隔天涯。

么　行色一鞭催瘦馬，你直待白骨中原如亂痲，雖是這戰伐，負着個天摧地塌，是必想着子母每早來家。

油葫蘆　分明是風雨催人辭故國，行一步一歎息，兩行愁淚臉邊垂，一點雨間一行悽惶淚，一陣風對一聲長吁氣。百忙裏一步一撒嗨，索與他一步一提，這一對繡鞋兒分不得幫和底，稠緊緊粘粺粺帶着淤泥。

上列三曲爲拜月亭中王尚書女兒王瑞蘭送別父親以後同母親帶雨逃難時所唱。其意境的高遠，辭句的奇俊，只有白、馬二家的散曲，可與比擬。再看：

『鬥蝦蟆　空悲戚，沒理會，人生死，是輪迴，感着這般病疾，值着這般病勢。可是風寒暑濕，或是飢飽勞役，各人證候自知。人命關天關地，別人怎生替他，壽數非干一世，相守三朝五夕，說甚一家一計，又無羊酒緞匹，又無花紅彩禮。把手爲活過日，撒手如同休棄。不是竇娥迕逆，生怕旁人論議。不如聽咱勸你，認箇自家悔氣。割捨的一具棺材，停置幾件布帛，收拾出了咱家門裏，送入他家墳地。這不是那從小兒年紀指脚的夫妻。我其實不關親，無半點悽愴淚。休得要心如醉，意似癡，便這等嗟嗟怨怨，哭哭啼啼。』

這是竇娥冤中張老頭被毒死以後，竇娥對她的婆婆所唱，眞是明白如話，一點沒有文雅之氣，然這種俚俗本色的言語，正好適合那戲中人物的身分。因那戲中的人物，全是幾個惡漢和無知無識的人，因此全劇的文字，都是用的最通俗的語言，然而他的好處，也就在這種本色與自然。王國維說：『元劇實於新文體中自由使用新言語，在我國文學中，於楚辭內典外，得此而三。』於新文體中使用新言語，是元劇文學的一大特色，但這種新言語用得最廣泛最成熟的，無人比得上關漢卿。由此看來，關漢卿的作品，實包有各家之長，說他是元劇的代表作家，並非誇語了。

關氏共作雜劇六十餘種，今全存者，尚有趙盼兒風月救風塵、錢大尹智寵謝天香、杜蕊娘智賞金線池、包待制三勘蝴蝶夢、感天動地竇娥冤、望江亭中秋切鱠旦、溫太眞玉鏡台、閨怨佳人拜月亭、詐妮子調風月、關張雙赴西蜀夢、關大王單刀會、劉夫人慶賞五侯宴、鄧夫人苦痛哭存笑、山神廟裴度還帶、狀元堂陳母教子、錢大尹智勘緋衣夢等十六種。另有包待制智斬魯齋郎一種，元曲選題爲關撰，但錄鬼簿及正音譜俱未著錄，尚有可疑。再有殘本春衫記、哭香囊二種，在北詞廣正譜中，存有曲文數支。他的作品散佚者雖有四十餘本之多，但其流傳下來的數目，在元劇作家中，也要算是最豐富的了。我們現在無法把他流傳下來的作品，一一地加以敍述，且舉他的救風塵、竇娥寃兩個劇本來作他作品的代表。

救風塵是一個社會喜劇。寫妓女宋引章本與一位忠厚的秀才安秀實訂婚，但引章年紀青，經驗淺，貪戀富貴，她棄了安秀才，另外嫁給一個花花公子周舍。引章的結拜姊妹趙盼兒是一位年事稍長瞭解人生的妓女，極力勸她不要同周舍結婚。無奈引章不聽，結果，他們結婚不久，周舍暴露本性，虐待引章，引章寫信給盼兒求救。盼兒得信後，自己裝作美豔風流的樣子，去勾引周舍，周舍不知是計，迷戀盼兒，引章故作嫉妒，盼兒教唆周舍同引章離婚，等到周舍正式宣告離婚以後，於是趙盼兒帶着宋引章逃走了。這是一個充滿着滑稽趣味同時又是結構非常巧妙的喜劇。但雖是喜劇，中間却蘊藏着妓女們精神上深沉的悲苦，和被人踐踏的哀情。這一種悲哀，年青的引章開始是不知道的，只有趙盼兒才深深地瞭解：

『油葫蘆　姻緣簿全憑我共你，誰不待揀個稱意的。他每都揀來揀去百千囘，待嫁一個老實的，又怕盡世兒難成對。待嫁一個聰俊的，又怕半路里輕抛棄。遮莫向狗溺處藏遮，莫向牛屎裏堆忽地，便喫了一箇合撲地，那時節睜着眼怨他誰。

寄生草　他每有人愛爲娼妓，有人愛作次妻，幹家的乾落得淘閒氣，買虛的看取些羊羔利，嫁人的早中了拖刀計，他正是南頭做了北頭開，東行不見西行例。

元和令　做丈夫的便做不的子弟，那做子弟的他影兒裏會虛脾，那做丈夫的太老實。那廝雖穿着幾件虼蜋皮，人倫事曉得甚的。

勝葫蘆　你道這子弟情腸甜似蜜，但娶到他家裏，多無半載週年相棄擲，早努牙突嘴，拳椎脚踢，打的你哭啼啼。

么篇　恁時節船到江心補漏遲，煩惱怨他誰，事要前思免後悔，我也勸你不得，有朝一日准備着搭救你塊望夫石。

在這裏，一面表現着妓女們生活與心理的苦痛，一面表現着她們嫁人的哲學，眞是再深刻也沒有了。在這一個現實性的題材裏，宋引章的幼稚，趙盼兒的練達，周舍的那種厭舊喜新玩弄女性的性格，寫得眞而又分明。這一種女人和男人，仍是遍滿着在現代的社會裏。不用說，這劇表面雖是一個喜劇，但在作者，是把他作爲一個最嚴重的社會問題來描寫的。

竇娥寃是一個家庭悲劇。戲中敍述財主蔡婆婆與年青寡媳竇娥相依爲生，某日蔡婆婆到盧醫生家去討錢，盧付不出，引他到郊外，想用繩勒死她。剛要動手時，恰好兩個惡漢張家父子走來，救了她的性命，但張家父子便因此威脅她，老張要娶蔡婆婆爲妻，小張要娶竇娥爲妻，同時佔住在蔡婆婆家裏，要等着成親。竇娥是一個清潔自守的女子，無論如何不許她婆婆做這種沒廉恥的事。小張知道她從中作梗，在羊湯裏放下毒藥，想把蔡婆婆毒死，歸罪於竇娥，藉此吞沒她家的財產。不料這羊湯反毒死了張老頭，結果是竇娥送到官廳，判了毒害人命的死刑。她臨死時，一面哭着同婆婆告別，同時對天發下三個誓願。

『鮑老兒　念竇娥服侍婆婆這幾年，遇時節將碗涼漿奠。你去那受刑法屍骸上烈些紙錢，只當把你亡化的孤兒薦。婆婆也再不要啼啼哭哭煩煩惱惱怨氣冲天。這都是我做竇娥的沒時沒運不明不闇負屈銜寃。

耍孩兒　不是我竇娥罰下這等無頭願，委實的寃情不淺，若沒些靈聖與世人傳，也不見得湛湛靑天，我不要半星熱血紅塵灑，都只在八尺旗鎗素練懸，等他四下裏皆瞧見，這就是咱萇弘化碧，望帝啼鵑。

二煞　你道是暑氣暄，不是那下雪天，豈不聞六月飛霜因鄒衍，若果有一腔怨氣噴如火，定要感的六出冰花滾似綿，免着我屍骸現。要什麼素身白馬，斷送出古陌荒阡。

一煞　你道是天公不可期，人心不可憐，不知皇天也肯從人願，做什麼三年不見甘霖降，也只爲東海曾經孝婦寃，如今輪到你山陽縣，這都是官吏每無心正法，使百姓有口難言。』

後來她這三願都靈驗了。最後一幕，由竇娥託夢給她多年不見現在做了大官的父親，替她昭雪，這裏雖穿插一點神鬼的情節，但在當代那種善惡報應的觀念統治人心的社會裏，在那官吏專橫百姓有口難言的時代裏，只能借用神鬼的出現，才能加强戲劇的效果，才能給官吏以制裁，給百姓以安慰。這種地方，比起那些神仙道化的題材來，精神是完全不同的。作者在這劇裏，一面盡力描寫社會的黑暗，和那些謀財害命欺凌弱寡的惡漢的兇毒的行爲，同時又攻擊官吏政治的腐敗，不能給善良人民絲毫的保障。於是善良的民衆，成了孤苦的無援者，永遠在惡霸與貪官的爪牙下，度着非人的生活，稍有違反，便會含冤而死。這兩個劇本，曲辭都是明白如話，沒有一點故作文雅雕琢的地方。對白也全是用的純粹的口語，對於每一個不同的人物能給以適合身份的語調。由那些美妙活潑的台詞，把各種人物的性格和心理，表現得非常顯明，由此看來，關漢卿確是一個人生社會的寫實者，是一個民衆通俗的劇作家了。

楊顯之　楊顯之，大都人，與關漢卿爲莫逆交，凡有所作，必與關氏商討，世稱爲楊補丁。所作雜劇八種，今存者只臨江驛瀟湘秋夜雨、鄭孔目風雪酷寒亭二劇而已。臨江驛寫崔通嫌貧愛富，停妻再娶的故事，他的前妻張翠鸞找着他時，他爲討好新妻，誣賴翠鸞是他家的婢女，從前偷了東西逃出去了的，並且當面痛打她，還在她的背上刺着逃犯二字，充配到沙門島，預備在途中害死她。不料在瀟湘夜雨的臨江驛，無意遇見她以爲早已死去的父親張天覺，替她復了仇，結果還是格於一女不嫁二夫的倫理觀念，崔通翠鸞仍爲夫婦，苦的是崔通的新夫人降爲妾婢的地位了。全戲結構緊湊綿密，確爲佳作。加以劇情富於現實，尤覺親切有味。翠鸞帶枷走雨，和臨江驛夜哭等段文字，確是眞情眞境，格外動人。如

『刮地風　則見他努眼撐睛大，叫乎不鄧鄧氣夯胸脯。我濕淋淋只待要巴前路，哎，行不動我這打損的身軀。我捱一步又一步，何曾停住。這壁廂，那壁廂有似江湖，則見那惡風波，他將我緊當處，問行人蹤跡消疎。似這般白茫茫野水連天暮，你着我女孩兒怎過去。

四門子　告哥哥，一一言分訴，那官人是我的丈夫，我可也說的是實，又不是虛，尋着他指望成眷屬。他別娶了妻，道我是奴，我委實的銜寃負屈。
端正好　雨如傾，敢則是風如扇。半空裏風雨相纏，兩般兒不顧行人怨。偏打着我頭和面。
滾繡球　當日個近水邊，到岸前，怎當那風高浪捲。則俺這兩般兒景物凄然。風刮的似箭穿，雨下的似甕瀽。看了這風雨呵，委實的不善，也是我命兒裏惹罪招愆，我只見雨淋淋，寫出瀟湘景，更和這雲淡淡，粧成水墨天，只落的兩淚漣漣。
笑和尚　我我我捱一夜似一年，我我我埋怨天，我我我敢前生罰盡了凄涼愿，我我我哭乾了淚眼，我我我叫破了喉咽。來來來，哥哥，我怎把這燒餅來嚥。』

這都是有性情有血肉的好文字，比起梧桐雨中的明皇聽雨，漢宮秋中漢帝聞雁的兩段來，是更要沉痛的。

酷寒亭寫鄭嵩與妓女蕭娥同居，鄭妻氣死，蕭娥後又與人姦淫，鄭嵩殺之，因而得罪充軍，在途中遇舊友宋彬得救的故事。戲的結構雖比不上臨江驛，但在妓女淫亂的性情，與虐待前妻的兒女的惡毒上，描寫是很成功的。這劇在當日的舞台上必很流行，因爲這種家庭悲劇，演出來最合民衆的口味，所以在元人的雜劇裏，時常把這戲的故事，當作典故使用着。如石君寶的曲江池中，有『又不曾虧負了蕭娘的姓命，雖同姓爾又不同名。爾本是鄭元和也上酷寒亭。』無名氏的貨郎旦中，有『那其間便是爾鄭孔目，風流結果，只落得酷寒亭，剛留下一個蕭娥。』秦簡夫的東堂老中，有『匆匆匆，少不得風雪酷寒亭。』由此可知酷寒亭這一件風流案，在民間是如何的普遍了。

武漢臣　武漢臣，濟南人，生平未詳。世人治元劇者，多不注意他。我現在特別提出他來的，是因爲他的散家財天賜老生兒一劇，很值得我們重視。本劇的取材，是一件舊家庭常有的事件。敍述一個財主劉從善，到了六十歲還沒有兒子，他把家產分一半給他的女兒引章和女婿張郎。同時廣行慈善，救濟窮人。他還有一個侄兒，名引孫，本很愛他，無奈劉夫人和張郎交相妒恨，逼得引孫只好離開劉家，到外面去流落受苦。不久，劉財主的妾小梅懷孕了，不料張郎心術太壞，恐怕他生了男兒，不能獨得劉家的財產，因此想害死小梅，以絕其嗣。引章不以丈夫的陰謀爲然，又不敢公然地反對他，於是設法把小梅藏在鄉下的親戚家裏，瞞着丈夫和父親，只說她是私奔了。後來小梅果然生了一男，長到三歲，引章才把他們母子帶回劉家，劉財主非常感謝她的女兒，同時覺到他的晚年得子，是慈善事業的報應。這故事說起來雖很平凡，但作者純是用寫實的手法，不雜一點神怪仙道的穿插，把舊家庭那種重男輕女的觀念，爭財奪產的家庭醜惡，女太太偏袒女婿的心事，和鄉下土財主到了老年無子，用着慈善事業去求子的心情，在這劇裏，表現得極爲深刻。這劇中的人物和家庭，一直還存留在現在的社會裏。同時在戲曲的結構上，也非常緊湊。他以侄兒引孫的掃墓，及小梅的私奔爲波瀾，使這戲曲不成爲平鋪直敍的形式，在劇情的發展，增加着變化與曲折。在這裏正表現作者作劇的技巧。

其次是當代雜劇的作者，大都傾全力於曲辭的製作，對於台詞，總不十分看重。武漢臣則反是，他在老生兒裏，是把劇本的生命，集中於對白方面的。第一幕的楔子，只有一支短曲，對白有二千多字。其後四折，也只有三十五支小曲，對白則都是長篇大段。並且對白所用的文字，沒有文言，全是用的純粹北方的口語。在那些對白裏，把劇中人物的性格，劇情的發展，表現得最爲活潑與眞實。不用說，老生兒一劇，對白是主，曲辭是賓，這種形式，在元雜劇裏，是極少見的。我們對於老生兒的重視，也就在此。現舉第二折的一段爲例：

劉侄　自從我那伯娘，把我趕將出來，與我一百兩鈔做盤纏，都使的無了也。如今在這破窰中居住，每日家燒地眠炙地臥，喫了那早起的無那晚夕的。聽知我那伯伯，在這開元寺裏散錢，大乞兒一貫，小乞兒五百文。各白世人，尙然散與他，我是他一個親侄兒，我若到那裏，怎麼不與我些錢鈔。我去便去，則怕撞着那姐夫，他見了我呵，必然要受他一場嘔氣，如今也顧不得了。……姐夫！姐夫！

劉婿　那裏這麼一陣窮氣，我道是誰，原來是引孫。這個窮弟子孩兒，你來做什麼？

劉侄　窮便窮，甚麼窮氣？姐夫，我來這裏叫化些兒。

劉婿　錢都散完了，沒得與你，你快去。

劉翁　是誰在門首？

劉婿　是引孫。

劉妻　他來做什麼？

劉婿　他來叫化些錢哩。

劉妻　他也要來叫化，偏沒得與他。

劉翁　婆婆，和那叫化的爭什麼？

劉妻　老的也，如今放着這些錢財，那窮弟子孩兒看見，都要將起來，怎麼得許多散與他？（劉妻藏錢科）

劉翁　婆婆，不問多少，借些與他去。

劉妻　引孫，你要借錢，我問你要三個人，要一個保人，要一個見人，要一個立書人。……

劉翁　哎！自家孩兒，可要什麼文書。

劉妻　他猛地裏急病死了，可着誰還我這錢？

劉婿　母親，正是這等說……

在這些對話裏，劉財主的懦弱，劉妻的惡毒，劉婿的𡚒兇，劉侄的窮苦，都寫得個性分明，活躍紙上。這些情狀，要用曲辭表現出來，自然得不到這種效果，這是非常顯明的。武漢臣所作雜劇有十餘種，今存者只有這一種了。另有李素蘭風月玉壺春、包待制智勘生金閣二種，元曲選俱歸武作。但錄鬼簿及正音譜俱未著錄。及錄鬼簿續編出，始知前劇爲賈仲明作，後劇爲無名氏撰。並且在文字與風格上看來，老生兒與此兩作亦全不相類，這無疑是元曲選的錯誤了。

紀君祥與高文秀　紀君祥，大都人，作雜劇六種，現只存寃報寃趙氏孤兒一種。此劇所述，爲晉靈公時屠岸賈專權，殺害趙盾家三百口，只剩下趙朔的遺腹子一人，屠亦欲殺之，以絕其嗣，後爲程嬰、公孫杵臼設計救出，卒復大仇。此事詳載於新序說苑之節士篇及復恩篇中，爲中國人所熟知者。情節本極動人，經紀君祥劇化後，成爲元雜劇中最有名的歷史劇的一種。作者借着韓厥、程嬰、杵臼的口，極力暴露姦臣權貴的禍國殃民，及其兇殘橫暴的行爲，同時強調着那兩位義士的犧牲精神與壯烈人品。儒家一千多年來所釀成的忠臣孝子的人生觀念，在這劇裏，算是表現出成爲一個具體的典型。這個劇譯成德文法文以後，很受西方人士的讚美。他們除鑑賞其藝術以外，自然是還要作爲東方的人生哲學的材料來研究的。

高文秀山東東平人，或作都下人，早卒，作戲有三十餘種之多，時人稱爲小漢卿。現全存者有黑旋風雙獻功、好酒趙元遇上皇、須賈誶范叔、保存公徑赴澠池會、劉玄德獨赴襄陽會五種。高文秀喜歡用歷史中小說中的武俠英烈爲題材，而尤喜描寫黑旋風李逵的故事。寫李逵的劇本，除上舉雙獻功外，尙有黑旋風詩酒麗春園、黑旋風大鬧牡丹園、黑旋風敷衍劉耍和、黑旋風鬥鷄會、黑旋風喬放學、黑旋風窮風月、黑旋風借屍還魂七種。此外有寫項羽的，有寫班超的，有寫樊噲的，有寫伍子胥的，有寫廉頗的，有寫武松的，有寫劉備的。我們由這些題材看來，知道作者的性格，不偏於情愛的描摹，與名士文人的敍述。他所寫者，是以動武的、滑稽的、壯烈的故事爲主體，在文辭的表現上，都出之於俚俗與淺顯，正適應於他的題材，使民衆都能瞭解而感着趣味。其次如李文蔚、高進之二家，也曾用水滸的材料寫劇本。李文蔚，眞定人，有同樂院燕靑博魚。康進之，山東棣州人，有梁山泊李逵負荆。燕青博魚因枝葉稍繁，結構較爲散漫，頗覺減色。李逵負荆是一個好的喜劇，作者描寫李逵粗魯的行爲，善良的心境，極爲成功。對白雋美幽默，尤爲出色。李文蔚除燕青博魚外，尙全存張子房圯橋進履和破苻堅夢神靈應二種。

鄭廷玉　鄭廷玉，彰德人，太和正音譜評其曲如「佩玉鳴鑾」，但我們細讀他的作品，並無馬白一派的典雅。取材多爲社會上窮苦人民的生活和姦殺謀財一類的公案，沒有才子佳人的浪漫故事，也沒有文人學士的風雅生活。因此在他的作品裏，無論賓白曲辭，很濃厚地表現着通俗性與社會性。許之衡謂其能「樸實見長，不事雕琢，用筆老辣」，這是很不錯的。由他作品的風格與內容看來，都應當屬於關漢卿這一範圍。他作曲共二十四種，今存於臧晉叔元曲選者尙有五種。一爲楚昭公疎者下船，二爲布袋和尙忍字記，三爲包龍圖智勘後廷花，四爲看錢奴買冤家債主，五爲崔府君斷冤家債主。存於脈望館鈔校本古今雜劇者，有宋上皇御斷金鳳釵一種。然散失的尙有十數種之多，眞是不少了。就鄭廷玉現存的六種雜劇觀之，有四種是寫的公案。公案中都雜著神鬼報應與仙道點化的迷信，在思想上眞是一無可取，不過他在人物個性的描寫上是成功的。因爲他對於劇本中的對話，特別用力，如看錢奴買冤家債主和崔府君斷冤家債主二劇，用長篇的對話，純粹白話的文體，活躍地表現人物的個性，無疑地增强了舞台上的效果，這一點是我們必得注意的。在他的作品中，極力地刻劃守財奴的慳吝，深刻而又幽默地暴露那些守財奴的可笑可恨的眞面目。看錢奴買冤家債主的主角賈仁病重時，對他的兒子說：『我兒也，你不知我這病是一口氣上得的。我那一日想燒鴨兒吃，走到街上，那一個店裏正燒鴨子，油涤涤的。我推買那鴨子，着實的搯了一把，恰好五個指頭搯的全全的。我來到家，我說盛飯來吃，一碗飯我咂一個指頭，四碗飯咂了四個指頭。我一會瞌睡上來就躺在這板橙上，不想睡着了，被個狗餂了我這一個指頭，我着了一口氣，就成了這病。罷罷罷，我往常間一文不使半文不用，我今病重，左右是個死人了……』這是多麼活動深刻的文字，這一種好文章，只有在儒林外史中才可以看得見。我們讀鄭廷玉的雜劇，比起他的曲辭來，我是更重視他的對話的。

元劇初期作家除上述諸人外，有作品流傳者，還有不少人。如張國賓（大都人）、王仲文（大都人）、費唐臣（大都人）、尙仲賢（眞定人）、戴善甫（眞定人）、李好古（保定人）、王伯成（涿州人）、李直夫（滿州人）、石君寶（平陽人）、狄君厚（平陽人）、史久敬先（眞定人）、岳伯川（濟南人）、孟漢卿（亳州人）、孔仁卿（平陽人）、李取進（大名人）、趙明道（大都人）諸家，都有作品遺世，多者二三種，少者一二套。他們在藝術上的成就，遠比不上前面所評述的那些作家，因此我在這裏，不想多說了。還有些完全的無名氏的作品，因爲其年代不詳，也只好不介紹了。

六　雜劇的南移及其代表作家

在宋亡以前，雜劇的發展，完全在北方，作家也全是北方人，關於那些情形，我在上面已經說過了。等到元朝統一中國，跟着蒙古民族武力政治的南侵，雜劇也由北而南，征服了南方的劇壇。當日的戲文，雖說還在南方的民間流行，但雜劇無疑是得了正統的地位。由青樓集所載八十個女伶名妓，以雜劇名者有三十三人，以南戲名著只有三人。由此可推想雜劇獨盛的狀況。在這種環境下，於是南方人都從事雜劇的製作，結果造成了一反初期元劇爲北方人所獨佔的狀態，到了這時期，雜劇作者大都是南方人了。宮天挺、喬吉、鄭光祖諸人，雖是北籍，但也是南方的寓公。至於楊梓、金仁傑、范康、蕭德祥、王曄、曾瑞、陸登善、鮑吉甫、周文質都是浙江人。羅本原籍太原，秦簡夫、朱訊籍貫不詳，但也都是寄寓江南的。這樣看來，元朝一統以後，雜劇的發展，完全移到南方，北方幾乎中絕了。據我們推想起來，這種事實未必可靠。雜劇雖是南移，但北方不能從此就無人作劇。這大概是錄鬼簿的編者（他雖是河南人，但是僑寓杭州）編撰那個戲目時，除了普遍流傳的北方初期的作品以外，對於後期的作品，他只集中於耳聞目見的南方作品。當日交通的不便，新興作品的流傳不廣，這樣現象是免不了的。因爲他自己住在杭州，他所收的後期的作家，十分之九是杭州人，由此更可推想此中的消息。不過就元劇現存的作品看來，確是呈現一北一南的決定的狀態。在北方是以大都爲中心，在南方是以杭州爲中心，由此，也可看出戲曲這種文學的生命，是要寄託於都市的了。

雜劇的南移，一面是靠着劇團。因爲政治統一，北方的貴族官兵南下，爲了適應這種環境的需要，雜劇團體跟着南來，圖謀擴展地盤，發展生意，這是自然的趨勢，杭州繁華之區，正是他們理想的好地點。其次，是北方作家的南遊。如馬致遠、戴善甫、尙仲賢、趙天錫、姚守中、張壽卿都在南方作官，再如關漢卿、白樸也都遊歷江南一帶。由於雙方的媒介與推動，於是雜劇的重心移於南方，造成了南盛北衰的局面。這一期的作家，雖大多數都是杭州人，但代表作家，如鄭光祖、喬吉、宮天挺秦簡夫之流，都是僑寓江南的北客。那一批杭州作家的作品，實在沒有什麼特色。可知雜劇這種文學，本是北方人的特長，言語是北方的，氣質是北方的，音樂是北方的。一入南方人的掌握，便喪失了他本來的風度與精神，而步入了衰頹的機運。在這雜劇衰頹的機運中，只好等待快要興起的南方傳奇，來在戲曲史上接管他的地位。

鄭光祖　鄭字德輝，山西平陽人。錄鬼簿云：『鄭以儒補杭州路吏，爲人方直，不妄與人交，故諸公子鄙之，久則見其情厚，而他人莫之及也。病卒，火葬於西湖之靈芝寺。』他是這一期王實甫派的代表作家。他歡喜採用浪漫風流的戀愛故事，而又出以豔麗文采的辭藻，使他的作品，顯得格外嫵媚而柔弱。迷青瑣倩女離魂、㑳梅香騙翰林風月二劇，可算是西廂記的嫡派。倩女離魂據唐陳玄祐的離魂記而作，寫張倩女與王文擧的悲歡離合，事情荒謬，結構平直，但曲辭豔麗奪目，膾炙人口。試擧數曲於下。

『元和令　盃中酒和淚酌，心間事對伊道。似長亭折柳贈柔條，哥哥，你休有上梢沒下梢，從今虛度可憐宵，奈離愁不了。

上馬嬌　竹窗外響翠梢，苔砌下深綠草。書舍頓蕭條，故園悄悄無人到。恨怎消，此際最難熬。

游四門　抵多少彩雲聲斷紫鸞簫，今夕何處繫蘭橈。片帆休遮西風惡，雪捲浪淘淘，岸影高，千里水雲飄。

勝葫蘆　你是必休做了冥鴻惜羽毛，常言道好事不堅牢。你身去休教心去了，對郎君低告，恰梅香報道，恐怕母親焦。

後庭花　我這裏翠簾車先控着，他那裏黃金鐙嬾去挑。我淚濕香羅袖，他鞭垂碧玉梢。望迢迢，恨堆滿西風古道，想急煎煎人多情人去了，和青湛湛天有情天亦老，俺氣氳氳喟然聲不定交，助疎刺刺動羈懷風亂掃，滴撲簌簌界殘妝粉淚拋，洒細濛濛浥香塵暮雨飄。

柳葉兒　見淅零零滿江干樓閣，我各刺刺坐車兒嬾過溪橋。他矻蹬蹬馬蹄兒倦上皇州道，我一望望傷懷抱，他一步步待迴鑣，早一程水遠山遙。』

這是王文擧上京應試，倩女送行時所唱。戲曲的組織與西廂長亭一幕完全一樣。這幾支曲辭，確是寫得柔情婉轉，美麗動人。㑳梅香騙翰林風月，更是西廂的縮影。戲中敍白敏中和裴小蠻已有婚約，不料小蠻之母，只令以兄妹之禮相見，婢女樊素設法使他倆相會，爲裴母撞見，敏中被逐，乃赴京應試，得中狀元，後乃與小蠻結婚。敏中是張生，小蠻是鶯鶯，樊素是紅娘，裴母便是鶯鶯的母親。淸梁廷枏擧戲中之關目科白與西廂記符合者二十事，說他是有意的抄襲（曲話卷二）。王世貞也說他『賓白皆剽西廂』，（藝苑卮言）這情形是很明顯的。但因其曲辭的美麗，仍不失爲一本言情的佳作。醉思鄉王粲登樓，由王粲的登樓賦而作，中間夾雜着許多不倫不類的故事，結構也極散漫無奇。但戲中曲辭確有許多絕好的作品，如第三折云：

『迎仙客　雕簷外紅日低，畫棟畔彩雲飛。十二欄干，欄干在天外倚。我這裏望中原，思故里，不由我感歎酸嘶，越攪的我這一片鄉心碎。

紅綉鞋　淚眼盼秋水長天遠際，歸心似落霞孤鶩齊飛。則我這裏陽倦客苦思歸。我這裏憑欄望，母親那裏倚門悲。怎奈我身貧歸未得。

普天樂　楚天秋山疊翠，對無窮景色，總是傷悲。好教我動旅懷難成醉，枉了也壯志如虹英雄輩，都做助江天景物淒其。氣呵做了江風淅淅，愁呵做了江聲瀝瀝，淚呵彈做了江雨霏霏。

石榴花　現如今寒蛩唧唧向人啼，哎，知何日是歸期。想當初只守着舊柴扉，不圖甚的倒得便宜。則今山林鐘鼎俱無味。命矣時兮，哎，可知道枉了我頂天立地居人世。（許達云：仲宣今年貴庚了。）老兄也，恰便似睡夢裏過了三十。』

這是王粲寄寓荊州，一面是思母之情，一面是懷才不遇的憤慨，同友人許達登樓醉酒時所唱。情感的眞摯，意象的高遠，又在倩女離魂、騙風月之上。周德淸在中原音韻中激賞其才。明何良俊更以鄭曲當在關、馬、白之上，他說：『王粲登樓第三折，摹寫羈懷壯志，語多慷慨，而氣亦爽烈，至後堯民歌十二日，託物寓意，尤爲妙絕。豈作調脂弄粉語者，可得窺其堂廡哉。』（曲論）錄鬼簿說：『公之所作，名聞天下，聲振閨閣。伶倫輩稱鄭老先生，皆知其爲德輝也。』因爲他長於描寫戀愛，所以能聲振閨閣。他曾作劇十餘種，今全存者，除上述三種外，尚有輔成王周公攝政、立成湯伊尹耕莘、鍾離春智勇定齊、虎牢關三戰呂布、程咬金斧劈老君堂五種。這些歷史劇，寫得都無生氣，不必多說了。

喬吉　喬吉是元代散曲的大家，他與張可久稱爲元代後期散曲的雙璧。他雖是山西人，因僑住杭州，在作品上，無形中感染着南方文學的柔美的彩色。他的散曲是如此，戲曲也是如此。他曾作戲十一種，今全存者，有玉簫女兩世姻緣、杜牧之詩酒揚州夢、李太白匹配金錢記三種，由這些題目看來，我們便知道他所寫的，都是一些文人的風流豔事，題材旣不新穎，結構也無特色。正如鄭德輝的作品一樣，想找着什麽社會問題和時代意識，是沒有希望的，但他們同樣用着最工麗華美的文句，描寫豔情，在文字上得到唯美的成就，而使讀書人愛好。所以他也是王實甫的跟從者。兩世姻緣寫韋臯與妓女韓玉簫的戀愛，揚州夢寫杜牧與歌女張好好的戀愛，金錢記寫韓翊與王柳眉的戀愛，這種才子佳人的戀愛劇翻來覆去，千篇一律。上者不能比西廂，下者流於淫濫。在文學的價值上，喬吉的戲曲，是不如他的散曲的。

宮天挺　宮字大用，大名人，歷學官，除釣台書院山長，卒於常州。上述的鄭、喬二家，屬於王實甫一派，宮天挺則近於馬致遠。他作品中表現的那種失意文人的憤恨，韜光退隱的思想，以及引書用典的習氣，都與馬氏相像。他作雜劇六種，現只存生死交范張鷄黍一本。再有嚴子陵垂釣七里灘一本，見古今雜劇未著作者名氏，錄鬼簿宮天挺名下有嚴子陵釣魚台一種，想卽是此劇，若此可信，則宮氏雜劇全存者有兩種。范張鷄黍寫范巨卿與張元伯爲生死交，同樣憤恨權奸當政，不苟仕進，而以隱逸爲高。後元伯病死，巨卿遠道至其家代爲料理喪事，太守重其義，薦他爲官。七里灘寫光武稱帝後，嚴子陵避讓名利，垂釣灘邊，閑談過活。一面誇寫退隱之高，一面描寫朝市之鄙。文字都高爽清俊可喜，較之鄭、喬二家那些紅情綠意的豔體文字，別是一格。其情調其意象，與馬致遠的薦福碑、陳摶高臥諸作甚爲近似。

『天下樂　你道是文章好立身，我道今人都爲名利引。怪不着赤緊的翰林院，那夥老子每錢上緊。他歪吟的幾句詩，胡謅下一道文，都是要人錢諂佞臣。

那吒令　國子監裏助教的尚書是他故人，秘書監裏著作的參政是他丈人，翰林院應舉的是左丞相的舍人，則春秋不知怎的發，周禮不知如何論，制詔誥是怎的行文。

鵲踏枝　我堪恨那夥老喬民，用這等小猢猻。但學得些粧點皮膚子曰詩云。本待要借路兒苟圖一箇出身，他每現如今都齊了行不用別人。

寄生草　將鳳凰池攔了前路，麒麟閣頂殺後門。便有那漢相如獻賦難求進，賈長沙痛哭誰倸問，董仲舒對策無公論。便有那公孫弘撞不開昭文館內虎牢關，司馬遷打不破編修院裏長蛇陣。

么篇　口邊廂你腥也猶未落，頂門上胎髮也尚自存。生下來便落在那爺孃飯長生運，正行着兄先弟後財帛運。又交着夫榮妻貴催官運。你大拚着十年家富小兒嬌，也少不得的一朝馬死黃金盡。

六么序　你子父每輪替着當朝貴，倒班兒居要津，則欺瞞着帝子王孫。猛力如輪，詭計如神。誰識你那一夥害軍民聚斂之臣。現如今那棟樑材平地上剛三寸，你說波，怎支撐那萬里乾坤。都是些裝肥羊法酒人皮囤。一個個智無四兩，肉重千斤。』

讀書人的憤慨，朝廷的黑暗，在這些文字裏，表現得眞是痛快淋漓。這一種情狀，在中國本來是歷代如此，不過在元朝，更爲顯著而已。錄鬼簿說宮天挺『爲權豪所中，事獲辯明，亦不見用』，可知他劇中所表現的牢騷憤恨以及韜光退隱的思想，正是他自己心情的反映，劇中的范巨卿和嚴子陵，也就是他自己的影子。

秦簡夫　秦之居里不詳，大約是北方人，曾到杭州來遊歷過。他的雜劇現全存者有東堂老勸破家子弟、宜秋山趙禮讓肥、陶母剪髮待賓三種。秦的作品，文辭本色，結構亦俱緊湊，他是元劇後期關派的要角，東堂老是他的代表作品。本劇寫揚州富商趙國器，有一個敗家子叫做揚州奴，日與無賴子爲友，狎妓飲酒，屢戒不聽。其父死時，托之於密友李實，因李爲仁厚長者，人稱爲東堂老。揚州奴自其父死後，更加放縱，不聽東堂老之約束，以至家產蕩盡，流爲乞丐。而其往日之友朋，皆棄而不顧。他從此痛改前非，籌借少許資本，賣菜爲生。東堂老看見他眞的改過自新，於是把他從前出賣的家產，一齊還了他，使他成爲一個富家子弟，重度着優裕的生活。本劇的重心，是描寫遺產制度的罪惡。富貴家的子弟，養尊處優慣了，倚靠着豐富的財產，不求上進，專與浪子惡人爲伍，狎妓飲酒，無事不爲，不到幾年，便把家產蕩盡，自己也陷於毀滅，或淪爲乞盜，或死於病，這種公子哥兒，這種結局，在社會上眞是觸目皆是。作者採取這種現實性的題材，雖無才子佳人的情愛，雖無英勇武俠的行爲，然他以最忠實最深刻的筆，盡力描寫家庭社會的黑幕，使這戲曲成爲一個最有力的寫實劇。揚州奴的醉生夢死。他那兩個無賴朋友的奸詐陰惡，東堂老的忠厚信義，社會人士的勢利無情，都寫得活躍紙上，情景逼眞。不能不說是元劇後期一個最有力的作品。曲辭雖無特殊美妙之處，然大都本色自然。至於賓白，則篇幅獨多，且出以純粹的口語，描摹戲中各種人物的語氣與性情，極其幽默有味。在元劇中，以賓白見勝者，武漢臣的天賜老生兒外，就只有秦簡夫的東堂老了。我們重視此劇，也就在此。

『……………………

東堂老　老兄病體如何？

趙國器　老夫這病，只有添，無有減，眼見的無那活的人也。

東堂老　曾請良醫來醫治也不曾。

趙國器　嗨！老夫不曾延醫，居士與老夫最是契厚，請猜我這病症咱。

東堂老　老兄着小弟猜病症，莫不是害風寒暑濕麼？

趙國器　不是。

東堂老　莫不是爲飢飽勞逸嗎？

趙國器　也不是。

東堂老　莫不是爲些憂愁思慮嗎？

趙國器　哎喲，這纔叫做知心之友，我這病正從憂愁思慮得來的。

東堂老　老兄差矣。你負郭有田千頃，城中有油磨坊解典庫，有兒有婦，是揚州點一點二的財主。有什麼不足，索這般深思遠慮那？

趙國器　嗨！居士不知，正爲不肖子揚州奴，自成人以來，與他娶妻之後，他合着那夥狂朋怪友，飲酒爲非，日後必然敗我家業，因此上憂瀌成病，豈是良醫調治得的。

東堂老　老兄過慮。父母與子孫成家立計，是父母盡己之心，以後成人不成人，是在於他，父母怎管的他到底，老兄這般焦心苦思，也是乾落得的。

……………

柳隆卿　自家柳隆卿，兄弟胡子傳，我兩個不會做什麼營生買賣，全憑這張嘴，抹過日子。在城有一個趙小奇揚州奴，自從和俺兩個拜爲兄弟，他的勾當，都憑我兩個。他無我兩個，茶也不喝，飯也不喫。我兩個若不是他啊，也都是飢死的。

胡子傳　哥，則我老婆的褲子，也是他的；哥的網兒也是他的。

柳隆卿　哎喲！壞了我的頭也。

胡子傳　哥，我們兩個喫穿衣服，那一件兒不是他的。我這幾日不曾見他，就弄得我手裏都焦乾了。哥，喒茶房裏尋他去，若尋見他，酒也有，肉也有，喫不了的，還包了家去，與我渾家喫哩。』

這劇的對白，都是長篇大段。由上面選錄幾個小節，也可看出口語文的警鍊。人物的個性，寫得尤爲分明活潑。無賴的朋友，紈袴的子弟，憂家的財主，溫文的長者，他們的口調語氣，都表現得恰到好處。有粗鄙的，有文雅的，有倨傲不講禮貌的。這是本劇最值得重視的地方。若專以美麗的曲辭而論，鄭、喬二家，自然容易受人的讚美，若就戲曲的整體而論，我反於是更要看重秦簡夫的了。趙禮讓肥根據後漢書趙孝傳所作。寫趙孝、趙禮兄弟二人奉母山居避亂，某日，趙禮爲賊所擄，將剖腹剜心，其母與兄跑去了。都爭着要死說：『我的身體肥胖，殺了我罷。』羣盜大爲感動，謝罪釋之。在中國的孝悌舊道德之下，這種事並非不可能。作者用生動的文筆，把這種孝悌的德性，無抵抗的精神，發揮盡致，終於戰勝了盜賊們的暴行。結構也很緊密，也可算是一個好作品。

楊梓與蕭德祥　楊梓，海鹽人，曾同元軍征爪哇有功，官至嘉議大夫，杭州路總管。他作雜劇有忠義士豫讓吞炭、霍光鬼諫，敬德不伏老三種，今皆全存。豫讓吞炭，寫豫讓爲智伯報仇，暗殺襄子不遂而致自殺。此故事載於戰國策及史記刺客列傳中，本極動人。作者寫出，更有壯烈之感。霍光鬼諫寫霍光愛國諫君的故事，人鬼交雜，頗少情趣。不伏老寫得很使人感動。蕭德祥名天瑞，號復齋，杭州人，以醫爲業。曾作南曲戲文，今未見。楊氏女殺狗勸夫一劇，錄鬼簿題爲蕭德祥作，但正音譜及元曲選俱題無名氏，又明鈔本錄鬼簿未著錄，則此劇是否爲蕭所作，尚有可疑。劇中敍述孫榮兄弟不和，孫妻楊氏欲感悟其夫，用殺狗之計使兄弟得歸和好。文辭俚俗本色，描寫亦極活動，此作在民間必很流行，到了後來，便演成了有名的南戲殺狗計了。

元劇的後期，除上述諸人外，尚有作品傳世者，今列於下，因俱無特色，不想細說了。

范康，字子安，或作子英，杭州人。　陳季卿悟道竹葉舟

金仁傑，字志甫，杭州人。　蕭何追韓信

王曄，字日華，或作日新，杭州人。　桃花女破法嫁周公？（錄鬼簿王曄名下有破陰陽八卦桃花女，王國維認爲卽此作。但明鈔本錄鬼簿未著錄，錄鬼簿續編作無名氏。）

陸登善，字仲良，杭州人。　河南府張鼎勘頭巾？（明鈔本錄鬼簿未著錄）

羅本，字貫中，太原人，號湖海散人。　宋太祖龍虎風雲會

朱凱，字士凱。　昊天塔孟良盜骨？（明鈔本錄鬼簿未著錄，續編作無名氏）

其他如鮑天佑（杭州）、周文質（杭州）、朱經（杭州）諸人之作，俱只有殘文一二折。至如王月英元夜留鞋記及都孔目風雨還牢末二劇，元曲選以前戲爲曾瑞作，後戲爲李致遠作，正音譜均作無名氏，這自然是不可靠的了。元人雜劇，除上文敍述介紹者外，尚有無名氏作品多種，散見各家散集

中。此等作品，並非全無佳篇。如風雨像生貨郎旦的描寫社會家庭的黑暗，情緒至爲悽慘。妓女一入家庭，便弄得家敗人亡，李妻之氣死，李彥和被推落水而死，李兒春郎的被賣，房產的被燒，金銀的被盜，都是李彥和迷戀妓女張玉娥而娶入家中爲妾所引起。這一種情形，社會上眞是到處皆有。作者用着巧妙的組織法，把這一件家庭罪案，表現得極爲生動。曲辭本色自然，可算是無名氏中的第一佳作。其他如張千替殺妻、凍蘇秦衣錦還鄉、蘇子瞻醉寫赤壁賦、錦雲堂暗定連環計諸篇，或以結構巧妙稱，或以文辭典麗勝，都是值得我們注意的作品。

元劇本爲歌劇，其要素與效果，全注重於歌唱。若以現代的散文戲曲繩之，則幾乎無一劇能令人滿意者。但我們若把眼光回到七百年前的古代，批評就不應過嚴了。由宋金的雜劇院本，走上元雜劇的路途，其進步其價值是任何人所不能否認的。王國維說：『元之文學，固未有尙於其曲者也。元曲之佳處何在？曰自然而已矣。古今之大文學，無不以自然勝，而莫著於元曲，蓋元劇之作者，其人均非有名位學問也。其作劇也，非有藏之名山傳之其人之意也。彼以興之所至而爲之，以自娛娛人。關目之拙劣，所不問也，思想之卑陋，所不諱也。人物之矛盾，所不顧也。彼但摹寫其胸中之感想與時代之情狀，而眞摯之理與秀傑之氣，時流露於其間，故謂元曲爲中國最自然之文學，無不可也。明以後傳奇無非喜劇，而元則有悲劇在其中。就其存者言之，如漢宮秋、梧桐雨、西蜀夢、火燒介子推、張千替殺妻等，初無所謂先離後合始困終亨之事也。其最有悲劇之性質者，則如關漢卿之竇娥寃，紀君祥之趙氏孤兒，劇中雖有惡人交構其間，而其赴湯蹈火者，仍出於其主人翁之意志，即列之於世界大悲劇中，亦無愧色也。元劇關目之拙，固不待言，此由當時未嘗重視此事，故往往互相蹈襲，或草草爲之。……然元劇最佳之處，不在其思想結構而在其文章。其文章之妙，亦一言以蔽之，曰有意境而已矣。何以謂之有意境，曰寫情則沁人心脾，寫景則在人耳目，述事則如其口出者也。古詩詞之佳者，無不如是。』（元劇之文章）這批評是很公正的。

第二十四章　明代的文學思想

一　正統文學的衰微

元人統治中國，將近一世紀，除了世祖、仁宗兩朝政治稍見清明，其餘實在都是游牧酋長的性質，壓迫漢人，摧殘中國的文化，無所不為。滅宋之後，過了三十七年，才恢復科舉，然而蒙古、色目和漢人、南人分為二榜，出身就職，待遇也完全不同。漢族的讀書人到這時候都是走頭無路，自歎自嗟。那些趨炎附勢的士大夫，改蒙古姓，剃蒙古頭，胡服胡語，變成十足的胡人，弄到一官半職沾沾自喜的，不知有多少。在這一時期，中國舊的文化固然受了一大頓挫，讀書人的氣節廉恥，也墮落到了極點，不過專恃武力來統治一個有歷史有文化的民族是不會長久的。一有動搖，便難收拾。到了荒淫無度的順帝，於是內亂頻仍，民變四起，和尚出身的朱元璋，便乘此機會，削平羣雄，驅逐元室，定都南京，建立了漢族的明帝國。

朱元璋雖不精通詩書，究竟是漢人。他一做了皇帝，便要恢復漢制。洪武元年的實錄說：『詔復衣冠如唐制。初元世祖自朔漠起，盡以胡俗變易中國之制，士庶咸辮髮椎髻，深襜胡帽，無復中國衣冠之舊。甚至易其姓名為胡名，習胡語。俗化既久，恬不知怪。上久厭之，至是悉令復舊。衣冠一如唐制。士民皆以髮束頂。其辮髮椎髻，胡服胡言胡姓，一切禁止。於是百有餘年之胡俗，盡復中國之舊。』他一面剷除胡俗，一面又積極的獎勵中國的舊文教。聘前朝遺老，修明禮樂制度，置收書監丞，搜集各方圖籍。立學校，行科舉，用程朱的儒家理論，統治當日的思想，永樂年間，命胡廣等撰修五經、四書、性理大全共二百餘卷，又以兩千一百餘人的精力，編輯永樂大典二萬餘卷，爲歷代文獻的總滙。這樣一面固可籠絡鼓舞讀書人的心情，同時對於文化的恢復與建設，也有很大的效果。並且明代的君主皇族，頗喜藝文，詩文歌曲，時有創作。獎勵文學，優遇作者。李開先張小山樂府序云：『洪武初年，親王之國，必以詞曲千七百本賜之。』又明太祖批評琵琶記說：『五經、四書，布帛菽粟也，家家皆有，琵琶記如山珍海錯，富貴家不可無。』（徐渭南詞序錄）皇族中能文之士更多，寧獻王朱權、周憲王朱有燉二人，尤爲特出。寧王的太和正音譜至今爲製曲者所稱，周王爲明雜劇的大家，作品有三十餘種。李夢陽有詩云：『齊唱憲王新樂府，金梁橋外月如霜。』想見當日文學空氣的濃厚。在這種環境中，明代的文學步入了復興的機運。

前人評論文學，多侈談唐、宋，對於明代，每薄其淺陋，毫不足觀。就正統文學的詩詞而言，確有此感。黃宗羲明文案序上云：

> 『有明之文，莫盛於國初，再盛於嘉靖，三盛於崇禎。……然較之唐之韓、杜，宋之歐、蘇，金之遺山，元之牧菴、道園，尚有所未逮。蓋以一章一體論之，則有明未嘗無韓、杜、歐、蘇、遺山、牧菴、道園之文，若成就以名一家，則如韓、杜、歐、蘇、遺山、牧菴、道園之家，有明固未嘗有其一人也。』

『論詞於明並不逮元、金，遑言兩宋哉？蓋明詞無專門名家，一二才人如楊用修、王元美、湯義仍輩，皆以傳奇手爲之，宜乎詞之不振也。其患在好盡，而字面往往混入曲子，去兩宋蘊藉之旨遠矣。』（吳衡照蓮子居詞話）

明代二百七十年，文人與作品實也不少，專看朱彝尊編的明詞綜，所收多至三千四百餘家，這數量並不弱於唐、宋。數量雖多，其本質精神，實遠遜前代。論其原委，不得不歸咎於八股文。

『議者以震川爲明文第一，似矣。試除去其敍事之各作，時文境界，間或闌入，求之韓、歐集中，無是也。此無他，三百年人士之精神，專注於場屋之業，割其餘以爲古文，其不能盡如前代之盛者，無足怪也。』（黃宗羲明文案序）

『事之關係功名富貴者，人肯用心，唐世功名富貴在詩，故唐世人用心而有變，一不自做，蹈襲前人，便爲士林中滯貨也。明代功名富貴在時文，全段精神，俱在時文用盡，詩其暮氣爲之耳。』（吳喬答萬季埜詩問）

『詞至明代，可謂中衰之期。討其根源，有數端焉，開國作家，沿伯生、仲舉之舊，猶能不乖風雅。永樂以後，兩宋諸名家詞，皆不顯於世，惟花間、草堂諸集，獨盛一時。於是才士模情，輒寄言於閨闥。藝苑定論，亦楬櫫於香奩。託體不尊，難言大雅，其蔽一也。明人科第，視若登瀛。其有懷抱沖和，率不入鄉黨之月旦，聲律之學，大率扣槃。迨夫通籍以還，稍事研討，而藝非素習，等諸面牆，花鳥託其精神，贈答不出臺閣。庚寅攬揆，或獻以諛詞，俳優登場，亦

寵以華藻。連章累牘，不外應酬，其蔽二也。』（吳梅詞學通論）

古文詩詞之不振，他們一致歸之於八股。明史選舉志中說：『科目者沿唐、宋之舊，而稍變其試士之法。專取四子書及易、書、詩、春秋、禮記五經命題試士，蓋太祖與劉基所定。其文略倣宋經義，然代古人語氣爲之，體用俳偶，謂之八股，通謂之制義。』又說：『四書義一道，二百字以上。五經義一道，三百字以上。取書旨明晳而已，不尙華采也。』像這種規定體制限定字數代古聖人立言的八股文，自然是人類思想感情的監牢，文學發展的陷阱。一代讀書人都在八股上死用功夫，以求升官發財。要自己稍有餘力，才從事文藝，在這種環境下，古文詩詞的衰落，八股文的興起，乃是必然的事。焦循說：『有明二百七十年，鏤心刻骨於八股。如胡思源、歸熙甫、金正希、章大力數十家，洵可繼楚騷漢賦唐詩宋詞元曲以立一門戶。而李、何、王、李之流，乃沾沾於詩，自命復古，殊可不必者矣。』（易餘籥錄）他這意見雖稍偏激，却很有道理。

我們不要因此而就輕視明代在中國文學史上的地位。『一代有一代之所勝，』我們不要『捨其所勝，』明代文學所勝，一是稱爲傳奇的歌劇，一是白話小說。再如繼承元代的散曲，以及民間的歌謠，可以補救舊詩詞的缺陷。晚明的新興之散文，一新舊文壇的耳目。至如擬古、浪漫兩派文學思想的鬬爭，新文學理論的建設，其見解也遠在唐、宋之上。這些都是我們研究明代文學所必須注意的。

二　擬古主義的極盛

明代文學思想的主潮，大家都知道是擬古主義，就是前後七子所倡導的文必秦、漢，詩必盛唐的擬古主義。這一種思潮，並非起自李夢陽、何景明，在明初諸家已開其端。明史文苑傳序說：『明初文學之士，承元季虞、柳、黃、吳之後，師友講貫，學有本原。宋濂、王褘、方孝孺以文雄，高、楊、張、徐、劉基、袁凱以詩著。其他勝代遺逸，風流標映，不可指數，蓋蔚然稱盛已。』話雖說得好聽，細按內容，他們的作品，實在都無偉大的氣魄，特創的精神。宋濂、高啓是明初詩文的兩大代表，宋濂的文章，只可算做得雍容典雅，可以算是臺閣體的先驅。高啓的才情，確在宋濂之上，然而他的詩歌，都是擬古之作。四庫提要說：『其於詩擬漢魏似漢、魏，擬六朝似六朝，擬唐似唐，擬宋似宋，凡古人之所長，無不兼之，振元末纖穠縟麗之習，而返之於古，啓實為有力。然行世太早，殞折太速，未能鎔鑄變化，自為一家，故備有古人之格，而反不能名啓為何格。特其摹倣古調之中，自有精神意象存乎其間。』又說：『啓詩才富健，工於摹古，為一代巨擘。』這話說得很明顯，他作詩處處在摸擬，都是寄人籬下，所以喪失了自己的精神個性，不能自成一格。因他確有才情，在他的集子裏，還有些可讀的詩。

高啓作詩，雖重摹擬，還是普遍的，所謂六朝、唐、宋，界限尚不分明。到了林鴻、高棅漸漸形成了專重盛唐的觀念。林鴻是明初閩派詩人的代表，在當代的詩壇，擁有相當的勢力。他論詩的意見，是『漢、魏骨氣雖雄，而菁華不見，晉祖元虛，宋尚條暢，齊、梁以下，但務春華少秋實，惟唐作者可謂大成。然貞觀尚習故陋，神龍漸變常調，開元天寶間，聲律大備，學者當以是爲楷式。』（明史文苑傳）他這意見，比起高啓來，要具體多了。高棅是林鴻的共鳴者，編輯唐詩品彙百卷，建立詩必盛唐的軌則。他以初唐爲正始，作爲唐詩的開端，將盛唐分爲正宗、大家、名家、羽翼，定爲唐詩的正統，中唐爲繼承，晚唐爲餘響。此書之前，元朝楊士宏的唐音，雖有些相像，但唐音究因流傳不廣，宣傳不力，沒有發生大影響。高棅這部書，出生於這時代，那就完全不同，據明史文苑傳說：『所選唐詩品彙，終明之世，館閣宗之。』可知這書在當代文壇的影響了。林鴻他們的主張既然如此，作品自然是摹擬居多。李東陽批評說：『林子羽鳴盛集專學唐，袁凱在野集專學杜，蓋能極力摹擬，不但字句效法，並其題目亦效之，開卷驟視，宛若舊本，然細味之，求其流出肺腑，卓爾自立者，指不能一再屈也。』（懷麓堂詩話）這批評實在不錯。袁凱是以白燕詩著名的，他雖不是閩派詩人，但其摹擬的手法，則無異。由此看來，擬古的風氣實起於明初，不過到後來更激烈一點而已。

從永樂到成化的幾十年中，明代政治比較安定，文學上所出現的，是由宰輔權臣所領導的臺閣體。那一種作品，沒有思想，沒有氣度，只是一些歌功頌德，溫厚和平的應酬的詩文，比起高啓們的作品來，是更不如了。不過在那太平時代，那一種文體，確是風行一時，然流弊所及，千篇一律，索然無味。當日的代表，是稱爲三楊的楊士奇、楊榮和楊溥。還有就是那稱爲「茶陵詩派」的李東陽。東陽立朝五十年，推獎後進，門生滿天下，他當時是文壇的領袖。他的作品，人家都說是以深厚雄渾之體，洗滌嘽緩冗沓之習。較之三楊雖稍勝一籌，其實他也只是臺閣體的典型，毫無生氣。在這一種平庸衰弱的文學空氣之下，青年的作家，是不能滿意的，當日對於臺閣派的文風，表示着反抗，繼承明初的復古觀念，自成派別，正式提出擬古主義而相號召的，是稱爲前七子的李夢陽、何景明、徐禎卿、邊貢、王廷相、康海和王九思，而李、何實爲領袖。李夢陽字獻吉，慶陽人（一四七二——一五二九），有空同集。何景明，字仲默，信陽人（一四八三——一五二一），有大復集。他倆在擬古的文學運動上雖佔有極高的地位，但是他們却都沒有寫下一册或一篇專門論文的文章，只是在序跋尺牘裏，寫出一些零碎的文句。就因這些零碎的文句。推動了當日的文壇，造成了擬古主義的大潮流。一時天下風從，萬人景仰，前人比他們爲唐朝的韓、杜，宋朝的歐、蘇。還有他們的門徒，說出『太白、少陵以後，數百年來二人而已』的誇張的言語，由此也可見李、何當日的聲勢了。

李、何論文的意見，歸約起來，最要者有二。

一、文崇秦、漢，詩必盛唐　他們擬古的目標，文章是以秦、漢爲準則，五言古詩擬漢、魏，而及於六朝，七古與近體詩則以盛唐爲依歸。李夢陽說：

『夫詩，宣志而道和者也。故貴宛不貴險，貴質不貴靡，貴精不貴繁，貴融洽不貴工巧，故曰，聞其樂而知其德。故音也者，愚智之大防，莊詖簡侈浮孚之界分也。至元、白、韓、孟、皮、陸之徒出，始連聯鬬押，纍纍數千百言不相下，此何異於入市攫金，登場角戲也。』（與徐禎卿書）

這是李夢陽復古文學的原理。大凡復古派的人，大都不瞭解文學進化的道理，死守着文學是古代的好，所以他反對險，反對靡，反對華美，反對工巧。把元、白、韓、孟之徒，看作是入市攫金登場演戲的角色。對於宋代文學，更是看不起。所謂『宋儒興而古之文廢，』所謂『詩至唐古調亡矣，然自有唐調可歌詠，高者猶足被管弦。宋人主理不主調，於是唐調亦亡。』這是李夢陽的得意語調。何景明的意見也差不多。他說：

『夫文靡於隋，韓力振之，然古文之法亡於韓。詩溺於陶，謝力振之，然古詩之法亦亡於謝。』（與夢陽書）

『詩必以盛唐爲尙，宋人似蒼老而實疎鹵，元人似高峻而實淺俗。』（同上）

由此他們得到一致的結論，便是秦、漢以後無文，盛唐以後無詩，從事文學的靑年，爲要達到文學的正路，萬不可讀唐代以後的作品。

二、摹擬爲創作文學的途徑　他們認爲秦、漢的文，盛唐的詩，雖是各家風格不同，光彩自異，但他們都有一種方法，後人應該遵守此種方法，好像學字臨帖一般，一字一句地摹擬下去，漸漸可得到古人的神髓，而自成名家。非如此，文學便無成就之望。

『古之文者，一揮而衆善具也。然其翕闢頓挫，尺尺而寸寸之，未始無法也。所謂圓規而方矩也。……古人之作，其法雖多端，大抵前疏者後必密，半闊者半必細，一實者必一虛，疊景者意必二，此余之所謂法，圓規而方矩者也。故曹、劉、阮、陸、李、杜，能用之而不能異，能異

之而不能不同，今人只見其異而不見其不同，宜其謂守法者爲影子，而支離失眞者以舍筏登岸自

寬也。」（覆景明書）

這是擬古主義者說明從事文學必須摹擬的理論。他告訴他的門徒說：『今人摹臨古帖，不嫌大

似，詩文何獨不然。』像他這麼摹擬下去，結果自己做了古人的奴隸，作品變成了古作的影子。他這

種情形，到後來連何景明也覺得太過一點，表示出反對的論調，寫信譏笑他說：『子高處是古人影子

耳。其下者已落近代之口。未見子自築一堂奧，突開一戶牖，而以何急於不朽也。』又說：『空同刻

意古範，鑄形宿模，而獨守尺寸。僕則欲富於材積，領會神情，臨影構結，不做形跡。詩曰：「惟其

有之，是以似之。」以有求似，僕之愚也。』擬古主義的作品，頂好的變作古人的影子而已，怎能有

獨創的風格和精神，而能自築一堂，獨成一派呢？

擬古主義的思潮，當日能風行一時，也自有其背景。一是臺閣文體的空洞無物，早爲一般人所厭

棄。其次，讀書人獻力於八股，心中除幾篇時文範本以外，就只抱着四書和五經，不識其他著作，

李、何輩想挽救當日文壇的淺陋，因此提出文必秦、漢詩必盛唐的口號，一新人士的耳目，加以他們

才情雄健，氣節頗高，因此能造成一個大運動。四庫提要云：『明自洪武以來，運當開國，多昌明博

大之音，成化以後，安享太平，多臺閣雍容之作，愈久愈弊，陳陳相因，遂至嗶緩冗沓，千篇一律。

夢陽振起痿痺，使天下復知有古書，不可謂之無功。而盛氣矜心，矯枉過直。……平心而論，其詩才

力富健，實足以籠罩一時，而古體必漢、魏，近體必盛唐，句擬字摹，食古不化，亦往往有之。其文

則故作聱牙，以艱深文其淺易，明人與其詩並重，未免怵於盛名。』這評語算是最公平的了。他們的功罪，都能顧到，態度客觀，這是難得的。

當李、何一派人的詩文風靡文壇的時候，也還有些卓然自立不傍門戶的作者，如楊愼、沈周、文徵明、唐寅諸人，在詩文上都能表現一點浪漫的情趣。不過他們對於擬古派還是取着妥協的態度，所以不能形成什麼反動的力量。比較有組織有意識對於李、何表示着反抗的，是嘉靖年間王愼中、唐順之的宋文運動。正如陳田明詩紀事所說：『城中高髻，里婦捧心。下士趨風，有識走避。』他們覺得李、何一派的文章，死摹秦、漢，詰屈聱牙，既不通順，又無生趣，乃倡爲宋代歐、曾通順的文體，以矯何、李之弊，後來茅坤、歸有光爲之羽翼，聲勢頗盛。李、何的氣燄，一時大爲挫折。他們這派的文學理論，可舉唐順之的答茅鹿門知縣論文書爲代表：

『今有兩人：其一心地超然，所謂具千古隻眼人也；卽使未嘗操紙筆呻吟學爲文章，但直抒胸臆，信手寫出，如寫家書，雖或疏鹵，然絕無烟火酸餡習氣，便是宇宙間一樣絕好文章。其一人猶然塵中人也；雖其顓顓學爲文章，其於所謂繩墨布置則盡是矣，然翻來覆去，不過是這幾句婆子舌頭語，索其所謂眞精神與千古不可磨滅之見，絕無有也，則文雖工而不免爲下格。此文章本色也。卽以詩爲喻：陶彭澤未嘗較聲律，雕句文，但信手寫出，便是宇宙間第一樣好詩。何則？其本色高也。自有詩以來，其較聲病，雕句文，用心最苦而立說最嚴者，無如沈約，苦却一生精力，使人讀其詩祗見細縛齷齪，滿累卷牘，竟不曾道出一兩句好話。何則？本色卑也。本色卑，文不能工也，而況非其本色者哉！且夫兩漢而下之文之不如古者，豈其所謂繩墨轉折之精之不盡如哉？秦、漢以前，儒家有儒家本色，至如老、莊家有老、莊本色，名家、墨家、陰陽家，皆有本色；雖其爲術也駁，而莫不皆有一段千古不可磨滅之見，是以老家必不肯勦儒家之說，縱橫家必不肯借墨家之談，各自其本色而鳴之爲言，其所言者其本色也，是以精光注焉，而其言遂不泯於世。唐、宋而下，文人莫不語性命，談治道，滿紙炫然，一切自託於儒家，然非其涵養畜聚之素，非眞有一段千古不可磨滅之見，而影響勦說，蓋頭竊尾，如貧人借富人之衣，莊農作大賈之飾，極力裝做，醜態盡露，是以精光枵焉，而其言遂不久湮廢。』

他這見解，實在比李、何們要高明得多。一，他認淸了文學的時代性與作家的個性；二，他主張好的作品不在乎較聲律，雕句文，邯鄲學步式的婆子舌頭語，而在乎直抒胸臆，信手寫出如寫家書一般有內容有骨肉有情感的文字。他這種本色論的文學觀，正是後來公安派主張性靈文學的先聲。這次的文學運動，本可順利的發展，不料後七子接着起來，造成擬古主義的復興，使得他們推動的那種思潮，受了一個大挫折。而李、何的文風又佈滿天下。後七子是李攀龍、王世貞、謝榛、宗臣、梁有譽、徐中行、吳國倫。領袖原來是謝榛，後來爲李攀龍、王世貞所奪。他們彼此唱和，聲勢極盛。使得當代談論文學的靑年，心目中只有李、何、李、王四大偶像了。

李攀龍字于鱗，歷城人（西曆一五一四——一五七〇），有滄溟集。王世貞，字元美，太倉人（西曆一五二六——一五九〇）有弇州山人四部稿。他們頗有聰明，博聞强記，擁護前七子的主張，反對唐順之一派的理論，結社宣傳，狂傲偏激，爭取文壇的領導權。他們的種種醜態，明史文苑傳中說得極詳：

『李攀龍、王世貞輩結詩社，謝榛爲長，攀龍次之。時攀龍名大熾，榛與論生平，頗相鐫責，攀龍遂貽書絕交，世貞輩右攀龍，力相排擠，削其名於七子之列。』（謝榛傳）

『諸人多少年，才高氣銳，互相標榜，視當世無人，七才子之名，播天下。攀龍謂文自西京詩自天寶而下，俱無足觀，於本朝獨推李夢陽，諸子翕然和之，非是則詆爲宋學。攀龍才思勁鷙，名最高，獨心重王世貞，天下並稱王、李，又與李夢陽、何景明，並稱何、李、王、李。其爲詩務以聲調勝，所擬樂府，或更古數字爲己作，文則聱牙戟口，讀者至不能終篇，好之者推爲一代宗匠。』（李攀龍傳）

『世貞始與李攀龍狎，主文盟，攀龍沒，獨操柄二十年。才最高，地望最顯，聲華氣息，籠蓋海內，一時士大夫及山人詞客衲子羽流，莫不奔走門下，片言褒賞，聲價驟起，其持論文必西漢，詩必盛唐，大曆以後書勿讀，而藻飾太甚。晚年攻者漸起。』（王世貞傳）

在這些文字裏，把他們的態度思想、聲勢以及作品的缺點，都說得很詳細，可以知道他們與前七子同出一轍，而其摹擬的醜形，作品的虛僞，更遠過之。偏要恃才傲世，結社訂盟，自吹自打，惟我獨尊，把持文壇，壓迫公論。自己的作品，偏又原形畢露，百病叢生。文學界的新進之士，對於這種狀況自然不能滿意。於是乘機而起，對於這風靡了一百多年的擬古思潮，加以激烈的反抗，而持以新的文學理論的，是公安派的浪漫主義。

三　公安、竟陵的新文學運動

晚明浪漫思潮的起來，一、自然是擬古派詩文的腐化的直接反動；其次是受了當代浪漫哲學的間接影響。王陽明一派的心學，無非是提倡個人良知的自由，所謂『夫學貴得之心，求之心而非也，雖其言之出於孔子，不敢以爲是也。』（傳習錄）這是多麼大膽的宣言。這種獨立自由的浪漫精神，便是哲學文藝革新的動機。所以他在前七子時代，他的詩文，絕不和他們同流。這一種學說，對於放棄自我的精神，專於摹倣偶像的擬古主義絕不相容，解放思想的束縛是很有力量的。王陽明死後，稱爲王學的左派，更能發揮這種浪漫的精神。由王龍溪、王近溪到何心隱、李卓吾，弄到儒、禪不分，正如梁任公所說都變成酒肉和尚了。這些酒肉和尚，在當日君主專制的宗法社會，自然不能安容，以排毀聖教有傷風化的罪名，受到了致命的攻擊。不過他們的著作還在人間，稍稍翻閱，便知道他們的人品很好，思想很新，說話稍爲激烈一點而已，李卓吾說：

『夫天生一人，自有一人之用，不待取給於孔子而後足也。若必待取足於孔子，則千古以前無孔子，終不得爲人乎？』（答耿中丞）

『前三代吾無論矣。後三代漢、唐、宋是也。中間千百年而獨無是非者，豈其人無是非哉？咸以孔子之是非爲是非，故未嘗有是非耳。然則余之是非人也，又安能已。夫是非之爭也，如歲時然，晝夜更迭，不相一也。昨日是而今日非矣，今日非而後日又是矣，雖使孔子復生於今，不知作如何是非也。』（藏目紀傳目錄論）他所反對的是那些擬古拜孔的僞道學，他所要求的是眞是眞非，是個人思想的自由。不過在四百年前的晚明，究竟比不上二十世紀的五四時代，所以他們的書一再被焚，自己也被殺或自殺了。書焚人死，並不能阻止思想的運行。稱爲公安派的三袁都是卓吾的弟子，繼承卓吾的思想，表現於文學的理論中，造成强有力的反擬古愛自由的浪漫精神。尤其是袁中郎更是自覺的帶着革命的態度，向着擬古的陣營，加以鬪爭的。他說：『弟才雖綿薄，至於掃時詩之陋習，爲末季之先驅，辯歐、韓之極寃，搗鈍賊之巢穴，自我而前，未見有先發者，亦弟得意事也。』（答李元善）這種勇猛的鬪爭態度，熱烈的少壯的浪漫精神，是何等可貴。

三袁是袁宗道、袁宏道、袁中道三兄弟，湖北公安人，因此稱爲公安派。三袁中袁宏道最有名，袁宏道字中郎，號石公（西曆一五六八——一六一〇），有中郎全集。明史文苑傳云：『先是王、李之學盛行，袁氏兄弟獨心非之。宗道在館中，與同館黃輝力排其說，於唐好白樂天，於宋好蘇軾，名其齋曰白蘇。至宏道益矯以淸新輕俊，學者多舍王、李而從之，目爲公安體。』所謂公安體究竟是怎樣一種體，這一派的文學理論，究竟是怎樣一種文學理論呢？

一、文學是進化的　歷代文學的變遷，各有其時代的特性，創作或是批評，都要明瞭這種時代的特性，才不違反文學進化的原理。拜古賤今，一字一句，都要去擬古，這是戕害文學的生命，而喪失作者的個性。所以他們說：

『文之不能不古而今也，時使之也。……夫古有古之時，今有今之時，襲古人語言之迹，而冒以爲古，是處嚴冬而襲夏之葛者也。騷之不襲雅也，雅之體窮於怨，不騷不足以寄也。後之人有擬而爲之者，終不肖也，何也？彼直求騷於騷之中也。至蘇、李述別及十九首等篇，騷之音節體致皆變矣，然不謂之眞騷不可也……古人之法，顧安可概哉。夫法因於敝而成於過者也。矯六朝駢驪飣餖之習者，以流麗勝；飣餖者，固流麗之因也，然其過在輕纖。盛唐諸人，以闊大矯之；已闊矣，又因闊而生莽，是故續盛唐者以情實矯之；已實矣，又因實而生俚，是故續中唐者，以奇僻矯之；然奇則其境必狹、而僻則務爲不根以相勝，故詩之道，至晚唐而益小。有宋歐、蘇輩出，大變晚習，於物無所不收，於法無所不有，於情無所不暢，於境無所不取。滔滔莽莽，有若江河，今之人徒見宋之不唐法，而不知宋因唐而有法者也。如淡非濃，而濃實因於淡，然其敝至以文爲詩，流而爲理學，流而爲歌訣，流而爲偈誦，詩之弊又有不可勝言者矣。』（袁宏道雪濤閣集序）

『口舌代心者也。文章又代口舌者也。展轉隔礙，雖寫得暢顯，已恐不如口舌矣。況能如心之所存乎？故孔子論文曰，辭達而已矣。達不達，文不文之辨也。唐、虞三代之文無不達者。今人讀古書不卽通曉，輒謂古文奇奧，今人下筆不宜平易。夫時有古今，語言亦有古今，今人所詫謂奇字奧句，安知非古之街談巷語耶？』（袁宗道論文上）

這議論多麼透澈，眼光多麼高超。從社會的時代的立場，說明文學變遷的過程，而各代的文學，有優有劣，那種優劣的對立，正是相反相成的兩種力量，作爲新思潮推動的基力。『夫法因於敝而成於過者也。』這是一切學術思潮形成衰頹的原理，能明乎此，就不會貴古賤今，也不會尊今屈古了。

二、反對摹擬　文學既是進化的，因此對於擬古，自然要加以激烈的反抗。

『近代文人始爲復古之說以勝之。夫復古是已。然至以勦襲爲復古，句比字擬，務爲牽合，棄目前之景，摭腐爛之辭。有才者詘於法，而不敢自申其才，無之者，拾一二浮泛之語，幫湊成詩。智者牽於智，而愚者樂其易。一唱億和，優人騶從，共談雅道，吁，詩至此抑可羞哉！』(袁宏道雪濤閣集序)

『蓋詩文至近代而卑極矣。文則必欲準於秦、漢，詩則必欲準於盛唐，勦襲摸擬，影響步趨，見人有一語不相肖者，則共指以爲野狐外道。曾不知文準秦、漢矣，秦、漢人曷嘗字字學六經歟？詩準盛唐矣，盛唐人曷嘗字字學漢、魏歟？秦、漢而學六經，豈復有秦、漢之文，盛唐而學漢、魏，豈復有盛唐之詩？惟夫代有升降，而法不相沿，各極其變，各窮其趣，所以可貴，原不可以優劣論也。』(袁宏道小修集序)

還有比這說得更痛快的嗎？因爲反對臺閣體的空虛無物的詩文而倡復古之說的前後七子，本無可厚非，若只勦襲剽竊爲復古，只勸人不讀秦、漢以後文，不讀天寶以後詩爲復古，那就是『糞裏嚼查，順口接庇，一個八寸三分帽子，人人戴得』的假古董了，自然會走到『一唱億和，優人騶從，共談雅道』的境地，這樣的文壇，還有什麼不可羞哩！

三、獨抒性靈不拘格套　擬古的人，處處有一個偶像在，只有古人，沒有自己。小心翼翼，遵守古格古律，絲毫不肯放縱，刻苦用力，只想一章一句與古人神似。絕非從自己性情中流出，那些作品，怎有獨創的精神，和分明的個性，既無精神與個性，便無存在的價值。所以袁中郎批評小修的詩說：

『弟足跡所至，幾半天下，而詩文亦因之以日進。大都抒性靈，非從自己胸臆流出，不肯下筆，有時情與境會，頃刻千言，如水東注，令人奪魂。其間有佳處，亦有疵處，佳處自不必言，卽疵處亦多本色獨造語。然余則極喜其疵處，而所謂佳者，尚不能不以粉飾蹈襲爲恨，以爲未能盡脫近代文人氣習故也。……且夫天下之物，孤行則必不可無，必不可無，雖欲廢焉而不能，雷同則可以不有，可以不有，則雖欲存焉而不能。』（小修集序）

『蘇子瞻酷嗜陶令詩，貴其淡而適也。凡物釀之得甘，炙之得苦，雖淡也不可造，不可造是文之眞性靈也。濃者不復薄，甘者不復辛，唯淡也無不可造，無不可造，是文之眞變態也。』（袁宏道敍咼氏家繩集）

『余與進之遊吳以來，每會必以詩文相勵，務矯今代蹈襲之風。進之才高識遠，信腕信口，皆成律度，其言今人之所不能言，與其所不敢言者。』（雪濤閣集序）

『獨抒性靈』便是文學要發抒個人的情感，言志的而不是載道的，是表現個人的而不是無病呻吟的，這與唐順之的文學本色論大略相同。不拘格套，便是充分發揮文學創作的自由精神，不拘泥於古代的格調格律，而傷害作者的個性。所謂『信腕信手皆成律度，』說得最好。這與唐順之所說的『信手寫出，如寫家書，』完全相同。文學作品能『獨抒性靈，不拘格套，』自然不會與人雷同，『雖欲廢焉而不能』了。所以他說：『文章新奇，無定格式，只要發人所不能發，句法、字法、調法，一一從你自己胸中流出，此眞新奇也。』（答李元善）這是多麼好的見解。

四、文學作品不能沒有內容　他所說的內容，並非聖人的人倫大道，是指有血肉，有情感，有思想，是充實的，不是無病呻吟的。像前後七子擬古樂府的那些得意之作；都只是有文無質的沒有內容的假古董。他說：

『物之傳者必以質，文之不傳非曰不工，質不至也。樹之不實，非無花葉也，人之不澤，非無膚髮也。文章亦爾。行世者必眞，悅俗者必媚。眞久必見，媚久必厭，自然之理也。故今之人所刻畫而求肖者，古人皆厭離而思去之。古之爲文者，刋華而求實，敝精神而學之，唯恐眞之不極也。……夫質猶面也，以爲不華而質之朱粉，妍者必減，媸者必增也。噫，今之文不傳矣。嘉、隆以來，所爲名公哲匠者，余皆誦其詩讀其書，而未有深好也。古者如贋，才者如莽，奇者如吃，摸擬之所至，亦各自以爲極，而求之質無有也。』（行素園存稿引）

他並不反對有質的文，是反對無質的文。無質的文是醜臉塗脂粉，愈塗愈醜，還不如不塗爲好。若果然是美女，再加以脂粉，自然是更嫵媚了。正如劉勰所說：『鉛黛所以飾容，而盼倩生於淑姿；

文彩所以飾言，而辯麗本於情性』明乎此，便知文與質是如何相附相依了。

五、重視小說戲曲的文學價值　我國過去的文學界，文藝學術的界限，一向不很分明，經史古文，視爲正統，對於詩詞，視爲小道，小說戲曲加以輕視，不能入於文學之林。不僅漢、唐如此，就是在小說戲曲漸漸興起的宋、元，其觀念亦未改變，一直到了李卓吾、袁中郎們出來，才打破這個傳統的不合理的觀念，對於純文學的小說戲曲以及民間歌謠，加以重視，給與文學上的新價值。李卓吾說：

『無時不文，無人不文，無一樣創造體格文字而非文者。詩何必古選，文何必先秦，降而爲六朝，變而爲近體，又變而爲傳奇，變而爲院本，爲雜劇，爲西廂曲，爲水滸傳……皆古今至文，不可得而時勢先後論也。』（童心說）

『拜月西廂，化工也；琵琶，畫工也。』（雜說）

『水滸傳者，發憤之所作也。蓋自宋室不競，冠履倒施，大賢處下，不肖處上，馴致夷狄處上，中原處下，一時君相，猶然處堂燕鵲，納幣稱臣，甘心屈膝於犬羊，已矣。施、羅二公，身在元，心在宋，雖生元日，實憤宋事。是故憤二帝之北狩，則稱大破遼以洩其憤。憤南度之苟安，則稱滅方臘以洩其憤，敢問洩憤者誰乎？則前日嘯聚水滸之强人也。欲不謂之忠義不可也。是故施、羅二公傳水滸而復以忠義名其傳焉。』（忠義水滸傳序）

在中國古代的文學批評史上，李卓吾這種見解，無異於投一磅炸彈。以傳奇院本雜劇西廂、水滸與秦、漢文六朝詩同比，稱爲古今至文，從前有誰說過。水滸傳是發憤之所作，前人稱爲梁山泊的强盜，他看作是抗外敵淸內奸的革命英雄，前人認爲是强盜的無聊的小說，他看作是一部最有時代性有社會心理的絕好作品，這種可愛的大膽的見解，從前何處有過。袁中郞受了他的影響，見解也與他相同。他說：

『吾謂今之詩文不傳矣。其萬一傳者，或今閭閻婦人孺子，所唱擘破玉、打草竿之類，猶是無聞無識眞人所作，故多眞聲。不效顰於漢、魏，不學步於盛唐，任性而發，尙能通於人之喜怒哀樂，嗜好情慾，是可喜也。』（敍小修詩）

『今人所唱銀絲柳、掛枝兒之類，可一字相襲不？』（與江進之書）

『傳奇則水滸傳、金瓶梅爲逸典。』（觴政）、

前人以爲誨淫誨盜的金瓶梅、水滸傳，他視爲逸典，與六經、離騷、史記諸書，並列書架，加以研賞，這是何等新奇大膽的意見。打草竿、掛枝兒一類的歌謠，他認爲比那些擬古的才子之作，要高明得多，可以與國風同比，可以流傳後世，這又是何等新奇大膽的意見。我們看了這些，才知道金聖歎以『水滸、西廂列爲才子書，』不過是拾李、袁的唾餘而已。

上面將公安派的文學理論，大略的講到了，因爲篇幅有限，各家的文字，不能詳細徵引，如雷思霈、湯義仍、江進之、陶望齡、黃輝諸人，俱與三袁互通聲氣，彼此唱和，於是擬古主義的思潮頓息，公安體又風靡一時。我們回顧中國過去的文學史上，眞能形成有力的浪漫派的思潮的，只有三個

時期，一個是魏、晉，一個是晚明，一個是五四。魏、晉的文學雖是其本質中充滿着浪漫的氣息，未曾有意識的造成革命的浪漫的文學理論，葛洪的思想，雖是清新可喜，究竟他自己不是一個文學作家，所以成就不大。後來唐、宋都有文學運動，主持的是韓愈、歐陽各大家，但他們的理論，在文學批評史上，價値不高，講來講去無非是幾句載道貫道的話，學術文藝老是分不開，結果是純文學弄得毫無地位。晚明公安派的議論，精神是浪漫的，態度是革命的，一反傳統的拜古的思想，而建立重個性重自由重內容重情感的新理論，把從來爲人輕視的小說戲曲民歌，與六經、離騷、史記相提並論，給予文學上最高的評價，引起明末馮夢龍、金聖歎一般人研究和批評俗文學的風氣，這種浪漫的精神，絕非韓愈、柳宗元、歐陽修輩所有。這與五四時代的文學運動精神完全相同，這是我們必得注意的。但是正統派的批評家，對於這些思想界的叛逆者，自然是要深惡痛絕，加以筆誅墨伐的。四庫提要說：『三袁詩文變板重爲輕巧，變粉飾爲本色，致天下耳目於一新，又復靡然而從之。然七子猶根於學問，三袁則惟恃聰明。學七子者不過贗古，學三袁者乃至於矜小慧，破律而壞度，名爲救七子之弊，而弊又甚焉。』破律壞度，在正統派的眼裏，自然成爲公安的罪狀，然而我們所喜者也就在此，可惜破壞的程度還不够，不能整個從體式與語言上加以革命，所以成就不大。至於沈德潛一輩老頭子所說的『公安袁氏出，詩教衰而國祚亦爲之移矣，』那眞是怪論了。公安以後，接着起來的，是鍾惺和譚元春領導的竟陵派。

鍾惺字伯敬（西曆一五七二——一六二四），有隱秀軒集。譚元春字友夏，名輩後於鍾惺，因爲他倆同選了古詩歸、唐詩歸兩書，風行一時，故世稱鍾譚，他兩都是竟陵人，故又稱竟陵體。明史文苑傳說：『自宏道矯王、李之弊，倡以淸眞，鍾惺復矯其弊，變而爲幽深孤峭。』這樣好像公安、竟陵是兩個不同的派別。其實不然。關於文學的理論，公安、竟陵沒有什麼差別。中郎全集四十卷爲鍾惺所編，袁中郎續集，譚元春作序，對於作者推崇備至。看見當日青年，王、李盛時，人人王、李；中郎盛時，人人中郎。鍾、譚在文中，自然應當加以譏笑。這與中郎本身絲毫無損。正如錢牧齋所說：『此乃後人之罪也。』至於公安所昌言「反擬古，」「反傳統，」「獨抒性靈，不拘格套，」「文學要有眞情，」這些公安的主要理論，鍾、譚無一不贊同。鍾、譚在作品上，看見公安體確實有些過於膚淺，想以「幽深孤峭」的風格去補救他。用怪字，押險韻，文字的安置，故意顚倒，造成一種冷僻苦澀的詩文。在作品上我們可以這樣說，在文學運動上，他們是同一個潮流，同一個反擬古的文學運動，同樣充滿着反傳統的浪漫精神。因爲如此，關於竟陵派的文學理論，不必在這裏抄引了。不用說正統派的批評家，對於鍾、譚的責罵，自然是不遺餘力的。試舉靜志居詩話作例：

> 『禮云：國家將亡，必有妖孽。非必日蝕星變，龍漦鷄禍也。惟詩有然。萬曆中，公安矯歷下、婁東之弊，倡淺率之調，以爲浮響，造不根之句，以爲奇突，用助語之辭，以爲流轉。著一字務求之幽晦，構一題必期於不通。詩歸出而一時紙貴。閩人蔡復一等既降心以相從，吳人張澤、華淑等復聞聲而遙應，無不奉一言爲準的，入二豎於膏肓。取名一時，流毒天下，詩亡而國亦隨之矣。』

這種滔天大罪，自然是無所遁逃。結果是公安、竟陵一派作品，全部列爲禁書，而他們的思想著作，也就在人間消聲匿跡了。不過，在當時的數十年間，他們的思想，確實深入人心，稱爲公安派、竟陵派的人們固不必說，就是派別不同的人們，也無形中接受他們的意見，成爲他們的宣傳者。如推崇歸有光的艾南英說：『弘治之世，邪說始興。至勸天下士無讀唐以後書，又曰非三代兩漢之書不讀，驕心盛氣，不復考韓、歐大家立言之旨。太倉、歷下兩生，持北地之說而又過之。持之愈堅，流弊愈廣，後生相習爲腐剿，至於今而未已。』（羅文肅公集序）又說：『後生小子，不必讀書，不必作文，但架上有弇州前後四部稿，每遇應酬，傾刻裁割，便可成篇。驟讀之，無不濃麗鮮華，絢爛奪目，細按之，一腐套耳。』對於李夢陽、王世貞輩擬古的攻擊，不是更過於公安嗎？錢牧齋是明末清初文壇的代表，他雖責備鍾、譚，但其議論，確是公安一派。他說：『萬曆中，王、李之學盛行，黃茅白葦，彌望皆是，中郎昌言排擊，大放厥辭，論出而雲霧一掃。其功偉矣。』（明詩綜引）對於中郎的推崇可知。又說：『近代之學詩者，知空同、元美而已矣。其哆口稱漢、魏稱盛唐者，知空同、元美之盛唐而已矣。自弘治至於萬曆，百有餘歲，空同霧於前，元美霧於後，學者冥行倒植，不見日月。甚矣，兩家之霧之深且久也。以余所見才人志士，踔厲風發，可以馳騦古人者多矣。惟其聞見習熟，抑沒於兩家之霧中，而不能自出，如昔人所謂有下劣詩魔入其肺腑者，夫是以少而眩，長而堅，老而無成，而終不自悔也。』（黃子羽詩序）在列朝詩集中，在他的文集中，錢牧齋對於才子們擬古派的詩文，無不加以攻擊。其態度的痛烈，遠過於公安。說他們的作品，『句摭字拾，興會索然。三百年來，推爲冠冕。然舉其字則三十餘字盡之矣。舉其句則數十句盡之矣。』（明詩綜引）這批評眞是嚴厲到了極點。這樣看來，公安派的浪漫主義的運動，抗古革新的精神，並沒有完全落空，一面暴露了擬古者的眞面目，同時又遺留了許多熱情與思想在後起的青年的頭腦裏。在聖教昌明樸學獨盛的清初，在金聖歎、李漁、袁枚的生活態度中，言論作品中，還表現出一點這派的光芒與精神，他們在正統派的眼裏，自然是邪說異端，因此經他們一擊，便又銷聲匿跡了。

四 晚明的小品文

晚明新興的散文——那些清新流麗的小品文，是公安、竟陵新文學運動的直接產物，也可以說是那次運動的唯一收穫。上面已經說過，因拘於舊的形式和格律，三袁、鍾、譚他們的詩，並無多大的成就。他們在小品文上，才眞正實踐了「獨抒性靈，不拘格套」的理論。這些作品並不是代聖人立言的大塊文章，所以不講義理，不講形式，上至宇宙，下至蒼蠅，遊山玩水，說理抒情，隨筆直書，多寫便長，少寫便短，隨心所欲，毫無滯礙，因此這些決不是應世干祿的文字，與高文典册不同，歷來爲正統的文學家所輕視。大概在政治混亂，學術思想失了統制的力量，文藝稍稍自由的時代，小品文才可以起來。兩晉六朝人的文字裏，我們可以看出來一點小品文的影子，就是這原因。或是一個有才學有風趣的作家，他扳起面孔可以作雍容典雅的堂皇的大文，但酒後燈前，也可以寫清新流麗的小品，如陶潛、白居易、蘇軾、陸游這類的人就是如此。總之，小品文不是載道的，是言志的，不是集團的，是個人的，周知堂說：『一到了頹廢時代，皇帝祖師等等要人沒有多大力量了，處士橫議，百家爭鳴，正統家大歎其人心不古，可是我們覺得有許多新思想好文章都在這個時代發生。小品文則在個人的文學之尖端，是言志的散文。他集合敍事說理抒情的分子，都浸在自己的性情裏，用了適宜的方法調理起來。』（近代散文鈔序）晚明正是皇帝祖師等等要人失了力量的頹廢時代，正是小品文發展興盛的好環境。再如袁中郎、張岱那些有風趣有才學沒有道學氣頭巾氣的作者，最宜於利用小品文這種體裁來抒寫他們的胸懷，因此表現出優美的成績。

當時感染公安、竟陵的作風而從事小品的人，實在很多，我現在只舉出袁中郎、譚友夏、劉同人、王季重、李流芳、張岱六人作爲代表，以見當代新興散文的作風。

中郎爲人，洒脫自由，不俗不滯，他的人生最高的理想，是莊子的逍遙，陶潛的適性。旁人是求官，他是求去官，求去而不可得，至於生病。爲什麼呢？他只是求解脫求自由。在他的尺牘，充分的表現他這種人生觀。後來官果然辭了，自由自在的遨遊山水，讀書作文，過一點性情中的生活。在這種情態下，他寫下許多小品文，都是極好的作品。

『聞長孺病，甚念念。若長孺死，東南風雅盡矣。能無念耶？弟作令備極醜態，不可名狀。大約遇上官則奴，候過客則妓，治錢穀則倉老人，諭百姓則保山婆。一日之間，百煖百寒，乍陰乍陽，人間惡趣，令一身嘗盡矣，苦哉毒哉！家弟秋間欲過吳，亦只好冷坐衙齋，看詩讀書，不得如往時攜胡孫登虎邱山故事也。近日遊性發不？茂苑主人雖無錢可增客子，然尚有酒可醉，茶

可飲，太湖一勺水可遊，洞庭一塊石可登，不大落寞也。』（寄丘長孺）

『弟屈指平生別苦，惟少時江上別一女郎，去年湖上別一老，合今而三耳。女郎以情，長老以病，此別非情非病，亦復塡膺之盛，卽弟亦不知所以也。讀扇頭詩，字字涕淚。再見何期，令人腸痛。』（寄王子聲）

『高梁橋在西直門外，京師最勝地也。兩水夾堤，垂楊十餘里，流急而清，魚之沉水底者，鱗鬣皆見。精藍棋置，丹樓珠塔，窈窕綠樹中，而西山之在几席者，朝夕設色以娛遊人。當春盛時，城中士女雲集，縉紳士大夫非甚不暇，未有不一至其地者也。三月一日，偕王生章甫，僧寂子出遊。時柳梢新翠，山色微嵐，水與堤平，絲管夾岸。趺坐古根上，茗飲以爲酒，浪紋樹影以爲侑，魚鳥之飛沉，人物之往來以爲戲具。堤上遊人見三人枯坐樹下，若癡禪者，皆相視以爲笑。而余等亦竊謂彼筵中人，喧囂怒詬，山情水意，了不相屬，於樂何有也。少頃，遇同年黃昭質拜客出，呼而下，與之語，步至極樂寺，觀梅花而返。』（高梁橋遊記）

『西湖最盛，爲春爲月。一日之盛，爲朝烟，爲夕嵐。今歲春雪甚盛，梅花爲寒所勒，與杏花相次開發，尤爲奇觀。石簣數爲余言，傅金吾園中梅，張功甫家故物也。急往觀之，余時爲桃花所戀，竟不忍去湖上。由斷橋至蘇堤一帶，綠烟紅霧，瀰漫二十餘里，歌吹爲風，粉汗爲雨。羅紈之盛，多於堤畔之草，豔冶極矣。然杭人遊湖，止午未申三時，其實湖光染翠之工，山嵐設色之妙，皆在朝日始出，夕舂未下，始極其濃媚。月景尤不可言。花態柳情，山容水意，別是一

種趣味，此樂留與山僧遊客受用，安可爲俗士道哉！』（晚遊六橋待月記）

這些文字，有兩點特長，一、文中有人。作者的個性情感人品，都活躍在紙上，讀其文如見其人，絕不是那些說假話講聖道的大文章所能有的。二、文字確實流麗清新，深入淺出，算是實踐了他自己所說的『文章新奇，無定格式，一一從自己胸中流出，此眞新奇也』的理論。尺牘固是活潑有情趣，山水小品，也是情景相生，有人有物，也絕不是那些活呑經史拘守義法的大書信長遊記所能有的。袁小修說：『先生詩文如錦帆、解脫，意在破人之執縛，故時有遊戲語，亦其才高膽大，無心於世之毀譽，聊以抒其意所欲言耳。黃魯直曰：「老夫之書，本無法也，但觀世間萬緣如蚊蚋聚散，未嘗有一事橫於胸中，故不擇筆墨，遇紙則書，紙盡則已，亦不暇計人之品藻譏彈，譬如木人舞中節拍，人稱其工，舞罷又蕭然矣，」此眞先生言前意也。』（中郎全集序）用之評中郎的小品文，更爲恰當。

竟陵文體，是以幽深孤峭，矯公安的清眞，所以讀他們的作品，沒有像中郎的作品那麼流利。用字造句，有時候組織得很新奇，初看去似乎不好懂，再看一遍，覺得也另有一種情趣，這就是一般人所說的幽深孤峭。現在舉譚元春、劉侗的文作例：

『昔人言，秋冬之際，尤難爲懷。以之命篇，非是之謂也。何嘗快，獨無憂，余之爲懷良易矣。然則曷取焉。夫已冬而秋，不猶之方春而夏乎哉。鷃花藻野，則春全在夏矣；紅黃振谷，則秋不遽冬矣。故君子際之以答歲也。況獨往苦少，同志苦多，汎則方舟，登或共屐，非其喑滯，其何默焉。然當斯際也，以遊則山澹澹而不至於癯，水岩岩而不至於嬉，故淵明所謂「良辰入奇

懷，」靈運所謂「幽人嘗坦步，」每臨境下筆，皆抱此想矣。』（自題秋冬之際草）

劉侗字同人，湖北麻城人，與譚元春、于奕正友善。他的文章因爲寫得奇怪，被人彈劾。麻城縣志云：『劉侗初爲諸生，見賞於督學葛公，禮部以文奇奏參，同竟陵譚元春、黃岡何閎中降等，自是名著聞……客都門，取燕人于奕正所抄集著爲書，名帝京景物略。』 由此我們可以知道帝京景物略是劉、于二人合著的。

『德勝門東，水田數萬畝，洫溝澮川上。堤柳行植，與畦中秧稻，分露同烟。春綠到夏，夏黃到秋。都人望有時，望綠淺深，爲春事淺深，又爲秋事淺深。望際，聞歌有時，春插秧歌，聲疾以欲。夏桔槔水歌，聲哀以囀。秋合酺賽社之樂歌，聲譁以嘻。然不有秋也，歲不輒聞也。有台而亭之，以極望，以遲所聞者。三聖庵，背水田庵焉。門前古木四，爲近水也，柯如青銅亭亭。台庵之西，台下畝，方廣如庵。豆有棚，瓜有架，綠且黃也，外與稻楊同候。台上亭曰觀稻，觀不直稻也，畦隴之方方，林木之行行，梵宇之厂厂，雉堞之凸凸，皆觀之。』（三聖庵）

『白石橋北萬駙馬莊焉，曰白石莊。莊所取韻皆柳。柳色時變，閑者驚之；聲亦時變也，靜者省之。春黃淺而芽，綠淺而眉，深而眼，春老絮而白。夏綠迢迢以風，陰隆隆以日，秋葉黃而落，而墜條當當，而霜柯鳴於樹，柳溪之中，門臨軒對。一松虬，一亭小，立柳中。亭後，台三絫，竹一灣，曰爽閣，柳環之。台後池而荷，橋荷之上，亭橋之西，柳又環之。一往竹籬內，堂三楹，松亦虬，海棠花時，朱絲亦竟丈。老槐雖孤，其齒尊，其勢出林表。後堂北，老松五其與

槐引年。松後一往為土山，步芍藥牡丹圃良久，南登鬱岡亭，俯翳月池，又柳也。（白石莊）

這種文體，確實有點怪僻。無一難字，無一典故，無一經文，但讀去覺得有些不順口，要稍稍細心，才感着滋味。公安文似梨，竟陵文似橄欖，這譬喻是恰當好處。

在文字裏以詼諧見長的，是王思任。王字季重，號謔菴，浙江山陰人。著有王季重十種。關於他的生平，在張岱的瑯嬛文集裏，有一篇王謔菴先生傳，記得很詳細。他生性滑稽，對人常是調笑狎侮，不加檢點。但每逢大事，却又氣宇軒昂。弘光敗走時，馬士英稱皇太后制，奔逃至浙，王季重寫信痛罵他，當時人心大快。張岱云：『五十年內，强半林居，乃遂沉湎麯蘖，放浪山水，且以暇日，閉戶讀書。自庚戌遊天台、雁宕，另出手眼，乃作游喚，見者謂其筆悍而膽怒，眼俊而舌尖，恣意描摩，盡情刻劃，文譽鵲起。蓋先生聰明絕世，出言靈巧，與人諧謔，矢口放心，略無忌憚。』（王謔菴先生傳）這把他的性情作風都說出來了。他遊過不少的地方，寫了不少的遊記，那些都是他的代表作品。

『越人自北歸，望見錫山，如見眷屬。其飛青天半，久暍而得漿也，然地下之漿，又慧泉首妙。居人皆蔣姓，市泉酒獨佳，有婦折閱，意閑態遠，予樂過之。買泥人，買紙鷄，買木虎，買蘭陵面具，買小刀戟，以貽兒輩。至其酒，出淨磁許先嘗論值。予丐冽者淸者，渠言燥點擇奉，吃甜酒尚可做人乎，寃家，直得一死。沈丘壑曰：「若使文君當爐，置相如何地也。」謔菴孫田錫於卷頭註曰「日齒淸歷，」似有一酒胡在內，呼之或出耳。』（遊慧錫兩山記）

『隆恩寺無他奇，獨大會明堂有百餘丈，可玩月。門生曾雪臥其間者十日。逕下有雲深庵，曾以五月瞰其櫻桃，八月落其蘋果。櫻桃人瞰後則百鳥俱來，就中有綠羽翠鴿者，有白身朱咮者，語皆侏儒鴂舌，嘈雜清妙。蘋果之香在於午夜，某曾早起臭之，其逸品入神，謂之清香，清不同而香更異，老師不可不訪之。』（上黃老師）

這些文字，固不同於公安，與竟陵亦不相像。施愚山評他云：『入鬼入魔，惡道岔出，鍾、譚之外，又一旁派也。』所不同的地方，謔菴是於幽冷孤峭之中，再加了一點詼諧，使他的文字更生動有趣。

兼有各派之長，同時又把小品文所描寫的範圍擴大，而可稱爲晚明小品文的代表的，是以陶庵夢憶、西湖夢尋和瑯嬛文集著稱的張岱。張岱字宗子，一字石公，別號陶庵，浙江山陰人（一五九七—？），他是品行極高，個性最强的人。關於他的生平，最好是看他自作的墓誌。

『少爲紈袴子弟，極愛繁華，好精舍，好美婢，好孌童，好鮮衣，好美食，好駿馬，好華燈，好煙火，好梨園，好鼓吹，好古董，好花鳥，兼以茶淫橘虐，書蠹詩魔，勞碌半身，皆成夢幻。年至五十，國破家亡。避迹山居，所存者破床碎几，折鼎病琴，與殘書數帙，缺硯一方而已。布衣蔬食，常至斷炊。回首二十年前，眞如隔世。……好著書，其所成者有石匱書、張氏家譜、義烈傳、瑯嬛文集、明易、大易用、史闕、四書通、說鈴、昌谷解、快園道古、傒囊十集、西湖夢尋、一卷冰雪文行世。生於萬曆丁酉八月二十五日卯時。……明年，年躋七十有五，死與葬其日月尚不知也。故不書。』

他一生的境遇，由此可知大概。著作這麼多，現在流傳的，只有夢憶、夢尋、文集數種。他自己最重視的，是石匱書，這是一部前後寫了二十七年的明史。他作此書的原因，一是『第見有明一代，國史失譜，家史失諛，野史失臆，』所以他下決心要寫一部比較眞實的歷史。二是他家三世『聚書極多，苟不稍事纂述，則家藏將化爲烟草，』豈不可惜。因此他自『崇禎戊辰，遂泚筆此書，十有七年而遽遭國變，攜其副本，屛跡深山，又硏究十年而甫成此帙。幸余不入仕版，既鮮恩仇。不顧世情，復無忌諱，事必求眞，語必務確，五易其稿，九正其訛。稍有未核，寧闕勿書。』（石匱書序）這種作史的認眞態度，多麼可敬。後來這一部書，被浙江提學使谷應泰以五百金買去，作爲明紀事本末的底本。

陶庵是一個最富於情感的人，同時又最富於正義感。他以前半世的富貴生活，而突然墮於國破家亡衣食不足的貧困環境，他能從容不迫地過下去，以著書爲樂。不憂生，不畏死，去世之前，自己作好墓地，作好墓誌，一天不死，一天還是讀書著書，這是何等寬容的態度，他一生最愛陶潛、蘇軾，他確是陶、蘇一流的人物。亡國以後，處在那種暴力下，自然是絕無辦法，他胸中的憤怒，怎能消滅，懷國傷家之念，怎能消滅，做得再沉默，裝得更達觀，那些情感與懷念，自會時時滋長。家道衰落，朋輩死亡。『葛巾野服，意緒蒼涼。語及少壯穠華，自謂夢境，』（山陰縣誌張岱傳）我們想見那葛巾野服的老人，處在那慘痛的環境裏，怎能不意緒蒼涼。在那蒼涼裏，是灑着家國之淚的。所謂少壯穠華，一切是家庭的，故國的，到那時自然都變成夢境。李後主所說的「往事已成空，還如一夢中。」「小樓昨夜又東風，故國不堪回首月明中」的心境，正是張岱的心境。他在這種心境裏，寫成了陶庵夢憶和西湖夢尋兩本絕好的書。他在夢憶序中說：『因想余生平繁華靡麗，過眼皆空，五十年來皆成一夢。……偶拈一則，如遊舊徑，如見故人，城郭人民，翻用自喜，眞所謂癡人前不得說夢矣。』這表示對他的故國老家，是何等的追戀。杜甫詩云：『國破山河在，城春草木深。感時花濺淚，恨別鳥驚心。』我們一定要用讀這種詩的意念，去讀夢憶、夢尋，才有意義。若只當一則一篇的尋常記事文去讀，那眞是有負作者了。

他的詩文，開始確是學過公安、竟陵；但後來他融和二體，獨成一家之言。他自己說：『余少喜文長，遂學文長詩。因中郎喜文長，而並學喜文長之中郎詩。文長、中郎以前無學也。後喜鍾、譚詩，復欲學鍾、譚詩，而鹿鹿無暇。……予乃始知自悔，舉向所爲文長者悉燒之，而滌骨刮腸，非鍾、譚一字不敢置筆。刻苦十年，乃問所爲鍾、譚者又復不似。』（瑯嬛詩集序）不過他未能爲公安、竟陵所囿，他能汲取倆家之所長，棄其短，而造成張宗子特有的文體。而其文學理論，並不與公安背，因他同樣主張反擬古，抒性靈。在小品文上的成就，高出晚明各家之上，其範圍也並不像其他諸人，只集中於描畫山水，到了他，才眞的做到記事說理抒情各方面，而各方面都好。讀過夢憶、夢尋的人，便會知道。並且任何體裁，到他手中，都解放了，如序跋、像贊、碑銘、這些文體，出之三袁、鍾、譚，也都扳起面孔規規矩矩地寫，到了他，也寫得滑稽百出，情趣躍然，同時也是用的小品文體。這不能不說是散文上一大進步。

『功名耶落空，富貴耶如夢。忠臣耶怕痛，鋤頭耶怕重。著書二十年耶而竟堪覆甕。之人耶有用莫用。』（自題小像）

『余家自太僕公稱豪飲，後竟失傳，余父余叔不能飲一蠡殼，食糟茄面即發頳，家常宴會，但留心烹飪，庖廚之精遂甲江左。一簋進，兄弟爭啖之立盡，飽即自去，終席未嘗舉杯，有客在，不待客辭，亦即自去。山人張東谷，酒徒也，每悒悒不自得。一日起謂家君曰，爾兄弟奇矣，肉只是吃，不管好吃不好吃，酒只是不吃，不知會吃不會吃。二語頗韻，有晉人風味。而近有傖父載之舌華錄曰，張氏兄弟賦性奇哉，肉不論美惡，只是吃，酒不論美惡，只是不吃。字字板實，一去千里，世上眞不少點金成鐵手也。東谷善滑稽，貧無立錐，與惡少訟，指東谷爲萬金豪富，東谷忙忙走愬大父曰，紹興人可惡，對半說慌，便說我是萬金豪富，大父常舉以爲笑。』（張東谷好酒夢憶）

『西湖七月半，一無可看，止可看看七月半之人。看七月半之人，以五類看之。其一，樓船簫鼓，峨冠盛筵，燈火優傒，聲光相亂，名爲看月而實不見月者，看之。其一，亦船亦樓，名娃閨秀，攜及童孌，笑啼雜之，環坐露台，左右盼望，身在月下而實不看月者，看之。其一，亦船亦聲歌，名妓閒僧，淺斟低唱，弱管輕絲，竹肉相發，亦在月下，亦看月而欲人看其看月者，看之。其一，不舟不車，不衫不幘，酒醉飯飽，呼羣三五，躋入人叢，昭慶、斷橋，嘄呼嘈雜，裝假醉，唱無腔曲，月亦看，看月者亦看，不看月者亦看，而實無一看者，看之。其一，小船輕幌，淨几煖爐，茶鐺旋煮，素瓷靜遞，好友佳人，邀月同坐，或匿影樹下，或逃囂裏湖，看月而人不見其看月之態，亦不作意看月者，看之。杭人遊湖，巳出酉歸，避月如仇。是夕好名，逐隊爭出，多犒門軍酒錢，轎夫擎燎，列俟岸上。一入舟，速舟子急放斷橋，趕入勝會。以故二鼓以前，人聲鼓吹，如沸如撼，如魘如囈。如聾如啞，大船小船，一齊湊岸，一無所見。只見篙擊篙，舟觸舟，肩摩肩，面看面而已。少刻興盡，官府席散，皂隸喝道去，轎夫叫，船上人怖以關門，燈籠火把如列星，一一簇擁而去。岸上人亦逐隊趕門，漸稀漸薄，頃刻散盡矣。吾輩始艤舟近岸，斷橋石磴始涼，席其上，呼客縱飲。此時月如鏡新磨，山復整粧，湖復頮面，向之淺斟低唱者出，匿影樹下者亦出，吾輩往通聲氣，拉與同坐，韻友來，名妓至，杯箸安，竹肉發，月色蒼涼，東方將白，客方散去。吾輩縱舟，酣睡於十里荷花之中，香氣拍人，清夢甚愜。』（西湖七月半夢憶）

這些文字，是何等可愛的眞，是何等可愛的野，又是何等活潑與新鮮。在韓、柳、歐、曾的集子裏見過沒有？這是晚明特有的文字，是張宗子特有的文字。有中郎的清新，有竟陵的冷峭，又有王謔庵的幽默。我們可以大膽的說，在晚明的新文學運動中，在新興的小品文中，張宗子是第一個成功的作家。

第二十五章　明代的戲曲

一　南戲的源流與形式

我們都知道宋、元的南戲，是明朝傳奇的前身，由文字粗俗、形式散漫的宋元時代的南戲，漸漸進步而爲優美完整的長篇鉅製的傳奇，是需要着相當的時期的。因此，在敍述明代傳奇之前，關於宋、元南戲發展的情態，必得先加以說明。但因材料太少，這說明未必能滿意。

所謂南戲，就是南曲戲文，是用南方的言語南方的歌曲所組成的一種戲曲。這種戲曲發生很早，在宋徽宗到光宗年間（十二世紀）就產生了。開始起於浙東溫州的民間，漸漸向各處蔓延，到宋末已盛行於南都了。這一種戲曲的組成，一部分是宋詞，一部分是流行的小曲，也沒有嚴整的宮調組織，是最適合於民衆舞台的扮演與社會大衆的欣賞。當日供奉於宮庭的是官本雜戲，所以這種通行於民間的戲曲，叫作溫州雜戲，後來要與盛行於北方的雜劇分別，因此又叫作南戲。

這種南戲的本子，在宋朝一定是很多的，但是却沒有流傳下來一個完本。這原因一面固然是由於宋末兵亂的喪失，最重要的，還是在南宋時代南戲還只是民間的產物，高級文士，正在專力於詩詞，對於戲曲尙未染指，沒有產生偉大作品的原故。因此現在我們能確定爲宋代的南戲的，只有趙貞女蔡二郎、王煥、樂昌分鏡、王魁、陳巡檢梅嶺失妻五種。前一種已隻字無存，後四種尙有殘文存於南九宮譜中，但也只有幾支曲子，無法認識宋代南戲的眞實形態，這是非常可惜的。到了元代，雜劇雖是當日宮庭的寵物，北方戲場的霸王，但南戲並沒有衰亡，他仍然在江南一帶，得着大量低級趣味的民衆支持，在各處劇場流行。永樂大典與南詞敍錄中所收的當代南戲目錄，還有好幾十種。近年來南戲的研究，在學界很流行，因爲古代許多秘籍的發現，使他們得到很好的成績。如錢南揚的南戲百一錄、陸侃如的南戲拾遺、趙景深宋元戲文本事，都是研究南戲的收穫。他們根據南九宮譜、新編南九宮詞、雍熙樂府、九宮大成南北詞宮譜、詞林摘豔、盛世新聲、吳歈萃雅、南音三籟、九宮正始諸書，輯得淹沒了好幾百年的元代南戲一百二十餘種。在這裏，使我們知道，在雜劇盛行的元代，南戲也是同樣的流行，在明初的琵琶、拜月之前，還有那麼多的南戲存在着，不用說，這一百多種作品，自然只是當代南戲的一部分，由此可知宋亡以後，南戲衰亡的話，完全是不可信的了。

可惜這一百多種南戲，都不是完本，只是留存一些曲文。沒有說白動作，我們仍是無法認識南戲的形態。但是由這些曲文裏，顯露出幾點南戲的特徵。

一、曲文無論是用的詞牌或流行的小曲，在文字的藝術與情調上，完全是南方文學的情調。

二、南戲的歌曲中有合唱的，如詩酒紅梨花中的一曲云：『催花時候，輕暖輕寒雨乍收。和風初透，園林如繡。楚煙前後，是誰人染胭脂把海棠裝就？含嬌半酣如中酒，闌干外數枝低凑。（合唱）咱兩個把草來鬬，輕兜繡裙，把金釵當籌，遊賞到日晚方休。』（九宮正始正宮過曲長生道引第二格）

三、韻律宮調不如雜劇之嚴明，如陳光蕊江流和尙中的拗芝蔴一套云：

『拗芝蔴　崎嶇去路賖，見疊疊幾簇人烟風景佳。遣人停住馬。扁舟一葉丹青畫，一抹翠雲掛，遠霧罩汀沙。見白鷗數行飛，見人來也，驚起入蘆花。小舟釣艇，收綸入浦，弄笛相和。動人萬般淒楚，離情怎躱？偶覩前村，水遶人家，畫橋風颭酒旗斜。好買三杯，消遣倦煩。西山日漸沉，此不過暑氣炎宜趲步，早去尋安下。相將閉柴門，牧童歸草舍。古寺鐘敲數聲，野水無人渡。

尾聲　綠楊影裏新月挂，孤村酒館兩三家。借宿今宵一覺呵！』

這一套南曲，明康對山以屬仙呂宮，鈕少雅九宮正始又以屬道宮，這自然是後人勉强作古的辦法。南戲曲在宋、元時代，本爲小曲俚歌雜合而成，根本就沒有嚴整宮調，各曲的相聯，大都以聲調調和爲準則。徐渭南詞敍錄說：『南曲固無宮調，然曲之次第，須用聲相鄰，以爲一套，其間亦自有類輩不可亂也。如黃鶯兒則繼之以簇御林、畫眉序則繼之以滴溜子之類，自有一定之序。』他這說是對的。後來作者都跟着這種方式，漸漸形成一種定律，形成一種南宮曲譜了。同時在上曲中，魚模家麻歌戈諸韻並用，可知他的用韻，非常自由。這種情形，不僅元代的南戲是如此，就是明初的名著如琵琶、金印也是如此。故南詞敍錄又說：『永嘉雜劇，即村坊小曲爲之，本無宮調，亦罕節奏，徒取其畸農市女順口可歌而已。諺所謂隨心令者，即其技歟。間有一二叶音律，終不可以例其餘，烏有所謂九宮。』可知南戲的初期，無論用韻造曲，都是完全出於自由，所謂『順口可歌，』把當代的南戲大衆化的精神說盡了。講什麼九宮，講什麼音韻，那都是南戲入於士大夫之手，成爲貴族式的純文藝作品以後，那已是明朝後期的時代了。

二十八年前（一九二〇），葉恭綽在倫敦發現了第一三九九一卷的永樂大典，內有小孫屠、張協狀元及宦門弟子錯立身三種戲文。後來這些戲文，由古今小品書籍印行會出版，於是我們得讀到最古的南戲的全本，在中國戲曲史上，確是最重要的文獻。他們的藝術地位雖不高，但在南戲形體組織方面的考察，是非常重要的。

小孫屠題爲古杭書會編述，宦門弟子錯立身題爲杭才人新編，張協狀元戲中說是九山書會所編，可知這些作品，都是出自社會大衆之手。其年代雖不可考，必是溫州雜戲盛行於杭州以後的事。因此說是產生於元代，是較爲可靠的。小孫屠是描寫兄弟的葛藤，宦門弟子錯立身是描寫父子的葛藤，中間都雜着一個妓女在內面，張協狀元是描寫三角戀愛的糾紛。情節雖也有可取之處，但矛盾不自然的地方很多，無須在這裏介紹了。前二種篇幅很短，白少曲多，後篇較長，又因科白過多，在藝術上講，無論那方面，都比不上雜劇。由此，我們也可以推想到，南戲在當日只能流行於民間，雜劇能得到文人的支持，產生許多偉大的作品，壓倒南戲，而成爲劇壇代表，原因便在此。

這三本戲文值得我們重視的地方，並不在其藝術上的成就，而在其南戲形體上的表現。使我們明瞭明代傳奇的前身，畢竟是一種什麼樣子。

一、題目正名　南戲如雜劇一樣，也有題目正名。如小孫屠的題目是『李瓊梅設計麗春園、孫必貴相會成夫婦。朱邦傑識法明犯法，遭盆弔沒與小孫屠。』形式語氣，都與雜劇相像，不過南戲的是放在前面，到了明代的傳奇，戲名由繁冗變爲簡鍊，如琵琶記、幽閨記一類的戲目了。

二、家門　南戲沒有楔子，開場便有「家門，」或叫「開場」「開宗，」是全戲的序幕。把全劇的情節在「家門」中作一概括說明。用的都是詞牌。如小孫屠的家門云：

『末白　滿庭芳　白髮相催，青春不再，勸君莫羨精神。賞心樂事，乘興莫因循。浮世落花流水，鎮是會少離頻。須知道轉頭吉夢，誰是百年人。雍容絃誦罷，試追搜古事，往事閑憑。想像梨園格範，編撰出樂府新聲。喧嘩靜，竚立歡笑，和氣藹陽春。

（後行子弟不知敷演什傳奇？衆應遭盆弔沒與小孫屠）

再白　滿庭芳　昔日孫家，雙名必達，花朝行樂春風。瓊梅李氏，賣酒亭上幸相逢。從此聘爲夫婦，兄弟謀苦不相從。因外往瓊梅水性，再續舊情濃。暗去梅香首級，潛奔他處，夫主勞籠。陷兄弟必貴盆弔死郊中。幸得天教再活，逢嫂婦說破狂蹤。三見鬼一齊擒住，迢斷在開封。

末下』

明傳奇都採取着這種形式，可知「家門」並非明人所創，在元代的戲文裏就有了。

三、長短自由　雜劇中俱以四折爲限，南戲則長短自由，不分折，也不分齣。戲的分齣與有齣目，想都是起自明朝。這自然是戲曲組織上的進步。因爲元代的南戲，已無長短的限制，因此便進展爲明代四五十齣組成的長戲了。

四、科白與脚色　南戲與雜戲同樣，有科有白。科爲動作，南戲中於科處多作介，亦有作科介者。如小孫屠中云：『末作聽科介，』『末行殺介。』南詞敍錄云：『戲文於科處皆作介，蓋書坊省文以科字作介字，非科介有異也。』南戲先唱而後白，雜劇先白而後唱。雜戲中的白，雖偶有淺近的文言，十之八九是純粹的口語，比較純正。南戲中則時常有駢偶的句子，如張協狀元中云：『末白，小客肩擔五十秤，背負五十斤。通得諸路鄉談，辨得川、廣行貨。衝烟披霧，不辭千里之迢遙，帶雨冒風，何惜此身之跋涉。』一個做生意的人，說出這種句子，與劇中人的身分，全不相稱。這明明是南戲中的大缺點，然而明人却認爲是典雅，演成後來傳奇中很多比這更要駢偶的句子。南方人的歡喜賣弄文筆，無論在什麼文體上，都是要表現一下的。關於脚色，據南詞敍錄，有生、旦、外、貼、丑、淨、末等色，大體上與雜劇相同。但在職務的分配上，雜劇中擔任主角的末，退爲配角，而其地位由生來代替。可知生脚的由來是很古了。

到了元代中末之期，雜劇南移以後，北戲南戲的競爭必很激烈。在這種環境下，無形中南戲蒙受北戲的影響，而漸加改進的事，是無疑的。據錄鬼簿所載：『范居中有樂府及南北腔行於世。沈和以南北調合腔。蕭德祥又作南曲戲文。』他們三個都是杭州人，同時也是南方的雜劇作者。他們所作的南北合腔及南曲戲文，現在雖不可見，但他們在那裏盡力改良南戲的工作是可想像得到的。從事這一種工作的人，當然不只這三個，王世貞所說的『王應稍能作新體，號爲南曲。高則誠遂掩前後』（藝苑巵言附錄一）可知王應這個人也是當時改良南戲的要角，可惜他的作品，現在一點也不存了。有了這些人的努力，南戲在藝術上才得到進步，形體才得到完成。到了明初，南戲的代表作品，如拜月、琵琶等記便應運而生，於是便走到了前人所謂的傳奇時代。傳奇二字唐、宋人專用以指短篇文言小說。元代有用以指戲曲的，如錄鬼簿所云：『前輩已死名公才人有所編傳奇行於世者，』專指南戲，則見於小孫屠及宦門弟子錯立身的戲辭中。到了明代，傳奇便成了南戲的專稱。從此「南曲戲文」這個名詞廢而不用，於是他的歷史也漸漸淹沒了。

由上文所述，關於南北戲曲不同的地方，歸結其要點於下：

一、雜劇每折一人獨唱，南戲可以獨唱對唱和合唱。

二、雜劇每本以四折為限，南戲長短自由。

三、雜劇每折限用一宮調，一韻到底。南戲每齣無一定的宮調，可以換韻。

四、南北戲曲因地方氣質的不同，以及樂器樂譜的各異，於是曲的音調與精神也各異其趣。徐渭說聽北曲則神氣鷹揚，有殺伐之氣，聽南曲則流麗婉轉，有柔媚之情（南詞敍錄）。魏良輔說：『北主勁切雄麗，南主清峭柔遠。北字多而調促，促處見筋；南字少而調緩，緩處見眼。北則辭情多而聲情少，南則辭情少而聲情多。北力在絃，南力在板。北宜和歌，南宜獨奏。北氣易和，南氣易弱。』（曲律）關於南北曲調曲情的分別，這說得最明白了。

二　元末明初的傳奇

上面說過，到了元代末年，南戲受了雜劇的刺激，從事改良的人漸多，如沈和、蕭德祥、王應們都是。書會中人不必說，就是官吏文人，也漸加染指，因此便促進南戲的改良與興盛。他的文學地位，也由此而提高，從前只是爲低級趣味的民衆所欣賞的作品，現在爲文人貴族所歡喜的東西了。前人所稱的殺狗記、白兎記、拜月亭、琵琶記、荆釵記五大傳記，就在這種環境下產生了。

殺狗記　殺狗記全劇三十六齣，清朱彝尊以爲是徐畛作。徐字仲由，淳安人，洪武初，徵秀才。這話是靠不住的。南詞敍錄以此戲歸宋、元舊篇，很可相信，我們從他的曲白的俚俗本色上看，可以推想這是一部元末的民間作品，是一部傳奇戲曲的初期產物，他的年代，必在拜月、琵琶之前。因此後來雖經過徐時敏、馮夢龍諸人的潤飾，戲中仍保存着濃厚的民衆文學色彩。戲的內容，寫孫華夫婦與其弟孫榮的失和與團圓。其中的大意，可由第一齣家門中見之。『孫華家富貴，東京住結義兩喬人。誑語讒言，從中搬鬪，將孫榮趕逐，投奔無門。風雪裏救兄一命，將恩作怨，妻諫反生嗔。施奇計，買王婆黃犬，殺取扮人身。夫回猛地驚魂，去浼龍卿、子傳，托病不應承。再往窰中，試尋兄弟，移尸慨任，方辨疎親。淸官處喬人妄告，賢妻出首，發狗見虛眞。重和睦，封章褒美，兄弟感皇恩。（鴛鴦陣）』這故事是由蕭德祥的雜劇殺狗勸夫而來。

殺狗記晚明人都很輕視，大半是說他詞語鄙俗，不堪入目，又說他調律不明，不成規範。這都是後代格律派辭藻派的偏見。我覺得殺狗記的好處，正是他們所說的壞處。在這戲裏，有兩種特色，是必得注意的。一，戲的題材，他是寫的一件舊家庭的黑幕，元人雖有雜劇在先，但經作者的改編，却成為一個最有時代性的社會題材，同那些歷史宮庭戲佳人才子戲完全不同。戲中把孫華、孫榮、楊月貞、柳龍卿、胡子傳五個人的性格，寫得極其分明，都成為各種人格的典型。孫華、楊月貞是一派，是舊禮教養成的代表，孫華是遊蕩公子的典型，柳、胡二丑是流氓惡漢的代表。二，戲曲是大衆的舞台藝術，除文字藝術之外，必要顧到他的通俗性。殺狗記的說白，都是用的淺明的口語，並能適合各人的身分個性，這是非常可取的。就是全戲的曲文，無不流暢如話，一點不做作，不雕飾，完全出於本色。無論說白唱曲，民衆都能瞭解，這和後代的駢曲儷白，只能給士大夫們欣賞的作品比較起來，這明明一是社會的文學，一是貴族的文學了。今舉第六齣中那兩個惡漢設法陷害孫榮的對白為例。

『淨　我且問你，昨日花園中，結義幾人？

丑　是三人。

淨　孫大哥你我，更有何人？……

丑　家裏人，外頭人。

淨　家裏人。

丑　嗄，是了，前日淸風亭上結義，只有吳忠在那裏，敢是吳忠？

淨　呸，破蒸籠，不盛氣。他是孫大哥家裏使喚的。我每喫酒，他來服事。到與他來做朋友，沒志氣。……

丑　這等猜不着。

淨　就是在書房中，終日子曰子曰的。

丑　可是孫二麼？

淨　着！着！

丑　前日孫大哥說，不要倸他，慮他怎麼？

淨　兄弟，你不曉得，那孫大嫂是極賢慧的。他見大哥疎薄了孫榮，必然勸諫。常言道妻是枕邊人，十事商量九事成。萬一大哥醒悟了，他們弟兄親的只是親的，我和你疎的只是疎的。倘或和順了，我和你兩個網巾圈撇在腦後，要見面也是難了。

丑　二哥說得是，必須尋一條計策來弄斷了他。我與你衣飯長久。……

淨　有理。……我有一計。我和你今日到他家，只說謝酒。說昨夜囘去，打從小巷裏走，只見令弟頭裹儒巾，身穿藍衫，脚穿皂鞋，與一個挑船郎中說話。手裏拿一包銀子，說我家耗鼠太多。要贖些蜈蚣百脚、斷腸草、烏蛇頭、黑蛇尾、陳年乾狗屎、糖霜蜜餞楊梅乾。……一贖贖了十七八包。他看見我們兩個，脚根上紅起，直紅到頭髮上去，囘身便走，一走走了一個彎，兩個彎，三三九個彎，在無人之所，雙手拿了藥，對天跪下，告道：天地天地，我孫榮被哥哥孫華，嫂嫂楊月貞强占家私，如今贖這藥囘去，酒裏不下飯裏下，飯裏不下茶裏下，一藥藥死了哥哥，這家私都是我的。

丑　阿哥，這是你幾時見的？

淨　啐，說了半日，對木頭說了。這是我每說謊。
丑　說謊，這等像得緊。倘或大哥不信，怎麼處？
淨　孫大哥極慈心，我和你須要假哭。
丑　我沒有眼淚出，怎麼好？
淨　這是要緊的，官場演，私場用，我和你演一演。（演介）』

這種生動逼眞的對白，殺狗記中到處都是。在戲曲的整體上，他是重要的一部門，前人評曲，只以曲辭爲首，完全成爲曲辭的奴隸。對於說白一項，也都以文雅爲貴。稍涉猥鄙俚俗，不似文人口吻，便加以惡評。這是古典文人的通病，所以我覺得殺狗記的好處，不在曲而在白，不在典雅而在俚俗，不在格律的整嚴而在自由，要這樣，才能表現戲曲不只是文字的藝術，而是舞台上的大衆藝術。

白兎記　白兎記亦爲元、明之際的民間作品。其故事叙述劉知遠窮困從軍，因功立業，其妻李三娘在娘家受逼，操工度日，磨房產子。後經種種磨折，得以團圓。這戲的來源甚古，金時已有劉知遠諸宮調。全戲三十二齣，開宗云：『五代殘唐、漢劉知遠，生時紫霧紅光。李家莊上，招贅做東床。二舅不容完聚，生巧計拆散鴛鴦。三娘受苦，產下咬臍郎。知遠投軍，卒發跡到邊疆。得遇繡英岳氏，願配與鸞凰。一十六歲咬臍生長，因出獵識認親娘。知遠加官進職，九州安撫，衣錦還鄉。』此戲的全部情節，在這首滿庭芳詞裏，說得很淸楚了。劉知遠因爲做過幾天皇帝，因此在他的身上生出種種無聊的神話。戲中這種不自然的地方固然很多，但李三娘因爲丈夫窮困，在娘家受舅子們的壓迫，叫他挑水推磨，想因此逼她改嫁一個富人，這實是中國舊家庭的一般醜態。這一部分，是全戲中最精彩處。

『慶青春　冷清清，悶懷慼慼傷情。好夢難成，明月穿窗，偏照奴獨守孤另。

集賢賓　當初指望諧老年，和你廝守百年。誰想我哥哥心改變，把骨肉頓成拋閃。凝眼望穿，空自把闌干倚遍。兒夫去遠。悄沒個音書回轉。常思念，何日裏再團圓。

攪羣羊　嫂嫂話難聽，激得我心兒悶。一馬一鞍，再嫁傍人論。夫去投軍，誰敢爲媒證。那有休書，誰敢來詢問。你如何交奴交奴再嫁人？

鎖南枝　星月朗，傍四更，窗前犬吠鷄又鳴。哥嫂太無情，罰奴磨麥到天明。想劉郎去也，可不辜負年少人，磨房中冷清清，風兒吹得冷冰冰。

鎖南枝　叫天不應地不聞，腹中遍身疼怎忍。料想分娩在今宵，沒個人來問。望祖宗陰顯應，保母子兩身輕。』

前三曲爲逼迫改嫁時三娘所唱，後二曲爲磨房產子時三娘所唱。後人謂白兎曲俗韻亂，正如惡評殺狗一樣。不錯，這種曲文，確實是質樸無華，毫無雕琢辭藻可言。然其情感是眞實的，是豐富的，生命是充實的，比那些華貴典雅的文字，更有力量，更能使大衆了解而感動。另有富春堂刊行的白兎記一種，題「豫人敬所謝天佑校，」想即爲謝君改作，文字富麗堂皇，原作中的本色質樸元氣，喪失殆盡，想已是晚明之作了。

拜月亭　拜月亭一名幽閨記，何元朗曲論、王世貞藝苑巵言、王伯良曲律都說是元施惠君美所作。君美，杭人，錄鬼簿謂君美詩酒之暇，唯以塡詞和曲爲事，並未言及拜月亭。錄鬼薄雖只錄雜劇，然有南曲戲文者，亦必兼及，如沈和、蕭德祥是也。若此長篇優美的拜月南戲果出之君美、鍾嗣成沒有不提到的。因此，與其說拜月出於施惠，倒不如說出自無名氏，較爲妥當。拜月本關漢卿閨怨佳人拜月亭雜劇而作，以金代南遷的離亂時代爲背景，敍述蔣志隆、瑞蓮兄妹及少女王瑞蘭、少年興福的種種悲歡離合的波折，而終成爲兩對夫婦的故事。全戲共四十齣，「開場始末」云：『蔣氏世隆，中都貢士，妹子瑞蓮。遇興福逃生，結爲兄弟，瑞蘭王女，失母爲隨遷。荒村尋妹，頻呼小字，音韻相同事偶然。應聲處，佳人才子，旅館就良緣。岳翁瞥見生嗔怒，拆散鴛鴦最可憐。歎幽閨寂寞，亭前拜月，幾多心事，分付與嬋娟。兄中文科，弟登武舉，恩賜尙書贅狀元。當此際夫妻重會，百歲永團圓。』（沁園春）這是全戲的梗概。

關漢卿的拜月雜劇，曲文很高妙。把他改編爲南戲的作者，自然得到許多便利。正如王實甫西廂與董西廂的關係同樣，在曲文上有因襲之處是免不了的。如傳奇中之第十三齣，第三十二齣，大都本關作第一折第二折，其痕跡非常顯明。但作者才情很高，並非一味生吞活剝，仍表現着濃厚的創作精神。他由四折的短劇，擴展爲四十齣的長篇，故事的編排與穿插，增加許多有趣味的場面，使劇情更充實更完整。曲文皆本色自然，非徒事藻繪者可比。戲中對白，亦極美妙。如遇盜、旅婚、請醫諸齣，作者能以市井江湖口吻出之，情景逼眞，最適合戲中人物的身分。而評者以爲「科白鄙俚，聞之噴飯，」這是不懂得文學眞實性的原故。綠林盜賊，言語自是粗魯，旅店茶房，言語自是鄙俗。作者能以粗魯鄙俗出之，才顯得眞是盜賊眞是茶房。若從彼等口中，說出高雅古文，四六儷語，這如何要得。後代作家，不懂得這種道理，一味典雅，反而醜態百出，眞是可笑極了。這些對白，都因太長，不便備錄，今舉幾段曲文為例。

『剔銀燈　（老旦）迢迢路不知是那裏。前途去安身何處。（旦）一點點雨間着一行行悽惶淚。一陣陣風對着一聲聲愁和氣。（合）雲低。天色傍晚，子母命存亡兀自尚未知。

攤破地錦花　（旦）繡鞋兒，分不得幫和底。一步步提，百忙裏褪了跟兒。（老旦）冒雨盪風，帶水拖泥。（合）步難移，全沒些氣和力。

麻婆子　（老旦）路途路途行不慣，心驚膽顫摧。（旦）地冷地冷行不上，人慌語亂催。（老旦）年高力弱怎支持，（倒科，旦扶科，旦唱）泥滑跌倒在凍田地，款款扶將起。（合）心急步行遲。』（第十三齣，相泣路歧）

『高陽台　（生）凛凛嚴寒，慢慢肅氣，依稀曉色將開。宿水餐風，去客塵埃。（旦）思今念往心自駭，受這苦誰想誰猜。（合）望家鄉，水遠山遙，霧鎖雲埋。

山坡羊　（生）翠巍巍雲山一帶，碧澄澄寒流幾派。深密密煙林數簇，滴溜溜黃葉都飄敗。一陣兩陣風，三五聲過雁哀。（旦）傷心對景愁無奈，回首家鄉，珠淚滿腮。（合）情懷，急煎煎悶似海，形骸，骨巖巖瘦似柴。

念佛子　（生旦）窮秀才，夫和婦，爲士馬逃難登途。望相憐，壯士略放一路。（衆）捉住。枉自說閒言語。買路錢留下金珠，稍遲延，便教你身喪須臾。』（第十九齣，偸兒擋路）

首三曲爲王夫人同女兒王瑞蘭逃難走雨時所唱，後二曲爲蔣世隆與王瑞蘭遇盜時所唱。字字本色，句句自然，雖爲南戲，却有雜戲曲辭的高古質樸之趣。寫情的哀感動人，寫境的意境高遠，論其價值，又高出殺狗、白兎二記了。

琵琶記　上面所敍述的三種作品，大都是出自民間，故皆以通俗本色見長，絕無賣弄文墨之弊。琵琶記的出現，是高級文人染指傳奇以後所遺留下來的一部最偉大的產品。作者高明，字則誠，溫州瑞安人，他是元末至正四年的進士，在浙江、江西、福建都做過官，很有文名，有柔克齋集。明姚福清溪暇筆說：『元末，永嘉、高明避世鄞之櫟社，以詞曲自娛。見劉後村有「死後是非誰管得，滿村聽唱蔡中郎」之句。因編琵琶記，用雪伯喈之恥。』這樣看來，琵琶之作，當在元亡以前。並且，他作此戲，是有目的的。大概南宋以來流行的那本趙貞女蔡二郎的戲文，把蔡邕寫得太不像樣，高明有意要在戲中宣傳一點忠孝節義的思想，故意把戲中的男女主角，都寫成爲完人。他在戲中的開場，說明他這種意見。『秋燈明翠幕，夜案覽芸編。今來古往，其間故事幾多般。少甚佳人才子，也有神仙幽怪，瑣碎不堪觀。正是不關風化體，縱好也徒然。論傳奇，樂人易，動人難。知音君子，這般另作眼兒看。休論揷科打諢，也不尋宮數調，只看子孝共妻賢。正是驊騮方留步，萬馬共爭先。（水調歌頭）』在這一首詞裏，明顯地表現出高明的文學觀念。（按劉後村詩，亦見陸放翁集。）

一、他是一個人生的藝術論者。他主張好的作品，必得要關風化，合乎教化的功用，不僅要使人快樂，還要使人感動。因此那些專寫佳人才子的戀愛戲，專寫神仙幽怪的浪漫戲，他認爲都是「瑣碎不堪觀」的東西。

二、因爲他的作品，要表現思想，描寫人生社會的問題，所以他輕視規律。尋宮數調的事，他並非不能做，是他不願這樣做。同時他又不願意故作滑稽的言語與動作，去迎合觀衆。所以他的創作態度是嚴肅的，創作的動機是有目的的。後代人都不明瞭他這種主張，都罵他是亂調亂律的罪人，那眞是胡說了。

這樣看來，高明在中國戲劇史上，確是一位特出的人才。他是第一個認識戲劇的價値與功用的人，也是第一個有意識的利用戲劇來作宣傳工具的人。他的作戲，並不是僅僅敷衍故事，賣弄才華，取悅貴族，迎合民衆，他是另有他的高尙的目的在。我們讀琵琶記，這是最先要注意的一點。全劇共四十二齣，戲中情節，可由開場沁園春一詞見之。『趙女姿容，蔡邕文業，兩月夫妻。奈朝廷黃榜，遍招賢士，高堂嚴命，强赴春闈。一舉鰲頭，再婚牛氏，利綰名牽竟不歸。饑荒歲，雙親俱喪，此際實堪悲。　堪悲，趙女支持，剪下香雲送舅姑，把麻裙包土，築成墳墓。琵琶寫怨，逕往京畿。孝矣伯喈，賢哉牛氏，書館相逢最慘悽。重廬墓，一夫二婦，旌表門閭。』他戲中所表現的思想，現在看來，當然是錯誤的，但在古代却是最倫理的。他在這戲裏，最用力地描寫三點。

一、把趙五娘作爲一個舊代理想女性的代表，孝道節義，盡力而爲。對公婆，對丈夫，對後妻，都能忍受無窮的痛苦而無一怨言。再加以中國舊家庭婆婆虐待媳婦的襯托，作者把她寫成一個完整無缺的女性典型。

二、把牛丞相作爲一個貴族官吏的代表，極力鋪寫他的奢侈與淫威，同蔡家的貧賤生活逕相對照，使這戲曲的結構更緊密，更有力量。

三、把社長里正作爲小官劣紳的代表，以災荒爲時代的背景，盡力地描寫他們盜竊官糧魚肉平民的罪惡，反映出社會人事的黑幕與大衆生活的痛苦。試看里正自己說：『說到義倉情弊，中間無甚蹺蹊。稻熟排門收斂，斂了各自將歸。並無倉廩盛貯，那有帳目收支。縱然有得些小，胡亂寄在民居。官司差人點視，便羅些穀支持。上下得錢便罷，不問倉實倉虛。』這是當時官紳狼狽爲奸的實情，作者各處爲官，對於當日的社會實況，自必洞然，所以寫得這樣眞切。蔡邕雖是漢朝，所寫全爲作者自己的時代。由此，琵琶記確是一個社會寫實的戲本，而造成他獨有的價值。

琵琶記在藝術上也是成功之作。說白中時有妙文，極能描摹戲中人物的口調與身分，非常生動而有風趣。如第三齣中男女用人的對話，第七齣中窮秀才的對話，第十齣中公婆的對話，十五齣中牛小姐與丫頭的對話，第十七齣中社長里正的對話，都能文雅俚俗，各盡其妙。但因文字太長，不便抄舉。至於曲辭，更是俊語如珠，王國維說：『琵琶自鑄偉詞，其佳處殆兼南北之勝。』是不錯的。糟糠自厭一齣，前人都稱爲全戲的菁華，是大家都知道的。現錄第二十九齣的畫像爲例。

『胡搗練　（旦）辭別去，到荒坵，只愁出路煞生受。畫取眞容聊藉手，逢人將此免哀求。

三仙橋　一從他母死後，要相逢不能彀。除非夢裏暫時略聚首。苦要描，描不就。教我未描先淚流。描不出他苦心頭，描不出他餓症候，描不出望他孩兒的睜睜兩眸。只畫得他髮颼颼，和那衣衫敝垢。休休，若畫做好容顏，須不是趙五娘的姑舅。

前腔　我待要畫他個龐兒帶厚，他可又飢荒消瘦，我待要畫他個龐兒展舒，他自來長恁面瘦。若畫出來眞是醜，那更我心憂，也做不出他歡容笑口。（不是我不會畫着那好的，我從嫁來他家，）只見他兩月稍優游，其餘都是愁。（那兩月稍優游，我又忘了，這三四年間，）我，只記他形衰貌朽。（這眞容呵）便做他孩兒收，也認不得是當初父母。休休，縱認不得是蔡伯喈當初爹娘，須認得是趙五娘近日來的姑舅。

憶多嬌　（對張太公）　他魂渺漠，我沒倚託，程途萬里，教我懷夜壑。此孤墳望公公看着。（合）舉目蕭索，滿眼盈盈淚落。」

此等至情文字，全從肺腑中流出，全是血淚交染而成，絕非那種汎寫閨怨別離的言情文句所可比擬。他的好處，是用最淺的言語，寫最眞最深的感情，作者能深一層體貼，進一層的表現。琵琶記能在傳奇中得到崇高的地位，而成爲典型的作品，實非偶然。

荊釵記　荊釵的作者是朱權，明太祖第十七子，封寧王，他晚年學道，號涵虛子，又號丹邱先生。他精通音律，著太和正音譜，有名於曲壇，曾作雜劇十二種，今無存者。荊釵記，明人傳爲元柯丹邱敬仲撰，王國維考定作者爲朱權，從之。又南詞敍錄有荊釵記兩本，一歸宋、元舊篇，一爲明初李景雲撰，可知用王十朋的故事寫的南戲，已不止一本了。全戲共四十八齣，寫王十朋、孫汝權、對於錢玉蓮的三角戀愛的糾紛。因孫汝權的陷害，逼得錢玉蓮投江自殺，幸遇路人救起，後來經過種種波折，王、錢夫婦得以團圓。篇幅雖長，佳句却少。說白只有受釵一段，頗多趣語，曲辭惟晤婿一齣，較爲美妙。當日能流行一時，一面因出自貴族之手，大家不免譽揚，同時因作者精通音律，宜於演唱。吳梅評爲『荆釵曲本不佳，實則明曲中之下里，』信然也。今錄晤婿爲例。

『小蓬萊（外）策馬登程去也，西風裏牢落艱辛。淡煙荒草，夕陽古渡，流水孤村。（淨）滿目堪圖堪畫，那野景蕭蕭，冷浸黃昏。（末）樵歌牧唱，牛眠草徑，犬吠柴門。

八聲甘州（外）春深離故家，歎衰年倦體，奔走天涯。一鞭行色，遙指賸水殘霞。牆頭嫩柳籬畔花，見古樹枯藤棲暮鴉，遍長途觸目桑麻。

解三醒（末）步隨隨水邊林下，路迢迢野田禾稼，景蕭蕭疎林暮靄斜陽掛。聞鼓吹，鬧鳴蛙，一徑古道西風鞭瘦馬，謾回首，盼想家山淚似麻。（合前）』

這幾支曲，確還有點元代的曲風與情趣。於景物蕭瑟的描寫中，寄以哀感與悲情，加以文字清新，音調響亮，讀去很令人感動。可惜全劇中類此者太少，而損及戲曲整體的完美性。在劇壇的地位，他是遠遜於琵琶了。

元、明之際的傳奇，存於世者，只有上述五種。明初人所作，尚有蘇復之的金印記，及沈壽卿的三元記。金印敍述蘇秦十上不遇至拜相榮歸的故事。作者在趨炎附勢愛富嫌貧的社會心理上，寫得最爲成功。戲情的組織，也很完整。曲品評爲：『寫世態炎涼，曲盡其妙。眞足使人感喟發憤。近俚處，具見古態。』這話是對的。沈壽卿名受先，曾作銀瓶、龍泉、嬌紅、三元四記。前三本已佚，惟三元獨存。南詞敍錄載馮京三元記，爲明初人作，想指此戲而言。戲中敍商人娶妾行善，得子升官的故事，極力鋪寫善惡報應的觀念，曲白中時有市井俚語，確似明初人筆墨。此外還有無名氏的趙氏孤兒記及牧羊記。前者有富春堂刋本，已不易得，後者亦無全本，現有八齣，存綴白裘、醉怡情中。

三　傳奇的古典化

琵琶、荆釵以後，傳奇之作，一時漸趨消沉。推原其故，約有二端。國亂初定，生活未安，文人方在喘息之時，尙無聲樂製作之餘裕，此其一。皇室北遷，雜劇承其餘威，盛行於宮庭藩邸。周憲王朱有燉爲當代劇壇之盟主，作雜劇多至三十餘種。一時幕客文人，投其所好，執筆作戲，必多就北而棄南，此其二。但傳奇體製新起，文人染指者不多，其生命前途，正無限量。只等政治澄平社會安定，民衆又趨於享樂，豪富必入於淫奢。在這樣環境下，傳奇又走上復興之途，而趨於繁盛。因南音悅耳，情節複雜。觀衆喜其繁複之內容，文人可由此展其辭藻，因此傳奇大盛，雜劇由此衰亡。自嘉、隆至於明末，當代劇壇，爲傳奇所獨佔。但這二百年中，作者輩出，作品繁多，一一論列，勢所不許。茲擇其最要者述之，以明明代戲曲發展的大勢。至於細論詳言，只好待於戲曲的專史了。

邱濬　打破傳奇消沉的空氣，首以文人之筆來寫傳奇的，是成化弘治年間的邱濬（一四二〇——

一四九五。）邱字仲深，廣東瓊山人，官至文淵閣大學士，卒於弘治八年。他曾作傳奇四種，投筆記、舉鼎記、羅囊記和五倫全備記。四書今俱不傳。因爲他是一位道學先生，有大儒之稱，他自然要在文學裏載他的聖賢之大道。五倫全備記。他以五倫全五倫備兄弟的孝義友悌的故事，組成一部倫常大道的聖經。文字的迂腐，道學氣的濃厚是不待言的。曲品評道：『大老鉅筆，稍近腐。』王世貞也說：『五倫是文莊元老大儒之作，不免腐爛。』這些批評自然是對的。不過，他雖是腐爛，但影響於戲曲的發展，却有極大的力量。在當代儒家獨尊的社會裏一個做過文淵閣大學士的大儒，一個一天「子曰子曰」的道學先生，不以戲曲爲小道，竟然從事製作，這對於浪漫文人青年小子，在心理上，自然會給予莫大的影響。他當日寫了許多劇本，有人責備他，理學大儒，不宜留心此道。他聽了，大不高興，視爲仇人。可知他的作劇，並不以此娛樂，實因他認識戲曲有教化民衆宣揚倫理的功用。這樣看來，邱濬的作品，縱使藝術的成就很低，但他對於戲曲價値的認識與提倡，是値得我們注意的。

邵璨　承繼着邱濬以劇載道的思想而出現於劇壇的，是邵璨的香囊記。他在家門中說：『今爲古，假卽眞，從教感起座間人。傳奇莫作尋常看，識義由來可立身。』又說：『那勢利謀謨，屠沽事業，薄俗偸風更可傷。……因續取五倫新傳，標記紫香囊。』在這一段話裏，他明明指示觀衆，他的傳奇，不可作娛樂品看，他是感化人民的。香囊之作，是五倫全備的續篇。這樣看來，高明之琵琶，邱濬之五倫，邵璨之香囊，都是建築在同一的思想基礎上。並且這幾個人，都是儒生。這現象似乎奇怪，其實不然。這原因便是他們認識戲曲在民間的力量，知道戲曲的教化作用，確實遠在四書、五經及古文之上。所以他們作戲曲的態度，同那些縱情聲色家蓄歌姬的文人們是兩樣的。

邵璨字文明，宜興人，或作常州人。徐渭說他是老生員，呂天成說他做過給諫，不知誰是。香囊敍宋時張九成、九思兄弟事。梗概可於家門風流子中見之。『蘭陵張氏，甫和兄弟，夙學自天成。方盡子情，强承親命，禮闈一舉，同占魁名。爲忠諫忤違當道意，邊塞獨監兵。宋室南遷，故園烽火，令妻慈母，兩處飄零。九成遭遠謫，持臣節十年身陷胡庭。一任契丹威制，不就姻盟。幸遇侍御，捨生代友，得離虎窟，晝錦歸榮。孝友忠貞節義，聲動朝廷。』戲中的組織，有些是模擬拜月、琵琶的，其中又插入宋江、呂洞賓故事，頗覺蕪雜。但作者的本意，是要宣揚倫常聖道，他把母慈、子孝、臣忠、弟悌、婦節、友義這幾件美德，由劇中人分擔代表，寫成最高的典型。因爲作者是一個有舊學根底的儒家，又有他作戲的中心思想，他自然要避免俚俗，力求雅正。呂天成說他：『調防近俚，局忌入酸。選聲儘工，宜騷人之傾耳，採事尤正，亦嘉客所賞心。』（曲品）王世貞也說：『香囊雅而不動人。』（藝苑卮言）這把他作戲的態度及其作品的特色說盡了。他不僅在曲辭上用盡雕琢對偶的工夫，還亂用典故，同時在說白中，大做駢文，大講經義，讀了確令人頭疼。說到張九成這個名字，他要說：『書曰，簫韶九成，鳳凰來儀。』說到高八座那個名字，他要說：『史記云，尚書六曹並令僕二人爲八座。』再如周易之斷吉凶，春秋之重褒貶，毛詩之道性情，戴禮之正名分，長篇大論，全搬在說白裏，上自伏羲，下至邵雍，一齊搬到。這種戲曲，自非一般民衆所能瞭解。

『山坡羊（旦）荒涼涼高秋時序，冷蕭蕭清霜天氣。怨嘹嘹西風雁聲，啾唧唧四壁寒蛩語。這般時節，邊塞征人呵，方授衣，遠懷愁幾許，沾襟淚點空如雨。這個衣服和淚緘封，憑誰將寄。天涯，人迢迢書未歸。傷悲，心搖搖怨別離。

前腔　亂茸茸柔絲分縷，軟撲撲輕綿鋪絮。碎紛紛縫紉故繒，疊層層裝就遮寒褚。看此衣線痕千萬緒，也應把我窮愁綴。只怕緒少愁多，離情難繫。思之，裙釵來舉案時。須知，牛衣中對泣時。』（閨訃）

這是張九成投軍後，他的妻子邵貞娘秋天織補衣服時所唱，因情感眞摯，不失是曲中的上品。但書中此等言語不多，一味藻麗堆積，甚爲減色。徐渭說：『以時文爲南曲，元末國初未有也。其弊起於香囊記。邵文明習詩經專學杜詩，遂以二書語句勾入曲中，賓白亦是文語，又好用故事，作對子，最爲害事。夫曲本於感發人心，歌之使奴童婦女皆喻，乃爲得體。經子之談，以之爲詩且不可，況此等乎。直以才情欠少，未免輳補成篇。吾意與其文而晦，曷若俗而鄙之易曉也。』（南詞敍錄）他在這裏正說中了香囊的病根。但後人却無徐渭的頭腦，不知駢文對子典故爲戲曲之大害，不知戲曲應該是奴童婦女都要懂得的通俗藝術，而一味模擬因襲，演成後日戲曲的辭賦化。香囊本身的藝術成就雖不高，然而他給予明代戲曲界的影響，至爲巨大。自邵璨至湯顯祖這一個長時期的戲曲，幾乎無人不蒙受其影響。如王濟的連環記，薛近兗的繡襦記（或作徐霖），鄭若庸的玉玦記，王世貞的鳴鳳記，張鳳翼的紅拂記，陸采的懷香記、明珠記，梁辰魚的浣紗記，汪廷訥的獅吼記，都是駢儷派的作品。至於梅鼎祚的玉合記和屠隆的彩毫記、曇花記出現，可算是達到駢儷派的最高峯，戲曲完全變爲辭賦，離開民衆日益遙遠，眞是入於魔道了。在上列諸家中，才情最高，作品較勝者，當以梁辰魚的浣紗記爲代表，並且此作之風靡一時，與當日崑腔之流佈，亦極有關。再如王世貞的鳴鳳記，是一個有時代性的政治戲，也值得我們注意。故於下文述之。

崑腔的興起與梁辰魚的浣紗記　南戲先盛行於江南各省，因地域的不同，各處的歌唱腔調，也因之而異。南詞敍錄說：『今唱家稱弋陽腔者，則出江西，兩京、湖南、閩、廣用之。稱餘姚腔者，出會稽，常、潤、池、太、揚、徐用之。稱海鹽腔者，嘉、湖、溫、台用之。惟崑山腔止行於吳中。』由此可知南戲的腔調，極不統一，不僅歌律不同，連樂器也是各異。弋陽腔流行地域最廣，餘姚海鹽二腔，流行江、浙二省，惟崑腔範圍最小，止行吳中一處。但我們知道，江南的聲調，以吳音爲最柔美，字音亦最爲正確。故徐渭說『崑腔流麗悠遠，遠出乎三腔之上，聽之最足蕩人。』他當日不能與弋陽、海鹽諸腔對抗，自然是因爲沒有人出來改良提倡的原故。到了嘉靖年間，得了名音樂家魏良輔的改進與鼓吹，他一面改正崑腔的音律，翻爲新調，一面集合南北戲曲所用的樂器，造成高低抑揚的複音。因此從前盛行各地的弋陽諸腔，漸爲崑腔所壓倒，嘉靖以後，流佈愈廣，於是在南戲的演唱方面，崑腔形成統一的局面了。

魏良輔號尚泉，居於太倉南關，崑山人。關於改良崑腔的情形，余懷的寄暢園聞歌記說得最清楚。『良輔初習北曲，絀於北人王友山，退而縷心南曲，足跡不下樓十年。當是時南曲率平直無意致。良輔轉喉押調，度爲新聲，疾徐高下清濁之數，一依本宮。取字齒唇間，跌換巧掇，恆以深邈助其淒淚。吳中老曲師如袁髯、尤駝者，皆瞠目以爲不及也。而同時婁東人張小泉、海虞人周夢山競相附和。合曲必用簫管，而吳人則有張梅谷善吹洞簫，以簫從曲。毗陵人則有謝林泉，工擫管，以管從曲皆與良輔遊。』（虞初新志）這樣看來，魏良輔爲改造崑腔，不下樓者十年，可見其用功之勤苦。但如沒有老曲師袁髯、尤駝、張小泉、周夢山簫管家張梅谷、謝林泉諸人的合作，他未必能得到那樣的成就。因此崑腔改造之功，魏良輔固居其首，但那些人合作的功績，我們也是不能忽視的。

崑腔的興起與盛行，一面助長南戲的發展，同時打消各地的雜腔，而直接予北曲以嚴重的壓迫而至於消亡。沈德符云：『自吳人重南曲，皆祖崑山魏良輔，而北詞幾廢。』（顧曲雜言）沈的時代，離良輔的改造崑腔，不過半世紀，而崑腔的勢力，已如此之盛大。崑腔本身，自然有其傳佈流行的優點，但梁辰魚的作品，在這方面卻有很大的幫助。辰魚字伯龍，崑山人，身長七八尺，多鬚，是一位風流自賞的浪漫文人。他曾作紅線女、紅綃雜劇，但以浣紗記傳奇爲最有名。他的事蹟不詳，生卒年亦不可考，大約是自嘉靖至萬曆初年的人。他在浣紗記家門中自詠云：『何暇談名說利，漫自倚翠偎紅。請看換羽移宮，興廢酒杯中。驥足悲伏櫪，鴻翼困樊籠。試尋往古，傷心全寄詞鋒。問何人作此，平生慷慨，負薪吳市梁伯龍。』可知他懷才不遇，失意功名，於是過着倚翠偎紅的浪漫生活，而寄情於聲樂，芳畬詩話說他以例貢爲太學生，想是可靠的了。胡應麟筆叢云：

『魏良輔能諧聲律，梁伯龍起而效之。考證元劇，自翻新調，作江東白紵、浣紗諸曲，金石鏗然。譜傳藩邸戚畹，金柴熠爚之家，取聲必宗伯龍，謂之崑腔。』又朱彝尊靜志居詩話云：

『梁伯龍塡浣紗記』。王元美詩云：「吳閶白面冶遊兒，爭唱梁郎雪豔詞」是也。又有陸九疇、鄭思笠、包郎郎、戴梅川輩，更唱迭和，流播人間，今已百年。傳奇家別本，弋陽子弟可以改調歌之，惟浣紗不能，固是詞家老手。』

由此觀之，梁辰魚是利用崑腔來寫作戲曲的權威，因其作品的膾炙人口，無形中給與崑腔傳佈的極大助力。傳奇別本，可用弋陽腔調表演，惟浣紗不能，可知浣紗一戲，在音曲上，是崑腔戲曲中的典型，而成爲崑腔興起以後作戲者的楷模了。

浣紗記除音曲以外，在文字的藝術上，也算得是一部唯美的作品。他在那個戲曲駢儷化辭賦化的潮流裏，他的作品，自然也逃不了這種影響。李調元說：『梁伯龍出，始爲工麗濫觴。蓋其生嘉、隆間，正七子雄長之會，詞尚華靡，弇州於此道不深，徒以維桑之誼，盛爲吹噓，不知非當行也。故吳音一派，竟爲勦襲靡詞，如繡閣羅幃，銅壺銀箭，紫燕黃鶯，浪蝶狂蜂之類，啓口即是千篇一律。甚至使僻事，用隱語，不惟曲家本色語全無，即人間一種眞情話，一不可得。』（雨村曲話）這話固然說得不錯，但因作者的才情很高，而又沒有儒家那種迂腐的性質，曲白雖寫得研鍊工麗，但尙無堆砌飣餖的惡習，不能不算是一部好作品。戲的情節，是敍述西施亡吳的故事，這是大家都知道的。作者在這戲裏，一面着力於國事的鋪寫，同時又强調范蠡、西施的愛情。最後泛湖一幕，以富貴功名是夢，惟有愛情是眞作結。表面雖是團圓，但比起那些中狀元探花，衣錦還鄉的結構來，眞是充滿着詩情，而悠悠有餘味，這是很可喜的。『人生聚散皆如此，莫論興和廢。富貴似浮雲，世事如兒戲，惟願普天下做夫妻，都是咱共你。』（北淸江引）最後范蠡伴着美麗的西施，坐在小小的船上，唱着上面這隻歌，神仙似的海上飄飄而去了。這種濃厚的詩情畫意，曠遠瀟洒的人生哲學，在旁的戲曲中，是不易見到的。

浣紗記中的對白，我舉效顰一齣爲例。

『東施　妹子，聞得你臥病月餘，沒有人說，前日因你寄信與王媽媽，方纔曉得，特去請北威姐與你看脈。

西施　遠勞二位姐姐。

北威　妹子，我且問你，你的病症怎麼起的？如今覺得怎麼？

西施　姐姐，連我也不曉得怎麼樣起。常時溪邊浣紗，身子困倦，昏昏沈沈，自覺沉重。如今日夜心疼，飲食少進。

東施　妹子，你敢遇着標致人，被他哄動春心，日夜相思，做成這場症候。

西施　休得取笑，求北威姐着那脈看一看。

北威　（做看脈介）我的手，東施妹子的口，好笑得差不多。你的病根還是七情上感出來的。你見那春光明媚，風景晴和。翩翩浪蝶狂蜂，陣陣遊絲飛絮。如今又夏來春去，花落鶯啼。千條愁緒撒開來，一點春心拿不住。因此構成心病，不得痊安。你如今咳嗽頭疼，面紅身熱，神思昏亂，魂夢不寧，是這等麼？

西施　姐姐正是！

北威　你如今第一到要排遣，第二方纔吃藥，你若會排遣，不消幾貼藥就好了。你若不肯排遣，只是這等啾啾唧唧，就吃一百丸藥，也是沒用的。

東施　若是這等說，極容易。待我去東村頭西村頭，尋個標致俊俏的妹夫，送將來，這病就好了。

北威　丫頭做媒人，自身也管不全。若有標致俊俏的，你自家用了。到肯送與別人。

西施　休要取笑！

東施　前日王媽媽來說，西施近日因害心疼，捧着心兒，皺着眉兒，模樣一發覺得好了。我不信他，方纔冷眼瞧他，只見滴溜溜的嬌眼，青簇簇的蛾眉，並無病症，越有精神。略不見一些七青八黃，反增出許多千嬌百媚。不要說男子漢見了他歡喜，就是我做女娘家，見了他滿身通痲木了。一些也動彈不得，可惜沒有碗好冷水，我就嚥他在肚子裏去。

北威　妹子，這個却使不得，你若又嚥下這個人兒，你的肚子一發大了。

東施　（捧心皺眉介）姐姐不好了。我也心疼起來了。

北威　你却怎的。

東施　姐姐，我對你說，數年前未分拆之時，我和妹子同在東村住。兩個從小兒一心一意，過得極好。我若歡喜，他也歡喜，他若煩惱，我也煩惱。他如今害心疼，我怎麼不心疼起來？姐姐，沒奈何也把貼藥與我吃。……』

西施因在溪邊浣紗，見了范蠡，便害起愛情病來。這是他兩位女友，走來看病，彼此對談的一節。少女的口吻與心理，在這段文字中，表現得極其活潑生動，而又時帶幽默，情趣甚佳。即偶有文雅之句，亦不可厭。比起當日那些講經義掉書袋的之乎者也的駢文古文來，這眞是難得了。再如思憶中的一段對白，也是絕妙文字。由幾位宮女與內臣的滑稽談話，把西施的美和吳王專寵的情形，很深刻地反襯出來。

浣紗記的曲辭，頗多佳作，遊春的華豔，別施的哀傷，採蓮的清麗，思憶的苦楚，泛湖的沖淡瀟洒，都各有特色。今舉思憶爲例。

『喜遷鶯　（旦）年年重九，尙打散鴛鴦，拆開奇耦。千里家山，萬般心事，不堪盡日回首。且挨歲更時換，定有天長地久。南望也，繞若耶煙水，何處溪頭。

二犯漁家傲　堪羞。歲月遲留，竟病心淒楚，整日見添憔瘦。停花滯柳，怎知道日漸成拖逗。問君早鄰國被幽，問臣早他邦被囚，問城池早半荒丘。多掣肘，孤身遂爾漂流。姻親誰知掛兩頭，那壁廂認咱是個路途間霎時的閒相識，這壁廂認咱是個繡帳內百年的鸞鳳儔。

二犯漁家燈　今投。異國仇讎，明知勉强也要親承受。乍掩鴛幃，疑臥虎帳。但帶鸞冠，如罩兜鍪。溪紗在手，那人何處，空鎖翠眉依舊。只爲那三年故主親出醜，落得兩點春山不斷愁。

喜漁燈　幾回暗裏做成機彀，一心要迎新送舊。專等待時候，又還愁，夜寒無魚，滿船月明空下鈎。贏得雲山萬疊家何在，況滿目敗荷衰柳，教我怎上危樓。他這裏窮兵北渡中原馬，何日得報怨南飛湖上舟。

錦纏道　謾回首，這場功終須要收，但促急未能酬。笑遷延羞覩織女牽牛。斷魂尋行春四儔，飛夢繞浣紗溪口，俺這裏自追求。正是歸心一似錢塘水，終到西陵古渡頭。』

在這些曲辭裏，把西施的情緒，國難和愛情的矛盾衝突的情緒，和盤托出，寫得很苦楚，又很深情，讀了令人非常感動。浣紗記能在當日風靡一時，固非偶然了。

王世貞與鳴鳳記　其次，在這一個時代的戲曲值得我們注意的，是王世貞的鳴鳳記。前人有疑此戲爲王之門生所爲，這問題倒不重要。鳴鳳記的特色，是一掃當代作家專寫戀愛材料的惡習，他是採用黑暗政治爲題材，暴露貪官汚吏的罪惡，表揚正人君子的義烈行爲，而寫成一本最有時代性社會性的戲曲。作者以嚴嵩父子的專權作惡爲主幹，再鋪敍那些嚴嵩手下的狐羣狗黨的淫威與下賤，再以楊繼盛的忠烈死節，及許多正直書生的事體結合起來，成爲一本四十一齣的長戲。戲中情節，可於家門中見之。

『元宰夏言，督臣曾銑，遭讒竟至典刑。嚴嵩專政，誤國更欺君。父子盜權濟惡，招朋黨濁亂朝廷。楊繼盛剖心諫諍，夫婦喪幽冥。忠良多貶斥，其間節義，並著芳名。鄒應龍抗疏，感悟君心。林潤復巡江右，同戮力激濁揚淸。誅元惡芟夷黨羽，四海賀昇平。』（滿庭芳）

此記曲白亦多駢儷，還流暢可讀。又因事件過繁，故結構極爲鬆懈，這缺點是很顯明的。但如嚴嵩慶壽一齣中的長篇對白，把嚴嵩的淫威與走狗們的醜態，眞是寫盡了。燈前修本，把楊繼盛的忠義情緒，爲國除奸的犧牲精神，表現得熱烈動人。最令人傷感的是夫婦死節的一幕。

『耍孩兒（旦）看愁雲怨滿天，痛生離死別間。須臾七魄無從見。牽襟結髮今朝斷，牽襟結髮今朝斷，腸裂空山哀月猿，刎不出傷心劍。我那相公本是個飛黃千里，今做了帶血啼鵑。

江兒水　天哪我魂離體，魄喪泉，痛思鴛侶遭飛箭。我那相公你一點丹心明素願，翻成白刃流紅茜。禍比史、蘇尤慘，仇海寃天，對着誰人悲怨。

前腔　再啓呑聲愬，重開血染箋。（懷中出本介）粉身猶要將尸諫。〔此本乃是未亡人代夫明志，尸諫感君之本，煩大人代達天聽，倘得剪除權奸，我夫婦萬剮甘心。（外）咳，楊宜人，椒山且如此，你一女人，濟得什麼事，不如息了這個念頭罷。〕我兩兩哀鳴如鳥怨，人之將死其言善。我苦只苦萬里君門難見，我同到烏江，免使亡夫心眷。（自刎科）』

在從前那種天高皇帝遠的君主專制時代，一旦奸臣得勢，便可任意陷害忠良，魚肉百姓，任你尸諫也好，剖心也好，皇帝總是莫明眞相。所謂「我苦只苦萬里君門難見，」眞把君權政治的黑暗，說得一針見血了。在當日專寫才子佳人的戀愛戲曲的狂潮中，作者別開生面，以現實的政治事件爲題材，暴露朝廷的罪惡，濃厚地留着時代的影子，這是鳴鳳記值得我們重視的地方。

其次如鄭若庸的玉玦記，敍王商與其妻秦氏慶娘悲歡離合的故事，典雅工麗，頗有時名。張鳳翼的紅拂，敍李靖紅拂的故事，曲辭頗佳，流行甚廣。在這一時代中，還是值得一讀的劇本。至於屠隆的言仙說道，梅鼎祚的一味駢詞儷句，眞是內容文采，兩無可觀。我也不必多說了。

四　雜劇的衰落與短劇的產生

明代初年，因去古未遠，元雜劇仍能在當時保持大部分的勢力。太和正音譜列擧元、明之際的作家，有王子一、劉東山、谷子敬、湯舜民、楊景言、楊文奎、賈仲名等十六人。涵虛子自己也曾作雜劇十二種，今俱不存。在上列諸家中，所遺留下來的作品，也不到十種，大都取材神仙釋道，文辭內容，俱不足觀。周憲王朱有燉，是明初一個雜劇的大量製作者。他一生共作雜劇三十一種。不過雜劇到了他，正開始發生變化，漸漸有超出元人規矩的地方，如一劇用五折構成，或一折用複唱合唱的方式，這明明是受了南戲的影響。他的作品，大致音律和諧，文辭並無特色。他是明太祖的孫兒，周定王橚的兒子，他是一個養尊處優的貴族。文學的製作，在貴族文士們，完全是一種娛樂。在他的作品裏，自然沒有什麼正確的中心思想，或是社會問題表現出來。他們一天到晚，除了聲色花草的享樂以外，自然就是想長生不老，升天作神仙。因此他的作品，恰好是這種貴族意識的表現。

一、寫長壽或神化的，有瑤池會八仙慶壽、惠禪師三度小桃紅等八種。

二、寫妓女的，有李亞仙花酒曲江池等六種。

三、寫牡丹花的，有洛陽風月牡丹仙三種。

王九思與康海　我們看了這些題材，便知道朱有燉雖是明代雜劇的大量作家，其作品是實無可取。從他以後，因南戲的復興與繁盛，雜劇漸趨於消沉。在正德及嘉靖年間，只有康海、王九思二人的雜劇，値得我們注意。在雜劇的發展史上，雖說已到了夕陽西下的沒落時期，但王九思的沽酒遊春，康海的中山狼，確在雜劇的最後期，放出一點光輝。此後如梁辰魚的紅線女，梅鼎祚的崑崙奴，葉憲祖的團花鳳，都只略具形體，沒有什麼情趣了。

王九思字敬夫，號渼陂，陝西鄠縣人，弘治丙辰進士，受檢討。康海字德涵，號對山，陝西武功人，弘治十五年狀元，授翰林院修撰。他倆文名很高，同爲前七子的要角。明代的戲曲家，百分之九十以上，都是江南人，他們卽是偶作雜劇，在言語及精神上，總難表達出北方文學的色彩與情調。王、康同爲北籍，故無論辭調與曲情，都有北方的本色與古樸，絕非那些摹擬北方的言語與性質者可比。這是我們必得注意的。王九思的沽酒遊春，是寫杜甫感傷時事，因恨奸權誤國，隱身避世的故事。戲中借着李林甫的專權無道，對於奸臣惡吏，痛加貶責。如『三三兩兩厮搬弄，管什麼皂白青紅。把一個商伯夷，生扭做虞四凶。兀的不笑殺了懵懂，怒殺了天公。……自古道聰明的却貧窮，昏子謎做三公。』這種憤慨激昂的話，表面是罵古人，其實就是指責當時的朝政，這是非常顯明的。據說戲曲中李林甫就是指當時的宰輔李西涯，這或者可信。

康海的中山狼，寫得更有意義。中山狼的故事，是大家知道的，作者在這一個寓言的戲曲裏，痛言不徹底的人情主義的失敗。世上的事，要求眞建設眞進步，只有把陳舊的餘毒，務必要斬草除根，萬不可講一點妥協與敷衍。若因一時的人情，留下半點餘毒，便成爲後來失敗的禍根。以惡報德的負心事件，社會上實在是太多了。戲曲的最後說：

『末　丈人，只都是俺的悔氣，那中山狼且放他去罷。

老　（拍掌笑科）這般負恩的禽獸，還不忍殺害他。雖然是你一念的仁心，却不做了個愚人麼？

末　丈人，那世上負恩的儘多，何止這一個中山狼。

老　先生說的是，那世上負恩的好不多也。那負君的受了朝廷大俸大祿，不幹得一些兒事。使着他的奸邪貪佞，誤國殃民，把鐵桶般的江山敗壞不可收拾。那負親的，受了爹娘撫養，不能報答，只道爹娘沒此掙挫，便待割骨還父，割肉還母，纔得亨通。又道爹娘虧他抬舉，却不思身從何來。那負師的，大模大樣，把師傅做陌路人相看。不思做蒙童時節，教你讀書識字，那師傅費他多少心來。那負朋友的，受他的周濟，虧他的遊揚，眞是如膠似漆，刎頸之交，稍覺冷落，却便別處去趨炎趕熱。把那窮交故友，撇在腦後。那負親戚的，傍他吃，靠他穿，貧窮與你資助，患難與你扶持，纔竪得起脊梁，便顚番面皮，轉眼無情。却又自怕窮，憂人富，剗地的妒忌，暗裏的算計。你看世上那些負恩的，却不個個是中山狼麼？』

這一段對白，不僅文字好，意義也好，眞是借着野獸，罵盡世上一切，痛快淋漓，深刻無比。字字眞深，句句實在，負國家的，負父母的，負師友的，不是到現在，仍充滿着政府家庭與社會嗎？中國的政治家庭與社會的黑暗與腐化，不就是那種打一半留一半，革命一半妥協一半的人情主義作怪嗎？現在任何一個角落裏，不都存在着中山狼式的人們嗎？這樣看來，中山狼雖是寓言，却最現實，表面雖是暗示的諷刺，實際是正面的攻擊，這種富於思想的作品，比起朱有燉那一套牡丹戲神仙戲來，價値自然是要高得多了。他的曲辭，也寫得極爽直古樸，頗有元曲的意境，一掃南戲的詞情與柔媚。如：

『油葫蘆　古道垂楊噪晚鴉，看夕陽恰西下。呀呀寒雁的落平沙，黃埃捲地悲風刮，陰雲遍野荒煙抹。只見的連天衰草岸，那裏有林外野人家。秋山一帶堪描畫，搵不住俺淸淚洒袍花。

鬬鵪鶉　亂紛紛葉滿空山，淡氳氳煙迷野渡，渺茫茫白草黃榆，靜蕭蕭枯藤老樹。昏慘慘遠岫殘霞，疎刺刺寒汀暮雨。騎着這骨稜稜瘦駑駘，走着這樣迢迢屈曲路。冷淒淒隻影孤形，急穰穰千辛萬苦。』

短劇的興起　嘉靖以後，雜劇完全走到了沒落的命運。因爲崑腔風靡一時，傳奇日盛。於是伶工妓女，專習南曲，以投時好。因而北曲的演唱，成爲絕學，即有雜劇作者，亦完全不遵守元人格律，南北互雜，翻爲新體。雖名爲雜劇，已非舊物。如沈泰所輯之明人雜劇數十種，大部分爲南北戲曲之混血兒。這一些作品，我名之爲短劇。沈德符顧曲雜言說：

『嘉、隆間，度曲知音者有松江何元朗，蓄家僮習唱，一時優人俱避舍。以所唱俱北詞，尚得金、元遺風。余幼時猶見老樂工二三人，其歌童也，俱善絃索，今絕響矣。近日沈吏部所訂南九宮譜盛行，而北九宮譜，反無人閱，亦無人知矣。』他又說：

『今南腔北曲，瓦缶亂鳴，此名北曲，非北曲也。只如時所爭尙者望蒲東一套，其引子，望字北音作旺，葉字北音作夜，急字北音作紀，疊字北音作爹，今之學者頗能談之。但一啓口，便成南腔。正如鸚鵡效人言，非不近似，而禽吭終不脫盡，奈何强名曰北。』

由此可知萬曆年間，北曲的歌唱，已成絕響。南人因言語音調關係，强作北曲也只能形似。他所說的北曲南腔，正說明當日雜劇在音律上的混亂。就形式言之，亦是如此。在沈泰編的明人雜劇中，有一折的，如徐文長的漁陽弄、汪道昆的高唐夢、五湖遊、遠山戲、洛水悲、陳與郊的出塞、入塞；沈自徵的簪花髻、灞亭秋、鞭歌妓；葉憲祖的北邙說法。有二齣的，如徐文長的翠鄉夢、雌木蘭。有四齣的，如孟子若的死裏逃生。有五齣的，如徐文長的女狀元，孟子若的桃花人面，陳與郊的義犬。有六齣的，如徐復祚的一文錢。有七折的，如王衡的鬱輪袍。有七齣的，如汪廷訥的廣陵月。以一折比之元雜劇，形式是短的，以二齣或四五齣比之明傳奇，形式也是短的。所以這些作品，都名之爲短劇，是較爲合宜的了。

其次，這些作品，在創作上，也完全離了雜劇傳奇的規律。如王驥德的男王后，形式是四折，曲是用北調，而說白是用的南方語體。他還有離魂、救友、雙鬟、招魂諸作，名爲北劇，而實用南調塡詞。再如葉憲祖的團花鳳，南北合套，任意使用。在歌唱上，完全廢除元劇每折一人獨唱的通例，總是採取複唱合唱的方式。因此這些作品，不能叫雜劇，也不能叫傳奇，這是很顯明的了。王驥德說：『余昔譜男后劇，曲用北調而白不純用北體，爲南人設也。已爲離魂並用南調。……知北劇之不復行於今日也。』（曲律）他在這裏，正好說明了這種新體裁的短劇所產生的環境及原因。不用說，這些作品，已失去了舞臺上的效果，只是文人抒情寫恨之作，變成書桌上的讀物了。

短戲是一種文人卽興之作，不像那些長至四五十齣的傳奇，編排故事，塡製曲文，都需要大量的精力與時間。因爲形式很短，其取材都是摘取故事中最精采最悲壯或是最風雅的一片段，加以表現，故在文字上容易見長。至於他的來歷，其源甚古。元人晚進王生的圍棋闖局，可視爲短劇之祖。此劇只一折，敍述鶯鶯、紅娘正在下棋，張生踰牆偷看的故事。但在元劇中，此種體裁，却未再見。到了嘉、隆年間，一面因雜劇的消沉，一面又因傳奇的繁重，於是短劇漸有復興之勢。楊愼有太和記六本，每本四折，每折寫一段故事，實爲二十四個短劇。現太和記諸作不傳，或謂盛明雜劇中所載許潮雜劇八種，卽楊愼舊物，或可信也。

徐渭　徐渭（一五二一——一五九三），字文長，號青藤，浙江山陰人。他的才情極高，思想極好，與李卓吾同爲晚明浪漫思想的啓導者。他一生轗軻不遇，又遭難入獄。對於傳統的倫理道德及那些權貴的醜惡，深惡痛絕。因此，在他的戲曲裏，都暗寓着這種思想。他作有漁陽弄、翠鄉夢、雌木蘭、女狀元四短戲，題名爲四聲猿。漁陽弄寫禰衡罵曹，翠鄉夢寫柳翠得道，雌木蘭寫木蘭從軍，女狀元寫黃崇嘏及第得婿。在這些劇裏，他結構嚴密，剪裁經濟，詞曲高爽，幻想豐富，都是很好的作品。漁陽弄他借着禰衡的口，描寫自己對於當代權貴的憤慨，激昂熱烈，痛快淋漓。翠鄉夢他以和尙妓女兩種絕不相同的人物，互相對照，他認爲只要是眞性情眞道德的人，都不管是妓女和尙，能升天得道，僞善者才永遠是天國門外之客。同時在那對照之中，又把『色卽是空，空卽是色』的義理表現出來。雌木蘭與女狀元是兩個尊重女權的劇本，一反那種重男輕女的傳統思想。他覺得女人也有人格，也有才學，也有力量，你把他們拘禁在閨房裏，不許她們去努力創造，不許她們受教育，她們自然永遠不能翻身。譬如木蘭的武藝，可以爲國立功，黃崇嘏的才學，可以爲官理政。他們的能力，都不在男子之下。木蘭最後唱說：『我做女兒則十七歲，做男兒倒十二年，經過了萬千瞧，那一個解雌雄辨，方信道辨雌雄不靠眼。』這意思說得多麼清楚。只靠眼睛，而定其雌雄，於是分出輕重，形成壓迫與被壓迫的兩種階級。這都是受了儒家正名的毒。

四戲的說白，都很流暢，無餖飣駢麗之惡習。曲文亦佳，漁陽弄、雌木蘭中，尤多好言語。

『混江龍　軍書十卷，書書卷卷把俺爺來塡。他年華已老，衰病多纏。想當初搭箭追鵰穿白羽，今日呵扶藜看雁數靑天。呼鷄喂狗，守堡看田，調鷹手軟，打兎腰拳。提攜喒姊妹，梳掠喒丫鬟。見對鏡添粧開口笑，聽提刀厮殺把眉攢。長嗟歎自道：兩口兒北邙近也，女孩兒東坦蕭然。

么　離家來沒一箭遠，聽黃河流水濺。馬頭低遙指落蘆花雁，鐵衣單忽點上霜花片。別情濃就瘦損桃花面，一時價想起密縫衣，兩行兒淚脫眞珠線。』（雌木蘭）

『點絳脣　俺本是避亂離家，遨遊許下。登樓罷，回首天涯，不想道屈身軀扒出他們胯。

混江龍　他那裏開筵下榻，教俺操槌按板，把鼓來撾。正好俺借槌來打落，又合着鳴鼓攻他。俺這罵一句句鋒鋩飛劍戟，俺這鼓一聲聲霹靂捲風沙。曹操，這皮是你身兒上軀殼，這槌是你肘兒下肋巴。這釘孔兒是你心窩裏毛竅，這板仗兒是你嘴兒上撩牙。兩頭蒙總打得你潑皮穿，一時間也酹不盡你虧心大，且從頭數起，細心聽咱。

天下樂　有一個董貴人，是漢天子第二位美嬌娃，他該什麼刑罰。你差也不差，他肚子裏又懷着兩三月小哇哇。既殺了他的娘，又連着胞一搭，把娘兒們倆口破做血蝦蟆。』（漁陽弄）

此等文字，不是那些雕章琢句的庸人所寫得出的。俗語俚言，隨意驅使，嘻笑怒罵，都是文章。字字入情，句句圓熟，而又氣勢雄奇，確是上品。王驥德說：『吾師徐天池先生所爲四聲猿，高華爽俊，穠麗奇偉，無所不有，稱詞人極則，追躅元人。』（曲律）這話是不錯的。

汪道昆　汪道昆字伯玉，號南溟，歙縣人，文名甚著，與王世貞齊名，世目之爲『後五子』。他有高唐夢、洛水悲、遠山戲、五湖遊短劇四種，俱爲一折。高唐夢寫襄王神女事，洛水悲寫曹植洛神事，遠山戲寫張敞畫眉事，五湖遊寫范蠡泛舟事。他所取的題材，都是一些風流韻事，其中思想，自無可言，但曲白研鍊雅潔，清逸可喜。因爲全是抒情，自然缺少雄渾之氣。如遠山戲中懶畫眉云：『春風人面畫欄西，紅豔凝香未可持。看他粧成欲罷思依依。憑欄問道人歸未，眇眇愁余淡掃眉。』

陳與郊　陳與郊字廣野，號玉陽，海昌人。有昭君出塞、文姬入塞短劇二種，俱爲一折。出塞文辭平庸，無可取者。入塞則純用白描，將文姬回國時，同兒女離別的那一幕，寫得最眞實，最沉痛。

公義私情的衝突，母愛與國讎的心理的苦楚，在這一短劇裏，完全表現出來，眞可算是一個最好的獨幕悲劇。

『二郎兒慢（文姬）歸朝者，歎嬰兒向龍荒割捨，我一霎地衷腸亂似雪。這地北天南，可是等閑離別。渺渺關山千萬疊，便是夢魂兒飛不到也。任胡越，手中十指，長短總疼熱。

鶯集御林春（蔡女）却纔的說得傷嗟，野鹿心腸斷絕。母子們東西生死別。（文姬：你自有你爹爹在哩）父子每覺嚴慈差迭，娘娘腹生手養一步步難離，怎向前程歇。明夜冷蕭蕭是風耶雨耶，敎我娘兒怎寧貼。

前腔（蔡女）我落得哭哭啼啼，你則待閃閃撇撇。娘娘去後呵，那時節兩兩攢眉空向月，爭得似手持衣拽。娘娘，你此去家山那些，把姓名支派從頭說。待刺血寫書兒，倘上林有雁飛越，與孩兒寄紙問安帖。

尾聲　一聲痛哭咽喉絕，蘸霜毫把中情曲寫。便是那十八拍胡笳，還無一半也。』

這種文字，完全出自眞性情。一點不加雕飾，由俗言口語組織而成，更覺眞摯哀楚。比起文姬自寫的悲憤詩，還更要動人。

徐復祚與王衡　徐復祚的一文錢，王衡的鬱輪袍，是兩個諷刺劇。徐字陽初，常熟人。工傳奇，有紅梨、投梭等作。但他的一文錢，却最有意義。戲爲六齣，寫一個叫盧至的土財主，愛錢如命，連妻兒臥病了他也不管，自己還到叫化子那裏去討剩飯吃。後來由一個和尙的法術，把他家幾百萬的穀米財帛，都分給貧民了。王應奎柳南隨筆云：『余所居徐市，徐大司空聚族處也。明季其族有二人，並擁高資，一豪奢，一吝嗇。吝者爲諸生啓新，其族人陽初作一文錢傳奇以誚之，所謂盧至員外者指啓新也。』可知作者是取材於現實的社會人事，而是有意的諷世之作。曲文雖不甚佳，但說白却多妙語。在那些說白中，把盧至那人的人格和吝嗇卑鄙的行爲，眞是形容盡至，令人捧腹，這一種滑稽喜劇，明人的戲曲中，是極少見的。王衡字辰玉，太倉人。他的鬱輪袍，共七折，寫王維的故事。作者因考試遇謗，終未獲大用，因此抑鬱不得志，乃作此劇。劇中雖寫古事，實諷刺世人熱中功名，卑鄙無恥，同時對於科舉考試制度的弊端，加以攻擊。他借着文殊和尚的口說：『如今末刼澆薄，世上人只爲功名一事，顚顚倒倒的。瞎眼人强做離朱，堂下人翻做堂上，不知誤了多少英雄豪傑。……世人重的只是科目，科目以外，便不似人一般看承。我要一位數百年後再化身，做一個不由科目不立文字，幹出名宰事業的，與世上有氣的男子立個法門，勢利的小人放了寬路。』這便是鬱輪袍的中心思想。兩戲的結尾，都由和尚出來點化，這雖說有點荒唐，但在寓言諷刺劇的製作上，是無礙的。做金錢的奴隸，同做功名的奴隸，一樣是愚笨無聊，都不是人生的正道。有了錢，應該賑濟窮人，有了才學，與其去做權奸的走狗，不如在農村山舍，過點自由的生活，研究點學問，這是劇中和尚們指示給讀者的途徑，也就是作者想要表現的思想。在這種地方，這兩個作品，是自有其特色與意義了。

孟稱舜的桃花人面　短劇中言情之作，當以孟稱舜的桃花人面爲代表。孟字子若，山陰人。桃花人面，共五齣，譜崔護、葉蓁兒故事。這故事全是抒情的，加之用桃花來襯寫女人與春光的美麗，故文辭極其華豔動人。戲中曲辭，全爲佳作。第二齣描寫少女的春情，與戀愛的心理，尤爲出色。

『倘秀才　憶來時，陪笑臉，雙生翠渦。寄芳心，獨展秋波。說甚的人到幽期話轉多，相見情難訴，相看恨若何，只落得淚珠偸墮。

普天樂　有意遣愁歸，無計奈愁何。斷腸荒草，處處成窩。思發在花前，花落眉還鎖，乾相思害得無邊闊，影兒般畫裏情哥。待撇下怎生撇下，待重見何時重見，只落得病犯沉疴。

朝天子　思他念他，這淚臉沒處躲。咱將癡心兒自揣摩，未必他心似我。展轉徘徊，低整衣羅，怕人來早瞧破情多，無那要訴這情兒誰可。

四邊靜　對了些香銷燼火，恨滿愁城，淚點層羅。隻影踟躕，休道慵粧裹。便粧成對鏡誰憐我，且壓着衾兒臥。

上小樓　壓着衾兒臥，夢裏人兩個。猶記的他門兒低扣，話兒調弄，意兒輕模。醒來時還兀自成抛躱，依舊栖惶的我。

么　驀相逢，情意好，恨今朝，空寂寞，悔不的手兒相隨，語兒相洽，影兒相和，與他在花前月下共樂。果道是夢兒裏相會呵，如今和夢也不做。』

反復地寫，直率地寫，一層進一層的寫，總要把那單戀的少女心情，赤裸裸地表現出來。言情之作，雜劇中的西廂，傳奇中的還魂，短劇中的桃花人面，可稱鼎足。孟另有死裏逃生一劇，長爲四齣，描寫和尙們强奸婦女的罪惡。結構完整，戲情緊張，曲文亦生動可喜。短戲中之佳篇，已如上述。其他如沈君庸、葉憲祖諸人，俱有一折之劇，因其無甚特色，想不多說了。再如盛明雜劇二集中，載有許潮所作之一折短劇八種。此爲許潮自作，抑爲楊愼舊物，疑不能明。加以各劇，只寫一點文人名士如陶淵明、王羲之、蘇東坡的風流韻事，沒有什麼特長，所以也略而不談。

五　湯顯祖與晚明的劇壇

戲曲發展到了晚明，正如詞到了宋末一樣，大家都走到格律的路上去。從前那種駢儷辭賦的習氣，雖稍稍斂跡，但接着起來的，是講韻律，講宮調，講字面，講唱法。總而言之，大家都盡力於曲辭方面的研究，對於戲的結構思想以及說白方面，一點不加以注意。於是戲曲的生命漸漸死去，而只剩着詞曲的生命了。一個戲本不管他的內容怎樣荒唐，怎樣腐敗，結構怎樣散漫，只要內面有幾支曲子寫得美麗動人，這戲本便可鬨動一時。他們不懂得戲曲是通俗的大衆文學，他們對於用韻協律方面，斤斤計較，偶一發現前人作品中的超規越矩之處，便加以惡評。如白兎、殺狗的曲白的俚俗，他們看不起，高明說了一句「不尋宮數調，」他們都責備他是戲曲界的罪人，琵琶、金印、紅拂、浣紗諸作中，偶爾發現一兩處韻律通用的地方，他們大不滿意。沈德符讀了張鳳翼的紅拂記，看見他用韻多有通假之處，便譏笑他說：『以意用韻，只便於俗唱。』（顧曲雜言）所謂只便於俗唱，便是不能登大雅之堂的意思。紅拂記的眞實價值，我們不必說，但只以「以意用韻」一句話，作爲批評那個劇本的標準條件，這是極無理的事。然而在這裏，正可以看出晚明劇壇的趨勢，以及當日劇作家與批評家所注重的，不是戲曲之整體生命，而是其中的小節。在這一個環境下，於是講唱法，講用韻，講格律的，批評戲曲的種種作品，都應運而生了。在這些書中，沈璟的南九宮譜、南詞選韻，王驥德的曲律，呂天成的曲品，可爲此中的代表。這些著作，與宋末的樂府指迷、詞源諸書，都在同樣的環境之下產生，有同樣的意義，而都是作詞作曲的人的聖經。有了這些書，於是詞曲中一點自由空氣，全被他們壓死了。於是那些作家都爲那些格律所限，都在協律合調講求字面上用功夫，戲曲的生命，因而更趨微弱，戲作家都變成曲匠了。

沈璟　沈璟字伯英，號寧菴，又號詞隱，吳江人，萬曆甲戌進士。他大概是生於嘉靖末年，死於萬曆末年（一五五五？——一六一五？），與湯顯祖是同時的人。他精通音律，善於南曲。是當日曲匠的宗師，格律派的代表。他有南九宮譜、南詞選韻二書，爲當代製曲家的金科玉律。前者嚴整南曲的調律，說明南曲的唱法，後者所選的作品，不以藝術爲準則，只以合韻與否爲準則。他的作曲主張，是與其曲佳而不合律，不如合律而曲劣。他這種思想，竟能風靡一時，如顧大典、葉憲祖、卜世臣、呂天成、馮夢龍諸人，都受他的影響者，因此演成「吳江派」這個系統。呂天成在曲品中稱沈璟爲曲中之聖。贊揚他說：

『嗟曲流之汎濫，表音韻以立防。痛詞法之蓁蕪，訂全譜以闢路。紅牙館內，謄套數者百十章。屬玉堂中，演傳奇者十七種。顧盼而雲煙滿座，咳嗽而珠玉在毫。運斤成風，游刃餘地，詞壇之庖丁，此道賴以中興，吾黨甘爲北面。』

沈德符在顧曲雜言中也說：

『沈寧菴吏部後起，獨恪守詞家三尺，如庚清眞文桓歡寒山先天諸韻，最易互用者，斤斤力持，不稍假借，可稱度曲申韓。』

可知當代人對於他的推崇，眞是無微不至。在這些文字裏，他們所稱道的功績，也只是講音韻訂曲譜而已，也只是斤斤力持庚清先天諸韻而已。這都是曲匠的事業，不是有天才的大作家的事業。然而他在晚明的劇壇，確實發生過很大的影響。

沈璟著有屬玉堂傳奇十七種，及同夢記一種（還魂記的改本），大都散佚不存。今易見者，只有義俠記，存六十種曲中，敍武松故事。其中如武松打虎，打蔣門神大鬧飛雲浦諸節，在水滸中，已有活潑生動的描寫，戲中則平弱無力，不及遠甚。至如萌奸、巧媾二節，敍潘金蓮、西門慶調情事，正是表現作者才情的好材料，但經他寫來，情趣索然，比起水滸的本文來，黯然無色。可知作者只是音律的專家，而絕非創作家的妙手。才情過弱，眼高手低，故其作品，大多散佚不傳，也非偶然了。其次，沈璟是本色論的提倡者。他看見當代的戲曲，都變成了駢文辭賦，因此他要以本色來挽救這壞風氣，這是他的過人之處。不過，讀他的義俠記，無論曲白，都沒有做到本色俚俗這一點。他的紅渠記，現在雖然看不到了，但據曲品說：『先生自謂字雕句鏤，正供案頭耳。』可知戲曲到了晚明，已走上了格律唯美的大路，在高級文人的筆下，任你有本色俚俗的覺悟，也是寫不出本色語來的了。駢文辭賦的風氣，在晚明雖是稍稍斂跡，所謂「字雕句鏤」，確是當代作家的共同習尚，吳江派是如此，臨川派更是如此。這樣看來，沈璟的作品，雖是多至十八種，曲品雖譽爲曲中之聖，但他在明代的劇壇，實在是不能稱爲大家的。

卜世臣、呂天成是沈璟的嫡派，世臣作冬青、乞麾二記，今不傳。曲律說：『其詞駢藻鍊琢，摹方應圓，終卷無上去疊聲，直是竿頭撒手，苦心哉。』天成號鬱藍生，作曲品，極有名。著傳奇短戲如二窰、雙棲等多至二十餘種，今皆不傳。曲律云：『天成最服膺詞隱，改轍從之，稍流質易。然宮調字句平仄，兢兢毖眘，不少假借。』這兩位私淑沈璟的大門徒，他們的作品，除了斤斤於宮調平仄以外，想必一無所長，因此他們所作的戲曲，也就同沈璟的一樣，全被時代淘汰得一個乾乾淨淨。

王驥德　王字伯良，會稽人，明文徵讀說他是王守仁之姪，不知確否。他雖是徐文長的學生，但却一點沒有他老師的精神與長處。其實他的工作，全是沈璟的說教者，他校訂過西廂、琵琶，作過有名一時的曲律。曲律可算是格律派在理論著作上的代表。他的工作，比沈璟更進一步。我們試看曲律中重要的目錄：

論宮調　論平仄　論陰陽　論章法　論字法　論務頭　論聲調

論腔調　論句法　論對偶　論用事　論險韻　論過曲　論過搭

我們由這些目錄，便知道這本著作，是一種什麼性質的書。正如張炎的詞源，要在宋末才能產生的一樣，曲律也是要在傳奇發展到了高度才能產生。這種著作的產生，便是那種文學趨於僵化趨於沒落的預兆。一種文學的生命力漸漸消失，必得要產生這一種規則方法的書，好留着後人來摹擬製作，遺留着一種殘骸。馮夢龍曲律序說：『詞隱先生所修南九宮譜，一意津梁後學，而伯良曲律一書，法尤密，論尤苛，鬭韻則德清蒙譏，評辭則東嘉領罰，字櫛句比，則盈床無合作，敲今擊古，則積世少全才。雖有奇穎宿學之士，三復斯編，亦將咋舌而不敢輕談，韜筆而不敢漫試。洵矣攻詞之針砭，幾於按曲之申韓。然自此律設，而天下始知度曲之難，天下知度曲之難，而後之蕪詞可以勿製，前之哇奏，可以勿傳，懸完譜以俟當代之眞才，庶有興者。』因爲馮夢龍也是沈璟的門徒，所以對曲律大致譽揚之辭。因爲這種作品，於那些庸才以及初學作曲的人，最有好處，所以能風行一時。他們的價值，也就只在做教科書這一點。

大凡過於拘守音律的人，總不會寫出好作品來的。因爲他太懂得音律，便處處要受音律的牽制，而不容易發展作者的才情與個性。王伯良只作紅葉記傳奇一種，他自己也表示很不滿意。變體雜劇作過四五種，只有男王后一劇尚存。他寫一個男扮女裝的美男子的下賤故事，文辭固不見佳，而內容更是可鄙，他想與徐文長的女狀元相比，那眞是妄想了。眞有天才的作家，是不會困守在這種格律之下的，他情願犧牲他作品的實用性，而不願意犧牲他的藝術性。在晚明的劇壇，持有着這種革命精神的，是浪漫派的代表作家湯顯祖。

湯顯祖　湯顯祖（一五五〇——一六一六）字義仍，號若士，又號淸遠道人。臨川人，萬曆癸未舉進士，因爲他不趨炎附勢，只做過幾次小官。官遂昌縣時，因縱囚放牒，不廢嘯歌，致爲人所劾，遂隱居故里，以作劇自娛。他的作品，有玉茗堂四夢：還魂記（一名牡丹亭）、紫釵記（紫簫記的改本）、邯鄲記及南柯記。還魂記寫柳夢梅、杜麗娘人鬼戀愛的故事，紫釵記本蔣防的霍小玉傳，敘詩人李益與霍小玉的遇合。邯鄲、南柯二記，一本沈既濟的枕中記，一本李公佐的南柯太守傳，描寫富貴功名的虛幻，指點人生最後的歸宿。故四夢中，前二者爲才子佳人的戀愛劇，後二者爲寓言的諷世劇。皆文辭工麗，風行一時，還魂一作，尤爲膾炙人口。

還魂記全戲五十五齣，爲明代傳奇中稀有的長篇。戲的內容，實無足取，人死還魂，更屬荒唐。戲之結局，仍是團圓舊套，亦無新意。第一齣標目漢宮春詞云：『杜寶黃堂，生麗娘小姐，愛踏春陽。感夢書生折柳，竟爲情傷。寫眞留記，葬梅花道院淒涼。三年上，有夢梅柳子，於此赴高唐。果爾回生定配，赴臨安取試，寇起淮、揚。正把杜公圍困，小姐驚惶。教柳郎行探，反遭疑激惱平章。風流況，施行正苦，報中狀元郎。』戲中情節，由此可見大概，同時戲中所表現的，仍是那些點狀元高升發財的舊思想。這樣看來，我們要在還魂記中發現什麼戲劇形體組織的特色，或是什麼有關社會人生的思想問題，那是徒然的。不過，浪漫派的作品，這些條件本不重要。最要緊的是熱烈的情感，文字的美麗，幻想的豐富，與誇張的描寫。這幾點，在還魂記都得到了成功的表現，所以他能夠感動人心，尤爲熱情的少年男女所愛好。

在人類的生活中，力量最大的便是愛情。愛情是一把火，可以把人燒死，同時也可給人光明與幸福。湯顯祖不是那些僞善派的儒家，最懂得愛情的意義與支配人生的力量。還魂記這本長戲，便是着力描寫這一個情字。有人勸他講學，他說：『諸公所講者性，僕所言者情。』他對於當日的假道學派、擬古派以及八股派，都深惡痛絕，抱着反對的態度。要有他這種浪漫的性格，才能把愛情寫得眞，要有他那種才學，才把愛情寫得美。還魂記能够到現在還能流傳人口，便是他寫的愛情旣眞且美的緣故。杜麗娘爲情而死，後來又還魂復活，這自然是荒唐，但死爲情死，活爲情活，無非是要加重愛情的力量，而加以誇張的描寫。當日困守於禮教下的少年男女們，心中有了愛人不敢公開，沒有愛人的，感着沒有寄託。一旦看了這種作品，覺得只要情眞，夢中可以找安慰，死了可以復活，這對於被禮教所壓制的少年男女，在這一種作品的欣賞上，直可療治他們精神上的傷害，解放出隱藏於他們潛意識中的苦情。因此婁江女子兪二娘讀了還魂，哀感自己的身世，斷腸而死，杭州女伶商小玲失戀後，因演還魂，傷心而死，內江某女子，因愛作者的才華，想嫁他，作者辭以年老，乃投江而死，這便是由作品中的熱情，引動了讀者的熱情的結果，也就是藝術給予人生的情感交流的具體化。

戲中的曲文，眞是美不勝收。驚夢、尋夢、寫眞、拾畫、魂遊、鬧宴諸劇，皆爲佳作。尤以驚夢一齣，更爲上乘。

『遶地遊　（旦）夢回鶯囀，亂煞年光遍。人立小庭深院。（貼）注盡沈煙，拋殘繡線，今春關情似去年。

步步嬌　（旦）裊晴絲吹來閒庭院，搖漾春如線。停半晌，整花鈿，沒揣菱花。偸人半面，迤逗的彩雲偏。步香閨怎便把全身現。

醉扶歸　你道翠生生出落的裙衫兒茜，豔晶晶花簪八寶塡，可知我常一生兒愛好是天然。恰三春好處無人見。不隄防沈魚落雁鳥驚諠，則怕的羞花閉月花愁顫。

皂羅袍　原來姹紫嫣紅開遍，似這般都付與斷井殘垣。良晨美景耐何天，賞心樂事誰家院。

（合）朝飛暮卷，雲霞翠軒，雨絲風片，煙波畫船，錦屛人忒看的這韶光賤。……

（旦睡介，夢生介，生持柳枝上。生笑介：小姐，咱愛殺你哩！）

山桃紅　（生）則爲你如花美眷，似水流年，是答兒閒尋遍，在幽閨自憐。轉過這芍藥欄前，緊靠着湖山石邊。和你把領扣鬆，衣帶寬，袖稍兒搵着牙兒苫也，則待你忍耐溫存一餉眠。

（合）是那處曾相見，相看儼然，早難道這好處相逢無一言。

（生下，旦作驚醒低叫介，秀才秀才，你去了也。）

綿搭絮　雨香雲片，纔到夢兒邊。無奈高堂，喚醒紗窗睡不便，潑新鮮，冷汗黏煎。閃的俺心悠步嚲，意軟鬟偏。不爭多費盡神情，坐起誰㒚，則待長眠。

尾聲　因春心遊賞倦，也不索香重繡被眠。天呵！有心情那夢兒還去不遠。』

王驥德說『湯若士婉麗妖冶，語動刺骨，獨字句平仄，多逸三尺，然其妙處，往往非人力所及。』（曲律）沈德符也說：『湯義仍牡丹亭一出，家傳戶誦，幾令西廂減價，奈不諳曲譜，用韻多任意處，乃才情自足不朽也。』（顧曲雜言）湯作中的亂韻亂律，雖爲格律派的批評家所詬病，但對於他的才華，却一致加以譽揚。並且他的亂韻亂律，他自己也並非不知道。他不願意爲格律的奴隸，而限制傷害他的創作才情與藝術生命。他說：

『不佞牡丹亭記大受呂玉繩改竄，云便吳歌。不佞啞然笑曰：昔有人嫌摩詰之秋景芭蕉，割蕉加梅，冬則冬矣，然非王摩詰冬景也。』（答凌初成書）

『弟在此自謂知曲意，謂筆嬾韻落，時時有之，正不妨拗折天下人嗓子。』（答孫俟居書）

『牡丹亭記要依我原本，呂家改的，切不可從。雖是增減一二字，以便唱，却與我原作的意趣大不同了。往人家搬演，俱宜守分，莫因人家愛我的戲，便過求酒食錢物。』（與宜伶羅章二書）

在這些書信裏，表明作者堅强的性格，大膽的勇氣，和革命的精神。他不能因爲要便於俗唱，就允許人家增減一二字，情願拗折天下人嗓子，不能損害他作品的個性與精神，這種愛惜藝術的良心，是多麼可敬可愛。無奈那些格律派的曲匠們，如沈璟、呂碩園、臧晉叔諸人不懂得此中道理，一心一意，只守着那本曲譜，改作删訂。雖律度諧和，而精神全失，這眞是多事了。

紫釵長五十三齣，亦爲言情之作，惟情事組織，稍嫌蕪雜。唐人傳奇，寫霍小玉失戀而死，原爲悲劇，戲中則改爲團圓，反覺無味。但全戲曲文，工麗華豔，極有情趣。折柳、題詩、驚秋三齣，尤爲精警。邯鄲、南柯二記，寓意相同，一歸於道，一歸於佛，那都是作者藉以指示富貴功名的虛幻，對於當日社會人士熱中名利的狂熱的心理，加以諷刺。人生如夢，一切皆空，是二戲中的旨趣。所寫雖俱爲夢境，但夢境中社會的病態，人情的險詐，官場的黑暗，都是當代現實的情形，那兩個夢譬於兩面鏡子，把晚明的官場社會的種種情形，讀書人士的種種心理，一齊反映出來，這是我們必得注意的。若我們只當做一場空夢，草草看過，那就不瞭解這種寓言的諷刺劇的意義了。關於這一點，吳梅氏說得好：『明之中葉，士大夫好談性理，而多矯飾。科第利祿之見，深入骨髓。若士一切鄙棄，故假曼倩詼諧東坡笑罵，爲色莊中熱者下一針砭。其自言曰：他人言性，我言情，蓋惟有至情，可以超生死忘物我通眞幻而永無消滅。否則形骸且虛，何論勳業。仙佛皆妄，況在富貴。世之持買櫝之見者，徒賞其節目之奇，詞藻之麗，而鼠目寸光者至訶爲綺語，詛以泥犂，尤爲可笑。……就表面言之，四夢中主人爲杜女也。霍郡主也，盧生也，淳于棼也。即在深知文義者言之，亦不過曰還魂鬼也。紫釵俠也，邯鄲仙也，南柯佛也。殊不知臨川之意，以判官、黃衫客、呂翁、契玄爲主人，所謂鬼俠仙佛，竟是曲中之意，而非作者寄託之意，蓋前四人爲場中之傀儡，而後四人則提掇線索者也。前四人爲夢中之人，後四人爲夢外之人也。既以鬼俠仙佛爲曲意，則主觀的主人，即屬於判官等四人，而杜女、霍郡主輩，僅爲客觀的主人而已。玉茗天才，所以超出尋常傳奇家者即在此處。』（四夢傳奇總跋）讀四夢的人，必得有此種見識。

孫仁孺　在晚明的劇壇，一反那些佳人才子的戀愛劇，另成一種作風的，是孫仁孺的東郭記。孫之字里未詳，書刊於崇禎三年，作者大概是萬曆天啓間人。原書題白雪樓主人編，峨眉子評點，卷首有贊語一篇，爲孫仁孺作，想白雪樓主人即是孫仁孺的別號。或以爲汪道崑、徐復祚作，俱不可靠，因汪、徐的作風，與此作絕不類也。東郭記共四十四齣，以孟子中有一妻一妾的齊人爲主角，再以淳于髡、陳仲子、王驩及一妻一妾爲配角，描寫當代讀書人士，爲求富貴利達的卑鄙下賤的行爲。這劇本值得我們注意的，有三點；一、他的取材的新鮮，二、他對於現實社會的積極態度。三、說白雖採用文言，但曲文全是通俗流暢，一掃駢儷雕琢之風。湯顯祖的南柯、邯鄲，對於當代的社會狀態作了象徵的暗示，但在東郭記裏，却是取着直接的顯明的勇敢的態度，加以攻擊的。本來到了明代末年，讀書人黨派的爭，朝廷官場的爭，眞是「簪紱厚結貂璫，衣冠等於妾婦。」士大夫的卑鄙醜劣，不知廉恥，這時候算是到了極點。作者在劇中所要表現的，就是這一種社會的畫圖。王驩同齊人，代表無恥的文人，陳仲子代表高潔的名士。結果是無恥的文人飛黃騰達，高潔的人，困於飢餓。當齊人乞食墦間時，妻妾號哭於中庭，當齊人用種種諂媚的行爲弄到一個官時，妻妾又大慶其幸運。第二十六齣中，寫陳賈、景丑兩人，想找個官做，知道上司好男色情願拔去鬍子，擦粉塗脂，扮作婦人，送上門去，替上司斟酒唱曲，結果才得到上司嫣然一笑，作者用力寫着士大夫的諂媚與無恥，說明白些就是不要臉。齊人說的『規小節者不能成榮名，惡小恥者不能立大功。』這是無恥文人的自寬自解的口號。十四齣中王驩說的『依小弟愚見，如今做官，不管什麼小百姓的安寧，第一要銀子多的，便是美缺。』這是那些諂媚貪汚的官吏的目標。這種社會，這種官場，這種讀書人，作者深惡痛絕，所以他借着歌者的口說：

『北寄生草　第一笑書生輩，那行藏難掛牙。賤王良慣出奚奴胯，惡蒙逢會反師門下，老馮生喜就趨迎駕。不由其道一穿窬，非吾徒也眞堪罵。

前腔　第二笑，官人輩，但爲官只顧家，牛羊見芻牧誰曾話，老羸每溝壑由他罷。城野間尸骨何須詫。知其罪者復何人，今之民賊眞堪罵。

前腔　第三笑，朝臣輩，又何曾一個佳，諫垣每數月開談怕，相臣每禮幣空酬答。諸曹每供御暫無暇。不才早已棄君王，立朝可恥眞堪罵。

前腔　第四笑，鄉閭輩，更誰將古道誇。盼東牆處子摟來嫁，儘鄰家鷄鶩偸將臘。便親兄股臂拳堪壓，豺狼禽獸都相當，由今之俗眞堪罵。

歌者　近來齊國風俗一發不好，做官的便是聖人，有錢的便是賢者。這是稷下諸儒所度新曲，專一笑罵此輩，你可記熟了唱去。

王驩　領教了，只怕學生後來早被他笑着了。

妓女　好嘴臉，你難道會做官不成？

王驩　你識得甚，做官的正是我輩。

歌者　客官果是個中人。

作者借古罵今，淋漓痛快，把晚明的社會，留下一張分明的圖畫。全戲中充滿着幽默與滑稽。最妙的，是幽默與滑稽，都隱藏在反面，而正面却是嚴肅，令讀者先感着憤慨，而後感着微笑，這是東郭記藝術成功的地方。至於曲文的本色俚俗，也是本戲的一個特點。這樣看來，比起那些紅情綠意的戀愛戲來，東郭記無論在品格上，在文學思想上，都要高明得多了。他不僅是晚明的好作品，在元、明兩代的戲曲史上，也可算的一種名作。可惜無人注意，使他成爲塵沙中的黃金了。

阮大鋮與吳炳　在明朝末年，以美麗的辭藻寫纏綿的豔情，馳名於劇壇的，是阮大鋮與吳炳。阮字集之，號圓海，懷寧人（？——一六四六。）吳字石渠，號粲花主人，宜興人。阮是降滿的奸臣，吳是殉國的烈士。他們的人品雖有不同，但在戲曲上都有相當的成就。阮著有燕子箋、春燈謎、牟尼合、雙金榜、忠孝環、桃花笑、井中盟、賜恩環傳奇多種，後四種不傳，其中以前二種最有名。吳炳著有綠牡丹、畫中人、西園記、情郵記、療妒羹，題爲粲花別墅五種。而以情郵記爲最著。這些戲曲，都是承繼還魂記的餘風，用美文美句，來鋪敍男女戀愛的葛藤，內容大半荒唐，思想亦極腐敗。所以馳名者，無非其中有幾支工麗的詞曲而已。因此，關於戲中情節，也無須多加敍述，只把燕子箋、情郵記的曲文，各舉數首爲例。

『風馬兒　瑣窗午夢線慵拈，心頭事忒廉纖。晴簷鐵馬無風轉，被啄花小鳥弄得響珊珊。

鶯啼序　似鶯啼恰恰到耳邊，那粉蝶酣香雙趣軟，入花叢若個兒郎，一般樣粉撲兒衣香人面。若不是燕燕于歸，怎便沒分毫腼腆。難道是橫塘野合雙鴛。

集賢賓　烏紗小帽紅杏衫，與那人小立花前。擲個香車應不忝，女兒們家常熟慣，恁般活現，平白地陽台欄占。心自轉，自有霍郎姓字描寫雲鬟。

啼鶯兒　烏絲一幅金粉箋，春心委的淹煎。並不是織錦迴文，那些個題紅宮怨，寫心情一紙尖憨，蕩眼睛片時美滿，悶懨懨，又聽梁間春燕語喃喃。』（燕子箋寫箋）

『普天樂　舊亭池，都傾敗，老荷花，開還懈。可爲甚景入秋來，偏則我尚滯春懷。看草色非新艾。那弄影鞦韆，空自在斜陽外。倩嬌扶隱上高臺。（合）好繫住留仙錦帶，怕踏了小鳳新鞋。

傾杯序　拈來，歎金針鐵裹埋，繡線塵籠蓋。半幅長裙，半折兜鞋，未成花朶，未了嬰孩。看殘紅斷線，追思那日，碧紗窗外，趁芭蕉兩人同倚綠分來。

玉芙蓉　鮮花似日裏開，嫩柳在風前擺，這便是他自譜，麗容嬌態，我則道暗風吹雨將他壞，却是我熱淚從心滴下來。人兒在，看纖纖手裁，猛擡頭幾回錯喚眼還揩。』（情郵記問婢）

觀上二段，其文采情意，都與還魂、紫釵相似。晚明劇壇，大都受臨川的影響爲多。而以阮、吳二家最勝。其他作家，擇其要者言之，顧大典有青衫記，葉憲祖有鸞鎞記，徐復祚有紅梨記，許自昌有水滸記，張四維有雙烈記，高濂有玉簪記，王玉峯有焚香記，沈鯨有雙珠記，朱鼎有玉鏡台記，孫柚有琴心記，陳汝元有金蓮記，楊珽有龍膏記，謝讜有四喜記，周履靖有錦箋記，馮夢龍有雙雄記，以及無名氏的金雀記、尋親記、運甓記等作，或守格律，或逞文藻，大都不出沈、湯二家的藩籬，而其成就，都在阮、吳二家之下，因此不一一細說了。

第二十六章　明代的小說

一　明代小說的特質

小說與傳奇，是明代文學的代表，尤以小說在明代的文學史上，有着重要的意義。中國的白話小說，經過了宋、元兩代的長期孕育，到了明代，無論在形式上在藝術上，都達到極高的成就，而表現着蓬勃的生命來。因此，小說的成長在明代文壇重要的意義，我必得先加以說明。

一、白話文學的進展　白話文的應用，在唐末的變文與宋人的話本雖已開始，但除了京本通俗小說那樣極少數的優美的作品以外，其餘的大都是文白夾用，粗劣笨拙，算不得是成熟的白話文學。而用白話寫作的，幾乎全是說話人和書會先生一類人物，把故事記錄下來，作爲實用的工具。到了明朝，文人學士，才有意識的運用白話來寫小說，有意識的來創作白話的文學。這種文體上的改革，這種由文言轉到白話的文學觀念的進展，在中國文學史上，實在是一件大事。我們可以說，明朝是我國白話文學的成熟時代。如三國演義一類的歷史小說，雖還用通俗的文言，那是極少數的，第一流的作品，如水滸、西遊、金瓶梅等，全是用的最純熟最活潑的白話。明朝說話雖不復行，但風氣轉換，從前把許多故事由說話人的口傳給民衆，明朝是由文人寫出來給民衆自己去看了。這便是由說話變成小說的時期，也是白話文學發展的時期。這些小說的製作者，一面接受着話本的白話文體，一面採用着話本中的故事，加以剪裁，加以潤飾，於是白話的長篇短篇小說，產生許多好作品，給與明代文壇以新生命新空氣。從此以後，無人不承認白話是寫小說的最好工具，好的小說沒有不是白話的了。

二、對於小說觀念的改變　我國文學，歷代爲儒家載道的思想所統治，抒情之詩歌詞曲，視爲小道，君子不爲，對於小說，更加輕視，到了明朝，這種觀念，爲之一變。如李卓吾、袁中郎、馮夢龍、凌濛初之流，一致贊美小說文章的優美，同時並瞭解小說與羣治的關係，其感應效果之大，遠過於四書、五經，所謂小說的文學價值與社會價值，第一次在中國文壇爲人認識。馮夢龍編的三本短篇小說，題爲明言、通言、恆言，序中說：『明者取其可以導愚也，通者取其可以適俗也，恆者則習之而不厭，傳之而可久也。』這種透澈的對於小說的見解，是到了明朝才有的。

三、小說與時代　明朝的時代背景與社會意識，在小說中反映極爲明顯。明代因方士僧尼的大盛，報應輪廻之說深入民間，故小說中之思想多言因果，而神魔作品特多。再以晚明朝綱不振，君主臣僚以至社會各界，無不縱慾荒淫，一時成風，恬不知恥，於是小說成爲淫書，男女私事，加意鋪寫。如金瓶梅那一類的作品，便是最確切的時代的反映。再如西遊補的諷刺明末的政治與士風，西洋記、精忠傳一類作品的慕古傷今的情感，時代的背景，社會的意識，都很活躍明顯。那些正統派的古文不必說，就是比起那些雜劇傳奇來，小說是現實得多了。

我敍述明代的小說，以長篇爲主，短篇平話次之。至於那些唐人傳奇式的小說，如瞿佑的剪燈新語，及李禎的剪燈餘話一類的作品，在這一時代，已經失去其重要性，只好從略了。

二　三國演義

三國演義是我國歷史小說中最流行的一部書。歷史小說由宋代的講史演進而來。據李義山驕兒詩云：『或謔張飛胡，或笑鄧艾吃。』可知在唐末，三國歷史，已變爲通俗的故事流行民間了。到了北宋，說話人有說三分的專家，再在金人院本元人雜劇裏，搬演三國史事者特多。據錄鬼簿涵虛子所記，三國戲本，近二十種。但到現在，宋人記三國故事的話本，沒有見過，我們現在所見到的最早的本子，是元朝至治年間（一三二一——一三二三），新安虞氏刊的全相三國志平話，書藏日本內閣文庫，同發現者還有武王伐紂書、樂毅圖齊、七國春秋後集、秦併六國、呂后斬韓信前漢書續集，一共是五種，這都是元代通俗文學的遺產。前二作多雜神怪，後三作多據史實。但文字拙劣，較之京本通俗小說，相差遠甚，近於三藏取經詩話一流，想是元代民間之作，未經文人潤飾者。現只有三國志平話一書，有翻印本行世。書共三卷，分上下二欄，上欄是畫，下欄是文。書的開始，有一段司馬仲相陰間斷獄的神話的引子。而以曹操爲韓信，劉備爲彭越，孫權爲英布，漢獻帝爲漢高祖，報其殺害功臣之冤，造成三人分漢的因果報。開首有詩云：『不是三人分天下，來報高祖斬首冤。』這意思說得極明顯。平話的本文，開始於黃巾賊亂，劉、關、張桃園結義招兵討賊，而終於晉王一統。觀其故事前後的起結，後來的三國志演義，在此已粗具規模。但文字拙劣，語意不暢，人地之名，時有誤寫。如麋竺爲梅竹張角爲張覺，華容爲滑榮，街亭爲皆庭，此種例證，到處都是。所敍事實，頗違正史，如劉備落草、張飛殺狗等，尤爲無稽。由此看來，三國志平話一書成爲說話人的底本，爲民間傳說的三國故事，未經文人修飾者。這書在文學上雖絕無價值，在三國演義的演化上，却很重要。因爲我們知道了元朝的三國故事在民間流播的形態，同時元代的通俗文學的情形，我們由此也可推知一點。

將元朝的三國志平話加以改編，寫成一本雅俗共賞的歷史小說的，是羅貫中。羅名本，字貫中，是元末明初人，賈仲名續錄鬼簿中云：『羅貫中，太原人，號湖海散人，與人寡合。樂府隱話，極爲清新。與余爲忘年交。』雖只數語，却極重要，因前人於羅氏籍貫年代，時有異說，至此始能確定。據賈仲名所記，羅貫中是一個不得志的江湖流浪者，但他在文學上，却有重要的供獻。他是中國第一個用全力作小說的作家，他又是第一個從事通俗文學的作家。他雖說也做過戲曲（有龍虎風雲會劇目，見元人雜劇選），他幾乎用畢生的精力，貢獻在小說上。相傳他有十七史演義的大著作。其他如水滸傳、平妖傳、粉粧樓諸書，亦傳爲他所作，但他的作品，多經後人增損，其原作遂至湮沒，甚爲可惜。在許多作品中，最能保存他原作的面目的，還只有這本他改編的三國志通俗演義。

三國志通俗演義最早的本子，我們能見到的是弘治甲寅年(西曆一四九四)的刊本。題爲『晉平陽侯陳壽史傳，後學羅本貫中編次。』前有庸愚子序云：前代嘗以野史作爲評話，令瞽者演說，其間言辭鄙謬，又失之於野。士君子多厭之。若東原羅貫中，以平陽、陳壽傳，考諸國史，自漢靈帝中平元年終於晉太康元年之事，留心損益，目之曰三國志通俗演義。文不甚深，言不甚俗，紀其實亦庶幾乎史。蓋欲讀誦者人人得而知之，若詩所謂里巷歌謠之義也。』這裏將羅貫中改編的心思說得最明白。

他要把那些言辭鄙謬，士君子看不起的平話，改編爲『文不甚深，言不甚俗，』又不違背正史的通俗演義，上可給士君子們讀，下可給民衆看的一種雅俗共賞的讀物。羅氏這種工作，是極有意義的。他是有意的要爲民衆製作通俗文學，將那些歷史知識，用演義體裁灌輸到民間去。不管他的作品存在與否，不管他的作品的藝術價值的高低如何，他總是大衆文學的創始者，是我國小說界的開路先鋒，這一點，便是他在中國文學史上應得的地位，値得我們敬重他。

羅編的三國志通俗演義，共二十四卷，每卷十節，每節有一小目，爲七言一句，這是我國長篇小說最早的形式。小說分成多少回，每回的題目，成爲對偶的兩句，那都是後起的事。羅本與平話本不同之處，最要者有三：

一、增加篇幅，改正文字。　如三顧茅廬在平話中只一小段，文字拙劣，生趣索然。羅本則肆力鋪寫，長至數倍。狀神寫貌，個性躍然。文字健勁，生動可喜。

二、削落無稽之談　平話中凡過於荒誕者，一律削去。開卷之因果報棄去，而以史事直起，即爲一例。

三、增加史料　可用之正史材料，羅氏酌量增入。如何進誅宦官、禰衡駡曹操等。再又加進許多詩詞書表，顯得歷史性更加濃厚。

這樣一來，羅氏的書較之元朝的平話本，自然是進步得多。他做到了序上所說的『文不甚深，言不甚俗』的歷史演義，士君子與民衆都一致表示歡迎了。這種本子一出世，那些平話本，自然會湮沒無聞，於是新刊本便紛紛出現，到明朝末年，那些刊本，也不知道有幾十種，都是以羅本爲主，有的加以音釋，有的加以插圖，有的加以批評，有的在卷數回數上加以增損，文字上不過數字數句的增刪。一直到了清康熙年間毛宗崗出來，這本書才再發生變化。他師金聖歎改水滸、西廂的方法，把羅本加以改作，再加上批評，稱爲第一才子書，這就是我們今日讀到一百二十回的三國演義。我們都知道三國志演義是明初的羅貫中所作，但我們讀到的却是清毛宗崗的本子，原因便在這裏。因爲毛本比羅本較爲進步，毛本一出，羅本便又湮沒而不爲人所知了。毛本的卷首，有凡例十條，說明他的改作的意見。約而舉之，有下四端：

一、改正內容，辨正史事。

二、整理回目，改爲對偶。

三、增刪詩文，削除論贊。

四、注重辭藻，修改文詞。

上列諸條，此其大者，細故尚多，不必詳說。總之，那部書經他這麼一改，無論內容文字，都較爲完整，於是三百年來，社會上只知道有毛本的三國演義了。因此我們可以說，三國演義絕非一人一代之作，是一部三四百年來集體的作品。

三國演義在文學上實沒有多大的價值，這是大家都承認的。其原因胡適之歸咎於此書的作者、改者及最後寫定者，都是平凡的陋儒，不是天才的文學家，也不是高超的思想家。這話並不完全對。主要的原因，是文體和性質的問題。三國演義在文學上的失敗，第一因爲沒有採用白話而採用文言的緣故。大凡歷史小說，因爲牽就正史事實，及引用古代文獻，用文言較爲方便，試看明、清之際的演義小說，大都是如此。然而也就在這裏，減少了文學的價値。試想，如劉、關、張、諸葛、曹、周一類特殊個性的人物，而出以文言，如何能表達他們的神情，又如何能傳達那些人的精神態度。水滸如果也是用文言體，其成就決不會在三國之上。寫那樣內容繁複人物百出的長篇小說，用文言而不用白話，自然不會有大的文學上的成就。其次，便是性質的問題，因爲他是演義的性質，而不是小說的性質，演義體處處以史實爲主，處處爲史事所拘，時代短者數十年，長者數百年，爲所束縛，無法展運作者的想像與穿揷。水滸也是取材於歷史，只是取材，而不是演義，因此水滸可以成爲一部好小說。蔡奡東周列國志讀法云：『若說是正經書，却畢竟是小說樣子，但要說他是小說，他却件件從經傳上來。』這便是歷史演義的致命傷。

三國演義雖不能算是有文學價値的書，却是一部在民間最流行最有勢力的通俗讀物，其感應社會的效果，沒有那一部書能比得上。各等各級的人，都在這本書裏取其有用的知識。在前人眼裏，覺得此書無誨淫誨盜之嫌，又有讀歷史讀文章的好處，同時趣味濃厚，文字不深不俗，大家看了，各有所得。我們小時父兄塾師們，禁止我們讀水滸、紅樓，獎勵看三國，原因想就在此。因此幾百年來，這部書成爲民衆處世立身的倫理教科書，成爲民衆作文說話的範本，成爲英雄豪傑的兵書。他對於民衆的影響，遠在四書、五經及其他正統文學之上。由通俗文學的立場看來，三國演義是最成功的了。

三國以外，羅貫中還編了不少的歷史演義，但他的書，俱經後人改作，其原本多不可見。如隋唐志傳，今所見者爲淸初褚人穫編的隋唐演義。殘唐五代史演義，書爲二卷六十回，見日本內閣文庫書目。今日所見之五代殘唐，亦非羅本。唐傳演義、說唐傳亦傳爲羅氏所編，今前書已證明爲嘉靖熊鍾谷所作，說唐傳緊接前書，今存者分前傳後傳兩部，亦係後人所託。羅旣編有隋唐志傳、殘唐五代二篇，不應再有說唐、唐傳重複之作。因羅編三國風行一時，大家效法。於是有明一代，歷史演義小說，大量產生。一代史事，各有所述，或依正史，或雜野談，書賈爲推廣銷路，作家爲託古存眞，或借羅貫中編纂之名，或託李卓吾、袁中郎、鍾伯敬評點之筆。可觀道人序馮夢龍新列國志云：『自羅貫中三國志一書，以國史演爲通俗演義百餘回，爲世所尙。嗣是效顰日衆，因而有夏書、商書、列國、兩漢、唐書、殘唐、南北宋諸刻，其浩瀚與正史分籤並架，然悉出諸村學究杜撰。』這裏把明代歷史小說發達的情況，說得很明白。因爲那些書都是出自村學究之手，所以不能產生好作品，大都是仿效三國，而其成績也都在三國之下。當日雖盛極一時，不久就全爲時代所淘汰。今所知者，略舉數種。開闢衍繹通俗志傳六卷，題五岳山人周游仰止集，盤古至唐虞傳二卷，有夏誌傳四卷，有商誌傳四卷，大隋誌傳四卷，皆題鍾惺編輯。列國志傳八卷，余邵魚撰（余字畏齋，福建建陽人，）此書後由馮夢龍改編爲新列國志，一百另八回。全漢志傳十二卷，唐書志通俗演義八卷，南北宋傳二十卷，皆熊大木撰（熊字鍾谷，福建建陽人。）此外無名氏所編撰之演義，爲數尙多，大都粗淺無章，不必多舉。

三　水滸傳

水滸傳是我國長篇小說傑作之一，在民間流行的程度，幾與三國相等。但他也不是一人一代之作，也是多少人多少年慢慢兒形成的。他的演化的過程，其繁複遠過於三國，近人胡適之，周樹人等氏俱曾研討，見解雖多，結論不一。今參考諸家所論，再稍加己見，略論水滸傳演化之過程。

一、南宋時，水滸已爲民間流行之故事，宣和遺事所記，已有三十六人，文字雖短，事實已具規模。起於楊志等押運花石綱，而終於征方臘，宋末龔聖與作三十六人的像贊，據周密癸辛雜識引云：『宋江事見於街談巷語，不足采著，雖有高如、李嵩輩傳寫，士大夫亦不見黜，余年少時壯其人，欲存之畫贊。』可知道宋末，水滸故事民間一定非常流行，那些英雄們的面目性情，想必都很特殊，因此當日畫家如高、李之流，畫起他們的像來。曲海總目提要水滸記下說明云：『宋時畫手李嵩輩傳眞其像，士大夫頗不見黜，龔聖與至爲作三十六贊，可證。』龔聖與來作贊，這種情形，表示出流傳民間的水滸故事，開始同文人接近了。文人接近這種故事，是有理由的。周密畫贊跋說：『此皆羣盜之靡耳。聖與旣各爲之贊，又從而序論之，何哉？太史公序游俠而進姦雄，不免後世之譏，然其首著勝、廣於列傳，且爲項羽作本紀，其意亦深矣，識者當能辨之。』這意思極爲明顯，宋江們雖爲大盜，如能削平外敵，何嘗不是眞命天子，遺民文人的這種心理，確實是畫餠充飢的悲劇。宣和遺事外，宋代還有沒有水滸傳一類的話本，或許有，現在看不到了。到了元朝，出現了許多水滸故事的雜劇，以寫黑旋風爲多。劇中人物之性格雖與小說頗有不同，但人數已由三十六加到一百零八位了。

二、水滸故事在元代雜劇界這麼流行，一定有人出來寫成小說，材料好，寓意好，像高如、李嵩、龔聖與一樣心境的人是不少的。這一個最初寫成水滸傳的人，我們假定是施耐菴。百川書志云：『水滸傳施耐菴的本，羅貫中編次之。』一百回本及一百二十回本，都寫着施耐菴集撰，羅貫中纂修。金聖歎則說是施耐菴作，金聖歎續。這樣看來，羅貫中之前，有一個施耐菴很有可能。我推想施氏的本子，一定用的是白話，這是與三國志平話不同之處。因爲宣和遺事中的水滸故事，已有濃厚的白話傾向，並且有許多白話句子。施氏決不會改用文言，這是後來的水滸傳能成爲一部好文學的先天基礎。同時我們還可推想，施氏所敍的故事，與宣和遺事的架子全同，招安以後，接着討平方臘，大家做官了事。到了元末羅貫中出來，將施本再加以改造，他作的是所謂編次纂修的工作。他看見宣和遺事最末一段有『因此三路之寇，悉得平定』二句，於是他便加進征討田虎、王慶一段，湊成三寇之數。田、王的故事，或在宋、元之間已有傳說，也說不定。羅本前有致語，其文字面目到現在還有大部分保留在一百十五回本裏。

三、嘉靖年間，是中國長篇小說進步發展的大時代，水滸傳的成爲一部有價値的文學書，也在這時期。沈德符云：『武定侯郭勳在世宗朝號好文，多藝能計數，今新安所刻水滸傳善本，即其家所傳，前有汪太函序，託名天都外臣者。』一百二十回本發凡云：『郭武定本，即舊本，移置閻婆事，甚善，其於寇中去王、田而加遼國，猶是小家照應之法，不知大手筆者，正不爾爾。』郭本之去田、王，而加遼國，想是當時北方外族壓邊，時時告緊，作者以安內換成攘外，聊快人意。在宣和遺事最初一節中，有『童貫巡邊，五月童貫兵與遼人戰，敗退保雄州』的記事，郭本的執筆究竟是誰，雖無法斷定，但那作序的汪太函最爲可能。汪太函是汪道昆，字伯玉，徽州人，是當日與王世貞齊名的文學家。因爲他是文學家，這次改編水滸，大動手術，等於創作，情節的鋪寫，結構的謹嚴，人物個性的刻劃，白話文技巧的熟鍊，使得這一百回的水滸傳，得到了文學上極高的成就。

四、郭本問世以後，因其藝術的優美，立刻得到士大夫的贊歎，如李卓吾、袁中郎、胡應麟之流，都是本書的愛好者。但士大夫歡迎的，未必爲民間歡迎，同時謀利的書賈們（至少是福建的書店，）也不得不在郭本以外，另謀出路，於是取簡略的羅氏舊本，再將郭本的破遼一節改作過，增加進去，成爲四寇，內容最富，以全本向民衆號召，兜攬生意，於是稱爲新刋原本全像插增田虎王義忠義水滸傳一類的一百十回本，一百十五回本以及一百二十四回本，三十卷本，各家書店爲競爭生意，都紛紛地出版了。這些本子，在本質上說，他們與羅本最爲接近，在文字上說。他們都是簡略的，俱可稱爲簡本。民衆看小說，大都是注重趣味，有幾個懂得鑑賞藝術，他們既以全本舊本相號召，銷路自然很好，因此引起當日士大夫的憂慮。胡應麟說：『余二十年前所見水滸傳本，尙極足尋味。十數載來，爲閩中坊賈刋落，止錄事實，中間遊詞餘韻，神情寓處，一概删之，遂幾不堪覆瓿。』便可知道簡本在文字上，是比不上郭本了。

五、因爲要顧到全本的名義而又要挽救郭本的散失，天啓、崇禎間有楊定見編的一百二十回的忠義水滸全書的產生（商務有翻印本），他是用的郭本原文，再將簡本中的田、王故事，加以改作，插入破遼之前。這樣一來，又是全本，又是繁本，而文字也都可讀了。可算是一部名副其實的全書。後來金聖歎出來，大概他一面看着水滸傳前七十回的文字好，後面過弱，太不相稱，同時，明末處於流寇的毒害，覺得强盜招安，建功立業的事不可提倡，於是他腰斬水滸，只留用郭本的前七十回，其餘的全部削去，卷首另加引子，於宋江受天書之後，即以盧俊義一夢結束，把相傳下來的英雄們的功業，化成悽慘的悲劇。三百年來，看水滸者都是看的七十回本，其他的本子，都變爲古董。近二十年來，因研考小說之風甚盛，舊本出世者時有所聞，我們才得稍窺眞相，但上文所述，仍多推論，因文獻不足，頗難確證。

水滸傳的內容，雖根據民間傳說，再加以想像化，然宋江確有其人。宋史徽宗本紀云：『淮南盜宋江等犯淮陽軍，遣將討捕，又犯京東江北，入楚海州界，命知州張叔夜招降之。』又同書侯蒙傳云：『侯蒙上書言，宋江以三十六人橫行齊、魏，官軍數萬，無敢抗者，其才必過人，今淸溪盜起，不若赦江，使討方臘自贖。』又同書張叔夜傳云：『宋江起河朔，轉略十郡，官軍莫敢攖其鋒。』可知梁山好漢，聲勢强盛，招安討賊，俱見信史。但其性質，與演義體的三國完全不同。水滸只取史中一點一滴，開展擴充，自由鋪寫，完全不爲歷史所拘，鋪敍佈局，可獨出心裁，成爲一自由創作的小說，故在文學上的成就，遠較講史爲優。這書的背景，雖是寫的宋朝，其實放到中國任何一個時代，都無不可，遠至漢、唐，近至近代，都是差不多，在過去歷史中，幾乎沒有一個時代，不是政府虐待民衆，小人陷害君子，富人欺凌窮人，男人誘騙女子，壓力過大。自然會大大小小的生出反動來。結果是革命發生。不過他們總是失敗的多，成功的少。於是歷史上對於這一些失敗的黨徒，多稱之爲流寇，水滸傳裏所表現的人物，也是我國歷代所共有的，古今的社會所共有的。如童貫、高俅、蔡京一類作威作福的貪官，張都監，張團練一類魚肉小民的汚吏，過街老鼠張三、青草蛇李四、沒毛大蟲牛二一類的專以敲詐爲生的破落戶潑皮，飛天夜叉、生鐵佛、飛天蜈蚣一類的誘姦婦女的道士和尙，桃花山大盜一類的專奪美女的色魔，蔣門神一類的仗勢欺民佔人財物的惡棍，王婆一類的拉皮條說風情的馬泊六，潘金蓮一類的偸漢子謀親夫的淫婦，還有各種各樣的土豪劣紳都不是宋朝社會的專有品，不要說古代，便是在近代中國的各處，這些貪官汚吏惡棍潑皮，也令人觸目痛心，因爲如此，以宋朝的史實爲材料而經明人的手寫定的水滸傳，他的生命是新鮮的，展開的各種場面，就好像是近代的社會，近代的人物，正如是不久前寫成的一部小說。因此不論在明、淸，不論在近代，這本書能供給各時代各種讀者以種種不同樣的意義。官吏說他是一部强盜流寇的歷史，但在民衆的眼裏，却是一部中國未曾有過的反抗暴虐專制的革命小說。書裏的英雄們所受的以及目擊的苦難，正是民衆自身的苦難。這一些苦難，三千年來，無時不加在民衆的肩上，究竟是屈服忍受的多，奮身而鬪的少，不料這一部書，全是代表民衆向專制政府官吏惡棍壓迫平民的惡勢力的反抗。讀到林冲、武松、魯達、李逵們對於那些惡勢力的掃蕩，晁蓋、吳用們對於貪官們的金銀財寶的刼奪，雖說有時也覺得殘暴一點，然而確實是痛快，似乎他們所殺的所搶的，正是我自己的讎敵。他們的口號是有飯大家吃，倒强扶弱。跳澗虎陳達對同志的宣言，是『四海之內皆兄弟也。』武松所說的『生平只要打天下硬漢不明道德的人。』花和尚說的『殺人須見血，救人須救徹。』宋江的宣言，是替天行道，保境安民。於是這些强人，便成爲保護民衆和弱者的騎士，然而政府官吏的結黨營私，貪污枉法，更是日盛一日，騎士們都不得不挺身出而反抗，結果是『做下迷天大罪，』不得不到梁山去躲避災難。我們試看林冲、武松、楊志、史進、柴進諸人一步一步地被逼上梁山的歷史，很明顯的都是與惡勢力奮鬭的血淚史。罪過與錯誤究是屬於那一方呢？表面看去，他們是殺人大盜，其實他們都是正直的良民，如林冲、花榮的忠義，李逵，武松的孝悌，其他許多人的言信行果的精神，絕非那些翰林進士觀察孝廉所能及。於是梁山泊的忠義堂，無形中成了民衆的政府，凡是與惡勢力鬭爭而失敗的個人，都集中到那裏去，落弟的舉子、窮教師、軍事教官、鄉長老爺、風水先生、員外、漁翁、走江湖耍手藝的男男女女，都在同一的目標下集中到那裏去，於是官方與代表民衆的兩大陣營，有了分明的界限。結果造成了以三十六人橫行齊、魏，官軍數萬無敢抗者的大勢力，這大勢力畢竟是短期的，他們沒有眞正革命的計劃，也沒有正確的社會見解，他們的腦筋裏除了反抗惡勢力以外，同時爲神道的淺薄宗教觀念與招安以後爲朝廷出力的忠君觀念所支配，結果他們爲虛榮的權利所誘騙，而做了暴惡勢力的犧牲品，永遠成爲統治階層眼裏的流寇。這事不管是歷史的或是僞造的，總之是給予歷代被壓迫的民衆一種借題發揮的報復的心情的滿足與愉快。

因此，我們知道，水滸傳決不是少數人的生活的歷史，也不是佳人才子的愛情的表現，他所表現的範圍最爲廣大，時代最爲長久，在中國許多長篇小說裏再沒有其他的一部，能持有這種特色。水滸傳這一部書。在我國民間和三國演義一樣，流傳的很廣。

這書的文學價值，遠在三國演義之上。因爲各種本子不同，其中文字自然有强弱之分，結構也有散漫之弊。但白話的技巧，確已熟鍊。敍事細微曲折，寫人生動有力。如魯提轄拳打鎮關西、林教頭風雪山神廟、吳用智取生辰綱、景陽岡武松打虎、王婆貪賄說風情、武松醉打蔣門神、張都監血濺鴛鴦樓、黑旋風沂嶺殺四虎諸篇，都寫得有聲有色，確是有骨肉有力量的好文字。此書前有法譯的節本，題名爲中國的騎士（Les Cher Aliers Chinois）。近年美國的賽珍珠女士譯有七十回的英文全本，題名爲四海皆兄弟（All Men Brothers），美人讀了不知作何感想。只要眞是客觀的讀者，由此必可瞭解中國被壓迫的民衆的善良的面目。

平妖傳　與水滸性質相近似的，還有三遂平妖傳，原書題東原羅貫中編次，四卷二十回，敍文彥博討妖賊王則、永兒夫婦的故事。王則正如宋江，亦實有其人，據宋史明鎬傳，王則本涿州人，歲荒，逃至恩州，聚衆起兵，號東平郡王，六十六日而平。但書中所敍，頗多妖法，缺少水滸中的現實性，故同途而殊歸，文字亦遠不如。因當日助文彥博平賊者，有化身諸葛遂智的彈子和尚，又有馬遂與李遂，因三人皆名遂，故名三遂平妖傳。現今通行本，爲馮夢龍所修補，前有張無咎序，於原書前加十五回，始於燈花婆婆的引子，另有五回，則增插全書中。所演皆鍊法捉怪之道術，妖氣更盛，頗似後日濟公傳一類的讀物。雖無文學價值，頗爲民衆所喜。另有粉粧樓八十回，題竹溪山人撰，亦傳為羅貫中原編，所述為羅成後人羅焜之事。此事不見史傳，或為民間傳說，或為作者所造，其內容大致不外英雄聚義朝廷招安一套。觀其文字佈局，似為晚出之書，所傳出自羅氏，想係後人偽託。謝無量云：『此為羅氏敍述自家先代故事的專書，』（平民文學之兩大文豪）頗無根據。又云禪眞逸史（清溪道人撰）亦出羅氏，然今所見明刊舊本，俱無此說，更難置信矣。

精忠傳　演述岳飛故事的書，在明代也很不少。岳飛時代，一面是奸相當朝，一面是外敵壓境，明代嘉靖以還，人民同樣感着這兩層壓迫，岳飛的武功與寃業的演述，聊可發洩民間的義憤和民衆崇拜英雄的心理。因此這類的書，在民間很為流行，本子也有好幾種。可考者，一、有熊大木編的武穆演義，始於金人南侵，岳飛抗敵，終於岳飛被殺，秦檜在獄中受報應。後來的說岳全傳，在此已具規模，但文字半文半白，與三國志演義相類。二、重訂按鑑通俗演義精忠傳，一名精忠報國傳，于華玉著，出於熊本以後。他重編此書的主旨，是去其荒誕不稽的小說材料，而要使他變成一部歷史的演義。因此他在凡例上說：『末卷摭入風僧冥報，鄙野齊東，尤君子之所不道。』於是『正厥體制，芟其繁蕪，一與正史相符，爰易傳名曰精忠報國。』雖說他易稿六七次，務期簡雅，結果使這一部傳奇，變成一部死板板的演義，活潑的精神和小說的趣味都沒有了。三、精忠全傳，鄒元標編次。鄒為萬曆進士，魏忠賢時去官。他編此書，以熊本為主，而又恢復那種傳奇的精神。四、到了清朝，將明代所有的岳傳截長去短，重編一次，便是現在最流行的精忠演義說本岳王全傳，簡名說岳全傳，錢彩編次，金豐增訂，全書二十卷，八十回，是岳飛故事書最完備的著作。金豐序云：『從來創說者，不宜盡出於虛，而亦不必盡由於實。苟事事皆虛，則過於荒誕，而無以服考古之心，事事忠實，則失於平庸，而無以動一時之聽。』這便是他們改編說岳全傳的態度。經他們這樣一改，自然是後來居上，而成爲民衆歡迎的讀物了。此外明代的英雄傳奇，爲數尚多，較顯者有郭武定家所傳的英烈傳，述明朝開國史事，特別宣揚其祖郭英之功業。後又有眞英烈傳，爲前書之反作。另有續英烈傳五卷，題空谷老人編，敍建文帝喪國始末。其他書目尙多，然大都文意並劣，結構亦散漫無條理，可不備論。

四　西遊記與西遊補

西遊記　西遊記是我國神話文學的代表作。我國的文學思想，從孔、孟以來，一向是以現實爲主，缺少浪漫的精神，和廣大的幻想力。屈原的作品裏，稍稍有一點這種光彩，可是也很微弱，自印度文化從漢、魏輸入中土，經了幾百年，到了宋、明總算有了結果，在思想界，產生了浪漫的理學，文學方面，我們可以推舉西遊記爲浪漫文學的代表。西遊記現在雖知道爲吳承恩所作，其實吳承恩也是有所根據，而加以改作的。這一些浪漫文學的故事，正如水滸、三國一樣，從宋、元一直流行於民間，有人傳寫，到了明朝吳承恩將這故事告一結束，寫定了我們現在所讀的西遊記。

南宋已有大唐三藏取經詩話，在講宋代文學時候已經說過了。我們看那些目錄，知道宋朝民間流行的唐僧取經的故事，已脫離眞實的史事，而成爲神話的小說，孫行者也已加入，成爲唯一的保駕弟子，模樣雖是白衣秀才，却已是一隻神通廣大的猴子了。並且途中的妖魔災難，已有了不少。到了元朝，有許多人採用取經的故事來作雜劇，最有名的是吳昌齡的唐三藏西天取經。雜劇雖不能表現這故事的詳情，但無論內容上，人物的個性上，都比宋朝的詩話要複雜得多。在元人用這故事寫雜劇之時，已經有人用這故事寫西遊記的小說了。在北平圖書館一萬三千一百三十九卷的永樂大典鈔本裏，在送韻的夢的條文下，有一條是魏徵夢斬涇河龍，引書標題作西遊記，文字全是白話，是小說無疑。這一種雖只殘留一千二百多字，但在小說史上，確是極重要的材料，一、我們知道元朝已經有西遊記的白話小說，二、我們知道吳承恩的西遊記不是獨創的，是有所本的。我抄一節在下面，看看吳承恩以前的西遊記，是什麼樣子。

夢斬涇河龍（西遊記）『長安城西南上，有一條河，喚作涇河。貞觀十三年，河邊有兩個漁翁，一個喚張梢，一個喚李定，張梢與李定道：「長安西門裏，有箇卦鋪，喚神仙山人，我每日與那先生鯉魚一尾，他便指教下網方位，依隨着一日下一日着。」李定曰：「我來日也問先生則箇。」這二人正說之間，怎想水裏有個巡水夜叉，聽得二人所言，「我報與龍王去。」龍王正喚做涇河龍，此時正在水晶宮正面而坐，忽然夜叉來到言曰：「岸邊有二人都是漁翁，說西門裏有一賣卦先生，能知河中之事。若依着他籌，打盡河中水族。」龍王聞之大怒，扮作白衣秀士，入城中，見一道布額，寫道：「神翁袁守成如斯備命。」老龍見之，就對先生坐了。乃作百端磨問，難道先生，問何日下雨。先生曰：「來日辰時布雲，午時升雷，未時下雨，申時雨足。」老龍問下多少，先生曰：「下三尺三寸四十八點。」龍笑道：「未必都由你說。」先生曰：「來日不下雨，到了時，甘罰五十兩銀。」龍道：

「好，如此來日却得厮見。」辭退，直回到水晶宮。須臾，黃巾力士言曰：「玉帝聖旨道，你是八河都總涇河龍，教來日辰時布雲，午時升雷，未時下雨，申時雨足。」力士隨去。老龍言：「不想都應着先生謬說，到了時辰，少下些雨，便是向先生要了罰錢。」次日，申時布雲，酉時降雨二尺。第三日，老龍又變爲秀士，入長安卦鋪，向先生道：「你卦不靈，快把五十兩銀來。」先生曰：「我本籌算無差，却你改了天條，錯下了雨也。你本非人，自是夜來降雨的龍。瞞得衆人，瞞不得我。」老龍當時大怒，對先生變出眞相，霎時間，黃河摧兩岸，華岳振三峯，威雄驚萬里，風雨噴長空。那時走盡衆人，唯有袁守成巍然不動。老龍欲向前傷先生，先生曰：「吾不懼死，你違了天條，刻減了甘雨，你命在須臾，剮龍台上難免一刀。」龍乃大驚悔過，復變爲秀士，跪下告先生道：「果如此呵，希望先生與我說明因由。」守成曰：「來日你死乃是當今唐丞相魏徵，來日午時斷你。」龍曰：「先生救咱！」守成曰：「你若要不死，除非見得唐王，與魏徵丞相行說勸救，時節或可免災。」老龍感謝拜辭先生回也。……」

文字雖不能算是純熟，但比起全像平話五種來，確實要好得多。同時我們又可推想這元人的西遊記規模已經不小。可惜發現的材料，只有這一節，不能窺覽全豹。後來這一節的材料，到了吳承恩的西遊記，便放大爲『袁守誠妙算無私曲，老龍王拙計犯天條。』（世德堂刊本第九回）西遊記正旨本是第十回，題目是老龍王拙計犯天條、魏丞相遺書記冥吏。內容全是一樣，但文字完全改觀了。

根據元人的西遊記，加以擴充，加以組織，寫成一部優美的神話文學的，是明朝的吳承恩。吳字汝忠，號射陽山人，淮安山陽人（西曆一五〇〇——一五八二）。著有射陽先生存稿。淮安府志人物志云：『吳承恩性敏而多慧，博極羣書，爲詩文，下筆立成，淸雅流麗，有秦少遊之風。復善諧謔，所著雜記幾種，名震一時。數奇，竟以明經授縣貳，未久，恥折腰，遂拂袖而歸。放浪詩酒，卒，有文集存於家，丘少司徒匯而刻之。』這寥寥數句，把吳承恩的人物性格，畫得很分明。科場中屢試不利，雖說活到八十幾歲，只能以明經授縣貳，結果過了六十歲，才謀到一個小小的長興縣丞，做了七年，畢竟爲折腰所苦，拂袖而歸。他當日曾與前七子中的徐中行友善，互相唱和。他論文的主旨：『謂文自六經後，惟漢、魏爲近古，詩自三百篇，惟唐人爲近古。』這似與七子近同。但他又云：『近時學者徒謝朝華而不知畜多識，去陳言而不知漱芳潤，即欲敷文陳詩難矣。』（陳文燭序引）這見解似乎比何、李要稍稍深刻一點。故其作品，尤其是詩詞，確無擬古不化之惡習。『平生不肯受人憐，喜笑悲歌氣傲然』（贈沙星士）『風塵客裏暗青袍，筆硯微閑弄小刀，祇用文章供一笑，不知山水是何曹。』（長興作）他個人的胸襟與作文的態度，在這幾句詩裏，表現得最明顯。他這種玩物傲世的態度，形成了他文章上幽默詼諧豪縱奔放的風格，我們讀他的金陵客窗對雪、二郎搜山圖歌、後園棋歌諸詩，浪漫氣分，何等濃厚，在他的文字裏流露出來。他是一個熟讀三國、五代一類的演義的人，前人評他似青蓮，確有幾分近似。他自小就是一個愛好通俗文學的人，他在禹鼎志序中說得尤其明顯：『余幼年即好奇聞，在童子社會時，每偸市中野言稗史，懼爲父師訶奪，私求隱處讀之。比長，好益甚，聞益奇，迨於既壯，旁求曲致，幾貯滿胸中矣。嘗愛唐人如牛奇章、段柯古所著傳記，莫不模寫物情，每欲作一書對之，嬾未暇也。轉嬾轉忘，胸中之貯者消盡，獨此千數事磊塊尙存，日與嬾戰，幸而勝焉。於是吾書始成，因竊自笑，斯蓋怪求余，非余求怪也。……』這一段自白，是極重要的材料，他自幼歡喜讀小說，尤其歡喜讀神怪小說，正是他後來編寫西遊記的一個說明。如果他長大了果然一帆風順飛黃騰達做大官建大功起來，自然他的趣味會轉變方向，朝另外一方面發揮，恰好他活了那麼大年紀，老是不得意，玩世嫉俗，江湖放浪，造成他一個窮愁潦倒的文學環境，於是一百回的西遊記，便在他的晚年寫成了。

西遊記中雖只寫一個玄奘取經的故事，因其中全是不稽之談，和神怪妖魔的幻境，最容易被人解釋和利用，好像在那些妖怪的肚皮裏，都藏了許多的哲理。於是到了清朝，評議紛出。如陳士斌的西遊眞詮，張書紳的西遊新說，劉一明的西遊原旨，汪象旭的西遊證道書，張逢原的西遊正旨，都是各執一說，或看作大學講義，或看作是金丹妙訣，或看作是禪門新法，雖都能自圓其說，其實是無聊之極。作者的思想中，確實有儒、釋、道三家的成分，如他在四十七回，虎力、鹿力、羊力三個大仙被悟空打殺後，悟空教訓車遲國的國王說：『望你把三道歸一，也敬僧，也敬道，也養育人才，我保你江山永固，』正是作者思想的表現。但是我們不能根據一方面就來論斷西遊記。此書確是吳氏晚年遊戲之作，以元人的西遊記爲底本而改編的。雖非語道，而全書中所表現的人生觀，則極爲顯明，試看：

『猴王將那跑不動的拿住一個，剝了他的衣裳，也學人穿在身上，搖搖擺擺，穿州過府，在市廛中，學人禮，學人話，朝餐夜宿，一心裏訪問佛仙神聖之道，覓個長生不老之方。』（第一

回）

『唐王問曰：「此意何如？」判官曰：「傳與陽間人知，這喚做六道輪迴。那行善的昇仙化道，盡忠的超生貴道，行孝的再生福道，公平的還生人道，積德的轉生富道，惡毒的沉淪鬼道。」唐王點頭歎曰：「善哉！作善果無災。善心常切切，善道大開開。莫教興惡念，是必少刁乖，休言不報應，神鬼有安排。」』（第十回）

這便是天人感應的輪廻哲學，其思想的幼稚，正與太上感應篇相等。如果你要說明西遊記的中心思想，那就是這一點點。因爲他的輪廻有六道，有忠孝，有行善積德，有公平惡毒，因此儒釋道三教，都各能自成一說。張書紳云：『西遊記一百回，一言以蔽之曰，只是教人誠心爲學，不要退悔，此其大略也。』但民衆知識過淺，未能如張書紳之瞭解正心修身克己復禮之要旨，結果，所得到的，只是那一點天人感應的六道輪廻的人生觀。我要在這裏大膽的說一句，在思想方面這是一本有毒的書，比起前人所說的誨盜誨淫的惡評來，他有更壞的一點，便是無形中灌輸民衆一種淺薄的神鬼思想，因爲牠本身的故事很有趣味，在民間很能流行，牠流行愈廣，統治民衆的力量愈大。

書中的思想，雖是幼稚，在文學上還是有相當的成就。吳氏本來博學多才，文筆清綺，雖有元人舊本，也只具骨架，經他改編以後，文字風格，頓改舊觀，無異是他自己的創作。本書幻想的豐富，佈局的謹嚴，精力的壯健，如寫猴王的歷史，八十一難的過程，確是我國未曾有過的浪漫文學的偉大收穫。但在描寫方面，總是平鋪直敍的多，似乎不够深刻，即神魔妖怪，只具形相，神情不全。惟孫悟空一人，自是作者傾全力所寫，故富於人性，成就較多。作者賦性詼諧，每於敍述恐怖的場面，雜以滑稽，化緊張爲舒鬆，變神妖爲人性，確是西遊記文字中一種特色。在那些諧言謔語之中，暗寓一點諷世罵人的影子。這一點影子，便是作者懷才不遇的牢騷。信筆寫來，無意吐出，却極有情味。西遊記與普通那些專寫神魔小說的不同，他的價值就在這些地方。

西遊記的續書　西遊記盛行民間，在明季已有續書，如續西遊記一百回，傳本未見，西遊補附記云：『續西遊摹擬逼眞，失於拘滯，添出比邱靈虛，尤爲蛇足。』另有後西遊記四十回，亦不詳作者。述花果石新產一猴，自稱小聖，護唐僧大顚往西天求眞解，途中收猪八戒之子一戒及沙和尚之徒沙彌爲徒弟，途遇種種魔難，加以蕩平的故事。內容發展，倣效西遊，神魔之名，加以改寫而已。在西遊記的續書中，值得我們詳細介紹者：是明季遺民董說所作的西遊補。董字若雨，號俟庵，烏程人（西曆一六二〇——一六八六），博學能文，著作甚豐，合題曰補樵書，今只存七國考、西遊補二種。明亡，削髮入僧，自名南潛，號月函，可見作者人格之高以及胸中禾黍之痛。西遊補共十六回，所謂補者，是欲插入孫悟空「三調芭蕉扇」之後。其實自成局面，並非補作。書中演孫悟空化齋，爲妖所迷，漸入夢境，或見過去，或望未來，忽作美女，忽作閻王，後得虛空主人一呼，復歸現世。此書雖是十六回，却極值得我們重視，贊賞。

一、此書確作在明亡以後。崇禎殉國，董氏只二十四歲，書中文字，絕非少年手筆，一望可知，細觀全書，借悟空夢境，痛貶時事。他所罵的，自稱英雄好漢，連一個弱女子也保不住的項羽，想就是指的吳三桂，特別對於秦檜，痛下針貶，對於岳飛推崇備至，這不是說的魏忠賢、洪承疇一類的姦臣是誰？青青世界自然是指的滿清，所以日曆也是倒的，殺青大將軍，自然是叫漢人唐僧討清的意思，小月王指的定是明朝。十二回中，唐僧與小月王在欲滴閣上看見畫上題的字云：『青山抱頸，白澗穿心，玉人何處，空天白雲。』再他們聽到女人彈唱以後，點頭墮淚，發出思鄉懷古的幽情，這明明是『故國不堪回首』的表現。又第十回中云：『行者道，且莫弄口，我有句要緊話問你，爲何這等臊氣。又不是魚腥，又不是羊羶。新古人道：要臊，到我這裏來；不要臊，莫到我這裏來。這裏是韃子隔壁，再走走兒，便要滿身惹臊。』這罵滿清人，罵得何等明顯。可知他這本書是有爲而爲，絕非只是遊戲之作。也有人說此書成於明亡以前，沒有禾黍之痛，這完全是不可信的。他在全書中最用力描寫的，是築城拒胡的秦始皇，是英雄難過美人關的項羽，是賣國求榮的秦檜，是抗敵受寃的岳飛，作者的心情眞是再明顯也沒有了。比起吳承恩來，董若雨作書的態度，是可貴得多。

二、書中的思想，絕非西遊記那些「求長生，天人感應」那一套東西，他處處在攻擊明末的政治與士大夫的腐敗黑暗。他覺得明朝之亡，一半歸咎於朝臣，一半歸咎於八股老爺。第九回中云：『行者仰天大笑道：宰相到身，要待他怎麼？高總判稟：爺，如今天下有兩樣待宰相的，一樣吃飯穿衣，娛妻弄子的臭人，他待宰相到身，以爲華藻自身之地，以爲驚耀鄉里之地，以爲奴僕詐人之地。一樣是賣國傾朝，謹具是平天冠，奉申白玉璽，他待宰相到身，以爲攬政事之地，以爲制天子之地，以爲恣刑賞之地。秦檜是後邊一樣。行者便叫小鬼掌嘴，一班赤心赤髮鬼，一齊擁住秦檜，已時候掌到末時候還不肯住。』這裏罵的還要如何痛快，所寫的不是萬曆崇禎年間那些飯桶宰相賣國姦臣是誰。試想作者如果沒有國破家亡的深沉的苦痛，爲什麼要選着秦檜一人，罵了又打，打了又刺，刺了又剮呢？其次，我們看作者對於當代的讀書人與八股文是如何的態度：

『行者怏怏自退，看看日色早已夜了，便道，此時將暗，也尋不見師父，不如把幾面鏡子細看一回，再作料理。當時從天字第一號看起，只見鏡裏一人，在那裏放榜，榜文上寫着：第一名廷對秀才柳春，第二名廷對秀才烏有，第三名廷對秀才高未明。頃刻間，便有千萬人擠擠擁擁，叫叫呼呼齊來看榜。初時但有喧閙之聲，繼之以哭泣之聲，繼之以怒罵之聲。須臾，一簇人兒，各自走散，也有呆坐石上的，也有去碎鴛鴦瓦硯，也有首髮如蓬，被父母師長打趕，也有開了親身匣，取出玉琴焚之，痛哭一場，也有拔床頭劍自殺，被一女子奪住，也有低頭呆想，把自家廷對文字三迴而讀，也有大笑拍案，叫命命命，也有垂頭吐紅血，也有幾個長者，費些買春錢，替一人解悶，也有獨自吟詩，忽然吟一句，把脚亂踢石頭，也有不許僮僕報榜上無名者，也有外假氣悶，內露笑容若曰應得者，也有眞悲眞憤强作喜容笑面。獨有一班榜上有名之人，或換新衣新履，或强作不笑之面，或壁上題詩，或看自家試文，讀一千遍，袖之而出，或替人悼歎，或故意說試官不濟……不多時，又早有人抄白第一名文字在酒樓上搖頭誦念，榜有一少年問道：「此文爲何甚短？」那念文的道：「文章是長的，我只選他好句子抄來。你快來同看，學些法則，明年好中哩。」……孫行者呵呵大笑道：老孫五百年前，曾在八卦爐中聽見老君對玉史仙人說：「文章氣數，堯、舜到孔子，是純天運，謂之大盛。孟子到李斯是純地運，謂之中盛。此後五百年，該是水雷運，文章氣短而身長，謂之小衰。又八百年，輪到山水運上，便壞了！便壞了」。當時玉史仙人便問：「如何大壞？」老君道：「哀哉！一班無耳無目無舌無鼻無手無脚無心無肺無骨無筋無血無氣之人，名曰秀才。百年只用一張紙，蓋棺却無兩句書。做的文字，更有蹊蹺混沌，死過幾萬年，還放他不過。你道這個文章叫做什麼？原來叫做紗帽文章。會做幾句，便是那人福運，便有人抬舉他，便有人奉承他，便有人恐怕他。……」』（第四回）

這眞是一段千古絕妙的文字。將那些熱中科舉的讀書人，寫得那樣醜態百出，國家大事，一切不管，眞的學問，一點不做，難怪作者罵他們是無耳無目無舌無鼻無手無脚無心無肺無骨無筋無血無氣的秀才，說他們做的文章，是紗帽文章，他們的眞才實學，是『百年只用一張紙，蓋棺却無兩句書。』當日的讀書士子，被作者罵得這麼痛快淋漓，宜乎那隻七十二變的猴王，聽着也要呵呵大笑了。因此我們可以說西遊補表面雖是一部神話書，其實完全是一部人書，並且是一部活躍躍的最富於現實性的明末清初的社會書，時代背境與社會意識，反映得非常明顯。這一點也是牠勝出西遊記的地方。

三、要說到詼諧文學的特色。董若雨在短短十六回裏，處處充滿着詼諧與滑稽，尤能分辨人物的性格，而出以各種適當的口吻。上下古今，信筆書寫，嬉笑怒罵，都是文章，我們只要讀了上面那一段，便知道作者文筆的風趣，清新，尖刻，譏諷，與滑稽，兼而有之。由上所述，西遊補確是一本在文學上極有價值的作品，是一部在神話的掩飾下反映出時代社會的作品，只是篇幅小，內容少，比不上那較爲通俗的西遊記那樣能迎合民衆，因此便湮沒無聞，這是很可惜的。

四遊記　四遊記爲流行民間的神魔小說四種的合集，書中所敍，大都是成仙成佛一類的迷信故事。釋道所流傳，民間所迷信，再由文人加以纂集寫成的東西。書成的先後，亦不同時，東遊記較早，南遊記、北遊記、西遊記爲時較遲，但正確的年代，亦難斷定。第一種東遊記，原名上洞八仙傳，共二卷，五十六回，蘭江吳元泰著（嘉靖、隆慶年間人），敍述鐵拐李、漢鍾離、藍采和、張果老、何仙姑、呂洞賓、韓湘子、曹國舅八仙得道的故事。八仙的故事，在元朝已經有許多人寫作戲曲，馬致遠的呂洞賓三醉岳陽樓，就是很有名的作品，再如紀君祥、趙文敬、趙明遠及無名氏，也寫了這一類的雜劇。不過元朝明初八仙的人名還沒有確定，到了吳元泰的東遊記，才確定了上舉的八仙的人名，從此以後，再沒有什麼更改了。本書絕無藝術的價值，只是一本成仙得道的道教宣傳品。所可貴者，書中還保存一點民間的傳說。第二種爲南遊記，亦名五顯靈官大帝華光天王傳，共四卷十八回，余象斗（隆慶、萬曆間人）編，余爲明末閩南有名的書賈，三國、水滸俱有刋本。演述華光救母事，是一部宣傳佛教的民間讀物。書中所述華光種種鬬爭的歷史，頗似吳本西遊記中的猴王。二書究是誰前誰後，頗難論斷。但在文字上，却比東遊記爲佳，時雜諧謔，令人傾倒。華光之母因食人，囚於地獄，華光設法入獄，把母親救了出來，母親一出，又向兒子討人吃。華光聽罷，對娘說：『娘，你住酆都受苦，我孩兒用盡計較，救得你出來，如何又想吃人，此事萬不可爲。』母曰，我要吃，不孝子，你沒有岐娥（人也）與我吃，是誰要救我出來？』這不能不說是最上等的幽默文字。第三種北遊記，亦名北方眞武玄天上帝出身志傳，凡四卷二十四回，亦爲余象斗編。記眞武大帝成道降妖事。

主體爲道教宣傳，而亦時雜佛說，民間傳說，佛道本已混肴，內容荒誕，文字亦拙劣。第四種爲西遊記傳，共四卷四十一回，題齊雲、楊志和編，書中所敍，與吳本西遊記十九相似。玄奘父遇難，及玄奘復讎事，楊本所無。因內容頗繁，篇幅較少，故所敍簡略，文字亦殊笨拙。較之吳本，相差遠甚。想是楊志和及當時書賈爲湊合東南北三種遊記而爲四種，同時那三種篇幅俱不甚多，乃由吳本改削而成，因避免偸竊，文字上亦加更改，但因文筆粗拙，故全無文彩。另有唐三藏西遊釋厄傳十卷，爲廣州人朱鼎臣（嘉靖、隆慶間人）所撰。朱本亦由吳本改編，章次凌亂，草率從事，尤遜楊本。陳志蕊事，爲朱本所獨有，想依吳昌齡雜劇所增入者。吳承恩西遊記世德堂刊本及楊志和本，俱無此回。到了清朝，編刊西遊記，始將此事移植吳本中，即今日通行本之第九回，詳情可參看鄭振鐸的西遊記的演化。

封神傳　封神傳一百回，演武王伐紂，姜太公封神事，許仲琳編。梁章鉅浪跡續談云『林樾亭先生嘗與余談，封神傳一書是前明一名宿所撰，意欲與西遊記、水滸傳鼎立而三。因偶讀尙書武成篇「唯爾有神尙克相予」語，衍成此傳。其封神事則隱搜六韜、陰謀、史記、封神書、唐書、禮儀志各書，鋪張俶詭，非盡無本也。』其實許氏的根據，還是元人的武王伐紂書的平話本。絕非他只看了武成篇中的兩句，便創造了這本書。在武王伐紂書中，已有蘇妲己被狐所魅，誘惑紂王，荒淫作惡，又有仙人進宮除妖的種種描寫。雖爲講史，神魔已多。許仲琳自然是根據這本子改編放大，再加以明代盛行的釋道神仙的穿插，於是便成爲一部虛幻無稽的神魔小說。書中述助紂者爲截教，助周者爲道佛二教，人神鬬法，各逞道術，演成激烈的戰爭，結果截教敗滅，武王入殷，而以封神封國告終。文字雖頗通順，但思想幼稚，實不足稱，比起西遊、水滸來，相差眞是太遠了。

西洋記　三寶太監西洋記通俗演義，題二南里人編次，前有萬曆丁酉（一五九七）羅懋登序，想羅即本書的作者。書共百回，演述永樂年間太監鄭和出使外洋，服外族，三十九國咸入貢中華事。鄭和本是我國明朝一個最大航海家，最遠的地方，到了非洲東部，年代是一四〇六到一四三〇年，比西方的哥倫布的時代還要早。明史宦官傳云：『鄭和、雲南人，世所謂三保太監者也。永樂三年，命和及其儕王景宏等通使西洋，將士卒二萬七千八百餘人，多齎金帛，造大舶。……自蘇州劉家河泛海至福建，復自福建五虎門揚帆，首達占城，以次遍歷諸國，宣天子詔，因給賜其君長，不服，則以武懾之，先後七奉使，所歷凡三十餘國，所取無名寶物不可勝計，而中國耗費亦不貲。自和後，凡將命海表者，莫不盛稱和以誇外蕃，故俗傳三保太監下西洋，爲明初盛事云。』這本是一種動人的記事材料，但作者已是明末，並非親歷其境之人，對於外洋全無經驗，加以當日四遊記一類的神怪故事，盛行民間，於是作者一面採用馬歡的瀛涯勝覽及費信的星槎勝覽二書的國外材料，鋪寫誇大，再加以當日流行的神怪，於是妖奇百出，荒誕無稽。所敍戰事，亦多竊自西遊、封神。他序中云：『今者東事倥偬，何如西戎即序，不得比西戎即序，何得令王、鄭二公見也。』作者的意思，是感着當日朝廷的無能，倭寇的緊迫，乃是有感而作，不料寫成一本這麼荒誕的書，文字不佳，結構零亂，中心思想一點沒有反映出來，誠有負其寫作的原意了。

五　金瓶梅

在明代許多的長篇小說裏，大都有所本而加以改作的，如三國、水滸、西遊、封神都是如此，眞能算一人的創作的，只有金瓶梅詞話。同時在那些長篇裏，神魔一類的故事不必說，就是那些寫歷史的寫英雄一類的小說，除水滸一書稍能接觸實際的社會以外，其餘都是虛誕無稽，思想幼稚，眞能描寫家庭瑣事，日常生活，以及社會上種種形態，表現實際社會的，也只有金瓶梅詞話。這一部書在明代的長篇小說中，從純文學的立場看來，實佔有最高的地位。

金瓶梅詞話的作者蘭陵笑笑生，生平不可考，蘭陵今屬山東嶧縣，書中亦多山東方言，故作者之爲山東人自無可疑。前人多傳爲王世貞作，此說起於沈德符之暗示，野獲編云：『袁中郎觴政，以金瓶梅配水滸爲外典，余恨未得見。丙午（西曆一六〇六年）遇中郎京都，問曾有全帙不？曰第睹數卷，甚奇怪。今惟麻城劉延白承禧家有全本，蓋從其妻家徐文貞錄得者。又三年，小修上公車，已攜有其書，因與借鈔挈歸，吳友馮猶龍見之驚喜，慫恿書坊以重價購刻，馬仲良時榷吳關，亦勸余應梓人之求，可以療饑。余曰：此等書必遂有人版行，但一出則家到戶傳，壞人心術，他日閻羅詰始禍，何詞以對。吾豈以刀椎博泥犂哉？仲良大以爲然，遂固篋之，未幾時而吳中懸之國門矣。然原本實少五十三回至五十七回，徧覓不得，有陋儒補以入刻，無論膚淺鄙俚，時作吳語，即前後血脈，亦絕不貫串，一見知其僞作矣。聞此爲嘉靖大名士手筆，指斥時事，如蔡京父子則指分宜、林靈素則指陶仲文、朱勔則指陸炳，其他亦各有所屬云。』由此我們可以推知者：一、本書作者，是嘉靖時代大名士，二、補作吳語，斥其不當，可知作者必爲北方人，三、指斥時事或可信，此書不是作者自傳，與紅樓夢大不相同，除蔡京父子諸人外，西門慶必有所指。四、袁中郎的觴政成於萬曆三十四年以前，則金瓶梅之成，在嘉靖末，至遲在萬曆初。五、現在的金瓶梅詞話本，上有東吳弄珠客萬曆丁巳（一六一七）年的序，可以說是現存的金瓶梅的最早的刋本，最近於原作的面目。因爲野獲編有成於嘉靖大名士手筆一句話，到了清朝康熙年間，謝頤序金瓶梅時，說這大名士，便是王世貞，因王父死於嚴氏，唐順之也有關係，於是造出金瓶梅來，乃王世貞對嚴氏唐氏復仇而作，什麼苦孝說，什麼清明上河圖，都說得若有其事，這完全只是一些牽强附會。金瓶梅有他本身的價值，作者是否大名士，本已無關。創作的動機，是不是因爲苦孝，更不重要。我們在沒有考出作者眞姓名之前，知道作者是山東嶧縣的笑笑生，也就够了。

金瓶梅在長篇小說中地位的重要，便是因爲牠是一本明代小說中未曾有過的社會寫實的書。作者用他優美的文字，大膽的描寫，把明末那種荒淫放縱腐敗黑暗的整個社會暴露無遺，把那個有錢的官紳階級和那個賣兒鬻女的貧苦民衆的生活形態，暴露無遺。金瓶梅簡直是那個時代那個社會的一面鏡子。他所寫的，雖只是一個暴發戶的家庭，幾個妻妾的生活，但圍繞這個家庭，妻妾的四週，社會上的各種骯髒和罪惡，一幕一幕的展開在讀者的眼前，沒有神魔小說的虛誕性，又沒有戰爭小說的誇張性，他老是一件件實實在在地記錄在那裏，使我們今日讀了，新鮮得活躍得就好像我們自己昨日所經歷的一樣。書中從水滸傳中取出西門慶、潘金蓮通姦以及武松殺嫂一段短短的故事，寫成一百回的長篇巨著，這種創作的雄健的精力，遠在改編水滸、西遊者之上。作者的目的，是用全力來寫一個暴發戶的歷史，寫他的成長發達放縱與滅亡。這個暴發戶西門慶『原是清河縣一個破落戶財主，就縣門前開個生藥鋪，從小也是個浮浪子弟，使得些好拳棒，雙陸象棋，抹牌道子，無不通曉，近來發跡有錢，專在縣裏，管些公事，與人把攬說事過錢，交通官吏，知縣知府都和他往來，近日又與東京楊提督結親，都是四門親家，誰人敢惹他。』破落戶變成了暴發戶，暴發戶變成了西門大官人，他一面交結地方官吏，榨取民間的血汗，一面奴顏婢膝地結納京官，步步爬昇，果然由理刑副千戶做到正千戶提刑官。在這過程中，不知隱藏着多少人的生命財產眼淚與貞操。他乘着自己的財勢，專幹那些拐騙姦淫的勾當，搶奪寡婦的財產，誘騙朋友的妻子，霸佔民間的少女，謀害人家的丈夫，總而言之，社會最黑暗最可怕的犯罪行爲，他都做到，因爲他與上下官府交結得好，無論做了什麼壞事，反而升官發財，行所無事。他既是有錢有勢，自然有一些朋友一些爪牙替他幫閑跑腿。他有九個好朋友，『頭一個喚應伯爵，是個破落戶出身，一份兒家財，都闞沒了，專一跟富家子弟幫閑貼食，在院中頑，諢名叫應花子。第二個姓謝名希大，乃清河衞千戶官兒，自幼沒了父母，遊手好閑，善能踢的好氣毬，又且賭博，把前程丢了，如今做幫閑的。第三名喚吳典恩，乃本縣陰陽生，因事革退，專一在縣前與官吏保債，以此與西門慶來往。第四名孫天化，綽號孫寡嘴，年紀五十餘歲，專在院中闖寡門，與小娘傳書寄柬，勾引子弟，討風流錢過日子。……連西門慶共十個，衆人見西門慶有些錢鈔，讓他做了大哥，每日輪流會茶擺酒。』（十一回）你看這是不是一羣强盜流氓的大結合，一天到晚，捧着他到妓院去飲酒作樂，幫他去找好看的女人。有許多女人，開始爲他的甜言蜜語富貴風流所惑，歡喜他情願跟他，誰知一進門，他便換了魔王一樣的惡毒面孔。高興時，叫你兩聲小淫婦，發起脾氣來，把女人脫得精光，用鞭子打得你皮破血流，孫雪娥、潘金蓮都領教過他的皮鞭。蔣竹山說他是『抱攬訟事，舉放私債，家中挑販人口，家中不算丫頭大小，五六個老婆，着緊打趟棍兒，稍不中意，就令媒人領出賣了，眞是打老婆的班頭，坑婦女的領袖。』（十七回）因爲他有聲勢有錢財，女人仍是一個個地投入他的魔掌，他窮於應付，於是求春藥縱淫慾，結果是因淫樂而送了性命。這暴發戶錦衣武略將軍西門大官人就此告一結束。那些妾婢，死的死，走的走，改嫁的改嫁，所謂樹到猢猻散，眞是不過幾日。又成了一世界。那些幫閑的朋友們，看搖錢樹倒了，自然不免傷心一番，共湊了七錢銀子，買了果品香燭，致祭於西門慶之靈前曰：『……受恩小子，嘗在胯下隨幫，也曾在章台而宿柳，也曾在謝館而猖狂。正宜撐頭活腦，久戰熬場，胡何一疾不起之殃，見今你便長伸着脚子去了，丢下小子如班鳩跌彈，倚靠何方？難上他煙花之寨，難靠他八字紅牆。再不得同席而偎軟玉，再不得並馬而傍溫香。撇的人垂頭跌脚，閃得人囊溫郎當……』這不能不說是中國數千年來第一篇絕妙的祭文。西門慶在金瓶梅這本書裏是死了，但在社會上並沒有死，一直到現在，他仍活着，不僅他，凡圍繞着他的那些人物，都沒有死，尤其在現今的社會裏，不知是有多少西門慶，有多少王婆、薛嫂兒、楊姑娘、張四舅和那些應花子、孫寡嘴一類的幫閑朋友。金瓶梅的價值，便在他能夠把這一個黑暗的社會的眞實內形一點不隱藏的寫出來給我們看。旁的人只寫一點正面，他所寫的全是暗面，他一點也不呼號叫喊，一點也不提出革命打倒的口號，他只暴露出眞實的情形，讓讀者自己去判斷，這便是自然主義小說的重要點。我們千萬不要想到這只寫西門慶一人，這只寫西門慶的一家，其實寫的便是全社會。東吳弄珠客序云：『借西門慶以描畫世之大淨，應伯爵以描畫世之小丑，諸淫婦以描畫世之丑婆淨婆。』這幾個類型的人物，無論他們的生活性情言語態度，都刻劃入微，得到了極大的成功。造成金瓶梅在藝術上的崇高的地位。

金瓶梅雖在文學上得到了大的成就，但其本身確是一本不道德的淫書，是一本不能給青年男女閱讀的文學書。他在性慾上的描寫，實在是過於公開，過於大膽，因爲這種種的描寫，使得讀者顧此失彼，忽略了書中對於黑暗社會的暴露。雖有什麼勸世戒世的說明，因果報應的暗示，讀者們究無法抵抗其性力的煽動與情慾的蠱惑，在這種情形中，本書的藝術性，常屈服於性力之下，自終爲情慾所掩。這不僅普通的讀者，即是有相當文學修養的讀者，亦復如此。金瓶梅的藝術性與不道德性的矛盾，也就在此。不過我們要知道，這正是明代末年的社會造成的。那時代朝廷上下，全部沉浸在荒淫的生活裏。成化時，方士們如李孜僧繼曉之徒，俱以獻房中術致貴，嘉靖時道士陶仲元獻紅丸得寵，官至禮部尙書，其他如方士邵元節、王金之流，俱以獻秘方得倖。此風散播，流傳日盛，於是進士儒生亦步釋道後塵，如盛端明輩，因獻秘藥秋石方大貴。因此羣以秘方春藥，乃終南之捷徑，竭智盡力，鍛鍊尋求，於是士子不以談房事爲羞，作者不以寫性交爲恥，羣起效尤，淫風日熾，當日戲曲，亦多淫豔之談，山歌盡是床笫之語。金瓶梅正產生於此時，自亦難免。比起那些專寫性交的荒謬絕倫的繡榻野史、弁面釵、宜春香質一類的書來，金瓶梅又是文雅的了。

另有玉嬌李一書，似爲金瓶梅續作，傳亦出金瓶梅作者之手。據野獲編所載，袁中郎曾知梗概，謂『與前書各設報應因果，武大後世化爲淫夫，上蒸下報，潘金蓮亦作河間婦，終以極刑，西門慶則一騃憨男子，坐視妻妾外遇，以見輪迴不爽。』沈德符並見其首卷，謂『筆鋒姿橫酣暢，似尤勝金瓶梅。』今此書已失傳，卽有所見，亦係後人僞託，非萬曆原本。

再有續金瓶梅，前後集共六十四回，題紫陽道人編，實山東諸城丁耀亢所作。丁字西生，號野鶴，自號木鷄道人（約一六二〇——一六九一）。書成於淸初，專以因果報應爲主，中亦穿插國家政事。又時引佛道儒義，詳加解釋，動輒數百言，絕無生氣，而總結以感應篇爲依歸。第一回說：『要說佛說道說理學，先從因果說起，因果無憑，又從金瓶梅說起。』本書的中心思想，可想而知了。

六　才子佳人的戀愛小說

用金瓶梅式的書名，而人物形態全不相似，專寫青年男女的戀愛故事，這種青年主角，都是品學兼優，才貌無雙的典型，這一類作品，可稱之爲佳人才子小說。這些書是某公子年少貌美滿腹才學，因擇配不易，二十未娶，某日出遊花園或寺廟，遇一少女，年方二八，沉魚落雁，羞花閉月，驚爲天人。與之語，佯羞不答，然脈脈有情。於是男女心中，都若有所失，此時必有伶俐之婢女一人出而傳書遞簡，或寄絲帕，或投詩箋，兩心相許，私訂終身。此女多爲其父母掌珠，因才貌過人，擇婿不易，尙待字閨中，後因某權臣聞女豔名，設法求爲子婿，女家不許，於是百般搆陷，艱苦備嘗，改名換姓，各奔前程。最後總是公子高中狀元，掛名金榜，秘情暴露，兩姓歡騰，男女雙雙，終成夫婦。所謂佳人才子小說，其內容結構，大都如此，惟因文字清麗，情致纏綿，於戀愛過程中，時點綴以文雅風流功名遇合的種種離奇的穿插，故頗爲知識青年男女所喜。此種小說，篇幅不長，大都是二十回左右，篇中波瀾疊生，最後以大團圓結局。明末清初以玉嬌梨、好逑傳、平山冷燕、鐵花仙史較顯。

玉嬌梨凡二十回，今或改題雙美奇緣，無撰人名氏。書中演述太常正卿白玄之女白紅玉及其甥女盧夢梨與才子蘇友白戀愛的故事。中間雖時迭經患難，結果是一箭雙鵰，有情人終成眷屬。試看白玄最後發表他的意見，『那少年人物風流，眞個是謝家玉樹，我看他神清骨秀，學博才高，旦暮便當飛騰翰苑。……意欲將紅玉嫁他，又恐甥女說我偏心，若要配了甥女，又恐紅玉說我矯情。除了柳生（蘇友白的假姓），若要再尋一個，却萬萬不能。我想娥皇、女英同事一舜，古聖已有行之者，我又見你姊妹二人互相愛慕，不啻良友，我也不忍分開，故當面一口就都許他了。這件我做得甚是快意。』（十九回）在這裏明顯的反映出當代宗法社會的思想形態。一、兒女的婚姻問題，由父親一手包辦。二、二女同嫁一夫，這種多妻的不良制度，反認爲是聖人的古制。三、在這種男權絕對勝利的時代，青年女子對於這些問題，隨便家長如何解決了，總是唯命是聽，終而至於感激涕零。四、讀書人的人生觀，是飛騰翰苑，娶妻娶妾。所謂佳人才子小說中所表現的思想，大都是知識階級的正統思想。外國人認爲這些作品，正代表中國的人生觀道德觀，以及教育政治社會上的種種形態，青年男女情感交流的影子，因此很早的把這些作品都介紹到外國去。玉嬌梨有英、法譯本，平山冷燕有法文譯本，好逑傳有英、法譯本，因此這些作品爲外國人所熟知，本國人反而生疏了。

好逑傳又名俠義風月傳，書凡四卷，十八回，題名教中人編次。演述才子鐵中玉佳人水冰心經了千辛萬苦而告團圓之故事。書中主旨，表示兒女婚姻須絕對服從父母之命，無論男女有如何熱烈之愛情，亦必須經過應有的禮節，反則情願犧牲愛情，而屈服於道德與風化之下。作者署名『名教中人』，即此四字，可概括此書之中心思想。平山冷燕二十回，題荻岸山人編，大連滿鐵圖書所藏本序云：『順治戊戌立秋月天花藏主人題於素政堂』，書首又有『先朝隆盛之時』的文句，則此書是作於淸初。書中敍二才子平如衡、燕白頷又二佳人山黛、冷絳雪的戀愛故事，故書名平山冷燕。又鐵花仙史二十六回，題雲封山人編次，敍王儒珍、蔡若蘭事。序云：『傳奇家摹繪才子佳人之悲歡離合，以供人娛目悅心者也。然其成書而命之名也，往往略不如意。如平山冷燕，則皆才子佳人之姓爲顏，而玉嬌梨者，又至各摘其人名之一字以傳之。草率若此，非眞有心唐突才子佳人，實圖便於隨意扭捏成書而無所難耳。此書則特有異焉。……令人以爲鐵爲花爲仙者讀之，而才子佳人之事掩映乎其間。』作書想在書名上好奇，也並不奇，鐵言古劍，花言玉芙蓉，仙言蘇子宸，合之成爲鐵花仙史。但文字頗拙，夾敍神仙戰爭，更越出戀愛小說的範圍。依其序文，知此書最遲出，想是順康年間的作品。到了淸朝，這種小說作者更多，康、乾年間，尤盛極一時，現存者尚有數十種，以玉支璣、畫閣緣、蝴蝶媒、五鳳吟、巧聯珠、錦香亭、駐春園諸作較顯。道光以後，漸趨衰沉，因時勢激變，執筆者都覺得佳人才子故事的浮淺無聊，而羣趨於社會生活的描寫，故造成清末譴責小說的極盛。

七　明代的短篇小說

宋代說話，分爲四科，最要者爲講史與小說。歷史故事，本爲數十年乃至數百年的連續性，故其話本多爲連續性的長篇。而這些長篇的講史，對於明代的小說界的影響，至爲巨大。如各種演義以及封神、水滸諸長篇作品，或直接或間接，無不由講史演化而來，說小說者，內容較簡，人物較少，都是一二次即可完畢的短篇。宋人的小說話本，如京本通俗小說中所載者，雖已有佳篇，但明初對此不甚注意，擬作者亦少。嘉靖年間，因長篇小說風行社會，短篇作品，亦爲人所注意，於是宋、元以來的短篇平話，漸漸爲人收集刊行。萬曆天啓年間，平話集盛行於世，因此文人擬作者日多，明代末年造成了短篇小說極盛的時代。

將宋、元、明初的短篇平話，收刻最早的，是嘉靖年間刊的清平山堂話本。此書僅存殘本三卷，原藏日本內閣文庫，現有影印本，共十五篇。其中十一種的版心上方，皆有「清平山堂」四字。清平山堂爲嘉靖時洪楩堂名。書中所收諸作，體例頗不一律，如藍橋記、風月相思二篇，全爲文言，不似話本。又快嘴李翠蓮記一篇，通體韻語，想係彈唱者所爲。簡帖和尚、西湖三塔二篇，曾見也是園書目宋人詞話，自是宋作無疑。其他如陳巡檢梅嶺失妻記、合同文字記、洛陽三怪記、五戒禪師私紅蓮記、刎頸鴛鴦會諸篇，亦有可疑爲宋作的證據。又風月相思開首爲「洪武元年春」句，自是明作無疑，其他諸篇，無年代可考，想都是明人的擬作。

另有雨窗集、欹枕集，亦爲平話叢刻，爲近人馬廉所影印。雨窗集存上卷，共五篇，爲花燈轎蓮女成佛記、曹伯明錯勘贓記、錯認屍、董永遇仙傳、戒指兒記(此篇不全。)欹枕集上卷只話本二篇，爲羊角哀鬼戰荊軻、死生交范張鷄黍，俱不全。下集五篇：爲漢李廣世號飛將軍、夔關姚卞吊諸葛、霅川蕭琛貶霸王，三篇俱全。殘缺者爲老馮唐直諫漢文帝、李元吳江救朱蛇二篇。二書文字俱拙劣，必非出自文人之手，如羊角哀鬼戰荊軻一篇，到了今古奇觀（古今小說亦有此篇），修飾文字，增加描寫，面目爲之改觀。知此二集，時代想必很早，想爲明末擬平話者之底本，但是否亦爲清平山堂刋行，則不可考。據日本長澤規矩也所撰京本通俗小說與清平山堂一文，知道日本內閣文庫的漢籍藏書中，另有平話單行本四種。爲馮伯玉風月相思小說、孔淑芳雙魚扇墜傳、蘇長公章臺柳傳、與張生彩鸞燈傳。四種形式全同，想是一種叢書的零本。由其板式與插圖觀之，想是萬曆年間刋行的本子。第一種即爲清平山堂話本中之風月相思，第二種者有「弘治年間」字樣，自是明人所作，其他二篇，爲時較早，是宋是元或是明初，亦難推定。

馮夢龍　短篇小說的大量刋行，是天啓、崇禎年間的事。對於這工作貢獻最多的，是稱爲墨憨齋的馮夢龍。馮字猶龍，一字子猶，長洲人。（？——一六四五）崇禎時，官壽寧縣知縣，明亡殉難。他是一個最大的介紹通俗文學的功臣。他改編過平妖傳新列國誌的長篇小說，刋行過掛枝兒、山歌的民間歌曲，編撰短篇小說「三言」，又勸過沈德符刊印金瓶梅。亦喜戲曲，曾作雙雄記、萬事足諸傳奇，又刻墨憨齋傳奇定本十種。還編印過笑府、古今談概一類的笑話書。詩集有七樂齋稿。靜志居詩話評他的詩，『善爲啓韻之辭，間入打油之調，不得爲詩家。』可知在他的詩裏，也加入了通俗文學的色澤和精神，正統者眼中的「啓韻之辭打油之調」，正是通俗文學中的特色。他懂得通俗文學的價値和其在文學上的地位，他在山歌的序上說過，『但有假詩文，無假山歌，……借男女之眞情，發名教之僞藥。』又古今小說序云：『大抵唐人選言，入於文心，宋人通俗，諧於里耳。天下之文心少而里耳多，則小說之資於選言者少，而資於通俗者多。試令說話人當場描寫，可喜可愕，可悲可涕，可歌可舞，再欲捉刀，再欲下拜，再欲決脰，再欲捐金，怯者勇，淫者貞，薄者敦，頑鈍者汗下，雖日誦孝經、論語，其感人未必如是之捷且深也。噫！不通俗而能之乎。』這篇序雖署綠天館主人，自然就是馮氏的意見。通俗文學與羣治的關係最深，給予社會感應的效果最大，欲求文學與民衆發生聯繫，非通俗不可，這些道理，馮氏知道得最淸楚。因此，他將畢生的精力，獻之於通俗文學的蒐集、編輯、改作和出版的種種工作，他在小說方面成就最大。今古奇觀的笑花主人序中說：『墨憨齋增補平妖，窮工極變，不失本末，其技在水滸、三國之間，至所纂喩世、警世、醒世三言，極摹人情事態之歧，描寫悲歡離合之致。』可知在明朝末年，他成爲介紹通俗文學的權威。

古今小說收話本四十種，凡四十卷，題茂苑野史編輯。所謂茂苑野史即馮夢龍早年的筆名，此古今小說也就是「三言」中的「喩世明言」。此書裏面有天許齋廣告云：『小說如三國志、水滸傳稱巨觀矣，其有一人一事足資談笑者，猶雜劇之於傳奇，不可偏廢也。本齋購得古今名人演義一百二十種，先以三分之一爲初刻云。』又書序云：『茂苑野史氏家藏古今通俗小說甚富，因賈人之請，抽其可以嘉惠里耳者凡四十種，俾爲一刻。』可知先刻了四十種，後來警世、醒世再刻八十種，其數恰爲一百二十種。大概初刻時，沒有打算再刻二三集的，只題古今小說一名，後來看見材料多，生意又好，接着刻下去，要表示與初集有別，改爲警世通言、醒世恆言了。在恆言上還題着繪圖古今小說醒世恆言詳細的書目，更可知道，到了刻二三集時，古今小說變成一個公共的名稱，於是再版時第一集不得不在「古今小說」四字下加喻世明言一類的名目。三言之名因而成立。初集的古今小說與喻世明言也就是二而一的一本書。至於現藏日本內閣文庫的一本喻世明言（衍慶堂印本），只有二十四卷，集古今小說本之二十一篇，警世一篇，醒世之二篇合集而成。此決非馮氏原刋，一定是當日書賈取古今小說的殘本，雜湊謀利，欺騙世人，實是一種僞本。

現存的古今小說（喻世明言），共話本四十篇，宋、元、明三代的作品，兼而有之。宋本除張果老種瓜娶文女、簡帖僧巧騙皇甫妻二篇外（也是園書目宋人詞話作種瓜張老與簡帖和尙），其他如新橋市韓五賣春情，文中有說「宋朝臨安府」之句，陳從善梅嶺失渾家卽淸平山堂之陳巡檢梅嶺失妻記，開首便有「話說大宋徽宗皇帝」之句，俱有可信原本爲宋人所作，但明人未必沒有增改。

警世通言亦四十卷，收話本四十篇，天啓四年刋行，原本今不可見。今所見者，有藏於日本的尾州本。另有三桂堂王振華刻本，原書亦未見，其目錄則載於日本的舶載書目中。首卷有王振華題語云：『自昔博洽鴻儒，兼採稗官野史，而通俗演義一種，尤便於下里之耳目，奈射利者而取淫詞，大傷雅道，本坊恥之，茲刻出自平平閣主人手授，非警世勸俗之語，不敢濫入，庶幾木鐸老人之遺意，或亦士君子有不棄也。』此木鐸老人是否馮夢龍呢？無法知道。繆荃孫所刊行的京本通俗小說七篇，錯斬崔寧以外，其餘俱收在通言中，題目稍有改動。另有定州三怪一卷，繆氏所謂「破碎不全」者，亦在通言中之十九卷，題爲崔衙內白鷂招妖。又書中第三十七卷之萬秀娘仇報山亭兒，即也是園書目宋人詞話中之山亭兒。其他如蔣淑眞刎頸鴛鴦會(淸平山堂話本作刎頸鴛鴦會)、三現身包龍圖斷寃、計押番金鰻產禍、福祿壽三星度世四篇，俱可信爲宋人之作。其餘或尙有宋、元作品在內，但難確證。再有宿香亭張浩遇鶯鶯、錢舍人題詩燕子樓二篇，全是文言，頗似唐代的傳奇文，此種作品，明人的作者頗多，如剪燈新話、剪燈餘話正是這一類。此二篇，想係明人所爲，開頭加入平話體的引起一二句，變爲話本，而被編入的罷。書前有豫章無礙居士序一篇，對於小說的價値，社會的關係，說得極其透澈。『里中兒代庖而創其指，不呼痛。怪之曰，吾頃從玄妙觀聽說三國志來，關雲長刮骨療毒，且談笑自若，我何痛爲。夫能使里中兒頓有刮骨療毒之勇，推此說孝而孝，說忠而忠，說節義而節義，觸性性通，觸情情出，視彼切磋之彥，貌而不情，博雅之儒，文而喪質，所得竟未知孰贗孰眞也。』小說與羣治的關係，給與人民的直接影響，確實遠在四書、五經之上，就是要宣傳倫理道德以及宗教觀念，自然也遠在那些經典聖人以及和尙道士之上。

因爲文學不是扳起面孔去教化人，而是用情力去感動人，故其效果，遠在說教之上。關於這一點，晚明的文人，瞭解的已經很多，這確是文學觀念的大進步。由綠天主人山歌的序，無礙居士的序看來，這種觀念，在當代的文壇，已很普遍，無形中便成爲小說的推動力。我們可以說晚明小說的興盛與這種觀念，實有因果的關係。

醒世恆言，亦四十卷，此書流傳較廣。十五貫戲言成巧禍，即京本通俗小說的錯斬崔寧，金海陵縱慾亡身即繆荃蓀所謂「金主亮荒淫過於穢褻未敢傳摹」者。其他雖有數篇亦可疑爲宋人所作，但證據都很薄弱，大抵明人擬作者多，或亦有馮氏自作者在內。書有可一居士的一篇序，總結「三言」的意義，有云：『六經國史而外，凡著述皆小說也。而尙理或病於艱深，修詞或傷於藻繪，則不足以觸里耳而振恆心。此醒世恆言四十種所以繼明言、通言而刻也。明者取其可以導愚也，通者取其可以通俗也。恆則習之而不厭，傳之而可久，三刻殊名，其義一耳。』恆言的序，可說是三言的總序，把明言解作導愚，通言解作通俗，恆言解作傳久，一面說明了小說的功用，同時又說明牠的性質，這見解確是好的。

凌濛初　馮夢龍的工作，主要是編輯介紹古今的短篇平話，到了凌濛初，才大量以文人的筆來創作平話。凌字玄房，號卽空觀主人，烏程人，著有言詩異、詩逆、國門集、雜劇虬髯翁等。他喜刻小說、戲曲及其他雜書，用朱墨套印，亦有用四種彩色套印者，並加附插圖，極爲美觀。他所刻的世說新語、西廂、琵琶、繡襦、南柯諸書，都是精美的刻本。他著的話本，有拍案驚奇初二刻，近八十篇，以量言之，他是一位創作話本最多的作家。在晚明，馮、凌二人確是提倡通俗文學的二大代表，拍案驚奇初刻，存三十六篇，刋於天啓七年，有序云：『近世承平日久，民佚志淫，一二輕薄，初學拈筆，便思汚衊世界，得罪名教，莫此爲盛。有識者爲世教憂，列諸厲禁，宜其然也。獨龍子猶所輯喩世等書，頗存雅道，時著良規，復取古今雜碎事，可新聽睹佐詼諧者，演而暢之，得若干卷。凡耳目前之怪怪奇奇，無所不有，總以言之者無罪，聞之者足以爲戒云爾。』這是說明他創作這些短篇小說的旨趣。但在書中，淫穢的還是不少，如聞人生野戰翠浮庵、喬兌換胡子宣淫等作，其淫慾不在金瓶梅之下，結果拍案驚奇仍成爲一部被禁止的淫書，不過在他每一篇裏，確實都寓一點敎訓的意義，或顯以因果，或訓以人倫，實踐他的言之無罪，聞之足戒的宗旨。這樣一來，篇中充滿了做作的文字，敎訓的語氣，因此減少文學的價值，短篇平話不能在文學佔重要的地位，其原因在此。

拍案驚奇二刻，刋於崇禎五年，小說三十九篇，最後附宋公明鬧元宵雜劇，共四十回。據其小引云：『初刻支言俚說，不足供覆醬瓿，而翼飛脛走，較撚髭嘔血筆塚硯穿者，售不售反霄壤隔也。賈人一試之而效，謀再試之。』可知他寫作二刻，是因爲初刻銷路好，書賈促他作的，二書體制雖同，題材已異，初刻多述人事，二刻多言神鬼，因爲材料不够，不得不捨人而取鬼。有取前人話本改作者，如神偸寄興一枝梅一回，取材於古今小說中之宋四公大鬧禁魂張是也。有見於初刻，二刻復用者，第二十三回是也。篇目不够時，還附以雜劇，可知此書之成，全因謀利，故近於雜湊，其價値更遜於初刻。

三言、二刻書共五部，收集短篇平話，近二百篇，民間購買不易，其中作品，亦良莠不齊。抱老人有鑒於此，於三言、二刻中選出佳作四十篇，成爲一集，號爲今古奇觀，約刋崇禎末年。笑花主人序云：『墨憨齋所纂喻世、醒世、警世三言，極摹人情世態之歧，備寫悲歡離合之致。……即空觀主人壺矢代興，爰有拍案驚奇兩刻，頗費蒐獲，足供譚麈，合之共二百種。卷帙浩繁，觀覽難周，……抱甕老人先得我心，選刻四十卷，名爲今古奇觀。』編選本書的旨趣，說得很明白。全書從三言中取二十九篇，二刻取十篇，另有念親恩孝女藏兒一篇，另取自他書。這本書，可說是晚明平話叢書的選本，自能得社會人士的歡迎。於是三言、二刻湮沒了數百年，今古奇觀從明末一直流行到現在。

凌濛初外，明末創作短篇者尚多，顯著有天然癡叟、周清源、東魯古狂生諸人。天然癡叟，不知爲誰，作石點頭，共十四篇，崇禎年刋本。馮夢龍序云：『石點頭者，生公在虎丘說法故事也。小說家推因及果，勸人作善，開清淨方便法門。能使頑夫倀子，積迷頓悟。浪仙撰小說十四種，以此名編。若曰生公不可作，吾代爲說法，所不點頭會意，翻然皈依清淨方便法門者，是石之不如者也。』可知天然癡叟名浪仙，但不知其姓，想是馮夢龍的友人。其次，他著書的動機，也是出於勸世。周清源著西湖二集，書凡三十四卷，每卷平話一篇，俱與西湖有關，崇禎年刋本。此書名爲二集，宜有初集，未見。湖海士序云：『周子間氣所鍾，才情浩汗，博物洽聞，舉世無兩，不得已而借他人之酒杯，澆自己之磊塊，以小說見，其亦嗣宗之慟，子昂之琴，唐山人之詩瓢也哉！觀者幸於牝牡驪黃之外索之。』可知作者懷才不遇，窮愁潦倒，借寫小說來抒發胸中鬱積之感情，但書中仍多誦聖垂訓之語，較之當時那些同樣的作品，氣味較佳，文筆亦較爲流利。東魯古狂生不詳其姓氏，作醉醒石，書十五回，有武進董氏翻本，江東老蟫序云『李微化虎事，見唐人李微傳，他卷又有云屠赤水作傳者，又以孕婦爲二命，上諭所駁，孕不作二命，乃崇禎帝事，此蓋崇禎年所作。大凡小說之作，可以見當時之制度焉，可以覘風俗之純薄焉，可以見物價之低昂焉，可以見人心之詭譎焉。於此演說果報，決斷是非，挽幾希之仁心，無聊之妄念，婦孺皆知，不較九流爲有益乎？況又筆墨之簡潔，言語之靈活，又出於尋常小說者。』繆氏對於此書，似很推重。說筆墨簡潔，言語靈活，確是此書的特色，但傳道勸世之氣味太重，情趣也就差了。

明代的短篇小說略述大概。因爲這些作品，都是摹擬宋人平話而作，故其形式口吻，都是以平話爲依歸。故於寫人述事，寫景言情，俱不深刻細微，只作一說明式的敍述，正如講述一個故事而已。同時作者都想借這些小說來宣傳倫理宗教，作爲教訓勸誡之用，故其中所表現之思想，亦極幼稚無聊。這些短篇作品，數量雖是不少，只能作爲民衆消遣的讀物，不能在小說史上佔多大的地位，故其價值，遠不如同時的那些長篇小說。

第二十七章　明代的散曲與民歌

一　緒　言

明代詩詞，寥落不振，上已言之。惟散曲繼承元代的餘緒，猶能振作精神，頗有收穫。據任中敏散曲概論所載明人著有散曲者，共三百三十人，數目可算不少。可惜作品流傳下來的不多，不能作詳細比較的研究。幸而幾家重要的集子，還可看見，我們由此，得以考察明代散曲發展的趨勢。明初百年，散曲沉寂。涵虛子太和正音譜所錄古今衆英中，明初曲家共列十六人，汪元亨、谷子敬、賈仲明、湯舜民較著。然而他們的作品，百不存一，偶有所見，多爲零篇，很難看出他們作品的特色。此時有聲於曲壇的，只朱有燉一人。朱曲有誠齋樂府，但套語極多，頗少新味。加以他身處貴族，有時故作農夫樵子語，有時又作神仙語，令人讀了，俱覺不自然。不過在那寂寞的初明曲壇，自然也是可貴的了。任中敏云：『明代未有崑曲以前，北曲爲盛。涵虛子所列明初十六家中，惟湯式一人之傳作有五十餘套，餘皆二三篇。未足言派。湯之套數簡短，不病拖沓，惟多贈答應酬之作。端謹之餘，與一二小令，皆豪麗參用。十六家外，士大夫染翰此業者正多，亦多零星，無足數者。惟周憲王朱有燉之誠齋樂府，裒然成帙，足稱一家，而論其文字，乃十九端謹，且庸濫居多。豪麗兩面，均鮮至處。』（散曲概論）明初曲壇，確是如此。

弘治以還，曲風漸盛，作者日多，派別不一。約而言之，可分南北二系。北人氣勢粗豪，頗多本色，猶有關漢卿、馬致遠風度。王九思、康海、常倫、李開先、劉效祖、馮惟敏、趙南星諸家屬之，劉、馮實爲其魁。南人以淸麗勝，修辭細美，風格婉約，喜寫閨情，有張可久風致，其人爲陳鐸、王磐、金鑾、沈仕、梁辰魚、沈璟、沈紹莘輩，而以王磐、沈紹莘爲首。金鑾雖爲北人，因生長南京，其作風成爲南方的，故歸於南派。其他如楊愼夫婦、唐寅、陳所聞、張鳳翼、王驥德、馮夢龍諸人，亦俱以散曲名。

二　北方的散曲作家

康海與王九思　康字德涵，號對山，陝西武功人（一四七五——一五四〇）。弘治十年的狀元，散曲集有沜東樂府。王九思字敬夫，號渼陂，陝西鄠縣人（一四六八——一五五一），散曲集有碧山樂府、碧山續稿、樂府拾遺各一卷。他們和李夢陽、何景明並稱爲七才子，詩文擬古，頗不足觀，但他倆在散曲上，俱有成就。正德初，劉瑾當權，李夢陽得罪，被捕入獄，康海謁劉瑾救之。後劉瑾失勢，康海坐劉黨去職。王九思因與康海同鄉同官，也因此而被廢。廢後，兩人在鄉里談宴同遊，徵歌度曲，寄情於山水聲色之間，生活情感彼此大略相同。胸中滿腹牢騷，外表故作恬淡，發之於曲，粗豪之氣，自然難掩，而憤世樂閑之情趣，常覺不調和，這又是兩人共同之點。

『燒銀燭，泛紫霞，沉醉在海棠亭下。想人生好如亭下花，怎支吾雨狂風乍。』（落梅風）

『數年前也放狂，這幾日全無況。閑中件件思，暗裏般般量。眞個是不精不細醜行藏，怪不得沒頭沒腦受災殃。從今後花底朝朝醉，人間事事忘。剛方，徯落了膺和滂。荒唐，周全了籍與康。』（雁兒落帶得勝令）

『杖藜，步畦，不作功名計。青山綠水遶柴扉，日與兒曹戲。問柳尋花，談天說地，無人事縈胸臆。醜妻，布衣，自有天然情味。』（朝天子）

上面三首是康海的，再看王九思的。

『暗想東華，五夜清寒霜控馬。尋思別駕，一天殘月曉排衙。路危常與虎狼押，命乖却被兒曹罵。到如今誰管咱，葫蘆一任閒玩耍。』（駐馬聽）

『有時節露赤脚山巔水涯，有時節科白頭柳堰桃峽。戴什麼打角巾，結甚麼狂生襪，得清閑不說榮華。提起封侯幾萬家，把一個薄福的先生笑煞。』（沉醉東風）

可知在他倆的曲裏，同樣充滿着牢騷與憤怒。然而豪放與本色，以及北方特有的爽朗的情調，又同爲他倆作品的特色。王世貞以爲王九思的『秀麗雄爽，康大不如也。評者以敬夫聲價，不在關漢卿、馬東籬下。』（藝苑卮言）平心而論，王作確有些是勝於康的，但王集中確也有許多過於粗豪過於做作的句子；實在是一個大缺點。好比他有一首小令，前三句云：『一拳打脫鳳凰籠，兩脚蹬開虎豹叢，單身撞出麒麟洞，』這種全副武行暴牙露眼的形相，那能算是文學。這是做作，粗俗，不可原諒的惡劣句子。王的壞處就在此，康並非無此壞處，但比較起來，要收斂得多。無論怎樣說，他倆爲當代曲壇的宗匠至數十年之久，那是無疑的。

常倫　常倫字明卿，號樓居，山西沁水人（一四九二——一五二五）。正德間進士，官大理評事，因庭詈御史，罷歸。他多力善射，常穿大紅衣，掛雙刀，馳騁平林，想見其北方健兒的氣概。但因過河，馬驚墮水而死，只有三十四歲的壯年。他折桂令中說：『平生好肥馬輕裘，老也疏狂，死也風流。不離金尊，常攜紅袖。』可見其爲人。他散曲有寫情集二卷。像他那樣一個豪放不羈談兵擊劍的疏狂名士，表現於曲中的，自然是奔放與豪邁。

『驚殘夢數竿翠竹，報秋聲一葉蒼梧。迷茫遠近山淺淡，高低樹，看空懸潑墨新圖。百首詩成酒一壺，人在東樓聽雨。』（沉醉東風）

『但得個歡娛縱酒，又何須談笑封侯。拙生涯，樂眼前，虛名譽，拋身後。兩眉尖不掛閒愁，一日深浮三百甌，亦可度天長地久。』（同上）

他自己說他好治百家言，尤歡喜黃老，因此他的曲裏，常多神仙家言，因爲那些作品，過於空洞，佳作不多。像上面兩首，用俊朗的字句，寫曠達的情懷，時人評他有晉人風度，確是不差。

李開先　李字伯華，號中麓，山東章邱人（一五〇一——一五六八。）與王愼中、唐順之諸人，號稱八才子，詩文反對擬古派，有名於時。列朝詩集說：『伯華弱冠登朝，奉使銀夏，訪康海、德涵、王敬夫於武功、鄠、杜之間，賦詩度曲，引滿稱壽，二公恨相見晚也。罷歸，置田產，蓄聲伎，徵歌度曲，爲新聲小令，搊彈放歌，自謂馬東籬、張小山無以過也。』散曲有李中麓樂府、中麓小令與王九思合作的南曲次韻。但他的作品，現在流傳者已不多。就所見者而論，雖有好句，難得全篇。如傍粧臺云：『曲參參，一輪殘月照邊關。恨來口吸黃河水，拳打碎賀蘭山。鐵衣披雪渾身濕，寶劍飛霜撲面寒。驅兵去，破虜還，得偷閑處再偷閑。』這種算他的好作品了。馮惟敏同他友情很厚，在他的集中有醉太平、李中麓醉歸堂夜話十八首，傍粧臺、效中麓體六首，另有李中麓歸田套曲一篇，前有長序一段，對於李開先推崇備至。中有混江龍一曲云：『似你這天才出，眞個是無愧前修。霎時間對客揮毫風雨響，世不曾閉門覓句鬼神愁。……俺也曾夜到明，明到夜，聽不徹談天口，只爲他心窩兒包盡了前朝祕府，舌尖兒翻倒了近代書樓。』這眞把李開先恭維到了極點。

劉效祖 劉效祖字仲修，號念菴，宛平人，嘉靖二十九年（一五五〇年）進士，任陝西按察副使。其外曾孫胡介祉跋詞臠云：『念菴公負才不偶，齟齬於時，宦止陝西憲副，退居林泉，吟咏不輟。翰墨之餘，間爲詞曲小令，以抒其懷抱而寄其牢騷，當時豔稱，至達宮禁，歷世寖遠，散逸遂多，外王父少保公嘗集而傳之，顏曰詞臠，僅百一耳。』這可見他的生活環境，也是一個官場失意人。他的詩文集名雲林稾已不傳，詞臠也只存他的散曲的一部分而已。我們現在讀他的作品，覺得他實在是明代北派一個重要的作家，他唯一的特色，能採用民間的活語言，同俗曲的調子，作成極通俗的白話曲，帶着濃厚的民歌色彩。關於此點，明代所有的曲家，都比不上他。他的作品的生命是活的，是新鮮的。

『我教你叫我聲，只是不應。不等說，就叫我，纔是眞情。背地裏，只你我，推什麼佯羞佯性。你口兒裏不肯叫，想是心兒裏不疼。你若有我的心兒也，如何開口難得緊。

我心裏，但見你，就要你叫。你心裏，怕聽見的向外人學。纔待叫，又不叫，只是低着頭兒笑。一面低低叫，一面又把人瞧。叫的雖然艱難也，意思兒其實好。

俏寃家，但見我，就要我叫。一會家不叫你，你就心焦。我疼你，那在乎叫與不叫。叫是提在口，疼是心想着，我若有你的眞心也，就不叫也是好。

俏寃家，非是我好教你叫。你叫聲兒無福的也自難消。你心不順怎肯便把我來叫。叫的這聲音兒俏，聽的往心髓裏澆。就是假意的勤勞也，比不叫到底好。』（掛支兒）

這才眞是徹頭徹尾的白話文學。掛枝兒本是北方的民歌，他寫得這麼生動可愛，明人曲中何曾有過。還有雙疊翠八首，鎖南枝十六首，都是白話散曲的好作品。據詞臠序中說：劉的散曲集有都邑繁華、閒中一笑、混俗陶情、裁冰剪雪、良辰樂事、空中語等集，到康熙時代都散失了，「惟都人至今猶歌之，」由此我們可以推測，因爲他的曲子通俗的太多，人家保存的少。同時又因爲過於通俗，所以過了幾十年，都人猶歌唱不止，容易爲民衆接受。我們現在讀詞臠，那種清俊高古的作品，並不是沒有。

『東華路塵沙滾滾，玉河橋車馬紛紛。宦高休羨榮，命蹇須安分。靠青山緊閉柴門，閒把英雄細討論，能幾個到頭安穩。』（沉醉東風）

『門巷外旋栽楊柳，池塘中新浴沙鷗。半灣水遶村，幾朵雲生岫。愛村居景致風流，閒啜盧仝茗一甌，醉翁意何須在酒。』（同上）

這種作品，豈在康、王之下，可知他一面能寫極通俗的作品，一面又能寫極騷雅的作品。靜志居詩話稱其『小令可入元人之室，』又說『雜之小山樂府中，不能辨也，』可見對於他的推崇。但他的作風，與其說是似小山，還不如說是近東籬的。在北派的作家中，染指於小曲，而從事於通俗文學的製作的，劉效祖以外，還有一個時代較晚的趙南星。趙字夢白，河北高邑人（一五五〇——一六二七。）在他的芳如園樂府裏，如銀紐絲、鎖南枝、羅江怨、山坡羊之類，都是當日民間最流行的小調，他寫了許多首，但是他雖是盡力倣效民間言語，畢竟脫不了文人氣味，因此他的成就，比不上劉效祖。

『猛然見引動了魂，曾見人來不似這人，好教我眼花撩亂渾身暈。他生的淸雅無虛，似一幅水墨昭君，非同世上尋常俊。未知他意下何如，俺將他看做個親親。從今交上相思運，憑着俺心坎兒上溫存，憑着俺肐膝下慇勤，咱兩個終須着一陣。』（鎖南枝帶過羅江怨）

『纔成就，又別離，要鴛鴦剛剛兒一霎時，分明是一點鼻涯兒蜜。想的人似醉如癡，想的人夢斷魂迷，枕邊洒盡相思淚。眼睜睜拋斷同心，眼睜睜拆散蓮枝。癡心還想重相會，倘然得再入羅幃，倘然得再效于飛，舌尖兒上咬你個牙廝對。』（同上）

在這些文句裏，我們可以看出作者很用力想寫成民歌式的小曲，但無意中總流露出文人的做作和騷雅的句子。但他在這方面，不能不說是得了很好的成就。

馮惟敏　在北派作家中，能兼有衆長獨成大家的，是馮惟敏。馮字汝行，號海浮，山東臨朐人一五一一——一五八〇？）與兄惟健、弟惟訥以詩文名齊、魯間。嘉靖中舉人，謁選淶水知縣，改鎭江儒學教授，遷保定通判。後來就辭官歸田，過他的田園生活。他的七里溪別墅，風景絕佳。靜志居詩話云：『臨朐治源，山水勝絕，高梧一林，修竹萬個，泉流其中。酈善長所云分沙漏石者也。世人謂園是海浮所築，緤馬林間，想見東山絲竹之盛。後遊莫再，恆縈於懷。讀先生七里溪別墅二詩，猶不盡神往。』在他的散曲裏，歌詠那地方風景的作品也很多，讀之可想見其盛。他雖做了十幾年的官，官小事雜，很不得意。結果是學陶淵明的歸去來辭，『知足始遠辱，至人貴自全，不羨公與侯，所志受一廛，』而達到『幸茲協初心，歸我汶陽田』了。他歸田的生活，是很愉快的，雖也免不了偶發牢騷，畢竟他洒脫曠達，寄情於山水酒色。他集中寫山水寫酒色的地方固然很多，寫妓女的尤其不少。他的散曲有海浮山堂詞稿。

他的散曲，在北派諸家之上，不僅是明代一大家，實可與元代大家並列而無愧。他的特色有四點。題材廣，內容富，一也。方言土語，用得活潑可愛，二也。北方爽朗性格，發揮無遺，三也。氣度大，意境高，四也。總而言之，他是明朝一個最能表現和保存元曲前期的本色的作家。他在明曲中的地位，確是宋詞中的蘇、辛，元曲中的關、馬。

『打趣的客不起席，上眼皮欺負下眼皮。强打精神掙扎不的，懷抱琵琶打了個前拾，唱了一曲如同睡語，那裏有不散的筵席，半夜三更路兒又蹺蹊，東倒西歆顧不的行李，昏昏沉沉來到家中，睡裏夢裏陪了個相識，睡到了大明才認的是你。』（盹妓南鎭南枝）

寫得又譏笑，又體貼，又淺俗，又深沉，這是散曲中的上品。

『中國有戎狄，遡流傳自古昔。華夷一統承平世，吃的好食，穿的好衣，進門來一陣臊羶氣。細尋思，試虛心勸你，你休發犬羊威。

前腔　暇日會親識，狗西番坐上席。五湯三割全不覷，手托着蛋披，口嘶着蛋喫。蘸白鹽解不了鷄腸氣。有差池，對青天發誓，拍口喫猪脂。

不是路　堪歎回回，生不惺惺死着迷。難存濟，不信陰陽不請醫。愛家私，顧不得衣衾不整齊，下場頭只自知。現放着有幫無底千家器，是何家禮。

掉角兒　望西方天遙路迷，在中原看生見死。總不如隨鄉入鄉，早做個子孫之計。再休提塔不剌散不撒，答兒麻哈兒哇，腥膻滋味。凊齋難記，徒勞受飢。最難煞千金一刻，星月圓時。

前腔　讀的是孔聖之書，且收拾梵經胡語，穿的是靴帽羅襴，打疊起纏頭左髻，再休提猪爹爹，狗奶奶，胡姑姑，假姨姨，腥膻遺類，更名換字用夏變夷，勸伊行還同中國，一樣行持。

十二時　移風易俗非虛語，出谷遷喬爾自思。休把良心作戲詞。』（勸色目人變俗）

那時的色目人，好像民國時代的旗人。把他們寫得醜態百出，生活習慣，言語狀態，畫得那麼活現，眞是極有意義的作品，可惜他們的土語，我們有些不能懂了。作者在這裏，寫得又是調侃，又是憐惜，充滿了幽默與詼諧。這種材料施之於詩詞，便不能像曲這麼活潑潑的了。

『罷淸貧一官，受艱辛百般。千里外音書斷。胡塵滾滾路漫漫，急回首無羈絆，洒淚新亭，

甘心舊疃，不關情長共短。繞東流綠灣，看西山翠攢，覓幾個鷗爲伴。』（解官至舍二十之一朝天子）

『老張，傻腔。豪氣三千丈。少年不住走科場，又早龍鍾樣。腿兒拖拉，腰兒慢仗，甚男兒當自強。面黃鬢蒼，喫胙肉何曾胖。』（六友之一、朝天子）

馮惟敏好的作品太多，不便抄舉，他的套曲小令都佳，如李中麓歸田、徐我亭歸田、邑齋初度自述、聽鐘有感、對驢彈琴、舍弟乞休諸篇，都是套曲中的好作品。聽鐘有感尤爲生色。小令中如東村二十首，家訓四首，病憶山中四首，解官至舍二十首，六友六首，閑適八首，十劣十首，贈田桂芳八首，都是好作品。尤以十劣十首，寫妓院的醜態，描摹刻劃，入木三分，眞是曲中難得的寫實文學。

三　南方的散曲作家

陳鐸　陳字大聲，號秋碧，原籍江蘇邳縣人，世居南京，詩畫俱佳，散曲最有聲譽。著有梨雲寄傲、秋碧樂府諸集。在他的作品裏，充分的表現南方人的性格情調，風格柔媚，喜寫兒女之情。王世貞評他云：『陳大聲、金陵將家子，所爲散套，既多蹈襲，亦淺才情，然字句流麗，可入絃索。』

『鋪水面輝輝晚霞，點船頭細細蘆花。缸中酒似繩，天外山如畫。點秋江一片鷗沙。若問誰家是俺家，紅樹裏柴門那搭。』（閑情、沉醉東風）

『幾遍把梅花相問，新來瘦幾分。笑香消容貌，玉減精神，比花枝先病損，綉被與重裀，爐

香夜夜薰。著意溫存，斷夢勞魂，只恁般睡不安，眠不穩，枕兒冷燈兒又昏。獨自個和誰評論，百般的放不下心上人』（閨情）

前一首是陳大聲集中難得的好作品，第二是閨情作中較爲好些的。可見才情確不甚高，字句又實在是流麗的。

王磐 王字鴻漸，號西樓，江蘇高郵人。著有王西樓樂府一卷，套曲九套，小令六十五首。王磐作品的數量雖不甚多，但在明代散曲上有很高的地位，可算是南派曲家前期的代表。他是一個不愛功名富貴的眞名士，他沒有做過官，只是寄情於山水、文學，幽閑自在的過了一生，不僅曲好，琴棋詩畫俱精。關於他的生活性情，他的外甥張守中說得好：『翁生富室，獨厭綺麗之習。雅好古文詞，家於城西，有樓三楹，日與名流譚詠其間。風生泉湧，聽者心醉，脫略塵俗之故，以從所好。旣而藝日精，家日窘，翁怡然不以爲意，逍遙於宇宙，徜徉乎山水，出其金石之聲，寄性於烟雲水月之外，洋洋焉不知老之將至，此其襟度有過人者。故所作冲融曠達，類其人也。』（王西樓先生樂府序）他作品的範圍極爲廣泛，有詠山水的，有譏諷時事的，有說理的，有記事的，有抒情的，樣樣都好。

『平生淡薄，鷄兒不見，童子休焦。家家都有閒鍋竈，任意烹炮。煮湯的貼他三枚火燒，穿炒的助他一把胡椒。到省了我開東道，免終朝報曉，直睡到日頭高。』（滿庭芳、失鷄）

『斜挿杏花，當一幅橫披畫。毛詩中誰道鼠無牙，却怎生咬倒了金瓶架。水流向床頭，春拖在牆下，這情理寧甘罷。那裏去告他，何處去訴他。也只索細數着貓兒駡。』（朝天子、瓶杏爲

鼠所囓）

『喇叭，鎖哪，曲兒小，腔兒大。官船來往亂如麻，全仗你抬身價。軍聽了軍愁，民聽了民怕，那裏去辨什麼眞和假。眼見的吹翻了這家，吹傷了那家，只吹的水盡鵝飛罷。』（朝天子、詠喇叭）

『頂半笠黃梅細雨，攜一籃紅蓼鮮魚。正青山酒熟時，逢綠水花開處，借樵夫紫翠山居，請幾個明月青風舊釣徒，談一會羲皇上古。』（沉醉東風、攜酒過石亭會友）

讀了這些作品，才知道張守中所說：『所作冲融曠達，類其人也，』是不錯的。他不像其他曲家，用大半的作品來寫閨情，來寫性愛。在陳鐸的集中，滿眼都是那些閨情、春情、題情、青樓十詠、香閨十事這些題目。王磐並不如此，他有閨中八詠一題，雖是尖新，並不輕薄。另有題花贍枝一題，據方悟廣青樓韻語云是王舜耕所作，（亦字西樓）由此可知王磐是一個品格極高的作家，他胸中天地廣闊，題材複雜，或詠山水，或諷時事，或寫人生，或描社會，並非一心一意只想着女人。他的筆致，有南方人的華美清俊，同時又帶一點北人的英爽與古直。有時寫得極正經，有時寫得極詼諧。因此他作品的色彩時有變化，而不單純。喇叭一首，諷刺時事，極有意義。堯山堂外紀云：『正德間，閹寺當權，往來河下者無虛日。每到，輒吹號頭，齊丁夫，民不堪命。王西樓有詠喇叭一首。』（蔣一葵）再嘲轉五方一套，把那些要錢不要命的和尚，刻畫得淋漓盡致，也是佳作。王驥德曲律云：『於北詞得一人，曰高郵王西樓，俊豔工鍊，字字精琢。』任中敏散曲概論云：『西樓善爲清麗，王驥德頗能賞之。於元人之中，兼得喬、張之趣。其麗也不僅工雅，兼能出奇，其淸也瀟疎放逸，並好爲遊戲俳諧之作，而不用康、馮之粗豪，一以精細出之。』此數語，西樓當之無愧。

金鑾 金字在衡，號白嶼，甘肅隴西人。他雖爲北籍，因僑寓南京，文筆沾染南風。錢牧齋稱他的詩，『風流婉轉，得江左淸華之致。』不錯，在金鑾的作品中，北方的氣息極淡，倒是濃厚的帶着南方的淸華之致。他的作風淸麗，兼善詼諧，很有點像王磐。他的散曲有蕭爽齋樂府二卷，存小令百餘首，套曲二十餘首。

『煖風芳草徧天涯，帶滄江遠山一抹。六朝隄畔柳，三月寺邊花。離緒交加，說不盡去時話。』（新水令、送吳懷梅）

『海棠陰輕閃過鳳頭釵，沒人處款款行來，好風兒不住的吹羅帶，猜也麼猜，待說口難開，待動手難抬。淚點兒和衣暗暗的揩。』（和西六娘子閨情）

沈仕 沈字懋學，號靑門山人，浙江仁和人。他也是一個棄科擧而以山水終身的人。他的畫極有名，馮惟敏集中有乞靑門畫的曲好幾首，對他的畫，推崇備至，可知他是與馮惟敏同時的人。他的散曲集有唾窗絨，存小令套曲約百首。他的曲專寫閨情、性愛、肉感、色情，開曲中的香奩體一派。題材雖極冶豔淫褻，而以極淸麗尖新之筆出之，故其淫褻常爲文字美所掩。

『爹娘睡，暫出來，不敎那人虛久待。一見喜盈腮，芳心怎生耐。身驚顫，手亂揣，百忙裏解了花繡裙帶。』（鎖南枝）

『小帳掛輕紗，玉肌膚無點瑕。牡丹心濃似胭脂畫。香馥馥可誇，露津津愛殺。耳邊廂細語低低罵，小寃家，顚狂忒恁，揉碎鬢邊花。』（黃鶯兒、美人薦寢）

在藝術上講，這些不能不算是好作品。不過集中全是這些，讀了就會令人感着膩，同時對於後人的影響也不好。散曲概論中所說：『後人踵之者又變本加厲，皆標其題目效青門體，沈氏遂受謗無窮矣。』這話是不錯的。我們可以說，在明代散曲裏，沈仕是色情文學最成功的作家。

梁辰魚與沈璟　崑腔興起，曲風一變，北曲衰亡，形成所謂南詞一派。崑腔創始於魏良輔，首先採用者，爲梁辰魚，傳奇有浣紗記，散曲有江東白紵集，都很有名。梁字伯龍，號少白，江蘇崑山人。精音律，曲名極高，張旭初於吳騷合編內推爲「曲中之聖。」梁曲文辭最美，描摹精細，文雅蘊藉，極嫵媚柔情之能事。南方文學的特性，梁作中表現無遺。造句用字，多參詞法，故曲味少而詞味多，時人評爲「南詞出而曲亡矣，」就是這意思。總之，他的作品，粗豪淺俗的影子，一點也沒有，一步一步走向古典的唯美的路上去。沈璟稍遲於梁，以韻律勝。沈字伯英，號寧庵，江蘇吳江人。與梁齊名，爲崑腔興盛以後明代散曲的兩大巨頭。梁辰魚重辭藻，沈璟重聲律，同爲唯美主義者。『自有崑腔，南曲之宮調音韻，一切準繩俱定，傳奇之法愈密。犯調集曲，日盛一日。沈璟爲南曲譜及南詞韻選二書，楷模大著，學者翕然宗之。龍子猶於太霞新奏中，對沈氏有詞家開山祖師之稱焉。起嘉、隆間以迄明末，將近百年，主持詞餘壇坫者，文章必推梁氏爲極軌，韻律必推沈氏爲極軌，此爲崑腔以後的兩大派。一時詞林，濟濟多士，要不出兩派之轂中也。』（任中敏散曲概論）他說兩大派，其實只有一派，就是唯美派。明代的散曲，到這時期，純粹變爲曲匠的曲了。豪氣野氣，本色語以及方言土語都看不見了。他們歡喜寫閨情，詠物，喜翻宋詞元曲，取前人現成的材料，只求律正與韻嚴，只求音樂的生命，不求文學的生命。因此其作品多流於平庸與陳腐了。沈璟的曲海青冰二卷，尤多此種弊病，王驥德批評他說：『吳江守法，斤斤三尺，不欲令一字乖律，而豪鋒殊拙。』（曲律）可謂知人之論。不過我們不能不知道，他倆在晚明的曲壇，實在有很大的實力。

『萬里濤回，看滔滔不斷，古今流水。千年恨都化英雄血淚。徙倚，故國秋餘，遠樹雲中，歸舟天際。山勢依舊枕寒流，閱盡幾多興廢。』（梁辰魚夜行船、擬金陵懷古）

『一聲杜宇落照間，又寂寞春殘。楊柳簾櫳長日關，正梨花院落初閉。風朝雨晚，芳徑裏落紅千萬。停畫板，又早見牡丹初綻。』（沈璟集賢賓、傷春）

這就是所謂南詞的眞面目。眞是詞味多而曲味少，音律嚴正，文辭工麗，可稱爲南方唯美文學的代表作。

施紹莘　在晚明的曲壇，能擺脫梁、沈的束縛而自成一家的，是稱爲峯泖浪仙的施紹莘。施字子野，松江華亭人（一五八八——一六四〇？）。因應試不第，以諸生終。他於是建園林，買姬妾，每當春秋佳日，與名士美人傲遊於九峯、三泖、西湖、太湖間，飲酒作曲，極一時之盛。他精音律，好聲色，家中蓄有歌童聲伎，作好了曲，便度以弦索簫管，以此自樂。他可算是一個風流名士。散曲有花影集四卷，套曲八十六首，小令七十二首，明人專集中，以他的套曲爲最多。他才情極高，生性浪漫，在散曲上，因此他能擺脫梁、沈的格律，而不爲時習所囿。南詞北曲，俱其所長，故其作風，淸麗蒼莽，兼而有之，實是晚明曲壇的一大家。他的題材甚爲廣泛，他自己序花影集說：『茅茨草舍之酸寒，崇臺廣囿之弘侈，高山流水之雄奇，松龕石室之幽致，曲房金屋之妖妍，玉缸珠履之豪肆，銀箏寶瑟之縈魂，機錦砧衣之愴思，荒臺古路之傷心，南浦西樓之感喟，憐花尋夢之幽情，寄淚緘絲之逸事，分鞵破鏡之悲離，贈枕聯釵之好會，佳時令節之杯觴，感舊懷恩之涕淚，隨時隨地，莫不有擬譜新聲，稱宜迭唱。』因此他集中有許多懷古、贈別、寫山水、詠瑣事的好作品。但是豔曲還是很多，他的豔曲只寫深情，不寫性愛。讀去覺得哀怨悽涼，而不淫褻。

『萍生雪練，堤浪魚吹，畫船簫鼓江南樹。疎還密，東又西，近如避，全無骨力隨紅雨，燕兒多少含糊語，可有長亭痛分離，一杯酒盡銷魂處。』（節節高、楊花）

『只見那流水外兩三家，遮新綠，灑殘花。一陣陣柳綿兒春思滿天涯。俺獨立斜陽之下，猛銷魂，小橋西去路兒斜。』（採茶歌、送春）

『看遊人細馬香衫，幾個東來，幾個西還，滿團團雲山翠滴，溪水斜灣。謝東君分付與春光飽看。呀！雙肩挑一擔，食罍春盤，鋪個青氈，攤個蒲團，只見那花枝下，呵酒猜拳。』（折桂令、淸明）

『嫩雨濕肥田，暗雲堆，欲暮天。平迷四野聞人喚。西村旆懸，東天鬟懸，漁歌㫰網垂楊岸。木橋邊，敲門聲裏，蓑笠遠歸船。』（南商調黃鶯兒、雨景）

沈紹莘以套曲見長，不便全篇抄舉，上列之前三例，俱摘自套曲，最後一首爲小令。豔曲佳者極多，如閨詞、懷舊、旅懷、紘索詞、春思、村中夜話、悼亡妓、相思諸套，都寫得極好。紘索詞一篇，尤爲生色。

四　明代的民歌

明代散曲，崑腔以前，猶多本色，在他們的作品中，雖有用白話寫成的曲，但那些究竟是少見的了。當日的曲風，都是以騷雅工麗爲主。崑腔以後，梁、沈興起，一講修辭，一主韻律，於是散曲更趨於貴族古典之途，而成爲一種專門學問，與大衆愈離愈遠，不復再有民間的氣息，而其生命亦漸殭化。舊曲既與民間隔離，民間亦自有其歌辭，自有其新曲，那就是當代流行稱爲雜曲小曲的民歌。不錯，牠沒有舊曲那麼文雅蘊藉，音律也沒有那麼謹嚴，但他們是通俗的、有生命的、新鮮的、大衆的歌。卓人月云：『我明詩讓唐，詞讓宋，曲讓元，庶幾吳歌，掛枝兒、羅江怨、打棗竿、銀鉸絲之類，爲我明一絕耳。』（陳鴻緒寒夜錄引）袁中郎也說過明人可傳之詩，還是那些孩子們所唱的擘破玉、打草竿、銀絲柳、掛枝兒一類的民歌。不要說晚明的浪漫派的作家，就是擬古派的健將李夢陽、何景明之流，看了鎖南枝、傍粧臺、山坡羊之屬，說可以上繼國風，甚爲喜愛（野獲編。）由此我們可以知道小曲的藝術是如何優美，在當日，無論是正統派或是反動派的文學家都在那裏贊美他。關於明代小曲流行的情形，沈德符在時尙小令裏，說得最詳：

『元人小令行於燕趙，後浸淫日盛。自宣、正、至成、宏後，中原又行鎖南枝、傍粧臺、山坡羊之屬，李空同先生初從慶陽徙居汴梁，聞之以爲可繼國風之後。何大復繼至，亦酷愛之。今所傳泥捏人及鞋打釘、熬𩯳髻三闋爲牌名之冠，故不虛也。自茲以後，又有耍孩兒、駐雲飛、醉太平諸曲，然不如三曲之盛。嘉、隆間乃興鬧五更、寄生草、羅江怨、哭皇天、乾荷葉、粉紅蓮、桐城歌、銀紐絲之類。自兩淮以至江南，漸與詞曲相遠。不過寫淫媟情態，略具抑揚而已。比年以來，又有打棗竿、掛枝兒二曲，其腔調約略相似，則不問南北，不問男女，不問老幼良賤，人人習之，亦人人喜聽之，以至刊布成帙，舉世傳誦，其譜不知從何而來，直可駭歎。又山坡羊者，李、何二公所喜，今南北詞俱有此名，但北方惟盛愛數落山坡羊，其曲自宣、大、遼東三鎮傳來。今京師妓女慣以充絃索北調，其語穢褻鄙淺，並桑、濮之音亦離去已遠。而羈人遊士，嗜之獨深，丙夜開樽，爭相招致。』（野獲編）

這一段文字很重要，一、他告訴我們明代各期流行的小曲；二、告訴我們各界人士愛好那些小曲的盛況；三、各種小曲都是起自民間，大半爲娼妓所歌唱，牠們的功能是實用的，不是作爲文學給人們欣賞的。同時我們還可知道一件事，有許多小曲在社會上流行，文人學士染指者多，於是那些小曲入了文人的集子，而漸漸喪失其本來面目，如鎖南枝、駐雲飛、傍粧臺之類都是。

據近代專攻文學者之研究，明代最早的小曲，我們今日可見的，是成化間金臺魯氏刊的四季五更駐雲飛、題西廂記詠十二月賽駐雲飛、太平時賽賽駐雲飛、新編寡婦烈女詩曲四種。這裏的調子，都是駐雲飛，與沈德符所說的大略相合。作品平庸，沒有什麼可注意的。其次正德刋本的盛世新聲裏，和嘉靖刋本的詞林摘豔和雍熙樂府裏，可以得到一些小曲，但那些都經過文人的潤飾，民間的氣息很淡了。萬曆刋本的玉谷調簧裏，有「時尚古人劈破玉歌」多首，想是民間流傳的歌曲，其中有許多是演述傳奇中的故事，如金印記的蘇秦，琵琶記的蔡伯喈之類，故事很簡單，文字頗平庸，但民衆的氣味却很濃厚。另有娘女對答一篇，寫得非常生動，是民歌中的上等作品。

『娘罵女　小賤人生得自輕自賤。娘叫你怎的不在跟前？原何諕得篩糠戰？因甚的紅了臉？因甚的弔了簪？爲甚的緣由？甚的緣由兒，揉亂青絲纂？又。

女回娘　苦娘親，非是我自輕自賤。娘叫我一時不在跟前，因此上走將來得心驚戰。搽胭脂紅了臉，耍鞦韆吊了簪，牆角上攀花，牆角上攀花，娘，掛亂了青絲纂。又。

娘復罵　小賤人休得胡爭辯。爲娘的幼年間比你更會轉灣。你被情人扯住心驚戰，爲害羞紅了臉，做表記去了簪，雲雨偷情，雲雨偷情，兒，弄亂青絲纂。

女自招　小女兒非敢胡爭辯，告娘親恕孩兒實不相瞞。俏哥哥扯住諕得心驚戰，吃交盃紅了臉，俏寃家搶去簪，一陣昏迷，一陣昏迷，娘，我也顧不得青絲纂。又。』

這些活動的對話，表現着母女的適合的口吻，一步一步地緊逼着，終於把一段女兒的祕密顯露出來。這一種題材，決不是那些文雅蘊藉的詞曲所能傳達的，在這些小曲裏，得到極好的成就，我們讀了，眼裏好像看見兩母女活活的影子。再在詞林一枝裏，好的民歌更多了。如羅江怨、劈破玉歌、時尙鬧五更哭皇天、時尙催急玉諸曲，都是極好的作品。

『紗窗外，月影斜，奴害相思爲着他。叫我如何丟得丟得下！終日裏默默咨嗟，不由人珠淚如痲。雙手指定名兒罵。罵幾句薄倖寃家，罵幾句短命天殺！因何把我抛撇抛撇下？急聽得宿鳥歸巢，一對對唧唧喳喳，教奴孤燈獨守，心驚心驚怕。』（羅江怨）

『紗窗外，月兒橫，我爲寃家半掩門。綉房鴛枕安排安排定。等得奴意懶心慵，向燈前彈會瑤琴。彈來滿指都是相思相思韻。在誰家貪戀酒花，抛得奴獨守孤燈，淒淒冷冷誰偢問。也不是負義忘恩，也不是棄舊近新，算來都是奴薄奴薄命。』（羅江怨）

『黃昏後，夜沉沉，冷清清，靜悄悄，孤燈獨照，悶殺人。情慘慘，意懸懸，愁聽那窗兒外淅淋淋雨打芭蕉。形單影隻心驚跳，悶懨懨卸倒在床兒，剛合着眼兒做一個夢兒，見我的人兒，正訴着衷腸，又被風鈴兒驚散了，驚散了。』（時尙急催玉）

『憶當初與那人，兩情濃魚水同戲，恨那人折鴛鴦兩處分飛。到如今隔着山隔着水，雁兒杳魚兒沉，不見情書捎寄，幾回間靜掩着門兒，倦抛着書兒，斜倚着屏兒，慢剔着牙兒，冷地裏思量我心肝兒在那裏，在那裏。』（時尙急催玉）

晚明時代，對於民間俗曲特殊感着興趣，加以整理收集而得到很大的成就的，是墨憨齋的馮夢龍。他在文學上的興趣，與金聖歎相似，贊賞通俗的作品。他在民歌方面的貢獻，是由他編輯的童癡一弄的掛枝兒，和童癡二弄的山歌。掛枝兒的原書現在不傳了，今日所見的，只是浮白主人選的四十一首。山歌十卷的原書，現已發現，我們得窺全豹，是非常可喜的事。王驥德曲律云：『小曲掛枝兒卽打棗竿，是北人長技，南人每不能及。昨毛允遂貽我吳中新刻一帙，中如噴嚏、枕頭等曲，皆吳人所擬，卽韻稍出入，然措意俊妙，雖北人無以加之。』沈德符野獲編則云：『比年以來，又有打棗竿，掛枝兒二曲。』王驥德所說的，掛枝兒與打棗竿是一物二名，沈德符則又說是二曲。再如袁中郎、卓人月諸人的文字裏，也都是看作兩種曲子而分開來對舉的，那又是不同的兩種曲了。打棗竿有寫作打草竿者，掛枝兒也有寫作掛眞兒者，可知原無定字，從北方傳來盛行江南以後，寫得各有不同了。我們現在所看到的掛枝兒，想大都是王驥德所說，是江南人所擬，非出自北方的眞貨。爲什麼呢？送別幾首裏，地點都是丹陽、無錫一帶可知；其次文字情調完全是南音，全無北方的粗豪爽直氣；三、中有噴嚏等曲，恐卽是王當日所見者。講到作品，那眞是無篇不佳，袁中郎稱爲必傳，卓人月稱爲明之一絕，確是不錯。

『送情人直送到丹陽路，你也哭，我也哭，趕脚的也來哭。趕脚的，你哭的因何故？道是，去的不肯去，哭的只管哭。你兩下裏調情也，我的驢兒受了苦。』（送別）

『對粧臺忽然間打個噴嚏，想是有情哥思量我，寄個信兒，難道他思量我剛剛一次，自從別了你，日日珠淚垂，似我這等把你思量也，想你的噴嚏兒常似雨。』（噴嚏）

『正二更，做一夢團圓得有興。千般恩，萬般愛，摟抱着親親。猛然間驚醒了，教我神魂不定。夢中的人兒不見了，我還向夢中去尋，囑咐我夢中的人兒也，千萬在夢中兒等一等。』（夢）

『我做的夢兒倒也做得好笑，夢兒中夢見你與別人調，醒來時依舊在我懷中抱，也是我心兒裏丟不下，待與你抱緊了睡一睡着，只莫要醒時，在我身邊也，夢兒裏又去了。』（說夢）

『瓜仁兒本不是個希奇貨。汗巾兒包裹了送與我親哥。一個個都在我舌尖上過，禮輕人意重，好物不須多。多拜上我親哥也，休要忘了我。』（贈瓜子）

這種作品，經過馮夢龍的改作或修飾，很可能的，好像送別那一首，絕非無修養的文學家所能寫出。縱經過改作或修飾，歌中的情感和言語，都是民間的言情之作，寫得這麼曲折深細，體貼入微，然而又是熱辣辣的，正統派的詩文裏何曾見過，何曾見過這些新鮮的眞意的作品。

山歌共十卷，長短的作品，共有三百四十五首之多，已在詩經數目之上。最短的是七言四句，最長的如燒香娘娘，共一千四百餘字。民間歌謠裏這樣的長篇是少見的。山歌有序一篇，說明編者對於俗文學的見解。他說：

『書契以來，代有歌謠，太史所陳，並稱風雅，尙矣。自楚騷唐律，爭妍競暢，而民間性情之響，遂不得列於詩壇，於是別之曰山歌。言田夫野豎矢口寄興之所爲，薦紳學士家不道也。唯詩壇不列，薦紳學士不道，而歌之權愈輕，歌者之心亦愈淺，今取盛行者，皆私情譜耳。雖然桑間濮上，國風刺之，民父錄焉，以是爲情眞而不可廢也。山歌雖俚甚矣，獨非鄭、衞之遺歟？且今雖季世，而但有假詩文，無假山歌，則以山歌不與詩文爭名，故不屑假。苟其不屑假，而吾藉以存眞，不亦可乎？抑今人人想見上古之陳於太史者如彼，而近代之留於民間者如此，倘亦論世之林云爾。若夫借男女之眞情，發名教之僞藥，其功於掛枝兒等，故錄及掛枝兒詞而次及山歌。』

他這種文學的見解，正是晚明新文學運動中浪漫精神的表現。文學的可貴，在於表現眞情。山歌不列詩壇，不入縉紳之口，故其情愈眞，文愈眞。詩文要登大雅，眞的變成假的，山歌不與詩文爭名，故不屑假，不屑假，便是眞，此山歌之可貴也。這種意見，李卓吾、袁中郎早已說過，也不過說說而已，然而能說能行的，還是馮夢龍。山歌十卷，前九卷全是用的吳語，只有最後一卷名桐城時興歌用的官話，因此我們可以說山歌是一部吳語區域的方言文學，全書共三百四十多首，除了破騌帽歌、魚船婦打生人相罵歌、山人歌三首長篇外，其餘的都是詠的男女私情，關於男女性愛方面，無論想的說的，做的感的，吃的穿的，用的看的，都在私情裏表現出來，正如編者所說，是一部私情譜。

這書所收的，雖不能說全是民間的俗歌，但十分七八是來自民間。民歌因地域關係，用意相同，文字大同小異的，時常可舉出好幾首來。山歌中這種例子極多，現舉一則。有一首山歌題目是乾思，詞云：『見郞俊俏姐心癡，那得同床合被時。蟲蛀子蝗魚空白鯗，出銅銀子是干絲。』他在後面註云：『一云：「井面上花開井底下紅……」又云：「郞看子姐姐看子郞……」俱同意。』在一首正文的乾思下，另附兩首，其意也是乾思，可見這三首都是民間歌唱的，地域不同，文字也改了，他都覺得棄之可惜，就作了附錄，這種例子，山歌集中多極了。再如篤癢下注云：『此歌聞之松江傅四，傳亦名姝也。』那些作品，確是來自民間。但也確有改作或是創作的，如捉奸第三首後附註云：『此佘友蘇子忠作。』又第一首後附註云：『弱者奉鄉鄰，强者罵鄉鄰，皆私情姐之爲也，因製二歌贈之。』因此可知山歌裏，確實有他自己和朋友們做民歌的作品。又山歌後附註云：『此歌爲譏誚山人管閒事而作；或云張伯起先生作非也。蓋舊有此歌，而伯起復潤色之耳。』這是改作的證據。這樣說來，山歌一書，確實有文人的擬作與改作了。雖這樣說，山歌畢竟是一本最富於民間氣息的作品，是俗文學中最俗的，他所反映出來的情感意識，是大衆的，所用的言語是大衆的，因此山歌在通俗文學與民俗學的研究上，是極有價值的一本書。

『弗見子情人心裏酸，用心摸擬一般般。閉子眼睛望空親箇嘴，接連叫句俏心肝。』（摸擬）

『姐道我郎呀，若半夜來時沒要捉個後門敲，只好捉我場上鷄來拔子毛。假做子黃鼠郎偷鷄引得角角哩叫，好教我穿上單裙出來趕野貓。』（半夜）

『結織私情弗要慌，捉着子奸情奴自去當。拚得到官雙膝饅頭跪子從實說，咬釘嚼鐵我偷郎。』（偷）

『別人笑我無老婆，你弗得知我破飯籮淘米外頭多。好像深山裏野鷄隨路宿，老鴉鳥無窠到有窠。』（無老婆）

上面幾首，是用意較爲含蓄而技巧特高，設想有趣，所以是民歌中最上之作。另有八九兩卷，俱爲長歌，題下或註：「俱兼曲白」，「曲白兼用」，可知這些都是合樂的歌曲，一定是當日的妓館歌女們所唱的。細看這二十幾篇，文士改作的痕跡，比較濃厚。這種歌大半是民間粗通文字的無名氏的原作，經編者或他人修改過的。破騌帽歌下註云：『遊翰瑣言尚有破氈襪歌，無味故不錄。』這明是抄錄他人之作了。中有山人一篇，譏罵晚明那些附庸風雅裝腔作勢的山人，眞是淋漓盡致，並且牠不是詠私情的，而是一篇譏諷時事的社會性的作品，在山歌中算是絕無僅有了。

民歌的藝術，既是這樣優美，這麼可愛，開始是流行於民間，後來漸爲文人所注意，愛其嫵媚，喜其新鮮，於是民間的俗曲，漸漸影響於當代的曲家，有取民間小曲而作詞者，上述的劉效祖、趙南星，二人成就最大，即金鑾、沈仕、梁辰魚、王驥德、施紹莘諸人集中，亦有鎖南枝、駐雲飛、打棗竿諸作。其次，他們小令中，也時常無形中接受小曲的影響，文字語氣，極爲通俗。這種例子，各人的集中都可看見。不過民間起來的東西，一入文人之手，在初期，還能保存一點眞面目，久而久之，便會變爲一個塗脂抹粉的假美人，原來的天眞活潑的眞面目，消失殆盡了。樂府詩是如此，詞和曲也都是如此，這公例是逃不了的。

第二十八章 清代文學在中國文學史上的地位

一 清代文學是中國舊體文學的總結束

在中國過去的歷史中，外族統治漢人，成功最大的是清朝的滿洲人。他們不像蒙古人那樣殘暴，只靠着武力，苛刻地壓迫漢人。他們所採用的，是武力與懷柔雙管齊下的政策。他們瞭解漢人的心理，儘量的保存漢人的社會習慣、宗教儀式以及傳統的文化與道德。滿人的皇族貴籍，自小就受漢人的教育，同樣受孔孟倫理學的薰陶，同樣能寫蒼老的古文和美麗的詩詞。因此，在清代初年，在那些遺民的腦子裏，固然蘊藏着無限的亡國的仇恨與悲痛。但到後來，時光漸漸過去，仇恨也漸漸淡薄，而終於遺忘，結果漢人全變成了滿洲統治者的忠臣與義僕，在一般人的精神上，只有君臣的名分，幾乎沒有民族仇恨的影子。於是滿洲人建立起來的清帝國，繼續了二百幾十年的壽命，比起蒙古人來，清朝不能不說是得到了大大的成功。

在中國學術史上，清朝是自有其獨特的好地位的。所謂古典學派的樸學，可與先秦哲學、兩漢經學、魏晉玄學、隋唐佛學、宋明理學，前後比美，各爲一個時代思潮的代表。樸學家都是用嚴肅的態度，科學的精神，孜孜不息地努力，在學問上用功夫。無論經學、史學、諸子學、校勘學、小學、地理、金石、辨僞，輯佚各方面，造就了很大的成績。他們從事學問的精神態度，是反對主觀的冥想，傾向客觀的考察，排斥空論，提倡實踐。這種精神的來源，一面是由明末王學末流的空虛浮淺的反動，於是而有黃黎洲、顧亭林、王船山、朱舜水一般人出來，大聲疾呼，攻擊明心見性的空談，提倡經世致用的實學。這些人學問淵博，加以人品道德，能表率羣倫，一倡百和，學風爲之一變。另一方面，是屬於政治的環境，從順治到乾隆，在這一世紀中，滿洲帝王對於漢族的知識階級，是一面用高壓，同時又用懷柔來收拾人心。八股科舉用來吸收青年，山林隱逸和博學鴻詞的薦舉，用來吸收宿儒和遺老。這雖是一種誘奸愚民的工具，然在當日却也網羅了一大批人才。但懷柔政策，畢竟不能全部收效，於是高壓的文字獄，在順、康、雍、乾四朝中，接連着發生，造成了許多悲慘的案件，犧牲了不少的人命。四庫全書的編纂，在文化上自有其意義與價值，然按其實際，實是變態的文化與思想上的統制。在那書編纂的十年間（乾隆三十八年至四十七年），繼續燒書二十四回，燒去的書共一萬三千多部。在這一種文網嚴密思想文化統制的時代，學者的才力，自然是避免與政治發生接觸，於是學術的園地，趨向於古典學的研求。訓詁、校勘、箋釋、蒐補、辨僞、輯佚，都是相宜的工作。在這一種環境下，於是造成了代表清代學術界的古典學派的大運動。梁啓超說：『清代思潮果何物耶？簡單言之，則對於宋、明理學之一大反動，而以復古爲其職志者也。』（清代學術概論）學術思潮是如此，文學思潮亦然。我們看清代二百多年的文學界，無論詩文詞曲，都是走的復古之路。因爲全是走的復古之路，各種作品，都逃不出摹擬與因襲。外表縱是華美可觀，內面總是沒有新奇的生命與創造的精神。作文的擬韓、柳，作詩的擬李、杜，作詞的擬姜、張，作曲的擬張、施，成績最好的，也不過是這般人的影子。在這種地方，我們也不能歸罪於清代人的才力，實際是清代在中國的舊文學史上，是最後的一期，各種文體，如詩文、詞、曲、雜劇、傳奇種種的特色，在各時代，都已發揮殆盡，到了清朝，全變成了舊體與殘骸，任你是大才力的作家，既不能向新文體新形式方面謀發展，只想在那些舊體與殘骸中，灌輸新生命，恢復藝術的青春的力量，實在是不可能的。所以同樣是復古的思潮，在經學、史學、小學及其他各種學問上都有極高的造就，在文學上沒有表現出很大的成績來，那便是文學的生命，賦有一種生命的機能，返老還童，實在不是一件容易的事。因此起於宋、元成長於明代稱爲平民文學的白話小說，到了清代，尚富有青春的生命，其前途還大有可爲。所以小說這一部門，在清代表現了優美的成績，而佔了文學史上重要的地位。我們可以說，代表清代文學的，是那些長篇的白話小說，而不是那些正統派的詩文詞曲。我們在討論這一時代的文學時，是必得注重於小說這一方面的。

梁啓超說：『前清一代學風，與歐洲文藝復興時代相類甚多。其最相異之點，則美術文學不發達也。淸之美術，雖不能謂甚劣於前代，然絕未嘗向新方面有所發展，今不深論。其文學，以言夫詩，眞可謂衰落已極。吳偉業之靡曼，王士禎之脆薄，號爲開國宗匠。乾隆全盛時，所謂袁枚、蔣士銓、趙翼三大家者，臭腐殆不可嚮邇。諸經師及諸古文家，集中多亦有詩，則極拙劣之砌韻文耳。嘉、道間龔自珍、王曇、舒位號稱新體，則粗獷淺薄。咸、同後競宗宋詩，只益生硬，且無餘味。其稍可觀者，反在生長僻壤之黎簡，鄭珍輩，而中原更無聞焉。直至末葉，始有金和、黃遵憲、康有爲，元氣淋漓，卓然稱大家。以言夫詞，清代固有作者，駕元、明而上，若納蘭性德、郭麐、張惠言、項鴻祚、譚獻、鄭文焯、王鵬運、朱祖謀皆名其家，然詞固所共指爲小道也。以言夫曲，孔尚任桃花扇、洪昇長生殿外，無足稱者。李漁、蔣士銓之流，淺薄寡味矣。以言夫小說，紅樓夢隻立千古，餘皆無足齒數。以言夫散文，經師家樸實說理，毫不帶文學臭味；桐城派則以文爲『司空城旦』矣。其初期魏禧、王源較可觀，末期則有魏源、曾國藩、康有爲。清人頗自誇其駢文，其實極工者僅一汪中，次則龔自珍、譚嗣同，其最著名之胡天游、邵齊燾、洪亮吉輩，已堆垛柔曼無生氣，餘子更不足道。要而言之，清代學術在中國學術史上價值極大，清代文藝美術，在中國文藝史、美術史上價值極微，此吾所敢昌言也。』（清代學術概論）梁氏對於各家的批評難免稍有武斷之嫌，尤其對於小說方面，更覺苛刻，但其立論的中心，眞是確切不移的。

雖如此說，清代文學，亦自有其特色。在中國整個文學發展的歷史上，清代文學的職能，是三千年來各種舊文學舊文體的總結束，同時展開二十世紀中國新文學的新局面。二百多年間，由許多擬古派作家的努力掙扎，確實造成了一個舊文學結束的光榮場面。無論作詩文詞曲，他們的態度，都非常嚴肅而認眞。但是，不管他們如何努力，舊的總歸是過去了，代之而起的是新文學。我們研究清代文學，就是要知道在這一總結束期間文壇活動的情形。其次，清朝從順治到嘉慶這一百多年中，國勢較爲安定，民生較爲富裕，反映於文學上的色彩，是典雅富麗，一面是對於帝國威權的頌揚，同時又是對於古典文學表示極端的追戀與摹擬。道、咸以降，外國人的壓迫，內亂的叠起，清帝國的弱點，全部暴露出來，從前不管事的民衆，漸漸注視國家的危機。經過中、日戰爭的失敗到戊戌政變，當日的前進的知識階級，都變成了熱烈的改革份子。辛亥革命起來，淸帝國的生命，終於結束。在這晚淸的幾十年中，無論學術界文學界，比起前一期來，都起了變化。由龔、魏到康、梁的今文學派，很明顯的表現了學術界風氣的轉變。這一期的文學，也不比從前了，如鄭珍、金和、黃遵憲、康有爲諸人的詩，蔣春霖的詞，吳沃堯、李伯元、劉鶚諸人的小說，或映出時代亂離的影子，或表現着民衆悲苦的感情，或暴露政府的懦弱與黑暗，或諷刺官吏的腐敗與貪汚。總而言之，在他們作品中表現出來的，都失去了從前那種雍容典雅的色彩與情調。無論內容形式以及所用的文字與表現的方法，都漸漸改變，一步一步趨於新方向的發展。這一期的文學，實在是中國新舊文學交界的關口。我們很明顯看着舊的由掙扎而毁滅，新的由努力而誕生。這一種大的變動，大的鬬爭，在中國文學史上過去時期中都是沒有過的。在這裏正表現時代的偉大力量。

二　晚明浪漫思潮的餘波

由公安、竟陵領導而風靡明代末年的浪漫文學的思潮，經了政治上的大變動，漸漸地衰微下去而快要銷聲匿跡了。這一種浪漫派的文學思想家，自然是不能容於當時的政治環境，自然不能容於那些正統派的文人和衞道派的漢學家。但在當日競講宗派高唱復古的文壇空氣裏，我們也還能看出一點晚明浪漫思潮的影子。他們那些反古典、主性靈、攻擊衞道以及提倡通俗文學的文學議論，還值得我們重視。在敍述清代的桐城文派運動之前，對於這繼承晚明浪漫派的動態，實有加以檢討的必要。我們只要翻閱過金聖歎、李漁、袁枚諸人的集子，便可明瞭在他們的作品裏，仍然很明顯地表現着那種活躍的精神。

金聖歎　金聖歎（西曆？——一六六一）吳縣人。性情怪誕，狂放不羈，因爲參加反抗政府的貪污的書生運動而遭了慘死。他承繼着公安派的理論，對於通俗文學，予以極高的評價。他把水滸、西廂與離騷、莊子、史記、杜詩同列，稱爲六才子書。他說：『天下之文章，無有出水滸右者，天下之格物君子，無有出施耐庵先生右者。學者誠能澄懷格物，發皇文章，豈非一代文物之林。水滸所敍，敍一百八人，人有其性情，人有其氣質，人有其形狀，人有其聲口。夫以一手而書數面，則將有兄弟之形，一口而吹數聲，斯不免再映也。施耐庵以一心所運，而一百八人各自入妙者，無他，十年格物而一朝物格，斯以一筆而寫千萬人，固不以爲難也。』（水滸傳序三）他這種尊重小說的意見，不用說是受了李卓吾、袁中郎的影響。似他這種批評，能從文學的技術上立論，比起李、袁來，確是進了一步。至於他那些給西廂、水滸與唐詩的評解與讀法，並不見佳。魯迅說他：『原作誠實之處，往往代爲笑談，布局行文，也都硬拖到八股的作法上。』（談金聖歎）這話是對的。不過我們不得不知道金聖歎處的是三百年前的古代，在那時的文壇要提高小說戲曲的地位，講義法作法，甚至拖到八股文裏面去，也是一種必要的戰略，只有這樣，才能在正統文壇的時代，收到攻勢的效果。我們用這種眼光去看金聖歎的文字，是較有意義的。同時，他對於詩的意見，也很可喜。他說：『詩非異物，只是人人心頭舌尖所萬不獲已必欲說出之一句說話耳。儒者則又特以生平爛讀之萬卷，因而與之裁之成章，潤之成文者也。夫詩之有章有文也，此固儒者之所矜為獨能也。若其原本，不過只是人人心頭舌尖萬不獲已而必欲說出之一句話，則固非儒者所得矜為獨能也。』（與家文昌）又說：『詩如何可限字句。詩者人之心頭忽然之一聲耳。不問婦人孺子，晨朝夜半，莫不有之。……唐人撰律，而勒令天下之人必就其五言八句，或七言八句，若果篇必八句，句必五言七言，斯豈又得稱詩乎？』（與許青嶼）這對於詩的意義與形式，說得多麼透澈，我們必得在這些文字裏，才可認識作為文學批評家的金聖歎的眞面目。

李漁　其次是號稱湖上笠翁的李漁（一六一一——一六八五）。他是浙江蘭谿人。性愛自由，喜山水，晚年卜居西湖。他對於人生與文學的態度都與公安一派人近似。他追求藝術化趣味化的生活，他對於他的起居飲食，都能獨出心裁的加以處理與設計。蘭谿縣志中說他：『性極巧，凡窗牖床榻服飾器具飲食諸制度，悉出新意，人見之莫不喜悅，故傾動一時。』在他的著作裏，留下許多描寫生活趣味和山水花草蟲魚的小品文。這些都是清新流麗趣味豐富的文字。他在文學史上的地位，是在他那些對於戲曲的可貴的意見。他自已本來是一個優秀的戲曲作家，中間的曲折艱苦，全都懂得，再加以前人的理論參考比較，因此他的理論，很是透澈而又有條理。他的閒情偶寄卷一卷二，都是戲曲的評論，分為詞曲、演習二部。詞曲部中，尤其精彩。第一論結構，第二論詞采，第三論音律，第四論賓白，第五論科諢，第六論格局，這確是很有組織的一套理論。如論詞采，他主張貴顯淺，重機趣，戒浮泛，忌填塞。論賓白，他主張聲務鏗鏘，語求肖似，詞別繁簡，字分南北，文貴精潔，意取尖新，少用方言，時防陋孔。論科諢，他主張戒淫褻，忌俗惡，重關係，貴自然。這些都是他對於戲曲極精到的見解，確是值得我們佩服的。

袁枚　最後結束這明末的浪漫文學思潮的，是乾隆時代的袁枚。金聖歎盡力於批評小說，李漁盡力於戲曲，袁枚則盡力於詩。他是當日性靈詩派的提倡者。他喜山水，愛聲色，三十八歲就辭官不做，過他的自由浪漫的生活。他對於詩的意見，與袁宏道相同。他反對格調派的擬古與雕琢，反對詩歌要受道德的制裁，他主張詩歌要有眞實的情感與個性的表現，他主張文學是進化的，一時代有一時代的特色。他說：『楊誠齋曰：從來天分低劣之人，好談格調，而不解風趣，何也，格調是空架子，有腔口易描。風趣專寫性靈，非天才不辨，余深愛其言。』他又說：『余往往見人之先天無詩，而人之後天有詩。於是以門戶判詩，以書籍炫詩，以疊韻次韻險韻敷衍其詩，而詩道日亡。』（何南園詩序）他又說：『來諭諄諄教刪集內緣情之作，云以君之才之學，何必以白傅、樊川自累。夫白傅、樊川，唐之才學人也，僕景行之，尚恐不及，而足下乃以爲規，何其高視僕而卑視古人耶？足下之意，以爲我輩成名，必如濂、洛、關、閩而後可耳。然鄙意以爲得千百僞濂、洛、關、閩，不如得一二眞白傅、樊川，以千金之珠，易魚之一目，而魚不樂者何也？目雖賤而眞，珠雖貴而僞也。』（答蕺園論詩書）他又說：『孔門四科，因才教育，不必盡歸德行，此聖門之所以爲大也。宋儒硜硜然將政事、文學、言語一繩捆束驅而盡納諸德行一門，此程朱之所以爲小也。』（答朱石君尚書書）他又說：『三代而後，聖人不生，文之與道離也久矣。然文人學士，必有所挾持以占地步，故一則曰明道，再則曰明道，直是文章家習氣如此，而推究作者之心，都是道其所道，未必果文王、周公之道也。』（答友人論文第二書）在這些文字裏，很清楚地看出袁枚在文學批評上的勇敢態度和那種明末浪漫思潮的影子和精神。但在當日正統文派與古典學派的圍攻的環境之下，明末的浪漫思潮與袁枚的理論，是不得不同歸於盡的。結果是公安、竟陵一派的著作，被判處死刑，燒的燒，毀的毀而成爲禁書了。袁枚也被人罵爲異端而倒下去了。其實這也不全是滿洲君主的主意，而大半是那些衞道的學者文人自己的殘殺。我們試看朱彝尊、沈德潛、紀曉嵐一些正統文人如何攻擊公安、竟陵一派人的著作，劉石庵、王蘭泉、章實齋諸人如何攻擊甚至於陷害袁枚，可知他們對於浪漫思潮是如何的深惡痛絕，那種衞道的精神，又是如何的熱烈。在這種環境下，那種徵聖宗經明理載道的文學理論，自然是蓬勃興起，形成了堅固不拔的壁壘，掌握了文壇的領導權，成爲具體的表現的，便是桐城派領導的古文運動。

三　清代散文與桐城派運動

作爲清代學術的先驅的，是顧亭林、黃宗羲、王夫之諸家，他們都是窮經致用反對虛談的學者。同時他們對於當代的文壇，也給予相當的影響。他們最看不起那些言之無物的擬古的假古董，油腔滑調的應酬文字，和那些反正統倡性靈的浪漫文學，甚至於他們根本就輕視純文學。在他們三人中，顧氏的議論更是激烈透澈。在日知錄裏亭林文集內，再三地發表了他這種主張。他說：『文之不可絕於天地間者，曰明道也，紀政事也，察民隱也，樂道人之善也。若此者有益於天下，有益於將來，多一篇多一篇之益矣。若夫怪力亂神之事，無稽之言，勦襲之說，諛佞之文，若此者，有損於己，無益於人，多一篇，多一篇之損矣。』（日知錄）又說：『宋史言劉忠肅每戒子弟曰：「士當以器識爲先，一命爲文人，無足觀矣。」僕自一讀此言，便絕應酬文字，所以養其器識，而不墮於文人也。』（與人書）在這些文字裏，明末公安、竟陵一派，他們固然是看不起，就是前後七子所標榜的，『文必秦漢、詩必盛唐』的擬古派，他們同樣也是輕視的。至於那些通俗文學小說戲曲之流，無怪他們要視爲妖言野語了。他們要做聖賢，他們理想的文學，是要替聖賢立言的文學，是要明道載道的文學。於是在明代解放過來的文學觀念，又復古到唐朝的韓愈、宋朝的程朱了。

凡是講清初的散文，總是列舉侯、魏、汪三家。侯方域字朝宗，號雪苑（西曆一六一八——一六五四），河南商邱人，有壯悔堂文集。魏禧字冰叔，號勺庭（西歷一六二四——一六八〇），江西寧都人，有魏叔子文集。汪琬字苕文，號堯峯（西曆一六二四——一六九〇，）有堯峯文鈔。他們大都學韓、歐一派的古文，稱爲清初散文界的代表。但現在細看他們的作品，都是內容空洞的虛架子，實在算不得什麼好文章。黃宗羲引陳令升的話說：『侯朝宗其文之佳者，尚不能出小說伎倆，豈足以言名世。』（陳令升先生傳）四庫提要評云：『古文一脈，自明代膚濫於七子，纖佻於三袁，至啓、禎而極敝。國初風氣還淳，一時學者始復講唐、宋以來之矩矱。而琬與魏禧、侯方域稱爲最工。然禧才縱橫，未歸於純粹，方域體兼華藻，惟琬學術最深，軌轍復正。……廬陵、南豐固未易言，要之，接跡唐、歸，無愧色也。』他們的成就，只是唐順之、歸有光一流人物，這批評是極公平的。

方苞　他們在古文運動上，雖沒有建立系統的理論，在創作上雖沒有優美的成績，但因了他們的努力，一掃明末浪漫派小品文的風氣，爲後來的古文復興運動，開啓了一條道路。等到方苞、劉大櫆、姚鼐出來，才正式形成桐城文派的運動，才正式樹立起來桐城派的古文理論。方苞字鳳九，號靈皋，晚號望溪（西曆一六六八——一七四九，）有望溪文集。劉大櫆字才甫，號海峯（西曆一六九八——一七七九），有海峯文集。姚鼐字姬傳（西曆一七三一——一八一五），是劉大櫆的弟子，有惜抱軒文集。他們都是安徽桐城人，都努力提倡古文，因此叫他們做桐城派。

方苞的文學思想，在答申謙居書中說得最清楚。『僕聞諸父兄，藝術莫難於古文。自周以來，各自名家者，僅數十人，則其艱可知矣。蓋古文之傳與詩賦異道，魏、晉以後，姦僉汚邪之人，而詩賦爲衆所稱者有矣，以彼瞑瞞於聲色之中，而曲得其情狀，亦所謂誠而形者也。故言之工而爲流俗所不棄。若古文則本經術者依於事物之理，非中有所得，不可以爲僞。故自劉歆承父之學，議禮稽經而外，未聞姦僉汚邪之人，而古文爲世所傳述者。韓子有言：行之乎仁義之道，游之乎詩書之源，茲乃所以能約六經之旨以成文，而非前後文士所可比並也。姑以世所稱唐、宋八家言之，韓及曾、王，並篤於經學，而淺深廣狹醇駁等差各異矣。柳子厚自謂取原於經而掇拾於文字間者，尚或不詳。歐陽永叔粗見諸經之大意而未通其奧，蘇氏父子則慨乎其未有聞焉。比核其文，而平生所學不能自掩者也。……苟志乎古文，必先定其所嚮，然後所學有以爲基，匪是，則勤而無所若。夫左史以來相承之義法，各出之徑途，則期月之間可講而明也。』他又在古文約選序例中說：『蓋古文所從來遠矣，六經、語、孟其根源也。得其支流而義法最精者，莫如左傳史記。』在這些文字裏，我們可以看出他的主張：

一、作文的目的，不僅是做一個文人，同時還要做聖人。唐、宋八家的文章是好的，但是他們所載的道還是不够，得之於六經的根底還不厚。所以他們的古文，尚未達到最高的標準。程、朱的義理是好的，文章却又不够。因此他們主張文道合一，於是聖賢文人成爲一體了。『學行繼程、朱之後，文章在韓、歐之間，』正好寫出他們的志願。

二、他們的文統，最高的偶像是六經、語、孟，其次爲左傳、史記，其次爲唐、宋八家，最後是明朝的歸有光。

三、他把古文與稱爲純文學的詩詞歌賦，截然分開，對於小說戲曲更加輕視，使他們成爲正統文學的附庸。

上面是方苞文學思想的重心，也就是桐城派最高的理論。他這些意見，同韓、歐所講，相差眞是有限得很。其次我們要注意的，就是他們所講的古文義法。所謂義法，方苞說：『春秋之制義法，自太史公法之，而後之深於文者亦具焉。義卽易之所謂言有物，法卽易之所謂言有序也。必義以爲經，而法緯之，然後爲成體之文。』(書史記貨殖傳後)這幾句話，表面說得確是不錯，言有物，是說文章要有內容；言有序，是說文章要有條理要有佈局。不過，他們所說的內容，是有關聖道的內容。正如方苞所說：『非闡道翼教有關人倫風化不苟作。』這樣一來，內容仍然是一個空架子，而他們所注重的，只是一個形式。方苞又說：『南宋、元、明以來，古文義法不講久矣。吳、越間遺老尤放恣，或雜小說，或沿翰林舊體，無雅潔者。古文中不可入語錄中語，魏、晉、六朝人藻麗俳語，漢賦中板重字法，詩歌中集語，南北史佻巧語。』（評沈椒園文）又說：『凡爲學佛者傳記，用佛氏語則不雅，子厚、子瞻皆以茲自瑕，至明錢受之，則直如涕唾之令人殼矣。豈惟佛說，卽宋五子講學口語，亦不宜入散體文，司馬氏所謂言不雅馴也。』（答程夔州書）可知他對於文章最高的理想，是「雅潔」「雅馴。」這樣一來，桐城派所講的義法，變成了有法無義的東西。錢大昕說他，『法且不知，義於何有？』（與友人論文書）王若霖說他：『以古文爲時文，以時文爲古文。』（錢氏跋方望溪文引）這批評都很深刻。

姚鼐　劉大櫆在作品與理論上，雖無重要的建樹，但他在桐城派的系統上，却是重要的橋樑。鼎大名的姚鼐，就是他的學生。姚鼐一面寫作雅正謹嚴的散文，一面發揚方苞的理論。他說：眞正的古文家，『義理考證文章，缺一不可，』他又說：『不能發明經義，不可輕述。』他費了很大的工夫，替學古文的編了一本教科書，那就是一直到現在還在社會上流行的古文辭類纂。這一部古文選本，成爲二百年來青年人學古文的聖經。他在這部書的卷頭，發表他論文的意見說：『凡文之體例十三，而所以爲文者八：曰神、理、氣、味、格、律、聲、色。神理氣味者，文之精也；格律聲色者，文之粗也。然苟舍其粗，則精者亦胡以寓焉。』他說得似乎很抽象，其實也很簡單。神理氣味，是論文章的內容與精神，格律聲色，是論文章的修辭與形式。不過後來的人故意牽强附會，愈講愈糊塗了，至於他在復魯絜非書中所提出來的陰陽剛柔說，那只是因爲作家性格或地方環境的不同，而在作品上表現出不同的風格，這本是很普通的意見，經他一說到什麼『文者天地之精英，』『惟聖人之言統二氣之會而勿偏，』於是又變爲神秘奧妙的東西而令人莫測高深了。

劉大櫆的門徒，除了姚鼐以外，還有王悔生、錢魯斯。王、錢二氏是張惠言作古文的導師。張惠言與其友人惲敬俱以文名，因同是陽湖人，故有陽湖派之稱。張惠言說：『余學爲古文，受法於摯友王明甫，明甫古文法，受之其師劉海峯。』（書劉海峯文集後）又說：『魯斯謂余，吾嘗受古文法於桐城劉海峯先生，顧未暇以爲，子儻爲之乎？余愧謝未能，已而余遊京師，思魯斯言，乃盡屏置往時所習詩賦不爲，而爲古文，三年乃稍稍得之。』（送錢魯斯序）這樣看來，張惠言應該是桐城嫡派，爲什麼另立名目？這原因是他們一面作古文，同時又喜作駢體。其次，他們除取法六經八家外，同時兼取子史雜家。吳仲倫批評惲敬的文章說：『先生之治古文，得力於韓非、李斯，與蘇明允相上下，近法家言。……先生於陰陽名法儒墨道德之書旣無所不讀，又兼通禪理。』（惲子居先生行狀）這顯然與方苞、姚鼐是大不相同了。因此他們的文章，筆勢較爲放縱，詞意較爲深厚，但不及方、姚的雅正，我們可以認作是桐城派的旁流。

到了姚鼐，桐城文派確實形成了一個有力量的運動。他晚年主講鍾山書院，蔚然爲一代文宗。名弟子有管同、梅曾亮、方東樹、姚瑩諸人，各地傳授師說，加以姚氏的友好，隨聲倡和，展轉稱譽，於是江南諸省，都散佈了他們的勢力。不過徒衆雖多，文章旣無特色，學問亦不深厚，所以他們在這方面，並沒有多大的成績。使桐城派的力量更加雄厚，理論更加發揚光大起來的，是咸豐年間的曾國藩。

曾國藩　曾國藩字滌生，號伯涵（西曆一八一一——一八七二），有曾文正公全集。他在清代正統文學的歷史上，正如他在政治史上一樣，是一個中興的功臣。他的學術思想是調和漢、宋兩派，文章是繼承方、姚，詩喜黃山谷，爲晚清宋詩派的倡導者。曾氏天資雖非傑出，但用工勤，學力深，在他軍事連延的十幾年中，從未一日離開書本。他性情誠篤，言行合一，更加以學問根底的深厚，發之於文，內容充實，淵雅閎潤。姚鼐雖以義理、考據、詞章三者並重之說，號召徒衆，其義理旣淺，考據所得亦不甚多，取其術者僅僅是那一點作文的義法。展轉相傳，難免流於膚淺。曾國藩出，超絕流俗，桐城派爲之一振。薛福成說：『桐城派流衍益廣，不能無窳弱之病。曾文正公出而振之。文正一代偉人，以理學經濟發爲文章，其閱歷親切，迥出諸先生上，早嘗師義法於桐城，得其峻潔之旨。平時論文，必尊源六經、兩漢，故其爲文，氣清體閎，不名一家，足與方、姚諸公並峙。其尤嶢然者，幾欲誇越前輩。』（寄龕文存序）黎庶昌也說：『循曾氏之說，將盡取儒者之多識格物，博辨訓詁，一納諸雄奇萬變之中，以矯桐城末流虛車之飾。……本期文章，至曾文正公，始變化以臻於大。』（續古文辭類纂序）在這些文字裏，一面可以知道曾氏復興桐城派的功績以及他在清代散文界的地位；同時，也可以看出曾氏論文的範圍大爲擴展，其取精用宏之態度，遠非方、姚所能及。曾氏自己說得好。『聞此間有工爲古文詩者，乃桐城姚郎中鼐之緒論，其言誠有可取。於是取司馬遷、韓愈、歐陽修、曾鞏、王安石及方苞之作，悉心而讀之。其他六代之能詩者，及李、杜、蘇、黃之徒，亦皆泛其流而究其歸。……於漢、宋二家構論之端，皆不能左袒，以附一鬨，於諸儒崇道貶文之說，尤不敢雷同而苟隨。……僕竊不自揆，謬欲兼取二者之長，見道既深且博，而為文復臻於無累。』（致劉孟容書）這樣看來，曾氏再振的桐城文派，已全非昔日之舊。見識的宏通，範圍的廣濶，決不是那些抱殘守缺津津於義法之徒所可比擬的了。在曾選的經史百家雜鈔一書中，很明顯地反映出他對於聖賢與文學的觀點的轉變。古文辭類纂的編者把經書不敢看作文章的，他現在大膽地也選進那一部古文教科書中了。至於他在復陳太守寶箴書所說的那些不摹擬，不誇張，佈局謹嚴，字句通順的戒律法度，那只是一些作文的經驗之談，並不是宣傳什麼義法。黎庶昌說他『自歐陽氏以來，一人而已，』可見當代文人推崇之盛。

曾氏督師開府，前後二十年。文章既為一代之冠，又態度謙虛，招攬才學，一時為文者，幾無不出曾氏之門。薛福成敍曾文正公幕府賓僚，共八十三人，除十數人不以文學見稱外，其餘皆為知名之文士。此輩文士，或為其友人，或為其弟子，或為其幕僚，振頹起衰，豪彥從風。當年盛況，可想而知。在這一大羣人中，吳南屏、莫友芝、郭嵩燾、李元度、俞樾、吳汝綸、黎庶昌、張裕釗、薛福成諸人俱有名。但他們的才學，遠不如曾，不能在這方面，建樹多大的成績。於是曾氏一死，中興起來的古文局面，也就趨於衰微。雖說衰微，其影響仍及於季世。如嚴復、林琴南之受古文法於吳汝綸，固是桐城嫡派，其他在當日稱為新思想家如梁啓超、譚嗣同諸人，在初期亦無不感染其影響。一直到新文學運動起來，這一勢力才宣告了死刑。

桐城派的古文運動，在清代的文學思潮上，自然是主流。但在那復古的潮流中，駢體的風氣，也很流行，名家也出了不少。如陳維崧、吳綺、章藻功諸人，爲初期的代表，陳名尤著。乾、嘉之際，胡天游、汪中以外，有袁枚、邵齊燾、劉星煒、孫星衍、吳錫麒、洪亮吉、曾燠、孔廣森八大家之稱，汪中尤爲傑出。到了晚清，此風仍盛，如皮錫瑞、李慈銘、王闓運諸人，俱是駢文作手。這些人對於文章的見解，大都與桐城派的議論相反。如汪中、李兆洛、曾燠、孔廣森之流，都主張駢散並重，並無上下輕重之分。阮元父子，則主張文筆分立，只有駢文才是美文，才能算是文學。清末的王闓運也贊成這種意見，說：『複者文之正宗，單者文之別調。』這明明是宣佈只有駢文才是文章的正統。不過無論從文學的生命上，或是從文章的應用上講，比起桐城派所提倡的散文來，駢文是更無前途的，因此，關於這一方面的情形，不必講述了。

第二十九章　清代的詩歌與詞曲

一　清代的詩

清代詩人喜言宗派，在當日的復古潮流中，作者大都取法前代，好尚不同，取舍各異，遂有門戶派別之分。各家所說不同，舉其大要，唯有尊唐、宗宋二大流而已。主唐者言神韻，言宗法，言格調，言肌理，而又有初唐、盛唐、晚唐之分。宗宋者，反流俗，排淫濫，以文入詩，又有蘇、黃、劍南之別。然亦有自抒胸臆，試創新體，不爲唐、宋所囿者，但爲數不多。以時代言，亦有差異：道、咸以前，國勢穩定，詩人或尚典雅，或寫性靈，各家所作，俱與現實社會無關；及於世亂，詩風一變，作者身經艱苦，頗多憤世哀時之音。較之那些專講格調聲律的古典詩來，無論形式內容，都起了很大的變化。

錢謙益、**吳偉業**　清初詩壇，首推錢謙益、吳偉業二家。他倆同是遺民，又同是清初詩壇的領導者。吳氏宗唐，錢氏尚宋，故其成就影響各異。錢字受之，號牧齋（西曆一五八二——一六六四），江蘇常熟人，有初學集及有學集。他的文學思想，頗近公安一派，他反對明代王、李所標榜的詩必盛唐說，對於他們那些摹擬形似的作品，加以激烈的攻擊。他提倡宋、元的詩，他推崇蘇東坡、元好問。馮班說：『牧翁每稱宋、元人，以矯王、李之失。』（鈍吟雜錄）錢氏這種見解，給與當日詩壇很大的影響。到了康熙年間，吳之振編的宋詩鈔，顧嗣立編的元詩選，都先後在這潮流中問世了。宋犖說：『近二十年，乃專尚宋詩。』（漫堂說詩）納蘭性德也說：『人情好新，今日忽尚宋詩。』（淥水亭雜識）這一種尚宋的風氣，實由錢謙益開其端。至於他的作品，集中頗多應酬之作，自然難免蕪雜處。在各體中，確實也還有些好詩。

吳偉業字駿公，號梅村（西曆一六〇九——一六七一，）江蘇太倉人，有梅村集。他的詩，才華豔發，辭藻美麗，尤長於七言歌行。及乎國變，身經喪亂，詩多激楚蒼涼之音。所記多明末史事，尤爲難得。四庫提要評其詩：『格律本乎四傑，而情韻爲深。敍述類乎香山，而風華爲勝。』所論極確。他的長歌如圓圓曲、永和宮詞、短歌、楚兩生歌、悲歌贈吳季子等篇，都是他的代表作品。他身事二朝，後人多病其名節。在他過淮陰有感詩中云：『我本淮王舊鷄犬，不隨仙去落人間。』便知道他心中所感到的苦痛了。

宗唐詩派 錢、吳以後，詩崇盛唐而能領袖騷壇者，爲王士禎。王字貽上，號阮亭，又號漁洋山人（西曆一六三四——一七一一），山東新城人，有精華錄。他曾從錢牧齋學詩，却不歡喜宋、元一派，他接受錢氏最反對的嚴羽論詩的理論，創爲神韻一派，而以詩的神情韻味爲詩的最高境界。他反對重修飾、掉書袋、發議論、無生氣的詩，他最愛古澹自然清新蘊藉的情調。他欣賞司空圖詩品中所標舉的，『不着一字，盡得風流；』『采采流水，蓬蓬遠春』的意境。他爲實踐他這種理論，選了唐賢三昧集，以王維、孟浩然的作品爲主，作爲學詩的範本。他說：『吾疾夫世之依附盛唐者，但知學爲九天閶闔、萬國衣冠之語，而自命爲高華，自矜爲壯麗，按之其中，毫無生氣。三昧集之選，要在剔出盛唐眞面目與世人看。』（然燈紀聞）他有論詩絕句云：『曾聽巴、渝里社詞，三閭哀怨此中遺。詩情合在空舲峽，冷雁哀猿和竹枝。』其論詩的旨趣，由此可見。在當日宋詩流行的風氣中王氏之說出，一時天下奔走，翕然相應。於是漁洋山人，便成爲一代詩壇的盟主。我們現在讀他的作品，覺得眞能實踐他的理論，表現神韻的特色的，是他的七言絕詩。其他各體，雖不無佳作，但仍然犯了他所厭惡的掉書袋用僻典的弊病。因爲專從神韻，只宜於短詩，長篇並非所宜。趙翼也說：『專以神韻勝，但可作絕句。元微之所謂鋪陳終始，排比聲韻，豪邁律切者往往見絀。』規模過小，確是神韻詩派的缺點。

『吳頭楚尾路如何！煙雨深秋暗白波。晚趁寒潮渡江去，滿林黃葉雁聲多。』（江上）

『青草湖邊秋水長，黃陵廟口暮煙蒼。布帆安穩西風裏，一路看山到岳陽。』（送胡耑孩赴長江）

『危棧飛流萬仞山，戍樓遙指暮雲間。西風忽送瀟瀟雨，滿路槐花出故關。』（雨中渡故關）

這些都是他的好詩。他所講的言外之意，味外之味，他所愛的古澹自然清新蘊藉的風致，在這些詩中，都可領略得出。在清代詩史上，王漁洋的絕句，確是重要的收穫。

在尊唐的主流中，與王士禎同時，或稍後，尚有施閏章、宋琬、朱彝尊、趙執信、沈德潛、翁方綱諸家，俱有詩名。施字尚白，號愚山（西曆一六一八——一六八三），安徽宣城人，有愚山全集。

施五古善寫自然，有王、孟風致。近體宗杜，以規矩工力見長。漁洋詩宗神韻，佳者自然高妙，至其末流，多成虛響。愚山乃以繩墨學問救之。一主虛悟，一主實修，兩家得失，由此可見。宋琬字玉叔，號荔裳（西曆一六一四——一六七三），山東萊陽人，有安雅堂集。詩與愚山齊名，時稱為南施北宋。荔裳尊杜、韓，七律七古時有佳作，音節蒼涼，恰好表現北方人那種雄健的氣質。

朱彝尊是清代古典詩人的代表，與王士禎抗衡，其詞名尤著。詩宗初唐，亦喜北宋，至於少作永嘉諸小詩，頗富王、孟自然之趣。他學問淵博，工力深厚。作詩喜誇耀才學，爭奇鬥勝，掉書袋，用險韻。作者以此自喜，其實有傷詩的情趣。趙執信云：『王才美於朱，而學足以濟之，朱學博於王，而才足以舉之。朱貪多，王愛好。』（談龍錄）寥寥數語，把王、朱二家的異同得失和他們的性情，說得極為確切，所謂貪多愛博，正是古典文人通有的弊病。

趙執信字伸符，號秋谷（西曆一六六二——一七三四），山東益都人，有飴山詩集。他是王漁洋的甥婿，初甚相得，後以小怨互相詬病，至終身不和。其聲調譜，得之王氏，再觀其談龍錄、對漁洋所不滿意的，都是一些小節。論詩以『簡澹高遠興寄微妙為最可貴，』亦與漁洋所論不遠。惟王詩以才情勝，其流弊傷於膚廓，秋谷矯以深刻，故詩宗晚唐。四庫提要說：『王以神韻縹緲為宗，趙以思路劖刻為主。』正是這個意思。沈德潛字碻士，號歸愚（西曆一六七四——一七六九），江蘇長洲人，有歸愚詩鈔。他論詩主盛唐，倡格調，在乾隆一朝，聲譽極隆。所作雍容典雅，歌功誦德，實為臺閣詩人的典型。所選古詩源、唐詩別裁、明詩別裁、國朝詩別裁諸書，風行一時。洪亮吉評其『從之遊者，類皆摩取聲調，講求格律，而眞意漸漓。』（西溪漁隱詩序）這話說得很眞切。翁方綱字正三，號覃溪（西曆一七三三——一八一八），順天大興人，有復初齋詩集。翁氏爲經史考據及金石的專門學者，故其詩實質充厚，缺少性靈。論詩頗喜神韻一說，但容易流於膚淺，故別倡肌理說以補救之。所謂肌理，想用學問做根底，增加實質，增加骨肉，使詩能走到外表空靈、內容質實的地步。但翁氏的作品，並未能實踐他的理論，金石考證，雜錯其間，眞變爲一種學問詩了。洪亮吉說：『有誤傳翁閣學士方綱卒者，余輓詩云：「最喜客談金石例，略嫌公少性靈詩。」蓋金石學爲其專門，詩則欲入考訂也。』（北江詩話）本來在當日樸學正盛時期，作詩喜言學問，正是一種時代的風氣。錢大昕、孫星衍諸人的詩，都有這種傾向。不過翁方綱發爲理論，自成詩說，而成爲一派的代表。

上列諸家，雖論見不同，立場各異，但尊唐這一大目標是相同的。在這一主流中，就地位與成績而論，王漁洋實爲領袖。他有許多好詩，確能表現他特有的個性與風趣，非他家所能到。這便是他過人的地方。

尊宋詩派　錢謙益而後，正式標榜宋詩者，有宋犖、查愼行、厲鶚諸家。宋犖字牧仲，號漫堂（西曆一六三四——一七一三），河南商邱人，有西陂類稿。池北偶談記其嘗繪蘇軾像，而己侍立其側，可見對於東坡之愛好。論詩意見，具見漫堂說詩中。所作縱橫奔放，刻意生新，一時與漁洋爭名。查愼行字初白（西曆一六五〇——一七二七），浙江海寧人，所著有敬業堂集。詩崇蘇、陸，曾補註蘇詩五十二卷。四庫提要云：『觀愼行近體，實出劍南。核其淵源，大抵得諸蘇軾爲多。觀其積一生之力，補註蘇詩，其得力之處可見矣。明人喜稱唐詩，自康熙初年，窠臼漸深，往往厭而學宋，然粗直之病亦生焉。得宋人之長而不染其弊，數十年來，固當爲愼行屈一指也』。可見查愼行在宋詩派的地位。厲鶚字太鴻（西曆一六九二——一七五三），浙江錢塘人，有樊榭山房集。他如朱彝尊一樣，詩詞俱算大家。他著有宋詩紀事百卷，爲研究宋詩有名的學者。他的才學極高，但他喜用冷字僻典，容易流於飣餖撏撦的弊病。袁枚說：『吾鄉詩有浙派好用替代字，蓋始於宋人而成於厲樊榭。』（隨園詩話）這就是宋派詩人主新奇反流俗的惡果。但在樊榭山房集中，並不是沒有蒼涼清麗的好作品，如晚過梁溪有感最後四句云：『三面看山暝色催，舊遊零落使人哀。依稀第二泉邊路，半在蒼煙落葉堆。』這可愛的意境，只可於東坡詩中見之。

其次我們要論到的是趙翼。趙字雲松，號甌北（西曆一七二七——一八一四），江蘇陽湖人，著有甌北詩集。他對於王漁洋的神韻說，深表不滿。他論詩雖沒有正式標榜宋詩，但他的文學精神，却是從宋詩中得來。他在詩中歡喜發一點小議論，表現一點諷刺與詼諧，不裝腔作勢，不講什麼格調宗法，只是像講話作文一般，隨意抒寫出來，然而又不浮淺，令人領略到一點言外之音。最能表現這種特色的，是他的五古，如閒居讀書、後園居詩、偶得、雜題諸篇，都很有趣味。如閒居讀書之一云：

『後人觀古書，每隨己境地。譬如廣場中，環看高臺戲。矮人在平地，舉頭抑而企。危樓有憑檻，劉楨方平視。做戲非有殊，看戲乃各異。矮人看戲歸，自謂見仔細。樓上人聞之，不覺笑歕鼻。』

這一種平鋪直敍作詩如說話的語氣，似嘲似謔的情調，確是他的特色，在淸人詩中是少見的。

性靈詩派　性靈詩說，倡於袁枚，與其態度情趣大略相似者，尙有鄭燮、黃景仁、張問陶諸家。乾、嘉時期，詩壇上宗法格調之說，風靡一時。袁氏以性靈號召，耳目一新，使詩歌的生命，得一解放。他在文學上的理論，我在上一章裏，已有介紹。但是他的作品，並不能實踐他的理論，好處自然是淸新流麗，壞處便是浮淺與油滑。故其詩品不高，正與其人品相似。因此歡喜他的，給他極高的讚美；不歡喜他的，給他無情的譴責。

鄭燮號板橋（西曆一六九一——一七六四），江蘇興化人，有板橋集。他做過短期的縣官。因病乞歸，寄居揚州，賣畫度日。他有一首寄弟的四言詩云：『學詩不成，去而學寫。學寫不成，去而學畫。日賣百錢，以代耕稼。實救困貧，託名風雅。免謁當途，乞求官舍。座有淸風，門無車馬。』這裏正好表現他的眞性情、好品格。他的文藝，正如他的生活一樣，奔放自由，處處表現一個眞實。他固無古典文人的典麗氣，也無袁枚式的名士氣，他只有一個天眞的浪漫主義者。他的詩詞、道情、題跋以及信札一類的文字，都表現這天眞和浪漫。同時因爲他出身貧苦，瞭解下層社會的實況，對於勞苦民衆，持有豐富的同情。在他的作品裏，充滿着人道主義的色彩。如思歸行、逃荒行、還家行，都是很好的社會文學。

黃景仁字仲則（西曆一七四九——一七八三），江蘇武進人，有兩當軒集。他是一位典型的落魄江湖懷才不遇的才子。他因爲身世淒涼，貧病交迫，養成一種多愁善感的氣質。這一種氣質，佈滿他的作品。『十年挾瑟侯門下，竟日驅車官道旁，』是他的落拓生活的表白。『獨立市橋人不識，一星如月看多時，』是他的寂寞無依的心情的表現。『全家盡在寒風裏，九月衣裳未剪裁，』正寫出了他可憐的窮愁。他的詩能得到多數情感豐富的青年們的共鳴，正在這些地方。他作詩尊崇太白，但在那些雄放的句子裏，總缺少太白那種曠達飄逸人生觀，而隱藏着無限的悽愴和不平的哀怨。因此，他的詩不暇講求格調聲律，只是眞性眞情的流露。也就因爲如此，他的作品，有許多覺得平淺無味，令人發生一種個人主義色彩過於濃厚的感覺。大抵七古七絕，最能代表他的個性，七律意味多不深厚，即爲畢沅所歎賞的都門秋思四首，也很平常。

張問陶字樂祖，號船山（西曆一七六四——一八一四，）四川遂寧人。有船山詩草。他論詩的意見，與袁枚相同。『文場酸澀可憐傷，訓詁艱難考訂忙。』（論文）『寫出自身眞閱歷，强於飣餖古文書。』這是他對於當日那些講學問喜堆砌的古典詩人的諷刺。他又說：『詩中無我不如删，萬卷堆床亦等閑。』（論文）『文章體製本天生，祇讓通才有性情。模宋規唐徒自苦，古人已死不須爭。』（論詩）他的態度很明顯，他反對學詩標榜唐、宋，他反對講格調宗法，反對掉書袋用奇典冷字，他主張詩中要有我，要有眞性情。他自己雖聲明沒有學隨園，但其理論，實是隨園性靈說的宣揚者。他的作品，七律較勝。比起鄭板橋、黃仲則二家來，才華聰明有餘，個性表現不足，其缺點正與袁枚相同。

乾、嘉以迄道光，以詩名者，尚有蔣士銓、舒位、王曇、龔自珍諸人。蔣士銓與袁枚、趙翼齊名，稱江左三大家。蔣以戲曲見長，詩詞較遜。舒位有瓶水齋詩集，詩才縱橫，思路深刻。於格調性靈之外，卓然自立。趙翼跋他的詩集說：『無一意不奇，無一語不妥，無一字無來歷，能於玉溪、長吉之外，自成一家。』對他的推崇，可謂備至。我們細看他的作品，並不能使人感到多大的滿意。王曇有煙霞萬古樓集。性好遊俠，喜弓矢，兼通兵家言，一反南方文人婉約溫和的氣質。慷慨悲歌，不可一世，其詩風雄健，時有佳篇。龔自珍有定盦全集，較諸家爲晚出。龔氏深通經學，清代學術之轉變，實開其端。與湖南魏源齊名。其文故作拗格，愛之者歎爲新奇，惡之者譏爲僞體。詩亦有盛名，其七絕七律，尤多膾炙人口之作。

晚清詩人　道、咸以降，作者又喜言宋詩。曾國藩、何紹基、鄭珍、莫友芝、金和倡之於前，所謂同光體者如沈子培、陳三立、鄭孝胥之徒繼之於後。於是宋詩運動，遂成爲晚清詩壇的主流。還有王闓運提倡漢、魏、盛唐的詩，但其成就，在於擬古。至於清末，潮流漸變，作者守舊無術，競言新體，遂有黃遵憲、譚嗣同、康有爲、梁啓超新派詩的產生。由鴉片戰爭到辛亥革命的數十年中，社會生活與人民心理，都起了空前的變化，但當代詩人，多輕視現實，作詩的目的，仍不外是陶養性情，自求典雅。較能替當日的時代社會留下一點影子而可作爲當日詩壇的代表的，只有鄭珍、金和、黃遵憲數人。至於王闓運，雖望重一時，實在是一個假古董，用他來作爲中國舊詩壇的結束人物，眞是最適當的了。

鄭珍與金和　鄭珍字子尹（西曆一八〇六年——一八六四），貴州遵義人，有巢經堂全集。他因科舉不利，困處窮鄉，生活潦倒，心境惡劣。他哭弟詩中有『半生惡命』『長餓何由』之歎，可見其境遇之苦。發之於詩，故能自成一種悽愴沈鬱的風格。到了晚年，太平天國的變亂，貴州首當其衝，給與他生活上的影響與打擊，更是厲害。他不是高官巨富，他同現實社會發生密切的聯繫。因此由他個人的悲苦，擴展到社會的悲苦。他自己說：『遭時世之亂，極生人之不堪，流離轉徙，致於窮且死。』因爲這一種現實生活的環境，使他的詩，更趨於寫實的嚴肅的境地，比起那些古典的唯美的性靈的詩人來，他的作品，是大增其社會的價值了。陳衍評他：『歷前人所未歷之境，狀人所難狀之狀。』（石遺室詩話）這一面固然要依賴他的才學，同時，要在於他所體驗的實際的社會狀況人生經驗，以及和旁人不同的作詩態度。

金和字亞匏（西曆一八一八——一八八五），江蘇上元人，有秋蟪吟館詩鈔。洪、楊圍攻南京時，他陷在城中。他結合一些同志，想在城中作官兵的內應，結果官軍無能，以致失敗。他有這些生活的經驗，和對於官軍與社會心理的觀察，寫了許多極有價值的敍事體的社會詩。他的詩最大特色，是打破前人一切的束縛，用說話體、散文體、日記體來寫作。關於這一點，在當代的詩壇，任何人都比不上他。他自題椒雨集說：『是卷半同日記，不足言詩。如以詩論之，則軍中諸作，語言痛快，已失古人敦厚之風，尤非近賢排調之旨。』他又在詩中說明他的態度云：『所作雖不純乎純，要之語語皆天眞。時人不能爲，乃謂非古人。』不錯，他的作品，確實缺少敦厚之風，缺少典雅之氣，然而是大膽的、天眞的、新鮮的、有生命的。有時是諷刺，有時是詼諧，更令人感着一種特殊的風趣。

黃遵憲 用鄭珍、金和代表洪、楊，用黃遵憲代表甲午，都是最適宜的。這兩個激變的時代的種種畫圖，在他們的作品裏，活活地反映出來。黃氏字公度（西曆一八四九——一九〇五），廣東嘉應州人。著有人境廬詩草。他做過外交官，到過日本、英、美。論詩最反對拜古擬古，好的詩要有個性，要有自我的面目。他說：『我手寫我口，古豈能拘牽。卽今流俗語，我若登簡編，五千年後人，驚爲古爛斑。』（雜感）他又說：『各人有面目，不必與古人同。吾欲以古文家抑揚變化之法作古詩。』他在詩的創作上，極富於解放的精神，因爲他不反對流俗語，不反對土語方言，所以他能欣賞他的故鄉和日本的民歌，而能寫作山歌、都踊歌那一種民歌新體詩。他的作品，有兩個特色：一、是在取材方面，他能正視現實，抓住時代，甲午前後政治社會上的種種實情，都收在他的詩裏。如悲平壤、東溝行、哀旅順、哭威海、馬關紀事、降將軍歌、臺灣行、度遼將軍歌、初聞京師義和團事、外國聯軍入犯京師等作，都是詩的歷史，也都是歷史的詩。在這地方，比起鄭珍、金和，甚至杜甫來，他更實踐了社會詩人的任務。二、在表現方面，他能在舊體詩裏，注輸新言語、新思想，生出一種新的意境來。梁啓超說：『近世詩人能鎔鑄新理想以入舊風格者，當推黃公度。』（飲冰室詩話）正是指的這一點。

王闓運 字壬秋，號湘綺（西曆一八三二——一九一六），湖南湘潭人，有湘綺樓全集。他論詩說：『古人詩以正得失，今之詩以養性情。古以教諫爲本，專爲人作；今以託興爲本，乃爲己作。』這是他論詩的意見。不過他作詩卻一意擬古，時代同詩人離得很開，那一個激變的社會，並沒有在他的作品裏，留下深刻的影子。現在我們翻讀他的詩集，他認爲滿意的，都是一些摹擬的古董。但是他的工力深厚，在古典詩人的範圍裏，他仍掌握着詩壇的權威。汪國垣作光宣詩壇點將錄，請他坐了頭把交椅。他的五古學漢、魏，近體宗盛唐，在摹擬這一點上講，成績是不錯的。也就因爲如此，他喪失了自己的個性和自己的時代，他的個性和時代，都埋藏於曹子建、鮑明遠這一些人的骸骨中了。陳衍說：『湘綺五言古，沉酣於漢、魏、六朝者至深，雜之古人集中，莫能辨正，惟其莫能辨，不必其爲湘綺之詩矣。蓋其墨守古法，不隨時代風氣爲轉移，雖明之前後七子無之過。』這些話說得極好。明、清以來，所謂古典派的詩人，大都犯了這種弊病。但用王湘綺來結束中國兩千年來的舊體詩，實在是最適當的人物。

二　清代的詞

詞在清代二百餘年中，其發展的過程，雖與詩文同樣是走的復古擬古的路，但其成就，確在詩文之上。我們現在細讀清人的作品，知道他們對於詞的製作，對於詞的中興運動，實在是盡了很大的心力，無論審音守律，修辭用字，都非常認眞，態度的嚴肅，遠非明人可比。詞學的研討，詞集的校刊和整理，俱留下了很好的成績。故論詞者，對於清代，或有振衰之稱，或有極盛之譽。不過無論如何，詞的生命是結束了。從晚唐發展起來的詞，到了清朝，經過多少作家的最後努力，作了一個光榮的結束。

一、納蘭性德及其同派的作家　敍述清代詞人，當以納蘭性德爲始。他原名成德，字容若（西曆一六五四——一六八五），滿洲正白旗人，太傅明珠之子。他出身貴族，聰敏好學。十七歲補諸生，二十二年成進士，官侍衛。後因出使北方，盛夏得病死，年只三十一歲。著作有通志堂經解、淥水亭雜識、飲水詞與側帽詞。詞最有名，爲清代詞人之冠，有人稱他爲清朝的李後主。在風格上，在生活上，在藝術的成就上，他倆人都有相似之處。他們都是貴族，物質生活絕無半點缺陷，但是在他們的作品裏，同樣充滿了哀愁和悽怨，粗眼看去，似乎是無病呻吟，其實在一個人的生活過程中，除了物質一部份，精神上同樣使你感到無法排解的悲痛，生死無常，人生如夢，家國之感，悼亡之情，這一些因素，造成這兩位貴族青年的藝術的心境與靈魂。他們都是入世不深的主觀的殉情的青年，唯其如此，才能在他們的作品裏，表現那一種非老年人非懂得人情世故的人們所能表現的天眞和最沉痛的詩句。不用說，他們表現在文學上的精神，是貴族的、浪漫的，但是那種情感，却是最眞誠、最有生氣而能引起任何人的同情與喜悅。他們缺少社會人生的經驗，甚至不瞭解實際的社會，他們只盡情地把心中所蘊藏着的情感歌唱出來，而成爲最美麗的作品。他們沒有派別，也無意於聲律、於典故、於修辭以及其他的講求，只是信口信手地抒寫自己的性靈，所以形式是短小的，詞句是淺顯的，但在那些作品裏，包裹着赤子的天眞，活躍的生命以及纏綿的情感。我們試看納蘭性德對於其愛妻的悲悼與對於朋友的信義以及對於一花一草的歌詠，在那裏同樣充滿着對於大宇宙大自然的愛好與同情。他沒有做作，沒有虛僞，只是實實在在地吐露出自己的聲音。這才是眞實的詩，美麗的歌，納蘭性德的詞的價值，全在這地方。

『問君何事輕離別？一年能幾團圓月。楊柳乍如絲，故園春盡時。　春歸歸未得，兩槳松花隔。舊事逐寒潮，啼鵑恨未消。』（菩薩蠻）

『又到綠楊曾折處，不語垂鞭，踏遍清秋路。衰草連天無意緒，雁聲遙向蕭關去。　不恨天涯行役苦，只恨西風，吹夢成今古。明日客程還幾許，霑衣況是新寒雨。』（蝶戀花）

飲水詞以小令見長，佳作俯拾可得，上舉二章，其風格約略可見。他作詞主情致，專宗後主。曾說：『花間之詞如古玉器，貴重而不適用，宋詞適用而少貴重。李後主兼有其美，更饒煙水迷離之致。』陳其年評飲水詞云：『哀感頑豔，得南唐二主之遺。』顧梁汾云：『容若詞一種悽婉處，令人不能卒讀，人言愁我始欲愁。』由這些批評，我們可以知道飲水詞在清代詞壇的崇高的地位。天才的詩人，大概都是要短命的，因此，我們對於這一位三十一年生命的短促，也就不表示什麼惋惜了。

清初詞人，其風格近似納蘭性德者，尙有王士禛、毛奇齡、彭孫遹、佟世南、顧貞觀諸人。王漁洋爲清代大詩人，所塡小令，似其七絕，神韻甚佳。有衍波詞，唐允中評爲『極哀豔之深情，窮倩盼之逸趣。』毛字大可，蕭山人，舉鴻博，官檢討，本經學家，詞頗有名，長於小令，有當樓詞。近人邵瑞彭稱其詞，『雅近齊、梁以後樂府，風格在晚唐之上。』彭孫遹字駿聲，號羨門，海鹽人，舉鴻博，官侍郎，有延露詞。嚴繩孫云：『羨門驚才絕豔，其小詞啼香怨粉，怯月悽花，不減南唐風格。』與飲水詞風格最相近者，爲佟世南。佟字梅岑，滿洲人，有東白堂詞。他長於小令，意境之深厚，修辭的婉麗，情感的蘊藉，態度的天眞，可與納蘭性德相比。在清代詞壇，這兩位滿洲詞客，可稱爲小令的雙星。今舉佟世南的阮郎歸一首作例。

『杏花疏雨灑香堤，高樓簾幙垂。遠山映水夕陽低，春愁壓翠眉。　芳草句，碧雲辭，低徊閒自思。流鶯枝上不曾啼，知君腸斷時。』

最後我們必得一提的，是納蘭性德的好朋友顧貞觀。顧字梁汾，無錫人，有彈指詞。顧氏的作品，重白描，不喜雕琢和典故，這些地方，與容若相近。他最著名的作品，爲寄吳漢槎的兩首金縷曲。二詞全出眞情，全無做作，一字一句，切實動人，自是有內容有生命的上等作品，但其作風是奔放的，直率的，缺少飲水詞那種悽婉沉着的情致。但其小令，風格特佳。如菩薩蠻云：『山城夜半催金柝，酒醒孤館燈花落。窗白一聲鷄，枕函聞馬嘶。　門前烏桕樹，霜月迷行處。遙憶獨眠人，早寒驚夢頻。』情致與飲水詞相似，惟集中此類作品，並不多見。

二、陳維崧及其同派的作家　清代詞壇，效法蘇、辛而其才力卓越成就較大的，是前人稱爲陽羨派的領袖陳維崧。陳字其年，號迦陵，宜興人（西曆一六二五——一六八二），舉鴻博，授檢討，有迦陵詞。陳氏學問淵博，才氣縱橫，詩文俱佳，詞尤爲一代之勝。長調小令，任筆驅使。他用過的詞調，計四百一十六，得詞一千六百餘闋，詞量之富，幾乎無人比得上他。因爲他寫得過多，其中難免有遊戲應酬之作，但細讀他的集子，他那種驚人的創造力，超人的雄渾的氣魄，確實令人佩服。他當日與朱彝尊齊名，一時未易軒輊。後人每喜揚朱抑陳，其理由是朱尊南宋，奉白石、玉田，得詞之正統；陳崇蘇、辛，任才逞氣，過於粗豪，究非正格。這批評未必公允。推其原因，乃朱彝尊領導的浙西詞派，在清代詞壇得居於領導地位者百餘年，在這潮流中，揚朱抑陳，自無足怪。陳氏在詞的製作上，其成就最爲廣泛。壯柔並妙，長短俱佳，時人譽爲清朝的蘇、辛，誠不爲過。所作長調，將近千首。吳梅氏稱其『氣魄之壯，古今殆無敵手。滿江紅、金縷曲多至百餘闋，其他詞家有此雄偉否？雖其間不無粗率之處,而波瀾壯闊,氣象萬千，即蘇、辛復生，猶將視爲畏友也。』可謂推崇備至。前人每作壯語，多用長調，而其年能在數十字之小令中，高歌豪語，寄其雄渾蒼涼之情，不覺牽强，此乃其過人之處。如好事近云：『別來世事一番新，只吾徒猶昨。話到英雄末路，忽涼風索索。』又云：『我來懷古對西風，歇馬小亭側。惆悵共誰傾蓋，只野花相識。』又點絳唇云：『趙、魏、燕、韓，歷歷堪回首。悲風吼，臨洺驛口,黃葉中原走。』又云：『斷壁殘崖，多少齊、梁史。掀髯意，笛聲夜起，燈火瓜州市。』這種小令的境界，確是陳其年所獨有的。同時他又能寫最出色的清眞雅正的南宋詞，集中時有用白石、梅溪韻塡的詞，如琵琶仙、閶門夜泊、喜遷鶯、雪後立春、沁園春、題徐渭梅花圖、齊天樂、遼后妝樓，以及月華清諸篇，一掃豪放蒼涼之氣，無不婉麗嫻雅，幾疑出自另一人手筆。在這種地方，正表示作者的高才，抒寫自如，絕不爲形式所限，這決不是以模擬見長的詞人所能做得到的。

作風與陳維崧相近，在當日詞壇，有相當地位的作者，是曹貞吉。曹字升六，安邱人。順治進士，官禮部員外郎，有珂雪詞。曹詞在當日頗負盛名，一時名賢如陳其年、王漁洋、朱彝尊交相稱譽。

在珂雪詞裏有一種是壯語高歌，蒼涼雄渾，如懷古諸作；另一種是刻畫細密，如詠物諸篇。因此，讀他的作品，愛蘇、辛者取其前，愛姜、張者取其後。朱彝尊評其詞云：『詞至南宋始工，斯言出未有不大怪者，惟實庵舍人意與余合。就詠物詞觀之，心摹手追，乃在中仙、叔夏、公謹諸子之間。』這是取其後者的實例，想把他歸於南宋詞派。其實詠物詞只是他擬古之作，並不是珂雪詞的代表，眞能表現作者北方的本色和他那種豪爽的個性的，不得不求之於那些意興淋漓氣勢雄渾的懷古一類的作品，所以我將他歸之於迦陵詞一派。如德水道中、滿江紅詞云：『滿目淒其，又是亭臯葉下。憶當日披裘過此，六花飛灑。秋水一灣波寫雁，青煙幾點星分野。問長驅下澤爾何人，悠悠者。　荒林畔，寒鴉話。老柳上，漁罾掛。更濃煙衰草，迷離堪畫。客路驚看沙似雪，奚奴慣使車如馬。問玉河冰底聽流澌，歸來也。』這詞的意境，高遠可喜，決非那些擬古式的詠物詞所可比擬的。還有孫枝蔚字豹人，三原人，有溉堂詞。尤展成評他，『以飛揚跋扈之氣，寫嶔崎歷落之思，其品格在東坡、稼軒之間。』但孫詞見於諸家選本者，仍以婉約之小令見勝，長調亦不甚佳。再如尤侗、蔣士銓亦偶有豪放之詞，成就不大，故不細說了。

三、朱彝尊與浙派詞人

朱彝尊與陳維崧齊名，爲當日詞壇的雙柱。因標榜南宋，自成派別，後人尊爲浙派詞人之祖，因此他對於詞壇之影響，遠在陳上。朱字錫鬯，號竹垞，秀水人，舉鴻博，授檢討。詞集有江湖載酒集、靜志居琴趣、茶煙閣體物集、與蕃錦集四種。他對於詞的主張，在其所輯詞綜發凡中云：『世人言詞必稱北宋，然詞至南宋始極其工，至宋季始極其變。姜堯章氏最爲傑出。』

又自題詞集云：『不師秦七，不師黃九，倚新聲玉田差近。』又評曹溶的詞云：『倚聲雖小道，當其爲之，必崇爾雅，斥淫哇。極其能事，則亦足以宣昭六義，鼓吹元音。往者明三百年詞學失傳，先生搜輯遺集，余曾表而出之。數十年來，浙西塡詞者家白石而戶玉田，春容大雅，風氣之變，實由於此。』（靜志居詩話）這裏可以看出浙西詞派的起源。朱氏工力深厚，學識淵博，不僅徒事理論的鼓吹，其創作的清麗雅正，實爲元、明以來所未有者，故能領袖騷壇，成爲一派的宗匠。

『橋影流虹，湖光映雪，翠簾不捲春深。一寸橫波，斷腸人在樓陰。遊絲不繫羊車住，倩何人傳語青禽。最難禁，倚遍雕欄，夢遍羅衾。　重來已是朝雲散，悵明珠佩冷，紫玉煙沉。前度桃花，依然開滿江潯。鍾情怕到相思路，盼長堤草盡紅心。動愁吟，碧落黃泉，兩處難尋。』（高陽臺）

這種詞可說是做到了「句琢字鍊，歸於醇雅」的地步，這正是南宋古典唯美詞派的特徵。唯其如此，朱氏的作品，缺少高遠的境界與風格。蕃錦集中的集句詞，固不必說。茶煙閣體物集中那許多詠物詞，都不能算是好作品。浙派詞人在詠物詞這一個領域裏雖是大顯身手，結果是造成餖飣柔弱的惡習，這種惡習，在南宋史達祖、吳文英、王沂孫諸家的作品裏，已經走到無可救藥的地步。因此，朱氏的好作品，應於江湖載酒集和靜志居琴趣二集中求之。自朱氏之說興，其同里友人互相倡和，一時成風。龔翔麟字天石，仁和人，有紅藕山莊詞。李良年字武曾，嘉興人，有秋錦山房詞。李符字分虎，良年之弟，有耒邊詞。沈皞日，字融谷，平湖人，有柘西精舍詞。沈岸登，字覃九，皞日從子，有黑蝶齋詞。與朱彝尊共稱爲浙西六家。其他如汪森字晉賢，桐鄉人，有碧巢詞。錢芳標字葆華，華亭人，有湘瑟詞。丁澎字飛濤，仁和人，有扶荔詞。皆與朱氏互通聲氣，於是浙派風靡一世，而成爲清代詞壇之主流。譚獻云：『自錫鬯、其年出，本朝詞派始成。顧朱傷於碎，陳厭其率，流弊亦百年而漸變。錫鬯情深，其年筆重，固後人所難到。嘉慶以前，爲二家牢籠者十居七八。』朱、陳二人之得失，說得很是中肯。不過，陳其年從未標榜宗派，故他在清代詞壇的勢力，遠比不上朱彝尊。

厲鶚　朱彝尊爲浙派的創始者，後得厲鶚崛起，於是浙派之勢益盛。厲詩詞俱佳，詞名尤著，有樊榭山房詞。朱彝尊以後，卓然爲詞壇之領袖，時人亦推許至高。徐紫珊云：『樊榭生香異色，無半點煙火氣，如入空山，如聞流泉，眞沐浴於白石、梅溪而出之者。』（清詞綜）又淩廷堪云：『朱竹垞專以玉田爲模楷，自在衆人上。至厲太鴻出而琢句鍊字，含宮咀商，淨洗鉛華，力除俳鄙，清空絕俗，直上摩高、史之壘矣。』（梅邊吹笛譜目錄跋後）一面可以看出時流對於浙派的推崇，同時也可以看出當日詞壇的風氣。樊榭詞審音守律，詞藻絕勝。字句的清俊，聲調的和美，是其特長。在擬古一點上講，譚獻說他『可分中仙、夢窗之席，』可知他在這方面所用的工夫。不過他的作品，只具有形式上的音律美與辭藻美，缺少內在的生命與寄託，高者可稱雅正，低者則流爲委靡堆砌，而給青年詞人以餖飣摹擬的惡習。譚獻批評浙派云：『浙派爲人詬病，由其以姜、張爲止境，』又云：『樂府補題，別有懷抱，後來巧構形似之言，漸忘古意，竹垞、樊榭不得辭其過。』（篋中詞）這是很公允的。

『秋光今夜，向桐江爲寫當年高躅。風露既非人世有，自坐船頭吹竹。萬籟生山，一星在水，鶴夢疑重續。櫓音遙去，西巖漁父初宿。　心憶汐社沉埋，淸狂不見，使我形容獨。寂寂冷螢三四點，穿過前灣茅屋。林淨藏煙，峯危限月，帆影搖空綠。隨風飄蕩，白雲還臥深谷。』（百字令、月夜過七里灘）在樊榭山房詞集子裏，這算是好的作品。

項鴻祚　厲鶚以後，有吳翌鳳，吳縣人，有枚庵詞；郭麐，吳江人，有浮眉樓詞；皆尊奉浙派，有名於時。吳詞高朗，郭詞淸疏，而其成就，俱在厲鶚之下。至嘉慶、道光間，浙派漸衰，得項鴻祚出，爲之一振。項字蓮生，錢塘人，有憶雲詞。蓮生天資聰俊，情感獨厚，故出語無不古豔哀怨，沁人心脾。且守律極嚴，故其詞都是律度諧和，音調極美。譚獻贊美他說：『蓮生詞有白石之幽澀而去其俗，有玉田之秀折而去其率，有夢窗之深細而化其滯，殆欲前無古人。』（篋中詞）這推崇未免太過。平心而論，項蓮生在淸代詞壇確是名家，憶雲集中，有不少好作品。但他喜作聰明，時有儇薄油滑之調，故其詞品不高，意境亦弱。

『脫葉辭螢，臨波送雁，繫船野岸疏林。望重城靜鎭，聽斷續寒砧。且隨分江湖落拓，二分明月，閒到而今。慢多情，紅袖琵琶，彈破愁吟。　竹西舊館，太荒寒休去登臨。縱畫舫垂燈，朱欄喚酒，都是傷心。我亦風流秦七，靑樓遠有夢難尋。剩隋堤楊柳，染得秋深。』（揚州慢、廣陵舟次）

與項鴻祚同時的，還有周之琦，頗負詞名。周字穉圭，祥符人，有心日齋詞。集中時有佳作。如三姝媚、海淀集賢院、瑞鶴仙、小憩盧溝橋、一枝春諸闋，皆雄渾深厚，最見工力。惟應酬社課特多，殊覺無味。至悼亡詞專錄一卷，作者本欲彰才，讀者實覺詞費。所選十六家詞集，去取極嚴，頗爲倚聲家所稱許。其他同派詞人，爲數尚多，因成就不大，不再多說了。

四、常州詞派　浙派詞人，一味擬古，寄興不高，格調日弱。至其末流，委靡不振，大爲時人所詬病。嘉、慶年間，張惠言、周濟乘浙派衰頹之際，以風騷之旨相號召，反庸濫淫靡之聲，攻無病呻吟之作，一時從風，遂有常州詞派的興起。張惠言字皋文，武進人（西曆一七六一——一八〇二，）嘉慶進士。深於經學，工駢體文。有茗柯詞。其論詞之旨趣，見其所輯之詞選一書。自序云：『傳曰：意內而言外謂之詞。其緣情造端興於微言，以相感動，極命風謠里巷男女哀樂，以道賢人君子幽約怨悱不能自言之情，低徊要眇以喻其致。蓋詩之比興變風之義，騷人之歌則近之矣。然以其文小，其聲哀，放者爲之，或跌蕩靡麗，雜以昌狂俳優，然愛其至者，莫不惻隱盱愉感物而發，觸類條鬯，各有所歸，非苟爲雕琢曼辭而已。』他的理論，詞必以比興寄託爲主，而又有溫柔敦厚的感情。要提高詞格，以防淫濫之失。在當日浙派盛極一時之詞壇，張說自能一新耳目。故譚獻云：『茗柯詞選出，倚聲之學，日趨正鵠。』茗柯詞只四十六首，可知其創作的態度極爲嚴肅，這一點在詞人中是很少見的。今讀其詞，格調確高人一等。水調歌頭五章，尤爲俊逸。今舉一首。

『長鑱白木柄，斸破一庭寒。三枝兩枝生綠，位置小窗前。要使花顏四面，和着草心千朵，向我十分妍。何必蘭與菊，生意總欣然。　曉來風，夜來雨，晚來煙。是他釀就春色，又斷送流

年。便欲誅茅江上，只怕空林衰草，憔悴不堪憐。歌罷且更酌，與子繞花間。』（水調歌頭）

周濟字保緒，號止庵，荊溪人，有止葊詞。周學詞於張埗董士錫，得張惠言之理論，更推廣其說，著有介存齋論詞雜著。於是常州詞派益顯。他反對浙派，專宗南宋，更不應該以白石、玉田爲止境。他有宋四家詞選，標舉周邦彥、辛棄疾、吳文英、王沂孫四家。敍論中云：『問塗碧山，歷夢窗、稼軒，以還淸眞之渾化。』這是常州派的詞統。在範圍方面說，較之浙派，他們是稍稍擴展了，其內容實在仍然沒有解脫古典派的範圍。因爲他們鼓吹寄託，所以對吳文英、王沂孫諸家詩謎式的詠物詞，大加讚歎，甚至用漢儒說詩的方法，在碧山、夢窗詞中，去尋微言大義，豈不可笑。嘉、道以降，常派盛行，幾奪浙派之席。然其作品，同樣陷於擬古之病。所高唱的比興與寄託，結果是詞旨隱晦，莫知所云，幾成爲詩謎了。

其他如張琦、董士錫、惲敬、黃景仁、左輔、錢季重、李兆洛、丁履恆、陸繼輅、金應城、金式玉、鄭掄元諸家，俱有詞名。最後三家爲皖人，其餘俱常州籍，對於張惠言的詞論，都表同情，可稱爲常州詞派的跟從者。

五、蔣春霖與晚淸詞人　道、咸年間，內亂外患疊起，國勢危急，而尤以洪、楊之亂，連亙十數年，地遍大江南北，人民的苦痛貧乏，社會的紊亂動搖，造成了淸代未有的衰微。在這時的詞壇，能不爲常、浙二派所囿，卓然自立、最可貴的，是放棄花鳥的吟咏，個人情感的排遣，能直視現實，眞實地反映出時代的影子的，是蔣春霖。蔣字鹿潭（西曆一八一八——一八六八，）江陰人，有水雲樓詞。蔣氏一生落拓，而情感又極銳敏，對於時代的所見所聞，對於民衆所受的流離顚沛的苦楚，一一發之於詞，蒼涼激楚，備極酸辛。譚獻說：『咸豐兵事，天挺此才，爲倚聲家杜老，』（篋中詞）在時代反映這一點上說，以蔣比杜，實是正確的。他創作的態度，極爲嚴肅，從不把他的作品浪費於無病呻吟與無味的應酬。幾乎每一首，都表現出社會的暗影，與民衆的哀傷。在他筆下所出現的一草一木，明月楊柳，與小閣茅亭，俱一一蒙掩着一層離亂的情趣。他不標榜比興寄託，而自有其比興寄託，他不標榜白石、玉田，而其長調眞可與姜、張比美。他不倡言南唐，其小令眞得二主之神韻。我們可以說，蔣春霖不僅是清代的大詞人，並且是中國整個詞史上一個大詞人。吳梅云：『嘉慶以前詞家，大抵爲其年、竹垞所牢籠。皋文、保緒標寄託爲幟，不僅僅摹南宋之壘，隱隱與樊榭相敵，此清朝詞派之大概也。至鹿潭而盡掃葛藤，不傍門戶，獨以風雅爲宗，蓋託體更較皋文、保緒高雅矣。……鹿潭律度之細，既無與倫，文筆之佳，更爲出類。而又雍容大雅，無搔頭弄姿之態，有清一代，以水雲爲冠，亦無愧色焉。』（詞學通論）他這批評，我完全同意。

『楓老樹流丹，蘆華吹又殘。繫扁舟同倚朱欄。還似少年歌舞地，聽落葉，憶長安。　哀角起重關，霜深楚水寒。背西風歸雁聲酸。一片石頭城上月，渾怕照，舊江山。』（唐多令）

『野幕巢烏，旗門噪鵲，譙樓吹斷笳聲。過滄桑一霎，又舊日蕪城。怕雙燕歸來恨晚，斜陽頹閣，不忍重登。但紅橋風雨，梅華開落空營。　刼灰到處，便遺民見慣都驚。問障扇遮塵，圍棋賭墅，可奈蒼生。月黑流螢何處，西風黯鬼火星星。更傷心南望，隔江無限峯靑。』（揚州慢，癸丑十一月二十七日，賊趨京口，報官軍收揚州。）

水雲詞中，佳作俯拾即是，上列二章，可見其藝術的成就，在詞史的最末期，竟能產生此大詞人，實是可喜之事。蔣春霖以後，以至清末，詞壇並不寂寞，尊常州派者，有莊、譚。莊棫字白石，丹徒人，有蒿庵詞；譚獻字仲修，號復堂，仁和人，有復堂詞，皆標比興，崇體格，並稱於同、光間。朱孝臧望江南詞云：『皋文後，私淑有莊、譚，』（彊村語業）可知二家爲常州嫡派。莊、譚而後，近於常派者有王鵬運，廣西人，有半塘定稿，與文廷式江西人，有雲起軒詞。另有鄭文焯，滿洲人，有樵風樂府，與朱孝臧二家，（浙江人，有彊村語業。）一奉白石，一奉夢窗，作風頗近浙派。他們都用全力作詞，確實也留下一點成績。比起創作來，他們較大的功業，是對於詞籍的校刋。他們都是篤學之士，在罷官退隱的歲月中，集合同好，以校刋經史的方法與努力，從事於詞籍之整理，如王鵬運之四印齋彙刻詞及宋元三十一家詞，朱孝臧之彊村叢書，江標之靈鶼閣彙刻宋元名家詞，吳昌綬之雙照樓刋影宋元詞等集。其搜輯之勤，校刋之精，皆超越前人，爲學者所愛好。因爲他們對於詞學熱心的研討與提倡，造成晚清數十年間詞風的大盛。但無論如何，在整個詞的發展史上，畢竟是到了總結束的時期，但這結局是光榮的，是有力量的。

三　清代的曲

盛於元、明的雜劇傳奇，到了清朝，俱成餘響。作者雖不寂寞，大都摹擬前人，絕少新意。從事傳奇者，以玉茗堂爲偶像；寫短劇者，宗徐渭、汪道昆；至於雜劇，則一蹶不振。吳梅云：『清人戲曲，遜於明代。推其緣故，約有數端。開國之初，沿明季餘習，雅尚詞章。其時文士，皆用力於詩文，而曲非所習，一也。乾、嘉以還，經術昌明，名物訓詁，研鑽深造，曲家末藝，等諸自鄶，二也。又自康、雍後，家伶日少，臺閣諸公，不喜聲樂，歌場奏藝，僅習舊詞，聞及新著，輒謝不敏。文人操翰，寧復爲此，三也。又光、宣之季，黃岡俗謳，風靡天下，內廷法曲，棄若土苴，民間聲歌，亦尚亂彈，上下成風，如飲狂藥，才士按詞，幾成絕響，風會以趨，安論正始，四也。』（中國戲曲概論）由吳氏所言，我們知道了清代戲曲衰落的原因。

一、清人的戲曲　清人言雜劇者不多，較著者有吳偉業、尤侗、蔣士銓諸家。梅村一代才人，詞華最勝，雜劇有臨春閣、通天臺二種，另有秣陵春傳奇，皆以史事抒寫亡國之痛，所謂借人酒杯，自澆塊壘者是也。尤侗雜劇有讀離騷、桃花源、吊琵琶、黑白衞四種，又有短劇清平調及傳奇鈞天樂各一種。尤氏才調縱橫，其曲辭皆雄健豪放，有元人風味。蔣士銓雜劇有一片石、第二碑、四絃秋三種，而以四絃秋爲最勝。其他如王夫之、鄒式金、車江英、裘璉、孔廣林、黃兆魁等，亦有雜劇之作。

一折之短劇，因其形式之方便，最利於文人之抒寫懷抱，故自徐文長、汪道昆以來，作者頗多，至於清朝，流行益盛。順、康之際，有徐石麒、嵇永仁、洪昇、張韜諸家；雍、乾之世，有桂馥、曹錫黻、楊潮觀諸家。及於嘉、咸，舒位、石韞玉尚稱作手。此後繼承無人，幾成絕響。徐石麒有買花錢、大轉輪、浮西施、拈花笑四種。嵇永仁有續離騷四折：一爲劉國師教習扯淡歌，一爲杜秀才痛哭泥神廟，一爲癡和尚街頭笑布袋，一爲憒司馬夢裏罵閻羅。洪昇有四嬋娟四折，寫謝道韞、衞茂猗、李易安、管仲妃四女人之韻事。張韶有續四聲猿：一爲杜秀才痛哭霸亭廟，一爲戴院長神行蘇州道，一爲王節使重續木蘭詩，一爲李翰林醉草淸平調。桂馥作後四聲猿：爲放楊枝、題園壁、謁府帥、投圂中四種。曹錫黻有四色石：一爲張雀網廷平感世，一爲序蘭亭內臣臨波，一爲宴滕王子安檢韻，一爲寓同谷杜老興歌。楊潮觀作短劇三十二種，爲淸代短劇之代表作家。舒位有瓶笙館修簫譜四種，石韞玉有花間九奏九種。以上所舉，乃當日較著者。

一折短劇在當日已成爲案頭之劇本，文人借此發牢騷洩情恨，故其題材多取文學家及才子佳人之風流韻事，如王子安、李太白、白居易、陸放翁、卓文君、李易安之流，成爲作者最歡喜之對象。因此這一些作品，都是高級文人自抒懷抱的個人情愛的表現，完全離開了社會和民衆，而成爲文人學士私人的欣賞品了。

傳奇作者較多，舉其著者有李漁、洪昇、孔尚任、萬樹、周稚廉、張堅、夏倫、董榕、蔣士銓、黃燮淸諸家。李、洪、孔、蔣四家留待下面較詳介紹外。萬樹的作品，據宜興縣志載有二十餘種之多，風流棒、念八翻、空青石三種，較爲有名。周稚廉所作，據傳有數十種之多，今只傳珊瑚玦、雙忠廟、元寶媒三種。張堅有夢中緣、梅花簪、懷沙記、玉獅墜，稱爲玉燕堂四種。夏倫有無瑕璧、吉花村、瑞筠圖、廣寒梯、花萼吟、南陽樂六種。董榕有芝龕記、黃燮淸有倚晴樓七種曲。其他不重要的作者尚多，這裏不必再舉了。

在上面所舉出的許多作家中，可稱爲雜劇傳奇以及短劇的代表的，有李漁、洪昇、孔尚任、蔣士銓、楊潮觀五人。

李漁字笠翁（西曆一六一一——一六八五），浙江蘭溪人。作曲十六種，以奈何天、比目魚、蜃中樓、憐香伴、風箏誤、愼鸞交、凰求鳳、巧團圓、玉搔頭、意中緣十種爲最著。其他萬年歡、偷甲記、四元記、雙錘記、魚籃記、萬全記六種，知者較少。李漁的戲曲，實爲明末古典戲曲之一大改變。因明人戲劇，不論那一種作品，無不追逐詞藻，務求典雅，於是賓白亦尙駢文，錯采鏤金，內容空洞，只可作文士案頭的欣賞品，不適合舞臺，亦不接近民衆。李漁一反古典唯美的作風，用淺顯通俗的曲詞，參以富於風趣的賓白，少用典故，不尙辭藻。故其作品，最宜於扮演，而又適合觀衆的心理。他自己在比目魚中說：『文章變，耳目新，要竊附雅人高韻，怕的是抄襲從來舊套文。』這是他作劇的態度，是他在戲曲上創新的表示。他的個性與生活，本來是一個澈底的浪漫主義者，他在文學思想的系統上，繼承着明末浪漫思潮的遺風，正與金聖歎、袁枚他們取着同一的道路。因此，在他的作品裏，充分地表現他那種浪漫的風格，使他的每一個戲曲，帶着輕微的嘲噓與詼諧，濃厚地呈現着喜劇的風趣，這是旁的作家們所沒有的。當代那些古典派的作家和衞道式的批評家們，自然是看不起的，罵他『卑鄙，』評他『淫穢，』也沒有什麼可怪了。其次，他對戲曲中的賓白，特別注意。他認爲只注重曲文而不注重賓白，這是最不合理的。他在這一方面，留下許多可寶貴的意見。自元、明以來，戲曲作家，俱以曲辭爲能事，大家都不注意到賓白，實在是中國古代戲曲的一大缺點。李漁獨能見到這一點，並且在他的作品裏，都有很好的對白，這是值得我們特別提出來的。在他的閒情偶寄卷一卷二裏，還有許多論劇的好見解，我們無法在這裏多加介紹。我們可以這樣說，李漁即使沒有戲曲的創作，只以他的戲曲的理論而言，在中國舊戲的歷史上，也是一個有見解有經驗的好批評家。

洪昇字昉思，號稗畦（一六五〇？——一七〇四），浙江錢塘人。從王漁洋、施閏章學詩，曲名尤著。所作有四嬋娟雜劇，及長生殿、迴文錦、迴龍院、錦繡圖、鬧高唐及節孝坊諸傳奇。長生殿共五十齣，最負盛名，爲其代表作。此本初名沉香亭，後改爲長生殿，取材於長恨歌、長恨傳、太眞外傳諸篇，鋪敍唐明皇、楊貴妃的情愛故事。寫作經十餘年，三易稿而始成。曲成，趙秋谷爲之製譜，吳舒鳧爲之論文，徐靈昭爲之訂律，故能盡善盡美。謹嚴簡潔，雖不如白樸之梧桐雨，敍事寫情，俱遠過之。因情事既佳，加以曲辭清麗悽絕，故能傳誦一時，與孔尚任之桃花扇，稱爲清代悲劇之兩大傑作。後以國忌日上演，爲大不敬，多人得罪，詩人趙秋谷、查初白俱受牽累，作者因此被廢，終生不遇，後路過吳興，失足落水而死。其命運眞是悲慘極了。

孔尚任字季重，號東塘(西曆一六四八——一七一五？)，山東曲阜人，孔子六十四代孫。以傳奇與洪昇齊名，世稱南洪北孔。所作有桃花扇、小忽雷二種。桃花扇共四十二齣，最負盛名。作者自序云：『族方訓，崇禎末爲南部曹，得聞宏光遺事甚悉，證以諸家稗記無勿同者。香君面血濺扇，楊龍友以畫筆點成桃花。』此桃花扇之所以作也。曲中於南朝政事，文人生活皆確考時地，全非虛搆。即小小科諢，亦有所本。過去作歷史劇者，從未有過這麼認眞的態度。桃花扇與長生殿雖同樣是寫生死情愛的歷史悲劇，所不同者，長生殿寫的是『今古情場，問誰個眞心到底。但果有精誠不散，終成連理』的浪漫情緒。桃花扇則富於現實性，在男女的戀愛中，反映出國破家亡的慘影，無恥的士大夫們的臉譜，以及風塵中熱血女人的正義感。桃花扇上的血，是李香君殉情的血，同時也就是反奸臣、反封健、反强暴而流的血，就在這種同樣是戀愛的故事裏，楊貴妃、李香君變成了兩個完全不同的典型。作者在表面是鋪寫才子佳人的遇合，暗中充分地暴露了明末政治的腐敗，奸臣的陰謀誤國，同時在那些美麗的文字中，又襯托出人生虛幻富貴如浮雲的哀愁。讀者所感到的，是憤慨，哀悼，同時又是纏綿，所以餘味不盡，而能得到無限的共鳴。

蔣士銓字心餘，號苕生（西曆一七二二——一七八四），江西鉛山人，有忠雅堂集。他的詩詞俱有名，其成就仍在戲曲，一生所作有十數種之多，較著者有一片石、第二碑、四絃秋三雜劇，及空谷香、桂林霜、香祖樓、臨川夢、雪中人、冬靑樹六傳奇，共稱藏園九種曲。其中以白居易琵琶行爲本事的四絃秋及以湯臨川的生平歷史爲題材的臨川夢二劇，爲其代表作。蔣氏在詩文戲曲中，喜言節義倫常，成爲一個名教的擁護與宣揚者。他自己說：『安肯輕提南、董筆，替人兒女寫相思。』又香祖樓自序云：『曾氏得螽斯之正者也，李氏得小星之正者也，仲子得關雎之正者也。發乎情，止乎禮義，聖人勿以爲非焉。』這一種倫常觀念，實在是藏園戲曲的缺點。但惟有四絃秋及臨川夢二劇，能擺脫這一觀念，故文學的情趣好得多。蔣氏的詞曲，本以豪放見稱，四絃秋一劇，尤能發揮這一種特色。

楊潮觀字宏度，號笠湖，著冷風閣，共四卷，收短劇三十二種，可稱爲清代短劇的專家。自序云：『夫哀樂相感，聲中有詩，此亦人事得失之林也。士大夫詩而不歌久矣。風月無邊，江山如畫，能不以之興懷。惟是香山樂府，尙期老嫗皆知，安石陶情，不免兒輩亦覺矣。』他作劇的旨趣，如此可見。他一面是以戲曲抒寫性靈，同時也適應管絃，宜於排演，因此他不得不注重趣味與通俗。他的作品，比起那些專作爲案頭的欣賞品來，是稍有不同的。一、他注重賓白，二、文字中充滿着詼諧，引人入勝，一反古典的莊雅，三、曲辭雄健豪放，音能感人。李笠、蔣士銓的特色，楊潮觀兼而有之。

二、崑曲的沒落與花部的興起

代表中國舊戲的雜劇與傳奇，到了蔣士銓，算是告了一個結束。此後雖說仍然有人從事這方面的寫作，那只是餘響尾聲，不能在戲曲史上引起多大的注意了。這原因在乾隆年間，稱爲雅部的崑曲已趨衰頹，代之而起的是花部。花部是各地土戲腔調的總稱，也有稱爲亂彈者。有漢調，有京調，有徽調，有川調，有二黃調，有弋陽腔，高陽腔，山西有梆子，陝、甘有西皮，這些各地的土戲，曲文固遠不如崑曲，但其聲調的和美，曲文的通俗，扮演的滑稽，內容的複雜，都可吸收統治階級的欣賞與夫民衆的歡迎。夢中緣傳奇（乾隆初年作品）序中云：『所好惟秦聲囉、弋，厭聽吳騷，聞歌崑曲，輒鬨然散去。』乾隆末年的燕蘭小譜也說：『崑曲已非北京人所喜。』可知在乾隆年間，崑曲已趨於衰頹，花部已步入興盛之途了。後來花部中，能吸收諸腔之長而成爲舊戲的正統，完全代替了崑曲的地位，佔領了一百餘年的戲壇，到現在仍風行於社會各階層的，是稱爲京戲或平戲的皮黃。皮黃始於湖北之黃岡、黃陂，而流行於安徽，遂與徽調相混。後由四大徽班入京，由京戲鼻祖程長庚的整理創建，『脫胎於崑曲者，十居七八，而摹倣變化於徽、漢、秦腔者十居二三。』其創始之過程，雖難詳述，但皮黃至程長庚而大成，是無可置疑的事。因程主三慶班時，有藝術精深學術豐富之盧勝奎代爲編劇，如全本三國志，全本列國志，俱出其手。兼以名角如林，一劇有演至半年者。於是皮黃鬨動京城，膾炙人口，後來更受皇后貴族的提倡，進展益速，便成爲劇壇的正統，其他各腔只能居於附庸了。

皮黃戲在曲辭的典雅上，雖遠不如雜劇與傳奇，但在戲曲的性質上講，確是進步的。一、材料雖取自古劇，文字變爲通俗，適合民衆的心理，故能增加排演的效果。二、戲的長短不受幾折幾齣的限制，變爲自由，連臺的長戲固然不少，也常常有很精采的短戲。三、佈景音樂及腔調方面配置得較爲複雜，沒有崑曲那樣單調，增加觀衆的興趣。由這幾點看來，京戲能代替崑曲的地位，風行南北的各社會階層而不衰，並不是偶然的了。

三、清人的散曲　自明末梁、沈以來，曲體日益殭化，作者專主韻律，務求辭藻。至於清代，更形衰疲，大都以摹擬爲能，極少新意。較傑出者：如徐石麒之黍香集，朱彝尊之葉兒樂府，厲鶚之北樂府小令，吳錫麒之有正味齋集南北曲，許光治的江山風月譜，俱以小令見稱。他們都是尊崇張小山、喬夢符，而以雅潔清麗爲主。朱、厲二家，以詞人之筆，發清雅之音，故其作品，最具張、喬之風格，後人評爲『詞人之曲』，甚爲確切。在當日的曲壇，稍能表現一點元人的本色味而出以豪放爽辣的風格的，只有一個趙慶熺。趙字秋舲，浙江仁和人，有香消酒醒曲一卷，套數十一，小令九，其數量雖是不多，但其成就確實不壞。任中敏氏云：『趙氏以詠月套中江兒水一曲名於時。大概其作能融元人北曲之法入南曲，故雖爲南曲，而不病萎靡，有若明人施紹莘，曲之風格必如此始完全投合，斯乃曲人之曲也。』（淸人散曲提要）以朱、厲之曲爲詞人之曲，以香消酒醒爲曲人之曲，一面可表示雙方風格之不同，同時也可看趙氏作品之特色。他的作品，雖也重修飾，但不萎靡，不柔弱，雖也發牢騷，但不裝腔作勢，在豪爽蒼涼的音調中，顯得自然本色，這正是他過人之處。他的套曲，幾乎篇篇都是佳作，今舉泖湖訪舊圖一套爲例：

『四面青山眞如畫，好個江鄉也。生綃太短些，寫出湖光，欲買偏無價。何日再浮家，剪寒燈且說江南話。

醉扶歸　一灣兒綠水分高下，一條兒紅橋自整斜。一天兒詩酒作生涯，一蓬兒風月都瀟洒。乾坤何處有仙槎，舊遊人重把蒲帆卸。

皂羅袍　最好水楊柳下，蓋三間茅屋，紫竹籬笆。沿溪雨過響漁叉，夕陽破網當門掛。遙天一抹，朝霞暮霞。遙山一煞，朝鴉暮鴉。更夜深蟹火有星兒大。

好姊姊　澹疏疏秋蘆著花，小烏蓬半橫溪汊。船唇吹火，勺水自煎茶。鱸魚鮓，白酒提瓶沿路打，好不過漁弟漁兄是一家。

尾聲　水天一部新奇話，笑指那鳳凰山下，忘不了舊夢尋來何處也。』

道情與民歌　如果我們感着這些擬古的散曲，過於凝固而沒有新精神，我們無妨欣賞一下鄭燮、徐大椿的道情。道情本是來自散曲，所言多爲閒適樂道之語，故名爲道情。到了清朝『久失其傳，僅存時俗所唱之耍孩兒、清江引數曲。』（洄溪道情自序）鄭、徐諸氏出，復活了這種體裁，替古典化的散曲，擴充其內容，開一條新生路。鄭板橋所作共十首，所寫都是富貴人生的無常，而歸於漁樵農牧的閒適生活，最與道情的本旨相近。如『老漁翁，一釣竿，靠山崖，傍水灣，扁舟來往也牽絆。沙鷗點點輕波遠，荻花蕭蕭白晝寒，高歌一曲斜陽晚，一霎時波搖金影，驀抬頭月上東山。』文字清新，意境高遠，絕無迂腐庸俗的惡習，所以新鮮而有情趣。

徐大椿的道情，範圍更是擴大了。徐氏字靈胎，號洄溪（西曆一六九三——一七七一），吳江人。他是一個有名的醫生，作道情三十八首。其中如勸孝、勸葬親、戒爭產、戒酒、戒賭諸篇，自然都是勸世之作。但他却又用作哀祭、賀壽、題跋、悼亡、遊山水、贈朋友以及諷刺社會之用。他自己說的『廣道情之體，一切詩文悉以道情代之，』算是做到了。他自序又云：『半爲警世之談，半爲閒遊之樂，總不離於見道之語。若古人果如此，則此音自我續之，若古人不如此，則此意自我創之。』可知他創作道情的態度。在他的作品裏，確實有創造的精神，一面擴大道情的內容與形式，成爲一種新詩的體裁，同時他又注輸民歌的情調，因此文字格外生動可喜。如戒爭產、讀書樂、戒酒歌、時光歎、時文歎、田家樂、壽吳復一表兄六十、哭亡三子熼等篇，都寫得極通俗，極眞實，又極天眞，沒有一點故作典雅的弊病。今舉壽吳復一表兄六十一首爲例：

『我的姨娘，是你親娘；我的親娘，是你姨娘。姊妹雙雙，單生着你和我兩個兒郎。你今日六十捧瑤觴，要我一句知心話講。你從來瀟灑襟懷，不曉得慕勢趨榮，問舍求田伎倆。注幾卷僻奧經書，作幾首古淡文章。常只是少米無柴，境遇郎當。你全不露窮愁情狀。終日笑嘻嘻，只向親知索酒嘗。不論黃白燒刀，千杯百盞無推讓。憶當年外祖父母在江鄉，與你隨母拜高堂。寄讀在母舅書房，千家詩、百家姓齊呼迭唱。轉眼光陰，俱是白頭相向。從今後願歲歲年年，同你對秋月春花醉幾場。見你時如見我姨娘，轉念我親娘。』

由於這些文字，可以看出作者完全擺脫詞曲的形式和規律，在試驗着一種新詩體，自由自在地說話，一般地歌唱自己的情懷，他這一種大膽的解放的精神，是值得我們重視的。此外，如金農、曾斯棟、沈逢吉諸人，也都有道情一類的作品，因爲沒有什麼特色，所以不多說了。

除了道情，作者能運用民歌的精神作俗曲的，還有招子庸的粵謳。招字銘山，嘉慶舉人，廣東南海人。他善畫，尤精音律。粵謳存曲一百二十餘首，多爲言情之作，在廣東非常流行。珏甡序中說：『招子庸閒作冶遊，特工情語。』因此粵謳一卷，大都以妓女爲題材，有言情愛的，有言離別的，或寫其生活之苦，或寫其被棄之哀，因他有豐富遊妓的經驗，而又有長於寫情的文筆，同時又不爲古典詞曲所束縛，故能充分發揮民歌的精神。

最後，我想略略介紹一點清代的民歌，作爲此節的結束。民歌大都是用當日民間流行的曲調，抒寫情愛。晉代的子夜歌，明代掛枝兒、山歌都是如此。他們的好處，是描寫的天眞與大膽，以及文字的尖新可愛。壞處是意境不高，內容總是千篇一律。清朝最早的民歌集是乾隆時代的時尚南北雅調萬花小曲，各種曲調共一百餘首，其中小曲三十六首，最爲可貴。其次爲乾隆末年刊行的霓裳續譜，書中有西調二百十四首，雜曲三百三十三首，共五百四十七首。雜曲中所收極爲廣泛，有秧歌，有揚州歌，有蓮花落，有北河調有邊關調，有馬頭調，有嶺頭調，有南詞彈簧調，還有長篇問答體劇本式的岔曲。可知霓裳續譜所收之廣了。此書編訂者爲王廷紹，字楷堂，金陵人。盛安序云：『先生制藝詩歌而外，偶寄閑情，撰爲雅曲，纏綿幽豔，近步花間。』由此看來，書中必有王氏自己的作品。

較後於霓裳續譜的，有道光年間刊行的白雪遺音。編訂者爲華廣生，字春田。因他住在濟南，所收歌曲，以山東爲中心，南方歌曲，亦收入不少。馬頭調及南詞較多。又有八角鼓、湖廣調數十首，此爲他書所未見者。在這些民歌俗曲中，題材多寫情愛，間亦有寫田間生活與鄉村風味的，其體裁大都短小，似散曲中之小令。偶然也有長似套曲，或有加入對白，而近似戲曲的。其作風有極粗俗處。也有極尖新處。但他有天眞的美與赤裸裸的眞。至於這些民歌對於正統的詩歌詞曲的影響如何，我在前面，早已詳細地說過了。

第三十章　清代的小說

在清朝，如詩文詞曲一類的舊體文學都步入總結束的階段，惟有小說正保有壯健的生命，顯示着光輝的前途。雖在那一個樸學全盛重經典考據而不宜於小說發展的環境裏，小說仍能表現着優良的成績。由蒲松齡、吳敬梓、曹雪芹三大作家的作品，替清代的整個文壇，增加了不少的光彩。到了晚清，小說受了時代環境的影響，更趨於繁榮，展開了前此未有的熱鬧的場面。在那短短的期間裏，創作翻譯，竟在一千五百種以上，那情形眞可以想見了。

一　蒲松齡與醒世姻緣

談到清朝的小說，我們首先要注意的，便是蒲松齡。

一、蒲松齡與聊齋誌異　蒲松齡字留仙，號柳泉（西曆一六四〇——一七一五），山東淄川人。天資聰明，學識淵博。科場不利，到七十二歲才補歲貢生。因此一生不遇，在家教書爲業，著作甚豐。除小說雜曲以外，有文集四卷，詩集六卷，及省身錄、懷刑錄、歷字文、日用俗字、農桑經等作。然蒲松齡在中國知識階級中得享盛名者，是由於他的短篇小說聊齋誌異。聊齋誌異凡四百三十一篇，大都是描寫妖狐神鬼的奇形怪事。但作者文筆簡鍊，條理井然，所述雖說都是神鬼妖魔，然都懂得人情世故，和靄可親。化爲美女，無不賢淑多情，化爲男子，都是誠厚有禮。因此，在這一神鬼世界裏，一樣有倫常道德，一樣講富貴功名，一樣有忠孝，一樣講因果，於是這一部人情化的神鬼小說，比從前一類的志怪書大不相同。是用唐人傳奇之筆墨，寫人世陰陽之怪異。讀者置身於鬼魔之間，不覺可怕，反覺可親。加以文筆古鍊，可作散文的範本，因此大為知識人士所歡迎。相傳王漁洋激賞此書，欲以重金購之而不可得，聲譽益高。三百年來，讀中國舊小說的，言神鬼者無不知有聊齋，言愛情者無不知有紅樓夢，此書的普遍，由此可見。

作者在題辭中云：『才非干寶，雅愛搜神，情同黃州，喜人談鬼。閒則命筆，因以成編。久之，四方同人又以郵筒相寄，因而物以好聚，所積益夥。』作者這樣歡喜搜神談鬼，實在因為他對於神鬼有了信仰，從而表揚其因果報應之說。所以他多方收集材料，寫了四百多篇這一類的東西。由知識份子的吸收與傳播，在過去兩世紀間的中國社會，對於助長神鬼的迷信，這本書實有很大的幫助。由這一點說來，聊齋誌異是一部有毒的書。

性質與聊齋相近者，有袁枚的新齊諧（初名子不語，）沈起鳳的諧鐸，和邦額的夜譚隨錄，浩歌子的螢窗異草，管世灝的影談，馮起鳳的昔柳摭談等作，俱不脫聊齋的範圍。性質與聊齋相近而風格稍有不同者，為紀昀之閱微草堂筆記。紀字曉嵐，河北獻縣人，學問廣博，總纂四庫全書，一生精力，傾注於四庫提要及目錄，故其他的著述不多。閱微草堂筆記五種，內容雖為志怪，但對於聊齋那種專尚辭華鋪張揚厲之文筆與態度，深表不滿。自序云：『緬昔作者如王仲任、應仲遠引經據古，博辨宏通，陶淵明、劉敬叔、劉義慶簡淡數言，自然妙遠，誠不敢妄擬前修，然大旨期不乖於風教。』

可見作者的旨趣，是想排除唐人傳奇之浮華，而想追蹤晉、宋人的質樸。一時風行文壇，竟與聊齋爭席，風氣爲之一變。後日如許元仲的三異筆談，俞鴻漸的印雪軒隨筆，俞樾的右台仙館筆記諸書，其體式大略與閱微草堂筆記相近。

二、醒世姻緣傳

蒲松齡以聊齋誌異得盛名，然而他的代表作品，却不是聊齋，而是一百萬字的長篇小說醒世姻緣傳。因了這一部書，使他在中國的文學史上，得到了穩固的地位。醒世姻緣傳原題西周生輯著，書中的事蹟，是寫的明朝英宗到憲宗時代一個家庭的故事。三百年來，對於作者的年代與眞正的姓名，極少有人注意，因此這一部書也就湮沒無聞。一直到十幾年前，經胡適氏的考證，才確定西周生就是蒲松齡，於是這部長篇小說，引起讀者的重視，大家都承認這是一部極有文學價值的作品（胡氏有醒世姻緣傳考證長文一篇，刊於胡適論學近著中，讀者可參閱。）

醒世姻緣傳這大規模的小說，鋪敍一個兩世的惡姻緣的果報，尤其着重寫出幾隻雌老虎的眞面目。作者用盡了淋漓酣暢的筆墨，描寫那夫婦寃家幾乎是不近人情的種種事態。故事是很簡單的，說前生的晁源射死了一隻狐，並且把狐皮剝了。他寵愛他的妾珍哥，虐待其妻計氏，因此計氏被逼自縊而死。到了今生，晁源託生爲狄希陳，死狐託生爲他的妻薛素姐，計氏託生爲他的妾童寄姐。於是寃寃相報，素姐、寄姐這兩隻雌老虎，把狄希陳虐待得慘無人道。狄的父母，也被她們氣死了。她們虐待丈夫的方法，說來眞有些可怕。有時把丈夫綁在床脚上，用大針刺他；有時用棒椎，關起門來，痛打六百四十棒，打得只剩了一絲油氣；有時晚上不許上床，把他綁在一條小板櫈上，一動就毒打，有時關在牢監裏，故意餓他；有時把鮮紅的炭火倒在丈夫的衣領裏，讓他的背部燃得焦爛，幾乎燒死。最奇怪的，狄希陳這一個男子漢，生來就是怕老婆的，看見那兩隻雌老虎，不僅不敢反抗，只是發抖唯唯聽命而已。在這種痛苦生活無法忍受的時候，來了一位叫胡無翳的高僧，向狄生指出前生今世的因果：『這是你前世種下的深仇，今世做了你的渾家，叫你無處可逃，才好報復得茁實。如要解冤釋恨，除非倚仗佛法，方可懺罪消災。』狄希陳聽了他的話，念一萬遍金剛經，果然銷除了冤業。在這一連串可怕的故事裏，男人們讀了，眞有點毛髮聳然。世上怕老婆的男子固然不少，世上的妒婦潑婦固然也很多，怕得這麼厲害，妒得潑得這麼毒辣的，如狄希陳、薛素姐、童寄姐之流，無論走遍中外，眞要算是空前絕後了。這故事的發展，自然是不近人情的，如果用精神分析學者佛洛伊特的眼光看來，倒是說明婦女變態性慾的絕好材料。三百年前的蒲留仙，自然絲毫沒有這種感覺，他一心一意的要用因果報應來說明人生不可抵抗的命運哲學。他在書中的引起裏說：

『大怨大仇，勢不能報，今世皆配爲夫妻。……那夫妻之中，就如頸項上癭袋一樣，去了愈要傷命，留着大是苦人。日間無處可逃，夜間更是難受。……將一把累世不磨的鈍刀在你頸上鋸來鋸去，教你零敲碎受。這等報復，豈不勝那閻王的刀山劍樹，磑搗磨挨，十八重阿鼻地獄？』

唯一解救這因果報應的方法，便是倚仗佛法，懺罪消災。最後出現的那位高僧胡無翳，自然便是蒲松齡自己。就在這地方，表現作者思想的幼稚淺薄，使這一部大規模大氣魄的醒世姻緣，喪失了穩固的思想基礎，而不得不自貶其身價。胡適解釋這一點說：『他的最不近情理處，他的最沒有辦法處，他的最可笑處，也正是最可注意的社會史實。蒲松齡相信狐仙，那是眞相信；他相信鬼，也是眞相信；他相信前生果報，那也是眞相信；他相信妻是休不得的，那也是眞相信；他相信家庭的苦痛除了忍受念佛以外，是沒有救濟方法的，那也是眞相信。這些都是那個時代的最普遍的信仰，都是最可信的歷史。』我們用這一種歷史的眼光去讀這一本書，如果把作者的個性與地位，一齊掩沒在這一部書裏，同時也把他當作當日一種社會現象的話，那末，醒世姻緣確是那一時代的社會寫生了。

醒世姻緣在文字的技巧上，是非常成功的。他的白話文寫得極其漂亮，細緻深刻，新鮮而沒有套語。善於描寫人物的個性，尤長於變態心理的表現。同是悍婦，薛素姐是薛素姐，童寄姐是童寄姐，晁源、狄希陳同是糊塗蟲，各有各人的糊塗方式。書中的幾位老太太、幾位老頭子，都寫得活靈活現，令人看了，眞有啼笑皆非之感。蒲留仙就在這一方面，眞正的顯露出他文學的天才。

三、蒲松齡的曲詞 蒲松齡除了醒世姻緣傳與聊齋誌異以外，還寫了十幾部長長短短的曲詞。這些曲詞最大的特色，完全用的是白話韻文，演成通俗的小曲與傳奇，這是給予散曲一個極大的解放。他現存的作品，有下面的十七種。

一、問天詞　　二、東郭外傳
三、逃學傳　　四、學究自嘲
五、除日祭窮神父　　六、窮神答文
七、和先生攬館　　八、俊夜叉曲

九、牆頭記　　十、幸雲曲
十一、蓬萊宴　　十二、寒森曲
十三、慈悲曲　　十四、姑婦曲
十五、翻魔殃　　十六、富貴神仙
十七、禳妒咒

上面的曲本，除最後的禳妒咒一種爲戲劇體之外，其餘各種都是鼓詞。他們有的敍故事，有的寫感想，這是一種與道情彈詞相近的東西，和着鼓音唱起來，勢必悅耳可聽，而又文字通俗，老嫗可解，實在是一種雅俗共賞的作品。這些鼓詞，當日究竟演唱過沒有，就無從知道了。

用純粹的白話寫曲，蒲留仙要算是最成功的。他一掃那裝腔作勢的典雅的語氣，用自然的語言，自然的音調，繪聲繪影的把人物的個性姿態表現出來，詼諧諷刺，兼而有之，給予曲體文學一種新空氣新生命。如禳妒咒中裝妓的一節，寫江城責其丈夫嫖妓云：

『〔蝦蟆曲〕哄我自家日日受孤單，你可給人家夜夜做心肝。（强人呀）只說我不好，只說我不賢。不看你那般，只看你這般，沒人打罵你就上天。（强人呀）你那床上吱吱呀呀，好不喜歡！

過來，跟了我去，不許你在沒人處胡做。

〔前腔〕我只是要你合我在那里羅，我可又不曾叫你下油鍋。（强人呀）俺漫去搜羅，你漫去快活，今日弄出這個，明日弄出那個，這樣可恨，氣殺閻羅（强人呀）俺也叫人家「哥哥呀哥哥，」你心下如何？』

寫得這麼直率，這麼天眞，又這麼自然活潑，眞是絕妙文章。宜乎胡適讚歎的說：『蒲松齡有了這十幾種曲本，即使沒有更偉大的醒世姻緣小說，他在中國的活文學史上，也就可以佔一席最高的地位了。』

二 吳敬梓與儒林外史

其次，我們要討論的，是吳敬梓和他的傑作儒林外史。

一、吳敬梓生活與性格 吳敬梓字敏軒，一字文木（西曆一七〇一——一七五四），安徽全椒人。他有一個很闊的家世：高祖吳沛，是一位理學大家，道德文章，爲東南學者宗師。曾祖吳國對，順治戊戌年探花，由編修做到侍讀。祖父吳旦死得很早，但其伯叔祖吳昺、吳晟，一爲榜眼，一爲進士，都很有聲譽。眞是『五十年中，家門鼎盛。子弟則人有鳳毛，門巷則家誇馬糞。緣野堂開，青雲路近。』（移居賦）這是吳敬梓自己所描寫的他家世的盛況。到了他父親吳霖起，是一個拔貢，人品高尚，對於富貴功名看慣了，不以爲奇，一心一意要在聖賢學問上安身立命。做贛榆縣教諭時，捐產興學，教育子弟，後來不得意，辭官回家，不久便死了。儒林外史的作者，便生在這個無論是精神的或是物質的文化都是極其優美的家庭裏。他從小是過的錦衣玉食的富貴生活，受了良好的教育基礎。生性聰敏，讀書過目成誦。學問辭章，根柢俱深。他的朋友程晉芳說他：『文選詩賦，援筆立成，夙構者莫之爲勝。晚年亦好治經，曰：此人生立命處也。』（吳敬梓傳）他的學問愈廣博，對那些淺薄無聊的八股文試帖詩，更是看不起，思想愈深閎，覺得那些翰林進士的科舉功名，封官拜爵的威嚴聲勢，都是虛僞無聊。於是他的人生觀，從他祖先的八股世家裏解放出來，從他父親的聖賢道學裏解放出來，保存着儒家的人倫，加入道家的逍遙曠達的浪漫思想，再滲入一點孟嘗君一類的富貴公子的豪俠精神。於是他便成爲一個古典的、浪漫的、豪放的混合型的人生，半是儒林、半是文苑、半是聖賢、半是異端的眞名士。一面講倫理，治經學，景仰古代的聖賢，一面又在秦淮河上嫖妓飲酒，結友交朋，蕩盡祖業，過着那狂浪不羈的浪漫生活。因爲他的性格內容有如此複雜，所以有的人愛他，有的人罵他，有的人利用他，欺騙他。結果，使他在家庭中社會上遭到絕大的失敗。他在外史裏，借高老先生的口，畫出他自己的面貌來。

『他這兒子就更胡說，混穿混吃，和尙道士，工匠花子，都拉着相與，却不肯相與一個正經人。不到十年內，把六七萬銀子弄的精光。天長縣站不住，搬在南京城裏，日日攜着女眷上酒館吃酒，手裏拿着一個銅盞子，就像討飯的一般。不想他家竟出了這樣子弟。學生在家裏，往常教子姪們讀書，就以他爲戒。每人讀書的桌子上寫了一紙條貼着，上面寫道：不可學天長杜儀。』

（第三十四回）

這裏的天長杜儀，自然就是儒林外史的作者吳敬梓。他這樣眞實的寫出自己的面影。在高老先生雖算是痛快地罵了他一頓，然而他的好處，他的人生的價值，正在這裏。所以遲衡山聽了，臉皮一紅，說道：『方才高老先生這些話，分明是罵少卿，不想倒替少卿添了許多身分，衆位先生，少卿是自古迄今難得的一個奇人。』社會上如遲衡山一類能認識他是奇人的人，畢竟是少數，多的是高老先生一類的假道學，臧三爺、張俊民、王鬍子、伊昭一類的壞人。所以他說：『田廬盡賣，鄉里傳爲子弟戒。年少何人，肥馬輕裘笑我貧。』（減字木蘭花）他處在這樣一個善惡不分明的社會裏，自然是責罵他利用他欺騙他的人佔大多數，於是他的輕財仗義的豪俠精神，給他的報酬，是最大的貧窮，使他的物質生活陷於破滅。他開始痛恨他本縣的風俗澆薄，人心不正，他痛罵社會的墮落與黑暗，於是遷家到南京，不料南京的社會，一樣使他失望。伊昭罵他說：『他而今弄窮了，在南京躲着，專好扯謊騙錢，他最沒有品行。』（第三十六回）這是南京知識人士給吳敬梓的莫大侮辱。此後他的生活愈來愈窮，最後就這麼寂寞地死了。在他的生活的過程中，呈現出一個善良者犧牲的悲劇。

『安徽巡撫趙公國麟聞其名，招之試，才之，以博學鴻詞薦，竟不赴廷試，亦自此不應鄉舉，而家益以貧。乃移居江城東之大中橋，環堵蕭然，擁故書數十冊，日夕自娛。窮極，則以書易米。或冬日苦寒，無酒食，邀同好汪京門、樊聖謨輩五六人，乘月出城南門，繞城堞行數十里，歌詠嘯呼，相與應和，逮明，入水西門，各大笑散去。夜夜如是，謂之暖足。余族伯祖麗山先生與有姻連，時周之。方秋，霖潦三四日，族祖告諸子曰：比日城中米奇貴，不知敏軒作何狀，可持米三斗，錢二千，往視之。至，則不食二日矣。』（程晉芳吳敬梓傳）

這一段文字，把吳敬梓晚年的窮困，寫得極其眞實動人，今日讀了，還感着無限的同情與感慨。一位這樣天才的作家，社會上對他冷淡無情，結果是窮死在揚州，連殯殮的費用，還靠窮朋友來料理，這眞是人生途中最悲慘的結局。不過，吳敬梓畢竟是一個非常的人，他絕不因窮困而改變他的觀念，向科舉投降，向社會屈服，他能在旁人不能忍受的窮困裏，絲毫不怨恨，不後悔，把握住自己生命的力量與興趣，用他過人的筆墨，表現他經歷過的人生經驗和他觀察到的醜惡社會，同那窮困的飢餓生活搏鬪。就在這種搏鬪中，他完成了他的傑作儒林外史。在這裏，正表現出作者偉大的精力和藝術的良心。在二百多年前，在那一個科舉教育的環境裏，吳氏竟能選擇白話小說的體裁，來作爲他在文學上所表現的偉業，更顯出他的文學見解的高超，絕非那些桐城派的古文家和衞道的理學家所能比擬，所能瞭解。程廷芳感慨地說：『外史記儒林，刻畫何工妍。吾爲斯人悲，竟以稗說傳。』在當日正統派的文壇以說部傳名，確實是可悲的，甚至於是可恥的。但到了現在，人人都承認吳敬梓以這部小說在中國文學史上，得到了同屈原、陶潛、李白、杜甫一樣的輝煌的地位。他當日的窮困和努力，總算得到了他應有的代價。

二、儒林外史所表現的思想及其文學上的價值 上面我略略說明了吳敬梓的生活和性格，這一點於他思想上的瞭解及作品上的賞鑑，都很有用處。儒林外史值得我們推崇，是除了藝術的價值以外，還有其思想的價值。我國過去的小說，大都有一個共同的缺點，便是其中所反映出來的思想，多是正統派的禮教倫常，封建社會的宗法觀念，神鬼迷信的因果輪回的報應，還往往加以和尙道士的穿插。

只有儒林外史這一本書，才一掃那些淺薄荒誕的渣子，表現出前進的在當日甚至於可說是革命的高超的人生觀。他用客觀的態度，描寫他熟知的當日的知識份子和他體驗最深的黑暗的炎涼的社會。是的，他不是一個浪漫主義者，沒有少年人的熱情和美麗的夢，因此書中留給我們的，全是黑暗，傷痕，諷刺與悲憤。儒林外史實在是一本最不愉快的社會寫實的書。

一、吳敬梓最反對的，是八股文的考試制度。他覺得八股文試帖詩，絕不是選考人才的辦法，只是皇帝的愚民政策，政府困死人才的毒計。但數世紀來，科舉制度，不僅是一種朝廷的盛典，社會人民都把牠看作是無上的光榮，深深地統制我國全民衆的心理。只有進學中舉會進點翰林，才是人生理想的教育制度，才是升官發財的捷徑。否則你只有窮死賤死，誰也瞧不起你。所以儒林外史中的馬二先生半認眞半嘲笑的態度說：

『舉業二字是從古及今人人必要做的。就如孔子生在春秋時候，那時用「言揚行舉」做官，孔子只講得個「言寡尤，行寡悔，祿在其中，」這便是孔子的舉業。講到戰國時，以遊說做官，所以孟子歷說齊、梁，這便是孟子的舉業。到漢朝，用賢良方正開科，所以公孫弘、董仲舒舉賢良方正，這便是漢人的舉業。到唐朝用詩賦取士，他們若講孔、孟的話，就沒有官做了。所以唐人都會做幾句詩，這便是唐人的舉業。到宋朝又好了，都用的是些理學的人做官，所以程、朱就講理學，這便是宋人的舉業。到本朝用文章取士，這是極好的法則。就是夫子在而今也要念文章做舉業，斷不講那「言寡尤，行寡悔」的話，何也？就日日講究「言寡尤，行寡悔，」那個給你

官做，孔子的道也就不行了。』（第十三回）

這段文字，表面是推崇舉業，其實却是攻擊舉業，這便是吳敬梓諷世文學的好成績。他因爲痛恨這種惡制度，因此他決心不從科舉裏求功名，友朋中會做八股文試帖詩的，他就討厭。程晉芳說他：『嫉時文士如讎，其尤工者則尤嫉之。』但是當日的知識人士，如何能瞭解他這種思想。十歲左右的小孩子以至六十歲的老頭子，無時無刻不將全部精力放在舉業上，他慨歎地說：『如何父師訓，專儲制舉材？』他是要提倡青年研究眞學問，造就眞人才，在儒林外史的卷首，他借着有學問有品格的王冕，作爲人生的理想，再借着他的口，說出自己的意見來。『此一條之後，便是禮部議定取士之法。三年一科，用五經四書八股文。』王冕指與秦老看道，這個法却定的不好，將來讀書人既有此一條榮身之路，把那文行出處都看輕了。』因此，他在書中儘量暴露那些八股先生的醜態以及人民對於科舉功名的虛榮與豔羡的心理。這一點，吳敬梓是大大的成功了。

二、理想的人生　吳敬梓因出於世家，對於富貴功名見多了，不以爲奇。他的理想的人生，不是高官，不是巨富，是一種品學兼優、清閒自在、自食其力、享受自由的人生。這一種人生觀，他的太太自然是不會瞭解的。所以娘子笑道：『朝廷叫你去做官，你爲什麼裝病不去？杜少卿道：你好獃！放着南京這樣好頑的所在。留着我在家，春天秋天。同你出去看花吃酒，好不快活。爲什麼要送我京裏去？……逍遙自在，做些自己的事罷！』他理想的人生，就是要逍遙自在，做些自己要做的事。『隱居以見其志，行義以達其道，』正是吳敬梓的人生態度。然而他決不是那種身在江湖、心懷魏闕的假隱士，他不做官，不是以此爲高，政治過於黑暗，人心過於惡劣，他不願意去同流合汚。他願意做些自己願做的事，獻身學問的研究，努力文藝的創作，雖在極度的窮困裏，得到了逍遙的樂境。因此在儒林外史中，把那幾個半工半讀自食其力的王冕、倪老爹、荆元、于老者寫得多麼有身分，多麼可愛。這些人在社會上都是被人輕視的，其實這種半工半讀自食其力的生活，才是人生的幸福者。比起那些假名士臭山人來，要高尙得多，那些聲勢赫赫的官紳，沒有他們那種高貴的人品，也不如他們的自在安閒。

三、反對迷信　我國過去的小說，或多或少，總要表現一些神鬼的迷信和因果報應的思想。儒林外史一掃這些不合理的觀念，所描寫的，所表現的，全是理性的、現實的、健全的見解。貫通着全書的脈絡，都是我們耳聞目見的實際的日常生活，和知識階級以及各種人士的心理狀態和種種活動的如實的描寫。沒有過份的誇張，也沒有超人的奇蹟，如洪道士一類的鍊金，張鐵臂一類的欺世，都在作者的筆下現了原形，加以無情的譴責。對於風水的邪說，作者尤爲痛恨。在第四十四回中，對於講風水遷墳墓的事，他發表了『應該凌遲處死』的激烈議論。書中雖也有寫扶乩的事，這並不是說作者信仰扶乩，他不過把牠作爲社會上的一種現象一種風氣加以描寫而已。如果將這看作是作者一種迷信的證據，那是不妥的。

四、男女問題　吳敬梓對於女人的見解，也與時人不同。沈瓊枝是一個獨斷獨行的女子，因爲不願做妾，逃到南京去賣文爲生。一般人對她的觀感，大都是輕視她。遲衡山道：『這個明明借此勾引人，她能做不能做，不必管她。』武書道：『我看這女人實有些奇。若說她是個邪貨，她却不帶淫氣，若說她是人遣出來的婢妾，她却不帶賤氣。』就是沈瓊枝自己也說：『我在南京半年多，到我這裏來的，不是把我當作倚門之娼，就是疑我爲江湖之盜。』（第四十一回）古代男人眼裏的女子，大都是這種認識。但是吳敬梓却不同了，借着少卿的口說：『鹽商富貴奢華，多少士大夫見了就銷魂奪魄，你一個女子，視如土芥，這就可敬的極了。』以鹽商起家的宋爲富，娶妾是娶慣了的，這次碰見了沈瓊枝不肯屈服，他憤怒地紅着臉說：『我們富商人家，一年至少要娶七八個妾，都像這麼淘氣起來，這日子還過得？』後來沈瓊枝畢竟在杜少卿的敬重和援助之下，得到了解放。吳敬梓主張一夫一妻制，『夫唱婦隨，便是人生的幸福，快樂的家庭。』因此當季葦蕭勸杜少卿娶妾時，少卿回答說：『豈不聞晏子云：今雖老而醜，我固及見其姣且好也。況且娶妾的事，小弟覺得最傷天理。天下不過是這些人，一個人佔了幾個婦人，天下必有幾個無妻之客。』這是吳敬梓反對娶妾的最澈底的見解。

儒林外史沒有豐富有趣的內容，沒有一個引人入勝的浪漫故事，沒有完整的巧妙的佈局，因此有許多人批評儒林外史的結構上有缺點，不能算是一部眞實的長篇小說。其實，寫實派的作品，只重在觀察的細密，描寫的深刻，而達到暴露人生社會的效果。和那些以有趣的內容與巧妙的結構誇耀的浪漫派作品，是完全不同的。儒林外史以文字技巧的高超，描寫刻劃的深刻，達到了諷世文學的最高效能。故其結構的鬆弛，故事的平凡，絕無傷損其文學的價值。我們讀完了這本書以後，看他用力的描寫周進、范進、嚴貢生、胡屠戶、王舉人、張鄉紳、馬純上、牛玉圃、匡超人、洪憨仙、權勿用、楊執中這一羣人的嘴臉，是多麼的活動和分明。一舉一動，一言一笑，是多麼靈巧，多麼適合他們的身分。在寫實文學的技巧上，無疑的得到了極高的成就。閑齋老人序云：『其書以功名富貴爲一篇之骨。有心豔功名富貴而媚人下人者；有倚仗功名富貴而驕人傲人者；有假託無意功名富貴自以爲高被人看破恥笑者，終乃以辭却功名富貴品地最上一層爲中流砥柱。篇中所載之人，而其人之性情心術，一一活現紙上，讀之者無論是何人品，無不可取以自鏡。』這評語確實是說得好極了。

其次，書中無淫穢之言，無神鬼之論，故品質極高。他所用的文字，全是普通的官話，不雜各地的野語方言。修辭造句，簡潔有力，可稱爲白話文學的範本。錢玄同氏說：『水滸是方言的文學，儒林外史是國語的文學。可以列爲現在中等學校的模範國語讀本之一，』這是不錯的。但是，儒林外史沒有浪漫，沒有神怪，沒有俠義，沒有戀愛，只是社會黑暗的暴露，知識份子的刻劃，因此這本書並不爲一般青年們所愛好。他們歡喜的是水滸、西遊、金瓶梅、紅樓夢。青年人的思想情感與人生經驗，幾乎無法瞭解這一本書，青年人拿他去消遣，是沒有不失望的。我們可以說，儒林外史是一本不愉快的書，是一本中年人的書。

三　曹雪芹與紅樓夢

我們現在要討論的，是曹雪芹的紅樓夢。紅樓夢是近二百年來我國最流行的一部愛情小說。在知識階級的青年男女階層，他具有他種作品未曾有過的感染的效果。書中幾個重要的女主角，在舊社會上成爲青年男女理想的羨慕的美人的典型。這一部偉大的作品，袁枚雖已指出是曹雪芹所作，但二百年來，對於這位作者的生活歷史，從未有人加以介紹。王國維在紅樓夢評論裏，也曾慨歎地說：『吾人於作者之姓名，尚未有確定之知識，豈徒吾儕寡學之差，亦足以見二百餘年來吾人之祖先，對此宇宙之大著述，如何冷淡遇之也。』在正統派勢力統制的文壇中，小說本爲人所輕視，作者自己亦不願表露其姓名，卽作者之友朋知其事者，亦不願代爲宣揚，金瓶梅、醒世姻緣都是如此。自新文學運動以來，確定了小說在文學上的價值，於是這些小說的作家的考證，便成爲文學史家的重要課題。在這一方面成績最大的，自然是胡適之。我們依賴他的論文，對於紅樓夢的作者的生活歷史，有了很詳細的認識。

一、曹雪芹的生活環境　曹雪芹名霑，漢軍正白旗人。生於康熙末年（約爲西曆一七一七——一七二二年之間），死於乾隆二十七年除夕（西曆一七六三。）他的朋友敦誠挽他的詩有，『四十年華付杳冥』之句，知道曹雪芹死時，還是四十左右的壯年。他是八旗世家子弟，祖先幾代，都在江南做內府的織造官。這一個江寧織造的肥缺，簡直成了曹家的世襲職。從曾祖曹璽到他的父親曹頫，一共做了五十幾年。在那些人裏，他的祖父曹寅最有名，是一個風雅的貴族名士。他工詩詞，善書法，當時的文學家朱彝尊、姜宸英輩，俱與交往。曹家藏書極富，善本有三千餘種之多。他校刊過多種極精的古書，世稱爲曹楝亭本，到現在仍爲藏書家所寶貴。因爲他錢多，物質生活極其優裕，飲食的藝術尤爲一般人士所稱譽。曹寅在這一方面，也留下一點成績。他編撰過一部居常飲饌錄，將前人所著述的飲食一類的作品合成一書。由此我們可以知道曹家對於飲食的講究，這些便成爲後來賈府飲食的基礎。曹家當日在官場的地位，眞是烜赫一時。康熙六次南巡，五次駐蹕在織造官署。在此五次中，曹寅就接了四次駕。在當日的君權時代，這不能不說是最大的光榮，曠古的盛典。鋪陳張設之精，飲食房屋之美，禮物之貴重，排場之闊大，我們是無法敍述的，不過我們也還可以看到一點影子，這一點影子，就留在大觀園裏。

曹雪芹就生在這樣一個富貴而又有藝術環境的家庭裏。他耳聞目見以及薰陶感染的，都是那些文化藝術的空氣和那些常人不容易接觸的貴族家庭的金玉一般的物質生活。他可以在那優裕的環境裏，自由的吸取精神上的糧食，培養他學問的根柢和文學的天才。但這種富貴生活。並沒有使曹雪芹繼續下去，在他的少年時代，他家起了突變，不知犯了什麼大罪，而至於抄家沒產，五六十年建設起來的一個顯赫的家世，歸於毀滅，後來在南方無法容身，只好遷徙到北方去。那時候，曹雪芹只是十幾歲的少年。他到了北京，生活的狀態雖不詳細，總之，一天一天的窮困下去，幾乎無以爲生，就這麼貧窮的死了。他那可憐的生活，在他好朋友敦誠、敦敏的詩裏，還留下了一點影子。

『勸君莫彈食客鋏，勸君莫扣富兒門。殘盃冷炙有德色，不如著書黃葉村。』（敦誠寄懷曹雪芹）

『尋詩人去留僧壁，賣畫錢來付酒家。燕市狂歌悲遇合，秦、淮殘夢憶繁華。』（敦敏贈曹

雪芹）

『滿徑蓬蒿老不華，舉家食粥酒常賒。』（敦誠贈曹雪芹）

『四十年華付杳冥，哀旌一片阿誰銘？孤兒渺漠魂應逐，新婦飄零目豈瞑！』（敦誠輓曹雪芹）

敦敏、敦誠兄弟，是清朝的宗室，能詩善文，也是八旗中的名士。由上面這些詩句裏，一面可以看出他們深厚的友誼，同時可以知道曹雪芹的生活窮困，房屋破壞不堪，全家吃粥，酒錢也付不出，在這一種悲慘的境遇裏，對於往日的富貴生活，自然會引起難堪的回憶，『秦淮殘夢憶繁華』的這一種情感，我們完全體會得到。最可憐的，結婚不久，幼兒又死了，因此成病，而至於死，這實在是人生的悲劇。他的朋友勸他克服困難，在貧窮中著書，這書想必就是紅樓夢。

二、紅樓夢與作者的關係　我們知道了曹雪芹的生活環境以後，便很容易瞭解他寫作紅樓夢的動機以及這本書與作者的關係。前人因在缺少對於作者身世的認識，因此對於紅樓夢的解釋，發生許多穿鑿附會的笑話。王夢阮的紅樓夢索引，說此書『爲清世祖與董鄂妃而作，兼及當時的諸名王奇女。』蔡元培的石頭記索隱，說此書是清康熙朝的政治小說，『書中本事在吊明之亡，揭清之失，而尤於漢族名士仕清者寓痛惜之意。』還有說紅樓夢是納蘭性德的故事。賈寶玉是納蘭性德，金陵十二釵是他交遊的名士。現在我們對於這些紅學的附會，也沒有申辯的必要了。因爲既然明瞭了作者的生活環境，最好是相信作者自己的意見。他在書中的卷頭說：『風塵碌碌，一事無成，忽念及當日所有之女子，一一細考較去，覺其行止識見，皆出我之上，我堂堂鬚眉，誠不若彼裙釵，我實愧則有餘，悔又無益，大無可如何之日也。當此日欲將已往所賴天恩祖德，錦衣紈袴之時，飫甘饜肥之日，背父母教育之恩，負師友規訓之德，以致今日一技無成，半生潦倒之罪，編述一集以告天下，知我之負者固多，然閨中歷歷有人，萬不可因我之不肖，自護己短，一並使其泯滅也。』作書的態度與動機，作者在這段文字裏，說得多麼明顯。又脂硯齋本的凡例中又云：『此書是着意於閨中，故敍閨中之事切，略涉於外事者則簡。不得謂其不均也。此書不敢干涉朝廷，凡有不得不用朝政者，只略用一筆帶出，蓋實不敢以寫兒女之筆墨唐突朝廷之上也，又不得謂其不備。』這不是明明說着紅樓夢所寫只是一些家庭男女的葛藤，決不是一部諷世罵時的政治書。這一些家庭男女的葛藤，自然就是曹家和作者周圍的生活歷史。這一些歷史，不是平凡的，不是一般人所能有的，他的本身，已經是一部好小說。正如曹雪芹所說：『浮生着甚苦奔忙，盛席華筵終散場。悲喜千般同幻渺，古今一夢盡荒唐。謾言紅袖啼痕重，更有情癡抱恨長。字字看來皆是血，十年辛苦不尋常。』這詩的情感最沉痛，最眞實，表現他的文學衝動，也最强烈，在這一種懺悔、悲痛、回憶、哀傷各種情感的交織下，作者自然是要走上自傳式的表現的。他過去的生活，眞是層層的血淚，眞是一篇不尋常的詩。關於這一點，曹雪芹與吳敬梓實在非常相像，所異者，曹的情感是浪漫的主觀的，故着重於寫情，全書集中於男女與家庭。吳的情感是理智的客觀的，故着重於寫世，全書集中於社會。他倆同樣對於生活的盛衰與社會上的冷熱的種種變換，得了深刻的認識與豐富的體驗，表現於文學的態度，吳敬梓用的是諷刺與憐憫，而曹雪芹所用的是懺悔的回憶。因此，儒林外史成爲社會的寫生，紅樓夢變爲個人的自傳了。『富貴不知樂業，貧窮難耐淒涼。可憐辜負好時光，於國於家無望。天下無能第一，古今不肖無雙。寄言紈袴與膏粱，莫效此兒形狀。』這是書中的寶玉，每一字每一句都是曹雪芹。在這詞裏最沉痛的，對於自己加以譴責，又最眞切的寫出了晚年貧窮時代的懺悔的心境。因爲他有這種懺悔，所以他才回憶秦淮的舊夢，發思古之幽情，把他晚年苦痛的心境和情感，全部寄託在美麗的回憶。紅樓夢一書，便成了他回憶的象徵。吳敬梓的人生態度和他大不相同。儒林外史的主人公貧窮困苦的時候，他表兄歎道：『老弟，你這些上好基礎，可惜棄了。你一個做大老官的人，而今賣文爲活，怎麼過的慣？』吳敬梓回答說：『我而今在這裏，有山水朋友之樂，到也住慣了。不瞞表兄說，我也無什麼嗜好，夫妻們帶着幾個兒子，有布衣蔬食，心裏淡然。那從前的事，也追悔不來了。』因爲吳敬梓能有這種心境，所以儒林外史中的社會人生，能够與作者自己的生活離開，描寫時是用的理智的客觀的態度。曹雪芹沒有他那樣的心境，因此書中的社會人生與作者混成一片，時時流露出來悔恨與哀傷，而帶着濃厚的浪漫的情調。

最不幸的，由貧窮與傷感造成了無可挽回的病症，襲擊着曹雪芹的壯年，使他的傑作紅樓夢只寫成了八十回便遺恨的死去了。後面的四十回爲高鶚所續。高鶚、乾隆乙卯進士，也是旗人。他以極大的同情與瞭解，以及美妙的文筆，完成了曹雪芹未竟的工作，而得到了很好的成就。據胡適氏的研究，曹雪芹在早年已有了全書的大綱，在八十回以外，寫了一些尚未完成的零稿。這些文稿，曹雪芹死後，散到外面，很可能的為高鶚所得。因此，他四十回的續作，大體沒有違背作者的原意，一反中國小說戲曲的先例，把紅樓夢寫成了一個大悲劇。這一點，我們不能不稱讚高鶚的文學天才，比起後來那一批寫續紅樓夢的人來，眞是有雲泥之差了。

三、紅樓夢的文學價值

曹雪芹對於小說的創作，自有其見解。這見解固然非古文家所能瞭解，就是當日的小說家們，也還沒有這一種覺悟。當日的小說作家，都覺得小說最重要的目的，是作為娛樂品，同時應當是名敎倫理的宣傳，因此他們的取材，都是離開作者的社會時代，而遠託先前的朝代。明代的小說大都是如此，晚明的短篇小說家們，更是這樣明白的宣言。曹雪芹則不然，他以為一部好的小說，應當與作者的生活社會打成一片，不要專門做那種倫理名敎的宣傳工具，或是千篇一律的戀愛的娛樂文學。他在第一回裏，借空空道人與石頭的問答，表明他這可貴的意見。空空道人說：『石兄，你這一段故事，據我看來，第一件無朝代年紀可考；第二件並無大賢大忠理朝廷治風俗的大政，……我縱然抄去，也算不得一種奇書。石頭答道，我想歷來野史的朝代，無非假借漢、唐的名色，莫如我這石頭所記，不借此套，只按自己的事體情理，反到新鮮別致，況且那野史中，或訕謗君相，或貶人妻女，姦淫兇惡，不可勝數。更有一種風月筆墨，其淫穢汚臭，最易壞人子弟。至於才子佳人等書，則又開口文君，滿篇子建，千部一腔，千人一面，且終不能不涉淫濫，在作者不過要寫出自己的兩首情詩豔賦來，故捏造出男女二人名姓，亦必旁添一小人撥亂其間，如戲中小丑一般。更可厭者，之乎者也，非理卽文，太不近情，自相矛盾，竟不如我半世親見親聞的這幾個女子，雖不敢說强似前代書中所有之人，……其間離合悲歡與衰際遇，俱是按跡循蹤，不敢稍加穿鑿，至失其眞。』他這意見眞是可貴的。在二百年前發表這種議論，更顯出他的意義與價值。他一面批評過去小說中的種種缺點，同時再强調他自己的合理的小說觀念。

紅樓夢的結構，是完整而細密的，就現在一百二十回的情狀看來，確實成爲一個很好的悲劇的結構。由事體的發展變化而達到最高潮，終於破滅，這徑路不能不說是合理的。在長篇小說的形式上講，這一種結構實優於儒林外史的小組式。至於比起那些大團圓的喜劇式的作品來，紅樓夢更是有動人的力量和悲劇美的價值。其悲劇的形成，最可貴者不是宗教的，不是命運的，而是人事性格的無可避免的結果，一步逼一步，眼看那悲劇愈來愈近，終於無可挽回，結果一切歸於毁滅，而應了秦可卿的『樹倒猢猻散』的預言。如果把這一悲劇看作是賈寶玉、林黛玉倆人的戀愛，那是錯誤的。最重要的，是由寶、黛這一線索，表現出賈府那一個貴族的封建家庭的全部毁滅，主子和奴才的命運，一齊崩塌在這一個大悲劇裏。明乎此，才能眞瞭解紅樓夢悲劇的意義與價值。

紅樓夢最成功的地方，是在於君主時代外戚的貴族家庭豪華奢侈的生活的暴露，以及生長於那家庭中的男男女女的生活的寫眞。那一家庭和那些人物的種種形態，絕不能出於想像，而必得有豐富的體驗，細微的觀察，要再加以成熟的文學技巧，才能把那些形象刻畫出來。曹雪芹恰好有這一種資料和才質，因此賈府那一家庭，眞是富麗堂皇的展開在讀者的眼前。排場設備飲食衣服以及種種派頭，幾乎使讀者爲之昏眩。作者在正面盡力的鋪敍這驕奢淫佚的貴族家庭，同時在反面映出在經濟方面支持這一家庭的莊園與農奴的窮困。他們經濟的來源，一面是盜用公款，一面是剝削農民。第十六回趙嬷嬷說的：『別講銀子成了糞土，憑是世上有的，沒有不是堆山積海的，……也不過拿着皇帝家銀子往皇帝身上使罷了。』再看第五十七回，描寫黑山村的佃戶烏莊頭到賈府來納租的一幕，很明顯的顯出一幅剝削農民的圖畫。在那裏寫出來的，僅是黑山村一處莊園而已，像這一類的莊園，賈府還不知有多少。在那一個荒年裏，烏莊頭貢獻給主子的物資，已經不算少了，而主子竟大不滿意。他的經濟哲學，是『這幾年添了許多花錢的事，不和你們要，找誰去？』這態度眞是明顯極了。農民得不到貴族的歡心，受不了貴族的壓迫，結果是出賣兒女，變賣產業，都成了犧牲品，連自己心愛的幼女，大都變了賈府的丫頭。這些女孩子們，無法反抗，只怨恨自己的奴才命。寶玉看見襲人的妹妹，生得漂亮可愛，想把她弄到家裏去。襲人冷笑道：『我一個人是奴才命罷了。難道連我的親戚都是奴才命不成？』這話說得多麼沉痛。讀紅樓夢的人，如果只注意鶯鶯燕燕的熱鬧場面，甚至於羡慕平兒、襲人那一批丫頭們的穿戴飲食，而忘記她們精神上的苦痛和可憐的奴才的境遇，那是極不應該的。我們試想，金釧、晴雯、鴛鴦、尤二姐、尤三姐這些可愛的女孩子們，是不是全成了那些少爺們的犧牲品，他們的生命，究竟得了什麼代價？如果在這裏，還說什麼『公子情深女兒命薄』一類的言辭，簡直是給死者以侮辱，凶手以贊歎。這一點我們是必得注意的。

紅樓夢的價值，就在作者無意中暴露了貴族家庭的種種眞相。那些公子小姐，不瞭解農民的生活，不知道一粒米一尺布的艱苦的來源，不知道耕牛犂鋤的功用，於是農村的代表劉姥姥便成爲賈府少爺小姐們的新奇人物和玩具式的偶像了。生長在這環境中的男女青年，有錢有勢，不做一件正當的事，只知道勾通官府，包攬詞頌，强姦民女，重利盤剝，結果是陷於抄家沒產，歸於破滅。在這一方面，賈珍父子，賈璉夫婦，成爲賈家最重要的角色。有了這一批角色，賈家的衰敗和滅亡，其命運是註定了的。因爲內部過於腐敗，正如焦大所說：『那裏承望到如今，生下這些畜生來，每日偷雞戲狗，爬灰的爬灰，養小叔子的養小叔子，我什麼不知道，偺們肐膊折了往袖子裏藏。』賈府上下四五百人，只有焦大是一面鏡子。這一面鏡子，照着那家庭的榮華的前景，照着那家庭奢淫腐爛的種種變態，最後照着那淒涼的毀滅，在這裏給讀者們多麼明顯的一個印象。這印象便是君權時代剝削農民的貴族家庭的興衰的歷史，以及生活在那家庭中各種人物可憐的或是惡毒的形態。其次，作者的文學技巧，也是超人的。他最大的成就，是人物性格描寫的成功。寫賈母的姑息，寫王夫人的平庸，寫王熙鳳的奸狠，寫秦可卿的風流，寫賈政的迂腐，寫賈璉的荒唐，寫湘雲的瀟洒，寫寶釵的沉着，寫黛玉的嬌癡，寫寶玉的陰陽怪氣，寫焦大的憨直，寫襲人的深沉，寫平兒的機警，作者在極難分辨的界限裏，一一寫出他們不同的性情面貌和嗜好，他們一開口一走路，便顯出特殊的形態，而個性分明。這一點，在中國的舊小說裏，是無可比擬的。賈寶玉、林黛玉那一對嬌弱的身體，傷感的性格，聰明的頭腦，美麗的面孔，形成舊時代東方人最高理想的美男美女的典型。一百多年來，不知道有多少男女，以寶玉、黛玉自比。『多愁多病』與『傾國傾城』成了才子佳人不可分離的聯繫。就在這地方，紅樓夢在過去青年男女的心中，成爲一部戀愛的寶典，言情的聖經了。

四　鏡花緣及其他

李汝珍與鏡花緣　比起儒林外史與紅樓夢來，鏡花緣實在是一部沒有多大文學價值的書。我們仍然在這裏加以介紹的原因，因爲在這作品裏，作者還表現了一點思想，這一點思想在封建社會舊傳統的教育環境裏，不能不算是一點值得我們重視的光輝。鏡花緣的作者，是李汝珍，字松石，河北大興人。生於乾隆中葉，死於道光十年左右（約爲西曆一七六三——一八三〇），年近七十歲的高齡。他生性豪爽，不喜時文，故於科舉功名，一無成就。精通音韻，性喜雜學。著有李氏音鑑一書，頗爲讀者所重。李汝珍的時代，正是淸朝漢學全盛時期，故鏡花緣一書，深受此時代學術思想的影響。在其小說中，大賣弄其經學考據及小學的成績。他自己覺得這樣寫作，可以解人睡魔，令人噴飯。實際，讀者所感到的，只有沉悶乾枯，甚至發生厭惡，覺得這不是一本文學的書籍。

鏡花緣一百回，以武則天女皇爲背景，寫百花獲譴，降爲才女，百人會試赴宴的故事，兼寫秀才唐敖遨遊海外，多遇奇人怪物，後食靈草，遂成神仙，最後以文芸起兵武家崩敗作結。末回後段云：『以文爲戲，年復一年，編出這鏡花緣一百回，而僅得其事之半。若要曉得這鏡中全影，且待後緣。』可知現在的一百回，只是前半部，並非全璧。因爲作者自己承認是以文字爲遊戲，所以鏡花緣只是一部遊戲的書，其中全無血肉，比起儒林外史和紅樓夢那樣從生活的苦痛的經驗裏表現出來的作品，那價値眞是不可同日而語了。

值得我們注意的，是李汝珍在鏡花緣裏提出了中國知識份子一向輕視的婦女問題。數千年來在男性中心的社會裏失去了一切權利的中國女子，除了給予名教上的精神上的壓迫以外，同時還給予肉體上的纏足一類的非人道的壓迫。鏡花緣作者的可貴，是有見如此，他主張女子應和男人有同樣的待遇，受同等的教育，解脫肉體上的束縛，而參加一切同等的政治與社會的活動。他眼看在中國的封建社會裏，他這種理想，永遠無法實現。故他另創一個世界，那就是唐敖、林之洋所遊歷的國外，如君子國、女兒國、黑齒國一類的理想世界，來實現他的新社會、新人生、新男女以及新制度。他在書中盡力宣揚女子的才學，伸張女權，實現男女平等的新天地。他明知道在那一個時代，他這種理想是空虛的，因此他以水中月鏡中花來比他的烏託邦，而作爲他的作品的題名了。

在思想方面說來，鏡花緣是一部理想主義的文學。但他除了婦女問題這一點較爲前進以外，其他的，仍是一貫的封建社會的傳統，他非常强調的是那一套禮教倫常的舊觀念。無論如何，在一百多年前君權與道統勾結最牢的時代裏，李汝珍那一點對於婦女解放的前進思想，已是可貴的了。

鏡花緣以外，以小說誇學問者，有夏敬渠之野叟曝言。以小說見辭章者，有屠紳之蟫史，陳球之燕山外史。

夏敬渠字懋修，號二銘，江陰人。學識廣博，通經史，旁及諸子百家禮樂兵刑天文算數之學。他以才學自負，而終生落拓。於是屏絕上進，發憤著書。除了經史餘論、全史約編及學古編諸作以外，還寫了一百五十四回的長篇小說野叟曝言。其內容正如凡例所言：『敍事說理，談經論史，教孝勸忠，運籌決策，藝之兵詩醫算，情之喜怒哀樂，講道學，闢邪說，』眞是包羅萬象，無所不談，由此亦可見其思想之迂腐與其內容之龐雜。人物以文素臣爲主。文素臣是一個文武雙全、才學蓋世、富貴風流的好漢。自命兵儒，尊奉名教，宗正學，擊異端，爲本書之主旨。大體說來，第一、他受當時理學的影響，不免思想迂腐；第二、犯了誇大的毛病；第三、昧於世界大勢，一味夜郎自大；第四、必以孔學爲孔教，並且要消滅全世界宗教，而尊敬孔教，更屬癡人說夢；第五、著者以幾回篇幅，描寫文素臣的功成名就，富貴壽考，聊以發洩胸中不平，未免太長，這是此書可以疵議的地方。

屠紳字賢書，號笏巖，江陰人。天資敏慧，二十成進士。爲文喜古澀，力擬古體，義旨沉晦，作者頗以此自矜。以此種體裁用之於小說，其失敗乃爲必然。蟫史二十卷，即作者於小說中勉用硬語而成詰屈之文章，欲以表彰其才藻之美。書中言桑蠋生海行墮水得救，乃投甘鼎合力平苗之故事爲主幹，妖奇百出，實爲神魔小說之末流。中又時雜淫語，故作風流，頗染明末豔體小說之習氣。全書惟以辭章耀世，絕無意義，其成就更在野叟曝言之下。

陳球字蘊齋，浙江秀水人。善畫，工四六文。燕山外史八卷，即以駢體文寫成者。張鷟游仙窟以來，此爲獨見的駢文體的長篇小說。小說不宜於古文，尤不宜於駢體，其失敗自不待言。作者獨出心裁，欲以此耀其詞華，並且很得意的說：『史體無以四六爲文，自我作古。』其心境可知。書中本馮夢楨之竇生傳加以鋪揚，其中雖多曲折，實遠祖唐代之傳奇，近與明末之佳人才子小說無異。加以因駢文之拘束，故敍事狀物，絕無生氣，在小說中要算是最低劣的了。

五　平話小說

儒林外史、紅樓夢及其那些誇才學耀辭章的長篇小說，只能流行於文人士子，普通民衆所嗜好者，內容是『揄揚勇俠，贊美粗豪』的俠義和公案的故事，而體裁是文體通俗的平話式的民衆文學。清朝的平話小說，可舉爲代表者，是兒女英雄傳和三俠五義。這些作品，內容豐富，極合民衆口味，繪聲狀物，可供說書人講述。如三俠五義爲石玉崑原稿，得之其徒，可知石玉崑乃當日的說書人。兒女英雄傳亦爲作者擬說書人的口吻所爲，與平話無異。這些俠義小說，正接續着宋人話本的正脈，而使平民文學再爲興盛起來。

兒女英雄傳　兒女英雄傳的作者是文康，姓費莫，字鐵仙，滿洲鑲紅旗人。他有一個極闊的家世，他的祖先和他自己都做過大官。馬從善序云：『以資爲理藩院郎中，出爲郡守，洊擢觀察，丁憂旋里，特起爲駐藏大臣，因病不果行，遂卒於家。先生少受家世餘蔭，門第之盛，無有倫比。晚年諸子不肖，家遂中落。先時遺物，斥賣略盡。先生塊處一室，筆墨之外無長物，故著此書以自遣。其書雖託於稗官家言，而國家典故。先世舊聞，往往而在。且先生一身親歷乎盛衰升降之際，故於世運之變遷，人情之反覆，三致其意焉。先生殆悔其已往之過，而抒其未遂之志歟？』在這裏，可以看出作者的生平和作書的意旨。

出身貴族，晚年落拓，於是執筆寫書，其經歷，文康與曹雪芹甚爲相近。所不同者，曹雪芹是寫貴族家庭衰敗的歷史，而兒女英雄傳却是寫一個『作善降祥』的家庭的發達的歷史。一個是寫實的，一個是理想的，並且文康的理想，恰好代表那一個快要過去的時代的名教與榮華的眷戀與憧憬。因此在這書裏所出現的人物，沒有一個不是舊觀念舊道德的封建社會的典型。他筆下的理想英雄十三妹，也不過是一個飛簷走壁身敵萬夫的女魔術師，後來同安公子結了婚，便成爲一個含羞的賢淑的少奶奶，同張金鳳倆人不妒不忌的合事一夫，成爲男性中心社會裏最理想的女性。在思想這一點講，兒女英雄傳中所表現的，只是淺陋庸俗。夫榮妻貴，二女一夫，怪力亂神，科場果報以及升官發財等等，腐舊的思想，貫通了這書的全部。然而這些東西，作爲平話小說的內容，在民衆的鑑賞力上，眞是再適當也沒有了。再加以漂亮的國語，通俗流利的文筆，更增了兒女英雄傳吸引讀者的力量。因此後人還有一續再續的，那文意是更差了。

三俠五義　三俠五義原名忠烈俠義傳，是由明人的包公案改作的。共一百二十回，爲石玉崑述，出於光緒初年。石玉崑爲咸豐間說書人，此書想卽爲說話的底本。書中初述宋眞宗時劉妃之狸貓換太子，繼述包公斷案，後以包公忠誠之行，感化豪俠，於是南俠展昭，北俠歐陽春雙俠丁兆蘭、丁兆蕙以及五鼠等一律投誠受職，人民大安。書前狸貓換太子及包公斷案的小部分，雖稍加穿插與組織，但多因襲前人，到了三俠五鼠的故事，才寫得活躍生動。最重要的，前面雜着許多怪力亂神的迷信，到了後邊，竟能一掃而光，把鬼話變成人話，怪鼠奇物，都變成俠客義士的傳奇而寫得虎虎有生氣。胡適之先生的三俠五義序也說：『三俠五義本是一部新龍圖公案，後來才放手做去，撇開了包公，專講各位俠義。……包公的部分，因爲是因襲的居多，俠義的部分是創作的居多。……石玉崑翻舊出新，把一篇誌怪之書變成了一部寫俠義行爲的傳奇，而近百回的大文章竟沒有一點神話的蹤跡，這眞可以算是完全的「人話化」，這也是很値得表彰的一點。』

此書出版後十年，爲俞樾所見，歎其『事蹟新奇，筆意酣暢，描寫已細入毫芒，點染又曲中筋節。……如此筆墨，方許作平話小說，如此平話小說，方稱得天地間另是一種筆墨。』（重編七俠五義序）但以第一回狸貓換太子爲不經，於是『援據史傳，訂正俗說，』改作第一回。再以書中已有四俠，再加艾虎，智化及沈仲元，共爲七俠，因改名爲七俠五義，序而傳之，盛行於江、浙之間，於是三俠五義便很少人注意了。

俠義小說除了表現一點除暴安良的思想以外，其餘都一無可取。作者無學問，無見解，但是他們有口才，有技巧，寫出來的作品，最能迎合民衆的心理，因此很能得到民衆的歡迎。所以這一類的小說，當日出世的很多。除小五義、續小五義之外，尚有永慶昇平、萬年青、英雄大八義、英雄小八義以及劉公案、李公案、施公案、彭公案等作。大抵文字惡劣，結構鬆懈，凡俠皆神鬼出沒，全爲超人。所謂『善人必獲福報，惡人總有禍臨，邪者必遭凶殃，正者終逢吉庇。報應分明，昭彰不爽。』這是當日俠義小說及公案小說共同的思想。

六　倡優小說

如以平話的俠義小說爲民衆所愛好，那以妓院伶人爲題材的倡優小說，正好爲有閒階級與知識人士所歡迎，所喜讀。紅樓夢一類的言情小說，讀得多了，漸漸感着興趣厭倦，同時那些改造紅樓夢的作家們翻案百出，也覺得途窮興盡，不得不以寫才子佳人的筆墨，另尋材料，於是倡優豔跡，頓成新篇。如品花寶鑑、花月痕、青樓夢、海上花列傳等書，正是這一類的作品。其摹繪柔情，敷陳恩愛，內容雖異，精神實同。

品花寶鑑　品花寶鑑六十回，陳森所作。陳號少逸，江蘇常州人。久寓北京，出入戲院，尤熟悉名伶故事。因以見聞，寫成此書，刋於咸豐二年。書中敍述名伶名士的風流韻事，而以名旦杜琴言與名士梅子玉爲骨幹。二男相戀，故作柔情，恩愛百端，時雜淫穢。現在讀來，固然感着惡劣不堪，但在當日的封建社會裏，這一種事態，並不是沒有。玩弄倡優的故事，到現在我們還時有所聞。不過，在普通的讀者看來，總覺得一切都是做作，無論哭笑，都是不近人情。

花月痕　花月痕五十回，題眠鶴主人編次，實魏子安作。魏字秀仁，福建侯官人。書中敍述韋癡珠、韓荷生與妓女秋痕、采秋的悲歡離合的故事。癡珠、秋痕落拓而死。荷生一帆風順，封侯賜爵，采秋封爲一品夫人。其佈局以升沉離合相對照，而强調各人的命運，文字務求纏綿，言語多帶哀怨，詩詞短簡，滿書皆是。大概作者自以詩詞爲其專長，藉此以誇才學，洩愁恨。蓋作者因科擧不利，漫遊四方，落拓無聊，以此自況。癡珠、荷生的結局，正是作者理想中的窮達二面。此書品不甚高，然在品花寶鑑之上。再有青樓夢六十四回，題釐峯慕眞山人作，實卽俞吟香，江蘇長洲人。青樓夢全書以妓女爲主題，所寫不外爲『才子多情，落拓遊北里，佳人有意，巨眼識英豪』一套，而其文筆風格，可與品花寶鑑同觀。

海上花列傳　妓女的生活，在文學上本也是現實的題材，不過前人所作，都成爲遊戲式的描寫，結果是作者借此以表白其懷才不遇的身世，而造成一種極其低級的氣氛。眞能將妓院生活的經驗，加以眞實深刻的暴露，一掃倡優小說的濫調的，是用蘇州語寫成的海上花列傳。海上花列傳的作者，爲花也憐儂，眞姓名是韓邦慶，字子雲，號太仙，江蘇松江人。科舉屢試不利，遂淡於功名，移居上海，爲申報作論說。喜作狎遊，所有筆墨之資，盡歸北里。經驗既富，觀察亦密，而其文筆又極犀利，故成就甚佳。此書爲一合傳體，爲許多故事的集合，然其組織與穿揷，却費作者一番心思，比起儒林外史的結構來，較爲緊湊而有生機。作者自己也說：『全書筆法，自謂從儒林外史脫化出來，惟穿揷藏閃之法，則爲從來說部所未有。』（例言）書中那種一波未平一波又起的穿揷，前後事實夾敍的藏閃，確是儒林外史所不及的。海上花本來各人有各人的故事，經作者加以組織，弄成一個有機體的總故事，在那裏同時進行發展。雖以趙樸齋、趙二寶兄妹爲主幹，其中很活動的揷入羅子富與黃翠鳳，王蓮生與張蕙貞、沈小紅，陶玉甫與李漱芳、李浣芳諸人的故事。因爲作者要使得這些故事聯合緊密，用兩個善於牽線的人物洪善卿與齊韻叟，因此，一切都能活動的聯繫起來，而成爲有機體了。

其次，作者也很用力於人物個性的描寫。他在另一條例言中說：『合傳之體有三難：一曰無雷同，一書百十人，其性情言語面目行爲，與彼稍有仿，即是雷同。一曰無矛盾，一人而見後數見，前與後稍有不符之處，卽是矛盾。一日無掛漏，寫一人而無結局，掛漏也，敍一事而無收場，亦掛漏也。知是三者，而後可言說部。』這眞是經驗之談。無雷同無矛盾，確是描寫人物應當注意而又極難做到滿意的地方。不雷同卽能個性分明，躍然紙上，不矛盾，始能人格一致，而能形成人物事件的統一性。在中國過去的小說界，像作者這樣自覺的注意到創作小說的技術，實在是難得的。作者在這一方面，得到了很好的成績。在他筆下出現的那幾個妓女如黃翠鳳、張蕙貞、周雙玉、李漱芳、趙二寶之流，都是個性分明。因爲他是用蘇州語寫蘇州妓女，故能繪聲繪影，刻劃入微，那些妓女們的脾氣語調和態度，都能活躍紙上，這正是方言文學的特色。再如趙樸齋、洪善卿一流人物，也寫得很成功。海上花列傳能成爲一部名作，其地位遠在同流之上，並不是偶然的。淸代末年，此類小說所出甚多，如警夢癡仙的海上繁華夢，李伯元的海天鴻雪記，漱六山房的九尾龜等，都是以吳語寫妓院生活，除海天鴻雪記寫作的態度較爲嚴肅以外，其餘的都無文學的價値，正如胡適所說『只够得上算爲嫖界指南』而已。這些書的本身，在文學上雖無大的價値，但在其反面，正映出帝國資本主義在中國幾個大都市造成空前的繁華，與妓院的發達，使許多巨賈名流，離開了家庭，都趨向於北里勾欄，尋找快樂，經濟本質的變動，正是這一類小說的骨幹。在海天鴻雪記的卷首云：『上海一埠，自從通商以來，世界繁華日新月盛。北自楊樹浦，南至十六舖，沿着黃浦江，岸上的煤氣燈電燈，夜間望去，竟是一條火龍一般。福州路一帶，曲院勾欄，鱗次櫛比。一到夜來，酒肉薰天，笙歌匝地，凡是到了這個地方，覺得世界上最要緊的事情，無有過於徵逐者。』這話是說得明顯極了。

七　清末的小說

一、清末小說的繁榮及其特質　清朝最後二十年的小說，在中國的小說史上，是一個極其繁榮的時代。涵芬樓新書分類目錄收錄這一時期的作品，翻譯與創作，共五百多種，而實際更遠在這數目之上。在這短短的時期中，小說能造成空前繁榮的局面，其原因：『第一、因爲印刷事業的發達，沒有從前那種刻書的困難，由於新聞事業的發達，在應用上需要多量的生產。第二、是當時的知識份子受了西洋文化的影響，從社會的意義上，認識了小說的重要性。第三、是清朝屢挫於外敵，政治又極窳敗，大家知道國事不足有爲，寫作小說，以事抨擊，並提倡維新與愛國。』（阿英晚清小說史）他所說的雖待稍加補充，大體上是完全正確的。

清代末年，因上海及各大商埠的新聞事業的興起，小說增加了需要。有的認識小說的社會功用，而創辦小說雜誌，有的因小說可以賣錢，把他當爲一種職業。如梁啓超辦的新小說雜誌，除了梁氏自創的作品以外，吳趼人的重要作品，如痛史、二十年目睹之怪現狀、九命奇寃，都在這刋物上連載。李伯元創辦的繡像小說半月刋，他自己的文明小史、活地獄諸作及劉鶚的老殘遊記，都發表於此。吳趼人也辦過月月小說，登載着自著的兩晉演義和刼餘灰。曾樸也辦過小說林，有名的孽海花就發表在這刋物上。這一類的雜誌，當時還不知道有多少，可見其繁華的景象了。

其次，便是知識階級對於小說的社會功用及其文學價值的認識。從前把小說看作是消閒的讀物，到了這時，有識之士，都能認識小說的功用，知道小說可爲轉移風氣、開導民心，抨擊政治、宣傳革命的工具。在這方面的理論，可作爲代表的，是梁啓超的小說與羣治的關係，載在新小說雜誌上。用他最鋒利的文筆，從社會人生政治的種種意義上，大膽的說明了小說的重要性。再如松岑的論寫情小說與社會之關係，天僇生的論小說與改良社會之關係，都是這一類的文字。其次，對於小說的文學價值加以發揚的，是王國維的紅樓夢評論。王氏用最嚴肅的態度，從文學批評的原理上，給與小說以最高的價值，而以悲劇美來分析紅樓夢的內容，承認這一本小說，爲中國文學的傑作。這種批評，完全是受了西洋哲學文學的影響，在中國過去的批評界，無論其態度其精神，都是未曾有過的。再如楚卿的論文學上小說之位置，夏穗卿的小說原理等篇，也是很可注意的。一面提倡小說的社會功能，一面提倡小說的文學價值，在這一種空氣裏，從事小說創作的人，自然是更多起來了。

庚子前後，已經到了革命的前夜，外國的思想文化以及物質如潮一般的湧進來，襲擊着中國知識份子的頭腦，再加以從鴉片戰爭以至聯軍入京幾十年來的外患內亂連連的壓迫，造成了國內空前的動搖。同時當時的政府，仍然驕奢淫侈，苛斂橫征，小民的憤慨，知識份子新舊思想上的衝突，外國人的種種怪現象，這些社會上政治上未曾有過的種種形態，一齊映入小說家的耳目。如庚子事變，立憲黨革命黨的活動，買辦階級的生活，官吏的貪汚，婦女解放問題，反迷信反封建等等，都成爲小說家的好題材。並且那些作者都意識的以小說作爲工具，對於政治社會的黑暗面，加以暴露和抨擊。在技術上講，那些作品幼稚的居多，但那種暴露現實譴責世俗的精神，却是非常可貴的。

最後我們要說的，在這時期，不僅創作小說發達，翻譯小說的數量更在創作之上，這也是這一時期文學界的一個特色。說到西洋小說的譯印，乾隆時代已經有過，或是根據聖經故事，或是根據西洋作品的內容，改造一番，當爲己作，算不得翻譯，並且爲數也極少。大規模的翻譯，却在中日戰爭以後。在梁啓超的譯印政治小說序裏，宣揚外國小說的重要性，他自己在這方面並無什麼成就。成績最大的是福建的林紓。林氏雖不懂西文，但經人口譯以後，再以桐城派古文筆調，轉譯了不少歐、美名家的作品。在民國以前，他譯成的大概在五十種以上。當日也還有不少從事翻譯的人，不過成績都比不上林紓了。

上面所說的，一面固然是晚清小說繁榮的原因，同時也就顯示出來當日小說的特質。無論其內容精神，作者的態度，以及時代的環境，晚清的小說都與從前是不同了。當日小說數量之富，作者之多，欲一一介紹，勢所不能，僅選出代表作家李伯元、吳趼人、劉鶚、曾樸四家論之。

二、李伯元

李伯元名寶嘉，別署南亭亭長（西曆一八六七——一九〇六），江蘇上元人。因科舉不利，一生從事新聞事業。先後辦過指南報、遊戲報、繁華報及繡像小說，因此有大量創作小說的機會。所作有官場現形記、文明小史、活地獄、海天鴻雪記以及庚子國變彈詞、醒世緣彈詞等書，其他用筆名而不可考者尚多。其中當以官場現形記、文明小史爲其代表作。

從題材方面說，清末小說以暴露官場醜態者爲多。寫得最好的是這一部官場現形記。全書六十回，連綴許多官場中的笑話趣聞及其種種貪污醜惡的故事而成。他自序說：『南亭亭長有東方之諧諱，與淳于之滑稽，又熟知官吏之齷齪卑鄙之要凡，昏瞶糊塗之大旨，』於是他『以含蓄蘊藉存其忠厚，以酣暢淋漓闡其隱微。』又在書中說：『這不像本教科書，倒像部封神傳、西遊記，妖魔鬼怪，一齊都有。』作者寫書的宗旨及其內容，由此可以想見。在這一本書裏，我們可以看出清末的政治社會腐敗到了什麼程度，大官小吏卑鄙齷齪昏瞶糊塗到了什麼程度，在他筆下刻劃出來的這一套臉譜，眞是牛鬼蛇神，無奇不有。雖說在那裏面，也有誇張失實的地方，也有過於淫惡的地方，但對於官吏的痛恨與譴責，最能得到讀者的同情。

文明小史是更廣泛的描寫着那新舊交替時代的全社會。官僚們對於洋人的畏懼與獻媚，維新黨的投機與欺騙，洋商教士們的趾高氣揚，以及洋兵的酗酒傷人，侮辱婦女，大多人士對於西洋知識的幼稚，以及善良民衆的樸質，眞是交織着一幅色彩分明的圖畫，有深刻的描寫，有大膽的攻擊，有富於趣味的穿挿，有幽默的諷刺，使讀者看到那一個新舊文明不調和的全社會的全面目，眞是啼笑皆非。在反映清末社會這一點上，文明小史與官場現形記是有同樣的意義與價值。

李伯元雖是痛恨當日的官僚政治而想有所改革，却沒有激烈的革命思想。他是一個溫和主義者，主張潛移默化。書中借姚老先生的口說明他的態度：『我們有所興造，有所革除，第一須用上些水磨工夫，叫他們潛移默化，斷不可操切從事，以致打草驚蛇，反爲不美。』因此，在他看來，維新黨絕無生路。那些穿洋裝剪頭髮滿口新名詞的維新派的投機份子，他寫得醜惡非凡。其實，這些份子在今日的社會裏，仍是很多，其面目之醜惡，與李伯元所寫者，似乎並無兩樣。

吳趼人 吳趼人名沃堯，別署我佛山人，廣東南海人。二十餘歲至上海，賣文爲生，以雜誌與報紙相終始。所作小說極多，有痛史、九命奇寃、二十年目睹之怪現狀、瞎騙奇聞、電話奇談、恨海、刼餘灰、新石頭記、兩晉演義等書，而以二十年目睹之怪現狀與九命奇寃最有名。

怪現狀共一百零八回，連載於梁啓超主辦之新小說。全書以九死一生者爲主角，描寫此人二十年來在社會上所聞所見的奇形怪事，範圍極爲廣泛。對於政治社會的暴露與譴責，與李伯元之態度相同。作者經驗豐富，觀察細密，而其文筆生動暢達，故此書出世，深得讀者的歡迎。作者一生落拓，因而厭世。他說他二十年來所見的只有三種東西：第一種是蛇蟲鼠蟻，第二種是豺狼虎豹，第三種是魑魅魍魎。他所寫的怪現狀，就是這些東西的面目。總之，他對於當時的政治、家庭、社會等等都有深刻的批評，合理的建議。我們不僅可當小說看，並可爲研究我國清末社會的絕好材料。

九命奇寃三十六回，初亦發表於新小說，演述雍正年間發生於廣東的一件大命案。他根據舊小說安和所著的梁天來警富新書，而加以改作。用很嚴密的佈局，動人的描寫，有趣的故事，寫成了一本很優秀的作品。胡適在五十年來的中國文學裏，對於這一本書，大加讚賞。他說：『九命奇寃受了西洋小說的影響是無可疑的。開卷第一回便寫凌家强盜攻打梁家，放火殺人。這一段事本應該在第十六回裏，著者却從第十六回直提到第一回去。使我們先看了這件燒殺人命的大案，然後從頭敍述案子的前因後果，這種倒裝的敍述，一定是西洋小說的影響。但這還是小節，最大的影響，是在佈局的謹嚴與統一。……九命奇寃用中國諷刺小說的技術，來寫强盜與强盜的軍師，但他又用西洋偵探小說的佈局，來做一個總結構。繁文一概削盡，枝葉一齊掃光，只剩這一個大命案的起落因果，做一個中心題目。有了這個統一的結構，又沒有勉強的穿插，故看的人的興趣自然能自始至終，不致厭倦。故九命奇冤在技術一方面，要算最完備的一部小說了。』

劉鶚 劉鶚字鐵雲，別署洪都百鍊生，江蘇丹徒人。著有老殘遊記。劉氏崇泰州學派，倡儒佛道三教合一之說。而又留心歐、美之科學，故能成爲一與正統道學全不相容的前進的思想家。他提倡修鐵路，開鑛產，利用外資，開發富源，使中國入於富强之道。在當日那種青黃不接的過渡時代，在那些黑暗勢力的守舊時代，這一位保皇黨的維新運動者，不得不冒着漢奸的罪名而流犯於遼遠的新疆了。他的學博而雜，理學佛道金石文字以及醫算占卜等等，都有造就。詩文也寫得很不壞。一生著作頗富，小說僅老殘遊記一種，而竟以此傳名，眞是作者所沒有料到的。其後人劉大紳云：『此記之作，是一時興到筆墨，初無若何計劃宗旨，亦無組織結構。當時不過日寫數紙，贈諸友人，不意發表後，數經轉折，竟爾風行。』(關於老殘遊記)雖說是一時卽興之作，作者並非全無主旨，其自序云：『吾人生今之時，有身世之感情，有家國之感情，有宗教之感情，其感情愈深者，其哭泣愈痛，此洪都百鍊生所以有老殘遊記之作也。棋局將殘，吾人將老，欲不哭泣也得乎？』作者的態度與心情，由此可見。他所要寫的，是着重於國家社會的觀感，而非個人的身世。他雖然沒有跨進革命那一階段，但他却已意識到淸朝已走到了不可挽回的殘局，更預料到東北一帶，將來會落到外人的掌握中。要挽救危亡，唯有提倡科學，振興實業，才有希望。否則的話，這個希望就渺茫了。他在第一回的楔子裏，所寫那隻破船及其周圍的情形，正是當日中國的全貌。

老殘爲書中主人，述其行醫各地，由其所見所聞，描寫當日政治民生社會的實況。着重之點，在指出那些酷吏清官的傷財害命，實有過於貪官。他在書中對於那些號爲清官如王佐臣、剛弼之流的政績，大加譴責。作者說：『贓官可恨，人人知之。清官尤可恨，人多不知。蓋贓官自知其病，不敢公然爲非，清官則自以爲不要錢，何所不可，剛愎自用。小則殺人，大則誤國，吾人親目所見，不知凡幾。』老殘遊記對於政治上的指責，主要是集中於此，在其反面，則暴露民衆所受的壓迫的痛苦。不用說，老殘就是作者自己，然而老殘只能代表作者的正面，更深一層代表作者的靈魂與理想的，是璵姑與逸雲那兩個見識超倫的青年女性，那是融合着儒釋道三種精神爲一體的女性。會有過高遠的理想與狂熱的感情，曾體驗過悲歡苦樂的人生滋味。老殘是現實的，璵姑與逸雲是超現實的，是作者人生哲學的理想的表現。因爲這一點，在現實性很强的老殘遊記裏，加進了一點清新的浪漫精神。

老殘遊記因爲是遊記式的記事體，自然沒有什麼緊嚴的結構與有趣的內容，但在描寫的技巧上，得到了優美的成就。他的文字清潔簡鍊，在描寫人物個性山光水色時，能一掃陳語濫調，獨出心裁，而非他書所能及。如大明湖的風景，白妞、黑妞的說書，桃花山的月夜，黃河的冰雪，高陞店的掌櫃，翠環的悲史，吳二浪子的賭博，逸雲的身世，都是極深刻極生動的好文字，因爲這些，增加了老殘遊記在文學上的價値。

老殘遊記初編二十回，先發表於繡像小說，續登於天津日日新聞，後合刋成爲單行本。又二編六回，於民國二十三年刊載上海人間世半月刊，翌年由良友書局印成單行本。二編作於一九〇六——〇七年間，亦載於天津日日新聞，至十四卷因事中斷。劉大紳云：『良友所印，係因從弟剪存者只有六卷，故以爲斷耳，』（關於老殘遊記）可是二編的六回，也不是完璧。至於坊間刊行之四十回本，那後二十回之屬於僞造，是無須辨明的了。

曾樸 曾樸字孟樸，別署東亞病夫，江蘇常熟人。清末創辦小說林書社，編輯新學書籍。關於他的生平，讀者可看曾虛白所撰的曾孟樸年譜。曾氏精通法文，創譯小說甚豐，其中以孽海花最著。孽海花原定六十回，寫至二十四回而止，至民國十六年，加以改作，而成爲眞美善書店刊行之三十回本。此書以名妓傅彩雲、狀元洪鈞的風流韻事爲主幹，普遍的描寫清末三十年間的政治外交及社會的各種情態。作者自己說：『這書主幹的意義，祇爲我看着這三十年，是我中國由舊到新的一個大轉關，一方面文化的推移，一方面政治的變動，可驚可喜的現象，却在這一時期飛也似的進行。我就想把這些現象，合攏了他們的側影或遠景和相連繫的一些細事，收攝在我筆頭攝影機上，叫他自然地一幕一幕的展現，印象上不啻目擊了大事全景一般。』（修改後要說的幾句話）關於孽海花的歷史的社會的意義，作者說得極爲明白，無須再加一詞了。可惜的全書並沒有寫完，並沒有做到他自己所說的那三十年歷史的描寫。無論在政治上或是在人物上，後半最精采的也是最緊張的幾幕，都沒有寫到，實在是美中不足。

因爲作者這樣忠於暴露現實，加以他那活動的文筆，難得的實際的政治知識與官場習慣的熟悉，使他在這書的文學價值上，得到了成功。出版不到二年，再版十五次，銷行至五萬本以上，決不是偶然的：本書中關於傅彩雲的刻劃，雖覺得時時有點過於誇張，但當日那些官僚名士的內外生活的描寫，確是入木三分，活躍紙上。最可注意的，他的思想還在李伯元、吳趼人之上，甚至也超越了老殘。他們只是消極的暴露黑暗，然一致嘲笑立憲黨革命黨的絕望的前途。但孽海花的作者，通曉外國文學思想，更能瞭解世界政治的大勢，故其表現在思想方面者，是一種强烈的革命傾向。書中對於孫中山、陳千秋、史堅如一般人，都寄以深切的同情。同時對於君主政體的黑暗，外族統制的罪惡，都儘量的加以攻擊，而暗示着他同情革命傾向共和的思想。在清末許多歷史的或是社會的小說裏，從沒有這種明顯的前進的精神。

中華語文叢書

中國文學發達史

作　　者／本局編輯部　編著
主　　編／劉郁君
美術編輯／中華書局編輯部

出 版 者／中華書局
發 行 人／張敏君
行銷經理／王新君
地　　址／11494 台北市內湖區舊宗路二段181巷8號5樓
客服專線／02-8797-8396　　傳　　真／02-8797-8909
網　　址／www.chunghwabook.com.tw
匯款帳號／兆豐國際商業銀行　東內湖分行
067-09-036932　中華書局股份有限公司

法律顧問／安侯法律事務所
印　　刷／維中科技有限公司
出版日期／2015年11月台十六版
版本備註／據1995年9月台十五版復刻重製
定　　價／NTD 1,870（精裝）

國家圖書館出版品預行編目（CIP）資料

中國文學發達史/［中華書局］編輯部編著. —
臺十六版. — 臺北市 : 中華書局, 2015.11
面 ; 公分
ISBN 978-957-43-0066-2(精裝)

1.中國文學-歷史

820.9　　80000136

NO.H1001Q

ISBN 978-957-43-0066-2（精裝）